吕长春诗词盛典系列丛书

诗词盛典 II

吕长春读写全唐诗五万首（全四册）

第四函～第七函

吕长春 著

中国书籍出版社
China Book Press

图书在版编目（CIP）数据

诗词盛典：吕长春格律诗词六万八千首续集：全唐
诗五万首.Ⅱ / 吕长春著. —— 北京：中国书籍出版社，
2019.9

ISBN 978-7-5068-7243-0

Ⅰ.①诗… Ⅱ.①吕… Ⅲ.①诗词—作品集—中国—
当代 Ⅳ.①I227

中国版本图书馆CIP数据核字（2019）第120994号

诗词盛典：吕长春格律诗词六万八千首续集：全唐诗五万首. Ⅱ

吕长春　著

责任编辑	初　仁　刘　娜
责任印制	孙马飞　马　芝
封面设计	东方美迪
出版发行	中国书籍出版社
地　　址	北京市丰台区三路居路97号（邮编：100073）
电　　话	（010）52257143（总编室）　　　（010）52257140（发行部）
电子邮箱	eo@chinabp.com.cn
经　　销	全国新华书店
印　　厂	三河市顺兴印务有限公司
开　　本	787毫米×1092毫米　1/16
字　　数	4500千字
印　　张	144
版　　次	2020年7月第1版　2020年7月第1次印刷
书　　号	ISBN 978-7-5068-7243-0
定　　价	1286.00元（全四册）

目　录

7

11

13

19

29

35

第六函　第一册

第六函　第二册

61

77

87

唐·李昭道

明皇幸蜀图

读写全唐诗五万首

第四函

第四函　第四册

1. 伤春五首

之一：

花开花落去，草朽草还荣，

战伐征边虏，京畿苦役城。

巴中明月峡，栈道独身行，

国有难维围，家无日月生。

之二：

二月有莺鸣，三春草木荣。

禾苗初触土，北陆望阴晴。

北阙胡旋尽，南山朔漠横。

长安三载老，渭水一流明。

之三：

日月不同明，朝坤各独生。

王师南北肃，伐伐去来平。

执法烟尘已，钩陈土地惊。

同归天下策，不再论纵横。

之四：

和中一战生，战里半和平。

幸蜀知灵武，长生殿上明。

人情人所见，欲望欲何明。

弟子霓裳舞，清平调里鸣。

之五：

力士芙蓉唱九歌，

幽燕朔北问三河。

同思是想江山客，

史乱安王社稷戈。

2. 王阆州筵奉酬十一舅惜别之作

尤塈水流声，千岩石木横，

王师南北定，社稷暮朝行。

别别离离久，思思念念情。

衣裙连可助，失侣独难鸣。

3. 放船

送客过苍溪，中流草木堤。

东方同向去，水势共高低。

自在神仙问，应闻远鸟啼，

江河归去见，禹泡是源西。

4. 奉待严大夫

治蜀故人来，勤王济世才。

巴中知锦绣，日上草堂开。

5. 奉寄高常侍　高二十五大夫

坝上相逢唱九歌，巴中别久故山河。

曹刘将帅谦颜忆，老泪庆平锦水波。

6. 恕

序：

奉寄章十侍御　章彝为严武判官初罢梓州归史朝，严武重蜀杀之

诗：

刺史东川客，金章紫绶春，

先天先自主，后事后当人。

借寇功成就，维君业别秦。

关河何度问，日月几冠巾。

7. 将趋荆南寄别李剑州

文翁化剑州，李广未封侯。

匹马江山逐，孤师日月酬。

沧桑三载治，滟滪一钓舟。

别道天选址，相逢共九流。

8. 奉寄别马巴州　时甫除京兆功曹在东川

终归马伏波，复对汉萧何。

独把鱼竿见，轻舟系缆戈。

功曹功吏小，傲骨傲人多。

带意金章绶，钟情白玉珂。

9. 泛江

方舟任自流，浊洒醉销愁，

涨水潮还退，飘飘泊泊游。

无心何远近，有意去来休，

只等停船处，群芳滞草洲。

10. 陪王使君晦日泛江就黄家亭子二首

之一：

黄家亭子渡，草色静无流。

竹影沉云上，花光落白头。

之二：

金沙两岸明，碧草一花城。

渡口平舟处，浮云落浦晴。

11. 暮寒

雾隐京郊树，云含剑阁山。

巴中巴蜀雨，暮下暮寒湾。

12. 南征

将帅南征日，君臣北望心。

偷生尝避远，适意苦沾襟。

百岁苍荒去，三年战伐音。

书生当立步，达者志英饮。

13. 久容

去国怀王粲，还乡问贾生。

狐仙无媚色，虎豹有纵横。

羁旅黄河问，淹留汉血盟。

中原中不至，逐鹿逐枯荣。

14. 春远

远远一花明，悠悠半絮轻。

应声闻戏剧，不入亚夫营。

剑外荆门近，巴中栈道横。
潼关成败误，渭水暮朝行。

15. 双

几岁风尘独入梁，衔泥垒石作家乡。
夫妻共度人间问，隔载同闻房战长。

16. 百舌

百舌绕余梁，千音过故乡。
英雄英所注，战士战无王。

17. 地隅

战乱秦公子，悲凉楚大夫。
平生心不已，地隅志飞凫。

18. 游子

可望蓬莱岛，难寻一半仙。
秦皇游子去，剑阁作方圆。
栈道连风雨，巴山楼水田。
平生平步问，举首举桑干。

19. 归梦

归途隔路遥，目望阻云霄。
蜀梦乡山近，童翁问暮朝。

20. 江亭王阆州筵饯萧遂州

离亭非故国，别酒是他乡。
但怯高歌断，还愁短日长。

21. 绝句两首

之一：
落日江山色，轻风草木香。
千花随岸暖，百媚任衷肠。
之二：
江花已满山，草色逐红颜。
水月应相互，风光可等闲。

22. 滕王元婴亭子　亭在玉台观王高宗时任阆州刺使

君主一阁枕巴山，跬步丹青读石关。
数遍群峰天水断，人高独峙入天班。

23. 玉台观

积翠玉台观，浮云卷巨澜。
冯夷未击鼓，弄女作箫鸾。
逶迤群峰路，参差石径宽，
峥嵘岩壁立，直木近天干。

24. 滕王亭子

滕王一意亭，束阁半丹青。
水远无清浊，源长有渭泾。

25. 玉台观

箫声不尽玉台观，绝阁难重刺史坛。
蜀道三光巴峡窄，嘉陵一路阆州宽。

26. 渡江

素锦半春江，山花一色窗，
潇湘青海岸，雁字已成双。

27. 喜雨

漠漠半云深，纷纷一雨霖。
田家多望外，小子伏听音。

28. 送韦郎司直归成都

蜀地共韦郎，同情梦故乡。
干戈天下满，风貌锦江长。
别酒成都醉，离诗赋草堂。
花开花落时，客约客书香。

29. 将赴成都草堂途中有作先寄严郑公五首

之一：
成都一丈夫，蜀语草平芜，
府策中枢幕，诗书共玉壶。
文翁公郑国，阁老节扶功。
石竹松梅见，音琴久念奴。
之二：
芳塘一白萍，碧积半天灵。
化雪高山顶，融心土木宁。
云光蜀客静，雨露习池青。
锦水重丹色，春明百草馨。
之三：
又问浣花溪，天光照石堤。

云晴波已静，夕照水高低。
信客争先至，疑人鸟不啼。
三生无似此，一饮醉如泥。
之四：
人间一道难，水上万波澜。
竹时千根笋，山中万木安。
阴晴风雨度，草木色青丹。
日月无终始，乾坤有暖寒。
之五：
芰荷一旧衣，柳木半枝稀。
客久重回步，邻人侧远矶。
江流江不止，日色日天机。
共说元戎事，同声阁老旗。

30. 别房太尉暮　在阆州

长空一断云，太尉半离分。
咫尺应相见，天涯可共群。
知情寻谢傅，把剑问徐君。
仰望径纶近，鹦啼向客闻。

31. 自阆州领妻子却赴蜀山行三首

之一：
一路到天边，三生问酒泉。
南洋南海岸，北陆北桑田。
木槿知朝暮，梅花不陌阡。
同心香色市，共处各坤干。
之二：
同心共岁年，市路各天边。
所向何求止，耕耘几寸田。
干戈由乱乱，日月问方圆。
自古夫妻守，如今子女怜。
之三：
北国飞霜雪，南江水色寒。
妻儿不暖背，老少有盘桓。
往去听山馆，移居陌港端。
人行知路远，世乱敢求安。

32. 行次盐亭县聊题五韵

马首入盐亭，衙前立丹青。
云浮溪淡淡，木直作乔桢。
蜀地多才子，严家北斗星。
诗词可意会，物象用心听。

33. 倚杖盐亭县作

策杖一溪边，寻花半水田。
鱼鸥飞掠岸，白鹭等闲跹。
聚散山县市，田麻菜米船。
农家求甚简，侧抱枕衣眠。

34. 泛房公西湖

房公刺汉州，凿石导东流。
但以西湖水，成潭泛楫舟。
题雕尊绘刻，皂盖缕春秋。
业迹由时去，声名可记留。

35. 舟前山鹅

鹅儿贴淡黄，水影试炎凉。
引颈波纹远，高扬引渡乡。

36. 得房公池鹅

曲水鹅肥一右军，房湖浦白半青云。
凤凰池上应回首，但作兰亭被襛芬。

37. 答杨梓州

房公池上水，浦口渡边舟。
却向青溪问，容融几向流。

38. 登楼

高楼一客心，怯意半登临。
玉垒浮云岸，江流滞水浔。
朝廷终不改，后主引词萌。
日暮西山近，黄昏问古今。

39. 赠王二十四待御四十韵

往往相离别，飘飘寄此身。
经经安史乱，历历俱风尘。
一去星桥夜，三移北斗辰。
兴亡家国见，胜败数秋春。
避世南山晚，闻军魏阙申。
渔阳思义窃，上掖禄山沦。
市隐商周契，书成过雁频。
关风谁绶冕，物序著黄巾。
赤壁分三国，唐宗合一钧。
胡旋胡伎俩，朔北朔兵巡。
蜀雨霖铃驿，长安渭水津。

飞女回纥帝，财道契丹民。
此象双仪易，天机独立新。
莺鸣知水暖，落叶后知轮。
锦里含栖宿，荆中纳故臣。
身得多顾止，浪迹少思秦。
白帝城前问，巫山狭外滨。
先王先觉悟，后主后谋臻。
伏柱谁龙虎，乘槎试都刀。
鸳鸿南北度，汉楚暮朝甄。
耻辱朝堂伪，贫穷不是因。
书生书自己，度岁度麒麟。
汝付当阳赋，余茂刻苦辛。
花溪花易落，浣女浣东邻。
淑淑娇人步，悠悠索客亲。
三年知所以，十载读篁笃。
蠃米由饥色，蔬芹任碧茵。
琴台听细语，石镜话清纯。
练水东西带，蚕崖困守真。
鱼凫成蜀志，化得杜鹃啍。
学子曾天下，王侯已达人。
蔗芋常充腹，石枕可司晨。
积积三年液，区区半岁淳。
田家无忘赋，列国有家珍。
短褐长衫补，朝衣布履陈。
孤言男子气，独目丈夫瞋。
射虎幽燕静，闻风李广斌。
虚怀灵武策，肃得子仪宸。
欸乃川流曲，梨园紫禁仕。
千年无进退，百岁有屈伸。

40. 春归

小燕受风斜，春云入客家。
巢边雏待号，细雨润桑麻。
滴露衣巾混，还寻未落花。
梁前听越语，夜半垒泥沙。

41. 归燕

东方千万里，北陆暮朝飞。
乱后应思定，春秋两度归。

42. 寄董卿嘉荣十韵

只道君牙帐，常鸣上碧霄。

王师今始定，戍役已成骄。
月窟黄图画，云台捕虏枭。
惊弓重射虎，受降见嫖姚。
海内戎衣久，天涯战士昭。
千山曾伏兽，尤水亦消条。
会取三军将，勋成百战辽。
天高鹰仰俯，野旷作飞雕。
扫荡群英聚，龙泉剑马标。
干戈应已静，指日再临朝。

43. 寄司马山人十二韵

一半生平尽，三千弟子云，
关中分袂久，月下素颜翁。
道术天山北，居清玉垒宫。
溪边驱猛龙，室外落飞鸿。
社稷寻常易，江山唱大风。
先生先主宰，后世后西东。
伏枥知千里，潜行问始终。
悬崖悬日月，纳积纳勋功。
谈笑胡尘静，鸣金击鼓戎。
重新成秩序，扫荡各傮虫。
挂角苍山箭，弯弓宇宙雄。
长安重指点，魏阙复秦隆。

44. 黄河二首

之一：

黄河北岸军，朔漠白云曛。
傲首惊回纥，龙兵将帅君。

之二：

黄河不尽一行书，魏晋何言半帝居。
供给千军应补足，庶民解袋奉不余。

45. 寄李十四员外布十二韵

博望知书苑，名传汉武时，
行装惊枕际，别驾万州辞。
蜀群多云雾，巴山少客诗。
嘉陵明月峡，栈道石穿支。
宿露巫山口，高唐白帝师。
朝云神女见，暮雨楚王岐。
野馆黄牛渡，平川小径姿。
凌虚烟水阔，解缆润江滋。
碧素红蕖寂，清巾净履旗。

杨村杨柳色，古木古人祠。

郁郁峰光老，泠泠玉漏池。

闻君司议主，吐气亦扬眉。

46. 归来

归来问小虫，不云作英雄。

彼此谁为大，江山日月风。

47. 王录事许修草堂赀不到聊小诘

如何王录事，有奈云来迟。

谷雨惊春沥，清明乞火时。

48. 寄邛州崔录事

谁闻酒熟香，直可醉中肠。

草木知天地，阴晴作故乡。

49. 过故斛斯校书庄二首

之一：

故老校书庄，邻人过客乡。

何须天下论，但向茂陵璜。

之二：

风声惊古木，雨沥问书房。

柳卧无桥岸，塘明旧水光。

50. 玄秋雨院中作

风云侵直木，雨雾落书房，

绝径花溪水，幽池碧草堂。

途穷湾自许，路达柳边杨。

老者成思策，黄粱自在乡。

51. 奉和严大夫军城早秋

玉帐一高旌，军营八阵城。

分弓方射房，立戌自纵横。

52. 院中晚晴怀西郭第舍

幕府一秋风，中军半不同。

诗人诗日月，草木草堂空。

子女妻儿早，童翁客酒虫。

浣花溪水色，不洗老书公。

53. 遣闷奉呈严公二十韵

何为来幕下，只合在行舟。

白水鱼竿钓，青枫岭木秋。

衣袍征戌色，足履步沧洲。

子女妻儿共，书翁字句求。

风尘应息静，日月复开头。

策论龙门外，思谋府御酬。

宽客成草木，性拙作沉浮。

力尽弓身处，勖工致苦留。

北魏黄河水，嵩山渭灞流。

中书门下客，两省府春秋。

拾遗途穷露，蹉跎少府忧。

成都君子路，浣水草堂收。

画角微躬致，蛟蛇太简侯。

樵渔曾所止，尧隐已苍酋。

解带文章校，行明自古丘。

梧桐栖宿鸟，别业杜心休。

旧翠南江枳，新云北陆修。

空藩鸟鹊架，野径去来投。

直作山河引，凭心日月舟。

严公知所以，进退可神州。

54. 到村

草木一高低，阴晴半玉堤。

浣花溪岸步，幕府戌人齐。

几度风云客，何须择叶栖。

长安闻少府，浣女草堂西。

55. 宿府

幕府一靖秋，王师半九州。

长安先已定，渭水客东流。

月色寒宫老，天宫桂影留。

书开千万卷，户毕草堂羞。

56. 送舍弟频赴齐州三首

之一：

岷岭半南西，徐关一日低。

苍茫云水色，绝域鸟鸟栖。

舍弟齐州去，蛮荒别故齐。

匆匆离去远，不忘浣花溪。

之二：

百里一齐州，三春半水流。

波波连不尽，处处共心头。

之三：

三姑青海岸，两弟在山东。

但望齐州路，何时入梦中。

57. 严郑公阶下新松

新松细雨沾，露滴点珠潜。

积聚成园汇，枝尖叶半淹。

58. 严郑公宅同咏竹

绿竹半含香，青烟一溢凉。

涓水流雨露，宽宽节枝扬。

59. 奉观严郑公厅事岷山沱江画图十韵 （下平七）

迤水流芳色，丝枫入晓塘。

池弯清岭岸，木直岷山梁。

粉壁呈雕笔，丹青画立墙。

菱荇荷玉露，芷蕙戴轻霜。

静练霓虹彩，藤萝玉带长。

鄱阳连九派，蜀雨洞庭光。

白帝巫山峡，巴州剑阁乡。

川云毫末始，雪域阆中杨。

谷暗千流去，峰明万木裳。

鹰隼常作客，鸟雀自飞翔。

60. 晚秋陪严郑公摩诃池泛舟

不似浣花溪，当疑泛瑞霓。

桃花源里见，鸟雀汉秦啼。

翡翠临光色，鸳鸯逐玉堤。

和平和日酒，白鹭白衣齐。

61. 初冬

挂老一戎衣，飞鸿半不依。

潇湘多夜雨，朔北故星稀。

雪域昆仑早，冬冰汉玉玑。

干戈沉渭水，偃息到京畿。

62. 至后 （冬至）

至后日渐长，成都半草堂。

青袍忧国事，白马望家乡。

棣萼承相梦，梅花继暗香。

吟诗吟苦雨，转战转余凉。

63. 正月三日归溪上有作

腊味一余情，春元半酒倾。

东风应日月，幕府负平生。

64. 弊庐遣兴奉寄严公

野水平桥路，晴沙照竹村。
风轻花鸟懒，节度酒公门。

65. 春日江村五首

之一：
村村农务始，岸岸泊舟平。
洒洒何知酬，人人问草生。
之二：
妾曲寻三蜀，蹉跎已六年，
如今飘泊久，胜似问方圆。
之三：
竹笋半雨中，从篁一字空。
英雄三界节，壮士九西东。
之四：
幕府一君才，沙鸥半去回。
邻人邻案几，笔墨笔先开。
之五：
寇盗哀王粲，长沙误贾生。
登楼先自醉，幕府已平生。

66. 绝句六首

之一：
云霓先日色，拂晓后明天。
但以西山见，喷波向酒泉。
之二：
日日息干戈，年年付世和。
妻儿飘泊久，客至且如何？
之三：
井盐交棕叶，采水断其根。
系缆停舟见，东流逝水痕。
之四：
急雨浣花溪，波涛过石堤。
鱼游边岸草，水涨渡舟西。
之五：
竹笋穿阶石，黄昏向远明。
云移衡岳去，水滴洞庭生。
之六：
日暮到谁家，黄昏夕照斜。
饥肠应莫响，石径有田瓜。

67. 绝句四首

之一：
竹笋别开门，行椒已满村。
梅花香已尽，子女小儿孙。
之二：
欲问一鱼梁，惊闻半水光。
潮来潮去后，涨水涨前扬。
之三：
黄鹂鸣翠柳，白鹭上晴天。
北蜀千年道，东吴万里船。
之四：
锦水成都绾，巴中剑阁愁。
巫山神女问，汉帝楚王留。

68. 哭严仆射归榇

归舟返故乡，仆射立中堂。
蜀道成都远，行营永帝王。

69. 宴戎州杨使君东楼

琴弦一伎奇，曲舞半身姿，
浅意非芹态，深红是荔枝。

70. 拨闷

云安酿米春，未溅已熏人。
入峡巫山雨，倾杯白帝醇。

71. 渝州候严六侍御不到先下峡

一峡长江水，千波两岸分。
渝州三国志，滟滪半衣裙。

72. 闻高常侍亡

蜀道已传亡，皇城不故乡。
中书门下客，上液祝平章。

73. 北京北海白塔序

积翠春秋水，堆云日月门。
方圆由白塔，草木问王孙。

74. 客忠州使君侄宅

水浅一深潭，云高半海涵。
滩宽流已慢，岛落逝家淦。

75. 禹庙

东西南北导，四海九州家。
禹庙闻流水，江青逐白沙。

76. 题忠州龙兴寺所居院壁

井邑一云根，忠州半子孙。
孤城应早闭，古寺已黄昏。

77. 旅夜书怀

草木一春秋，乾坤半九流。
星无天地阔，逝水不回头。

78. 别常征君

白发少年心，偏离向古今。
逢前何急切，别后更重音。

79. 三绝句

之一：
衙门一半开，刺史二三台。
盗贼杀声起，长安久治裁。
之二：
家人不问秦，故水已知春。
拨乱千钧重，和平万里人。
之三：
将帅兵军少，边邻国域分。
男儿多不勇，妇女没官军。

80. 十二月一日三首

之一：
腊月一冬梅，清香半去回。
疏疏无彼此，淡淡有春催。
之二：
岩盐一井中，蜀市半云红。
但见黄云雾，何如唱大风。
之三：
不见黄鹂去，还闻燕子来。
桃花红胜火，柳絮素衣开。

81. 又雪

白雪飞天地，青崖落复消。
微微轻薄色，脉脉去来潮。
虎狼应无恐，虫蛟亦不遥。

悠悠三两日，处处地天骄。

82. 奉汉中王手札

蜀道汉中王，荆门峡外扬。
枚乘应七发，宗玉可千肠。
剑阁苍溪色，巴州虎跳乡。
瞿塘千里雨，咫尺一天梁。

83. 赠崔十三评事公辅

飘飘风雨去，寂寞夜梦来。
塞北冰霜色，江南草木开。
梅花先起步，早见碧薜苔。
石上封寒露，云中散绿催。
元戎成命久，将帅弓仪恢。
战士林郎羽，参军幕府魁。
燕王寻骏骨，赵国相如回。
剑阁陈仓望，官辞彼此猜。
行营戈守帐，鼎彝列陈才。
木秀深林里，鹰隼野旷垓。
桑田狡史薄，犬马逐天埃。
傲首寻寻顾，山河日月推。

84. 长江二首

之一：
白帝长江水，瞿塘过峡门。
朝宗人共挹，壁立共儿孙。

之二：
源流万里长，曲折千年扬。
大海应无止，何寻一故乡。

85. 承闻故房相公灵榇自阆州启殡归葬东都有作二首

之一：
房相一太守，苦历半巴中。
驾鹤东都去，浮云有大风。

之二：
谷壑一青丹，黄河十八滩。
长江千虎跳，大海万波澜。

86. 玄安九日郑十八携酒陪诸公宴

干戈已遍乡，铁甲戍渔阳。
酒后扬长去，应知是客郎。

87. 答郑十七郎一绝

文惊十七郎，路好万千杨。
日月循朝暮，山河胜豫章。

88. 将晓二首

之一：
铁锁不开关，川云问蜀还。
星河成曙彩，闪烁换千山。

之二：
下里巴人唱，襄阳鄂鄂楚歌。
梅花三弄曲，晓色一干戈。

89. 怀锦水居止二首

之一：
风尘战伐多，旅役死难河。
独角舟人水，回声舜帝歌。

之二：
锦水一川流，成都半堰修。
分江闻父子，舜禹引潮头。

90. 子规

日日子规啼，声声过五溪。
田家锄草木，傲吏不高低。

91. 立春

春风春雨细，草色草萋萋。
白玉楼中曲，青丝项上迷。
题诗三两首，曲舞露端霓。
素手相如问，筑垆有范蠡。

92. 漫成一绝

江流一路波，月梦半天河。
水暗船娘影，灯明夜曲多。

93. 老病

老病一身多，重温百岁河。
时时天地问，处处楚王歌。

94. 南楚

蜀道千流见，中书两省闻。
何言常俯仰，不是故离郡。

95. 寄常征君

白水青山见，风尘羁绊闻。
开州先入夏，剑阁后分云。
楚客庄王问，湘妃竹泪勤。
牧乘连七子，鼓瑟任征君。

96. 寄岑嘉州

已老冯唐见，保诗谢朓书。
相逢应见少，别路已多余。
十载徒相忆，三生可梦虚。
长江三峡水，拾遗半樵渔。

97. 移居夔州郭

伏枕云安市，迁居自帝城。
夔州夔柳折，禹峡禹江倾。
十二峰中间，三千日月生。
朝云朝不止，暮雨暮难平。

98. 船下夔州郭宿雨湿不得，上岸别王十二判官

不闭一夔门，常开半雨村。
江流江不止，水逝水云根。
大海成洋瀚，沙湾作饮恩。
人间人所就，世上世乾坤。

99. 雨不绝

不绝雨云烟，还行日月船。
沙依天水岸，石赖杜陵天。
滴滴珠珠聚，幽幽落落泉。
江舸何急促，莫以隔琴弦。

100. 简

序：
崔评事弟许相迎不到应虑老夫见泥雨怯出必愆佳期走笔戏简
诗：
江云江雨雾，水色水泥平。
舼首昂然举，驱程泰岳轻。
瞿塘三峡短，白帝半巫行。
湿服重新易，听猿不住鸣。

101. 夜宿西阁晓呈元二十一曹长

月暗更酬响，江流水色低。
山形鸟鹊宿，雨雾大漠迷。

102. 西阁口号呈元二十一

草木直云稠，寒江曲折流。
星稀明月近，水暗隐滩头。
浦口风无阻，君心社稷酬。
山河原自主，日月待人忧。

103. 西阁雨望

云低雨满楼，水急客心忧。
湍灭凌波石，山风扫荡秋。
层林峰不见，直木颈难休。
湿叶归根后，方知未醉留。

104. 宿江边阁西阁

江边一阁悬，水上半船牵。
月下猿啼住，云中客不眠。

105. 不离西阁二首

之一：

腊尾已先春，梅花半愚人。
群芳寒未暖，暖色逐新茵。
失路从妻子，无家复忆秦。
江楼临逝水，阁雨不留邻。

之二：

阁雨夜云辞，人离水不知。
江亭江未止，素练素方丝。

106. 西阁三度期大昌严明府同宿不到

宿约严明府，霜临古木桥。
江流方见涨，月色隐云霄。
夜夜三更后，朝朝一半朝。
孤平吟未未，独影慢飘飘。

107. 西阁二首

之一：

瞿塘巫峡蜀，白帝大昌凌。
水阁临官渡，巴东楚界承。
孤猿啼不尽，百鸟望飞鹰。

半夜肠千断，三呼有十应。

之二：

君心应似水，逐意可如流。
草木阴晴见，乾坤日月酬。
行程寻远近，步履过沧洲。
曲赋由情主，诗歌得自由。

108. 阁夜

阁夜一流声，天涯半不平。
悲心听鼓角，呓梦作儒名。
战伐夷歌少，干戈玉笛鸣。
音尘同彼此，草木共枯荣。

109. 西阁夜

江流西阁月，水击大昌门。
夜梦西陵峡，巫山楚国蕴。
千思安史乱，百虑契丹村。
不解和回纥，难言汉子孙。

110. 西瀼水

奉节故陵沱，西训水色多。
千顷分一道，百涧大宁河。
锁峡巫山雨，开流舜禹歌。
巴东成楚渡，始望忘干戈。

111. 入宅三首

之一：

夔门从赤甲，奉节挂云帘。
庙宇由官渡，巫山映白盐。
风光雾细细，雨色草纤纤。
宋玉高唐赋，屈平楚水淹。

之二：

乱后难居止，春前水尚寒。
衣裳须不换，夏日解时宽。

之三：

宋玉归州宅，屈平有秭归。
文才何不济，子女误相依。

112. 赤甲

瞿塘峡口急风流，赤甲夔门水逝舟。
蜀客荆州曾可借，移居炙背献芹酬。

113. 十居

桃红应客至，赤甲自瀼西。
不慕辽东鹤，还闻枫珪题。
丛林藏古志，碧海纳云低。
直木乔身正，文房大小齐。

114. 暮春题瀼西赁草屋五首

之一：

长江三峡水，白帝一流东。
奉节繁花吐，瀼西百舌终。

之二：

十亩三千橘，瀼西五六村。
邻人如不问，隔壁共黄昏。

之三：

悲歌时自短，醉舞乱青巾。
野雀争贫米，江猿傲独津。

之四：

清流常不许，浊荡半泥沙。
子女妻儿室，王臣不一家。

之五：

已老尚书郎，临危傲栋梁。
丹心应自补，苦药可衷肠。

115. 园

夏水一田园，春锄半酒泉。
江山安史乱，草木不方圆。

116. 尔子至

杏李半桃黄，春秋一子香。
妻儿相聚首，日月携提长。

117. 示獠奴阿段

直木苍苍落日高，环流杳杳水云涛。
声声鼓手由男女，处处芦笙换尔曹。

118. 秋野五首

之一：

枣熟从人打，葵成待日余。
朝朝低首见，暮暮以心居。

之二：

一树老龙鳞，三秋玉枣钧。
红中分碧色，缘里有黄身。

之三：

叶落收松子，风扬扫故庄。
农家农米饭，苦菜苦中香。

之四：

羽薄问高风，文明待大同。
飞霜青女敷，互雪满南宫。

之五：

帆留一片云，石落半鸳群。
峡口江流急，花前久嗅芬。
麒麟多跬步，虎豹少氤氲。
草色经天雨，云光白日曛。

119. 溪上

峡内淹留客，溪边草木花。
青苔生石上，碧水静流沙。
色向瀼西涧，心同赤甲家。
难成天地界，不忍问京华。

120. 树间

树上叶枝繁，堂中草木萱。
秋初风影阔，夏末雨云藩。
绪草成巢穴，衔泥寂孔元。
干戈应已定，静气问轩辕。

121. 课小子鉏斫舍北果林枝蔓荒秽净讫移床三首

之一：

鉏斫茅根木，仪锯斩古林。
文柯枝叶密，隐几客明心。

之二：

谷壑早生寒，苍荫已木舟。
知书还学剑，论道复儒坛。

之三：

直木补篱门，溪流净古村。
干戈何不定，俯仰问黄昏。

122. 寒雨朝行槐园树

杂树近千株，清流逐一湖。
桃蹊连东径，栀子接瓠瓝。
艳色红黄染，芳香有似无。
潜鳞三上下，泼刺一飞凫。

123. 季秋江村

白首一霜天，青衣半？田。
耕耕知日月，步跬度山川。

124. 小园

巫山半断一江流，滟滪三岩九脉舟。
暮雨朝云神女见，巴东白帝两城楼。

125. 自瀼西荆扉且移居东屯茅居四首

之一：

瀼西白盐村，赤甲向东屯。
自带荆扉色，移居处女根。

之二：

步履一瀼西，清流半日低。
林丛原始木，菜畦碧云齐。

之三：

自导一清泉，亲耕半亩田。
禾苗禾日月，果子果辛怜。

之四：

北户参差开，南山逶迤来，
朝班曾忆断，竹履过青苔。

126. 茅堂检校收稻二首

之一：

水稻初秋子，桑田小畔泉，
沙平平坝岭，草朽朽肥斫。
早下三十种，收成十石钱。
童翁齐努力，老少乐余年。

之二：

半亩田园力，千株稻米收。
三光三日月，一粒一春秋。

127. 东屯月夜

黄牛峡水喧，青女叶霜繁。
旧谷屯春子，新风向北原。
衡门开不定，风貌闭书轩。
桂客愁锄力，诗中待七言。

128. 东屯北崦

盗农也欺生，家贫历血情。
诗书由所欲，窃取不留名。

129. 从驿次草堂复至东屯二首

之一：

一坝半东屯，三生十地魂。
归田归不得，伐战伐乾坤。

之二：

苦力难高卧，田家不客身。
牛羊知草木，牧笛向秋春。

130. 暂住白帝复还东屯

复以归田去，东屯寄坝城。
除禾红米粒，子子半收成。

131. 刈稻了咏怀

刈稻半收成，观天一战争。
辛辛何苦苦，粒粒作生平。

132. 白帝城

白帝城中白帝魂，公孙恃下寄公孙。
襄王峡口西陵水，夏后巫山过楚门。

133. 上白帝城二首

之一：

英雄余事业，老迈久风尘。
白帝临巫峡，朝云暮雨频。

之二：

白帝久思秦，巫山半楚春。
高唐神女问，峡雨巴东濒。

134. 武侯庙

遗庙一丹青，南阳半羽翎。
鞠躬知尽瘁，后主可聆听。

135. 八阵图

一步借荆州，三分以汉酬。
江中图八阵，蜀上镇吴流。

136. 谒先主庙刘昭烈庙在奉节县东六里

江山由日月，社稷任径纶。
八阵留吴魏，三分九鼎秦。
关张诚结义，诸葛作龙鳞。
五虎中原逐，千军鹿马钧。

瞿塘巫峡水，奉节静风尘。
竹木神农顶，西陵建始津。

137. 白盐山

卓立白盐山，浮移赤云斑。
千家水户邑，百尺客船闲。

138. 滟滪堆

江流滟滪堆，玉柱石天回。
万水分无尽，千涛逐岸推。

139. 滟滪

滟滪分流水，长江逐石群。
波涛排玉宇，木戟落千滨。
虎跳鸥飞去，支潜雨溅闻。
舟人鱼子任，恶少弄翻云。

140. 白帝

白帝城头不锁门，公孙雨雾入黄昏。
巫山百里西陵峡，寡妇千年望水根。

141. 白帝城楼

白帝城楼寡妇吟，行舟滟滟女儿心。
望夫石上望夫去，暮雨朝云暮雨深。

142. 晓望白帝城盐山

晓望白帝城，盐山碧水倾，
瞿塘巫峡锁，赤甲任纵横。

143. 白帝城昀高楼

白帝城东昀顶楼，巫山半断大江流。
巴东楚客知神女，宋玉高唐赋未休。

144. 白帝楼一

公函白帝楼，奉节峡山舟。
腊破梅先绽，春来问白头。
巴东官渡口，楚水客归州。
楠木园外见，西陵不尽流。

145. 白帝楼二

托孤白帝楼，借蜀向荆州。
西露扶桑盛，云霏雾水愁。
三分三国事，九鼎九春秋。

剑阁长春对，蚕丛栈道修。

146. 峡隘

金沙千柳岸，赤橘半红黄。
素尾青鱼跃，澄湖白芷荒。
潮流由峡隘，谷壑任川扬。
拾遗无残酒，诗公有草堂。

147. 陪诸公上白帝城宴越公堂之作

巫山半断一潮流，渭水千戈半九州。
古制隋唐隋已去，新朝部落部春秋。

148. 诸葛庙

一顾半回头，三行两国忧。
王朝王挟持，汉室汉臣酬。
白帝托孤去，荆州向道谋。
躬身还尽瘁，羽扇不王侯。

149. 峡口二首

之一：
峡口一江开，巫山半断台。
东流分蜀楚，白帝信陵来。
之二：
巫山一峡开，白帝半帆来。
但向高唐住，巴东玉水台。

150. 天池

天池天马岸，鸟道鸟飞空。
白石青天里，巫山断壁中。
鱼凫修蜀国，夏禹治神工。
雨缋听神女，云飞楚帝终。

151. 瞿塘雨崖

瞿塘一雨崖，赤甲半天街。
白帝江潮至，巫山雾水霾。
云随三峡尽，木落骤秦淮。
壁石寻夫记，鱼梁见宝钗。

152. 夔州歌十绝句

之一：
赤甲巫山挂，白盐峡口颜。

夔州千水险，不记百牢关。
之二：
西陵不是彼西陵，且以瞿塘两岸青。
只问巴中巴东水，原来蜀水楚山灵。
之三：
群雄应并起，舜日旧箫韶。
割据渔阳见，王师比目遥。
之四：
夔门一白盐，赤甲半水潜。
天关应不锁，绝壁断云帘。
之五：
瀼流一万家，奉节故陵华。
白帝瞿塘峡，巫山两岸花。
之六：
涧水作瀼流，瞿塘峡岸舟。
分中滟滪石，日上数春秋。
之七：
巫山官渡口，蜀楚各西东。
界脉生儿女，江流草木衷。
之八：
蜀织吴盐古，江舟白马行。
商人天下易，傲吏志难成。
之九：
三分一武侯，八阵半江流。
魏蜀吴门水，托孤白帝楼。
之十：
借问夔门镇，谁知白帝楼。
千年山入水，百负士成忧。

153. 上卿翁请修武侯庙

自古龙蛇不必分，头头尾尾尽皆君。
千年角上须鳞顾，水里天中处处云。

154. 偶题

文章千古事，日月去来知。
草木阴晴济，乾坤十易师。
骐骥儿女志，骏骧马良姿。
楚汉何言界，唐虞已去斯。
儒家生法制，道子臻玄辞。
戒律禅坛久，清观庙宇熙。
云南标铁柱，朔北立王旗。

四海皆王土，九州有柴糜。
龙门多学剑，战场少书痴。
但作平生鉴，和人少别离。

155. 秋兴八首

之一：
巫山巫峡雨，白帝白盐山。
不日干戈定，何须自去还。
之二：
南薰一水花，北斗半京华。
共望寒宫影，同心风貌家。
之三：
晓日一朝晕，江楼半翠微。
功名刘项薄，世事去无归。
之四：
旧第一无人，新居半有邻。
朝朝还代代，故故复陈陈。
之五：
紫气自东来，函关闭玉台。
青牛从老子，此道李家裁。
之六：
赤甲瞿塘壁，夔门白帝楼。
巫山云雨客，渭水去来洲。
之七：
昆明池上水，武帝汉家功。
织女西王母，刘郎北大风。
之八：
蓝田昆吾见，樊川御宿闻。
长亭应十里，短道隔千云。

156. 咏怀古迹五首

之一：
飘流过五溪，破碎入千堤。
卷卷舒舒寄，浮浮浇浇齐。
巫山朝可见，白帝暮时霓。
夜雨巴东客，瞿塘逝水低。
之二：
庾信年侵已二毛，江南一赋自哀豪。
乡关不尽人生尽，宋王高唐宋玉涛。
之三：
万壑赴荆门，明妃尚有村。
阴山连朔漠，敕勒逐黄昏。

画外东风面，朝中议策魂。
明时明日月，合可合乾坤。
之四：
主立永安宫，窥吴唱大风。
荆州应尚借，诸葛女儿红。
白帝托孤望，巫山断峡东。
君臣三顾问，历史一朝中。
之五：
三分天地阔，百草暮朝高。
但记鞠躬瘁，何须后主褒。
岐山军务紧，白帝将帅曹。
伯仲从兄弟，伊吕自挂旌。

157. 秋日夔府咏怀奉寄郑监 审

赤甲巫山壁，秋江白帝边。
朝云还暮雨，石峡过云天。
宋玉高唐赋，襄王楚令篇。
东流神女色，奉节秭归船。
绝塞群峰断，孤城独望悬。
飘零三百里，蜀道五千缠。
煮井吴盐去，渝丝逐越川。
蚕丛应教化，舜禹李冰传。
锦水从流岸，鱼凫比杜鹃。
归州官渡口，湖北木鱼田。
沿渡神农顶，西陵下堡渊。
楠木园外渡，庙宇大昌泉。
虎跳长江洞，瀼溪百水度。
宁河湾入弦，水水自相涟。
玉树沱沱岸，通天觉悟惮。
雅砻和达曲，大渡青衣延。
剑阁嘉陵守，涪通两水先。
澜沧洲诸坝，万里自涓涓。
老大云阳问，佳人大足缘。
郎官行幕府，耿贾月夔阗。
庙宇先生契，瞿塘客比肩。
三江扬抑右，两路万里宣。
战伐干戈起，和平草木筌。
人心思定序，子意陌繁阡。
直树高天远，曲肠几度旋。
曹箫王室祝，鲁旦有宏棉。
栈道陈仓近，荆门满鄂烟。

磨女巫峡下，沮水沿漳川。
野店寒花色，官军尽可埃。
春联孟昶寄，望帝至今怜。
彩石隋阳落，山光任草怜。
云舒去卷见，闪落闪游鸢。
道学潼关里，青牛老子虔。
非矣非所是，是也是非玄。
蔺市涪陵望，丰都草木愆。
三清行必果，鹤泪点青莲。
持节楼台顾，行营古道拳。
军中无戏语，月下误天焉。
旅寓知朝暮，离亭向步翩。
繁枝官宦虎，简叶小如钱。
吕望闻鸿燕，周宣待独贤。
中兴应继世，慧觉可宗畋。
俱善当密论，风流登羽坚。
云中观侧立，御里宿牢千。
日上蓬莱阁，湖中暮碧巅。
登龙如此鉴，布俗始坤干。
朔北何英臂，江南几问笺。
生涯多百虑，国步落婵娟。
九月重阳问，三光彼此穿。
秋风秋肃穆，落叶落则蔫。
露菊黄花起，雕虫待晓镌。
班丰镐境遇，魏蜀各潺湲。
漠漠江潭月，悠悠峡谷蝉。
萧萧听十地，处处有双全。
駊血连营帐，商山宁管研。
隋炀吟水涡，沈宋唱余联。
释语斯文蔚，心经入注诠。
玄应去典籍，定语定音颠。
自古吴门话，如今晋魏沿。
相同相市处，各就各纯编。
汉赋牧乘启，唐诗继上县。
中书门下客，上掇状元鞭。
鼓乐贞观继，文章院集贤。
湘灵听鼓瑟，进士曲江筵。
汉祖王珪咏，秦王饮马跹。
开元天宝盛，此得作梨园。
野望长安意，初唐四杰蝉。
王勃苏味道，贾赐若虚然。

自有经晋译，玄黄律吕全。
束冬吴陕语，沈约王融延。
陆厥永明末，宫商辰齿跹。
文坛成领袖，以此四声璇。
北浊南清切，平安燕赵员。
秦人多上举，渭水语蓝田。
韵镜东西阔，家家国国挛。
王皇今古共，莫以近扇单。
集韵鸠牛等，林盒别玉篇。
何非何不是，以误以真佃。
上下三千载，阴晴五百填。
时时移复改，岁岁变还迁。
七祖归门一，江南顿悟禅。
长安神秀渐，跬步自修怜。
普济双峰寺，不二独云指。
黎元匡鼎救，恳践缺篱嫣。
雾雨夔门久，高唐白帝躅。
昌流问阮籍，绝域始张骞。
橘柚重阳色，枇杷五月鳞。
天竺迦叶授，雁塔意真传。
假到真时问，真时假亦真。
中华南北语，印度不同眠。
译释僧人解，何当晋魏全。
应知同彼此，莫以共方圆。
黄籍由来著，文章日日诠。
先生先后继，子曰子儒前。
处处应修进，时时可逐牵。
征途征不尽，举步举承仙。
诸子成天府，群书作陌阡。
江陵监审度，客主吐蕃辖。
以语诗词论，才华一洞天。
物象应知浅，字句可编年。

158.诸将五首

之一：
吐蕃回纥契丹闻，汉马西戎戍独军。
北斗宋旗天子客，泾泾渭渭子仪分。
之二：
本意筑三城，天骄拔一旌。
翻然回纥举，远救朔方兵。

旦以功劳论，何言父子名。
莲房红粉色，战地草枯荣。
之三：
农夫烽火望，上阵父子兵。
白骨南山近，禾苗雨雾惊。
秦川知禹贡，渭水子仪城。
十载阴晴布，三年日月明。
之四：
扶桑铁柱标，汉马问天朝。
朔漠谁安史，长安节度遥。
胡儿胡舞去，史子史通辽。
大雪冰霜厚，东风草木雕。
之五：
仆射锦江开，严公持节来。
三台三度蜀，九鼎九天裁。
两剑东川一，千军万马才。
隆恩隆赤甲，白帝白盐埃。

159.赠李八秘书别

补阙共中书，闻天帝畿居。
秋风和碧柳，落日映红蕖。
触目朱门顾，行文寇盗初。
平生贫不得，斗酒醉时疏。
百姓舟鱼水，三台政宰余。
何心呈逐客，但以杜陵墟。
小吏孤情傲，图庸独不如。
高林摧直木，乞米不樵渔。

160.寄刘峡州伯华使君

十二峰中见，三千草木荣。
苍鹰飞不止，白鹭落还倾。
父子君臣问，乾坤玉宇城。
先贤生继后，主宰育英名。
蚁穴藏冬米，空山虎豹行。
僧人知佛祖，道士向玄生。
白鸟江青沐，红枫素雪明。
夔门应未锁，急浪可潮鲸。

161.夔府书怀四十四韵

百岁耕耘日，平生十万诗。
其思思未解，未解解思其。

白帝夔门外，巫山奉节知。
高唐明赤甲，三峡白盐奇。
十二峰中见，三千弟子词，
襄王由宋玉，神女暮朝时。
水水山山问，云云雨雨迟。
人情人所以，世事世难移。
少壮寻天下，童翁待土兹。
周秦分政治，贵国合王旗，
九鼎中原逐，三台帝业施。
隋唐隋策制，古往古来规。
钢院幽州学，中吴德俄支。
长江三峡水，滟滪阳船期。
跬步前行路，阴晴不止持。
耘夫耘土地，立志立辛夷。
大海千流汇，江源万里池。
三生三万日，一亩五千葵。
学者无疆路，行僧有界司。
禅音禅世界，佛慧佛心维。
道者玄虚易，儒家彼此墀。
公关公策论，立政立人疑。
何以长城问，秦皇一代痴。
天堂终所见，不忘运河基。
自古皇家主，如今百姓麾。
农夫农土地，国业国人曦。
改革开放日，隋炀一路驰。
经商经贾易，制造制工厄。
信息潮流至，潘琪用我宜。
特区蛇口岸，国务院中仪。
法国地铁使，中华地铁熙。
中书门下省，首辅报告缘。
职守中编委，中南海里丝。
往事开来继，政通人和时。
但以时时善，雍雍领袖师。
明明明自己，待待待兰芝。
瞿塘三峡始，滟滪一无妨。
庙宇归州时，宁河润大昌。
应知齐努力，不可怨黄粱。
蓟北由终始，胶东石敢当。

162.解闷十二首

之一：

星散落柴扉，夜月照鸿飞。

引子山禽哺，船娘小女归。

之二：

一月下扬州，三江暗自流。

成都油米贵，梦里向东游。

之三：

蜀水千流去，金陵一石头。

江苏京口路，但觅郑瓜州。

之四：

水部一文章，曹刘半省郎。

开篇评沈范，学府待薛梁。

之五：

书生学李陵，作画玉香凝。

亦可知苏武，何言北海冰。

之六：

襄阳孟浩然，撼岳已惊天。

但以知明主，文思似涌泉。

之七：

文章苦问心，日月作知音。

跬步由良久，耕耘自古今。

之八：

蓝田一右丞，鹿柴半相应。

画里诗中见，鲲游问大鹏。

之九：

霓裳一右枝，渭水半东迟。

不在长生蓼，梨园筚篥时。

之十：

泸戎一荔枝，糯米粒微痴。

隐隐红颜色，纤纤玉女姿。

之十一：

胡姬眉目端，汉女玉金盘。

小杏出墙暖，区区子粒寒。

之十二：

成都一玉壶，蜀道半江苏。

有酒知儿女，无香对独孤。

163.复愁十二首

之一：

虎迹一深山，飞鹰半雪颜。

新闻天下瞩，故步去无还。

之二：

水岸一飞鸥，天边半落鸠。

何时同目的，展翼共春秋。

之三：

干戈何所以，锦绣几田禾。

过去和平少，如今战场多。

之四：

老子驾青牛，儒家伴苦修。

不二法门事，独二著春秋。

之五：

儒生一省郎，立世半书香。

问道玄虚易，行程十地乡。

之六：

金丝半绶丹，皁尾一旗竿。

不解陈仓易，方知蜀道难。

之七：

凌烟阁上云，玄武殿中君。

锦兽开元颂，良禽择木君。

之八：

秦王十骏名，阵乐半军声。

第九翔麟紫，威三驭太平。

之九：

房子麓侯欲，荣华豹虎行。

何言吴越女，不到凤凰城。

之十：

巫山断壁开，白帝逐流来，

十二峰中见，三千日月裁。

之十一：

九日分明色，重阳搬菊花。

何言家有水，自学酒无赊。

之十二：

江中一白鱼，卓上半诗书。

拙意潮头见，居心帝业初。

164.承闻河北诸道节度入朝欢喜口号绝句十二首

之一：

胡旋安史乱，力士苦离居。

已尽华清浴，东征太白余。

之二：

苍生计必安，百姓志应丹。

诸道江山主，群王社稷盘。

之三：

路上一歌谣，天皇半九霄。

开元天宝久，汉将汉臣朝。

之四：

不见梨园子，何闻四十弦。

公孙娘子舞，举剑满光天。

之五：

修文何偃武，治政必居安。

将帅和中见，臣君挽巨澜。

之六：

不拟选才人，骊山已断春。

梨园声切切，日月草茵茵。

之七：

仇交多顾虑，老病减牵强。

是日朝天子，何时入帝乡。

之八：

交绶在傅明，藻绘忆京城。

百草澶澶附，千军战战行。

之九：

东逾辽水乡，北过朔边梁。

紫气临天际，贤才附帝王。

之十：

黄金台上问，楚汉将中寻。

酒热邯郸子，渔阳直木林。

之十一：

渔阳光弼将，地道古今赢。

拓土营中战，何知负盛名。

之十二：

天威十二年，苦战三千天。

主力汾阳姓，中兴怯里怜。

165.喜闻盗贼蕃寇总退口号五首

之一：

大历吐蕃军，灵州汉将群，

中原中逐鹿，陇水陇秦云。

之二：

金城公主去，玉树使和来。

误以哥舒将，西戎汉马回。

之三：

天西采玉河，汉使劝干戈。

虎将胡衣射，昆仑战伐多。

之四：

黄河青海岸，陇水溯原头。

俱是源泉汇，何言同九州。

之五：

大历始三年，干元始一天。

东西南北见，日月去来悬。

166. 洞房

玉殿一秋风，龙池半大同。

秦川天水岸，麦积女娲宫。

茂泰多陵寝，黄山武帝空。

春秋相继续，子女慰童翁。

167. 宿昔

昔宿半青门，今行一子孙。

蓬莱王母问，社日晚黄昏。

168. 能画

能画女儿图，居心独玉壶。

由来和战论，社稷可扶苏。

169. 斗鸡

雄鸡应赐锦，汉马可先驱。

舞女闻香至，骊山问念奴。

170. 鹦鹉

宫深鹦鹉赋，竹远咏梅诗。

学舌人前后，疏香草木迟。

171. 历历

历历开元在目前，隆基安史肃宗迁。

中书两省郎官去，北斗成都拾遗边。

172. 洛阳

晋豫老潼关，哥舒洛惠湾。

黄河由此去，策令过华山。

173. 骊山

百里一骊山，千年半御颜。

温汤温地水，鹿苑鹿陵班。

174. 提封

提封天下汉，借问士中心。

北斗朝天阙，南山俭德深。

175. 覆舟二首张仪积羽沉舟

之一：

积羽可沉舟，成流已不愁。

金沙同陨石，万古帝王侯。

之二：

纍犀船复始，桂馆月无终。

不以蛟龙断，何言唱大风。

176. 白首

白首磁平生，青丝七步明。

冯唐今已老，宋玉赋难成。

177. 草阁

心扉不可关，草阁读书山。

侧畔沉舟见，无求直木弯。

178. 江月

江流江月在，草色草天因。

象物相同济，乾坤互所邻。

179. 江上

日日一江云，萧萧半岸分。

飘飘飞未尽，寞寞不知闻。

180. 中夜

夜色半江津，危楼一北宸。

胡尘千万里，战伐两三春。

181. 江汉

乾坤一腐儒，日月半殊途，

老病知音少，飞去不问吴。

182. 白露

白露一珍珠，方圆半有无。

秋凝云似雨，叶暗雾如苏。

183. 孟氏

学子兄弟亲，春秋孟母邻。

承天知教养，读遍问来人。

184. 吾宗　卫仓曹崇简

诗惧一吾宗，草木半天容。

质仆衣冠旧，径纶日月封。

185. 有叹

白首一人间，红颜半等岁。

雄心知朔漠，壮志在南山。

186. 冬深

江溪一石根，暮日半黄昏。

竹影随长尽，山光背水蕴。

187. 不寐

瞿塘一夜流，白帝半江愁。

月落更筹改，金陵作石头。

188. 月园

寒江开夜扉，桂月半回归。

缺缺圆圆问，来来去去违。

189. 中宵

月下半移沙，中宵一浪花。

星飞径白水，宿鸟误回家。

190. 遗愁

江通一遗愁，地隔半神州。

进退书生误，枯荣草木洲。

191. 秋清

日月一秋清，阴阳半界明。

天高云淡洞，水净浪花晴。

192. 伤秋

学者不伤愁，冠官以国忧。

戎衣天子宿，老将战幽州。

193. 秋峡

江湖秋峡空，落叶水深红。

白帝城中见，瞿塘日上风。

194. 南极

青山南极合，白谷古城分。

鸟道风飚虎，干戈李将军。

195. 摇落

鹅肥池见瘦，季子有貂裘。
叶落江流暮，摇波日色秋。

196. 耳聋

雀跃半飞空，猿攀一大风。
无闻观世界，有净目极终。

197. 独坐二首

之一：

独坐一文明，孤行半玉英。
花寒溪水净，草碧近秋荣。

之二：

白狗临斜北，黄牛直向东。
朝云由白帝，暮雨作霓虹。

198. 远游

江源万里长，逝水半天光。
海海洋洋见，波波浪浪扬。

199. 夜

夜月半窗明，秋虫一草声。
鸣时鸣不得，露重露寒清。
九月茱萸老，黄花小女情。
家书家梦远，雁落雁无情。

200. 暮春

潇湘一洞庭，汉寿半江灵。
草尾汨罗市，君山岳麓铭。
春风春不定，草碧草丹青。
五月江南老，三生病老萤。

201. 晴二首

之一：

久久巫山雾，平平白帝云。
初晴神女峡，草木雨纷纷。

之二：

点点珍珠泪，圆圆日色明。
晴光晴不久，雨露雨去城。

202. 雨

巫山细雨半阳台，白帝轻去一峡开。
奉节巴东连蜀楚，瞿塘水向秭归来。

203. 月三首

之一：

草木枯荣度，干戈日月残。
南山封雪顶，北斗挂秦川。

之二：

巫山三峡水，白帝玉绳横。
此色西东结，江流草木平。

之三：

万里瞿塘峡，千年奉节来。
江流江不止，白帝白盐台。
赤甲夔门锁，西陵沿渡开。
三光三界问，两岸两猿催。

204. 雨

雨净半天台，云舒一客回。
樵人樵斧响，醉客醉余杯。

205. 晚晴

返照半归明，高阳一远晴。
黄昏黄世界，汉帝汉家声。

206. 夜雨

天高天俯仰，夜雨夜云流。
学子三千界，郎官一国忧。

207. 更题

一路问荆州，千年对阁楼。
巫山云雨过，楚鄂郢中求。
白帝巫山水，瞿塘逐九流。
天门沙市北，汉寿洞庭舟。

208. 归

月色半云天，江风对醉眠。
归时归不得，寄宿寄船弦。

209. 热三首

之一：

苦热知三伏，凉风入九秋。
炎凉由夏末，老病自衰愁。

之二：

江风一峡开，暮雨半云来。

十二峰中木，高唐一半台。

之三：

解甲布干戈，戎衣问稻禾。
妻儿求温饱，牛郎待过河。

210. 日暮

牛羊下括回，草木向天开。
一曲山河外，三呼月上来。

211. 八月十五夜月两首

之一：

白兔数秋毫，寒光近不高。
宫深藏桂子，月满有区区。

之二：

婵娟一去来，后羿半徘徊。
桂影修长见，宫寒可不猜。

212. 十六夜玩月

月月年年有缺圆，风风雨雨半云天。
嫦娥后市应无悔，举案齐眉有酒泉。

213. 十七夜对月

圆中有缺弦，水上见高天。
慢度思长路，渐行始久全。

214. 村雨

战伐惊天地，干戈锁甲衣。
灯明灯影暗，雨夜雨声稀。

215. 雨晴

巫山一雨晴，白帝半殊荣。
但见江明色，还闻浪峡声。

216. 晚晴吴郎见过北舍

九日茱萸开，重阳故客来。
三秋应畅快，一醉尽余杯。

217. 瞑

薄暮入深林，牛羊问野禽。
相和相角逐，互刻互知音。

218. 云

卷卷舒舒见，浮浮落落分。

朝朝成暮雨，处处作山裙。

219. 月

仰望一嫦娥，清寒半九歌。
孤明高远见，独照入江河。

220. 雨四首

之一：
细雨一田禾，轻风半九歌。
微去浮去远，竹影自婆娑。
之二：
暮雨一朝云，巫山半峡分。
高唐高草木，宋玉宋天文。
之三：
骤雨一黄昏，浓云半水根。
巫山多子女，白帝有儿孙。
之四：
霏霏一雨村，落落半云根。
襄王神女会，宋玉楚天门。

221. 夜

星光半闪频，月色一天津。
远近分明暗，高低似隔邻。
君山虚直木，百鸟宿栖秦。
莫以经纶问，嫦娥后羿因。

222. 晨雨

小雨邑清晨，轻风过五津。
秦川官吏老，北望故人擎。

223. 返照

返照半回光，瞿塘一峡扬。
江流明水色，草木暗山梁。

224. 向夕

直木作高林，黄昏返照浔。
天光天日远，夕水夕山荫。

225. 晓望

晓望一秦川，巫山半蜀田。
瞿塘三峡岸，白帝两啼猿。

226. 雷

欲雨一雷惊，行去半闪明。
龙蛇应已动，鸟兽可倾城。

227. 雨

细雨已先春，浓云可木申。
巫山神女问，宋玉赋天伦。

228. 朝二首

之一：
晓旭楚宫南，霜空蜀岭含。
诗人贫独往，直木影深潭。
之二：
晓鸟自先飞，巫山去不归。
孤身倚竹杖，独望待春晖。

229. 晚

灯明不闭门，巷暗问荒村。
白帝巫山雨，瞿塘赤甲屯。

230. 夜二首

之一：
不见一天边，灯明半蜀弦。
婵娟应作伴，白帝已苍烟。
之二：
巫山无定鹿，白帝有惊猿。
渭水秦川岸，南山万岁田。

231. 宗武生日

我子生时见，知音巧稚名。
天街天步近，北海雅卿荣。
独以诗词语，孤传日月城。
东单东北路，帝子帝秦嬴。

232. 又示宗武赋吕嬴

格律一诗词，音声半自知。
传家传十万，问道问千师。
日月求救久，江山草木思。
人间应正道，笔墨有深池。

233. 熟食

男儿行法国，小女继家兄。

博士传家久，诗词续吾名。
收藏收十万，苦读苦行成。
二万三千日，耕耘不暇盟。

234. 又示两儿吕嬴吕今

令节成今古，书生彼此塀。
诗词留跬步，日月已相知。
祖籍山东记，幽燕读学思。
南洋南直木，北国北人师。
自在平生尽，农家历练迟。
京城京客老，绝域绝辛夷。
报告中南海，无冠三台兹。
孤身孤誉此，独往独来时。

235. 社日

岁岁春秋社，年年土地情。
云来云雨润，雁去雁声鸣。
北往渔阳见，南行白帝城。
神农耕芒种，处处共田丰。

236. 九月五首

之一：
重阳酒一杯，落叶满三台。
旧国黄花老，霜明久不开。
之二：
九日菊花开，茱萸采吉来。
南山多自得，北阙屋檐栽。
之三：
傲吏重阳日，书文九日裁。
皇城多弟子，孔府有余才。
之四：
朔漠戎衣少，渔阳满泪痕。
霜沉寒九日，北国雪封村。
之五：
巫山见老翁，白帝问妻童。
九日杯中酒，同声一醉同。

237. 九日诸人集于林

约集一林中，重阳半不同。
年年登北望，处处满秋风。
携酒成君子，吟诗共醉红。
黄花当伴侣，白帝问飞鸿。

238. 大历二年九月三十日

作客何时了，行程几岁终。
翁余夔子国，妇薄楚王宫。
杜若天门色，蚕丛蜀道空。
巫山霜叶落，白帝满江红。

239. 十月一日

白帝一高楼，巫山半断流。
巴东官渡口，武穴九江头。

240. 孟冬

霜沉一孟冬，雪落半天封。
白帝瞿塘峡，巫山两岸峰。

241. 冬至

年年冬至长，处处客梦乡。
子子妻妻见，兄兄弟弟肠。

242. 小至　冬至前一日

天时小大寒，地水去来澜。
但试阳春动，梅花上瑞端。

243. 览物

曾为笔吏趋，少府草堂奴。
白帝巫山望，黄河渭水孤。

244. 忆郑南玭郑县之南，玭珠

玭珠一郑南，伏毒半龙暗。
水月藏心底，江流节奏含。
风声云雨影，渚蒲浪丝蚕，
历尽沧桑落，诗文上杏坛。

245. 怀灞上游

风光灞上游，草木历春秋。
少府江山问，长安日月舟。
胡人胡服射，牧场牧羊牛。
一望昆际际，荒原自九州。

246. 愁

无心莫下秋，有意可沧洲。
草木年年长，乾坤日日浮。

247. 昼梦

昼梦自多眠，君来有雨天。
纷纷心不定，沽酒莫无钱。

248. 览镜呈柏中丞

览镜柏中丞，行明照玉冰。
干戈君易定，解甲峡西陵。

249. 即事

日照千峰雨，江流百合香。
黄莺鸣翠柳，白燕筑泥房。

250. 闷

白水隐风云，青山草木分。
无钱闻酒市，有子问衣裙。

251. 即事

群山一草亭，诸水一江宁。
白鹭飞云雾，黄甘色碧青。
张骞西域使，阮籍汉阳铭。
醒醉何无意，诗词带有灵。

252. 戏作俳谐体遣闷二首

之一：
江南一竹枝，渭北半诗词。
奉节瞿塘峡，西陵葛岭离。
之二：
斯人一两声，淑女去来情。
晓得成知道，川鸣作子规。

253. 乎词

中都舍弟达江陵，喜得团圆不独丁。
别别离离天下乱，朝朝暮暮老丹青。

254. 喜观即到复题短篇二首

之一：
白帝云中见，巫山雨里分。
长江三峡问，楚国半阳曛。
舍弟江陵去，香溪石首群。
书生官渡岸，日月洞庭君。
之二：
八月行江阔，扬帆驶独舟。

巫山巫峡见，白帝白盐秋。
赤甲夔门锁，瞿塘滟滪流。
巴东官渡口，草市埠河洲。
之三：
弟可依山寺，兄曾落古丘。
巫山巫峡断，白帝折鬓头。

255. 第五弟丰独在江左近三四载寂无消息觅使即此

乱乱离离易，兄兄弟弟难。
年年朝夕望，处处袖难干。

256. 舍弟观归蓝田迎新妇送示两篇

之一：
汝去迎妻子，高风亮节还。
秋江秋水净，日色日巴山。
之二：
白露兰田滞，秋分奉节留。
新人新妇女，舍弟舍中州。

257. 舍弟观赴蓝田取妻子到江陵喜寄三首

之一：
蓝田已去下荆州，奉苑江行白帝舟。
水过巫山三峡尽，天门中断洞庭楼。
之二：
秦兰一水云，晋陕增临汾。
白帝瞿塘峡，江陵涴市君。
之三：
庾信一寒家，罗舍二月花。
春来秋去见，卜筑暮朝瓜。

258. 江雨有怀郑典设

春寒早晚一巫山，细雨连江半玉颜。
峡口风扬波浪起，巴东已过秭归湾。

259. 王十五前阁会

楚岸收新雨，巴山静旧流。
瞿塘官渡口，白帝石中秋。
草炭熏鱼味，鲜鲈脍肫瓯。
人情多雀跃，老病不余求。

260. 寄韦有夏郎中

忧心一省郎，病士半书香。
子见中书令，翁闻国存亡。
贫人多病饮，傲吏久低昂。
但以干戈见，何言自在乡。

261. 陪柏中丞观宴将士二首

之一：

三军多将士，百战各身伤。
馔宴中丞酒，边疆汉马扬。
干戈由此定，绶带密金章。
醉客江山戌，明朝社稷梁。

之二：

绣带一金花，嬛姚半故家。
中丞杨将士，社稷颂乌纱。

262. 七月一日题终明府水楼二首

之一：

高轩已自凉，极目旧衣裳。
回顾临流去，三生老柳杨。

之二：

宓子一琴声，风流九政名。
缥英观奕治，邑宰半文明。

263. 季秋苏五弟缨江楼夜宴崔十三评事韦少府侄三首

之一：

月落黄姑渚，霜明白帝城。
江流江不醉，客老客无倾。

之二：

奉节瞿塘峡，巫山白帝家。
长江流不住，日夜忆京华。

之三：

东流一大江，阁酒半无双。
朔漠干戈乱，潼关已受降。

264. 九月一日过孟十二仓曹十四主簿兄弟

主簿仓曹一弟兄，蓬门曙色半纵横。
书眠不省诗词名，竹杖篱边日月清。

265. 过客相寻

呼儿问煮鱼，挂壁放群书。
缛节停船客，相寻以醉余。

266. 孟仓曹步趾领酒酱二物满器见遗老夫

楚岸成佳酿，醇香落渣泥。
分藏和米菜，以此告山妻。

267. 柳司马至

有使来三峡，夫诗向九鸣。
潼关方解甲，渭水已屯兵。

268. 简吴郎司法

瀼西一草堂，简寄待吴郎。
拾遗东屯客，迁居神柳杨。

269. 又呈吴郎

人生一叶贫，扑枣半文身。
远客多新颖，文心上太真。

270. 覃山人隐居

山人半隐居，入道一天书。
但以玄虚问，耕耘不挂锄。
商山商四皓，楚客楚三闾。
日月成明后，乾坤草木疏。

271. 柏学士茅屋

书生日月自当初，学士樵渔一卷舒。
步履须知千世界，男儿要读十车书。

272. 题柏大兄弟山居屋壁二首

之一：

叔父贵郎君，山居面壁闻。
朱门应阔论，弟子可芳群。
屋纳泉溪语，窗含日月云。
兄兄和弟弟，苦苦亦勤勤。

之二：

泉溪五七弦，草木万千天。
十载方圆定，三生日月田。

273. 戏寄崔评事表侄苏五

一管望云天，千丝对茧连。

文高栖鲍谢，曲调含奴弦。

274. 秋日寄题郑监湖上亭三首

之一：

何闻一钓舟，不得半江流。
渭水应文武，严滩是草洲。

之二：

潘生拙子家，贾傅客长沙。
水色天光近，江湖草木涯。

之三：

一望天边万里余，九州日上百年书。
山河草木乾坤色，社稷诗词赋曲居。

275. 谒真谛寺禅师

七祖始联名，千筹顿悟惊。
文津应渐进，立地一禅明。
历练经纶辩，诗书日月成。
年深知大觉，积累慧心萌。

276. 别崔潩因寄薛据孟云卿

雄心一四方，志士半低昂。
幕府三千界，男儿九鼎梁。

277. 送李八秘书赴杜相公幕

黄门一侍郎，杜府半平章。
北斗三台志，成都五蜀梁。

278. 巫峡敝庐奉赠侍御四舅别之澧朗

茅庐一酒香，别客半文章。
暮雨巫山外，朝云白帝旁。
桃源秦汉尽，隔楚问潇湘。
石壁重天立，江流泪水长。

279. 奉送十七舅下邵桂

绝域三冬尽，浮生一老身。
文章成世界，日月作秋春。
渺渺苍梧问，幽幽孟母津。
昏昏云雨侧，白帝秭归人。

280. 送覃二判官

汨罗不远一长沙，贾谊屈平半客家。
白帝托孤阿斗付，岐山向日夕阳斜。

281. 季夏送乡帝韶陪黄门从叔

阁老画麒麟，凌烟问五津。
贞凤贞铁杵，大理大疆钧。
治蜀朝廷谒，平章帝业臣。
黄门从叔去，玉带国冠巾。

282. 送十五弟侍御使蜀

使蜀问蚕丛，寻章待老翁。
杯杯巫峡酒，处处楚飞鸿。

283. 奉送卿二翁统节度镇军还江陵

锦缆军旗色，江陵日息兵。
潼关安史静，渭水复天京。
白帝朝云晓，巫山暮雨晴。
巴东官渡口，赤甲白盐明。

284. 江陵

序：
送田四弟将军将夔州柏中丞命起居江陵
节度阳城郡王卫

诗：
潇湘雁落一江陵，节度阳城半雪鹰。
赤甲夔门应水锁，麦城举首慰中丞。

285. 送王十六判官

客下荆南路，云中楚国舟。
巫山巫峡过，白帝白盐留。

286. 送鲜于万州迁巴州

京都先子杰，蜀客父迁风。
共步同朝论，当门一乃翁。

287. 寄杜位

共事严公幕，同鸣蜀治风。
烟尘多伐战，幕府任西东。

288. 奉寄李十五秘书　文嶷　二首

之一：
避暑云安境，秋风早上台。
高唐鱼复浦，白帝大昌回。
鸟落千崖静，云飞万水开。
巫山神女见，赤甲楚王来。

之二：
意度不无神，言辞是有钩。
衣冠知策略，客座自行秦。

289. 奉送韦中丞之晋赴湖南

处处高人在，行行蜀道真。
湖南湖北水，峡外峡中秦。
少府琴音寄，中洱忆五津。
长安长久治，岳麓岳湘濒。

290. 送李公曹之荆州充郑侍御判官重赠

曾闻宋玉楼，每欲问荆州。
暮雨朝云赋，巫山白帝流。
襄王神女颂，楚客蜀江头。
水国天门下，云天自主游。

291. 东选

序：
送孟十二仓曹赴东京选　太宗时因早谷
贵，东人选者洛

诗：
十二孟仓曹，东京选洛高。
留连知父老，去别问蓬蒿。
楚竹潇湘雨，巫山峡水涛。
高堂应有念，汉武取葡萄。

292. 凭孟仓曹将书觅土娄旧庄

之一：
乱后旧庄楼，村前故客忧。
干戈平未定，草木水生洲。

之二：
秋风寒叶下，北陆雪霜秋。
步跬寻前道，行吟忘白头。

293. 别苏傒

子赴湖南幕，衔明塞北书。
怜才怜学府，玄策立忧居。
竹简纵横论，春秋六国余。
江湖多草木，宇宙少当初。

294. 存殁口号二首

之一：
道士席谦闻，知章筜箪分。

诗人寻毕曜，不得郑虔文。
白马传曹霸，名家赤日曛。
中原中逐鹿，北朔北三军。

之二：
山山水水郑虔名，一士荥阳殁世情。
骏骏骐骐曹霸笔，三生骏骐存天荣。

295. 奉汉口王手札报韦侍御尊师亡

柱史仙公术，丹砂怪病多。
蓬莱应不远，驾鹤可天歌。
逝水连沧海，尊师逐几何。
飘飘随远去，峡口任青萝。

296. 哭王彭州抡

挚友惊生死，斯人问十州。
秦皇成九鼎，沈谢作千流。
幕府文章策，朝廷勇武酬。
蛟龙沉海域，虎豹跃荒丘。
宠辱三台事，身名一意忧。
冯唐应不老，李广酒泉休。

297. 见萤火

但见流萤去不归，应知水岸木丛飞。
星星火应无冷，落落稀稀可翠微。

298. 吹笛

秋山水月清，竹微短长鸣。
莫以昂扬远，关山未太平。

299. 后飞雁

晚雁向群鸣，衡阳水独清。
潇湘青海岸，岁岁去来行。
野草分寒色，双心结伴盟。
飞天飞羽翼，落地落栖情。

300. 鸥

寒江一白鸥，芷草半春秋。
但筹游鱼至，应声一钓钩。

301. 猿

远远一猿鸣，幽幽半夜声。
无非乡梦里，莫以故人声。

302. 黄鱼

赤甲巴山水，黄鱼峡浪游。
人惊三二丈，草宿短还长。

303. 泉

群群白小鱼，尾尾弟兄居。
细细波纹见，鳞鳞水草墟。

304. 麂

白鹿葛仙翁，青山馔玉丛。
衣冠禽兽客，逐射作英雄。
有节成天地，无源此世穷。
人生人自取，物象物由衷。

305. 鸡

三鸣元日至，一顶赤红缨。
但与天公唱，年年易五更。

306. 玉腕骝

节度江陵玉腕骝，卫公尚马著春秋。
江山社稷秦川养，一战乾坤过九州。

307. 猎序

序：
见王监兵马使说近山有白黑二鹰，罗者久取竟未能得，王以为毛骨有异他鹰，恐腊后春生骞飞避暖，劲翮思秋之甚，目少不可见，请余赋诗二首。
诗：
春生骞飞，避暖劲翮思秋之甚，眇不可见请余赋诗
射猎英雄无敌手，诗词学子十三州。
鹰隼雪域昆仑翼，北极鲲鹏万里求。
白白黑黑云上问，来来去去世中留。
天公取物乾坤象，市是同时市是舟。

308. 太岁日

楚岸年年渡，巫山处处寻。
元元三日晚，太岁日当临。
庆贺唐人节，行人正布衾。
黄皇黄道吉，去过过时阴。

309. 元日示宗武

岁岁有高低，年年对赋题。

声声文语句，默默念东西。
但以童翁别，何当草木笄。
诗情桃李下，子女自成蹊。

310. 远怀舍弟颖观等

积岁三年久，含辛一纸书。
多难安史乱，蜀道市乡居。
楚国天门断，江陵草市余。
吟诗吟不语，问苦问唏嘘。

311. 续得观书迎就当阳居止正月中旬定出三峡

当阳渡口沮漳河，舍弟荆门少府哥。
自行相呼寻目急，皇都去后故思多。

312. 将别巫峡赠南卿兄瀼西果园四十亩

瀼西果木赠南卿，处处樵渔自在行。
四十亩中辛苦力，桃三杏四五梨成。
花花草草天颜色，暮暮朝朝地厚情。
春夏秋冬相继续，农家酒社可田英。

313. 大理

序：
送大理封主簿五郎亲事不合，却赴通州，主簿前阆州贤子，余与主簿平章郑氏女子，垂欲纳采。郑式伯父京书至，女子已许他族，亲事遂停。
诗：
琴琴瑟瑟一虚张，赴赴趋趋半北堂。
渥水东流封大理，京书市族各东床。
麒麟骏骥何秦晋，禁舆金銮几谢王。
独见珠明和氏璧，沧沧浪浪玉家乡。

314. 人日两篇

之一：
岁岁元人日，年年草木新。
东风行细雨，剪彩色初春。
白首无循止，青衫有旧轮。
风尘淹旧感，苦力老人身。
之二：
胜里金花巧，人中日半寒。
尊前停柏叶，酒后路行难。

315. 江梅

江梅雪日开，玉色覆重来。
旦以寒香得，波涛素酒杯。

316. 庭草

草草半先荣，年年一律生。
无分颜色好，有道自身明。
路远江湖岸，荒原禁苑城。
茵茵离伏地，处处作时英。

317. 大历三年春白帝城放船出瞿塘峡久居夔府

将适江陵飘泊有诗凡四十韵
白帝瞿塘峡，巫山奉节隅。
巴人巴渡口，楚塞楚帆乌。
十二峰中色，三千磊壁芜。
神农官渡水，沿顶信陵凫。
栈道啼猿问，江流涌浪敷。
船扬船柳曲，子恐子妻呼。
瞬息惊雷响，云排倒瀑壶。
浓云浓扑面，澹雨澹肌肤。
树碧荣神女，岩张举剑孤。
公孙娘子舞，毕曜赋兰图。
几杖居舱坐，飞泉落案辜。
艄公艄女静，顾目顾前途。
尽尽巅波乱，行行曲折渝。
狼头狼鹿角，险道险滩涂。
似见鱼龙跃，还闻跋扈输。
环洲环去往，绝岛绝天枢。
日波恩涛谷，霁倾雾霾珠。
苍茫花溅海，独立独难扶。
鸟向高天竟，鸥从逐压濡。
人依舷把握，付与任次浮。
滟滪曾知晓，西陵已复苏。
香溪香两岸，沮洳沮漳湖。
旦别夔门去，江陵已暮逾。
寻应知赤甲，未纪白盐襦。
惧忆瀼西木，心遥筑木雏。
今思今所往，定待定时奴。
可以回头望，平潮似有无。
行当行傲吏，作可作书儒。

读得知音士，生来一丈夫。
中书门下省，少府少年符。
拾遗诗文志，天章已懒谀。
唯唯唯诺诺，独独独区区。
幕府严公策，成都治乱胡。
妻妻妻子了，路路路人虞。
太甲山林挂，彭韩易酒垆。
黎元知将帅，鼓瑟向苍梧。
舜禹东西导，乾坤主宰屠。
殊程殊所得，未免未崎岖。
步履经纶后，纵横世界躯。
重阳知老小，九月问茱萸。

318. 巴东

序：

巫山县汾州唐使君十八弟宴别诸公携酒
乐相相送率题小诗留于屋壁

诗：

植木巴东树，三年后去归。
平生迁自己，别日是鸿飞。
酒醉巫山雨，离云白帝扉。
应当由所欲，莫以作心违。

319. 春夜峡州田侍御长史津亭留宴　得筵字

明星上此筵，北斗挂天边。
万里船帆去，三更月半弦。
巴山巴酒夜，白帝白盐田。
赤甲夔门外，江陵普济莲。

320. 泊松滋江亭

日色落高唐，巴东入水乡。
江陵舟泊岸，或恐有鱼粮。

321. 行次古城店泛江作不揆鄙拙奉呈江陵幕府诸公

日日江流见，年年水色开。
山川听不尽，草木自去来。

322. 乘雨入行军六弟宅

一雨问行军，千丝六弟分。
春城春不尽，造化造日曛。

323. 宴胡侍御书堂　归字韵

一醉已回归，三生问是非。
何须何不止，道道道心扉。

324. 书堂饮既夜复邀李尚书下马月下赋绝句

林风半与明，下马一同倾。
野鹤霜眉目，婵娟慰醉声。

325. 上巳日徐司录林园宴集

上巳一春明，清明半古城。
林园林色碧，水榭水光荣。

326. 奉送苏州李二十五长史丈之任

七尺一龙泉，三生半月弦。
公侯应子弟，长史自先贤。
赤壁周郎火，姑苏同里田。
千年留简卷，二月望梅边。

327. 暮春江陵送马大卿公恩命追赴阙下

玉府标孤映，霜洲待月明。
卿公恩命赴，阙下待君名。
律象应同致，熏风可共荣。
孙吴同调赋，但以潘陆情。

328. 暮春陪李尚书李中丞过郑监湖亭泛舟

湖亭一水乡，桂楫半帆过。
海内文章客，云中有九歌。

329. 伯玉别驾

序：

奉送蜀州柏二别驾将中洱命赴江陵起居
卫尚书太夫人因示从弟行军司马佐中丞
弟卫

诗：

三台从俗见，八座太夫人。
别驾天门侧，荆州已入春。
中丞熊画现，伯玉弟文津。
与惠联诗句，江陵杜若尘。

330. 夏日杨长宁宅送崔侍御常正字入京　得深字

上掖一宫深，长安半古今。
杨雄呈宅第，子贱白头吟。
北斗常开口，正字入京霖。
升堂升甲乙，俯见问臣心。

331. 和江陵宋大少府暮春雨后同诸公及舍弟宴书斋

有会书香久，无风雨雾凝。
升堂知日月，酒醉问江陵。

332.

序：

宇文晁尚书之甥崔彧司业之孙尚书之子
重泛郑监前湖

诗：

回船一葛巾，奉酒半新春。
醉客何知醒，知君未问秦。

333. 多病执热奉怀李尚书　之芳

童翁一丈夫，老病半江湖。
日月寻常见，阴晴待玉壶。

334. 水宿遣兴奉呈群公

虎豹已深隐，勋庸树立题。
云含无彼此，水宿莫高低。
钼钝仪戈炼，桃源草不齐。
何寻秦汉迹，不问武陵溪。

335. 伯玉

序：

奉和阳城郡主太夫人恩合邓国太夫
人　阳城郡主王卫伯

诗：

孟母择居邻，尊荣上将钧。
阳城慈母训，教子画骐驎。
紫书鸾回救，丹心奉郡人。
芳芬留续律，共济过天津。

336. 江边星月二首

夜月露华凝，风波草木兴。
东流山色俱，一望半江陵。

337. 玉

序：

江陵望幸　肃宗上元元年设南都于荆州吕諲宁江陵尹，广生元年复卫伯玉为尹

诗：

江陵望幸秦，伯玉尹秋春。
北豫隆中对，南临石首津。
天门中断水，夏口汉阳臣。
白帝成都市，巴东蜀地新。

338. 望

不月浥风尘，天光净渚津。
星稀和露色，鸟宿不相邻。

339. 舟月对驿近寺

野鹭朱楼宿，青枫白水来。
明船明月郎，古刹古钟台。

340. 舟中

风停江柳下，雨落驿楼边。
渡口舟中问，瞿塘梦里仙。

341. 遣闷

水阔平沙岸，云浮碧草乡。
舟虚谁不系，鸟宿独栖梁。
举剑囊锥老，弯弓学子昂。
书生书未止，武略武人长。

342. 侍御

序：

江陵节度阳城郡王新楼成王请严侍御判官赋七字句同作

诗：

半见楼堂一水生，千流署水九江平。
君山草色荆州碧，飞鸿渚浦自轻鸣。

343. 又作此奉卫王

授简诗名只胜无，书生武勇作文儒。
东流已去江楼在，不似相如一大夫。

344. 舟书江陵南浦奉寄郑少尹　审

江陵知浅宿，石道洞庭湖。
草尾汨罗岸，君山阮水孤。
干戈儒已老，国物士穷途。
郑驿情怀望，衡阳夏口桴。

345. 江南逢李龟年

一见李龟年，三生五七弦。
千音双世界，九鼎半梨园。
跬步楼台见，公孙舞剑田。
岐王听宅里，崔九任堂前。

346. 官亭夕坐戏简颜十少府

蟋蟀半细鸣，蒹葭一露明。
珠圆珠不定，叶老叶无声。

347. 秋日荆南述怀

云台一老春，暮职半宫臣。
两省中书令，三光宰正伦。
殊情房管序，独意慰天津。
楚鄂昭王序，汨罗屈贾濒。
和人和氏璧，赵国赵君臻。
少府长安付，伊周渭水邻。
黄龙应讵假，赤雀可群循。
自古江湖志，如今隐士珍。

348. 叙怀斐然之作

序：

秋日荆南送石首薛明府辞满告别奉寄薛尚书景仙，颂德

诗：

南征为客久，北战已君初。
岁满归南浦，荆门楚国舒。
宫帘范雎将，殿互帝王居。
大角成皇报，扶风镇守余。
钩陈摧徼道，储槊架空虚。
唱却鲸鲵势，行缨卫霍书。
汤池呈略策，固险体何如。
此去由樵斧，严滩不必渔。

349. 哭李尚书之芳

热病沮漳滨，沧明逝水粼。
黄泉知白首，管辂共秋春。
尚武平安史，修文镇檄秦。
昭丘归此去，跷足问冠巾。

350. 重题

淮泗已横流，何言顾白头。
同生同死诺，共济共天舟。

351. 独坐

寻栖一鸟轻，独坐半心明。
白首黄昏问，书文紫禁城。

352. 暮旭

严霜独鹤栖，缺月待鸟啼。
客子思南渡，秦官仗北藜。

353. 移居公安敬赠卫大郎　钧

公安自是斗湖堤，普济滩桥石首西。
涴水荆江松虎渡，南平闸口埠河泥。

354. 述

少小爱文辞，轩墀束甲齐。
方圆依雅量，寸尺谢葵霓。

355. 公安送韦二少府匡赞

公安少府继先贤，数尽诗书百万篇。
已知消遥公（后周韦主是消遥公唐嗣立号小消遥公）世后，天门一水自风烟。

356. 赠虞十五司马

虞师远秘监，器宇近天街。
意气词源见，儒流笔不凡。
闻鸡尤起舞，捣练净衣衫。
楚客湘人致，丹青有海函。

357. 公安

序：

公安县怀古　备奔吴孙权封为左将军居此，时人称左公，故名公安

诗：

江深流去久，野望吕蒙营。
左将吴军此，公安自备名。
悠悠天地界，旷旷去来生。
也敬关公义，人怀可借荆。

358. 公安送李二十九弟晋肃入蜀，余下沔鄂

自弟知来蜀，如今向鄂城。
千流相背去，一路祝君行。

359. 宴王使君宅题二首

之一：
质朴稿东君，漂流问雅文。
轩墀今古证，拾遗去来云。
之二：
阳关一酒泉，故国半江烟。
十夜临风月，东流入海田。

360. 留别公安太易沙门

公安太易一沙门，白雪红梅半水村。
锡杖风尘兰若净，天机玉理制乾坤。

361. 晓发公安，憩息此县数月

晓发公安下洞庭，君山石首岳阳汀。
东方幕阜临湘水，百岁江湖草木青。

362. 泊岳阳城下

汨罗江上水，普渡口边湖。
赤壁周郎问，长沙贾谊儒。
山城山不尽，浪打浪云珠。
历历舟帆见，遥遥望远途。

363. 缆船苦风戏题四韵奉简郑十三判官 泛

楚岸湘流尽，公安赤壁吴。
平生知已别，解缆望江都。
但以连营见，东风可否乎。
应闻天下火，不醉酒家垆。

364. 登岳阳楼

长江万里洞庭湖，玉树千流湿地苏。
唐古拉山山口去，源头汇至沱沱吴。

365. 陪裴使君登岳阳楼

步上岳阳楼，君山一片舟。
徐孺诗子赋，雪岸谢宣州。
赤壁周郎笑，汨罗贾谊忧。

干戈应已定，渭水可春秋。

366. 过南岳入洞庭湖

扬帆下洞庭，闭目写丹青。
贾谊长沙近，屈平楚岸灵。
衡山重雨雪，鄂渚满芒汀。
赤壁华容道，苍梧帝子宁。

367. 宿青草湖

湘阴半望城，岳麓一山明。
早雁头飞北，长安已罢兵。

368. 宿白沙驿

孤槎泊驿楼，独步白沧洲。
暮色长沙渚，随波可逐流。

369. 湘夫人祠即黄陵庙

鼓瑟湘灵见，黄陵庙宇听，
忧心斑竹泪，点滴许丹青。

370. 祠南夕望

一望半长沙，千天十地家，
湘妃湘竹泪，二月二人花。

371. 登白马潭

人人惊白首，处处可诗词。
两万天天过，三生日日犀。

372. 归雁

大雁随人性，春秋各自飞。
衡阳青海岸，一岁增年归。

373. 野望

五岭一梅花，三苗半碧芽。
人间应草木，世上雪桑麻。

374. 入乔口 长沙北界

残年流水国，落日满长沙。
贾谊留词赋，屈平颂楚华。

375. 铜官渚守风 渚在宁乡县

铜官靖港一霞凝，沩水江流半玉冰。
浯口汨罗屈子问，杨桥泊宿望城应。

376. 北风 新康江口信宿方行

靖港新康镇，湘江古道流。
长沙长水色，岳麓岳阳舟。
隐几长驱去，观帆湿地侯。
凌寒凌？？，执热执洲头。

377. 双枫浦 在浏阳县

一浦问双枫，三湘映独红。
浏阳河水曲，岳麓楚才雄。

378. 奉送王信州崟北归

南鸿已北归，汉寿雨霏霏。
万子湖光色，湘鸣独自飞。
怀柔王室策，诤谏旅军威。
绝塞元龟问，陶唐雅论晖。

379. 江阁卧病走笔寄呈崔卢两侍御

江楼江阁望，病笔病中游。
锦带衣宽见，风流旧帽羞。

380. 潭州送韦员外牧韶州 超

海甸牧风流，分符汉署酬。
辉光先后主，雁落去来洲。

381. 江阁对雨有怀行营裴二端公

江南雨雾源，草木叶枝繁。
不以阴晴论，何言日月圆。

382. 酬韦韶州见寄

养拙江湖间，行营半水楼。
朝廷南北寄，上拔暮朝谋。

383. 千秋节有感二首 八月二日为明皇千秋节

之一：
八月千秋节，明皇二日来。
南山长寿比，北阙凤凰台。
之二：
古酿新杯酒，唐尧对舜陶。
三湘求日月，两岸送波浔。

384. 晚秋长沙蔡五侍御饮筵送殷六参军归澧州觐省

远望寒蝉响，长沙满渚洲。
三湘三直木，一老半淹留。

385. 湖中送敬十使君适广陵

相逢各白头，已别帝王侯。
岁岁何无见，年年过九州。

386. 长沙送李十一衔

李杜齐名论，膺乔并列州。
西康留赐履，渭水归作楼。

387. 重送刘十弟判官

经纶日月修，草木暮朝求。
莫以阴晴见，乾坤沮滞浮。
当成闻白头，未了挂吴钩，
岳麓新才子，长沙旧驿楼。

388. 奉赠卢五文参谋　琚

恭惟同圣出，丈籍共郑乔。
地阀云天赐，钱财上掖朝。
皇家明桼赈，奉赠御臣标。
侍府倾囊制，寒流自涌潮。
时清非造次，世济是萧条。
鹿米休传客，沧洲已度桥。
流年流体物，幸事幸云霄。
寂寂无声处，依依有童谣。
南山三载坞，北陆十年苗。

389. 登舟将适汉阳

登舟适汉阳，下榻问鱼梁。
历历城间树，萋萋杜若乡。
中原戎马竟，楚鄂泊帆扬。
武昌龟蛇望，黄陵吊帝王。

390. 暮秋将归秦留别湖南幕府亲友

水阔苍梧岸，云舒白帝舟。
秦川秦土地，渭水渭潮流。
幕府多才子，湖南有旧游。
诗人诗日月，客逐客春秋。

391. 哭李常侍峄

一代风流云，三修草木来。
天空天不语，地载地无台。
过客重遇旧，斯人不再回。
知音知彼此，布达布尘埃。

392. 送卢十四弟侍御护韦尚书之晋灵榇归上都二首

之一：

素幕过江楼，朱幡色古丘。
悲声悲世界，涕泗涕沧洲。
伏事从公久，龙骧比次酬。
深衷由士济，雅论任春秋。
獬豸威风在，旌旐日月休。
思谋多涑净，俭约自风流。
晋晋秦秦问，朝朝暮暮求。
悠悠心此寄，节节意难休。

之二：

树表史臣词，风尘问竹枝。
铜梁江汉损，次第觅寻诗。
不愧双青顼，何闻独赋时。
如今夫未了，白首已无知。

393. 哭韦大夫之晋

凄凄一未然，寂寂半苍天。
少弱冠年丈，文津早立旋。
黄图黄阁老，晋士晋台贤。
蜀儌犀牛讳，长沙素幕悬。

394. 舟中夜雪有怀卢十四侍御弟

但识山阴道，何闻桂水城。
江淮江岸阔，朔雪朔风平。
北陆霜衣久，南楼草未荣。
浸浸寒正齿，寞寞暖吴荆。

395. 对雪

北雪犯长沙，胡风冷万家。
干戈应紫禁。二月可梨花。

396. 赤壁

序：

楼上以路计长安谓近，以年犯赤壁为遥。

诗：

近望长安北，遥观赤壁南。
当如浮蚁醉，不问老湘潭。

397. 冬晚送长孙渐舍人归州

匣里雌雄剑，云中日月光。
参卿参事坐，浪子浪回乡。
鄂杜西戎外，飞鸥俯仰翔。
衡阳青海路，早雁已成行。

398. 暮冬送苏四郎徯兵曹适桂州

今今苏季子，古古体工扬。
六印苍梧去，兵曹适四郎。
屈平辞楚去，贾谊赋三湘。
桂水重阳日，长沙似我乡。

399. 风疾舟中伏枕书怀三十六韵奉呈湖南亲友

轩辕曾制律，虞舜卧琴弹。
世上音声致，人间意久安。
干戈由此起，战伐已生残。
老病年年益，诗书处处单。
青岑枫石磊，二屋水乡寒。
泊岸风流水，居庐窄不摊。
皇城知苦乐，布带束衣冠。
赤甲黄昏色，巴山蜀楚丹。
成都工部府，锦水草堂阑。
子女妻儿近，严公事业翰。
生涯生倦顾，羁旅羁看观。
奉节巫山去，西陵白帝坛。
湖南湖北度，楚蜀楚江澜。
赤壁周郎火，华容小路盘。
君山君子见，岳麓岳阳峦。
莫以蚕丛易，书生栈道难。
朝官朝御道，独木独桥滩。
拾遗诗词句，形身少府叹。
屈申屈直也，正义正心肝。
且以成伊吕，归时作比干。
三朝三世界，九鼎九盘桓。
奉侍灵墀笔，精工致简繁。
刘歆到走适，魏帝魏时干。
莫得连营计，徐庶始汗漫。

东风东所见，举檠举云端。
事事分南北，兵兵识预殚。
琛为琛玉石，鹄贵鹊河团。
庾信多倾许，陈琳反朴珊。
桃花源里问，五柳案前餐。
布布弦弦断，扬扬以竹兰。
苏张周宋舌，侯景公孙纨。
北斗常开口，文昌武勇刊。
军声何伐战，殿策和平端。
不废梨园曲，胡来节度官。
开元天宝事，至德干元銮。
有欲非成就，无心乃是宽。

400. 奉赠萧二十使君

共事严公幕，同行锦水滨。
参商三界论，顼议半清尘。
暂隙王凫聊，夔龙孟母邻。
稽康知故友，剧孟亚夫秦。
土地田桑母，阴晴草木均。
三朝池外水，一起辙中鳞。

401. 奉送二十三舅录事 崔伟 之摄郴州

徐庶一善交，未了半由巢。
尧隐皇城问，干戈宰世胞。贤才名已久，
治事业鲋鲛。反哺嘉声继，民心可共茅。

402. 选补谓之南选

序：
送魏二十四司直充岭南掌选崔郎中判官
兼寄韦韶州岭南交黔等州得土人以郎中，
御史充使，
诗：
南曹分五岭，选使过三湘。
佐纪山涛鉴，君铭秀水洋。
梅花开腊月，几案有寒香。
掌荐郎中任，新诗作豫章。

403. 送赵十七明府云县

连城明府宰，野雉去县迎。
报邑文书至，斯闻老病情。

404. 燕子来舟中作

舟中燕子来，几上故情回。
回顾三湘客，千声百态开。
衡阳黛已去，青海草洲隈。
处处飞归落，幽幽寄又催。

405. 同豆卢峰知字韵

折桂早年知，黄花向岁迟。
潘郎潘所以，老病老翁诗。

406. 归雁二首

之一：
大雁南南北北飞，年年岁岁去来归。
人人一一排空去，暮暮朝朝隐草扉。
之二：
岁岁衡阳青海岸，年年草木自枯荣。
春秋半度春秋客，去去来来是一生。

407. 小寒食舟中作

乞火绵山暮，春江二月寒。
湘南楼上望，直北是长安。

408. 清明二首

之一：
朝来新火取，暮去旧时贤。
不介绵山意，清明向夜烟。
秦男嬴政问，楚女芈朝天。
晋耳三朝罢，平生一客船。
之二：
秋千时俗临，伏仗白头吟。
取火青枫石，含烟自古今。

409. 发潭州

夜醉长沙月，朝行赤壁船。
周郎春水岸，诸葛老生怜。
白帝托孤子，岐山八阵延。
潭州前路望，阮水洞庭烟。

410. 回棹

平知一自圆，步历半桑田。
蒸水衡阳北，湘流作酒泉。
清流天下色，旧忆世中年。

逐性何渔父，成名不鲁连。

411. 赠韦七赞善

衣冠不乏杜陵贤，俚语时归五尺天。
木渎吴宫娃馆舞，姑苏只取范蠡船。

412. 奉酬寇十侍御见寄四韵复寄寇

往别文章句，今逢四十年。
黄花邙岳麓，御府洞庭船。

413. 酬郭十五受判官

江湖自得五湖词，岁老才微岁知。
举步无言何举步，扬帆不惜繁帆时。

414. 衡州送李大夫七丈勉赴广州

南洋镇海楼，越秀任珠流。
日月随海落，乾坤任自浮。
江山一远望，社稷五羊洲。
未老应先去，童翁可士由。

415. 哭长孙侍御

道里一玄名，书中半自清。
承恩知所遇，棹桂向冠情。
日月分相见，阴晴各独行。
三千弟子在，五百岁年平。

416. 虢国夫人

虢国夫人得主恩，明身上马入宫门。
无施脂粉红颜色，半入温汤半素痕。

417. 军中醉饮寄沈八刘叟

醒醉半军中，英雄一大同。
弓仪行日月，剑马任西东。

418. 杜鹃行

望帝留魂一杜鹃，蚕丛蜀道半秦川。
农夫但以耕田曲，杜宇红花满雨烟。

419. 闻惠二过东溪特一送

一子东溪过，三杯竹叶青。
皇天无老眼，渭水有流泾。

420. 舟泛洞庭

潇湘一洞庭，岳麓半丹青。
汉寿君山问，龙堆阮水灵。

421. 李盐铁二首

之一：
雨细浮云老，风轻嫩叶生。
春花春水色，晓月晓珠明。
之二：
一度身名起，三朝利禄城。
盐官盐铁问，子路子书行。

422. 长吟

士列群芳妒，官桥独木临。
无声渔父见，不免白头吟。

423. 绝句

蜀道巴中北，巫山白帝东。
朝云宙暮雨，奉节秭归终。

424. 草堂

洗荣浣花溪，闻梅作玉泥，
含香春已尽，直木草堂齐。

425. 书生

渚草似无边，游鳞摆尾怜。
应知由自在，不上钓鱼船。

426. 瞿塘怀古

巴山一断流，白帝装潢由。
两峡峰岩垒，金陵作石头。
陶钧凭禹凿，曲隐楚王修。
暮雨听神女，朝云问九州。

427. 送司马入京

丹墀一故人，内阁半秋春。
二主分三帝，千章合九秦。

428. 惜别行送刘仆射判官

仆射冠官仆射名，南寻骏马北寻缨。
麒麟已尽三年尽，俭省何言省节行。
荡尽龙媒驱骥少，江湖铁甲乘虚征。

长沙驿外西戎老，拾遗难盟杜陵情。

429. 呀（张口貌）鹊行　人老矣

老鹊孤飞落复鸣，江边有欲却无声。
昂场一掷垂洲渚，进退千涛逐水清。

430. 狂歌行赠四兄

弟弟兄兄一路行，先先后后半无名。
成成败败三千界，去去来来五百声。
短咏长歌凭酒醉，朱门陋巷任枯荣。
屈申者腿应知主，直傲凌烟不入城。

431. 逃难

五十白头翁，三千弟子同。
妻儿随我去，老病任贫穷。
早晚无温饱，秋冬有始终。
何辛含苦度，日月逃难中。

432. 寄高适

但借荆州路，何须蜀人忧。
南山重直木，北阙复秦楼。
隔岸阴阳远，相邻日月酬。
吟诗吟七步，问道问三秋。

433. 送灵州李判官

戎衣四海扬，铁甲五湖光。
幕府文才济，灵州半朔方。
中兴中世界，盛略盛酬良。
指日干戈息，人间有米粮。

434. 与严二郎奉李别

别意由君问，临风望去尘。
吴门长入液，蜀道短秋春。
诸盗成千列，群雄逐五津。
征兵驱百虏，受降满三秦。

435.巴西驿亭观江涨呈窦使君二首

之一：
转眼惊波上，随风一片云。
杯中无酒惧，岸水大江分。
之二：
涨涨还须落，流流亦去奔。
浮萍重自立，水急本无根。

436. 遣忧

一乱还加乱，三军复五军。
西蕃回纥问，节度使分文。
处处官衙拣，时时爪吏闻。
田家无子粒，不可论功勋。

437. 早花

巴山满杜鹃，白帝半船弦。
忘却三年战，红花一片妍。

438. 巴山

巴山已不安，峡口满波澜。
白帝行强盗，瞿塘柳叶残。

439. 收京

已道收京邑，兼闻灭犬戎。
如何安称至，寇盗过新丰。

440. 巴西闻收宫阙送班司马入京

剑外春天远，朝中日月晖。
南山明渭水，北阙立皇威。

441. 花底

紫槿扬千蕊，黄须引万花。
潘安留色彩，卫玠误回家。

442. 柳边

梅前一柳边，拂荡半垂悬。
绿叶红花衬，风头雨尾怜。

443. 送窦九归成都

一去锦官城，三生不可名。
分流都石堰，竹影草堂横。

444. 赠裴南部闻袁判官自来欲有接问

白发知音在，黄沙没古今。
琴弦单父问，嫉碍是人心。

445. 奉使崔都水翁下峡

数遍涪江筏，黄牛白狗分。
朝云成暮雨，白帝秭归闻。

446. 题郪县郭三十二明府茅屋壁

巫山一断天，白帝半流年。

别后巴东楚，逢人是一贤。

447. 遣闷戏呈路十九曹长

一夜春城雨，三更小叶泉。

清吟诗律细，浊酒对流年。

448. 随章留后新亭会送诸君

会送新亭酒，君行旧路尘。

襄阳应不远，步履岘山春。

449. 东津送张讽摄阆州录事

吏傲何寻宠，书生未劝廉。

应须常养志，不得忆陶潜。

450. 客旧馆

捣杵月无声，秋衣已半平。

寒光寒旧馆，隔岁隔今情。

451. 阆中奉送二十四舅使自滹赴任青城

莫问一青城，王乔两客名。

漫杂半江声，如何知太史。

452. 愁坐

野望未生愁，天涯有独舟。

风帆保不得，所以自春秋。

453. 陪郑公晚秋北池临眺

风风雨雨一秋荷，暮暮朝朝唱九歌。

岁岁年年如此是，来来去去伴清波。

454. 去蜀

五载蚕丛客，三生蜀道多。

成都湘水岸，白帝梓州河。

455. 放船

收帐由急水，卷幔逐回滩。

野旷今无径，云低俩鸟寒。

456. 哭台州郑司户苏少监

应从安史乱，各自独前途。

故旧相怜友，新闻互莫无。

班扬名存盛，迹结世人负。

阮籍多知会，嵇康小丈夫。

贤良何必展，硕慧正东吴。

市智朝廊策，台州俭约儒。

文章今读取，绝望仰天呼。

蜀老飘零处，邻君对玉壶。

457. 避地

流民一曲肠，避地半无乡。

岁晚年华少，诗书草木堂。

458. 送王侍御往东川放生池祖席

放生池祖席，彼此莫高低。

普渡生平客，东川侍御犀。

459. 惠义寺送王少尹赴成都 得峰字

云门云寂寂，古刹古峰口。

苒苒香烟渺，渭渭水月容。

衣冠重整理，案几复中庸。

少尹由周始，居人自鼓钟。

460. 惠义寺园送辛员外

朱樱结果朱樱实，惠义钟声惠义花。

世界阴晴三世界，袈裟著挂一袈裟。

461. 又送 独衲

双峰隐隐一在台，独衲幽幽半寺梅。

顿悟渐修成慧觉，清规戒律惹尘埃。

462. 九日登梓州城

九日梓州城，三秋客雁声。

衡阳应可宿，拾遗菊花明。

463. 阙题

寂寂万人家，悠悠一雪涯。

梅香同色染，以此共梨花。

464. 句

乞火清明暮，听书子夜灯。

小杏东风问，红桃闭户斜。

第四函 第五册
贾至一卷钱起四卷

1. 贾至

父子同居制书人，明径擢第帝王珍。
明星赞许中书继，大历丞相佐幼邻。

2. 呈崔侍郎

序：
自蜀奉州命往朔方途中呈章左相文部房
尚书门下崔侍郎
诗：

奉册衣冠正，征途绥带巾。
丞相文命令，剑阁蜀途伦。
大节公才济，丛菁虎豹频。
中原中势力，朔漠别方臣。
帅府明长策，王师不顾身。
凭忠凭义气，治险治荆榛。
激烈昂扬去，仕君以语钧。
行程行所速，主将主咸秦。
禹迹江流始，周康禁紫宸。
纵横平六国，日月居三春。
降虏干戈定，征安扫史尘。
渔阳鸣铁马，止蹴载昆仑。

3. 赠裴九侍御昌江草堂弹琴

琴音一草堂，积雪半天光。
霭色明云际，余声逐远扬。

4. 巴陵早秋寄荆州崔司马吏部阎功曹舍人

潇湘贬岳州，阮水洞庭流。
汉寿君山望，汨罗贾子秋。
千川凭禹凿，万水任瀛洲。
帝子三云梦，长沙一渡舟。

5. 闲居秋怀寄阳翟陆赞府封丘高少府

俱以龙骧列，同音上掖堂。
中书门下客，制书久低昂。
二句三言误，千章半字狂。
璋珪璋璞玉，楚璧楚才乡。
鸶鸶高山羽，鲲鹏俯仰翔。
皇都皇上液，紫禁紫宸光。
旷野山川净，蓬莱日月央。
长闻长有界，久治久无疆。

6. 送友人使河源 黄河之水贵德清

河源天水岸，玉树湿云流，
贵德清无许，东营万里舟。

7. 送李侍御

今年四十余，汉止五千书。
侍御公卿问，潇湘弟子居。

8. 送耿付使归长沙

长沙一日归，岳麓两鸿飞。
共向同程去，风貌共天晖。

9. 送夏侯子之江夏

扣楫洞庭波，江陵虎渡河。
湖南来楚水，但唱钓台歌。

10. 寓言二首

之一：
草木一春生，佳人半归情。
无期无不见，有意有阴晴。

之二：
赤壁一周郎，佳人半故乡。
琴弦琴已误，欲望欲低昂。

11. 燕歌行

北镇幽都重，东征蒲石河。
滹沱临易水，六股蓟门歌。
百战解卑胜，三军璞玉珂。
辽阳男子少，锦塔女儿多。
魏晋燕山界，隋炀静海波。
怀柔潮白逐，李广汉家戈。
黩武征戍戌，穷兵胜败何，
儒家文化俗，道子佛禅和。

12. 巴陵寄李二户部张十四礼部 时贬岳州司马

不以巴陵问，何言户礼君。
春风行细雨，草木溢芳芬。

13. 长门怨

长门怨尽一长门，百日昭阳半日恩。
飞燕难轻飞燕舞。黄昏日日有黄昏。

14. 铜雀台

鸟雀邯郸尽，铜台魏镇留。
英雄闻举桨，舞女不须愁。
草木年年绿，江川日日流。
黄河黄土地，古往古今忧。

15. 侍宴曲

流冰舞展堂，盛夏盛天光。
水榭闻风雨，香廊逐日长。

天墉天子客，陛下陛云乡。
曲曲昭阳步，声声入未央。

16. 对酒曲二首

之一：

一酒问梅花，三冬对日斜。
千杯疑落雪，半醉望天涯。

之二：

春梅一色浓，大雪半冰封。
淑气含章玉，梨花覆竹丛。

17. 送陆协律赴端州

越井非湘井，端州是岳州。
离心收别意，客在寄君舟。

18. 送王员外赴长沙

阮籍半书儒，长沙一丈夫。
春明云梦泽，草碧洞庭湖。

19. 送夏侯参军赴广州

落雁衡阳间，南南北北飞。
参军征戍守，转战几时归。

20. 长沙别李六侍御

贾谊逐长沙，君王问帝家。
如今神鬼梦，侍御奉乌纱。

21. 岳阳楼宴王员外贬长沙

汨罗不远一长沙，贾谊屈平半帝家。
楚汉三春云雨重，周巡九鼎济川华。
（殷高宗得传说于傅岩，用为宰相。）

22. 咏冯昭仪当熊

白羽贯雕弓，蜺旌唱大风。
王孙谁谏猎，贱妾自当熊。

23. 早朝大明宫呈两省僚友

紫陌曛天色，衡门待建章。
中书门下客，两省御皇堂。
绶带衣冠正，天墉步履量。
明宫知制书，上液染銮香。

24. 白马

白马自飞天，长空任岁年。
祥云相伴侣，自在不须鞭。

25. 得见其歌舞各赠诗

序：

赠薛瑶英元载末年纳薛瑶英为姬以使轻
不胜重衣于外国求龙绡胆，惟至及杨炎
与载善

诗：

但以龙绡薄，身形玉影来。
桃花姿色露，凤阙避风台。

26. 出塞曲

平沙一望尘，羽檄半兵人。
朔北传烽火，龙骧自去秦。

27. 春思二首

之一：

茵茵草色黄，隐隐杏花香。
莫向江湖间，鹅鸭暖水扬。

之二：

谁吟七步诗，窊子问曹丕。
洛水凌波见，长安有小儿。

28. 勤政楼观乐

帝女下三明，笙歌过九城。
中书门下省，制书报升平。

29. 赠陕掾梁宏　自述

工诗六十年，二万一千天。
日日耕耘律，应余十万篇。

30. 答严大夫

衡阳一雁来，捣杵半秋开。
莫以秦川月，湘江去不回。

31. 送李侍郎赴常州

雪后北风寒，春前莫服单。
江南江水冷，草色草先岙。

32. 初至巴陵与李十二白裴九同泛洞庭湖三首

之一：

岳麓飞鸿落，潇湘雾雨秋。
三杯成醉客，一叶作扁舟。

之二：

落叶纷纷下，湘流万万波。
苍梧千水净，竹泪二妃歌。

之三：

一夜洞庭湖，三湘贾谊孤。
黄花秋未晚，岳麓楚才儒。

33. 西亭春望

千波云幕幕，一望草青青。
竹笛三声曲，春风满洞庭。

34. 君山

不可寻黄老，湘中紫蕺晓。
巴陵何处去，日暮问飞鸟。

35. 洞庭送李十二赴零陵

十二赴零陵，三千日月凝。
天台停羽翼，不忆洞庭鹏。

36. 江南送李卿

鼓瑟湘灵问，潇云过楚关。
衡阳先暖水，大雁以春还。

37. 送王道士还京

仙云下帝乡，客雨半衡阳。
渭水应知问，长安日月长。

38. 巴陵夜别王员外

柳絮飞还落，江花去不回。
巴陵员外别，水色岳阳来。

39. 别裴九弟

水去一东流，云来半九州。
沧江沧海问，客逐客时舟。

40. 送献给事贬崖州二首

之一：

日月共崖州，阴晴市海头。

文章同格律，草木似春秋。

之二：

崖州岁岁不春秋，海角年年可纳流。

一柱擎天同日月，三生问道共天头。

41. 重别南给事

海阔天空堤，沉浮日月流。

沧桑由此见，陆地上升留。

42. 岳阳楼重宴别王八员外贬长沙

不必问长沙，汨罗一万家。

年年闻楚客，五月九歌涯。

43. 海南曲

德裕半天涯，僧孺一世家。

牛牛争李李，十六又山遮。

隐隐明时事，妻妻女女娃。

凌云虚负志，字字已精华。

44. 钱起

吴兴一仲文，进士十才君。

大历郎中客，翙端五字曛。

45. 紫参歌

序：

幽芳一紫参，尊片半飞禽。

五鸟奇葩见，三清古道心。

诗：

莲花会坐阳春雪，贝叶心经一色扬。

世俗三参三界止，声名五鸟五葩香。

46. 玛璃杯歌

玛璃含华质，琼觞纳玉英。

王孙无彩致，羽客有红缨。

锦萃珠连色，珊瑚琢海情。

杯杯龙朔液，隐隐豹斑明。

47. 锄莱咏

一莱莲花界，三明草木开。

幽人如若谷，啄鸟步青苔。

忘懒知情望，行勤胼胝才。

陶潜应酒醉，五柳断弦来。

48. 病鹤篇

病鹤川凫比翼飞，惊君旷野自双归。

沧江此去东流见，隔岸风光已翠微。

49. 片玉篇

玉琢荆山石，清荧楚璞晖。

三朝和氏璧，六国赵人归。

珪印次溪迹，璋痕落翠微。

蓝田应幂幂，美色雪霏霏。

50. 画鹤篇　省中作

雪翼一精工，霜毛半大风。

华宁文藻客，上掖落飞鸿。

51. 秋霖曲

秒霖产查比春霖，润土成荣润土阴。

已是春华秋实见，何言润土润人心。

52. 白石枕　起与御史毕公交厚也

序：

片石蓝田玉，径心琢凿珍，

班姬之羽扇，佩列毕公秦。

诗：

溪磬半琢珉，圭玷一冠巾，

楚璞沉阳迹，朝交共结臻。

53. 赋得青城山歌送杨杜二郎中赴蜀军

之一：

西南满蜀山，战伐立雄颜，

朔北三千士，神州百万关。

之二：

阮瑀军书王粲诗，哥舒战表子议迟。

潼关不守难为守，幸蜀灵台灵或知。

54. 送李大夫赴广州

幕府文才鼓，军营勇士钟。

行名应镇海，驻守五羊封。

闽粤交支近，天涯海角容。

长安回首望，目过岳阳踪。

55. 送崔校书从军

进士龙韬佐，干戈智勇游。

青丝扬朔北，少壮已封侯。

56. 送张将军征西

一将过阳关，三军问白山。

征西征虏灭，好武好皇颜。

57. 送修武元少府

渭邑多修武，长安少习文。

楼兰应未斩，朔北已知君。

58. 送崔十三东游

但问江东客，何言草木心。

天台无倦鸟，越水有鸣禽。

59. 送邬三落第还乡

落第不还乡，扬帆过草堂。

溪流溪不止，月照月西凉。

一跃龙门水，三生独木长。

流民流自己，读世读书香。

60. 送马明府赴江陵

南行陶令近，北望愚公邻。

但以江陵客，黄花可献秦。

61. 送毕侍御谪居

谪贬升迁半世轮，荣华宠辱一天津。

渭水千波终逝水，长江万里始秋春。

62. 送褚大落第东归

墨客儒生白首扬，龙门进士曲江觞。

荣华富贵今何在，世上人间见柳杨。

63. 送傅管记赴蜀军

巴山一蜀军，汉水半知音。

战乱干戈起，和平草木深。

无人闻乐毅，有志鲁连云。

可以龙泉剑，当须国士心。

64. 送张少府

一酌半离心，三杯两地寻。

千言应此醉，万里是知音。

65. 行路难

止止行行一路难，朝朝暮暮半方圆。
升升落落何年岁，去去来来日月田。
栈木依山挂，瞿塘据峡悬。
巴东官渡水，朔北雪山川。
武勇和平望，文昌剑马宣。
平生儒佛道，历世雨云烟。

66. 卢龙塞行送韦掌记

雨雪卢龙塞，黑山草木荒。
幽燕连朔漠，掌记过渔阳。
赐璧腰金料，单于汉将良。
如今安史战，立治酒泉王。

67. 效古秋夜长

秋风铺玉霜，北陆扫荷香。
纺织娘声如可问，相思不尽锦丝长。
孤灯欲暗无心剪，短叹长吁白玉檠。
少妇鸳机藏曲意，人间自此有牛郎。
君不见，有张狂。自versatile 天时和地利，
为君但作嫁衣裳。

68. 卧病李员外题扉而去

蒿莱一径深，僻陌半荒琴。
窥鸟惊弦响，栖虫不解音。

69. 酬王维春夜竹亭赠别

莺啼月上来，洒热斛中开。
钱起原知醉，王维不可归。

70. 山中寄石校书

阳春一曲来，白雪半山开。
下里巴人去，梅花落里回。

71. 送李四擢第归觐省

共唱阳春曲，同行上液城。
龙门多少士，魏阙去来盟。
一赋成鹦鹉，三生入凤鸣。
昆明池水浅，洛水曲江情。

72. 过曹钧隐居

草木共秋春，阴晴市闽秦。
应知成败事，不谢问良臣。

73. 哭曹钧

白首不怜君，空名作暮云。
家贫书不济，苦节志无群。
吊鹤江南隐，知音上液曛。
梅兰无子女，蒲蕙有芳芬。

74. 东阳郡斋中诣南山招韦十

海半东阳郡，云平细雨春。
南山多隐映，北路去来秦。
别意孤心在，离情蚁酒醇。
吟诗吟不止，醒醉醒难人。

75. 清泥驿迎献王侍御

驿外森森木，泥中郁郁香。
梅花应落尽，小杏过东墙。

76. 沐阳古渡作

但望飞鸿远，何言草木低。
改流临逝水，驻步驻丹墀。

77. 卧疾答刘道士

白露蓬瀛客，秋风扫叶清。
丝丝蚕茧束，利利荣难明。
鹤羽常飞跃，青莲已朽横。
寥寥听自主，寂寂有新生。

78. 梦寻西山准上人

西山准上人，北木直秋春。
隔岸三清见，邻峰九界濒。

79. 长安旅宿

南山多草木，渭水故人家。
上液昆明水，长安五月花。
东都桃李色，北阙杏梨华。
月色灵台迥，归途一女娲。

80. 过桐柏山

三清一献芹，九鼎半纷纭。

咫尺风尘合，阴阳日月分。
寒山寒不语，拾得拾辛勤。
古刹钟声早，禅音远近闻。

81. 李士曹厅对雨

一泽半兰丛，三庭两色空。
花枝云雨重，石橡吏心工。

82. 登圣果寺南楼雨中望严协律

晚照半连山，云平一雨湾。
阴晴分不定，咫尺有严关。

83. 冬夜题旅馆

百虑一思明，三清半水平。
千川流不尽，万里一人生。

84. 自终南山晚归

终南一晚归，得性是还非。
青小何远近，白水亦云扉。
草木樵渔客，牛羊早晚晖。
农夫农业主，世道世人微。

85. 早渡伊川见旧邻作

伊川一近邻，渭水半秋春。
别去南水远，归来北阙濒。
渔人舟逐楫，逝水客相亲。
彼此同行止，阴晴市晋秦。

86. 夕发箭场岩下作

箭场一中心，文津半古今。
弯弓弯射猎，直木直知音。

87. 同李五夕次香山精舍访宪上人

一岸山钟响，三生半古今。
香山香世界，古刹古人心。

88. 雨中望海上怀郁林观中道侣

郁郁茫茫见，荒荒荡荡坤。
云云遥不止，海海近无门。
积纳方由阔，含元养育恩。
何成天地色，未了作黄昏。

89. 三亚五首

之一：
回顾鹿回首，三生五大洲。
天涯寻一柱，海角度方舟。

之二：
崖州问海南，白鹿回头谙。
一柱擎天举，三光刍杏坛。

之三：
海阔一江河，天高半九歌。
沧桑沧陆见，水逝水云多。

之四：
崖州一凤凰，海角半沧桑。
白鹿回头望，南洋半故乡。

之五：
木槿一炎凉，南洋半故乡。
牛牛还李李，隐隐义山堂。

90. 广德初銮驾玉关后登高愁望二首

之一：
不可长安问，渔阳辇谷迟。
胡尘应可静，汉垒自成期。

之二：
逐鹿蚩尤去，驱胡遗覆师。
秦川秦养马，紫气紫云奇。

91. 独往覆釜山寄郎士元

同心无远近，共事有阴晴。
彼此乾坤坐，江河日月明。

92. 送王季反赴洪州幕下

列郡干戈起，行营草木兵。
西征南不静，北戍客东城。
玉剑陈仓度，丹墀魏阙荣。
莺啼莺所寄，别袂别无名。

93. 客舍赠郑贲

武士三光剑，书生关布衣。
知音知自己，别路别人稀。

94. 山中春仲寄汝上王恒颍川沈冲

恬泊樵渔客，繁林隐逸中。

茅芦茅店月，得性得枫红。
荣井平和水，溪流逐色空。
高峰成独木，壑谷作由雄。

95. 南中春意

入仕知言尽，闻墀问所夷。
平生何所愿，历练近王师。

96. 东陵荣堂寄张道士

木落苍山上，人行古道中。
东陵张道士，隐逸任西东。

97. 苦雨忆皇甫冉

穷居成习性，直木入森林。
宦海沉浮久，生涯自古今。

98. 寄任山人

天街崇黼黻，世路有阴晴。
日月乾坤照，山河草木荣。

99. 侠秦岭半岩遇雨

南知楚蜀北知秦，细雨纷纷大雪频。
叶叶流泉飞瀑布，皋皋水色入天津。

100. 杪秋南山西峰题准上人兰君

六祖难成七祖成，渐修顿悟一禅明。
经纶自是天机定，两忘心猿意马名。

101. 田园雨后赠邻人

田园是是一田园，吏吏非非半地天。
近近遥遥同济雨，亲亲觉觉共方圆。
安排谁任情，子女可深眠，
返景黄昏色，云虹未render全。
邻家锄已挂，醒醉问天泉。
不似官衙里，清心月半弦。

102. 天门谷题孙逸人石壁

天门一谷半芳菲，石壁千层万玉微。
壑峡空鸣云雨乱，江流不断望鸿飞。

103. 蓝溪休沐寄赵八给事

虫鸣寻旧草，吏久问蓝溪。
旷野农闲见，衡门爽气低。

茶香飘未定，酒味近东篱。
给事田家客，秦川四句题。

104. 游辋川至南山寄谷口王十六

处处寻王子，幽幽向涧深。
猿呼随直木，鸟绕望松林。
石石南山径，鸣鸣北坨禽。
峰峰天已近，水水作知音。

105. 蓝田溪与渔者宿

芦丛夜火似流萤，白首渔夫作鹭形。
自以相邻相约取，沧洲不可隐沧扃。

106. 淮上别范大

长淮流不尽，范大别时停。
寸尺风花静，阴晴雪月汀。
前途修阻远，楚道感丹青。
举袂难分别，行身自渭泾。

107. 离居夜雨奉寄李京兆

夜雨问离居，虫鸣向石墟。
秋云秋气重，草叶草心疏。
古道幽篁隐，章台隐迹余。
平明寻不得，莫以作樵渔。

108. 叹毕少府以持法无隐见絷

不二法门深，千章戒律沈。
奸邪应自取，直正可知音。
囹圄非鹦鹉，匡扶可七擒。
春虫丛网织，见臆肃衣襟。

109. 小园招隐　自铭

饮水节中甘，桓仕弟数三。
亚龙湾里水，莽莽海洋眈。

110. 亚龙湾

茫茫一片亚龙湾，郁郁三洋白海滩。
处处人群处处水，幽幽雾雨幽幽关。

111. 过温逸人旧居

归真返朴难，忆旧逐新宽。
隐逸居人故，苏门落暮丹。

112.县中水亭晨兴听讼

一镜自高悬，千民可醉眠。
无须知民办，有界可庄园。

113.海畔秋思

暮暮落阴晴，朝朝有声鸣。
潮来潮云响，海湾海云平。

114.太子李舍人城东别业

小济近龙居，中庸别业余。
君家源北上，日色有荷锄。

115.谷口新居寄同省朋故

种黍桑田业，寻途问大风。
英雄英自主，壮士壮西东。
吸井知源远，莓苔温地中。
还山林木直，择道有无穷。

116.京兆尹厅前甘棠树降甘露

九鼎千王业，三朝一世田。
甘棠甘露树，内史内京宣。

117.秋夜作

辛勤过百年，苦治一知泉。
主宰源源水，耕耘半亩田。
霜清三世界，叶落五湖悬，
日日思先后，幽幽问愚贤。

118.观村人牧山田

三农先务作，六认后盈丰。
井税禾苗见，田园笔吏空。
冠官知利禄，子女待充隆。
社日邻家酒，衡阳隔岸鸿。

119.裴侍郎湘川回以青竹筒相遗因而赠之

节节一虚心，筒筒半古今。
其中多笔墨，架外少知音。

120.东城初陷与薛员外王补阙暝投南山佛寺

中庸一路奉主师，绶带三生寺佛迟。

辱陷千官随彼此，农夫万众国家知。
钟声依旧响，磬语古今诗。
谁雄谁镇定，保定保冠司。

121.奉和张荆州巡农晚望

远近桑田问，乾坤辱战乡。
民平安定业，国乱国家荒。
社稷随皇帝，江山逐柳杨。
公侯谁号令，子弟献芹忙。

122.送包何东游

水雨一江花，云烟二月华。
虹霓连两地，谢履迹山涯。

123.酬陶六辞秭归旧居见东

一柳陶潜去，三官一布缕。
千书传太久，百岁七弦鸣。

124.奉使采箭簳竹中晨兴赴岭

夜坐已三更，闻猿晓半明。
幽林幽水响，竹谷竹斑菁。
独客心常倦，孤舟意锁情。
山中山不雨，露下露珠泓。

125.同严逸人东溪泛舟

东溪漫泛舟，浦口子陵洲。
古意滩湾静，樵渔不可求。
晴沙荒直木，碧水旷寒流。
逸迹芒兰色，清歌向白头。

126.过沈氏山居

静香有山居，耕人向挂锄。
门开门自闭，暮色暮心余。

127.无题

野草沧洲界，荒崖绝壁林。
求真求直木，避世避人心。
得性知僮久，荆扉道者荫。
烟霞出没处，草碧有鸣禽。

128.送薛判官赴蜀

蜀道过陈仓，蚕丛教莳粮。
星桥稀火井，举别客离觞。

坐决儒人目，行明剑阁长。
天街天子路，目望日牛羊。

129.诏许昌崔明府拜补阙

不可误桑田，何言问酒泉。
儒书儒容久，道士道家玄。
未达应先济，离关叩节贤。
衣冠衣不论，布履布婵娟。

130.仲春晚寻覆釜山

日暮春花晚，溪流雪巇明。
泉清应不语，岸石远无情。
渚芷芒兰色，群芳农夕荣。
黄花黄嫩小，未了未倾城。

131.赠东邻郑少府

白雪东邻唱，阳春隔壁羞。
婵娟方有色，谷大待君游。
结绶相逢晚，冠巾可不求。
高山流水客，共去玉门楼。

132.谢张法曹万顷小山暇景见忆

万顷小山荫，千泉作古琴。
乐道茅堂坐，常闻不宿禽。
清流清草木，竹径竹云深。
此路通何处，官人作客心。

133.罢章陵令山居过中峰道者二首

之一：
解印向樵渔，冠巾对帝居。
官衙官役皂，野旷野山余。
失意君心少，修行佛道书。
人间何所问，世上路当初。

之二：
一道紫阳家，千山草木花。
山僧山不问，逸客逸天涯。
抱犊农夫指，樵渔象物差。
三心三欲念，一意一袈裟。

134.登覆釜山遇道人二首

之一：
一道天机问，三清地载玄。

山门关不住，帝坐论方圆。
采荣丹炉炼，修行守寸田。
天街天子问，怪事怪经年。
之二：
意念一丹田，修行半地天。
三清三世界，八戒八仙泉。
以欲求方政，当途古道玄。
无知无觉悟，有慧有方圆。

135. 寻华山云台观道士

云台观道士，草木满华山。
百岁方知问，三儒不过关。
桃源秦汉易，洞口晋秦湾。
旦晓天窗见，居心可得还。

136. 海上卧病寄王临

枕上千秋见，心中万里明。
人人生死历，处处去来荣。
一病知天地，三生道法城。
儒生儒所见，不二不千盟。

137. 登玉山诸峰偶至悟真寺

一路灵山绝，三清贝玉歌。
真心应领悟，百岁可天河。
绝岁知天意，临流问急波。
东林听磬语，诸象不须多。

138. 长安客舍赠李行父明府

知人自珤难，伐战不琴弹。
苦役黎庶乱，干戈下可坛。
当须朔漠剑，莫以子陵滩。
但问樵渔客，江山几日安。

139. 山居新种花荣与道士同游赋诗

山川不属人，社稷共秋春。
佛道儒书立，虫鱼鸟道亲。
冠官应主子，士子可文身。
不必樵渔见，乾坤净自尘。

140. 美杨侍御清文见示

无人续伯牙，汉水子期佳。
绝响知音在，清文向万家。

昆仑吟白雪，造化向天涯。
逸势方圆见，斯流日月华。

141. 初黄绶赴蓝田县作

邑政蓝田始，冠巾已正门。
黎元成质子，达顾化儿孙。
玉石多雕凿，文章豫晋温。
身行应彼此，善积可慈恩。

142. 归义寺题震上人壁

碣山三觉路，白水一流清。
物象千重望，云烽万木萌。
潜龙闻七祖，面壁始禅明。
征心由觉悟，纳世任枯荣。

143. 奉和圣制登会昌山应制

睿想入希夷，阳合布泽时。
泉流泉润土，谷口谷云熙。
陌上田园碧，阡中露雨茨。
山河随日月，世界龙马施。

144. 省中对雪寄元洲官拾遗昆季

万点瑶台雪，千层玉影悬。
琼枝凝雾霰，树顶羽冠延。
覆色婵娟帛，流光化竹烟。
扬扬天下见，洒洒御中年。

145. 山斋独坐喜玄上人夕至

舍下虎溪流，云中没石头。
烟光封岭谷，水月问东楼。
北竹屏风挂，南莲立渚洲。
扬扬何自得，落落度春秋。

146. 秋夜寄张韦二主簿

凉夜观秋色，微寒问草疏。
霜明霜已覆，独叶独知书。
岁岁当初短，年年未了知。
红深红益晚，色变色可余。

147. 归故山路逢邻居隐者

一路可相逢，三生问鼓钟。
东邻成不隐，月下问天龙。
醒醉同呼取，樵渔故步封。

心悬天地上，意妄远林松。

148. 落第刘拾遗相送东归

无收和氏玉，有采旧山薇。
诗书原不继，日月自光晖。
龙门皆锦鲤，上液尽王扉。
衡阳春已到，魏阙北京飞。

149. 和刘七读书

一字千金许，三章百岁田。
迷云封辇口，细雨润时年。
草木群芳与，阴晴日月泉。
乾坤分八卦，世界合方圆。

150. 早下江宁

一早下江宁，千波向晓翎。
帆轻风自得，露重水浮灵。
宿雁潇湘晚，排空万里亭。
三吴多雨雾，两岸满濑汀。

151. 登复州南楼

独树一南楼，孤云半复州。
归期归不得，问事问难休。

152. 江陵晦日陪诸官泛舟

江陵一水平，晦日半无声。
草色连天碧，流波逐玉英。
同城知故水，是国共才名。
楚女从歌舞，吴姬劝酒情。

153. 县城秋夕

利禄一官名，功勋半业精。
县城县界定，职属职人轻。

154. 秋夜梁七兵曹同宿二首

之一：
兵望雁南飞，同寻北斗稀。
秋塘芰角实，沽酒半沾衣。
之二：
初闻一笛声，不解半孤鸣。
待到阳关道，凉丹落日情。

155. 和万年成少府寓直

文人一藻思，直客半相辞。
望尽婵娟桂，三更玉漏知。

156. 春夜过长孙绛别业

别业长孙绛，云林玉竹深。
长鸣飞鸟去，碣石玉观音。

157. 三亚鹿回头观海亭

望海鹿回头，闻涛向亚洲。
无人观石碣，有路过崖州。

158. 崖州无四季

苍茫远去一南洋，海雾遥来半北方。
莫以寻求曾镇锁，天涯过后亦炎凉。

159. 崖州李德裕

之一：

南山九吕一鹧鸪，碧玉三吴半五湖。
两叶塘荷包紫味，崖州自古有击儒。

之二：

潮来潮去平，浪打浪雷声。
远远连天宇，流流逐水明。

160. 题温处士山居

但望黄云里，春晖玉影中。
天边连石径，旷野逐东风。
处士山居老，溪流古道同。
经纶经自得，隐逸隐藏虫。

161. 题陈季壁

苦调楚才人，郢水客秋春。
有色先峰照，无云白日均。
庭前多直木，舍后少清尘。
竹影婆娑处，缝时不愚秦。

162. 赠邻居齐六司仓

咫尺一邻家，共明二月花。
衡门连彼此，隔壁读声差。

163. 送征鸿

但见飞鸿去复来，乡愁寄雁各徘徊。

南南北北年年翼，一一人人岁岁梅。

164. 宴郁林观张道士房

道士一山房，观林半郁香。
松涛和夜侣，暮鼓对天扬。
灭迹云沉寂，行身落叶藏。
人间非象外，世上是家乡。

165. 秋夕与梁锽文宴

衡门一客半秋香，蕙草三萋两地光。
水月千波相逐色，风尘万念互相皇。

166. 哭空寂寺玄上人

空空寂寂远公房，寺寺玄玄玉竹梁。
土土尘尘无止步，方方丈丈上人乡。

167. 题精舍寺

天机双树下，古寺独孤中。
处处分山色，门门纳溪虹。
溪流呈石影，竹节萃梧桐。
野鹤飞所以，寒禽落始终。

168. 地铁外交

地铁一当差，京都半御街。
欧洲和策上，法国率先谐。
紫禁华阳政，唐人日月怀。
英萄西德意，美日雨烟霾。

169. 开元观遇张侍御

一石两分泉，三清五味先。
流霞应此本，玉井寄云烟。
洞府曾谋策，遥峰可予怜。
开元天宝继，末了名安年。

170. 和人秋归终南山别业

野迳入门中，鸣禽唱大风。
终南山别业，上液水深宫。
谷尽连天水，云平落彩虹。
和人三顾后，故道半寻同。

171. 故相国苗公挽歌

萧河一灞陵，汉主半丹青。
薤露苗公迹，秋风自肃灵。

172. 酬刘员外雨中见寄

云平一雨中，豹隐半林丛。
燕落修巢穴，冬寒作故宫。

173. 赋得归云送李山人归华山

依依毛女岫，卷卷少姨峰。
赤水莲花寺，华山洛惠容。
潼关何不顶，永济芮城壅。
但以黄河水，东营万里宗。

174. 过裴长官新亭

茅庐四五层，玄术两三棱。
直直弯弯曲，高高水水凌。
花光含玉液，草露有香凝。
磊壁当阳石，泉源结细冰。

175. 寄郓州郎士元使君

不问谢玄晖，潮来郓客归。
江城无止水，落雁北南飞。
节节龙根木，书书草木霏。
春花春雨洞，暮色暮人违。

176. 过长孙宅与朗上人茶会

人居草木中，口鸟作雕虫。
岸帻三杯尽，文思九品工。

177. 下第题长安客舍

步步青云近，元元白马飞。
天空凭鸟翼，海阔以鱼归。
下第龙门路，升平上液微。
望成经策论，读尽自依依。

178. 陪考功王员外城东池亭宴

锦帐知双鹤，莲池溢独塘。
方晴云雨湿，醉后叶枝长。

179. 过孙员外蓝田山民

谢病一蓝田，山居两八仙。
香河香水岸，草碧草青莲。
雉雀飞翔客，牛郎织女牵。
耕耘耕土地，造化造方圆。

180. 秋园晚沐

晚沐秋园净，黄昏暮色深。
三鸣知远树，五柳问鸣禽。
细雨连天地，和风覆岛浔。
沧州沧浪足，木落木知音。

181. 穷秋对雨

观云知卷落，对雨向瑶台。
始问宣城守，中书西省开。

182. 裴迪南门秋夜对月

月满谢公楼，滩平子濑洲。
南门秋月色，鹿柴酒香侯。
喜鹊当桥去，流萤问水流。
清光相似处，岁岁不知愁。

183. 和蜀县段明府秋城望归期

一路蜀江陶，归期似柳条。
年年风雨色，处处碧云霄。
远望愁思见，循流水浪潮。
东方东水止，北寄北人瑶。

184. 晚归蓝田酬王维给事赠别

得性栖栖木，修巢契约闻。
文图惊四海，意念向心扉。
渭邑临时利，秦川入紫微。
蓝田成玉器，鹿柴醉时归。

185. 再得毕侍御书闻巴中卧病

巴山三峡水，不隔意中人。
有信书香至，公身一字钩。

186. 宿新里馆

一煜似流萤，三更闪旧亭。
秋虫秋草密，梦误梦零丁。

187. 谷口书斋寄杨补阙

谷口一泉声，江流半渭城。
茅山新雨色，补阙久书明。
夕照连关邑，黄河逐浊清。
家音如可问，酒熟一杯倾。

188. 衡门春夜

不厌衡门月，常怀土地风。
庄生蝴蝶梦，莫醒对长空。

189. 题吴通微主人

只得青云器，何言去未来。
朝烟朝晓色，志士志徘徊。
葛履留深迹，芒兰竹菊梅。
秋冬春夏继，利禄近尘埃。

190. 晚次宿预馆

一介书生见，三光草木闻。
升迁千里外，进退五湖君。
大雁秋冬去，衡阳渚岸云。
春来青海夏，不误守时分。

191. 蓝上茅茨期王维补缺

浅濑寒鱼少，丛兰子叶多。
低头寻觅处，白鹭等闲歌。

192. 春霄寓直

天河水不倾，北斗口难平。
玉漏三更刻，金銮半御英。
春宵分不定，夜晓未央情。
月挂西山木，钟声上液明。

193. 新昌里言怀

拙性一农家，群芳二月花。
诗书诗格律，自在自桑麻。

194. 秋夜寄袁中丞王员外

同朝共济一战友，共别离情十地劳。
露水分明珠泪少，秋霜不减满蓬蒿。

195. 九日闲居寄登高数子

一目到天边，重阳半亩田。
登高常挂冕，望远可知渊。

196. 晚入宣城界

已见谢宣城，列闻葛中荣。
疑非渔未隐，似是斧樵声。
隔路通吴越，顺云达北京。

千年书史近，万里海潮平。

197. 静夜酬通上人问疾

一枕远公房，三秋半药王。
蝉惊高树少，病隐久炎凉。

198. 奉陪使君十四叔晚憩大云门寺

大大云门寺，幽幽旷野香。
东林应不远，古刹可无梁。
夕照苍洲色，临流悟觉长。
清溪清石径，故道故人乡。

199. 省中春暮酬嵩阳焦道士见招

道士中书省，嵩阳宦客心。
朝花朝拾遗，暮酒暮知音。
不醉知音少，行难拾遗寻。
耕人耕自己，独木独成林。

200. 酬苗发员外宿龙池寺见寄

待漏十更问，龙池六郡臣。
香烟轻上月，沼泽水云春。
磬语分三界，钟声合五滨。
尘心尘不定，护法护天津。

201. 贞懿皇后挽词

晓月孤秋殿，寒光玉淑台。
徽章成礼饰，象服吊群哀。

202. 岁初归旧山

愚谷春莺落，荒山旧木新。
晴光怜幼草，野种可闲春。
木直群林立，溪弯石径陈。
归来归不住，去日去还频。

203. 銮驾避狄岁寄别韩云卿

国步金銮避，皇龙玉辇恩。
云卿云所去，别驾别家门。
帝义江山幸，臣忠社稷村。
三朝三子吏，一代一儿孙。

204. 咏白油帽送客

送客行程远，离情未了春。
何言平朔漠，不见洛阳尘。

205.兰上采石芥寄前李明府

石芥渊明爱，苔青润水余。
溪烟云已定，渚芷阔天舒。
步问严滩远，行身谢迹居。
何言日月继，不可作樵渔。

206.送赟法师往上都

指日王城见，迎君赟法师。
三生禅已定，不二觉先知。
一杖初泛水，千花覆雨迟。
诚安禅坐戒，闭日樵慈悲。

207.送沈少府还江宁

远宦江宁府，栖霞燕子矶。
秦淮湖熟水，浦口秣陵衣。
役吏难无饱，衙宫自不饥。
农夫农亩事，苦道苦粮稀。

208.送虞说擢第东游

不是湖山客，闻天日月鸣。
严陵滩水静，谢履帝王情。
莫以登高望，云皋落足行。
东吴游未尽，北陆门下生。

209.送少微诗西行　一作送僧自吴游蜀

一蜀借荆州，三军诸葛侯。
蚕丛传教化，望帝杜鹃留。
久息空门坐，长随士女忧。
东林宁世路，栈道梵音修。

210.送昆山孙少府

但近沧洲岸，风云草木头。
孤舟潮起落，独意讼衙周。
世背山河水，情违日月留。
红尘红不静，水月水浮舟。

211.送屈突司充安西书记

序：
安西本是一渊泉，踏实敦煌半窟田。
野马南山千佛洞，瓜州制胜玉门宜。

诗：
蜀魏知宠统，三军待鲁连。
云高荒草近，地阔柳杨迁。
举剑英雄去，弯弓作月弦。
大漠胡姬舞，海市蜃楼天。

212.送时暹避难适荆南

长鸣一路程，短别半纵横。
历世难知道，平生可自明。
相思相见日，始断始人情。
但以扬头望，无疑万里行。

213.送边补阙东旧省觐

东归有意余，北陆读天书。
觐省慈恩纪，才儒赐诏居。
一笑乡人老，三声故太虚。
只醉春芳酒，无言记日如。

214.送弹琴李长史往洪州

弹琴为傲史，问世作人情。
白雪巴人唱，阳春下里行。
洪州长史令，佐牧向王城。
主宰明原哲，和心政自平。

215.送宋征君让官还山

明人无滞中，达者有思玄。
魏阙辞黄绶，南山向杏田。
征君征笔墨，忍逸忍书贤。
苦力耕心继，由心自主圆。

216.送陈供奉恩勒放归觐省

得意鬓如此，冠主似等闲。
相思相互问，独守独云间。
供奉皇家侍，承恩故土湾。
齐眉当举案，莫似卖臣还。

217.送外甥范勉赴任常长史兼觐省

觐省一归舟，香舟半锦楼。
龙门天子路，学子曲江游。

218.陇右送韦三还京

陇右春风起，京关一路天。
莺鸣三月水，布谷半桑田。

进退冠官道，升迁绶带篇。
东都谁所主，自宰渭泾泉。

219.送元评事归山居

世上樵渔客，谁无进退心。
农夫知务本，一备万棵金。
粒粒皆辛苦，仓仓可古今。
相同相羿见，简易简林霖。

220.送武进 韦明

井邑应无事，琴书可有堂。
常州当武进，导墅运河乡。
日照红泾岸，风和满洛阳。
湖烟迷秀草，水镜忆佳梁。

221.送上官侍御

邯郸烽火静，执简武人家。
碣石临榆立，天书报主衙。

222.送郭秀才制举下第南游

浪迹半生生，云游一子情。
儒坛儒子客，六国六峥嵘。
半亩田罗种，三光土地城。
江流江水去，草色草枯荣。

223.送夏侯审校书东归

东归一校书，北上十年余。
破镜残阳落，波邻水色舒。
四乡曾色切，问道可相如。
旧路新桥改，当初已不初。

224.送卫功曹赴荆南

皇家今用武，卫子晚成名。
但作河山客，须由社稷城。
江陵江水去，蜀汉旬方营。
未了三千日，还闻一啸声。

225.送马使君赴郑州

中州马使君，夏口客家云。
万井呈新意，三光化故曛。
荥阳荥水静，豫子豫衣裙。
致力耕耘达，辛勤献吏勋。

226. 送郎四补阙东归

干戈不隐沧，战乱少秋春。
晋耳绵山见，樵渔未献秦。
东方才子地，北陆战争钧。
风貌和平易，山东草木新。

227. 送陆三出尉

奇才下尉过东门，不日青云帝子孙。
大陆朝天鸳鹭集，天街润泽有慈恩。

228. 送安都秀才北还

少小工文繁，安都秀才还。
高阳巡北路，赵璧自明颜。

229. 送褚十一澡擢第归吴觐省

白马彩衣香，吴才不可量。
江东沧浪水，远近杜蘅芳。

230. 送费秀才归衡州

潇湘一半秀才乡，三漏随鸳待鹭量。
自是秋来春去客，长安上液忆衡阳。

231. 送陆郎中

举酒问漳河，吟诗唱九歌。
辕门文笔过，粉署意情多。

232. 送僧归日本

日本自东方，汉原已帝王。
秦皇徐福去，土著共炎凉。

233. 送杨气势嵫擢第游江南

擢第下江南，严滩水自潭。
当涂涝月榭，渭邑曲江淦。

234. 送田仓曹归觐

一路去梁城，三秋橘色清。
乡关多记忆，昀忆父母情。

235. 送张管书记

班超封定远，李广镇河西。
一箭幽州虎，三军日色低。
边城多役苦，质子可思齐。
朔漠英名在，儒衣任鼓鼙。

236. 送萧长侍北使

绛节作雕戈，行营支玉珂。
戎装征日久，杖杜早成歌。

237. 送李栖桐道举擢第还乡省侍

一道过天关，三清向御颜。
玄珠书锦绣，稚子列儒班。

238. 送柳道士

去世道游仙，归家半亩田。
壶中多日月，洞里有天年。

239. 送陆斑侍御使新罗

衣冠周柱史，锦绣作才人。
国国家家事，中中法法春。

240. 重送陆侍御使日本

七国风云变，三生北望家。
班超西域外，地铁作梅花。

241. 送陆贽擢第还苏州

金庭首里峰，镇夏渡村容。
马迹山前望，江湖月下封。
姑苏姑碧玉，小院小芙蓉。
夜火寒山寺，晨朝暮鼓钟。

242. 送虞说擢第南归觐省

南归扬别袂，北望共朝班。
但忆寻荷步，莲蓬子粒还。

243. 送原公南游

有意问吴兴，原公忆杜陵。
燃香清自许，洗钵度心凝。

244. 送万兵曹赴广陵

步上长亭路，昨流一别情。
无须边事问，但见运河明。
蜻以隋炀客，长城大漠横。
江南江山阔，广泽广陵城。

245. 送李判官赴桂州幕

千金一诸侯，万里半归舟。
桂水山川色，翔云四十州。

246. 题苏公林亭

平津东阁晚，浦口北楼明。
万叶秋声响，千家落照平。
门开深巷路，寺守古钟鸣。
日少林亭色，诗余独客情。

247. 赋得寒云轻重色送子恂入京

万里一寒云，三朝半帝君。
长安安史乱，铁马马天群。

248. 赋得丛兰曙后色送梁侍御入京

曙色满丛兰，天光沐百官。
分明生锦绣，上苑待青丹。

249. 赋得余冰

排天一玉冰，振地半河凝。
晓日扬光济，东风落凤棱。
纵横云水岸，阻塞木筏应。
浪打惊壶口，涛来展翼鹏。

250. 赋得浦口望斜月送皇甫判官

历历西楼月，依依北岸明。
幽幽分浪水，处处隐离情。

251. 赋得绵绵思远道送岑判官入岭

一水满吴兴，三潮白雪凝。
孤舟由此去，不醒玉壶冰。

252. 江宁春夜裴使君席送萧员外

紫禁一江宁，沧流半散冷。
泉清泉自许，不记不零丁。

253. 送薛八谪居

潮翻应是雨，岛没可云天。
不必衔杯醉，海阔渡洋船。

254. 送衡阳归客

衡阳一故乡，雁落半湘潇。
岁岁飞南北，年年问柳杨。

255. 送员外侍御归朝

含香三载客，持赋十年兄。
五夜天朝会，各官羡御鸣。

256. 送李谏议归荆州

不击一归舟，嗅草半楚流。
夏口琴台在，江城陛下忧。

257. 送元中丞江淮转运

税赋归天府，徭征赖使臣。
天恩封帛老，几劫役风尘。

258. 送唐别驾赴郢州

别驾天门客，随君郢路行。
诗人诗送酒，水色水山清。

259. 送郑巨及第后归觐

及第桂枝名，还乡擅庆声。
前程前似锦，后步后生行。

260. 宿远上人兰若

花香远上人，道士月中春。
翠壁禅房隔，真心色空贫。

261. 酬袁秘书晚公蓝溪见寄

留去山下去，落鸟月中回。
拙宦应知隐，清心可闭台。

262. 别张起居时多故

居时居者客，故道故人心。
独木成林后，根深叶阔荫。

263. 郑司徒厅夜宴

郢曲循荆水，寒光照玉盘。
佳人深别意，斗酒醉留欢。

264. 初至京口示诸弟

百虞还家后，三生访故人。
荣枯相见问，风貌几秋春。

265. 月下洗药

汲井一源泉，今流半药鲜。
余午余日月，养病养方圆。

266. 晚春永宁墅小园独坐寄上王相公

三春争女秀，七夕让风流。
一别夔龙客，千思蕙草秋。

267. 岁暇题茅茨

谷口一乔林，溪潭半古浔。
沉含常积纳，岭木有鸣禽。

268. 九日登玉山

重阳一玉山，菊酒半河湾。
往事龙沙问，今秋禁掖还。

269. 宴崔驸马玉山别业

榜上题青项，骄中到竹林。
罗袖留故居，白雪自知音。

270. 春谷幽居

幽居寻春草，新阳改旧荫。
莺啼莺自主，谢履谢公吟。

271. 赋得池上双丁香树

丁香树外一丁香，玉影池中半玉凉。
叶密枝繁疏密叶，交柯黛碧立柯梁。

272. 题樊川杜相公别业

樊川数亩好园林，别业千章纳百浔。
木槿朝开应暮谢，贤相俭带集知音。

273. 酬卢十一过宿

开门公务散，闭户客人心。
日夕云林酒，同吟白雪禽。

274. 崔十四宅问候

晓日早莺啼，江城浸玉堤。
微官同傲吏，秀草共高低。

275. 山路见梅感而有作

梅台一路边，越秀半香岭。
跬步前程远，留心与共妍。

276. 咏门上画松上元王杜三相公

涧底生松木，风声溢谷寒。
丹青由此见，日月上毫端。

277. 早发东阳

梅花桥上步，大雁翼中香。
楚客三千日，东阳半故乡。

278. 舟中寄李起居

南行云水岸，北望月关山。
蕙草生边渚，茫兰寄泽湾。

279. 夜雨寄寇校书

烛影落乌纱，虫鸣问客家。
东风天末起，岭北半梅花。

280. 喜李侍御拜郎官入省

粉署上林枝，丹墀下省迟。
秾侯呈紫书，汉主凤凰池。

281. 苏端林亭对酒喜雨

西涧田家沐，文生楚汉风。
林亭吟不住，醒醉始无终。

282. 见上林春雁翔青云寄杨起居李员外

雁入上林春，云浮紫禁濒。
群芳明露水，共侣秀冠臣。

283. 偶成

含晖五寸毫，纳月一心高，
囹圄空赦勉，衡门守二毛。

284. 渔潭值雨

值雨渔潭路，常思不等闲。
人生前远望，驿站几归还。

285. 题萧丞小池

草木生新绿，鸳鸿养翮时。
春池春水色，蕙草蕙兰芒。

286. 送集贤崔八叔承恩括图书

一院集贤堂，三台八叔香。
图书图洛水，拾遗拾鱼梁。

287. 送张五员外东归楚州

东归一楚州，北陆半漂流。
渭水长安外，梁鸿汉鹄留。

288. 闲居寄包何

包何一字问闲居，杜宇三声谷雨书。
不断归心沧浪水，兰芳客含寄情余。

289. 津梁寺寻李侍御

漫步津梁寺，同情共客乡。
三台知侍御，百草待君扬。

290. 山园秋晚寄杜黄裳少府

山园把菊杜黄裳，石木浸流晋魏塘。
对卷看山山不尽，居闲问道道修长。

291. 东溪杜野人致酒

东溪杜野人，北树子平身。
弋雁黄花落，冬耕早晋秦。
罗泉寻傲史，背里待微臣。
一酒千声起，三关万里邻。

292. 忆山中寄旧友

旧友山中寄，新衣月下寻。
群芳应落尽，独木已成林。

293. 东皋早春寄郎中校书

子贵一贫交，臣微半护巢。
蓬莱时入梦，旷野卷重茅。

294. 玉山东溪题李叟屋壁

屋壁一东溪，清流半玉堤。
鹧鸪三五问，草木半昌藜。

295. 温泉宫应见

新丰处处有温泉，鹿苑幽幽渭水烟。
至道骊山韦曲暖，华清圣泽赋青莲。

296. 游襄阳泉石晚归

襄阳归晚色，夕照满林塘。
闾井寻莲子，菱舟靠岸香。

297. 夏日陪史郎中宴杜郎中果园

杜使一郎中，天街半大风。
青莲青水色，竹节竹心空。

298. 南溪春耕

南溪雨润半春耕，戴笠荷青一润萌。
润土农夫时节竞，花开物象傲臣行。

299. 省试湘灵鼓瑟

鼓瑟慰湘娄，悲风似石泠。
潇湘流竹泪，岳影作浮屏。
宋玉瑶姬赋，苍梧舜帝廷。
云中人不见，水上数峰青。

300. 观法驾自凤翔归

扫灭胡旋客，阊阖净九重。
鲸鲵回纥宴，禹让浚川容。
魏阙潼关鼓，南山灵武钟。
天机藏宇宙，吕物泽神龙。

301. 题玉村叟屋壁

谷口一泉林，居人半古今。
藏虹因暮雨，淑玉任鸣琴。
壁立多乔木，源流可积浔。
无疑天下路，不负紫茫心。

302. 县中池竹言怀

序：
日月江山客，乾坤社稷音。
池中池下水，竹节竹空心。
诗：
官微志已成，地厚载心英。
自力工精尽，天机日月萌。

303. 山园栖隐

守静信推分，山园自隐云。
芒兰生蕙草，楚客九歌君。

304. 送王谏议任东都居守

来来王谏议，去去洛阳宫。
格守东都路，行吟雨露丰。
名台天子坐，故苑隐鸳鸣。
已是周秦客，诗人颂雅风。

305. 送郑书记

受命麒麟殿，参谋细柳营。

风沙千万里，报国去来英。
义勇志丹青，儒香受降城。
何言锡阙剑，只是一书生。

306. 送族侄赴任

前程千里远，别念一帆悬。
吏禄牵栖上，离居月缺圆。

307. 长安落第作

刷羽思乔木，登龙望玉波。
家兴荷日月，世用谢去萝。

308. 酬长孙绎蓝溪寄杏

小杏已生甜，芳香露水沾。
悬悬成彩宝，把把忍垂帘。

309. 药堂秋暮

隐逸应成道，空山岁暮年，
耕耘中草药，获取水云烟。

310. 鹧鸪

姑姑唱遍雨云田，处处河江草木船。
水水山山多少曲，朝朝暮暮作神仙。

311. 哭长征君

万化丹灶尽，千廷布术根。
年随真气逝，吴谢半黄昏。

312. 送鲍中丞赴太原军营

书生文武济，道易演军营。
汉月随霜净，边尘计日清。

313. 奉送刘相公江淮催转运

臣劳国用忧，土贡济川舟，
水节唯高饮，征池草木求。
星传还去过，风落问应酬。
实载山河业，空余月半楼。

314. 送李秀才落第游荆楚

落羽应非梦，迁莺可有声。
群飞先后见，独得去来明。

315. 奉陪郭常侍宴浐川小池

曲奏听金谷，歌闻姑馆乡。

琴弦余两省，舞醉问平阳。

316. 冠中送张司马归洛

云销千百战，石磊短长城。

雁怯弓弦响，人惊草木声。

317. 奉和宣城张太守南亭秋夕怀友

谢朓半宣城，江山丽藻平。

闻钟闻风貌，晓露晓阴晴。

318. 过山人所居因寄诸遗补

远谷春云满，山人晦迹深。

绿萝玄豹隐，绝境系幽心。

319. 过鸣皋隐者

隐者真还假，寻求利禄名。

农夫全社日，但得玉壶倾。

320. 送杨镐归隐

莫以商山老，何求介子名。

清明还乞火，万代读书生。

321. 酬刘起居卧病见寄

承颜朝服见，不觉忆丹墀。

采药求生计，听琴自著诗。

322. 陪南省诸公宴殿中李监宅

天高鸳鹭倦，水阔草鱼丰。

官贵攀龙凤，权倾独霸雄。

323. 山斋读书寄时校书杜叟

落照蘅茅屋，梁鸿闭户书。

从兰齐质子，曲木匹夫居。

324. 晚归兰田旧居

落照东皋色，归途草木多。

兰田溪水积，野老久黄河。

325. 寄袁州李嘉佑员外

离情岁月年，别念客心悬。

雁有归巢羽，人无访戴船。

326. 禁闱玩雪寄薛左丞

玄云紫禁城，素羽白霜明。

铺就层楼净，虚生旷玉英。

327. 春暮过石龟谷题温处士林园

隐逸无求取，耕耘自性留。

诗书温饱客，草木共春秋。

328. 宿毕侍御宅

秋霜草木轻，白雪山川明。

苦节多来往，交情久远诚。

329. 中书遇雨

济旱惟天下，甘霖草木开。

龙渠云雨急，润土去乡回。

330. 适楚次徐城

适楚次徐城，寻荆问晦明。

秋霜寒叶少，月淡见枯荣。

331. 经李蒙颍阳旧居

早世一同心，方来半古今。

东山明月尽，草木宿鸣禽。

332. 赠汉阳隐者　弦有长短，柱有高低，音有同市

三生半道穷，一子食霞终。

汉水江流聚，弦音各不同。

333. 寄当国

洲洲国国再安详，党政军民复友谐。

世界乾坤应大小，今今昔昔为人怀。

334. 巨鱼纵大壑

大壑巨鱼游，深山直木修。

鲲鹏无羽翼，鸟雀再沧洲。

独旧经时久，重新组合谋。

阴晴无止境，世界有方舟。

335. 送李九归河北

八座移牛斗，双旌挂角荣。

黄河南北见，豫晋鲁齐明。

组练从英起，仁风任物生。

书生群子论，草芥匹夫情。

336. 送丁著作佐台郡

佐郡紫书城，风尘背水轻。

高人高论见，府吏府人情。

337. 送王使君赴太原行营

一路汾河水，三朝渭色留。

卢龙秦汉塞，瀚海牧羊牛。

太白明无象，清徐晋源流。

阳泉榆次过，行营太行丘。

338. 送王使君移镇淮南

镇海半淮南，江苏一水甘。

鸳行成鹭许，祖席作文函。

339. 因莫之

序：
李四劝为尉氏尉李弋勉为开封尉　惟伯
与仲有令誉。
诗：

弟弟兄兄政，胈胈骨骨情。

皇枝双玉树，吏道二缓盟。

宰制因成序，天台可再荣。

闻文青项拜，待御致忠诚。

340. 春夜晏任六昆弟宅

缘积一香门，窗含半雨村。

春风春水色，客酒客黄昏。

341. 闲居酬张起居见赠

闲居非避世，进退是从人。

日月阴晴过，身心草木春。

342. 奉和王相公秋日戏赠元校书

不厌望迟云，还寻云地君。

相逢相叙旧，别酒别同分。

343. 过杨驸马亭子

衣冠向汉庭，跬步问丹青。

禁苑三朝冕，黄河半渭泾。

344. 山下别杜少府

把手山下去，轻吟水上来。
波声藏洛赋，渭邑井泉开。
鸟浇知栖木，云行满石苔。
年年堆绿见，处处惹尘埃。

345. 晚出青门望终南别业

一隐江山路，三朝日月徊。
终南终又始，别业别还来。
卷卷舒舒见，兴兴废废开。
青门青顼客，紫禁紫阳台。

346. 送严士良侍奉詹事南游

疏传独止闻，善诱御芳芬。
侍奉南游客，浮华北陆云。
风尘衣朴朴，跬步雨纷纷。
但借荆州府，朝冠白日曛。

347. 题秘书王迪城北池亭

魏阙子乔来，王宫侧翼开。
青莲青顼拜，即道即心台。
粉壁闻明主，幽泉隐迹回。
官思官断断，道是道非裁。

348. 过王舍人宅

门庭花柳径，石几案棋虚。
隐迹红尘里，风流日月余。
农夫田亩种，弟子读天书。
豹管临城就，文星待自如。

349. 过瑞龙观道士

灵山含道气，雾洞纳天然。
白鹿丹炉室，骊龙逐玉泉。
行身惟素洁，炼魄独玄悬。
象物寻来日，柯兰忘去年。

350. 送沈仲

天机一部书，地道半心余。
世上三清志，人中九脉如。

351. 和韦侍御寓直对雨

贯列同科首，名成罕道修。

玄儒求佛济，苦事泽心酬。
玉漏三更雨，丹墀九鼎侯。
随行鸳鹭列，对策谏朝头。

352. 奉和圣制登朝元阁

紫气朝元阁，红霞太液宫。
云开扬晓日，雪瑞素明空。
六合重新组，三光复旦东。
凝神丹巘远，感物辟关中。

353. 奉和杜相公移长兴宅奉呈袁相公　北京东城

墨守诗词客，行身简让城。
渔池东北顺，枣树夏秋英。
市井心居定，沧洲草木瀛。
英含三界气，收纳四方情。

354. 自述

序：
送任先生任唐山丞　古今诗　吕长
春　七十五岁格律诗十万首
诗：
一命从良愿，三生苦日诗。
年年千万首，日日暮朝迟。
八十天书客，重生老树枝。
南洋花古木，杜槿蕙兰芝。

355. 送张中丞赴桂州

紫阁一中洱，三台半玉凝。
皇都丞守桂，宠辱至鲲鹏。
远驿行千路，云霄上五陵。
还珠贞寇尽，计日玉壶冰。

356. 送外甥怀素上人归乡侍奉

释子上人归，真如已不飞。
回乡亲奉侍，毕礼寄依稀。
妙尽英书继，虚狂步履微。
孤云成旧侣，傲骨作心扉。

357. 送王相公赴范阳

琢玉成良器，推贤作御工。
沧洲思报国，殿阁问群雄。

静乱甘霖致，安边草木丰。
兵征文武志，甲列范阳公。

358. 送蒋尚书居守东都

凤辇秦川去，周人魏豫情。
龙门流谷水，白马洛阳城。
草木关河色，乾坤日月明。
晨行三界路，暮作一书生。

359. 送李兵曹赴河中

只能荷钟鼎，无须纨绮荣。
侯门三事后，绶服一书生。
暮望黄河水，辰鸣渭邑英。
黎人思坐啸，直子树嘉声。

360. 罢官后酬元校书见赠

世代耕田亩，身家子女居。
知音应不布，进退可樵渔。
伐木惊山斧，垂钩钓子虚。
闻钟鸣远近，夜火读天书。

361. 同邬载关中旅寓

文章知遇客，草木雨云风。
志友同齐鲁，形身共市同。
关中多逸事，朔漠有飞鸿。
旅寓前程问，平生是始终。

362. 新丰主人

圣代知已少，明朝同士忧。
三更星光暗，六合五湖舟。
暮色求栖木，浮云过古丘。
平生谁饮酒，浪迹主无休。

363. 夕游覆釜山道士观因登玄元庙

平生半故乡，养育两爷娘。
但以灵魂寄，禅音一世堂。
书儒应信仰，道佛释心光。
守一玄元度，瀛洲采玉芳。

364. 陪郭常侍令公东亭宴集

宴集一时英，东亭半盛名。
诗人凭笔记，舞伎作花荣。

竹影天轮转，斜塘日月明。
山河公自许，柳岸任啼莺。

365. 太子李舍人城东别业与二三文友逃署

一署半分凉，三川两地香。
林中荫秀木，界外晒矫阳。
鸟道通幽水，兰堂满柳杨。
书生谁印绶，不可忘义皇。

366. 独乐

序：
柏崖老以无名先生，男削发女黄冠自以
云泉独乐命子赋诗
诗：
无名老者自无名，有志桃源有志生。
削发黄冠儿女见，秦时汉界独耕耘。

367. 赠李十六

一面半平生，千言万语情。
离心同别意，佛道共儒行。

368. 裴仆射东亭

一木直如天，群林四面园。
荣班殊得道，凤宸泽坤干。
隔岸芝兰色，云溪日月烟。
区寰非隐逸，足履是秦川。

369. 中书王舍人辋川旧居

中书一舍人，寄此半秋春。
绝壑临溪色，芝兰两岸濒。
通流凭涨落，带石换松筠。
夹谷藏深秀，桃源无汉秦。
蓝田泾渭渡，杜曲草坪绅。
解蕙冠蝉远，天书作隐沦。
终南山上路，鹿苑渭南津。
草木枯荣继，心思序万钧。

370. 送襄阳卢判官奏开河事

一奏圣开河，三朝息水歌。
隋炀南北调，汉武繁昆波。
紫殿言归拜，青门密务多。

新鸣飞远路，魏阙镇天罗。

371. 奉送记部李郎中充晋国副节度出塞

德佐梅香暗，忠输降虏年。
卢龙知节度，塞北汉旌悬。
地宜文径国，时须武定边。
郎中今执绶，帝念玉墀前。

372. 奉和中书常舍人晚秋集贤院即事寄徐薛二侍御

文星挂太虚，北斗口开余。
造化知宣父，通径汉仲舒。
中书门下省，将帅阵中如。
一院才贤集，三台帝子书。

373. 同程九早入中书

英奇玉漏边，腊雪御才贤。
互影疏香暗，群芳逐日前。

374. 和范郎中宿直中书晓玩清池赠南省同僚两桓遗补

玉漏一昆池，楼船半不知。
秦川秦岭界，大理大王师。
铁柱唐标界，天心王砌时。
知书知德理，达志达恩慈。

375. 仲春宴王补阙城东小池

王孙药院河，草木夏春多。
去道三千里，归鸿一路歌。

376. 夜宿灵台寺寄郎士元

横山一碧空，吐月半禅宫。
寺顶灵台宿，云中几始终。
莲花池里水，塔院谷中风。
汉柏秦松色，启心与我同。

377. 题郎士元半日吴村别业兼呈李长官

半日吴村晚，三门一树花。
云飞天岸近，岭木满红霞。
昨夜千重梦，今春闺月赊。
梅香明似雪，别业误人家。

378. 猷川雪后送僧綮临还京时避世卧疾

猷川几水重，大雪半山封。
卧病由时序，禅心继鼓钟。
呻吟溪石语，振锡去无从。
不二空门坐，还寻七祖踪。

379. 和李员外扈驾幸温泉宫

月挂未央宫，钟疏瑞日红。
温泉长乐扈，水殿久温风。
辇帐飞龙近，枚皋汉渥同。
云开寒已散，驾幸御皇东。

380. 长信怨

萤来一夜秋，水去半东流。
日月经天过，阴晴向地留。
藏娇藏所愿，舞女舞秦楼。
不见飞燕去，昭阳不怨幽。

381. 送河南陆少府

少府一银章，河南半晓堂。
东城临社日，北巷待书香。
上苑秋声散，昆池落叶黄。
巢燕归也问，柏署志无粱。

382. 送李评事赴潭州使幕

远去有余情，萍来白芷生。
天书催物象，地载向王程。
山寺浮云老，江帆带色行，由来无事静，
谈笑有黎明。

383. 送李九贬南阳

玉柱半波澜，金罍一酒寒。
东方鸿已断，北陆叶秋残。
待到明年暖，枯荣继天宽。
鸳鸯都是客，日月本云端。

384. 送裴頔侍御使蜀

柱史一天光，冠官半路扬。
峨嵋山上木，锦水色中香。
碧藻嘉陵岸，巴中日月长。
前程荆蜀道，计日鹭鸳行。

385. 送韦信爱子归觐

解缆系朝晖，从流挂晓闱。
云来从觐省，水落驾帆扉。
学者诗书继，行人日月归。
还珠盈合浦，锦鲤过关飞。

386. 送兴平王少府游梁

书生一柏梁，达士半天章。
旧识相逢问，应同绶印乡。
青山长路远，逝水近流荒。
不向鸣蝉望，诗词作豫章。

387. 送张员外和岳州

不拙一冯唐，常吟半豫章。
巴陵岳楚蜀，善牧沉潇湘。
出守应黄阁，才明玉树堂。
启山湖水泛，望纳洞庭光。

388. 送孙十尉温县

落絮满河桥，浮云任意遥。
芸香黄绶印，雁羽赤鸿霄。
有志终骥首，无媒不折腰。
温县温水岸，日逐月兴潮。

389. 送钟评事应宏词下第东归

仰俯灞桥中，宏词对御宫。
人当人哲道，士赏士文同。
羽翼由风练，文章以豫工。
心思成日月，跬步可西东。

390. 送严维尉河南

何劳贾谊才，扬赋吏治来。
蓬壶天地界，虽若去瑶台。

391. 送马员外拜官觐省

二十一郎官，三年半杏坛。
琼枝繁叶世，历道牧心宽。
觐省归心切，思乡久逐澜。
鸳鹓和骥子，驾驭贺龙盘。

392. 送冷朝阳擢第后归金陵觐省

金陵一石头，建邺半神州。

让果登龙贺，潘园夏日舟。
佳期莱子愿，侍待帝王侯。
七步吟诗见，陈王洛水幽。

393. 九日宴西亭

九日怜芳菊，重阳玉酒缸。
茱萸檐上叶，醒醉误纱窗。
素壁翻红影，西陵树直邦。
渔舟停复去，浦口浙吴江。

394. 和王员外雪晴早朝

积素留梨色，重阳亮玉霜，
轻寒明早御，但寄汉田郎。

395. 避纳凉 （木槿　马来西亚之国花）

木槿红颜色，朝开暮谢忙。
心申包叶闭，帐细卷舒张。
雨细苔衣碧，云轻八柱梁。
天香千万里，国色一南洋。

396. 早夏

池塘一小荷，细脚半尖萝。
一叶方圆色，千枝秀水波。
还珠呈露水，映岸玉婆娑。
点点含天地，明明已少多。

397. 题嵩阳焦道士石壁

三清一畦田，五味半酒泉。
白鹿扬头望，丹炉玉石烟。
桃源秦汉见，道士暮朝玄。
老子潼关去，陶潜布七弦。

398. 题延州圣僧穴

无涯不可称，定力坐禅僧。
闭目山门外，开燃昼日灯。
长书经贝叶，万岁杖岩藤。
舍己生灵救，行身渡岸陵。

399. 乐游原晴望上中书李侍郎

朝原万里晴，远望九州明。
凤沼霖雾晓，尧天日月行。

千家同砧杵，万户共秋声。
四野通相府，三台问书生。

400. 幽居春暮书怀

野怛增村夫，仙茅一录余。
阴符应不厌，暮色入幽居。

401. 谒许由庙

箕山一许由，鲁府半春秋。
洗耳山河净，行身问九州。

402. 过张成侍御宅

题凤属军人，文章自不贫。
杯中茶代酒，月下抚琴频。

403. 酬考功杨员外见赠佳句

黄卷读来今已老，白头受屈不曾言。
谏猎上林中，汎洲尺祖穷，
潢潦应润泽，守朴可西东。

404. 寄永嘉王十二

还乡相不见，忆戴柳随年。
晓露方圆色，飞书案几边。

405. 七盘岭阻寇闻李端公先到南楚

日暮满衣襟，穷途沿古今。
孤鸿南北见，独子去来寻。
别道山河问，离情草木深。
浮云秦岭隔，寄付白头吟。

406. 酬赵给事相寻不遇留赠

颜生穷巷里，马迹破春苔。
落叶书僮扫，开花凤鸟来。
群芳相伴侣，诸色共梅开。
颂雅风中意，诗兴绿蚁杯。

407. 山中酬杨补阙见过

同心青顼见，共道鹭鸳闻。
鹿过幽溪净，泉红草木熏。
牵缕应济会，读漏佩声分。
面壁相思久，如今只忆君。

408.同王镇起居程浩郎中韩翃舍人题安国寺用上人院

沙门一远公，慧眼半儒风。
不绝簪裾会，还禅净色空。
炉烟云里色，寺鼓有无中。
但作粗夫入，天花一笑逢。

409.寻司勋李郎中不遇

共处半天乡，同趋一舍郎。
知音知己见，问道问津梁。
日上谁新燕，云中可草堂。
儒生兹凤阁，傲吏济鸾行。

410.赠张南史谷江兰溪之别名也

沧洲一紫泥，布道半兰溪。
隐黛晴峰早，群川草木低。
云风多雨色，日色谷江齐。
待畔稍停事，知君已问西。

411.暇日览旧诗因以题咏

逍遥池上见，八阵水中闻。
万马千军竟，三山九脉分。
湘灵谁鼓瑟，竹泪二妃君。
以字何题命，从情以义熏。
相思相念切，布履布罗裙。
但布丝弦去，还知雨雾纷。
皇家谁取士，策略也无勋。
莫负诗词界，纵横自古文。

412.汉武出猎

岁岁过三宫，年年猎九重。
干戈由起落，玉帛任神宗。
霍卫中军帐，单于虎豹凶。
从言飞将在，不以酒泉逢。

413.宴曹王宅

贤王骊马初，小苑三春余。
沼草茵茵色，红莲尖脚舒。
衔泥南北燕，垒壁筑巢居。
俱是人间宿，何如不敝庐。

414.重赠赵给事

平生一意高，历世半英豪。
玉树临风立，诗词报木桃。
瑶华潜念久，独步过东皋。
降虏成勋业，云衢列成袍。

415.赠阙下裴舍人

黄鹂落上林，紫禁晓中荫。
钟声花外尽，草色绿前深。
捧日阳和久，龙池柳色森。
阳和霄汉远，献赋国家心。

416.登刘宾客高斋　时公初退相

位就功成著，人名业迹分。
时公初退逸，客主复黄云。
域外孙弘阁，城中绮季君。
飞临蝴蝶岸，只隔百花群。

417.哭辛霁

山花一别枝，仿宿半心迟。
隔岸应相顾，同官可共期。

418.和慕容法曹寻渔者寄城中故人

落日孤烟直，黄昏彩色姿，
严滩三水色，胜读谢公诗。

419.山花

山花映小溪，烧遍杏桃梨。
草叶迎风长，流莺对木啼。
从容由色取，折去不成蹊。
返照三重岸，黄昏半彩霓。

420.送杨著作归东海

斜阳过海西，著作满昌黎。
但以相思醉，无言莫独啼。

421.送李协律还东京

风云不等闲，水月可关山。
驿道多南北，王孙少去还。

422.秋馆言怀

蟋蟀已轻鸣，流萤丕不声。

商歌空自叹，日夕待山明。

423.和刘明府宴县前山亭

雪后劳心处，亭前御酒杯。
苍茫云雾重，淑玉醉方来。

424.新雨喜得王卿书问

苦雨随秋尽，寒花伴月来。
封霜层木叶，淑玉满山开。

425.赋得巢燕送客

送客燕先飞，离巢且不归。
黄昏千里问，月色半围闱。

426.题张蓝田讼堂

角巾担晴山，空庭半不关。
东皋明月上，讼简吏人还。

427.江行无题一百首

之一：
冯夷同尺璧，贾谊共长沙。
不见屈平赋，陶潜五柳家。
之二：
夜月水中圆，流萤一线天。
相连相减迹，互逐互难全。
之三：
月泊一江村，云平半草根。
湘流湘水远，楚岸楚城门。
之四：
一夜大江流，三更半九牛。
何言何蜀魏，不可不荆州。
之五：
指路一龙沙，闻秋半杵斜。
停声应细问，昨夜遍黄花。
之六：
一路风云长，三光草木香。
灯明和细雨，影暗夜船娘。
之七：
水色溢清凉，天空泛草香。
船前同赏月，雨后共秋光。
之八：
徒伤老大心，但等不鸣禽。

与此同行止，冠官傲吏萌。

之九：

何须问晋秦，草木各秋春。

同知天下事，俱是厌兵人。

之十：

岭远多乔木，山深有秀禽。

啼猿啼不止，是非是何音。

之十一：

山去山雨涨，草木草水扬。

已逝平沙岸，何求缘芷乡。

之十二：

月色入船窗，杯中影成双。

停舟应可问，此处远家邦。

之十三：

逝水一波平，潜流半不声。

帆船帆有意，导向导无情。

之十四：

连江一密云，接岸半船分。

但以扬帆去，波涛不问君。

之十五：

采女千珠玉，鸣禽半水村。

横波开户望，不锁对江门。

之十六：

不识相如面，徐吟子美诗。

江清唯独叹，此意嘱何期。

之十七：

言行言未止，不达不停身，

俱是川流客，谁非独醉人。

之十八：

平生日月毫，历世草木高。

水水连天地，人人逐杏桃。

之十九：

峡水应龙跳，小波自未留。

江中无止步，此去不回头。

之二十：

凤尾分纹路，船头西岸洪。

何言帆已举，自有到来风。

之二十一：

三秋三雪至，一字一人飞。

去岁由江路，今年未得归。

之二十二：

五里一长亭，三生半渭泾。

行人非止步，达者是丹青。

之二十三：

鹧鸪一早啼，宿月半偏西。

楚水天门断，荆州借蜀栖。

之二十四：

白鹭等鱼来，朱鸢不去细。

生生应有道，路路以心开。

之二十五：

斗转月星移，船平水色熙。

江村知不远，莫负古诗词。

之十二六：

鸟雀逐渔多，轻狂落网罗。

斜阳斜影远，捕者两收歌。

之二十七：

行行回道远，处处有离歌。

日日长亭路，官官日月多。

之十二八：

但作采莲人，蓬头始水濒。

荷珠荷日月，点滴点秋春。

之十二九：

微鱼可浅滩，白鹭等时难。

草木混珠目，蛟龙必卷澜。

之三十：

咏史长城战，钱塘六合边。

隋炀行水调，但作运河船。

之三十一：

夜泊一芦城，时闻半雁鸣。

同行南北向，共地宿栖行。

之三十二：

不负平生意，何言柱史行。

谁期谁所志，未了未前程。

之三十三：

但以农夫寓，何期主郡符。

天都从列组，夜色满江湖。

之三十四：

秦淮一建康，白下半炎凉。

水色金陵岸，秦瀛紫帝王。

之三十五：

逝水几江潭，春丝缚数蚕。

秋风明日月，落叶过江南。

之三十六：

竹影疑村妇，婆娑似小姑。

男儿应不是，莫以约船奴。

之三十七：

船娘望石头，逝水自行舟。

岁岁经由此，年年独不留。

之三十八：

岸上一鸣蝉，心中半水天。

高秋清亮许，朽叶向枝宜。

之三十九：

九日一重阳，三秋半玉霜。

朝帆寒似雨，暮苇雁同乡。

之四十：

晓月入寒沙，船郎不问花。

年年江上去，处处两三家。

之四十一：

芦禽菱芡足，江中野塘情。

静水藏鱼芷，惊鸥失侣声。

之四十二：

轻云作扑霜，树影曳寒凉。

橘柚方黄透，蓬莲碧玉香。

之四十三：

渺渺望天涯，幽幽两岸沙。

船平船酒醉，问水问人家。

之四十四：

土旷深耕少，流分远钓多。

冠官成傲吏，布服自如何。

之四十五：

千年难积玉，万古可成荫。

选址淘沙水，旋深自有金。

之四十六：

渚水半清秋，芦花一白头。

芰荷莲子老，鹭雁宿人舟。

之四十七：

一曲未应终，三船已靠东。

听歌听所述，有意有归鸿。

之四十八：

八脚将军王，三更半不乡。

吴人风半起，楚客醉千塘。

之四十九：
已近寒山寺，飞鸿已忘飞。
舟平应自醉，不可月明归。
之五十：
斯文一古人，水月半秋春。
绿色连黄易，枯荣向北均。
之五十一：
舟行吴汉水，夏口柳杨垂。
不见头陀寺，空怀幼妇碑。
之五十二：
晚泊武昌城，津亭汉水明。
陶公留五柳，自在布弦声。
之五十三：
舟行依浦口，泊岸取衣寒。
月色婵娟静，星空后羿单。
之五十四：
暮色半融金，孤岑一片荫。
徒行三十里，再进一程林。
之五十五：
处处菊花开，幽幽弄玉来。
春期先绿足，采瑕晚烽才。
之五十六：
但作月中舟，谁闻水上流。
清秋清浦口，夜色夜沧洲。
之五十七：
玉漏渗池塘，江流未减荒。
青莲成浦口，以此作秋香。
之五十八：
仕宦问何归，冠官待翠微。
宫中多谏策，水岸望鸿飞。
之五十九：
处处寻黄鹤，楼楼向翠微。
常常鹦鹉问，帐帐是秋晖。
之六十：
峡口一风云，巫山半楚君。
高唐神女问，白帝北衣裙。
之六十一：
滟滪阻江流，分云化百舟。
涛惊天地岸，水浪险神州。
之六十二：
天云覆去舟，骤雨欲惊秋。

后退前行困，江涛任自流。
之六十三：
回头一水平，四顾半余惊，
唯有望夫石，从来不动情。
之六十四：
帆扬一劲风，逝水半倾穷。
经纶棹橹力，丝毫不可终。
之六十五：
白帝瞿塘峡，匡庐五老峰。
风云山水外，草木去来踪。
之六十六：
吏傲三千界，微心一孔窥。
相怜非博物，犹昧是凫葵。
之六十七：
记得烟波客，还寻赤甲山。
三清西塞水，一钓紫菱湾。
之六十八：
寻来石臼吴，欲采洞庭珠。
有意鄱阳水，曾心问五湖。
之六十九：
飞人变一行，俯仰半荷塘。
北去南来问，何时是故乡。
之七十：
垒石玉堤生，分流逝水行。
池塘应蓄积，引导是高明。
之七十一：
江流半角弓，峡口一口风。
两岸猿啼处，千帆逐落穷。
之七十二：
日落见长湮，帆平向渚青。
泊岸听渔市，无心有夜星。
之七十三：
自在一沙鸥，飞翔半不求。
栖栖多草木，宿止少巢头。
之七十四：
江枫一叶红，渚草半秋风。
泊水圆明月，船家是钓翁。
之七十五：
历世比行舟，平心可逐流。
当然终破浪，八月作潮头。

之七十六：
一夜望夫石，三更入梦来。
停船应可问，此世是非回。
之七十七：
一石立中洲，千帆过白头。
诗人从此过，以彼许风流。
之七十八：
暮到滕王税，分明见落霞。
常怀山水界，可赋九江花。
之七十九：
水暗涛波涌，灯明驿水亭。
常怜非剑气，不向斗牛星。
之八十：
江流何渺渺，水色独依依。
鸟宿枫林密，涛回草叶稀。
之八十一：
浪打一潮声，风扬半水横。
波涛终不止，日月始阴晴。
之八十二：
渔家多细竹，猎户少阴晴。
但以高才见，纵横作有声。
之八十三：
太白星光近，烟云水色凝。
吟诗渔火旺，对酒煮腰菱。
之八十四：
平湖三百里，逝水五千浮。
决计无知处，须闻有道林。
之八十五：
江流不得闲，日月有天颜。
草木春秋续，阴晴日月关。
之八十六：
夕照一渔湾，黄昏半水颜。
情歌何远近，意趣入乡关。
之八十七：
一钓见方圆，三湾问渚船。
明天君去后，此处作神田。
之八十八：
蜀道陈仓见，吴门有楚辞。
闻花香月夜，对酒赋诗词。
之八十九：
云浮数隐峰，水色向天重。

直木多弯曲，山根曳荡涴。

之九十：

荆州一古名，蜀道半纵横。
不向蚕丛问，谁闻杜宇鸣。

之九十一：

浔阳一九江，抚水半千窗。
莫以江南问，滕王阁上邦。

之九十二：

四顾望新野，千流逐蜀吴。
风云三国去，日月半神州。

之九十三：

历迹云天客，风流水月情。
严滩何不见，但问谢宣城。

之九十四：

浔阳楼上客，赣水月中情。
但向吴城过，江南以酒名。

之九十五：

牯岭汉阳峰，鄱阳海会踪。
幽兰三里水，隘口九江封。

之九十六：

常闻客献芹，有道主才曦。
世上儒书短，人中卧晓云。

之九十七：

万木复清霜，千川已社忙。
农家农酒醉，但向岸边香。

之九十八：

一水东流去，千朝复再来。
三帆随上下，百折去无回。

之九十九：

风无一夜平，水有万千声。
士可英雄问，人当草木荣。

之一百：

落叶知音少，黄花不易逢。
枯荣三世界，远近一芙蓉。

428. 言怀

乾坤何主仆，彼此自方圆。
俯仰三千世，回头一酒泉。

429. 和张仆射塞下曲

塞下夜云高，军中令箭豪。

单于应未远，大雪作旌旄。

430. 送李明府去官

人间一谤言，自古增轩辕。
但以平心待，何愁岁月元。

431. 赴章陵酬李卿赠别

别别离离见，来来去去分。
人群重组合，事业又辛勤。

432. 逢侠者

易水荆轲士，功勋剧孟名。
心志应不表，道路可精英。

433. 郎员外见寻不遇

不遇已相知，闻诗可去迟。
来时寻足迹，直至古今词。

434. 过李侍御宅

一见承明客，千闻旧日钟。
文成成文化里，墨宝墨云松。

435. 宿洞口馆

洞口通溪水，窗前挂笔廉。
云疏云卷卷，草细草纤纤。

436. 九日寄任臻箕等

九日采茱萸，三秋作玉兔。
晨风飞鸟落，但寄玉壶奴。

437. 梨花

艳净一梨花，飞霜半雪涯。
无心桃杏色，纯白女儿家。

438. 题崔逸人山亭

药径石深红，山林碧玉中。
花前君子酒，雨后湿轻风。

439. 蓝田溪杂咏二十二首

之一：登台
望尽三春台，山花半已开。
群芳低不语，似有玉人来。

之二：板桥
霜封一板桥，足迹半云霄。
采药山深露，寻梅水石遥。

之三：石井
落照石井泉，桃红地果鲜。
新茶初煮淡，不上武陵船。

之四：古藤
古藤弯弯绕，长青木木悬。
溪流从曲折，直木可擎天。

之五：晚归鹭
白鹭归飞晚，青池映夕阳。
心闲何去往，向背不知乡。

之六：洞仙谣
但向桃源间，何须有汉秦。
山青流水净，岁岁只秋春。

之七：药圃
百药自生春，三生有病人。
悲恩同普渡，草木共天津。

之八：石上苔
山溪石上苔，野客不知来。
灭迹消声去，清流绕道回。

之九：窗里山
窗含一座山，屋纳半天颜。
几上飞花落，书中叶不还。

之十：竹间路
小路竹溪间，峰云自等闲。
青青青组合，水水水浮潜。

之十一：竹屿
新篁低压水，昨夜宿鸳鸯。
竹屿池塘浅，清新是故乡。

之十二：砌下泉
云沉砌下泉，雨落水中烟。
细细流无止，幽幽染色鲜。

之十三：戏鸥
菱中一白鸥，水上半沉浮。
点点云天里，飘飘草木舟。

之十四：远山钟
古刹远山钟，深潭客九龙。
源泉源地注，积聚积天宗。

之十五：东陂
竹色入池清，天光映草庭。

东溪东紫气，北里北山屏。

之十六：池上亭

临流筑榭亭，待客赏丹青。

各以春秋见，荒塘满白萍。

之十七：衔鱼翠鸟

有意莲边望，居心直下光，游鱼鳞已减，

翠影水初扬。

之十八：石莲花

一石作芙蓉，千莲故色封。

西施溪浣玉，杜若楚香重。

之十九：潺流声

桂子误清波，寒流慢入河。

淙淙吟不断，细细品茗多。

之二十：松下雪

蓝田溪中断，石岸雪千流。

暗水明冰界，瑶台碧木留。

之二十一：田鹤

羽短一望长，驱虫半故乡。

田家多助手，子粒少饥肠。

之二十二：题南陂

雁落池塘宿，云湾水月孤。

南门南纳竹，北里北长衢。

440. 伤秋

伤秋一叶舟，历路半神州。

四顾皆先进，三生尽国忧。

441. 送崔山人归山

山人自不归，古道任鸿飞。

北北南南宿，朝朝暮暮微。

442. 题应上人壁画山水

但见岭云飞，还寻落叶归。

溪流声远远，草木雨霏霏。

443. 送欧阳子还江华郡

江华湘水岸，别酒洛阳归。

胜事应前瞻，观花可是非。

444. 暮春归故山草堂

谷口已春羲，辛夷未满滩。

芝兰初叶硕，杜若草堂丹。

445. 访李卿不遇

朱楼半晚霞，碧柳一云家。

酒醉君何去，琴中二月花。

446. 与赵莒茶晏

江中上下明，井上溢升清。

取液应泉下，茗茶品水平。

447. 故王维右承堂前芍药花开凄然感怀

花开出旧栏，画锁定云端。

主客谁先见，青松只守寒。

448. 送张参及第还家

琢玉三年石，东堂一举名。

还家何处见，曲意玉人迎。

449. 夜泊鹦鹉洲

月色寻鹦鹉，沧洲水草丰。

朱楼谁共曲，水国几家同。

450. 归雁

衡阳青海路，组列一人飞。

北北南南去，年年岁岁归。

451. 春郊

春郊半踏青，乞火一侯庭。

但以东风许，书生作羽翎。

452. 晚归严明府题门

冠官应举目，玉漏序鸳鸾。

晚见园门静，原来问路难。

453. 秋夜送赵冽归襄阳

襄阳非止步，赵冽是知音。

北宿三生梦，东流一寸心。

454. 送符别驾还郡

别驾一钱塘，临吴半故乡。

隋炀修水调，造就是天堂。

455. 同一员外陇城绝句

画角一云高，鸣金半退仪。

黎庶和不战，万国丝战友。

456. 过故洛阳城

春风过洛城，野火向荒生。

寂寂无人问，纤纤秀草萌。

457. 校猎曲

射猎一尘心，周秦半古今。

王侯公子客，汉主误鸣禽。

458. 晚过横灞寄张蓝田

蓝田过坝桥，落照上云霄。

但见黄花路，荒程百里遥。

459. 九日田舍

九日田家醉，三秋社火宣。

茱萸房上挂，老友共神仙。

460. 长安落第

落第始非终，成名市是同。

重新扬举步，历练试飞鸿。

第四函　第六册

1. 元结

河南一次山，折节半天颜。
上议三篇策，参军御史还。
民劳征以战，免赋奖田班。
剌史王师道，文章逐日艰。

2. 风

文辞制阙谟三篇，十著风诗甀氏诠。
习静商山天宝子，称臣尽义订忧研。

3. 治风诗五篇

之一：至仕　古有仁帝
至圣绮皇俭惠仁，蕴瀛缺虢一全民。
如何不是施流化，风诗至极德贻钧。

之二：至慈　古有慈帝
感化平和静顺成，煦温负持茗临萌。
羸羸主仆涵涵雅，只以封随忘己名。

之三：至劳　古有劳王
勤勤绩绩一劳王，极济敷丰十地仓。
九脉盈夫功茂俭，治害从民圯侈荒。

之四：至正　古有正王
正慎恭和一世安，刑明伐谤谄人残。
言听讼比悬公镜，滴水方圆照抛端。

之五：至理　古有理王
修文习武以察明，守一三清作世情。
不二无刑刑不举，民心日久以心盟。

4. 乱风诗五篇

之一：至荒　古有荒王
仁勤世谟国昏荒，忘戒箴铭失正梁。
逸豫终亡慎道止，鸣呼惑力信猖狂。

之二：至乱　古有乱王
凶残虐乱以骄荒，怨恨冤情可失良。
暴惑淫威思斜槊，横流四海致沧桑。

之三：至虞　古有虞王
无邪不至行，恶极有至声。
恕痛荒淫肆，夫为递世情。

之四：至惑　古有惑王
奸妖知世不知贤，俭约隐窜隔塞天。
怨垒苍荒敖恶尽，臣君向背各邪连。

之五：至伤　古有伤王
独独一无夫，蠹蠹十洞枯。
时时废百草，曲曲作人好。

5. 补乐歌十首

序：
轩辕一乐歌，角羽半山河。
十代传无继，三皇旧曲多。
宫商弦七致，太古似干戈。
以此朝堂议，今声始海波。

之一：网罟　伏羲氏之乐歌
淼淼一深深，幽幽半木林。
山山还水水，网罟到如今。

之二：丰年　神农氏之乐歌
岁岁四时分，丰丰一世钟。
年年分五谷，苦苦自耕耘。

之三：云门　轩辕氏之乐歌
云门一四方，雨露九州扬。
圣泽承天润，人间可米粮。

之四：九渊　少昊氏之乐歌
圣德一深渊，蕴蕴半涌泉。
民民生计润，四海有农田。

之五：五茎　颛顼氏之乐歌
五德茎生根，三光济子孙。
函源应纳植，万物自开门。

之六：六英　高辛氏帝喾之乐歌
六合一英华，三光百万家。
泠泠丝竹响，韵韵舞歌花。

之七：咸池　陶唐氏尧之乐歌
尧德一元贞，元由半道钧。
泱泱全至理，混混自秋春。

之八：大韶　虞氏舜之乐歌
继往舜尧来，承前禹再开。
人间私已久，世上有天台。

之九：大夏　夏氏禹之乐歌
大夏治东流，茫茫顺九州。
山川承向背，日月各春秋。

之十：大濩　殷氏汤之乐歌
守濩万人城，熙和百姓生。
成汤成世界，舞曲舞歌行。

6. 系乐府十二首

序：
梨园一乐声，上下万年名。
取近方兴尾，江山乐太平。

之一：思太口
姑苏一太湖，六合半江都。
鸟兽高山跃，鱼鲈水下凫。

之二：陇上叹
一叹十三声，千流五百城。
秦川晋土地，六合七弦生。

之三：颂东夷
东夷半夏音，北陆一鸣禽。
不断胡姬舞，相承汉古今。

之四：贱士吟
贵贱一何由，江山社稷修。
成王成霸业，领土领春秋。

之五：欸乃曲
欸乃竹枝歌，民人有曲河。
梅花三弄好，下里巴人多。

之六：贫妇词
娶嫁未闻声，啼婴有不平。
贫天贫妇唱，苦累苦辛荣。

之七：云乡悲

独立一夷肠，扬长半故乡。

前程前不止，后顾后炎凉。

之八：寿翁兴

南山一寿翁，北里半梧桐。

凤凤凰凰见，江东一大风。

之九：农臣怨

农臣以怨平，傲吏自元声。

俯仰应何是，彼此玉金鸣。

之十：谢大龟

洛水谢龟图，长安向故都。

东城分八卦，北极合侏儒。

之十一：古遗叹

国遗有贤臣，人私见叹秦。

嗟嗟嗟所见，论论论非均。

之十二：下客谣

下客半千金，承平一古萌。

同生儿女子，市资去来吟。

7. 漫歌

序：

漫叟漫歌长，樊家孟士乡。

修耕田亩绿，八曲钓鱼梁。

之一：故城东

草草故城东，田田旧陌同。

耕耘深浅至，野旷岁年丰。

之二：西阳城

五谷半江洲，三羊一九牛。

农夫农土地，作物作秋收。

之三：大回中

东流自北回，草木自然开。

水色樊山岸，渔人有钓台。

之四：小回中

回中一水来，大小半江开。

北北南南折，龟蛇锁断台。

8. 将中何处去二首

之一：

牛羊一小村，草木半云门。

牧笛天天响，童翁处处屯。

之二：

牛耕半亩田，雨注一江船。

日月农夫见，春秋了粒圆。

9. 将船何处去二首

之一：

船头一回中，钓叟半雨风。

静者渔人问，修闲一老翁。

之二：

大小回中水，阴晴草木船。

生生连息息，雨雨济田田。

10. 引极三首并序

引极一兴成，申言半玉清。

思喻相向背，演易武文明。

11. 思元极

渺渺一云乡，茫茫半水梁。

幽幽应不尽，处处未思量。

12. 望仙府

洞府一神仙，清真半古天。

桑田沧海易，日月去来悬。

13. 怀潜君

淼淼海潜君，深深密不纹。

神思神不见，苦念苦衣裙。

14. 演兴四首

商余十里山，帝祠一灵颜。

尽与人心共，招词讼闽还。

15. 讼木魅

予心兮自得，彼意矣难工。

栲栲相兮荫覆棬，高峰列矣色空空。

三河兮茂茂，九鼎矣成雄。

善恶柯兮樋棣木。

误惑精兮灵所动，径纶辩矣达人终。

16. 招太灵

山余一太灵，祠老半丹青。

退怼精诚客，招词石壁屏。

17. 初祀

山之乳兮水逐连，祀已去兮世初涓。

肴郁幽兮魂未了，神灵切兮彼此船。

18. 闵岭中

群山兮以想，闵岭矣中峰。

岌岌唯兮精变怪，

蕴蕴绝矣壁立松，

巅巅兮玉峙，栈栈矣天封。

箭簇弓弦简，雕梁石柱重。

齐驱兮雨露，并驾矣蛟龙。

施兮闻木落，信矣各相重。

玄玄直直从心欲，梯梯梁梁可祖宗。

极极应承续，金金可鼓钟。

延延兮接泽，阃阃矣连踪。

19. 闵荒诗一首

序：

隋河一冤情，草木半难平。

役伐一炀帝，君臣似水营。

秦皇千女色，六国百纵横。

六郡楼船造，苏杭自此名。

功何何过矣，政迹几民倾。

未及钱塘水，天堂不用兵。

诗：

水调两通州，钱塘始建楼。

东西何所问，自北逐南流。

赵冀江湖问，黄天荡里求。

秦淮应建业，越浙已同舟。

莫以长城见，王侯九鼎酬。

千年留白骨，二世了沉浮。

且见秦皇策，权倾六国谋。

饥亡宫女尽，奢望经天讴。

骆马江都市，姑苏过虎丘。

行商常演与，战伐死生愁。

一石分和丰，三河合九牛。

何颜沉角羽，但得运河洲。

存在经纶定，应咏述所忧。

当然同彼此，各自共春秋。

20. 忝官引

江山野性村，日月尽黄昏。
稻谷耕耘至，春秋养子孙。
朝廷荷赋税，吏役苦登门。
魏阙蒙羞战，长安已失魂。
征兵多战场，伐虏对朝恩。
伍阵忝官卒，冠官指旧屯。
轩裳曾几见，落叶不归根。
有乱从天子，何心静五蕴。

21. 舂陵行

序：
刺史舂陵一道州，冠官守吏半天愁。
原家四万今千户，税赋求生十地流。
诗：
守制民贫去，安朝退亦忧。
宁安诚罢免，但以致生猷。
仕吏闻天语，居官解庶愁。
州县由此敕，可叹对春秋。

22. 贼退示官吏

序：
官官吏吏一朝臣，本本民民半国钧。
战战和和还未定，维维守守道州人。
诗：
贼退城还在，民亡户不亲。
男儿应战死，老妇冷无薪。
四万舂陵户，如今五里濒。
曾规交井税，乱世没溱溇。
对此宁亡冠，为官一令申。
居人诚免课，守吏自耕津。
四野归宁里，朝廷振米巾。
京师知泽润，进管向唐秦。

23. 寄源休（舍弟）

序：
兄兄弟弟尚书郎，弟理长沙半故乡。
结以江州兵部镇，春秋隔水九江长。
诗：
儒生半事兵，戍守一边城。
敢学冯夷智，还成八阵名。

忝官非不吏，务道是红缨。
以辩求知者，闻风向日行。

24. 雪中怀孟武昌

冬天三度雪，农家半户春。
东风梅耘放，稗麦已生新。
有客山中至，温凉几上醇。
常言闻瑞气，岁稔得丰秦。

25. 与党评事

序：
大理事先评，居闲党辩明。
中心中正好，客落客难生。
诗：
自顾未功劳，难寻一字高。
迁升随岁令，万物尔当曹。

26. 与党侍御

序：
清高党茂宗，评事以天容。
侍御监察使，同城故步封。
诗：
群山一谷中，独水半天空。
曲绕环峰路，明光诸岭同。
知君监察使，而我去修宫。
俱是长辕辙，枫林腊月红。

27. 与瀼溪邻里

之一：
百水一瀼溪，千家半玉堤。
兵戎兵总布，土地土生栖。
之二：
逆乱避瀼溪，家家有水泥。
田园多富庶，子女采桃梨。
寄此乡邻客，源泉自问西。
荆南军旅去，存匮乏辛萋。
我亦荆南镇，乡人助曲犁。
年年朝巷里，岁岁向丹犀。

28. 招孟武昌

为人厌者莫栖肖，升干退谷客应无。
无情孟士源思去，英雄不是武昌孤。

29. 寄孟士源

序：
我有退谷铭，干升人寄游，我有栖湖铭，
为人厌者不可游。孟士源罢官不升干，
不厌人可游退谷可游栖湖也。以诗招之。
诗：
退谷自如春，栖湖不厌人。
风霜径万物，水月可经纶。
绝壑天墀静，天光白练均。
云前江汉尽，雨后武昌笃。

30. 招陶别驾家阳华作

阳华一洞天，海内半兵田。
厌乱惊天下，陶公饮酒泉。
千家应教子，百水注洄渊。
处处知儿女，时时问纳贤。

31. 游石溪示学者

学者一心田，文章半酒泉。
当今凭武勇，过后必儒贤。
石上溪流浅，渊中策论宜。
英雄常可见，尺寸作方圆。

32. 游潓泉示泉上学者

久下潓泉清，寻源以石生。
冷冷流不止，曲曲自馨明。
圃畔时疏碧，松林客密城。
幽幽山里水，处处故林荣。

33. 喻瀼溪乡旧游

瀼溪一细流，旧客半乡留。
百姓冠缨外，三官草木侯。
人人荣辱外，处处米粮收。
但记邻家酒，何须是旧游。

34. 喻旧部曲

部曲一官游，荣荣辱辱修。
生生和死死，战战复愁愁。
退谷何须退，栖湖自酒楼。
相逢相共瞻，别话别闲忧。

35. 喻常吾直时为愕官

饥人多坏屋，吏禄少应无。
赋税当天减，徭征必减夫。
随之寻谷俭，石上问寒庐。
此吏同心种，当官作子奴。

36. 漫问相里黄州

东邻渔父问，北里见僧闻。
各有江山贡，何须草木君。
殊名利禄得，过境众纷纭。
志业尤由取，轩裳布土裙。

37. 酬裴云客

自厌久荒心，时无一寸荫。
斧斫垂钩钓，食用可亲寻。
守住凭官绶，临冠任鸣琴。
武勇书生济，百岁不成林。

38. 酬孟武昌苦雪

庭前孟武昌，苦雪客山扬。
以此成春寄，从儒日月光。
林莺闻野兽，患乱伐中梁。
不见耕牛影，明年断米粮。
悬泉冰水结，冻地土苍荒。
但念王师静，农夫近柳杨。

39. 漫酬贾沔州

之一：
漫叟莫为官，甘穷世上难。
徒思无益报，守职对民宽。
之二：
漫叟一为侯，春陵半道州。
辞官停赋税，苦力种春秋。
一载平民愤，三年已大收。
行身行吏力，济世济人谋。

40. 送孟校书往南海

之一：
云卿胜次山，典业近天颜。
上进多才气，皇名近日还。
之二：
我自苍梧路，耕耘旧日田。

蹰躇为故友，复此住归船。
海上天涯近，涛中柱石天。
云卿知所以，不必问都旋。

41. 别何员外

辞官二十年，黜罢五音弦。
不病崎岖路，还贫济客船。
承符郎治属，自得尚书缘。
复以江湖志，相逢醉一年。

42. 宴湖上亭作

自幼爱林泉，中年望雨烟。
江湖多少客，日月已经年。
岸曲平沙静，波摇竹影船。
幽然从酒醉，淅沥过青莲。

43. 夜宴石鱼湖作

夜宴石鱼湖，灯明大丈夫。
光华应不醉，曲舞寄书儒。
赵女闻歌袖，倾诗满玉壶。
秦楼笔未断，弄玉胜江都。

44. 刘侍御月夜宴会

序：
歌儿舞女自多情，酒后尊前互递荣。
世上人间成戏演，红尘不尽尽还生。
诗：
老友一相逢，灵源半互从。
江波明月夜，竹木草溪淙。
主人倾杯酒，灯红客意浓。
钟轻钟不响，鼓伎望姿容。

45. 樊上漫作

东邻渔父问，北巷斧声传。
日日山川里，年年不见贤。
村村连水岸，户户共荷莲。
蕙茨无空子，芙蓉有小船。

46. 登殊亭作

百步殊亭上，三生俯仰鸣。
无须知醒醉，主客莫人惊。
但守红缨佩，江风对岸倾。

清凉还曙日，暮酒一波平。

47. 石鱼湖上作

序：
石状似游鱼，群波绕浪惊。
泗流船曲荡，携酒可相倾。
诗：
游鱼作石漈泉涟，有酒同舟共水边。
似岛如礁沧海望，波光闪闪有深渊。

48. 引东泉作

东泉是我铭，引水作帘屏。
曲曲随庭绕，声声可细听。
悬悬如瀑布，雾雾雨泠泠。
解佩清缨卧，丹丹复此青。

49. 登白云亭

步上白云亭，心中半径铭。
应无寻竹泪，鼓瑟任湘灵。
井邑分班列，城池合四屏。
苍梧原始见，水色九嶷青。

50. 潓阳亭作

序：
劈山潓泉流，修亭望九州。
朝阳因坐北，据石作千秋。
诗：
独劈潓阳亭，群山入水青。
前轩温北日，后榭潋泠泠。
曙气凉风至，冬寒暖地宁。
渊渊相积序，物物可心灵。

51. 登九嶷第二峰

仙成鲁女冠，直木作仙坛。
第二峰中客，香炉炼玉丹。
相传曾羽化，鹤鹿满天峦。
籍此湘人问，谁心度汗漫。

52. 题孟中丞茅阁

中洱茅阁见，草木竞扶疏。
水绕杉松曲，楼随直树株。
苍梧分曙气，竹林落飞凫。

共坐真君子，同行大丈夫。

53. 宛尊诗　在道州

宛亭数石峰，石状类难封。
胜似蓬瀛岛，樽形盛酒容。
心随当醒醉，意念以天踪。
自以龙蛇器，谁知待客松。

54. 朝阳岩下歌

朝阳岩下水，折折绕零陵。
一洞千幽远，三湘百尺冰。
先贤传石岸，后士问宾朋。
曲尽人何去，相逢客晓灯。

55. 无为洞口作

洞口一烟悬，衣冠半地天。
无求无欲望，有识有心田。
有作当千古，无为可学禅。
山僧如此见，遗忘不经年。

56. 宿无为观

一夜无为宿，三生持主难。
千峰当路转，万壑任云宽。

57. 宿洄溪翁宅

洄溪一老翁，石屋半苍穹。
是是非非是，平生是始终。

58. 说洄溪招退者　道州南江华县

不见葛仙翁，何言作石童。
长松亭满界，古木绕苍穹。
乳窦清泉落，江华进退风。
田家无岁月，玉液有年丰。

59. 石鱼湖上醉歌

漫叟种公田，耕耘作酒泉。
石鱼湖上望，米酿作神仙。
历历孤山远，遥遥汉寿船。
巴丘应不见，下里以歌传。

60. 宿丹崖翁宅

世乱近丹崖，偷生布玉阶。
何须寻履迹，白鸟误飞差。

61. 柚井

旷水无根自有源，天荒地老遗残垣。
神农百草苏君迹，柚井有界可简繁。

62. 石宫四咏

之一：
石宫春上水，溪泉自在开。
云深云不止，俗世俗人来。
之二：
石宫夏水寒，淑气溢云端。
谷口风云落，溪前渚芷滩。
之三：
石宫秋叶宜，直木向根垣。
竹影松风过，霜林简未繁。
之四：
石宫冬雪至，素妆覆霜田。
独有溪流水，清清照寒天。

63. 欸乃曲六首

之一：
刺史道川城，贫民不得生。
逃离四万户，劝曲作归声。
之二：
湘江十月平，大历一新生。
已了乐阳戍，相呼姓与名。
之三：
但向道州行，耕耘有旧名。
回归无税赋，草木自枯荣。
之四：
零陵湘水近，草木已重生。
钓者鱼钩起，云烟十里晴。
之五：
客路小船行，人家草花城。
辛勤劳作久，果实满疏蠃。
之六：
却入九嶷山，应寻故土颜。
人前乡里问，乱后道州还。

64. 寄张继

襄州进士身，税赋理财人，
检校郎员外，清回道德珍。

65. 登丹阳楼

寒皋不等闲，旅客已遥间。
野暮丹阳望，高楼待水还。

66. 春夜皇甫冉宅欢宴

相逢相见问，酒醉酒难平。
笛曲黄昏尽，吟诗日月明。

67. 会稽秋晚奉呈于太守

禹穴见东陵，天台望越秋。
钱塘潮水色，六合帝王州。

68. 题严陵钓台

严陵一钓台，隐迹半天开。
但忆巢由逸，滩湾水去回。

69. 清明日自西竿桥至瓜岩村有怀

暮里龙门雨，云中魏阙风，
清明应酒醉，老小忆家翁。

70. 洛阳作

绿珠径天舞，金谷石崇家。
正正邪邪见，花花草草遮。

71. 晚次淮阳

暮落山河暗，僧行日月明。
淮阳今晚次，缺月半弦情。

72. 送窦十九判官使江南

鄱阳湖上客，牯岭汉阳风。
抚水巡前坊，临川谒谢公。

73. 江上送客游庐山

海会汉阳峰，匡庐隘口踪。
温泉明紫气，牯岭九江封。

74. 酬张二十员外前国子博士窦叔向

幸与冯唐遇，不闻剧孟心。
心同心所向，志得志鸣琴。

75. 会稽郡楼雪霁

江城雪似花，郭客望银华。
夏禹飞霜玉，西施浦浣纱。

帘栊寒淑散，郡木素身涯。
不尽湖山覆，层明至越家。

76. 冯翊西楼

西楼一暮天，望尽半沧然。
古渡云平没，直木樟含烟。
辞家成远客，雁落误停船。
对酒无须问，何须醉里眠。

77. 送邹判官往陈留

宋已不桑耕，频年有用兵。
陈留陈废邑，郑业郑黎明。
薄赋深仁恤，轻徭重市成，
三年震木举，一载著精英。

78. 酬李书记校书越城秋夜见赠

三秋见越烟，一愤抱龙泉。
凤辇栖岐下，鲸波激洛川。
天空由海阔，地厚可经年。
贾谊长沙赋，相思鲁仲连。

79. 感怀

不问五侯门，孤行一古村。
人心多向背，处事可慈恩。

80. 长相思

辽阳半故乡，粤海一江洋。
白首应无谓，山河见柳杨。

81. 奉寄皇甫补阙

情人京口别，估客下扬州。
不可浔阳问，秦楼弄玉留。

82. 枫桥夜泊四首

之一：
月落一霜天，乌啼半夜眠。
姑苏城外寺，拾得去来船。
之二：
月落寒山寺，钟鸣拾得船。
江枫渔火问，夜半对霜眠。
之三：
枫桥夜泊船，半月作霜田。
客到寒山寺，姑苏拾得禅。

之四：
一夜乌啼尽，霜明半寺连。
寒山渔火岩，普渡鼓钟船。

83. 阊门即事

清明乞火烟，谷雨运河船。
六合阊门事，姑苏已酒泉。

84. 安公房问法

安公房问法，不二以心传。
守一方圆阔，行千进退田。

85. 上清词

女奉紫阳宫，童呈玉宇穹。
丹砂王母令，汉帝石金红。

86. 送顾况泗上觐叔父

吴乡今古税，别业暮朝城。
贡赋如蚕茧，书儒彼此荣。

87. 留别

去去一浮云，来来半短裙。
东流东水合，北岭北山分。

88. 送张中丞归使幕

一主贺知章，三生半帝梁。
归音心已且，去路镜湖乡。
使幕中丞见，皇恩赐酒香。
朝衣同醉路，共赋玉壶肠。

89. 华州夜宴庚侍御宅

一马下关东，三生上玉宫。
书生书意气，壮举壮人翁。
世故他年老，英心旧地红。
南洋南不止，北国北家风。

90. 赠章八元

江楼经史论，水色佛儒玄。
月上江波慢，云沉彼此船。

91. 城西虎跑寺

虎跑石山形，龙盘水湄泾。
衣冠丘垄挂，住持一心灵。

92. 奉送王相公赴幽州 自述

内阁中南海，丹墀党政楼。
双旌闻易水，独步过幽州。
首辅文章撰，天王草木洲。
诗词秦陕律，日月佩吴流。

93. 褚主簿宅会毕庶子钱员外郎使君

江东一大风，熟酒半天工。
且以宣城印，朝廷与谢公。

94. 重径巴丘

轻舟醉碧澜，索句洞庭湍。
白帝瞿塘峡，巴山夜雨滩。
浮生何聚散，俯仰望云端。
进退阴晴见，冠官绶带宽。

95. 九日巴丘杨公台上宴集

九日上高台，三秋水国开。
鸿飞人字早，捣练客心裁。
贝叶寻天问，黄花逐我来。
分明分两半，合一合尘埃。

96. 游灵岩

有路入烟霞，无门石生花。
禅音留世界，释子忘人家。
绝涧临流间，灵岩住持嘉。
松林传境域，岁月逐风华。

97. 河间献王墓

雄词一大风，汉帝半苍雄。
世代何相序，河间可始终。

98. 秋日道中

西风齐鲁劲，落叶晋秦秋。
白鹤明华表，苍鳞老木侯。
三山寻禹迹，九鼎立神州。
俯仰云中望，盘环路上游。

99. 华清池

羯鼓霓裳织女河，朝元阁上曲人歌。
三千弟子梨园少，一半温泉感慨多。

100. 春申君祠

何处春申祠，空山问储君。
寒泉流不尽，石垒已离分。
楚客何相见，樵宰几度闻。
文成非主仆，史记是功勋。

101. 人日代客子是日立春

巧手成人日，文心玉素怀。
应知双彩胜，独得一金钗。

102. 寄郑员外

一月自徘徊，东西去又来。
何颜圆缺问，醒醉暮朝推。

103. 饮李十二宅

一醉不知归，千杯已酒微。
朱门灯闪烁，绿草夜虫飞。

104. 山家

泉声过板桥，月色挂云霄。
醉后山家路，程前跬步遥。

105. 归山

心中白发生，月下独霜明。
宿雪归银色，空山作素城。

106. 金谷园

一色馆台生，三官不太平。
金人金谷去，缘舞绿珠情。

107. 邮亭

百里一天行，三生半弟兄。
长亭传信使，短驿苦闲名。

108. 宿白马寺忆玄奘玄应

声声是好经，念念是非铭。
释子何依译，僧徒域韵形。

109. 明德宫

朱盈白昼闲，碧互绿江颜。
宝扇金衣见，河风水气还。

110. 读峄山碑

秦平四海家，汉定五湖涯。
颂德垂碑史，相闻落地花。

111. 句

汉月经纶外，胡尘隐逸中。

112. 韩翃

南阳进士一君平，驾部郎中大历英。
乞火中书才子咏，诗知制书德宗名。

113. 令狐员外宅宴寄中丞

热酒对清寒，凝霜向雪端。
年华方泽润，淑玉列青丹。

114. 褚主簿宅会毕庶子钱员外郎使君

腊酒向诗公，霜封竹叶红。
宣城知绶印，但寄谢家翁。

115. 送李明府赴滑州

绵山介子推，渭水已东回。
独步诗词句，孤身一岭梅。

116. 送李司直赴江西使幕

江西使幕一南昌，御色乌纱半柳杨。
晓竹匡庐匡正义，浔阳九脉九江郎。

117. 祭岳回重赠孟都督

齐王一泰山，鱼俯半天颜。
独崎群峰外，黄河十八湾。

118. 送南少府归寿春

少府寿春归，孤舟入翠微。
淮风生竹藻，楚雨有鸿飞。

119. 赠别崔司直赴江东兼简常州独孤使君

独爱青袍色，应怜绿草香，
相熏相似见，步里步苍茫。
旦晓烟云露，黄昏纳夕阳。
枯荣由四季，自在任三光。

120. 经月岩山

序：
仙人城下见，目上月岩山。
满月山门状，信州百里还。
诗：
驱身行闽越，出路饶阳西。
翠竹云烟注，峰峦彼此低。
泉溪悬白玉，雨雾化红霓。
岭岫连天理，岩峦守密笄。
三生朝自往，四顾信州西。

121. 送客之江亭

春流送客不须赊，水去金陵映翠花。
朱雀桥边吴酒曲，乌衣巷口女儿家。

122. 送山阴姚丞携伎之任兼寄山阴苏少府

山阴八月纯鲈脍，胜似江湖两洞庭。
季子如今邻客至，兰亭一序纪丹青。
嫦娥杨柳色，白皙越吴伶。
曲舞扬州岸，歌琴曲水萍。
王孙王子见，女秀女儿灵。
少府中丞路，文昌四季屏。

123. 和高平朱参军思归作

参军一尔曹，志节半天高。
北吏常回首，南风逐二毛。
遥思杨柳岸，俯首客胡桃。
白日天台望，红鸢问战袍。

124. 送孙泼赴云中

一鼓赴云中，三军济世雄。
黄骢双戟舞，赤甲独西东。
夜火冰河畔，朝浆晓色红。
丹墀初绶印，虏降向天功。

125. 送客还江东

春风不定不还家，柳色难明小嫩芽。
但以黄宫新色绿，江东处处杏梅花。

126. 送夏侯侍郎

元戎左右声，御史谢宣城，
大理齐钟鼓，登州摄政名。
龙骧从六郡，纳吉列三英。
剑笏呼铃帐，移书小夏英。

127. 送李湜下第归卫州便游河北

一路长长一水深，三生漫漫半知音。
成成败败何元论，去去来来作古今。
不可河间醉，当须岭下吟。
龙门天下士，百岁木成林。

128. 张山下草堂会王方士

山人一草堂，日上半天光。
水竹麻襦客，三清挂吊床。

129. 送蓨县刘主簿楚

中原一日侯，楚鄂半神州。
杜若珍奇色，庄王五霸猷。
王程书使寄，草色已春秋。
渡口临淇水，河阳作客舟。

130. 题玉山观禅师兰若

禅师兰若水，锡杖诣成山。
药钵行心寄，青莲奉玉颜。
龙华天泽惠，紫禁地应还。
磬语和应久，鸣钟静可闲。

131. 赠别上元主簿张

平津一别半云天，剑笏三朝九鼎传。
万井归期垂绶带，张侯月上有婵娟。

132. 别汜水县尉

无闻汜水未央宫，有尉长安御阁隆。
谷永丹墀言直见，挥毫正视济苍穹。
东归博士诗赋赋，汉地如今唱大风。
树顶蝉响高远去，冰霜始得一枫红。

133. 别李明府

五世丹青组，三朝进退堂。
雄王箫鼓醉，曲舞玉菲床。
玳瑁胡儿贝，葡萄汉子觞。

千年应不见，共济一言当。

134. 送中兄典邵州

水色石香溪，零陵柳叶低。
朱轩门不闭，玉酒满铜鍉。
北雁临衡止，湘君鼓瑟啼。
诗情多寄取，竹泪草萋萋。

135. 送万巨

扬州张禹问，汉帝一王陵。
羽角辰钟继，横塘暮鼓僧。
高名曾籍籍，万巨可膺膺。
诸友邻青顼，群芳紫气凝。

136. 送巴州杨使君

巴州一使君，楚客半衣裙。
白帝瞿塘峡，巫山一片云。
东关辞故里，北水岭南分。
蜀道应无止，回头白日曛。

137. 送王侍御赴江东兼寄李袁州

井上铜人见，湖中石燕飞。
溢城司马去，笔墨右军归。
腊酒知音问，梅花向故扉。
情同江水阔，步与紫晨微。

138. 寄雍丘窦明府

结绶少年心，丹墀自古今。
吴江垂钓者，泗水汉中寻。
白马长安道，胡尘静渭荫。
临秋沧浪客，旷野有鸣禽。

139. 赠兖州孟都督

少小一军侯，中年半兖州。
桓公齐日月，自讨鲁春秋。
十载平原饮，三生作马牛。
鸣弦鸣百里，玉树玉壶舟。

140. 别孟都督

都督一兖州，日月半春秋。
鲁府儒书记，齐桓霸九流。
平芜雾色泽，旷野牧羊牛。
陌里麻桑色，阡中自在留。

141. 送别郑明府

千金散尽斗粮无，两袖空悬百结孤。
谷口相承儿女志，渊明五柳布弦奴。

142. 赠别王侍御赴上都

皇封马上郎，执简帝王乡。
四顾东都主，三生佩玉章。
朝辞魏阙府，暮至莲花房。
小暑炎炎问，黎民草木乡。

143. 赠别太常李博士兼寄两省旧游

三载明光殿，三呼武币军。
中原行义气，两省信陵君。
鹤玄成金吾，云行作博文。
歌诗隋水调，曲舞石榴裙。

144. 寄哥舒仆射

潼关一战不由身，十万三军半义亲。
宝剑高扬天下志，精英报国客天人。
霖铃蜀幸攻心切，紫绶黄金转角钧。
北邑应当王洛渭，西去不忘净胡尘。

145. 赠别华阴道士

紫府一先生，华阴半路明。
芙蓉山顶玉，道士客中情。
白角冠巾冕，云台社井英。
丹炉仙客去，夜雨好阴晴。

146. 送崔秀才赴上元兼省叔父

小雪入寒塘，中云半似霜。
云阳怀谢眺，叔父上元乡。
十月梅花早，三冬玉树梁。
吴烟风月客，极目寄书香。

147. 赠别韦兵曹归池州

池州八月半南陵，楚竹吴江一玉亭。
客贵青阳峰远近，不患归期隔岁庭。

148. 寄武陵李少府

少府武陵春，公孙吏隐臣。
桃花源里水，五柳汉中秦。

149. 赠张建

少小无知己，童翁有九流。
京都应自主，跬步作春秋。

150. 送监军李判官

上客佩吴钩，东城一古楼。
知己知日月，记事记春秋。

151. 送归广平

赵国一邯郸，幽州半历年。
回头应不见，回望已茫然。
贝叶云中落，轻冰水上旋。
平生求所以，历练一方圆。

152. 送张俨水路归北海

帆船依白水，石枕卧青州。
北海归期路，南光向日楼。
寒芜沉草畦，宿雨落边流。
但以前山望，何言有去留。

153. 送故人归鲁

贝叶灵光殿，寒云草木秋。
归期应早定，少妇上高楼。

154. 送故人归蜀

蜀道问王孙，英雄过剑门。
巴山多夜雨，白帝有黄昏。

155. 酬程延秋即事见赠

长空秋一雁，砧杵月千家。
即事听深夜，余心问菊花。

156. 送郭赞府归淮南

六合江声暮，三秦草木新。
淮南花四野，渭北草千津。

157. 题龙兴寺澹师房

竹里径声晚，门前水月新。
禅房听磬语，古刹净红尘。

158. 送客游江南

荳蔻生春水，鸳鸯左右游。
江南佳丽地，草木满沧洲。

159. 送高员外赴淄青使幕

远水流春去，书香送别来。
归情归不得，旧忆旧徘徊。

160. 寻胡处士不遇

道法思居士，天机隐丈人。
微风闻药案，暮日照茶巾。
不遇归情忆，东城逸旧尘。

161. 赠张道者

半路三山近，千帆二水邻。
金陵金石玉，一道一秋春。

162. 题苏许公林亭

别意林亭浅，成心竹木深。
轩开天地色，坐纳暮朝荫。
万叶秋声落，千章水月临。
高低成草木，远近有知音。

163. 送元诜还江东

信步近潮声，朝晖上远平。
江东连海望，道法逐光明。

164. 送客游江南

汨罗一水洲，楚客半春秋。
但以潇湘雨，苍梧竹泪流。

165. 景山摄影二首

之一：
破土一新生，沉兰半序明。
春光无限好，处处有精英。
之二：
老树一新花，东风半玉芽。
煤山何古道，日月几人家。

166. 送海州姚别驾

青年为长史，东方事诸侯。
千闾曾坐静，万户共春秋。
楚国风云至，吴门日月楼。
姑苏同里岸，此去见沧洲。

167. 送夏侯审

闲时半下楼，玉宇一星流。

待月三更后，西湖两岸舟。
吴中吴水驿，越北越人泅。
五霸谁主宰，唐家一百州。

168. 送赵评事赴洪州使幕

孤舟行不止，一路过湘东。
吏属张廷尉，官随杜幼公。
洪州文使幕，客纪述时雄。
禹穴江流顺，苍梧治大风。

169. 送李侍御赴徐州行营

青年兼柱史，侍御下徐州。
远属平津阁，前躯博望侯。
张良闻泗水，楚汉制鸿沟。
角羽分天落，宫商六合游。

170. 送李秀才归江南

巷水吴门过，邻家越鸟飞。
男儿由此去，小女待名归。

171. 题僧房 一作题慈恩寺振上人院

慈恩寺院一僧房，白马香风半佛堂。
竹径稀疏钟钵静，禅音普渡久低昂。

172. 送寿州陈录事

门含芳草碧，客纳玉花洲。
敛笏王孙问，人生几度留。

173. 送赵陆司兵归使幕

日近五侯家，天和二月花。
春城春水色，使幕合欠华。

174. 送蒋员外端公归淮南

淮南芳草地，日夕泊归船。
一路端公望，三秦落后天。
清明三两日，乞火万千烟。
故国多云雨，归思似涌泉。

175. 题慈恩寺竹院

千峰临古寺，百堑问东林。
竹翠禅房影，钟声法侣音。
门含三界水，老纳远公心。
杳杳香烟直，幽幽草木深。

176. 赠郓州马使君

东方一使君，驿路半青云。
远近迷茫处，阴晴已不分。
潼关风雨望，渭邑带衣裙。
八水长安绕，三台颂武文。

177. 送张丞归使幕

丞相使幕归，御酒主芳菲。
圣上春衣赐，流莺入紫微。

178. 赠长洲何主簿

依依望虎丘，路路上吴洲。
处处诗人赋，轻轻别意留。

179. 送崔过归淄青幕府

平陵路上向青州。古道林中问九州。
暮雨潇潇诗句涌，朝云浇浇客心忧。

180. 田仓曹东亭夏夜饮得春字

金壶绿液春，玉佩葛衣巾。
日月三千载，文章一半秦。

181. 赠王逖

举笏奉龙楼，思闲过九州。
新词传紫禁，古道续春秋。

182. 送深州吴司马归使幕

一马过东门，三公问水村。
文章如此见，使幕作王孙。

183. 华亭夜宴庾侍御宅 自述

社稷一天工，黄河半富穷。
行程成世界，创业下关东。

184. 送客之上谷

上谷园中开，平云去又来。
朝阳临易水，暮色满燕台。
贝叶方临水，荷花已饮裁。
桑干英子客，朔漠北风催。

185. 同中书刘舍人题青龙上房

天色归西掖，青龙问上房。
东林期贝叶，古道待玄黄。

但有儒生客，清诗序北堂。
中书千日月，御笔一沧桑。

186. 宴吴王宅

玉管吴王宅，秦箫上拔来。
高山流水曲，下里蜀人杯。
季札君歌饮，中山汉酒台。
金杯须不醉，绿蚁已徘徊。

187. 题荐福寺衡岳禅师房

师房去不还，日月隐其间，
方圆应守一，不二是河山。

188. 送戴迪赴凤翔幕府

去事魏征西，青春志未齐。
从军文武客，问道有高低。

189. 送郓州郎使君

暮雪天山远，风云汉水清。
舟行无后顾，仰望有前程。

190. 送李中丞赴辰州

社稷乾坤赋，山河日月诗。
寻来三峡雨，采得竹枝词。

191. 送刘侍御赴陕州

前程晓路长，回顾半轻霜。
爽雪风尘净，行囊万卷箱。
书生多自苦，俯仰有低昂。
万里非孤木，千川是柳杨。

192. 李中丞宅夜宴送丘侍御赴江东便往辰州

积雪临阶满，拥裘对酒迟。
中丞沈约晚，进士送丘诗。

193. 送李侍御归宣州使幕

草色满宣州，归途过九州。
春莺啼不住，塞上雪无休。

194. 东城水亭宴李侍御副使

东风宴伯劳，去日事天高。
渭水三千里，胡风一把女。

195. 送秘书谢监赴江西使幕

山程入水乡，小寇作文章。
日引诗词客，风行草木荒。
江城临楚色，独步纳衣凉。
一句佳才赋，三千弟子扬。

196. 送江陵元司录

江陵一领州，苦橘半湘头。
利己唯人处，诗思以味求。

197. 送李舍人携家归江东觐省

承颜一陆郎，携手半萧娘。
夜月江东上，归心是故乡。

198. 送刘侍御赴令公行营

上客刘公干，元戎郭细侯。
行营旋号令，侍御济沧洲。

199. 送苏州姚长史

驿路江城近，人歌白玉堂。
荷香同里岸，翠柳运河长。

200. 送金华王明府

家贫陶令酒，月奉沈郎钱。
暮雨青枫路，时闻饮后仙。

201. 送田仓曹汴州觐省

古驿清江岸，芜城暮雨中。
承天应拜庆，渡口有无风。

202. 送张渚赴越州

桃花一越乡，杜若半襄阳。
楚国汨罗客，西施浣羽长。

203. 奉和元相公家园即事寄王相公

百岁木成林，千年见古今。
三生三尺寸，一字一知音。

204. 送道士侄归池阳

道士一池阳，幽州半故乡。
江山棋子落，日月运天忙。

205. 送刘长上归城南别业

数落一归乡，黄昏半柳杨。
江流留不住，日月穿梭忙。

206. 赠张五谭归濠州别业

罢吏一秋居，蓬蒿五柳余。
濠州何别业，不可读闲书。

207. 送营城李少府

吏禄营城府，怀趋就养湖。
清流明石上，日月共明珠。

208. 鲁中送鲁使君归郑州

齐讴由曲妙，鲁酒任客香。
白露应寒早，凝珠晓色光。

209. 送李明府赴连州

万里到南湘，千帆向北扬。
侯门应自启，小吏拜中郎。
水碧三重影，山平一桂阳。
连州明府在，土木也黄粱。

210. 送夏侯校书归上都

文明一上都，道路半殊途。
醒醉非真子，阴晴是丈夫。

211. 送卢大理赵侍御祭东岳兼寄孟兖州

朝臣开御酒，烈士正青衣。
大理龙骧骏，衔羞祭岳稀。

212. 送皇甫大夫赴浙东

秦川分养马，水国定行船。
汉将汉湖间，王师八水涟。
金华庾信问，水调越人泉。
楚驿东林近，吴门雨路烟。

213. 送章秀才

文才一秀才，进士半天开。
谢朓诗词在，兰亭曲水来。

214. 清明忆苏州

苴芷五湖留，青团一叶舟。
清明三两日，乞火万千楼。

215. 送客一归襄阳

香炉峰顶暮，牯岭九江流。
海会鄱阳水，云封半琪周。
南昌南北郡，赣水赣州头。
彼此襄浔去，相思上酒楼。

216. 二归浔阳

未缘已先黄，东风上柳杨。
梅兰桃杏李，继续暗传香。

217. 淹肚鲜

凌云独峙待一长春，白雪金华半淑人。
绿豆金丝穿玉体，新芽碧展两和身。

218. 赤道几内亚马达市二首

之一：
一浪风云一浪遥，半狂逐汐半狂潮。
波涛汹涌回头岸，倒海翻天上碧霄。
之二：
南洋独立一南洋，北国风云半北光。
万水千山三界外，荒流陆岛两洲旁。
天下路，上天堂。
孤身赤道回肠处，独木成林百岁乡。

219. 送故人赴江陵寻庾牧

小庾重登大庾楼，江洲持节下荆州。
苍梧鼓瑟湘灵竹，泪水班班上万秋。

220. 送客水陆归陕

水影增秦川，文风一陕贤。
皇城皇日月，渭邑渭云天。
扫叶秋风至，吟诗醉酒泉。
春风杨柳岸，晓月去来悬。

221. 送丹阳刘太真

青阳苍口落花潮，皂荚桥边小女娇。
两语三言情未尽，轻姿曲舞上云霄。

222. 送客归江州

焦黄一炙鹅，绿旳半当歌。
不奈媒鸭脯，菹鲈素脍多。

心成诗已就，步落女儿河。
莫布荷衣短，淹留水色波。

223. 题张逸人园林

半坐黄昏待夕阳，三清玉树绿茅堂。
余香杳杳经纶见，小径幽幽草木乡。

224. 又题张逸人园林

园林一逸人，养淑半天津。
不复时闻见，藏心日月轮。
裁截诗五七，挂著紫荷巾。
濯足三清水，孤情八戒尘。

225. 送刘将军

龙泉一剑上龙车，羽虎三鸣下石遮。
渭水无闻无所惧，胡尘不灭不为家。

226. 送郑员外郑时在熊尚书幕府

七步杜陵诗，三生渭邑时，
儒书应不瑕，舞剑可无迟。
巷故藏今古，身齐吏部知。
朝阳朝彼此，共渡共恩慈。

227. 寄徐州郑使君

五马楚云边，三生画省年。
雍容才子赋，水部有方圆。

228. 送襄垣王君归南阳别墅

雨后不飞尘，云中草色新。
衣香京路近，嬉子上罗巾。
少妇私情久，南阳别墅亲。
相思相见处，酒热呼东邻。

229. 送王诞渤海使赴李太守行营

结客散黄金，连兵扫绿林。
名王曾折首，败将已倾心。
饮马幽州将，回头汉水深。
知音知太守，画地画鸣禽。

230. 送王少府归杭州

一路运河船，三吴水泽烟。
杭州由此渡，少府望桑田。
两岸天堂济，千帆问陌阡。

潮随江海色，小小作苏娟。

231. 赠王随

青云一路遥，北海半波潮。
帐里香烟杳，炉中序火苗。

232. 同题仙游观

物象五城楼，仙台一雨收。
山光连渭水，砧杵济三秋。
大漠荒芜久，秦川日月酬。
人间求寿禄，旷野是丹丘。

233. 送刘评事赴广州使幕

交州使幕稀，象威事相依。
瘴海无所以，苍云有别衣。

234. 访王起居不遇留赠

魏阙拜恩初，龙城客起居。
文华齐史第，历事谢中书。
入对青蒸句，除闻送宋余。
精求精格律，对益对耕锄。

235. 送冷朝阳还上元

䑸引木兰船，心归不惑年。
平湖连野寺，渭水木含烟。

236. 送高别驾归汴州

少小信陵门，英风骏秀根。
春光花百醉，暮色劝王孙。

237. 送康洗马归滑州

别后无声百草荣，行前有意半平生。
青丝玉康侯马，去箭雕弓滑伯城。

238. 寄上田仆射

临戎半谢安，持宪一延年。
阙下千回首，关中万里田。

239. 送王光辅归青州兼寄储侍郎

奏事建章宫，身居汉将功。
关东由驿东，朔北任霜风。
紫著丹墀诏，金泥绶带红。
沧洲沧水净，故道故人聪。

240. 宴杨驸马山池

山池唱大风，细酒映山红。
驸马何平叔，诗人庾信空。

241. 送长吏李少府入蜀

行止过故关，止止望千山。
蜀道陈仓见，黄河十八湾。

242. 送客还江东

楚汉千宫殿，江东一是非。
吟诗天下子，已赏谢玄晖。

243. 寄令狐尚书

富贵一何如，荣华半尺书。
龙门六子树，大漠帝王车。
霍卫从高会，冯唐令太虚。
红旗红日照，令帐令孤居。

244. 扈从郊庙因呈两省诸公

丹墀列主同，魏阙汉郊宫。
庙宇歌辞起，天云共大风。
金銮承雨露，玉辇佩霓虹。
隔日回京路，君臣紫禁蓬。

245. 北京北海

积翠春秋水，堆去日月门，
方圆由白塔，草木问王孙。

246. 送端州冯使君

端州一虎符，玉树半皇都。
白皙多风流，苍梧少落凫。
男儿寻翠羽，少妇采珍珠。
老小童翁见，潇湘渭水苏。

247. 送王府张参军附学及第东归

大雪渭城东，梅花泗水红。
闻鸡应起舞，闭户读书虫。
独步龙门客，群英魏阙工。
寒芜南北望，暮日去来中。

248. 送齐明府赴东阳

江帆一桂楫，楚水半东阳。
向背移家去，经纶是故乡。

程途有蜀道，此路玉壶香。
布履民中客，冠官陌上桑。

249. 鲁中送从事归荥阳

对酒一高歌，知音半玉珂。
清清清豫水，曲曲曲黄河。
去已荥阳帛，来时鲁府科。
都督鸣送别，宋赋作嫦娥。

250. 兖州送李明府使苏州便赴告期

水国迢迢路，枫林处处桥。
姑苏三两步，碧玉去来宵。
白马书生见，吴门韵律娇。
珊瑚千滴泪，玉佩五湖潮。

251. 送田明府归终南别业

工苑钟声过，龙门草木闻。
君移丹凤阁，不守白鸥群。

252. 吾兄自山南归

少小长家兄，诗书教乃明。
身姿应直立，坐读可群英。
莫以殊方远，幽州客古城。
榆关山海界，汉竹节空盟。
燕赵多杨柳，农夫少系缨。
浑江浑水碧，五女五山荣。
解绶回乡里，学堂树正声。
师人师表里，独去独来程。
百井成仙客，千峰不屈迎。
牵丝编秀草，著笔始终耕。
五斗无弦续，三生有玉清。
桓仁桓水去，故里故人名。

253. 奉送王相公缙赴幽州巡边

一帆到幽州，三边问九流。
渔阳风雪月，冻地始中秋。
易水荆轲匕，榆关汉将楼。
中华天下界，不必佩吴钩。

254. 寄赠虢州张参军

参军一虢州，射虎半幽丘。
骏马桃花岸，贤豪帝诸侯。

千峰收宿雨，百雉作雕裘。
雾散荷珠玉，茗香寄莫愁。

255. 送李中丞赴商州

五马渭桥东，三台一世雄。
千官天子实，六郡竹心空。
节节朝天去，从从一大风。
开营金吾子，吹角故人同。

256. 汉宫曲二首

之一：
婵娟半汉宫，骏马一天空。
步步排云去，遥遥济所翁。
之二：
一意半藏娇，三心两女淹，
相如相自己，宋玉宋云霄。

257. 陪孟都督祭岳途中有赠

万里封疆近，千年禄秩遥。
山河多少路，碧玉去来桥。

258. 宿甑山

山中今夜雨，枕上昨辰云。
露雾难分定，阴晴可献芹。

259. 别甑山

一路奉丹墀，三生对玉奇。
青云青步履，故道故人期。

260. 送陈明府赴淮南

三更月始升，乞火近清明。
晓露春莺冷，春茶小叶生。

261. 送客知鄂州

千家带楚云，万水问湘君。
此去三吴客，轻舟一日曛。

262. 寒食

之一：
乞火一乌纱，梅香二月花。
烟浮千户冷，散入五侯家。
之二：
春城十地花，乞火半天涯。

莫以书生误，万里不为家。
之三：
乞火半朝霞，春城一片花。
清明天地色，已向帝王家。

263. 羽林骑

少小羽林军，神骧上晓云。
春城花覆雪，俯仰白衣裙。

264. 看调马

仰首一嘶鸣，行身半玉缨。
云行千里驹，踏步帝王城。

265. 寄赠衡阳杨使君

大雁一衡阳，飞鸿半故乡。
年年南北见，处处可扬长。

266. 宿石邑山中

浮云只与北山齐，石邑应从草木低。
傲骨难容天下俗，秋河远挂数峰西。

267. 江南曲

水国江湖隔路遥，天堂自是运河潮。
寒山寺外听渔火，碧玉回头过小桥。

268. 赠张千牛自还灵武　一带一路 之宁夏

蓬莱阙里是天家，望远桥边带夏华。
大国千牛千万亩，耕耘一路杜陵花。

269. 汉宫曲二首

之一：
五柞宫中月独看，万年青上雪花残。
龙鳞玉甲曾依旧，素绠云光金井阑。
之二：
汉室一长陵，珠帘半玉冰。
春风初入户，积雪已香凝。

270. 赠李翼

别舍一王孙，空名半布门。
朱轮依旧色，洗马望黄昏。

271. 少年行

青骢碧玉荣，绣缠佩銮平。
晓过章台路，扬长玉勒鸣。

272. 题玉真观李秘书院

华阳洞里一疏钟，玉宇瑶台半故封。
把酒题诗人去后，群峰独峙见青松。

273. 送之潞府

细雨三更草叶齐，春风万里碧色低。
香泥犹色梅花瓣，潞府珍藏一树梨。

274. 送客贬五溪

风云过五溪，日月自千霓。
草木含天地，阴晴纳杏梨。

275. 送齐山人归长白山

山人长白去，道长步从容。
路远千梁寺，山觉醒片松。

276. 寄裴郓州戏乌纱

乌纱顶不空，大小作苍穹。
手足因其束，人头自适中。

277. 梁城赠一二同幕

鸣金细柳营，吹角正旗旌。
帐令应严肃，军行可太平。

278. 河上寄故人

河流濮水一清烟，日暖昆吾半陌阡。
雨细颛顼城外见，龙泉注满五芳年。

279. 留题宁川香盖寺壁

读寺上经台，寻心下楚才。
钟声依旧路，去处有尘埃。

280. 寄柳氏二首

之一：
章台柳色清，灞水杏梨荣。
但见梅花落，香泥自在平。
之二：
章台柳，章台柳，弱色青青在我手。
长条处处随风去，小叶幽幽是又否。

281. 独狐及

濠舒刺史一郎中，拾遗文章博士同。
道举华阴高第补，诗词治课至之工。

282. 海上寄萧立

渤海一辽东，瀛洲半始终。
音尘何易得，碣石可临风。
壮士江湖近，书生日月城。
平芜荒草木，褐节待飞鸿。

283. 三月三日自京到华阴于水亭独酌寄裴六薛八

道举第三秦，才英问四邻。
华阴亭酒尉，独酌忆秋春。
傲吏裴薛客，行明已至身。
何年觯柽梧，长行海外人。

284. 代书寄上裴六冀刘二颍

同行马首东，共步晓阳红。
汉节倾君握，孤城布乱终。
勾芒宁自取，玉刃可弯弓。
猛虎应朝伏，丹墀可御中。

285. 客舍月下对酒醉后寄毕四耀

丝桐一酒徒，傲吏半皇都。
六翮寒光久，三星自有无。
嫦娥藏半月，后羿射千珠。
不得何功迹，平生大丈夫。

286. 下弋阳江舟中代书寄裴侍御

来乡西隔日，去水北连天。
极浦浔阳客，云端弋羽田。
怀中分市化，直上九江船。
不以归心计，前程知酒泉。

287. 癸卯岁赴南丰道中闻京失守寄权士繇韩幼深

长安落日满胡尘，八水朝阳共晋秦。
泣路新丰新渭邑，三年子得子规频。

288. 寄巴陵

序：
贾员外处见中书贾舍人巴陵诗集贤之怀旧代书寄赠

诗：
立马问长安，平章向杏坛。
关山应所展，日月可鸣銮。
凤岛苍缨缚，熊黑扈诏丹。
相思情不止，历国志琅玕。

289. 代书寄上李广州

皖水望番禺，姑苏过五湖。
中和通百越，结念溢千殊。
海口天涯近，皇城五岳都。
羊城应锁海，石角市桥衢。

290. 夏中酬于逊毕耀问病见赠

救物仙痾卧，平生以此同。
人间应正递，向背可称雄。
乘角行藏雨，踏蹬进退风。
钟声朝不语，暮鼓夕阳红。

291. 酬梁二十宋中所赠兼留别梁少府

少读炎黄迹，年成禹穴书。
东流东下水，北上北樵渔。
雨露风霜布，冰封雪霰余。
殊途殊所向，市道市人居。

292. 庚子岁避地至玉山酬韩司马所赠

四海已风尘，三生未义仁。
长安安史乱，渭水静波粼。
旷野豺狼满，深山蕙槿新。
琼瑶荣不止，隔岁有秋春。

293. 奉和李大夫同吕评事太行苦热行兼寄院中诸公

驷马太行山，骄炎苦热颜，
长安应念家，渭水去无还。
郁结皇华柳，龙蛇始列班。
羊肠危所寄，栈道剑阁关。

294. 酬皇甫侍御望天灊山见示之作

五岳一藏机，千川半逸祈。
群峰无限竟，独木直京畿。
泽雾风云雨，氤氲日月稀。
封禅封社稷，祭地祭天圻。

295. 送陈兼应辟兼寄高适贾至

梁山一罢官，楚水半波澜。
汉塞胡尘满，镐池白雪寒。
皇州安史乱，绛阙旧高冠。
逸韵鸿毛静，秦川陇底繁。
纵横四海见，彼此三江滩。
日月东西阔，经纶汉地宽。

296. 送相里郎中赴江智囊

一天诏中量，三生半客乡。
休牛殊未已，战卒似饥狼。
外府谋贫资，郎中是智囊。
千门应课赋，万井劝耕桑。
有米方支鼎，藏弓鸟亦翔。
寒蝉高树顶，共渡远潇湘。
聚散同天子，分离各柳杨。
冠臣司职守，上液已炎凉。

297. 初晴抱琴登马退山对酒望远醉后作

年长心易感，事久意难量。
趑步前程许，沧桑日月章。
秦皇徐福去，汉武帝王乡。
酒后谁言醉，情中他欲狂。

298. 观海

海阔苍茫远，天高宇宙荒。
波涛潮上涨，浪涌水中疆。
颖洞方圆谷，蓬莱玉阁堂。
遥遥含淑气，荡荡纳辉煌。
暮去黄昏色，无垠泛夕阳。
朝来红晓滟，有限彩霞光。
百水应相聚，千沙可迹量。
云沉云卷起，日落日升张。

299. 同徐侍郎五云溪新亭重阳宴集作

重阳晏集五云溪，九日东流一玉堤。
八水长安安史乱，千官渭邑邑高低。
黄花门馆静，白露鸟寒栖。
狡兔相驱走，鹰隼互逐笄。
称王论霸胡督护，制书行朝御伪批。
水泛方圆常势去，山横草木碧辛黄。
怀良图可轨，持久有东西。
地主乾坤易，天公制后霓。

300. 雨晴后陪王员外泛后湖得溪字

宿雨涨清溪，停舟问玉泥。
长安安史乱，羽白白鸥啼。

301. 题思禅寺上方

法鼓寺无停，禅思有渭泾。
山中良药在，月下随天形。

302. 季冬自嵩山赴洛道中作

嵩山草木长，洛水去来泱。
渭邑东都问，天宫日月乡。
家家谁国国，子子一娘娘。
物象阴晴易，天时运道昌。
流亡王是客，逆反逆为良。
吏吏衙门禄，官官傲骨藏。
民情民主仆，帝意帝贤皇。
易卜换天子，乾坤改肚肠。

303. 早发若岘驿望庐山

海会汉阳峰，庐山牯岭松。
鄱阳湖上月，隘口九江封。

304. 寒夜溪行舟中作

人生一故巢，远近半同胞。
旧国谁家组，新朝几至交。

305. 壬辰岁过旧居

生身一旧居，案卷半多余。
所欲何须此，刘邦不读书。
三台儒未止，九鼎勇当初。
若以君臣论，萧何相国如。

306. 丙戌岁正月出洛阳书怀

开元天宝岁，至德续干元。
李武周唐序，君臣弟子言。
儒书时代读，草木山河萱。
社稷由初始，乾坤任简繁。
形成王道见，逆反正邪原。
顺善民为主，朝堂列鹭鸳。

307. 伤春怀归

去是读书生，来非认志盟。
春风春水至，夏雨夏荷荣。
扫叶秋风肃，冬寒大雪城。
平民平日月，帝业帝王情。

308. 杂诗

花花应结子，草草可藏根。
负负传生意，年年继此恩。

309. 山中春思

山中一省眠，水上半云天。
万里思绪近，千年步迹连。
池塘容百水，草木纳三泉。
只有猿啼远，知音有古弦。

310. 雨后公超谷北原眺望寄高拾遗

雨后一云开，新苗半剪裁。
关山鲜木色，扑面小风来。
渭水粼波色，南山草碧恢。
春光留不住，只恐月徘徊。

311. 自东都还濠州奉酬王八谏议见赠

东都一路下濠州，谏议三台问九流。
白面青袍曾携手，云分雨散各春秋。
君留多郢曲，再会少弦谋。
旅雁衡阳问，鸣琴向旧游。

312. 官渡柳歌送李员外承恩往扬州觐省

依依官渡柳，寞寞问扬州。
寂寂无声息，垂垂不解愁。
条条由小叶，争争可阡头。
别别听新雨，幽幽向石头。

313. 观海

序：
东平蓬莱驿夜宴平庐杨判官醉后赠别姚太守置酒留宴
诗：
高楼应望海，醉客可闻天。
越女琴声近，吴儿郢曲弦。
东山不尽蓬莱阁，海阔云空一片烟。
酒圣观潮涛卷岸，平庐太守问婵娟。

314. 同岑郎中屯田韦员外花树歌

芳菲关不住，小杏已逾墙。
水月由天下，桃花任自扬。

315. 和李尚书画射虎图歌

猛虎苍苍一兽王，
斑斓啸啸半山荒，
蓦箭弯弓应声射，白额腾飞已命狂。
草木丹青伏，溪山日月藏。
乾坤应得道，社稷正人扬。

316. 和赠远

中庭一半花，四季三千芽。
日日观新秀，年年你我他。

317. 和题藤架

璀璀一架藤，绕绕半鲲鹏。
叶叶根根茂，欣欣上五陵。

318. 江上代书寄裴使君

有意望江皋，无心见海涛。
分离知冯荡，合酒玉壶高。

319. 诣开悟禅师问心法次第寄韩郎中

道正一清身，根明半出尘。
慈恩由父母，祖业赋秋春。

320. 登后湖　一作登凌湖亭　伤春怀京师故旧

静水可观时，琼瑶见玉枝。
山山春草绿，处处有相思。

321. 学

序：

暮春于山谷寺上方遇恩命加官赐服酬皇
甫侍御见驾之行

诗：

学子半天书，儒生一志余。
江山应所报，社稷自荷锄。

322. 答李滁州题庭前石竹花见寄

庭前石竹花，月下入人家。
但以芳香致，心成你我他。

323. 自述

序：

得李滁州书以玉潭庄见托因书春思以诗
代答

诗：

滁州半在玉潭庄，物象三思祖父娘。
日月常惊朝暮笔，如今电脑不思乡。

324. 答李滁州忆玉潭新居见寄

新居一玉潭，旧步半春蚕。
学子巢夷独，书生四海涵。

325. 将赴京答李纾赠别

人生不系舟，鲁府作春秋。
佛道文化客，草木十三州。

326. 和张大夫秋日有怀呈院中诸公

天高一菊花，地厚半人家。
肘印书窗拘，文思满夕霞。

327. 和大夫秋夜书情即事

二战不兴兵，中谋布柳营。
高人高自己，不得不精英。

328. 送虢州王录事之任

学子一文章，书生半柳扬。
山河留月日，社稷纪阴阳。

329. 送长孙将军拜歙州之任

大难自横行，临时可斩鲸。
楼船由此去，虎竹系长缨。

330. 送何员外使湖南

鼓瑟一潇汀，秦川半渭泾。
丹墀明草木，琐阁字丹青。

331. 送江陵全少卿赴府任

少卿府任一江陵，汉水知音半御丞。
楚郢精英相惠顾，湘灵竹叶玉香凝。

332. 送虞秀才擢第归长沙

充赋一长沙，屈平半楚家。
汨罗应记取，贾谊客人家。

333. 送阳翟张主簿之任

高山密树一官衙，傲吏樵渔二月花。
业绩功名常自和，长安隐逸客人家。

334. 送游员外赴淮西

君多奇略见，立笔佐元戎。
已佩郎官印，兼行御史风。
淮西温水月，漠漠有飞鸿。
但以归途到，无书也望空。

335. 送马郑州

仁风一郑州，义利半田畴。
傲吏农夫颂，桑麻济九流。

336. 送义乌韦明府

大海义乌邻，苍烟落照津。
吴门春尚早，薄领致官身。

337. 送陈王府张长吏还京

举首十年长，扬名一故乡。
京畿多少路，世宦有炎凉。

338. 水西馆泛舟送王员外

绿绿一芰荷，圆圆半玉波。
珠珠光闪闪，点点碎珂珂。

339. 李卿东池夜宴得池字

夜宴一东池，清吟八句诗。
三鸣方为早，七步已成迟。
惬意轻风酒，银杯月色姿。
琴弦抚未尽，鼓瑟系青丝。

340. 九月九日李苏州东楼宴

庾公一酒楼，孟子半嘉留。
九日飞鸿去，三湘草木洲。
行君成所令，谓我是何求。
醉后原应问，姑苏李诸侯。

341. 萧文学山池宴集

坐上有榆钱，清明乞火贤。
春茶初煮水，学子已诗篇。

342. 与韩侍御同寻李七舍人不遇题壁留赠

山深何寂寂，浅水几涟涟。
此去闲云落，从心忘自眠。
天机无早晚，侍御有方圆。
药院芳香在，苔藓独色研。

343. 喜辱韩十四郎中兼封近诗示代书题赠

苦役相牵半遨游，情思独路一春秋。
求根沿木成官宦，治学方名作困忧。

344. 早发龙沮馆舟中寄东海徐司仓郑司户

曙色一沙禽，桥光半水荫。
瑶华分远近，直木已森林。
聚集成仓粟，雍和作古今。
含章由子粒，纳织作乾坤。

345. 酬常郿县见赠

自古一王孙，如今半木林。
修身修政治，傲吏傲官门。

346. 登山谷寺上方答皇甫侍御卧疾阙陪车骑之后

佛璨第三宗，孤扬数一峰。
禅庭除疾药，戴逯不须逢。

347. 答皇甫十六侍御北归留别作

楚客自伤春，骚人有旧秦。
空名空守欲，隔岸隔风尘。

348. 答李滁州见寄

蕙草沧洲茂，江皋水石藓。
相逢相别去，互道互心田。
郡内芳色望，云中月缺圆。
思情思故友，睹志睹先贤。

349. 寄国代

序：
得柳员外书封寄近诗书中兼报新产行营
兵马因代书戏答
诗：
郎官作掾一非心，绶带儒生半古今。
未抵辕门戍政问，吟诗赏剑觅知音。
兵营南北设，学子暮朝寻。
一国千军策，三台九鼎临。

350. 同皇甫侍御斋中春望见示之作

望远寻归心易伤，风云得日可常扬。
攀芳择碧群花色，纳雨含云百越肠。
玉水流波千柳岸，江亭草色万家塘。
春情不尽思量久，赋我江枫似柳杨。

351. 伤估赠远

去水共流年，人行比日天。
如斯如逝见，以迹以求全。

352. 奉和中书常舍人晚秋集贤院即事寄徐薛二侍御

汉朝金马署，帝坐紫微郎。
典籍凌群玉，诗歌咏柏梁。
中央正鼻祖，上院集贤堂。
左氏春秋笔，枚乘宋玉章。
屈平辞杜君，贾谊问梦乡。
雀鼠经年牢，飞鸿万里翔。
兵营兵难策，武勇武行藏。
政论经纶牧，人情草木乡。
蓬山同补缪，古朽直林苍。
禁省平章事，丹墀属日昌。
斑鬓修杜史，十易待沧桑。
智慧同天地，精英共夕阳。

353. 江宁酬郑县刘少府兄赠别作

自以青云器，常言结绶期。
腰章应日取，东带九歌辞。
组珪迁移革，良田陌井滋。
逾藤长继此，早晚逝如斯。

354. 送李宾客荆南迎亲

荆南一水流，北斗半铜楼。
羽翼丰门望，旌缨系报酬。

355. 题玉潭

碧玉一沉明，冰壶半岸清。
深深天欲随，漾漾富云城。

356. 寄

序：
海上怀华中旧游寄郑县刘少府造渭南王
少府益台
诗：
上一二峰月，云中一酒家。
凉风今未至，八月待黄花。

357. 和虞部韦郎中寻杨驸马不遇

琼台萧史家，五月洛阳花。
渭水流无见，箫声在晓霞。

358. 李张皇甫冉权等数公并有送别之作见寄因答

撼岳波涛一洞庭，离情共瞩半丹青。
秦川不忘吴门水，报以相思问渭泾。

359. 将还越留别豫章诸公

倦鸟暮思林，吴江几丈深。
沉云湘沅泽，积水洞庭浔。

360. 送别荆南张判官

五柳先生问，无弦布木轩。
桃花何处见，但向武陵源。

361. 陪王员外北楼宴待月

半月出山难，千暗一明滩。
西林方欲罩，北巷已圆冠。

362. 和

序：
垂花坞醉后戏题　赋得俱字韵
并序　俱，仄，语韵。（平，虞韵）
诗：
垂花坞上月，伐木堰中情。
道士知荒蔓，人间有朽荣。
君英因酒醉，诸子俱声鸣。
煜继星河水，卿随草木城。

363. 俱（平声，虞韵）

紫蔓青条一玉壶，花香叶密半扶苏。
荒天野地经纶继，自立樵渔自所俱。

364. 牧

作牧无诗去，丞相有豫章。
先生由沈宋，后继任残郎。

365. 题刘相公三湘图

未辨荆门树，方知汉水舟。
三巴三峡水，五色五湖洲。
郢渚扬帆去，浔阳暮岸收。
谁言闻阙里，自有客山幽。

366. 长安逢故人

多年音信断，不意遇长安。
急急匆匆见，清清辩辩难。
平生何瞩目，理事几栏杆。
且坐归思序，忧忧九品官。

367. 送韦湛判官

临流归客去，瞩目望乡山。
古戍重阳暮，风云已等闲。

368. 送长沙韦明府

贾谊在长沙，屈平楚客涯。
潇湘斑竹间，禹穴万人家。
白露生江上，公堂讼事衙。
高悬明镜在，但见浪淘沙。

369. 送孙愿

一路半严陵，三光九脉丞。

潮扬山海远，擢第步香凝。

370. 送林宗配雷州

昨日三峰尉，今朝一贬臣。
为官为独直，作事作经纶。
莫以人情问，应知本性珍。
孤名孤不久，得道得千钧。

371. 送洪州李别驾之任

四顾洞庭波，三秋唱九歌。
皇城皇鼎立，别驾别山河。

372. 送杨中丞和蕃

一战已三和，千军问九歌。
河源飞鸟尽，谈判静干戈。

373. 送李将军赴定州

幽州李将军，射虎望青云。
已静阴山漠，天骄白日曛。

374. 关羽祠送高员外还荆州

结义作人生，天姿守世英。
名垂千古册，百战一仪成。

375. 送张南吏

莺花不布贫，细雨已沾身。
一道同行使，三光共渡人。

376. 送奚贾归吴

新安江上水，只向富春流。
过客吴中问，霜枫日下秋。

377. 送陆员外赴潮州

含香台上客，剖竹海边州。
雨落三江月，潮推万里舟。

378. 送裴补阙入河南幕

邹鲁诗书国，如今鼓角喧。
英雄常射虎，一语誓轩辕。

379. 送薛司直路出延陵

适越延陵去，风波沿岸来。
王孙春草问，季布庙堂开。

遗雪残明在，潮推暮色催。
停舟闻俗气，只得夕阳回。

380. 鳌屋县郑守宅送钱大

寒蝉久暮鸣，落叶已残轻。
俱是风尘末，同行不共情。

381. 送元诜还丹阳别业

傲吏一官成，朝衣半执轻。
丹阳秋别业，古寺静公英。

382. 送崔侍御往容州宣慰

秦川孤独望，桂水暮朝田。
陆贾荆门问，潇湘楚郢泉。
鹰隼寻兽野，鸟雀逐蓬莲。
各得一公物，容州易牧贤。

383. 朱方南郭留别皇甫再

孤云入剡遥，水国洼江潮。
碧玉花明色，吴门一小桥。

384. 赠张五谭归濠州别业

常知官不罢，隐逸待樵渔。
水上观游成，家中别业居。
高冠无止客，士子有心虚。
冷若冰霜至，人心自所余。

385. 送王司马赴润州

屈文作傲吏，禄事向东吴。
郢曲梅花落，金陵白下儒。
秦皇金玉锁，紫禁建康苏。
楚寒三山近，淮流二水凫。

386. 留卢秦卿

下雨天留客，行云驿站生。
嫦娥如有意，沽酒对秦卿。

387. 赠客山人

行舟复杖黎，适意亦寻溪。
日落东林寺，孤烟玉宇齐。

388. 赠韦直

感叹二毛初，闻君一志余。

相依烽火路，独立帝王书。

389. 石城馆酬王将军

离思何处见，落日满沧洲。
寒酒西楼醉，江城水自流。

390. 酬王季友题半日村别业兼呈李明府

寒源半日村，直木一天恩。
小径家门近，流溪问子孙。

391. 酬二十八秀才见寄

水月好相思，清光入枕时。
知书知独苦，问意问孤期。

392. 冬夕寄青龙寺源公

一月上方行，三秋问竹声。
年年应不似，岁岁可枯荣。
竹节空心势，安禅坐定盟。
青龙源寺水，处处夜灯明。

393. 塞下曲

男儿细柳营，玉臂系红缨。
受降城中见，秋风月下情。
长安闻捣杵，易水诸声鸣。
百战阴山去，萧条作帝城。

394. 柏林寺南望

日暮可闻声，秋风已落城。
枝枝应恋叶，水水已澄清。

395. 宿杜判官江楼

月宿江楼上，梦停水色中，
惊云流不定，断杵望天空。

396. 春宴王补阙城东别业

别业竹荫开，莺啼半柳来。
花明花不语，草碧草苍苔。
细雨经常润，轻风去又回。
同声同舍就，共忆共徘徊。

397. 郪城西楼吟

沙洲枫岸远，郪水溢波明。

百丈朱栏下，三生日月城。
花红山鸟啼，草碧促织鸣。
锁定游鳞影，清吟定止行。

398. 听邻家吹笙

笙声一半过邻家，小杏逾墙问彩霞。
有色无音偷眼前，重门不锁见桃花。

399. 登丹阳北楼

丹阳一北楼，旅望半丰收。
旷野农夫社，萧条傲吏囚。
寒皋遥暮际，远水绕巷秋。
白鹭初离去，红枫已染头。

400. 题精舍寺

溪东精舍寺，月北客禅关。
持偈红尘尽，僧游草木闲。
云浮方丈静，水注远公湾。
落叶双峰岸，轻霜独傲山。

401. 双林寺谒傅大士

草木一津梁，双林半寺乡。
分身明月色，示灭下生藏。
代以微尘纪，禅音送四方。
松荫常不见，故国去人堂。

402. 题尹真人祠

宿宿真人去，悠悠日月堂。
风云今世界，道术去来扬。

403. 山中即事

山中一夜雨，水上半春风。
木直擎天柱，花明百草中。

404. 湘夫人二首

之一：
问遍一湘山，苍梧尘水湾。
云中多秀水，竹上泪痕斑。
之二：
不尽二妃心，湘灵一古今。
娥皇倾玉泪，竹节女英音。

405. 盖少府新除江南尉问风俗

作尉一江潭，闻君半自谙。
衣冠疑独正，望国已难堪。

406. 春宴张舍宅

雨尽杜陵烟，云浮渭水田。
花明花下酒，柳色柳条泉。

407. 寄李袁州桑洛酒

女色比琼浆，闻风已懒香。
金杯藏口味，醒醉玉壶扬。

408. 赠万生下第还吴

草碧布衣香，花明织女郎。
三吴多白首，六郡少乎章。

409. 送大德讲师

王城在日边，大德寺安禅。
说法河东岸，天光一圣泉。

410. 赴无锡别灵上人

本姓竺高僧，原名过五陵。
千峰寻不见，万谷问香凝。

411. 送粲上人兼寄梁镇员外

尺素三溪去，微官五宿泉。
东林山露雨，香积寺云天。

412. 送章逸人归钟山

秦皇天子气，二水紫金平。
但向钟山逸，何须问姓名。

413. 登无锡北楼

驿树婆娑影，渔舟晚更闲。
黄昏连锡寺，醉赋五湖边。

414. 和王相公题中书从竹寄上元相公

两省文章客，三台日月边。
中书门下见，上液漏中眠。

415. 酬萧二十七侍御初秋言怀

极浦早鸿声，平生四海盟。

儒书儒佛道，学子学枯荣。

416. 奉和杜相公益昌路作

梁山正落花，海角问天涯，
辽阔空高问，人生立定家。

417. 隋炀

序：
赋得长洲苑送李惠　注，富字同里也，
汴水运河是故。
诗：
吴江同里富，木渎馆娃船。
楚郢三秋雨，长洲十里烟。

418. 别房士清

世路一荆英，离心半楚盟。
金陵飞鸟至，浦口石头城。

419. 送彭偓房由赴朝因寄钱大郎中李干戈舍人

老子已经天，郎中问岁年。
平生官四吕，格律数千年。
日月耕耘读，诗词韵格研。
隋唐隋启运，汉水汉人泉。

420. 送李遂越

越水富春江，天堂作国邦。
云出潮水岸，月入运河窗。

421. 送郑正则徐州行营

从军过陇头，治乱问徐州。
气劲三河卒，功全万户侯。

422. 送钱拾遗归兼寄刘校书

拾遗一蝉声，桑榆半止荣。
悠然烽叶至，处处触归情。

423.送郴县裴明府之任兼元充宣慰

九楚白蘋津，三湘翠竹沦。
秦川多老友，尽是月中人。

424. 送李敖湖南书记

湘灵泪竹各由衷，贾谊屈平自始终。

寞寞衡阳无信使，年年有雁过巴东。

425. 送曲司直

曙雪峰峰一曙云，晴光烈烈半天曛。
除非雨雾封船渡，独有青山不送君。

426. 送别

一别穆陵关，三秋叶不还。
寒蝉随陆远，薄暮万重山。

427. 咸阳西楼别窦审

离宫曙色近京关，渭水清波上苑山。
万井西楼连远驿，亭皋日色接河湾。

428. 闻蝉寄友人

谷雨之闻莺，春分见草荣。
秋霜明落叶，白露任蝉鸣。

429. 送李骑曹之灵武宁侍

河来当塞曲，雁去过长城，
八达居庸岭，三秋魏晋横。

430. 冯翊西楼

乔木带新烟，野庄接渡船。
西楼西岸雁，不落不归旋。

431. 郫城秋望

白首不思归，素丝独自飞。
知亲父母问，向远读书扉。
远别徒孤道，无离未近畿。
儒生空谈去，学子是还非。

432. 夜泊湘江

木落洞庭波，江流岳楚多。
潇湘谁夜泊，远远一渔歌。

433. 留别常著

苍郊虽转时，佐手话逢期，
学子常无顾，书生父母迟。

434. 送张光归英

庭芜白露深，百岁木成林。
只爱莼鲈脍，三吴有野禽。

435. 闻吹杨叶者二首

一曲雁门关，三秋小叶攀。
胡笛惊不语，世上有奇颜。
天生一芒半无伦，叶曲千惊百弦秦。
有智由天由自己，幽鸣任技任知音。

436. 寄

丹阳茂政润州人，进士明皇第一秦。
十岁昌文王缙属，天机独得九龄申。

437. 润州南郭留别

水滞一波平，舟横半月生。
吴门音韵阔，楚地有前程。

438. 祭张公洞二首

之一：

五土成稼穑，三秋磊洞名。
笙铺吴岫岭，桂伫越人情。

之二：

何时桃可种，俯首问桑田。
洞里方圆客，云中上下玄。
瑶池王母见，汉武帝王仙。
几度回头问，人间日月年。

439. 临平道赠同舟人

同舟共济人，独坐各冠巾，
一道天机近，三邻仰望秦。

440. 巫山峡

迢迢去平空，峡峡逐千弓。
白帝巴山问，猿啼渡口东。

441. 长安路

长安一九城，渭水五侯名。
但问相如宅，蓬门落日情。

442. 送朱逸人

时人多不见，足迹一湖泉。
莫以红尘客，陶潜五柳田。

443. 西陵寄灵一上人

西陵一上人，自古半秋春。
落鸟游僧见，山阴渭水秦。

444. 赴无锡寄别灵一净虚二人上云门所居

三生唯守一，百岁木成林，
半入春山里，千游不可寻。

445. 舟中送李八

共济同舟去不回，书生共举问天台。
金门独见何分手，一意千钧别又来。

446. 清明秦皇岛

秦皇岛上一清明，北海云中半日生。
独见群鸥寒食竞，东临碣石有潮平。

447. 清明秦皇岛

小小秦皇岛，长长一海潮。
春春应乞火，处处望天霄。
寒食清明近，昌黎谷雨遥。
云边东北店，老少女儿娇。

448. 始皇拜海桥

北海半白鸥，秦皇一所求。
扶桑扶自己，拜海拜桥留。

449. 问始皇二首

之一：

四望秦皇岛，三光日月星，
天云天远问，海浪海潮听。

之二：

秦皇拜海一韩终，紫竹林中半玉穹。
北海连天徐福去，南莲佛祖主西东。

450. 台头寺

序：

与张补阙王炼师自徐方清路同舟南下于
台头寺留别赵员外裴补阙同赋杂题二首
诗：

之一：

潮潮潮水落，泛泛泛波明。
日月江河见，枯荣草木生。
同舟同道士，共渡共阴晴。
古寺禅音在，台头七尺萌。

之二：

秦川一始皇，二世半兴亡。

莫以蓬莱见，东营是海乡。

451. 酬张二仲彝

吴洲芳草地，楚客忆归心。

沉水湘妃近，荆衡草木深。

巴云官渡岸，郢雨洞庭浔。

滟滪分不定，巫山合古今。

452. 三月三日义兴李明府后庭泛舟

兰亭一序留，曲水半清流。

落日蘘蘘草，西施处处舟。

微风春雨细，泛泛木兰舟。

艺术梅花老，江南独自幽。

453. 少室山韦炼师升仙歌

丹炉停火色，炼术未应分。

道士升天去，时人应白云。

454. 独孤中丞筵陪饯韦使君赴升州

中司龙节贵，上将虎符新。

汉缙吴襟带，金陵建邺人。

455. 送王绪剡中

不向关山去，何时到剡中。

应闻成竹木，越女浣溪东。

456. 同李司直诸公暑夜南余馆作

处处多明月，津津有水亭。

南余司直馆，暑夜赋丹青。

竹影烟光近，弦琴寸尺听。

周郎应不顾，洛下已聆听。

457. 酬李郎中侍御秋夜登福州城楼见寄

王程无远近，进退有乾坤，

日月经天数，耕耘草木根。

458. 赠普门上人

支公欲老活洲居，慧觉禅功伏魔余。

坐定山云云已定，身传意教教天书。

459. 与诸公同登无锡北楼

书生四海半为家，学子千章一世华。

六郡冠官官客去，三台旧序序陶沙。

思乡思父母，老小老天涯。

不以归心事，当言你我他。

460. 同李苏州伤美人

苏州一美人，碧玉半秋春。

曲舞常无对，琴筝自独亲。

吟诗同月下，使已使君邻。

隔日阳台雨，朝云自此频。

461. 送李录事赴饶州

千峰建业巡，九派洞庭邻。

录事鄱阳水，汀洲少壮人。

462. 同诸公有怀绝句二首

之一：

故土心中纪，前程足下行。

书生书不尽，历世历难明。

之二：

故土家无国，王城四海衢。

书生从祖国，治牧任其家。

463. 题魏仲光淮山所

自古一书生，千章半世盟。

淮山淮水岸，建邺建精英。

暮暮朝朝拾遗志，成成败败帝王城。

464. 送郑判官赴徐州

从军过陇头，判若十三州。

六郡应观望，三阿可自流。

465. 送顾苌往新安

由来山水客，取道下新安。

暮里潮头上，朝明钓子滩。

466. 秋夜有怀高三十五兼呈空和尚

闻君一道深，种树半东林。

北渚三更雁，南湖一半吟。

467. 途中送权三兄弟

夜里云初雪，晴中刺目寒。

朝阳明雀鼠，断米上云端。

468. 送裴阐

客里问何归，人间望雁飞，

来来还去去，父母一心扉。

469. 杂言湖山歌送许鸣谦

之一：

知书一隐知，问道半行迟。

鸟迹无朝暮，贞情有古诗。

之二：

湖山一水形，谷涧半丹青。

草木高低处，枯荣日月河。

何求朝暮望，但以去来听。

隐逸书生望，身名济世灵。

470. 谁言迎神曲三首

之一：

巴渝吴楚俗，水月日阴晴。

纪是风云里，何宫祈祝盟。

人应寻所寄，社以客心明。

少小知神曲，迎迎送送行。

之二：（迎神）

久早求云雨，长阴望日明。

人间丰威欲，世上得昌平。

之三：（送神）

祭祝一人心，丰隆半古今。

瑶台王母客，世界八仙荫。

471. 屏风上各赋一物得携琴客

令林客携琴，谷洞水溪深。

但以声声响，应当处处音。

472. 江草歌送卢判官

江皋岸草一汀洲，学子公程半九州。

杜若丛丛成楚意，蚕丛处处草罗修。

473. 题画帐二首

之一：山水

漓江漓岸丝，桂水桂山平。

雨雨云云阔，渔渔火火明。

之二：远帆

巴山巴水去，楚客楚云中。

郢曲扬帆唱，潇湘斑竹空。

474. 落第后东游留别

落第半功成，书生一学名。
舟行江岸阔，水月独枯荣。

475. 杂言月洲歌送赵冽还襄阳

赵冽月洲歌，襄阳故水河。
云飞山北少，雨落九江多。
芷蕙芝兰色，贪穷富贵柯。
书生书自取，学子学磋砣。

476. 寄刘八山中

东皋来去近，苦雨暮朝临。
水月常光顾，风霜岁月侵。
山中曾不见，树上有蝉吟。
江弱高枝上，如何觅知音。

477. 答张諲刘方平兼呈贺兰广

一叶未全长，干条已绿黄。
荒郊门不闭，野性两旗香。
喜鹊登枝祝，琼瑶待旧浆。
王孙应自得，道术有天章。

478. 沣水送郑丰于县读书

学子一平生，人间半不平。
全经全不是，读者读精英。
江流随两岸，大海任纵横。
智慧由天悟，行程跬步明。

479. 九日寄郑丰

九日黄花一晚香，三秋贝叶半扬长。
知根已是垂成见，且采茱萸挂栋梁。

480. 酬包评事壁画山水见寄

樵渔傲吏田，隐逸读生泉。
笔下云烟漫，皴中直木宣。
三重同里寺，半入武陵川。
五柳门外客，渊明可布弦。

481. 渡汝水向太和山

逐渡方千croix色，和山问一峰。
谁知秋水浅，沿怯有人踪。

482. 秋怨

一怨似昭阳，三秋自日光。
茱萸檐上草，负负有炎凉。

483. 赠郑山人

白首沧洲客，兰衣日月城。
诗词明格律，韵味仄平平。
跬步姑苏市，行程国北京。
轩昂丞气宇，惯念立枯荣。
父母农家子，爷娘隔世英。
清明清所志，共济共纵横。

484. 刘方平西斋对雪

纷纷一雪城，落落半精英。
素净江流暗，梅花日月明。
开轩寒气冷，闭户读书声。
自有袭人处，幽幽向客情。

485. 福先寺寻湛然寺主不见

寺主谁留客，东南二室峰。
川流原不止，不必问行踪。

486. 河南郑少户城南亭送郑判官还河东

黄河不尽自西东，御苑枯荣有始终。
但见轻舟轻而上，还应重载载云中。
花花草草枯索见，柏柏松松日月丛。
北北南南分水岭，秦秦楚楚逐英雄。

487. 登玄元庙

古庙一重门，玄元半独根。
中华中世界，子弟子慈恩。

488. 冬夜集赋得寒漏

一漏建章台，三寒玉苑来。
流年催滴水，敬侍帝王杯。

489. 玄元观送李源李风还奉先华阴

寒原道路遥，紫府去迢迢。
酒别华山去，音尘莫寂寥。

490. 刘方平壁画

无闻一斧声，但见十峰荣。

万水云烟逐，三樵与木争。

491. 登山歌

伏首自登山，昂峰已问弯。
天高天已近，独峙独云鬟。

492. 和郑少尹祭中岳寺北访萧居士越上方

万性一天书，千章半自如。
前生亏久去，后世有盈虚。
向背临阳见，升迁待吏初。
农夫农土地，官途官所余。

493. 秋夜寄所思

寂寂半云霄，幽幽一夜遥。
天高天不定，地厚地难招。
静月听寒砧，鸣虫作玉箫。
声声声未了，问问问寥辽。

494. 赋得郢路悲猿

啼猿数两鸣，郢路第三声。
远客常相逐，巴山不可惊。

495. 杂言无锡惠山寺流泉歌

寺有泉兮一惠山，湖光滟矣半天颜。
天台小径通幽路，太乙中峰峙列班。
流向北，去无还。微官忆业向河湾。
金鸣玉佩澄潭照，旦晓蓬莱暮问关。

496. 清明日青龙寺上方赋得多字

清明寺里上方多，季月花中唱九歌。
北国千年半渤海，东营万里一黄河。

497. 与张諲宿刘八城东庄

贫交一贵情，世俗半金生。
夜宿东庄月，张諲对友诚。
荒芜连古渡，直木自枯荣。
醒醉常无妨，阴晴有序盟。

498. 寄刘方平

一忆山中客，三鸣月下幽。
方平方自主，达适达江流。
五柳陶潜去，潘郎半不修。

忧思何未解，鲁府有春秋。

499. 曾东游以诗寄之

步去成皋外，云沉背岭中。
层城层石壁，暮色暮飞鸿。
古寺松杉直，沧洲竹节空。
劳延劳动力，若隐若由衷。
越客寻天姥，卢生问海风。
秦皇秦世界，蜀道蜀蚕丛。
创制成今古，隋唐继始终。
东游东不止，北海北南翁。

500. 秋夜戏题刘方平壁

月白一悲鸿，潇湘半太空。
年年南北飞，处处故乡同。

501. 适荆州途次南阳赠何明府

南阳一路到荆州，独步三鸣楚客留。
节迈斯文今古问，前程似锦共春秋。
巴山岘尾羊公泪，北客南山泗水流。
白帝瞿塘三峡过，高唐宋玉九州头。

502. 问正上人疾

医王方有疾，世上众人庸。
妙理他家在，观身自不同。
云中何不定，竹下示无迹。
日落东林色，天空故步封。

503. 山中五咏

之一：门柳
独路武昌城，分行汉水明。
阳关三叠唱，夏口半倾城。
之二：远山
少室远山中，天台近大风。
英雄今古见，古刹去来功。
之三：南涧
一涧半流川，千山九脉泉。
源留源有主，木直木闻天。
之四：春早
日上初春早，云行碧草来。
风光寒已尽，雨色满群芳。

之五：山馆
寂寂山花聚，幽幽野草台。
门门禽远近，馆馆舞徘徊。

504. 送窦十九叔何赴京

上国一中人，吴门半客身。
渔舟渔火渚，柳岸柳条邻。
一谒辞章具，三台日月陈。
相如词赋客，九鼎向京秦。

505. 登石城戍望海寄诸兄严少府

古戍半寒潮，苍空一线遥。
天光江海见，上下接云霄。

506. 和樊润州秋日登城楼

寒城一早霜，露冕半炎凉。
不远瓜州岸，金陵建邺乡。

507. 寄江东李判官

八使一清秋，三山半旧游。
吴平吴地久，晋用晋秦楼。
北固瓜州近，西陵尺牍州。
王程王不止，吏道吏无休。

508. 送蒋评事往福州

王程一闽中，海域半潮风。
复命千帆竞，乡心一念同。

509. 送从弟豫贬远州

三湘一九歌，四海万千河。
大雁飞南北，溪流逐浪波。

510. 送钱唐路少府赴制举

制举上长安，花开一早寒。
群芳相继续，百草已沧滩。
北阙威仪见，龙门道路宽。
郊诜工射策，大学在云端。

511. 赋得荆溪夜湍送蒋逸人归义兴山

荆溪十里浔，逸子五湖心。
远度应无浅，惊湍自未深。

512. 送孔党赴举

入贡列书生，诗文自以名。
家风承孔圣，得意鲁门荣。

513. 齐郎中筵赋得的的帆向浦留别

悠扬的的帆，别意似风衫。
望远归思去，辞人日月衔。

514. 送陆鸿渐栖霞寺采茶

采碧栖霞寺，旗枪一半芽。
层岩依所树，水露雾云花。
草木人中见，王孙自此家。
春初寒见暖，细品是奇葩。

515. 泊丹阳与诸人同舟至马林溪遇雨

水雨分无定，溪云贝叶头。
千泉流不尽，百草代天留。

516. 太常魏博士远出贼庭江外相逢因叙其事

万里连烽火，三生逐帝畿。
京华安史据，六郡耕耘稀。
秉节身常苦，求仁志不违。
回头风雨尽，博士识天机。

517. 送包佶赋得天津桥

天津桥上望，洛水岸边摇。
岁暮知行客，晴云问碧霄。
龙楼暎水色，凤阁待江潮。
巩树甘陵道，长安太白樵。

518. 上礼部杨侍郎

姑姑舅舅父母亲。
弟弟兄兄上阵人。
水水山山分已定，成成败败共秋春。
方圆因所见，邹鲁历应频。
暮节烟花近，平生苦又辛。

519. 宿严维宅送包七

衣寒一夜羡邻机，捣砧三更问客依。
俱是天街行役子，汀洲不暖待人稀。

71

520. 同张侍御咏兴宁寺经藏院海石榴花

大海石榴花，青莲你我他。
根生经院土，叶展万人家。

521. 崔十四宅各赋一物得檐柳

处处一垂条，年年半碧霄。
胡笳声里曲，汉将客中摇。

522. 送段明府

夜静一霜空，吴门半大风。
劳心云外去，旅雁作飞鸿。

523. 送王司直

学子文章客，儒生不问乡。
三生辞故里，一别过浔阳。

524. 婕妤春怨

琼花一建章，玉树半昭阳。
凤管同天下，丝弦共地香。

525. 送魏十六还苏州

月色深深静，秋虫切切鸣。
姑苏多远近，尽是运河情。

526. 婕妤怨

日夕黄昏暗，羊车去不明。
三宫三碧玉，一岁一枯荣。

527. 送客

此去春山路，回头几问家。
前程行不止，学子客天涯。

528. 秋日东郊作

静水无流量，寒松有度栽。
高僧曾偈语，老道已书来。
献纳临官吏，庐山洞府开。
茅山巢菊色，社日酒仙台。

529. 秋夜宿严维宅

秋深临水月，夜静隔山钟。
继续相离别，嫦娥半月逢。

530. 见诸姬学玉台体

燕姬一曲明，结带半私情。
但约明明月，当须露露生。

531. 酬张二仓曹杨子所居见寄兼呈韩郎中

独鹤自无栖，孤莺已有啼。
经年离别见，彼此又东西。

532. 送安律师

彼此雪山人，春秋各不邻。
阴晴同日月，道路共风尘。

533. 题卢十一所居

闲吟不闭门，独步一江村。
十一疆园客，三千弟子根。

534. 送陆沣郭寄

吴江百草春，塞弱一南邻，
不得家乡见，飞鸿去国频。

535. 山中横云

山明半水中，草碧一云同。
日色三千界，天光一半风。

536. 题裴二十一新园

隐路无长短，樵渔有暮朝。
耕耘原所以，日月自天消。

537. 寄高云

南徐风日好，北国昆陵道。
怅望思乡暮，高云万里草。

538. 皇甫冉　温泉即事

物象星辰易，温泉事业和。
丞相才子课，一偈语贤多。

539. 送张南史

岭有径霜草，林萌隔岁枝。
儒贫明世道，子善致恩慈。

540. 庐山歌送至弘法师兼呈薛江州

释子一东林，禅房半古今。

猿啼猿水止，月照月潭深。
接楚连湘路，山横水纵浒。
桃源桃杏李，汉苑汉秦音。

541. 送薛秀才

不是寻山客，还同慢世人。
儒家书未了，道士术相邻。
野色连春树，溪明逐净尘。
天明无偈语，地厚载忧贫。

542. 使往寿州淮路寄刘长卿

经年草木空，卒岁暮朝同。
杜若凭天度，青莲属日功。
山来应壁立，水去自无穷。
楚郢荆门外，潇湘汉寿东。

543. 送薛判官之越

官中可断迁，职小亦求贤。
路有长亭柳，心无待卷悬。
非当秦汉使，已是越人烟。
可上天台路，沧桑日月田。

544. 酬李司兵直夜见寄

江城闻鼓角，直夜待晨钟。
苦役风尘去，辛劳日月中。

545. 同温丹徒登万岁楼

万岁楼中望，丹阳古道人。
王师闻转战，谈笑净胡尘。
不事飞鸿见，常怀北国亲。
空洲瓜步问，向背隔秋春。

546. 赋得檐燕

燕子筑巢忙，朝朝暮暮梁。
风风还雨雨，闪闪亦扬扬。

547. 送李万州赴饶州觐省

始罢沧江吏，还随粉署郎。
三台先奉赐，四牡已扬长。
墨迹三音韵，银钩仁八行。
皇皇乡省觐，落落故家乡。

548. 宿淮阴南楼酬常伯能

日暮上南楼，城荒下渡头。
淮风初入户，海月已先秋。
一望通千里，三声唱九州。
沧波连浦口，跬步解君忧。

549. 送归中丞使新罗　　地铁外交

特使殊方锭，中华地铁荣。
三年成气势，十载北京城。
海雨连洋陆，欧风逐法行。
开腔同七国，守祖共千盟。

550. 小江怀灵一上人

年年一早春，日日半新晨。
处处怀灵素，天天问上人。

551. 送唐别驾赴郓州

举步辞家远，行程向郡荣。
秦川风水好，楚塞暮朝英。
郓路知音在，琴台遗旧声。
谁言鹦鹉赋，自是少年盟。

552. 送魏中丞还河北

上国风尘尽，中司印绶荣。
三台三自主，九鼎九戍缨。

553. 送李使君赴邵州

别道三湘路，行安半楚人。
天津街上望，皂盖雪中新。

554. 寄振上人无碍寺所居

一寺居无碍，三清向上人。
东山非是客，太白雪方均。

555. 酬李补阙　　自述

百岁一归人，三生半旧臣。
鸳鸯行末列，草木始更新。
故道翻方向，乡居改市茵。
农夫农土地，客守客家邻。

556. 故齐王赠齐天皇帝挽歌

承天皇帝去，礼成追崇臣。
代邸临新陇，龙旗挂五津。

557. 赠恭顺皇帝挽歌

组谢湘君路，哀荣诏使归。
空山应所伴，竟向九泉飞。

558. 病中对石竹花

空阶石竹花，细雨对径斜。
寞寞无争取，幽幽有自华。

559. 寄郑二侍御归新郑无碍寺所居

休官无碍寺，伴侣共秋春。
伏腊乡亲问，云山有郑人。

560. 送卢山人归林虑山

林烟依旧水，鸟道沿风尘。
古刹钟千响，东林寄一身。

561. 送荣别驾赴华州

直到三峰下，应知半世中。
行程由远近，皂吏可公隆。

562. 送常大夫加散骑常侍赴朔方

烟尘半朔方，汉将一扬长。
节度三边外，萧关九鼎疆。
沙中含雪碛，垒上纳炎凉。
计日兵营布，征东渤海乡。

563. 送王翁信还剡中旧居

小径除残雪，中庭挂夕阳。
天台溪水近，古刹国清香。

564. 酬张继

序：
旧好六言诗，今回格律词。
情怀相似处，彼此共心思。
诗：
北固望南徐，瓜州问海余。
金陵西塞岸，夕照带潮书。

565. 送柳八员外赴江西

旦以三湘客，江西九派分。
行人如旅雁，士吏似乡云。
石镇莲塘色，南昌白日曛。

浔阳晴处处，赣水雨纷纷。

566. 赋长道一绝送陆潜夫

序：
江淮苦役长，举子力汪洋。
似寇如逃窃，无为道绝亡。
诗：
孤峰不可登，远水莫相承。
杳杳茫茫处，呼天向地应。

567. 又得云字

旧事莫知君，新闻有白云。
深山孤不得，远水独无分。

568. 送陆潜夫往茅山赋得华阳洞

仙人一品官，圣上半云端。
但以无为见，何如有道宽。

569. 又送陆潜夫茅山寻友

茅山寻友去，得道已成仙。
但向华阳洞，无归得自然。

570. 赋得越山三韵

西陵回旧水，北渚上春云。
一鸟飞天去，三生作客君。
天台应不远，浣女已中裙。

571. 送卢郎中使君赴京

上国一郎中，题诗半上空。
青青芳草地，隐隐半花融。

572. 杨氏林亭探得古槎

林亭一古槎，八月半庭蒙。
已以千年直，无须百草花。

573. 送郑二之茅山

茅山一紫畦，道士半云光。
处处人间药，田田种麦桑。

574. 和王给事禁省梨花咏

禁省梨花路，中书杏隔墙。
莺啼桃不语，鸟落逐余香。

575. 送郑员外入茅山居

茅山居士老，道术故人多。
谷口神仙路，人间隔水河。

576. 送志弥师往淮南

持律淮南去，经师长老亭。
禅亭传戒语，浊渭而明泾。

577. 谢韦大夫柳栽

本在胡笳曲，今从汉将营。
应由陶令许，处处向先生。

578. 问李二司直所居云山

门前流水去，户外寄鸾来。
彼此何相问，嫦娥一镜开。

579. 刘侍御朝命许亭官归侍

问孝孟孙唯，辞官莱子微。
芝兰终味药，木槿暮朝晖。

580. 送陆鸿渐赴越

序：
一绝书半城，三生问千荣。
初寻芽叶绿，只近日清明。
越地耶溪早，天台露水倾。
鱼梁求雨雾，解带自精英。
诗：
乞火诗书见，新芽雨露生。
云烟云雾里，水色水清明。

581. 送窦叔向

楚客早闻秋，霜风已自留。
辞官轻所欲，学道问江流。

582. 题蒋道士房

道士半丹砂，云烟一晓霞，
红光红世界，尚德尚仙家。

583. 夜集张谌所居　得飘字

空阶落叶飘，稚子学渔樵。
不得离根远，春风问柳条。

584. 酬权器

解释华阳洞，茅山老道明。
公门公傲吏，自得自精英。
学子樵渔见，龙门日月耕。
昆仑封白雪，渭邑逐纵横。

585. 寄刘方平大谷田家

大谷半田家，篱边百竹涯。
峰含千直木，露满少梅花。

586. 送云阳少府　得归字

一去不言归，官衙半里非，
平生天地外，立志作鸿飞。

587. 鲁山送别

学子半飘蓬，书生一大同。
冠官随品秩，布履任西东。

588. 题高云客舍

学子书生理想人，冠官进士误红尘。
青枫白露寒霜染，五柳千章几度春。

589. 八员外裴十补阙同赋之

序：
台头寺愿上人院，古松下有小松，裁毫
末新生与纤草不辨，重其有凌云千霄之
志，与赵
诗：
纤纤似草生，直直岁年成。
千霄分俯仰，一目十枯荣。

590. 渔子沟寄赵员外裴补阙

欲逐钱塘水，风流渔子沟。
淮潮淮不定，不是不回头。

591. 送崔使君赴寿州

专城分国忧，列郡牧王侯。
遇主仲华少，兴兵公瑾酬。
淮南先冷暖，木叶早春秋。

592. 送谢十二判官

驱驰向越山，日月共河湾。
此路通南北，飞鸿去去还。

593. 送虚州裴使君赴京

山行朝复夕，水泊露为霜。
旧位文昌治，新衔建礼郎。
南宫风月近，北阙待平章。

594. 送田济之扬州赴选

家贫难自给，求禄度荒年。
列治无高位，分忧有国天。
扬州杨柳岸，玉树御楼船。
但涉秦淮水，回头问泊船。

595. 送袁郎中破贼北归

紫服换征衣，楼船去后归。
皇城迎胜利，省阁赋诗晖。

596. 同李万晚望南岳寺怀普门上人

身心不垢纷，独步钵中君。
直木松林雨，钟声过白云。

597. 奉和独孤中丞游法华寺

郡府临君谢，中丞问寺川。
开门峰彩翠，举足濯溪泉。
访道三千界，当心五百年。
法证无偈辩，诗成大雅篇。

598. 之京留别刘方平

客子一衷肠，长亭半柳杨。
皇城皇帝远，郡治郡留芳。

599. 出塞

鼓角过三边，风云向九泉。
胡天胡世界，北国北人田。
自古多征战，如今治乱宜。
民应民土地，政以政方圆。

600. 赴李少府庄失路

望望寻寻顾，茫茫渺渺烟。
何人行者路，那里是伊川。

601. 雨雪

风沙封久戍，雨雪更劳师。
绝漠胡笳断，边尘向背时。

天涯分隔见，地角纵横驰。
不觯乾坤路，应知中两仪。

602. 馆陶李丞旧居

置此半余芳，天名一栋梁。
终峰郎上掀，议事使封疆。
世藻文词客，公明比郑乡。
寒皋应未久，落叶已苍凉。

603. 送刘兵曹还陇山居

宴语一离堂，情人半曲肠。
还家应此路，别道已扬长。
向背同春夏，居留共柳杨。
先秋霜雪满，腊月早梅香。

604. 同李三月夜作

星河一夜深，独木半成林。
月独娥娥问，鸿飞草木寻。

605. 同裴少府安居寺对雨

暑雨安居寺，禅房已瞩晴。
香烟浮杳杳，古刹水清清。
法证三千果，罗汉五百英。
历数天丝卷，问道读书生。

606. 送元晟归潜山所居

题诗招隐意，作赋已闲居。
五柳琴弦布，稽康字句书。

607. 送康判官往新安赋得江南路西南永

不到新安地，何知水月乡。
湖光千岛上，翠羽百花香。
浣女溪纱织，渔家接夕阳。
天台应不远，越秀可餐祥。

608. 宿洞灵观

云烟灵洞满，雨雪雾霜全。
闭谷何年月，开经草木泉。

609. 酬卢十一宿

开门公务始，闭卷已成心。
共步吟梁甫，同声问古今。

610. 酬裴十四　同筵

淮海一同筵，平陵半共田。
春山阳木暖，秀水净流泉。
此见三年尽，离情十地悬。
行前应醒醉，别后各联翩。

611. 彭祖井

应知彭祖宅，访古故堂开。
自得神仙道，徐方旧井苔。
无须琼液饮，已是葛洪来。

612. 奉和对雪

大雪向春来，中庭半径开。
深深何不扫，淑淑净天台。
结带冰霜木，连冠素羽回。
吉祥呈瑞气，独独一枝梅。

613. 送萧献士往郏中

别已烟郊暮，行当旅路程。
长河浮紫气，魏阙落声声。
大道梨阳去，西陵古郏情。
常闻凭古吊，客伴是书生。

614. 卖药人处得南阳朱山人书

卖药何为首，江湖几处居。
山川名市井，逸士假樵渔。

615. 初出沅江夜入湖

沅水洞庭湖，孤山问小姑。
舟中明月入，碧玉小桥苏。

616. 送裴员外往江南

江南一月明，塞北半胡情。
岸草知春意，梅花向粉城。

617. 奉和王相公早春登徐州城

落日辞天下，春风到故乡。
徐州山色晚，楚塞水光扬。

618. 奉和对小僧

吏散公门静，僧来读卷闲。
东山春雨细，北阙玉门关。

619. 奉和待勤照上人不至

积雪自连天，冠臣护法园。
贤相东洛问，赐锡杖西泉。
日月经纶易，乾坤草木田。

620. 东城汪魏巷

清明枣树已生芽，隔壁榆钱入我家。
李月桃源秦汉水，书生乞火柳杨花。

621. 奉和汉祖庙下作

江东一大风，垓下半英雄，
立战乌骓子，香烟及沛童。

622. 和朝郎中杨子玩雪寄山阴严维

随君访载船，大雪已无边。
不是山阴客，谁知醉里眠。
凝云香不散，积翠腊梅田。
止上闻仙语，惊呼逸人泉。

623. 闲居作

闲居一卷书，学谢半心余。
石路行天下，金门问驾车。
经营知五柳，问道已千锄。
药里贤贫富，人中市井渔。

624. 归渡洛水

洛水问陈王，凌波寄故乡。
谁知放歌者，有意自扬长。

625. 送郑二员外

暑酒夜宵长，元霄首远量。
君心高产土，隔日是重阳。

626. 酬崔侍御期籍道士不至兼寄

妙道心求至，真师法术迟。
云行无定止，旅雁北南时。

627. 送裴涉归常州

前君常北望，故此已南归。
夜雨江天色，鸿鹄已不飞。

628. 赠别

姑苏一小桥，碧玉半云霄。

读卷秦淮岸，行吟日月遥。

629. 和袁郎中破贼后经剡中山水

水水山山净，和和战战成。
兵营连越国，寇尽海门荣。
武库文明勇，儒衣照铁英。
班师回故旧，佩印益深明。

630. 徐州送丘侍御之越

北固潮方阔，瓜州浪雨花。
丹徒寻谏擘，制笋越人家。

631. 闲居

小杏逾墙读，桃花闭门居。
闲居闲不住，读卷读书余。

632. 送延陵陈法师赴上元

延陵初罢讲，建业复随缘。
释译玄应韵，三藏六祖田。

633. 赋得海边树

乔棕一海边，密雨半云天。
老树丛林见，椰风待远船。

634. 题昭上人房

沃洲自去来，百衲暮朝回。
羽鹤天台客，疏钟石磬恢。

635. 送李使君赴抚州

但见九江流，长安八水洲。
临川临远近，抚治抚秦楼。

636. 同樊润州游郡东山

北固望瓜州，长江自古流。
频随公府步，客意附徐州。

637. 酬杨侍御寺中见招

居书依柳市，故步上莲宫。
细雨东风路，招途入太空。

638. 重阳日酬李观

重阳白日霞，旧酒待黄花。
醒醉同途客，良辰共夕霞。

639. 寄权器

露湿江南岸，霜重塞北枫。
重阳前后见，一字过飞鸿。

640. 酬李判官度梨岭见寄

陇首望西征，长安付北城。
长空和战后，但系闽中缨。

641. 送魏六侍御葬

叶落一寒郊，风霜半独巢。
松青人不见，墓穴积飞茅。

642. 送张道士归茅山谒李尊师

茅山道士李尊师，未卜先知待日迟。
所欲应求真且假，人生万古误逢知。

643. 酬裴补阙吴寺见寻

东林闻结寺，白石立辰钟，
远近山衔叠，纵横木岭峰。
茫田耕不已，百草药仙踪。
向背皆风水，乾坤卜易封。

644. 送王相公之幽州

自得萧曹印，难兼霍卫功。
幽州飞将去，射虎李陵穷。
汉武三河误，单于一梦雄。
如今农用域，不免可西东。

645. 题竹扇赠别

竹扇一轻风，吟诗半袖中。
开扬巡向背，闭合此诗工。

646. 归阳羡兼送刘八长卿

江南谪宦归，塞北复鸿飞。
诸子才贤院，长卿满日晖。

647. 东郊迎春

清明黄绿柳，乞火树芽生。
枣树方新叶，榆钱满古城。
山川行striking止，草木任枯荣。
傲吏应回顾，苍龙可太平。

648. 招隐寺送严判官还江州

但望潮头一水流，浔阳百里半江州。
僧房木叶何先后，九脉东林雁北楼。

649. 送李山人还

从来无检点，只去有丹霞，
浅水同明度，深山共草花。

650. 韦中丞西厅海榴

比雪海榴花，相如有疾斜。
琴音曾所许，蜀地酒人家。

651. 洪泽馆壁见故礼部尚书题诗

笔下留洪泽，诗中典故成。
秦淮分二水，日月作千明。

652. 望南山雪怀山寺普上人

莲宫普上人，草木共秋春。
不忍樵渔老，行言彼此尘。

653. 送襄州班使君

万岭岷峨雪，千家橘柚川。
巴山巴夜雨，白帝白盐泉。

654. 寻戴处士

蛮僧留古镜，蜀客寄新琴。
处士长安路，皇城大隐心。

655. 早发中严寺别契上人

素壁寒灯暗，丹炉夜火明。
钟声初断尽，晓月独猿鸣。

656. 华清宫

骊山碧玉接新丰，渭水泾河洛惠东。
绛阙龙池栖凤阁，温泉自古尉临潼。
行宫积翠阴晴雨，秘殿雕梁犹带虹。
弟子华清闻羯鼓，梨园一日尽唐风。

657. 送孔巢父赴河南军

江城一路满烟波，送别三军理枕戈。
只道王师征北虏，都督诸将会南河。
陈琳工奏记，鲁府客儒多。
但以英雄见，何须唱九歌。

76

658. 李二侍御丹阳东去新亭

姑苏一太湖，法驾半江都。
北固临江镇，丹阳入水吴。
新亭新道路，汴水汴河芜。
但取隋炀意，天堂有玉奴。

659. 夜发沅江寄李颍川刘侍郎

660. 时二公贬官于此

回舟入楚乡，四顾水茫茫。
半夜猿啼远，为人唱断肠。

661. 浪淘沙词谱

仄仄平平，仄仄平平，平平仄仄仄平平。
仄仄平平平仄仄，仄仄平平。上下阙同，
以此填之。豆蔻故人求，雨雾轻舟。
吴姬已告女儿羞。
浪里淘沙沙不尽，一曲东流。
细草自幽幽，岁岁春秋。
枯荣处处满沧洲。落落心中心自主，
一曲江楼。

662. 春思

莺啼一早春，弱语半红尘。
马邑秦楼玉，龙堆湄水人。
机中私织锦，月下净羞身。
只待延边勒，茂花处处新。

663. 逢庄纳因赠

沙鸥道不同，木叶问长风。
北雁南飞去，年年一字中。

664. 送韦山人归钟山所居

锡杖见公卿，儒门问姓名。
钟山钟不语，紫禁紫金城。

665. 送普门上人

花宫难一别，道术隐千灯。
问影非禅智，观心是上乘。

666. 怨回纥歌二首

之一：
江山有遗情，岁月记枯荣，

白首南歌女，胡芦颉利鸣。
穹庐玉笛响，尽是野人声。
只以男儿域，吴姬夏口城。
之二：
一士半征兵，三朝两未荣。
期人期过度，待客得家倾。

667. 句

之一：
日月阴晴客，江山照例行。
之二：
黄籍玄应释，三藏白马生。

668. 寄刘方平

不仕一方平，河南半世名，
襄公刑政会，德秀共善盟。

669. 代宛转歌二首

之一：
星河两岸明，芒果一溪横。
织女牛郎会，年年七夕成。
宛转之情情有意，丝丝所系无缨。
之二：
晓色近黄姑，牛郎远玉壶。
人间多织女，但作鹊桥奴。
宛转之心心隐约，情情所系飞凫。

670. 乌栖曲二首

之一：
蛾眉两曲张，粉面一花黄。
暮已银河上，牛郎莫躲藏。
之二：
晓镜著红妆，黄昏暮色长。
疑为疑树影，是不是牛郎。

671. 巫山高

巫山一雨潮，白帝半云霄。
晓色啼猿静，阳台吹玉箫。

672. 巫山神女

巫山神女客，宋玉赋中君。
十二峰前雨，三千月里云。

673. 梅花落

腊月心先动，初春领早花。
群芳群俯仰，百草百身家。
一夜东风敕，千红落水涯。
红泥香犹在，少妇久自嗟。

674. 铜雀伎

漳河铜雀伎，孟德舞衣香。
举桨英雄唱，清身学武装。
华容赤壁战，舞袖向谁长。
只见花开落，高台下夕阳。

675. 秋夜思

三秋淮上水，一月半枝花。
少妇思无解，清身入梦家。

676. 秋夜泛舟

秋塘一叶舟，两岸半云浮。
万影皆因月，千声各问秋。

677. 折杨枝

少妇一纤腰，黄昏半柳条，
年年空折取，处处可红潮。

678. 班婕妤

曲舞一红妆，春秋半柳杨。
昭阳应记取，小扇可含香。

679. 新春

越女范蠡花，东吴木渌涯。
西施娃馆舞，不浣越溪纱。

680. 寄严八判官

仲叔半知音，策心一古今。
空思明月色，不作陇头吟。

681. 秋夜寄皇甫冉郑丰

晓色白云飞，鸿鹄已自归。
秋风秋叶落，捣杵捣衣闻。

682. 寄陇右严判官

立马西征日，行程属望秦。
应从周薄伐，不取汉和亲。

虏将摧枯朽，主师受降臣。
胡风扬鼓角，太白静风尘。
王剑光初展，龙泉泂五津。
阳关三叠唱，胜过五湖滨。
绝漠沙鸣问，连年忘自身。
重阳归渭水，隐逸许由邻。

683. 拟娼楼节怨

离离上苑莺，幂幂下堂鸣。
但见贞碑坊，何须自有情。

684. 采莲曲

落日江花滟，莲红碧叶明。
楚腰摇摆舞，采女只为情。

685. 帝王将相，风花雪月，一舞台

人间一舞台，世上半尘埃。
百岁何朝暮，千年自去回。
工精成败见，业别苦辛才。
日月耕耘纪，乾坤草木来。

686. 长信宫

梦里君王近，宫中日月高，
秋风长信路，舞扇不须劳。

687. 京兆眉

谁为京兆尹，描眉以情潮。
婵娟应已学，渭邑满风潮。

688. 春雪

白雪任春风，温情已自融。
空中由色舞，地上觅西东。

689. 望夫石

佳人成化石，远近望夫痴。
但见江流去，应闻小杏诗。

690. 送别

朝云暮雨两回潮，白帝巫山一峡桥。
十二峰中多少色，晨花夕拾望云霄。

691. 夜月

月色半人家，更声一玉华。

知人知暖意，体会体春花。

692. 春怨

日落半黄昏，无人一水村。
空庭春已晚，不复见乾坤。

693. 代春怨

梨花不闭门，白雪向王孙。
小杏回头望，东风一日恩。

694. 寄

宣州一太真，颍士半师邻。
帝给清诗韵，冠军百丈秦。

695. 宣州东峰亭各赋一物得古壁台

苒苒一泉开，绵绵半壁台。
欣欣孤独立，楚楚玉要来。

696. 仰慕

序：
顾十二况左迁过事苏州房杭州韦睦州，
三使君皆以燕集诗词韵丽，鄙夫之所仰
慕，顾生
诗：
既至，留连笑语，因亦成篇，继三君子
云风焉。
十二左迁惊，三千弟子名。
文章修日月，草木碧枯荣。
远郡藏鸿雁，皇城隐鸳鸯。
知君三守御，向背九精英。

697. 贡院寄前主司萧尚书听

重来坐贡闱，始得旧时晖。
山公应记取，弟子敞心扉。

698. 袁修

东峰亭同刘太真各赋一物得垂涧藤
垂垂一涧藤，绕绕半香凝。
附附檀香木，生生共五绫。
人间由彼此，世上共荣兴。

699. 喜陆侍御破石埭草冠东峰亭赋诗

东峰一范蠡，侍御半天堤。
白简同观使，丹墀共策齐。
欣欣扬夏木，庆庆逐流溪。
战罢长安报，英名渭水西。

700. 崔何

东峰亭各赋一物得岭上云
沉浮岭上云，俯仰士中君。
远近何无止，阴晴以雨分。
金台凭石磊，白日作功勋。

701. 喜陆侍御破石埭草寇东风亭赋词

一寺问西溪，三军向范蠡。
江平山水净，草碧以乔齐。
柱吏天书报，中丞解香泥。
华亭鹦鹉赋，石埭色冠低。

702. 王纬

东峰亭各赋一物得幽径石
东溪幽径石，磊立肃江湖。
沿此天街近，留形侍御苏。
和平从此业，以此报皇都。

703. 喜陆侍御破石埭草寇东峰亭赋诗

扒贤解国忧，纳士著春秋。
日月常书笔，英雄以迹留。
鸣金金甲却，吏役共羊牛。

704. 东峰各赋一物得临轩桂

桂树影临轩，香风八月源。
清霜明玉立，白日共荣萱。
世上春秋见，人间作简繁。

705. 喜陆侍御破石埭草寇东峰亭赋诗

介胄膺隼去，山林鼠蚁清。
功勋呈简报，石埭已阴晴。
里苍农夫望，官衙皂役明。

706. 高偘

东峰亭各赋一物得林中翠

积得林中翠，函来草木英。

径云翻雨间，日月以心盟。

707. 李岑

东峰亭各赋一物得栖烟鸟

养羽栖烟鸟，待日可飞天。

暮举临风去，朝明饮露泉。

708. 苏寓

东峰亭各赋一物得寒溪草

幂历寒溪草，幽柔众色鲜。

江山天地见，远近共桑田。

寸寸无长短，茵茵一岁延。

709. 袁邕

东峰亭各赋一物得阴崖竹

节节阴崖竹，空空纫纫心。

尤其春雨后，朴素作知音。

710. 李纾

中书一舍人，制书半工臣，

应制皇诗选，词名比太真。

同朝郊庙乐，共是曲沃人。

711. 唐德明兴圣庙乐章

序：

唐书应仪志日明皇天宝三年追尊皋繇为德明皇帝，凉武昭王为兴圣皇帝，其庙曰第一迎神，第二登歌，第三迎祖，第四酌献，第五亚献终献，第六送神

之一：迎神

元尊九德佐尧光，烈祖太宗作伯昌。

露乐怀霜金石变，清风白日格来香。

之二：登歌奠币

有典循时百事开，承宗祭祖一严台。

苍天壁奠酉先帝，制于斯年以序来。

之三：迎祖

盛牲全灵一祖修，燧炀实祖玉荫留。

嘉精鼎鼐元和祝，侑以清音大爨由。

之四：德明酌献

清荫奕奕乐知雍，器象尊牺应属封。

太白黄流方祼谟，清风万古见明宗。

之五：兴圣酌夔

宫闱静谧乐和周，始献重觞百事流。

亚祚遥源天汉造，诚庶几迪玉灵楼。

之六：亚献终献

维清穆肃九成宫，举始行终一道融。

独畅全嘉三牲应，斯神玉埋九大风。

之七：送神

元精毕覆半福州，路达灵霓一九流。

云沉雨洒芝兰境，披靡所向帝王侯。

712. 让皇帝庙乐章

之一：迎神

天宗德法一先王，季子因心半豫章。

爰命则司承礼让，神灵降祉祀中堂。

之二：奠币

帝业唯唯尊昌昌，仙台处处旧时光。

文商武乐仙宫备，子子孙孙已业长。

之三：迎祖

祀盛唯昌一体荫，方周制纠九州音。

兄兄弟弟先神与，去去来来作古今。

之四：酌献

具举三光乐八音，兹宗洁瑟付千禽。

醑飘降祚维城永，珏兰香佩故浮。

之五：亚献终献

秩礼和音有序成，三尊九叩孝先荣。

维时典颂无穷雅，永永和和继世明。

之六：送神

奠献分封一太宗，风摇雨落两仪踪。

灵前卫霍知飞将，戍守幽州作世封。

之七：于邵

巴州刺史一相门，进士崇文半馆恩。

正品朝衣儒士雅，城前响马拜王孙。

抱玉迁升荐，郎官史馆修。

文章成制书，重阳御点优。

713. 补造

序：

释奠武成王乐章　旧以文宣王乐章，贞元中诏于邵补造

诗：

之一：迎神

释奠故成王，神来爰佐章。

维崇严阁阁，至感成功唐。

之二：奠币登歌

黄泉一鹤栖，奠币自灵齐。

两界同天下，三生共东西。

之三：迎祖酌献

秩启序则杨，仕明子孙堂。

高灵鸿绩偨，斝垒五齐梁。

之四：亚献终献

三恭始亚终，九叩玉觞丰。

以此常相慰，维维未尽衷。

之五：送神

神心一阅成，祈祭半天缨。

独向天堂话，保佑是身名。

714. 寄王之涣

兄兄弟弟晋阳名，国阃昌龄藻帝京。

酒市旗亭佳许在，白日凉州作女声。

715. 登鹳雀楼

白日当空照，黄河逐地流。

东营连大海，九曲过神州。

716. 凉州词

序：

共诣旗亭，沽酒小饮，有梨园伶官十数人会宴，三人因避席限映以观焉。俄有妙伎四辈，奏乐皆当时名部。

昌龄等私相约曰，我辈各擅诗名，每不自定甲乙，今者可以密观诸伶讴，若诗入歌启，之多者为优。初讴昌龄诗，次讴适诗，又次讴昌龄诗，之涣自以得名已久，因指诸伎昀佳者曰，待此子所唱如非我诗，即终身不敢与子争衡。次之双鬟发声果累，黄河远上白云间。云云因大谐笑，诸伶诣问语其事，乃竟拜乞，就筵席，三人从之，饮醉竟日。

诗：

黄河远自女娲天，不到东营纳百川。

九曲中原天水岸，风流点滴有方圆。

717. 送别二首

之一：

东风一雨消，别路半河桥。

灞树催杨柳，英雄不折骄。

之二：

单于一望指云堆，汉武三军马上催。

战战和和终是战，亲亲近近始新梅。

718. 宴词

长堤绿水去无回，畎注漳河久不该。

但以青青杨柳岸，桃花处处自留开。

719. 九日送别

萧萧瑟瑟一重阳，去去来来半故乡。

弟弟兄兄无所见，官官吏吏有心肠。

720. 阎防

平生苦读书，寺里自云居。

谪贬长沙户，终南以德余。

721. 晚秋石门礼拜

绝壁一招提，儒风半鲁齐。

岩门南北断，谷口达东西。

踯躅观风景，辛夷见玉泥。

鸿鹄知远近，草木各高低。

722. 百丈溪新理茅茨读书

人间一读书，世上半樵渔。

未以知其所，巢由近尧居。

开心推达命，散帙化盈虚。

不学东周客，劳时日月锄。

723. 宿岸道人精舍

秋风入杜门，白日问王孙。

读卷红尘静，行身智者村。

724. 鹧鸪天茶

草木枯荣一品人，旗枪上下半芽新。

春分采制分前后，及至清明两万身。

龙井月，碧螺春。东西四顾洞庭濒。

天堂水调隋炀岸，只在云中不效鼙。

725. 夕次鹿门山作

仰望鹿门天，庞公孟浩然。

双岩多直木，百谷有余泉。

抱杖临流问，浮舟达命悬。

锥仪争夺外，访道胜殊连。

726. 与永乐诸公夜泛黄河作

载酒入深烟，循河问暮川。

天流天水岸，女石女娲天。

727. 句

虎踞山峰目，龙行水国天。

728. 薛据

河中宝鼎鸿，水部一部中。

骨鲠王维善，长卿子美翁。

729. 怀哉行

有用自宁媒，良工胜楚才。

红晨浮紫气，日夕落尘埃。

主好臣诚至，朋高友必来。

行身知万里，独步上金台。

730. 古兴

朝廷只近臣，六郡吏秋春。

日日儒琴宴，年年共晋秦。

升平闻曲舞，职守必扶贫。

可作群生惠，无为独乐人。

731. 冬夜寓直寄储太祝

自作洛阳人，知音共事秦。

离情居别鸟，月照向南邻。

732. 登秦望山

但上一山峰，云光半玉封。

群云应起舞，诸壁满青松。

直木迎天地，乔林客祖龙。

茫茫何回顾，冪冪已千踪。

733. 西渡口观海

月上一潭明，云浮半海清。

潮来潮去水，夕暮夕天平。

地势端倪见，风光远近萌。

心自心自望，俯首俯人生。

734. 题鹤林寺

一寺多形胜，三光独佩瑶。

溪流藏道法，石立向天骄。

向背寻千路，纵横守一桥。

东林归去晚，不作柳杨条。

735. 初去郡斋书怀

经纶应已在，日月可长天。

君子常惊已，小人皆自妍。

志士风霜雪，农夫草木田。

736. 出青门往南山下别业

凤驾上南山，青门过阙关。

巢由谁可学，别业寄河湾。

腊月梅花雨，寒风雪色颜。

英雄凭射虎，壮士以心还。

737. 泊震泽口

震泽口边舟，渔翁岸上钩。

诚心诚不钓，有欲有江流。

独坐湖中见，行藏月下幽。

西施非伍胥，不是范蠡求。

738. 题丹阳陶司马厅壁

雨雨云云峡，山山水水端。

何须寻杜若，不可咏幽兰。

739. 古兴

投珠疑所见，抱玉楚王轻。

完璧何归赵，张仪几觅情。

740. 早发上东门

十五文章半入秦，三千弟子一秋春。

青衣独步天街路，布服空招染洛尘。

741. 句

省成文苍，沧桑作春秋。

742. 姚系

姚崇一宰孙，子弟半慈恩。

以典知门下，河中作古村。

743. 秋夕会友

白露下庭梧，棕琴上玉壶。
离情离所悟，去意去江湖。

744. 荆山独往

体已似真君，知音若白云。
荆山荆水色，独往独来闻。

745. 五老峰大明观赠隐者

隐逸一樵渔，阴晴半地书。
沧桑儒不易，但共帝王居。

746. 送周愿判官归岭南

秋蝉已早鸣，薄叶已霜轻。
故友寻梅别，贫交作世情。

747. 送陆浑主簿赵宗儒之任

山前别意生，水上鹭鸥鸣。
日望云皋色，天空一叶平。

748. 杨参军庄送宇文邈

如含江海意，不舍去来情。
脉脉东流注，盈盈北陆生。

749. 京西遇旧识兼送往陇西

蝉鸣一意何，九曲半黄河。
浊浊清清见，长长远远歌。

750. 古别离

袅袅半凉风，幽幽九脉空。
霜霜应剥叶，薄薄已归鸿。

751. 野居池上看月

婵娟半野芳，桂树一池塘。
玉影随形隐，清光独色茫。

752. 庭柳

拂拂柳杨枝，婷婷玉立迟。
垂垂风雪月，荡荡客相思。

753. 令狐峘

南山进士豹林情，礼部郎中典贡荣。

执政杨炎呈请托，衡州别驾几声名。

754. 硖州旅舍奉怀苏州韦郎中

三郎从政学，一子任香生。
牧治姑苏客，征交税赋荣。
名知名可布，禄得禄难轻。
十里云烟市，千年水雨平。

755. 释奠日国学观礼闻雅颂

肃肃先师庙，优优胄子群。
何从孤独客，不是小人君。

756. 滕响

哑茂一东阳，初和半太昌。
冠官成四品，庶子有三乡。

757. 释奠日国学观礼闻雅颂

国学日月空，东华颂雅风。
威仪分晓色，古乐有无中。

758. 寄常衮

翰林学士考功郎，制书陈词累上章。
学士贤人门下侍，中书两省主机常。

759. 奉和圣制麟德殿宴百僚应制

升歌已四方，寿德达千祥。
魏阙开门户，蛮夷守栋梁。
山呼长万岁，地载牧三羊。
吏守天街路，花发满殿午。

760. 晚秋集贤院即事寄徐薛二侍郎

穆穆集贤居，沉沉结秘书。
金銮明内殿，玉树碧琼琚。
日月成明主，文章作导渠。
翻黄桐叶老，向背帝王疏。

761. 早秋望华清宫树因以成咏

华清水月宫，色润暮朝红。
帝子霓裳曲，芙蓉浴水丰。
檀香标八桂，玉影作双桐。
羯鼓招安史，梨园唱大风。

762. 和老功员外郎抄秋忆终南旧宅之作

鹿紫严滩宅，蓝田许谢公。
耕耘田禾耜，日月照梧桐。
鸟雀飞山口，鸣禽唱大风。
悬泉惊落水，野果垂桥中。
旷涧浮云满，霜枫贝叶红。
红尘何不布，草木结深丛。

763. 题金吾郭将军石洑茅堂

金吾一将军，魏阙半青云。
石立干戈旦，轩墀昼夜闻。
朝臣从石洑，客作虎溪君。
静坐炉香杳，吴琴白日曛。

764. 登栖霞寺

空门千戒寺，净土一归人。
雨气材香溢，僧游鸟落春。
栖霞云外侣，水月静红尘。
古意三辞出，翻然一意新。

765. 逢南中使寄岭外故人

见说南中使，苍梧北客闻。
空心成直木，竹泪向知君。
岭外梅花早，长安白日曛。
江流循禹穴，引导一衣裙。

766. 代员将军罢战后归故里

一战过三疆，千军作九乡。
干戈巡铁岭，射箭临渔阳。
牧马胡天晚，移梁碛路长。
鸣金回首望，吹角向严霜。
老将胡天晚，兵符入药囊。
桑麻田中累，邑里羽林郎。

767. 咏冬梅花奉和中书李舍人昆季咏寄徐郎中之作

独木一枝芳，群花半自扬。
无阴依谢宅，有影印萧墙。
落落非春夏，幽幽是暗香。
惊时惊草木，色染色新妆。

768. 句

风声已过终南北，雨色方盈渭洛乡。

769. 褚朝阳

登圣善寺图一作登少室山
青霞少室山，圣善寺河湾。
一带江河水，三钟日月还。

770. 五丝

楚俗疸罗结五丝，潇湘斫竹忆千枝。
屈原祠里常祈祷，绵绣吴姬端午时。

771. 奉上徐中书

瑶池一凤凰，上液半仙郎。
紫气东南至，芝兰彼此香。

772. 苏源明

源明字弱夫，拒伪正唐儒。
擢考郎中积，工诗韵洛吴。

773. 小洞庭回源亭宴四郡太守诗

序：
东平四郡五官乡，太守源亭一故梁。
百姓心中涟雨水，朝廷赋下税同当。
山山水水成瓜割，女女儿儿嫁隔墙。
不割孤峤县界属，源明手板济各低昂。
诗：
方舟一洞庭兮汉寿共丹青。
撼岳潇湘沅兮长沙有渭泾。
龙蛇因水势兮鸟兽寄苍灵。
缅甸凭夷阔兮知音解袂亭。

774. 秋夜小洞庭离宴诗

之一：
东平太守一源明，国子征司半尉城。
四郡青阳谷，三生主簿情。
方舟洞庭小，典胄迟夷平。
夜宴留声留所志，狂夫对府付朝英。
之二：
行身磊落名兮处事果枯荣。
福祉琼瑶地兮良川纳谷英。
居心民以本兮待士客纵横。
酒乐昌平颂兮泗源忆阁情。

775. 郑虔

协律博士著作郎，山山水水画中堂。
丹青柿叶成三屋，诗诗画画帝题张。

776. 闺情

金台一夜清，竹枕半香情。
独卧何曾妾，回身影尚明。

777. 古意

璇闱绣户斜，小女身在家。
未得千金许，横波美目遮。
遥遥罗袂色，楚楚腊梅花。
但见春风起，保时种豆瓜。

778. 玉清歌

洛邑城中一玉清，情人月下如其名。
婵娟善踏斜柯立，美艳姿身露白瑛。
似柳垂分袂，如花二月萌。
千金千许定，百态百人生。

779. 赠独孤常州

汇炉无见久，日月去来明。
草木知荣朽，身名自以行。

780. 韦济

嗣立思谦一子孙，辞闻鄄令半开门。
三迁政简郎员外，衣冠宰府代代恩。

781. 成都为客作

献纳使居人，成都客远臣。
愁销鱼米禄，旅步湿云津。
竹竹丛丛绿，梁梁处处春。
川流川不止，蜀地蜀风邻。

782. 奉和圣制次琼岳应制

陆海皆晴日，旌旗尽举扬。
秦川秦养马，汉苑汉臣梁。
喜鹊登枝颂，离宫继建章。
都门都水色，曲舞曲周王。

783. 奉和苑舍人宿直晓玩新池寄南省友

白雪曲和难，青云俯仰观。
潘仁曾逸赋，谢朓已汗漫。
史以三坟博，郎因五字冠。
弹声贤进取，复古沿贤丹。

784. 苏涣

弩跖一巴中，湖南幕府雄。
飞扬何拔扈，变节伏诛终。

785. 变律　十九首今存三首

之一：
日月自东西，阴晴各雨泥。
乾坤应所易，草木有高低。
闭目知明暗，声闻寄喜啼。
三生由所地，六合任辛荑。
之二：
毒蜂恶木枝，惯少弹弓持。
大道横行去，喧喧不布尸。
之三：
养茧欲求丝，成蚕叶尽时。
空林商贾见，别业去来迟。

786. 寄

江东一睿虚，令主夏县余。
妙句江南岸，佳人草木居。

787. 江南曲

湖光一美人，玉手半红尘。
绿水明珰色，横波秀目颦。

788. 赠零陵僧

张颠已去有人传，草圣沙门作斗宣。
耳热风旋龙起舞，贪池纸贵虎溪泉。
裴旻剑落吴生笔，北斗空城上夜船。
势绝钩销河九曲，零陵酒醉字长天。

789. 九日送人

九日送人归，三秋不是非，
阴阳分已定，醒醉待鸿飞。

790. 暮秋扬子江寄孟浩然

木叶浮京口，秋声落夏乡。
霜林天海路，楚客赋襄阳。
岘尾羊公泪，孤舟泊石梁。
相闻相别远，汉水汉思长。

791. 浔阳陶氏别业

浔阳一柳边，别业半源泉。
主宰桑麻税，归耕日月田。

792. 登庐山峰顶寺

庐峰万象明，贝叶三仪生。
挂杖听幽静，居心问石情。
真机真所悟，远道远征荣。
独独由其望，遑遑任我行。

793. 寻东溪还湖中作

东溪半入湖，暮日一扶苏。
五色空林晚，千光古木浮。
江南江水岸，夕照夕阳凫。
远近多风采，东西有别途。

794. 送韩平兼寄郭微

乡山只近一家门，沽酒前程半子孙。
读卷维官生计许，思母念祖忆慈恩。

795. 寄阎防　时防在终南丰德寺读书

路路南山去，幽幽魏阙临。
春花随雨细，古寺任峰岑。
往业径音释，衣中问木林。
书儒邻缘锡，早晚有钟音。

796. 海上诗送薛文学归海东

海纳百川流，云浮一九州。
风波摇万水，日色满涛游。
别是长程去，离非知寞求。
观潮归故里，望路是沧洲。

797. 越中问海客

海客一瀛洲，荆轲半九流。
南洋南不止，北陆北春秋。

798. 阙题

云由天地阔，路与大河长。
白日凭光照，书生任抑扬。

799. 寄江滔求孟六遗文

向望襄阳客，思情撼岳文。
相如生遗草，但以孟家闻。

800. 积雪为小山

大雪自成山，苍茫不可攀。
经心虚所设，怯叔玉门关。

801. 赠乔琳

羡子无钱能不忧。知君有识已春秋。
何须七贵知音在，不向三生谈五侯。

802. 茂陵花歌

今辰一色明，昨日半花轻。
去去来来见，生生命命行。

803. 句

归梦如逝水，曲曲绕家乡。
夜夜爷娘见，行行止止郎。

804. 萧颍士门人

（冬夜宴萧十丈因饯殷郭二子西上）
之一：
二子西行一宴冬，尊师北坐半中庸。
家君政事门人末，序目成诗赋国荣。
之二：
琴声于宰一笙鸣，莅止其心半孔明。
颍水清波流所去，英雄以诺定斯荣。

805. 蝉鸣一篇六章

之一：
鸣蝉兮彼彼，落叶矣层层。
羽羽霜霜薄，枝枝朽朽声。
之二：
含风兮饮露，纳雪矣无荣。
有路枯荣见，天长日月明。
之三：
幽幽兮畅畅，落落矣平平。

叶叶鸣鸣去，心心止止城。
之四：
蝉鸣年响止，落叶岁枯荣。
落叶何时始，蝉鸣几岁平。
之五：
登高一远鸣，落地半无声。
去去来来见，年年岁岁生。
之六：
秋兴一感鸣，落叶半无声。
有响登高处，何言祝远行。

806. 邹象先

寄萧颍士补正字
六月一开元，三光半守轩。
江流应不止，北海纳思源。

807. 河中晚霁

水暮一霁光，黄昏半远扬。
霓虹波不止，彩照日方长。

808. 泊舟盱眙

夜泊潮浸岸，天寒月不平。
沙光由水映，宿雁两三声。

809. 殷寅

铨试征山别业寄源侍御
别业近高门，王侯有子孙。
登高何望止，问暮几黄昏。

810. 玄元皇帝应见贺圣祚无疆

圣祚一无疆，千秋半帝王。
南山明万寿，北阙祝中堂。

811. 柳中庸

淡以一中庸，河东半步封。
宗元亡族并，颍士弟兄踪。

812. 秋怨

月落丧河园，云沉古北天。
关山由汉垒，玉树已生烟。

813. 春思赠人

心中回锦字，月下自生霜。

逝水春风许，纱窗纳早凉。

814. 幽院早春

隔水一先春，邻山半故人。
幽芳连紫气，两岸柳杨新。

815. 寒食戏赠

柳絮一鞦韆，桃花半水边。
群芳争碧色，小叹过墙妍。

816. 听筝

秦筝促柱拨弦鸣，柳态杨姿玉手明。
已尽阳关三叠曲，梅花落里有私情。

817. 河阳桥送别

河阳桥上别，晋朔五台遥。
雁北风云集，江南水月潮。

818. 征人怨

金河绕玉关，敕勒问阴山，
白云阳春雪，黄河十八湾。

819. 凉州曲二首

之一：

万里有沙鸣，千年草木生。
关山关不住，月色月芽城。

之二：

连天望武威，拂地戌金微。
鼓角敦煌月，关山大雪飞。

820. 江行

雨色一江行，云光半隙明。
潇潇三界润，处处九州情。

821. 丁评事宅秋夜宴集

羽帐卷回廊，银壶泛酒香。
吟诗吟水月，醒醉醒无常。
独舞公孙剑，繁弦似未央。
同情同席客，共语共炎凉。

822. 夜渡江

英雄夜渡江，一诺志无双。
但记莲花夜，荆门雨打窗。

823. 扬子途中

楚水一沧然，荆州半水边。
巴山官渡口，雨雁宿湘船。

824. 寄崔惠童

刺史崔庭玉，明皇赐女郎，
博州童骁卫，晋国尚三郎。

825. 宴城东庄

一月上东庄，三生半未央。
明皇明赐女，晋国晋秦乡。

826. 崔敏童

宴城东庄

一月半年春，三生两国人，
千年千古继，百岁百臣邻。

827. 苗晋卿

进士一壶送，中丞曳白篇。
安康迁太守，太保二朝田。

828. 奉和圣制早登太行山中言志

金吾戒道香，卫御羽林郎。
获鹿分南北，东西一太行。
寻尧三老至，会禹百神光。
岁令先农业，王家后柳杨。
关楼关守戌，日照日方长。
地理从长治，天声在未央。

829. 贾耽

明径授尉名，仆射右相倾。
国使山川画，华图始细城。

830. 赋虞书歌

孔子庙堂碑，虞书草字垂。
张芒怀素轰，夕拾朝花随。

831. 云门山投龙诗

之一：

金龙环壁立，乞福一开元。
万寿祥云语，云门足踏喧。

之二：

玄门一太守，北海半天机。
柱国祥云洞，回翔祝皇依。
灵芒临壁秀，蕙芷待相旗。
玉凤麟麟舞，金龙拜帝畿。

832. 萧华

萧华二等康，圃国李家昌。
贬峡州司马，冠官几柳昂。

833. 扈从回銮应制

自以朝堂议，封禅乞久安。
陶唐王道济，烈主御皇冠。
玉帛一坛理，和平万国峦。
弓戈沉锈铁，羽卫客云端。

834. 西河郡太原守张夫人挽歌

鹊印不传书，夫人待市居。
邻良曾教子，只近杜陵墟。

835. 玄元皇帝应见贺圣祚无疆

圣祚一玄元，无疆半海鼋。
南山松不老，北海共轩辕。

836. 复游浯溪

三生百岁年，十载一炎凉。
引客灌浯溪，呼童扫园荒。
剥台清篆字，断木理石章。
眷蠢应知问，无言指垂杨。

837. 蒋洌

蒋洌左丞相，考功员外郎。
家书呈进士，宰第进书香。

838. 南溪别业

结宇青山岭，开轩草木堂。
南溪耕别业，北竹雨丛篁。
自在书香近，逍遥纳夏凉。

839. 古意

君心何处望，妾意正彷徨。
但约楼台上，朝云暮雨乡。

840. 台中书怀

一目千年近，三生万事多。
儒书谁骨鲠，剑舞寄蹉跎。
宋玉巫山赋，屈王唱九歌。
楚王应不问，九曲见黄河。

841. 经埋轮地

黄河天上水，自古有源泉。
楚国屈原赋，汨罗散遗篇。
如今波浪里，五月竞龙船。
宋玉巫山咏，瞿塘不可眠。
绿珠楼下堕，石醉金谷园。
是是非非问，贤贤愚愚诠。

842. 寄台湾国民党郑逢时先生

独爱打油诗，群芳已有知。
江山笼统见，日月正逢时。
自古分前后，如今启迪迟。
常人常所见，智者智由思。

843. 山行见鹊巢

内行见鹊巢，树顶百重茅。
性本高枝避，空飞作卦爻。

844. 巫山之阳，香溪之阴，明妃神女，旧迹存焉。

汉帝一图明，单于半牧情。
巫山巫峡水，白帝白盐城。
塞外青冢在，巴中捣杵声。
香溪香不尽，蜀女蜀人生。

845. 夜飞鹊

一鹊夜间飞，三回有去归。
为何栖不定，独翼不相依。

846. 蒋涣

蒋列中丞涣尚书，兄兄弟弟帝王裾。
同朝进士同朝宰，特使东瀛一笺余。

847. 途次维扬望京口寄白下诸公

北望情何在，南行路已遥。
瓜州瓜果木，白下白江潮。

848. 登栖霞寺塔

九问栖霞寺，三休磴道难。
云霓封石径，谷壑响波澜。
远是天堂岸，何寻七尺安。
钟声钟不止，步举步云端。

849. 和徐侍郎书丛条韵

紫禁日中萌，王城事古今。
篁竿龙掀近，影入凤池深。
主宰天街岸，临民四野心。
千声呼万岁，百吏木成林。

850. 故太常卿赠礼部尚书李公及夫人挽歌

白简天街献，黄图持尹京。
威标成六郡，肃穆尽千声。

851. 致中央电视台节目"中国诗词大会"

之一：
诗词大会意非全，有读无吟曲遗篇。
五万唐诗求几句，千年管鹏雨难泉。
人中立论"愁明月"，榜上排名"夜珠研"。
"册府元龟"论夺锦，"唐诗纪事"可方圆。
之二：
孟子知邻里，知书达理行。
同归鸳鹭径，子女自高名。

852. 挽涌泉寺僧怀玉

一念独登台，三生苦自哉。
笙歌曾两度，古木叶千载。

853. 辞房相公

秋风肃肃叶空飞，布服粗粗路有归。
独见昌生来去问，无非是处是无非。

854. 移耶溪旧居呈陈元初校书

日暮半耶溪，移居一别霓。
荷衣依露重，暗渡谢安堤。

855. 感怀弟妹一作汝坟示弟妹

直木成松林，平生共古今。
书途书不尽，少小少年心。

但过榆关读，回头故土深。
知兄知弟妹，父祖父母荫。

856. 西河郡太原守张夫挽歌

鹊印一相传，鱼轩半已仙。
从夫边训子，共尽杜陵田。

857. 寄

七子箧中集，吴兴汝北人。
诗工娇自力，雅正习冠秦。

858. 赠史修文

千年两故人，百岁半秋春。
隔壁相闻久，同修彼此秦。
谁呼其姓氏，不问步天津。
别去应逢见，何知是故人。

859. 濮中言怀

栖栖一世余，郁郁半知书。
粒粒皆辛苦，官官不理锄。
名名难所欲，利利寄相如。
小小田园力，丰丰故土居。

860. 山中作

隐隐栖栖客，离离别别秦。
樵渔非所欲，草木是秋春。
直木成林晚，田园已教民。
乾坤凭自主，日月满风尘。

861. 古歌

农夫只种田，过客数云烟。
诸士荆轲问，冠官贾谊宜。

862. 王季友

博览群书毕，河南季友猷。
丰城贫客子，李勉敬春秋。

863. 别李季友

季友应同季友声，书生共是共书生。
家贫卖履家贫尽，博览群书博览英。

864.寄韦子春一作山中赠十四秘书兄

十四秘书兄，三千弟子城。

农夫惟土地，吏役自相倾。
结伙联盟仕，成群集力行。
田问三两亩，世上独孤生。

865. 杂诗

钩渔钩水色，采隐采山樵。
指日天街路，寻名斧钓朝。

866. 滑中赠崔高士瑾

近而知其远，明则以暗酬。
蓬莱宫不见，道士密炉修。
但以人间在，长生世上求。
玄元玄未止，逝者逝难休。

867. 还山留别长安知己

不必求招隐，诗书本自家。
耕耘知己足，雪月作风花。

868. 代贺若令誉赠沈千运

三家村里住，十里一峰中。
涧谷云烟满，溪泉日月风。
鲲鹏应自在，不必问长空。
漠北冰霜雪，潇湘有鸿鸿。

869. 酬李十六岐

武武文文火，朝朝暮暮炉。
丹成求药毕，玉佩向扶苏。
世上公卿贵，人间自刘芫。
农家知自足，不问儿姑夫。

870. 宿东溪李十五山亭

相逢相别去，互问互人情。
不必溪中见，山亭月下明。

871. 观于舍人壁画山水

野店幽幽一路遥，青峰肃肃半云霄。
溪泉不语流长在，小弟丹青有小桥。

872. 玉壶冰

结素玉壶冰，澄清淑气凝。
隋炀船上见，渭水过高陵。

873. 古塞曲

白羽雕弓箭，沙尘战朔边。
单于应受降，李广射幽燕。
霍卫功勋少，皇家慰酒泉。
千军谁自立，百岁两高天。

874. 野外行

野外风霜老，山中草木荫。
清流流曲曲，直木直乔林。

875. 忆舍弟

舍弟一清春，母家伴自亲。
田园田自足，岁日岁经纶。

876. 杂诗

富贵良图见，贫寒狭路多。
儒生知遇少，草木满山河。

877. 神仙

世上有神仙，心中寄月弦。
圆圆还缺缺，岁岁复年年。
实实虚虚在，非非是是田。
人灵人自得，可信可由天。

878. 北游还酬孟云卿

匆忙前事去，赢弊顿劳来，
善道成贫贱，行行可去回。
坎坎难自定，洁易尘埃。
但以书生步，何须作楚才。

879. 古别离

别别离离见，来来去去难。
相思无远近，意想久波澜。
月色清晖声，秋风扫叶寒。
霜明霜似雪，一息一云端。

880. 回军跛者

老朽自难全，青年已戍边。
胡天胡牧马，汉将汉家天。
日战伤身体，行营治疗年。
回乡长步步，故土已迁迁。
莫道长城固，何须草木煎。

应知生死战，不及运河田。

881. 挽歌词

草草蒿蒿旷，生生死死间。
丛丛多草木，处处有河山。

882. 思归　一作古别离

一别日经年，三生路隔天。
思归思不尽，问信问方圆。

883. 泉上雨后作

雨后一山青，湖中半白萍。
田桑多润气，草木有心灵。
稻米荷莲子，瓜疏野菜汀。
清笋清破土，道士道家宁。

884. 登云中

小径云中路，天光水上生。
耕田山亩绿，采药雾峰萌。
翠鸟穿林去，流莺过叶鸣。
悠悠何所役，处处必枯荣。

885. 古远行

何言一远行，隔壁半心生。
欲达难从意，成思客作行。

886. 秦系

参军不就客泉州，九日山松晋所留。
五字偏师东海钓，长卿德舆士峰侯。

887. 晚秋拾遗朱放访山居

不农时人路，终年独闭关。
耕耘求自足，草木共青山。
石上观云落，田中问水湾。
辛劳辛苦果，已力已维艰。

888. 题女道士居

不饵芝田七十年，神仙丽女阮郎田。
青牛白鹤心中计，杏李桃梨雨露泉。

889. 山中枉张宙员外书期访衡门

不得相知晚，予期酒醉还。
贫家贫有趣，道士道书闲。

890. 赠张正则

序：

山中赠张正则评事　系时授右卫佐，以疾不就

诗：

山茶初上客，桂实坐流泉。
胜读千年事，辛劳百岁田。

891. 题镜湖野老所居

竹影镜湖平，天光水月生。
樵声巢鸟去，斧振野山鸣。

892. 早秋宿崔业居处

从来不暖身，一惯任秋春。
步遍淹留处，寻芳一渚蘋。

893. 赠乌程杨苹明府

三春荷纳露，五月霉雨时，
杨梅今熟未，与我两三枝。

894. 山居

序：

徐侍郎素来相识时携酒命馔兼命诸诗客同访会稽山居

诗：

幽人学拜迎，酒馔设居情。
洗岘鱼庭止，仙翁八句成。
兰亭肥瘦字，曲水会稽名。
鸟落山泉静，清流作越营。

895. 春日闲居三首

之一：

不以桃源隐，闲居过客迷。
耕田耕苦力，自足自栖栖。
碍柳垂丝拂，梨花素色低。
啼莺啼彼此，子女子东西。

之二：

春风一日闲，细雨半山湾。
柳色黄中绿，农夫润水间。

之三：

小径自通天，云烟没雨田。
农家农土地，客至客无眠。

896. 题石室山王宁所居

一径向云天，三峰主百川，
仙书先后读，但见去来眠。

897. 将移耶溪旧居留赠严维秘书

一路耶溪色，西施浣越纱。
吴宫娃馆舞，未入范蠡家。
政政商商去，征征战战嗟。
耕耕还织织，子子孙孙华。

898. 送王道士

仙家日月长，道木去来扬。
石径云天里，清真洞府床。

899. 秋日过僧惟则故院

日照枫林色，霜明满院红。
禅坛依旧石，道场已成空。
古枏荷衣挂，裔株颂大风。
人生曾百感，自此钵雕虫。

900. 山中奉寄钱起员外兼简苗发员外

空山岁计是桑麻，石径幽幽直木斜。
稚子寻梨栗，夫妻种豆瓜。
闲吟三两句，尽数万千霞。
借问谁人承水部，诗歌跬步谢梅花。

901. 献薛仆射

序：

薛公留守荐，大历五年中。
右卫因心疾，文辞以雅风。

诗：

不可议轻肥，行吟自采薇。
山中多草木，月下有鸿归。
匹妇容相笑，群鸥逐己飞。
贤人容隐小，愚谷有清晖。

902. 鲍防员外见寻因书情呈赠　曾与系同举场

为儒一自强，历治半侯王。
可以心中取，何须算计长。
琴书由鲁府，鸟鹤可同床。

月下称才子，山中作侍郎。

903. 寄浙东皇甫中丞

麋鹿远相随，中丞谢故知。
阴晴应共属，草木有朝仪。

904. 题章野人山居

茅亭一小桥，石径半云霄。
草色凭深浅，湖光任汐潮。
闲花分岘墨，窥鸟陪情寮。
五柳琴弦布，桃源入汉朝。

905. 山中枉皇甫温大夫见招书

木履落苔痕，松山水尚温。
瑟灰被指拭，信使早临门。
共度嵇康病，虚同剧孟尊。
云中直木短，树下已成村。

906. 题茅山李尊师山居

百岁少如唁，三生半不逢。
山中应可见，月下共天工。
洗药清溪水，炼丹石玉风。
松林残雪净，鹤影已西东。

907. 耶溪书怀寄刘长卿员外　时在睦州

苦苦一幽栖，辛辛半杖犁。
荆钗难折断，野果子无黄。
旧卷千章尽，新书万释齐。
严滩鱼可数，浣女在耶溪。

908. 张建封大夫秦系为校书郎因寄此章

系久烟霞客，潭深不钓鱼。
耕耘辛苦处，草木帝王居。

909. 会稽山居寄薛播侍郎袁高给事高参舍人

峰居入会稽，复习问耶溪。
石径通幽处，山高草木低。

910. 山中崔大夫有书相问　中庸自怜

不似巢由隐，无同管乐求。
从来多老小，不是傲王侯。
士在耕耘里，人寻普渡舟。
诗词应做客，善解向春秋。

911. 闲居览史

胜者作王侯，幽人问九州。
俱为成败者，一岁一秋收。

912. 山中赠耿拾遗湋兼两省故人

荷衣不蔽身，防雨日遮邻。
两省平章事，三光草木津。

913. 秋日送僧志幽归山寺

直木挂绳床，禅声养万良。
山中多俊秀，月下有池塘。

914. 题僧明惠房

入定不桑麻，开关二月花。
心归三世界，竹挂一袈裟。

915. 答泉州薛播使君重阳日赠酒

不是当阳郡，王弘送酒来。
重阳重叙旧，一度一天台。

916. 题洪道士山院

道士一山门，桃花半药村。
钱囊钱不足，酒带酒无垠。

917. 期王炼师不遇

黄精蒸后洗，玉石炼丹成，
不见青牛在，玄元已予萌。

918. 题赠张道士山居

萝垂盘石上，鹤立竹林中。
漠漠无烟火，幽幽有去鸿。

919. 山中书怀寄张建封大夫

麋鹿不知贫，冠官客自身。
英雄多伐讨，读子水山邻。

920. 山中寄诸昉丹丘明府

荷衣半作帘，二月一芽尖。
九夏莲蓬气，三秋桂树蟾。

921. 奉寄画工

陶潜一醉举空杯，汉客三秦去不回。
水水山山身外物，朝朝暮暮白云来。

922. 宿云门上方

道法半九流，儒书一春秋。
挂杖庆留守，倾囊买沃洲。

923. 即事奉呈郎中韦使君　时系试秘书省校书郎

云中自有一天机，小隐青袍露水稀。
秀鸟停飞巢未暖，朝中自有谢玄晖。

924. 晓鸡

三更一自鸣，午夜半天声。
互继互相唤，向晓向天英。

925. 寄任华

自曰野人身，机心已忘沦，
中洱多致责，严滩钓策濑。

926. 寄李白

逸气千章蜀道来，清平八句上天裁。
江风海月空相易，醒醉深宫力士催。
不拘鲲鹏天水岸，元丹邂逅帝王才。
翰林笔下心中事，代檄东巡不自哀。
八咏楼中曾坦腹，当涂月色久无开。
王乔不云蓬莱在，太白丁令岭上梅。
鹤去楼空崔颢榜，三山二水凤凰台。
巴中栈道应磨砺，傲岸平生酒一杯。

927. 寄杜拾遗

杜二岳阳楼，乾坤日夜浮。
郎官难正达，老病上孤舟。
直木何孤立，乔林已入秋。
夫辞夫妇别，战乱战春秋。
锦浣溪纱岸，长江滚滚流。
成都成幕府，草木草堂求。

落木萧萧下，悲风客客舟。
三生三咏赋，一世一沙鸥。
国破山河在，惊心草木浮。
民情民自力，恨别恨无由。
魏阙南山见，长安渭水羞。
当春当润物，少小少陵忧。

928. 书生

书生不做一书生，但隐幽闲半土耕。
未尽儒书山水咏，遥观远近帝王城。

929. 魏万

魏万一诗名，初登及第声。
文章今古见，太白集前情。

930. 怀素上人草书歌

无为草圣上颠狂，骤雨飘扬半曲张。
巨海长鲸曾作浪，高山草木已低扬。
阳春白雪流水去，曲榭兰亭竹叶香。
巨石深潭明日月，隐逸羲之短长。
上下三千丈，纵横一半洋。
樵渔留影壁，素淑作娇娘。
百态千姿色，挥毫彼此昌。
难停天子墨，不尽作流觞。

931. 金陵酬李翰林谪仙子

我得蓝田玉，君怀碧海殊。
梁园游太白，魏万近江湖。
鲁府闻书壁，江油见丈夫。
陈仓先不渡，栈道问鱼凫。
老少如知己，秦淮共话儒。
天台天已近，越酒越东吴。
但闻长门赋，还寻子胥辜。
相门相府砥，将项将姑苏。
六代南朝事，钟山虎踞图。
金陵千万子，建业帝王都。
一酒应三醉，青莲玉液壶。
华清池上赋，与共去当涂。

932. 崔宗之

以字宗之子，齐公侍御征。
郎中同李白，采石达金陵。

933. 赠李十二白

凉风八月余，白露一天书。
木叶重阳色，来仪十二舒。
常怀巴蜀剑，阔论楚云居。
抵掌鸿沟岸，流星目太虚。
弹琴英气盛，把袂武陵樗。
采石江中问，闻樵月不渔。

934. 记

湘阴泽畔吟，太白序为钦。
一望春楼下，三声得体音。

935. 赠李十二白

潇湘一逐臣，太白汉江滨。
不扑神仙酒，青莲半醉人。

936. 严武

华州一季鹰，吏部尚书丞。
郑国封公尹，成都杜甫凭。

937. 寄题杜拾遗锦江野亭

江头把钓竿，醉底问波澜。
捉时中书客，严陵杜二滩。

938. 酬别杜二

巴山一独鸣，白帝半无声。
拾遗江楼赋，成都诸葛名。
殊亭承别馆，谒谏向精英。
集草成堂著，秋高以肃惊。

939. 题巴州光福寺楠木

巴州光福寺，楚水落楠香。
木在朱崖背，根生石粒昂。
临流风雨见，阔叶待高粱。
纳润心纹密，行穿日月肠。
幽栖猿语切，隐逸草虫傍。
百岁轮回织，千年始凤凰。

940. 班婕妤

春风桃李下，落叶菊黄花。

易变经纶客，侯王是客家。

941. 巴岭答杜二见忆

雨落巴山木，云飞白帝涯。
相思相忆念，独步独当家。
八月寻枫叶，三秋问菊花。
朝闻朝拾遗，夕见夕阳斜。

942. 军城早秋

昨夜秋风入汉关，长安扫北雁门关。
胡沙大漠推飞将，早报功勋独马还。

943. 韦迢

刺史同州客，官郎杜甫篇。
行军司马善，节度历南田。

944. 潭州留别杜员外院长

别路长沙驿，相逢缆客船，
诗名依旧忆，郡水逝天边。
把臂谁挥手，沾巾不坦然。

945. 早发湘潭寄杜员外院长

楚岫千峰翠，湘潭一叶黄。
乔林成气势，秀水已沧桑。
早虽无辞酒，何时有报章。

946. 郭受

寄杜员外　员外垂示故以诗寄
松花酒熟一诗乡，海内流传半学长。
海阔天空吟咏久，衡阳纸价一高昂。

947. 寄韩滉

郎中摆左丞，岘墨玉香凝。
使善平章事，丹青盛杜陵。

948. 晦日呈诸判官

晦日新晴好，春光小女娇。
云催桃李色，雨换柳杨条。

949. 听光怅然　自述

书心对管弦，画面寄春烟，

一曲催杨柳，三生一少年。

950. 题弟泉述书赋后

（泉，检校户部员外郎，富词藻，精草隶，
尝试制述书赋论，书家起史籍，乞唐至
德一百九十八人，并及书证印记，征求
保玩等事，总七千六百四十言，泉亡，
蒙题赋云：）
受命别家乡，思归每断肠。
季江留被나，子敬与琴亡。
吾弟当平昔，才名荷宠光。
作诗通少雅，献赋掩长杨。
流转三千里，悲啼百万行。
庭前紫荆树，何日再芬芳。

951. 帛

受命一家乡，成思半柳杨。
书文家启始，乞止百家梁。
印记征求事，耕耘日月肠。
孤行鸣草隶，独此忆辉煌。

952. 迎春东郊

颛顼时已谢，帝淮句芒陈。
逝水方知暖，滨和已入春。
衣冠新色艳，肃穆祀坏秦。
庆赏天街赋，回环拱北宸。

953. 题舜庙

向晚余声在，湘妃竹泪亲。
苍梧天水治，舜迹牧秋春。
寂寂南曛雨，寥寥北陆濒。
迎神田亩绿，鼓瑟向天津。

954. 迎春东郊

玉管潜移律，东郊始见春。
骊山林色碧，渭水翠天津。
鹿苑佳宸易，潼关及物心。
龙池杨柳叶，上掖百门新。

第四函　第七册

1. 邯郸少年行

邯郸一少年，赵魏半金鞍。
宿止丛台近，漳河玉水前。
吴钩曾论剑，楚舞话貂婵。
一诺荆轲去，三生戍国边。

2. 陇头别

送别多回首，秋风过陇头。
前程前路上，后顾后无忧。
有我从牵挂，由君任九州。
男儿男子志，小女小夫舟。

3. 度关山

象弭文犀点，鱼肠鹈鹕齐。
鲜卑东北碣，度马过辽西。
但在榆关望，幽燕岭木低。

4. 出塞

落叶关山满，冰霜覆北州。
新兵应战死，老将未封侯。
十载身名尽，千年灭古丘。

5. 玉阶怨

但见轻飞燕，君主掌上游。
长门寒叶落，草木自春秋。
不在深宫里，谁知有莫愁。

6. 千里思

渭水来西北，川流过孟源。
黄河东折去，第一曲湾喧。
汉汉胡间问，成成败败垣。
如今兄弟见，自古是轩辕。

7. 襄阳乐

已暖飞池东，春光岘尾中。
庞公曾不见，汉女采桑红。

怀中磨灭见，含晖示孔融。
襄阳羊有泪，夏口下无风。

8. 送客之江西

江西秦紫泥，泽国待丹墀。
九派流中国，千潮守石堤。
应思由舜禹，不问远天低。
但以耕耘者，浔阳有范蠡。

9. 望月

萧条一夜空，竹影半雕虫。
但见流萤去，衡阳问落鸿。

10. 出塞曲

一出阳关不惜身，沙鸣白骨向秋春。
龙池有令人从志，虏迹天骄蚁汉秦。

11. 秦人谣

微生一祖龙，质子半王封。
六国纵横统，三朝未止容。
长城修未了，鹿马不中庸。
极荡鱼中市，秦皇岛上踪。

12. 李阳冰

当涂县一令，李白集三生。
叔子工书篆，相依酒月城。

13. 阮客旧居

阮客身何去，仙云有遗踪。
人间无所见，梦里可相逢。

14. 寄严维

山阴一正文，诸暨半辞君。
进士长卿善，诗书寄日曛。

15. 酬耿拾遗题赠

自静掩扉半，题言赠语全。

先生先自主，后继后人延。

16. 酬王侍御西陵渡见寄

侍御西陵渡，皇官使者居。
前年辞万里，此日宴茅庐。
细米粗茶饭，琼浆淡水余。
秦川先直木，郢曲后塘鱼。

17. 酬刘员外见寄

苏耽佐郡明，乐毅治军声。
药补如神补，知英似玉英。
春塘春水慢，夏雨夏丰盈。
病老由心老，三清自意清。

18. 同韩员外宿云门寺

仙郎一夜宿云门，月淡观明入古村。
暮鼓晨钟方定性，松声涧色有慈恩。

19. 酬诸公宿镜水宅

低头向府中，月影自长崇。
落足寻镜水，扬眉问访翁。

20. 送薛尚书入蜀

揖手入辕门，恭身作木林。
儒生儒自弱，处世处天恩。

21. 送李秘书往儋州

老小曾为任，蓬莱近拜郎。
毛洲沧海路，北阙故人乡。

22. 送人入金华（一作别东阳客）

月落双溪水，风移独木舟。
金华吴越秀，八咏赋诗楼。

23. 送崔峒使往睦州兼寄薛司户

吏部一英髦，南州半告劳。
渔舟横水上，远钓有惊涛。

睦镇云初定，桐庐暮色高。
江南应独税，牧治慰三毛。

24. 送房元直赴北京（自曰）

楼兰十万师，匹马一何之。
未断归家目，空吟岁月诗。
开放成易策，守户可应时。
但记丝绸路，天机自不迟。

25. 荆溪馆呈丘义兴

失路荆溪水，依人向夜投。
长桥连缺月，短木系轻舟。
但得先生馆，明朝古意留。
交人交四海，五日五湖游。

26. 枣树

天天向上绿中黄，日日新生叶昂扬。
暮暮朝朝观物象，年年岁岁见沧桑。

27. 一公新泉（一作题灵一山人院新泉）

泉流一水平，石屹半无声。
必有深林许，当闻百里明。
禅房天地界，古寺鼓钟鸣。
不问谁方丈，山人作院英。

28. 奉试水精环

奉试水精环，吟鸣客上颜。
冰清贞质在，淑气玉门关。

29. 自云阳归晚泊陆澧宅

黄昏行晚晚，陆澧宅中明。
故事浮无己，闲灯独步情。

30. 九日陪崔郎中北山宴

宴上一郎中，芳前半菊风。
溪前群鸟集，席后醉英雄。
九日重阳客，霜枫叶正红。

31. 留别邹绍刘长卿（自述）

童翁从一见，自笑有三非。
少小无钧见，中年达翠微。
诗词应格律，日月可鸿飞。
老矣何沉憾，爷娘父子归。

32. 书情献相公

白发已星星，青衣客不听。
清歌难水调，老去渭知泾。

33. 赠送朱放

常年居汉水，复醉五家池。
已意游天目，无心不可期。

34. 剡中赠张卿侍御

开疆年正少，侍御贵初还。
早列公卿位，新参柱史班。
千军沙场战，万里忘家山。
驿站终朝暮，耶溪只旧颜。

35. 书情上李苏州

苗人尚有残，亚子下朝端。
国献群僚正，天慈百姓安。
姑苏千载赋，汴水五湖宽。
往事风流继，渔夫不钓竿。

36. 赠万径

诗词一建安，酒水半观澜。
禹穴家山下，舜耕一百官。

37. 余姚祇役奉简鲍参军

献赋上皇州，寻途问九流。
无成成白头，有掷掷沧流。
曲管吴姬策，霓裳越女候。
如依依水都，欲去去江楼。

38. 奉和独孤中丞游云门寺

莓苔积雨痕，壑谷落黄昏。
度鸟栖飞乱，啼猿靠树根。
新诗吟不止，半入古人村。
寺上寻三界，耶溪问五蕴。

39. 奉和皇甫大夫夏日游花严寺

夏日华严寺，明池及第晴。
王家无远近，节塔雁方行。
羽鹤停莲界，禅房向夜清。
云浮云卷去，志定志方萌。

40. 宿法华寺

一夕沉沉雨，千山木木荫。
天龙来护法，长老祝观音。

41. 题茅山李尊师山居（一作秦系诗）

茅山百岁童，道士十年翁。
洗药天溪水，炉丹石玉中。

42. 送薛居士和州读书

白鹤千飞翼，经书一叶舟。
蓬莱无织女，楚地有耕牛。
少小应辛苦，儒生感遇候。

43. 送李端

此别三千里，由离五百期。
归人归不去，客老客诗知。

44. 宿天竺寺

寺主道林深，无他有我浸。
山中山不语，月下月知音。

45. 丹阳送韦参军

北固千唐水，丹阳一叶舟。
江南江北望，客去客心留。

46. 入唐溪

万籁一溪云，千流半自分。
源头源不止，集合集气氲。
雨水常年聚，乔林历载熏。
玄元玄一二，易象易听闻。

47. 送桃岩成上人归本寺

清晨云抱石，半夜月笼松。
长老桃岩至，门人待鼓钟。

48. 酬普选二人上人期相会见寄

一问月东林，三听子贱琴。
无承先后继，已断去来心。

49. 相里使君宅听澄上人吹小管

秦僧管闭户，尽在早人情。
往日梨园曲，如今洗泪鸣。

50. 赠别至弘上人

读尽上人书，方知下界余。
经年僧律戒，老衲自樵渔。

51. 奉和刘祭酒伤白马（此马敕赐宁王转赠祭酒）

秦川谁养马，上苑主神龙。
睛点黄沙眼，蹄开御帝封。
骢花明白雪，骏气玉皇踪。
踪逸王风韵，声闻乐府钟。

52. 哭灵一上人

应灵一上人，主世半中身。
石塔新生草，公名已入尘。
僧修传史去，侣序侣门贞。
墨迹传径客，诗卿久不邻。

53. 题鲍行军山阁

宇下无留事，书中有近邻。
山阴招白雪，淑气任三春。
独步应天意，逢迎可建亲。
安民行旦暮，济世自经纶。

54. 陪皇甫大夫谒禹庙

江河九脉通，草木万峰丛。
世得千年继，家传一夏宫。
鱼歌因水阔，稻米可丰隆。
旱季求神降，桑田有始终。

55. 同王征君湘中有怀

八月洞庭舟，三湘一酒楼。
当心书帙客，但约洛河游。

56. 奉和皇甫大夫祈雨应时雨降

伯禹明灵乞雨求，方兴夏乐降神州。
应时麻桑成泽润，六合承天共五候。

57. 赠别刘长卿时赴河南严中丞幕府

早早登郎署，迟迟迹幕僚。
中丞君子寄，度日国门遥。
体裁骚人咏，官移汉魏朝。

成成败败去，顺顺当当桥。

58. 晦日晏游

临流一水潮，逐日半天消。
久事循杨柳，吟诗七步遥。

59. 夏日纳凉

夏日炎亮度，山阴湿雨长。
兰亭三二月，曲水去来觞。
但以黄昏约，天台散木凉。

60. 僧房避暑

支公一水庄，释子半林篁。
智静无炎日，心平自在凉。
天空天阔论，月净月宫藏。
榭殿通风气，荷莲散自香。

61. 九日登高

九日一重阳，三高半望乡。
茱萸方采好，稚子击房梁。
菊色黄花序，天光民醉扬。
西陵曾寄忆，汉浦向仙郎。

62. 九月十日即事

居家应种竹，目路可闻风。
九月阴阳易，三秋草要空。
霜重林叶重，水浅月加隆。
落笔观天地，扶冠自作雄。

63. 送丘为下第归苏州

成婚客作媒，小女与儿催。
读子书难尽，人生去是回。
天涯天不尽，海角海无限。
第外姑苏水，吴中草木恢。

64. 送少微上人东南游

镇海羊城外，雷州半岛中。
南沙南不尽，五指五同风。
不是师游去，心随未落鸿。
祥云千万里，锡杖挂梧桐。

65. 赠送崔子向（一本无子）

食用江南水，名寻向洛阳。

新诗由谢守，内学可支郎。
仕子无先后，书生有故乡。
求知求所欲，达志达黄粱。

66. 答刘长卿七里濑重送

新安不是乡，海口尽汪洋。
醉里严滩过，思口客断肠。

67. 岁初喜皇甫侍御至

湖中王故人，酒里半嫌贫。
未醉应相约，新钱再咕频。

68. 送舍弟

懒惰非成性，才华已自疆。
家贫粮必聚，志短意黄粱。

69. 示外生

经由知井邑，起坐厌舟航。
学子无涯望，逢时有界疆。

70. 咏孩子（自谦）

客会王初筵，乡音半赞怜。
男儿应自立，老子布天边。

71. 酬谢侍御喜王宇及第见贺不遇之作

及第曲江边，高枝望劲蝉。
声鸣声自远，换翼换青天。

72. 秋日与诸公文会天寺

欲学何经济，常闻牧宰天。
龙盘龙所在，虎据虎山宜。
古寺莲花岸，青林汉柏田。
虚空虚实易，大同大人传。

73. 答刘长卿蛇浦桥月下重送

今宵月色明，夜半水天轻。
老病多年倦，殷勤寄别情。
临溪临逝水，问桂问倾城。
竹影婆娑是，云来带雨声。

74. 发桐庐寄刘员外

桐庐千岭路，指向富春江。

莫道新安近，疑闻白玉缸。

75. 秋夜船行

桃源秦汉外，五柳小船归。
点点前村火，家家不闭扉。

76. 游灞陵山

山中方士去，药室故人来。
四野闲云落，三峰草木开。
清溪清来住，古道古时猜。
道术何神秘，人生不可回。

77. 重送新安刘员外

渺渺望千波，幽幽唱九歌。
青年应不少，老大民无多。
建德三秋鸟，新安百水河。

78. 忆长安

五月长安忆，三春渭水花。
桃红千树暖，小杏一人家。
上液昆明碧，华清玉水娃。
芝兰芳未尽，艳色牡丹霞。

79. 状江南

蕙叶细如弦，荷莲铺露园。
枇杷花正艳，梧桎草莓鲜。

80. 句

五色天公土，三先土主田。

81. 寄顾况

进士诗歌善，茅山道士郎。
恢谐何辅政，调谑贬衷肠。

82. 琴歌

水调隋炀，阳前客肠。
梅花三弄，渔舟一塘。

83. 上古之什补亡训传十三章

之一：
上古憨农也
农家一亩田，上古半云烟。
手足耕耘苦，心思日月悬。

之二：
平安一左车，化险半云舒。
震泽东方怯，胡火孔盛余。

之三：
赫万左车明，毒蚩右侧生。
胡火知党硕，月庆一倾城。

之四：
筑壁垒城墙，行文作豫章。
高凭高自取，仰望仰人训。

之五：
城前布败成，磊后斗精英。
固敌分和战，封疆合散明。

之六：
持斧一樵声，登山半石荣。

之七：
十有之郊造，三秋已草荒。
宫城连宇越，睿达逐苍凉。
面势荆藜束，平挥纳玉堂。
游鳞飞羽试，跬趾福承祥。
物象经纶易，纵横彼此章。
文王琴瑟制，达旦伎人猖。
鸟雀天空大，鹰隼岭木芳。
相关临栟比，独立谷低昂。

之八：
修修燕子巢，乃乃作同交。
落落同居处，飞飞市谷郊。

之九：
苏方王赤胡，利博半京都。
南林其地沃，北陆各殊途。

之十：
凌霜王木华，覆盖半梅花。
以彼知其此，阴阳是两家。

之十一：
父子一共堂，行身半玉章。
年年多岁岁，处处少煌煌。

之十二：
止止行行间，观观望望思。
东西南北见，日月暮朝时。
月下万千明，山中一两枝。
书生天下路，稚子父母慈。

之十三：
毒中一蜜香，木下半醇糖。
网状巢蜂造，防身取其芳。
凝胶含十地，纳积百花藏。
莫莫人人取，谁言处处忙。

84. 布妇词

（元人萧氏赞云，后人添补此词成李白布妇词）

布妇古人知，归家以父持。
今如相废子，去处不共时。
未嫁青春驻，唯心配妇迟。
多疑从路上，苦束北南枝。
妾已肝肠断，君心莫不奇。
情轻情不至，物老物相宜。
落叶非根近，晨风是远辞。
芙蓉花结子，上告山姑思。

85. 游子吟

游子一去吟，历历半鸣禽。
故道时人老，知书达理深。
诚非子女志，误是父母心。
近守家庭室，何须问古今。
天涯知海角，五帝问周荫。
二世秦皇史，三朝魏武钦。
儒生巡六国，孔府杏坛霖。
楚客荆州外，吴门越女音。
山河多少木，日月去来寻。
橘柚潇湘果，人参北陆岑。
人生何不止，即事木成林。
俯仰曾凭问，枯荣已各临。

86. 留王

群儒电视台，诸子百花开。
七步陈王去，千年读写回。

87. 北京汪魏新巷九号

邻榆叶展开，满院玉钱来。
枣树新枝叶，长空月徘徊。

88. 拟古三章

之一：
一把龙泉剑，三生感遇知。

英名谁得手，爱恨共雄雌。

之二：

胡沙静已安，进退水波澜。

世界原无止，枯荣日月端。

之三

谁闻介子推，晋耳百臣回。

土地应天本，如今乞火灰。

89. 伤子

黄昏一老夫，爱子半姑苏。

以别三天论，和则七十途。

90. 春游曲二首

之一：

相思相见问，互别互离难。

暮暮朝朝简，寻寻觅觅繁。

之二：

心思貌似闲，遣意小丫环。

暮雨巫山上，朝云白帝间。

91. 从军行二首

之一：

牧马自横行，兴兵役束生。

长城长未止，百草百难荣。

弭节徒征侣，龙城细柳营。

军来军不见，雁去雁无声。

之二：

英雄一少年，辟易半方圆。

以诸鸣天下，凭呼过酒泉。

封侯封时幸，白骨白朝天。

汉志三边外，秦弓九脉仙。

92. 塞上曲

点房初南下，飞尘已汉边。

单于疑牧马，李广胜幽燕。

但以阴山界，何须永定泉。

三千军士战，五百阵云烟。

且在长城望，原来两无延。

93. 弋阳溪中望仙人城

百草一灵姿，千花半碧时。

三清三世界，九鼎九天知。

岸石连流永，浮云化雨迟。

无山无不叶，有水有仙诗。

94. 严公钓台作

汉后一成仪，严陵半自知。

滩波应水浅，草岸石成师。

95. 萧寺偃松

山中好树多，寺下有江河。

莫以由人见，青松唱九歌。

96. 独游青龙寺

独上青龙寺，春风水色烟。

香凫香八识，二见二源渊。

已入莲花界，三清草木泉。

禅房禅已定，道场道先天。

97. 初秋莲塘归

初秋水上一莲蓬，日色塘中半彩虹。

玉立衣裙藏不住，芙蓉带子有无中。

98. 从江西至彭蠡入浙西淮南界道中寄齐相公

数载一鄱阳，微躬半水乡。

杨朱曾不问，阮籍可嵇康。

宠辱应无记，茶功可柳杨。

三轮三法定，六郡六书香。

楚水双修客，吴洲独步量。

江湖江岸阔，日月日光长。

定惠禅房近，观音普渡梁。

丹墀应不忘，草木可炎凉。

99. 寄上兵部韩侍郎奉呈李户部卢刑部杜三侍郎

一路三千里，平生五百年。

儒书随所愿，客舍任才贤。

少小童翁易，如今过去迁。

官衙由笔役，寺庙任僧田。

诸子天街赋，群英上液研。

春潮浮绿影，落叶向根悬。

国士昆明水，楼船大理边。

凉州西去见，漠北望三边。

瞩目江山久，臣谋社稷传。

平章由两省，献策对皇天。

100. 长安窦明府后庭

长安令美长安政，百姓隆平百姓生。

赋税良田良赋税，枯荣岁月岁枯荣。

101. 谢王郎中见赠琴鹤

琴琴鹤鹤琴鹤鹤，尾尾身身尾身身。

白羽未弦白羽静，郎中见赠郎中春。

102. 和翰林吴舍人兄弟西斋

知知易易知知易，弟弟兄兄弟兄兄。

台台省省台台省，业业英英业业英。

103. 望初月简于吏部

隐隐明明常隐隐，徘徊徊徊自徘徊。

圆圆缺缺圆圆缺，去去来来去去来。

104. 上湖自破山赠文周萧元植

别别逢逢二十年，依依舍舍两三天。

山山水水无情去，子子孙孙有意田。

105. 酬信州刘侍郎兄

屈屈伸伸一丈夫，风风雨雨半江湖。

安安定定知殊主，本本民民是正途。

106. 奉酬刘侍郎

圆圆缺缺一弦张，暮暮朝朝半太苍。

去去来来天意也，清清白白自阳光。

107. （鹧鸪天）酬本部韦左司（时况左迁饶州）

鸟鸟林林一树栖，云云雨雨半东西。

梅梅杏杏群芳逐，野野朝朝独自啼。

无日月，有高低。沧沧浪浪与水齐。

霜霜雪雪枫林色，苦苦辛辛待御霓。

108. 酬房杭州

运运河河自北流，天天地地是杭州。

商商贾贾江湖路，富富平平草木求。

109. 酬漳州张九使君

山山海海自追求，近近遥遥共惜留。
事事人人三六九，时时处处一漳州。

110. 在滁苦雨归桃花崦伤亲友略尽

废废兴兴已半生，来来去去半无成。
词词句句诗人在，宦宦官官暗复明。

111. 苦雨（重思归桃花崦）

姿姿色色一佳人，李李桃桃半魏秦。
叶叶花花开复落，风风雨雨是秋春。

112. 赠别崔十二长官

兄兄弟弟一宣城，玉玉金金半石生。
嶒嶒峨峨南北阜，肝肝胆胆侠心荣。

113. 哭从兄苌（鹧鸪天）

洞洞庭庭半鄂清，清清泱泱一精英。
诗诗赋赋京师句，曲曲歌歌十地行。
公自许，子枯荣。梨园伎女唱阴晴。
今今昔昔留天下，自有音声自有名。

114. 华山西冈游赠隐玄叟

孤孤直直一乔林，帝帝王王半古今。
斧斧樵樵淦付水，名名利利是人心。

115. 稽首

序：
归阳萧寺有十行者能无生忍担水旋僧况
归命稽首作诗
诗：
千千百百一灯传，佛佛儒儒半陌阡。
实实虚虚成世界，因因果果证天年。
菩菩萨萨随菩萨，普普贤贤逐普贤。
智慧文殊来道场，如来教育观音田。

116. 大茅岭东新居忆亡子从真

儿儿子子一从真，死死生生半客身。
落落飞飞栖鸟去，悲悲切切各径纶。

117. 乌啼曲二首

之一：
月落一乌啼，江潮半石堤。
声声声不止，曲曲曲人低。
之二：
但见满天飞，何因去不归。
忽闻音影至，杳杳一歌依。

118. 幽居弄

石上苔痕色，溪中竹影明。
山光流不住，水色自枯荣。
一径通天迷路望，千峰倒立入潭清。
幽居曲弄三声止，合者无人寂寞情。

119. 公子行

轻轻薄薄一儿行，渭渭泾泾十地盟。
草草花花寻不定，金金玉玉作溪情。

120. 古别离

不问西江月，何闻北陆声。
秋风催落叶，小路自无情。

121. 长安道

长安道，问书生，何如退缺自枯荣。

122. 龙宫操

之一：
大水一滁州，纵横四处流。
龙宫搏所以，大历记春秋。
之二：
参差精卫石，炼取落龙宫。
或许鲛人泪，西天大圣公。
翻江须倒海，但以顺民风。
若失田桑久，倾天万物空。

123. 梁广画花歌

欲问王母汉武家，琼瑶白玉百般花。
梁生未见曾谋梦，小女阿娇作彩霞。

124. 送别日晚歌

日月分分各一方，鸿鹄别矣逐千翔。
长亭晚矣何栖宿，暮色浓兮几柳杨。
夜夜兮花落，朝朝矣路长。
东风兮宣歌，草木矣炎凉，
拾遗兮应住，春光矣待芳。

125. 行路难三首

之一：
君不见，路行难。家中事事有言传。
别去时时缺未圆，不见何如何不见，
相思未必未思去。
之二：
君不见，路行难，黄河之水始终流。
人生暮暮朝朝去，少小无知老白头。
之三：
古古今今一去愁，离离别别半心忧。
丘丘土土秦嬴尽，吕吕梁梁晋祠秋，
君不见，路船舟。长江逝水向东流。
清清浊浊行无止，不到东洋誓不休。

126. 悲歌

之一：
情思一圣贤，理治半径天。
顺耳音声牧，从心兴信弦。
之二：
白白离离一水闲，悲悲苦苦半人间。
先先后后成天地，落落浮浮去不还。
之三：
地地天天一隔遥，山山水水半云霄。
虚虚实实人间客，败败成成有小桥。
之四：
百尺青丝百尺牵，千情系定万情弦。
心绳索定辘轳转，短短长长任多年。
之五：
处处春风去，花花草草来。
江南多绿水，塞北少青苔。
之六：
十里荷香岸，三春芡实生。
牛郎寻织女，夜色玉河横。
之七：
轩辕大帝已成仙，百药人间万百年。
已至殷周天下定，桑麻草木共耕田。

127. 春草谣

草草一春城，人人半止行。

朝朝暮暮耕耘去，岁岁年年日月明。

128. 苔藓山歌

万载一苔藓，千年半逝川。

山山水水应无尽，古古今今天自然。

129. 同裴观察东湖望山歌

东湖积翠望山歌，草木含云作万波。

百岭群峰应不尽，千川此去作江河。

130. 八月五日歌

五日千秋节，三皇万户开。

丹青姚宗赋，八月玉人裁。

弟子梨园曲，麒麟九祝回。

河清张果老，海宴凤凰来。

131. 露青竹杖歌

鲜于正置仲通年，八骏行空采马鞭。

约蜀兼琼天上去，韩干未貌画金鞍。

麒麟聊比骝骢势，拓羯胡雏帝子宣。

汉武楼船从此去，秦稷不在穆公川。

132. 金珰玉佩歌

金珰玉佩歌，织女过天河。

禹步流珠色，云霄作水波。

黄姑机已定，借日彩霞多。

133. 瑶草春

之一：

监奴一陇西，李迅半高低。

井下应知命，春中作玉泥。

之二：

燕裙赵袂一姿身，暮舞朝歌半雨春。

不作藏娇娃馆女，原来自是绿珠人。

134. 萧丹草书歌

阁上凌云墨，云中草木萋。

江流峰影在，日驻鸟无啼。

一笔垂天意，三呼向水堤。

乾坤成上下，小大任东西。

135. 范山人画山水歌

山山水不一澄形，汉汉漫漫半笔青。

草草木木花隐映，声声色色渭流泾。

136. 嵇山道芬上人画山水歌

真僧白道芬，玉笔杏三军。

汉墨苍梧木，潇湘岳麓云。

山横湖万子，水柴洞庭裙。

八月三秋夜，婵娟一酒荤。

137. 杜秀才画立走水牛歌

小女误牵牛，荷塘一叶舟。

莲蓬空作子，陌路已知秋。

138. 梁司马画马歌

白马已飞天，旋风骏骨宜。

扬程千里去，独步万水泉。

139. 丘小府小鼓歌

大鼓声余小鼓情，砰砰坎坎唤红缨。

三军万马胡沙静，半在阴山半在京。

140. 宜城放琴客歌

之一：

宜城爱妾琴，论嫁自求音。

不尽人之欲，私闻目目心。

之二：

上善如水一自然，邯郸爱女半琴弦。

浮云日暮巴猿树，远嫁从他一少年。

厌薄人情无冷暖，罗衣短袖有鬉盱。

笼裙斗酒丝柔断，以此文章已不全。

141. 李供奉弹箜篌歌

国手一箜篌，音声半月楼。

冷冷碎碎幽幽去，细细长长久久留。

指指弦弦轻柔色，含含促促上心头。

鸳鸯多戏水，日月凤凰游。

美女争窥镜，男儿逐九州。

呜呜索索扬还抑，怯怯怜怜问莫愁。

凤阙龙池水，人间世上修。

文章从此见，上善水如流。

142. 刘禅奴弹琵琶歌

汉女一琵琶，单于半误家。

阴山多少木，敕勒暮朝花。

蔡琰胡笛曲，明妃蜀水涯。

声声声不尽，草草草明霞。

客雁悠悠在，关山路路斜。

黄云应未了，白草可桑麻。

大雪知桃李，春秋汝予他。

乌孙曾记取，子女共和娃。

143. 李湖孺人弹筝歌

武帝升天法曲留，鸿沟楚汉各春秋。

人心十指分长短，妾意思夫付九流。

刺壁窥私隐，偷情已自休。

人间何不止，世上有梁州。

144. 郑女弹筝歌

幽幽一曲似黄莺，曹曹旷野百禽声。

宫商春未止，角羽夏秋荣。

物象藏机理，冬征瑞雪萌。

145. 凉公洞庭孤橘歌

街橘洞庭边，行舟落叶船。

俱惟天地易，自主任其然。

146. 送行歌

行人一送歌，别去半山河。

驿站长亭问，阴晴草木多。

147. 险竿歌

纵路游丝定，横竿险有惊。

翻鬓曾反绾，跳跃可倾城。

将士英雄暗，旗锣少女明。

姿身柔似锦，步履系红缨。

不是神仙问，绳床杜若生。

行中无胆小，动里有均衡。

148. 洛阳行送洛阳韦七明府

一目龙门望洛川，梁鸿十里问婵娟。

夫妻举案分河岸，织女牛郎各两边。

149. 黄鹄楼歌送独孤助

黄鹄杳杳一江楼，水色悠悠半不流。
酒尽壶空天地接，江湖四顾有春秋。

150. 庐山瀑布歌送李顾

一上庐山不姓名，千川瀑布半烟城。
鄱阳水色浔阳岸，九派江流九脉晴。

151. 朝上清歌

洛水一凌波，皇皇半玉河。
陈王云雨去，肃肃宓妃歌。
百汇琼宫女，千声佩北柯。
王母应所道，后羿逐嫦娥。

152. 剡纸歌

云门路上一秋春，玉节仙中半玉人。
剡纸黄金余止水，山阴寺刹寺文津。

153. 洛阳早春

一色已惊人，三光各自新。
先呈杨柳叶，共覆野田茵。
细雨东风慢，天天日日笃。
昂头听雁语，俯见绿天涯。

154. 步虚词（太清宫作）

洞府三清练，丹炉一玉心。
星宸知十易，界域有鸣禽。

155. 鄱阳大云寺一公房

色界一空门，斜阳半有根。
晨钟观自在，暮鼓付慈恩。

156. 送友失意南归

京畿一路尘，日月半秋春。
不用通名姓，樵渔共主宾。

157. 南归

八月鲈鱼脍，三秋手脚勤。
吴音吴已近，运道运河君。

158. 闲居自述

宠辱不关心，亲疏已古今。
荒茅庐已结，自力不知贫。

159. 题歙山栖霞寺

驻步栖霞寺，题词后主留。
明征君归宅，靳尚祠新候。

160. 经废寺

寺废心无废，人临迹尚临。
观音观自己，敬佛敬灵钦。

161. 送李道士

竹杖人年近，桃花草木遥。
三清三界净，五味五蕴消。

162. 酬唐起居前后见寄二首

之一
望园山河在，怀动赋客音。
弹冠弹所事，结袜结人心。
之二
平生不负神，历世有秋春。
败败成成见，勤勤恳恳循。
兴兴由废废，汉汉自秦秦。
路上三光序，江边一老人。

163. 奉酬茅山赠并简綦毋正字

大帝居金阙，灵山向路遥。
龙门龙国旧，洞府洞天潮。
晋祠无周纪，秦楼有玉箫。
三清三界定，羽鹤羽人桥。

164. 白蘋洲送客

岭上梅花早，洲中草木新。
临流应饮酒，送别采溪蘋。

165. 春鸟词元秀才入京

春来绣羽齐，水色鸟轻啼。
禁苑花先放，河桥鹭不栖。

166. 别江南（自述）

江南杨柳岸，四季草花新。
历治三千界，平生一认真。
耕耘耕日月，读写读秋春。
岁岁诗词客，年年字句珍。

167. 空梁落燕泥

空梁有客自燕泥，夜语和亲不独栖。
世上原未相似见，人间本是各东西。

168. 上元夜忆长安

沧洲忆汉年，渭水问秦川。
处处银灯路，明明火树天。
婵娟窥不顾，月色已空全。
但以天街望，无疑十六圆。

169. 酬扬州白塔寺永上人

且借一床眠，同闻半世缘。
扬州扬雨露，白塔白师传。
柳絮春蚕困，松枝尘挂悬。
香炉香不尽，磬语磬声怜。

170. 送韦秀才赴举

鄱阳一叶船，去道半天边。
楚老楚才见，长安长帝田。

171. 送使君

海上使君归，云中白鹭飞。
金銮从圣驾，上苑入瑶闱。

172. 历阳苦雨（一作夜雨）

江城秋雨晦，楚客不归心。
亥市风烟里，吴门木渎浔。
三光明水调，两岸运河音。
夜夜云成雨，年年作古今。

173. 伤大理谢少卿

旧馆逢迎绝，新诗不可呈。
空闻杨柳路，未见去来声。

174. 经徐侍郎墓作

吏部乡关市，书生子女成。
石桥东岸守，北巷读书声。

175. �…公合祔挽歌

竹帛未烟消，歌钟作渡桥。
荆茅从旧主，草露择新潮。

176. 相国晋公挽歌二首

之一：
玉节辞天去，洪炉造地工。
中和中圣主，太素太人东。

之二：
一步丹墀路，三台策杖空。
青山青不止，直木直乔中。

177. 晋公魏国夫人柳氏挽歌

孤桐玉日凋，独凤向凰消。
晋魏三界水，黄泉一度桥。

178. 义川公主挽词

弄义凤凰箫，湘灵鼓瑟谣。
文君临邛路，织女鹊河桥。

179. 忆山中

百岁不还家，三生一客衙。
山中山水月，月下月蟾娃。
隐逸非为主，樵渔是豆瓜。
重门重守旧，独步独桑麻。

180. 送大理张卿

树上秦蝉静，村边谢豹啼。
孤鸿飞未去，一醉不寻栖。

181. 宿湖边山寺

湖边山寺近，月下岭云遥。
梵语渔歌里，经窗守一宵。

182. 湖南客中春望

衡阳一雁来，渭水半云回。
已绿江南岸，孤梅北陆开。

183. 闲居怀旧

仕向侯门耻曳裾，人从孟子择邻居。
樵渔隐逸非君子，社稷江山是读书。

184. 寄江南鹤林寺石冰上人

古寺上人心，相闻一石音。
钟声南北岸，落叶两三岑。
鹤立禅房静，云浮智慧深。
真言朝暮至，鼎力去来寻。

185. 乐府

远谷风光暖，天津日色新。
朝臣冠剑退，玉女管弦春。
武耳余吾子，文房御藻濒。
三星耕始早，百姓神田滨。
古道关西固，刑章典籍陈。
消兵和上策，树帛共周秦。

186. 送从兄使新罗

海岳新罗近，扶桑日月遥。
三光调玉律，六气化铜消。
破虏胡沙静，扬威误北辽。
楼船非习战，铁杵是天朝。
帝女知衔石，鲛人寄泪绡。
蟾蜍同汉月，蟏蛸异秦桥。
水豹横波浪，红鸾向碧霄。
人参花果望，析木直津箫。
见弹知谋鸟，临川结网枭。
讴歌常信释，叠鼓可轻飘。
但以春秋传，何言汉武雕。
晨晨风杜若，夜夜雨芭蕉。

187. 山居即事

山中云积翠，水上柳含烟。
种树乔林直，知心曲碧泉。
樵渔求自足，隐逸好耕田，
不欲冠官役，原来一大仙。

188. 题卢道士房

道士一小房，仙童半日荒。
丹炉香杳杳，拂尾羽长长。
汲井空潭净，黄精古序章。
谁家天子路，御道客黄粱。

189. 梦后吟

梦后无心意，身前有去来。
平生行所止，老少暮朝回。

190. 题元阳观旧读书房赠李范

寺路禅音至，僧房慧觉思。
同来无故见，旧卷有新知。

191. 题灵山寺

觉地随心在，灵山任地荫。
因因何果果，浅浅亦深深。

192. 永嘉

杳杳乡音俗，幽幽土意长。
江边风日静，水上木同梁。

193. 青弋江

夜泊清清水，舟停浅浅津。
江边无石岸，月下有洲濒。

194. 听山鹧鸪

日日鹧鸪问，天天草木生。
春春生弱小，岁岁有收成。

195. 山径柳

宛转若游丝，垂条色早知。
春风应未至，感觉已嫌迟。

196. 石上藤

石上藤根入，云中雨水钩。
年年分裂去，岁岁作红尘。

197. 薜荔庵

薜荔空山里，禅房古刹中。
晨钟晨旧响，暮鼓暮心空。

198. 芙蓉榭

雨雨云云榭，婷婷立立荷。
芙蓉颜色好，水色影姿红。

199. 欹松漪

湛湛涟漪树，波波漾草齐。
南南同北北，郁郁共低低。

200. 焙茶坞

雨水初抢爆，惊春一叶旗。
人中分草木，石上煮茗时。

201. 弹琴谷

半入弹琴谷，千声木叶鸣。
宫商临草雀，角羽待虫情。

202. 白鹭汀

白鹭汀洲立，黄云水下行。
依依形影见，静静鲤鱼惊。

203. 千松岭

日在千梅岭，云浮百丈峰。
天机藏木里，俗子问心踪。

204. 黄菊湾

九月黄花色，三秋绿蚁香。
重阳重念旧，故土故家乡。

205. 临平湖

采藕平湖下，芙蓉玉立前。
莲蓬多少子，少女去来船。

206. 山春洞

一洞半山春，千峰两道人。
三清三玉液，一觉一经沦。

207. 石窦泉

石窦泉流细，淘沙日月田。
清明依自在，远近自由然。

208. 古仙坛

自古仙坛问，如今老少传。
人间多不济，借此问婵娟。

209. 题山顶寺

诸寺群山顶，人心寄意天。
高高高不就，近近近神仙。

210. 天宝题壁

一壁著生平，三光守玉英。
前生前不见，后世后无荣。

211. 哭李别驾

故去形无见，新来意有承。
官衙官吏役，草木草丘陵。
彼此谁疑此，乾坤自废兴。

212. 春雨不闻百舌

百舌春莺见，千章一两鸣。

年年相似处，落落筑巢情。

213. 忆鄱阳旧游

鄱阳一九江，酒醉半三缸。
楚客潇湘望，南昌景德邦。

214. 春怀

夏水悠悠满，春怀处处长。
秋冬何所以，日月各炎凉。

215. 洛阳陌二首

之一：
春莺一两声，木叶万千萌。
洛水东都问，长安已帝京。
之二：
王孙结伴行，酒醉洛阳城。
天高皇帝近，野草胜边情。

216. 寄淮上柳十三

秦淮慢泊舟，少女十三流。
柳叶垂条细，琴音逐客游。

217. 送李泌

昔别吴门雨，今逢越女舟。
春云春雨岸，水色水风流。

218. 山中夜泊

夜泊山中水，云留月上情。
浮沉浮不定，隐约隐还明。

219. 登楼

望远自登楼，闻天以叶流。
秋风秋坦荡，月夜月人羞。

220. 江上

江青一木斜，渚静半人家。
白鹭寻常立，红莺问百花。

221. 溪上

莲塘一叶舟，月下女儿羞。
水色清莹见，人先照玉游。

222. 田家

一半田家米，三千弟子书。

人间禾作本，世上牧羊牛。

223. 宿山中僧

山中僧不语，月下撞铜钟。
旧衲藏经卷，身前故步封。

224. 梅湾

白石盘盘立，梅湾水水空。
香风传处处，暗影向融融。

225. 思归

不以经纶问，谁闻故土田。
耕耘知所以，种植见源泉。

226. 归山作

心心事事一人间，水水山山半等闲。
木木林林应已见，归归寄寄为登攀。

227. 过山农家

溪流一短桥，水落半天潮。
白练堆云卷，长城逐浪遥。

228. 代佳人赠别

绝代一佳人，桃花半暮春。
秋来应结子，入夏雨云频。

229. 忆故园

别去凭春醉，离人可不依。
长亭长十里，短梦短情稀。

230. 题叶道士山房

道士一山房，长桥半梦乡。
诗书经释卷，九派过浔阳。

231. 送李秀才入京

行船过五湖，赋韵问三吴。
国语应方译，西游故寺芜。

232. 越中席上看弄老人

从弄半老人，七十二秋春。
白首青丝尽，兰亭一笔新。

233. 听刘安唱歌

子夜一新声，悲音半旧鸣。

宫商多绩纳，角羽已扬情。

234. 樱桃曲

市上樱桃一两家，春中始末万千华。

红红绿绿分颜色，白白黄黄合壁霞。

235. 山中

晓月子规啼，晨钟道场齐。

耕耘耕日月，历志历东西。

236. 赠朱放

樵渔不奈一长贫，士子难寻一晋绅。

只有田家田土地，秋收取得是春辛。

237. 江村乱后

遗老江村客，东流日月消。

开元天宝见，幸蜀柳杨条。

238. 望简寂观

青溪映彩霞，白犬到人家。

处处仙人路，幽幽客含花。

239. 五两歌送张夏

竿头一丈风，水上半天空。

鸟近纱窗去，船行几始终。

240. 临海所居三首

之一：

但见汀洲上，谁闻旧战声。

年年新草绿，处处忆征兵。

之二：

击鼓先军战，鸣金暮后兵。

生生应不息，落落故人情。

之三：

一战双峰下，三生独将封。

亡名但此记，铠甲自然逢。

241. 听角思归

晓角朝阳鸣，前程早沐缨。

行行无止止，纵纵复横横。

242. 酬柳相公

四海如今已太平，三朝未了九州情。

相公已唤诗书志，立足沧州望都城。

243. 题明霞台

山人本自不求名，只向清溪共一生。

爱富嫌贫凭体力，求源务本任纵横。

244. 哭绚法师

楚客已停师，黄泉尚未知。

长亭行报晚，道场致离辞。

245. 送柳宜城葬

已逐春风去，曾求暮不归。

鸣箫鸣未已，但与鹤同飞。

246. 宫词五首

之一：

禁柳烟中见，婵娟树上明。

蓬莱宫里色，隐约有莺鸣。

之二：

玉漏声声序，铜壶寂寂歌。

宫中宫女问，些许些银河。

之三：

殿外金吾子，宫中白玉娥。

梅花妆已卸，只待枕边多。

之四：

一半金莲舞，千姿已不多。

天光依旧是，共睹一嫦娥。

之五：

树影纤纤问，红妆色色瞻。

身明花蕊殿，玉透水精帘。

247. 寻桃花岭潘三姑台

桃花岭上觉天低，暮日云中满彩霓。

刘郎阮子成仙晚，三姑一道已灵犀。

248. 夜中望仙境

月下望仙观，林中问道坛。

青牛遥不语，玉女近仙丹。

249. 送李侍御往吴兴

只有情难说，吴兴醉客多。

丝丝蚕茧见，水水浪花波。

250. 奉和韩晋公晦日呈诸判官

一半江南水，三春草木河。

鸳鸯藏不住，嬉戏动阳和。

251. 子规

杜宇声声作子规，春风处处柳条垂。

田家唤得耕耘种，土地花城草木萋。

252. 海鸥咏

天天海海一飞鸥，俯俯扬扬半白头。

侧侧翻翻由自主，追追逐逐到瀛洲。

253. 赠韦清将军

执戟金吾主，精兵宝剑辉。

横行方是纵，凤辇驾銮归。

254. 赠僧二首

之一：

寺外一东溪，烟中半万堤。

清流清草木，水色水红泥。

之二：

月下应尘定，禅中一始终。

人人由本色，事事可虚空。

255. 登楼望水

水水行船有去来，楼楼卖酒见花开。

江流不见草木见，**繁繁简约泊青苔**。

256. 湖中

柳岸湖边日色低，芙蓉出水色红霓。

珍珠未落玲珑玉，碧叶方圆鸟不啼。

257. 岁日作（自勉）

岁日一屠苏，阴晴半有无。

耕耘多子粒，历练少江湖。

258. 山中赠客

草木无须别，阴晴一径开。

通天通岭外，有路有徘徊。

259. 王郎中伎席五咏

玉步金莲玉步摇，云霄古调上云霄。

相思梦里相思曲，暮雨朝云不用桥。

260. 舞

百态千姿几玉明，飘飘洒洒布衣横。
风花水月多相恋，白雪阳春自有情。

261. 歌

力士曾呼一念奴，梨园百曲半姑苏。
宫商角羽征音合，水调阳关夜入吴。

262. 筝

楚汉鸿沟一半分，秦皇二世万千军。
埋埋伏伏乌骓去，四面吴歌项羽闻。

263. 笙

龙龙凤凤共吟鸣，别别离离半有声。
塞北男儿飞马去，江南小女伴荷明。

264. 送李山人还玉溪

幽人一眼泉，逸士半闻天。
隐约云中见，寒宫月里眠。

265. 送少微上人还鹿门

襄阳一鹿门，岘尾半羊村。
但可非垂泪，当须是子孙。

266. 宿昭应

武帝祈灵太乙坛，新生树色白云端。
长长殿上何今夜，独闭天门月影寒。

267. 题琅琊上方

魏晋王家住此溪，南朝玉树各高低。
碑平字损琅琊远，谷鸟飞翔久不栖。

268. 安仁港口望仙人城

安仁港口望仙城，小路云中半不清。
隐约神家常逸世，花丛水岸有人声。

269. 寄秘书包监

长安路几千，渭水去来船。

贾谊三年谪，无才吾四年。

270. 小孤山

大小孤山问，江湖一洞庭。
山河千万里，草木半丹青。

271. 送李秀才游嵩山

石壁挂飞流，禅房作渡舟。
青牛多不语，曲径秀才游。

272. 从剡溪到赤城

灵溪曲折绕灵山，远望天台向远闲。
月色楼台明月色，河湾九曲半天湾。

273. 叶上题诗从苑中流出

叶上题诗句，宫中侍女归。
皇流飘所去，寂寞望相依。

274. 嵫里桃花

四面桃花色，三春结子情。
红尘红不定，故土故人生。

275. 听子规

山中一子规，杜宇半血危。
但以声声唤，无须处处窥。

276. 竹枝曲

巴人唱竹枝，下里问行时。
月下秋装正，江中水火迟。

277. 寻僧二首

之一：
世上半知音，人间一古今。
玲珑方丈竹，法印证人心。
之二：
净土一禅音，红尘半沺浔。
观音观世界，如是如来心。

278. 桃花曲

水调一扬州，桃花逐水流。
楼船楼下水，运水运河楼。

279. 赠远

相逢相客意，赠远赠人情。
落落秋秋扫，春莺岁岁鸣。

280. 早春思归有唱竹枝歌者坐中下泪

下泪同情下，声闻共语声。
知音知感遇，客意客心萌。

281. 送郭秀才

不废丹徒令，青山买得名。
耕耘知努力，果实以因成。

282. 宫词

上苑班妤舞，秦楼弄玉箫。
羊车羊不定，玉树玉人遥。

283. 悼稚

诗书从小读，稚子独归西。
白帝瞿塘峡，巴猿向夜啼。

284. 山僧兰若（吕自比）

绝顶茅庵老此生，临天直木向空萌。
风云日月经纶道，十万诗词格律城。

285. 句（题柳谷泉，见应天府志）

之一：
五月桃花雨，三春柳谷泉。
之二：
疑非疑是问，永定永移迁。

第四函 第八册

1. 寄耿湋

大历十才人，洪源进士身。
河东诗不琢，意简自经纶。

2. 过王山人旧居

山人一旧居，浅井半泉余。
片片青苔湿，层层磊石墟。

3. 发南康夜泊灨石中

南康夜泊半归舟，北渚云沉一去流。
灨石中分千浪卷，蛟龙跳跃万涛浮。

4. 晚次昭应

日落共黄昏，风轻向子孙。
牛羊循麦陇，草木任乾坤。

5. 听早蝉歌

蝉鸣兮羽薄，白是矣乾坤。
夏雨兮南北，春云矣子孙。
高天兮远望，绝顶矣吟昆。
直木兮十傲，黄昏矣五蕴。

6. 芦花动

飞王字，宿芦花。南南北北半乡家。
来来去去年年见，止止行行处处注。

7. 赋是寒蛩

秋夜夜，王声声。寒寒露露半相倾。
花花草草昌春秋继，岁岁年年月下鸣。

8. 宣城逢张二南史

雨后敬亭峰，花前覆几重。
长安文雅醉，此地客留踪。

9. 题童子寺

半偈留何处，全身任刹束。

沙埋留白塔，有落雨霜空。
古寺寒山里，普渡拾得中。
晨钟鸣鹿苑，暮鼓晋阳宫。

10. 夏日寄东溪隐者

草莽池塘碧，荷花旷野红。
闲田孤垒外，暑雨片云中。
牧笛三声唤，垂钩王钓翁。
无求无所欲，自给自贫丰。

11. 之江淮留别京中亲故

路远公卿贵，无人客长兄，
江淮离别去，渭泡满河清。
太白横秦岭，华山晋豫城。
东流东不止，逝水逝无名。

12. 太原送许出幕归东都

挂幕东都去，汾流自不回。
元行先沽酒，醉倒晋阳杯。
越石随军汗，鸣金任马催。
相思何不问，别梦久徘徊。

13. 华州客舍泰和崔端公春城晚望

风尘不姓名，郢曲楚人声。
莫以聪明误，应知本末生。
春城春晓望，客舍客阳行。
早上前途路，催鞭又一程。

14. 题清萝翁双泉

双泉一意流，独木半乔楼。
夕照清萝石，黄昏贝叶修。
源生源不止，本色本无由。
远远知公道，泠泠送所求。

15. 酬李文

落照长阳苑，苍烟渭水楼。

鸿鹄飞未去，草木入初秋。

16. 赠严维

山阴一正文，渭水半维君。
诸暨河南幕，兰亭论右军。
谁人寻古寺，白塔有浮云。

17. 春日题苗发竹亭

发发鱼鳞闪闪明，池池净净去来声。
婷婷玉立亭亭客，竹竹篁篁影影明。

18. 题孝子陵

孝孝慈慈一子成，因因果果半人生。
霜霜露露何相继，雨雨云云草木萌。

19. 题庄上人房

不语上人房，无梁殿客香。
流年流不止，定力定圆方。

20. 宋中（寄百色市中小担保公司之罪）

日暮黄云重，年深百色低。
银行银自力，严泰亚洲西。
旧路乔木在，新园草木齐。
英雄千古业，独向万林栖。

21. 秋夜思归

春春夏夏来还去，暑暑秋秋去以来。
夜夜思归归不得，时时问客客天台。

22. 送李端

风风雅雅洋洋声，颂颂经经楚楚明。
岁岁年年年不尽，朝朝暮暮人情。

23. 送崔明府赴青城

云云雾雾霜潭净，落落浮浮雪栈开。
翠翠微微成蜀道，峰峰谷谷楚云来。

24. 送王将军出塞

秦秦汉汉长城外，浊浊清清渭水东。
漠漠燕燕飞将在，征征虏虏见英雄。

25. 雨中留别

大雨天留客，长亭路水偕。
诗词当酒淆，醒醉对尘霾。

26. 送杨将军

初身良校后，万里讨乌孙。
茂草封营帐，边陲磊石门。
兵丁从武勇，鼓角向黄昏。
降虏功勋建，平生只谢恩。

27. 送夏侯审游蜀

栈道未离秦，前行民蜀春。
蚕丛修日月，杜宇问经纶。
玉垒无嫌卜，巴人一语新。

28. 送张侍御赴郴州别驾

佐郡多人事，分心暮夜衙。
郴州随远水，百口过长沙。
月挂江边树，船平博浪花。
平陵方入梦，别驾已到家。

29. 二〇一六谷雨

谷雨清明路，新萌民满街。
榆钱钱世界，树老老情怀。
又：
独木孤烟直，轻云细雨斜。
阴晴两世界，远近一人家。

30. 送苗赟赴阳翟丞

长亭多少路，渭水去来澜。
问仕三生路，成途九品官。

31. 送绛州郭参军

记室一参卿，营口半将兵。
鸣金惊暮色，曙角诸侯城。

32. 常州留别

禹穴常州近，东流古渡边。

往来成白首，旦暮易桑田。
月色秋塘里，书声出酒泉。
殷勤勤自主，万念念云天。

33. 关山月

一路黄河湾，三军嘉峪关。
寒光寒古木，暖日暖苍山。
少妇单衣换，青楼不问还。

34. 代宋州将淮上乞师

唇齿秦淮见，危亡将帅知。
归身轻百战，日暮重王师。
故磊应声少，新弓已缺持。
勋名曾有止，胜负民无迟。

35. 秋晚卧疾寄司空拾遗曙卢少府纶

望几坐空堂，行书问四方。
霜合成百药，疾故品残香。

36. 赠海明上人

年深经语变，日久汉家闻。
印度重回解，口华释旧云。
三藏三界译，九曲九回文。
月上安禅久，梁间驯鸽勤。

37. 津亭有怀

津亭一有怀，草木半天街。
旦暮由天问，经纶日月谐。
栖洲栖鹭鸟，驿站驿官偕。
路路应何去，心心寄木柴。

38. 晚投江泽浦即事呈柳兵曹泥

轻烟江泽浦，暮日彩云霞。
草色移舟渚，黄昏满岸沙。
何须听海角，不必问天涯。

39. 东郊别业

两亩半荒田，三生一酒泉。
耕耘亲自力，种药可修贤。
不与幽人语，何闻逸客船。
书生书所见，立足产方圆。

40. 早朝

千官向些微，百步近朝晖。
两省中书客，三台太子扉。
天街天远近，御道御皇威。

41. 屏居鳌屋

忧家一世是强为，读卷三生喜上眉。
步履山川河水岸，兴来草木地天葵。

42. 进秋隼

展翅云天里，回头鸟雀稀。
春秋明主见，日月自相依。

43. 咏宣州笔

一竖宣州笔，三江墨色余。
空心空日月，小大小神居。

44. 春日洪州即事

即事洪州问，春分竹宇乡。
钟陵钟鼓继，水色水南塘。
欲问秦关远，无须蜀草堂。

45. 雪后宿王纯池州草堂

池州一草堂，雪后半书香。
逶迤山峰厚，参差树木梁。
梅花三弄落，六郡竹枝长。
独得阳春曲，何须问柳杨。

46. 旅次汉故畤

孤城望柴桑，汉畦问炎凉。
邑里多难狱，村口少木梁。
儿童儿已去，妇女妇耕粮。
广广川川见，日日暮暮肠。

47. 过三郊驿却寄杨评事时此子郭令公欲有表荐

楚楚青衫客，忧忧白发人。
长亭长路远，短驿短秋春。
百日三生少，千年半卷陈。
应寻应自己，不问不平津。

48. 陇西行

李广不封侯，阴山过九州。
幽燕飞将在，胜似古今流。

49. 巴陵逢洛阳邻居

孟母择邻居，儒生百万书。
衣巾逢战乱，子女自荷锄。

50. 哭张融

少小诗文坐，口年与世违。
居家孀妇泣，德帐独回归。

51. 送友贬岭南

谪路三千里，行程一百天。
衡阳应过半，北雁十日旋。
不似天边见，何言士涌泉。

52. 春日即事二首

之一
但又诗书业，何须欲过河。
应知天地界，莫悔客穿梭。
之二
几亩东皋地，何主取稻禾。
神农耕百药，社稷却干戈。

53. 赠田家翁

但问田家见，唯闻子女书。
儒家儒不济，道士道应余。
石径通遥处，桑麻自足居。

54. 浚公院怀旧

秋天一夕阳，暮色半苍茫。
石塔经年垒，禅音作柳杨。

55. 雨口宿义兴寺

处处见东林，悠悠问古今。
禅房藏宇宙，落叶雨口深。

56. 送王秘书归江东

木落孤舟远，云平草木深。
唯余江岸草，不解白头吟。

57. 渭上送李藏器移家东都

东都念旧情，读卷不求名。
故国三千里，新春一半荣。

58. 春寻柳先生

不是商山老，应疑剧孟年。
陶公陶冶路，五柳五蕴田。

59. 题藏公院

红尘一日苏，古院半殊途。
药草林公种，疏篁一两株。

60. 夏夜西亭即事寄钱员外

客散高亭静，云移月色孤。
相如尖入梦，五柳布弦儒。

61. 与清江上人及诸公宿李八昆季宅

外友汤公客，相依洛社人。
惊风惊雨处，永定永心钧。

62. 春日即事

不远一邻家，曾闻半夜哗。
公云公有理，客说客无涯。

63. 冬夜寻李永因书事赠之

拾志栖遑静，修身疲贱闻。
天机谁可见，地理民纷纭。

64. 秋夜会宿李永宅忆江南旧游

江南一旧游，塞北半春秋。
落雁衡阳渚，莲蓬带子羞。
荷塘明月色，采女附轻舟。
半露芙蓉水，千珠沿发流。

65. 立春日宴高陵任明府宅

霏霏沉密雪，厚厚被高陵。
草木应无志，丹青已不凝。

66. 春日游慈恩寺寄畅当

莫又空门闭，当闻色界开。
心经心自在，积善积如来。

67. 晚秋过苏少府

来是同龄友，谁知共话人。
长途长不止，短意短秋春。

68. 登鹳雀楼

一曲黄河鹳雀楼，三湾晋豫冀沧州。
东营不问风陵渡，永济潼关万里流。

69. 赋得沙上雁

一字半行人，三秋十地尘。
明年重向北，二月复鸣秦。

70. 夜寻卢处士

处士半居山，寒塘十亩湾。
逢君逢缺月，闭目闭心闲。

71. 邠州留别

岁岁山川路，年年日月歌。
生涯生不止，苦业苦长河。

72. 赠张将军

落落军城暮，鸣鸣鼓角多。
临边临胄甲，受降受干戈。

73. 赠隐公

无闻隐上人，永定证中因。
化俗如来士，观音自在柯。

74. 赠别安邑韩少府

一路黄河余，十波半卷书。
东流茫不止，九曲九弯舒。

75. 送胡校书秩满归河中

古树汾阴路，河中草木长。
平水新解印，小吏有家乡。

76. 送河中张胄曹往太原计会回

莫学晋稽康，应知魏晋阳。
遥知幽并客，不必忆家乡。

77. 送郭正字归郢上

积雪商山道，吟诗郢上尘。
书生书不尽，楚塞楚才人。

78. 题李孝廉书房

来时忘故乡，去已自炎凉。
子曰江山客，天成日月傍。

79. 酬畅当

已别十年余，相逢半帝居。
高城霜雪夜，不约自来书。

80. 留别解县韩明府

贱士州县厌，闲人日月虚。
秦关关不住，朔雪雪霜余。
一别三千里，相逢五百书。

81. 游钟山紫芝观

钟山石路紫芝观，磬语禅音鹤羽端。
古殿新径天竺士，香烟戒定老君坛。

82. 晚秋宿裴员外寺院（得逢字）

寺院一相逢，修持半画龙。
麟麟重角角，甲甲似松松。
自在观音座，空门有色踪。
来去传磬语，去雨送寒钟。

83. 秋夜喜卢司直严少府访宿

寂寂一层城，轻轻半叩声。
惊心惊所定，夜月夜方明。
一酒方知醉，三更过紫荆。
卢严应宿府，不拂蒋元卿。

84. 下邽客舍喜叔孙主簿郑少府见过

何人一百忧，历世五千牛。
落木知秋近，寒梅岁早求。

85. 螯屋客舍

客舍半无人，花开一早春。
轻云轻草木，细雨细秋春。

86. 宿韦员外宅

传家相府志，赐笔汉家郎。
石径幽幽色，书房处处香。

87. 登沃洲山

心经一沃洲，自在半无求。
观音观自己，普渡普天忧。

88. 宿岐山姜明府厅

岐山天水近，诸葛七擒留。
蜀地相思久，刘禅不可求。

89. 上巳日

同来修禊祖，共赏右军铭。
自得兰亭序，鹅池曲水灵。
青莲初出面，雨色会秾青。
石岸应知酒，流觞处处萍。

90. 登乐游原

但与秦山对，曾经汉主游。
谁知谁自主，此去此中州。
废庙登临旧，荒原跬步求。
千年千变化，一世一春秋。

91. 题惟干上人房

半入上人房，全神已领光。
真如真性见，自在自心乡。

92. 会凤翔张少尹南亭

少尹南亭会，中军吏笔荣。
诗兴诗涌献，谢主谢秦名。

93. 早春宴高陵滑少府（得升字）

高陵月半升，玉露已千凝。
渭水闻波涌，昆仑望雪鹰。

94. 寒蜂采菊蕊

声声已逆风，处处觅黄丛。
菊菊花心在，蜂蜂酿蜜宫。

95. 题杨著别业

柳岸望芙蓉，农桑向蔡邕。
书香书土土，小大小云踪。
一二人天见，三千日月封。

96. 送太什寺李丞赴都到桃林塞

步履桃林塞，黄河去水流。

97. 宋中

百战无军饷，孤城陷虏擒。
伤多伤易子，独木独成林。
漠漠东流水，悠悠几古今。

98. 陪宴湖州公堂

儒源白雪吟，楚郡九歌寻。
下里巴人曲，阳春颂雅音。
笙琴同合奏，主客共瑶林。

99. 寻觉公因寄李二端司空十四曙

尘中当滞留，月下始春秋。
昧道先知觉，禅音后客忧。
庐山横纵岭，远近峰光游。
智慧何人许，乾坤有九流。

100. 送郭秀才赴举

贡士鹿鸣篇，乡生试赋研。
江潮舟已渡，海雨自当然。
地地天天大，君君子子肩。
桥头桥尾见，楚阔楚才贤。

101. 送王润

汉水临舟送，琴台待七弦。
江芜连梦泽，水泛洞庭船。
楚雪商山覆，吴云洛渭川。
天街天子路，士子士当先。

102. 送蜀客还

峰高看不远，水曲望难全。
栈道盘龙带，陈仓暗渡悬。
嘉陵江上客，白帝城中船。
杜宇啼山色，鱼凫著千川。

103. 送海州卢录事

海口朝阳色，青州水雾河。
之官逢计吏，土俗可如何。
损益关从事，期听任少多。
王师王所定，力尽力天科。

104. 登钟山馆

一路子规啼，三春过五溪。
钟山钟鼓石，警世警人低。
野市油盐隘，江村草木萋。
临流何背馆，此去有东西。

105. 秋日（一作落照）

黄昏上远山，落木问红颜。
夕照朝天问，河流十八湾。

106. 赠苗员外

早晚回长乐，阴晴向未央。
儒门员外赋，小谢少年昂。
得道心怀束，闻天草木长。
西园西照日，北魏北苗郎。

107. 诣顺公问道（独娜独天空）

凭身知是妄，造诣问支公。
老子情怀素，君心日月风。
相依相互存，独木独由衷。

108. 废庆宝寺

古井仍寒明，新花入寺城。
荒芜荒草地，独木独相倾。
傲气随风去，僧心沿路行。
蝉吟蝉不定，树顶树中鸣。

109. 送叶尊师归处州

日隐天台路，山遮魏阙门。
文章文学误，洛水洛晨昏。
上苑千门色，许州一子孙。
怀公怀素问，曲意曲江村。

110. 寄耿羽

酬张少尹秋日凤翔西郊见寄
鼎气河汾孕，精英旧日熏。
西郊秋草旷，北将客文君。
佐浦名齐见，征兵细柳云。
阴山飞将去，霍卫酒泉芹。
积水成塘色，边箭向渭勤。
青峰当自立，白骨布功熏。
壁垒长城界，鸿鹄水调群。

凉州凉早变，渭水渭都分。

111. 春日书怀寄元校书伯和相国元子

数载平津步，经年日月新。
贫居贫近，老子老人邻。
卫玠琼瑶色，玄成鼎霸钧。
朋僚明友会，汉社汉相亲。

112. 奉送崔侍御和蕃

博望一封侯，陈明半九州。
惊时惊战霸，论战论沉浮。
归友应相记，新交可国忧。
和亲和是上，本是本持修。

113. 春日即事

四面芳菲易，三光草木多。
春风春雨细，万物万滋和。
二仙门唯立，千峰室纳柯。
时时成泽济，处处泛恩波。

114. 仙山行

一度仙日过，三生不见闻。
棋盘棋子落，世上世年勤。
去去无来去，云云有雨雨。
青黄青瞬瞬，岁落岁纷纷。

115. 得替后书怀上第五相公

云屯一味师，磊石半城池。
独见花飞早，丞相有意辞。

116. 送魏校书因归河中

十载一还乡，三生半未扬。
河中河九曲，去水去湾塘。
采女蓬莲子，婷婷玉立香。

117. 入塞曲

一令三军逐，千弓半箭飞。
单于先布路，受降胜人归。
报晓朝天阙，君王诏紫微。
吴姬吴曲尽，退老退荆扉。

118. 题清源寺（即王佑丞故居）

清源寺里一兰亭，内学房中半玉形。

北阁烟消云雨细，西林竹老作丹青。

119. 奉送蒋尚书兼御史大夫东都留守

蝉稀金谷树，草碧德阳宫。
御史东都颂，春卿礼乐风。
周召谁逸志，锡珪绶冠红。
故苑分司净，儒门旧世隆。

120. 喜侯十七校书见访

田洼一畦蔬，水浅半元鱼。
绿黍先成籽，明荷玉露居。
裁芹当献策，剪韭厨天书。
不必形拘束，应当醒醉余。

121. 晚春青门林亭　宴集

一味都门酒，三巡上客诗。
林亭林色碧，玉立玉壶迟。
赐笔天书墨，行吟秉烛时。

122. 晚秋东游寄猗氏第五明府解县韩明府

步过东门去，闻君一路游。
疏钟应未响，宓贱三琴楼。
暮鸟飞高见，浮云木叶秋。
飘飘何所以，处处有春秋。

123. 奉和元丞杪秋忆终南旧居

终南隐逸近长安，介子绵山自杏坛。
弟子须知谁五霸，樵渔只是待天官。

124. 晚夏即事临南居

落照广庭余，高居石径庐。
青山青水岸，树色树林舒。
自以从官宦，何言自读书。
衡门衡内外，侧隐侧当初。

125. 省试骊珠诗

海纳一骊珠，龙潜半洛图。
鲛人鱼目见，月色净冰壶。
掌上星初满，云中闪烁孤。
珍奇珍世故，价对价宜殊。

但市呈天地，应驱带越吴。

126. 元日早朝

紫陌三台秩，重冠九品英。
黄龙高阙建，赤贝玉柯明。
万戟参差立，千呼万岁城。
华微团羽扇，翠积束旗缨。
阵列阶墀奏，金銮令律生。
王城王永定，四海四方荣。

127. 送归中丞使新罗

远国经纶致，乾坤日月同。
官民应务本，草木有鸣虫。
典册三君立，儒林半世雄。
中丞今仗节，共得一朝隆。

128. 赠兴平郑明府

漠北兵戎在，关西赋税新。
深仁深九陌，结契结三春。
但得耕耘历，终怀日月珍。
田家田亩绿，子粒子千钧。

129. 和王怀州观西营秋射（得寒）

射猎王师去，行营半未寒。
三军雄武勇，一将镇文坛。
羽箭纵横见，诗词上下观。
秋风秋日肃，百步百营盘。

130. 晚登虔州即事寄李侍御

凡水半波澜，章溪贡水宽。
归人归未得，驿道驿人寒。
楚剑期终割，隋珠共玉盘。
浮光浮不定，落地落沧滩。

131. 奉和第五相公登鄱阳郡城西楼

鄱阳一望上西楼，百里三湘自春秋。
帝子凭栏千陌尽，钟陵暮色九江流。
匡庐牯岭南昌郡，茌港莲塘蒋巷修。
石口池溪三里水，临川景德十三州。

132. 甘泉诗

之一：
自得甘泉醴，覃怀旧水咸。
修虞公凿井，回壁以清函。
之二：
一井半甘泉，千仁五味全。
烟霞从此见，当以葛洪仙。

133. 发绵津驿

千丛野竹接潇湘，九派寒江下吉阳。
细雨轻风春草味，孤舟北去雁成行。

134. 塞上曲

已惯干戈乱，还从老小离。
秦川谁养马，暮角寄王师。

135. 路旁老人

老路老人行，村前舍后鸣。
艰难维战后，子女各枯荣。

136. 赠别刘员外长卿

直木立乔林，孤身问古今。
文章惊日月，建德寄知音。
苦谪梅城浅，黄山草木深。
新安江水阔，岭后百溪岑。

137. 宿万固寺因寄严补阙

僧房半色空，月色九州同。
俗世千缘定，尘心一日终。

138. 岐阳客舍呈张明府

归心归路远，去意去程遥。
梦里潇潇雨，池中念念消。

139. 奉和李观察登河中白楼

黄河曲尽满波澜，白日轻轮落浅滩。
下里三声从客见，阳春一曲待人难。

140. 朝下寄韩舍人

慢步出西曹，分阶待云高。
天街行尚久，玉佩挂霜袍。
一叶随风去，三台侍御豪。
南山终不老，渭水久波涛。

141. 贺李观察祷河神降雨

河神应降雨，傲吏已求贞。
但以农家本，王城玉帛濒。

142. 上将行

老将识风云，新丁对阵分。
萧关驱伐策，鼓角夜相闻。
简册伤亡记，千年十易君。
应还谁战死，莫领战功熏。

143. 许下收情寄张韩二舍人

谪宦冠官柳叶垂，云衢过雁待移时。
无须予达成名后，肯念前程已有期。

144. 九日

南楼一老夫，九日半河图。
古寺钟声远，重阳客意殊。
茱萸天下色，菊酒醉扶苏。
莫以秋风见，梅花树士衢。

145. 送大谷高少府

辕门笑鲁儒，漠北并州孤。
牧马胡人近，听笳大丈夫。
谁人思循吏，史笔作殊途。
去去来来客，成成败败无。

146. 同李端春望

羁旅半迷津，莺花一雨新。
参差当晚日，迤逦静红尘。
物醉思荣客，归迟失意人。
相见相别去，岁月岁秋春。

147. 岳祠送薛近贬官

贬贬扬扬可半生，成成就就已千荣。
衡阳过去无随雁，桂浦重来百水明。

148. 送友人游江南

漠漠烟花处女新，青青草木去来人。
莺莺不语翻飞去，燕燕修巢不到秦。

149. 长门怨

长门一路深，扫叶半听音。
远近应无似，阴晴可古今。

150. 秋日

返照也分明，阴阳自两平。
黄花黄菊色，子粒已垂成。

151. 秋夜

入夜月孤明，方圆界不清。
幽幽人影暗，处处杵寒声。

152. 慈恩寺残春

双林花不尽，独木已成林。
百岁人生短，千年世界音。

153. 早次眉县界

晓路眉县界，晨风渭水长。
秦川秦养马，白草白云多。

154. 路傍墓

数尽五千年，行程一路偏。
王侯应分路，白骨未朝天。

155. 代园中老人

桃桃李李已成荫，老老童童共古今。
但息男儿从此战，乡乡土土木森林。

156. 凉州词

三千里路一凉州，五百年中半诸侯。
汉客行军穿布履，故人牧马著貂裘。

157. 古意

儒家一世名，六国半书生。
别别离离见，成成就就行。

158. 安邑王校书居

秋居一校书，赐笔半当初。
所见非当事，无闻是不余。

159. 登总持寺阁

一阁三休介，千音半寺鸣。
年年应所问，处处可平生。

160. 寄钱起

三年三问道，一岁一寻春。
少小离家去，如今傲吏臣。

161. 寄青龙寺故昙上人

青龙寺里上人心，故客深宫著古今。
月色寒光今犹在，禅房智慧有余音。

162. 新蝉

蝉鸣万感生，木叶半枯荣。
夏至秋风响，幽幽向远鸣。

163. 秋中雨田园即事

潇潇一雨声，漠漠半寒情。
若是春前至，何言一岁荣。

164. 拜新月

圆圆一月来，缺缺半心裁。
去去回回见，裙裙带带开。

165. 赠山老人

白首一孤身，青山半独人。
溪流溪不止，木草木为邻。

166. 客行赠人

别路谁无见，行程已有情。
家乡家有暖，市土市人声。

167. 赠胡居士

五十孔融生，三千弟子城。
年年日月去，岁岁暮朝行。

168. 荐福寺送元伟

一客攀山岭，三生路不平。
群峰群不止，独步独枯荣。

169. 观邻老栽松

邻家一棵松，十载半麟龙。
百岁余荫子，斜阳客不踪。

170. 哭物象

昨日秋风起，明晨晓色来。
书房书照旧，笔迹笔天台。

171. 哭苗垂

故友无由见，新孤有草台。
寒光寒世界，曲尽曲徘徊。

172. 题云际寺故僧院

一去百人心，三生半古今。
阴阳谁分界，你我是知音。

173. 句

一树自高风，三蝉逐顶鸣。

174. 寄

进士一荆南，戎昱半杏坛。
从谋从伯玉，刺史二州参。

175. 塞下曲六首

之一：
塞下日高晴，云中草木生。
单于惊牧马，一箭过长城。
大漠连天地，阴山敕勒情。
雄关烽火起，漫道几生平。

之二：
大雪半倾城，冰霜一玉英。
仪枪封不刃，箭弩射云平。
战士单衣薄，胡人故帐营。
长城南北见，自古不兴兵。

之三：
鹰隼一俯鸣，白骨半相倾。
不见英雄去，唯闻报喜声。

之四：
漠北不知兵，山南是马城。
秦川秦早木，汉血汉驱英。

之五：
鼓角一声鸣，仪枪半含英。
锋锋相刃斗，虎口互厮生。

之六：
自有卢龙寨，何闻受降城。
黄云连白草，铁马逐红缨。
古古今今见，和和战战盟。
穷民穷所役，命本命无生。

176. 苦哉行五首

之一：
大同应无界，飞鹰有俯鸣。
胡尘胡不定，渭水渭泾明。

之二：

王师近洛阳，幸蜀向霓裳。
紫禁非宫殿，天津是故乡。

之三：

碎叶胡姬女，楼兰汉曲孤。
丰衣丰姿舞，目顾目珠苏。

之四：

七叶一貂婵，双声半独天。
浑家浑发色，妾守妾方圆。

之五：

可汉燕山问，匈奴敕勒川。
胡风胡沙静，汉月汉时边。

177. 苦辛行

勤勤恳恳难难事，苦苦辛辛日日年。
仰面闻天天不语，低头问地地无边。
相如贫汉赋，李广赵飞燕。
霍卫阳关守，昭阳扫叶怜。
春来桃李路，夏去月如弦。
子粒应元见，秋收供酒泉。

178. 长安秋夕

家贫家自好，外出外多难。
但向长安见，方圆渭水滩。
荆南荆草盛，漠北漠雪寒。
远客归时晚，长关别道盘。

179. 罗江客舍

无兴时再酒，有聊客闻天。
夜月单衣少，茅亭醒醉眠。
幽幽回故里，梦梦在归船。

180. 赠岑郎中

郎中一首诗，读者半逢时。
是是非非是，明明隐隐思。
情深宜句浅，直木达乔枝。
意内兴函外，文文字字辞。

181. 闻笛

思归一夜台，短笛半云开。
月色关山照，晨明十里梅。

182. 汉上题韦氏庄

江沙一水痕，汉口半黄昏。
步步寻寻见，流流逝逝魂。

183. 闲情

一步半长门，三宫九陌恩。
知君知尚宠，镜影镜黄昏。
不得千情至，应闻百始尊。
红衫红不语，白玉白莓昆。

184. 衡阳春日游僧院

衡阳春日早，古寺积炉烟。
雪素三香界，云会一冷泉。
幽幽流不尽，只是小童传。

185. 玉台体题湖心亭

夏水已匝蓬，芙蓉半附船，
红颜藏叶下，采女作神仙。

186. 早梅

寒梅白玉条，小路绕溪桥。
近水花先绽，经春雪未消。

187. 移家别湖上亭

柳细半离萌，移家一别情。
黄莺啼不住，有意两三声。

188. 客堂秋夕

梧桐叶上半萧条，蟋蟀秋中一曲遥。
月色寒光寒不止，江城寂寞寂水潮。

189. 湖南雪中留别

不入武陵溪，秦人汉水低。
同行同是客，故事故非齐。

190. 赠别张驸马

半步丹墀一步臣，千门凤阙万门春。
朱轩甲第天街路，驸马金銮扈跸人。
雨歇长衢色，云浮势力均。
湘江流逝水，旧驾有时新。

191. 泾州观元戎出师

泾州一路叫元戎，受降城中玉帐红。

霍卫功成名已就，冰霜鼓角论勋功。
辕门将令阴山外，李广幽州射虎雄。
御赐胡沙应已醉，红缨玉佩报王宫。

192. 从军行

阴山飞将在，射虎过幽州。
漠北鹰隼俯，浑南镇诸侯。
黑山曾设防，受降渔阳收。
匹马龙城牧，胡沙静伎楼。
男儿应一诺，小女已千忧。
不以勋功论，英雄日月留。

193. 古意

布妇不知愁，男儿已作羞。
无端由子嗣，有路各春秋。
本以耕耘久，从生任所求。
荒山荒土地，自力自风流。

194. 听杜山人弹胡笳

胡笳五十年，绿蚁两三泉。
牧马应千曲，知音在二弦。
宫商和雨润，角羽对居延。
四面多埋伏，鸿沟楚汉边。
虞姬闻起舞，蜀女夜云烟。
节令何声响，筝歌几度偏。
情情情未了，塞塞塞婵娟。
古调琵琶曲，山人已不传。

195. 咏史

男男女女自和亲，国国家家有正人。
汉汉胡胡谁草木，边边塞塞几风尘。

196. 桂州腊夜

坐到三更尽，唯思万里家。
孤灯看雪竹，晓角向梅花。

197. 再赴桂州先寄李大夫

养骥瘦须怜，耕田草必迁。
良臣良进退，桂玉桂方圆。
再得朱门令，重行帝主鞭。
君明君俯就，策令策高悬。

109

198.题招提寺

石立招提寺，江流水影田。

青灯传岁月，暮日照山烟。

199.谪官辰州冬至日怀

年年冬至日，处处问梅花。

只向群芳报，春风已入家。

200.赠韦况征君

己欲逃名己欲随，丹垂玉露柳常垂。

由风自由根定，左右东西任画眉。

201.送吉州阎使君入道二首

之一：

入道桃源去，尘心五柳来。

灵津灵所树，布舍布天台。

獬豸冠官解，丹墀玉步回。

他年他篆备，予已予相开。

之二：

庐陵太守入天台，五帝丹霞玉道开。

布舍人间何足跬，神仙不必几徘徊。

第四函　第九册

1.入剑门

陈仓连年战，栈道逐兵斯，

鼠鸟无巢穴，巴人有蜀疑。

藏身藏不住，子饿子贫离。

剑阁何须守，胡风北下持。

2.过商山

商山过客稀，汉客互相依。

酒肆应无酒，归鸿独自归。

3.闻春宴花溪严侍御庄

一路花溪水，三春逐落花。

新晴新草木，土笋土抽芽。

侍御山庄暖，泉光故客华。

知音由酒色，但醉子陵家。

4.岁暮客怀

家居一市乡，处事半公房。

学子成朝暮，冠官作柳杨。

5.秋望兴庆宫

游秋满故尘，对月老宫人，

不见龙池水，唯闻上物濑。

6.送郑炼师贬辰州

半炼丹霞一炼官，三生鹤羽九州坛。

7.云梦故城秋望

梦渚鸿声晚，荆门树色秋。

登临登所就，望远望心求。

8.秋日感怀

半世辞家一世秋，三生日月六生求。

诗词十万由天下，格律千章任风流。

9.送王明府入道

一道丹霞见，表清日月坛。

玉貌成仙子，荷衣雨露宽。

10.秋月

江城秋月色，古水任风流。

砧杵寒衣捣，应知带所忧。

11.赋得铁马鞭

一意抱龙泉，三边本自天。

英髦千寸节，铁石半云烟。

不似江南水，还同塞北田。

荒原荒草地，杜稷社桑阡。

12.闻颜尚书陷贼中

常持苏武节，故历汉家功。

樵渔自得人间路，绶豸冠观世上难。

不得同荣见，何须共辱空。

英雄英日月，壮士壮天宫。

13.送苏参军

已是鲍参军，空思宋玉文。

离群离自己，别客别衣分。

铁马疆功垒，黄云白日曛。

14.成都元十八侍御

一去浣花溪，三朝侍御黄。

成都成蜀幸，寸尺寸心齐。

酌遣嘉陵水，空怀剑阁低。

思君思不已，忆旧忆丹墀。

15.观卫尚书九日对中使射破的

一箭呼中的，三弓射九夷。

忠臣忠报国，日正日关西。

16.辰州闻大驾还宫

金銮凤辇已归仪，秦人已作未央师。

不得亲随日月旗，自惭辰州应守际。

17.辰州建中四年多怀

自做一边臣，难为半近亲。

天涯无远近，彼此有冠巾。

莫以阴晴共，当同日月身。

回头何不见，爱国是儒邻。

18. 上桂州李大人

日日辞门第，时时误读书。
当人当所事，大致大云舒。
宇宙含天地，长空日月余。

19. 江城秋霁

江城霁后见，落叶去前霜。
蝴蝶残雪净，鸥鸥独夕阳。
年年还不得，岁岁数炎凉。
十载应无止，三生已作乡。

20. 上李侍御

桃桃李李已成蹊，政政民民主仆齐。
共共同同天下事，成成就就业高低。

21. 上湖南崔中丞

唯君不布卧龙民，四顾茅庐主仆身。
举世英雄多少见，知贤纳士有秋春。

22. 早春雪中

柳叶初生不怕寒，春风大雪积栏杆。
梅花已放群芳见，绿草茵茵互色滩。

23. 云安阻雨

阻雨云安望，巴山十二峰。
瞿塘三峡始，白帝一龙踪。

24. 湖南春日二首

之一：
不可望长沙，书生忘故家。
何知天下事，只见浪淘沙。
之二：
三湘寓舍望浮萍，九陌皇都近渭泾。
细雨长沙沙水岸，东风但遣柳条青。

25. 送陆秀才归觐省

桃源秦汉见，草木武陵深。
柳柳随春意，条条繫我心。

26. 戏题秋月

宵宵不似一春秋，月月相同半九州。

十五方圆初十六，嫦娥不尽桂花楼。

27. 宿湘江

湘江明月色，泊浦水桥楼。
叶叶径霜色，纷纷满客舟。

28. 戏赠张使君

野客无家第，江山有木林。
蹉跎天下路，逶迤世中音。

29. 别公安贾明府

日月阴晴天地客，诗词格律见人心。
三千弟子三千赋，一步相思一步吟。

30. 霁雪　一作韩舍人书窗残雨

书窗一雪残，案卷半云端。
但以春风许，群芳已挂冠。

31. 汉阴吊崔员外坟

远别已无归，长离是有非。
春晖留弟子，遗训挂门扉。
扫叶天音近，闻风地界违。
黄泉黄土地，市府市香闺。

32. 题槿花

日月乾坤蕊，朝开春谢红。
年年鲜已许，处处有情衷。

33. 题宋玉亭

宋玉亭前一水流，阳台路上半江楼。
朝云暮雨瞿塘峡，白帝红云满九州。

34. 过东平军

画角鸣残照，军营细柳垂。
相逢相别去，八座八王谁。

35. 送辰州郑使君

谴谪一人君，家居半别分。
冠官冠自己，驿道驿浮云。

36. 江上柳送人

江流千地柳，鸟入一枝低。
逝水成云雾，波涛不向西。

37. 湘南曲

鼓瑟湘灵在，苍梧舜帝寻。
川流川远谷，导不导人心。

38. 桂州西山登高上陆大夫

西山连楚郡，北水下荆州。
弟弟兄兄问，朝朝暮暮求。
登高登不尽，望远望难休。
但见江流去，何须对白头。

39. 寄郑炼师

平生金石友，没落隐辰州。
不计丹炉客，维从佩玉求。

40. 八月十五

旧日千秋节，梨园百曲流。
南山南北树，弄玉弄秦楼。
剑舞公孙去，霓裳弟子留。
瑶池瑶水色，启夏启人休。

41. 征人归乡

二月江城柳，三春飞絮留。
年年皆似此，处处不知愁。
子子飘飘见，扬扬落落游。
随风生后序，不解去来忧。

42. 骆家亭子纳凉

江湖大小一方圆，草木繁荣半水天。
鸟落云沉炎湿野，亭商榭曲有风川。

43. 逢陇西故人忆关中舍弟

五载边庭牧，三生漠北闻。
兄离兄弟苦，故土故乡分。
陇首胡尘没，关中回纥军。
如今如手足，结袂结衣裙。

44. 秋夜梁十三厅事

得见梁夫子，身边有所依。
行程何远近，早晚覆云稀。

45. 成都暮雨秋

九月龟城暮，邛崃草木香。
行人行不止，雁落雁飞扬。

46. 酬梁二十

书生一丈夫，战士关江湖。
竹节空心长，江流逐石驱。
山川山不止，水逝水珍珠。
独念寻孤独，相思对玉壶。

47. 花下宴送郑炼师

听君调绿绮，启奏凤归林。
下里巴人曲，阳春白雪音。
花香花草色，路远路人心。
炼石非丹玉，平生是古今。

48. 秋馆雨后得弟兄书即事呈李明府

雨后弟兄游，相书喜复忧。
年年离别问，处处意乡愁。

49. 寄梁淑

汉在武陵源，秦疑北石垣。
陶公陶冶处，问古问轩辕。
莫以黄河水，吟诗五七言。
风流风水月，乐道乐游原。

50. 送张秀才之长沙

不向长沙问，汨罗有九歌。
潇湘斑竹泪，舜禹领江河。
浯口平江水，苍梧有玉柯。

51. 塞下曲

虏塞沙尘净，风云受降城。
高蹄千里马，汉将三军荣。

52. 送僧法和

达士一心通，行僧半色空。
经书书贝叶，跬步步西东。

53. 送严十五郎之长安

离心离海角，客送客天涯。
剑阁三生路，长安半是家。

54. 冬夜宴梁十三厅

饮酒先生客，吟诗醉是家。
窗前三丈竹，案外一梅花。

55. 收襄阳城二首

之一：

鼓角城中静，旌旗挂岘头。
惊风惊苍口，镇压镇难休。

之二：

夜战惊儿梦，平明唤女声。
兵营旗已立，俱是守唐城。

56. 出军

城中一路军，月下半征云，
亚侠燕荆士，立功阵战分。

57. 和李尹种葛

三边战未平，一葛待新萌。
不与梅花比，幽香将士情。

58. 送零陵伎

玉脂香波柳叶眉，千姿百态短裙垂。
衣轻带细如蝉羽，朝云暮雨待君随。

59. 采莲曲二首

之一：

日暮烟生色，波平采女心。
莲红莲不语，水暖水中琴。

之二：

但剥莲蓬子，居心是苦芽。
荷塘三两处，采女两三家。

60. 塞上曲

万里河山远，一箭居庸关。
三边三界外，百战百朝间。

61. 寂上人禅房

长城见外死还伤，将帅勋功白骨乡。
道士冠官儒佛子，乾坤达得客炎凉。

62. 桂州口号

三边浴血流，一代十三州。
鼓角沙鸣阵，冰霜锁戍楼。

63. 红槿花　马来西亚国花

朝开暮谢在南洋，国色天姿有蕊长。
卷卷重封留玉柱，生生不止作香囊。

64. 哭黔中薛大夫

何年镇百蛮，一日去无还。
汉武楼船尽，唐标铁柱闲。

65. 感春

看花花不尽，问路路难行。
老少诗书醉，春秋日月晴。

66. 途中寄李二

三边战不休，一士过福州，
浴血寻杨柳，生生死死回。

67. 寄许炼师

炼得一金丹，王家半玉盘。
秦皇来岛上，受降满城残。

68. 下第留辞顾侍郎

石径山村路，云光草木开。
天街天水岸，海角海洋来。

69. 题云公山房

大士三千界，莲花一座君，
空门清净见，古刹鼓钟闻。

70. 别离作

道外杏花枝，心中事已迟。
知君知自己，少小少年知。

71. 九日贾明府见访

衡门九日闲，见访一心间，
酒热三杯少，诗兴五味还。

72. 开元观陪杜大夫中元日观乐

胡人胡马见，战士战争闲。
不必天天斗，何言日日营。
军营歌舞乐，阵列鸣金还。
但报朝庭守，人生草木间。

73. 中秋夜登楼望月寄人

南南北北一婵娟，战战争争半缺园。
境境边边分不定，和和乱乱各难全。

74. 赠宜阳张使君

暂作宜阳客，民知太守贤。
耕耘官府助，劈地种荒田。
但以桑麻本，江山尺寸天。

75. 移家别树

移家别树行，量步月光明。
二载三年见，千辛万苦萌。

76. 成都送严十五之江东

十五一江东，三年半大风。
英雄英越色，剡暮剡溪红。

77. 送李参军

离离别别王司户，北北南南一片云。
古古今今分合路，珍珍重重李参军。

78. 题严氏竹亭

节节竹空心，幽幽士古今。
天机天所织，地理地其萌。

79. 送王端公之太原归觐相公

离尊竹叶青，别路杏花屏。
柱吏西行去，端公北魏庭。
桃花春雨色，早雁晋洲汀。
酒热丞相阁，诗成曲舞伶。

80. 旅次寄湖南张郎中

舍人诗书见，郎中达士名。
人行闻石驿，月到洛阳城。

81. 交次荆江

孤舟一大江，曙雨半纱窗。
热酒醺云气，迷津雾玉缸。
诗成多晚次，醉里忆家邦。

82. 同辛兖州巢父虚副端岳相思相酬之作因纾归怀兼呈

一宴多君子，三生久别离。
高城高不已，俯见俯云奇。
羁旅临流见，归舟向藿葵。
晴光晴积翠，雨润雨天池。

83. 抚州处士湖泛舟送北回两指此南昌县查溪兰若别

曲曲查溪流，幽幽自不休。
禅庭听滴露，石径任僧游。
郡政临川问，吟诗抚水舟。
阴晴从古道，日月著春秋。

84. 来阳溪夜行　为伤杜甫作

少府别家愁，来阳故月楼。
溪流溪不止，拾遗拾江楼。
岭树风高劲，浮萍水色留。
文章文日月，草木草春秋。

85. 桂城早秋

远客惊秋早，浮云向水平。
贫忧贫困病，夜露夜珠明。

86. 桂州岁暮

岁暮天涯客，官衙府第寒。
书生书不尽，治牧治人难。

87. 宿桂州江亭呈康端公

停步江亭望，三更水色寻。
荧光明月近，竹影独峰深。
一叶孤舟至，千家闭户萌。
行行行者见，止止止人心。

88. 窦叔向 五子群，常、牟、庠、巩皆工，有联珠集

叔向联珠集，诗章遗直辞。
名冠名五子，拾遗拾工思。

89. 寒食日恩赐火

赐火五侯家，轻烟日夕斜。
知书知冷第，达士达天涯。

90. 端午日恩赐百索

百索仙宫缕，千年赐岁余。
龙舟龙马竟，五日五湖苏。

91. 贞懿皇后挽歌三首今存二首

之一：
妇道二陵恭，皇情六寝同。

常知常见辇，玉佩玉京夺。

之二：
一步隔窗纱，三宫十月花。
黄泉黄菊色，玉女玉天涯。

92. 秋砧送邑大夫

叹叹吟吟一两声，停停续续半风情。
云云月月遮明暗，甲甲衣衣忆不成。

93. 过担石湖

晓戍渔门岸，沙晴担石湖。
书生书铁甲，自立自帆孤。
列岛巡洋舰，群鸥大丈夫。
分洲分守卫，战将战扶苏。

94. 春日早朝应制

紫殿千官俯，辰晖万岁昂。
深宫花自许，九阳溢天香。
步步低头见，趋趋举笏祥。
丹墀庙御道，玉佩玉銮光。

95. 酬李袁州嘉佑

年青别道辞，老大一相思。
总系关心处，何闻折柳枝。

96. 夏夜宿表兄话旧

夜合花香溢，河桥待月台。
儿童多长大，耆耋已尘埃。

97. 句

三男千道路，一女半秋春。

98. 窦常

进士一长安，中行半世宽。
郎官知水部，五子五言冠。

99. 晚次方山精舍却寄张荐员外

楚腊梅花雪，方山玉舍精。
群芳群自玄，五色五云英。

100. 和裴端公枢芜城秋夕简远近亲知

进士登朝第，春秋陋苍书。

枢芜城上月，夜色以诗余。

101. 项亭怀古

一古半江东，三生十大风。
刘邦刘汉社，项羽项称雄。

102. 奉使西远早发小驿馆寄卢滁州迈

小涧西还路，芳花北陌明。
穿云穿岭色，过水过精英。

103. 早发金钓店寄奚十唐大二茂才

木叶萧萧去，山桥步步来。
金门金谢侣，洛上洛中才。

104. 途中立春寄杨郇伯

浪迹书生客，河山草木春。
阴晴云雨见，岸泽柳杨新。

105. 故秘监丹阳郡公延陵包公挽歌词

独绝朝明第，孤贞国贵贫。
季扎乡人笔，丹阳故郡秦。

106. 凉国惠康公主挽歌

玉立分尧绪，笄来合香云。
同门同附马，共渡共和君。

107. 哭张仓曹南史

万事遗蹉跎，千声一九歌。
黄泉三界外，丽藻半天河。

108. 北固晚眺

北固梅天雨，瓜州水月潮。
蚕丝丝不尽，紫禁紫金霄。

109. 谒三闾庙

三闾一丈夫，六国半侏儒。
五月龙船日，千声共臂呼。

110. 茅山赠梁尊师

茅山道士乡，九鼎状元郎。
白日青山外，东流岸柳杨。

儒生儒佛道，俯仰信鱼梁。
易变苍桑见，禅音智慧光。

111. 谒诸葛廿侯庙

后主应思蜀，贤相作栋梁。
祁山非国策，白帝是朝堂。
孟获同舟济，姜维共凤凰。
三吴三国论，一汉一兴亡。

112. 奉贺太保岐公承恩致政

太保一丹墀，岐公半范蠡。
倾城倾国致，九法九云笄。
五色诏中牧，三光客向西。
官僚从两省，遂性任昌黎。

113. 之任五陵寒食日途次松滋渡先寄刘员外禹锡

柳絮榆钱一院飞，清明乞火半乡归。
屈平已去汨罗在，贾谊长沙幕云稀。

114. 奉寄辰州房使君郎中

白首萧郎问，辰州见作君。
三光云济济，六月雨纷纷。

115. 立春后言怀招汴州李匡衙推

夜击一壶歌，辰催半路多。
春风杨柳岸，水露作珠荷。

116. 御使　奉送职方崔员外摄中丞新罗册使

序：
吾历法国特使洋洋自得
诗：
特使洋洋法国歌，巴黎路路石桥河。
莱茵处处华人社，总统房中帝玉柯。
地换中华笋法路，犹忆当年风云多。
家家社社新春节，独去孤来复访俄。
一世曾先后，三生议郑和。
东盟成加一，赤道黑天鹅。

117. 酬舍弟牟秋日洛阳官舍寄怀十韵

幼作艰辛事，年青苦历明。

三台三世界，两省两枯荣。
去国天台忆，还乡上液情。
千门千碧玉，万户万桥行。
逝水成云雨，东流作海平。
黄河黄土地，渭水渭城晴。
束发青丝秀，郎官白首英。
陶家陶柳色，布世布弦鸣。
魏阙文章客，南山草木晴。
思凌天际客，缓步带红缨。
玉立知求已，金声乍纵横。
阳春应一曲，下里可平生。

118. 求自试

司空文曲见，六国著春秋。
指拭希垂惠，诗书向斗牛。

119. 花发上林

碧玉依桥榭，花枝上苑禽。
双凫双阙近，九陌九门深。
向暖风初扇，闻莺古调琴。
年年年此唱，岁岁岁余音。

120. 过宋氏五女旧居　宋氏五女，贞元中同入宫

婕好五女色姿才，白雪三宫玉人来。
似水如花天子见，乡人已筑望仙台。

121. 还京乐歌词

百战一初休，三台半乐游。
群生群自唱，帝曲帝王侯。

122. 商山祠堂即事

四皓一天忧，三台半九流。
安刘安自侯，异姓异王侯。

123. 七夕

牛郎七夕鹊桥横，织女千星玉水明。
但以人间天下问，男儿小妾望中情。

124. 杏山馆听子规

山边一子规，舍外半杨垂。
处处春耕语，年年向藿葵。

125. 窦牟

进士郎中客，贞元牧泽州。

都官三刺史，窦氏一春秋。

126. 史馆侯别蒋拾遗不遇

史馆一东西，文章半校齐。

寻踪寻所至，拾遗拾仪题。

127. 早赴临台立马待漏口号寄弟群

鸳鸳鹭鹭一徘徊，漏漏声声半不开。

楚楚才才天外地，英英越越近天台。

128. 缑氏拜陵回道中呈李舍人少尹

瞿塘知宋玉，酒市问相如。

汉赋长门近，朝云暮雨余。

129. 陪韩院长韦河南同寻刘师不遇

应题三五字，不可万千同。

药畹琼枝色，江东一大风。

130. 送东光李少府之官连帅奏授

空城先见日，百里早惊春。

拜命东光郡，县名以木津。

风光无缺憾，尺素有余鳞。

奏授丹墀命，川临去水新。

131. 送刘公达判官赴天德军幕

特建青油幕，重分紫禁师。

胡沙胡汉静，受降受勋时。

132. 故秘监丹阳郡公延陵包公挽歌

德誉三台鼎，丹墀一位虚。

吴君吴楚望，玉树玉临端。

133. 望终南

日在南山木，云来北阙间。

千门含翠色，九脉纳天关。

134. 秋夕闲居对雨赠别卢七侍御坦

寒蝉半蜕枝，暖燕一离迟。

洛下秋声晚，闲中七句诗。

135. 晚过敷水驿却寄华州使院张郑二侍御

仙人掌上玉芙蓉，柱史关中直柏松。

谷雨如丝如露水，春分向土向夔龙。

136. 洛下闲居夜晴观雪寄四远诸兄弟

兄兄弟弟共天台，别别离离自独来。

楚楚荆荆鸿雁职，南南北北半乡回。

137. 天津晚望因寄呈分司一二省郎

万水西都去，千门正位开。

三台应陪驾，二省月徘徊。

138. 寄元好问

枣叶入纱窗，长城半玉缸。

春风方得意，客雁已成双。

139. 早入朝书事　自述中南海

紫陌天街路，丹阶玉漏声。

冠官排序列，侍御奉精英。

月闭皇宫殿，霞明万岁城。

郎才今已老，世历作诗情。

140. 元日喜闻大理寄上翰林四学士中书六舍人

有道阴晴路，无言日月新。

梅香梅易腊，瑞雪瑞更春。

汉魏文章盛，尧汤雨露秦。

农书农本份，蘩桂蘩林津。

粉泽沉麟纪，官师退万爻。

熏和熏素笔，器下器殊珍。

庆赐新朝履，衡门故律循。

江山江水阔，社稷社经纶。

141. 奉使至邢州赠李八使君　自勉

独向巴黎去，深持虎节书，

华城修地铁，法国客先居。

一治垂千古，三朝百利余。

坚翔同白朗，总统玛蒂初。

彼此同心智，东西共卷舒。

142. 秋日洛阳官舍寄上水部家兄

直木乔林密，孤云玉宇行。

华缨华节节，驿道驿枯荣。

幼学冠官冕，丹墀素傲英。

天街天子路，老小自心倾。

143. 李舍人少尹惠家酝一小榼立书绝句

绿蚁天浆液，葡萄上苑香。

天街天水岸，玉露玉壶藏。

144. 酬舍人庠罢举从州辞书

且借由刘表，荆州折桂春。

园公应所惭，不用印随身。

145. 奉酬杨侍郎十兄见赠之作

翠羽雕虫见，松烟制墨闻。

工成工部造，小大小中君。

146. 杏园渡

石磊少人家，荒园一路花。

春光春水暖，杏色杏墙斜。

147. 奉诚园闻笛　马侍中故宅

朱缨吐锦茵，紫苑纳新春。

遗草闻声起，山荒笛里人。

148. 窦群

弟弟兄兄进士身，官官宦宦去来人。

中丞处士曾先后，刺史工州已后尘。

149. 雪中遇直

独卧挂朝衣，孤身落雪稀。

明途明有迹，素色素鸿飞。

150. 东山月下怀友人

东山乔树见，直立柏松闻。

月下风云起，云中草木君。

151. 时兴

日暮依林坐，临风问水波。

孤云相聚合，直木独金科。

152. 题剑

一剑朝天问，三生对地吟。

长程长自己，处士处人心。

153. 黔中书事

处进皆非土，声名有实虚。

何须随日月，不可问樵渔。

154. 冬日晓思寄杨二十七炼师

大雪作琼枝，丹炉玉石迟。

晨光晨晓色，夕照夕阳师。

155. 夏日

序：

贞元末东院尝接事，今西川武相公于兹三周谬，领中宪，徘徊厅宇，多获文篇，夏日即事，因寄四韵

诗：

领事西川谷，浮云北陆天。

含烟含雨色，纳水纳云田。

问宪知隋典，谋律汉文篇。

弹冠弹彼此，正带正才贤。

156. 北地　一作容州

北地一容州，临池半白头。

辛勤牛马路，苦作帝王忧。

157. 雨后月下寄怀羊二十七资州

清光水上明，虚影月中城。

雨后随云去，听君一两声。

158. 奉酬西川武相公晨兴赠友见示之作

早早子规啼，迟迟字句齐。

相公相府玉，独意独川西、

落落成都雨，依依渭水堤。

千章千绝句，一字一花溪。

159. 晨游昌师院

晓色昌师院，泉林石径长。

云浸云不落，石润石分光。

竹影天机密，松风秘地藏。

苍华苍直木，逝水逝汪洋。

160. 刻石

序：

同王晦伯朱遐景宿慧山寺　毗陵志云，贞元四年，群与王朱同宿慧山寺，赋诗题壁，群再来，王已去，留跋于壁，李已刻石以铭。

诗：

共访青山寺，同寻故隐人。

南朝南未已，北国北樵邻。

酒肉穿肠过，心中佛主亲。

江流江不止，逝者逝秋春。

161. 草堂夜坐

挥扬三尺剑，左右半江湖。

彼此同声色，乾坤大丈夫。

162. 经潼关赠宇文十

古以弯弓箭，今征草泽臣。

何须经典律，且以与时轮。

163. 观画鹤

华亭相见晚，翠羽飞来迟。

举道朝天望，回声对神姿。

164. 望

序：

晚自台中归永宁里南望山色怅然有怀呈上右司十一兄

诗：

一路幽幽远，千山木木长。

乔林乔碧雨，曲水曲流肠。

165. 中牟县经鲁公庙

牟县一遗风，故道半天空。

庙是英灵客，人前一鲁公。

166. 初入谏司喜家室至

悲欢一孟光，草木半低昂。

别别离离度，沧沧浪浪尝。

167. 春雨

细雨轻风间，春天大地回。

花开花不语，暮色草自茵。

168. 送内弟袁德师

登舟作水仙，访客向南迁。

不解昆陵负，自得一书田。

169. 赠刘大兄院长

月下昔同趋，行中已共途。

长沙才不见，潇湘夜雨无。

170. 假日寻花

不远武陵花，闻午色雪涯。

河阳河水绿，夕照夕红霞。

171. 自京赴黔南

荆州二月天，渭邑半春泉。

此去长安远，黔南路四千。

172. 窦庠

五字妙言工，三光物表聪。

推官多偶傥，刺史四州雄。

173. 留守府酬皇甫曙侍御弹琴之什

泠泠出七弦，促促向三边。

拨拨千音至，弹弹万里川。

吴姬吴曲舞，魏国魏人妍。

赵女身轻见，齐竽故声全。

174. 金山行　润州金山寺，寺在江心

丹徒谏壁一瓜洲，六污金山半寺秋。

跬步凌虚凌物表，玲珑桎角桎花流。

珊瑚倒影江心客，燕子栖霞作石头。

古刹留名三国去，蓬莱作客八仙舟。

175. 佛

序：

于阗钟歌送灵澈上人归

诗：

暮鼓复晨钟，禅音古赵封。

中原繁草木，大海护鱼龙。

五百年中象，三各岁月踪。

高僧高智慧，上寺上人宗。

176. 太原送穆质南游

江流水不平，影像实虚城。

叶露山光绪，蝉音一两声。

言行多苦役，远徂晋阳盟。

177. 四皓驿听琴送王师简归湖南使幕

宫商三五弄，角羽去来停。

馆月扬晖冷，阳关雪伏苓。

长沙沙水岸，贾谊谊灵丁。

正调成君子，仙音一曲宁。

178. 夜行古战场

断塞一云平，惊天半不声。

沉浮应未定，夜月寄寒情。

179. 酬谢韦卿二十五兄俯赠辄敢书情

瑟上一清商，尘中半玉光。

荆山荆玉璧，楚客楚才梁。

180. 谏议

序：

奉和王侍郎春日喜李侍郎崔给谏张舍人韦谏议见访因命觞

诗：

淑景华宾馆，春莺序语声。

觞流三曲曲，共仰一英明。

181. 奉酬侍御家兄东洛闲居夜清观雪之作

玉色关山厚，天光日月西。

东都东洛水，雪净雪云低。

182. 节度

序：

敕目自家兄蒙淮南仆射杜公奏授秘授秘校兼节度参谋同书寄上

诗：

道路三千里，园庐二十春。

蓬山蓬社结，玉树玉新人。

鹊语无天地，桃源有汉秦。

参谋参节度，仆射仆陶钧。

183. 酬韩愈侍郎登岳阳楼见赠　时予权和岳州事

君山一半岳阳城，七泽三千万子明。

下里巴人当叹止，阳春白雪有英精。

徐孺榻下湘灵问，苍梧鼓瑟洞庭晴。

正调应多弄，知音已少倾。

行者行不止，尽士尽身名。

草草花花盛，桃桃李李萌。

人前人后见，本末本枯荣。

184. 东都嘉量亭献留守韩仆射

一代东都客，三光洛水风。

峰峦峰翠羽，夕照夕阳红。

卜筑三川谷，仪封万井中。

千章千俯就，一望一羊公。

185. 段都尉别业

酒酒诗诗一日齐，溪溪水水半香泥。

桃花有色裙先落，杏杏无言鸟不啼。

186. 灵台镇赠丘岑中丞

天山雪半晴，汉将戍千营。

胡人南牧马，笛曲北家情。

187. 赠道芬上人

有鬼有神灵，诚意诚心铭。

隔世由天命，垂成以志铭。

188. 金山寺

一座青莲白浪花，三光普照渡人家。

晴波万里金山寺，自在千年夕照华。

189. 冬夜寓怀寄王翰林

木落霜封叶，云飞帝子书。

封禅三不论，未及一相如。

190. 醉中赠符载

白社书中会，青云路上逢。

山山多草木，水水有鱼龙。

191. 龙门看花

龙门二月花，渭水万人家。

进士三元色，书生一半华。

192. 陪留守韩仆射巡内至上阳宫感兴二首

之一：

七十年前一去人，西归百岁半秋春。

仪枪武后埋何处，不问宫人见眼神。

之二：

太乙勾阵半大风，高宗武后上阳宫。

西归已去东都在，谜语藏疑彼此终。

193. 窦巩

元和进士隆，侍御部郎中。

雅俗名远白，人言喔嚅翁。

194. 老将行

龙泉一语行，塞上半无声。

老得边疆士，功勋不纪名。

同行三十将，共殁一千缨。

李广知生死，苏君子女盟。

195. 赠萧都官

幼学一千篇，垂成五百年。

王侯居左右，地主地方圆。

锦字天机在，都官已未天。

196. 忝职武昌初至夏口书事献府主相公

橐鞬半苍然，梁王一旧全，

登楼知路远，下水逆行船。

夏口琴台近，龟蛇互峙悬。

云烟云雨处，渡口渡江天。

197. 早秋江上

江行四五船，雁落两三天。

暮远江潮近，一线逐云边。

198. 题任处士幽居

进士声名处士幽，九江逝水一江流。

浔阳一醉都阳色，紫陌三生绯陌楼。

117

199. 汉阴驿与宇文十相遇旋归西川因以赠别

吴吴蜀蜀一江流，岁岁年年不到头。
别别离离无数次，思思望望有心留。

200. 早春松江野望

晓望半惊春，松江一梦人，
吴人吴语问，鹊意鹊巢频。

201. 少妇词

少妇不知愁，男儿上九州。
相逢相见后，一世一生留。

202. 岁晚喜远兄弟至书情

弟弟兄兄一世情，功功业业半人生。
离离别别应相向，缺缺圆圆寄太平。

203. 登玉钩亭奉献淮南李相公

人生处处一扬州，缺月幽幽半玉钩。
但问婵娟圆几日，何须桂影共春秋。

204. 南阳道中作

一路烟花半日荣，千声彩雉万新声。
旗亭酒市傍相望，细见春茵有怯情。

205. 哭吕衡州八郎中

无分昼夜八郎中，有识阴晴一水穷。
雁落衡阳乡水岸，江流不尽暮天红。

206. 江陵遇元九李六二侍御纪事书情八韵

去去自无归，来来独有扉。
言言坟日月，事事问依稀。
客客寻功业，忧忧议是非。
从从应得已，逆逆莫相违。
水水津桥渡，山山石径微。
时时寻所以，处处得当挥。
路路相通道，心心互别围。
人人知自己，善善与仁晖。

207. 游仙词

一梦自游仙，千年半玉田。

金沙金不换，水见水源泉。

208. 赠阿史那都尉

燕山已几春，白马似弓人。
旷野天无际，飞鸿草木津。

209. 陕府宾堂览房杜二公仁寿年中题纪手迹

手迹元和二百年，蒙笼水墨一千烟。
当时未显苍桑力，汉祖龙潜未上天。

210. 早春送于文十归吴

十月似今年，春风带雪天。
家家多闭户，处处少余船。

211. 经窦车骑故城

古垒已千年，图书过百泉。
天天流日月，处处序山川。

212. 赠王氏小儿

老少一同年，童翁半大千。
相知相见处，似是似非贤。

213. 唐州东途作

天高一绿林，路远半英钦。
战乱多贫苦，兵丁欲利荫。

214. 新罗进白鹰

皇州禁苑秋，仰首白鹰侯。
已是新罗使，何须不俯头。

215. 秋夕

水上月蒙笼，云中鸟鹊风。
轻声听木叶，醉意扑藏空。
井下观天色，人前五字工。
梧桐应已觉，晓色未见红。

216. 襄阳寒食寄宇文籍

春泥半是花，细雨一千洼。
柳叶垂无雨，清明未到家。

217. 奉使蓟门北京钢铁学院

一马到幽州，三生九诸侯。

诗书诗不尽，学院学天酬。

218. 送刘禹锡

世上一刘郎，人间半刹荒。
桃花开不尽，道士帝王长。

219. 送元稹西归

十月曲江边，三年御驾田。
阿婆西去问，那里是河泉。

220. 过骊山

幸蜀过骊山，旌旗列两班。
人生无奈见，玉殿有生还。

221. 洛中即事

洛水夕霞红，天津落叶桐。
巢空飞岛至，女色上阳宫。

222. 寻道者所隐不遇

涓涓涧水流，曲曲绕沧洲。
石径通天路，禅房客不愁。

223. 寄南游兄弟

但问三湘竹，还寻五岭烟。
衡阳应落雁，必上洞庭船。

224. 宫人斜

深宫夕照斜，短径帝王家。
栟楷临楼近，院殿久开花。

225. 代邻叟

旗亭岸外悬，雾里云中船。
八句天工对，清茶付酒钱。

226. 新营别朝圣寄家兄

如今似野人，任已自由身。
早晚诗词赋，阴晴草木春。

227. 南游感兴

但见前朝问，须知一古今。
江流江不止，日落日余荫。

228. 题剑津

自古龙泉剑，如今晋魏秦。

荆轲藏匕首，不复两溪津。

229. 放鱼　武昌作二首

之一：
赎得免仪痕，瀛来入水村。
何须千百度，指日上龙门。
之二：
一入放生池，三江逐水知。

禅音禅世界，佛祖佛恩慈。

230. 永宁小园寄接近校书

心期一九歌，喜鹊半天河。
接近图书客，乾坤校玉柯。

231. 从军别家

儒生著战袍，立笔作枪仪。

赤壁东风错，回文日月高。

232. 悼伎东东

芳菲不禁风，落叶作残红。
隔世应元语，临呼一小东。

唐·王维

辋川图

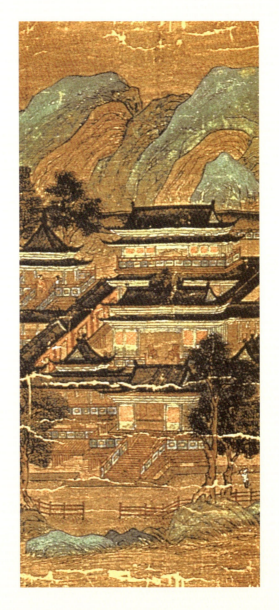

读写全唐诗五万首

第五函

第五函　第一册

1.寄韦元甫

刺使一苏州，读书半诸侯。

淮南天水色，节度右丞楼。

2.木兰歌

花家一木兰，大漠半衣单。

战马东城市，金鞭北里鞍。

征兵寻子幼，替父上云端。

千将英姿爽，弯弓玉宇纨。

黄河黄水岸，铁甲铁缨冠。

共住男儿帐，同声讨敌盘。

孤身常自惜，独处可知难。

击鼓争先后，鸣金进退团。

矫矫矫女战，秀目秀眉观。

得胜般师后，归乡改旧鸾。

曾平青海路，不断洛阳官。

父父母母问，胞胞弟弟欢。

皇城皇帝近，战场战汗漫。

对镜回原貌，身姿色影潘。

人间无史册，世上列青丹。

记取千金女，龙风万古安。

3.登越王楼见乔公诗偶题

城楼出密云，过鸟入氛氲。

偶得乔公对，江河牧海君。

4.清如玉壶冰

虚心含醒醉，应物纳方圆。

玉质清贞立，融光秉自然。

如冰何似雪，翡翠色青莲。

会向瑶池彻，争鸣酒八化。

5.长至日上公献寿

凤阙响晴钟，南山以玉封。

朝章朝籍典，圣历圣昌隆。

瑞雪源泉水，天民本末容。

千门千岁木，万寿万年松。

6.吕牧

进士尚书郎，东平半故乡。

农夫农土地，泽本泽州梁。

7.泾渭扬清浊

泾清渭浊向中流，土色天光逐九州。

自远还长径各地，不市源清各春秋。

8.韦夏卿

东都留守客，太子少师梁。

主簿高陵景，苏常半故乡。

9.别张贾

束简三台问，行程两省寻。

精英精所见，去路去人心。

10.送顾况归茅山

茅山王木珍，直立半乔人。

圣代文章客，三清日月秦。

11.和丘员外题湛长史旧居

旧客故人居，新寻见故锄。

年年修土木，日日著天书。

12.同韦夏卿送顾况归茅山

半入茅居洞，三寻葛稚门。

千山千草木，万水万黄昏。

13.感秋

独立群山外，风流木叶中，

寒天寒不已，雁去雁长空。

14.过章秀才洛阳客舍自铭　古今诗

一日百行诗，三生半遇知。

人为人不止，达路达无迟。

15.于结

（赋得生刍一束，自铭古今诗。咨询如不布，终冀及微生。）

古古今今半古今，朝朝暮暮一人心。

辛辛苦苦今今律，是是非非古古寻。

今古古，古今今，如今似古古如今。

今今古古归真见，去去来来返朴临。

16.赋得生刍一束

生刍一洁心，弱质半纤霖。

债练宜春色，公函智策吟。

芝兰荣所蕙，浅碧自轻襟。

绿藻纯香馥，菲菲古至今。

17.空灵岸

竹里空灵岸，云中鼓五琴。

苍梧君子在，尽得二妃心。

不尽东流水，何闻草月浔。

留名留世界，是者是英钦。

18.流桂州

苍梧半桂州，世路一春秋。

胡兵应未到，四面帝王侯。

19.窦大闲居见赋

三湘复五溪，九夏过千泥。

但向潘年问，攀猿竹使啼。

鹏飞鹏鸟赋，贾谊贾文题。

莫以长沙见，如今窦大栖。

20. 送伎人出家

此去一清身，言行半净人。
莲花曾水月，贝叶付残春。
艳色归空夜，梁间向渴尘。
闻风应不语，解佩故居邻。

21. 宿北乐馆

醒醒眠眠醒不眠，云云雨雨雨云烟。
朝朝暮暮行长路，去去来来是客船。

22. 东都所居寒食下作

乞火过清明，新茶已出英。
擎青擎叶半，品味品人生。

23. 登西灵塔

塔庙一招提，峰峦半海西。
登高心意远，俯见鸟飞低。
仰首天云近，呼声草木齐。
人思人不已，海阔海鸥啼。

24. 送骆征君

野旷骆征君，溪流水湿云。
山前山路远，雨后雨芳芬。
独带相思去，孤回白日曛。

25. 赋得浦外虹送人

虹连南北岸，雨送去回人。
五色天桥度，千霓四海春。
行人行所欲，达士达天津。

26. 赋得秋河曙耿耿

望望一天河，忧忧半九歌。
明明君子路，耿耿客如何。

27. 赋得池塘生春草

池塘生春色，草木已自新。
水月东风暖，琼花晓日邻。

28. 阙题

慈成一丈夫，善存半江湖。
阙石城关守，身名有似无。

29. 哭长孙侍郎

达道诗书纪，成名日月城。
功垂功不尽，寄业寄平生。

30. 明皇帝挽歌

一代明皇帝，三朝世业明。
工元天宝治，四十四年缨。
结束周唐论，梨园子弟城。
芙蓉初出水，太白咏华清。
弟弟兄兄近，夫夫妇妇情。
男儿男自得，女子女红英。
虢回清眉至，骊山叹朽荣，
长生长殿下，力士力声鸣。
业业功功继，成成败败平。

31. 肃宗挽歌

国以见重留，天从问诸侯。
唐家唐自主，立世立春秋。

32. 落花

岁岁望花开，年年叹色回。
春秋春日始，去后去还来。

33. 宿新安江深渡馆寄郑州王使君

新安江上月，杜井水中峰。
白际屯溪望，淳安建德封。

34. 春眺扬州西上岗寄徐员外

水色三千陆，江流八九州。
隋炀曾故事，但见运河流。

35. 送李司直归浙东幕兼寄鲍将军

北国江流去，西陵日月分。
书生书记早，幕府幕将军。

36. 望中有怀

小鸟带香飞，青云背道归。
春风春水漾，色淡色浓微。
望里常难见，行中数落晖。

37. 题虎丘小西寺

王家半壁山，石剑一门关。
不与西施去，天平锁玉颜。

孙吴孙子见，点石点僧班。
十载春秋霸，千年草木还。

38. 吴兴送梁补阙归朝赋得荻花

江湖半荻花，草木一人家。
日月朝天近，吴中向地华。

39. 句

水月半清明，禅钟一世声。

40. 寄戴叔伦

金坛戴叔伦，佐幕铁盐钧。
刺史真诗客，中和帝赐身。

41. 独不见

雕梁无睹视，玉户有心研。
掌上观飞燕，宫中扫叶旋。
春秋相继续，草木互闻天。
独不见，独不见，日月自经年。

42. 去妇怨

出户不轻啼，回文可自栖。
鸳鸯无怨布，子子有同栖。
世上梁鸿在，人中举案齐。

43. 古意

云云雨雨一鸳鸯，水水山山两凤凰。
世世人人常比拟，天天地地可炎凉。
同日月，共青黄。辛辛苦苦半衷肠。
牛郎织女人间客，七夕桥中七夕娘。

44. 南野

已过南山半野蘋，何闻渭水一天津。
荒荒阔阔幽幽水，古古今今汉魏人。
三世界，一秋春。长安百里浥红尘。
田家不问江山事，玉户何言日月秦。

45. 曾游

失意一登高，寻心半剪仪。
春风相互问，小杏共红桃。
太史留碑石，松山草木毛。
千秋始百世，万载似葡萄。

124

46. 江行

远水一孤城，澄江半独明。
芦洲多落雁，渚岸有禽声。
不与人间处，已得世外情。
年年南北见，岁岁去来行。

47. 孤鸿篇

云中一箭半孤鸿，俯首三鸣一堕风。
不独005偶双此世，无闻有叹作余空。
人间究竟情何物，世上常寻自始终。

48. 感怀二首

之一：

尺帛书长感，深潭寄久怀。
交情交所致，故友故心谐。

之二：

一醉何时醒，三生几度猜。
经天经日月，共事共徘徊。

49. 喜雨

喜雨田家舍，求云水鸟回。
农夫农土地，进士进天台。

50. 叹葵花

向日一葵花，朝阳八月斜。
千巢千子粒，万粒万人家。

51. 从军行

月在关山上，军行大漠中。
兵营兵细柳，战士战英雄。
李广飞将问，阴山霍卫功。
三边三受降，十地十弯弓。

52. 九日与敬处士左学士同赋采菊上东山便为首句

采菊上东山，重阳问玉关。
黄花闻傲吏，醉酒望河湾。

53. 奉天酬别郑谏议云远卢拾遗景亮见别之作

巨孽皇都乱，胡儿漠北生。
渔阳安史反，蜀幸帝王倾。
紫陌南山暗，晴川魏阙横。
七元天宝治，力士玉杨城。
谏议贤才世，金符绶节明。
关河关不住，郡卫郡难盟。
属国从缑阻，军兵列阵颣，
王师王子策，晋郭晋畅缨。
老大徘徊度，夫君立蜀京。
朝廷重自立，汉马事长征。
隔岸谁观火，推舟逐日程。
唐家多弟子，卫汉李云卿。
社稷千般退，田家一太平。
回人回纥去，渭不复朝情。

54. 梧桐

班班驳驳一梧桐，叶叶枝枝半大风。
纳纳含含云雨阁，凰凰凤凤隐其中。

55. 孤石

石石有山川，流流一万年。
山山曾攻玉，历历作方圆。

56. 花

七色一天涯，三春半世华，
年年应物象，处处待人家。
大雪寒梅上，桃红杏李花。
重阳秋菊酒，木槿暮朝霞。

57. 竹

一节空心一节生，千枝玉叶千枝明。
层层叠叠成林色，影影落落连根萌。

58. 怀素上人草书歌

小小云云天天田，浓浓淡淡去来悬。
怀怀素素成天地，侣侣僧僧壁石川。
草草工工正，行行止止烟。
龙蛟藏鸟兽，草木纳古泉。

59. 女耕田行

男儿战死女儿耕，竹笋经在作竹城。
北舍东邻花已尽，春云夏雨各阴晴。
俑耘火种田麻子，铲草锄禾日月行。
自足无贫成土地，年丰岁岁共和平。

60. 柳花歌送客

杨花飞不绝，枣叶已修长。
碧绿黄应众，家居争岘香。
鱼池清墨色，老树叶枝扬。
小女多滋润，阴晴见四方。

61. 边城曲　桓仁

边城一夜雪封门，落叶三秋没远村。
读取关中寻钢院，兴安岭外问黄昏。

62. 屯田词　祖业创关东

祖父吕洪尊，兴安岭上门。
胶东传德代，创业小山村。
垦地屯田种，开荒守子孙。
山坡山十亩，万两万停恩。
铺路修桥善，成人泽世温。
关公关助功，佛道佛家根。
少小知天地，童翁向五蕴。
三思三自立，五子五鹏鲲。

63. 巫山高

巫山十二峰，访客一万踪。
白帝长江山，瞿塘一峡封。
巴东官渡口，奉节白盐松。
暮雨朝云见，西陵向楚冲。

64. 早春曲

青楼一夜明，锦帐半无声。
曲曲弯弯问，云云雨雨晴。

65. 白纻词

白纻轻丝薄，红绡短带香。
银筝弹手素，锦瑟馆娃娘。
木渎停流水，姑苏子胥昂。
西施西涧客，越国越心伤。

66. 行路难

行行一路难，止止半心宽。
富贵身名何所物，东流渭水久波澜。
丹墀绶带皇城色，九品冠官朔北单。
阮籍穷途问，淮阴恶少盘。
青云直上纵横见，白眼凌人意气观。

125

只有书生书不尽，春风细雨润心安。

67. 相思曲

相思一曲相思苦，别路三年别路难。
客驿无声明月落，前程有阻水山端。
衣衣带带行行阔，履履冠冠处处宽。
雁去鱼来见，朝云暮雨残。
春花无子结，大雪有孤寒。

68. 送别钱起

一去过阳关，三生壮士颜。
沙鸣沙不止，月色月牙湾。
醒醉何须问，东西十万山。
归来归所见，忆取忆人还。

69. 送张南吏

陌巷似荒村，闲居问子孙。
书生书客少，吏小吏微温。
贾谊长沙赋，屈平楚调魂。
知音知所以，过往过晨昏。

70. 春日早朝应制

步步丹墀路，随随御影坛。
声声皇陛祝，处处舆金鉴。
举笏阶前拜，平身玉漏残。
天书天子首，地载地官冠。

71. 早行寄朱山人放

山中一早别山人，晓月三钟入晓春。
此去何逢千里外，天台复步是谁频。

72. 除夜宿石头驿

处处有新春，时时泡路尘。
春风应未起，岁夜隔征人。

73. 吴明府自远而来留宿

一路半尘埃，三生十地催。
官冠官服旧，吏简吏徘徊。
有酒应先醉，温汤可楚才。
明朝明又别，几日几重来。

74. 客夜与故人偶集

客舍客难留，婵娟一叶舟。

风帆相助去，梦里自春秋。
偶集知相会，从情向酒楼。
离人离月色，望路望无休。

75. 送友人东归

一路垂杨柳，三春送故人。
关中关外问，别道别风尘。
灞水波澜静，江湖客舍陈。
相思相忆处，独得独书新。

76. 江上别张欢

岁岁江湖上，年年草木中。
扬帆扬所欲，静仰静闻风。
但作沧洲客，何寻陌路鸿。
归来归去问，读卷读书虫。

77. 广陵送赵主簿自蜀归绛州宁觐

此去归汾水，离情上酒杯。
西江西月色，北雁北乡回。

78. 别友人

路路前程见，人人日月还。
生生生不息，事事事相关。
苦役川行去，冠官石等闲。
朝朝同暮暮，直直亦弯弯。

79. 宿城南盛本道怀皇甫冉

夜宿城南道，云沉独月明。
怀君怀共赏，忆别忆同情。
自得人间路，无须进退盟。
川流川不问，日暮日晨生。

80. 辉上人独坐亭

独坐自参禅，沧流有本泉。
云天云不定，上寺上人田。

81. 送崔融

一目过辽东，三军问大风。
王师无敌休，建树有崔融。
朔漠胡风静，疆边渭邑功。
陈琳明草檄，俯仰向天宫。

82. 游少林寺

步步招提路，殷殷面壁城。
禅音禅鼓语，古寺古钟声。

83. 崇德道中

日暖黄花色，烟晴紫菜苔。
江南江水色，塞北塞云来。

84. 雨

隐隐问花明，幽幽得雨声。
迢迢长路远，历历客心清。

85. 过贾谊宅

一谪长沙远，三年逐客臣。
忧民忧汉室，叹国叹灵钧。
旧宅汨罗问，新荒万户春。
颠洲颠草盛，洛水洛阳人。

86. 冬日有怀李贺长吉

远客居心忆，情人乱所思。
诗成诗百首，信寄信千迟。
尚有残冬句，梅花忆一枝

87. 郑郎士元

白首金陵客，黄花九月舟。
由风由此渡，浦口浦江楼。
不必秦淮见，何须问石头。
秦皇秦已去，应物应苏州。

88. 春江独钓

独钓春江色，垂钩直望天。
云连云岸草，水逐水花田。
翠积天台雨，香流到酒泉。

89. 山居即事

飞云含暮色，落鸟带余唱。
俗事天涯近，清心海角微。

90. 赋得长亭柳

莫近长亭柳，应知日月舟。
行行行不止，水水水东流。
但以前程路，何愁跬步求。

91. 客中言怀

白发乌纱里，书生驿道中。
针家无自己，作事作雕虫。

92. 山行

群山去不定，野路见人稀。
遇寺应求宿，逢僧可问归。

93. 春日访山人

远访山中客，遥观五月花。
分泉铭谷雨，煮石话新茶。
陆羽旗枪见，春先一二芽。
龙村龙井树，碧玉碧螺家。

94. 卧病

年长朝暮短，病久见人心。
草木春秋比，枯荣日月音。

95. 赠月溪羽士

羽士步虚声，金波月静明。
微风微玉练，鹤立鹤轻鸣。
洗道尘心将，莲开草木荣。
三清三玉坐，九陌九江城。

96. 赠行脚僧

两足长程短，三生故事深。
年年分日日，事事划寻寻。
只有当情者，方知得古今。

97. 重游长真寺

一到长真寺，青山四面同。
禅房钟鼓继，草木去来风。
竹木阴晴秀，溪泉日月虹。
香烟香杳杳，色界色空空。

98. 晚望

竹木气氤氲，松林势纳云。
溪流峰叠落，野草胜芳芬。

99. 寄赠翠岩奉上人

翠羽蓁兰若，沧流逐上人。
云林云雨色，古木古林春。

挂衲朝阳沐，行身向五津。
樵渔樵斧力，隐逸隐周秦。

100. 过龙湾五王阁访友人不遇

野水阴晴浅，龙湾日月深。
寻山寻草木，访友访人心。

101. 与友人过山寺

共有春小路，同寻古寺门。
诗兴灵彻笔，雁韵仄平昆。
境外知尘土，禅中静月思。
婵娟婵不语，月色月乾坤。

102. 赋得古井送王明府

古井源泉共，天云日月同。
清清清自许，献献献昌穹。
一水连瑶地，三光济世隆。

103. 送耿十三湋复往辽海

仗剑孤城望，辽阳渤海东。
旌旗遮落日，鼓角向苍穹。
万里江山客，千年社稷功。
烽台烽火静，论策论元戎。

104. 寄禅师寺华上次韵三首　自语

之一：
百岁终生客，三生日月田。
耕耘耕寸寸，滴水滴川川。
之二：
贝叶禅心阔，香云古道龟。
清泉清还步，月色月林端。
之三：
俗世休飞锡，禅宗已定缘。
因因因果序，果果果因田。

105. 独坐

白发怀幽坐，丹心向蓟门。
霜清霜雪色，野旷野黄昏。

106. 李大夫见赠因之有呈

一世半春秋，三生十地留。
书生书不语，济世济人忧。
以醉龙沙见，成心旷野游。

107. 长沙送梁副端归京

阙下书归奏，湘中祖帐空。
心期心已久，逐事逐西东。
塞北行吟路，江南唱大风。
归京归所欲，问路问雕虫。

108. 和尉迟侍郎夏杪闻蝉

夏杪闻蝉静，秋初有远鸣。
声声声不已，叶叶叶难荣。

109. 李相公勉晦日蓬池游宴　得同字

江东一大风，漠北半苍穹。
敕勒阴山下，幽燕射虎弓。
蓬池蓬水宴，桂月桂寒宫。
不问嫦娥悔，应知欲望同。

110. 彭婆馆韦判官使还

寂寞伊川水，参差直木林。
分辞分使馆，合会合知音。
雨雪春来速，风云绶带钦。
家邦家所寄，祖国祖人心。

111. 酬别刘九郎评事传经　同泉字

传经举袂一源泉，鹭影池涤半月弦。
陇上云中风雨净，心扉日色暮朝田。

112. 汉南遇方评事

移家住汉荫，举袂问鸣禽。
梦泽云中水，田园灞上心。
山林山水色，鸟雀鸟归林。
物象皆天性，泉溪有籁音。

113. 湘中怀古

今人寻逝水，古客吊秋风。
不以千年隔，应以万里同。
长沙怀贾谊，汉寿洞庭东。
窗沅潇湘见，汨罗浯口沣。

114. 京口怀古

江川长万里，渡口过千舟。
浩浩风波逐，苍苍日月流。

三曹归汉鼎，一蜀借吴州。
水漫金山寺，重寻法海楼。

115. 逢友生言怀

安亲应择地，羁旅可从烟。
读遍江南北，行成日落悬。
书生书不尽，故土故难全。
但以家乡梦，何心不可圆。

116. 长门怨

长门一叶到昭阳，扫尽三秋问客乡。
夜静寒宫寒桂影，相如赋里赋娇藏。

117. 郊园寄事寄萧侍郎

老少离余秩，童翁纶当年。
辞乡辞故里，入俗入新泉。
役役辛劳致，官官傲直园。
萧君萧九鼎，侍御侍郎天。

118. 赠韦评事攒

与道浮沉共，同儒草木情。
春秋相继续，日月暮朝行。
不问前朝事，无闻市曲声。
欣欣应印处，落落可天成。

119. 送少微上人入蜀

世俗多离别，如来有一天。
持经方丈钵，向蜀守方圆。

120. 送道虔上人游方

外学侍思见，心经日月天。
禅观禅世济，佛祖佛方圆。

121. 送嵩律师头陀寺

五部相传学，三生又一生。
灵山灵所寄，木叶木棍萌。

122. 舟中见雨

夜水初闻雨，江南杜若清。
潇潇风水问，楚楚读书声。

123. 送僧南归

岭上梅花色，诗中寄陇头。

兵尘应欲静，寺客已归舟。

124. 江干

一望江流远，千浔两岸云，
沧洲沧草木，逝水逝氤氲。

125. 过友人隐居

隐隐居居山水月，潇潇洒洒净尘喧。
风风雨雨溪流去，秦秦汉汉作桃源。

126. 宿天竺寺晓发罗源

古寺黄昏宿，孤灯月色明。
罗源罗刹语，石籁石林城。
别偈王师路，归途早启程。
钟声钟鼓送，一世一人生。

127. 留宿罗源西峰寺示辉上人

一夜西峰寺，三生太上明。
禅音禅语定，石磬石径声。
普渡居心定，如来自在生。
观音观自己，佛祖佛莲城。

128. 题横山寺

步入横山寺，心随佛祖行。
如来如自在，大势大人生。

129. 泛舟

草木高低见，云烟岸渚齐。
江空江更远，月近月偏低。

130. 宿灵岩寺

月宿灵岩寺，人随定殿修。
招提招客至，诚语诚因由。

131. 江上别刘驾

行行千日月，路路有春秋。
共共同同度，离离别别忧。

132. 南轩

野草南轩外，鲜花玉树前。
溪流泉石语，鸟雀暮时宣。

133. 泊雁

楼橹挂月弦，渚芷泊云烟。

落雁栖栖水，衡阳作小船。

134. 巡渚州渐次空灵戌

渐次空灵茂，归鸿已北来。
衡阳天地暖，渭邑柳杨裁。
积翠朝衣净，闻风进士才。
莺鸣青海泽，职秩序天台。

135. 潭州使院书情寄江夏贺兰副端

云云雨雨多，楚水到湘河。
北雁衡阳宿，孤山信使何。

136. 过柳州

地尽湘南岸，山分桂北林。
云行三月水，雨注九疑涔。

137. 经巴东岭

巴山栈道一猿啼，白帝江流半水齐。
路尚瞿塘应逆背，征人几日到辽西。

138. 过申州

中人战死过申州，井邑荒芜不见牛。
野火残营今犹在，山空水净自东流。

139. 次下牢韵

荒亭独立雨潇潇，岭木清风望不遥。
莫道前程千万里，啼猿不远两三桥。

140. 潘处士宅会别

处士半心高，嘉陵一把仪，
川流川到海，逐日逐波涛。

141. 长安早春赠万评事

小叶已抽芽，初黄二月花。
非花应是叶，是叶不非芽。

142. 留别宋处士

一酒意无休，三生过九州。
阴晴看草木，醒醉问何愁。

143. 留别道州李使君

雨断云乡去，人辞路远游。
长亭长不尽，一醉一情留。

144. 将游宋都留别包谏议

谏议过东都，秦川一丈夫。
风云风雨至，半吏半江湖。

145. 灞岸别友

别路长相望，离言未尽时。
湘君留竹泪，楚帝祠中词。

146. 临川从事还别崔法曹

谬误应生症，清平水月城。
高悬明镜处，俯首对民情。
正正邪邪见，奸奸善善精。
人间人所欲，世上世分明。

147. 海上别薛舟

海上一风波，云中半玉柯。
飘飘何所以，去去可同歌。

148. 婺州路别录事

新年别旧僚，古道送行遥。
落木生枝叶，沧流有汐潮。

149. 建中癸亥岁奉天除夜宿武当山北茅平村

四面人相会，三生客路遥。
新年分两岁，老酒向天消。

150. 京口送皇甫司马副端曾舒州辞满归去东都

世上人人见，京中事事明。
云平云雨下，水落水潮生。

151. 送李审之桂中谒中丞叔

山山水水一知音，去去来来半古今。
暮暮朝朝寻所事，辛辛苦苦木成林。

152. 送王翁信及第归江东旧隐

江南一水东，洛北半天空。
及第长安路，才华一大风。

153. 送李明府之行

长沼一诸侯，渭邑半神州。
浙水分南北，吴山同里楼。

154. 送郭太祝中孚归江东

北雁南飞路，冠官玉冕明。
江东江水阔，太祝太人英。
日上知音见，云中易水城。
君行君子岸，步履步仁卿。

155. 新秋夜寄江右友人

云中三界水，月下九门东。
浙水纤纤女，吴山小小翁。
诗词歌赋地，雅颂雨云风。
六合钱塘岸，千流一色空。

156. 清明日送邓芮二子还乡

清明二子一还乡，雾里看花半柳杨。
草木何言天地骨，慈恩不尽向爷娘。

157. 送谢夷甫宰余姚县

此去方为宰，干戈尚未销。
公田浸海水，治政牧余姚。
野火经平息，春风已上潮。

158. 送柳道时余北还

役役征征路，南南北北还。
江流江不止，雁落雁门关。
事事时时见，山山水水颜，
官冠官吏小，客舍客河湾。

159. 送万户曹之任扬州便归旧隐

隐逸冠官唱大风，听潮看月问隋宫。
文章妇子杨州路，十二楼中一半红。

160. 送李长史之任常州

别别离离事，名名利利舟。
才人才子客，吏禄吏生求。
苦役寻常济，贫官颗粒收。
君为君子路，小致小人酬。

161. 南宾送葵侍御游蜀

不尽巴山雨，难行白帝船。
高唐神女在，宋玉楚王篇。

已料相逢日，应承栈道边。
嘉陵明月峡，奉节望西川。

162. 送崔拾遗峒江淮访图书

拾遗九门思，负谣十地辞。
关中关外采，谏议谏君时。

163. 九日送洛阳李丞之任

洛下名声早，云中结绶新。
重阳重日月，独任独丞臣。

164. 奉陪李大夫九日宴龙沙

九日龙沙菊，茱萸下榻花。
登高天意近，俯望旧时家。

165. 送车参军江陵

信使东门外，江陵雨媲中。
禅心禅意念，海上海云风。
幻境劳多事，灵台石径东。
刘家刘表在，借国借南荆。

166. 游清溪兰若　兼隐者旧居

隐者松杉路，清溪石水明。
潭深龙自在，木直色精英。
约约天云下，悠悠帝子城。
鸣禽鸣不止，鸟落鸟飞行。

167. 赠史开府

一战向关西，三军汉将齐。
知予知彼问，欲借欲人低。
日落胡风起，沙尘野草萋。
安家安史静，社稷社昌黎。

168. 登楼望月寄翔李少尹

陌上晾风至，云中月色遥。
轩辕难作客，凤阙寄渔樵。
战事初平定，民心作柳条。

169. 赠韩道士

三清一路遥，九陌半云霄。
石玉丹炉炼，烟霞作渡桥。

170. 和汴李相公勉人日喜春

日日风光好，人人过小桥。
春风春水岸，剪彩剪桑条。
茧茧蚕蚕见，丝丝束束鬈。
生生生不息，物物物难消。

171. 奉酬卢端公饮后赠诸公见示之作

日下楼台十万山，风中草木一知般。
扬旗受降胡尘静，佐幕临戎以诸还。

172. 赠司空拾遗

自以辞云陛，丹墀不作家。
司空司拾遗，问雪问梅花。
不可疑王粲，陈琳奏草华。
尘中尘是主，月上月宫娃。

173. 越溪村居

禅扉久不开，越水自徘徊。
一路群芳径，千村独客来。
村居村野色，柳变柳枝催。
鸟上声声问，花花草草栽。

174. 寄方德躬故居

山风吹女叵，暮日对长河。
只要江山在，何须唱九歌。

175. 寄司空曙

群芳争宠色，碧野已先酬。
柳叶三春绿，杨花半白头。

176. 过故人陈羽山庄

陈庄一片山，带酒半无还。
陆羽常作客，茗茶列仙班。

177. 吊畅当

自比相如赋，长沙贾谊词。
屈平屈楚调，宋玉宋人诗。
子敬琴声尽，青衣布履迟。
精英非故老，草木有琼枝。

178. 寄刘禹锡

长安十载一刘郎，半寺桃花九日乡。
不在朝中道士曲，应留紫气紫阳光。

179. 寄孟郊

一酒半高歌，三寒十玉河。
清流清不止，道浅道深萝。

180. 赠徐山人

水水山山过，林林木木间。
樵渔樵不问，道士道无还。
帝子天堂客，丹炉盛御颜。

181. 过贾谊旧居

长沙两楚才，汉室一徘徊。
古井生秋草，书房隔世埃。
咸阳宫殿尽，太息自然苔。

182. 宫词

紫禁羊车远，晨明草木荣。
欣然欣所慰，买赋买心情。

183. 汉宫人入道

入道问三清，孤灯向一城。
皇家皇土地，白发白人生。

184. 二灵寺守岁

守岁山房外，寻灯古刹中。
明人明抱一，侍世待心空。

185. 暮春感怀自述

杜宇声声已半春，江流处处问三秦。
飞花落絮垂千柳，日暮天余过九濒。
耄耋相闻书读少，三千弟子有纯臻。
修成格律文音律，十万诗词可自珍。

186. 落花

得意人人见，闻芳处处迟。
年年回首问，折折两三枝。

187. 宿新安江深渡馆寄郑州王使君

新安江上客，十月水中闻。
沈约关东问，陈王渡馆君。

188. 哭朱放

芝兰一夜霜，蕙芷半书香。
耿耿泉台远，悠悠各柳杨。
茫茫何去路，郁郁领余芳。
月落应重始，君辞永故乡。

189. 酬盩厔耿少府湋见寄

木叶萧萧落，秋霜处处生。
风流年不尽，老梦月空明。
外事无端故，墙东有酒情。
闻君闻雪夜，少府少精英。

190. 赠慧上人

古寺鸣钟侣，禅房星月满。
云霞慧上人，市郡去来秦。

191. 渐至涪州先寄王员外使君纵

何言出守五溪边，火种力耕半野田。
俗约巴山宁远路，涪州水色夜郎烟。

192. 和河南罗主簿送校书兄归江南

兄兄弟弟半天涯，去去来来半客家。
读读书书书不进，官官吏吏吏无花。

193. 晓闻长光钟声

长长乐乐一钟声，汉汉秦秦半太平。
暮暮朝朝天子路，鸳鸳鹭鹭顺应行。

194. 听霜钟

悠悠一半鸣，杳杳两三声。
梦里寥寥响，行中落落惊。
相连相断续，远递远殊盟。
晓色霜明净，长亭客故程。

195. 同前

一寺霜钟近，三程晓日遥。
惊鸣惊自己，运物运河潮。
莫以尖时见，凭心许诸消，
听声听世界，问世问渔樵。

196. 酬崔法曹遗剑

一剑似长仪，三边逐草蒿。
胡尘胡静止，故客故英豪。

197. 敬执孙常州二首

一路已无头，千辛有旧由。

长亭攻短见，日落日升流。

198. 将赴东阳留上包谏议

闻风自得扬灰路，历世应闻晓色钟。
一道连天连地远，三生逐鹿逐人生。

199. 答崔法曹

后会知相远，今辞可上舟。
江山山水客，日月月当休。

200. 问严居士多

一问闻天至，三清对地去。
千年千水岸，百岁百人泉。

201. 新年第二夜答处上人宿玉芝观见寄

月宿玉芝观，云行露水寒。
知心知所欲，历事历青丹。

202. 赴抚州对酬崔法曹夜雨滴空阶五首

之一：
汉苑未央秦，临川夜雨濒。
千官千进退，九陌九江津。
之二：
抚水浔阳岸，江西九陌滨。
南昌南夜雨，别梦别时频。
之三：
一路书生至，千程日月珍。
冠官冠八面，士子士三秦。
之四：
雨落云沉去，阶明石隐身。
清清清自许，湿湿湿水濒。
之五：
以酒曾知暖，闻声可问津。
云云云不尽，雨雨雨经纶。

203. 又酬晓灯暗离室五首

之一：
灯明灯火暗，晓色晓人行。
别路前途见，重眠是故城。

之二：
孤灯孤不明，独影独难平。
雨住去飞去，泥泞路不成。
之三：
灯光一影长，雨水半冰凉。
早路三更始，虚寒十地乡。
之四：
平生似楚僧，夜半对孤灯。
寂灭重燃火，羽传不可承。
之五：
雨雨云云里，明明暗暗中。
八句应藏住，三更可大风。

204. 同赋龙沙墅

同赋龙沙墅，共吟日月城。
乔林乔直木，净水净时英。

205. 昭君词

汉蜀昭君女，阴山半故乡。
单于情已是，远近意相昂。

206. 劝陆三饮酒

饮酒一心昂，泸州半故乡。
茅台三世界，济世九州梁。

207. 关山月二首

月出关山度，云归草木乡。
清光无远近，肃穆有炎凉。

208. 送王司直

云山西塞远，道路北南长。
不在浔阳醉，还知问故乡。

209. 宿无可上人房

无可上人房，尘埃落四方。
僧游僧不老，历世历沧桑。

210. 山居

野鹿自成群，山人入白云。
深林深水色，远岭远衣招。

211. 口号

苜蓿年年草，桑榆岁岁根。

书生书不已，道路道慈恩。

212. 夜坐

夜静星河岸，灯明释子心。
经天经地坐，独得独观音。

213. 堤上柳

静静柳丝垂，纤纤碧玉枝。
行人行不止，见色见无迟。

214. 遣兴

一半闲云住，三千弟子关。
长亭长路见，短道短心还。

215. 赠张挥使

士子千年近，书生万里遥。
朝廷知霍卫，李广射云霄。

216. 偶成

一曲梅花落，三重下里声。
巴人巴水峡，白帝白云城。

217. 画蝉

薄翼怯无声，高枝仰首横。
天长天未近，碧叶碧临盟。

218. 题天柱山图

擎天不计功，柱地有长虹。
日月风云济，阴晴早晚风。

219. 松鹤

鹤鹤松松立，云云雨雨空。
相闻相独立，互见互西东。

220. 草堂一上人

云中一上人，月下半晋秦。
以钵承天下，持钟对世频。

221. 题黄司直园

不忆去年梅，寒霜腊月开。
应知今岁早，一月已春催。

222. 北山游亭

莫望游亭路，春芳已落英。

131

香泥香土地，坐果坐新城。

223. 赠李唐山人

山人半李唐，道士一书香。
莫以樵渔问，皇家入此乡。

224. 题秦隐君丽句亭

自在萧山闭，无言浙水回。
天堂天所见，客月客亭开。

225. 答孙常州见忆

见忆常州问，苏州去若飞。
云行云雨去，子并子猷归。

226. 送裴明州效南朝体

沅水潇湘泽，长沙竹木青。
苍梧苍浪水，二女二妃情。

227. 戏留顾十一明府

江烟云带雨，浪水雾生酣。
湿露浸寒意，船移蓝气低。

228. 答崔载华

案卷日成堆，文丛月色催。
春秋春待序，玉液玉壶杯。

229. 将赴行营劝客同醉

一醉三军客，千呼万岁营。
征人征未醒，受降受胡缨。

230. 夏夜江楼会别

夏夜江楼见，江流月水舟。
何来何所去，往去往春秋。

231. 人字

序：
岁除日奉推事使牒追赴抚州办对留别崔
法曹陆大祝处士上人同赋人字口号
诗：
处士丹炉火，香城度牒新。
流年流处处，上国上人人。

232. 江馆会别

不饮离亭酒，前途会市人。

回头回所见，跬步跬量尘。

233. 客州回逢陆三别

积水西南路，回逢陆子君。
三生三部曲，一世一青云。

234. 古意寄呈王侍郎

日满江湖水，心平草木城。
春春生绿色，岁岁自枯荣。

235. 送李大夫渡口阻风

渡口三方水，船横四面风。
帆扬帆自足，顺逆顺如弓。

236. 过三闾庙

汨罗一九歌，楚郢半千珂。
完璧张仪客，楚王杜若多。

237. 泊湘口

湘山遥汉寿，桂水近天河。
露重猿声少，风流月色多。

238. 游道林寺

不远佳山路，常稀侣道迷。
丹霞丹石玉，暮色暮云低。

239. 后宫曲

步入长门路，纤纤细曲姿。
弓身弓俯仰，让道让人芝。

240. 新别离

院外杏花枝，春中小色奇。
桃红桃李下，已果已成蹊。

241. 夏日登鹤岩偶成

愿借僧房鹤，三清客自翔。
天高天际远，玉宇玉云扬。

242. 题净居寺

净土云居寺，千年佛祖堂。
钟声博百里，磬语过千梁。

243. 昭君词

汉将阴山外，琵琶敕勒中。

单于胡汉马，蜀女玉缨红。

244. 织女词

天河一半到人间，弟子三千自等闲。
晓锦云中寻织女，长生殿上玉门关。

245. 塞上曲二首

之一：
一剑横行去，三军战地雄。
鸣金催受降，列阵胜胡兵。
之二：
自古一天山，黄河十八湾。
楼兰应万里，已过玉门关。

246. 闺怨

一梦到阳关，三更望镜颜。
楼兰应已暖，共步月芽湾。

247. 春怨

罗衣积泪痕，万叶自归根。
不必三千日，应同一夜恩。

248. 旅次寄湖南张郎中

隔墙一枝春，梅花半笑颦。
郎中无世态，寄我有东邻。

249. 题友人山居

处处青山在，时时逝水声。
山居人自得，跬步色枯荣。
树上蝉高唱，溪中石水鸣。

250. 别郑谷

步步吟词赋，心心觅句辞。
朝阳桃李树，郑谷去来诗。

251. 赠鹤林上人

日日溪边望，明明漾亮晴。
悠悠流不止，处处有天声。

252. 题稚川山水

五月茅亭上，三川逝水凉。
苍苍人去后，路路客云忙。

253. 过柳溪道院

片片梨花落，垂垂柳叶微。
同时同令节，共存共荣晖。

254. 荔枝

一颗解解色，千枝树树垂。
红红皮肉露，白白玉人窥。

255. 忆原上人

路路上人心，行行作古今。
山山山不止，水水水成浔。

256. 闲思

草暗花明色，云飞水问山。
严陵滩上客，竹竿白鸥闲。

257. 兰溪棹歌

兰溪桃花雨，锦鲤上银滩。
晓月丝丝挂，山光镜面观。

258. 苏溪亭

步步杏花天，清清露叶泉。
寻寻云不雨，觅觅水如烟。

259. 敬酬陆山人二首

之一：
党议诛连去，直臣正义来。
无间无不见，有宰有天台。
之二：
不必樵渔问，何言草木苔。
人生自所欲，处世处尘埃。

260. 答崔法曹赋四雪

天台半雪山，素雪一僧颜。
清溪沉岸雪，覆雪覆云关。

261. 抚州被推招雪答陆太祝三首

之一：
自是昭昭雪，由来节节明。
人心人所向，济世济精英。
之二：
自古人人见，如今事事衡。
人邪人所恶，正士正公明。

之三：
自得明明镜，天公处处清。
昭昭应似雪，覆覆以声名。

262. 送独孤曳还京

千川一水流，万谷半春秋。
别路终回首，京都在陇头。

263. 临流送顾东阳

山溪入海流，逝水作洋浮。
目向东洋顾，心从一去留。

264. 行营送马侍御

三边细柳营，八阵角奇横。
百里观烽火，千军受降城。

265. 送秦系

旧业公卿尽，低头羁旅兴。
缨尘曾不净，别道已相承。

266. 送裴判官回湖南

湖南一铁官，渭北半心丹。
但以天街路，潇湘竹泪寒。

267. 再巡道永留别

已共家人度，何期驿路时。
长亭长望尽，短别短情私。

268. 别崔法曹

路别过西秦，心辞问五津。
芝田留醉色，学道上人亲。

269. 送萧二

莫向田间老，身寒草木人。
诗书多不忆，日月有秋春。

270. 湘川野望

百水洞庭湖，姑山汉寿孤。
怀王怀楚璧，杜若杜鹃凫。

271. 将至道州寄李使君

木落天清路，湘云竹泪秋。
娥皇英女问，鼓瑟以灵幽。

272. 与虞沔州谒藏真上人

山中几上人，月下半清真。
隐逸樵渔客，招提日月中。

273. 题招隐寺

昨日临川见，今辰谢病还。
苍苍招隐寺，独独剑门关。

274. 过洱渎单老　天涯海角

海阔天空一柱擎，回头白鹿半相倾。
茫茫不见波涛远，老老何言少少天。

275. 族兄各年八十余见招游　自语

生平八十余，复读三千书。
格律诗词客，音声日月舒。

276. 登高回乘月寻僧

半插茱萸半故乡，一秋早月一秋凉。
高僧有悟高山外，入定无求入夜长。

277. 赠殷亮

日日江河日日流，天天日月天天修。
先先后后先后见，国国家家家国忧。

278. 乌江

序：
夜发袁江寄李颍川刘侍御　时三公留任在，一本题子夜乌江作
诗：
半夜回船望，三更向楚乡。
乌江乌水岸，霸主霸王昂。

279. 对酒示申屠学士

但以乡思久，何闻去路长。
书生书不止，道法道人狂。

280. 对月答袁明府

十里孤城月，三更鼓柝声。
方圆方已定，醒醉抱园行。

281. 送前上饶严明府摄玉山

月挂家山木，云归逝水泉。
从新源见海，可籍尉桑田。

282. 听歌回马上赠崔法曹

八月杏花开，三声日月回。
重寻重旧路，醉后醉言来。

283. 酬骆侍御答诗

画阁风传西，江城雨湿村。
花开花自主，叶落叶归根。

284. 送孙直游郴州

上水孤舟远，中流独客心。
波涛波浪阔，桂岭桂林深。

285. 麓山寺会尹秀才

水上逢君渡，云中问去还。
湘江湘沅岸，洞府洞庭山。

286. 送董颋

此在秦天望，离群楚雁单。
无君无定所，有寄有诗翰。

287. 别张员外

半入浮云里，三湘水色中。
频频临湿雨，处处静无风。

288. 送张评事

送远鱼梁近，离情草木深。
无心无着落，有岸有鸣禽。

289. 送吕少府

共醉流芳酒，同吟寄远诗。
长亭长八句，短意短千辞。

290. 送人游岭南

少别华阳府，云行越国楼。
梅香梅影在，岭北岭南游。

291. 妻亡后别妻弟　自解

一路垂杨柳，三生别道忧。
无知无自己，醒醒醒还休。

292. 和崔法曹建溪闻猿

但向诗中间，何须月下听。
三声三不语，九叹九零丁。

293. 湘南即事

莫问潇湘竹，还闻岳麓山。
霜枫霜不语，橘色橘洲湾。

294. 代书寄京洛旧游

十月黄花独，三湘橘子洲。
颍津颍水冷，洛下洛寒秋。

295. 蕲州行营作

昨日桃花落，凌晨大雪飞。
山川山半卷，素色素人归。

296. 题武当逸师兰若

隐逸禅师院，谦卑佛祖门。
心经心自得，贝叶贝人根。

297. 谷城逢杨评事

已在长亭路，俱闻驿舍邻。
春风春不语，大雪大风频。

298. 听韩使君美人歌

能过阳关路，难浮伎女河。
千姿千百态，美色美人歌。

299. 转应词

草草边边色，山山水水形。
南南同北北，群群共丁丁。

300. 精舍对雨

寂寂空空雨，花花草草云。
门舍门万里，老衲老千君。

301. 宿灌阳滩

十月江边宿，三更温雨来。
芦花芦絮卷，雁尾雁头抬。

302. 酬赠张众甫

野望无心意，闲寻有色花。
空山空足迹，上苑上人家。

303. 客舍秋怀呈骆正字士则

小草幽幽幽，盆花处处开。
天工天不语，地气地人栽。

304. 寄中书李舍人纾

中书门下省，上液客中闻。
百草丛丛色，千门处处君。
天台天地近，舍府舍人文。
九九黄花竟，诸诸白日曛。

305. 赠康老人洽　自述一九八六年

百岁布衣人，三篇帝国邻。
经纶经世界，日月日秋春。
紫禁域中客，京都座上臣。
精英精八六，著作著周秦。
北府东方重，中南海里钧。
书明书记报，部理总冠巾。
四万乾隆比，三千弟子身。
吟辞吟赋曲，下海下风尘。
十万诗词韵，平平仄仄臻。
如来如听望，大士大夫循。

306. 暮春游长沙东湖赠辛兖州巢父二首

之一：
东湖东岸水，北麓北文风。
处处黄昏里，悠悠落照中。
之二：
湘江湘水荒，楚国楚才国。
历见泓澄岸，还寻竹泪纷。

307. 同兖州张秀才过王侍御参谋宅赋　得柳字　十韵

过宅寻杨柳，长沙一路酒。
何须知醒醉，楚客汨罗首。
竹泪湘灵寄，苍梧禹穴友。
千流从此去，百草神农口。
陌巷虚觿甫，风尘社稷含。
湘川湘水阔，橘子橘洲秀。
十载平生路，千年日月后。
新晴新雨色，岳麓岳阳母。
有意寻常见，无情万里缍。
恐龙英所见，九鼎九重九。

308. 同辛兖州巢父卢副端岳相思献酬之作，因抒归

怀兼呈辛魏，院长扬长宁。
暮色高城角，离觞自向低。
舟平舟未systems，主醉主声迷。
落叶已无响，秋风香不西。
唯闻天末去，早晚各辛夷。

309. 酬袁太祝长卿小湖村山居书怀见寄

向北江居水，阴晴雨露云。
湖村湖岸碧，草色草衣裙。
十户农田种，三家学著勤。
樵渔樵斧止，道是道诗文。

310. 送汶水王明府

书生半故乡，梦里忆爷娘。
历志千所险，经儒万里长。
天涯天子土，海角海边疆。
处处铜章印，年年足雪霜。

311. 奉同汴州李相公勉送郭布殿中出巡

两省三台事，千门九鼎和。
经纶经所致，日月日当歌。
持法巡中正，宣章落玉珂。
南山南木直，北阙北君多。

312. 关东阳顾明府罢归

祖帐临鲛空，黎人下客舟。
青枫青水色，鸟落鸟何求。

313. 抚州对事后送外生宋垓归饶州觐侍呈上姊夫

一乱治三年，千家历万川。
农夫农不济，市井市风偏。
读学心思近，文章意欲宣。
鄱阳鄱水岸，石壁石连天。
陌巷成书室，**繁**闻战争旋。
何时何所定，自足自方圆。

314. 永康孙明府颈秩满将归枉路访别

一路连南北，千官逐暮朝。
忧天忧自己，问道向遥迢。

315. 将赴湖南留别东阳旧僚兼示吏人

离序换布衣，别道易相依。
但记东阳客，诗文寄莫稀。

316. 抚州处士湖泛舟送北回两馆至南昌县界查溪兰若别

郡政留何许，人心已足珍。
唯君唯友意，处世处风尘。
一醉行千里，三鸣向万辛。
秋云秋雨肆，查酒查溪津。

317. 将巡郴永途中作

人生四面一余中，日月千章半色空。
旦以书儒书世界，须当客客事客西东。

318. 偶遇

序：

桂阳北岭偶过野人所居聊书即事呈王永州邑李道州圻

诗：

汲水悬泉注，耕田火种萱。
何寻秦汉语，已是武陵源。
草树由繁荫，云烟任石垣。
芝兰门下紫，杜若方圆。
日月无朝暮，诗文有雨轩。

319. 下鼻亭泷行八十里聊状艰险寄青苗郑副病朔阳

险险惊惊流，临临隔隔风。
冲冲冲府谷，湍湍湍龙宫。
朔朔阳阳隐，行行泷泷空。
流波流间道，逐水逐蒙笼。

320. 少女生日感怀

十八女儿红，三千弟子中。
琴棋书画学，雅颂俗家风。

仄仄平平市，针针线线同。
书章书跬步，历事历西东。

321. 张评事涉秦居士系见访郡斋即同赋字

遣吏山禽在，乔林玉宇中。
春鸿初落渚，白鹭卫由哀。
一醉应三叹，千杯可不同。
倾听泉细语，不似大漠东。

322. 小雪

一片飞来半片寒，三冬小雪九冬残。
梨花已似梅花色，细霰如云满杏坛。

323. 句

之一：
六咏一临川，三生半积渊。
日月量尺寸，阴晴作方圆。
之二：
本立南阳少，文章气节殊。
之三：
深山藏秀木，远水济沧桑。
百鸟群朝凤，三光独向阳。

324. 竞渡歌

汨罗忆取问端阳，一水千舟半竞王。
贾谊屈平相望见，长沙赋外九歌乡。

325. 酬韩校书愈打球歌

修文持笔一书生，帅领中锋半北征。
俯仰开弓球似箭，输赢击打系红鑼。
千章半掷方圆胜，万马三呼武士精。
士士应知成本立，人人误得学纵横。

326. 春山夜月

夜月春山色，池塘直木情。
杯中沉桂影，手上玉人明。

327. 宿蓝田口奉寄沈员外

谷远飞群鸟，川长直木林。
云烟归水草，月影落栖心。

328. 冬日野望寄李赞府

地理朝阳照，天空晓雾明。
南山南雪色，北阙北宫城。
腊月梅花弄，春风草下生。
相交相代替，独见独枯荣。

329. 闲居寄薛华

闲居耳目清，隐几赋诗名。
草木时可易，阴晴处处行。
观摩观所细，察觉察微情。
左右留吴越，江东寄水生。

330. 江上送友人

一去故人舟，三光照远天。
平生平所以，纳世纳云烟。
逝水成洋海，南流绕北川。

331. 田家秋日送友

树上知桃李，田中问大风。
农夫农所本，故友故情衷。
果实秋秋累，春春雨云同。
轻舟轻渡客，欲止欲行中。

332. 自吟

七十身名去，回归少小年。
童翁相似处，简易共方圆。

333. 感兴

困困穷穷易感恩，名名利利可乾坤。
桃桃李李成蹊路，夏夏秋秋作雨村。

334. 别佳人

陇上泉流陇下分，川中直木谷中云。
佳人曲里千姿舞，月里嫦娥彩色裙。

335. 冯宿

进士元中第，南阳本立门。
东川王度使，制治帝王尊。

336. 御沟新柳

御柳天渠色，垂丝夹道春。
十门千碧玉，一路一随新。

337. 酬白乐天刘梦得

洛邑长安水，天书自乐天。
临歧临梦得，要约要云泉。
共饮三杯酒，同鸣一世缘。
经春经柳毅，岁去岁诗年。

338. 陆长源

刺史陆长源，贞元节度宜。
军中军所乱，遭害遇诗言。

339. 乐府答孟东野戏赠

芙蓉初出水，玉滴满身花。
碧露方圆见，珍珠映彩霞。

340. 酬孟十二新居见寄

十二新居见，三光故照余。
千章千不尽，四序四方书。
汲井田园润，留芳石磊墟。
心知心所在，达者达荷锄。

341. 郊于汴将归赋夷门雪赠别长源答此

序：
苔东野夷门雪。

诗：
四顾夷门雪，三生淑甲衣。
郊寒郊岭色，渭水渭城畿。
素道留云迹，冰封踏玉玑。
应诗应赋见，未了未央依。

342. 句

一曲梅花三弄玉，千门白雪一阳春。

343. 张众甫

沮河一子初，罢秩半侨居。
御史淮宁事，云阳众甫余。

344. 寄兴国池鹤上刘相公

一鹤白云心，千门素立禽。
三清三独立，九鼎九鸣吟。

345. 送李司直使吴 得家花斜沙字，依次用

万里帝王家，千年二月花。
春风春水润，御柳折屈斜。
自得天涯路，功名海角沙。

346. 送李观之宣州谒袁中丞赋得三州渡

古渡江州岸，楼船跬步钧。
垂纶垂独晚，济水济秋春。

347. 宿慧山寺

之一：
锡锡无无市，空空色色闻。
东吴东客会，惠寺惠山云。
水月云烟聚，风尘草木芬。
天书天命定，富贵富衣裙。
立世经纶久，横波日月曛。
吟诗吟所际，举酒举斯文。

之二：
古寺秋山上，人情草木中。
寒泉寒水月，竹影竹溪空。
故友良宸会，珍禽玉树红。
平生平所欲，对酒对时雄。

348. 秋暮登北楼

叶落空山满，泉流石径深。
阳晴阳远照，木影木成林。
古寺藏经阁，禅房老衲心。
川流川不息，万籁万观音。

349. 宿慧山寺

夜月二泉声，青莲一寂城。
寻山寻古寺，问世问心径。
贝叶禅房继，晨钟暮鼓鸣。
天机天所赐，各得各生平。

350. 送言孚校书归楚州旧山 中孚自仙官人仕

入仕仙官客，三清旧录尘。
云巢云洞府，紫陌紫城春。

市境千官夏，樵声半入秦。
桃源应世外，五柳误经纶。
此路寻山去，林深属野津。
应知无绶冕，再不有东邻。
老衲重寻坐，新音话旧人。
三年须闭谷，四面已呈新。

第五函　第二册

1. 寄卢纶

卢纶字允言，石第以文宣。
会翠郎中集，书诗对简繁。

2. 送韩都护还边

好勇静三边，雄文过九泉。
幽州飞将去，白首客燕延。
细柳营中戍，交河月下弦。
移军成战阵，祖帐望婵娟。

3. 送韦良尺归江南

僧归向岳阳，瓶钵满三湘。
雨露神仙客，风云密意藏。
江南江水月，雾霾雾烟乡。
诸别苍梧路，群生禹穴梁。

4. 送姨弟裴均尉诸暨　此子先君元相旧判官

依门君自生，坐位客文章。
旧业知兴废，新途作柳杨。
仁心仁义府，正道正沧桑。
诸暨荷塘月，西施半故乡。

5. 送邓州崔长史

邓州次诸侯，坐领见督邮。
浙口图书社，桑麻束带修。
蝉鸣登顶树，石磊逐清流。

水月知君伴，元规向白头。

6. 送盐铁裴判官入蜀

皇家征贡赋，入蜀赐王衣。
富客芋田亩，肥乡纳帝畿。
炎凉应自问，草木可相依。
坝址红橙土，川流白石稀。

7. 送魏广下第归扬州

汉诏年年有，长安处处才。
龙门应是客，适可必重来。

8. 送潘远应宏词下第归江南

失意惊心地，诗书太不回。
三生龙门过，一醉曲江边。

9. 送从舅成都县丞广归蜀

古郡千云雨，春桥万里闻。
相如应卖酒，不见卓文君。

10. 送宋校书赴宣州幕

一笔图书吏，三生世界田。
宣城宣水岸，草隶草行泉。
纸贵宣城外，江清四野鲜。
春来春润土，客去客成仙。

11. 送李纵别贺加员外郎却赴常州幕

复向江湖去，朝衣已换迟。
姑苏应不远，北固寄王师。

12. 送元赞府重任龙门县

二职陶公问，三生一脉中。
孤清孤独望，五柳五湖风。

13. 送黎燧尉阳翟

玉貌承师训，金声序楚才。
潘县花已盛，鹤立羽群开。

14. 送丹阳赵少府　即给事中涓亲弟

何荣在上堂，一别问丹阳。
给事中涓弟，江天水月光。
参差波逐游，叠荡浪花扬。
晓雨连虹起，风云向暮长。

15. 送菊潭王明府

组绶辉颜色，经纶纳早凉。
商山行境外，汉帝客中梁。

16. 送陈明府赴萍县

善绩荒山牧，良书主宰夷。
梅花梅雪岭，橘色橘枫红。

17. 正字

序：

送申屠正字往湖南迎亲兼谒赵和川因呈上侍郎使君并戏简前历阳李明府

诗：

一水历阳边，三舟向月田。
朱桥垣腹醉，碧玉绿珠娟。
负米天涯问，经天过酒泉。
潇湘云雨阔，醒醉洞庭船。

18. 送李尚书郎君昆季侍从归觐滑州

彩眼王孙客，戎装驾翼分。
冰河成济雨，墨诏作红云。
战罢欣欣主，农家处处勤。

19. 潜字

序：

送张调参军侍从归觐荆南因寄长林司空十四曙 得潜字

诗：

荆南一借潜，白帝万军帘。
玉律吴吴魏，祁山治阵严。
江声江不止，取日取农镰。

20. 送马尚书郎君侍从归觐太原

百里一郎君，三边半可闻。
秋云秋羽帐，白雪白书文。

21. 送陕府王司法

小吏不甘贫，冠官可自身。
东门多少雪，月色去来人。
武勇龙泉独，书生作比邻。

22. 送太常李主簿归觐省

水色清清见，山光处处明。
乡音乡土近，故土故人情。

23. 送从叔程归西川幕

一幕西川静，三鸣北蜀听。
巴山巴雨夜，锦水锦花萍。

24. 送万巨

把酒留贤问，行程纵雅卿。
离心离不得，取道取精英。
日月耕耘客，山河细柳营。
从君从所望，刻意刻人生。

25. 途中遇雨马上口号留别张刘二端公

路路途途进，风风雨雨田。
王章王事业，子继子书泉。

26. 送夔州班使君

晓日楼船去，三军待峡前。
瞿塘瞿水岸，白帝白云绵。
万岭岷峨雪，千川蜀楚烟。
夔门夔不锁，奉节奉安田。

27. 送从舅成都丞广归蜀

日侍成都吏，官衔蜀锦还。
巴山巴不问，白帝白云闲。
楚客瞿塘峡，秦人误舍湾。
黄河黄土地，北陆北潼关。

28. 无题

时危不喜作闲人，世济应须献此身。
读遍千儒应纳志，书生本是去来臣。

29. 题念济寺

偈夜灵空静，花枝水月开。
黄泉应故友，念济寺中来。

30. 河口逢江州朱道士因听琴

道士夜弹琴，江州满古音。
杨长随汝去，贾客尽归心。

31. 送夏侯校书归华阴别墅

白鹤山前立，华阴别墅分。
田家田黍栗，酒液酒杯醺。
石井冰莲壁，侯门竹雪云。
晴川晴谷雨，场苑场氤氲。

32. 送绛州郭参军

两岸汾桥接，三光晋祠扬。

千年周已始，百岁绛州乡。

33. 中书舍人李座上送颍阳徐少府

少府真才子，河阳半故乡。
繁花县令在，白首颍阳长。

34. 与从弟瑾同下第后出关言别

共饮龙门水，同行渭水春。
关中关外见，士子士中秦。
暮鼓应声响，晨钟可唤人。
勤文勤子弟，苦志苦家珍。

35. 赴虢州留别故人

别去各无闲，重逢叙有间。
人生人自事，步履步关山。

36. 冬夜赠别友人

贡禹未成名，苍梧已不声。
东流东未止，一水一人生。

37. 送顾秘书献书后归岳州

落叶潇湘岸，苍苔晦雨生。
机杼机缠绵，直曲直纵横。
上下经纬序，穿梭左右行。
鲛人鲛海玉，织女织天城。

38. 送卫司法河中觐省 即故吏部王延昌外甥

但以因强学，无须外属黄。
高堂高亮节，博记博闻名。

39. 送从叔牧永州

零陵太守半登车，虎节龙符一世居。
郡斋无端三蜀问，闲花水月故香余。

40. 送赵真长归夏县旧山依阳征君读书

读学少阳征，縻群守玉冰。
君心君不已，百草百香凝。

41. 留别耿湋侯钊冯著

学道功难就，诗书第有情。
相知相少见，故客故乡盟。

42. 送浑炼归觐却赴阙庭

帝诏半亲书，王城一伯鱼。
子已成元老，君臣执珪居。
榆钱榆荚外，杜若杜鹃余。
莫以当年学，同行帝业车。

43. 送崔郱拾遗

石建宗闻决胜吴，刘歆议论向书儒。
青衣特使三生路，白首辕门一丈夫。

44. 送浑别驾赴舒州

别驾赴舒州，江平旷野流。
鲛鲂应入贡，橘神可香楼。
直吏耕耘种，清官节俭收。
书生书自立，立世立春秋。

45. 送从叔士准赴任润州司士

建业风云雨，金陵草木田。
吴门吴客久，润土润州船。
谢守留天地，庾公守杜鹃。
丹徒丹武进，谏壁谏水泉。

46. 送尹枢令狐楚及第后归觐

书生十载一龙门，锦鲤三春半水村。
玉佩金瑶知远近，佳人自比问王孙。

47. 东潭宴饯河南赵少府

佳人半比香，女友作红娘。
少府真君子，芝兰有草堂。

48. 赋得馆娃宫送王山人游江东

落落馆娃宫，清清浣水红。
山人山水月，木渎木江东。

49. 送畅当还旧山

白首不等闲，青衣过潼关。
当归当自在，畅水畅云山。

50. 效颜鲁公送挺赟归翠微寺

颜徐草迹真，虎迹比龙邻。
印雪天山阔，从芜水月纯。

51. 送契玄法师赴内道场

昏昏一老夫，顶顶半醍醐。
绶带君王赐，嫔妃佩玉珠。
躯魔何不见，达战是非无。
佛道应知信，儒宗本不殊。

52. 送畅当赴小南幕

含情举佩仪，汉地食葡萄。
纳曲楼兰路，南山苦役劳。

53. 颜侍御厅丛篁咏送薛存诚

一片丛篁碧，三春独玉林。
根根生竹笋，节节自空心。

54. 秋晚河西县楼送浑中允赴朝阙

秦楼听弄玉，魏阙有声箫。
隔岸相连岸，心遥似地遥。

55. 丹青

序:

达累中丞东斋壁　画山水各赋一物得树
杪悬泉送长安赵元阳少府

诗:

树梢一蝉鸣，居高半远情，
秋音应所寄，已是去来声。

56. 送信州姚使君

郡宇一群官，秋风半叶残。
江川江两岸，日落日盘桓。

57. 送畅当

畅畅当当送，行行止止闻。
生平生所欲，步履步诗文。

58. 送史兵曹判官赴楼烦

万里楼烦涯，三军霈泽时。
繁花洼水草，琼玉色女姬。

59. 送昙延法师讲罢赴上都

护法三千界，如来五寸心。
经音经释子，汉意汉观音。

60. 送道士郄彝素归内道场

道士相逢客，灵墀羽衣风。
求人求自己，所遇所居中。

61. 赋得彭祖楼送杨德中归徐州幕

门当户对一长空，玉磴麒麟半大风。
项羽乌骓风雨过，刘邦沛里向江东。

62. 送饯从叔辞丰州幕归嵩阳旧居

丰州半似凉州阔，画角三如羽角生。
桂树榆枝榆桂叶，原来不并不来盟。

63. 送静居法师

醒醐德界界雨云踪，宝舆灵山世别容。
七祖传心传日月，重生得此得相逢。

64. 送刘判官赴丰州

丰州漠北一风沙，急管衔薇半雪花。
不过长城青海岸，功勋虏将不回家。

65. 落第后归山下旧居留别刘起居昆季

日日一晨昏，书书半子孙。
依邻依水月，下第下乾坤。
废井田园木，荒原草木村。
花林花不语，老树老深根。
世路知音少，禅房对道门。
山高山有限，大雪大无垠。
落羽逢年补，新诗逐客思。
人生人俯仰，鸟落鸟飞蕴。

66. 将赴京留献令公

行人不必愁，万里一九州。
跬步应不止，前程日月修。

67. 将赴阙公灞留别钱起员外

嵇康本厌喧，谢朓自临轩。
但以诗词客，身名八句言。

68. 虢州逢侯剑同寻南观因赠别

羞贫羞所欲，束会束其闲。
浅濑多花木，深潭日间间。

69. 赴池州拜觐舅氏留上考功郎中舅　时初贬官池州

一路雁离行，三秋客沅湘。
孤身狐贱济，独立独家梁。

70. 送从姬滁州觐省

晋行空心节节生，龙媒外氏继荣荣。
天书未解平生始，但见鲲鹏羽翼萌。

71. 奉和圣制麟德殿宴百僚

天含麟德殿，地纳蕊花堂。
陛下神羊鼎，云中玉酒浆。
群僚群圣宴，万岁万人乡。

72. 和考功王员外抄秋忆终南旧居

一第隐墙东，三生坊卷虫。
诗人诗自主，学士学雕虹。

73. 酬畅当寻嵩岳麻道士见寄

远去樵声近捕鱼，心从道士意寻书。
青囊录籍传秦语，阮肇看棋似不居。

74. 酬李端长安寓居见寄

耕田行洛下，问宅向山阴。
自别深山隐，寻还浅水禽。
千书千所欲，一得一知音。
不见三清志，何言一寸心。

75. 集贤院

序：
和常舍人晚秋集贤院即事十二韵寄江南徐薛二侍郎
诗：
九鼎麒麟阁，三台御院章。
森罗清禁肃，旭日集贤堂。
玉漏分时序，炉烟散蓼香。
群书重曜布，羽扇刺摇珩。
可引春秋志，还无汉史梁。
鸿陶秦楚问，郢曲始张良。
治武荆轲见，修文贾谊多。
纵横应所论，进退可稽康。
弱蕙青莲水，龙池上液阳。

天涯关不久，海角问椰光。
议草登封旋，朝廷治牧襄。
呈研呈日月，主宰主炎凉。

76. 酬苗员外仲夏归郊居遇雨见寄

仲夏郊居雨，雷钧草木云。
纷纷皆俯仰，伏伏尽成群。
落鸟巢无稳，游鱼入蕙欣。
旁观新组合，未解故时闻。

77. 和太常王卿立秋日即事

一日凉风至，三秋自不同。
阴阳分界定，草木近红枫。
落叶明潘岳，文章谢朓东。
王卿王太常，御笔御庾公。

78. 时遇

序：
和李使君三郎早秋城北亭楼宴崔司士因寄关中北张评事时遇
诗：
古道黄花满，晴川落叶全。
牛羊闲野阔，牧笛近山泉。
独鹤徘徊久，浮云上远天。
琼枝攀所困，不是谢桑田。

79. 和赵端公九日登石亭上和州家兄

洛浦江津渚，昆仑峰岭歧。
黄花黄万里，九日九江埠。
雁落衡阳岸，江流北国池。
集书传不止，野望野相思。

80. 酬赵少尹戏示诸侄元阳等因以见赠

龙龙虎虎半成行，子子孙孙一世当。
鹤鹤琴琴歌舞竟，山山谷谷久低昂。

81. 奉和户曹叔夏夜寓直寄呈同曹诸公并见示

熠熠流萤过，声声玉漏催。
清词清古句，润色润文魁。

82. 寄怀

序：
和金吾裴将军使往河北宣慰因访张氏昆季旧居兼寄赵侍郎赵卿拜陵未回
诗：
气慑千夫勇，言冠百子文。
金吾金节律，拜纪拜陵君。

83. 和太常李主簿秋中山下别墅即事

竹映分明色，风流肃穆时。
应观山上下，但别北南枝。

84. 酬韦诸秋夜有怀见寄

细见半深丛，无啼一小虫。
周边留碧草，彼此不相同。

85. 同吉中孚梦桃源（二首）

之一：
梦里桃源路，心中日月明。
无非求所遇，以此作群盟。
是汉非秦是，荣花色草荣。
真真真亦假，败败败思成。
之二：
五柳陶公树，三光草木乡。
桃源桃李度，世态世炎凉。
汉履秦衣问，花红草绿长。
人间人所事，痉木布弦梁。

86. 同柳侍郎题侯剑侍郎新昌里

家居一部书，俯仰半天余。
竹径何深远，流溪向岸墟。
清源君子在，日月丈夫舒。
壁石飞泉挂，烟云伴木渠。

87. 酬孙侍御春日见寄

谁非一达人，共是半初春。
子与周公近，吾当作谢邻。
荷尖先出水，细雨已成濒。
步步巡池岸，时时取草茵。

88. 和王员外冬夜寓直

阳春白雪半梅香，下里巴人十地扬。
托谏三台群答辩，青云一路独翱翔。

89. 酬金部王郎中省中春见寄

树色南宫晓，天光草木长。
春荫春未满，雨细雨含芳。
瑞气东来至，仙章北阮郎。
千红千色锦，百鸟百朝凰。

90. 奉和陕州十四翁中丞寄雷州二十翁司户

雷州二十翁，十四陕州公。
中丞司户宰，贾傅与人同。
海角南宫柱，天涯北国风。
长安长治久，魏阙魏飞鸿。

91. 景云观

序：

和李中丞酬万年房署少府过汾州景云观
因以寄上房与李年同居此观

诗：

显海青云迹，樵渔试故居。
同年同年遇，共勉共思余。
玉洞三清路，天光半御书。
如今如此是，彼此彼人舒。

92. 酬陈翊郎中冬至携柳郎窦郎归河中旧居见寄

北里一群儒，东林半独图。
匡庐天下楚，渭邑世中苏。
润水芳流色，冰渠泽荒芜。
耕耘原不止，九月插茱萸。

93. 酬李益端公夜宴见赠

月对两诗翁，寒光半酒音。
婵娟相劝饮，八句已成风。

94. 御史

序：

和陈翊郎中拜本府少尹兼侍御史献上侍
中因呈同院诸公

诗：

三千弟子一人非，七十年华半不归。
只有天津天子岸，唯冠獬豸作鸿飞。

95. 和王仓少尹暇日言怀

刀静三清事，寻书半部非。
章章分两界，字字隐双微。
正反应同在，阴阳可共微。
今来从古往，主次可事晖。

96. 和崔侍郎游万固寺

千年松节老，万固寺云深。
北阙含秋色，东流纳日沉。

97. 和裴延龄尚书寄题果州谢舍人仙居

去谒八仙翁，天香半宇空。
红霞三界外，白鹤五云中。
汲井无芝玉，丹墀铺华宫。
延龄延继果，舍下舍人逢。

98. 酬崔侍御早秋卧病书情见寄时君亦抱疾在假中

抱疾居心问，从医颇测风。
平生三大病，历世五行中。
死死生生见，轻轻重重同。
南南还北北，色色复空空。

99. 口号

序：

酬灵澈上人　一作口号戏灵澈上人，
对逢奉事进城

诗：

军人奉命本无期，落叶秋霜已见迟。
预语扬言应莫许，阴晴显晦可相知。

100. 敬酬太府二十四舅览诗卷因以见示

金盘一寸珠，玉佩七尺儒，
百壁诗词曲，千章日月图。

101. 雨中酬友人

独步归山院，孤行绕石溪。

空林风已止，直木鸟轻啼。

102. 酬人失题

孤鸾入鹤群，远水落浮云，
共处同行去，和则有市分。

103. 哭司农苗主簿

役吏无先后，行人有哭声。
田家田所记，主簿主农生。

104. 叙长安

序：

得耿漳司法书因叙长安故友零落

一寸相思十寸灰，三春细雨半枝梅。
万紫花红时令改，十门不待九泉回。

105. 同兵部李纾侍郎刑部包佶侍郎哭皇甫侍御曾

九脉黄泉外，三生故宇中。
千灯明旧里，万古此君空。
项羽乌雅疾，江东唱大风。
无孤寻北阙，不独误南宫。

106. 司空

序：

纶与吉侍郎，中孚司空郎，中署苗员外，
发崔补阙峒。

诗：

直木乔林色，孤冠玉宇清。
经纶由侍御，署府补郎名。
魏阙司空步，南山博士行。
风尘风景致，拾遗拾枯荣。
八岁童冠著，三生帝子英。
中孚中建甃，校署校书城。
一战鱼龙乱，千官绶带倾。
阴晴阴所济，地光地纵横。
静躁分朝野，沉浮辱不惊。
儒家儒佛道，掌赋掌华缨。
雅韵平律典，玄应释译精。
官曹官吏许，国步国夷平。
治宰潇湘域，文章戍帝闵。
朝衣朝绶带，紫紫紫袍明。

诏令中书笔，青袍对素生。
瑶台瑶汉帝，谷雨谷云萌。
再以黄泉会，重章九陌情。
甘棠甘树叙，取责取中衡。
彼此相邻见，何分昼夜瞑。
同听笙鼓奏，共享子孙迎。
吏路长亭数，平生保楚荆。
重挥营冲磊，再与九泉萦。

107. 酬李叔度夜喜相遇，因伤关东寮友伤逝见赠

寒霜寒月色，去路去黄泉。
野泽翻新土，荒居拓绶田。
兰香兰蕙隔，友德友兄传。
涧水川流去，名留日月年。

108. 同李益伤秋

李益不伤秋，卢纶已白头。
平生千万里，历路水山楼。

109. 白发叹

白发叹无声，青丝已有荣。
前行前不止，莫道莫归程。

110. 逢病军人

战阵一军扬，征兵半客乡。
伤残伤自己，故道故无粮。

111. 村南逢病叟

长城先后战，故土去来残。
病叟村南叹，忧心草木寒。

112. 七夕诗　同秋字

七夕半清秋，三宫一月楼。
婵娟婵素色，织女织机留。

113. 七夕诗　同用期

七夕女儿期，三边待月时。
牛郎牛不见，织女织河淄。

114. 长门怨

一怨故长门，三生小子孙。
田家田亩绿，御道御人魂。

115. 妾薄命

二八妾当年，三婚两嫁天。
长城长战事，独子独耕田。

116. 伦庥席上赋得咏美人名解愁

不要苦相留，人身不自由。
羞歌含意送，艳舞向君求。
曲尽频传目，回眸未解愁。

117. 王评事驸马花烛诗（四首）

之一：
烛照一天人，灯明半夜春。
含羞含女色，百草百香尘。
之二：
小女夜明珠，男儿过越吴。
周郎周不得，尚蜀尚香奴。
之三：
人臣人主见，女色女姿殊。
姓氏分先后，家庭有妇夫。
之四：
一见凤求凰，三生百鸟翔。
和鸣和日月，比翼比鸳鸯。

118. 和赵给事白蝇拂歌

白拂奉堂色，毫光照殿梁。
袭人香泽润，结绶彩天泱。
缕缕龙须细，微微虎背妄。
垂垂千尾翼，皎皎万丝扬。
点玉无颜色，挥金磊璧藏。
轻轻萤闪闪，亮亮映煌煌。
左右纵横去，高低自在翔。
无长非短见，有界似无疆。

119. 萧常侍瘿柏亭歌

市柏山中直，君亭磊石青。
根瘿根绝壁，汉寺汉宫铭。
虎节层排比，龙鳞点驳形。
风雷沉木本，霹雳八精灵。
雪里冰霜彻，云中雨雾霆。
千年应独主，百岁作林屏。
简叶如针刺，**繁枝似苦丁。**
苍苍孤傲处，苑苑独松龄。

120. 慈恩寺石磬歌

石磬慈恩寺，汪洋绿浪痕。
鲛人深海得，主持阔乾坤。
木魅山精聚，禅翁冷暖温。
珍奇珍市响，佛祖佛心根。
楚楚千方敬，泠泠四面尊。
同钟同鼓合，净土净沙门。

121. 送张郎中还蜀歌

朝中御史蜀家郎，月下巫山白帝乡。
两印征殊功已就，三边战罢业方长。
泸南五将君还塑，栈道千惊旧卒肠。
塞口贫交邛竹笋，岷峨俯仰向低昂。

122. 宴席赋得姚美人折筝歌　美人曾在禁中

皓腕红袖落，眉弯玉手扬。
书生知误读，壮士已思乡。
骤雨倾去下，狂风扫石梁。
深含应不露，远纳可炎凉。
一柱群弦抚，千音独散芳。
倾听天籁静，不越女儿肠。
郁郁龙蛇散，昂昂乌兽藏。
声声惊满坐，寂寂问空堂。

123. 陈翎郎中北亭送侯剑侍御赋得带冰流歌

一水带冰流，三冬入江洲。
黄河排玉结，两岸挤云楼。
震地千声声，惊天万物休。
层层壶口岸，叠叠瞬间雠。

124. 栖岩寺隋文帝马脑盏歌

帝帝王王去，珠珠脑脑留。
隋陵隋抔土，汉物汉宫囚。
不见杯中物，何言玉影浮。
栖岩藏古寺，古殿待沉浮。

125. 难绾仪子歌

何人难绾见，只问并州城。
薄玉轻冰质，仪锋利刃明。
其形惊虎兽，隐色向龙鸣。

但以塞光见，人间断绝情。

126. 腊日观咸宁王部曲娑勒擒豹歌

似虎不知名，中原未寄情。
咸宁王部曲，猎豹客擒赢。
跳跃山中兽，涎淋仆伏横。
谋生谋所欲，付命付倾争。

127. 赋得白鸥歌送李伯康归使

积水深深一白鸥，沉云杳杳半潭洲。
游鱼啄影山形乱，落鸟闻风隔雪柔。
羽翼才丰何远力，衔波逐浪贴涛游。
参差汲汲鹨鹨见，物象幽幽处处求。

128. 皇帝感词

紫气东来色，朝衣满晓明。
龙文龙瑞举，凤彩凤祥城。
校猎长阳苑，屯军细柳营。
南山南万岁，北阙北千缨。
雨露甘霖润，君王感帝城。

129. 天长地久词五首

之一：
玉砌红花路，香风瑞气台。
春风春水色，殿北殿南催。
之二：
十步虹桥路，三春碧玉塘。
莲荷莲露水，舞女舞红妆。
之三：
凤辇宫娃色，金銮侍御明。
江山江日月，社稷社阳澄。
之四：
日月呈祥合，乾坤向物成。
秦川秦汉志，渭水渭城明。
之五：
六院三宫殿，千音万语伶。
琴弦琴瑟语，剪彩剪风灵。

130. 和张仆射塞下曲六首

之一：
塞下春风近，云中羽雁遥。
英雄弓未响，狡兔向林霄。

之二：
草伏林风起，三军战将弓。
寻声寻白羽，射虎射长空。
之三：
敕勒单于牧，黄河落日湾。
飞鹰飞将在，李广李阴山。
之四：
旷野幽燕界，长城汉水边。
英雄英所望，戍将戍山川。
之五：
一箭天山射，千营受降城。
单于应向北，汉将已勋名。
之六：
一日题麟阁，三光落地明。
何当今古论，独得是谁荣。

131. 古艳诗（三首）

之一：
半布残妆落，千姿玉色开。
花香花不语，暮舞暮情来。
之二：
束带同心结，青丝共意猜。
香门香水岸，弄玉弄箫才。
之三：
便作亭台上，闻风草木开。
潘郎潘纸贵，宋玉宋人来。

132. 孤松吟酬谭赞善

雪著苍松一素衣，琼花盖翠半相依。
寒泉自去流无迹，两岸浓黑万色稀。

133. 从军行　桓仁读书生

十八在三边，千军敕勒川。
阴山飞将去，射虎向幽燕。
雪岭冰河木，勤王俭学篇。
辽东辽北望，汉志汉难全。
点碛拥兵守，行营落户年。
胶州胶鲁客，创业创方圆。
父子耕耘土，爷娘引水泉。
成家成所事，济世济人年。

134. 和马郎中画鹤赞

白鹤飞天去，华亭落玉屏。
云山连雪翎，似有似无形。

135. 送朝长史赴荆南旧幕

旧幕元瑜念，兼葭鼓角宜。
云中三峡水，浪里九江船。

136. 送渭南崔少府归徐郎中幕

叶下山边问，云飞日上悬。
郎中崔少府，渭水可耕田。

137. 寄崔七网

傲慢人心上，形身客布中。
团圆兄弟问，日月少年雄。

138. 逢南中使因寄岭外故人

莫以苍梧见，应言桂木林。
天边天子路，日事日宦心。

139. 代员将军罢战后归旧里赠朔北故人

铁岭渔阳路，移军牧马乡。
同心同古戍，共战共边疆。
受降分南北，勋功画士梁。
归来归所问，羽尽羽林郎。

140. 江北忆崔汶

不见江西客，还闻塞北郎。
身名部伍客，陋室逐渔商。
月暗瓜州水，霜明汉水乡。
长沙风雪夜，莫步问潇湘。

141. 早春归螯屋旧居却寄耿拾遗湋李校书端

旷野初晴后，浮云未了前。
田园田亩碧，草畦草荒烟。
谷雨清明近，茶童煮早川。
旗枪分呈品，小叶寄君研。

142. 春日山中忆崔峒吉中孚

日照空山静，林深鸟不鸣。
泉流鱼藻近，影色木书城。

143. 客舍喜崔补阙司空拾遗访宿

访月东邻宿，蓬居待近臣。

知贫知乐道，见火见先秦。

144. 苦雨闻包谏议欲见访戏赠

湿露不常开，杨梅路有苔。

闻君闻谏议，未雨未时来。

145. 客舍苦雨即事寄钱起郎士元二员外

积雨凄凄水，浮云处处泥。

蜂巢蜂字旧，蚁穴蚁难齐。

旧圃平颜色，新沟已小溪。

原来原绿色，自可自然题。

146. 郊居对雨寄赵涓给事包舍郎中

对雨郊居问，闻贫苦读书。

应非应是勉，误客误云舒。

拾得龙钟步，寒山暮鼓墟。

无时无作有，少见少成余。

147. 兰溪期萧道士采薇不至

百药春生碧，千花泛玉香。

兰溪兰苕岸，道士道家忙。

148. 雪谤后书事上皇甫大夫

感德精英至，高标举国名。

身名身所许，业授业公卿。

牧马阴山问，渔阳李广城。

珂瑶珂竹寨，览镜览平生。

149. 春日忆司空文明

桃桃李李风，雨雨云云中。

信信书书断，来来去去空。

150. 寄冯十七

序：

卧病寓居龙兴观枉冯十七著作书知罢摄洛阳赴缑氏因题寄生并赠乔尊师

诗：

卧病刘桢问，书因潘岳休。

龟炉丹气冷，羽客药壶流。

腐叶陈林没，荒萤惹暮楼。

年光年逝去，岁月岁常留。

151. 秋夜寄冯著作

玉宇无云净，飞鸿有字分。

人行人字去，一见一寻君。

152. 洛阳早春忆吉中孚校书司空曙主簿因寄清江上人

清江一上人，碧玉半新春。

细雨轻风至，云光草色均。

莺啼莺隐树，浥水浥红尘。

百事随心愿，三秦任意亲。

153. 偶逢姚校书凭附书达河南郡推官因以戏赠

洞府一莲花，丹炉半石夸。

常辞常切见，玉净玉人家。

154. 夜中得循州赵司马侍郎书因寄回使

海外寄双鱼，宵中得独书。

居行居所隅，一纸一心余。

155. 晚次新丰北野老家书事呈赠韩质明府

渭水南秦渡，新丰北野村。

清泉黄菊盛，社日醉慈恩。

156. 书情上大尹十兄

紫陌纤尘绝，牛犊吏役身。

江湖桃李色，砥砺去来臣。

玉管芝兰切，金炉谷若邻。

衔枚衔泪客，费日费思秦。

157. 春思赆李方陵

别路三思问，离辞九陌悬。

相逢相见见，再语再重怜。

158. 驿中望山戏赠渭南陆贽主簿

（二首）

之一：

吏小乌纱暗，官微惧事多。

尘中尘什什，主簿主什什。

之二：

一路行难得，三生止复多。

何言何自主，此事此婆娑。

159. 寄呈

序：

太白西峰偶宿车祝二尊师石屋晨登巘凭眺书怀即事寄呈凤翔齐员外张侍御

诗：

洞府青莲色，逍遥古月留。

关河关上下，桂丛桂花楼。

太白西峰望，扶风北陆忧。

秦口秦岭界，渭水渭清洲。

160. 赠韩山人

白发一山人，赤眉半水滨。

三清三自给，九陌九天珍。

161. 赠李果颜

向日磨金杵，临风问四邻。

三边三永定，九鼎九华身。

162. 春日书情赠别司空曙

壮志随年老，行程任驿遥。

风尘风不止，过路过云霄。

163. 冬晓呈邻里

晓旭到东邻，冬梅已望春。

冰封门未启，雪色满三秦。

164. 首冬寄河东昭德里书事贻郑损仓曹

陋巷闻官吏，清冬昼日寒。

河东昭德里，复执酒杯安。

165. 浑赞善东斋戏赠陈归

竹履轻尘外，珠珍古巷中。

琴书琴未语，翰墨翰才风。

166. 春日卧病示赵黄　时陷在贼中

蔬病闻春日，黄埃草木新。

图书图不在，案几案生尘。

虎豹深林远，龙蛇阔海邻。
支离支甲第，六合六冠臣。

167. 秋幕

序：

秋幕中夜独坐迟明因陪陈翊郎中晨谒上公因书即事兼呈同院诸公

诗：

穆穆唐尧奉，熙熙舜禹传。
琳琅多策略，律吕有和弦。
渭水东流远，秦川养马田。
胡风胡服射，朔漠朔三边。

168. 寄赠畅当小居

守己安分去，归山入木林。
荒村荒古径，石磊石弹琴。

169. 寄赠库部王郎中　时充折籴使

治粟恩田粒，京城客宰门。
荷君偏有问，让利向农村。
谔谔名臣政，拥拥货物根。
龙门鳞甲在，养育在儿孙。

170. 偶宿山中忆畅当

夜雪深山厚，晴晨净气氲。
峰明峰刺目，直木直含云。

171. 秋是野望寄舍弟缋兼令呈上西川尚书舅

暗渡陈仓路，明修栈道云。
秦川秦岭隔，蜀国蜀人君。

172. 行之前轩呈董山人

老见董山人，年成不觉频。
如君如自己，似去似来邻。

173. 补阙

序：

玩春因寄冯卫二补阙戏呈李益　时君与李新除侍御史

诗：

上掖春芳许，当阶次第开。
芝萱连蕙首，药物玉人猜。

174. 新移北厅因贻同院诸公兼呈畅博士

临窗纳紫阳，北坐对南廊。
弱质朝天弱，香风对地香。

175. 与张擢对酌

对酌一诗歌，平生半少多。
谁吟谁自己，共食共田禾。
炙背荷芹客，儒悲不奈何。
相分相别去，孰乐孰蹉跎。

176. 喜从弟激初至

作吏清无比，行身苦役多。
河边河卒见，酒水酒天河。

177. 寻贾尊师

玉洞一尊师，香炉半世辞。
方书方古刹，著录著今知。

178. 秋中过独孤郊居　即公主子

闲园一水到郊居，共与三童拾野蔬。
小杏初开桃李色，梨花似雪素衣余。
皇城不远无车舆，古道贫寒帝业墟。
日月可承前后继，春秋无断爱樵渔。

179. 同耿拾遗春中题第四郎新修书院

苦吏天公束，书生野性同。
晨昏晨不止，礼乐礼江东。

180. 春日题杜叟山下别业

阡阡陌陌一泉声，鸟鸟虫虫半自鸣。
共渡春秋同社酒，幽人自此不贪荣。

181. 过终南柳处士

一月当心入潭深，三春有意木成林。
根根独立垂天地，树树相承榕古今。

182. 宿澄上人院

水月一溪流，山林半寺楼。
锡杖禅房挂，顿悟著春秋。

183. 题李沇林园

古巷牛羊路，今人日月心。
林园林木直，石径石云深。

184. 过司空曙村居

村居有四邻，野性过三春。
夏雨池塘客，牛蛙不响频。

185. 题念济寺晕上人院

雨打芭蕉叶，风摇玉树春。
虚空虚日月，普渡普通人。

186. 题杨虢县竹亭

户雪一池水，门霜半气凝。
冬寒冬屋暖，酒热酒香兴。

187. 过楼观李尊师

望阙一烟霞，丹炉半石花。
仙人仙路远，葛木葛洪家。
鹤送千松日，山行万木斜。
观棋观世界，未了未桑麻。

188. 雪谤后逢李叔度

雨散云消尽，花明草碧行。
长亭长远望，问路问书生。

189. 春日过李侍御

柳色满东城，春园鸟早鸣。
陶家陶酒醉，谢客谢诗生。

190. 出山逢耿湋

万里相逢别，千山故道行。
相逢相别处，故道故人声。

191. 题金吾郭将军石伏茅堂

石伏茅堂玉，轩墀列戟钦。
炉香炉火旺，殿影殿清深。

192. 题贾山人园林

竹影婆娑夜，琴弦俯仰声。
诗词从玉友，醒醉任枯荣。
蕙芷兰香月，婵娟五字萌。
金囊金欲尽，不负洛阳城。

193. 秋夜从畅当宿藏公院

云浮云落定，寺老寺僧游。
月色随心冷，溪流任病休。

194. 重同畅当奖公院闻琴

幽幽止止一琴声，旷旷芜芜半草萌。
切切嘭嘭松已静，山山水水付清鸣。
僧僧寺寺相依附，古古今今独步行。
石石泉泉弦未止，人人事事总关情。

195. 同耿湋宿陆醴旅舍

一夜婵娟问，三更玉露来。
清明清叶脉，点滴点珠开。

196. 题苗员竹间亭

步断行尘定，亭榭竹影来。
书生书不尽，月影月徘徊。

197. 奉陪侍中登白楼 一作奉陪侍中五日登白鹤楼

洪河半入秋，曲直一东流。
客陪高天醉，云满白鹤楼。

198. 九日奉陪侍郎登白楼

九日一重阳，三生半故乡。
关河关阙锁，水势水低昂。
色色河如带，空空势似梁。
书生书未了，道佛道儒香。

199. 春日喜雨奉和马侍中宴白楼

白羽洪河水，青云鹳鹤楼。
东流流不止，獬豸豸冠州。

200. 奉陪侍中游石笋溪十二韵

石笋清溪上，寒宫玉露流。
钟山钟乳软，万壁万年修。
映日灵川色，图书鲧禹留。
天河天水落，洞府洞人酬。
锦树荧麟彩，瑶台柱顶楼。
层层层曲曲，楚楚楚船舟。
细雨连南北，轻云逐地浮。
空空空世界，望望望神州。

一剑垂风立，千峰竞马牛。
芙蓉初出水，老骥伏春秋。
自得由心想，何须束白头。
相同相市处，共市共思鸥。

201. 九日奉陪侍中宴白楼

九日重阳色，三秋玉水流。
黄花黄世界，白鹤白江楼。

202. 九日奉陪侍中宴后亭

酒后婵娟问，明前玉色羞。
琴弦应驻景，桂兔可停秋。

203. 九日奉陪令公登白楼同咏菊

百卉黄花色，三光日月匀。
金英分细蕊，玉露结珍珠。

204. 奉陪浑侍中上巳日泛渭河

锦帐青舸泛，闻天玉笛声。
波摇波浪静，酒醉酒无平。

205. 奉陪侍中春日过武安君庙

白羽三千士，红林十万兵。
元臣远达爽，祝史祝公名。

206. 过玉贞公主影殿

夕照临窗近，青松不问春。
宫中歌舞者，殿下诵经人。

207. 题嘉祥殿南溪印禅师壁画影堂

禅师禅语问，指路指天涯。
殿后千林叶，溪前十里沙。

208. 题伯夷庙

中条山下石，大禹渡中人。
自立夷齐庙，千年顶拜神。

209. 拾遗

序：
早春游樊川野居却寄李端校书兼呈崔峒补阙司空曙主衙耿湋拾遗
诗：
白水青山色，龙门草木生。

长安长驿止，杜宇杜陵鸣。
野鹿随僧去，荒原逐纵横。
临川临谷牧，纳厚纳云平。

210. 同钱郎中晚春过慈恩寺

已虽僧中旧，还知月下人。
春山春水易，石磬石音频。

211. 曲江春望二首

之一：
自望曲江春，龙门陋巷邻。
应知天下客，不是探花人。
之二：
溆浦一莲舟，红妆半九流。
竹箫笙不止，笛管笛声游。

212. 春日陪李庶子遵善寺东院晓壁二首

之一：
翠不分阡陌，春荫影鲁齐。
莺鸣东院宿，雁落雁群栖。
之二：
四顾一芳洲，三春半小舟。
音声随水逝，不是帝王侯。

213. 华清宫

华清忆建章，石羽问雕梁。
画柱温汤水，芙蓉却沐妆。

214. 题兴善寺后池

十步放生池，三生积善知。
千鱼生不去，万念是生时。

215. 陪中书李纾舍人夜泛东池

夜与镜湖邻，情同月色新。
东池东泛水，载酒载源臣。

216. 宴赵氏昆季书院因与会文并率尔投赠

谢族风流客，陶公五柳歌。
琴弦琴举木，雪色雪天禾。

217. 题天华观

仙丹求不得，汉武已轻生。
二世秦皇岛，三生碣石明。
天华观日月，道士问阴晴。
白鹤多清净，鱼鸥早奉迎。

218. 宿石瓮寺

石瓮寒灯野草生，苍烟积水寂无声。
阳关道路通天远，苦海波涛久不平。

219. 题悟真寺

飞来峰落定，此去玉云台。
佛国如来坐，莲花影里来。

220. 题云际寺上方

万水云际寺，千山古刹松。
空门空色尽，禅缘禅步踪。

221. 九日同司直九叔崔侍御登宝鸡南楼

一脉茱萸草，三秋九叔攀。
登高求望远，肃穆可心还。

222. 同王员外雨后登开元寺南楼因寄西岩礐上人

雨后彩虹现，云中玉影来。
西岩蝉欲语，树顶始风催。
陇上凝烟润，村前草木堆。
东林方正寺，百果简繁裁。

223. 望

序：
同赵进马元阳春日登长春宫古城望河中因寄郑损仓曹

诗：
长春宫外柳，上液殿前风。
寺路钟声近，军州日色同。
关桥关不锁，渡口渡舟空。
北立黄昏早，南山落照红。

224. 同崔峒补阙慈恩寺避暑

一寺高天近，千恩落地凉。

居心居所静，纳远纳禅香。

225. 春日登楼有怀

晴明独上楼，望远碧中牛，郁郁青青色，
花花草草羞。

226. 长安春望

长安春望远，渭水泛波澜。
北阙千门许，南山百木冠。
儒生多故友，侠士少盘桓。
夕照参差影，黄昏彼此观。

227. 冬日登城楼有怀因赠程腾

羁束生涯事，登临畅想多。
题诗千里目，岸帻百江河。
白首精英客，朱门酒肉歌。
长卿长短句，蔡泽蔡媒荷。
国命天威在，梅香雪素和。
公侯公子汉，汉将汉家科。
望尽春秋雁，沧洲南北波。
寒宫知玉兔，桂影见嫦娥。

228. 过仙游寺

清钟竹木深，石磬净人心。
寂寂峰林月，幽幽草木音。

229. 同路郎中韩侍御春日题野寺

野寺一孤钟，僧翁半雪踪。
居心居所志，独步独龙松。

230. 奉和李益游栖岩寺

气势栖岩寺，林香纳故人。
空门僧扫叶，独处净无尘。
月落无归鸟，云沉有客邻。
花花曾幻觉，草草自新春。

231. 秋夜同畅当宿潭上西亭

西亭一畅当，净土半无常。
但以人心寄，何言问故乡。

232. 山中一绝

林中一细泉，月下半长天。
雨后留芳草，山前种谷田。

233. 与畅当夜泛秋潭

夜泛捕流萤，轻舟划水形。
秋潭秋水净，月色月零丁。

234. 秋夜宴集陈翃郎中圃亭美校书郎张正元归乡

泉清兰菊色，果硕绿葡萄。
品酒方先醉，孤身月白头。

235. 春游东潭

移舟不望家，向日问天涯。
不尽书生路，何言向雪花。

236. 同薛存诚登栖岩寺

登岩难举步，下界自平安。
白鹤三千羽，赤松一玉冠。

237. 河中府崇福寺看花

一寺河中府，千花寺外红。
平明山上艳，独步色中空。

238. 冬日宴郭监林亭

大雪林亭色，中峰厚被明。
新婚新日暖，隔水隔冰城。

239. 奉和李舍人昆季咏玫瑰花寄赠徐侍郎

稿宅诗文旧，萧墙日色明。
莺衔池水落，蝶接口边清。
断日孤霞色，琼琚独主轻。
玫瑰临濯锦，草木著烟成。

240. 同耿湋司空曙二拾遗题韦员外东斋花树

无枝密密荣，有蕊柱头生。
色色层层比，红红砌砌城。

241. 观元修侍郎涨新池

引水香山色，穿花过草茵。
新池新映竹，涨落涨芳春。

242. 小鱼咏寄泾州杨侍郎

游鱼无泾渭，宿鸟有春秋。

简简繁繁简，流流止止流。

243. 和徐法曹赠崔洛阳斑竹杖以诗见答

潇湘斑竹杖，独步二妃思。

有泪苍梧寄，无声舜帝知。

244. 早秋望华清宫中树因以成咏

华清宫外树，紫禁苑中城。

八桂层金井，双桐著凤萦。

灵龄珠瑕叶，隐约待云生。

石上溪多语，泉中暖气倾。

骊山谁聚木，渭水已波平。

色润千门见，荫含万户荣。

245. 贼中与严越卿曲江看花

草草花花问，人人事事观。

今今成古古，乱乱待安安。

246. 同畅当咏蒲团

蒲蒲团团坐，心心态态修。

儒玄知佛道，静净作因由。

247. 焦篱店醉题 时看弄邵翁伯

渭下渠头草，泾中陇尾花。

何须翁伯弄，酒醉不回家。

248. 陈翊中丞东斋赋白玉簪

楚楚中丞赋，华华白玉簪。

涓涓冰水影，漠漠雪霜歆。

翠接飞云薄，浮莲百叶湛。

层层分色素，息息赵璧参。

249. 新茶咏寄上西川相公二十三舅大夫二十舅

新芽一万七千枚，十六两中九百杯。

碧玉螺春茗品色，沉浮普渡著徘徊。

250. 泊扬子江岸

草碧南徐市，箫声六圩闻。

千帆黄珏镇，万水邗江云。

弱国瓜洲岸，高邮白日曛。

渔舟渔火近，唱晚唱氤氲。

251. 晚次鄂州至德中作

远见武昌城，扬帆三百程。

孤眠知浪静，夜语觉潮生。

夏口知音问，江流黄鹤情。

高山流水去，汉水久无平。

252. 夜投丰德寺谒海上人

夜半有钟声，峰山不得名。

何言灯下路，不尽远公情。

野鹤巢边松自老，毒龙卧处水深清。

253. 江行次武昌县 自知

年年生白发，步步上青山。

柱国心中致，知身北人攀。

254. 夜泊金陵

夜泊金陵岸，高城幂水营。

江中横笛曲，诸将不争名。

255. 渡浙江

一箭浙江南，三潭印月含。

丝丝无尽意，茧茧有春蚕。

256. 寄李端公

一路风尘远，三生驿道遥。

云天云不止，日月日丹霄。

257. 秋晚山中别业

老树多丰果，清泉日月明。

兰芝香色远，蕙渚草洲城。

独步闲心寄，孤行闭户声。

何言三界俗，只念一书生。

258. 关口逢徐迈

废寺孤僧在，荒关不见兵。

城头风雪酒，月色照身名。

259. 山中咏古木

直木五人高，乔林一把仪。

云门云不止，水色水波涛。

但在风声里，应须雨雪陶。

春秋春继序，草木草青袍。

260. 酬李端公野寺病居见寄

野寺钟声远，荒山独木闻。

同怜同病久，共处共纷纭。

261. 送少微上人游蜀

瓶钵禅衣在，朝塈玉漏迟。

巴山巴水夜，蜀道蜀人知。

262. 送宁国夏侯丞

谢守曾诗宴，陶公五柳城。

丞相丞日月，楚国楚才名。

263. 送袁偊

自幼诗书久，如今谏猎名。

贫官贫照旧，傲吏傲枯荣。

264. 赠别李纷

儿孙已两行，别路又三光。

酒后千年尽，樽前一故乡。

265. 罪所送苗员外上都

谋身当议罪，列己可非君。

日月同相照，诗词共处君。

266. 送李校书赴东川幕

何言笔墨耕，举首校书行。

剑阁东川路，男儿细柳营。

267. 至德中赠内兄刘赞

读学年空在，从戎岁月移。

相逢相别处，故步故心知。

268. 春日灞亭同苗员外寄皇甫侍御

对酒春常诉，看花老树枝。

长安长自在，渭水渭泾迟。

269. 送颜推官游银夏谒韩夫人

夏雨丛篁劲，将军石上铭。

三边三百战，一场一涕零。

270. 咸阳送房济侍御归太原幕思乡思自己

旧宅已无邻，新城有故茵。

书生书道路，别首别离亲。
暮暮朝朝夏，来来去去春。
兵家兵百战，守国守君臣。

271. 宝泉寺送李益端公归邠宁幕

贝叶莲花国，清泉宝刹门。
云空云不尽，石净石江村。
叠磊层峰壁，盘桓老树根。
无穷无自己，满寺满慈恩。

272. 送何召下第后归蜀

剑阁一人门，巴山半子孙。
瞿塘瞿峡水，白帝白盐村。
栈道临川壁，陈仓蜀汉根。
龙门龙上下，自主自乾坤。

273. 宿定陵寺寺在陵南

荒台接禁墙，古塔对陵香。
夜月松间照，青山寂漏凉。
云南云不落，贝叶贝心长。

274. 送彭开府往云中觐使君兄

一瘭千门外，三边百战中。
功勋功受降，破虏破云风。
射虎幽州石，丹青制书翁。
儒英儒子武，上将上和终。

275. 送李湘

旧国五将雄，深儒一武风。
云中云落定，受降受勋功。

276. 送内弟韦宗仁归信州觐省寄丛树春

外族弟兄稀，亲宗父母依。
从家从舅子，吕氏吕云归。
读去榆关里，行身岁月扉。
辽东辽海客，北国北京晖。
马圈生龙虎，桓仁近紫微。
三生三结带，百岁百思祈。

277. 长安疾后首秋夜即事

一月南宫客，三清弟子楼。
流萤流火去，紫禁紫微洲。

甲第闻歌舞，琴弦对莫愁。
皇城皇帝近，九脉九春秋。

278. 送崔琦赴宣州幕

武勇宣州幕，文翰弋水江。
奴桥清港口，广德界牌窗。
远世移家困，临流举步蹬。
成心成路属，守事守云邦。

279. 送杨皞东归

东归一大风，北问半居中。
戍鼓应还响，天书已告终。
西江西月夜，楚国楚才雄。

280. 至德中途中书事却寄李僴

看碑问古城，别路不伤情。
雁去云来似，风沉雨落清。
三朝三旧事，一世一儒生。

281. 对月

序：
奉和太常王卿酬中书李舍人中书寓直春夜对月见寄
诗：
露似轻云月似霜，晨如细雨漏如决。
中书两省三台直，雁落千声一早凉。

282. 酬包佶郎中览拙卷后见寄

支离晚读书，览卷寄情余。
邻伯相如问，金门谢客虚。

283. 送史宷滑州谒贾仆射

朱门九读书，素简半田舒。
东州千户主，羊公一泪余。

284. 送鲍中丞赴太原

中丞赴晋州，府第制督邮。
白草连天碧，红旗卷九流。
黄云黄土地，素甲素貂裘。
积水成冰守，拥兵上戍楼。

285.送耿拾遗湋充括图书使往江淮

拾遗图书使，编新典籍君。

苍梧余竹泪，禹穴少碑文。
孔府藏珍壁，秦皇二世分。
鸿沟刘项见，九鼎九州闻。

286. 送郭判官赴振武

黄河九曲山，渭水一潼关。
北北东东去，云云雨雨还。

287. 春江夕望

天南一布衣，楚客半相依。
日暖湘江岸，衡阳雁去稀。

288. 送元昱尉义兴

一别半天涯，三吴二月花。
陶弦陶布舍，谢履谢儒家。

289. 送黎兵曹往陕府结亲　听婚即君从母女弟

织女牛郎会，鸳鸯水月中。
妆台妆镜色，玉淑玉人红。

290. 送乐平苗明府

累职朝衣色，清秋步紫郎。
船平船浪静，岸曲岸低昂。
史比潮头序，江流逐紫桑。
山城山水映，古道古诗章。

291. 晚到盩厔耆老家

山翁半紫门，故宅一江村。
遇水浸篱岸，逢人忆子孙。
和平和不久，战乱战辰昏。
井口重流汲，黄昏复旧痕。

292. 卧病书怀

七十经心载，三千问子生。
耕耘常立业，苦道已从荣。
一病经生死，天机可纵横。
图书图洛水，宓子宓妃城。

293. 落第后归终南别业

士别身名道，儒随利禄还。
平和平不定，历步历难攀。
病病贫贫见，成成败败产。

三生三世界，一世一千山。

294.送朝邑张明府　此公善琴

浮云对树齐，落鸟待栖啼。
日暮琴弦曲，黄昏向东西。

295.送李方东归　即故李校书端亲弟

故友三人半，新春一两七。
东归东代望，白首白衣裳。

296.晚秋霁后野望忆夏侯审

日暮秋霁后，霓虹五彩中。
园形园一半，落地落无终。

297.送王尊师

自古一仙人，三清半帝身。
尊师尊道义，历世历秋春。
种玉求非是，修行作晋秦。
冠巾冠冕误，鹤羽鹤经纶。

298.送抚州周使君　即侍中之婿

周郎三十载，读遍九千书。
赐楚弦农守，萧咸事自如。

299.赠别司空曙

此别一司空，相逢半始终。
圆圆还缺缺，少少已翁翁。

300.送王录事赴任苏州　即舍人堂弟

录事赴苏州，吴门半越楼。
天堂商贾客，只见运河流。

301.大梵山寺院奉呈趣上人赵中丞

有念休人间，空门自闭关。
禅房风月尽，羽鹤水云闲。
寺院经纶地，心思日月间。
全身非独顾，满目是青山。

302.送桓操上人归江外觐省

客作上人田，经纶下大千。
樵渔非是隐，水月去来船。

尽是身名利，何须一百年。

303.上巳日陪齐相公花楼宴

祓禊一孤荣，兰亭半水明。
鹅池鹅己瘦，曲岸曲舫平。
物结钟陵暮，云齐直木盟。
儒家儒佛道，上巳上群英。

304.寒食

岁岁清明节，年年有泪花。
寒衣寒食客，乞火乞王家。

305.舟中寒食

禁火绵山问，寻君介子家。
舟中舟有雨，岸上岸云斜。

306.元日早朝呈故省诸公

瑞气森森两省公，朝臣肃肃一王风。
人才济济千百谏，獬豸冠冠绶带红。

307.元日朝回中夜书情寄南宫二故人

三台三清界，两省两羊牛。
足迹终无愧，浮名老是羞。

308.裴给事宅白牡丹

长安白牡丹，紫绶玉人冠。
绿叶金心蕊，春风有简繁。

309.送韦判官得雨中山

云中水色雨中山，岑外梅花世外颜。
但得春芳春处处，伊人碧玉碧人间。

310.送宛丘任少府

绶带寄乡人，风云向戍尘。
春秋千百士，日月去来邻。
指使龙泉剑，平生不顾贫。

311.送永阳崔明府

之一：
晓色兼葭水，中流楚鄂城。
荒原何所见，郇曼昀知名。
之二：

家藏一剪仪，两股半裁袍，
不钝东洋质，三年断臂缘。
南中孤匠淬，改易作飞仪。
断水截云利，吴钩越戟豪。
锋含霜切玉，寸尺量波涛。
可以良工造，新形惬战器。

312.送郎士元使君赴郢州

朝衣赴郢州，赐节九江楼。
草碧登山望，花蛤问水流。
晴川观阵列，雨雾向城头。
指点山河演，行书对五侯。

313.春词

一醉千花落，三春半洒眠。
群芳皆铺盖，独带露香田。

314.清如玉壶冰

五寸玉壶冰，三生问杜陵。
春秋春不尽，雨水雨云凝。

315.山店

小店一山中，西东半不穷。
门前何寄纳，百物不凭丰。
线线针针细，壶壶酒酒充。
家人家所止，路客路相逢。

316.长至日上公献寿

节令三阳首，朝天一国明。
千门融日色，万户上公荣。
子月连云启，祥风逐皇城。
南山南不老，北阙北精英。

317.长至日上公献寿

万寿自无疆，千年洽珏璋。
金门金彩照，玉殿玉花香。
上宰尧年继，弘扬汉礼昌。
初阳初旭晓，瑞日瑞呈祥。

318.赋得西戎献白玉环

西戎白玉环，北国雪冰山。
色色藏寒至，清清秀素颜。
天公天物象，律节律朝班。

战战和和见，兴兴废废还。
三军三伏没，九曲九河湾。

319. 新安江行

野渡一船遥，荒溪半玉箫。
扬州先有客，建德后无潮。

320. 酬刘元员外月下见寄

月下可同心，云中已共音。
嫦娥常可问，后羿侯如今。

321. 寄都官刘员外

白雪阳春曲，青云汉律中。
风尘风不止，日月日无穷。

322. 题慈恩寺塔

层层一塔一心经，处处千光千渭泾。
是是非非由此见，成成败败籍碑铭。

323. 归桐庐旧居寄严长史

相庐一旧丘，三月半梅流。
分溪分水急，合渚合花洲。

324. 天台道中示同行

天台道上一同行，奉化云中半海清。
白鹤桑州华顶路，曹娥水色上虞城。

325. 元日望含元殿御扇开合　大历十三年吏部试

日望含元殿，云浮御扇来。
群臣先后，诸士柳杨才。
曙色分旒冕，钟声合圣裁。
龙门多少路，弟子暮朝催。

326. 清明日赐百僚新火二首

之一：
清明寒食节，赐火御天津。
上苑连侯第，慈恩逐暮春。
书生书为本，士子士周秦。
獬豸群冠载，丹墀独万钧。
之二：
即事清明暖，传红玉烛亲。
寒窗寒十载，赐火赐三春。

熠熠千门晓，明明万井入。

327. 王濯　大历九年进士

御火照东邻，华光待日新。
风流风雪月，九鼎九衢春。
暖气由天始，秦川自王津。
乾坤应两界，日月一经纶。

328. 郑辕　大历九年进士

赐火清明节，优思柱国臣。
丹墀传烛炬，玉殿寄芳茵。
七彩和均配，三元本末臻。
循循天子路，步步帝城春。

329. 独孤绶

驯象一宏词，成文半旧知。
王尝听御试，帝赐第三诗。

330. 投珠于泉

楚璞心灵玉，三朝折足观。
明珠投石底，合浦起波澜。
俭让恭身德，勤劳苦事端。
才贤才所在，物用物邯郸。

331. 秦镜二首

之一：
一镜半虚明，三光九脉生。
秦人秦自许，物象物枯荣。
正正邪邪照，高高下下情。
新衣新帽见，旧酒旧心盟。
之二：
早晚观秦镜，乾坤向日明。
形形形色色，影影影楹楹。
皎皎菱花照，灵灵杜若情。
尘缨常拂拭，顿觉可心生。

332. 忆游天台寄道流

天台刘阮问，白鹤始丰溪。
海阔临涛漱，青云处道低。

333. 龟负图　东都试

八卦三千界，园龟一背图。
分仪分宇宙，卜易卜书儒。

地理禾田稷，天机似有无。
高山新水色，下里故江湖。

334. 上元日梦王母献白玉环

上日王母楚，玄关契阙明。
霜清霜雪净，令节会时行。
已见梅花色，还闻草木萌。
声声声有序，色色色阴晴。

335. 良田无晚负

不胜耕耘苦，当知日月长。
书生书所记，客社客家乡。
徐稷由半亩，春秋种果尝。
东风东不止，北陆北沧桑。

336. 下第献座主张谓

一去凤凰池，三春柳树枝。
繁花繁未引，碧叶碧无知。
礼乐东堂赋，文章魏阙时。
南山南不老，北陆北才迟。

337. 天津桥望洛城残雪

片片斑斑素，残残落落间。
天津桥上望，洛水玉中寒。

338. 尚书郎上直闻春漏

上直闻春夜，中英待漏残。
千门千寂静，万户万云端。

339. 雪夜观象阙待漏

玉漏声声断，三更处处寒。
残冰残雪色，淑玉淑云丹。

340. 尚书郎上直闻春漏

上直闻春漏，铜壶玉苑钟。
冷冷知暗渡，杳杳待人从。
建礼含香殿，皇城凤阙蛩。
声声由两省，事事任三峰。

341. 及第后赠试官

求贤半识真，自誉一常伦。
未及三千士，何如十九人。

342. 赋得花发上林 大历十四年潘炎侍郎试

化繁一上林，苑简半知音。
进士非名利，冠官治古今。
凌云垂雨露，捧日落臣心。
已学承天意，无须直木荫。

343. 清明日登城春望寄大夫使君

诗成半问谢临川，腊烛千明上帝田。
望尽皇城传乞火，侯门树雪化云烟。

344. 成德乐

赵女关山曲，吴儿带意听。
征人征不尽，少女少思丁。

345. 赋得花发上林三首

之一：

芳菲上苑花，雨露待枝斜。
润色知天地，珠光带晓华。
楼台楼斗角，大历大人家。
旭日林原照，晴明满早霞。

之二：

桃桃李李上林花，白白红红一晓霞。
夏夏春春重日月，山山海海过天涯。

之三：

春来满上林，叶去作垂荫。
似雪芳菲色，如颜少女心。
繁花应织锦，艳色可衣襟。
逐岁连天地，随年是古今。

346. 北京景山残牡丹

荷花一牡丹，武塱三春冠。
碧玉红灯串，同香共色澜。

347. 寄李益

李益君虞及第身，歌辞供奉作秋春。
贞元礼部郎官仕，不意幽州博士人。

348. 从军有苦乐行 时从司空鱼公北征，鱼一作冀

一曲从军苦乐行，三秋牧马汉秦城。
长杨朔漠黄沙场，陇上江淮白帝明。

雁翼衡阳南北见，书生孔府暮朝盟。
人人事事须辛力，去去来来是平生。

349. 登长城 一题作塞下曲

六国一秦家，千钧九鼎斜。
钱塘钱水贾，运命运河葩。

350. 杂曲

妾本蚕家女，丝丝束缚身。
吴门吴水月，越子越儿春。
窃窃相私语，春春互问津。
知君知我意，以诺以情邻。
结发同心结，成盟共石钩。
长程长路远，别路别胡尘。
夜砧逢秋寄，荒沙不似秦。
河梁河不止，少妇少家邻。
暮暮朝朝念，贫贫贱贱珍。
殷勤殷德报，托器托经纶。

351. 送辽阳使还军

南行半故乡，北上一辽阳。
代地云平水，征人跬步量。
戎衣戎马役，角羽角弓藏。
不以匈奴战，胡尘静虏疆。

352. 赋得早雁送别

早入班姬殿，先巢汉使宫。
长门春已晓，素扇别无风。

353. 洛下

序：

晚秋溪中寄怀大理齐司直 时齐分司洛下有东山之期

诗：

明溪过凤翔，羽翼问渔阳。
国典昆仑象，缕缕洛苑梁。
伊人伊一方，远鹜远千章。
肃木东山直，空岩独步量。

354. 溪中月下寄扬子尉封亮

望桂寒宫色，衔思月兔城。
明光明仍暗，日色日方明。
且赴溪流云，方圆任水倾。

君心君子度，小路小人平。

355. 春晚赋得余花落 得起字

莫以留花落，还应向草靡。
荷春荷日月，不可不如此。
夏雨池塘满，秋风扫叶止。
年年年始末，岁岁岁重起。

356. 闻亡友王七嘉禾寺得素琴

素月嘉禾寺，朱弦古木琴。
留音天地上，子夜待知音。

357. 校书郎杨凝往年以古镜贶别今追赠以诗

一镜方圆现，三明日月城。
含天含地字，纳木纳林荣。
不守青春故，还惊老少行。
拥光拥月色，待日待阴晴。

358. 置酒行

置酒对行程，寻心自不明。
功成功自得，路远路思荣。
百岁人生短，千年肆围城。
知时知所往，去便去回赢。

359. 长社窦明府宅夜送王屋道士常究子

旦以随三鸟，凌霞任五蕴。
云光云客寄，羽节羽人尊。

360. 观回军三韵

回军回有路，陇月陇无头，
只见鸣咽水，长安处处流。
何言何故故，自得自幽幽。

361. 华山南庙

阴山临古道，敕勒紫阳城。
达意华山庙，儒情石刹生。
忠良应各据，职守可规盟。

362. 喜刑校书远至对雨同赋远晚饭阮返五韵

直木齐林丘，清思日月远。

高山山不语，落叶落天晚。
鸟雀青黄易，天台雨露饭。
棋盘棋世客，子去子思阮。
世界何应住，人生不可返。

363. 城西竹园送裴佶王达

郁郁林园竹，苍苍日月光。
扬扬天下色，节节势中扬。

364. 月下喜刑校书至自洛

天河入未央，补石问天梁。
洛水长安绕，神思主豫章。

365. 北至太原

北问雁门关，南寻沁水湾。
黄河黄土地，吕氏吕梁山。
晋祠汾河岸，交城太古间。
皇基皇业绩，李武李唐班。

366. 入华山访隐者经仙人石坛

隐者仙人石，华山隔世余。
泉流泉不止，树立树云居。
白羽三清洞，丹经五色书。
三来三往返，九陌九当初。

367. 罢镜二首

之一：
一面青铜镜，三生照所余。
年年由少老，处处不知书。
之二：
寒泉附壁流，落照万光猷。
闪闪扬扬耀，清清泖泖游。
琼瑶鳞不起，阆颐影难休。
叠叠垂垂水，殷殷孕孕洲。

368. 法云寺

序：
自朔方还与郑式瞻崔称郑子周岑赞同会
法云寺三门避暑
诗：
避暑三门寺，寻清九陌幽。
潜鱼潜所隐，落鸟落云楼。

369. 答郭黄中孤云首童见赠

浮云君所见，直木客应闻。
十里乔林许，三生百草纷。

370. 合源溪期张计不至

风霜序缅然，草木逐山前。
约会源溪水，流低向远川。

371. 竹溪

竹下溪流细，云中草木轻。
生生还克克，朽朽复荣荣。

372. 送诸子王主簿之任

离辞多万绪，别道少千盟。
越国吴门外，云书寄我情。

373. 罢秩后入华山采伏苓逢道者

逶绥华山里，观奇独路生。
西岩西岳谷，北壁北云平。
道者相常见，三清互致名。
龟岭龟鹤静，上帝上人声。

374. 来从窦车骑行　自朔方行作

束发昆仑客，怀思渭水城。
三边三自许，九陌九人生。
意气皋兰战，英雄朔漠横。
拥门拥所戍，易水易英名。

375. 夜发军中

太乙群雄起，长安百万兵。
中坚中列阵，主帐主行营。
虎鹏熊罴战，豺狼龙蛇惊。
风云风漠远，夜发夜军情。

376. 城傍少年一作汉宫少年行

英雄一少年，草莽半荒天。
不得谁言罢，须凭一箭弦。

377. 将赴朔方早发汉武泉

暮宿黑山岭，朝辞汉武泉。
人生人一顾，历世历千年。
赎武三边外，穷书九陌阡。

知天知地阔，问治问人田。

378. 游子吟

月色知游子，寒宫后羿城。
书生书不尽，列国列纵横。

379. 饮马歌

养马一秦川，吴门半茧蚕。
丝丝丝束缚，旷旷旷源泉。

380. 莲塘驿　在盱眙界

驿舍莲塘色，芙蓉水月明。
菱花菱藕岸，少女少思情。
露水珍珠落，荷蓬带子城。
歌歌歌曲艳，楚楚楚人声。

381. 五道城中

日落湖边路，兵行五道城。
三秦新募集，九陌御召名。
李广幽州射，乌兰汉武征。
阴山飞将箭，霍卫酒泉行。

382. 与王楚同登青龙寺上方

羽鹤青龙寺，香炉上帝烟。
三清三宝刹，五味五湖天。
汉墓鸿沟外，秦陵二世悬。
心径心自主，自在自心田。

383. 登夏州城观送行人赋得六州胡儿歌

旧国辽东近，鲜卑朔北邻。
西州西市语，共日共秋春。
父父母母客，儿儿女女新。
征由征土地，战以战和亲。

384. 从军夜次六胡北饮马磨剑石为祝殇辞

三边磨剑石，九派水东流。
幂幂荒草野，磷磷白骨留。
南人伐竹斑斑泪，北女行歌客客忧。
朔漠司空司玉节，秦儒赵卒赵燕楼。
胡天胡马酒，汉将汉王侯。
蜀帝韩公问，蚕丛杜鹃讴。

385. 登天坛夜见海

夜上天坛月，朝游碧玉宫。
王母王海日，五凤五云中。
处处清风近，离离绛节空。
秦皇秦所拜，一岛一洋东。

386. 大礼毕皇帝御丹凤门改元建中大赦

日月乾坤运，阳晴草木风。
承天承律律，改制改元主。
甲子灵台彻，宸居穆建中。
归文归武制，上祝上方融。

387. 轻薄篇

得意难成失意成，居心未定客心行。
今天昨日明晨见，过去重来几度明。
赵女平陵色，西施越艳荣。
青楼歌舞地，易水误平生。

388. 野田行

日没野田行，云烟雉兔城。
荒丘荒古道，半暮半狐鸣。

389. 古别离

易水荆轲诺，长沙贾谊文。
知音知不得，别道别离君。
处处传书信，时时问纷纭。
人间人是本，嫁女嫁非裙。

390. 效古促促曲为河上思妇作

促促黄河水，幽幽九曲流。
相思相忆处，玉貌玉心头。

391. 汉宫少年行

序：
君不见，上苑少年行，金吾御柳营。
诗：
龙门龙驾舆，玉管玉筝声。
陆博分曹掷，王侯帝子情。
儒文儒武轮，治乱治枯荣。
汉武王母宴，黄金买赋名。
藏娇藏不易，夺爱夺倾城。

392. 竹窗闻风寄苗发司空曙

日暮微风过，琴弦自在声。
门前来竹影，月下故人行。
露重珍珠泪，湘灵鼓瑟情。

393. 赋得垣衣

赋得垣衣色，昭阳扫叶稀。
青春阶上草，岁月自相依。

394. 送人流贬

三年问贾生，十载自枯荣。
进退升迁路，冠官皂吏名。
知书知所事，达者达行程。
跬步前人见，耕耘古道平。

395. 送人南归

山歌一竹枝，少女半相思。
五月多云雨，三春有玉芝。

396. 水亭夜坐赋得晓雾

晓雾半云烟，晨光一水田。
禽鸣禽早唤，客坐客呼船。

397. 送常曾侍御使西蕃寄题西川

侍御西番使，应收汉磊齐。
君心雄直取，旧国代书题。

398. 入南山至全师兰若

全师兰若处，损木入乔林。
石径通幽去，南山寄草荫。
松门松自语，古塔古人心。

399. 送韩将军还边

白马羽林儿，银鞭玉蹬持。
朝辞飞将去，暮战单于知。
绶带金吾客，丹墀御旨期。
移军移阵帐，汉房汉胡师。

400. 晚春卧病喜振上人见访

一病半人心，三生十地臣。
新交非尺寸，旧日是知音。

401. 春行

春风白纻歌，碧玉翠凌波。
三光三殿近，五色五陵多。
日暮长河望，天空度几何。

402. 洛阳河亭奉酬留守群公追送

离亭满落晖，别酒醉沾衣。
旧路新人送，群公独自稀。
衡阳青海见，北去又南飞。

403. 寻纪道士偶会诸叟

诸叟一山阴，群书半古今。
桃源桃李色，汉地汉时秦。
道士玄空寄，三清作法音。

404. 同萧炼师宿太乙庙

太乙空山曙，春芳谒少君。
三清三界定，一意一青云。
玉石应分定，玄元又逆闻。
芝童芝酒祭，老子老耕耘。

405. 送同落第者东归

书生不故乡，十路有短长。
土地生花草，山河有柳杨。

406. 送柳判官赴振武

虏地一英雄，单于半大风。
边庭无朽木，鼓角有军功。

407. 述怀寄衡州令狐相公

衡州一雁归，北陆半春飞。
渭邑朝阳早，相公谢日晖。

408. 喜入兰陵望紫阁峰呈宣上人

薤草生三径，栖林满五湖。
兰陵紫阁望，僻巷入江都。

409. 喜见外弟又言别

问姓知兄弟，思名忆旧容。
相逢相醉去，复别复无踪。

410. 立春日宁州行营因赋朔风吹飞雪

白雪半阳春，瑶池一素尘。
纷纷纷淑气，落落落天津。
四望层层雅，千门处处新。
龙山龙解甲，玉树玉脱鳞。

411. 献刘济

一步望京楼，三光半九州。
幽燕明易水，赵鲁大河流。

412. 哭柏岩禅师

半盛一僧师，三思十地知。
天涯天不近，九派九泉时。

413. 赴分子宁留别

生来事不平，侠少自精英。
束发成飞将，横戈系朔缨。
沙尘沙未了，战士战声名。

414. 紫骝马

感谢红梁雁，何闻独妾栖。
骝声骝水月，柳色柳高低。
有约漳河岸，红妆鸟雀啼。
牛郎牛已在，织女织夫妻。

415. 夜上受降城闻笛

一笛半寒声，三边九月情。
单元单枕望，独得独清明。

416. 同崔邠登鹳雀楼

一半黄河水，三千弟子楼。
江山江河望，社稷社春秋。
读尽千年史，寻回百岁头。
书生书自得，进士进无休。

417. 奉酬崔员外副使携琴宿使院见示

陶公一举布琴弦，五柳三春自问天。
使院闻声闻古意，高风亮节亮方圆。

418. 送贾校书东归寄振上人

一字排云上，三声逐作人。

天空天水水，陆地陆津津。
岁岁年年翼，南南北北频。
家乡家不定，吏役吏微身。

419. 过马嵬二首

之一：
何寻一太真，木落半红尘。
但以梨园见，霓裳曲舞春。
之二：
长生殿上寻，上掖月中音。
只得神仙度，银河有桂荫。

420. 盐州过胡儿养马泉

养马一秦川，殷周半远先。
成兵成速度，逐虏逐弓弦。
箭射阴山虎，弓惊鹏鹚泉。
胡笳胡曲舞，汉地汉人边。

421. 宿冯翊夜雨寄主人

夜雨惊寒梦，残灯照晓眠。
秋凉高树叶，渡口不归船。

422. 送襄阳李尚书

岘首云烟里，襄阳雨雾中。
梅香梅暗影，雪见雪花红。
汉沔分戎寄，荆门合战功。
天光牛首北，水色习家东。

423. 春日晋祠同声会集得疏字韵

草木晋祠疏，周公帝业墟。
同声同会集，共色共春余。
九鼎无传雁，三边有辽书。

424. 送归中丞使新罗册产吊祭

远望扶桑海，新罗日立时。
中丞中史册，雨露雨云知。
四岛成天水，三边作役司。
华夷华木槿，暮谢暮红枝。

425. 再赴渭北使府留别

白羽一旌旗，红缨半御司。
平戎平敕勒，检略检胡师。
鹏鹚清泉饮，楼兰古道辞。

胡风胡房见，朔北朔人慈。

426. 赋得路旁一株柳送刑校书赴延州使府

路外株株柳，心中处处忧。
长程长有止，使职例延州。

427. 重刑校书

俱从一四方，共会半千章。
渭水知流向，长安作柳杨。

428. 照镜

日日朝临镜，年年早雨霜。
知人知所见，触目触炎凉。

429. 书院无历是又诗代书路陆侍御六月大小

日日诗词写，天天格律章。
三更三十计，六月六新郎。

430. 闻鸡赠主人

望月寒宫桂，闻鸡起舞人。
司晨司早立，见晓见新春。

431. 登白楼见白鸟席上命鹧鸪辞

筑屋经风雨，如霜似雪飞。
鹧鸪鹧水月，白鸟白楼归。

432. 石楼山见月

紫塞年年戌，胡沙处处扬。
闻风姬不语，顾目柳低昂。

433. 嘉禾寺见亡友王七题壁

忆友嘉禾寺，空留归墨痕。
新英新草木，老树老天根。

434. 惜春伤同幕故人孟郎中兼呈去年看花友

草木逢春威，东风日月新。
观花观自己，去岁去年人。

435. 听唱亦白桃李花

赤白李桃花，红黄玉子家。

声声杨柳岸，处处叶枝斜。

436. 江南词

嫁嫁瞿塘子，朝朝白帝云。
悠悠神女客，暮暮雨中君。

437. 赠内兄卢纶

一别三生误，千山万水分。
长亭长路远，短会短纷纭。

438. 答窦二曹长留酒还榼

但在玉壶乡，何须问柳杨。
君前非女子，醉后是媚娘。

439. 答广宣供奉问兰陵居

美酒兰陵见，君宣供奉居。
南无南菩萨，水月水乡余。

440. 乞宽禅师瘿山罍呈宣供奉

石色凝香迹，峰形驻夏云。
禅师禅语静，杏苑杏溪芬。

441. 观骑射

一马过中军，飞天驾白云。
擒鹰擒鸟兽，射虎射狼勋。

442. 幽州赋诗见意时佐刘幕

戍守桑干镇，征缨受降城。
幽州谁射虎，蓟水寄精英。

443. 军次阳城烽舍北流泉

旧舍流泉久，阳城半水田。
烽人烽火色，北客北天边。

444. 金吾子

执势金吾子，随銮乡帐边。
三宫三将令，一举一苍天。

445. 山鹧鸪词

细雨春春润，鹧鸪处处鸣。
耕人耕不止，布籽布枯荣。

446. 立秋前一日览镜

翌日立秋明，今天问木声。

何言朝暮镜，尽是去来情。

447. 代人乞花

开篇满土花，住步客人家。
隔壁飞墙出，东邻小杏斜。

448. 上洛桥

独上洛阳桥，何闻柳叶条。
春枝春碧色，绿叶绿珠消。

449. 扬州怀古

故国歌钟土，隋阳玉柳条。
彭城彭鼓闻，运命运河谣。

450. 水宿闻雁

水宿闻栖雁，惊风守夜巢。
寒光千岸渚，月色满湖郊。

451. 扬州早雁

扬州早雁飞，水草已相依。
岁岁年年问，来来去去归。

452. 下楼

不觉下楼迟，还吟上日诗。
年年年自老，岁岁岁新词。

453. 度破讷沙二首

之一：
破讷沙头雁，春秋各向飞。
南南重北北，去去来来归。
之二：
寒光鹈鹕泉，去雁到桑干。
岁岁风沙静，年年草木田。

454. 拂云堆

一半拂云堆，三千弟子回。
沙尘沙枣木，战士战缨来。

455. 中桥北送穆质兄弟应制戏赠萧二策

汉帝登封草，萧郎寄内书。
东流东洛水，穆质穆公余。

456. 九月十日雨中过张伯佳期柳镇未至又诗招之

茱萸还未落，角羽已全开。
不待招之见，黄花待至催。

457. 汴河曲

隋炀已去运河流，汴水东连过九州。
一世英明千万岁，三秦武备战春秋。

458. 塞下曲

蕃州部落一燕歌，牧马单于半戟戈。
塞下三军千阵仗，云中九曲半黄河。
汉节知苏武，文姬舞玉娥。
三千书外客，十八拍中过。

459. 夜上西城听梁州曲二首

之一：
夜月梁州曲，阴山草木多。
关山关不住，落叶落交河。
之二：
秋风百尺台，落叶万家来。
不是归根去，还疑早雁回。

460. 暖川

胡风鹈鹕泉，牧马饮暖川。
雪域冰封草，移包过岁年。

461. 过马嵬

汉将马嵬坡，芙蓉御水河。
梨园应记取，羯鼓忆闻多。

462. 答徐五端公马上口号

白首扬鞭马，红缨过晋秦。
渔阳征战去，受降虏边臣。

463. 牡丹

四月牡丹红，三春碧玉丛。
繁华繁富贵，蕊瓣蕊深宫。

464. 边思

锦带繁吴钩，边思问越楼。

关西飞将去，白马过凉州。

465. 奉禾武相公春晓闻莺（一作蜀川闻莺）

蜀道春莺路，巴山夜雨晴。
文君由此去，汉帐雪传明。
不是琵琶怨，单于动友情。
阴山留旧忆，岁岁拨弦声。

466. 送客还幽州

一字到幽州，人边问易流。
依依南北去，处处去来留。

467. 柳杨送客（一作扬州万里客）

柳岸扬州客，桑干战事休。
长城长石磊，运水运河流。

468. 从军北征

雪后天山雪，军前八阵军。
辽阳辽海洛，受降受功勋。

469. 听晓角（读书生）

读学过关榆，书成问上虞。
曹娥江上见，晓角状元吴。

470. 宫怨

夜雨宫花露，朝云碧玉珠。
昭阳歌吹土，玉漏越音吴。

471. 暮过回乐峰

烽明烽火路，碛石碛成钟。
战必战功勋，回应回乐峰。

472. 奉禾武相公郊居寓目

千门月下禁苑钟，万巷楼中玉漏平。
魏阙悠悠天子宫，南山处处有春松。

473. 诣红楼院寻广宣不遇留题

柿叶红霜色，枫林入晚秋。
山河山水度，日去日来休。

474. 回军行

将帅三边远，妇妾一辽阳。

功勋多少纪，士卒几炎凉。

475. 邠宁春日

上国年年新，邠宁处处春。
风沙风不止，柳色柳条申。

476. 古瑟怨

鼓瑟湘灵见，苍梧竹泪悬。
相思相忆处，治水治桑田。

477. 夜宴观石将军舞

一曲琵琶石将军，于声起舞净胡云。
仪光闪闪明西塞，剑影晖晖暗北坟。

478. 春夜闻笛

玉笛春音半是非，行人梦噫雁家归。
衡阳一夜东风雨，不待天明向北飞。

479. 扬州送客

隋炀不得半扬州，月照桥边客不愁。
箫声已断江都在，天堂只见运河流。

480. 统汉峰下（一名降户峰）

战骨满长城，黄河已不清。
峰名称降户，古月自孤明。

481. 避暑女冠

指使三清鸟，桐荫一裙冠。
云母烟雾袖，碧井玉渊坛。

482. 行舟

柳叶行舟问，菱花乱点头。
波光波不止，望尽望乡楼。

483. 隋宫燕

旧国隋宫燕，新春二月来。
红尘应已定，处处旧亭台。

484. 送人归岳阳

一路子规啼，三春岳麓西。
巴陵巴蜀远，落日落缸低。

485. 上汝州郡楼

黄昏鼓角似边州，三十年前上此楼。

落日天光尤照远，思心不断著春秋。

486. 临溥沱见蕃使列名

大漠近溥沱，胡人牧马歌。
和平和日煦，战乱战争多。

487. 写情

一月下西楼，三更共九州。
江南江水逝，塞北塞风流。

488. 夜上受降城闻笛

受降城中雪，溥沱岸上霜。
长城南北望，战士去来亡。

489. 赴渭北宿石泉驿南望黄堆峰

受虏边境外，单于大漠中。
恩恩沉怨怨，战战结功功。

490. 逢归信偶寄

思心是柳条，早晚自招摇。
寄信空无寄，消遥意不消。

491. 赠毛仙翁

独树一仙翁，丹炉半色空。
含元含石玉，盖世盖西东。

492. 长干行

自古一商人，如今半不邻。
长干行不尽，短驿宿难亲。
翡翠屏中锦，鸳鸯水上频。
湘潭涟向韶，建德富春新。
十五桃颜色，东风满暖身。
浮云浮所意，落日落红尘。
不问巴陵绣，何言越女珍。
心中求不得，月下晋非秦。

493. 和丘员外题湛长史旧居

灵波一旧居，玉籁半荒墟。
运转春华去，伊人望至余。
幽芳幽独隅，古道古人书。

494. 送客归振武

万里一荒沙，三生半故家。

胡人胡牧马，半壁半年花。

495. 府试古镜

一面秦时镜，三光汉帝明。
龙盘龙肠福，玉凤玉呈英。
鉴物天经路，招祥世界城。
居中居节令，正己正和平。

496. 赠宣大师

一国沙弥一住持，千篇百律万词诗。
心人独得心经许，大道僧林作大师。

497. 汉宫词

长陵小市东，绣户入春风。
玉辇从新过，深宫玉树红。

498. 江南曲

十步云烟一小桥，千云碧玉半江潮。
姑苏拙政盘门锁，木渎西施越女娇。

499. 宿石邑山中

浮云只与顶峰齐，直木还当比月低。
俯俯寒宫寒邑梦，婵娟玉影玉东西。

500. 寄赠衡州杨使君

衡阳太守问归鸿，竹泪斑斑向大风。
北北南南何雁字，人人一一始无穷。

501. 途中寄李二

柳色含烟灞桥春，长亭纳雨净无尘。
年年此处径攀折，叶叶枝枝断肠人。

502. 寄许炼师

玉石原相近，丹炉已各分。
无云何处月，有雨几耕耘。

503. 失题

相逢相别去，有约有还来。
岁岁年年路，山山水水催。

504. 塞下曲

一箭射天山，吴钩锁月弯。
孤行楼兰界，独守玉门关。

505. 上黄堆烽

黄堆烽火望，紫阁报边情。
霍卫非书剑，阴山是旧盟。

506. 句

野草凭留马，杨花不避人。

507. 大历

李端（大历十才子）
卢纶正己吉中孚，
（钱）起（司空）曙苗发崔峒吴。
耿端侯审首才子，诗冠驸马十书儒。

508. 古别离二首

之一：
白首问江流，红霞照九州。
天天朝暮易，日日去来忧。
之二：
木叶秋风扫，湘枫逐逝舟。
何闻天下水，尽留洞庭楼。

509. 折杨柳

杨枝柳叶稀，灞岸草依依。
一阵风云过，三春满帝畿。

510. 野亭三韵送钱员外

野萄寒声问，清流向日来。
幽人幽步去，故客故人回。
此路长安始，前程渭水回。

511. 归山招王逸

归山野草香，雉雏麦苗扬。
杖策招知己，溪流故道长。

512. 过谷口元

入谷君居隐，云间直木来。
山连山接木，水月水青苔。

513. 旅次岐山得友书却寄凤翔张户

独坐何名利，君心度白门。
真因真果废，凤落凤翔村。

514. 九日寄司空文明

九日重阳客，三霜落叶深。
千山当属意，万山独清寻。
一把茱萸色，门前菊竹荫。
司空司可见惯，白岁木成林。

515. 明城

不见明城月，还见旧路荫。
今人今不得，古往古荒岑。

516. 荆州泊

夜泊荆州浦，星明小女荣。
孤舟孤月色，渡口渡余生。

517. 春游乐

倡女半青楼，琴声曲不休。
回头回不语，去向去还羞。

518. 送吉中孚拜官归楚州

楚客中孚骨，潘生已玠明。
宗师台伯序，里巷含诗城。
字句传天下，文章著作英。
天星东欲晓，土言北方荣。
士友闻仙帻，侯王待请缨。
君今君子祝，市想市思倾。
巷宇沧洲志，必盟土土耕。
朝霞朝万里，暮雨暮千情。

519. 千里思

居延一路过凉州，草月三秋已不收。
牧马天山青海岸，楼兰不望玉门楼。

520. 白鹭咏

水波同飞雪，云天共羽风。
江湖鳞不见，白鹭待翔游。

521. 冬夜与故友聚送吉校书

白露秋霜夜，三更客酒留。
天明君欲去，晓月似吴钩。
桂影寒光动，宫深纳九州。
云霄红色起，醉醒莫登舟。

522. 与苗员外山行

此路何人铺，山行石径余。

青山青不尽，草木草天书。

523. 早春同庾侍郎题青龙上方院

古寺余晖色，风烟落日寒。

青龙含木槿，羽鹤素青丹。

524. 送从叔赴洪州

剑笏见浔阳，中庭月一方。

洪州洪佐幕，夏日夏鱼梁。

525. 送路司谏侍从叔赴洪州

业邑荆扉去，鱼津苇叶深。

三军三剑笏，九鼎九江寻。

雨细浔阳柳，云烟素德林。

笈村汝女解，系缆笑回音。

526. 病后游青龙寺

又病槁形身，由心泡旧尘。

东林袖秀语，六祖一禅钩。

527. 夜寻司空文明逢梁上人因寄晋侍御

陶家见远公，鹤羽过林中。

竹杖连天土，山川水月空。

528. 长安书事寄薛戴

朔雁自成行，鸣蝉树顶扬。

千山千木叶，万水万源长。

惠远相寻路，陶潜五柳傍。

飞禽飞玉树，故客故人压。

529. 鲜于少府宅看花

垂栏繁满路，映竹玉梁红。

不待临流问，纷纷向大风。

层层层不界，累累累丰隆。

草草花花色，丛丛玉玉空。

530. 慈恩寺怀旧

之一：

三才三子弟，耿字与司空。

予可中孚子，同行步外公。

凌霄花是殿，室壁赋诗终。

夏日生凉界，春光润始终。

之二：

天光步步生，日色去来明。

玉柄寒窗挂，清寒赐火荣。

登龙登故水，考试考元衡。

默默儒家学，佛道本精英。

531. 赠薛戴

晓雾渐成霜，功名问侍郎。

龙钟翁白首，跬步久寻乡。

弟弟兄兄别，公公子子觞。

胡尘胡不定，汉室汉家梁。

胸臆田园社，应心射策忙。

532. 东门送客

东门送客回，北巷一枝梅。

独影梁园色，孤身令节催。

533. 送韩绅卿

细雨催春花，西风落叶斜。

荣枯荣不尽，岁月岁年华。

道路三生步，书生四海家。

534. 襄阳曲

翠羽明珰小女香，红妆玉帐半前堂。

书生十八成才子，已得门前一断肠。

535. 胡腾儿

半跪朝天一腿悬，头肩两顾半行天。

横波欲语胡姬色，羯鼓梨园四围迁。

洛下安西商贾易，琴声笛曲各方圆。

轻姿急就凉州路，玉鼻如钩小帽旋。

536. 赠康洽

七十咸阳一布衣，三千弟子半珍稀。

诗词十万称兄弟，耄耋当年是玉玑。

537. 瘦马行

傲骨轻身瘦马行，飞天故道枥平生。

心知万里三千跃，步步量程五百城。

538. 杂歌呈郑锡司空文明

山中一日半棋扬，故里千君独阮郎。

不可重寻应是梦，人间自此忆黄粱。

539. 杂歌

自古良妻一半家，修巢补舍岁年华。

秦庭野鹿常为马，妇婿通情种豆瓜。

同旧里，共天涯。

心心相印结桑麻。

朝朝暮暮须眉见，去去来来草木花。

540. 乌栖曲

少妇望三边，男儿过九泉。

黄昏栖鸟宿，月色满荒田。

一梦应无醉，三更半成仙。

541. 送客东归

送客东归路，迎春二月花。

梅花梅似雪，不暖不寒家。

542. 王敬伯歌

妾本舟中女，闻君水上琴。

弦音弦外意，月下月前心。

互结鸳鸯被，相交结颈禽。

传杯传日语，携手携春荫。

但愿人长久，千情作古今。

留应男子气，寄与女儿吟。

543. 救生寺望春寄　当

东西南北望，日月暮朝频。

草木枯荣易，山川水色新。

秋冬春夏继，物象律时均。

自在如来奉，观音供氛氲。

544. 荆门歌送兄赴襄州

荆门一雨中，佐邻半江东。

楚国浦湘北，吴人蜀越东。

舟门齐客语，鲁市望飞鸿。

拜首襄州水，瞿塘峡大风。

545. 妾薄命

妾命经西东，新婚任烛红。

回灯裙自解，对客半由衷。
北国传私意，江南莲语同。
春来春自去，暮色暮归鸿。
失宠应知过，藏娇可暗宫。

546. 关山月

露水寒凝月，关山夜积霜。
移兵频解冻，驻帐尽思乡。

547. 度关山

拂剑金星见，弯弓玉羽鸣。
关山关处处，贾谊贾书生。

548. 巫山高

巫山十二峰，神女两三踪。
峡水争流度，鸣猿挂古松。

549. 雨雪曲

云中应是雪，土上雨霏霏。
是是还非雾，胡胡以汉声。

550. 春游乐

觅觅初青草，寻寻隐约花。
相思相忆处，入户入郎家。

551. 山下泉

碧水青林色，清泉度浅沙。
幽幽流去细，曲曲阮郎家。

552. 送客赴洪州

落落长亭外，悠悠渭水流。
云梦云色岸，洞外洞庭舟。
九派浔阳客，三秦上苑侯。
青门分手去，隔世入洪州。

553. 与郑锡游春

东门见柳杨，北巷叶枝长。
日暖春莺懒，天晴淡故乡。
登高登不得，望远望难梁。
莫以轮回问，应知卜易黄。

554. 送友人

岁岁湘川路，年年古木多。

猿啼巫峡月，雁落试流波。

555. 题从叔沆林园

阮宅林园暮，樵歌草木深。
身轻身未老，古意古人心。

556. 送少微上人入蜀

微微一上人，处处半僧身。
岁岁何南北，年年蜀汉秦。

557. 雨后游辋川

骤雨归晴洞，残阳入辋川。
虹澄虹七彩，日照日千烟。

558. 同皇甫侍御题惟一上人房

得道三秦近，安禅一寺深。
空林空色远，守一守人心。

559. 同苗员外宿荐福寺僧舍

隔岸风云远，丛林日月清。
长廊长不尽，直木直林荣。

560. 送客往湘江

知君年已老，独步过潇湘。
俯首巴东水，回眸蜀道梁。
三山分夏口，九派合浔阳。
且以朝夕望，黄昏暮雨乡。

561. 送友人游蜀

蜀道半山中，陈仓一水空。
巴人巴夜雨，下里下情衷。
古栈临川路，新流滟滪红。
江花江自语，岸木岸蒙笼。

562. 送友人游江东

江东一大风，北陆半秦宫。
不以鸿沟问，谁人忆沛公。

563. 送乐平苗明府得家字

逐鹿浪淘沙，风云日里华。
无求彭泽路，问鼎弋阳家。

564. 过宋州

故垒野花开，东流水不回。
睢阳伤虏日，世乱久徘徊。
暮色黄昏近，长亭已满苔。

565. 茂陵山行陪韦金部

空山一路秋，宿雨半溪流。
隔水鸣蝉响，丛林古道幽。
黄花应不落，玉质满沧洲。

566. 江上逢司空曙（一作岳阳逢司空文明得关中书）

夏夏帆初落，阳阳雁已疏。
关中书信至，月下酒多余。

567. 逢王泌自东京至

几处生乔木，何人入古山。
田园田亩废，水色水荒湾。
只可逢君问，思乡久不还。

568. 山中期吉中孚

行人各不同，所望有西东。
志业年华外，龙钟日月中。
花开花落色，水去水来风。
莫约鸣蝉树，何期作远公。

569. 酬前大理寺评事张芬

野寺一钟声，荒山半水明。
溪泉溪石净，直木直枯荣。

570. 赋得山泉送房造

隐者儒家路，樵渔日月边。
商山谁四皓，汉帝误山川。

571. 宿兴善寺后堂

深深一草堂，木木半天光。
寺寺池鳞锦，荷荷叶圆方。

572. 忆皎然上人

步入云门里，应闻故上人。
开山开柴寺，守道守秋春。

573. 赠衡岳隐禅师

旧住衡州寺，新踪渭水来。
樵声听斧石，杖锡入天台。

574. 云阳观（一作华阳洞）寄袁稠

日色华阳洞，天光古杏林。
云前云起落，雨后雨鸣琴。
墅谷春泉漱，川流榭影深。
寻山寻直木，访裁访书心。

575. 晚游东田寄司空曙

独立东田望，司空曙色均。
虹澄虹卧雨，夏晚夏三秦。
似有蝉声唱，应无作霬音。

576. 题崔端公园林

端公上士一园林，向鹤弹琴半古今。
枕石观云云起来，高眠翠竹竹知音。

577. 早春雪夜寄卢纶兼呈秘书元丞

谢朓闻君至，陶公向月来。
清晖清世界，竹节竹心开。
问水川前蓄，寻僧寺外台。
晨钟晨远近，暮鼓暮徘徊。

578. 早春夜集耿拾遗宅

雪满梅花树，香流拾遗家。
桃源桃李色，月色月笼纱。
积素成衣厚，昂观半却华。
朝天分雅雅，向土玉冰花。

579. 元丞宅送胡及第东归觐省

折桂龙门上，归乡玉宇中。
昂程谢眺赊，举目大江东。
浪里钱塘岸，川前蜀汉宫。
隋炀杨柳赐，汴水运河红。

580. 送魏广下第归扬州宁亲

书生独木桥，仕宦去来僚。
进退升迁路，心思彼此遥。
乡亲惟所欲，子弟可观潮。
八月钱塘水，三秋弄玉箫。

581. 归山与酒徒别

野客著词潮，吴姬促云霄。
童心应不尽，老子已逍遥。

582. 冬夜寄韩弇

独坐观霜落，孤寻问木冠。
寒声寒月色，白树白云端。

583. 闻吉道士还俗因而有赠

洞府华阳客，儒书日月悬。
天街徒自主，柳市布琴弦。
玉漏经纶序，京都俯仰田。

584. 韦员外东斋看花

一见芳菲色，三生已白头。
明明春已始，步步忆清秋。

585. 边头作

阳关已过问凉州，海市云边望白头。
岁岁楼兰沉碛石，羊羊大漠不封侯。

586. 宿深上人院听远泉

支公院外一泉声，远石流中半有声。
续续幽幽同月桂，禅音彼此共心倾。

587. 茂陵村行赠何兆

解带依芳草，拥衣挂冕溪。
难随天下水，不望茂陵西。

588. 送友人还洛

去国关河度，还乡日月亲。
归途归意切，别路别秋春。
五柳元弦叩，桃源有汉秦。

589. 送戴征士还山

独隐空山里，孤身直木斜。
樵渔非是客，主政帝王家。

590. 秋日旅社别司空文明

肃日穷途问，司空别道闻。
功勋何远近，苦役几纷纭。

591. 旅舍对雪赠考功王员外

青山在雪中，玉树铺冰丰。
尺寸朝天厚，琼枝对地弓。

592. 送丁少府往唐上

共得田文问，同寻故国宫。
何闻何进退，渭水渭波澜。

593. 赠李龟年

青音从汉主，白首问三秦。
故事风流在，新声供四邻。
梨园应不在，弟子各秋春。
一曲长当忆，千人洛水滨。

594. 送郭补阙归江阳

补阙江阳去，春风雁影新。
隋宫杨柳色，细雨泡风尘。
故国莺隔早，书箱自可邻。

595. 早春会王逵主人得蓬字

雨雪应分定，空中地上逢。
眉毛霜化露，足履润洼丛。
绿草初谋面，红花欲蕊功。
三秋当复会，九陌满莲蓬。

596. 宿山寺思归

归萤入草深，寺竹已成林。
唯有婵娟色，幽幽问独心。

597. 送客赴江陵寄郢州郎士元

树顶一蝉鸣，江陵半水清。
三湘三峡问，应记庾公名。

598. 送客赋得巴江夜猿

巴江夜下一猿鸣，楚楚幽幽半断声。
月落风平流不止，霜寒草色渐无荣。

599. 秋日忆暕上人

一钵纳江天，三生结寺缘。
居贫居所悟，独去独来泉。
百衲云中补，千关月下传。
樵人樵是客，隐者隐心田。

600. 寄上舍人叔

细雨润幽林，空山润气深。

秋蝉初退翼，再向树高吟。

601. 送古之奇赴安西幕

相逢细柳营，别道系红缨。

受降安西外，功勋逐月明。

602. 送张芬归江东兼寄柳中庸

不必问江东，常知咏大风。

中庸中自己，历治历年丰。

603. 送丘丹归江东

江东思项羽，汉界问刘邦。

不以鸿沟见，何言世独双。

604. 卧病寄苗员外

不见刘桢病，何知八月秋。

无名无所会，有忆有情留。

605. 送杨皋擢第归江东

隋堤自楚来，水国运河开。

第一天才子，江东处处梅。

606. 题郑少府林园

云停一谢家，露润半园花。

竹笔行云雨，狼毫点碧纱。

吟诗吟四顾，顿首顾山涯。

草草狂狂客，枝枝叶叶斜。

607. 送吉中孚拜官归业

已近华阳洞，无须古道边。

吟诗吟所意，直木直心田。

以病求归易，沾恩莫易迁。

归程归已去，翘首翘闻天。

608. 送杨少府赴阳翟

井邑嵩山对，仁兄拜故台。

母亲母寿永，父子父筵开。

少府光晖久，园林有楚才。

609. 慈恩寺暕上人房招耿拾遗

拾遗慈恩寺，悠然惠远期。

花开花落厚，竹节竹心师。

色色空空间，来来去去词。

神仙神路客，道士道人辞。

610. 宿山寺雪夜寄吉中孚

寺雪丛丛竹，山香处处幽。

枝枝皆空心，节节竟高求。

六郡应相似，三光可玉流。

611. 赠赵神童

每见先鸣早，还闻后进多。

才生才子路，达者达登科。

612. 宿云际寺赠深上人

昨别青兰寺，今来访上人。

支公方守一，独见去来身。

613. 送从兄赴洪州别驾兄善琴

碧竹共弹琴，清泉独不浔。

流声流不住，远去远知音。

屈子求千响，陶潜五柳心。

弦扬弦布去，古往古人钦。

614. 山中张芬不至

四望云天暮，三春草木荣。

应知应见晚，独步独阴晴。

已得山中色，无须直木城。

615. 寄当

麦秀纤纤草，贤人懒懒眠。

支公支古刹，约略约径年。

616. 送义兴元少府

返顾长事畜，阴晴自古今。

词诗千历律，向背一人心。

且向江南问，吴门陕北箴。

秦人秦共韵，国语国知音。

617. 卧病别郑锡

暮落幽人户，明朝复闭关。

开门开所望，布病布人还。

618. 书志赠当并序

少小尚神仙，禅门可道全。

终无成毕节，始得客当缘。

619.

壮士人心累，前程日月桓。

冠官冠职守，勉历勉为难。

佛道儒生客，丹墀道路宽。

620. 送诸暨裴少府（公先人元相判官）

诸暨山公府，韩侯赵武州。

名成流不止，业变事应酬。

朗月清风走，知音柱国忧。

三秦三代社，一世一春秋。

621. 送郑宥入蜀迎觐

入蜀宁亲路，还家问世余。

巴陵巴峡水，楚尽楚江吴。

剑阁嘉陵岸，荆门石首孤。

曾书曾旧字，复得复河图。

622. 送耿拾遗使江南括图书

世俗驱传继，回风草木天。

图书图籍续，孝事孝廉诠。

汉故收三篚，周诗物百篇。

江南江水阔，拾遗拾源泉。

623. 送王少府游河南

过宋人应少，游梁客酒眠。

鸣蝉鸣树顶，望远望云天。

624. 送别驾赴晋陵即舍人叔之兄

谢朓中书直，王祥别驾归。

飞鸿飞岁岁，落落宿微微。

海上风尘隔，音书日月晖。

知君知所忆，律己律其徽。

625. 晚夏闻蝉寄广文

信报十年生，诗书一日成。

闻蝉闻树顶，入夏雨秋鸣。

626. 转山居寄钱起

俯望青山下，回头小路中。

簪缨簪不束，落发落难终。
汉将单于帐，长沙贾谊公。
秦皇秦海岛，武帝武陵空。

627. 晓发瓜州

万里瓜州客，千年古戍忧。
安西安未定，战场战疆留。
不得和平事，难言草木求。
英雄英所事，牧治牧人头。

628. 江上喜逢司空文明

一见秦人友，三生独特逢。
谋身台阁路，处事路程踪。
握手沾巾久，珍情忆旧客。
年年知岁月，路路问十松。

629. 卧病寄阎寀

有病何孤独，无人不寄书。
如今如事老，待客待心余。

630. 同苗友慈恩寺避暑

临池一虎溪，避暑半云低。
佛寺禅意近，观音自在栖。
慈恩慈所赐，雁塔雁天齐。
问法莲花坐，如来世界筓。

631. 送潘述宏词下第归江外

射策径天地，宏词国祖谋。
成才成社稷，问第问神州。
十载龙门客，三生弟子修。

632. 送张少府赴夏县

一日州县职，三堂草木州。
黄河黄水远，渭水渭泾流。
浊浊清清见，先先后后由。
鸡声由绛市，剑舞逐春秋。

633. 酬秘书元丞郊园卧疾见寄

报疾到贫家，寒庭满雪花。
同心同自得，共语共天涯。
莫以漳滨卧，应知故友嗟。
题诗题所悟，问病问年华。

634. 送成都韦丞还蜀

一见蚕丛国，三春杜亭鸣。
千川千谷水，百壑百村城。
灞灞平平治，云云雨雨生。
巴山巴峡界，楚水楚才情。

635. 晚秋旅舍寄苗员外

晚木已无蝉，陈霜半净川。
高低高有雪，远近远行船。
向暮临流望，闻声待宿眠。

636. 送惟良上人归润州

惟良一上人，北固半江津。
寄世同高德，寻仙共日珍。
耘荒耘世界，润土润州濒。
不作樵渔客，平生自在身。

637. 送何兆下第还蜀

一水重重过，千山处处攀。
年年三二月，子子去来还。
渭水龙门色，长安日月颜。
书书知所往，岁岁莫愁闲。

638. 送友人宰湘阴

送友宰湘阴，衡阳落雁禽。
官衣常换带，彩色未知音。
自古天官少，如今吏皂林。
蒹葭塘水岸，滞足同潭深。

639. 送元日成归江东旧居

吴门谁养马，楚水可行舟。
月下居山寺，云中问酒楼。
春天春色艳，夏雨夏江流。
落木惊秋果，元冬大雪稠。

640. 送黎少府赴阳翟

昆山应有玉，赵璧作春秋。
狭路相如让，三朝献石头。

641. 送夏侯审游蜀

白马飞天去，青袍李草荣。
蚕丛蚕束蜀，杜宇杜鹃鸣。
栈道羊肠道，巴山剑阁惊。
临川临万谷，望月望空城。

642. 单推官厅前双桐咏

直木双桐叶，孤荫独占庭。
凰巢凰守舍，凤羽凤凡青。
不必成林见，何言近远汀。
厅前厅所望，玉宇玉人伶。

643. 送宋校书赴宣州幕

晓雨乱轻濒，宣州制纸臻。
文昌文笔砚，字一字人秦。
制书中书帛，行书两省钧。
栾家栾汉苑，旨诏旨天津。

644. 送赵给事侄尉丹阳

冠官先爱子，赐酒后同杯。
去路云烟重，凡阳雨雾洄。

645. 宿瓜州寄柳中庸

寒潮来滟滟，落叶去纷纷。
岁岁年年见，荣荣朽朽分。
中庸中自立，柳色柳杨闻。
（隋炀赐杨为柳）

646. 夜宴虢县张明府宅逢宇文评事

古宅虢田留，灯光照夜楼。
寒宫初入水，谢客已行舟。
饮酒须先醉，题诗可九州。

647. 冬夜集张尹后阁

獬豸居中正，膺门敞闭偏。
朱衣安石客，夜月带寒天。

648. 将之泽潞留别王郎中

泽潞别郎中，艰难望大风。
由衷由有志，立意立无穷。
切切应知易，殷殷可尽工。
时时时所继，念念念其鸿。

649. 晚次巴陵

日暮江春色，风平绿水津。
巴陵巴后羿，洞骨洞庭濒。

夏社蛇应斩，潇湘岳麓邻。

650. 送荀道士归庐山

先生归所去，庐山望叠泉。
群芳群草色，雨雾雨云烟。
月照东林路，风迎岭顶天。

651. 送张淑归觐叔父

日暮长亭外，高天大泽中。
江山江雨厚，古道古云丰。
叔子同根树，枝枝叶叶雄。

652. 送郭参军赴绛州

参军赴绛州，蒲泽向沧流。
晋雁桃源来，题诗小谢楼。
春云春早到，细雨细如酒。
佐幕应声令，三边有莫愁。

653. 送袁稠游江南

漠北黄河津，江南渌水濒。
城高多细雨，柳色少黄新。
酒醒长亭远，飞鸿一字春。
归心青海岸，别去问三秦。

654. 送袁中丞赴宁国任

中丞宁国任，一派大江流。
谢客吟诗去，陶公五柳留。
飞鸿南北见，阁老暮朝忧。

655. 送卫雄下第归同州

何人一楚才，上第半无回。
北村梅花少，南江草木荣。
云中应俯仰，月下可徘徊。

656. 单少府赴扶风

扶风半帝畿，盛府一相依。
桃花桃李度，木槿木珍稀。

657. 题山中别业

旧宅山中一寺通，新春竹下半篁丛。
直木成林青水月，清溪独照白头翁。

658. 送司空文明归江南旧居

野菊一黄花，君行半水涯。
行云行雨路，向驿向邻家。
故国关山远，新交日月斜。
朝辞朝不尽，暮宿暮窗纱。

659. 送新城戴叔伦明府

一路隋堤柳，三吴楚水根。
天堂天海接，运济运河恩。
养马秦川战，行舟闽粤门。
平芜平水月，一醉一黄昏。

660. 送雍丘任少府

梅花半雪天，碧草一新泉。
色色空空见，春春夏夏眠。

661. 送雍郓州

望月汉东君，知心故豫文。
谁人谁问讯，雪著雪衣裙。

662. 寄王密卿

酒乐年年少，诗僧岁岁频。
禅单禅所济，慧觉慧秋春。

663. 与萧远上人游少华山寄皇甫侍御

采药入深山，寻僧问远关。
嵇康应有病，谢朓可诗还。
性觉空空色，禅音处处潜。
知音知所持，寄客寄河湾。

664. 代村中老人答

村中一老人，塞外半归村。
大漠风霜雪，长城苦战身。
残兵残将去，解甲解儿孙。
陌陌阡阡废，桑桑麦麦堙。
应知安史乱，莫记故三秦。

665. 赠故将军

平生边日战，角羽士前锋。
一箭幽州虎，三生敕勒踪。
何言功武帝，不得酒泉容。

666. 送陆郎中归田司空幕

农桑连紫陌，野墅列青州。
佐幕郎中策，行身客诸侯。

667. 酬晋侍御见寄

重阳九日颜，白菊一天山。
大雪清霜色，黄花独一斑。
吟诗吟淑气，日去日来还。

668. 送铜泽王归城

闻公一世鲁诗书，汉稷三生近帝居。
世上应知从日月，人间不可隐樵渔。

669. 江上别柳中庸

秦人江上去，汉客巴中寻。
独见山河迹，中庸日月深。
文章文自得，跬步跬诗吟。

670.喜皇甫郎中拜论德兼集贤学士

郎中三载后，宠命一朝新。
上苑诗词客，儒林日月人。
画堂学士闻，集约诸贤臣。

671. 送黎兵曹往陕府结婚

奠雁逢良日，行媒及仲春。
同门同吏路，共步共芬尘。
此去高堂客，中军报丈人。

672. 留别故人

一别故人心，三生步古今。
同行同路远，共事共知音。

673. 送窦兵曹

上苑满梨花，天津御路斜。
兵曹兵帅帐，律令律功衙。
夜月曾衔马，官军渡口遮。
加功加品第，进爵进乌纱。

674. 奉送宋中丞使河源

河源不是一河源，万里东流万里喧。
卡日巴颜多曲水，轩辕自古作轩辕。

675. 都亭驿送郑判官之幽州幕府

幕府从戎政，都亭伏秦归。
轻车从熟路，共事步同飞。
洛水流东向，秦川入旧闻。
他军拥受降，我党亦光辉。

676. 送王羽林往秦州

秦州公子客，汉苑羽林郎。
紫禁城中耀，三边戍建章。
丹墀金旨下，受降漠尘乡。
夜带胡笳奏，天朝始栋梁。

677. 送友人入关

有命不谋身，无闻有漠尘。
行当行所汉，问志问其秦。

678. 代宗挽歌

天云一路遥，日落半归霄。
留得江山春，何须奏笏朝。

679. 张左丞挽歌二首

之一：
贾傅长沙吊，腾公汉柏青。
风云由此去，日月茂陵宁。
之二：
笏吏天街律，冠官御客依。
应闻应所奏，故去故臣稀。

680. 奉和王元二相避暑怀杜太尉

序：
一作奉和王元二相避暑中书厅怆然怀杜太尉
诗：
翠柏苍松见，亭台曲榭同。
中书东案笔，太尉太阳红。
去去来来客，成成就就风。

681. 青龙寺题故昙上人房

故院远公留，新松已过秋。
三年荫古寺，十载上人修。

682. 早春夜望

积雪化春泥，梅花与色齐。

春风春雨润，碧叶碧萋萋。

683. 宴伊东岸

三春三远近，一雨一林新。
渭北黄河岸，伊东洛惠津。
枝枝明暗隔，叶叶风光邻。
木木争朝暮，花花逐落辇。

684. 云际中峰居喜见苗友

自得中峰宿，林深草木闲。
径秋无客至，入夜苗卿还。
小洞泉声细，荒明四溢颜。
予君同远望，月色满空山。

685. 宿洞庭

楚水洞庭湖，波澜向越吴。
君山君子问，汉寿汉江苏。
带日东流去，行风万里衢。
川江川海路，一望一飞凫。

686. 江山赛神

神归去九疑，女舞已千姿。
泾润苍梧木，云浮赤凤知。
和风知雨见，吉地吉人时。

687. 奉和元丞侍从游南城别业

南城半草香，北巷十书乡。
别业三风雨，门生一陆郎。

688. 送从舅成都丞广南归蜀

秦人去是归，羽雁北南晖。
处处天津色，年年入翠微。
春来秋复去，暮落又朝飞。

689. 赠郭驸马三首

序：
郭令公子暖营升平公主令于席上成此诗
诗：
之一：
二十功成半拜侯，三千弟子一无忧。
江山日月升平始，凤落凰栖过九州。
之二：
玉笛声声半入楼，方塘处处帝王州。

铜城许铸隋杨柳，已作升平四海酬。
之三：
文才十子千年继，大历朝中半晓春。
曲舞升平公主客，诗词颂赋驸马春。

690. 宿淮南浦忆司空文明

相思一倍长，独步半秦乡。
十子成游宦，官僚作柳杨。

691. 送濮阳录事赴忠州

巴人夜语多，织女问银河。
一郡黄花色，三秋赤叶歌。
寒宫明草木，桂影舞嫦娥。
以此英雄问，成名士子何。

692. 送马尊师

一子马尊师，千山满古枝。
今人今所见，古代古其辞。
自以王朝客，何言盛主时。

693. 题元注林园

石径谢家门，方塘贾谊村。
桃源陶五柳，老树老千根。
直木青苔少，啼莺竹叶昆。
林园林水岸，别业别慈恩。

694. 野寺病居喜卢纶见访

野寺白云深，卢纶访我心。
花明轻病病，羽历也知音。
跬步无虫语，倾听有远禽。

695. 送皎然上人归山

雪入龙潭半色寒，僧行古刹一心宽。
皇城不就三清地，四面红尘八面澜。

696. 赠道士

道士半山中，君心十地同。
钟声钟古刹，鼓语鼓天宫。
世外红尘久，人间有大风。
心经心所在，利得利其穷。

697. 题云际寺准上人房

高僧去处近天台，锡杖临流远水来。

古刹龙潭龙治水，京都玉漏久徘徊。

698. 山中寄苗员外

山中草木荣，月下水溪明。
浅岸深流色，诗章刻玉英。
潘安潘寓直，谢履谢观清。
笔岘苗员外，天章就此城。

699. 忆故山赠司空曙

素以栖禅意，司空曙日升。
高风高亮节，故步故人来。
汉主金门问，卿兄作楚才。
云天云际会，水月水流回。

700. 闲园即事赠考功王员外

园林带雪一梨花，草木余香半淑斜。
只有文章惊日月，东风细雨满人家。

701. 寄庐山真上人

高僧有迹不难寻，且向禅音草木深。
五老峰前泉叠向，双林月下几重荫。
猿啼因果致，夜静有无心。

702. 题觉公新兰若

禅师一觉公，祝社半山空。
幕鼓同猿处，晨钟共鸟鸣。
开关开日月，闭谷闭西东。
守一知天地，三千世界同。

703. 赠道者

一鹤影窗中，三清白羽同。
图书安枕椅，取道欲人终。

704. 代布妇答贾客

贾客自经商，诗书半柳杨。
心机酬彼此，算法易炎凉。
布妇新夫夜，鸣金走马扬。
今晨今所欲，暮色暑白珰。

705. 和李舍人直中书对月见寄

千门寂静半衣单，万籁金声玉漏残。
下里巴人和直夜，阳春白雪对时难。

706. 卧病闻吉中孚拜官寄元秘书昆季

冠官自古一桥行，紫紫青青半御名。
兽兽禽禽衣带锦，扬扬抑抑暮朝城。
韩非韩所是，老子老去径。
采使荣兄弟，文章满帝京。

707. 江上逢柳中庸

陶公五柳一中庸，谢履千山半故封。
自布琴弦由自曲，江风逐水有无踪。
庾公楼上客，贾谊赋中客。
独以禅心寄，还寻日月峰。

708. 戏赠韩判官绅卿

高僧半沃州，道士一清游。
齿发何同老，神仙几度留。
阴晴多草木，日月有春秋。

709. 送周长史

独佐宣城郡，孤身事诸侯。
江桥江水上，月落月浮舟。
北国文章客，南朝智慧猷。
桃源桃李下，浦口浦人收。

710. 题故将军庄

一马过桑阡，三军自种田。
单于长板望，老将虎牢边。
塞北征儿尽，河南白首怜。
庄园庄不再，宿止宿新泉。

711. 奉赠苗员外

花开潘岳貌，雁落老布衣。
竹影琴声遏，啼莺草叶稀。

712. 夜投丰德寺谒海上人

钟声丰德寺，磬语上人声。
月晓苍天色，云明远岭晴。
毒龙潜水处，伏虎跃山横。
洗钵熏香去，听僧守一行。

713. 塞上

雪岭英雄去，冰河勇士城。

幽州飞将简，雁带李陵名。
二十兵营勇，三千弟子荣。
旗扬大子诺，守成帝王城。

714. 送彭将军云中觐兄

云中一觐兄，受降半城明。
但作封侯将，应知雪域行。
弯弓弯铁臂，举鼎举精英。
一奶同胞济，三生系死生。

715. 酬丘拱外甥览余旧文见寄

丘迟才子客，始末自周旋。
卫玠如君礼，龙钟似步贤。
猿偷因果粟，虎啸暮朝田。
浅岸枯池水，莲蓬举首天。

716. 赠岐山姜明府

一夜闻山雨，三秋问叶风。
心情浮不定，尽是故乡翁。
少小江湖去，青年口腹中。
冠官冠谢客，五柳五陶公。

717. 下第上薛侍郎

启道行身早，开镰割草归。
秋天秋获实，苦力苦人扉。
羽翼年年长，文章日日微。
寒窗寒笔墨，乞火乞春晖。

718. 送归中丞使新罗

中丞奉使下新罗，日立扶桑过海河。
渺渺茫茫秦汉问，沧沧浪浪暮朝波。

719. 奉和秘书元丞抄秋忆终南旧居

白社陶元亮，青云阮仲客。
终南霜色里，渭水碧林从。
旧巷生新草，清溪已减丰。
烟霞寒色晚，气节自秋冬。

720. 暮春寻终南柳处士

种豆方成亩，栽瓜已结秋。
终南终北望，隐约隐明芳。
葛壁松巢浅，苔藓露水长。
春花春草色，夏日夏阴凉。

721. 雪夜寻太白道士

太白山中道士城，潼关月下誉三清。
莲花共济长安路，海海田田八水明。

722. 得山中道友书寄苗钱二员外

苗钱员外寄，谷口有书来。
迹向尘中隐，心径月下催。
官微才子客，路远越天台。
野鹤鸣禅语，闲云带色开。

723. 酬前驾部员外郎苗发

黄花呈菊色，校阅字文丛。
匠伯丰原社，今时学愚公。
冯唐相讥老，李广可称雄。
史记由司马，延安待泽东。

724. 宿荐福寺东池有怀故园因寄元校书

择日问周郎，弹琴作豫章。
停舟偏忆藏，熟黍愿期张。
鹤舞摇桐叶，池波耀赤塘。
田园耕种日，草木铲锄荒。

725. 送王副使还并州

铁马垂金络，貂裘附雪花。
胡风胡并柳，晋域晋胡沙。
隔隔邻邻近，天天地地家。
衡阳南北雁，大漠暮朝笳。

726. 晚春过夏侯校书值其沉醉戏赠

旦向墙东隐，今为瓮下眠。
相如相自己，阮藉阮琴悬。
渭邑终南下，新丰玉树田。
陶潜陶五柳，永岁永和年。

727. 哭张南史因寄南史侄叔宗

文传一叔宗，字逐半雕龙。
弟子成千迈，蛟鱼近海淞。
英名英所事，继日继其庸。

728. 长安感事呈卢纶

扬长游邸第，笑傲五侯东。

谏猎千年史，宏词雅颂风。
蹉跎潘岳子，俯仰阮途穷。
赤叶如蓬织，黄花似菊功。
新丰门独步，上苑未称雄。
读遍千书客，吟成万户终。
精心成造诣，匠伯朱批红。
夏积池深水，冬藏素淑衷。

729. 游终南山因寄苏奉礼士尊师苗员外

礼士苗员外，终南半雪中。
壶深芝液里，洞府采人东。
猿猴分臂挂，鹭鹤合心空。
琴明天地木，不隐老梧桐。

730. 长安书事寄卢纶

家卢一弱冠，岁月半青丹。
避事空林晚，驱途狭路宽。
知音知所意，共客共波澜。
白发年年见，青云处处寒。

731. 妾薄命

不以从君布，何言任子眠。
秦川秦谷雨，渭水渭非泉。

732. 送郭良辅下第东归

一路两端连，三生运命牵。
宏词非得意，射策是成年。

733. 送暕上人游春

游春一上人，度世半常巾。
不见何分别，难全隐忍纯。

734. 晦日同苗员外游曲江

记得曲江春，还寻渭邑臣。
三元才子见，俱是读书人。

735. 溪行逢雨与柳中庸

溪行逢雨细，叶脉逐流泉。
点点行行上，珠珠泪泪悬。

736. 和张尹忆东篱菊

但见篱边菊，山中有此花。

张公张尹忆，落叶落山洼。

737. 幽居作

岭上千年树，亭中万里云。
幽居幽水月，独止独行芬。

738. 题云际寺暕上人故院

白水空空色，青山草草深。
支公支遁去，下世下东林。

739. 观邻老栽松

老子十年松，人心一半龙。
残阳残见远，日近日荫容。

740. 赠胡居士

融儿七十多，海客五千河。
积聚成洋水，梨花子月歌。

741. 荐福寺送元伟

元伟荐福僧，渭水过五陵。
一路随烟远，三生任意承。

742. 哭苗垂

旧友无由见，黄泉有故闻。
青山青草没，月伴月边云。

743. 客行赠冯著

旅雁衡阳路，秋风朔北云。
胡姬胡笛舞，楚女楚才勋。

744. 芜城怀古

日落芜城草，云归暮色林。
征兵田亩废，滴水积成浔。

745. 赠山中老人

白首一孤身，青山半老人。
从军从漠北，古道古秋春。

746. 拜新月

开帘新月见，独步问貂蝉。
小女男儿志，从心束发妍。

747. 听筝

金筝十八天，素手玉房前。

不得周郎顾，何知未断弦。

748. 赠何兆

文章半柳杨，日月一家乡。
处处应相顾，时时有暖凉。

749. 同司空文明过坚上人故院（一作影堂）

只与雷居士，时时事远公。
无人知旧世，有忆影堂中。

750. 杂诗

主第潘郎醉，临流玉树风。
兰亭金谷赋，不堕绿珠东。

751. 感兴

香炉峰上客，五老寺中林。
月在当空望，人居水上荫。

752. 问张山人疾

一疾问山人，三生向独身。
艾门艾草药，采玉采云新。

753. 江上送客

汉水一知音，琴台半古今。
伤心伤不得，洞府洞云深。

754. 闺情

月落星稀暗，孤灯竹影明。
摇摇还曳曳，望望又声声。

755. 送刘侍郎

应闻潘岳愫，但去谢宣城。
隔道春花落，随流逝水声。

756. 重送郑宥归蜀因寄何兆

黄花西去路，赤叶北风天。
蜀道陈仓见，巴山白帝船。

757. 宿石涧店闻妇人哭

村南送妇在，漠北战时分。
独别征夫帽，相逢旧将军。

758. 与道者别

道者三清志，居心一世尊。
丹炉非所愿，玉石是秋春。

759. 长门怨

不以长门怨，班家著史文。
应知三峡谷，莫似卓文君。

760. 忆友怀野寺旧居

野寺同人性，荒途共达心。
无寻朝暮色，但入远公林。

761. 听夜雨寄卢纶

暮雨潇潇落，城头郁郁分。
东林东直木，五老五峰云。

762. 昭君词

苏卿一李陵，汉帝半君丞。
战罢兵伊始，和平玉臂凝。

763. 春晚游鹤林寺寄使者诸公

野寺春花晚，清溪石径明。
天高空自语，酒醉独相倾。

764. 畅当

河东一畅当，大历十才扬。
进士贞元后，诗名诸第芳。

765. 南充谢郡客游澧州赠宇文中丞

郡使当州辱，涔阳向愚闻。
中丞中柱守，仆本仆诗文。
一笑平行遇，三生继世云。
家邦三苦役，祖国半衣裙。

766. 宿报恩寺精舍

月下树苍茫，山中水暖凉。
慈恩慈所报，寺泽寺青黄。
伏虎溪流涧，潜龙日存光。
莲花莲自在，玉树玉人香。

767. 自平阳馆赴郡

郡吏平阳役，微官守策期。
民生民作主，国治国人时。

教化原文道，苗黎故律施。
同心同所以，共处共国词。

768. 天柱隐所重答江州应物（一作韦江州）

应物江州律，贫寒士子情。
山中山水木，月下月泉明。
草色翻新意，花光映古城。
兄成兄弟寄，隐所隐人生。

769. 山居酬韦苏州见寄

孤茅一夕烟，绝壁半悬泉。
肃肃凫凫雾，溶溶落落船。
园塘方已见，五色地苍天。
但向姑苏寄，山中不入眠。

770. 春日过奉诚园（一作曲江，一作玉林园）

大树成蹊见，先臣咏德闻。
林园林木直，曲水曲江文。

771. 军中醉饮寄沈八刘叟

但向婵娟问，还寻后羿风。
三杯君不见，一月自当空。
射虎幽州在，阴山汉将雄。

772. 偶宴西蜀摩诃池

摩诃池上暮，蜀国竹中风。
七彩云光色，千波玉影空。

773. 奉送杜中丞赴洪州

奉旨凤凰宫，中丞上渡鸿。
江山征战将，日月纪军功。
左右贫威济，慈恩待了同。
阴晴施雨露，草木受仁风。

774. 九日奉陪皇甫使君泛江宴赤岸亭

羁旅菊花杯，重阳日色催。
秋风秋叶扫，赤岸赤亭醉。
楚水溶溶色，长江速速回。
家乡家何处，驿路驿人陪。

775. 蒲中道中二首

之一：

中条山两侧，晋豫府衙中。
曲曲黄河水，幽幽唱大风。

之二：

应闻鹳雀楼，大禹渡春秋。
但见黄河水，潼关入晋州。

776. 登鹳雀楼

风陵渡口望潼关，鹳雀楼前永济还。
栲栳虞乡干邑镇，三门峡里雪花山。

777. 宿潭上二首

之一：

一月落潭中，三更半色空。
惊风惊宿鸟，有止有鸣虫。

之二：

黄河直曲湾，渭水老潼关。
二水三门峡，东流去不还。

778. 别卢纶

相逢同忆旧，复别共生悲。
故友谁还在，推名却少留。

779. 早春

未满园林色，梅花带雪开。
千禽寻暖水，半雨带寒来。
一字飞鸿至，三先草木回。

780. 题沈八斋

白雪弹琴引，乌丝玉带平。
婷婷君玉立，淑淑女儿情。

781. 陆贽

敬舆一嘉兴，宏词进士登。
平章同事与，学者以香凝。

782. 晓过南宫闻太常清乐

古乐南宫外，知音晓漏中。
风轻禾雅颂，月澹照西东。

783. 禁中春松

阴阴一路松，禁禁半天龙。

紫气东南至，长安暮晓钟。
春秋同色泽，日月共神宗。

784. 赋得御园芳草

阶中小草藏，月下不为芳。
彼此同生死，阴晴共柳杨。

785. 句（仕江淮尉题厅见语林）

泉流水瀺瀺，石砌玉荫荫。

786. 禁中春松

之一：

直直青松立，森森贝叶同。
秦川秦土地，汉苑汉花红。
寒北千飞将，江东一大风。

之二：

岁岁含贞节，年年纳北风。
青青常色在，直直故人东。
受雨由根治，经霜可叶隆。

787. 西戎献马

春秋自古马功劳，胜败难分一战穷。
装甲飞机加导弹，几度世界是大风。

788. 小苑春望宫池柳色七首

之一：

小苑宫池柳，知烟紫禁城。
垂丝多醮水，拂荡少虫鸣。
汉苑梅花落，秦川有晓莺。

之二：

宫池柳色明，上液雪花轻。
叶叶呈先绿，枝枝尽向荣。
春春同世界，处处共苍生。

之三：

宫池柳色明，上液映皇城。
魏阙晴阳暖，南山草木萌。
高枝先见日，王叶已生成。

之四：

宫池柳色荣，小苑百花生。
再过三周后，群芳一帝城。
渭水轻轻流，春莺处处鸣。

之五：

微黄叶已生，积翠色倾城。

淑气垂天地，含烟纳秀萌。
秦川先草木，渭邑自晴明。

之六：

小苑春城里，宫池御液中。
新光含雨润，幕里纳精英。
策略天街路，宏词世界工。

之七：

今来游上苑，昨去问中都。
草色随杨柳，春风带雨芜。
丝丝垂水问，点点谢光明。

789. 夏首犹清和

朱启明炎亭，中原待祝融。
唐尧唐社稷，舜禹舜天功。
夏首由天泽，秋肃以果丰。

790. 小苑春望宫池柳色

小苑春先至，皇衢日已新。
条条垂柳色，处处绿黄茵。
隐约高低见，参差左右邻。

791. 小苑春望宫池柳色

小苑先春望，宫池绿映红。
低昂含紫气，此纳霓虹景。
袅袅皇城映，依依上液宫。

792. 南至日太史登台书云物

太史登台望，圆丘展礼城。
烟炱缥缈去，晓色弥皇京。
道泰氛氲色，荷丰辅圣英。
文明文曲座，武勇武关缨。
物象应时运，宏词可太平。

793. 寄杨凭

大历三杨进士城，弘农气节绩声名。
兄兄弟弟文辞客，贬贬升升太子英。

794. 长安春夜宿开元观

长间一夕烟，世上半桑田。
客里三清中，云中六郡诠。
长松枝扫地，老鹤翼悬年。
不问蓬瀛道，观前一石泉。

795. 晚泊江戌

晚泊江洲岸，舟平月色流。
年年谁得意，处处有春秋。
旅棹依遥浦，孤鸿落渚头。
关山关不止，冷落冷沧洲。

796. 巴江雨夜

五岭天无雁，三巴水有声。
巫山云雨客，白帝去来城。
宋玉高唐赋，相如买贾成。
文章惊所欲，世界可依情。

797. 边塞行

牧马牧无边，单于汉界泉。
守将守桑田，阴山如李广。
自古和还战，谁须罢言权。
胡长赢所欲，汉久却兵员。

798. 乐游园望月

一月天涯同，寒宫草木空。
年年如此望，处处有无中。

799. 千叶桃花

桃花千叶碧，三月一心红。
彩色应多变，瑶池玉帝宫。

800. 春中泛舟

三湘二月中，九派一江风。
此去桃源路，先明杏李红。

801. 雨中怨秋

秋云隔岸落，细雨秋虫声。
暮色天天远，钟声处处鸣。

802. 秋日独游曲江

无钱沽酒人，解佩醉衣中。
不是龙门客，何须涓邑贫。

803. 寄别

暮色作洲烟，清流待客船。
湘灵湘水岸，竹泪竹生怜。

804. 边情

北海知苏武，单于问李陵。
英雄承所见，子女共应征。

805. 早发湘中

按节自鸣笳，荆门已落沙。
湘流湘水岸，楚客楚人家。

806. 海榴

殷殷一海榴，盛盛半当秋。
五马三英色，千夫万女收。
浓浓还艳艳，郁郁亦悠悠。

807. 春情

似雾如丝雨，由心等意云。
三湘三月晚，一女一思君。

808. 送客往荆州

送客半荆州，江陵一独舟。
长江长万里，石首石千忧。

809. 赠马炼师

不见祝融峰，还寻旧炼踪。
花冠冰雪色，玉石彩丹封。

810. 湘江泛舟

秦川千里望，岳浦万波潮。
饮酒三杯近，思乡一醉遥。

811. 送别

岭上梅花雪，江中一翼高。
君心君子路，一路一战友。

812. 赠窦牟（一名窦，洛阳牟见简篇章偶赠绝句）

直用天才子，旁须弟子人。
儒门儒不已，道德道家臻。
洛水朝阳社，东都两地春。

813. 送别

别酒邮亭醉，排空北雁飞。
衡阳非是客，隔岁雁门归。

814. 送客东归

路向古营川，边从战地求。
和时和所界，草场草丰收。
汉地单于见，秦川漠北游。
东归东海近，北漠北沙舟。

815. 送客归湖南

潇湘多竹泪，鼓瑟二妃愁。
已是苍梧界，应明橘柚洲。
人间留水路，世上逐春秋。
水润千年米，帆扬万里舟。

816. 送客归淮南

船行杨柳岸，共济运河舟。
柳叶隋炀姓，天堂自此留。

817. 春情

洛渭一秦腔，黄河半瑟邦。
相思常曲曲，独自未成双。

818. 秋夜听捣衣

砧杵当秋月，声声自捣衣。
心心相印寄，望望复依稀。

819. 和直禁省

寓直丹墀路，三更玉漏平。
闻声惊欲睡，俯仰待天明。

820. 从军行

将尉半居延，误兵集五千。
单于多识马，博望少桑田。
汉卒鸣金晚，胡姬舞曲旋。
和和还战战，陌陌复阡阡。

821. 留别

玉节由东阁，金闺束带堂。
长安留客处，灞水一桥扬。

822. 送客往洞庭

君心一洞庭，客意半丹青。
汉寿桃源近，长沙贾谊铭。

823. 别友人

路路通南北，行行有始终。
山山由上下，水水各西东。
博士闻天地，书生唱大风。

824. 初渡淮北岸　致吕赢吕今籍于辽二首

村乡一家遥，水色半小桥。
父父母母问，儿儿女女辽。
不解南洋束，吟诗北陆潮。
孤身径径岁，独梦上云霄。

825. 咏雨

南宫半落花，北阙一天华。
细雨应先至，行云已满衙。

826. 柳絮

絮絮随风至，飘飘任水洼。
何须杨柳客，只入莫愁家。

827. 花枕

酒醉平花枕，自轻落紫泥。
相夫相子问，浪荡浪东西。

828. 送客往郿州

卫霍笑长缨，渔阳问短晴。
阴山飞将去，李广酒泉声。
郿畤多花草，单于少帅兵。
关城明画角，夕照以金鸣。

829. 送客往夏州（忆南洋）

知君一去过居延，仰首三边自问天。
自古辽东渤海岸，南洋岁月故乡船。

830. 春霁晚望

细雨情深小路东，春云紫气化霓虹。
黄昏一半成仿古，始始终终始无终。

831. 唐昌观玉蕊花

秦楼萧史去，弄玉穆公来。
凤曲凰歌舞，人间世上来。

832. 别李协

送客上江楼，观天过九州。
江风江水去，别酒酒心留。

833. 初次巴陵

巴陵望洞庭，汉寿岳阳青。
阮水蒲湘入，长沙落雁屏。

834. 上巳

上巳兰亭酒，清弦细管家，
风光谁不度，处处液垣花。

835. 春怨

想思一半人，问柳去来春。
不以青黄辨，谁知是旧新。

836. 送客归常州

一到河边别，三船向背辞。
扬州扬柳岸，水月水相知。

837. 送别

相思不尽想思望，别意难辞别意时。
忆取扬州扬子水，回头洛邑洛阳迟。

838. 送客入蜀

剑阁迢迢路，巴山处处云。
蚕丛蚕教化，杜宇杜鹃闻。

839. 送别

笑入石门中，江临玉树东。
云烟云水别，小径小天空。

840. 残花

落雪作残花，飞云向水涯。
春风春不止，百草百人家。

841. 戏赠友人

不惜一千钱，情深五百年。
银杯应未尽，赤足可长天。

842. 赠同游

雨雨风风后，云云细草晴。
新明新酒醉，一觉一枯荣。

843. 送人出塞

征鸿夜不栖，雪碛戍人低。
举目天光远，回思有鼓鼙。

844. 寻僧元皎因病

不尽山中事，寻师月下明。
高松连寺影，并竹接因情。

845. 夜泊渭津

夜宿渭津亭，星垂月水青。
飘飘飘泊客，去去去零丁。
草落风无止，梦长似独萍。

846. 晚夏逢友人

一别同天下，相思已十年。
长安长路远，渭水渭秦川。

847. 别谪者

人言不一言，故是简非繁。
进退升迁去，湘波楚水源。
家书寄所寄，客路客轩辕。

848. 行思

一望行思尽，三生跬步明。
途穷途又继，路短路长程。

849. 感怀题从舅宅

流言应未息，直道竟难通。
树下留怀旧，心中逐四空。

850. 与友人会

树顶一蝉鸣，何求半远声。
家贫文所寄，远道步知荣。

851. 下第后蒙侍郎示意指于新先辈宣恩感谢

下第一云栖，宜明半木低。
三年千百日，玉石作江堤。

852. 奉酬韦滁州寄示

郡暇流芳馨，淮阳水色青。
江津连山木，浦口逐云萍。
三荆随楚阔，九派任洲汀。

苍梧呈古治，竹泪作湘灵。

853. 梅里旅夕

南归一叶舟，北旅半江洲。
水国生秋色，枫林问白楼。
鸣蝉高树上，问远帝王州。

854. 钟陵雪夜谢友人

腊月半梅花，寒霜一雪纱。
龙洲龙不泊，古道古人家。

855. 润州水楼

归心似可留，醉意有春秋。
北固金陵望，南蝉建邺休。

856. 江上秋月

陇雁乡家问，书生进退闻。
冠官冠绶带，布教布衣勋。
北北南南去，朝朝暮暮云。

857. 阁前双槿

朝阳红似火，暮谢卷黄花。
岁岁年年继，桃桃李李夸。

858. 小苑春望宫池柳色

宫池上苑新，学士读风尘。
岁岁重杨柳，年年早入春。
三秦烟雨润，百越秀才人。

859. 送客往睦州

日暮几声蝉，黄昏向远天。
孤舟孤棹落，破镜破无边。

860. 送客之蜀

蜀国三千里，巴人五百川。
嘉陵明月峡，剑阁独江天。

861. 剡溪看花

花开花落去，草谢草荣回。
岁岁春秋继，年年朝暮来。
唯闻人老少，白首自相催。

862. 江中风

江中一大风，水上半东西。

月色随流静，山光任是同。

863. 咏破扇

破扇自春秋，清风暑热留。
摇摇人折折，闭闭一休休。

864. 贾客愁

几日到荆州，何时物运酬。
商奸商所利，故友故人羞。

865. 即事寄人

春风问伯劳，独向一云高。
不得鸣莺在，何言草木仪。

866. 早春雪中

雪雪云中雨雨成，新新淑淑作梅生。
寒寒暖暖寒先却，朽朽荣荣朽早荣。

867. 此行留别

一度山川一度春，三边日月半边邻。
应裁草木单于将，且把诗书寄故人。

868. 明妃怨

汉国明妃去，阴山子女根。
琵琶留曲赋，敕勒一川恩。

869. 秋原野望

一望群山一片峰，千川壑谷万川客。
新原不断新原野，故国当须故国封。

870. 春霁花萼楼南闻宫莺

花花萼萼一接明，崔崔莺莺半草情。
暮暮朝朝杨柳色，春春夏夏自枯荣。

871. 句

南园桃李色，北阙帝王心。

872. 司空曙

文明一广平，进士半军从。
水部郎中客，清诗已赋名。

873. 题玉贞观公主山池院

香风留遗影，素几玉真梅。
石自天街得，泉经太液来。

鸾空鸾自去，凤驾凤凰台。
羽鹤分循守，仙桃列序开。

874. 送永阳崔明府

古国群英集，枫洲会荟分。
南山南馆息，楚磊楚才君。

875. 送曹三同猗游山寺

云浮古寺深，叶落直松荫。
虎涧东林水，三同共我心。

876. 送崔校书赴梓幕

一幕半知君，三生十地文。
江南江似雪，鼓角鼓声闻。
管纪中军帐，巴庸见路分。
征人征柱石，戍将戍功勋。

877. 送夔州班使君

蜀国巴庸路，夔州汉使君。
清风清古道，野寺野芳芬。
旧吏夷陵送，江帆一片云。

878. 送菊潭王明府

皓发映儒衣，浔阳对石矶。
归舟谁佩印，隐约是相依。

879. 送太易上人赴东洛

石径登山路，云深雨雪均。
梅花初见色，竹杖已知春。

880. 和王卿立秋即事（斥百色银信担保公司孙建平）

蝉鸣一树间，竹影半天闲。
百陌浮尘静，千峰爽气还。
黄河黄曲处，九折九成湾。
已奏招商曲，官衙令继营。

881. 和李员外与舍人咏玫瑰花寄徐侍郎

吏奉紫微郎，花从十二香。
枝枝常带刺，蕊蕊以心扬。
直署连芳径，天街纳极光。
红黄橙绿素，叶茎竞低昂。

882. 冬夜耿拾遗王秀才就宿因伤故人

旧宿闻君少，新冬忆故人。
霜林霜草色，谷雪谷云筠。
夜笛忽然响，邻家已问春。
琴声琴自伴，独自独伤身。

883. 早春游慈恩南池

羽鹤南池舞，慈恩北陆云。
三光半宇宙，十地一人君。

884. 雨夜见投之作

上路繁星尽，行塘暗未开。
舟平凉气补，草露已先来。
晓色初黑逐，扬帆去不回。

885. 龙池寺望月寄韦使君阁别驾

万古应同望，千年月共明。
龙池龙寺问，水府水蓬瀛。

886. 秋夜忆兴善院寄苗发

兰亭一右军，住寺半斯文。
共咏阴晴色，相期水月芬。

887. 病中寄郑十六兄

自喜葛巾轻，开门欲自行。
黄花黄正艳，十载十年兄。

888. 卫明府寄枇杷叶以诗答（兼寄郭雅卿）

枇杷树下半渝城，雨雾云中一雅卿。
水月先开夫妇路，蜀道艰难作弟兄。

889. 过庆宝寺

一寺前朝尘寺荒，千林古道万林凉。
霜风不继秋风雨，落叶难承落叶乡。

890. 奉和张大夫酬高山人

野客山人问，松林月色稀。
孤峰孤直木，独立独天依。

891. 送严使君游山

楚地依三户，辞州选一钱。

金杯同济世，客棹共销年。
赤壁连江断，荆门逐浪悬。
青芜青草木，月色月明船。

892. 送柳镇归蜀

柳镇双流去，桐花独蜀明。
成都成竹节，仆射仆人情。

893. 送药平苗明府

江僧一句诗，送客半言迟。
独得山中问，经纶隔日知。

894. 赠送郑钱二郎中

梅含柳色新，雪纳雨东邻。
自以群芳继，宗禅独放春。

895. 酬郑十四望驿不得同宿见赠因寄张参军

一驿两行役，三生半吏劳。
空吟空色济，步过步战友。

896. 暮春野望寄钱起

三春碧草长，九陌落花香。
十地芳菲色，千山直木梁。

897. 送王使君小子孝廉登科归省

少小通径学，宏词向孝儒。
登科归省寄，太守已先趋。

898. 云阳寺石竹花

一别幽山路，重逢古寺钟。
高低观石竹，彼此问芙蓉。

899. 送高胜重谒曹王

郁郁青枫岸，阴阴百草春。
荆门荆楚水，郢路郢人邻。

900. 闲园书事招畅当

闲园王昼蝉，树顶半高宜。
访戴何须致，吟陶已望天。

901. 过钱员外

白发王钱郎，儒生半故乡。

官归官足迹，士子士低昂。

902. 赠庚侍御

内学自为师，弹琴已所辞。
知音知彼此，王曲王相思。

903. 赠李端

一目南楼望，三生北国忧。
儒生儒道路，岁月岁年谋。
仕子当先序，冠官不可休。
重重耕耕草，日日写春秋。

904. 送流人

但作布衣客，何言草木门。
经纶原所见，日月赐乾坤。

905. 过胡居士覩一右丞遗文

有意儒书济，无心陋巷贫。
诗文诗所志，问竹问心春。

906. 送郎使君赴郢州

侍节风云使，驱程日月分。
耕耘新土地，著作归天文。

907. 贼平后送人北归

战乱同程去，和平共度来。
人间人所欲，世道世尘开。

908. 观猎骑

缠锦貂裘箭，飞鹰射猎巾。
闻知飞将故，说是霍家亲。

909. 同苗员外宿荐福常师房

如来一远公，共宿一心中。
馨语应无断，钟声可不终。

910. 送乔广下第归淮南

下第淮南岸，春光日半斜。
东堂留一李，侍子对年华。

911. 风筝

高风玉柱连，万籁一线牵。
抑抑扬扬去，来来去去悬。

912. 闲居寄苗发

遗寺支公在，行吟白雪多。
桃源陶五柳，谢戴付江河。

913. 送王先生归南山

愿作门人去，南山草木来。
无官田亩上，有子果因台。

914. 寄天台秀师

瀑布天台水，悬泉住持音。
晴云晴古寺，幻境幻人心。

915. 送夏侯审赴宁国

石磊陵阳日，舟平建邺津。
栖霞僧寺远，竹影碧新春。

916. 云阳馆与韩绅宿别

几度隔山川，相逢对月圆。
天天赠减笑，十五亦偏弦。

917. 送卢使君赴夔州

石壁断蒹葭，巴山逐浪花。
夔龙夔白帝，栈道栈人家。
滟滪堆前水，瞿溏雨后涯。
官船官渡口，两峡两河沙。

918. 夜闻回雁

雁字一人分，排空半逐群。
年年南北见，处处去来闻。
但以春秋路，筹铭日月文。

919. 赋得的的帆向浦

向浦参差首，随风远近帆。
轻移芳草里，水泊雾衣衫。

920. 秋思呈尹植裴说

静坐听琴止，行思步月明。
君心君莫问，隔壁隔人情。

921. 闲园即事寄陈公

欲向空门寄一身，平生净化滉千尘。
东林住持春三戒，羡与闵云作四邻。

922. 题陈上人院

苔藓生石井，日月寄绳床。
闭谷知天土，开关问柳杨。
孤身常望水，独夜自焚香。
世界须阴晴，人间有短长。

923. 长安晓望寄程补阙

参差宫殿柳，逶迤渭泾流。
紫禁南山木，笙歌北阙楼。
儒生儒不止，未达未无休。
日月江山在，阴晴社稷修。

924. 下第日书情寄上叔父

学术一京师，微才半第知。
贫居贫自主，桂影桂人枝。

925. 南原望汉宫

西陵草木已深平，北陌溪流独见清。
直木乔林由上下，山禽野水自纵横。

926. 早夏寄元校书

野径半芳菲，高林一翠微。
珠荷方自立，采女已无归。

927. 赠衡岳隐禅师

岳麓隐禅师，巴陵白马期。
衡阳高寺晚，玉柄洞庭迟。
暮鼓潇湘远，晨钟八水时。

928. 题凌云寺

古寺一沧波，空山半涧河。
凌云凌教化，普渡普莲荷。
百丈金身镀，三生佛祖歌。
人间应所济，世界已如何。

929. 晦日益州北池陪宴

泛泛从公日，舟舟任羽觞。
粼粼波影阔，树树接花塘。
灞水京都客，巴山蜀国梁。
歌声歌不尽，曲继曲天光。

930. 送曲山人之衡州

白石先生石，衡州洞府州。

华岩华表立，羽鹤羽霜猷。

931. 立秋日

已见莲蓬子，还闻采女羞。
衣衫全不顾，误以伴如牛。

932. 咏古寺花

芳菲古寺花，弱质胜人家。
共得春秋律，同承日月斜。

933. 酬张芬有赦后见赠

朝明五色书，布报一罗余。
腐草难承器，精英可不如。

934. 哭苗员外呈张参军（苗公即参军舅氏）

思君静宅中，试芝比天宫。
季子苍松见，羊县玉液风。
凌霜山不老，纳雪玉西东。
此别应无奈，黄泉路不同。

935. 金陵怀古

莫问庾公府，金陵野草春。
文成南国士，老作北朝臣。

936. 发渝州却寄韦判官

一水见渝头，三生已白头。
东西南北路，鸟道问江流。

937. 送卢彻之太原谒马尚书

黄云画角并州头，叶落归根律令求。
十载寒窗分上下，三生日月帝王侯。

938. 峡口送友人

一别长亭万里春，花开二月半冬尘。
前年到此公迎我，此日辞君作故人。

939. 故郭婉仪挽歌

一日辞秦镜，千秋入汉宫。
新声承市境，旧德婉仪空。

940. 学士岭南勒圣碑

汉界天云外，秦边六国东，

南鹏栖北岭，北雁问南宫。
学士书碑丘，春归朔漠鸿。
文章天下事，御史世恢虹。

941. 送吉校书东归

楚岫东归去，吴洲北客来，
风云江海阔，日月子猷台。

942. 早春游望

黄花野地开，碧玉满天台。
弱里藏强势，群芳律节来。

943. 秋日趋府上张大夫

共说羊公在，同吟客酒泉。
林惊林不语，叶落叶闻天。

944. 竹里径

竹里径前踪，苔中足下容。
回头回所见，独步独行封。

945. 黄子陂

渡口一舟横，沧洲半水平。
深津深水草，月隐月无明。

946. 田鹤

欲作凌风去，谁人引导回。
依依相就处，浦浦试飞来。

947. 药园

绿叶铺红英，园田药草城。
人生人不解，世上世康荣。

948. 石井

一井石中泉，三光落半边。
幽人留影去，汲水逐颜先。

949. 板桥

荒村木板桥，七步不相遥。
水水平平见，连通见碧霄。

950. 石莲花

水里石莲花，云中玉影斜。
群芳先后去，佛祖入人家。

951. 远寺钟

杳杳钟声在，悠悠过客明。
人心人所向，静界静因生。

952. 松下雪

独以东林近，孤身白雪松。
枫林枫叶色，直木直天龙。

953. 新柳

两岸隋炀柳，三吴上下舟。
天堂天不尽，贾客贾商游。

954. 唐昌公主院看花

寻芳须品道，访遗问天涯。
旧殿荒芜处，疑君种石花。

955. 别张赞

一别山晴路，重阳九日花。
茱萸从此挂，静待作归遮。

956. 晚思

月色入人家，寒宫落桂花。
嫦娥应所见，玉影向谁斜。

957. 留卢秦卿

有约前期去，无辞后遇来。
步炉温旧酒，向月邀银杯。

958. 登岘亭

羊公曾有泪，居孟去无回。
望尽襄阳客，何言故客来。

959. 哭曲山人

君曾叹逐臣，客读问山人。
未了黄泉去，应知九陌春。

960. 过坚上人故院与李端同赋

旧日支遁宿，新花过客开。
空林空色尽，月落月还来。

961. 病中嫁女伎

万事伤心处，千书问道明。
黄金歌舞教，赐与故人荣。

962. 江村即事自述

吴江十步小桥村，同里三桥不闭门。
玉带舟平谁锁月，乾隆到此作皇恩。

963. 送郑明府贬岭南　自述

梅花半岭南，渭水一霜涵。
世历文章客，人生作茧蚕。

964. 寄魏明府常见短靴褐裘又务持诵是以有末句之赠

心经意境泯红尘，布靴貂裘附体身。
翠竹黄花皆佛性，神农百草自成春。

965. 酬李端校书见赠

久别林僧一夜栖，高枝密叶半巢低。
逢人不语啼无得，却忆应心不向西。

966. 过卢秦卿旧居

十里黄花一晚天，千山落叶半归天。
蝉鸣远路高声近，五柳先生已布弦。

967. 秋园　一日戏题

秋园十月生新草，落叶三冬问雪泉。
世上人间奇事许，老翁大雪雨桑田。

968. 送王使君赴太原拜节度副使

孤行关朔漠，独立并州头。
莫作书生志，当封万户侯。

969. 拟百劳歌

一曲百劳歌，三春一女荷。
莲蓬由所著，结子任秋波。

970. 迎神

良辰吉日，白芷青兰。
东皇太一，楚水流宽。
参差逶迤，沐浴旌鸾。
婆娑押曲，羽盖巫端。

971. 送神

回风袅袅，露雾端端。
云云雨雨，舆舆銮銮。
瑶瑶羽羽，桂桂丹丹。

175

冠冠吏吏，乞乞安安。

972. 慈恩寺

序：

残莺百啭歌同王员外耿拾遗吉中孚李端游慈恩各赋一物

诗：

雁塔从天立，慈恩向地来。

层层千角顶，石石十三台。

日以如来至，观音自在裁。

孤僧当跬步，独见谢公才。

望远黄河道，长安八水洄。

973. 过终南柳处士

满目苍苍树，临流濯足塘。

云浮云落石，雨涤雨苔香。

隐逸真君子，樵渔养古肠。

人间人所欲，处士处黄粱。

974. 春送郭大之官

之官之舍春，立足立三春。

饱食诗书客，田桑独咏贫。

975. 送郑锡　曙曾事其季父

三年一转萌，十载半知琴。

汉口高山在，征南作古今。

976. 同张参军喜李尚书寄新琴

白玉连徽柱，朱丝系弦张。

声声声起落，郁郁郁余扬。

郑卫宫微赋，齐燕角羽商。

和则和惠颂，意配意天梁。

977. 苦热

苦热一炎州，焦风半不游。

龟鱼藏水底，鸟雀寄巢幽。

葛布纱中解，须眉不顾羞。

招商如有曲，足手付江流。

978. 送人归黔州府

一客下黔州，三江过九流。

无人催鸟去，放肆逐江楼。

979. 杂兴　寄鞍山卢明月

月落辽东暗，星繁古寺明。

千山千水色，一步一山城。

980. 岁暮怀崔峒耿湋

江天春色早，岸芷纳余寒。

腊月梅心动，三吴一楚澜。

981. 观伎

丝弦一半声，素手两三情。

但向音中寄，何须二目横。

982. 过长林湖西酒家

长林一酒家，草色半桃花。

醒醉何须问，东西日两斜。

983. 过阁采病居

三生一病余，九鼎半知书。

六郡江山客，千年日月居。

984. 送程秀才

悠悠一路长，步步半低昂。

驿驿风云市，欣欣有柳杨。

985. 长林令卫象锡丝结歌

玉著巢丝素，春蚕束茧知。

三吴谁主客，一越向王师。

美食山珍馔，锡汤海味时。

纤毫同织女，细缕共西施。

尚绝芙蓉水，香成锦绣迟。

茱萸应结爱，妙绝女儿姿。

986. 酬崔峒见寄　一作江湖秋思

浪迹江湖一叶舟，儒书日月半春秋。

行程不定前途定，沛泽遥疑太液谋。

987. 闻春雷

霹雳一声雷，苍林半木摧。

天公天力远，触目触争魁。

988. 晚烽西省寄上李韩二舍人

昼漏传清唱，天恩阔泽闻。

南宫西省直，北阙凤池曛。

989. 下武昌江行望浔阳

悠悠次楚乡，望望问浔阳。

隐隐渔舟落，扬扬一线长。

990. 送史申之峡州

白帝长江合，巴山峡谷分。

无风千尺浪，有日万天云。

991. 送王闰

江连云梦泽，雪入洞庭津。

一别三生阔，千年半魏秦。

992. 江园书事寄卢纶

种柳南园路，开门四五年。

鹰隼寻地鼠，鸟雀不如蝉。

993. 送郑况往淮南

楚客淮南问，金陵半故乡。

陈公闲榻久，郑况可炎凉。

994. 题江陵临沙驿楼

望断江陵水，临沙驿上楼。

蝉知秦树晚，雁羽阮湘洲。

半世三山问，平生一路游。

995. 新蝉

微风方满树，晓日已朝晴。

羁客迁心望，秋蝉一两鸣。

996. 送张戈

一棹三山去，千波二水闻。

东吴谁楚汉，鲁国可风云。

997. 送僧无言归山

无言自去山，有鹤可开关。

学步三清路，消遥一世间。

998. 和卢校书文若早入使院书事

晓色清风近，文书古案台。

轩墀甘露积，御道净尘埃。

使院禅心静，天章坐不陪。

999. 送史泽之长沙

史泽一长沙，屈平二月花。
汨罗端午节，贾谊入人家。

1000. 田家

田农知足乐，雨水润桑麻。
社日春秋酒，乡情小女家。

1001. 送卢堪

诗书远近贫，日月阴晴身。
跬步朝前去，四季有秋春。
驿外长亭路，云中忆魏秦。

1002. 送柳震入蜀

粉堞连青气，轩墀逐客家。
巴山巴雨夜，杜宇杜鹃花。

1003. 送李嘉佑正字括图书兼往扬州觐省

正字兰台过，图书括校行。
扬州所早笋，笛曲笛人城。
使者陈农问，儒官刘向名。
寻风江岸秀，觐省故乡明。

1004. 送刘侍郎

朝辞新羽卫，暮宿故人中。
画角长文纪，青林下步东。

1005. 送庞判官题黔中

青山来蜀道，绿水去荆南。
背汉辰阳晓，行囊解玉潭。

1006. 送人游岭南

岭上梅花早，交州柳叶新。
衡阳飞雁翼，北客是春人。

1007. 送曹同椅

诗书七十余，旅历五千如。
互送相知去，低头独见鱼。

1008. 送鄂州张别驾襄阳觐省

路路岷山亭，扬扬草木青。
襄阳襄水岸，古寺古碑铭。

楚柳羊色泪，王祥带意听。

1009. 送魏季羔游长沙觐兄

长沙一弟兄，贾谊半书生。
访以儒香远，潇湘竹泪情。

1010. 杂言

蝉鸣一树高，大小半狼毫。
进退方圆笔，乾坤日月劳。

1011. 玩花与卫象同醉

一醉在长沙，三春问入家。
梦中梦不得，醒后醒还嗟。

1012. 送王尊师归湖州

湖州不隔半苏州，九派相通一水流。
不见江湖谁浪迹，商船暂醉运河楼。

1013. 九日洛东亭

九日洛东亭，重阳灞渭泾。
黄花黄水色，北雁北天灵。

1014. 九日送人

送客配茱萸，三壤籰多符。
尘中尘土路，日上日扶苏。

1015. 哭王注

不足漳滨去，何疑两界分。
荒阡君子望，诸友寄浮云。

1016. 遇谷口道士

但见州县役，何闻道士辛。
樵渔成主宰，草木作红尘。

1017. 喜外弟卢纶见宿

静夜四无邻，荒居半有春。
卢纶贫里宿，贝叶旨中秦。
月下诗章叙，灯前白发新。
礼知儒客志，况是蔡家亲。

1018. 深上人见访忆李端

雁断秋风后，霜沉贝叶前。
留心僧不去，闭谷忆千年。

1019. 宿青龙寺故昙上人院

年深滋补品，旧客不相知。
羽鹤窗前影，禅间满谷峰。

1020. 送张炼师峨眉山

峨眉山下月，太乙木中峰。
管磬丹光色，溪流玉石封。

1021. 逢江客问南中故人因以诗寄

微官竞折腰，苦吏逐舟桥。
五柳陶公去，三台一玉箫。
何须千百度，但作柳杨条。

1022. 送皋法师

东林远法师，古寺钟声知，
道场因由在，禅音果自迟。

1023. 送郑佶归洛阳

楚客秦川路，书生渭水明。
东都应可问，但入洛阳城。

1024. 分流水

古别离合泪，今流彼此分。
秦川秦岭界，北陆北南云。

1025. 和耿拾遗元日观早朝

晓色三元日，朝冠六郡城。
生灵陈禹继，紫气腕时英。
举笏玄径序，行觞典籍营。
千躬天子位，九叩舆銮平。
霈泽平章客，星云物象萌。

1026. 寒下曲

寒柳栖胡杨，军门向大荒。
冰封风雪漠，月色满辽阳。

1027. 御制两后出城观览敕臣已下属知

雨后城郊色，河前百草情。
时新时令继，岁足岁田荣。
舜德弦歌起，銮墀笏奏明。
川流川谷涧，瑞气瑞皇京。

1028. 关山月　桓仁

朔北关山脸，辽东五女乡。

三边三子读，一路一黄粱。

1029. 奉和常舍人晚秋集贤院即事寄薛二侍郎

北阙凤凰宫，南山顶雪丰。

司言陈禹命，侍讲对尧聪。

六郡中书省，三台太吏公。

千门千祖业，一曲一难公。

1030. 题鲜于秋园林

客醉悠悠路，莺啼处处风。

林园林木直，曲水曲香红。

雨后由新气，山前任市同。

云飞云落去，杜宇杜陵东。

1031. 登秦岭

步步登秦岭，南南北经分。

江河源自近，日月各相垠。

1032. 独游寄魏长林

草草春园里，迟迟玉林中。

江鸥江浪色，泽畔泽鱼虫。

1033. 望水

残阳已不多，远照见蹉跎。

且下池塘岸，红湖落暗波。

1034. 望商山路

一望商山路，三台汉政迟。

儒生儒不得，立世立高枝。

1035. 题落叶

秋风半简繁，落叶一天元。

结脉连枝静，飘流逐地喧。

1036. 寄准上人

樵渔同去去，日月共贫来。

自食其心力，由生所欲裁。

心音应忆定，路策可徘徊。

一路三生力，千年半世才。

1037. 送况上人还荆州因寄卫侍御家

策杖一西还，寻径半闭关。

荆州荆水岸，渡口渡河湾。

1038. 别卢纶

有月应同赏，无钱可共贫。

君心君子路，我意我秋春。

醒醉诗诗赋，阴晴草木秦。

前程前不止，进退进臣轮。

1039. 雪二首

之一：

半尺南山半树高，一峰素顶一峰仪。

天宫已近天公语，不可重层作玉涛。

之二：

一顶天光一树潮，半云素帜半云霄。

昆仑素盖南山顶，雪打纱窗北阙雕。

1040. 酬卫长林岁日见呈

年年一玉杯，岁岁半春梅。

但得群芳色，长林独直魁。

1041. 杜鹃行

二月梅花色，千村岁月生。

春耕春雨落，杜宇杜鹃鸣。

望帝蚕丛数，鱼凫孟昶情。

巴山巴蜀客，白帝白盐盟。

1042. 寄胡居士

春风一伯劳，细雨半云高。

小路遥遥望，辞君处处切。

1043. 寒塘

寒塘一夜霜，岸叶半残妆。

隔木枝巢筑，风流不纳凉。

1044. 为李魏公赋谢汧公

丹墀连进退，道路逐西东。

士意难相近，官心不可通。

1045. 梁城老人怨

梁城一老人，读卷半秋春。

十地书生路，三光日月秦。

1046. 寄崔峒

序：

杨州选蒙相公赏判雪后呈上

诗：

陋巷忧天下，芜城雨雪嘉。

中分云不界，落地半梨花。

润泽山公济，耕耘百姓家。

1047. 客舍书情寄赵中洱

关山劳策远，主仆驿投辛。

独客行千里，全家托四邻。

生涯舟不定，此身惯魏秦。

1048. 客舍有怀因呈寄诸在事

王城待诏不知贫，苦吏行身未泡尘。

读遍群书方恨少，平津独步志秋春。

1049. 书怀寄杨郭李王判官　自述

一路云林客，三生草木珍。

诗书成手卷，跬步作秋春。

皂吏同拙政，妻儿共理贫。

唯为从格律，十万首纯臻。

1050. 奉和给事寓直

莫以丹墀近，明王不误津。

銮台应职守，玉漏有秋春。

步步相趋俯，时时互道臻。

相傅相直立，昨色互万钧。

1051. 初入集贤院赠李献仁　入国务院农村能源办

四十知官未了身，耕耘日月苦秋春。

时时事事应天地，去去来来未识秦。

1052. 酬李补阙雨中寄赠自曰

补阙云中见雨霖，诗书月下独清吟。

儿孙自主天涯近，七十难为作古今。

1053. 初除拾遗酬秋二十三见寄自述

江江海海久垂纶，谏谏谋谋独净臣。

不道冠官循易进，平生苦力苦劳人。

1054. 刘展下判官相招以诗答之

国有忠贞宠，家承玉石恩。

浮云浮上下，土地土行孙。

谢履陶台冶，荆轲剧孟根。

相招相待客，日月日行村。

1055. 送侯山人赴会稽

时游一镜湖，笛曲半江苏。

十八拍中胡牧马，三千弟子半东吴。

百里平如面，千波似玉奴。

1056. 宿禅智寺上方演大师院

东林禅智寺，白日木森人。

石竹流清远，霜钟启撞频。

寒松凭直立，慧觉任红尘。

共度云舟晚，同行苦作春。

1057. 题空山人石室

地僻多溪路，山空石室门。

云封千载洞，雪化万年根。

步步随阶进，悠悠入古村。

1058. 登蒋山开善寺

大殿秋云密，香炉智慧深。

禅心禅觉悟，翠羽翠微林。

1059. 题崇福寺禅院

日入一门中，风流半市同。

禅知禅觉见，凤语凤梧桐。

1060. 秋晚送丹徒行明府赴上国因寄江南故人

月静江边夜，峰平水上星。

寒光清不动，宿鸟望丹青。

1061. 送薛仲方归扬州

君心不可猜，胜迹运河来。

独记隋炀帝，天堂日月开。

1062. 送韦员外还京　自述

独树一荒城，孤身半战缨。

和平和不久，历乱历枯荣。

七十人应老，谁怜白发生。

1063. 润州送友人

十里瓜州渡，三春北固城。

东吴东楚尾，北越北人英。

养马秦川里，行舟木渎横。

夫差勾践去，一水运河明。

1064. 送张芬东归

贫交有别离，乱世待兰芝。

陌陌阡阡望，朝朝暮暮期。

东归东草木，北晋北秦迟。

1065. 送苏修游上饶

事事关情见，人人待世平。

随心随自己，任意任相倾。

俗子知名利，官家向枯荣。

开怀开宇宙，羁束羁家英。

1066. 送陆明府之盱眙

平芜一水到县门，别梦三春小子孙。

政迹千淮根未治，盱眙半路满黄昏。

1067. 江南回逢赵曜因送任十一赴交城主簿　自度

年年途老幼，处处度艰难。

七十重回首，平生已可观。

诗词超十万，格律韵三千。

中华常用字，演易可峰峦。

1068. 送薛良史往越州谒从叔

久久辞家去，思思故道来。

兰亭兰蕙芷，会友会稽台。

浦口停船处，山阴只可回。

1069. 送丘二十二之苏州

积水一苏州，嘉禾半虎丘。

云烟云不定，雨雾雨何休。

独上江湖岸，何闻日月秋。

1070. 登润州芙蓉楼

但忆谢去晖，东流不是非。

江山江水色，日月日无归。

草树云烟渚，芙蓉入翠微。

叭闻今雁落，只见一鸣飞。

1071. 江上书怀

登高回首望，逝水继东流。

塞北三千士，江南四十州。

1072. 春日忆姚氏外舅

春秋雁自飞，日月暮朝归。

物象经纶序，儿孙各独依。

1073. 送真上人还兰若

一道半云林，三清九陌心。

中门开又闭，半偈十钟音。

1074. 润州送师弟自江夏往台州

一路下天台，三山二水开。

孤舟孤望远，独步独蓬莱。

1075. 送李道士归山

道士半归山，禅音一世颜。

丹炉丹石玉，旷野旷河湾。

1076. 宿江西窦主簿厅

缓步思前后，由心问去来。

花香花不语，鸟宿鸟徘徊。

月满关山道，云平草木苔。

繁枝繁简树，逝水逝天开。

1077. 喜逢妻弟郑损因送入京

乱后一江城，相逢半自惊。

多年多别问，少见少知情。

1078. 咏门下画小松上元王杜三相公

风云生涧谷，日月起毫端。

尺寸丹青在，乾坤道路宽。

相公相互望，直木直乔峦。

佛祖心中念，儒家上杏坛。

1079. 寄上礼部李侍郎

路上人间路，书中世上书。

天街天子客，礼部礼郎居。
陋巷追寻近，丹墀向背余。

1080. 书情寄上苏州韦使君兼呈吴县李明府

吴县不远一苏州，拙政园中半虎丘。
玉带桥下同里月，淞江自渡五湖舟。

1081. 题桐卢李明府官舍

陶潜柳外一公堂，庾亮楼中半故乡。
政计桐卢桐柏树，重阳九日九韦香。

1082. 赠窦十九　时公中待诏长安

衡阳岁岁一鸿飞，直谏时时故客归。
灞曲风尘花草色，真君不遇觉人非。

1083. 虔州见郑表新诗因以见赠

梅花岭上赋新诗，二月春前问楚词。
八咏舟中先试水，潇湘月下雁应知。

1084. 赠元秘书

旧雪净风尘，新风浴此春。
陈平贫不久，阮籍醉琴身。
垓下鸿沟界，淮阴日月陈。
英雄英自在，秘解秘书人。

1085. 送冯八将军秦事毕归华台幕府

王门一别半沧洲，帝国三台九陌秋。
日日何言南北去，江流不必问江楼。

1086. 送韦八少府判官归东京

世继玄城判，邪邪正正观。
三生谁可代，一笔自应难。

1087. 送王侍御佐婺州

政政民民见，风风俗俗闻。
田家田社酒，也子士功勋。
不在人心在，名成子女文。
官衙官日月，草木草氤氲。

1088. 越中送王使君赴江华

一路向江华，千官不问家。

贫书贫自己，悦事悦官衙。
笔下民为主，行中草木花。
长安长路远，短驿短相遮。

1089. 送皇甫冉往白田

但作白田君，还成赤壁文。
三分三国尽，九鼎九臣勋。

1090. 题兰若

绝项遥遥见，钟声处处闻。
青山青涧水，直木直乔云。

1091. 送贺兰广赴选

人生一路长，半世五湖光。
镜鉴成文武，齐身作栋梁。

1092. 清江曲内一绝　折腰体

八月清江一月明，三秋草木半秋平。
衡阳落雁衡阳岸，岁岁年年岁岁鸣。

1093. 武康郭外望许纬先生山居

山居山不远，待日待难归。
石径风云落，阳春白雪飞。

1094. 苗发

苗发属晋卿，自幼宰相城。
大历十才子，文章过豫名。

1095. 送司空曙之苏州

旧路一盘门，三桥半古村。
同吴同里富，建邺建乾坤。

1096. 送孙德谕罢官往黔州　孙父曾牧此州因寄家也

是是非非两代官，成成败败一朝难。
黄河九曲东流去，上苑东风水月宽。

1097. 吉中孚

大历吉中孚，鄱阳帝子都。
才人才子付，道士道难孤。

1098. 送归中丞使新罗册立吊祭

新罗新日立，海阔海天空。

册立中丞使，行为汉制公。
江河应所见，水月寄英雄。
浪涌无不定，波涛有大风。

1099. 咏被中绣鞋

蟾钩落凤坡，玉线绣青娥。
寄意金丝锦，陈王洛水波。

1100. 行路难

一路半朝天，三生九陌田。
行行行不得，止止止还前。

1101. 雪

半夜一窗斜，三更百树花，明平明晓日，
四野四邻家。

1102. 酬崔峒

宠辱无心易，枯荣有去来。
冠官冠豸角，物象物天台。

1103. 塞上曲二首

之一：
岁岁红颜老，年年草木荣。
长城南北望，古道暮朝平。
之二：
三边半北平，九陌一朝荣。
江山江逝水，日月日流明。

1104. 伤李端

酒酒蛇蛇误，才才子子赊。
长沙年少志，草满茂陵家。

1105. 古词　自语

辽东一故乡，十二半黄粱。
九陌王朝事，三生作柳杨。
中书门下省，紫禁御城兄。
北国三千子，南洋一寸肠。

1106. 晴江秋望

八月长江一线流，千帆渡浦五湖舟。
巴陵日色潇湘雨，白下金陵玉石头。

1107. 赠史

兄兄弟弟一同胞，暮暮朝朝半世交。
北北南南多少路，年年岁岁共同巢。

1108. 句　笔乘

十二芙蓉小大众，三千弟子暮朝津。

1109. 王蕊花

大雪封光玉蕊花，香云展气素人家。
梅梨共色分均厚，日照群芳满彩霞。

1110. 严陵滩下寄常建

严陵滩下月，钓客雾中船。
旷日垂钩去，居心坐水烟。
同鸭寻早晚，共渡著秦川。

1111. 谒李尊师

物象均常性，叩心属自然。
逍遥道以道，隐约隐成玄。
石径通幽路，蓬莱石作仙。

1112. 寻许山人亭子

桃源何远近，五柳几枯荣。
但布琴弦鼓，谁闻草木声。
由心由自己，悟道悟阴晴。

1113. 句

之一：
洞谷花先落，山峰草后荣。
之二：
流溪流不止，水月水鱼情。
之三：
独崎三湘岳，孤烟一洞庭。

1114. 张南史

季直幽州奕，参军折节书。
扬澄曾避乱，未赴故江居。

1115. 富阳南楼望浙江风起

南楼望浙江，北陆唱秦腔。
国国家家独，男男女女邦。

1116. 奉酬李舍人秋日寓直见寄

晓日金华直，朝霞玉佩红。
千门更肃漏，万户还飞鸿。

1117. 同韩侍郎秋朝使院

曙色千门启，风庭一路关。
秋清秋叶落，使院使才还。
太史春秋笔，黄河十八湾。

1118. 送朱大游塞

郢曲怜公子，吴歌问客流。
盘门盘水月，朔北朔人牛。
岁暮江南问，年华逐九州。

1119. 送郑录事赴太原

西侯别并州，北魏问汾流。
故吏红颜尽，新冠误白头。

1120. 送余选购善使还赴薛尚书幕

雁足知苏武，胡风问李陵。
英雄非自己，九族是相承。

1121. 送李侍御入茅山采药

采药茅山道，云霞古道天。
何言从录纪，却就紫阳仙。

1122. 寄中书李舍人

无因贵贱同，有果富贫公。
百草朝阳色，千芳对地空。

1123. 和崔中丞中秋月

中丞中月色，水色水流明。
一酒三杯醉，千波万里行。

1124. 西陵怀灵一上人兼寄朱放

西陵一上人，日月半秋春。
鹤羽千年尽，人生百岁濒。

1125. 寄静虚上人云门

白日寒光远，云门法侣深。
松林松柏木，沃土沃洲浔。

1126. 送司空十四北游宋州

画角征衣冷，寒霜暮雪明。
萧条萧瑟叶，望尽望难成。
宋北长城筑，辽东渤海英。

1127. 殷卿宅夜宴

驻步殷卿夜，闻生驿道西。
前程知似远，不可醉如泥。

1128. 开元观

序：
宣城雪后还望郡中寄孟侍御　一作立春
后开元观送强文学还京
诗：
八水循秦邑，三冬入汉朝。
图书图画角，别处别萧条。
淑气宣城雪，云光素羽遥。

1129. 独孤常州北亭

相辞倒复送，互别总难行。
古道长亭继，空心短见平。

1130. 早春书事奉寄中书李舍人

事奉李中书，衡门洛下居。
儒谋儒策略，简册简铭初。
翠羽怜穷济，琼枝顾散樗。
王成王子敬，马到马相如。
蕙蒲凭洲渚，芝兰幸免锄。
风尘风不一，故道故人疏。
陌上贫农泽，京中故吏欹。
青云青顼壁，小径小园蔬。

1131. 春日道中寄孟侍御

无知山树名，欲问木不声。
只有长亭路，悠悠向远城。

1132. 陆胜宅秋暮雨中探韵同作 自述

平生一路自相将，四海为家半故乡。
旅服难分同市地，秋风已是满重阳。

1133. 江上春望赠皇甫补阙

独鹤自悠悠，经年四处游。

微官微所事，小吏小人酬。

腊月梅先问，群芳色白头。

文章呈豫晋，日月任春秋。

1134. 秋夜闻雁寄南十五兼呈空和尚

一字排天飞，三湘任自归。

声传千里外，影布万家闱。

北渚沧洲岸，南江紫翠微。

衡阳青海问，岁岁逐光晖。

1135. 闲居

序：

酬张二仓曹杨子闲居见寄兼呈韩郎　中左补阙皇甫冉

诗：

不与海鸥同，翻飞一浪中。

芳园非所寄，日暖杜门风。

1136. 康有为故居留对

有有无无半所违，非非是是一是非。

1137. 雪

（以下六首俱一字至七字）

之一：

雪，雪花。

入人家，素自天空满，云来共舞直还斜。

之二：

甲龙鳞，半入春，

化作春雨润，经科结月共天津。

之三：

被，荒园，铺陌阡。

叶叶枝枝厚，天天地地淑桑泉。

之四：

敷，上梁。

半素妆，向地暖暖隐，朝天处处误寒凉。

之五：

竹，远途半色殊。

向背不同比，青青白白各分株。

之六：

花，雪花。半天涯。

一半分双色，三冬自在满山洼。

之七：

草，已芜。作雪都。

三尺梨花瓣，江山自此半多瑚。

1138. 寄王建

宫词百首名，塞上一兵营。

进士军中将，咸阳故步行。

1139. 送人

白日朝西去，黄河向北流。

经年行不止，所逝所何留。

步步御前路，欣欣已白头。

1140. 主人故亭

一水何颜色，三光几自荣。

川山花草木，鸟雀鹊虫莺。

影入深还浅，地临暗亦明。

谁闻天地客，不记主人名。

1141. 古从军

一道凉州外，三军帝业中。

交河余落日，鼓角独称雄。

向暮鸣金箭，朝阳细柳弓。

楼兰从此见，大漠鸣沙风。

1142. 邯郸主人

一醉邯郸市，三生驿道行。

垆边听赵女，暖被独逢迎。

但得残灯照，何须夜梦生。

余光多闪烁，远客寄私情。

1143. 泛水曲

泛水一舟平，观云七色生。

纵横纵上下，远近远联盟。

1144. 江南杂体三首

之一：

江南一日秋，木叶半江楼。

远客寻炉酒，无心见逝流。

之二：

潇湘一夜楼，竹泪半无休。

不及苍梧望，谁闻二女忧。

之三：远征归

万里一辽阳，三生半故乡。

行程行不止，望远望云扬。

1145. 思远人

妾女自绵绵，相思有远天。

年年杨柳色，处处见纤纤。

1146. 伤近者不见

远近一心成，高低半意生。

晴阴云雨见，隔阻暮朝行。

1147. 元日早朝

蓬莱门下省，谏笏读天书。

容奏高堂冕，金吾帝王舒。

1148. 闻故人征戍回

三年一戍兵，十载半征名。

解甲无归返，连续驻足更。

仪枪常在意，所幸有余生。

苦役辛辛苦，留声处处荣。

1149. 七泉寺上方

处处一支公，云云半始终。

泉泉流远去，石石问山翁。

杳杳香烟上，悠悠玉宇空。

门边多玉锁，月下守园工。

1150. 从元太守夏宴西楼

嘉禾十里山，太守半家颜。

六月方塘见，共坐谁相班。

不必支公路，禅音悲智还。

1151. 酬柏侍御闻与韦处士同游灵台寺见寄

处士灵台寺，支公守一楼。

藏龙藏古道，守舍守去悠。

瀑布悬天下，流溪石径流。

山门山纳雨，寺殿寺含修。

1152. 荆南赠别李肇著作转韵诗五万唐诗一诵泉

耀地辉天著，长篇短作宜。
沧沧流不止，汇汇注桑田。
世友禅意意，生平东祖园。
如云舒卷见，似雨暮朝烟。
三生日月耕耘久，十万唐诗自涌泉。
自古如今今古敬，乾隆格律佩文宜。

1153. 早发金堤驿

但愿一贫家，春来二月花。
金堤金水驿，积步积天涯。
四野方圆定，三生日月斜。
耕耘耕不止，运笔运河洼。

1154. 和裴相公道中赠别张相公

直木栖双鸣，封章恋独英。
归途归上苑，息事息人名。

1155. 和钱舍人水植诗

水植青葱色，鱼游闪闪鳞。
云中含雨润，月下纳秋春。

1156. 题寿安南馆

苍苍一竹亭，楚楚半丹青。
郁郁含云雨，深深纳宇屏。

1157. 送张籍归江东

正气回肠客，禅音智慧扬。
文章常向背，道路可玄黄。
一一由分合，三三可蚊量。

1158. 励学　自比

平生三万天，日日五诗词。
每餐三千粒，常年三亿司。
如今如百岁，浪迹似菜姿。
十万乾坤比，文章字楚辞。
悠悠今古去，笔笔去来迟。

1159. 山中寄及第故人

山山观向背，木木问阴阳。
处处分南北，时时合凤凰。

春秋同日月，户第共炎凉。
陋巷知书理，诗书向草堂。

1160. 求友

善恶应时鉴，慈恩可柳杨。
成全成自己，辅道辅仁肠。
子子孙孙继，今今古古昂。
朋朋多友友，水水可泱泱。

1161. 寄李益少监兼送张实游幽州

幽州半故乡，射虎一名扬。
李广知天水，黄河见浊浆。
君心君子问，达者达飞凰。
世俗三千誉，人伦一半香。

1162. 寄崔列中丞

清源一浊流，火海半地收。
善恶分时易，奸邪作怪谋。
中丞中主列，直证直时忧。
紫禁丹墀路，六国一春秋。

1163. 喻时

来来逝逝几如斯，寓寓重重不似知。
布布扬扬何所以，明明隐隐若逢时。

1164. 赠王侍御

辱辱荣荣历，成成就就名。
天街天子路，陋巷陋人情。
井底泉源远，山高直木荣。
闻风闻世语，待客等前程。

1165. 宋氏五女

序：
具州宋处士若芬五女若华、昭、伦、宪、茵。
诗：
五女一先师，三光半玉墀。
茵茵成碧野，宪宪作恩慈。
父父母母敬，爷爷祖祖祠。
华昭伦理序，素淑节书诗。

1166. 送于丹移家洺州

耕耘求沃土，孟子得怜贤。
善举移家选，功成历日年。

高天无宇尽，远水有源泉。

1167. 留别舍弟

别别留留一远游，杨杨柳柳半春秋。
衣衣服服相嘱托，止止行行互九州。
隔岭应知虎，闻天可向楼。
迎风帆易舵，顺水可推舟。

1168. 坏屋

一屋半思茅，三官九鼎郊。
家家成国国，战战亦巢巢。

1169. 送薛蔓应举

一举成名去，三生著作辛。
书文常寄我，以此作心邻。

1170. 将归故山留别杜侍御

水水川川去，途途路路情。
成成成不得，事事事难平。
草木阴晴见，枯荣日月明。

1171. 送韦处士老舅

汉柏一朝梁，春川半帝乡。
经年经日月，待世待沧桑。
少小偷花果，童翁隔壁香。
山河山石矻，水雨水炎凉。

1172. 送同学故人

学友四方人，长亭半曲申。
龙门龙水路，故道故人邻。
隔壁三千里，行程一半尘。
天台天浙望，上液上秋春。

1173. 幽州送中稷评事归平庐北京钢铁学院

读客入幽州，书生志未酬。
香山林茂密，永定水东流。
不远荆轲诺，桑干牧马洲。
寻来进士院，望尽蓟门秋。

1174. 温门山

温门山上石，乱磊壁中奇。
万笏朝天举，千溪逐浅仪。

灵池缦沐浴，无流濯足持。
汉柏听钟乳，秦松任玉墀。

1175. 代故人新姬侍疾

新姬一侍情，故友半医生。
慢后常含意，身前已面明。
绵绵心自许，药药辅相成。
冷被先温暖，滋夫幸愿盟。

1176. 采桑

小叶已初成，微枝尚细生。
心中心隐约，望里望人情。
淑女如丝束，男儿作茧盟。
相思相守结，比翼比蚕城。

1177. 晓思

晓气绿珠凝，春条润色承。
幽花含碧彩，宿鸟问行僧。

1178. 早起

早起女儿声，闻鸡侍暖情，
床前床月远，梦断梦难平。
但愿夫君睡，惊驱宿鸟鸣。
回头回所望，一意一心生。

1179. 酬张十八病中寄诗

灯前半雨明，榻上一书生，
病里应无主，愁中可懒情。
寥寥君子意，寂寂忆途程。
本性谁为别，居心不见平。

1180. 凉州词

汉子胡姬半凉州，馕中夹肉一九流。
曾图牧马中原省。亦教胡服渭水头。
不解耕犁华夏食，何言奶子逐羊牛。
胡笛一曲长安市，惹起男儿妇女愁。
野帐胡风起，深宫汉妾忧。
同情同意似，共度共情由。
但愿和平久，人生自在留。

1181. 寒食行

家人入古城，处处有春声。
不远清明节，三天乞火情。

深宫传腊烛，陌巷问书生。
扫祭龙门望，天街士子行。

1182. 促刺词

促促无成织织成，声声有意复声声。
东家淑女西家烈，北屋深情隔屋荣。
独有孤身何不济，承母所赐度余生。
山中有木成林许，水下无鱼久所平。

1183. 陇头水

陇水年年过陇头，片人处处问征愁。
中原牧马胡服教，六国纵横一九州。

1184. 北邙行

北邙山头土不闲，更新换代墓朝天。
王侯旧客今魂替，素幕高张古仿全。
草木同声同宠辱，风云共度共时年。
何须百岁分先后，七尺男儿七寸田。

1185. 温泉宫行

华清浴水色花容，不著衣裳半着丰。
梨园子弟偷歌舞，传情人间醉芙蓉。

1186. 春词

庭中只种相思树，月下常闻宿鸟藏。
水上鸳鸯何不问，人间已见凤求凰。

1187. 辽东行

山河不尽到辽东，日月经天自不穷。
汗马秦川千里驹，胡姬韩目两肩隆。

1188. 塞上梅

阴山一路半昭君，蜀道千梅九栈分。
只道单于停牧马，刺敕川中满汉云。

1189. 戴胜词

知时戴胜词，解事卜天迟。
白鹭承江岸，青鸥落采司。
声声声不止，路路路难思。

1190. 秋千词

长长细细一秋千，落落扬扬半玉田。
意意情情如所愿，飘飘荡荡似云烟。

1191. 开池得古钗

开池得古钗，闭户望天街。
月下婵娟见，心中玉兔怀。

1192. 赛神曲

一女半神巫，千言万语殊。
天公天所见，地理地何趋。
祈雨求祥吉，寻和免战奴。
人心人不足，自作自应枢。

1193. 田家留客

田家留客住，酒米待浆壶。
莫以儿啼哭，贫居土富吴。
辰明同上路，告陪陌阡途。
远近行县路，扶慈彼此苏。

1194. 精卫词

青青精卫鸟，小小石天衔。
海岸波涛起，沧州落玉嵌。

1195. 老妇叹镜

镜里一青黄，生中百岁妆。
无言今昔比，不叹半沧桑。

1196. 望夫石

江中石望夫，楚水月明吴。
日日风云雨，舟舟伎玉奴。

1197. 别鹤曲

别鹤不飞天，辞云已故心。
留情留彼此，结果结方圆。
死死生生见，来来去去烟。
敌意知日立，一道一心边。

1198. 乌栖曲

乌栖曲里求，夜月寒中羞。
后羿常相忆，嫦娥已自愁。

1199. 雉将雏

飞行一尺高，落羽半蓬蒿。
哺哺知母爱，趋趋向北皋。

1200. 白纻歌二首

之一：

白纻成衣一舞娘，飘飘曳曳半丝妆。
轻轻薄薄丰姿透，洒洒脱脱百态香。

之二：

白纻馆娃宫，西施舞曲红。
溪纱容浣女，美色越吴中。

1201. 短歌行古今诗

百年三万六千朝，度日经生五百桥。
古古今今古向问，辛辛苦苦苦辛遥。

1202. 饮马长城窟

长城窟，长城窟。饮马长城一丈夫，
大雪封山封草木，残冰化水化江苏。
长城窟，长城窟，隋炀北水过东吴。
龙舟且忘王侯误，柳岸天堂半五湖。

1203. 乌夜啼

鸟鸟一夜啼，叶叶半枝低，
处处难栖息，巢巢不可栖。

1204. 簇蚕辞

一茧万余丝，三春半束迟。
层层层不尽，叶叶叶难庇。
日日无穷止，重重自困持。
长长千万寸，小小古今师。
物象平生见，雌雄吐纳时。
天天应数术，女女互相思。

1205. 渡辽水

伐役过辽阳，阴晴半故乡。
王侯征战地，只作读书香。

1206. 空城雀

一雀过空城，三秋向日晴。
十里人烟少，百战已无生。
啾啾闻旧语，处处向和平。
野黍当成籽，荒田待水明。

1207. 水运行

一水运河平，三秋子粒成。

身边应得种，自足是人生。

1208. 当窗织

一日红楼女，三生赤足金。
当窗千百识，布履两三黔。
尺寸丝无继，青黄不济襟。
人间应可问，世上寄何音。

1209. 失钗怨

铜钗一女贫，布袜半秋春。
岁岁当窗织，年年对户辛。
新婚相陪伴，作妇首藏珍。
但以心中记，何言不晋秦。

1210. 春燕辞

岁岁一巢新，年年半旧邻。
辛辛枝叶垒，处处去来频。
栋上梁中筑，高低退退珍。
飞飞飞不尽，落落落昏辰。

1211. 主人故池

已故主人池，清明客未知。
黄泉多不语，彼此可共期。

1212. 古宫怨

去去来来见，因因果果成。
吴王娃馆旧，木渎越留名。

1213. 关山月

一片关山月，三边草木荣。
千年留白骨，百战汉胡争。
死死生生斗，今今古古行。
和当和是贵，士作士精英。

1214. 赠杂曲

鸳鸯向背飞，乳雁北南归。
岁岁情无定，年年是有非。

1215. 宛转词

细细绵绵草，红红绿绿花。
纤纤姿色好，楚楚客人家。

1216. 水夫谣

船行一水天，楚峡半东吴。
步步呼声起，舟舟向力奴。
拉纤天日背，举止浪波图。
但愿风平静，天公赐玉壶。

1217. 田家行

世上一田家，人间二月花。
年年捐米黍，处处避官衙。

1218. 去妇

去妇何为布，来年只独孤。
人情应自主，手足可同途。

1219. 神树词

予家院中树成神，唤而呼风主晋秦。
父父母母爷奶济，心心意意共秋春。

1220. 祝鹊

喜鹊声声日日歌，言言语语过天河。
邪邪正正分当帜，奉奉朝朝天干戈。
好报应思好，和平可泰和。
童翁同日月，老少共嫦娥。

1221. 古谣

东东西西一人家，合合离离半豆瓜。
暮暮朝朝云雨客，颠颠倒倒是桑麻。

1222. 公无渡河

渡口波涛已塞川，风云险恶莫行船。
公无未重男儿劝，妇妾家中一半天。

1223. 海人谣

无家采海珠，有色对昌图。
且存深宫宝，沙礁醉玉壶。

1224. 行见月

年年十二月中行，缺缺圆圆路不平。
碌碌无为为所碌，迎迎奉奉奉其迎。
何以思，去来声。和亭十里夜三更，
跬步前途日日倾。道上孤心谁体验，
家中子女父母情。

1225. 七夕曲

独自一河边，孤情半涌泉。
牛郎唤织女，喜鹊作桥船。
七夕男儿望，三更妾不眠。
应知同所欲，十五共婵娟。

1226. 雨头纤纤

纤纤玉两头，委委佩金钩。
结结同心组，春春共渡舟。

1227. 独漉歌

漉漉一流歌，心心半几何。
弯弯人曲曲，岸岸草花多。

1228. 寄远曲

巫山一峡云，汉寿半湘君。
竹泪流无止，苍梧渡口蕲。

1229. 伤韦令孔雀词

孔雀一屏开，鸳鸯半不来。
东南鹦鹉伴，西北凤凰陪。
冷落深园木，鸣虫浅叶催。
巴黎归去向，曲靖几徘徊。

1230. 伤邻家鹦鹉词

邻家鹦鹉曲，隔壁凤凰台。
语语言言学，人人处处才。
年年如此教，咕咕楚吴催。

1231. 春来曲

小女探春来，桃花尚未开。
蕾蕾含含露，意意纳怀才。

1232. 春去曲

一果代桃花，三春作豆瓜。
风尘云雨下，子女入人家。

1233. 东征行

东征一路半功名，北战三军万里行。
自以丞相兵马肃，红缨御甲赐装明。
金书玉勒当朝坐，丈剑雕弓庖膳羹，
朔漠长城千万里，辽阳渭邑去来惊。

1234. 荆门行

巴云欲雨到江陵，楚鄂江风问玉冰。
烧竹耘田烟谷岸，天门中断充蒸阔。
长沙望尽潇湘路，贾谊屈平旧日凝。
扑扑流臣天下去，悠悠汉水照飞鹏。

1235. 镜听词

一约镜中听，三生妾婿灵。
长亭夫子路，向望妇家屏。
去也何回念，床空待月宁。
云中应照见，梦里不零丁。

1236. 行宫词

雨落蓬莱殿，云平太液城。
桃源秦汉水，渭邑暮朝荣。
虢国夫从色，杨妃醉浴英。
开元天宝树，弟子曲歌鸣。
羯鼓惊天地，芙蓉待御声。
回人回首望，去客去平生。

1237. 羽林行

长安恋少羽林行，却舍纵横不善名。
赦死王书以豁免，更人易姓再枯荣。

1238. 射虎行

山中有虎有英雄，世上循纶世上风。
箭镞官衙重派定，何须至此不相通。

1239. 远将归

天涯一路长，海角半汪洋。
远近家乡望，阴晴日月光。
归来归所望，普渡普慈航。

1240. 寻橦歌

悬悬落落一腰身，展展纤纤半玉珍。
小女男儿腾跃竞，红衣短帽各秋春。
高竿细步车轮转，鼎立瓷钩树彩巾。
揽象吞鲸藏懒鸟，飞蛾扑火散金麟。
何为苦力何为险，不见功夫不见尘。
直舞天柱群主宰，青云处处向三秦。

1241. 铜雀台

藏娇金屋里，舞燕未央中。
邺草漳流水，铜台羽雀空。
群芳群已尽，百草百年穷。
英以英雄问，婵娟唱大风。

1242. 鸡鸣曲

远近一鸡鸣，乾坤半不声。
千门千向背，一漏一天平。
玉案香风久，金銮静肃衡。
中枢中鼎立，两省西文明。

1243. 送衣曲

衣衣一妾心，步步半乡吟。
去岁黄河岸，今年渭水浔。
和平和要久，战罢战无钦。

1244. 斜路行

大路难行小路中，南江雨雾北江风。
东方不亮西方亮，彼处无穷此处穷。

1245. 织锦曲

丝岁玉腕半分红，侧叶不花一苦衷。
织锦千金非可卖，深宫万疋是心宫。

1246. 捣衣曲

夜夜捣衣声，丁丁向远鸣。
鸳鸯平色定，玉腕铺心情。
但以身相许，倾君不问名。

1247. 秋夜曲二首

之一：
香囊火断半心焦，月夜空床一玉娇。
草下秋虫啼不住，云中桂影鹊情桥。
之二：
半壁秋灯一洞房，三生嫁娶两人食。
天河不在长亭在，月里嫦娥问故乡。

1248. 题台州隐静寺 忆王汀铭

隐静寺中灵，红莲阁上宁。
钟声依旧颂，磬语暮朝丁。
一涧临风问，三流待日星。

琉璃峰后峻，但取忆汀铭。

1249. 送人游塞

三边千里外，九陌一云中。
朔北沙鸣酒，河西颂雅风。

1250. 塞上逢故人

百战一身轻，三军半柳营。
相逢相互问，羌笛羌人声。

1251. 南中

鸟语一南中，云浮半北宫。
州县衙内旧，草木有无终。
聚雨倾盆尽，骄阳似火风。
天涯天海岸，四季四方同。

1252. 汴路水驿

水驿隋炀柳，江湖汴路风。
天堂因此迹，蓟北运河东。

1253. 淮南使回留别窦侍御

恋恋春情早，绵绵草木深。
淮南淮水岸，一酒一鸣禽。

1254. 汴路即事

汴路到天堂，苏杭一水乡。
商人商贸易，货物化残塘。
市场随人至，津桥任柳杨。
官衙收税赋，集散各圆方。

1255. 山居

野鹿入家门，山禽落古村。
阴晴三两户，石屋去来昏。
雉雀飞还止，溪流远近洹。
松涛松柏路，老树老人根。

1256. 醉后忆山中故人

花开花落去，水曲水流来。
一醉山中忆，三秋菊叶杯。

1257. 送流人

一客长沙去，三湘自古来。
屈平应已在，贾谊自徘徊。

1258. 贫居

百岁贫书计，三年日月寻。
诗词诗十万，拾遗拾知音。
格律方圆别，平平仄仄吟。
风流风雅颂，古格古今心。

1259. 过赵居士拟置草堂处所

门前流水色，岭后柏峰林。
竹影临窗户，庭荫宿野禽。
群芳群直木，石径石闲心。

1260. 新开望山处 北京居新开路望

东单春雨巷，什锦后埙洼。
道口听锣鼓，新居路北家。
三光临古户，一隙见天涯。
已是京都子，梅香一岁花。

1261. 题东华观

此处觅长生，东华见寺名。
观天观草木，问地问阴晴。
白发知仙道，青衣向易荣。

1262. 饭僧

年年一饭僧，处处半禅承。
粒粒皆因果，人人尽股肱。

1263. 照镜

一日半阴晴，三生十地行。
新生新去意，老道老来情。
七十重头始，千年复古城。

1264. 归照应留别城中 自许

二十入京城，三千弟子名。
春秋春自给，日月日年荣。

1265. 答寄芙蓉冠子

芙蓉冠子样，静水玉荷莲。
小女羞情采，婷婷比目鲜。

1266. 长安春游

长安一路半春游，碧玉千芳九陌留。
细雨轻云烟路远，书生乞火向江楼。

1267. 冬夜感怀

空房一夜灯，古寺半行僧。
耳目随年老，心思厅所承。

1268. 初到昭应寄同僚

户蠹一声声，同僚半止行。
初为微吏老，拙计误官城。
苦苦辛辛事，人人处处情。

1269. 县丞厅即事

老吏语多虚，微臣课少余。
县丞厅即事，土木草民居。

1270. 闲居书事

不以闲居见，还言读客书。
清流清水色，悟道悟樵渔。

1271. 林居

林居四面通，陋室两门空。
竹木层堂影，溪流石径风。
求仙三道界，贩药一童翁。

1272. 原上新居十三首

之一：
老杏著花稀，新居独不依。
家人温饱种，远近帝王畿。
之二：
四面远无邻，三春近有亲。
风光花草色，直木自然新。
之三：
乍得新蔬菜，山深二月花。
盘盘荒草色，餐餐绿初芽。
之四：
野竹初生笋，桃花结子成。
鸡鸣村水净，涧水映天明。
之五：
老枣斑斑树，新居处处花。
春云春水色，古道古书家。
之六：
自扫一间房，心由半寸香。
应知禅慧觉，不读养生方。

之七：

晓作读经人，灯明问道身。
知心知自己，学步学秋春。

之八：

贫居独自安，赏月问沧滩。
隐隐浮萍静，明明落影岢。

之九：

新居一水声，古木半天荣。
草密风流色，山空日月明。

之十：

芝兰一室香，蕙苜半溪扬。
曲曲弯弯去，山山水水梁。

之十一：

人人常有意，事事总无心。
野苑花园近，苍林古木禽。

之十二：

不可日无书，何须静有余。
溪边田畦菜，读客自樵渔。

之十三：

野竹寸墙生，林禽向户鸣。
寻人寻友待，信步信舒情。

1273. 送李评事使蜀

劝酒不依巡，经心问蜀邻。
巫云巫雨去，白帝白云新。
奉节瞿塘峡，成都治水津。
巴山巴夜月，虎跳虎山人。

1274. 新修道居

两面谁修向背分，三清不得一玄君。
经纶彼此乾坤易，物象阴阳八封云。

1275. 赠洪誓师

人来多施药，世去少禅钟。
草木由心主，乾坤可夏冬。

1276. 题法云禅院僧

自作衲衣裳，吟诗一寺堂。
心经心所寄，自在自低昂。

1277. 赠溪翁

丹砂白发新，道药赤青均。

救病应人济，求仙可问秦。

1278. 谢李续主簿

四韵一同人，千音半共臣。
春秋春夏续，论语论经纶。

1279. 寒食

已近清明节，龙门御客扬。
寒窗寒食日，乞火乞书香。
紫禁天街路，丹墀玉琐堂。

1280. 贻小尼师

十七未扫眉，三生已玉姿。
千声听佛令，窃窃弄花枝。

1281. 惜欢

当欢一切欢，可肃半心宽，
白首青丝见，泾河渭水澜。

1282. 山中惜花

酒浅酒深寻，文章一古今。
诗词歌赋寄，竹影月弦琴。
寓寄山中色，无由对野禽。
婵娟相照顾，玉兔互沉暗。

1283. 和武门下伤韦令孔雀

羽翼无思远，韦公不可寻。
举头闻旧木，顾尾惜残金。

1284. 题所赁宅牡丹花

四处牡丹花，千红万紫遮。
繁繁层叶色，树树殿枝芽。
但以生生见，当须处处家。

1285. 隐者居

山人向往高，隐府福蟠桃。
玉石丹砂炼，秦皇岛外涛。

1286. 昭应官舍

昭应官舍草，皂吏役衙人。
近在知县府，为何不远春。
如来如去见，所是所非秦。

1287. 送严大夫赴桂州

湘潭半桂州，水驿一江流。
宿主安南郡，灵犀扫叶楼。

1288. 望行人

天天观逝水，日日望江楼。
似以风流色，如斯已白头。

1289. 塞上

断雁径冰碛，回军点雪山。
三清三世界，百战百门关。

1290. 杜中丞书字新移小竹

小竹新移院，丛花旧叶青。
经年求养法，隔日记滋莛。
水少无多雨，云高有少馨。
婵娟含翠碧，处处有香灵。

1291. 同于汝锡赏白牡丹

玉玉株株白牡丹，凝凝落落淑炎寒。
层层叶叶藏云素，露露珍珍纳脉病。
绢价贵，碧银冠。相如醒醉忘兴叹。
娇花似睡千姿态，出水芙蓉万意珊。

1292. 送吴郎中赴忠州

郎中一路到忠州，直木千山万水留。
暮宿朝辞天下去，书生但作四方游。

1293. 照镜

镜里一春秋，生中半自流。
殊途殊所见，度日度沉浮。

1294. 秋日送杜虔州

初闻守郡遥，日色半云霄。
野火随风起，山楼鼓角韶。
林树当隔壁，夜月作邻绡。
湿路连津岸，山花色不消。

1295. 送郑权尚书南海

七郡双旌贵，三台独尚书。
戎衣龙脑铺，阙阙象牙狙。
野竹丛丛碧，芭蕉处处疏。
年年无四季，岁岁荔枝余。

1296. 白鹿洞

序：

题别遗爱草堂兼呈李十使君 李十亦赏隐庐山白鹿洞

诗：

白鹿洞中泉，庐山月下川。

书堂平砌水，药室隐青莲。

旧竹临风舞，新萝引树筲。

居心居所愿，约法约僧田。

1297. 赏牡丹

千年一牡丹，百岁半花冠。

草木春秋易，人生彼此观。

1298. 寄王建

序：

赠王枢密　建初为渭南尉，内官王守澄尽宗人之分，因过饮，语及汉桓灵信任中宫，起党锢兴废之事，守澄深憾曰，吾弟所作宫词，天下皆诵于口，禁掖深邃何以知之，建不能对，为诗以赠其事，遂寝。

诗：

半在深宫半在朝，三春日色五湖霄。

龙龙马马天机议，密密枢枢土地谣。

同姓氏，共宗僚。宫词百首百娃娇。

桓灵汉党中宫灭，省得人知上玉霄。

1299. 早秋过龙武李将军书斋

香芜一架书，茎泽半心舍。

木直朝天立，功勋几弗如。

1300. 江陵即事

月暗巴山夜，灯明蜀国诗。

江陵江水阔，楚女楚才时。

1301. 题花子赠渭州陈判官

色似云母子是花，含颜纳艳玉官衙。

庭中月半重香气，散散轻轻入我家。

1302. 送从侄拟赴江陵少尹

江陵少尹半闲官，白帝瞿塘一日澜。

醒醉无须船上见，巫云成雨到楚峦。

1303. 华清宫感旧

四顾华清半殿开，三汤水暖一天台。

芙蓉出水光华去，不是皇沐浴来。

1304. 九仙公主旧庄

溪流过旧庄，浦口满新篁。

竹影应难静，飞鸿问未央。

1305. 郭家溪亭

不远望长安，登闻渭瀟澜。

溪亭溪水浅，野墅野心宽。

1306. 题金家竹溪

主仆分溪路，亲邻合简繁。

溪亭溪水浅，野墅野心宽。

1307. 题应圣观 观即李林甫旧宅

精思堂上见，退隐路中闻。

去去来来问，成成败败分。

1308. 同于汝锡游降圣观

桃桃李李帝王观，石石溪溪降圣坛。

日日云云常掩映，先先后后不布冠。

1309. 逍遥翁溪亭

逍遥老子半溪亭，玉宇乾坤九陌泾。

草木阴晴三世界，平生志得一丹青。

1310. 寻李山人不遇

不遇李山人，难寻隐客身。

南峰林未老，北寺魏中秦。

1311. 题石瓮寺

白石一青崖，红溪半玉阶。

云中思魏晋，月下忆秦淮。

1312. 早登西禅寺

仰望十三层，云沉一半绫。

如来如自在，月色月香凝。

1313. 题江寺兼求药子

水水山山一寺留，因因果果半春秋。

僧僧客客何求欲，主主持持问九州。

1314. 题诜法师院

三年或语半龙宫，十载长修一世穷。

破落由心径寺建，钟声弟子始无终。

1315. 酬于汝锡晓雪见寄

漫漫江山漫漫天，寒寒素被覆寒田。

枝枝叶叶朝云厚，暗暗明明逐细泉。

千里玉，万家绵。飘飘洒洒半晴烟。

平平展展连空地，落落飞飞满陌阡。

1316. 从军后寄山中友人

山衣半汉秦，采药一生贫。

只向军中去，长城不必春。

1317. 寄汴州令狐相公

军门一鼓声，虎帐半惊营。

梁王池上客，受降城中英。

1318. 别李赞侍御

未著寒衣细柳营，先行后宿探军情。

单于已老昭君去，汉将英雄善用兵。

1319. 和蒋学士新授章服

学士先生孔子孙，承天启地半晨昏。

翰林共贺文章好，讲易工夫圣悦门。

1320. 岁晚自感

欲得长年少，心从日月新。

年年花草色，处处去来春。

1321. 昭应官舍

不慕一人闲，居官半客还。

江河江月色，古舍古关山。

渭邑三千子，黄河十八湾。

因微因自得，果垒果天颜。

1322. 寄旧山僧

半学修禅半读书，一人得道一人居。

寻真省悟寻真假，比木心音比木鱼。

1323. 武陵春日

他乡是故乡，柳树问隋炀。

但以陶潜问，桃源已四方。

1324. 寄分司张郎中

一别京都一岁余，半闻客子半闻书。
诗声久镇江南水，只向东流不岸居。

1325. 上武元衡相公

相公坐镇蜀江风，帝誉元衡玉阁红。
褒贬无从天日色，萧何汉室一朝隆。

1326. 上张弘靖相公

封疆三世尽，画地一河东。
旧路曾无数，新花已万丛。
相公相府望，汉夏汉家功。
大禹弟津渡，中条第一峰。

1327. 上裴度舍人

阁老风池开，衣香玉旨台。
丹墀丹紫气，日谢日銮裁。
姓姓名名颂，功功业业来。
从容从御驾，扫世扫尘埃。

1328. 上杜元颖相公

学士金銮殿，天中立坐明。
承恩承玉宇，谢旨谢皇功。
散吏应相识，闲曹问大风。
荆州荆楚策，渭水渭泾公。

1329. 赠卢汀谏议 唐诗十万首

婵娟上下玉床前，格律诗词十万篇。
学步封章天下数，桓仁始道汉家泉。

1330. 贺杨巨源博士拜虞部员外

兰台一炷香，省府半炎凉。
博士收书卷，虞郎步履昂。
金阶呈御路，泽署向仙梁。
制书曹司客，行文拾遗昌。

1331. 赠郭将军

承恩上将军，直守下朝文。
院后宫中语，公章密计分。
金吾常制序，赐教待君勋。
表奏单于退，丹墀羌笛闻。

1332. 赠田将军

学院初从别，边疆令半分。
纵横三百阵，进退五营勋。
玉帛和平见，金吾直上闻。
蓬莱宫中客，上液御前云。

1333. 留别田尚书

平安七尺身，路远起居频。
隔岸甘为子，顺承杜陵人。

1334. 赠胡泜将军

书生一丈夫，仗剑半铜壶。
玉漏分度量，金吾执国符。
从谋三阁老，指令五城图。

1335. 送唐大夫罢节归山

少小平戎老学仙，归山罢节乞名金。
云舒木直乔林远，殿外卿中寄玉田。
金印布，国云烟。人间犬马忘三边。
三清世界青莲道，九陌提督日月悬。

1336. 送司人神童

神童似老翁，慧智达明聪。
悟性何分序，玄虚各始终。
成年无所以，少小有飞鸿。
七岁应男子，英雄唱大风。

1337. 送振武张尚书

和平一战神，日月半秋春。
牧马三边草，耕耘六郡循。
回天多讨伐，立道有经纶。
壮勇中原力，春官日月秦。

1338. 送吴谏议上饶州

鄱阳太守半真人，瑟在床头篆在身。
谏议先皇边外事，三清共鹤独无亲。

1339. 赠阎少保

求仙少保九十三，已自龙门过杏坛。
博士开元天宝尽，高宗武后汉家淦。

1340. 送魏州李相公

两代功勋一独成，三年五度半双旌。

军前对阵呼兵勇，战后班师问老兵。

1341. 赠索遒将军

浑身着箭问三边，万槊千枪过九天。
见说军尘开眼怒，先皇诺下纵黄泉。

1342. 赠王屋道士赴诏

中条山外望河滩，远上皇召过杏坛。
不死秦皇知二世，长生只要一九丹。

1343. 赠王处士

授法步虚词，行身鹿鹤姿。
丹炉丹药炼，玉石玉难知。

1344. 洛中张籍新居

一寺新居对，三清旧日天。
寒山寒水色，拾得拾云边。
暮鼓常惊足，晨钟问客船。
云光云似雪，月色月如弦。

1345. 题裴处士碧虚溪居

花园红灼灼，竹木碧丛丛。
草径幽幽远，亭台处处通。
溪泉虚若谷，涧濮实云风。
卓卓春芹色，悠悠玉宇空。

1346. 送阿史纳将军安西迎旧使灵榇

风尘一碛西，部曲半高低。
汉使单于墓，生名遗布题。

1347. 赠崔驸马

阁树凤凰楼，宫台玉色羞。
崔郎贫自许，与市与书求。
月月修诸册，年年著作优。
香尘香院落，故国故春秋。

1348. 赠太清卢道士

三清道士不升天，一岳中华十一泉。
只读仙书仙未语，何颜已对老君前。

1349. 送宫人入道

入道洗红妆，轻尘出未央。

蓬莱蓬海市，八字八天堂。

1350. 上李吉甫相公

圣代相公济，天朝普渡春。
山东叁散吏，窦宪一贤臣。
沐浴瑶池赐，王母吉甫中。
河开天子润，四海何归秦。

1351. 上李益庶子

空阶幸下李先生，一代诗中庶子铭。
紫阁纱亭诚上界，波光水镜古今清。

1352. 题阮郎中新宅

道士郎中问，支分月下寻。
闲医书简药，玉石待鸣禽。

1353. 初授太府丞言怀

微班唤作官，太府对丞寒。
检案应多吏，仙宫路不宽。
云山云起落，雨雾雨洲滩。
不以轻轻问，闲心静静观。

1354. 赠李愬仆射

将士同生共死荣，戎装铁甲正英名。
功功业业英雄继，陇陇秦秦日月城。

1355. 书赠旧浑二曹长

华清共事一县门，子女同邻半吏恩。
月下呼来吟旧句，衙中饮酒对黄昏。

1356. 上崔相公

芝兰一室香，蕙草半书房。
老少知天力，阴晴问柳杨。
溪流常不满，日月寄扬长。

1357. 寄杨十二秘书

阁老秘书郎，浮山作草堂。
僧门开复闭，古寺北南方。
酒醉龙门外，新诗七八行。

1358. 谢田赞善见寄

白首一县丞，青衣半寺僧。
如来如所至，自在自由应。

1359. 晚秋病中

秋风肃穆问残云，落叶飘摇七绝文。
日云黄昏分又合，寒来暮鸟自成群。

1360. 薛二十池亭

百步山泉有石声，三桥竹水各连明。
相倾岛势云舒卷，影布游鱼可纵横。

1361. 故梁国公主池亭

平阳旧馆半秦川，木槿红颜一暮眠。
故主空余歌舞地，箫声弄玉凤归天。

1362. 题柱国寺

柱国寺中闻，京都日上云。
皇家皇几定，守一守天文。

1363. 昭应官舍书事

拘束一官乡，河边半柳杨。
高低冠带色，举止共炎凉。

1364. 昭应李郎中见贻佳作次韵奉酬

郎中七尺官，圣上半天澜。
野色高亭纳，楼台酒醉观。
含云含鸟宿，次韵次音宽。
但以精思见，才文赋云桓。

1365. 闲说 一作闻谎

一谎半方圆，三朝十地偏。
真真真亦假，毁毁毁难全。
是是非非见，星星月月悬。
人心人不定，论道论神仙。

1366. 自伤 自述古今诗

独自居家半是邻，孤行海角十秋春。
南洋大马巴新岛，北国桓仁几问津。

1367. 田侍中宴席

中庭烛满筵，玉腕抚琴弦，
不待清音近，嫦娥已酒前。

1368. 和少府崔卿微雪早朝

天街一雪花，上液半桑林。

白玉阶前色，金銮哺万家。

1369. 寒食日看花

西园四句诗，北国半花迟。
草色连芳意，清明一两枝。
含苞含世界，欲放欲天时。

1370. 和胡将军寓直

深宫玉漏自惊澜，跬步随从举笏冠。
旧路中书门下客，新栽老树一人看。

1371. 春日午门西望

千官日下午门西，百步云中玉鸟啼。
柳色宫墙红似紫，人中俯仰不高低。

1372. 长安早春

霏霏漠漠半皇州，雪雪云云一陇头。
素敷红妆寒转暖，枝眉白发满山楼。

1373. 早春病中

寒株先已暖，病树未成枝。
只有夫妻见，当应左右时。
神农神百药，卧起蔬还期。
但见窗含雨，春风纳户滋。

1374. 上阳宫

日色上阳宫，花开半始终。
王母天九界，玉辇自西东。

1375. 李处士故居

萋萋一故居，处睡半流溪。
逝水无方向，春莺有旧啼。

1376. 寄贾岛

鸬鹚雨后飞，鹤雁自知归。
忍者无还有，吟人是似非。

1377. 村居即事

小小径心大大成，书书字字古今明。
声声色色应无尽，事事人人可以情。

1378. 维杨冬末寄幕中二从事

江边一片桑，雪下半云霜。
旅馆三冬末，维杨九陌香。

梅花先自语，竟自唤群芳。

1379. 寄杜侍御

采药觅成仙，从幽待羽田。
栽松荫后代，铺草不争钱。
自在如来见，吟诗粉阁泉。
天儒当释子，古道幸相怜。

1380. 寄上韩愈侍郎

重登大学锁儒流，直木乔林问诸侯。
史末又锋惊宇宙，还乡六国著春秋。

1381. 赠华州郑大夫

渭水流中第一州，南天顶上雪千秋。
人间教使知千姓，许讼何闻佐陇头。

1382. 寄贺田侍中东平功成

东平十战一功成，百姓三生九陌荣。
首让群雄归部曲，双旌独伐斩元缨。

1383. 送裴相公上太原

将相一并州，剑戟半春秋。
朔漠承天界，渔阳作武侯。
从戎堂印鉴，带甲见京楼。

1384. 题柏岩祖师影堂

面壁十年光，闻天半柳杨。
禅音禅觉悟，慧智非文章。

1385. 送人

千言应不尽，一路各西东。
两手分前后，三生合始终。

1386. 春意二首

之一：
去日半丁宁，离时半渭泾。
花明花不语，草碧草浮萍。
之二：
小杏过墙边，红桃问大千。
春情春不住，意取意当然。

1387. 夜闻子规

一夜子规啼，三更月色低。

耳边听不得，草木本无齐。

1388. 四望驿松

松枝一大风，月色半西东。
驿舍寻常驿，同鸣各不同。

1389. 江馆

江亭云雨色，水雾玉莲开。
采女轻轻去，菱歌慢慢来。

1390. 题江台驿

水上金台路，船中玉女催。
年年行止望，处处莫贪杯。

1391. 赠谪者

一路过长沙，三春二月花。
谁知谁罪过，学子学人家。

1392. 戏酬卢秘书

芸香阁里人，采撷御中春。
以此和仙药，青衣对布巾。

1393. 小松

乔林一小松，直木半龙宗。
节节从天地，鳞鳞任夏冬。

1394. 秋夜

夜露积珍珠，秋明似有无。
轻轻随叶脉，点点落须臾。

1395. 香印

独坐半闻香，文思一草堂。
分明分不得，火尽火扬长。

1396. 秋灯

漠漠悠悠照，秋秋夏夏惊。
人心人不定，影落影无明。

1397. 落叶

落叶不归根，游官向古村。
因由因果问，误子误黄昏。

1398. 园果

园中一果成，叶下半秋声。

树顶蝉声远，扬扬自不平。

1399. 野菊

野菊一秋香，茱萸十地黄。
阴阳分界定，彼此各炎凉。

1400. 荒园

草草一荒园，幽幽半石泉。
丛丛流不远，蘸蘸色鲜妍。

1401. 南涧

一涧半溪流，千音十四州。
浮云浮满谷，逝水逝无头。

1402. 晚蝶

四翼分仪设，三生合壁空。
飞回如水色，落入菊花丛。

1403. 田家

世上一田家，春中二月花，
秋来秋果甫，夏雨夏桑麻。
酒酒歌歌社，官官吏吏衙。
农夫农土地，一子一天涯。

1404. 新嫁娘词三首

之一：
曲里嫁人来，巾中玉半开。
推郎推又止，小妇小心猜。
之二：
弯弯柳叶眉，小小田边绥。
隐隐微微笑，心心意意垂。
之三：
三天下厨房，五味作羹汤。
早请姑先试，红妆摆后扬。

1405. 故行宫

落落古行宫，寥寥草木空。
深宫藏雉兔，十八女儿红。

1406. 酬从侄再看诗本

眼下一功夫，心中半稚儒。
诗惧诗本色，古样古人奴。

1407. 别自栽小树

三春一小苗，九夏半人高。
自保秋冬立，来年直木乔。

1408. 早发汾南

一早向汾南，三星下玉潭。
青山连不断，露水湿峰岚。

1409. 宫中三台词二首

之一：
藻藻鱼鱼水水，
鸭鸭鹭鹭花花。
寒寒暖暖草草，
是是非非家家。

之二：
岸岸塘塘木木，
宫宫殿殿差差。
红红绿绿色色，
官官吏吏衙衙。

1410. 江南三台词三首

之一：
渭水男儿处处，
扬州少妇桥边。
岁岁相思不得，
商商贾贾有缘。

之二：
草草青青色色，
花花淑淑鲜鲜。
猿猿止止啼啼，
暮暮朝朝年年。

之三：
三台制胜九天，
五色难合两全。
百岁从来旧语，
人人事事渡船。

1411. 御猎

一箭凤城楼，三弓射九州。
金吾金弹子，小鹿不回头。

1412. 长门烛

玉漏长门烛，金吾夜读书。
三郎三拾遗，九陌九天余。

1413. 过绮岫宫　东都永宁县西五里

重重叠叠一倾宫，石石山山半色空。
袖袖罗罗今已尽，花花草草已成风。

1414. 朝天词九首寄上魏博田侍中

之一：
百草自朝天，千门可从颜。
金銮金驾殿，凤辇凤凰还。

之二：
十八拍中闻，三千弟子羞。
男儿谁爱国，小女掠边州。

之三：
水殿公侯宴，宫庭曲舞中。
天书天子诏，地理地修功。

之四：
天人天子客，地主地时酬。
共坐寻常处，同行不独求。

之五：
一马半高球，三呼九叫流。
闻鸡闻独斗，蹴角蹴孤忧。

之六：
三公千岁咏，一吏万年修。
玉树银杯盏，红缨白马酬。

之七：
天书不出山，四海已皇颜。
不解龙泉剑，英雄逐日关。

之八：
三边千路远，一巷古城稀。
李广成飞将，从今可问谁。

之九：
大雪一弓仪，三军半怒号。
英雄英独立，一域一旌旄。

1415. 霓裳词十首

之一：
梨园一上皇，羯鼓半霓裳。

弟子从严教，听观作柳杨。

之二：
中弦角羽商，曲舞宫征扬。
隔剑公孙舞，承音筚篥章。

之三：
一曲十三声，千姿五百莺。
男儿应自立，小女可风情。

之四：
弦翻一曲惊，角置半琴鸣。
上方呈天地，方圆问请缨。

之五：
霓裳一贵妃，七彩半天衣。
风流风不止，沐浴沐相依。

之六：
教导一功臣，行为半净身。
方圆叁拾丈，彼此古今人。

之七：
王母已早来，汉武待瑶台。
美女如云立，风流指点开。

之八：
法部按霓裳，承恩作玉娘。
龙城龙曲曲，舞醉舞三郎。

之九：
朝元阁上观，八月渭城坛。
弟子公侯演，闰生草木冠。

之十：
别馆离宫见，皇城异域闻。
梨园传弟子，力士问天云。

1416. 宫前早春　一作华清宫

华清十亩一温汤，弟子千声半曲扬。
出水芙蓉天子醉，梅花二月正疏香。

1417. 奉同曾郎中题石瓮寺得嵌韵

三郎解带卸青衫，一水芙蓉半雨函。
古寺曾翻天子曲，千官正字石门嵌。

1418. 旧宫人

平生易老不秋春，少小红颜法曲颦。
入道清心清未了，谁知日月旧宫人。

1419. 新授戒尼师

两被方圆一作稷，三心二意半尼僧。
宫中老女先皇议，法曲天闻有夜灯。

1420. 太和公主和蕃

公无可渡河，士有问清波。
自古人间曲，如今已战和。

1421. 元太守同游七泉寺

回廊古寺深，直厦布春荫。
管曲琴箫起，禅音一证心。

1422. 望定州寺

一寺有因由，三光向九州。
青山青木直，逝水逝东流。

1423. 道中寄杜书记

巴山分两岸，楚蜀合千秋。
一水荆门去，三湘阮水楼。

1424. 听琴

琴声渐渐来，细水慢徘徊。
远远余音去，悠悠玉树开。

1425. 赠陈评事

山前一望洞庭湖，醉后三杯问玉壶。
雨雨云云巴峡水，天堂以此谢江都。

1426. 寄画松僧

天香寺里一松僧，直立云中半独承。
挂杖由风鳞甲著，苍油任自作玉凝。

1427. 花褐裘

对织分排扣，斜披列著裘。
长袖连短褐，式样近胡州。
猎豹斑斑色，藏龙处处游。
英雄由此见，将帅独应秋。

1428. 夜看美人宫棋

黑白两边分，方圆一阵云。
鸿沟鸿界跳，列国列肩闻。
织女河边锦，虞姬楚汉军。
良谋良策略，霸主霸纷纭。

1429. 上田仆射

三台百步田，九鼎一方圆。
仆射经世计，清明以火传。
书生书本册，立世立山川。

1430. 江陵道中

江陵半草中，渡口一江风。
水落波扬去，船娘两衬红。

1431. 冬至后招于秀才

日近半新春，天高一楚人。
文昌文士众，属意属京津。

1432. 别曲

黄河日日流，曲曲半神州。
十八湾滩色，三千弟子洲。

1433. 长安别

路路长安别，序序柳叶新。
书生天子客，宰治四方臣。

1434. 宫人斜

宫人斜里草，渭水浪中舟。
墓上无碑记，书中有去留。

1435. 春词

晓色半京城，高天一彩荣。
春莺春早问，暖意暖人情。

1436. 野池

七色野池中，千林唱大风。
菱花菱角色，碧草碧云红。

1437. 题崔秀才里居

苦索买书钱，春榆一万悬。
当天由此意，问道顺江船。

1438. 酬柏侍御答酒

诗词一醉翁，日月半书童。
九月茱萸草，重阳菊酒空。

1439. 别药栏

芍药丁香问，青莲半夏闻。

陈皮和苦菊，荠菜柴胡芬。
玉竹连天地，红花不可文。

1440. 长门

长门开不定，隔院唤人声。
卧病相知晚，原来顼玉城。

1441. 题渭亭

水岸云岚近，帆平玉柱悬。
蔡州烟雨处，日色古亭边。

1442. 过喜祥山馆

深山算驿程，二日过三城。
旧馆新花草，天天问老生。

1443. 送迁客

万里一潮州，千年半旧游。
升迁进退事，本是见东流。

1444. 废寺

官衙亥寺殿堂轩，野草山鸡共简繁。
小吏微臣知佛祖，梁中遗字是开元。

1445. 题禅师房

移山填海志，普渡共浮生。
色色空空见，朝朝暮暮行。

1446. 看石榴花

千红分不断，一树石榴花。
结子成因果，巢巢自当家。

1447. 长安县后亭看画

一水流无迹，群山定色形。
应知天地力，皂吏问浮萍。

1448. 华岳庙二首

之一：
遮容一女巫，畅客半江湖。
但以琵琶曲，人间几玉壶。
之二：
上庙参天易，中心问道难。
生辰生八字，度日度千安。

1449. 酬赵侍御

同为邺下游，举椠作春秋。
铜雀台中间，漳河已断流。

1450. 镊白

一老无用处，三光有白头。
青丝青渐少，度日度江流。

1451. 送山人二首

之一：
古寺离来久，新僧十易田。
溪桥溪石阻，药畦药生泉。
之二：
寺客一人家，山光十里花。
妻儿常问道，暮日自两斜。

1452. 扬州寻张籍不见

知君在楚城，觅迹问声名。
水阔吴山碧，船头越语情。

1453. 宿长安县后斋

金街奏罢兵，八水净长城。
百战无先利，三军有太平。

1454. 夜看扬州市

醉客纷纷问，红楼处处闻。
生生生已已，夜夜夜醺醺。

1455. 寄书谏议

学士龙门望，微官上掖还。
三征韦谏议，十谢恋青山。

1456. 寻补阙旧宅　自曰

清名七十年，博学五千篇。
十万诗词客，三生七寸田。

1457. 初冬旅游

桥霜成足迹，鹭白已迟飞。
旅客何须问，梅花待雪归。

1458. 江馆对雨

草馆门前广州路，云浮雨后客独眠。
秦人有意三竿见，粤语无停上不上船。

1459. 雨过山村

鸡鸣舍两家，雨过草千斜。
妇妇姑姑问，幽幽栀子花。

1460. 山店

石路高高去，山云漠漠生。
悬泉流雨雾，直木隐还明。

1461. 雨中寄东溪韦处士

东溪只读书，处士可樵渔。
山中四皓见，不必问多余。

1462. 乞竹

池西谁乞竹，拄杖两三竿。
世路何南北，江流有险滩。

1463. 人家看花

远远一人家，幽幽半野花。
京华应不见，夜色近长沙。

1464. 未央风

高楼长舞袖，夜色未央风。
月暗红妆卸，灯明玉影丰。

1465. 归山庄

长安一岁余，乞荐半诗书。
进士龙门路，官冠上液疏。

1466. 寒食忆归

二日到清明，三生半五更。
应知儿女教，始得父母情。

1467. 留别张广文

桃花寒食后，李李一春明。
此别长亭去，相逢叙旧情。

1468. 送郑山人归山

不记颍阳人，归山坛蒲轮。
无须三界定，似得一谏臣。

1469. 伤堕水鸟

堕水百鸟啼，相群一夜栖。
同林同是鸟，各食各东西。

1470. 看棋

鸿沟分两界，楚汉画三秦。
对坐无言语，王侯有秋春。

1471. 设酒寄独孤少府

一句佳诗半酒香，三秋实果两青黄。
花花绿蚁醇纯酿，十盏灯明忘故乡。

1472. 赠人二首

之一：
领教一千牛，分谋半九州。
无非天地远，似是帝王侯。
之二：
蓬莱不是家，玉树亦非花。
日月阴晴正，云风草木斜。

1473. 楼前

勤勤政治楼，岁岁万千秋。
莫以先皇问，谁人不白头。

1474. 寄刘蕡问疾

半夏惊秋早，三黄问疾情。
辛辛因苦苦，老老客荣荣。

1475. 听雨

不斩芭蕉有雨声，还栽蕙草作阴晴。
云中雾里听无止，点点成秋滴滴惊。

1476. 新晴

积水作天河，含去唱九歌。
新风新雨色，一月一嫦娥。

1477. 秋日后

新衣不合身，旧履未含尘。
色色空空度，清清净净人。

1478. 哭孟东野二首

之一：
郊寒一念新，岛瘦半诗邻。
驾鹤祥云色，东游故国秦。
之二：
老树不生枝，青松待雪时。
天云天未尽，客月客传诗。

1479. 寄蜀中薛涛校书

蜀国一江流，成都半女羞。
薛涛薛贝笺，锦色锦江楼。

1480. 路中上田尚书

尺寸可如人，方圆对汉秦。
桥头千万里，月下去来春。

1481. 于主簿厅看花

小叶稠心粉，中枝密色均。
何须三季问，总是一年春。

1482. 江对雨寄杜书记（二首）

之一：
江楼未必问江流，日月还来日月休。
暮暮朝朝应不尽，江流不见一江楼。
之二：
江流不断问江流，白日经常得白头。
去去来来何不止，春春夏夏自秋秋。

1483. 观蛮伎

千姿百态多，玉腕粉肩娥。
露股横眉顾，腰身曲舞歌。

1484. 送顾非熊秀才归丹阳

柳色海门烟，茅山一半田。
丹阳丹所顾，草色草堂前。

1485. 老人歌

日暮老人歌，天朝数几何。
京城年少事，远客月婆娑。

1486. 和元郎中从八月十二至十五夜玩月五首

之一：
阶前守月明，桂下半空城。
玉兔嫦娥庞，当心后羿情。
之二：
一荚一光明，三更半水清。
婵娟怜自己，四海有阴晴。
之三：
缺缺向圆圆，茫茫镜中悬。
中天弦不见，独影色无偏。
之四：
十五寒宫十六圆，三千贝叶五千年。
嫦娥后羿何相约，天上人间不共眠。
之五
树似婆娑月似园，嫦娥锦带荚含弦。
年年独自经纶去，桂子无声玉兔怜。

1487. 对酒

事事关心少，翁翁问日多。
花花开又落，酒酒问嫦娥。

1488. 晓望华清宫

华清弟子城，羯鼓日月声。
武帝王母客，霓裳玉女荣。

1489. 赠李恕仆射二首

之一：
先锋已上城，后卫未倾缨。
壮志呈金印，雄风细柳营。
之二：
旌旗受降城，战马系秦缨。
百战千军胜，功勋十万兵。

1490. 秋夜对雨寄石瓮寺二秀才

空门二秀才，独树一天开。
夜雨风云客，僧房日月裁。

1491. 华清宫前柳

杨杨柳柳一华清，曲曲歌歌半玉情。
弟子梨园留古昔，骊山脚下有汤城。

1492. 别校书杨

三边一诺半知书，九脉千川十地余。
不问儒家儒子教，秋蝉树顶不高居。

1493. 和门下武相公春晓闻莺

春莺一两声，列志五千营。
晓学三更早，相公半皇城。

1494. 田侍郎归镇八首

之一：
处处郎中将，四四阵首酬。
先锋先自主，一国一家猷。
之二：
长长一战袍，短短半锋仪。
阵阵冲前去，缨缨对自豪。
之三：
功成一马成，战胜半精英。
本是书生匠，何言一阵兵。
之四：
郎中自再生，老者复重荣。
直木乔林里，归来去读声。
之五：
破阵千军乐，行营百士鸣。
男儿当一诺，立地有无声。
之六：
一鼓三呼去，千金半日回。
黄昏黄战场，马叫马人催。
之七：
胡杨大朔生，木槿暮朝情。
一箭阴山去，三军白马鸣。
之八：
楼兰一酒泉，渭水半长天。
镇守郎中策，边城壮士年。

1495. 寄广文张博士

日月长安近，官儒渭水遥。
州县州不止，主镇主难消。

1496. 早春书情

风尘不问人，草木已先春。
老态无常老，秦人只向秦。

1497. 唐昌观玉蕊花

三春玉蕊花，一见贝新芽。
叶叶朝天觉，枝枝直不斜。

1498. 眼病寄同官

隔雾看人去，闻声对客行。
相前相背向，举止举难平。

1499. 九日登丛台

丛台野菊花，重阳故人家。
平原平望远，海角海之涯。

1500. 题酸枣县蔡中郎碑

飖飖一天垂，中郎半石碑。
凭心凭百姓，土地土千葵。

1501. 江陵使至汝州

四顾巴山路，三江数熟田。
寒乡寒食别，却到汝州边。

1502. 十五夜望月寄杜郎中

十五寒宫十六圆，三千弟子两千年。

书生只读书生路，进退郎中进退贤。

1503. 寄同州田长史

客语田州怪，诗人五色中。
长亭长史近，绿水绿山东。

1504. 外按

一望夹城门，三宫数子孙。
东关时外按，北阙寄皇恩。

第五函　第三册

1. 寄刘商

子夏彭城人，工文善画频。
郎中官校捡，进士汴州臣。

2. 铜雀伎

漳河铜雀伎，曲舞夜中来。
女色英雄见，男儿欲望开。
曹公曹魏去，汉献汉王台。
野草年年绿，西陵处处哀。

3. 哭韩淮端公兼上崔中丞

坚贞和氏璧，得器干将明。
霸业应朝论，孤直尚绣城。
长贤修自遇，短书待枯荣。
楚客乾坤牧，空堂日月惊。

4. 秋夜听严绅巴童唱竹枝歌

下里巴人欲渡河，荆中玉女竹枝歌。
江流沥沥舟帆挂，水色粼粼万里波。
吴楚问，见皇娥。绵绵曲曲山人多。
牛牛马马风相及，妇妇夫夫几漩涡。

5. 乌夜啼一作乌夜曲

鸟鸟一夜啼，鸟鸟半无栖。
情情相似处，客客独思妻。
月下含烟树，墙头草叶低。
男儿应玉女，不可各东西。

6. 随阳雁歌送兄南游

声声飞去雁，日日达衡阳。
朔北门关冷，湖南草芷乡。
苍梧应水治，竹泪满潇湘。
楚客汨罗岸，长沙贾谊堂。

7. 赋得射雉歌送杨协律表弟赴婚期

一箭鲁连惊，三生日月明。
低飞低草木，僭俯仰飞鸣。
雉羽何丰硕，骄鸿几望情。
齐人齐所短，共处共无缨。

8. 泛溪

序：
泛舒城南溪赋得沙鹤歌奉饯张侍御赴河

南元博士赴扬州拜谒觐仆射
诗：
舒城一水自东西，野鹤三鸣向背啼。
独影汀洲繁草芷，孤身阙索引高低。
苍天应俯仰，阔地可栖栖，白白浮萍雪，
沙沙玉足犀。

9. 姑苏怀古送秀才下第归江南

龙门渡口半樵渔，木渎船帆一读书。
越女吴儿娃馆见，夫差勾践帝王居。
姑苏月下云衢水，马迹山中自有余。
佛祖僧禅从跬步，儒香子弟对相如。

10. 柳条歌送客

依依一柳条，折折半心遥。
露井东风至，仙桃色云霄。
何须吴越济，但得楚才辽。
步步行难尽，君君待玉箫。

11. 胡笳十八拍

之一：
汉室四夷蹇，春秋半九歌。

胡笳天下越，牧马过黄河。
受虏沙尘界，风云朔漠娥。
红颜凭日月，从此任干戈。

之二：
汉汉胡胡域，生生死死情。
臣宫臣主仆，父道父母生。
举步天山北，行吟玉微声。
江南江水阔，塞北塞关横。

之三：
囚囚困困生，父父母母情。
世上由南女，人间可利名。
先知先觉悟，后继后阴晴。
但以贤王势，何言寓太平。

之四：
汉月共胡天，沙鸣岁月年。
琵琶蒙古帐，玉笛镜湖泉。
浙水流流去，西施玉玉连。
阴山生子女，妇念奴家边。

之五：
阴山一水头，敕勒半春秋。
汉地衣衫破，胡膻布隐留。
千声应不尽，万语可河流。
蔡学多文建，文姬几莫愁。

之六：
怪得春光水，由来日月楼。
胡杨胡漠树，月色月无休。
北斗天河远，南宸玉帝舟。
同天同地域，共渡共沧洲。

之七：
妇女男儿牧，胡云塞雁留。
天高天不语，雁宿雁门楼。
乞死非情愿，偷生是所求。
龟兹所筚篥，汉女谱千秋。

之八：
自去无非去，思归不得归。
胡姬胡汉舞，羽雁羽南飞。
朔漠萧萧路，珍禽处处威。
笼中笼外见，世外世中晖。

之九：
单于苏武问，战将李陵微。
子女冰霜是，英雄好汉非。

弯弓成月戎，独马百师围。
汉殿云重落，胡天雪乱飞。

之十：
好汉英雄异，先生进士非。
胡人故子女，汉客汉宫闱。
淑淑生儿女，母母养育妃。
荣荣成辱辱，雪雪雨霏霏。

之十一：
岁岁年年尽，星星月月悬。
迢迢春夏问，郁郁去来天。
暮暮朝朝曲，胡胡汉汉泉。
流流流不尽，折折折难全。

之十二：
甲子平生易，三光六十年。
胡风胡水草，汉俗汉桑田。
去意泠泠远，来心处处悬。
单于南北见，淑女暮朝弦。

之十三：
女女儿儿问，胡胡汉汉伤。
和平和自主，战乱战轻狂。
不怨家家事，何愁户户扬。
山川山水故，日月日云堂。

之十四：
莫以胡人辱，从因汉地乡。
单于风雨夜，汉女怯羞藏。
共问同心界，同情共日芳。
人人如此是，步步以恩长。

之十五：
一日缺无圆，三生三万天。
知乡知异域，问故问新年。
夜夜寻乡梦，时时望牧泉。
方情方寸断，去意去难迁。

之十六：
大雁飞南北，胡杨向背鸣。
风沙风不止，日落日升明。
汉女思乡切，虞姬问旧情。
单于兄弟论，蔡氏蔡邕平。

之十七：
胡天千万里，汉殿十三重。
白马行天意。黄云对地容。
阴山冰雪路，大漠镜湖踪。

玉笛从此响，胡笳待时封。

之十八：
汉女三千曲，关山十二年。
回归回故土，问旧问田园。
不忍单于志，还思蔡氏怜。
同心同羿域，共渡共方圆。

12. 金井歌

文明化洽一清和，石窦公开半九歌。
简易先生金井日，虞衡俭德帝王轲。
宣言郡邑无专利，治国春秋有论多。
独见声明应蠡去，群皇荟萃满天河。

13. 杂言同豆卢郎中郭南七里桥哀悼姚仓曹

郎中七里桥，水上一生遥。
逝者如斯问，终曹意不消。
江流江水月，九陌九泉潮。

14. 春日卧病

黄昏江柳色，塞雁向春归。
一一人人见，朝朝暮暮依。
潇湘南北路，蓟朔去来飞。

15. 题禅居废寺

废寺一禅居，僧房半磬余。
疏钟疏侣问，独得独诗书。
石径通幽去，毒龙自卷舒。

16. 题山寺一作题悟空寺

轻舟云淼淼，古寺水泱泱。
咫尺天涯问，心思海角长。
回廊连草木，殿宇接无梁。
磬语声声近，疏钟处处扬。

17. 题杨侍郎新亭

柱史一昆陵，新亭半水丞。
花香沉榭木，柳色竹篁征。

18. 同徐城季明府游重光寺题晃师壁

石径重光寺，陶潜五柳台。
芝兰芝室东，晚磬晚钟开。

小心三溪石，招摇十步苔。
天云曾起落，月色几徘徊。

19. 送人之江东

含香承佩玉，纳意待平生。
镜里山川色，云中草木清。

20. 送林衮侍御东阳秩满归上都

年年鸟府内，处处赤霞中。
碧草红花路，远山近水虫。
东阳因果见，秩满上都隆。

21. 送李元规昆季赴举

一半日泉赋，三千弟子名。
心期无后试，进士状元城。

22. 送杨闲侍御拜命赴上都

丝纶出紫微，绣简作春晖。
避路东都去，台乌北斗归。

23. 赋得月下闻蛩送别

草下小虫声，篱中半色更。
秋风初到夜，八月已分明。

24. 重阳日寄上饶李明府

此处是他乡，茱萸挂正房。
秋回寻旧木，雁到问重阳。

25. 同诸子哭张元易

去去来来总是空，朝朝暮暮一童翁。
名名利利谁追逐，父父母母去路同。

26. 合肥至日愁中寄郑明府

无心随世俗，有意问行藏。
步步长亭路，情情汴水杨。
江南风雨日，塞北雪花乡。

27. 送卢州贾使君拜命

之一：
考绩朝明代，无媒继世人。
侯赢分不得，但谢信陵臣。
佐命宜文武，元勋佩玉秦。

之二：
深宫一大风，秀女百般红。
独见三边月，孤身半曲衷。

28. 怨妇

不可临秋月，池明向水清。
琵琶弹未响，叹息两三声。

29. 绿珠怨

高楼忆绿珠，曲径石崇奴。
弱弱强强问，倾心一玉壶。

30. 古意

晓日望天红，开帏见帐空。
相思相别久，独立独心逢。

31. 哭萧抡

寻寻一故人，落落半经纶。
从此难相见，何为独问秦。

32. 送从弟赴上都

向背东都路，阴晴渭水春。
新诗成八句，许说向何人。

33. 登相国寺阁

登临相国寺，远望故人家。
近得巴山雨，遥思小雪花。

34. 酬浚上人采药见寄

同寻一玉英，共采十天诚。
得是灵芝草，还闻半夏生。

35. 曲水寺枳实

枳实入僧房，灵芝作药囊。
霜桥霜坂迹，草木草半黄。

36. 酬问师

虚空一步词，境界五言诗。
四句题墙壁，千年以觉师。

37. 殷秀才求诗

求诗作秀才，问道卞和来。
绝句工精慧，行吟玉觉台。

38. 行营即事

百姓厌干戈，三边草木多。
行营行将令，战士战天罗。

39. 送刘寰北归

半是青山一是湖，三江碧玉两江都。
千川雾水千流去，万里归乡万里途。

40. 送王闲归苏州

独虽姑苏去，相知耳木开。
君心君子路，虎啸虎丘台。

41. 送人往虔州

高楼日日望乡家，二月年年一半花。
北北南南天下路，书书卷卷世中些。

42. 送僧往湖南 一作送清上人

三清一上人，八戒半纯真。
老衲关心处，袈裟不染尘。

43. 移居深山谢别亲故

不受黄精不采薇，培苗带土育心扉。
孤云卷落浮沉见，独步轻吟竹泪稀。
半入深山三界里，千林古木直相依。
乔峰故得风云雨，故土重来远近飞。

44. 送元始君自楚移越

一水若耶溪，千波各不低。
西施留浣影，玉树鸟轻啼。

45. 送王永二首 一作合溪送王永归东郭

之一：
春山不共游，川路未同舟。
此去相知处，当然是水头。
之二：
路上锦衣赛，溪中水月宽。
心从君子去，不意到云端。

46. 差别

瀍岸青门外，丘墟古道中。
当差书信寄，莫忘大江东。

47. 送王贞

玉润自多才，佳期已早来。
梅花春报道，木槿向红开。

48. 送薛六暂游扬州

鸣轲一玉珂，隐影半青罗。
向快广陵道，秋风砧杵多。

49. 送杨行元赴举

二月长安折桂枝，三声赴举向心期。
龙门已在先生去，一箭行元赋楚辞。

50. 行营送人

归途细柳营，晓色马蹄轻。
十里回头处，和平不用兵。

51. 渭州送人先归

冰消雁北飞，塞上换春衣。
草色应先绿，云光已可依。

52. 送浚上人

木落山前尽，云开锡杖台。
冰霜由物象，咏赋上人来。

53. 高邮送弟遇北游

楚国舟船路，江南七步桥。
孤帆应此去，独意可云霄。

54. 送豆卢郎赴海陵

水色海陵深，云光楚国浔。
东塘东别去，此地此人心。

55. 送女子

青娥宛宛一衷肠，别路幽幽半日长。
织女河边呈锦绣，潘郎不可作牛郎。

56. 酬道芬寄画松

一笔作沈宁，三松向古青。
千情由此寄，万木有茯苓。

57. 山寺酒相访以画松酬之

白社风霜半旧年，红麟直入两心田。
三山日色昆仑木，一树松枝到酒泉。

58. 题潘师房

石壁一师房，云峰半日光。
仙人来往去，古道有余香。

59. 谢自然却还旧居

仙人不定居，四海以行余。
世上谁应见，人间可寄墟。

60. 寄李俌

挂却衣冠去，招摇草木来。
山河山水步，日月日风开。

61. 赠头陀师

少壮从戎去，头陀以老师。
人生家国子，待子以恩慈。

62. 赠严四草履

足履两相量，轻微一度堂。
偷安偷自己，举步举炎凉。

63. 题刘偃庄

桑田沧海问，白发自素丝。
富贵门前色，声名去后知。

64. 题黄陂夫人祠

香名万岁春，教迹一夫人。
雨雨云云见，花花草草茵。

65. 题道济上人房

道济上人房，桃花作故乡。
心灵深处见，性定近人肠。

66. 梨树荫

清荫相晖见，绿树各无同。
雨露应滋长，风云可寄虹。

67. 秋蝉声

古寺两三声，人间一半鸣。
秋高情自远，隔叶是归程。

68. 归山留别子侄二首

之一：
簪缨半付君，女子一分文。

去路应天地，归山可草熏。

之二：
不逐浮云去，还寻直木来。
归山归本草，慕静慕夷苔。

69. 与湛上人院画松

树树三千界，年年百万兵。
枝枝生叶叶，岁岁自荣荣。

70. 白沙宿窦常宅观伎

澄江半晚霞，柳岸一枝花。
待客临流酒，繁歌满白沙。

71. 方寸

序：
上巳日两县僚友会集时主邮不遂驰赴轺
道题以寄方寸
诗：
上巳踏青茵，中元已入春。
秦川秦谷远，净土净无尘。

72. 怀张璪

只有张通会，衡阳待雁群。
三湘千滴泪，九陌万流分。

73. 与于中丞

春风问蕙兰，渭水满波澜。
不向荒林种，田园有狭宽。

74. 远十五远访山门

桃源不避秦，草木已成春。
远访山门道，谋身世外尘。

75. 行营病中

病里一行营，军中半甲兵。
曾思忧国土，怅忘立人生。

76. 合溪水涨寄敬山人

水涨小桥平，溪流有石声。
沧洲沧草色，隔岸隔人情。

77. 不羡花

花花花似草，草草草如花。

草草花花见，空空色色些。

78. 醉后

醒醉半人生，沉浮一事情。
官河官不尽，世道世应平。

79. 题水洞二首

之一：

水洞武陵溪，桃源乳石齐。
秦人秦已去，汉地汉时堤。

之二：

水洞三光照，云天万色穿。
泉流泉四溅，石乳石千悬。

80. 代人村中悼亡二首

之一：

一鹤经天去，三光落地来。
黄泉黄土地，玉帛玉人抬。

之二：

无人一室虚，有道半云居。
共去仙人去，同来客舍余。

81. 观猎三首

之一：

虎虎熊熊猎，耕耕牧牧田。
黄河南北见，滴水有方圆。

之二：

一雉与人齐，千呼对地栖。
强人强弱小，射猎射高低。

之三：

鹰隼逐鸟飞，白鹭待鱼稀。
存继凭生欲，兴亡以慧扉。

82. 画石

一石补云天，三光化百川。
何形何迹在，有色有空年。

83. 咏双开莲花

菡萏隐双莲，并蒂独自鲜。
蓬蓬常育子，色色露园泉。

84. 夜闻邻管

邻家一管声，月色半人情。

桂影心中动，嫦娥妇上明。

85. 山中寄元二侍御二首

之一：

山中一片松，岭上半青龙。
不待风云至，如来故步封。

之二：

玉望一三台，金来半楚才。
深山穷谷远，日月对天开。

86. 上崔十五老丈

老丈自无因，闻天似有尘。
经纶经日月，共济共秋春。

87. 袁德师求画松

老眼无珠画，留松两树明。
呈君应直立，寄帜与云平。

88. 早夏月夜问王开

苏台常见月，越女已徘徊。
早夏兼葭水，形形影影来。

89. 裴十六厅即事

政讼官民见，人间主宰裁。
邪邪应正正，治治亦恢恢。

90. 春日行营即事

书生一丈夫，百战半匈奴。
敕勒川中见，阴山月下呼。

91. 画树后呈浚师

世上一丹青，人中半树灵。
乔林常自直，石壁已春莛。

92. 吊从甥

日晚河边望，云前夕暮情。
荒芜呈旷野，石木各纵横。

93. 句

九月半茱萸，重阳一帝都。

94. 陈翊

载物郎中制书知，贞元进士著诗词。

陈翊大历登天赋，已过龙门作御司。

95. 登载楼作

井邑连天外，城楼玉宇中。
三台疏远近，一客问江东。

96. 宴柏台

华光宴柏春，密榭对清真。
海树秦川近，桃花汉液纯。

97. 过马侍中亭

草色侍中亭，花光水上宁。
波波平静照，漾漾待鱼萍。

98. 寄邵校书楚苌

酒后自无凡，江舟以日衔。
风扬情不尽，挂意作长衫。

99. 龙池春草

龙池春草碧，凤苑李桃新。
苒苒群芳色，悠悠独满秦。
参差成世界，彼此作乾坤。
物象三光与，晴阴九陌均。

100. 郊行示友人

郊行向友人，举步各秋春。
且望长亭路，前程日月尘。

101. 差别萧二

芷落白萍洲，舟移目远游。
轻帆扬万里，日色满高楼。

102. 游仙

轩辕立祖问扶桑，戮战功成向驾梁。
但以王母仙道寄，儒书吾了许衷肠。
昆仑一玉皇，淑质半天章。
大云呈吾济，逍遥作故乡。

103. 寺居清晨

衣中一枕凉，晓月半清霜。
步步由禅定，心心以释当。

104. 出东城

洛洛伊伊问，秦秦魏魏乡。

荒城先后见，羽翼去来藏。

草木随天地，人生作柳杨。

中庸成彼此，小鸟望飞翔。

105. 经禁城

春秋有禁城，六国已枯荣。

不尽中原路，荒芜向古平。

殷周秦汉代，吏皂帝王卿。

未了儒情欲，谁承道佛生。

106. 出三城留别幕中三判官

家冠禽兽比，笏带佩珂珍。

武略文谋策，丞相将帅臣。

三城三别去，九陌九疏仁。

业业功功竟，心心印印秦。

107. 送刘秀才南归

古路过商山，南归问皓颜。

人老人亦好，秀水秀才还。

灞水长安近，龙沙在水湾。

108. 送汪伦

万里沧洲云，千杯古道分。

倾情倾旧酒，醉后醉新君。

109. 长相思

相思一桂林，竹泪二妃心。

向背苍梧水，潇湘尧舜浔。

娥皇常鼓琴，姊妹玉英音。

苦苦同情意，斑斑作古今。

110. 长歌行

但问五陵松，何须一帝封。

千年成故土，万岁作云龙。

只以辛勤臻，还须策略庸。

长歌长自主，一路一从容。

111. 春游曲

细酌葡萄酒，飞扬小雪花。

三红吴越女，半醉莫愁家。

112. 杂曲

一酒杜陵西，千霄渭水湜。

齐娇难可别，曲尽已成泥。

113. 春雨

雨细草萋萋，春情色迷迷。

云中云欲落，叶堕叶高低。

114. 夕次襄邑

一路始终端，三生自岁年。

如来如去觉，自在自心禅。

115. 夏日

夏日定风波，芙蓉半出荷。

莲蓬初结子，碧叶已天歌。

116. 送黄晔明府岳州湘阴赴任

名扬第一科，三江十万波。

龙门千百木，上液帝王河。

八水长安绕，东都正玉柯。

长沙铭贾谊，不忘吊汨罗。

117. 禅门寺暮钟

禅门一太空，古刹半龙宫。

独有钟声晚，鱼池满夕红。

118. 岭朝阳

进士半金陵，朝阳一玉冰。

薛嵩从事久，大历几兴升。

119. 同张深秀才游华严寺

自幼无知趣，如今有寺山。

从心禅觉悟，好客伴由闲。

120. 中秋与空上人同宿华严寺

扫叶知明月，逢僧问寺秋。

钟声方去远，磬语上心头。

121. 宿柏严寺

独宿千灯寺，微行一径通。

师修师自在，弟子弟心同。

122. 丝绸之路

大漠黄昏静，交河落日平。

阳关残阙色，古道有枯荣。

123. 登灵善寺塔

三峰华岳小，九陌晋秦乡。

寺塔千年久，黄河一去长。

124. 瀑布泉

细雨霖流壁，烟云瀑布泉。

珠光飞溅落，积水作深天。

125. 冬日逢冯法曹话怀

一路半尘埃，三年两去来。

分襟相促膝，合璧负荆台。

落叶径霜后，方圆待定裁。

126. 送唐六赴举

此路向关西，京城百鸟啼。

新安新水色，古道古人题。

句句书生见，诗诗草木齐。

无为无彼此，不必不高低。

127. 送远上人归京

诗离销雪院，别路过云心。

寺月空钟继，京华问旧林。

128. 虽郎上人

释子云中问，禅房月下闻。

依依人世道，处处事纷纭。

129. 立春

玉律传佳气，青阳送物新。

东风应未雨，岁稔物当春。

腊尽梅花至，江寒水不均。

鱼鳞初振动，草色正成茵。

130. 朝阳为词

序：

送红线潞州节度使薛嵩有青衣善弹阮咸琴，手纹隐起如红线，因以以名之，一日辞去

诗：

朝阳已醉木兰舟，送客魂消百尺楼。

但使周郎成赤壁，薛嵩一日洛妃秋。

131. 于尹躬

中书一合人，大历半迁臣。
进士同无见，洋州刺史身。

132. 南至日太史登台书云物

至日行时令，登台册应文。
司天为岁备，持简向天君。
赵氏周微致，秦嬴六国云。
明明因约约，郁郁或纷纷。

133. 赠别二首

之一：
江舟千里去，浦口一云来。
楚客闻风处，吴人上越台。
之二：
送客一人回，天边半木猜。
舟帆应已尽，落日似徘徊。

134. 句

他乡一白发，故国半青山。

135. 望终南春雪

终南春雪满，已照读书人。
二月龙门镇，千章化旧尘。
西秦初见瑞，北魏共新民。
玉树因寒尽，群芳可暖津。

136. 朱湾

沧州一巨川，蜀国半方圆。
元和从事去，李勉永平船。

137. 九日登青山

九日青山上，重阳草木中。
登临登古道，问事问秋风。

138. 秋夜宴王郎中宅赋得露中菊

九月菊花开，三秋落叶来。
千山重起落，万里共徘徊。

139. 奉使设宴戏掷龙筹

一掷半龙筹，千均十地流。
风尘风外问，玉界玉中游。

140. 咏双陆骰子

台中言己重，手下莫言轻。
十易应天下，经纶可誉名。

141. 咏壁上酒瓢呈肖明府

瓢瓢酒酒半葫芦，薄薄空空一玉壶。
柄柄拳拳相互携，墙墙壁壁可长鼍。

142. 咏玉

玉色半玲珑，身形一佩中。
谁知和氏璧，楚国煞生工。

143. 下第

序：
送陈偓赋得白鸟翔翠微　一作赋得白鹤
翠胜送陈偓下第
诗：
白鹤翠微翔，晴晖日月庄。
年年分子弟，处处化朝光。
正好南飞路，偏逢北客乡。
中云浮远岫，及第苦辛长。

144. 题段上人院壁画古松

千波一片松，万木半云龙，
鳞鳞节节老，枝枝叶叶宗。
成林成野色，对地对天封。
道场闻风雨，支公作远钟。

145. 逼寒节寄崔七　崔七湖州崔使君之子

陋巷有颜回，庭闲问楚才。
清明寒食近，但忆旧亭台。

146. 长安喜雪

堆堆积雪人城，谷谷川川素淑明。
瑞瑞祥祥农牧乐，甘甘美美庆丰英。

147. 宴杨驸马山亭

茸茸长短草，织织暮朝花。
酒酒林间玉，卿卿卓上霞。
葡萄西域贡，绿蚁越南衔。
步步山亭路，悠悠世外家。

148. 过宣上人湖上兰若

何人兰若见，十载道家师。
落日闲花问，烟云细雨知。
东林谁建设，草木几客施。
可有神灵护，金钱作玉枝。

149. 同达奚宰游窦子明仙坛

小径松林远，中峰石室开。
仙官何处去，白日返昭来。
若以无为问，寻真不可回。

150. 平陵寓寄再逢寒食

春风已始半精英，草木黄莺自共荣。
火燧清明寒食节，书生乞教向途程。

151. 寻隐者韦九山人于东溪草堂

东溪一草堂，隐者半故乡。
自足樵渔力，当然饭菜肠。
花间虫不语，月下石余香。
步步无尘路，悠悠有汉光。

152. 假摄池州留别东溪故居

仍是假冠官，东溪细有澜。
源泉应不远，石壁凿时残。
自力更生见，丰衣足食宽。
樵渔耕者慰，世界任盘桓。

153. 咏柏板

读卷心常在，评书客意宽。
求知求所欲，问道问途难。
步步观桥板，时时著杏坛。

154. 筝柱子

玉柱理筝弦，金声着布捐。
敌意如自雅，见赏似群研。
角羽宫商调，征徵扩地天。
良工良散木，改致改源泉。

155.

序：
送李司直归浙东幕兼寄鲍行军持节大夫
初拜东乎郡主

诗：

翩翩书记早，二十载前闻。

日见生秋色，相逢持节君。

东平王郡府，直木浙东云。

北固瓜州路，西陵渡口勋。

156. 七贤庙

晋代多高士，明朝少旧臣。

荒庭荒草木，故迹故人邻。

共世同心度，相看互对尘。

无言无所谓，有道有秋春。

157. 同清江师月夜听坚正二上人为怀州转法华经歌

水色若耶溪，云门可玉堤。

求源深凿井，问道草花迷。

密迹玄关醒，临川谷月低。

闲庭闲觉悟，俯仰俯东西。

158. 寒城晚角　渭州作

兵行一五更，角住半倾城。

隔岸明烽火，临川向志生。

淇川河水逝，铁马系勋缨。

受降情情臻，黎阳处处鸣。

159. 重阳日陪韦卿宴

九日龙山好，重阳菊酒齐。

同轩天地界，共坐岭峰低。

但问茱萸草，还言五七题。

诗成留彼此，落叶各东西。

160. 丘丹

嘉兴水故乡，诸暨尚书郎。

吕渭韦应物，同诗各柳杨。

161. 忆长安四月

桃桃李李分红，杏杏梨梨逐空。

草草花花厌旧，山山水水新丰。

162. 状江南季冬

霜霜雪雪争明，叶叶枝枝积城。

柳柳杨杨淑气，男男女女观英。

163. 和韦使君秋夜见寄

姑苏一使君，诸暨半秋云。

肃气江南岸，烟霞塞北分。

164. 和韦使君听江笛送陈侍御

夜笛一江流，盘门半日秋。

离樽无语气，近水有城楼。

165. 奉酬韦使君送归山之作

倾闻郡守来，牧治上天台。

莫以桃源问，秦人汉客回。

栖梧栖凤质，酌酒酌情开。

力尽三吴宰，情生九陌裁。

166. 奉酬重送归山

归山归不得，去路去来来。

世上花瓣落，人间草木开。

167. 经湛长史草堂　一作题湛长史旧居

之一：

历历山山宋史消，松松石石自齐遥。

三篇典舆江淹赋，六韵临平释若寥。

别墅无锡西慧寺，司徒经湛清风潮。

秋观石壁千行墨，御史丘丹万岁桥。

之二：

一志三篇进退名，荒山野水草堂清。

丘丹石壁贞元岁，湛茂之之别墅英。

宋史无文齐史惊，江淹刻篆字精平。

嘉行垒道行还止，仰慕簪裾海阔情。

168. 萧山祇园寺

征君东晋许，悟后了前因。

记日灵台塔，云林古寺身。

萧山一见芷，问询祇园春。

169. 奉使过石门观瀑　有序

序：

谢宋石门岩，诗词六代谦。

天监中有过，瀑布永嘉沾。

诗：

仰仰万珠帘，溪溪半石淹。

潭潭深不底，岫岫水悬岩。

百丈垂珠落，三光照隔帘。

风扬千浪涌，日久见龙潜。

170. 秋夕宿石门馆

天河泻涧中，石术立长空。

鸟落猿啼止，潭明一月风。

171. 状江南

之一：

蛙声一管弦，孟夏半炎天。

碧叶荷羞女，芙蓉怯采莲。

之二：

仲秋一蟹鲜，十五半方圆。

七夕天河岸，嫦娥约晓船。

172. 忆长安　正月

泾泾渭渭长安，雪雪梅梅半寒。

国国家家同庆，凤凰凤凰云端。

173. 十二月

玉影疏香澹澹，梅花雪色天天。

温泉雨雨云云，守岁丰丰酒筵。

174. 状江南　仲春

细雨仲春天，云烟十里船。

三桥同里短，一退虎丘园。

175. 孟冬

橘柚半黄金，姑苏一古今。

江湖江水阔，雪背雪花深。

176. 鲍防

鲍谢十行诗，襄阳一岘知。

贞元郎应部，子慎第名辞。

177. 忆长安　二月

忆长安，二月时，东风忆至长安，

二月群芳半寒。水暖云边草木，

鸭游渭水波澜。丝丝柳色黄遍，

处处冰流渐宽。

178. 状江南 孟春

一步孟春天，千榆散大钱。
农家应拾取，国土种家田。

179. 杂感

岁献葡萄酒，姬衔苜蓿花。
梅香梅早色，雪素雪人华。
海角天涯内，唐唐汉汉家。

180. 送薛补阙人朝

谈笑话风尘，恩慈向近臣。
齐人多献智，鲁酒少秋春。
遗令军中寄，梅花岭上新。
逢年逢日月，适子适天津。

181. 人日陪宣州范中丞傅正与范侍御傅真宴东风亭

人前人日近，雨后雨云遥。
越女三杯酒，吴姬一曲潮。
梅寒梅早色，雪白雪融消。
婉转傅情意，流光弄玉箫。

182. 上已寄孟中丞

上巳孟中洱，花香满杜陵。
风流留镜界，牧治玉香凝。

183. 秋暮忆仲秋夜与王璠侍御赏月因怆远离聊以奉寄

一寺碧纱笼，三秋古月丰。
方圆方不定，远近远人衷。
莫记钟声去，当闻磬酒终。
如来如自己，老衲老人中。

184. 元日早朝行

干元日在一春宗，斗建朝朝半古封。
万玉南山呈紫气，千门北阙向群峰。
王良运策龙立论，师旷化律调黄钟。
德济仁养皇帝殿，文昌武勇共神农。

185. 忆长安

三月忆长安，皇城忆曲衷。
群芳二月风，斗艳一京红。

上苑千门外，昆池万紫中。
歌歌勤政殿，曲曲大明宫。

186. 忆长安　六月

忆长安，六月时，荷风处处温温，
玉立婷婷蕴蕴。水水莲莲谢谢，
红红碧碧村村。

187. 状江南 孟秋

因因果果一莲花，野野田田半豆瓜。
孟孟秋秋蓬结子，南南北北共桑麻。

188. 忆江南　七月

忆江南，七月时，青荷结子莲蓬，
采女芙蓉沐水。牛郎隐约林中，
天河喜鹊成桥，七夕长城殿东。

189. 吕渭

吕渭河中第，元中礼部郎。
潭州为耕史，进士有低昂。

190. 忆长安　八月

忆长安，八月时，北阙南山两仪。
衣冠共颁明镜，物象独得丹墀。
只望长安灞上，行程玉叶金枝。

191. 状江南　仲冬

之一：
江南一仲冬，岭上半青松。
已见梅花色，群芳未附踪。
之二并序：
序：
贞元十一年，知贡举挠阁，不能定去，
留诗寄前主司。
诗：
独坐贡闱前，群芳半入仙。
公翁垂日久，只见此情缘。

192. 皇帝移晦日为中和节

晦日中和节，皇心淑气多。
唐裙移旧谷，象历赐新科。
尺下乾坤赋，云中日月歌。
乔林含万木，润水静千波。

193. 经湛长史草堂

岩居一草堂，宋史半无章。
木落山空见，陈诗石壁杨。
南平南旧府，市代市人梁。
古寺常闻竹，空门久忆乡。

194. 忆长安　九月

忆长安，九月时，登高望见昆池。
北阙南山相照，昭阳渭水秋枝。
菊色黄花斗艳，重阳太液成诗。

195. 状江南 季夏

江南季夏天，塞北正新莲。
方圆三五寸，荷花半水田。

196. 忆长安　十月

忆长安，十月时。华清弟子京师。
万国来朝祝贺，三台策运朝司。
昼夜歌钟互济，龙门草木相滋。

197. 状江南 仲夏

江南仲夏天，大雨自倾泉。
柳岸停船酒，云烟醒醉眠。

198. 忆长安 十一月

忆长安，子月时，长安喜鹊支支。
八水清明沏沏。三光处处分仪，
雪雪霜霜淑气，丰丰岁岁伊伊。

199. 状江南 季秋

重阳一九州，独立半沧流。
菊酒黄花色，茱萸玉树头。

200. 全唐诗张志和

金华一子同，十六半诗风。
兴第明经诏，翰林退色空。
江湖烟雨里，草木阴晴中。
越越吴吴子，烟波钓曳童。

201. 太寥歌

太寥清兮一玄城，步眠宫兮半字明。
青莲坐兮成玉理，道亦道兮非道生。

202. 空洞歌

自然未是而当然，守一应心可画圆。

谷谷川川形不尽，云云雨雨四方田。

203. 渔父词

序：

渔父歌 西吴记云，湖州磁湖镇道士矶即志和所谓西塞山前也，志和有渔父词，刺史颜真卿与陆鸿渐徐士衡李成矩唱和诗：

之一：

白鹭一磁湖，红花半越吴。

春风三二月，锦鲤上滩苏。

之二：

湖州道士矶，刺史钓台依。

但望春波闪，何须怯帝衣。

之三：

醒醉钓鱼翁，阴晴斗笠同。

须知同里富，不问五湖穷。

之四：

八月秋风起，莼鲈一日鲜。

阳澄观蟹脚，拾得问渔船。

之五：

淞江一五湖，月色十三姑。

苜里峰前越，茹溪水上吴。

204. 上巳日忆江南禊事

祓禊江南日，人身塞北留。

天光流渭水，夜梦到吴洲。

205. 渔父

四皓曾多事，三宫已是非，

江湖春水阔，斗笠误荷归。

206. 张松龄志和兄也

水有风波水有天，江湖草木半神仙。

吴吴越越江南北，古古今今岁月田。

207. 寄陆羽

草木一人中，江东半大风。

茶经三卷世，太子太常空。

208. 歌 太和中复州有一老僧，云是陆弟子常讽此歌

但慕西江水，金陵去不归。

黄金应掷尽，白玉可泉扉。

209. 会稽东小山

寒洁入剡溪，水岸向高低。

浣女西施影，东山宿鸟栖。

210. 句

绝涧深山一远泉，江流逐岸半中天。

211. 寒食寄李补阙

兰陵十里烟，禁火一秦川。

介子终知禄，王孙始自怜。

212. 仲月赏花

梅花一万家，仲丹半桑麻。

白雪阳春色，烟云雨路斜。

213. 李夷简

进士平章事，贞元御史郎。

中丞中节度，一度一书香。

214. 蜀

序：

西亭暇日书怀十二韵献上武相公 亭当武元衡镇蜀建

诗：

不在西亭远，相公蜀日留。

林山林木直，草色草青幽。

胜赏殊经致，扶苏自在求。

荷香荷桂子，始果始沧洲。

沼沚分萤芷，江湖划叶舟。

岷峨山岭叠，栈道水天愁。

但记蚕从治，应言杜宇猷。

鱼凫多教化，孟昶贺春楼。

惠爱施仁政，扬文化俗州。

田酬知产子，代犊乞王侯。

夜雨巴山客，池台润泽讴。

勿滞前程携，宪省牧千秋。

215. 城南访裴氏昆季

已约深山寺，知君访柴荆。

南方南不尽，去路去枯荣。

野鸟春莺语，山前水后行。

书中留四句，壁上可题名。

216. 岁日感怀

新春一老翁，曙气半儿童。

裸子群游戏，东风独雨空。

217. 从军行三首

之一：

看图细柳营，列阵彼此兵。

战士驱虏士，英雄受降城。

之二：

栅壕一线横，士马半天生。

左右分军射，阴阳八卦兵。

之三：

草色滹沱水，天光敕勒明。

嫖姚方虎视，李广已精英。

218. 赠韦况

我有心中事，未与韦三言。

四句分南北，千章划简繁。

219. 观祈雨

百里十生烟，三春半旱田。

王侯歌舞尽，祈雨管丝弦。

220. 江南春

一片黄花色，千村水畦明。

池塘池岸草，柳叶柳枝平。

221. 过华清宫

三朝旧迹半平生，一曲霓裳四面兵。

玉立开元天宝去，长生殿里问红英。

222. 病中宿宜阳馆闻雨

一雨到千家，三生种豆瓜。

农人农土地，客吏客桑麻。

223. 全唐诗于鹄

大历一诗人，贞元半隐秦。

长安长月夜，汉水汉阳春。

224. 江南曲

江边采白蘋，女伴作江神。
玉立芙蓉水，荷花半对人。

225. 山中寄樊仆射 一作寄襄阳樊司空

却忆东溪水，同寻客舍僧。
流萤流已去，玉树玉香凝。
有计乾坤治，无谋土木兴。
齐人齐社稷，鲁府鲁鲲鹏。

226. 题宇文字（聚）山寺读书院

寺上读书声，林前聚院明。
香烟香水远，一鸟一长鸣。

227. 赠兰若僧

深梦月不通，浅水自流风。
石府心经颂，乔林独自空。

228. 题邻居

陋巷邻家少，颜回客主多。
桃花应自落，小杏可无遮。

229. 山中 自述

七十诗词著，三生日月耕。
年年岁岁继，暮暮朝朝行。

230. 山中寄韦证

读八一山中，江东半大风。
无名无顾忌，有女有英雄。

231. 南溪书斋

南溪书斋冷，石府水汤温。
叶密无遮蔽，山深不设门。
清缨知自足，濯目始乾坤。

232. 夜会李太守宅

微风半入门，月色一山村。
太守书香宅，吟诗小子孙。

233. 题柏台山僧

山僧一上方，古寺半炎凉。
远近钟声响，阴晴问柳杨。

234. 寄续尊师

继续一尊师，相承半玉词。
三清听鹤语，八戒问天辞。

235. 题南峰褚道士

南峰天日近，北阙去来迟。
道士樵渔客，冠袍草木知。

236. 赠不食姑

仙来不食姑，起拜胜河图。
剪断风流债，龟松各有无。

237. 送李明府归别业

一去种春田，三光似雨烟。
桑榆应节令，二月可施钱。

238. 题树下禅师

行行行不定，上上上还行。
后路应无断，前程可有盟。
人生禅觉悟，世界自枯荣。

239. 宿王尊师隐居

月上空门夜，天寒古寺钟。
青牛眠树影，玉兔有无踪。
万籁三更静，千灯一梦封。

240. 题服柏先生

服柏先生炼，丹炉闭草堂。
仙机成枕术，只授汉淮王。

241. 哭凌霄山光上人

凌霄一上人，玉石半经纶。
日月应先后，生平各晋秦。

242. 途中寄杨涉

一望途中路，三更月下桥。
蛙声应已定，北斗入江湖。

243. 送韦判官归蓟门

幽州一蓟门，顺义半黄昏。
白水通州外，香山佑子孙。

244. 出塞三首

之一：
全军取月支，一箭雁门迟。
白首从戎客，青衫自未离。
之二：
孤城一寸云，古戍半功勋。
大雪纷纷落，冰霜处处裙。
之三：
单于一伏兵，李广半军营。
箭射幽州虎，旗扬敕勒城。

245. 赠李太守

太守布衣裳，边功戍战扬。
无金无沽酒，近远近臣凉。
有意英雄客，成心古草堂。
何人何所见，彼宴彼人乡。

246. 送张司直入单于 一作各游边

谁人过并州，石碛雁难留。
伴侣何曾见，平沙不可游。
交河交址望，白云白山头。
大漠移天地，楼兰化古丘。

247. 惜花

一色半人家，三春二月花。
群芳应早起，七彩老年华。

248. 春山居

任性春山去，乔林独木来。
风声连宇宙，草色朝天开。

249. 游瀑泉寺

百寺两三泉，千峰一半天。
朝朝暮暮见，会会知知禅。

250. 送宫人入道归山

十岁女儿容，三生玉树封。
芙蓉常出水，汉屋寄双峰。

251. 巴女谣

巴山一竹枝，蜀女半相思。
白帝流天水，瞿塘赋楚词。

252. 公子行

携剑五陵游，扬鞭继续侯。
垂碑寻李广，射虎学幽州。
不解飘遥志，春江以目流。

253. 长安行

一半长安路，三千弟子城。
红楼红女舞，酒市酒人行。
锦帐先温暖，朝衣后纵情。
南山南北望，上苑上天明。

254. 别齐太守

月在云中望，人应雨里游。
离舟离不去，独步独春秋。

255. 登古城

独望闲楼月，群生已白头，
当年曾兵约，邈视帝王侯。

256. 哭刘夫子

一去刘夫子，三生布旧留。
南州南不尽，北塞北人愁。

257. 醉后寄山中友人

醉后山中路，溪前月下踪。
金杯金驸马，玉树玉芙蓉。
去道非公冶，归时是鲁恭。
何情何俯仰，不得不龙钟。

258. 温泉僧房

雾里温泉寺，云中自在乡。
禅深多闭合，道远少炎凉。

259. 题美人

一女半春秋，三更两地愁。
相思相别后，独宿独床头。
未尽宜男草，应知嫁不羞。
箫郎箫弄玉，月满月秦楼。

260. 寻李暹

城楼逢酒醉，野寺对花留。
老衲相别去，居心四海游。
寻寻寻不得，意意意还休。

261. 寻李逸人旧居

松林李逸人，蕙草自秋春。
旧约清泉细，新蘋古意粼。
烟云烟雨色，落日落周秦。

262. 赠碧玉

碧玉霓裳曲，梨园荳蔻花。
公子娘子剑，篳篥汉人家。

263. 舟中月明夜闻笛

玉笛月明中，江中唱大风。
舟人舟不定，待水待帆弓。

264. 送迁客二首

之一：
获罪谁人送，知程寄客终。
屈平屈楚子，贾谊贾才雄。
之二：
流人何处去，百粤大江东。
知天知地后，达志达其终。

265. 赠王道者

溪中一磬声，月下半山明。
石径通幽去，樵渔作隐英。

266. 题合溪干洞

潘师房上容，绝壁见殊荣。
道长循天理，三清玉石明。

267. 过张老园林

老者无修饰，行踪有豆瓜。
春秋春早种，岁晚岁梅花。

268. 寓意 一作因小蛮作

看花看不足，小曲不蛮宫。
弄玉策声起，潘郎桂影中。

269. 哭王都护

老将三边战，临终拜上公。
都门官使幨，共说一英雄。

270. 饯司农宋卿立太尉碑了还江东

泰石司农立，碑文字万钧。
何归何太尉，不去不垂纶。

271. 送唐大夫护节归山

岁老功名乞罢兵，丹墀葡萄进双旌。
秦砖汉瓦成宫殿，汉水吴山六国明。
蕃护节，两京城，单于侍女作精英。
裘妆道貌难分辨，待使天师世代情。

272. 买山吟

山光一汉阳，木槿半篱墙。
猿猴争熟果，抛弄满书堂。

273. 古词三首

之一：
到大始呼名，春妮一半生。
随人成嫁女，妇妾怯姑情。
之二：
青丝初入结，君衣未熨平。
良人良象貌，妾女妾心明。
之三：
问厨先姑舅，汤茶有古龙。
三泉三陆羽，五味五湖情。

274. 秦越人洞中咏

扁鹊成仙处，神农药苑中。
青龙青石洞，白鹤白云宫。
日日风雷动，时时雨雾丰。
松林松柏语，道法道玄空。

275. 宿西山修下元斋咏

幽人何处在，紫气忆东明。
静坐应禅定，纱笼纳钟声。
安期生律戒，自在玉函盟。
投简心思曙，如今自古成。

276. 过凌霄洞天谒张先生祠

隐者向幽深，荒山自古林。
悬泉天上挂，直木到如今。
教犊耕田药，仙童理竖琴。
灵霄云洞里，石乳是知音。

277. 早上灵霄第六峰入紫溪应白鹤观洞

灵霄第六峰，白鹤一千松。
玉石青童炼，金砂晓色彤。
云英残已照，列上水精钟。
紫气溪流水，虎洞伏毒龙。

278. 山中访道者 一作入白芝溪寻黄尊师

代代访尊师，人人问所迟。
仙仙循古道，子子学琴诗。
槎枥淹溪口，烟云没雨丝。
其无其有见，得暮得朝时。

279. 寄卢俨员外秋衣词

尺度在心中，身形总不同。
慈母知岁月，客子问西东。
制履针如产，裁衣剪似弓。
天涯应老少，远近寄秋风。

280. 赠雪儿甜甜 籁籁词

大漠黄昏色，交河落日平。
楼兰荒已尽，渭水自枯荣。

281. 种树

一树四邻春，三生半道频。
渊明知五柳，只作布弦人。

282. 哭李暹

街前半送君，雪后一衣裙。
素羽惊天地，樵渔莫自云。

283. 古挽歌

之一：
路路到黄泉，幽幽作纸钱。
谁疑三界大，已见半坛天。

之二：
逝者静无闻，来人去有分。
离离成别别，隔隔梦云云。

之三：
一别分三界，千音落两边。
人人何不问，处处有无天。

之四：
月月缺还圆，人人去久眠。
何时何地醒，祖上祖黄泉。

284. 悼孩子

一子到黄泉，三生半布天。
母仪母乳尽，父教父难全。

285. 别旧山

家乡一旧山，父子雁门关。
去去来来问，南南北北还。

286. 寄周恽

荒坡草木青，逝水自无形。
有伴知天力，如来已自铭。

287. 野田行

野野田田路，天天地地城。
前人前不在，继者继新生。

288. 塞上曲

塞上一渔阳，三边半故乡。
人情胡土地，界域汉秦疆。
百岁分和战，千年已柳杨。

289. 襄阳寒食

春分一半花，谷雨万千家。
乞火三两日，清明五百嗟。

290. 泛舟入后溪

云轻雨细已三春，水绿山红占一秦。
蕙草深丛常有鸟，桃花远处已无人。

291. 宝剑篇

一把龙泉剑，三生壮志宽。
何须凭自在，不可任空弹。
匣锁黄金股，环头碧玉盘。

星文应几许，易水已流寒。

292. 将赴东都上李相公

四海战初裁，三军已不回。
谁知炉火下，自有不燃灰。

293. 寄邢逸人

独鹤阴晴舞，孤鸿起落飞。
儒衣荷叶老，已可共回归。

294. 送头陀上人赴庐山寺

僧家无住所，古刹有东林。
得道玄虚论，行身苦迹深。
秋收山果熟，锡杖树云心。
石径通天地，禅房不凡音。

295. 谪居汉阳白沙江阻雨因题驿亭

汉口琴台近，知意黄鹤鸣。
无因多烦恼，只待海涛生。

296. 穆陵路

挟剑西游去，乘风北陆还。
长安由此路，不到雁门关。

297. 清溪馆作

月落清溪水，山空落叶还。
猿啼猿自语，木直木云关。

298. 寓居武丁馆

妇好武丁朝，天星去来宵。
经纶知卜易，日月可消遥。

299. 楚州赠别周愿侍御

一曲广陵散，嵇康已不言。
途穷途不尽，路达路轩辕。

300. 送刘秀才南归

古道入商山，南风灞水湾。
长安长路远，一酒一归还。

301. 丹阳作

半入新丰市，三闻旧酒香。
丹阳应一醉，尽日寄千肠。

209

302. 早行

早上三更路，云中五彩云。
前程前似锦，后顾后仁君。

303. 崔瓘

汝器博陵人，文章刺史辛。
湖南观察使，别将寄其身。

304. 夜臆

序：

赠营伎诗话总龟云崔辖瓘牧江外郡，祖席夜涌澜，一营伎先辞归崔与诗曰

诗：

寒灯漠漠雨霏霏，烛炬寥寥烬烬微。
不见天河南北岸，嫦娥七夕已先归。

305. 酒席赋得匏瓢　一醉

仙瓢一半玉山遥，陌巷三千弟子招。
自得贤人应自在，天街普渡过天桥。

306. 奉使巡检两京路种果树事毕入秦因咏

两岸关河树，千山日月岑。
春云桃李路，夏雨柳杨荫。
碧色由天子，芳香自古今。
事事三举指，处处一人心。

307. 寄朱彬

序：

丹阳作，一作陈存诗，隋炀，柳杨

诗：

未入新丰市，先闻归酒香。
吟诗求一醉，翠柳换千杨。

308. 寄刘回

几子阳卿直，刘回大历刚。
吉州终刺史，谏议大夫昂。

309. 采桑

薄小桑桑叶，蚕虫日日床，
男儿常驻马，小女不知藏。
以此天天困，由其处处杨。

丝丝相羁束，苦苦锁心肠。

310. 章仇公席上咏真珠伎

子建怜罗林，周郎误七弦。
真珠姬所舞，尽是上天莲。

311. 烂柯山四首

序：

信安志，烂柯山石刻并见者李幼卿、李深、谢勋、羊滔、薛戎五人，或一时同

诗：

之一：

咏或先后继唱，皆列如后
策杖青云雾，才闻水月关。
孤身千谷壑，独对万重山。

之二：

峰日一豁然，路转半云天。
石径通山挂，仙桥百丈悬。

之三：

灵山一亩浔，古木九天林。
遗迹留踪影，神仙以此寻。

之四：

石屋二禅师，孤峰一步迟。
天机天所预，地理地先知。

312. 寄独孤兄

序：

前年春与独孤常州兄花时为别，倏已三年矣，今莺花又尔，睹物增怀因之抒情聊以奉寄

诗：

江南江北客，暮色暮朝人。
草碧千山野，花红万木春。
常州云别业，奉别独孤新。
睹物同兴晋，冰壶共醉秦。

313. 寄李幼卿

长夫李幼卿，大历陇西名。
刺史千诗著，滁州一子行。

314. 游烂柯山四首

之一：

烂柯山上木，物象日中林。

少愿江河水，中年草木心。

之二：

巨石比山峰，溪流问故踪。
桥横加壑谷，鸟落入林松。

之三：

两坐一棋台，三内一子来。
何谓谁阮肇，百岁几徘徊。

之四：

石屋二僧言，禅音一世喧。
空山空色寄，独向独泉源。

315. 李深

士达一郎中，衢州刺史公。
诗词兵部令，日月任西东。

316. 游烂柯山四首

之一：

寻源路不迷，绝顶与云齐。
一揽群山小，三呼日月低。

之二：

烂柯山上路，直到水中城。
步步溪流去，幽幽待客行。

之三：

羽客无名姓，神仙有玉清。
桑田沧海见，直木早闻莺。

之四：

花红一斋堂，淑气半炉香。
鸟落求原木，僧游向四方。

317. 羊滔

羊滔一泰山，大历半去还。
及第宏词客，吟诗以玉班。

318. 游烂柯山四首

之一：

烂柯山上望，石屋玉门开。
共坐仙人壁，同寻宇宙台。

之二：

横天一石梁，略地半仙堂。
万千悬泉落，千山十尺凉。

之三：

自古一棋盘，如今半石残。

千年三两子，万木暮朝峦。

之四：

处处沙门路，悠悠古刹钟。

飞云飞锡杖，独坐独苍龙。

319. 薛戎

四海河中义，三州刺史郎。

元夫戎浙使，世令可沧桑。

320. 游烂柯山四首

之一：

烂柯山四顾，绝顶木千潮。

万虑游移尺，三生一念消。

之二：

圣迹本无踪，津梁十里松。

岩峣临窥虎，池渊似卧龙。

之三：

樵声问二仙，斧正向千年。

一丸丹炉药，三清直木天。

之四：

方圆不二门、守一可三尊。

向问仙人去，禅房老树根。

321. 谢勘

不得何人许，吟诗作几声。

同台名姓去，共语去来情。

322. 游烂柯山三首

之一：

凌青一望余，万籁半仙居。

岭木波涛起，猿啼虎啸如。

之二：

万里一苍穹，千林半大风。

层层含日色，漫步入天空。

之三：

樵夫作奕仙，对阵烂柯缘。

不可回头处，人间自能眠。

323. 寄崔元翰

元翰以字行，进士大鹏盟。

制书部中部，宠词第一名。

324. 奉和圣制三日书怀因以示百僚

节令上元行，芳春下水平。

流觞天赐酒，赋曲向黄莺。

草隶兰亭序，诗词格律城。

隋炀隋柳岸，运济运河明。

325. 奉和圣制重阳旦日百僚曲江宴示怀

之一：

第一状元郎，三千弟子乡。

寒窗书子抑，及第曲江扬。

圣制重阳酒，黄花九月香。

清秋清自许，肃穆肃中堂。

之二：

月影一流光，由观半隐藏。

无须凭实惠，不得不猖狂。

326. 奉和圣制中元日题奉敬寺

妙道殊途近，王城野寺遥。

群生从上苑，诸子度天桥。

后殿前庭问，中元奉敬昭。

慈恩慈所济，善待善王明。

327. 奉和登玄武楼观射即事书怀赐孟涉应制

射羽连中百，控弓逐万钧。

抚巡民性命，任职尽贤臣。

武卫当殊力，文昌可晋秦。

兽禽分序列，佩笏向天津。

328. 丞公

序：

清明节郭侍御偶与李侍御孔校书王秀才游开化寺卧病不得同游赋得十韵兼呈马十八郎

诗：

法侣一钟声，回廊半日晴。

刊书正讹谬，执宪纠邪情。

物象因肌病，臣心约旧行。

同寻开化寺，智慧以禅明。

329. 承光院

序：

朵言奉和圣制至承光院见自生藤盛其得地因以成咏应制

诗：

百步承光院，三台圣制诗。

藤生由自主，得地又逢时。

隐迹如斯色，春葵似叶枝。

丘园非异类，土木济昌迟。

330. 雨中对后檐丛竹

含云岘水烟，纳水笔源泉。

竹影从丛碧，文章处处田。

331. 寄独孤良器

赋得宛珠于泉

沈珠一细泉，闪现半光烟。

隐隐萤流去，煌煌玉映天。

332. 高崇文

渤海一崇文，幽州半国云。

金吾全义觐，节度掌营军。

少籍幽州继，平章御宪勋。

中书门下者，卒谥郡王殷。

333. 雪席口占

崇文威武见，漠北正黄昏。

射虎幽州箭，平章圣帝恩。

334. 行县至浮查山寺

浮查山寺近，野老道风遥。

二十年前路，三生志未消。

春风经一宿，水色可千潮。

335. 皇甫澈蜀州刺史

赋四相诗

蜀州壁记四相公，刺史厅中录未穷。

圣绩天光天子德，民情子意作文雄。

336. 中书令汉阳王张柬之

中书令汉阳，阻烈正朝纲。

左祖西宫圣，鸿劳铸顶梁。

337. 中书令钟绍京

谋猷叶圣朝，戴月启云霄。
紫气东来命，阊阖日月昭。

338. 礼部尚书门下侍郎平章事李岘

官官应诸直，吏吏不逍遥。
职守司名序，乔林选任朝。

339. 门下侍郎平章事王缙

平章一侍郎，学子半侯王。
朔漠功勋立，兄兄弟弟堂。

340. 上巳泛舟得迟字

令节推元巳，东风物象迟。
梅花红万里，柳叶绿千枝。

341. 送王主衍游南海

有道贫穷志，无心素业田。
耕耘求日日，著作可年年。
可以天涯望，应当四海渊。
行人行不止，达意达源泉。

342. 重阳宴集同园寒字

重阳暮色残，独步问云端。
菊酒芳香远，黄花日月宽。
秋风秋肃穆，扫叶扫峰峦。
待雪飞扬下，冰霜不觉寒。

343. 仲秋夜郡内西亭对月

一水武昌楼，三官楚九州。
寒宫寒桂影，玉兔玉人愁。
月白冰霜色，长江汉水流。
黄粱黄鹤去，酒色酒春秋。

344. 雪儿，晓奇、甜甜、筱娟共度

二〇一六端午节，有包粽子
屈平端午节，贾谊赋长沙。
艾草年年绿，龙舟处处家。
"离骚"离楚鄂，"惜誓"惜嗟差。
且问汨罗水，鱼粽浪里花。

345. 冬至夜郡斋宴别前华阴卢主簿二首

之一：
卢君自范阳，悦越已流觞。
不赋应诗许，征南可望乡。
之二：
虎宿应冬至，风霜可北来。
相知从一醉，不必误千杯。
共结乡愁念，同吟岭外台。
南流南不尽，北路北无回。

346. 小雪日戏题绝句

甲子冰霜落，龙鳞处处开。
炎洲炎雨至，北陆北天灰。

347. 招客游寺

远寺一钟鸣，民心十日清。
经音经日月，世俗世枯荣。

348. 句

孤高齐帝石，独立晋亭峰。
见漳州名胜志

349. 寄韦执中

佛祖一尊师，如来半世迟。
儒儒还道道，树树亦枝枝。
慧觉应天下，禅心可相司。

350. 墙阴残雪

墙阴残雪色，素积色无藏。
露泡先由此，春分后致扬。
成盘应似玉，化水可流光。
淡淡浓浓易，来来去去泱。

351. 寄骆浚

序：
题度支杂事典庭庭中柏树，语林云，度支使见此树诗语李吉甫因显用
诗：
汉柏一条青，秦松半典庭，
乔林多直木，雨露润生灵。

352. 寻人偶题

相知一落花，互别半天涯。
处处分还聚，时时你我他。

353. 梢云

树树梢梢一片云，枝枝叶叶半衣裙。
扬扬抑抑分上下，落落浮浮满晋汾。

354. 闰月定四时

暑暑寒寒几岁年，长长短短误方圆。
天天日日常相积，五五三三朔政全。

355. 陈京

宣都五世孙，庆复半王恩。
博士文章客，陈京日月根。

356. 享文恭太子庙乐章

太子庙章歌，风云颂雅和。
仙天多德盖，仲月静干戈。

357. 寄韦渠牟

道士太常卿，皇天辨博情。
韩滉书表奏，慧悟少儿生。

358. 步虚词十九首

之一：
但去上清宫，三天向命通。
金书成道箓，玉简作真融。
之二：
羽驾三千里，云鸿五百年。
经心应得道，守一可成仙。
之三：
三才贤布象，二影郁生光。
凤翼遮天色， 龙晖对地乡。
之四：
一步上瑶台，三清下地来。
龙泥封印迹，鹤驾别徘徊。
之五：
朝朝辞白虎，暮暮问青龙。
羽节苏君见，仙躯上帝封。
之六：
直上紫微天，云中百岁年。

回首人世间，玉帛可和田。

之七：

灯明日月光，守一暮朝堂。

执节全真教，仙童智者长。

之八：

委曲问皇人，修仙向玉真。

高山深海阔，法术秘天钩。

之九：

羽卫玉清天，香云太素年。

龙骖龙所驾，鹤翼鹤源泉。

之十：

上列八仙来，王母半玉台。

真符应大道，独作步虚才。

之十一：

独自授金书，孤情待玉居。

人间应惜切，世界可多余。

之十二：

道学一通神，儒生半帝人。

春官春运久，玉女玉人亲。

之十三：

道学曲音长，玄黄鹤羽香，

年看千万日，睡处可宫商。

之十四：

夫人会八灵，上界照三灵。

千千千智慧，九九九直经。

之十五：

水土东方拜，王母木为分。

金丹金石玉，玉袖玉天君。

之十六：

玉树集金花，天河织女家。

人间人道路，世上世天涯。

之十七：

风韵曲泛泛，凤声对地听。

乾坤干位上，易卜易生灵。

之十八：

白鹿共青牛，仙人步九州。

仙宫知远近，碧海作江流。

之十九：

羽化一千秋，仙成半九流。

丹炉多冶炼，金光少国忧。

359. 览外生卢纶诗因以示此

满手琼瑶见，全城玉石荒。

非真非假货，有价有无量。

只以人声济，何言市语堂。

360. 赠窦五判官

相邻三两家，隔壁万千花。

问楚汨罗客，知韩博浪沙。

361. 湖上闲居

水影自非裙，无光有继云。

江湖多少客，日月去来分。

物物何私与，人人几度君。

362. 迁谪江表欠未归

离心与羁思，贬谪市适知。

诗词当草木，日月可无迟。

363. 登潜山观

已近太微星，何闻草木莛。

潜山观上景，冶炼玉中灵。

五色仙丹色，三光土地铭。

飞鸾飞凤辇，望步望云青。

364. 淮西席上醉歌

麒麟紫气呈祥，卫霍三边鼎扬。

李广朝中战将，江河日月方长。

龙龙虎虎低昂，草草虫虫无乡。

酒酒泉泉相吊，疆疆域域圆方。

365. 寄韦皋

南康一郡王，节度半梁洋。

授左金吾子，贞元蜀国梁。

366. 天池晚棹

花间一采莲，出水半天仙。

结子应藏匿，蓬头可隐船。

367. 赠何遐

一把龙泉剑，三弓弄玉弯。

秦楼秦女去，射虎射天山。

368. 忆玉箫 玉箫者，江夏姜使君家青衣也。

序：

皋微时客于姜与之有情，以玉指环及一诗遗之，订后约。

久之玉箫郁念成疾，死。姜以环玉指葬之，后皋镇蜀二十年，生日，东川献歌姬亦名玉箫，而貌正同中指肉隆起，如所著玉指环处，时以为感，皋意再生云。

诗：

二十年前玉指人，三生蜀上遗秋春。

玉箫未去玉箫去，此地空余一叹身。

369. 观翟玉伎

玉伎半红尘，琴声一客身。

歌姬歌曲尽，自舞自秋春。

370. 思妇

良人久不归，嬉子自朝飞。

夜夜宽衣枕，嫦娥玉带稀。

371. 王智兴

郡主雁门王，边功百战梁。

怀州牙将始，力夺智兴亡。

372. 留诗

序：

徐州使院赋 长庆中，智粉为徐州节度，一日从事于使院会，饮食诗，智兴召护军俱至，从事屏去翰墨，智兴曰适闻作诗何独见，某而罢后，以笺陈席上，小吏置笺。引毫立成。惊座。

诗：

七十年前半赋诗，三生日日二万迟。

当余十万千千首，塞北江南世界知。

373. 茶山诗

禹贡安人策，茶山职吏尘。

千金收万叶，百姓税三贫。

雨水芽尖采，柔青一半春。

茶农人草木，露雾碧云茵。

选纳呈王帝，沉浮过渭津。

泉流泉下水，井寄井上珍。
只以中流取，唯情淑品身。
沉浮成碧玉，少女手鳞皴。

374. 送惟详律师自越之义兴

人来锡杖闲，木落月开关。
诸岭听经语，群峰记不还。

375. 上鲍大夫防

江南行尽水，塞北读穷山。
鲍防诗词在，无须日月关。

376. 题越王台

松松柏柏越王台，废废兴兴去复来。
草草花花常换守，牛牛羊羊共徘徊。

377. 张署

河间御吏台，武令庱州裁。
刺史贞元终，进退以心开。

378. 赠韩退之

渔舟鹏鸟赋，贾谊过秦言。
白简趋并命，丹墀位始源。
苍梧苍海易，汉漫汉人喧。
左宦思乡处，湘潇问水轩。

379. 归登

归登一冲之，拾遗半诗词。
日献三吴子，东宫十地知。

380. 享惠昭太子庙乐章 请神

神请容易送神难，嘉荐庙堂御荐冠。
凤凤凰凰天子惠，笙笙曲曲伴君銮。

381. 剡溪行却寄新别者

不就初召隐剡溪，参谋节度不高低。
清流拾遗清楼在，啼鸟无声啼向西。

382. 九日陪刘中洱宴昌乐寺送梁廷评

独坐三台望，重阳百越闻。
冠簪应可布，远友在天君。

383. 经故贺宾客镜湖道士观

消遥一老臣，自在半乡亲。
道士观中问，成仙有几人。
如来常普渡，独得镜湖春。

384. 送著公归越

越士不相逢，无人有去踪。
云门峰寺久，道长种青松。

385. 秣陵送客入京

已至江南春，归鸿渭水秦。
琴声琴语切，草色草冠巾。
金陵金谷树，末了未央人。
学客东都见，知儒洛邑尘。

386. 灵门寺赠灵一上人

灵门寺里上人灵，步迹湘中守一铭。
独踏残霜桥板路，群英独论制浮萍。

387. 江上送别

一别见江楼，三春问柳舟。
飘飘飘不定，去去去江流。

388. 归桐庐旧居寄严长史

桐庐一旧丘，渭水半辞舟。
客舍多行忆，家山少旅愁。

389. 竹

门前一万竿，碧后两三岙。
箭射春分令，婆娑玉影寒。
婵娟知隐约，素雪作银冠。
越道丛丛色，湘川有泪弹。

390. 铜雀伎

未唱声先断，西陵故客终。
英雄谁举棹，日月满苍穹。

391. 昆陵留别

处处江山处处陵，兴亡日月又亡兴。
荒丘不尽荒丘尽，六国纵横一国承。

392. 题竹 一作鹤林寺

竹竹烟霞鹤鹤家，殷殷石玉炼丹花。

年年岁岁山中过，雨雨风风浪里沙。

393. 答陆沣

东林落叶松，直立作鳞龙。
步步丛丛色，山山寺寺钟。

394. 杨子津送人

杨杨一子津，见见五溪人。
老病求仙处，丹砂误所身。

395. 山中谒皇甫曾

寻源寻路尽，万水万流中。
聚合成江海，云分向西东。

396. 剡山夜月 一题剡溪舟行

月在沃洲山，舟地剡岸湾。
黄花浮水面，白鹭落鱼间。

397. 九日与杨凝崔淑期登江上山会有故不得往，因赠之

有约登高去，无言故事来。
茱萸多采摘，九日可香回。

398. 小中听子规

幽人爱野花，独步葛洪家。
一鸟啼仙子，三山满玉霞。

399. 乱后经淮阴岸

江南乱后荷塘旧，月色明前草木荖。
柳岸淮阴侯问水，蝉声一路到扬州。

400. 送张山人

古寺满烟霞，山人半水洼。
丹炉丹玉石，弟子弟金沙。

401. 别李季兰

新花一两枝，古道万千辞。
别意离情绪，谁吟半句诗。

402. 游石涧寺

石涧寺中流，游僧月下舟。
猿猴成伴侣，普渡共春秋。

403. 新安所居答相访人所居萧使居为制

新安江上月，建德水中沙。
谢履留先迹，严钩作浪花。

404. 送魏校书

江南足别离，古道违心知。
止止行行慢，情情意意迟。

405. 送温台

一世常如客，三生已似辞。
分分合不得，合合合无时。

406. 句九首

之一：
彼此一江天，乾坤半缺圆。
之二：
荷花市场半人家，后海炎风壹国华。
端午屈平三世界，汨罗贾谊九歌涯。
之三：
楚客之辞一世状，离骚以语逐人愁。
屈原宋玉波澜起，物象瑰奇水自流。
之四：
颛顼后裔帝高阳，楚路灵均客远肠。
寅月嘉名行世界，救主求索久沧桑。
之五：
江离白芷质芳香，内参姿容岁月妆。
采撷兰缨流水去，前方逐鹿一名扬。
之六：
众芳荟萃御三王，桀纣猖狂向四方。
海誓山盟半客尽，忠言逆耳一兴亡。
之七：
九畹春兰百亩香，三光日月蕙繁扬。
勾心斗角前贤去，嫉妒人情各自伤。
之八：
余心所善一风流，鸷鸟禽雕半错洲。
谇谏无从无太息，绳墨周容俪忳休。
之九：
金银两锭桥，进退半波潮。
此海南来北，京都彼此遥。
屈平和宋玉，一赋楚辞昭。
自古汨罗望，文章在碧霄。

407. 寄武元衡

元衡一伯苍，进士蜀司郎。
节度平章事，征还秉政扬。

408. 古意

蜀国春秋卷，岷江日月舟。
东流连海日，万里到扬州。
楚甸荆湘接，巫山剑阁楼。
巴东官渡口，杜宇帝王侯。

409. 塞下曲

一箭幽州射，三军敕勒川。
阴山飞将在，李广自燕然。
铁甲多征战，龙沙有戍边。
扬旌烽火北，走檄静辽天。

410. 独不见

楚国三休殿，荆门一柱观。
俨然环佩玉，顾盼细腰姗。
白日炎凉久，嘉陵草木寒。
群英言所悟，独不见汗漫。

411. 旬假南亭寄熊郎中

旬假南亭寄，郎中木槿妍。
江城多夜雨，古道早蝉宣。
草木含幽气，池塘纳露泉。
弦丝龙象侣，酌坐旷周旋。

412. 晨兴寄赠窦使君

三思三不解，百虑百清波。
草木何来去，功名不奈何。

413. 秋日对酒

行年有始终，见日问群雄。
宝瑟红尘匣，徽音世俗穷。
朱丝幽圃蕙，略节抚蕃衷。
学道神仙我，归迟过客功。

414. 安邑里中秋怀寄高员外

寡欲稽康问，原功素献闻。
流年多感物，达命少纷纭。
咫尺黄花岸，天涯海角云。

椰林攀硕果，琼玉作仁君。

415. 送唐次

都门一去分，灞水半天云。
草色连归路，清波逐客君。

416. 秋夜雨中怀友

一夜三更雨，千山万水余。
怀君怀北斗，忆友忆天书。

417. 望夫石

滟滪知天意，江中望丈夫。
湘妃多少泪，楚水暮朝英。

418. 行路难

路路途途一世观，行行止止半波澜。
风风雨雨风不定，苦苦辛辛苦不安。
人跬步，路行难，文章自古作青丹。
苏苏不得秦秦问，纵纵横横费解繁。

419. 长相思

一相思，半陇头。单于塞上望伊州。
昭君雪路琵琶曲，半汉阴山半汉楼。

420. 出塞作

凤驾逾边界，长驱过塞垣。
胡尘征拂去，月白静泉源。
白羽惊风落，黄钟对鼓喧。
鸣金鸣铁甲，战士战天元。

421. 桃源行送友

桃花夹岸两边红，汉水秦人一路穷。
草木芳菲池鸟静，荒桥野驿故人风。
垂枝覆叶繁林远，怪石奇峰各不同。
系览停舟湘岳色，神仙只在此心中。

422. 长安叙怀寄崔十五

一路长安外，三光渭水中。
朝臣朝佰惠，子曰子猷东。
自叹珲随鹬，超名累岁宫。
何言何彼此，不去不穷通。

423. 兵行褒斜谷作

兵行褒谷斜，蜀群杜鹃花。
面壁红光色，临川碧玉家。
龟洲归雁尽，楚甸问湘麻。
石板春云定，孤峰挂雨纱。

424. 西亭早秋送徐员外

早上西亭路，旌麾领益州。
辞台连蜀郡，水月晓江楼。
白社今年盛，灰铉古代留。
皇华皇帝远，晓角晓王侯。

425. 送徐员外还京

九折朱轮动，三巴白露生。
芝兰秋意晚，芷蕙夏池平。
绿蚁徐员外，葡萄玉掖清。
音琴听宝瑟，俯仰问京城。

426. 送柳郎中裴起居

两鸟去乔利，三巴问绿波。
东风兰杜色，汉路石蹉跎。
步步观千谷，声声唱九歌。

427. 八月十五酬从兄常望月有怀

天高共雁行，露重草同明。
一夜方圆见，三星彼此生。
金光金早见，晓色晓云城。

428. 酬太常从兄留别 一作十二兄罢册南昭却坤上都

下路南昭转上都，乡心未变信心苏。
张骞西域丝绸见，泽国铜梁洛水图。

429. 春日与诸公泛舟

千年雪域一沱江，十里帆船半对双。
三杯未尽尊前酒，万岁天中一国邦。

430. 送兄归洛使谒严司空

司空一令半司空，六岁三科九岁童。
北海天云移节令，巴山夜雨大明宫。

431. 同洛阳诸公饯卢起居

有道金裳送，无声宝瑟轻。

丹墀方进见，笔墨致阴晴。

432. 台中题壁

石壁风云色，苍松翠柏台。
簪缨瑶草蕙，霰雪日晴开。

433. 江上寄隐者

问月何知道，归舟不计程。
兼葭连水国，隐者逐江平。

434. 送严绅游兰溪

剡岭一兰溪，春云半玉堤。
君游君子水，草拜草高低。

435. 秋思

桂楫洞庭遥，潇湘八月潮。
沧洲沧水岸，月满月云霄。

436. 夏日别卢太卿

夏日别卢卿，江津送雨兄。
烟舟烟水阔，草结草方萌。

437. 广其意

序：
四川使宅有韦令公时孔雀存焉，暇日与诸公同玩，坐中兼故府宾伎兴嗟久之因赋此诗用

诗：
韦居一故巢，孔雀半人嘲。
伎女同声色，琴笙共独看。
楼台留古曲，水榭逐珍鲛。

438. 西亭题壁寄中书李相公

廉颇无觉有，蓬瑗始知非。
是是非非见，无无有有归。

439. 八月十五夜与诸公锦楼望月得中字

园光凤沼中，锦水玉池东。
碣石秦皇岛，长生殿上空。
玲珑分楚塞，桂影落归鸿。
但向衡阳问，乡巢已著丰。

440. 因追曩篇持以赠之

序：
窦三中丞去岁有台中五言四韵未及酬报，今领黔南途经蜀门百里，而近愿言欸觌封略间

诗：
削藁书难见，除申客早成。
双旌双落座，独焉独起程。
在职当司宪，唯君向报缨。
青云青白日，四韵四声鸣。

441. 春分与诸公同宴呈陆二十四郎中

春分一酒宴东风，宝瑟千衷向诸公。
乞火书窗寒食客，清明谷雨陆郎中。

442. 采茶

序：
津梁寺采茶与幕中诸公遍赏芳香尤市因题四韵兼呈陆郎中

诗：
碧玉灵州露，烟霞绿叶藏。
萌英初散展，染翠一旗枪。
采摘如螺卷，鞍柔似羽梁。
沉浮三上下，举措溢芬芳。

443. 夕次潘山下

一蜀春光满，三巴草叶齐。
精心精已见，吏道吏东西。

444. 石洞门

序：
元和癸巳余领蜀之七年奉诏征还 一月二十八日清明，途经百牢关因题石洞门

诗：
七年清领蜀，一日百牢关。
井络天光近，兵符玉佩还。
巴山相府路，石洞圣门班。
奉诏王城去，诗书待河湾。

445. 夏日对雨寄朱放拾遗

拾遗江南布，天台日月流。

东林天下寺，第一月中秋。

446. 早春送欧阳炼师归山

甲子天师见，烟霞羽鹤还。
临风临逝山，待月待归山。

447. 长安春望

一雨长安望，千门上苑花。
云封三郡府，戟列达侯家。
夜雨春风静，晨光晓日霞。
莺啼莺不落，共惜共年华。

448. 经严秘校维故宅

一步山阳宅，三光此路穷。
香消天子校，阁闭御书工。
俯首思贤在，扬眉故宅空。
应当回首处，彼此共西东。

449. 秋夜寄江南旧游

落落一春秋，寥寥半九州。
东林东不见，古寺古人留。

450. 送陆书还吴

近在茅山月，何年入帝乡。
成名归旧业，叹别向秋光。
楚水长流逝，吴洲草木梁。
年年知贡举，陌陌状元郎。

451. 山中月夜寄朱张二舍人

天书一暗关，达意半天山。
音狭广陵散，稽康以曲全。

452. 送冯谏议赴河北宣慰

汉代衣冠阔，尧年雨露多。
皇恩应浩荡，万岁赐天河。

453. 夜坐闻雨寄严十少府

不风云霄志，无从唱九歌。
长沙王子去，宋玉楚辞科。
岁序春秋继，殷勤日月和。
东林钟磬语，古寺上人多。

454. 资圣寺贲法师晚春茶会

立本禅庭觉，心源慧悟空。
如来如所去，一雨一云风。

455. 慈恩寺起上人院

实有三清愿，虚无一夕空。
秋云多起落，扫叶可童翁。

456. 送魏正则擢第归江陵

客路江陵去，离词小暑前。
文章应独步，及第可闻天。
麦雨何相似，微凉几伏全。
黄河黄土地，渭水渭秦川。

457. 酬韩弇归崖见寄

留名鲁仲连，救赵解秦川。
九鼎平源辨，三辞隐海田。

458. 河东赠别炼师

野鹤不离群，游人已问君。
河东丹玉炼，羽檄自纷纷。

459. 秋日将赴江上杨弘微时任凤翔寄诗别

微时一凤翔，暮日半天光。
陇树应无直，泾流可柳杨。

460. 夏与熊王二秀才同宿僧院

一问雪山人，三光院落秦。
僧房僧不在，古寺古云春。
世俗何求伪，禅心自证真。
如来如所愿，致事致何辛。

461. 宜阳所居白蜀葵答咏柬诸公

白蜀葵花向，宜阳一色归。
亭亭虚室咏，冉冉有鸿飞。

462. 送寇侍御司马之明州

沽酒上河梁，明州下越乡。
兰亭应驻楫，橘柚可风光。

463. 送严侍御

峡路猿声断，桃源犬吠闻。

苍苍乔直木，步步一真君。

464. 酬元十二

共醉习家池，同吟谢女诗。
孤云连积雪，覆盖玉冰枝。
月领寒光至，风寻落地迟。
清尊应不续，但以作相思。

465. 秋晚途次坊州界寄崔玉员外

崎岖崖谷路，逶迤石流溪。
落叶飘然下，黄昏近色迷。
乡程应渐远，况转已朝西。
堑洞幽幽暗，孤城日已低。

466. 度东径岭

又过雁门关，南冠久未还。
三边三世界，九陌九河湾。

467. 送李正字之蜀

已献甘泉赋，宏词对玉科。
新官先组绶，旧国蔓烟萝。
剑阁临川望，巴山夜雨多。
嘉陵江上客，采女竹枝歌。

468. 玉泉寺与润上人望秋山怀张少尹

泉流一日光，寺鼓半扬长。
肃穆秋山静，禅音九谷梁。
欣欣寻玉宇，处处散余香。

469. 酬崔使君寄尘尾

玉柄群山鼓，金声万壑钟。
应心多拂拭，有佛自成龙。

470. 和李中丞题故将军林亭

帝里清和节，侯家次第新。
池塘青草色，杏李共桃春。
只有云烟处，幽幽问故人。

471. 送邓州潘使君赴任

一路旌旗展，三春草木苏。
中都符虎印，禁授轼流瑜。

217

472. 送韦侍御司议赴东都

三都一洛阳，百里半官乡。
巩树关河岸，秦川日月长。

473. 送吴侍御司马赴台州

台州一路遥，水陆半云霄。
自有灵山梦，君先过渡桥。

474. 送七兄赴歙州

都门一晓钟，去客半云松。
独立沧洲问，孤身玉帝封。

475. 德宗皇帝挽歌三首

之一：
道启轩皇驾，文成夏禹功。
讴歌千吏育，日月万家宫。
塞北三边静，江东一大风。
之二：
圣历多勤政，文心玉蕊宫。
瑶图儒佛道，润泽济民丰。
之三：
兆仁以民声，千军自念情。
留芳应百世，篆册寄皇城。

476. 顺宗至德大圣皇帝挽歌词三首

之一：
西陵一路松，至德两苍龙。
柏击京都鼓，云归玉帝封。
之二：
遏密凤声哀，龙城降御台。
黄河流不尽，九陌去还来。
之三：
宫声渭水急，吏曲故王来。
正国兴邦去，民风启德才。

477. 昭德皇后挽歌词

玉庋凤凰台，司晨日月开。
人间俱此见，月夜独龙来。

478. 春晚陪相公西亭宴集

感物怜芳景，怀因彩翰颜。
林花春向晚，赠酒列天班。

479. 幕中诸公有观猎之作因继之

仪州市北剑关东，甲士屯云唱大风。
猎箭龙泉三射尽，豺狼虎豹一时空。
栖芦远雁衡阳客，鸟落猿啼避塞弓。
府上行明天子策，燕然已敕论边功。

480. 送崔判官使太原

劳君一逸巡，节制半家亲。
晋并汾河水，京都只吏尘。
笙歌常教至，蜀帝已长春。
万里相期许，相思互近邻。

481. 同幕中诸公送李侍御归朝

瞿塘暮雨连三峡，剑阁巴州逐九霄。
岁月同僚同事久，年华共渡共迢遥。

482. 送张六谏议归朝

谏议一天书，儒冠半世余。
鸳鸿飞柳营，侍御帝王居。
剑阁潇潇雨，班超外外舒。
当朝如有问，七载似当初。

483. 酬严司空荆南见寄

再领三公府，重归一帝侯。
金霄明策令，玉帐谏神话。
谢朓清风久，刘琨帜树由。
梅花三弄曲，白云美人舟。

484. 南徐别业早春有怀

深居隐姓名，浅出自轻行。
别业经心计，藏娇二路赢。

485. 摩诃池宴

摩诃池水色，月夜楚才箫。
弄玉秦楼近，阳春白雪遥。
嫦娥何不就，后羿射天骄。

486. 至栎阳崇道寺闻严十少府趋侍

羊车趋玉府，木槿色朝门。
不泛黄昏色，东林老树根。
松筠多契古，水月少慈恩。

487. 春暮郊居寄朱舍人

一梦见相如，三公问帝书。
青云青顼色，入户入花居。

488. 送温况游蜀

一去客三巴，千充路半沙。
仪州仪马史，剑阁剑天涯。
虎跳长江峡，龙腾白帝家。
瞿塘官渡口，杜宇唤桑麻。

489. 春物

序：
崔敷叹春物将谢恨不同览，时余方为事牵束，及往寻不遇题之
诗：
本逐闲云不在家，强求桂冕隐沧赊。
门依细柳轻风摆，去后东城满落花。

490. 秋灯对雨寄史近崔积

夏去秋来一令先，黄花细雨半鸣蝉。
惊凉节度寒枝早，莫厌尊前对酒泉。

491. 春题龙门香山寺

半在龙门一香山，三十世界九天颜。
钟僧宝刹鸣今古，鼓阙参差过渡头。

492. 酬陆三与邹十八侍御

四处水连山，千峰日逐关。
云鸿飞不去，令尹史归还。
桂树同攀望，河阳菜渡湾。

493. 酬谈校书长安秋夜对月寄诸故旧

岁序孔融悲，襄王宋玉葵。
萧条生白露，晓月似弯眉。
蜀国巴山峡，瞿塘白帝危。
侯门应不解，滟滪以帆垂。

494. 送田三端公还鄂州

青云滞水恋沧洲，玉酒梨花落白头。
此去瞿塘官渡口，巴山楚鄂十三州。

495. 送李秀才赴渭州诣大夫舅

白面书生美少年，杨公弟子好文田。
长亭晓月东西早，古树含风纳哑烟。

496. 秋日书怀

白露一郊园，青芜半水田。
天机参决去，夜漏久平悬。

497. 南昌滩

巴山明月峡，奉节小江清。
白帝瞿塘始，巫山雾渡名。
南昌滩上梦，渭水帝王城。
指点船娘问，如何独自知。

498. 奉和圣制丰年多庆九日示怀

丰年多庆日，令节九重阳。
禹迹尧功倾，皇恩润泽昌。

499. 夏日陪冯许二侍郎与严秘书游昊天观

世上问桃源，人中向日暄。
求之求不得，取易取轩辕。

500. 奉和圣制重阳日即事

九日重阳酒，三秋硕果丰。
应承天地气，不以报玄功。

501. 秋日台中寄怀简诸僚

府宪一官身，惟君半士民。
秋天因果见，四季暮朝邻。
局促尘埃路，赤墀缘素均。

502. 奉酬淮南书相公见寄

之一：
黄门共侍郎，学士拜书香。
镇蜀和司马，崇文与帝乡。
之二：
扬州一汉儒，竹使半姑苏。
讦谟干戈误，持衡制节殊。
芝兰方九制，蕙草碧三吴。
岁月流波逝，相思寄帝都。

503. 甫拘西亭偶题因呈监军及幕中诸公

千峰应揽目，一水可清心。
杏杏梨梨果，桃桃李李荫。
香兰空翠色，蕙草实融金。
九仞商鞅策，三秦吕尚簪。

504. 和杨弘微春日曲江南望

商山无避汉，晋室有春秋。
四皓何天地，三秦不韦求。
君心如日月，但以曲江舟。

505. 长安秋夜怀陈京昆季

忧思高枕夜，懒慢责微躬。
甲乙科攀桂，乾坤彼此同。
鸿飞南北见，鹊居作桥通。
九月重阳色，黄花帝业丛。

506. 冬日汉江南行将赴夏口途次江陵界寄裴尚书

五部列双旌，三台制独缨。
关山关不住，夏口夏人情。
但在江陵客，何闻渭水声。
中书门下省，射微已精英。
指路元戎谢，羊公岘首名。

507. 奉酬中书李相公早朝于中书侯傅点偶书有怀

玉学中书静，侯傅御旨音。
晨钟初液晓，曙色已成金。
北阙貂蝉曲，南山鲁仲吟。
唐虞唐晋序，甫净甫人心。

508. 北园

序：
甲午岁相国李公有北园寄赠之作，吟玩历时屡促酬答，机务不暇，未及报章，今古蓬分
诗：
（电波增感留墓剑而心许感邻笛而伤寓哀冥寞以广遗韵云）

广遗天机韵，辞劳地理村，
蝉鸣商树老，蜕变老云根。
墓剑留诗雅，雕龙作泪痕。
青门何所问，暮日远黄昏。

509. 昊天观

序：
和诸僚约游昊天观，因中书寓自不得陪，因追往旧游题以寄和
诗：
朱轮天上客，白石洞中人。
羽服秦方士，朝衣紫禁臣。
人间人所碌，世上世其珍。
共守乾坤律，同行日月春。

510. 酬李十一尚书西亭暇日书怀见寄十二韵之作。

鼎鼎铉铉继，南南北北忧。
烟尘开樊道，护节展王酬。
九折应回转，三仪可退休。
中原多剧孟，郑履凤池头。
力薄分君治，思微合九州。
兹言兹所润，杜宇杜鹃幽。
蜀迹蚕丛立，飞凫栈道留。
兰花兰蕙芷，楚若楚才猷。
德重耕耘久，台阶俭治修。
家家家国见，户户户门畴。
日日经环宇，乾坤列诸侯。
阴晴三世界，草木一沧洲。

511. 秋怀奉寄朱补阙

上苑清霜色，骚人望月余。
寒声应未定，陌巷已闲居。
谏猎归田赋，陶公五柳初。
桃源秦汉问，补阙帝王书。

512. 奉酬中书相公至日圆丘行事

已近紫微天，无为白雪泉。
圆丘圆世界，祀祭祀苍田。
西省多贤院，三台少昊年。
中书门下见，太液云中渊。

513. 途次

一路前程次，三生后日观。
南朝南六国，弱陆北山丹。
万姓桑田取，千年日月坛。
农夫农土地，吏道吏心宽。

514. 题故蔡国公主九华观上池院

曲沼天波府，楼台凤舞余。
朱门临九陌，蔡国蔡公书。
积翠堆云处，歌钟鼓瑟初。
君临三代远，祖界世人居。

515. 酬严维秋夜见寄

望月一清悠，闻钟半九流。
秋萤流不尽，翠竹著霜留。
宋玉巫山赋，相如李郭休。
孤身应醉酒，独步莫登楼。

516. 归燕

旧侣还同至，新巢已共修。
年年曾不止，故故忆秦楼。
弄玉箫声去，群芳草色悠。
衔泥衔所宿，傍屋傍春秋。

517. 蜀驿

序：

途次近蜀驿蒙恩赐宝仪及飞龙厩马使还
奉寄中书李郑二公

诗：

李郑二公台，关闾十赐来。
三仪应市界，一廊御人裁。
草草行官役，迟迟事圣回。
征夫征不止，谏议谏冬梅。

518. 送许著作分司东都

东都一未央，百里半宫墙。
著作分司奈，元方列主张。
蝉声来渭水，竹简墨犹香。
别意经年问，人间各短长。

519. 小园

序：

闻相公三兄小园置宴，以元衡寓直因寄
上呈中书三兄

诗：

木落一园秋，霜明两省楼。
明朝相见处，共祀敬园天。

520. 酬陆员外歙州许员外郢州二使君

汉主一冯唐，尧虞半禹汤。
吴洲吴子言，越水越君乡。
翠黛清商韵，沧洲草木长。
无为无所治，有意有炎黄。

521. 渐至涪州先寄王使君

治教通夷俗，文傅汉米田。
桑蚕桑茧缚，牧马牧胡年。
草草原原旷，阡阡陌陌绵。
星郎保事复，进士赋三边。

522. 石州城

横行一丈夫，报国半江湖。
但向英雄问，何言锦信无。

523. 寒食下第

清明寒食雨，下第上江湖。
一酒千人醉，三生半有无。

524. 途中即事　自述

三生半自立，七十一关山。
历世何言止，生涯不暂闲。
诗词三百卷，十万韵音殷。
日日耕耘笔，时时草木艰。

525. 春日偶作

杏杏梨梨色，桃桃李李蹊。
花开花落去，直木直高低。

526. 夏夜作

隐约一流萤，丝丝半草汀。
幽幽多不定，处处作零丁。

527. 左掖梨花

左掖半梨花，千门一雪涯。
丹墀晴不尽，淑气帝王家。

528. 同陈六侍御寒食游禅定藏山上人院

清明寒食院，侍御上人留。
草木成荫色，藏山化九流。

529. 赠佳人

金陵一莫愁，洛浦二妃羞。
曲舞千姿色，歌钟百态优。

530. 休暇日中书相公致斋禁省因以寄赠

圣主一贤臣，中书两省邻。
文章明日月，草木翠天津。

531. 春兴

烟烟细雨停，处处隐丹青。
草草由新碧，花花自待莲。

532. 酬裴起居西亭留题

八句一西亭，千章半玉铭。
辞辞呈曲意，字字显心灵。

533. 送张侍御赴京

白鹭带云飞，黄莺送雨归。
京都京路近，侍御侍相依。

534. 鄂渚送友

淼淼巴陵渡，苍苍郢鄂流。
荆门荆木直，楚色楚才优。

535. 送裴戡行军

关山一路难，日月半天宽。
五百年中见，三千夜下观。

536. 宿青阳驿

月上青阳驿，云来蔽夜台。
明明还暗暗，去去复来来。

537. 送崔舍人起居

丹墀共拜紫泥封，四驷同车侍九重。
独有司空司马客，孤高自赏自相从。

538. 路歧重赋

潇潇一路歧，处处半分枝。
不得长亭望，孤行日月知。

539. 重送卢三十一起居

相如一赵晖，旧府半东归。
女伎呈歌舞，须臾谢紫微。

540. 送张谏议

谏议从王事，三台主圣裁。
相承相辅合，此去此重来。

541. 同诸公夜宴监军玩花之作

烛照五侯门，花繁夜宴恩。
同僚鸳鹭步，共醉凤凰村。

542. 郊居寓目偶题

晨趋禁掖时，暮简故人诗。
寓目郊居问，高鸣在远枝。

543. 题嘉陵驿

触目一山川，经云半云烟。
嘉陵江上见，楚郢暮中船。

544. 送柳郎中裴起居

秦官不上望乡台，学射当言选楚才。
日落关河桥岸立，春风已到净尘埃。

545. 秋日出游偶作

一路满黄花，三生问豆瓜。
茱萸门上问，但入帝王家。

546. 夏夜宴裴行军赴朝命

三年共锦花，一酒半天涯。
只以朝堂命，何言你我他。

547. 摩诃池送李侍御之凤翔

摩诃池上宴，渭水凤中翔。
不以相思问，青云作故乡。

548. 送魏正则擢第归江陵

古木商山路，江陵石径荫。
文章今古第，日月暮朝心。

549. 登阖闾古城

十步上盘门，千年问水村。
隋杨隋柳色，虎啸虎丘魂。

550. 寻三藏上人

暮雨半潇潇，寻僧一路遥。
逢君何不问，共望老芭蕉。

551. 山居

向背一黄昏，阴晴半古村。
山居山木老，植木植荫恩。

552. 长安典故中寄题江南所居茱萸树

茱萸归井傍，岁岁共重阳。
九日经风雨，三秋共雪霜。

553. 春斋夜雨忆郭通微

桃源处处阅风尘，世事悠悠自旧新。
夜雨潇潇枝叶间，孤灯楚楚汝予邻。

554. 送严秀才

南州已不归，北雁且回飞。
路路分歧见，人人意独违。

555. 春日酬熊执易南亭花发见赠

小杏已红成，逾墙送客情。
桃花方落蒂，结子已生英。

556. 中春亭雪夜寄西邻韩李二舍人

一日作家邻，三光草木新。
年年依惜度，处处共秋春。

557. 立秋日与陆华原于县界南馆送邹十八

昭阳半入秋，独鹤一难留。
树顶霜先至，蝉声唱白头。

558. 酬韦胄曹登天长寺上方见寄

步步天长寺，云云向背峰。
东林分外界，日色照山钟。

559. 陌上暮春

阡中一暮春，陌上半行人。
东可啼莺见，春风已不频。

560. 春日偶作

寂寂燕成双，悠悠望楚江。
轻风临行影，细雨上纱窗。

561. 春暮寄杜嘉兴昆弟

柳色到千家，桃光已半霞。
琼花先不语，半月共年华。

562. 渡淮

何须愁夜泊，处处有人烟。
不必船娘问，葡萄到酒泉。

563. 与崔十五同访裴校书不遇

不遇校书郎，共期杏李香。
桃花红艳艳，柳色已苍苍。

564. 夏日寄陆三达陆四逢并王念八仲周

当年在洛城，此日问精英。
达达逢逢见，门门户户明。

565. 秋原寓目

秋原瞩目开，玉宇白云来。
草木惊风雨，阳阴共半裁。

566. 赠歌人

春莺一曲娇，伎女半天桥，
不是人间误，东风动柳条。

567. 同苗郎中送严侍御赴黔中因访仙源之事

欲访仙源去，阮郎已自回。
桃源桃李树，汉路汉秦才。

221

568. 使次盘豆驿望永乐县

山川不记年，日月已成川。
永乐县城望，春风问酒泉。

569. 猴山道中口号

寂寂秋山水，悠悠日月流。
清光清落叶，远近远云收。

570. 岁暮送舍人

岁暮望乡关，冠官待列班。
戎戎马马问，暮暮朝朝攀。

571. 寓兴呈崔员外诸公

杨花三月雪，柳絮一东风。
处处春天里，年年岁月中。

572. 单于晓角

晓角汉城头，单于牧马秋。
胡风胡笛曲，月下月乡愁。

573. 汴河闻笛

中原遍地吹胡笛，客舍悠悠望故家。
不解男儿三域界，边陲半在五月花。

574. 塞上春怀

三边一战争，九陌半和平。
塞上春草野，宫中对策生。

575. 塞外月夜寄荆南熊侍御

刘琨刘表问，北北复南南。
月夜同明望，长城一茧蚕。

576. 单于罢战却归题善阳馆

单于此去善阳关，不逐归云牧草闲，
汉愁三秦何独立，胡笛一曲到阴山。

577. 韦常侍以宾客至仕同诸公题壁

平生一步台，历世半徘徊。
日见龙颜诏，三台玉漏开。

578. 学仙难

玉殿笙歌尽，深宫尽学仙。
秦皇求海岛，汉武问丹烟。

579. 唐昌观玉蕊花

芊芊玉蕊新，楚楚客家邻。
郁郁芳菲色，悠悠作故人。

580. 春晓闻莺　西湖

柳岸闻莺早，三潭印月迟。
春秋应不尽，简叶有繁枝。

581. 闻严秘书与正字及诸客夜会因寄

衡门寥落岁，正字秘书生。
夜会因闻记，今宵竹下鸣。

582. 戏赠韩二秀才

折桂少年人，斯文日月春。
东堂今有客，北坐古冠巾。

583. 闻王仲周所居牡丹丰功伟绩发因戏赠

一里牡丹花，三春玉客家。
今来移凤驾，备用帝王纱。

584. 酬王十八见招

王昌家里客，剧孟坐中情。
十八潼关见，三千日月生。

585. 赠道者

潼关一道半青牛，雪域三清九陌秋。
越女千溪纱越女，江楼不断问江流。

586. 重送白将军

青山一白云，绿酒半将军。
醒醉应知觉，阴晴彼此分。

587. 和李丞题李将军林园

不必问浮云，何须对合分。
人间多别去，世上少将军。

588. 同张惟送霍总

霍总下池州，阳春白云楼。
梅花三弄曲，夜酒半渔舟。

589. 赠别崔起居

三万天前会，三千弟子团。
分离分不尽，别去别云端。
世上常相忆，人间有狭宽。
巴山巴水色，锦府锦宫冠。

590. 春日偶题

百战一仪州，三军半九州。
龙泉龙圣主，净化净皇忧。

591. 听歌

夜唱古梁州，舍人是莫愁。
知音应是客，合者自无休。

592. 酬韦胄曹

柏柏松松老，逢逢别别难。
春来桃李色，夏去果青丹。

593. 同幕府夜宴惜花

一片落花明，千光伴日生。
青黄红紫白，五彩百精英。

594. 代佳人赠张郎中

雪雪冰冰客，桃桃李李颜。
佳人成养女，侍待用心娴。

595. 饯裴行军赴朝命

圣主假光晖，朝恩计日归。
黄昏见鸟宿，晓日望鸣飞。

596. 秋日经潼关感遇

潼关守将雄，百战正胡风。
不解先皇令，山河已不功。

597. 赠歌人

仙歌一半情，玉态两三声。
百顾周郎许，千姿宋玉明。

598. 见郭侍郎题壁

枫江偶问程，石壁独屏晴。
十载相逢见，三呼自去声。

599. 李吉甫

吉甫父荫名，平章制书英。
中书贤举措，典故掌详情。
节度朝伦序，居中声御外。
司空三世界，学士一平生。

600. 癸巳摄事中书，会门下诸公集贤院诸学士

粉壁连霜曙，枢衡已六年。
冰池明月色，玉漏点方圆。
绝韵承音继，风流会集贤。
精心垂万语，古训自三篇。

601. 夏夜北园即事寄门下武相公

即事相公宅，萧和汉业城。
中书门下省，故国北园缨。
月露消岁暑，鸣虫化旧情。
端居何所望，万事代君行。

602. 九日小园独谣赠门下武相公

凤诏留宫问，金銮近旨书。
当言天下志，不可世中居。
独以民谣呈，和平可有余。

603. 怀伊川赋

龙门南岳望，草树北川闻。
硕果秋风色，伊原白日曛。

604. 郑絪

进士一文明，宏词半国情。
中书门下省，后践历高名。
太子城天地，平章事业平。
翰林多好学，耆德侍郎荣。

605. 奉和武相公省中宿斋酬李相公见寄

内阁安仕省上居，名园待漏沐兰余。
群儒方峡洪钧谏，共赏幽情九日书。

606. 寒夜闻霜钟

一夜霜钟序，千秋木叶闻。
和虚明月籁，捣杵布衣勋。

驻马三边夜，行军半令分。
幽州应射虎，敕勒可芳芬。

607. 奉酬宣上人九月十五日亭望月见赠因怀紫阁旧游

东亭望月一寒宫，紫阁行文半大风。
叶简霜繁何不继，禅音道号几云中。

608. 九日登高怀邵二

登高独处已三年，俯就临流问一泉。
但以黄花黄世界，簪茱泛菊菊当然。

609. 享太庙乐章

太庙乐章文，天明受命君。
高堂云肃肃，德庆雨纷纷。

610. 句

情人同惆怅，故友共阴晴。

611. 郑余庆

进士翰林院，中书制书英。
平章平致宪，太子太师名。

612. 和黄门相公诏还题石门洞黄门相公武元衡也

紫气东来顺，良宸对地恭。
元衡元仆射，百智百人从。
典制隋君启，平章任祖锋。
周滩周水色，四面四时踪。

613. 享太庙乐章

六郡承天意，三元告命昌。
瑶琨由象德，亿载可炎黄。

614. 赵宗儒

进士弘文馆，翰林与父堂。
三召方任仕，八领选朝郎。

615. 和黄门武相公诏还题石门洞

楚汉半萧何，元衡一九歌。
关山由蜀路，日月任婆娑。
节度巴山治，还朝魏阙和。
黄门黄书制，石府石云科。

616. 柳公绰

贤良方正直，举引度元衡。
御史中丞客，良臣耿恓明。

617. 和武相锦楼玩月得浓字　时为西川营田副使

独木根无浅，深林玉露浓。
高天高水月，俯首俯人容。

618. 题梓州牛头寺

西域第二桥，北里数双蕉。
木叶三行碧，溪声一半潮。

619. 赠毛仙翁

高枝玉叶繁，浅水石流喧。
不见仙翁老，乾坤自有言。

620. 和武相公中秋锦楼玩月得苍字

三月色苍苍，三秋望桂香。
归鸿霜翼浅，旅客已思乡。

621. 奉和武相公中秋锦楼玩月得来字

天空一月来，地载万人回。
举酒寒宫敬，无私一镜开。

622. 和武相公中秋锦楼玩月得前字秋字两篇

之一：
中秋一月前，硕果半大千。
雁过留声处，霜枫叶下泉。
之二：
雁翼半霜色，巴山一锦流。
清光君子夜，折桂客书楼。

623. 奉陪武相公西亭夜宴陆郎中

绿蚁葡萄酒，通宵达旦杯。
添香多暖气，剪烛溢光彩。
曲舞笙歌醉，吟诗正字来。
阳春和白雪，越女唱天台。

624. 清溪路中寄诸公

止喝望默林，行吟唱古今。

山花开不尽，野草自茵茵。

625. 集贤院

序：

奉酬中书相公至日圆丘行事合于中书宿
直移止于集贤院

诗：

典籍开书府，圆丘正冕巾，
丹墀常制书，御旨可秋春。
宿直中书省，驱身戒守人。
无为无业继，集织集贤轮。

626. 使院忆山中道侣兼怀李约

道侣山中去，冠官月下来。
樵渔非使院，倦鸟上茅台。
阮巷稽康曲，刘郎草径斜。
天书天女问，玉帝玉人回。

627. 萧祜

处士一兰陵，闲情半玉冰。
琴诗游自在，御史赴中丞。

628. 奉陪武相公西亭夜宴陆郎中　时为元衡幕僚

三杯半酒澜，一醉少时欢。
玉夜西亭曲，金声足笔端。
郎中郎锦色，蜀客蜀人宽。

629. 游石堂观

西山十里石堂观，巨石千年室洞宽。
荧诂清虚无彼此，烟霞遗迹有波澜。
知周学道仙灵纱，夕露霜天落叶残。
羽鹤崇山飞远近，秦川泰岳几盘桓。
甘瓜僧自足，米食客共餐。
散发由云浇，徘徊玉宇观。
银河星汉照，百药千花冠。
世界凭心地，耕耘日月潭。

630. 奉陪武相公西亭夜宴陆郎中

淑气一芝兰，香风半玉冠，
青云浮紫禁，上液任儒坛。
剪烛扬光远，添杯向酒干。

西亭西水月，蜀瑟蜀人弹。

631. 南至日隔霜仗望含元殿炉烟

仗望含元殿，炉烟上液宫。
龙城龙首见，宝戟宝雕弓。
节节应玄令，高高可寄红。
南天南至日，古道古司空。

632. 奉陪武相公西亭夜宴陆郎中

夜宴陆郎中，西亭唱大风。
飞扬云起落，醒醉问西东。
六郡天河水，三台阁老翁。
江山江水月，故国故勋功。

633. 奉陪武相公西亭夜宴陆郎中

一曲华堂宴，千歌百舞风。
巫山三峡水，楚国一江中。
绿蚁应无醉，朱弦可有宫。
商音君自语，巴蜀自由衷。

634. 闻莺

闲窗梦不在，玉枕问鸣莺。
谷雨云风尽，何为草木生。

635. 皇甫铺

元和进士名，聚钦怨其兄，
分司卿少保，独善玉诗城。

636. 和武相公闻莺

曙境伯劳鸣，官衙皂役声。
江南江北调，竹叶竹枝行。

637. 白露为霜

白露半为霜，秋科一菊黄。
三湘初落雁，八水逐苍茫。
月色多寒意，天津少四方。
千山飘木叶，九日是重阳。

638. 吴宫教美人战

如今忆虎丘，美女尚吴谋。
号令分排列，生生死经忧。
兵军千万战，将帅十三州。
勇路听孙子，边尘静武侯。

639. 月瑛清淮流

色满清淮水，舟平任自流。
波澜船不定，草木碧沧洲。
见底深还浅，径空日月浮。
居高圆或缺，入户各春秋。

640. 圆灵水镜

缺缺圆圆见，弦弦英英明。
天天分已定，日日可多晴。
弱质随流水，空寒逐色清。
何须年岁问，不必念万盈。

641. 虹藏不见

小雪晚虹藏，天津问彩梁。
黄昏时令继，物象远山扬。

642. 白露为霜

霜为青女露，气结百花香。
菊已黄天下，鸿归落楚湘。
苍梧舜已去，鼓瑟二妃章。
竹泪应无尽，人间作栋梁。

643. 赋得金茎露

武帝王母宴，延年饵玉英。
铜盘珠露仁，合掌立金茎。
指鹿谁为马，秦皇岛上名。
君心当御宇，不必云蓬瀛。

644. 圆灵水镜

昆池开水镜，上液收圆灵。
影散微波闪，含光百玉萍。
思明知慎独，监物濯清缪。
世上三千界，人间一渭泾。

645. 景风扇物

清濑百呈祥，远近一天光。
万籁由天地，三千弟子梁。
人多应势从，水阔可田桑。
日影芝兰近，风云草木长。

646. 剑化为龙

一把龙泉剑，三生干将名。

苍山含紫气，瀚海纳精英。

647. 余瑞麦

瑞麦生祥日，神农教稻来。
中原多土地，六郡有奇才。

648. 赋得首夏犹清和

夏首犹清和，汨罗赋九歌。
朱明炎帝启，御节祝融河。
御苑群芳色，荷风独万波。
蓬莲生子粒，采女作嫦娥。

649. 曲信陵

进士一寒窗，舒州半望江。
贞元多惠政，教化信陵邦。

650. 移居洞庭

荷锄分地利，纵酒乐天真。
水隔潇湘岸，云藏有汉秦。

651. 吴门送客

何须愁落日，隔夜复东升。
此酒三杯尽，吴门半杜陵。

652. 长安道

一望长道，千波八水潮。
长亭杨柳树，使院不渔樵。

653. 出自典故中谒恒上人

从心不永归，上路未相依。
此外无天地，其中有是非。

654. 过真律师旧院

寂寂中秋院，凉凉小菊香。
冰消雪常在，落叶半绳床。

655. 酬谈上人咏海石榴

无常海石榴，有道自春秋。
果果因因见，栽栽种种由。

656. 句

斗笠闲风雨，樵渔苦读书。

657. 冬日可爱

辽天一雪中，晋地半云空。
谢客书房暖，陶公五柳工。

658. 临川慕鱼

临川不慕鱼，望路莫知书。
二个儒生见，千年论事余。

659. 青云千吕

之一：

青云千吕瑞，表圣一天津。
魏晋分南北，横汾共秋春。
瑛霄难辨果，紫气乍成因。

之二：

卷卷舒舒气，亭亭紫紫氛。
祥祥重吉吉，郁郁亦纷纷。
吕吕千千制，林林藻藻文。
千千态万万，洁洁又曛曛。

之三：

青云千吕望，聚散有常荫。
捧日应天气，回轮可古今。
经空玉宇纳，律令以时寻。
上瑕藩邦表，呈形独木林。

660. 寄妻　寄妻郭雅卿

莫道相如有外音，应知五柳布弦琴。
无名折桂难名正，只见农夫有古今。

661. 吴宫教战

霸略春秋战，孙吴美女群。
三军同号令，八阵虎丘分。
讲武威严治，行文断臂勋。
生机生所伏，战胜战人君。

662. 梨岭

十步登梨岭，三题一姓名。
家乡期折桂，一奶弟兄城。

663. 李观

燕赵故人乡，李观进士扬。
宠辞应擢弟，太子校书郎。

664. 赠冯宿

一半寒城雪，三秋古寒霜。
长城烽火起，渭水浪涛扬。
易水荆轲去，中原剧孟尝。
冰消春水岸，雨润越吴乡。

665. 宿裴友书斋

独坐君窗外，孤闻鸟宿中。
山峰山水静，晓气晓云红。
只见乔林木，还看渚落鸿。
樵声传远近，斧正有青枫。

666. 御沟新柳

御柳欣欣碧，天光树树新。
春荫分上液，紫禁映冠巾。
折桂千茵路，倾君万里钧。
皇城皇帝近，玉树玉人邻。

667. 试中和节诏赐公卿尺诗

诏赐公卿尺，方圆一寸遥。
良工良利物，巧匠巧同僚。
各市成天地，殊同作路桥。
中和中制主，历奉历君朝。

668. 李绛

中书一侍郎，御史半天章。
仆射偏逢古，东都太子堂。

669. 省试恩赐耆老布帛

布帛一衣孙，垂扬半禹门。
皇恩皇帝许，耆老耆翁蕴。

670. 赐耆老布帛

布帛皇恩赐，耆耄向儿孙。
江山成社稷，日月正乾坤。

671. 和裴相国答张秘书赠马诗

汗马自凌云，承相已赠君。
长途知远力，伏枥向功勋。

672. 齐优开笼飞云所献楚王鹄

楚鹄开笼振翼飞，齐优玉宇翅天归。

清风白日重宁好，郅道晴初入紫微。

673. 试中和节诏赐公卿尺诗

尺寸方圆见，中和节日闻，
英雄常继武，阁老瞩天文。
百度乾坤易，千章世界曛。
量量还比比，合合亦分分。
雅颂知天地，江东有汉君。

674. 赋得白云起封中

之一：

青云千吕望，聚散有常荫。
捧日应天气，回轮可古今。
经空玉宇纳，律令以时寻。
上瑕藩邦表，呈形独木林。
封中一泰山，顶日半天颜。
表圣排空见，知峰独崎还。

之二：

黄河十八湾，鲁府一千山。
泰顶风云见，舒舒卷卷还。

675. 春色满皇州

绿色满皇州，红花向九流。
春雨春水润，御都御杨头。

676. 日暮碧云合

日暮彩霞分，群峰著色裙。
黄昏黄远岫，直木直天云。
郁郁排空谷，轻轻栽地君。
秦川秦水月，豫晋豫章文。

677. 白云起封中

独崎白云客，群山绿木峰。
英英祥瑞起，远远树芙蓉。

678. 石季伦金谷园

舞榭知音去，歌台落叶来。
波平金谷月，鸟噪绿珠回。
曲沼残烟色，琼花独不开。

679. 石季伦金谷园

文章金谷满，草木简阳台。
伎女王孙去，空园独去来。

680. 享惠昭太子庙乐章登歌

因心克位芬，遗度有天云。
震巽实天舆，干龙客地君。

681. 南至日隔仗含元殿香炉

隔望含元殿，趋行玉蕊宫。
香炉香上掖，御旨御銮风。
至日应重启，祥瑞可寄红。
分云分晓争，得天得地工。

第五函　第四册

---

1. 权德舆

文章著未冠，博士太常坛。
仆射思经术，中天湛雅端。

2. 奉和圣制九月十八日赐百僚追赏因书所怀

重阳重日月，九鼎九云天。
六律春秋易，三光草木宣。
黄花黄土地，菊酒菊丰年。
果果因因见，处处时时全。

3. 奉和圣制九日言怀赐中书门下及百僚

六律簪裾列，千官日月端。

重阳黄菊艳，御酒色青丹。
野洽山河水，朝明陌巷寒。
中书门下省，上液未央冠。

4. 奉和圣制重阳日中外同欢以诗言志以示百僚

茱萸百蕙一枝长，采女千株半宫香。
叶叶枝枝天子近，朝朝暮暮自重阳。

5. 奉和圣制中春麟德殿会百僚观新乐

中春麟德殿，月色未央宫。
济济群僚坐，悠悠序曲终。
人伦经管舆，物象略西东。
圣藻风云化，华封玉宇功。

6. 奉和圣制中和节赐百官宴集因示所怀

圣制中和节，群僚共坐情。
三辰舒物象，九陌柏梁名。
荚叶分弦缺，嫦娥照局明。
阳曦阳自得，币侧币官清。

7. 奉和圣制重阳日即事六韵

令节重阳日，茱萸独带红。
百果千钟洽，三秋五谷丰。
黄花黄色舞，菊酒菊杯空。
暂以清诗句，应扶一醉翁。
天光天子路，九月九山风。
渭水无归客，衡阳有落鸿。

8. 奉和圣制丰年多庆九日示怀

九日五稼丰，三秋一去鸿。
衡阳青海路，岁月北南同。
八表陶弦布，千趾宋玉躬。
吟诗上兆酒，庆典大明宫。

9. 赠文敬太子庙时享退文舞迎武舞乐章

一进无成半退成。三文武舞二功名。
千旌羽钥殊行瑕，百姓雍容盛礼恭。

10. 读谷梁传二首

之一：
吉射蔽聪明，專成晋国兵。
廉颇呈老矣，赵志尽忠诚。
之二：
周尊一诸侯，六国半春秋。
但以纵横见，何言共九州。

11. 刘绍相访夜话因书即事

郊扉一故人，灞柳两秋春。
酒醉吟诗问，云浮束带巾。
相知相别去，互道互殷珍。
不必依依寄，当知处处新。

12. 卧病喜惠上人李炼师茅处士见访因以赠

一道半千秋，三儒二世修。
禅音傅智慧，觉悟问交流。
卧病桥边里，寻心向渡舟。
山中多草药，陌巷有沧洲。

13. 多病戏书因示长孺

六欲七情中，三心二意同。
童翁相背向，眷耄至西东。

14. 古兴

黄河一曲过潼关，桂树千枝入水湾。
万里东流天水落，三门峡锁中条山。

15. 感寓

一木知时序，三生问古今。

秋虫秋夜雨，落叶落人心。

16. 跌伤伏枕有劝醸酒者暂忘所苦因有一绝

陶然一醉乡，枕上半黄粱。
必醒无疑故，何言此暂长。

17. 病中苦热

支离一病夫，破碎半江湖。
倦倦周唐忆，庸庸素武都。

18. 览镜见白发数茎光鲜特市

白发青丝里，红花绿草中。
鲜明鲜所易，市众界无同。

19. 南亭晓坐因以示璩

室有一男儿，心成八句诗。
知天知地理，隐吏隐官迟。

20. 竹径偶然作

竹径半通幽，苍茫一路求。
随心随所欲，慢步慢春秋。

21. 拜昭陵过咸阳墅

漠漠昭陵过，空空渭水天。
杨雄才不见，季子主三篇。
皂吏咸阳税，农夫井税田。
操书操厚德，致仕致当然。

22. 早春南亭即事

南亭一柳条，绿色半黄娇。
目下观儿女，山中问小桥。

23. 璩授京兆府参军戏书以示兼呈独孤郎

舐犊老牛情，趋行少小名。
年年书日月，岁岁自耘耕。

24. 书绅诗

和和静静一中庸，道道儒儒半泰封。
隐隐明明藏智慧，行行止止有包容。
机机天所寓，质质客其恭。
物物由心感，时时问鼓钟。

25. 隋炀

如今一颗好头颅，十万诗词汉玉壶。
仄仄平平仄仄仄，长安百里是东都。

26. 侍从游后湖宴坐　自语

绝境诗书近，天机日月钟。
年年无世界，岁岁有芙蓉。
不远湖塘水，山川草木封。
时时平几问，处处去来踪。

27. 晨坐偶兴　自语

一旭半天红，千光万里空，
家家朝晓望，户户已西东。
苦力成天富，耕耘不自穷。
诗词逾十万，自古问三翁。
（佛道儒）

28. 郊居岁暮因书所怀

一鸟带光飞，千云载雨声。
山峰深不静，谷壑逐流晖。
百岁成林木，三光入柴扉。
农夫知草木，是吏是还非。

29. 暮春闲居示同志

傲世不避人，闻喧可正身。
清清清水色，浊浊浊秋春。
古寺钟声近，儒家道学邻。
诗书知立正，日月可经纶。

30. 田家即事

藜床对落晕，草木作裳衣，
芡实莲蓬子，茅芦自在归。
樵声渔鈢处，父母子孙围。

31. 寓兴

书生自弱冠，读卷已无难。
饭食邻家好，墙头小杏丹。
寻奇还猎怪，斗胜取强单。
只以男儿志，当然武勇安。
宏词科第主，独步鳌鲸观。
立世乾坤步，龙城七尺弹。

32. 浩歌

人生一自强，立志半天光。
路路通泾渭，桥桥叮炎凉。
官官相护佑，士士互声扬。
里巷连山水，江湖达柳杨。
儒家儒子弟，佛道佛家乡。

33. 与道者同守庚申

佛佛儒儒道道明。
生生止止止生生。
人人世世人人事，守一真真守一平。

34. 丙寅岁苦贫戏题

丙寅年除岁，清朝独步时，
人前其有德，醉后所无知。
但忆三杯酒，还寻九陌辞。
书生书不尽，道士道家诗。

35. 独酌

酒后一神仙，人前半岁年。
千杯应已醉，万里历心田。

36. 知非

知非知是问，似去似来寻。
暮暮朝朝见，今今古古心。

37. 诚言

言多言有失，止久止无知。
处处何应问，时时可已师。

38. 醉后

醉后半贤良，诗前一豫章。
人前花柳月，世上季冰霜。

39. 中书

序：
奉和李相公早朝于中书侯傅点偶书所怀
呈门下中书相公
诗：
中书门下两相公，共事平章一御功。
列座分班朝筹策，祥烟斧藻汉江东。
三台三界定，九垓九office空。
上掀千门露，阳台一大风。

40. 别墅

序：
奉和于司空二十五丈新卜城南郊居接司
徒公别墅即事书情奉献兼寄李裴相公
诗：
一德连昌运，三台列至博。
云龙呈紫禁，杜曲化千门。
宰物天工近，归心寓圣恩。
金言金鼎铸，凤舆凤乾坤。

41. 奉和新十城南郊居德舆卫右丞邻居因赋诗寄赠

上宰邻家树，丹墀共笏趋。
分仪司进退，万象似相瑜。
长幼成乡时，童翁作丈夫。
晨光后后继，暮色去来呼。

42. 和王侍郎病中领度支烦迫之余过西园书堂闲望

一片晴光树，千章领授君。
中邦中禹贡，统领度支文。

43. 奉和度支李侍郎早朝

度支一斯文，朝郎半赐勖。
文昌文自与，玉佩玉芳曛。

44. 奉和刘侍郎司徒奉诏伐叛书情呈宰相

玉帐元侯策，黄枢阁老成。
严凝功岁律，伐叛自英明。

45. 奉和鄜州刘大夫麦秋出师遮虏怀中朝亲故

先锋封上将，紫绶亚中台。
宝剑行师仗，风云麦垅开。
联花三址序，赐马一龙媒。
壮志纤尘静，招扬是楚材。

46. 太原郑尚书远寄新诗走笔酬赠因代书贺

风流一诸侯，上策半春秋。
百度丹墀绥，皇恩重职由。

南宫分季奉，二仲门前修。
自号银翁士，汾阳满并州。

47. 奉和许阁老酬淮南崔干戈端公见寄

文行粉署一良图，雅乐闻堂半围儒。
贾谊雄才潇水岸，屈平俊议白黄枢。
双鱼旧简丹墀步，六义新章过蕃禺。
漠漠在秋瓜豆熟，涂涂夛夛锦冠苏。

48. 阁老

序：
奉和李给事省中书情寄刘苗崔三曹长因
呈许陈二阁老
诗：
处处伏明老，攸攸诏拜郎。
联翩文石列，促膝接瑶觞。
日暖朝章度，分曹议短长。
新诗呈阁老，故友滞冯唐。

49. 读人生

著作天天续，耕耘日日时。
平生知百岁，十二万诗词。
格律通音韵，平平仄仄司。
乾隆先例数，楚客以葵辞。

50. 寮友

序：
奉和张舍人阁老阁中直夜思闻雅琴因以
书事通简僚友
诗：
经纶一四方，日月半三光。
雅书琴声静，风骚领御章。
文明文自得，阁老阁中堂，
直夜龙沙谈，殊伦同愿尝。

51. 过张监阁老宅对酒奉酬见赠 其年停贡举

楚玉无收取，齐竽有放闲。
秋风因果问，夏储雁门关。

52. 和兵部李尚书柬亭诗

东亭一旷然，北阙半长天。

朔漠从南雁，胡笳到酒泉。

53. 和司门殷员早秋省中书直夜寄荆南卫象端公

江南卫象一端公，縶滞荆州半大风。
露上星宫秦汉署，知君共现离鸿。

54. 奉酬张监阁老雪后过中书见赠加两韵简南省诸僚

白雪自留踪，丹墀阁老封。
群儒群智立，岁吉岁祥容。
艺短齐竽老，潘生鲁府庸。
三羊三泰济，五夜五潜龙。

55. 酬陆三十二参浙东见寄

新辞骢马去，久别鲤鱼来。
问客琼花落，江都弄玉催。

56. 酬主客仲员外见贺正除

文呈清漏晓，命达紫泥新。
郢曲簪裾咏，周班禁署臣。
三朝三故老，一见一相亲。
岁岁年年事，朝朝暮暮邻。

57. 奉和太府韦卿阁老左藏库中假山之作

春风一花开，暖暖半天台。
旷野从君意，晴光雨后来。
庭中庭草碧，洞府洞泉媒。
但见飞鸿至，湘云带水回。

58. 奉和崔评一并寄诸子诸公

一客江湖见，三生草木闻。
雄词雄野旷，束缚束天君。
茧自蚕丝销，虫由白日曛。
生生相护护，事事互衣裙。

59. 和职方殷郎中留滞汉汉初至南宫呈诸公并见寄

十载八文昌，三符问柏梁。
师贞千上介，印绶半咸阳。
辟藻闻天子，烟霞满武当。
归轩章服舆，莫自叹冯唐。

60. 奉酬从兄南仲见示十九龄

晋季一簪缨，关中半世名。
安丘安左郡，德济德仁英。
北漠苍天下，西州石碛清。
云舒云卷见，日落日升平。
缵性穷通济，时风作弟兄。
身情身所与，自力自更生。
晦道多成府，母荫少祖明。
奇知奇资永，慧知慧思盈。
凿石穿泉隙，水田百亩耕。
风和加雨细，地利复人营。
浩渺云天际，苍洲仲伯婴。
雕虫雕所致，教化教寓衡。
丽藻因芝木，兰香散液瀛。
琴书琴瑟合，座客座嘉盟。
谬论非民讼，横兵是背氓。
为为为国立，事事事其赓。
捧日何言近，长幸万里行。
逢程欣独往，别翮天相倾。

61. 酬崔千牛四郎早秋见寄

千牛一四郎，接武半咸阳。
九月黄花日，晨明露带霜。
悠然平度物，变态化炎凉。
世业惊时序，深衷寓曲肠。

62. 酬灵澈上人以诗代书寄　时在荐福寺坐夏

南宗了义一莲花，贝叶无尘半月斜。
坐夏三身相互静，西方社里碧笼纱。

63. 酬蔡十二博士见寄四韵

素屋应无贫，书香有汉秦。
文章惊日月，字句对秋春。
卜易君元度，乾坤四象陈。
青松青柏地，白雪白衣人。

64. 戏和三韵

墨子一攻楼，齐竽半乐修。
针知无自己，有欲有斯求。
不以春秋继，何须六国酬。

65. 李十韶州寄途中绝句使者取报修书之际口号酬赠

水水山山郡，花花草草城。
千行人字雁，百里一修行。

66. 崔四郎协律以诗见寄兼惠蜀琴因以酬赠

白雪阳春曲，巴人下里情。
敌意知汉水，问蜀问江名。
栈道由无路，瞿塘滟滪横。
巫山神女去，宋玉赋斯荣。

67. 酬冯绛州早秋绛台感怀见寄

一并三川里，千山半木中。
秋风秋扫叶，绛牧绛台隆。
洗碛清流老，驱羊口北穷。
归人汾水岸，曲沃晋祠红。

68. 酬赵尚书杏园花下醉后见寄时为太常卿

八座曲江西，三台上液齐。
风流应日月，醒醉入香泥。

69. 伏蒙十六叔示喜庆感怀十韵

受氏荫根树，书香祖继陈。
东堂春折桂，北海夏殷芬。
锡迹黄钟启，蕴声白玉纯。
轩窗含土宇，上国纳经纶。
陕晋吴淮路，强如弱似仁。
尧君招英杰，色养问三秦。
井径交通缘，衡中翘首钧。
勤情勤自力，苦事苦为人。
诲恻难无济，行贞易择邻。
惊心惊日下，拜首拜天津。

70. 酬赵尚书城南看花日晚先归见寄

群芳一杜城，独步半翁英。
接武诗词客，花芳日月平。

71. 酬李二十二元主簿马迹山见寄

之一：

江湖马迹山，雪偃洞庭湾。

不远丹阳路，扬帆一日还。

江陵招未去，典校帝王间。

苜里藏缥缈，人生四海颜。

之二：

钟声半惠山，马迹五湖湾。

十处鼋头渚，漕桥雪堰关。

千章由主簿，半亩可田间。

自主如来见，从心似等闲。

72. 见贻

序：

酬陆四十楚源春夜宿虎丘山对月寄梁四敬之兼见贻之作

诗：

夜宿虎丘山，姑苏胥口环。

横塘泉陆羽，木渎太湖湾。

陆墓横滔水，秘塘浒堑关。

灵岩峰直笋，伍子已无还。

73. 酬穆七侍郎早登使院西楼感怀

使院西楼月，铜壶共待泉。

羲和门下省，六部尚书田。

年年岁岁去，暮暮朝朝迁。

同行趋俯见，愿结木材缘。

74. 奉和李大夫题郑评事江楼

达士无非路，功成有当科。

江流江水去，岸渡岸楼多。

见鸟应难问，观鱼莫下河。

天空天际远，地载地莎萝。

75. 春游茅山酬杜评事见寄

茅山不计程，道士已殊荣。

独木成林久，群芳结色城。

芝兰连蕙草，杜若接吴英。

挹影怀君在，仙坛逐点名。

76. 和韩侍御白发

白发分霜简，青丝逐色城。

冠巾多少路，铁镜映无声。

77. 和邵端公醉后寄于谏议之作

李李桃桃见，朝朝暮暮行。

年年杨柳色，事事去来明。

78. 和李大夫西山祈雨因感张曲江故事

天天地地一桑田，露露云云半陌阡。

泽国风调雨润士，皇恩浩荡雨如泉。

79. 事喜而有作三首

序：

同陆太祝鸿渐崔法曹载华见萧侍御留后说得卫抚州报推事使张侍御却回前刺史戴员外无

诗：

之一：

御史一留台，张纲半路回。

无疑前日醉，喜鹊自今来。

之二：

冠官一正名，御使半精英。

鹤发州民颂，邦君客子情。

之三：

渭渭泾泾水，来来去去明。

天街天自许，任重任殊荣。

80. 答韦秀才寄

路上花塘色，心中故意归。

天津云处处，太液雨霏霏。

81. 怀且叙所知

序：

户部王曹长杨考功崔刑部二院长并同钟陵使俯之旧因以寄赠又陪郎署，喜甚常僚因书所

诗：

南宫一纪郎，北阙半朝章。

楚汉谁分定，周公寄柳杨。

秦王秦所赐，不见不韦王。

考谏从今古，推贤贡举良。

龙沙沉地界，海角越天疆。

六义三台教，千年一史昌。

书生书所寄，士列士风光。

接武天街事，鸾行鹭吉祥。

82. 贡院对雪以绝句代八行奉寄崔阁老

春闱一雪书，贡岁半文余。

阁老含香点，皇家纳御锄。

83. 初秋月夜中书宿直因呈杨阁老

靠枕中书直，金波阁老修。

分曹分韵令，庾信廋公楼。

84. 代书

序：

唐开州文编远寄新赋累惠良药咏叹仰佩不觉斐然走笔代书聊书还答

诗：

千年半史堂，十步一书香。

善祝麒麟路，行明角角扬。

琼瑶明远信，鹿马客天郎。

折桂听朱雀，茉莒满素囊。

三清应庆典，百汰作锋芒。

岁岁文房宿，年年向未央。

长亭同旅食，短驿共思乡。

弱质当仁治，强为作豫章。

85. 待漏假寐梦归江东旧居

江东已十年，寐梦一江船。

长老禅音在，玉漏唤朝天。

86. 祗命赴京途次淮口因书所怀

弱质是思仁，云舒已向秦。

归林飞倦鸟，伐木斧声频。

诸友劳心寸，龙池渡早春。

天街天接武，玉树玉乡邻。

87. 省中春晚忽忆江南旧居戏书

多年冠豸角，一府介先贤。

北省黄枢诣，南宫近陌阡。

金门彦武开，魏阙客文田。

野性应斯布，琅玕可对牵。

88.寄李衡州时居此宅

从花画不如，透石漏心虎。
主客衡阳雁，南南北弱居。

89.寄临郡穉璋　古今诗

诗词一古今，主客半敌意。
有欲多情见，惊心触目寻。
三琴天顺日，百岁木成林。

90.以问

序
李韶州著书常论释氏之理贵州有能公遗
躐地以问之
诗
时闻象外言，客对月中轩。
旨意曹溪岸，千流一水源。

91.郴州换印缄遗之际率成三韵因呈李二兄员外使君

易换天朝印，屈风地节钧。
龟龟连纽纽，刺举逐秋春。
政见山河迹，民谣日月人。

92.马上赠虚公

草露虚公径，风光日月新。
簪缨师付带，有木净红尘。

93.早发杭州泛富春江寄陆三十一公佐

千山千岛玉，一水一江湖。
建德淳安独，黄山杜井孤。
屯溪屯大市，白马白沙苏。

94.寄侍御从舅

兔兔何轻任任难，河河水水几湾滩。
山东此去应淡淡，皇恩浩荡自心宽。

95.湖上晚眺呈惠上人

一鸟飞翔慢，三春草木闲。
天机从所隐，净侣话玄关。

96.新秋月夜寄故人

三湘三水月，九派九流天。

十地相思久，千杯一酒泉。

97.自扬子归丹阳初遂闲居聊呈惠公

心舒无一物，客意有三光。
草木枯荣岁，天街日月长。

98.月夜过灵澈上人房因赠

婵娟一沃州，草木半春秋。
境界行禅觉，支郎上夜修。

99.戏赠张炼师

龟山千杏共，洞口半天涯。
炼石苍天补，阿母是女娲。

100.戏赠天竺灵隐二寺寺主

天竺灵隐寺，印度客来峰。
惊心天涯界，千年一泰封。

101.赠广通上人

一径上人通，千山问色空。
诗词山外寄，字句已精工。

102.赠老将

居功不问侯，战老自春秋。
战士多生死，征兵一将休。

103.戏赠表兄崔秀才

年年隐不沦，处处才子身。
独步何成就，公车不误人。

104.醉后戏赠苏九俦

白首书窗内，青衣旷野中。
儒生儒不及，鲁府鲁诗风。

105.奉送韦起居老舅百日假满归崇阳旧居

紫气唐陶近，巢由自力田。
无须闻四浩，楚汉窦三年。
左史枯荣易，春秋日月贤。
千川千滴水，百日百林泉。

106.奉送孔十兄宾客承恩致政归东都旧居

旷迹达人闻，安居客瞩文。
东朝常侍讲，北阙紫微曛。
陋巷三光卷，蒿丘九陌裙。
金龟金子贵，御界御功勋。

107.送袁中丞持节册南诏五韵

西南一史星，上国半丹青。
独栈陈仓路，双流白帝苓。
巴山巴水峡，楚客楚才庭。
独栈陈仓路，蚕丛杜宇宁。

108.送密秀才吏部驳放后归蜀应崔大理序

蜀国一相如，巴山十地书。
长安长日月，古道古人疏。

109.人日送房二十六侍御归越

阴晴归越路，俯仰若耶溪。
一片莲花色，千云日色低。

110.送张阁老中丞持节册吊回纥

君行一远冠，持节半皇坛。
图老中丞帐，金章玉印銮。
东观才子问，北漠戍戎宽。
白草黄云问，天街册吊安。

111.送二十叔赴任余杭尉　得琴字

阮巷奏离琴，梅山落木荫。
吴门吴绿水，越女越知音。
日月三千界，诗词一古今。
经年经所以，事业事甘霖。

112.春送十四叔赴任渝州录事绝句　中字

一吏有清风，三光向蜀中。
巴城巴汉楚，杜宇杜鹃工。

113.送韦十二文赴襄城令三韵柳字

留连出入关，斟酌去来酒。

大漠鸣沙响，楼兰一北柳。

风尘连古道，日月常回首。

114. 送薛十九丈授将作主簿分司东都赋得春草

春原一小草，古道半人老。

杳杳生机色，芊芊雨雨好。

115. 送正字十九兄归江东醉后绝句

相思一半情，古道一千声。

醉后应无问，人生有不平。

116. 送张詹事致政归嵩山旧居青字

嵩山一路青，却忆旧居萍。

持宪平正友，群明草木莛。

金龟多弟子，直望少微星。

117. 送许著作分司东都

守植一图书，风流半洛余。

琼花琼所见，著作著樵渔。

118. 送少清赴润州参军因思练旧居 得销字

参军一路遥，言战半开销。

大漠龙泉剑，交河暮色潮。

青云天子袱，记取故乡桥。

二纪三官场，英雄不折腰。

119. 送浚上人归扬州禅智寺

骨骨连通法，衣衣锡杖还。

扬州杨柳岸，一寺一人间。

120. 献岁送李十兄赴黔中酒后绝句

一酒半酣欢，千杯十地观。

黔中连渭邑，月下共明寒。

121. 送张仆射朝见毕归镇

留侯自有一编书，楚汉张良半卷舒。

储胥无牵知上略，微山有子以湖余。

122. 送韦行军员外赴河阳

右职多虚位，河阳有将居。

轩门常不闭，纪事可相如。

五代明光武，三生一念舒。

三边尘土净，战士成生余。

123. 送韦中丞奉使新罗往守

新罗一使往，锡命半霞敞。

惠泽天深智，慈恩地载养。

斯文昌太白，斗柄青云赏。

路顿知思远，途劳见略广。

124. 送从翁赴任长子县令

家风本一儒，长子客三奴。

上党临人政，皇都父子凫。

春郊行秩序，智以鲁中都。

125. 送从弟广东归绝句

万里夏云深，千年半古今。

椰林风似火，海角浪鸣琴。

126. 送王炼师赴王屋洞

尊师王屋洞，苦炼玉丹炉。

岁稔芝田玉，仙成白石都。

云辞青鸟至，日销百花苏。

127. 送薛温州惊字

大海温州岸，风云日月惊。

楼前鸥鹭落，永嘉城水月。

128. 送黔中裴中洱阁老赴任 回字

五谏留中禁，三公辍上才。

金銮知凤诏，绶带与龙媒。

亚柏黄枢命，山川白帝开。

清风明月色，择日拜天台。

129. 送崔谕德致政东归

朴略一东都，嘉归半大儒。

江山临太子，日月待扶苏。

致政龙池水，朝恩上液图。

130. 百里

序：

送三十叔赴任晋陵 心字，德舆旧居在丹阳去晋陵百里

诗：

春云一别心，夏雨半甘霖。

右职三年短，东城百日深。

丹阳行百里，暮色晋陵音。

但得新程路，应听旧竹林。

131. 送安南裴都护

玉佩交州印，安南列宿文。

回头朱鸢路，翠羽紫微勋。

朔北南关独，怀来北部群。

归时成羿绩，蕙苡可烦君。

132. 送别沅泆

读书上国已成章，日月中途向草堂。

顼质荷洪应自许，谦诚力主可扬长。

灵龟狭口知天意，蕙苡苍田待羽张。

岁继年华夷坦度，莼鲈八月五湖香。

133. 送张曹长二部大夫奉使西蕃 地铁外交

奉使西蕃去，殊邻北海来。

中华门里客，总统法人回。

地铁巴黎学，长春捧日还。

莱茵河上岸，白朗洛阳台。

134. 九华观宴饯信十七叔判官赴义武幕兼呈书记校书

炎光三伏昼，洞府半幽深。

宿雨芝田色，朝云向古今。

元臣元主宰，世得世人心。

135. 送文畅上人东游

护法麻衣净，翻经贝叶开。

宗通宗祖释，辩许辩天台。

北斗常开口，江东有楚才。

136. 送灵武范司空

上略半安边，中谋一国田。

司空司旧垒，阁下阁门前。

九陌千门许，三台万里泉。

137. 送商州杜东洱赴任

独捧紫泥书，群僚意向余。

龙门龙所以，状子状元居。
帝命中丞任，商州一宰初。

138. 送殷卿罢举归淮南旧居

风尘不解一儒生，及第难名半子情。
但忆淮南乡水岸，隋炀不计运河名。

139. 送杜尹赴东都

杜尹赴东都，吴公任选途。
簪裾皇太子，凤诏侍扶苏。
淬火龙泉剑，行明上略图。
秦川秦汉地，洛水洛阳瑜。

140. 送孔江州一作送人之九江

九派九江流，浔阳一水秋。
得炉峰上问，瀑布月中留。
但以鄱湖水，潇湘待赣舟。

141. 送浑邓州

南阳邓小平，印绶已无声。
利刃干将剑，江湖莫自轻。

142. 埇桥达奚四于十九陈大三侍御夜宴叙各赋二韵

铁树开花叁五月，金杯玉酒一琼枝。
如今侍御行天地，自古河梁有别离。

143. 酬别蔡十二见赠

伊人恬澹一轻音，傲世经纶半古今。
隐几朝宗明大义，丝桐别馆叙弦琴。

144. 扬州与丁山人别

今朝一广陵，隔日半游僧。
卜易双仪见，丁山独玉凝。

145. 送台州崔录事

一吏代躬耕，三官讼判明。
为民应作主，郡迹已天成。

146. 送信安刘少府　自常州参军迁授

薄禄对微官，天书底叶残。
参卿孙楚策，少府政心宽。

147. 送李城门罢官归嵩阳　城门院在遗阙院东

吏隐在墙东，城门唱大风。
千门儒子弟，万木桂丛丛。

148. 送上虞丞

一苇渡江舟，三虞向禹流。
曹娥曹自古，一首吊诗酬。

149. 送卢评事婺州省觐

只向东阳去，何须不问流。
为人知父母，致事读春秋。

150. 送崔端公郎君入京觐省

上国清秋路，回头日月稍。
皇城皇土地，一业一酬谋。

151. 送张周二秀才谒宣州薛侍郎

儒衣两少年，傲骨半青天。
学子春秋论，宣城太守贤。

152. 送张将军归东都旧业

大漠功勋在，东都旧业修。
龙泉堂上挂，暮尽月中侯。

153. 送句容王少府簿领赴上都

春风为别意，客路作春秋。
十步离亭外，三杯莫掉头。

154. 送从弟谒员外叔父回归义兴

成名一少年，独见半长天。
署雨来何处，秋云去酒泉。

155. 送梁道士谒寿州崔大夫

道士一仙官，三清半彩鸾。
芝田云漫漫，岁计木丹丹。

156. 送郑秀才贡举

一笑去如何，三阊唱九歌。
秋光分两岸，九品合千科。

157. 送谢孝廉移家越州

家承太傅荣，晋谢古精英。

有道诗书画，无须隐姓名。

158. 送韩孝廉侍从赴举

贡士一如君，儒衣半古裙。
相傅经月晓，孝子有青云。

159. 送陆拾遗祗召赴行在

鸿鹭新行召，鸳鹄玉漏趋。
诗词惊上下，雅颂逐风儒。

160. 送暎师归本寺

柳市还归去，暎师本寺回。
疏泉通绝涧，牧鹤间冬梅。
只领群芳意，孤云独自来。

161. 送宇文文府赴行在行在一作官

岁暮当君去，拥寒雨雪来，
青云初欲起，捧日玉冠台。

162. 送岳州温录事赴任

主簿解州巾，青云上国春。
群像群所治，独步独天津。

163. 送人归旧隐

工为一楚辞，汉赋半律诗。
但以隋唐客，何须隐旧枝。

164. 惠上人房宴别

一引到龙华，千林石径斜。
同城香积会，古社逐烟霞。

165. 送裴秀才贡举

贡举儒衣帽，明经上国行。
三篇惊策略，万里一长鲸。

166. 送袁太祝衢婺巡西复　同用山字

桐溪一万山，税亩半天颜。
但向农家问，年中几日闲。

167. 送湖南李侍御赴本使赋采菱亭诗

旧俗采菱亭，莲蓬已碧青。

心中应结子，楚女问荷灵。

168. 送穆侍御归东都

故国东都路，行宫上苑晖。
朝阳先起落，暮色去来归。

169. 送崔端公赴度支江陵院三韵照字

一酒留征棹，三杯有楚调。
天光收此见，驿路引阳照。

170. 送陆太祝赴湖南幕同用送字三韵

三生一路轻，九职半阳重。
且问湘潇雨，还须问云梦。
长亭目饮酒，万里以相送。

171. 业

序：
送李处士归弋阳山居 限姓名中田韵，巴新工业园区
诗：
蓝田一路半长春，处士三青九陌人。
溪居井税园区免，柱国丞相海外秦。

172. 送清淡上人谒信州陆员外

长老已随缘，临流任逝川。
渔潭多水岸，普渡有舟船。

173. 送别同用阔字 三韵

露重秋江阔，尘轻雨水脱。
书生书可读，宇宙宇巾褐。

174. 送人使之江陵 赏字

江陵望孟昶，杜宇田家朗。
水信云烟见，潮波客梦想。
离鸿飞不远，四顾洞庭泱。

175. 余干赠别张二十二侍御

陌上春风别，亭边客路长。
前程前不止，接武接云光。

176. 白日

序
杂言赋得风送崔秀才归白田限三五六七言喧字
诗
三峡水，一啼猿。
半入萍洲月，千林草木萱。
柳柳杨杨两岸，来来去去江源。
春风细雨群芳继，只见梅花已齐轩。

177. 杂言同用离骚体送张评事襄阳觐省

逝水明兮去舟，风光客兮江楼。
云天静兮且住，岸渚清兮不留。
白芷菱兮江流，长亭近兮已秋。
纷离酒兮不醉，七泽裳兮莫愁。

178. 岭上逢久别者又别

别者别重离，逢人又再辞。
阴晴分不得，醒醉作相思。

179. 赠别表兄韦卿

再读兵书策，重寻八卦城。
人间知诸葛，世上孔明声。

180. 古离别

别别离离古，来来去去今。
阴晴谁醒醉，雨露可甘霖。
处处人人见，时时事事萌。
孤身多岁月，独木可成林。

181. 全唐诗 权德舆

早夏青龙寺致斋凭眺感物书
早夏青龙寺，红莲玉宇清。
圆荷珠玉色，翠羽女儿城。
弱质仁心重，文昌德义生。
灵光灵已现，俯仰俯倾英。

182. 仲秋朝拜昭陵

一代贞观治，三朝逐鹿情。
昭陵留日月，六骏见秦缪。
九派深沉气，千山草木荣。

清夷盛四海，肃北半辽城。
铁柱唐标纪，凌烟阁上名。

183. 史馆

序
拜昭陵出城与张秘监阁老同里临行别承在史馆未归寻辱清辞辄酬之
诗
仲月当南吕，宫商作北鸣。
东观东玉宇，拜谷拜宗荣。
社酒唐尧日，朝舒厚地情。
扣玉扣金质，玄文玄武成。

184. 酬冯监拜昭陵回途中遇雨见示

一种拜昭陵，三朝牧主承。
贞观贞政要，扫北扫肱肱。
历象多云雨，天经有玉凝。
民生民所愿，国土国家兴。

185. 朔旦冬至摄职南郊因书即事

百步大明宫，三朝一代风。
同文同世界，共轨共天雄。
汉界三边静，秦云九陌丰。

186. 詹事府宿斋绝句

四体清风至，三身朗月明。
天机天不与，古道古云英。
文明文主仆，见惯见司空。

187. 奉和张监阁老过八陵院题赠杜卿崔员外

山园孝理深，万水一溪荫。
阁老三台略，山河半雨霖。
西坦梅向背，北阙魏秦浮。
接武前行路，诗词日月音。

188. 奉和郑宾客相公摄官丰陵扈从之作 时充卤簿使

行宫移蓝漏，趺跱待君天。
彩帐知君子，希夷向楚贤。
龙头先瞩目，豹尾后惊泉。
霭霭风云渡，悠悠日月悬。

189. 和王祭酒太社宿斋不得不赴李尚书宅会戏书见之

引望龙坛上，劳行太社中。
侯王知百步，弟子向辞空。

190. 酬裴端公八月十五日夜对月见怀

一日近方圆，三秋问地天。
嫦娥应独问，后羿已成全。
落叶三杯尽，空庭一酒泉。
阴晴闻宋主，格律庾楼前。

191. 号因以简赠

序：
奉和崔阁老清明日候许阁老交直之际辱裴阁老书招云与考功苗曹长先城南游览独行口
诗：
紫禁清明乞火城，苍天列宿问书生。
桃桃李李争鲜艳，草草花花已结缨。

192. 和张秘监阁老献岁过蒋大拾遗因呈两省诸公并见示

一岁同行笔，三朝共载田。
农夫相近语，井税互分年。
瑞雪田家语，皇家淑气天。
风光依旧好，广羽向青莲。

193. 酬崔舍人阁老冬至日宿直省中奉简两液阁老并见示

令节黄钟律，层霄阁老臣。
南宫分命秩，广陌驻归轮。
白雪阳春近，梅花已入秦。

194. 八月十五夜瑶台寺对月绝句

仲月瑶台寺，天仁鼎铸泉。
嫦娥明桂树，一望楚英田。

195. 夏至日作

四序相行继，三光互续来。
人间明间度，夏至署连开。
以此秋风近，阴阳见伏催。

196. 二月二十七日社兼春分端居有怀简所思者

社始春分后，新光谷雨生。
诗情诗画意，酒客酒难平。
草草花花发，朝朝暮暮情。
燕筑燕巢暖，莺啼莺柳盟。

197. 甲子岁元旦呈郑侍御明府

甲子岁三元，秦吴水一源。
无人来上国，楚汉自轩辕。

198. 七夕

七夕人间乞，三生喜鹊鸣。
天桥由所寄，两岸一样情。

199. 嘉兴九日寄丹阳亲故

客里重阳日，茱萸十地香。
嘉兴嘉所寄，落叶落炎凉。

200. 九日北楼宴集

萧萧落叶一枫林，漠漠霜风半起荫。
处处秋虫冬储垒，纷纷菊桂各知音。

201. 奉陪李大夫九日龙沙宴会迟字

黄花自不迟，九日观霜枝，
傲骨由如是，龙沙以会时。

202. 腊日龙沙会绝句

寒江千水色，潽洒七人诗。
不知黄花晚，龙沙落帽时。

203. 严陵钓台下作

一钓严陵水，三呼头气芬。
洲滩清似镜，芷蕙宿浮云。
市道知书久，儒风带俗文。
闻殊东西汉，历史客耕耕。

204. 晓发武阳馆即事书情

阡阡陌陌有耕犁，畦畦流流水稻齐。
不以农夫成土地，官衙井税付东西。

205. 丰城剑池驿感题

丰城剑池驿，炼铁锻泥沙。
可以容炉火，干将复莫邪。
春秋分不一，日月越吴家。

206. 奉使宜春夜渡新淦江陆路至黄檗馆路上遇风雨作

路路途途见，风风雨雨行。
泥泥加水水，送送亦迎迎。
过岭穿林树，经云渡雾萦。
家居安顿简，客驿驻风情。
利禄应微少，官衔世俗明。
朝阳朝接武，跬步跬人生。

207. 细柳驿

细柳驿边来，官商久不开。
殊伦殊市止，楚地楚人才。

208. 渭水

吕叟年逾七十秋，姜公渭水直鱼钓。
鼓力于世文王问，只在江山不在舟。

209. 宫人斜绝句

宫人一路斜，古驿半鲜花。
暮色黄昏远，飞虫入客家。

210. 敷水驿

敷水秦家驿，临川对水流。
年年来去路，处处暮朝愁。

211. 朝元阁

复道上层霄，离宫万里遥。
空余天地路，此步纪萧条。

212. 石瓮寺

一寺灵泉水，三光胜地台。
香山香不与，老衲老僧来。

213. 盘豆驿

云云盘豆驿，古古已天开。
太子无言死，江山有楚才。

214. 晚渡扬子江却寄江南亲故

返照满寒流，黄昏独扁舟。
江风川岸木，鸟迹自云休。
远岫商明树，苍波暗尽留。
东西全不见，一线付沧洲。

215. 新安江路

山空水月天，木直石林泉。
啸啸人生路，悠悠世上田。

216. 月夜江行

月夜一江行，船娘半楚声。
停舟停不得，桂影桂芜明。

217. 江城夜泊寄所思

夜泊近江城，红楼水月明。
风骚风不定，吏路吏难行。

218. 陪包议湖墅路中举帆　同用山字

江船两岸山，雨雾半边关。
水落潮头起，帆扬莫等闲。

219. 富阳陆路

陆路群峰乱，穿山独木依。
天台遥有路，只忆谢云晖。

220. 晓

霞光一半红，晓色两三风。
不在东边望，西山玉字穹。

221. 昼

一日落江中，千帆半待风。
云舒云卷去，两岸两边红。

222. 晚

古树斜阳影，黄昏夕照东。
高山高返色，近处近时空。

223. 夜

一夜有猿鸣，三更落叶声。
人生何所以，接武几心平。

224. 阁老

序：

奉和韦谏议奉送水部家兄上后石情寄诸兄弟仍通简南宫亲旧并呈两省阁老院长

诗：

骊牡龙旗舆，华门士子心。
南宫儒策论，左掖意谋深。
白云三台旨，阳春一万金。
千年今古宰，百岁木成林。

225. 左掖

序：

奉和史馆张阁老以许陈二阁长爱弟俱为尚书郎，伯仲同时列在南北省会于左掖因而有咏

诗：

共列一钥堂，同呼万岁乡。
南宫南北省，聚会聚平章。
伯仲横枢事，联盟紫禁香。
行文天子鹭，御笔凤池鸯。

226. 韦宾客宅与诸博士宴集

累抗乞身章，朝恩望御堂。
琴书知己处，笏佩客天扬。
百臣成新语，千思作文昌。
三杯凭酒问，万木作雕梁。

227. 太常

序：

酬张秘监阁老喜太常中书二阁老与德舆同日迁官相代之作

诗：

分封只紫泥，绶命秘监栖。
喜鹊从天落，腰章礼部题。

228. 国子柳博士兼领太常博士辄由贺赠

博士一秦官，求才半步难。
朝衣应两色，讲学史千丹。

229. 过隐者湖上所居

隐者半平湖，襄衣一鲁儒。

春秋应搁笔，六国已江都。

230. 从叔将军宅蔷薇花开太府韦卿有题壁长句因以和作

从丛落落一蔷薇，色色颜颜半日晖。
滟滟繁繁迷舞女，疏疏密密自相依。
朝朝暮暮多香气，叶叶枝枝带露稀。
太府佳题明壁上，和诗半承怯人衣。

231. 奉和许阁老霁后慈恩寺杏园看花，同用花字口号

慈恩寺里杏园花，阁老诗中雨后华。
左掖群僚吟咏处，中书一字到天涯。

232. 木瓜

序：

奉和陈阁老寒食初假当直从东省往集贤因过史馆看木瓜花寄张蒋二阁老

诗：

沉沉倦顼闻，木木展芳菲。
楚楚繁花树，悠悠阁老归。

233. 新木

序：

晚秋陪崔阁老张秘监阁老苗考功同游吴天观时杨阁老新木未满以诗见寄裴然酬和有愧芜音

诗：

尧籁步虚清，丹青隐几明。
内源何许在，竹径几深萌。
沉潴芝田碧，银钩素药城。
佳期三约定，指日六铢英。

234. 春日同诸公过兵部王尚书林园

沐足君相近，时容曳履行。
花间留紫气，竹径宿新生。
酒热啼莺至，冠高俯士情。

235. 与沈十九拾遗同游栖霞寺上方与亮上人院会宿二首

之一：

拾遗栖霞寺，金陵问石头。
萦纡松路远，石径会春秋。

北国千因定，南朝一果休。
禅房常闭合，举目已分侯。
之二：
古殿烟霞夕，君心四十州。
深山深不测，古木古天修。
下界三清见，登高八戒由。
尘喧尘未了，上寺上人楼。

236.题崔山人草堂

山人一草堂，玉枕半天光。
竹径深林去，归云落井旁。

237.徐孺亭马上口号

之一：
钟陵不远一湖亭，北海张公二碣铭。
世事经纶沧海易，愀怆跃古圮贤龄。
之二：
十里荒亭一水潆，三公旧事半天来。
张公北海征君碣，旧址平湖满草苔。

238.哭刘四尚书

士友半贤人，天朝一守臣。
才华推独步，理析可三秦。
月旦骚风韵，华年寄泽濒。
碑文难叙止，举望北邙尘。

239.张工部至薄寒山下有书无由驰报辀车之至倍切悲怀

远至薄寒山，遥河过古关。
难裁滩水岸，报蓬秫陵湾。

240.工部发引日属伤足疾不遂执绋

引日春伤足，龟筮寝帐哀。
念悲先后望，举止暮朝来。

241.从事淮南府过亡友杨校书旧厅感念恨然

芝兰六载忆销亡，故友千音古瑟堂。
竹径谁承鹦鹉赋，灵光二子校书章。

242.哭李晦群崔季文二处士

处士半天章，三清一步堂。
乾坤相继续，日月问炎凉。

243.观葬者

万里去人声，千言一语明。
生生同死死，去去共萌萌。

244.感南阳墓

感物南阳客，惊闻八阵横。
千年应自此，百岁可身名。

245.周平西墓

陈云半土丘，白日一江楼。
已见周平去，谁言草木秋。

246.苏小小墓

谬谬红粉尽，去去色情留。
蔓草牵缨细，琴音四十州。

247.题柳郎中茅山故居

山窗隐白云，古木自香曛。
夕照斜阳满，黄昏远近分。

248.哭张十八校书

寄傲十年余，年初一纸书。
留成今古迹，奉迎帝王居。

249.题亡友江畔旧居

心扉对楚江，治世向家邦。
独傲应成古，孤身不配双。

250.德宗神武寺文皇帝挽歌词三首

之一：
泽露雍熙国，源清教化天。
恩深由积羽，舞被祖宗先。
泽露雍熙国，源清教化天。
恩深由积羽，舞被祖宗先。
之二：
万国和平帛，三朝佩绶贤。
文章文治国，武勇武当虞。
之三：
常时一柏梁，谷木半文昌。
似以诗词寄，冠臣日月旁。

251.顺宗至德大安孝皇帝挽歌三首　时充幽州使

之一：
叶落幽州静，风平渭水亭。
三辰丽德客，百鸟啼莺宁。
之二：
孝理忧勤本，玄功上嗣天。
三清三世界，九陌九王田。
之三：
捧日冠缨客，从君帝国修。
龙游龙大界，引彩引江流。

252.昭德皇后挽歌词

源流淮水远，礼命过涂山。
故剑知今昔，初陵旧镜班。

253.大行皇太后挽歌词三首　王氏

之一：
灵源裀礼崇，合璧向方中。
原载母文化，江东挂彩虹。
之二：
配礼归天殿，灵仪过直城。
虞宁成厚载，以德满皇宫。
之三：
哀笳长信殿，遗德大明宫。
惠易尊名晓，金波照玉空。

254.惠昭皇太子挽歌词二首

之一：
列仗黄魔去，仙游紫府来。
空嗟无复返，再会有天台。
之二：
楚挽东朝羽，秦箫北陆台。
昭陵应再问，百岁亦重来。

255.赠文敬太子挽歌词二首

之一：
来了瑶山礼，先成帝业天。
三生泾渭水，万古灞陵园。
之二：
晓漏问铜壶，留鸿待渭都。
知天知地业，向殿向宫儒。

256. 赠郑国庄穆公主挽歌二首

之一：

羽卫秋原肃，筼箫远近声。

应知天地界，已建一花城。

之二：

淑气皇慈女，平阳启殿空。

霜凝成紫气，着意故人宫。

257. 赠魏国宪穆公主挽歌词二首

之一：

汉制荣仪服，周诗礼颂雍。

名媛名自在，故事故王封。

之二：

弄玉秦楼在，箫声已上天。

求凰求世界，穆肃穆公情。

258. 赠梁国惠康公主挽歌词二首

之一：

外馆宾仪重，中参睿渥深。

黄金风度在，册谥有徽音。

之二：

淼淼湘川雨，飘飘紫气云。

鸾楼人不语，凤驾客昭君。

259. 故太尉兼中书令赠太师西平王挽歌

一世推元老，三生作重臣。

河山封故地，日月驻秋春。

260. 故司徒兼侍中赠太傅北平王挽词

授觊勋庸久，司徒帝业中。

三河应净土，九鼎事臣雄。

261. 奉和礼部尚书酬杨著作竹亭歌

春官自有花源荣，夏日芙蓉逐水生。

未及秋风先菊放，冬梅伴雪行梨英。

晨摇玉佩寻颜色，暮入清溪竹叶行。

叶拂簪缨梦互挂，东方欲晓谒承明。

262. 奉和张仆射朝天行

曲律元候寄，贞师物象明。

周王三致礼，魏帝九臣荣。

戍塞寒冰厚，戎装朔雪轻。

胡笳声不止，汉剑坐精英。

阁老麒麟礼，涂山系紫缨。

全才文武济，策略主谋衡。

批注冠章甫，雄辞乐职萌。

东风春雨泽，百炼列名声。

263. 和李中丞慈恩寺清上人院牡丹花歌

处处牡丹丛，鲜鲜草木风。

悠悠香石径，曲曲水亭红。

叶结青莲域，根连净王宫。

南台南塔寺，一色一禅空。

264. 锡杖歌送明楚上归佛川

锡杖南朝寺，西天北国来。

金经金贝叶，护法护身回。

扫叶清风刹，傅禅朗月开。

终生终不止，佛道佛天台。

265. 马秀才草书歌

草圣一天才，形姿半墨来。

江山江水曲，直木直云回。

点点如风涌，涂涂似腊梅。

挥挥临口白，顿顿待云催。

有影神相得，无流古色媒。

应知年少境，巨匠岁心恢。

历见曾儒道，心经以色裁。

明明游四海，步步上天台。

266. 离合诗赠张监阁老

聚聚分分见，离离合合闻。

人生人所易，感物感黄云。

有别相思切，无逢互道曛。

时章时令换，向友向仁君。

267. 春日雪酬潘孟阳回文

回文一寸心，白雪关知音。

正逆成诗句，傍连作古今。

孟阳千万膽，进士去来寻。

久组文章远，初珍字辞深。

268. 五杂组

五杂组，一驿监。

去去来来问，逢逢别别音。

阡阡陌陌路，海角天涯荫。

269. 蚊名诗

一一杨雄问，三三秀子闻。

相倾相自己，独步独人君。

270. 星名诗

子子文曲望，人人北斗观。

星星星卜占，字字字亦坛。

271. 卦名诗

物象人生问，龙鲸虎鹏闻。

成成含败败，雨雨自云云。

272. 药名诗

七泽兰香药，千山石玉珍。

丹霞人所欲，自在道人身。

273. 古人名词

夏禹自周秦，春秋老子纶。

千年千万子，百岁百经纶。

吕尚知天下，周公宰王民。

三车同轨治，一篆李斯钧。

274. 州名诗寄道士

跬步长亭外，三清玉石边。

遥心遥路去，古道古人田。

275. 八音诗

一曲五音弦，千歌半舞全。

何言多少见，简简意翩翩。

276. 建除诗

雄雄一丈夫，水水半江都。

自古头颅好，无须妄不儒。

277. 六俯诗

六俯金瑛玉，三台帝策书。

康庄方启树，笔墨不言疏。

278. 三妇诗

妇好一先贤，武丁半国天。
罗裙曾占卜，予测已编年。

279. 安语

一代久书安，三朝可路宽。
人人由所至，处处可汉漫。

280. 危语

世事一思危，人情半蕙葵。
心心相报与，处处以慈悲。

281. 大言

天河流一带，北水半南头。
且以鲲鹏缚，钱王四十州。

282. 小言

三更一自鸣，两载半轻生。
百岁人思断，秦皇岛上情。

283. 杂诗五首

之一：
但以秦楼望，公名穆帝情。
萧声萧史去，弄玉弄凰声。
之二：
栈道巫山岸，高唐玉女楼。
瞿塘三峡水，白帝一江流。
之三：
悠悠一水流，肃肃半山秋。
叶叶难离落，枝枝结蒂留。
之四：
游游比目鱼，款款帝王书。
切切人生路，辛辛苦苦余。
之五：
不是女儿身，何言一日秦。
春花春两早，落叶落流频。

284. 广陵诗

隋炀一广陵，百寺半香凝。
本自天台近，闽青古刹僧。
钱塘千万里，五达砥平绫。

不得扬州路，何言后世弘。

285. 古意

酒后忘声情，人前待早鸣。
冠官冠可易，锡杖锡无名。
素手弹琴语，私心弄心缨。
秦楼箫已挂，小小舞难平。

286. 杂言和常州李员外副使春日戏题十首

之一：
风停柳絮轻，雨后李花明。
水上啼莺过，云中一两声。
之二：
曲岸绕花塘，兰舟过未央。
楼堂浮水色，柳叶蘸清光。
之三：
船前晓色惊，草后宿春莺。
未及啼声去，轻舟已不行。
之四：
碧玉泛流霞，金波两岸花。
停舟停莫问，玉水玉人家。
之五：
两岸啼莺乱，三舟并列斜。
鸳鸯藏不住，一守自当家。
之六：
丛丛藏水鸟，处处隐香花。
此地无官署，清明有豆瓜。
之七：
野草芳菲扩，春潮日月闲。
随波前后望，水渚去来弯。
之八：
水上寻明月，塘中宿鸟鸣。
姑姑可所事，窃窃几声情。
之九：
东墙小杏红，水岸各西东。
不可摇摇见，招招一半衷。
之十：
风轻两岸花，碧户一人家。
小女临门望，分明是杏花。

287. 相思曲

小小一潘郎，私私半暮光。
朝朝先望镜，背背是书堂。
镜里同儿女，月下共彷徨。
相思相见得，独宿独心伤。

288. 古乐府

乐府千音曲，和声一律余。
横波横已许，自约自心虚。
意意情歌起，时时起舞书。
姿姿先付予，态态近当初。

289. 渡江秋怨二首

之一：
秋江静，秋水明。
秋江渡口卫阳澄。
秋云自在飞，秋叶去来声。
之二：
一江远，一江平。
渡口空分无声。
半桥岸，半水明，
纤绳落分船横。

290. 秋闺月

春风一夜到辽东，读遍千章问草虫。
不到龙门心不死，皇都不取女儿衷。

291. 薄命篇

薄命女儿来，蔷薇一半开。
三春花草叶，二八暗情催。
月下箜篌语，云中箪篥猜。
邯郸曾学步，早晚望亭台。

292. 放歌行

一帜男儿十地郎，千声玉叹半家乡。
辽东不远三边近，大理云南五味觞。
不必回头朝暮问，无须举首漫轻狂。
前程接武循天下，跬步长亭踱柏梁。

293. 旅馆雪晴又睹新月与众兴所感因成杂言

寥寥深夜雪，处处不分明。

片片迷离落,悠悠玉影生。

华光由闪烁,隐逸任精英。

皎皎连天地,茫茫四野平。

忽然黑井洞,淡泊素相倾。

未了成思断,回光继世盟。

婵娟初显露,暖意待寒生。

且以沧桑易,人间日月情。

294. 玉书体十二首

之一:

万里凤凰城,三春玉苑明。

花花妖不语,夜夜客无声。

之二:

十八女儿情,三秋月独明。

婵娟天下望,后羿不思生。

之三:

只可罗衫薄,无言已有形。

嫦娥应独色,夜梦是心灵。

之四:

梦向辽东去,人思渭水流。

春光春已去,落叶落心愁。

之五:

娇妻不禁羞,古月独春楼。

后羿应无解,嫦娥已万秋。

之六:

婵娟玳瑁床,潇被窜寒宫。

不忍罗衣束,相思一角中。

之七:

已尽相思泪,还生旧梦情。

辽阳应不远,不可女儿行。

之八:

灭烛空闺里,婵娟已尽情。

苍茫云雾里,桂兔伴生平。

之九:

西邻是宋家,北里半桃花。

夏去三秋子,秋来作客华。

之十:

月露更深见,帘疏不忍观。

娥娥难对话,后羿更孤单。

之十一:

不束裙衣带,夫君隔日归。

俱情相奉待,不放一鸿飞。

之十二:

万里行人至,三春客户来。

夫君夫妇见,隔日隔天台。

295. 赠友人

不向巫山去,何言白帝来。

巴山巴峡水,楚客楚辞才。

296. 舟行见月

月入孤舟夜半晴,云平独杨客难明。

船娘隔壁夫妻语,胜似冠官自语声。

297. 杂兴五首

之一:

不是北方人,何言不解春。

红楼红酒色,月夜月相身。

之二:

寥寥一夜情,郁郁半灯明。

处处情儿女,声声自苦鸣。

之三:

一半寒宫里,三千岁月眠。

含羞含所欲,待月待婵娟。

之四:

微微一笑明,处处半无声。

不解空床忆,应知旧日情。

之五:

巫山神女见,宋玉林辞声。

不以襄王在,何言三峡平。

298. 祗役江西路上以诗代书寄内

平生不解路徘徊,接武长亭跬步来。

未尽儒书心示尽,前途不得不亭台。

年年岁岁知何欲,处处时时彼此催。

举首难名成独望,诗章已是继相裁。

夫成妇就何天下,子业形成女楚才。

日日耕耘千万首,唐唐宋宋两三魁。

299. 夜泊有怀

夜泊水宜深,平和称似浔。

乔峰如许座,独木已成林。

300. 自桐庐如兰溪有寄

少妇小头两半难,书去弟子女儿滩。

桐庐水色兰溪寄,接武行装跬步峦。

301. 相思树

一树生红豆,三春结子花。

相思相念旧,互忆互发芽。

302. 石楠树

春天一树红,碧野半云中。

莫折枝枝叶,归根处处衷。

303. 斗子滩

不是严溪斗子滩,嫦娥桂影独相观。

春心一半应流去,日月三千问旧澜。

304. 黄檗馆

虚心黄檗馆,接武会稽山。

达旦通宵雨,青枫日月关。

305. 清明日次戈阳

清明在远乡,乞火向侯王。

独点书窗忆,孤灯照洞房。

306. 中书夜直寄赠

一夜迢迢望,三更处处明。

趋行鸳鹭步,玉漏策相倾。

307. 病中寓直代书题寄

一病感君情,三生待故盟。

皇都应接武,海角可枯荣。

308. 端午日礼部宿斋有衣服彩结之贶以诗选答

彩缕同心结,冠巾共守田。

龙门多子弟,进士有源泉。

贾谊呈诚赋,屈平楚客船。

309. 酬九日

菊酒半皇都,黄花一玉壶。

重阳头似雪,九月问匠黄。

310. 和九日从杨氏妹游

九日从杨氏，三秋任妹贤。

黄花黄玉宇，女士女门天。

311. 祓禊

序：

上巳日贡院考朵文不遂赴九革观祓禊之会以二绝句中赠

诗：

上巳九华观，香轮七色端。

韶光南北济，贡院久书安。

312. 和九华观见怀贡院

之一：

上巳兰亭会，山阴贡院归。

丹龟珠玉瑕，曲水望鸿飞。

正是芳菲令，何疑属翠微。

书生书不止，寄世寄春晖。

之二：

兰亭一序田，士子半方圆。

不必肥还瘦，流觞近酒泉。

313. 桃源篇

源中处处满桃花，路上丛丛尽彩霞。

汉代衣冠秦竹履，仙翁署酒阮刘家。

陶公五柳清溪岸，鸟道千回石径斜。

自此潇湘多少路，书生海角亦天涯。

314. 新夜与儿女夜坐听琴举酒

嫦娥有酒泉，桂影寄清园。

隐约寒宫问，沧洲日月田。

儿儿还女女，玉玉复天天。

莫以后羿问，婵娟独见娟。

315. 七夕

银河鹊渡桥，七夕一良宵。

乞巧知儿女，秦楼弄玉箫。

316. 县君赴兴庆宫朝贺载之奉行册礼因之即事

交欢二十年，比翼七千天。

同朝天子殿，共饮帝王泉。

日照旌旗盛，风行彩仗悬。

知君知册礼，祝颂祝斯贤。

317. 兼怀

序：

元和元年蒙恩封成纪县伯时室中封安喜县君感兴兼怀聊申贺赠

诗：

恩封成纪伯，喜贺盛兴安。

鼓瑟宫征曲，弹琴角羽宽。

和谐方永久，海纳可波澜。

井赋思源土，冠官客气冠。

318. 告身

序：

河南崔尹即安喜从兄宜于室家四十余岁一昨寓书病传永宫告身即枉善祝因成绝句

诗：

晓暮相辉羿，尊崇善祝同。

三川三界妙，五色五蕴中。

319. 奉使丰陵职使卤簿通宵涉路因寄内

家人行役念，路道客知深。

夜漏流无断，前程接武寻。

320. 酬南园新亭宴会璩新第慰庆之作 时任宾客

南宫五色明，北阙一天英。

不免男儿志，应列有纵横。

321. 七夕见舆诸孙题乞巧文

乞巧小儿孙，天河一字痕。

牛郎积织女，世上已同阴。

322. 太常寺宿斋有寄

宿斋孤灯寄，文书独笔行。

妻儿常不解，吏役苦相倾。

323. 朝回阅乐寄绝句

日暖百花初，龟兹一导余。

千声和曲一，万意自虚虚。

324. 中书宿斋有寄

铜壶平城头，玉漏有微澜。

宿直观天色，更深月独寒。

325. 中书送勒馔戏酬

勒赐天王斋，恭身帝主颜。

中书门下省，殿外尚书闲。

326. 敕赐长寿酒因口号以赠

南宫夜色尚书冠，北斗天星玉宇宽。

敕赐天堂长寿酒，千杯一醉万家欢。

327. 湖南观察使故相国袁公挽歌二首

之一：

三歌龙虎节，一入凤凰池。

令尹无兹去，羊公有素旗。

黄泉黄道日，洞俯洞庭诗。

之二：

一虽江皋路，三生日月迟。

潇潇湘湘岸，楚楚郢才诗。

328. 玉山岭上作

天边一夕阳，路上半行装。

隔岭应山驿，呼童解酒囊。

329. 题邵端公林亭

春流谁濯足，柱吏有林亭。

水色千林影，云光百草音。

溪溪清见底，处处石峰屏。

郁郁林芝木，悠悠散蕙馨。

330. 酬裴杰秀才新樱桃

樱桃一玉盘，色彩半云端。

已是胡姬献，妖娇越女丹。

中原如此见，羿域共仙丸。

隐隐思班固，张骞问西鸢。

331. 次滕老庄

征途无馆驿，昼路有逢君。

处处应留客，欣欣入酒文。

332. 宿严陵

严陵十里滩，岸渚半波澜。
不可寻常问，相疑有秋宽。

333. 题云师山房

云公兰若处，月色草林闲。
五色空门久，三春独闭关。

334. 栖霞寺云居室

一室半云居，三光十地余。
栖霞栖古寺，石径石头书。

335. 舟行夜泊

落叶送残秋，行舟断酒楼。

扬帆扬水月，四顾四方流。

336. 发硖石路上却寄

一寄半回肠，三生十地乡。
文章文化客，市土市黄粱。

337. 冬至宿斋时郡南内朝谒因寄

独望一丘园，孤身半酒泉。
无疑天下事，只恐客心田。

338. 和河南罗主泧送校书兄归江南

江南才子地，朔北近三边。
海角多风雨，天涯近日悬。
文章文字检，校正校书田。

百岁千章纪，平生对古贤。

339. 与故人夜坐道旧

不独一林丘，宁轮半九流。
浮名浮利禄，业绩业春秋。

340. 句

阮水波纹细，湘江竹泪深。
云浮新妇石，雨落女儿滩。

第五函　第五册

---

1. 张荐

孝举一深州，真卿半赏由，
三临三绝域，一谏一疏流。

2. 奉酬礼部阁老转韵离合见赠

汉以相如虹，周郎赤避谋。
琼林根直木，阔水运河舟。
百岁知天意，千年待石头。
江南江北见，泽水泽扬州。

3. 和潘孟阳春日雪回文绝句

之一：
江泽雪花春，双莺柳叶津。
树高知净玉，窗厚见来人。

4. 之二：

春花雪泽江，津叶柳莺双。
玉净知高树，人来见厚窗。

5. 享文恭太子庙乐章

具献三堂殿，恭身五味鲜。
旋劳旗帜树，天风弦管连。
芳馨成九陌，举措作神年。
德义仁慈乐，龙箍表罢全。

6. 崔郏

崔郏字处仁，进士第官身。
密检中书令，为兄作弟人。

7. 秘监

序：
礼部权侍郎阁老史馆张秘监阁老有离合
酬赠之什宿直吟玩聊寄此章　时为中书
舍人
诗：
中书一舍人，进士半秋春。
补阙延龄论，常卿太子仁。

8. 享文恭太子庙乐章

一室芝兰肃，三台简册扬。
齐尊如在德，定制似中堂。
太子轩县乐，文恭羽翮梁。
仁则衣被久，貌理饰天章。

9. 杨于陵

于陵字达夫，进士第书儒，
十九韩滉市，相妻不进余。
监明进自仰，膳部共家奴。
节度所由命，司空故旧都。

10. 和权载之离舍诗　时为中书舍人

十载柳杨林，三年日月深。
离离分合合，曲曲自音音。
德律贤臣继，嘉璋故吏临。
期治期所主，比照比知箴。

11. 紫微

序：

郡斋有紫微双本自朱明接于徂署其花芳馥，数旬犹茂，庭宇之内迥无其伦，予嘉其美而能久，因诗纪述　时桂阳郡守

诗：

继夏天衢彩，临秋不惧霜。

黄花同色比，玉宇共朝梁。

紫气从丛散，云光处处扬。

微微连品汇，质质内涵香。

12. 赠毛仙翁

只作赤松侣，无言白云寒。

樵声樵斧尽，草渚草沧滩。

莫以仙翁论，昆山道士观。

13. 许孟容

进士许孟容，贞元帝所封。

居宫居守正，大度大臣踪。

14. 答权载之离合诗　时为给事中

缺缺圆圆见，离离合合知，

文文才史史，府府秘诗诗。

圣圣贤贤问，先先后后迟。

三三重九九，石石亦碑碑。

15. 奉和武相公春晓闻莺

晓柳一莺啼，林荫半草齐，

三光无左右，四顾有东西。

16. 享文恭太子庙乐章

壶觞一管弦，节祝半神天。

德政三布局，昭仪几度年。

17. 冯伉

宠词给事中，弊受莫成风。

帝以清明治，三迁礼部功。

18. 和权载之离合诗　时为给事中

自古文章一纵横，如今典籍半精英。

沉年积事离合见，鲍谢相如各自荣。

19. 享文恭太子庙乐章二首

之一：

古乐一声鸣，天光半落荣。

文恭容秩续，太子乐章城。

之二：

羽钥千旎饰，殊荣一代兴。

三雍三世界，九陌九昭陵。

20. 潘孟阳

孟阳一世萌，荐同半知音，

不以江滩度，游山逛水禽。

民贫宜慰使，酒醉宪宗寻。

享乐何须取，家家国国心。

21. 和权载之离合诗

曲曲歌歌合，群群独独离。

分分分不得，聚聚聚难时。

彼此由天意，阴晴可地期。

知音知所欲，办事办无期。

22. 春日雪以回文绝句呈张荐权德舆

春梅半落雪，玉树半沉霜。

独影天光色，群英日见芳。

23. 元日和布泽

元日和布泽，岁末倾天歌。

北阙祥云迥，南山紫气多。

青阳应运律，草木满山河。

竹帛烟消去，高明净剑戈。

24. 和权载之离合诗

雨雪风尘子，恩慈惠泽生。

诗词明格律，草木要枯荣。

事事人人见，离离合合城。

阴阳生八封，雅倾国风情。

25. 诸葛丞相庙　蜀志

执简门中一武侯，空城帐下半春秋。

三军后退思司马，八阵前行列九州。

26. 段文昌

文昌段墨卿，学士翰林荣。

节度四川使，平章御史名。

27. 享太庙乐章

肃肃清朝显，扬扬至德行。

江山多日月，草木颂阴晴。

雨顺风调见，丰收子女荣。

28. 题武担寺西台

山明落照中，木直隐乔丛。

鸟云寻栖树，人来问寺风。

29. 晚夏登张仪楼呈院中诸公

三千年旧事，六百里江山，

楚楚秦秦界，王王帝帝关。

张仪和氏璧，芈月郢人产。

占国春秋子，纵横世界潜。

30. 还别业寻龙华山寺广宣上人

一寺半松风，三光十地同。

龙华山上色，教化世中空。

31. 端午

竹泪半江阿，汨罗一九歌。

长沙常德水，岳麓月明多。

32. 奉陪段相公晚夏登张仪楼

秦相一楚才，晚夏半天开。

莫以纵横问，文章宰制来。

33. 和段相公登武担寺西台

一税锦城中，三宫寺院东。

西台西水岸，北里北云风。

34. 和段相公登武担寺西台

共步相公路，同行古寺盟。

闻风听磬语，笑指远人声。

35. 奉陪段相公晚夏登张仪楼

飞梁一楚才，画栋半江开。

有舌经纶辩，无禅草木苔。

36. 李敬作

和段相公登武担寺西台

夕照山峰顶，回光锦水流。

山城山木直，古寺古江楼。

37. 奉陪段相公晚夏登张仪楼

战国春秋继，魏子商于地，秦人秦世界，

楚国楚才忧。

38. 奉陪段相公晚夏登张仪楼

苏秦不负张仪员，六国连相一国秦。

但记秦名秦策策，纵横始得始秦赢。

39. 和段相公登武担寺西台

锦水入西台，清风过寺来。

平沙平落日，鸟迹鸟徘徊。

40. 礼部试早春残雪

雪色早春萌，云光暮雨倾。

天公天润泽，厚土厚枯荣。

淑气重重素，朝朝湿湿生。

田农耕种始，并税果因平。

41. 赋得巨鱼纵大壑

水府何深浅，鲸龙各自催。

山高飞秀鸟，洞壑巨鱼来。

岁积年长久，传承各自才。

游鳞舒自在，比翼过天台。

42. 早春对雨

雨雨云云色，朝朝暮暮新。

巴江三年守，蜀道增生巡。

细细微微易，时时令令春。

相邻相不见，隔日隔难钩。

43. 永宁小园即事

竹叶半萧条，河流九日潮。

分明分两界，过客过江桥。

白石生苔碛，朱轮转玉霄。

飞鸿飞一字，比翼比千骄。

44. 台中遇直晨览萧侍御壁画山水

御风一竹枝，细雨半天时。

水水山山画，朝朝暮暮迟。

45. 过三乡望女儿山早岁有十筑之志

雪化女儿山，云移素色颜。

谁思摧十筑，只道有河湾。

46. 和他都官郎中经宫人斜

无穷一夜泉，有欲半神仙。

只望长门月，何须左掖田。

47. 山阁闻笛

玉管临风去，山春小杏来。

红红偏白白，剪剪复裁裁。

48. 登楼

暮雨一江楼，风云半九州。

长安长日月，故国故春秋。

49. 忆江南旧游二首

之一：

风流王谢问，雨雪色江洲。

铁锁金陵渡，何须问石头。

之二：

八月纯鲈脍，三秋蟹脚肥。

阳澄湖上月，酒色酒中归。

50. 郡中即事三首

之一：

律令雁飞初，堂呼鼓角余。

清明如战垒，落叶似贫居。

太史书城老，江寒水底鱼。

之二：

红衣脱尽一香天，碧玉行宫半子悬。

越女含情躬自视，吴儿有意望婵娟。

之三：

一水分明半，三秋画界千。

阳阴南北岸，冷暖暮朝宜。

51. 野望二首

之一：

麦陇杏颜红，云天不透风。

应知多子粒，夏末少秋风。

之二：

野望不回家，官衙御道斜。

前程前不止，白首白梅花。

52. 游西山兰若

西山兰若去，北路古泉声。

石径春花艳，游僧已入城。

53. 泛舟入后溪

之一：

流流泛泛作溪涵，曲曲弯弯北又南。

行行止止啼莺望，春花不语落鱼潭。

之二：

雨后一桃花，云南半水涯。

明明颜色好，处处向人家。

54. 看花

丛丛一玉心，处处半鸣禽。

朵朵分层次，花花待露涔。

55. 春望

白首回春望，朱轮复入秦。

年年相似见，处处市东邻。

56. 寄江陵韩少尹

别后共经霜，逢前折柳杨。

何离分别纪，以此作炎凉。

57. 贺州宴行营回将

九剑一边关，三军半御颜。

辽东辽将在，朔北朔南山。

58. 游郭驸马大安山池

山池必细侯，驸马过春秋。

别馆桃花色，歌楼小杏羞。

清烟留案几，碧玉满沧洲。

不醉千杯酒，方寻万里舟。

59. 玉蕊

序：

故萧尚书瘿柏斋前玉蕊树与王起居吏部孟员外同赏

诗:

玉蕊堆堆树,瑶华处处枝。

凝香凝积淑,散色散繁迟。

白日怜芳问,诗人纳碧时。

60. 和武相早朝中书侯傅点书奉呈

殿省平章事,夔龙上袯池。

星辰临帝座,剑履对词诗。

玉漏天机策,金波载物姿。

雄图呈主宰,点奏紫微时。

61. 沐镜

序:

和萧侍御监察白帝城西村寺斋沐镜有怀吏部孟员外见赠

诗:

南宫一吏官,北阙半心宽。

白帝临吴蜀,巴山分楚端。

江流三峡水,吏职一天冠。

62. 送张郎中副使自南省赴凤翔府幕

仙郎佐幸谋,宠议客春秋。

府幕须良策,功名可九州。

63. 和窦吏部雪中寓直

大雪纷纷下,宫灯处处明。

年年由瑞气,岁岁可荣生。

64. 小园春至偶呈吏部窦郎中

松筱纳苦自经寒,渡口优荣水路宽。

只得人心多眷顾,春风已过有波澜。

65. 酬吏部窦郎中直夜见寄

一命为郎早,三春草已荣。

冠巾应玉佩,鹭羽已趋行。

66. 永宁里园亭休沐怅然有感

草木多留步,阴晴少故书。

云中含雨色,水下纳游鱼。

曲陌幽深处,山形山影余。

67. 登乐游原寄司封孟郎中卢补阙

接武乐游原,秋怀肃简繁,

郎中卢补阙,共语问轩辕。

爽节分明色,高天直木蒙。

伊川伊陆岸,曲水曲不源。

68. 英气

序:

干元初严黄门自京兆少尹贬牧巴郡以长才英气固多　暇日每游郡之东山山侧精舍,有盘石细泉,为浮栖之胜,苔深树老,苍然遗躅士谬,因出守得继,兹赏乃赋十四韵刻石上。

诗:

一作黄门客,三生国务深。

中华中国志,汉祖汉人心。

事以中南海,情关父母音。

云南云不止,漠北漠霜侵。

海角天涯路,荣城西夏岑。

胡杨胡域觅,内地中蒙寻。

树老苍苔迹,江源湿地淫。

长江长万里,古道古还今。

汉使丝绸路,天骄土布襟。

丛森茶马道,独步五洲琴。

且待沙鸣后,还言木成林。

无为无不济,已作大风吟。

雨注天地老,光明厚地沈。

书生应跬步,接武可承钦。

69. 闲斋示一二道者

只以空门学,何言举世忧。

虚堂虚所悟,布履布秋收。

70. 南池荷花

南池水满半荷花,一片青莲十亩洼。

玉立婷婷红色滟,蓬头子子女儿家。

71. 郡中玩月寄江南李少尹虞部孟员外三首

之一:

水上月多明,云中色未清。

波摇听岸语,后羿似无情。

之二:

月色一风流,山光半木秋。

空空三界静,肃肃两云楼。

之三:

缺缺圆圆见,波波浪浪摇。

心思心不定,欲止欲行消。

72. 城隍庙赛雨二首

之一:

肃肃三天乞,冷冷一雨津。

何闻巫不语,只寄敬亭神。

之二:

积润云千里,推诚雨百霖。

田禾渠水阔,苦力易天音。

73. 郡楼晴望二首

之一:

地远秦人望,天晴社燕飞。

无功辛苦力,有路未言归。

之二:

历历晴川望,悠悠洞谷鸣。

相思相见日,独许独心情。

74. 初移琪树

初移琪树苑,爱此雨云烟。

月下寻心静,官中顾此田。

75. 燕居

报国应何力,流年寓所期。

巢居巢燕问,早去早归时。

76. 寄黔府窦中丞

一汉中丞使,三黔节度明。

朝衣朝肃穆,夏月夏花荣。

77. 书楼怀古

日暮一音琴,横云半古今。

垂天连上下,扩寻影不寻。

78. 九日十日郡楼独酌

旧友东林去,新交故酒来。

无书无醒醉,有菊有残杯。

79. 暮秋言怀

但向丘中望，飞鹰树上停。
千声何不数，一二无形。

80. 题枇杷树

五月摘枇杷，三春采木瓜。
因因成果果，叶叶付花花。

81. 上元日紫极宫门观州民然灯张乐

岁末上元开，年初紫极台。
燃灯燃俗乐，古道古人来。

82. 西郊兰若

深深不尽一空门，古刹当然半世尊。
净土禅音知自在，钟声鼓语是慈恩。

83. 在郡三年今秋见白发聊以书事

白发三年见，青丝百岁荣。
儒书何不尽，故事久无明。

84. 郡中端居有怀袁州王员外使君

旧忆同门事，新思共市居。
袁州员外问，郡守郡皂疏。
闭户应关目，开门只读书。
分忧柔弱客，助力牧田余。

85. 山寺题壁

野果青台上，余香石几中。
蝉鸣高树远，壁立远山空。

86. 暇日适值澄斋江亭游宴

弦歌应对酒，曲舞可黄昏。
一醉江亭宴，千杯落日村。

87. 玩槿花

朝来一色梅，暮去半苍苔。
对日承天见，封身自闭开。

88. 冬湿

序：
州民自言巴土冬湿且多阴晦，今兹晴朗苦寒霜颇甚，故老或异之，因示寮吏

诗：
相逢一两年，却别半方圆。
湿晦巴山麓，晴明白帝船。
冬霜径不见，雨雪自浑泉。
不解星天卜，文昌已示贤。

89. 郡斋读经

自在一从来，观音半世开。
心经空色度，慧觉智人恢。
达者成方丈，儒书已成才。

90. 斋中有兽皮茵偶成咏

皮茵一兽裘，蜀晦半江流。
未暖巴山湿，相宜剑阁楼。

91. 野天采鞭于东山偶得元者

东山一本元，采撷半苍繁。
百代无新旧，三光有世萱。

92. 守郡累年俄及知命聊以言志

东山一老天，北陆半皇都。
不隐儒书志，龙泉剑玉奴。

93. 东流早梅一树岁华如雪酣赏成咏

寒梅一树华，白雪半霜花。
千枝香不断，百度入人家。

94. 题郡南山光福寺

南山光福寺，北客故思深。
又读长沙赋，还言汉帝音。
功名成败问，日月去来寻。
玉帐空严肃，甘棠树立阴。

95. 雨中寒食

佳人换薄妆，草色满池塘。
不得男儿见，如轻半自狂。

96. 晚夏郡中卧疾

远事心如寄，闻风早入秋。
巴山巴水夜，卧病卧思愁。

97. 酬卢司门晚夏过永宁里弊居林亭见寄

自叹淮阴路，谁寻白帝城。
蚕丛修蜀道，杜宇已无声。

98. 山郭风雨朝霁怅然秋思

旭日惊秋照，凉风入叶林。
江流江水逝，竹泪竹斑留。

99. 南馆林塘

岭上一风烟，云中半石泉。
林塘林直木，水色水方圆。

100. 腊夜对酒

琥珀杯中酒，阳关月下沙。
英雄何不问，万里不回家。

101. 池上构山山咏怀

寂寞一斯人，徘徊半故臣。
堆山添石垒，日月始如秦。

102. 林塘腊侯

北国冰霜早，南方日月勤。
林塘梅影立，隔月岁年分。

103. 酬礼部崔员外备独永宁里弊居见寄来诗云图书

之一：
故里藏书阁，闭门闭槿篱。
朝明天水岸，夕照小儿辞。
蜀国相知久，秦川已忘时。
群山无杂木，远客有灵墀。

之二：
授册荣天使，皇恩玉树消。
都人哀挽泪，凤辇未央朝。

104. 挽词

序：
梁国惠康公主挽歌词（时诏令百官进词驸马即司空子公之子）

诗：
历历成陈迹，新新作远遥。

秦楼应自在，弄玉不吹箫。

105. 南池晨望

晓色南池岸，群蛙竟一鸣。
林塘行独早，石壁小泉清。

106. 林馆避暑

碧玉荷塘铺，方舟绿叶园。
天工甘露水，浸润独珠悬。

107. 长历

序：

巴雨君斋雨中偶看长历，是日小雪有怀
昔年朝谒因成八韵

诗：

下里巴人蜀，阳春白雪秦。
朱轮elated刻漏，紫陌匆朝臣。
豸角簪裾正，龙池列宪津。
天颜天子近，制书制红尘。
瑞气凝珠蕊，华茵首辅钧。
金光金马仗，玉鹭玉京新。
咫只知天地，千年问短频。
春明应物象，草木自经纶。

108. 襄城驿池塘一日

一夜长秋始，三更短桥鸣。
群星移未尽，月色独波平。

109. 资阳郡中咏怀（自述古今诗）

腰章非达士，闭谷是潜夫。
格律诗词久，南洋一半吴。
千年今古试，万里去来儒。
接武从天地，归心问念奴。

110. 寒食宴，城北山池，即故郡守荥阳郑纲目为折柳亭

故馆春先至，山池折柳亭。
黄中应有绿，水下已藏青。
细雨清明近，烟波乞火星。
书生儒席止，宅瑟士余丁。

111. 酬彭州萧使君秋中言怀

右职移青绶，雄藩拜紫泥。

江明扬玉垒，气爽待君题。

112. 资中早春

一夜巴山雨，千泉主露流。
瞿塘三峡始，楚国半江楼。

113. 郡楼怀长安亲友

心怀一点情，事务半无声。
莫以生平论，唯闻有弟兄。

114. 王起居独游青龙寺玩红叶因寄

青龙红叶寺，玉树覆清霜。
一谷应无尽，三秋意气扬。

115. 夜听琵琶三首

之一：

楚汉相争斗，鸿沟垓下情。
萧何韩信去，项羽久无平。

之二：

不佩将军印，难悬战士声。
江东儿女少，北陆暮朝鸣。

之三：

一伎半天歌，三更两玉河。
天桥由鹊主，七夕已无多。

116. 题松江馆

松江接五湖，白浪到江都。
古馆分符计，春秋越问吴。

117. 偶题寄独孤使君

凉风上桂枝，署气去方迟。
问病淮阳水，人生自有时。

118. 人生

万里长河一粒砂，千年逝水半天涯。
争先踊跃忧家车。接武唐诗二月花。

119. 永宁里小园与沈校未接近怅然题寄

枫叶初红白露多，轻霜又覆满庭柯。
清清净净书房外，朗朗明明唱九歌。

120. 斋中咏怀

东风寒食过，细雨草茵青。
但以无心视，何分有渭泾。
江流田亩润，滴水不成形。
浊浊清清见，芝芝蕙蕙苓。

121. 登郡前山

北客滞巴东，南樱熟紫红。
高唐神女问，宋玉赋襄公。

122. 客有自渠州来，说常谏议使君归事怅然成咏

长沙一左迁，意气半当年。
不带东山伎，诗歌入管弦。

123. 春日朝罢呈台中寮友

鸳鹭趋行九九霄，参差彩仗向三朝。
烟笼玉树香阶路，日暖宫深接宇宵。

124. 州民有献杏者瑰丽溢目因感花未几聊以成咏

蛾眉半敛载金冠，美杏开花结果丹。
志士悲鸣忧未止，佳人养鸟为长叹。

125. 西川独孤侍御见寄

序：

西川独孤侍御见寄七言五韵一首为郡翰
墨都捐，逮此酬答，诚非拙速

诗：

西川半见雪峰寒，百雉三层上将坛。
细柳营边挥健笔，功勋册立运酬难。
冠官失笑边疆志，战士无生耻掳鞍。
万里长城非好汉，千年一弩可知难。

126. 都城从事萧员外寄海梨花诗尽绮丽至惠然远及

一树海梨花，千章百玉华。
陈颜今古今，滟色去来斜。
玉影惊尘泡，形姿挂薄纱。
香袋由此著，彩绘纳天涯。

127. 赴资阳经嶓冢山（汉水之源）

嶓冢山石谷，汉水路江源。

旧峡朱辐重，新途草木繁。

128. 郡中言怀寄西川萧员外

功名无远力，郡守有田桑。

上巳兰亭序，梅枝一短长。

129. 郡斋感物寄长安亲友

一路必无穷，三生已尽躬。

天天由感物，处处任诗虫。

130. 息舟荆溪入阳羡南山游善泉寺呈李功曹巨

旅泊荆溪渚，南山寺善泉。

兰香应续缕，挂印可清眠。

共匿无寻觅，孤闻有地天。

蘪英身十字，仰叹任千年。

131. 乱后曲江

精英一曲江，柱国半家邦。

乱后三年治，轻风一雨窗。

132. 寻山家

七色一山家，千林百草洼。

三光双宇宙，五味半天涯。

133. 寄裴校书

一字一琼枝，半生半接迟。

珠玑珠玉落，墨宝墨珍诗。

134. 句

风泉留古韵，鼓磬有新音。

135. 句

一雁飞人字，三声问井田。

136. 杨巨源

河中字景山，进士凤翔还。

七十归时晚，终身闭门关。

137. 秋夜闲居即事寄庐山郑员外蜀郡符处士

秋声一雁飞，落叶半难归。

莫问南南北，人形处处依。

138. 独不见

东风一贾娘，细雨半何郎。

有约来天外，无言意切长。

139. 题赵孟庄

书题赵孟庄，管鲍作柳杨。

共作芝兰气，同为蕙芷乡。

青囊词万卷，书意豫千章。

原事知王浚，州县爱疏梁。

140. 辞魏博田尚书出境后感恩恋德因登丛台

一自己龙钟，三生问直松。

真卿希烈语，感事自形封。

141. 夏日苦热同长孙主簿过仁寿寺纳凉

青莲仁寿寺，理证静空门。

谷壑连川气，溪流逐晓昏。

如来传玉宇，自在小儿孙。

142. 送李虞仲秀才归东都因寄元李二友

独步一东都，孤身半有无。

芝兰知世界，芷蕙向江湖。

洛洛伊伊路，冬冬夏夏儒。

143. 谏院

序：

和卢谏议朝回书情即事寄两首阁老兼呈二起居谏院诸院长

诗：

宠位回头顾，天机自得舒。

龙渠龙救水，凤翼凤凰居。

谏策三边近，僧儒一道书。

麒麟麒阁见，未可未央初。

144. 奉酬窦郎中早入省苦寒见寄

接武丹霄列，趋行玉漏空。

天狼寻北斗，玉兔广寒宫。

已报阳和早，东来紫气丰。

丹墀连广陌，两省带天工。

145. 野园献果呈员外

八月红黄色，西园熟果香。

花开花落去，实得实方扬。

146. 大堤曲

二八船家女，三春客酒奴。

荚荷巴水岸，素手玉壶呼。

嫁与京城子，方知万里都。

旗亭南北客，鼓瑟二妃孤。

147. 杨花落

柳絮杨花落，红英绿翠多。

悠悠天地阔，历历去来莎。

贾谊长沙赋，屈平楚吨歌。

寒尽寒食节，端午忆汨罗。

148. 月宫词

似水如山见，嫦娥玉兔宫。

浮云浮不定，桂影桂西东。

月月高悬止，年年自缺空。

三生寻后羿，十八女儿红。

149. 赠从弟茂卿（时欲北游）

骥足一茂卿，奇才半性明。

文章知海内，雅颂问风情。

杜甫成都事，王维水月城。

昌龄之涣酒，李白浩然行。

150. 乌啼曲赠张评事

杨花杨叶绿，柳絮柳枝萌。

碧玉乌啼曲，青莲起落平。

三春中细雨，七步小桥横。

151. 端午日伏蒙内侍赐晨服

彩缕纤纤织，绡绫缴缴缨。

晨衣应所赐，五日九天明。

贾谊长沙赋，屈原楚国鸣。
清风清四野，朗月朗千城。

152. 胡姬词

汉客已无羞，胡姬未掉头。
何须何再问，不是不当留。
秀女江湖水，英雄上酒楼。
沙鸣沙谷底，一雀一春秋。

153. 春日有赠

柳叶一枝斜，风光半谢家。
鸿飞过北海，满目雪冰花。

154. 襄阳乐

已志少年头，孤行四十州。
羊公垂泪处，汉水也东流。

155. 关山月（鞍山千山寺）

苍茫一故关，逶迤半千山。
鹤塔无梁殿，龙泉有曲弯。

156. 长城闻笛

秋风老将心，笛曲已知音。
白雪长城顶，红梅岭上簪。

157. 春晚东归留赠李功曹

别道芳田问，离心草木城。
东归东不尽，北陆北难名。
隔岸听鸳问，随波见水行。
儒书儒所以，读去读来平。

158. 送殷员外使北蕃

地铁巴黎早，天书国务衙。
阿斯通进口，国产思家华。
利禄商香港，京都值构沙。
高程高铁程，市政市中巴。
廿五年前事，如同二月花。
群芳群百汇，独立独天涯。
努力黄云北，分曹有雄车。

159. 送许侍御充云南哀册使判官

万里永昌市，千年大理城。
威仪威所事，奉旨奉心明。

绝域哀荣见，云南市国情。
功勋无过誉，自许有诗情。

160. 秋日题陈宗儒圃亭凄然感归

曾随何水部，待月上东亭。
旧语翻然出，荒园似有灵。
如今重旧地，竹影复苍萍。
木榭吱吱响，清风肃肃宁。

161. 和郑少师相公题慈恩寺禅院

四海半空门，三光一五蕴。
原钟无日月，古寺有慈恩。
雁塔由天竺，心经可智尊。
如来如自在，玉宇玉乾坤。

162. 同赵校书赴普救寺

东门一寺天，北塔半云烟。
白浪惊流水，青山隐逝泉。
风尘分驿道，古木合乔弦。
气象逢君雅，书题普救船。

163. 春日与刘评事过故证上人院

故证上人村，新临古寺门。
当年童子老，独送对黄昏。

164. 春雪赴兴善寺广宣上人竹院

白雪阳春近，浮动竹木桥。
行明融水色，积善自消遥。

165. 清明日后土祠送田彻

清清明草木，处处正年华。
但向群芳语，君从二月花。

166. 酬令孤员外直夜书怀见寄

粉署花枝暖，中书玉树斜。
枝枝叶叶亮，暮暮朝朝华。

167. 赴表丈三大夫书斋

素卷堆瑶笔，朱弦问绛纱。
题诗三百首，上苑一人家。

168. 春日送沈赞府归浔阳叔父

浔阳一九江，洛水半秦腔。
赣抚临川问，家乡是故邦。

169. 与李文仲秀才同赋泛酒花诗

莫道春无赖，飞花作雪枝。
随风潜入榭，白首带香姿。

170. 登宁州城楼

宋玉半悲秋，屈平九楚忧。
宁州宁汉地，郡水郡山楼。
此处非秦晋，寒山是白头。

171. 同薛侍御登黎阳县楼眺黄河

三湾一水烟，一半在青天。
九曲回纡浪，千年浊浪天。
源泉清似雪，万里逐河船。
北国流不尽，东营入海田。

172. 和权相公南国闲涉寄广宣上人

碧玉思回凤，玄珠对木柯。
师登南国路，景旷北天和。
浩气苍然久，时常唱九歌。
疏途官吏少，智慧上人多。

173. 供奉宣法师归安南

交州一夜钟，万树白云峰。
直木安南碧，松林法师封。

174. 池上竹

竹竹丛丛碧，池池水水多。
形形重影影，节节树戈戈。
但以空心见，风云作九歌。
清清清自立，直直直斯磨。

175. 长安春游

树色曲江头，茵光直木洲。
芙蓉园里水，陆羽碧螺舟。
绿野从千户，朱门问五侯。

176. 送宣法师归蜀，法师即红楼院供奉广宣上人兄弟

兄兄弟弟上人修，宦宦官官几国忧。
法法师师师供奉，堂堂馆馆帝王楼。

177. 早朝

日照一蓬莱，朝堂半漏开。

丹墀阶升下，鹭鹤玉冠来。
举笏金銮殿，菡萏九陌台。

178. 赠张将军

关西一将军，漠北半黄云。
细柳营中帐，长安御策分。
王翦频诸令，举剑鲁连勋。
白雪功高处，沙鸣月色鞭。

179. 和侯大夫秋原山观征人回

秒原山上望，一路见征人。
战罢两河静，行营五令申。
军明军战士，国立国家秦。
此免千家役，应言四海春。

180. 酬于驸马

尘香曙色分，晓日半含曛。
鸟雀方初醒，藏蛟已见君。

181. 送人过巴州

征人过巴州，晓次望江流。
岸曲洽茫雾，波平逐逝休。
联诗联远句，忆昔忆同游。
对水西东问，临山草木秋。
人生应不止，接武十三州。

182. 寄中书同年舍人

之一：
中书门下省，左栿未央宫。
玉漏惊回首，平章制书逢。
清明清紫阁，舍下舍人风。
乞火王侯客，墀香彼此同。
之二：
初春露水半兰丛，有客花明唱大风。
自在天光朝暮间，三边历代有英雄。

183. 将归东都寄令狐舍人

一夜春风万井红，三更晓色一西东。
霞光四射皇都近，故道千章御殿宫。

184. 寄江州白司马

江州司马寄，惠远上东林。
半向匡庐问，千年已古今。

题诗题古道，九日九江浔。
白鹿离人望，青云近客心。

185. 薛司空自青州归朝

黄河自向东，渭水大司空。
雅俗方南北，凌烟阁老功。
行云齐鲁雨，立马汉家翁。

186. 送章孝标校书归杭州因寄白舍人

飞来峰下见，咫尺隐中闻。
独宿心灵静，群芳草木君。
江都头脑好，不及运河勋。
海海天天望，钱塘六合分。

187. 述旧纪勋寄太原李光颜侍中一首

笑向天西万里霜，人生自古一杨长。
三边鼓角连日月，独木成林作市乡。

188. 书剑

举剑向天扬，西行作柳杨，
三边男立志，九鼎女儿乡。

189. 酬卢员外

魏国山川在，卢郎日月留。
同行同接武，共事共春秋。
步独羊昙泪，青云付马牛。

190. 古意赠王常侍

纱窗北里深，织女凤凰簪。
少妇思边朔，无衣雪满怀。
机梭佳织手，尺素女鬼心。

191. 送裴中丞出使

龙韬平冏面，虎施肃三光。
雨露天威制，风霜日月纲。
中丞金印使，细柳绿先黄。
重任春关去，回轩敬石郎。

192. 送绛州卢使君

日日要题诗，天天可予知。
时时因果问，处处有恩慈。

193. 赠李傅

因公一字文，誓激十三君。
粉署行边令，征人忆将军。

194. 上裴中丞

制书六年多，成文一肃知。
阳春阳润泽，翟意圣天歌。
物色回天地，青云染玉珂。
东堂东宰沼，渭邑渭先科。

195. 和人与人分惠赐冰

天工一念水成冰，有色无形玉气凝。
只以寒凉由积蓄，深宫暑热已难兴。

196. 观打球有作

三军两阵成，一马半无兵。
玉勒凭空立，双分任红缨。
球门由将守，两侧可冲衡。
左右纵横进，前锋后卫城。
齐呼谁胜负，独战共精英。

197. 早春即事呈刘员外

春风庚信楼，细雨谢沧洲。
楚练同歌舞，齐讴管瑟酬。

198. 送司徒童子

楚国多才子，足智鲁地儒。
人中三子见，树上一鸳鸪。

199. 寄昭应王丞

武后一王兴，周皇半御丞。
明为明欲晦，幸作幸香凝。
莫以随心欲，何言以佛灯。

200. 酬崔博士

白玉壶中一片情，京城博士半世清。
书香府第天街石，步步吟诗步步情。

201. 酬裴舍人见寄

五老祠西作归班，三公汉北问昆山。
玉漏金阶随鹓鹭，石笋烟霞不可攀。

202. 和刘员外陪韩仆射野亭公宴

好客风流见，嘉音旷野闻。
儒风齐鲁继，汉赋楚吴君。
庾信千诗水，陶公五柳去。
三千章外从，十八柏中文。

203. 酬崔巴拿马惠笺百张兼贻四韵

七字文头笺，三生玉策函。
千章含日月，万里纳山岚。
满荚嫦娥数，弦园桂影眈。
凌云凌跬步，笑海笑丝蚕。

204. 赠史开封

草远已天低，师坛将未齐。
周郎惊赤壁，邓艾问川西。
剑舞风云共，红尘世俗栖。
开封开世界，运命运河堤。

205. 奉寄通州元九侍御

郁郁大明宫，幽幽半大风。
龙楼藏紫禁，直署侍元隆。
瑞雪凉州玉，细雨江南沣。
期君乔木直，接武大司空。

206. 赠浑鉅中允

侍猎雪纷纭，弓弦进退分。
三边晴日远，九陌建功勋。

207. 重送胡大夫赴振武

安危不可一主分，进退何须九鼎文。
拙政知民知自己，斯儒道德道斯君。

208. 送陈判官罢举赴江外

书生甲乙自无名，不废烟消入楚城。
白雨行江江水暗，波涛海外海潮明。

209. 奉和裴相公

和平回旧律，细雨润新英。
竹寺题名处，相公问鹤行。
空门空日月，住持信阴晴。
不肯红云见，山河草木荣。

210. 和大夫边春呈长安亲友

冰河一半开，历史一天台。
妇好寻常卜，三军胜利催。

211. 张郎中段员外初直翰林报寄长句

秋空楚练一云明，九曲黄河半浊清。
寓直翰林天子近，三边策画九江城。

212. 卢郎中拜陵遇雪蒙见召因寄

郎中遇雪拜陵归，接武银花覆紫微。
吉瑞纷纭天下路，南宫使者带光晕。

213. 冬夜陪丘侍御先辈听崔校书弹琴

雪满中庭夜，灯明玉漏壶。
弹琴弹世界，侍御侍皇都。
蔡女胡笳拍，相如酒市孤。
周郎何不问，谢履几江湖。

214. 奉酬端公春雪见寄

剪玉飞花落，裁绫断甲平。
疯狂争淑色，蜀国不知情。

215. 元日含元殿下立仗丹凤楼下宣赦相公二首

之一：
肃立含元殿，三元彩凤楼。
千声呼万岁，九奏颂春秋。
之二：
率士朝天颂，拥君主宰元。
千门三世界，九陌一轩辕。

216. 元日观朝

岁岁元龟坐，年年太液池。
元元元启立，洒洒洒先知。

217. 题贾巡官林亭

许询交禅侣，陈寔妇好箴。
闲亭闲白鸟，木直木乔林。

218. 和元员外题升平里新斋

升平日月过东吴，草木扶苏枕广衢。

市步儒诗成佛祖，同行敢是道门枢。

219. 送澹公归崇山龙潭寺葬本师

独境真机去，空门归曲余。
重生重傲骨，再造再禅书。

220. 邵州陪郎中宴

玉女临西塞，歌喉向水回。
江南江雨细，酒色酒泉开。

221. 和令狐舍人酬峰上人题山栏孤竹

抱节空心直，丛群合片情。
孤情孤独傲，翠雪翠云形。

222. 感物

汪汪惊犬吠，哑哑噪鸟闻。
海角天涯事，山川日月君。
孤珍孤口味，众说众纷纭。

223. 寄赠田舍仓曹湾

不念因风雨，常闻问日初。
居人居陋巷，圣洁圣人书。
暮得黄昏近，朝来彩锦疏。
身为身羽翼，帝业帝王锄。

224. 上刘侍中自述七阳二十韵

七十诗词滥，三千弟子乡。
丹墀弘社稷，命带玉珪璋。
虎视精英客，龙城寓逸骧。
周公知吕尚，甫翊禹舜汤。
辟汉巴黎使，平津国事康。
中华修地铁，阿尔斯通疆。
轨道交通市，幽燕首辅扬。
朱门重启闭，诏备复缣细。
玉帐金章俎，秦皇碣石梁。
东风何不借，白羽付周郎。
逸步中南海，深思北国光。
终知天地阔，始得著圆方。
论剑由之瑟，甘录赐也墙。
书书藏画画，柳柳共杨杨。
海内修桃李，周秦问汉唐。

251

生平生日月，著作著封王。
土地田家厚，耕耘士子良。
辛辛辛苦力，垒垒垒平章。
少尹河中摆，桓仁月下凉。
山河山已易，暮色暮苍茫。

225. 赠侯侍御

天机有远心，逸步见知音。
十载成杨柳，三年一古今。

226. 怀情抒情寄上信州座主

沧洲草木一琴书，日月阴晴半少余。
莫以居心相问答，闲庭信步可相如。

227. 送杜郎中使君赴虔州

一带南康路，郎中北国君。
虔州南海岸，鹈署瞩黄云。

228. 别鹤词送令狐校书之桂府

海鹤高天望，轻云玉树边，
朱弦弹不得，桂府共斯眠。

229. 夏日裴尹员外西斋看花

夏日繁花色，青香平玉筵。
红黄橙白缘，叶茎色枝妍。

230. 赠邻家老将

少小羽林郎，中年戍朔方。
边翁今白头，老将未封疆。
但以男儿志，仪枪箭弩张。
归来常叹息，大漠有沙光。

231. 和吕舍人喜张员自北蕃回至境上

白马天文动，仙姿祖帐安。
平沙平万里，广漠广千澜。
杳杳荒丘接，茫茫日月潭。
苏卿苏北海，蔡女蔡姬弹。
紫陌天街路，阴山敕勒滩。
和平和国使，罢战罢人宽。
世上民生本，云中帝业残。
昆仑空好月，渭水泊征鞍。

232. 春日奉献圣寿无疆词十首

之一：

物象京华籍，瑶池国布康。
宸章宸傲奏，圣寿圣无疆。

之二：

陌陌阡阡润，鸰鸰鹭鹭上祥。
南山南极秦，事业事平章。

之三：

吉列金銮祝，云陛凤舆光。
山川麟阁殿，日月大明堂。

之四：

浚藻三元气，祥云九陌乡。
千门千曲祝，万井万家皇。

之五：

一代乾坤治，三光世本生。
春宫春细雨，玉漏玉精英。

之六：

代以文明昼，朝行教化情。
丹墀丹圣驾，睿德睿王城。

之七：

自以繁荣继，当然世界益。
芳华芳草木，太祝太和盟。

之八：

玉漏簪裾客，丹阶国柱瑛。
三台三祝颂，九日九衢呈。

之九：

日上苍龙阙，香含紫禁城。
云端云雨济，雪瑞雪春萌。

之十：

自古元黄帝，如今帝业时。
千门千载凤，万岁万年诗。

233. 衔鱼翠鸟

直俯疾衔鱼，扬飞庆自疏。
生明生是本，宰籍宰非书。

234. 题范阳金台驿

六国春秋客，千金十丈台。
应非先子去，不是故人来。

235. 寄薛侍御

世上无穷事，年中有限人。
思君如落暮，忆步入初春。

236. 赋得灞岸柳留辞卷员外

折柳拂风尘，枝枝半减春。
何如昂首去，一路过天津。

237. 折杨柳

别别离离问，杨杨柳柳寻。
齐歌知鲁府，楚练向吴音。

238. 雪中听筝

白雪清商彻，阳春羽角停。
梅花三弄曲，北海一丹青。

239. 卢龙塞行送韦掌记二首

之一：

雪雪纷纷落，枝上叶叶平。
卢龙寒塞冷，鼓角戍人惊。

之二：

大汉陈琳记，沙鸣问酒泉。
楼兰何处见，烈日自经年。

240. 题五老峰下费君书院

门前不负老人峰，书中有玉容。
花间花自主。云溪月色月芙蓉。

241. 僧院听琴

东林不断一琴声，
和弦半自鸣。
心经心止境，僧门色界色空城。

242. 和武相公春晓闻莺

恨晚飞迟晓欲明，
早醉已闻莺。
似许如情许，默默朝天祝几声。

243. 唐昌观玉蕊花

昌观玉蕊花，玉立百媚家。
态态姿姿娃，婷婷艳艳华。
风尘尘不浸，日色色奇葩。
简简繁繁处，红红碧碧霞。

244. 山中主人

青山有一家，翠屏半红霞。
直木乔林色，溪流满落花。

245. 太原赠李属侍御

桑干塞雁飞，一字洞庭归。
隔岁初春起，渔阳寄日晖。

246. 崔娘诗

弄玉知情早，潘郎问玉迟。
风流才子客，不及惹娘诗。

247. 题云师山房

云公兰若远，水月不分明。
木下何平静，流中已自清。

248. 城东早春

诗家一目新，草木半知春。
柳柳杨杨色，黄黄绿绿均。

249. 秋日登亭赠薛侍御

旧日梁王路，今晨侍御亭。
从军从所志，舞剑舞边庭。

250. 石水词二首

之一：
石石泉泉水，山山木木杨。
花花争艳丽，草草逐芳香。
之二：
细细流流远，悠悠曲曲长。
如云如雨渺，似有似无扬。

251. 答振武李逢吉判官

酒酒诗诗客，时时轰轰逢。
单于应独判，朔北自王封。

252. 宫燕词

彩锦毛衣侣，机梭日月弦。
趋趋鸳鹭客，误误曲歌天。

253. 赠崔驸马

萧郎方似起，弄玉翠云低。
凤凤凰凰曲，暮暮朝朝栖。

254. 听李凭弹箜篌二首

之一：
玉殿繁弦曲，天光简易行。
昆明池水静，太掖已无声。
之二：
新声上九天，古乐下千年。
淑玉三章叠，清商半掩弦。

255. 临水看花

临水看花去，繁枝简影开。
姿形姿不尽，色去色香来。

256. 观伎人入道二首

之一：
花前学诵经，暮鼓问晨钟。
百尺楼台上，三春忆旧容。
之二：
出色芙蓉水，闻声草木逢。
半许江山客，千寻日月踪。

257. 方城驿遇孟侍御

白马温汤驿，青云古道西。
男儿从戍羽，大漠蜃楼低。

258. 酬令狐舍人

受业公门事，由墙不见山。
公婆公有理，曲水曲河湾。

259. 美人春怨

暮西半罗裳，朝云一草堂。
瞿塘三峡水，白帝两高唐。

260. 艳女词

艳女却罗衣，丰姿独自依。
应知应见色，误莫误香稀。

261. 名姝咏

一屋阿娇许，三宫古镜稀。
罗衣应再薄，粉色可空依。

262. 送太和公主和蕃

北路和蕃策，文成玉树栽。
江源江水聚，草木草原来。

263. 秋日韦少府厅池上咏石

一石补天功，十荒玉宇穹。
知音知所立，待世待雕虫。

264. 失题

弟弟兄兄别，光光后后成。
黄粱黄梦久，易水易城英。

265. 春日游龙门香山寺

香山寺上一龙门，渭水云中半子孙。
九曲黄河清自情，三千世界本无垠。

266. 寄中州卢拱使君过秦淮

隔水催桃叶，秦淮问水西。
男儿王谢问，一笔自高低。

267. 郊居秋日酬奚赞府见寄

黄花不误问深居，贝叶经心待世余。
郢曲潘公清自赏，吴音庾信证相如。

268. 圣恩洗雪镇州寄献裴相公

春风净绿林，白雪入河浔。
剧孟思君子，萧何问客心。

269. 贺田仆射子弟荣拜金吾

叔侄一朱门，江山法子孙。
阴晴荣草木，日月是皇恩。

270. 和裴舍人观田尚书出猎

圣代司空比，皇天狩猎行。
弯弓惊百鸟，射弩肃千营。
玉树长安岸，胡杨大漠城。
英雄英柱国，举步举红缨。

271. 送李舍人归兰陵里

美酒半兰陵，高名一盏灯。
朱门闲逸步，绝句以香凝。

272. 同太常尉迟博士下待漏

玉漏待丹墀，灯花对露滋。
殷殷天地阔，晓晓翠花旗。
御陌宸星淡，仙门启不迟。
冯唐先举首，阁老步明时。

273. 见薛侍御戴不损里帽子因赠

好袖衬乌纱，冠巾对镜华。
春荷初出水，雨燕入人家。
护栉风尘外，笼蝉薄翼斜。
居心居世界，巧计巧思嗟。

274. 胡二十祥户部兼判度支

清机一度支，庙略半先知。
十第皇明早，沙堤玉节词。
何妨天地见，十万古今诗。

275. 元旦呈李逢吉舍人

岁末华夷贺，年初凤阙天。
春先当圣泽，上液问群贤。
瑞气钟天陌，元和紫禁田。

276. 和杜中丞西禅院看花

中丞问锦堆，七色未翻回。
碧呈红中艳，云前露下枚。
枝枝繁不得，叶叶简无催。
若在空门外，幽含晚态陪。

277. 句

三边一马飞，九陌半回归。

278. 令狐楚

壳士一司空，江东半大风。
华州华刺史，制书制书工。
学士唐诗筑，中书客舍隆。
千门千典籍，四代四文翁。

279. 夏至日衡阳郡斋书怀

门十望飞鸿，三千弟子风。
衡阳南北翼，草木去来同。
岁岁应时易，年年可一翁。

280. 八月十七日夜书怀

西园明月色，渐缺补圆多。
独望何难取，高歌不可和。

281. 九日言怀

天高野菊黄，九日故雕梁。
晚照茱萸草，谁疑远故乡。

282. 和寄窦七中丞

中丞别去一新诗，鄂渚重闻半楚辞。
北斗三台雕刻句，何年答后意相知。

283. 立秋日悲怀

秋风一老翁，扫叶半天公。
节象应先得，司明一乃空。

284. 秋怀寄钱侍郎

晚岁共为郡，初秋各豫章。
飞鸿南北问，半是去来乡。
学士知书早，平章句草堂。
家非青海岸，宿是故衡阳。

285. 立秋日

年年一立秋，叶叶半风流。
不以归根见，何期向日忧。

286. 赠毛翁

宣州不是上清宫，白发童颜莫道翁。
鹤子梅妻三百载，儒家弟子一司空。

287. 游义兴寺寄上李逢吉相公

莲宫（相公久居此）半柳营，造诣一精英。
博士常龙象，相公久不声。

288. 游晋祠上李逢吉相公

足见晋祠泉，无须雨水边。
经天重载地，朔漠已耕田。

289. 登龙山

序：
奉和严司空重阳日同崔常侍崔郎及诸公
登龙山落帽台佳晏
诗：
重阳问菊花，落叶作秋华。
谢履从山下，陶公立柳斜。

290. 节度宣开酬乐天梦得

仙监一乐天，梦得半先田。
柳色分黄绿，文章合雨烟。
刘郎居易简，治牧运河船。
洛下相逢处，经空别缺圆。

291. 立春后言怀招汴州李匡衙推

夜曲玉壶歌，夷门望几何。
胡笛胡草牧，汉地汉黄河。
北北南南问，今今古古多。

292. 奉和仆射相公酬忠武李相公见寄之作

宫商征角羽，黑白绿赤橙。
水水山山继，朝朝暮暮情。
文章应五色，曲赋可千英。
仆射金声继，相公玉律明。

293. 郡斋左偏栽竹百余竿

翠竹百余竿，清风半木澜。
婆娑多少影，直节不畏寒。

294. 省中直夜对雪寄李师素侍郎

密雪纷纷降，重城杳杳重。
花后花落厚，素羽素龙踪。
九陌凝华色，三台展玉客。
梁园梁父客，直夜直芙蓉。

295. 南宫夜直

白雀紫泥封，朱砂玉笔踪。
东垣翰墨点，上掖左门松。

296. 将赴洛下

逸步紫芝歌，龙衮日月河。
咸中来去见，洛下万千波。

297. 青云千吕

青云千吕律，白日半纷纭。
郁郁争天候，纷纷合地文。
东风休未止，百旬占衣裙。
海内东方朔，朝宗万里君。

298. 圣明乐

万里十河湾，千年半玉山。
渭水流不止，朔漠雁门关。

299. 春闺诗

春来上翠楼，夕照下九州。
朔漠还相望，孤身不得愁。

300. 宫中乐五首

之一：

楚寒吴王问，荆州蜀国公。

云封花蕊殿，斗拱大明宫。

之二：

瑞雪似梨花，千门半素芽。

春宫春已到，玉树玉人家。

之三：

太液半梅花，昆池一水涯。

楼船千积雪，日晓彩云霞。

之四：

月上婵娟问，空中玉兔回。

不见后羿问，寒宫桂影催。

之五：

珠帘上玉钩，百尺下妆楼。

彩女仪头剪，春风月半头。

301. 春游曲三首

之一：

风流门下省，晓日望春亭。

角豸冠巾解，分疏八水泠。

之二：

一夜风云雨，三春草木花。

朝霞分付水，北陌合人家。

之三：

细细闻阊阖雨，轻轻入水云。

悠悠花满树，处处彩衣裙。

302. 远别离二首

之一：

灞上曾回首，京中已有期。

长亭何不止，大理断云时。

之二：

莛叶十三全，方圆缺二弦。

嫦娥应不悔，桂影已寒川。

303. 闺人赠远二首

之一：

君行行陇上，妾梦梦秦中。

玉树临风摆，寒光落枕明。

之二：

一夜梦辽西，三春柳叶低。

偏逢云雨客，早晚鸟空啼。

304. 从军词五首

之一：

汗马单于岭，阴山箭弩齐，

从来征战地，不到运河堤。

之二：

沙鸣一月芽，海市不人家。

莫问凉州北，胡杨一树花。

之三：

路上玉门关，无言去不还。

敦煌张掖北，驾驭响沙山。

之四：

胡风千里远，汉月万家明。

共望寒宫影，同声玉树情。

之五：

暮雪扬北海，晨云暗南山。

长安应可望，渭水入河湾。

305. 思君恩

一屋半藏娇，三春两柳条。

昭阳宫外路，上掖雨芭蕉。

306. 王昭君

塞外一昭君，京中半布云。

无凭师画早，此去汉宫遥。

307. 发潭州寄李宁常侍

莫过长沙去，江风满客船。

青天连碧浪，白日缺中圆。

308. 李相薨后题断金集

千章半断金，万卷一知音。

遣尽灵思念，留心作古今。

309. 年少行四首（自语）

之一：

少小边州问，中年晋赵行。

童翁无止境，七十有京鸣。

之二：

本是桓仁客，何言蓟燕城。

诗词今古见，日月苦心耕。

之三：

白马飞天去，赤墀落地明。

诗书千万卷，老少暮朝行。

之四：

已到天涯不肯休，还闻北水运河流。

隋炀自是头颅好，此去江都有莫愁。

310. 塞下曲二首

之一：

雪满衣裳里，冰封路坂霜。

单于飞将去，铁马作书乡。

之二：

少小一儿男，三边半雪甘。

从来争战地，自古作峰峦。

311. 游春词

高楼雨后一花开，沧洲艳色四面来。

春风不语群芳妒，折柳何须采腊梅。

312. 汉苑行

柳叶浮烟落，云霞汉苑行。

神州春色满，紫气洛阳地。

313. 中元日赠张尊师

五采中元日，三清四面观。

玄都玄所辩，石玉炼仙丹。

314. 赴东都别牡丹

东都别牡丹，紫萼著金冠。

叠叠层层垒，繁繁简简团。

315. 寄礼部刘郎中

三年在上京，一日逐群英。

万卷千诗序，唯君独布名。

316. 坐中闻思帝乡有感

惊心一曲闻，对客半思君。

不解何人语，知音是合分。

317. 春思寄梦得乐天

春思梦得乐天难，独坐黄昏渭水澜。
日下花前居易久，刘郎月下向桃观。

318. 皇城中花园讥别刘白赏春不及

刘郎白乐天，未及入花园。
姹紫嫣红处，皇都对酒眠。

319. 相思河

相思河上问，一月已嫌多。
不定名声见，空洲十万波。

320. 见讥

序：
三月晦日会李员外座中频以老大不醉见
讥因有此赠
诗：
老大一先生，千钧半酒城。
春山春已醉，塞下塞人声。

321. 别

序：
赋山（白居易分司东洛，朝贤悉会兴化亭，
送别酒酎各请一字，至七字诗，以题为韵）
诗：
山峰岭谷白云间，四壁千嶂独径攀。
翠鸟赤猿分合逐，悬溪落涧聚潭湾。

322. 句

始日居三署，终年尾十寮。

323. 裴度

几度平章事，中书制书英。
淮西宣慰使，讨蔡镇州名。
学士司徒令，安危系帝缨。
临儒雄辩世，进退四朝荣。

324. 享惠昭太子庙乐章

鹤羽一缞山，云峰半玉颜。
袖庭清乐奠，紫府古章还。
始学重轮辄，终成齿胄闲。

325. 夏日对雨

水榭三临曲，芙蓉四面邻。
荷香荷结子，玉露玉珠濒。

326. 洛下

序：
白二十二侍郎有双鹤留在洛下子西园，
多野水长松可以栖栖，以诗请之
诗：
羁旅闻双鹤，栖栖不独行。
何如翁所待，野水各声鸣。
莫以樊笼束，当翔客舍缨。

327. 喜遇刘二大

喜遇一刘郎，相思半故乡。
相承相辅就，独去独来长。

328. 送刘

百岁不归舟，平生半自流。
随君随此酒，寄语寄春秋。

329. 再送

百步不回头，三年一路休。
何时由此见，以醉共江流。

330. 凉风亭睡觉

凉风亭下睡，八角榭中闻。
鸟树多形影，溪流少雨云。

331. 雪中讶诸公不相访

前天梅已落，隔日作知音。
乱雪千层玉，居然未赏心。

332. 傍水闲行

傍水半闲行，巡流一逝惊。
朝衣身上旧，接武帝王城。

333. 句

平戎一日自征西，立马三生奉紫泥。

第五函　第六册

1. 韩愈

南阳一退出，刻苦九无时。
及第高才就，郎中好直姿。
行军司马度（裴度），佛骨谏王迟。
刺史潮衰去，又昌魏晋旗。
中书行制书，礼部尚书知。
自以孟轲比，终生一帜诗。

2. 元和圣德诗

之一：

御史阳山令，郎中制书时。
行军司马度，剑阁元和师。
顿首儒臣直，流奸剪毙迟。
青齐为夏蜀，海中已东司。

之二：

文文武武一朝堂，战战和和半世张。
止止邪邪分已定，秦秦蜀蜀逐猖狂。
王师举帜惊天下，寇房应声已伏决。
盗覆州县行自保，黎民卫伍守家乡。
崇文偃武东川举，节度兴兵镇四方。
逐鹿雄谋分禁御，挥军读命护牛羊。
黄童白首圆坛祝，战士匡臣柱国梁。
十旅千流成世界，三朝万马半低昂。
长安制令巴人执，白帝瞿塘峡水长。
鼠雀唯唯听主宰，皇家圣旨自无疆。
亡魂待恤情母父，遗侣如今自带伤。
俭让斯文天下示，唐虞厚泽富田章。

3. 猗兰操（孔子伤不遇时作）

兰之猗猗一扬扬，采采何伤郁郁赏。
习习逍遥循四野，秋秋夏夏雪行霜。

4. 将归操

秋之水色一幽幽，济济深深半不流。
石底龙潜龙不去，安归涉足士何求。

5. 江流

序：

龟山操（孔子以季桓子受齐女乐谏不从，望龟山而作）

诗：

龟之泰岳鲁齐乡，雨雨云云共柱梁。
㸌枡周公封赏去，无归气宇以余芬。

6. 越裳操（周公作）

与戏嗟嗟物孳先，文王楚楚地施天。
千千万万音歌舞，五五琴声七七弦。

7. 拘禁操（文王羑里作）

耳目窈窈肃肃听，天云淡淡映群星。
殷汤过继谁天下，羑里三光有隐灵。

8. 逐

序：

履霜操（尹吉甫子伯奇无罪为后母谮而见逐自伤作）

诗：

父父母母一世心，霜霜露露半情臻。
踪踪迹迹留形履，女女儿儿作音琴。

9. 岐山操（周公为太王作）

戎戎狄狄过岐山，界界边边问石关。
土土伊伊承秩序，疆疆域域望河湾。

10. 牧犊子

序：

雉朝飞操（牧犊子七十无妻见雉双飞感之而作）

诗：

两雉双飞一意深，三南五北半知音。
雌雌彼此同生存，日月阴晴共甘霖。

11. 别鹄

序：

别鹄操（商陵穆子娶妻五年无子，父母欲其改娶，其闻之夜悲肃啸，穆子感之而作）

诗：

燕子巢梁共啄泥，衔枝垒叶各东西。
逢逢离离相互苦，莫以儿儿女女啼。

12. 残形操（曾子梦见一狸不见其首作）

残形一狸首无明，遗梦三思未有成。
识者知身知其侧，孔明觉觉相倾。

13. 南山诗

百里南山路，千峰北海明。
天经和海志，独崎并群英。
野昧崇丘望，横云涧谷平。
岩峦岩壁立，撑峄撑斯衡。
绿就修眉目，红行彩绣城。
参差参水色，宇宙宇人情。
太白西原阔，黄河北下萌。
潘都潘德佩，百木百齐声。
独自成村立，孤高向玉横。
朱维冰雪耀，固护蓄阳精。
造物天工尽，轩昂草木缨。
逍遥坤位正，自在养干瀛。
向背崎崛道，空虚雉兔惊。
昆池瑶水注，弭伏嵊笋生。
博鹜苍茫见，藏龙隐约行。
峨冠翻若决，舞袖似耘耕。
决决还溪涧，悠悠对奉迎。
王城应与寿，悖谬可阴晴。
返朴归真境，源清向远英。
长安长可望，渭水渭枯荣。

14. 谢自然诗

南充谢自然，一女作神仙。

学术轻生去，冠衣似蜕蝉。

灼灼如可信，处处似言传。

魍魉成求界，钟馗作地天。

人生知万类，世界识源泉。

不可凭空想，何须闭入炫。

耕耘田事主，木石物生年。

实实径径日，虚虚碌碌眠。

悬风悬日月，入梦入荒宣。

子子孙孙度，来来去去怜。

三杠三工地，一瞩一方圆。

鲁鲁齐齐客，文文化化贤。

15. 秋怀诗十一首

之一：

羲和驱日月，后羿射骄阳。

四季春秋易，三光世界量。

莲蓬应结子，野菊散余香。

落叶寻根水，茱萸满客堂。

之二：

白露成霜雪，萧兰送晚香。

茱萸君子问，落叶小人张。

粒粒呈辛苦，秋葵已不扬。

官门由此望，陌路去来长。

之三：

史史书书问，文文化化尝。

行身行且苦，自立自当强。

种种收收事，春春夏夏秋。

秋丰秋子粒，储备储家粱。

之四：

恻恻秋云里，凌凌旷日中。

江东江水岸，霸主霸西东。

魏阙应天立，南山寄戍戍。

诗书诗自主，曲赋曲人虫。

之五：

桂树幽幽影，婵娟处处明。

寒宫寒愈远，退望退之成。

汲古夷涂举，从今果实倾。

秋收秋取现，即此即丰盈。

之六：

夏雨丛丛草，秋虫处处鸣。

年年惊此见，岁岁自难平。

蠹慧应时日，官冠可束缨。

阳山阳土令，制书制人生。

之七：

只以悠悠策，无须汲汲闻。

潮州潮佛骨，孟子孟轲君。

古古今今致，贤贤愚愚分。

秋来来去闭，果硕果芳芬。

之八：

卷卷诗书意，悠悠日月田。

轩前轩后见，夏末夏秋泉。

息息清清冽，湾湾曲曲泉。

今今重古古，岁岁付年年。

之十：

一树霜风浸，三秋渐入冬。

梅花先似雪，腊月后如松。

物象由心易，乾坤可继从。

阴阳分有界，律令尽无踪。

之十一：

木叶箫箫简，秋风肃肃空。

强侵冰雪至，弱缺暮朝鸿。

万里分南北，衡阳草芷同。

春来青海岸，千年各西东。

16. 其十一

袅袅雪中菊，轻轻月下凋。

年年风雨尽，色色去来潮。

庾信楼前摆，陶公柳后摇。

诗人寻晚见，只向旧时消。

17. 学士

序：

赴江陵途中寄赠王（涯）二十补阙李（建）

十一拾遗李（程）二十六员外翰林三

诗：

孤臣曾放逐，直木可春秋。

刺史潮州客，汗漫孟子求。

中钩鱼束引，自己尚难猷。

井税民田旱，冠官未帝谋。

司空绸缪问，学士翰林忧。

病妹贫妻问，迁官落白头。

猜嫌群路狭，市举帝王侯。

小雅何王鹿，殷汤借旧酬。

辛勤皇业远，大理制蟟蟟。

隔晦明今主，夷云尚旧酞。

18. 暮行河堤上

暮行河堤上，四顾莫勤人。

水色江滩锁，云光滞草濒。

孤舟停不得，独立部明晨。

19. 夜歌

夜静一虫鸣，寒光半自清。

无思无己怨，有志有天明。

20. 重云李观疾赠之

天行以所度，地载可重云。

白日资凉济，思君半路分。

千文成缙节，百草化耕耘。

运命成天地，常勤作业勋。

21. 江汉答孟郊

一水流江汉，千波逐岸天。

官舟行不止，学士客心贤。

立志平民愿，从长草木泉。

流沙流两岸，陆渚陆桑田。

22. 长安交游者赠孟郊

陌陌阡阡见，贫贫富富闻。

郊郊寒不语，月月逐浮云。

23. 岐山下二首

之一：

不得凤凰鸣，岐山诸葛行。

何须吴蜀问，楚汉已无声。

之二：

二水凤凰台，三山五色开。

金陵金已没，石岸石头回。

24. 北极赠李观

羁羽南江岸，沈鳞北海边。

川源原远隔，直木近乔田。
陌陌阡阡望，朋朋友友怜。
天涯连海角，渭水接泾泉。

25. 幽怀

四序自相侵，三光已有荫。
林中飞鸟落，水上有鸣禽。

26. 此是足可惜张籍

朝朝野野力持平，百百千千论莫赢。
子子君君何自立，人人事事不相衡。
高门府第侯王纪，海市蜃楼戍斗荣。
战战和各今古见，边边域域将相名。
迁迁谪谪潮州路，灌灌乔乔草木生。
草草花花同日月，冠冠冕冕作纵横。
妻儿一梦忽惊醒，北斗三星各自明。
自有文章儒佛道，谁疑进退误苍缨。
贫贫富富书香故，狭狭宽宽客路英。
鸳鸳鹭鹭趋玉漏，疏疏谏谏笏三更。
南阳直子男儿老，自幼家情自力耕。
爵位高低何闭守，龙门论剑弟还兄。

27. 君子法天运

取舍何无界，升迁自有心。
朝堂明国柱，四野到如今。

28. 落叶送陈羽

悄悄东西问，悠悠上下飞。
随风随所去，向地向回归。

29. 归彭城

一策无言兵，三堂有废城。
天天争利闪，事事让难明。
以战千田误，求和万户荣。
求和求不得，以战以和平。

30. 醉后

醉后东方朔，鸣前贾谊声。
汨罗屈子赋，庾信著诗城。

31. 醉赠张秘书籍

劝酒人人语，吟诗处处文。
云云何醒醉，瞩瞩复醺醺。

坐上皆如此，杯中共合分。
知书知万卷，达理达三君。

32. 同冠峡（贬阳山时作）

一望同冠峡，三春共落花。
云舒云卷去，草碧草扶沙。

33. 送惠师

智慧浮屠岸，禅音玉坐真。
连州元惠子，不羁世人频。
十五江山许，三生日月轮。
天台天顶宿，浙水浙涛钧。
圣路丹墀步，潇湘竹泪巾。
苍梧苍禹穴，六合六潮新。
夙志贫囊洗，长安简易秦。
衡山衡水木，洞府洞庭春。

34. 送灵师

已见灵师付，何须少小年。
曾闻书吏客，佛法入华天。
六百年前寺，如今诵普贤。
齐民齐努力，达士达音禅。
失迹延迁易，辞程逸志篇。
如来如自在，咫尺咫人田。
忘记千杯酒，重兴日月先。
文殊父玉宇，净土净青莲。

35. 县斋有怀（阳山县自述）

少小奇伟尚，翁年实干家。
文章翻译客，日月积才华。
子夏清缨系，中南北海花。
东宫知制书，首辅能源衙。
右立从三品，郎中左四嘉。
儒书儒子弟，读客读容嗟。
范雪清明透，追鱼水下夸。
耕耕禾下土，字句再天涯。

36. 合江亭（衡州石鼓头，江陵道也）

石鼓湘江岸，衡州草木荣。
辛勤辛苦力，契阔契书明。
独唱听人久，群声不可平。
伊人伊水见，汉寿汉人生。

37. 陪杜侍御游湘西两寺独宿有题一首因献杨常侍

不可湘西去，闻言万岭山。
林深空谷雨，草盛覆苍蛮。
羽翼源泉近，长沙德水关。
禅音钟鼓继，苦事帝王颜。

38. 岳阳楼别窦司直

夜揽巴陵郡，江明岳麓洲。
轩然波浪落，向背大江流。
始读三皇帝，屠龙半九州。
行身依短剑，触事帝王侯。
制艺从天阔，中庸侍御猷。
江豚时突现，芷蕙可春秋。
楚郢东流水，鄱阳暮日舟。
潇湘斑竹泪，禹穴著高楼。

39. 送文畅师北游

共语幽穷路，同言僻巷河。
吴人吴韵仄，渭水渭泾波。
竹帛幽都赋，和平唱九歌。
长安门第老，古寺古僧多。

40. 答张彻（时愈为四门博士、彻为愈门下，又从子婿）

识面分形见，长途近步行。
晨明歌莫止，暮夕可轻鸣。
刺史华山耳，司刑洛邑从。
湘灵湘竹泪，鼓瑟鼓妃声。
吏子蝗螟瑕，伶人客烛明。
寒宫三十箧，一叶一天情。
劝子年年数，耕耘日日英。
青春同老小，诲学致平生。

41. 荐士（荐孟郊于郑金庆）

雅丽齐梁比，风操鲍谢英。
王维诗外画，太白句中情。
策略由心致，文章系两京。
行身姿直正，事业历昌平。

42. 喜侯喜至赠张籍张彻

附辱随荣至，穷荒旷野行。

人生人所感，世界也无情。
历历梦归路，依依客舍情。
居然居所谓，读著读含萌。

43. 古风（安石后兵刃独世不和）

伐战何居力，和平不用兵。
将相分垒列，士卒寡连城。

44. 驾骥（欧阳詹与愈同进士第）

驾骥王良执，行舟造父忧。
崇丘伏枥纪，绝域跃天求。
共酿行酬吏，同谋造策头。
秦川公汗马，楚馆四门秋。

45. 马厌谷

谷草龙骥共，禾粱骥枥乡。
形成千里足，接武万山扬。

46. 出门

渭水千川谷，长安百万家。
相期何不止，互约暮朝斜。

47. 嗟哉董生行

一半寒生问，青黄半断粮。
樵渔非本道，井税御官仓。
刺史召南隐，安丰对草堂。
偏思乡土地，只道父母光。

48. 烽火

登高烽火望，一马过天津。
渭水风尘到，长安不见亲。

49. 汴州乱二首

之一：
行军司马见，咫尺侍郎羞。
莫要文章客，青黄不对头。
之二：
城门半汴州，土地一焦留。
英雄何子第，战士命难留。

50. 利剑

利剑一心齐，无邪半断泥。
书生书日月，武勇武人题。

51. 龊龊

利禄朱门外，饥寒陋巷中。
青楼歌曲赋，素雅哑天风。
富宴羞姬女，穷贫缺米翁。
乾坤分不断，草木各西东。

52. 河之水二首（寄子侄志成，志成愈兄介之子）

之一：
河之水去一悠悠，两岸洲滩半不留。
侄以连情常恋恋，三年不见足吾忧。
之二：
河之水去一东流，大浪淘天半白头。
侄已三年无见地，我在京师对比愁。

53. 山石

石石山山一径斜，钟钟寺寺半僧家。
茶茶饭饭相待足，客客宾宾最子花。
月上空门推不去，云沉木枕落窗纱。
东林似此人生事，佛祖如来送晓霞。

54. 天星送杨凝郎中贺正

贺正郎中幕，天星欲落时。
杨凝杨柳木，有雨有云期。
上宰应寮许，鸡鸣可赋诗。

55. 汴泗交流赠张仆射建封

汴泗交流郡，牛缨仆射闻。
球惊旗仗短，角筑不成勋。
习战边疆致，功城守塞分。
谋思光此迹，铁马已风云。

56. 忽忽

上乐付闲人，三声问魏秦。
农家归社日，此醉告秋春。

57. 鸣雁

暖暖寒寒独自催。洲洲渚渚故徘徊。
秋秋向南春北，一一人人去复来。

58. 湫

序：
龙移（南山湫也，初在平地，后移山上，山下湫逐化为土，谓之干湫）
诗：
一日龙移去，干湫水土干。
鱼鳖枯死尽，草木自凋残。

59. 弓带箭

一箭作惊弓，三军狩猎行。
英雄先射虎，战士后边缨。

60. 条山苍

中条山上望，晋豫两分禾。
但以黄河去，东流满逝波。

61. 赠郑兵曹

十载半人生，千年九陌平。
君先成战士，我后作丁营。
白首兵曹敬，青丝束紫缨。

62. 桃源图

桃源一半作神仙，有有无无不可传。
五柳先生曾酒醉，荒唐不比布琴弦。
深山野岭天地界，古木涓流石玉渊。
火种仪耕原可见，秦秦汉汉未知年。

63. 东方半明

东方欲晓独三昨，太白无明去百庭。
缺月团圆须五日，鸡鸣一遍色千形。

64. 赠唐衢（久不第，诗每人泣下。故称唐衢善哭）

唐衢五字书，及第一多余。
但向人间去，阴晴草木锄。

65. 贞女峡石女

序：
在连州桂阳县秦时有女化为石，在东岸穴中
诗：
鸿毛一泻半无家，咫尺惊龙乱石花。

水府江盘贞女峡，云涛断壁作天涯。

66. 赠侯喜

同行涸泽鱼，共话钓人虚。

事事非图事，人人是所书。

汾流分水岸，魏晋帝王居。

67. 古意

华峰玉进莲，一叶半云船。

露水珍珠见，花光在眼前。

68. 八月十五日夜赠张功曹

共敕江陵命，纤云四卷天。

舒波平水息，竹泪自无泉。

大辟皆除死，迁官尽所研。

同君同一曲，有月有千年。

69. 谒衡岳庙遂宿岳寺题门楼

紫盖芙蓉远近峰，祝融石廪柱天封。

晴明晦昧潜心去，泄雨行云一岳踪。

70. 太上

序：

永贞行（德宗崩改元贞，王叔文谋逆，帝自称太上皇，愈作此诗）

诗：

用事以王名，贞元对帝行。

封权封太子，故老故元婴。

旧旧新新易，成成败败生。

二王八司马，一代两朝衡。

71. 岣嵝山（山海经岳山一名岣嵝山）

山峰一禹碑，百木半倾垂。

凤柏连天宇，周松逐谷眉。

天风何逐合，鸟雀独私窥。

万谷云浮满，千川断石危。

72. 洞庭湖阻风赠张十一署

阳山进掾下江陵，阻滞风云向水凝。

雾雨相承从鞯旅，袈裟已就作高僧。

73. 李花赠张十一署

桃桃李李自成蹊，雨雨云云草木齐。

北雁南飞相返旅，东流逝水水源西。

74. 杏花

墙头一杏花，艳色半邻家。

白白红红见，羞羞怯怯华。

75. 城春四首

之一：

万物春风色，三声细雨萌。

千家千水月，运命运河情。

之二：

禹穴东临一鲧明，苍梧斑竹二妃盟。

屈原已去离骚在，贾谊还言太子情。

之三：

一雨半倾城，千云十地生。

平生孤负志，抛节独书行。

之四：

诗书半自贫，智慧一人贞。

尺寸量天地，方圆度惜身。

76. 寒食日出游（张十一院长自叙）

杏杏梨梨一半红，春春夏夏两三风。

花开只是由花落，结子方成任子荣。

77. 忆昨行和张十一

角角宫宫律，钟钟吕吕音。

元候初礼罢，吏役已飞禽。

草艳花馨郁，松苍柏节荫。

相从相持久，自以自人心。

78. 刘生诗

刘生以姓自东游，越女三年一笑留。

禹穴疏通幽径水，阳山阻滞四方流。

侯王美酒良田赋，社日田翁醉白头。

大雁衡阳留一字，行行不断以人修。

79. 郑群赠竹

署湿临空坐，通风待竹堂。

贫贫贫不得，度度度书香。

草草虫虫济，朝朝暮暮妆。

三呼三古刹，一梦一黄粱。

80. 丰陵行

羽卫煌煌百里行，丰陵处处一臣明。

都门接武前程近，旧制深庭以职平。

81. 游青龙寺赠崔大补阙（寺在京城南门之东）

步步青龙寺，心口补阙田。

耕耘耕日日，著作著天天。

道士丹炉气，香灵玉石宣。

桃源桃李见，汉巷汉秦川。

怪诞儒官问，灵华圭角研。

猿鸣猿自语，鹤立鹤天边。

82. 赠崔立之评事（大理评事，以言事上官兰田丞）

捷敏文章掷简侵，千诗百赋颂英钦。

孙膑不怯庞涓怯，管鲍知音自古今。

地法难言言未了，天输不尽一人心。

板皋即诏西征士，燕雀鹰隼各志寻。

83. 送区弘南归

江陵日日望鸿飞，二子区弘又复归。

附附趋趋京巷路，母母妇妇苦心扉。

九疑抚背汨罗岸，水具苍梧一翠微。

岳麓何闻天子令，荆州又见洞庭晖。

84. 三星行（三星斗牛箕也）

斗牛箕毁訾，百悃苦难全。

口口张驰力，天天致善田。

终生何不以，奋斗已惊贤。

步步须应进，鸣鸣自退蝉。

85. 剥啄行

秸莞纵横一席全，冠官日月半巡天。

无非厌客胡为困，剥啄难言子不宜。

路路皆通由跬步，方圆事事可思贤。

频繁尺寸量长短，接武青云度百年。

86. 青青水中蒲三首

之一：

青青水里蒲，芷芷渚中苏。

润润鱼鱼泽，枯枯落落兔。

之二：
青青水里蒲，蕙蕙草中荼。
茎茎朝天立，根根向地苏。
之三：
青青水里蒲，落落客中凫。
一日排空去，天高望五湖。

87. 河图

我向天公问，灵龟已不均。
居何分厚薄，持己富当贫。
已得天公答，天天地地臣。
无须明日月，设定地天人。
各得其其主，无分背背邻。
原来相相市，不是去来因。
再拜天公去，星辰土地春。
由成由败易，自在得心欣。

88. 陆浑山火和皇甫湜用其韵（湜
时为陆浑尉）

玄冬百木干，古陆一枯峦。
烟云含火焰，谷石祝融坛。
万叶千枝腐，峰林壑草弹。
山崩惊地裂，向背岭坡残。
虎豹狼虫啸，鹰隼雀鸟单。
朱冠焦土阔，二帝骤云端。
井税应由断，乾坤已欠安。
天书天子问，妇子比心肝。

89. 孟东野失子

连产三子女，不日半无生。
但以苍天问，何言一充明。

90. 县斋读书（在阳山作）

平生一读书，夜梦半樵渔。
达士非官宦，成功是民锄。

91. 新竹

雨笋南林下，云根北石功。
晨明惊破土，暮色已排风。
节节初空律，崦崦一旧丛。

92. 晚菊

篱边一菊花，月下半窗纱。

每每蒙笼见，时时入酒家。

93. 落齿

齿齿牙牙落，朝朝暮暮家。
官官由吏吏，草草待花花。
妇妇夫夫问，行行止止嗟。

94. 哭杨兵部凝陆歙州参

人皆七十期，苦度半三思。
白首蹉跎问，青丝未可知。
从君同步止，莫忘共诗词。
四句成裁绝，千言作楚辞。

95. 苦寒

苦苦寒寒路，功功业业名。
颛顼应所顾，少昊主枯荣。
妇好武丁序，三皇五帝卿。
春秋春后主，史记史前明。
败败成成败，行行止止行。
羲和羲日载，禹载禹汤城。
恇怯频窥觇，幽潜惑犷声。
儒生儒是去，达士达人盟。

96. 赤藤杖

序：
和虞部卢四汀酬翰林钱七赤藤杖歌（元
和分司东都作）
诗：
赤藤为杖世，拜献自滇池。
百园君臣敬，三台大理词。
天街皇舆威，彼此帝王枝。
著壁荒荑见，南宫紫禁司。

97. 崔十六少府摄伊阳以诗及书
见投因酬

少府摄伊阳，当年半故乡。
邻居时自见，触事纳炎凉。
举族临衢望，吟诗过隔墙。
三年师国子，五载女儿堂。
共食粗寒粟，同行步月光。
如今如此忆，薄宦薄名长。
但向东都去，分司洛邑梁。

荷锄荷日月，宰吏宰文昌。

98. 送侯参谋赴河中幕

及第同年少，前程共步赢。
河中侯谔辟，教授蔡州明。
再见朋书友，重言君子盟。
分司分宴会，末路末仁名。
豁达禅音慧，如来道易城。
男儿立公事，别袖别思荣。
四海儒冠束，三江日月平。
长空行役理，寄简舆缋瑛。

99. 东都遇春

白发上东都，分司向蜀吴。
荆州刘表借，魏帝檠风儒。
浅出东方朔，深居宋玉孤。
春风桃李径，细语渭泾凫。
禹迹何成夏，湘灵鼓瑟殊。
悠悠天子路，落落帝王枢。

100. 感春五首分司东都作

之一：
辛荑昀早开，玉露带寒来。
直向天都色，春光已自猜。
之二：
一半宫门锁，三春玉影来。
东风杨柳绿，洛水欠徘徊。
之三：
永策王师度，裴居孟简裁。
谁知司马客，八子二王台。
之四：
杜尹随风至，音容孟孔开。
天光临谏议，厚载起居来。
之五：
辛荑一树花，玉叶未相遮。
但向群芳献，身形入万家。

101. 寄

序：
谢裴十六功曹巡府西驿途中见寄（时故
相郑畲庆为河南尹）

诗：
御使河南沼，功曹府驿巡。
哀鸿鸣四野，候馆静千鳞。
道聿明东水，洛邑楚璞真。
昌黎由此去，照耀绥军人。

102. 燕河南府秀才得生字

贡举秀才生，河南读子荣。
房公三有选，祖列一迁瑛。
国粹周公见，高贤耳目惊。
昌黎呈御宴，诸子豫章名。

103. 送李翱 翱娶愈兄女与愈善

归期下广州，透迤望江流。
万里行云远，千章驻步求。
梅花先岭色，渭水可停舟。
戴领东风至，同吟镇海楼。

104. 送石洪处士赴河阳幕得真字

河阳一上人，处士半秋春。
石幕酬军务，幽酬玉石伦。
常山风雨去，鉅鹿暮朝钧。
作吏忠臣使，丹青一太真。

105. 送湖南李正字归

长沙入楚梁，正字作归心。
北雁衡阳止，南冠渭水寻。
湘灵曾鼓瑟，以此作知音。

106. 辛卯年雪

元和大雪六年春，羽已霓裳彩日刀。
瑞瑞丰丰农喜气，扬扬洒洒吉祥人。
温温饱饱田依靠，暖暖冷冷达士秦。
厚厚轻轻知土地，飞飞落落慰农民。

107. 醉留东野

一醉留东野，三叹李杜吟。
同声同你我，共济共诗琴。
白首龙钟步，昌黎苦变心。
无由无别去，捉月捉衣襟。

108. 李花二首

之一：
晓旦入西园，梨花一亩田。
旁边三两李，共色去来研。
独立相依抚，群生互两泉。
秋因秋果硕，夏果夏因绿。
之二：
桃桃李李共春华，夏夏秋秋种豆瓜。
寸土分金轮植木，天高地厚富人家。

109. 招杨之罘

学学生生一世明，儒儒子子半精英。
人人事事多历练，古古今今有读鸣。
一岛云罘秦始帝，三思柏舆钓鱼情。
文章陋巷居贫气，直木苍梧禹穴声。

110. 寄卢仝（宪宗元和六年河南令时作）

卢仝不愧一先生，令尹河南半未明。
隔壁无知成恶罪，官衙拘杖死无情。
赤县猛政非佳治，自度宁贫莫易名。
乞米邻僧闻少室，公家养护守公城。

111. 酬司门卢四兄云天院长望秋作

云天院长一章宣，绝倒昌黎半亩田。
晓望终南终不止，清明魏阙魏秦川。
卢兄寓目秋光景，白首惊叹项上天。
税赋论诗儒子见，楼头挂月共方圆。

112. 谁氏子

吕昊元和半学仙，辞母别妇一丹田。
痴狂所以登王屋，隐遁何成百日悬。
布道求官冠付主，贤君始罚救其然。
灵妃弄玉秦楼在，百政之径萧史传。

113. 河南令舍池台

河南令舍一池台，旧吏丞宣半去来。
筑筑修修由所愿，兴兴废废任蛙摧。

114. 送吴本师归范阳（贾岛初为浮屠名无本）

浮屠无本欲，角牙有心田。
欲勇文身近，求仙仕道传。
狂词曾肆谤，注首互摩牵。
怪变孤云起，荒榛独木缘。
寻吾何所止，习坎卦当先。
顿撼三千子，空衢别后圆。

115. 双鸟诗

两鸟一中州，千鸣半不休。
周公周所止，孔子孔无丘。
百舌仃其语，三秦草木忧。
天庭囚其欲，万世始和猷。

116. 赠刘师服

君生好齿牙，饱食客人家。
不必春秋事，闲观二月花。
闻竿知乐谱，鼓瑟问官衙。
莫以苍梧去，湘妃竹泪斜。

117. 听颖师弹琴

呢呢小女情，怨怨待月生。
郁郁扬扬变，空空旷旷鸣。
千军从万马，百鸟凤凰城。
一泻惊壶口，三秋落叶平。
余音余不尽，颖坐正衣盟。

118. 石鼓歌

序：
（韦应物以为文王鼓，退之以宣王鼓。十鼓于凤翔庙）
诗：
十鼓之歌半不明，千年旧事一王城。
张生玉帛昌黎传，剑佩岐阳四海名。
凤翥鸾翔当世众，天戈正旦武王情。
元和纪事周纲正，孔子西行不问黥。
义密辞严科岁考，鸿都郜鼎切磋衡。
羲娥二雅褊风颂，太学书才以此荣。
李白无书闻杜甫，昌黎遇事纪生平。
崇儒得道呈玉宇，口若悬河以所鸣。

119. 题炭谷湫祠堂终南山下祈雨之所

万象阴阳在，千年日月平。

风调和雨顺，土地载人情。
水涸祈云雨，天苍问旧荣。
巫人巫自己，社火社难生。
反正求因果，何须校旧名。
终时人愿得，以此作民盟。

120. 送陆归江南

客陆江南去，归情晋子明。
丞相溪女问，始尽丈夫情。
举举文才士，诗诗俱动鸣。
昌黎门下事，不负沉浦行。

121. 送进士刘师服东归

猛虎食无空，山中据有风。
公门公利禄，进士进官隆。
骨梗由来切，温柔彼此崇。
泥泞泥水足，隐忍隐时终。

122. 嘲鲁连子

序：
齐田辩于徂丘，议于稷下，一日而服千人。有徐劫弟子曰鲁连年十二，谓劫曰：臣愿当田子使不得复说，鲁连往见田巴，巴于是杜口，易业终身不谈。
诗：
横巴一鲁连，杜口半齐曰。
不必操仁子，何须向日贤。

123. 赠张籍

平生著读书，慰籍暮朝居。
女女儿儿简，成成败败余。
知君知日月，爵位爵人虚。
睍睆如今似，荆轲一剑舒。

124. 调张籍

李杜文章在，旗亭酒市扬。
昌龄之涣句，鹿柴画中王。
浩然书应物，岑参高适梁。
韩翃传腊烛，镜水贺知章。
云间佺期诵，长卿五绝乡。
离离原上草，顾况见低昂。
弟弟兄兄笔，书书画画藏。

125. 卢郎中云夫寄示送盘谷子诗两章歌以和之

云夫盘谷子，立壁自轩昂。
巨岭临荒涧，长川纳石梁。
晴峰晴白雪，落照落三光。
日月行天界，山河入太行。

126. 寄皇甫湜

门僮一帛书，旧忆半心余。
辗转相思处，阴晴共御锄。

127. 病中赠张十八

一病中虚弱，三生退子强。
龙文谁主导，曲节市庭梁。
坐约庄王语，行身救赵堂。
昂冠同日月，解带共牛羊。

128. 杂诗

一古五千年，三生百岁天。
诗书儒道佛，政治主方圆。
学而无涯路，行程有界田。

129. 寄崔二十六立之

蓝田一日丞，大理半年冰。
举笏参差客，趋犀祝颂称。
中书门下省，六部尚书征。
猛虎谋皮面，如斯忆杜陵。
三巴山险峡，九陌水流渑。
国惠哀癃罢，玄花两眼兴。
天工雕巨匠，地理曲丝绫。
吾党观名客，分支八卦凭。
伊川伊洛水，灞浐灞情凝。

130. 月蚀诗

一腥经天过，三光由日生。
寒宫寒桂兔，玉篋玉娥城。
叶叶天天逐，加加减减行。
惊人惊鸟吃，隐约隐时英。
有说重阳影，无知独立明。
狼虫雕不得，贝缺象难萌。
白帝丁宁附，赤鸟附尔鸣。
形形常狭阔，物物已方平。

131. 孟生诗

一古人生见，千官半古寻。
三台三古论，九古九文箴。
古道沧桑易，儒书似古今。
江山经古往，社稷古人心。

132. 射训狐

射训狐声远，闻言虎豹群。
扬名天下尽，猎狩不书文。
惧且男儿避，威生兽欲闻。
梁蛇应满洞，忍怪可无分。
莫以传音信，当知一片云。

133. 将归赠孟东野房蜀客（蜀客名次卿）

君门无可入，势力有相推。
颍水箕山见，亲师魏阙疑。
三千曾是客，十六载非墀。
籍此昌黎去，向古独树旗。

134. 答孟郊

生平问孟郊，自此见居巢。
碌碌其为事，辛辛共同胞。
词词须酌榷，字字必推敲。
道里儒中佛，乾坤八卦爻。

135. 从仕

一古到如今，从人问世音。
无为无所事，有生有其心。

136. 短灯檠歌

短檠俯灯明，秋堂已肃清。
南山封雪顶，太学鲁儒生。
影到墙角暗，光行不计程。
高低高苦就，远近远须明。

137. 送刘师服

秋来夏去渐分明，北晦朝阳各市生。
雪雪霜霜应访问，年年岁岁自围城。

138. 示爽

人生自古一方圆，草木三生半陌阡。

自立无闻天下事，宣城有路可归田。

139. 符读书城南（符，愈之了，城南，愈别墅）

城南有读书，腹背有田居。
早见禾苗起，盘餐有菜蔬。
贤贤问愚愚，实实逐虚虚。
一幅相如赋，三巴宋玉予。
成成成自己，败败败多余。
跬步朝前去，阴晴厚德锄。
诗词诗书益，慧觉慧思梧。
北越谁勾践，东吴位子胥。
何须孙子阵，不得范蠡初。
不韦秦嬴氏，春秋六国舆。
三台三不治，汉始汉裙裾。
朝朝夕夕拾，去去来来舒。

140. 人日城南登高

浊浊清清半酒壶，朝朝暮暮一东都。
春春夏夏冬冬杂，去去来来妇女夫。

141. 病鸥

病鸥一悲鸣，无为半不生。
诚因男女布，其命亦同情。
治药精心喂，关心乃复荣。
扬长由此去，所事此心轻。

142. 华山女

佛佛如来道道明，男男女女信人生。
求求卜卜心所欲，愿愿祈祈意其荣。
老子三清千许定，华山小女百媚情。
长安巷里传灵验，渭水流中有愚盟。

143. 读皇甫湜公安园池诗书其后二首

之一：
一映晋人声，三嘘魏国情。
公安闲自在，两忘问诗萌。

之二：
黄河十八湾，大漠一千山。
海市蜃楼见，如君不可闲。

144. 路傍堠（以下四首出潮州作）

一路潮州去，三生近海南。
羊城羊草木，镇海镇心谙。

145. 食曲河驿

步步一前行，孤孤半不声，
生当天下路，事作退中成。

146. 过南阳

南阳半故乡，此去弄潮郎。
小麦同青色，长安作柳杨。

147. 泷吏

泷吏潮州去，南洋镇海来。
梅花开岭上，白雪洛阳台。
鼓目浑鳞鳄，毒瘴俗语裁。
径书径历尽，始得始终回。

148. 赠别元十八协律六首（白乐天元稹柳子厚）

之一：
元元白白半经天，桂桂林林一世年。
八子王王司马柱，三星处处惠兰研。

之二：
英英一桂林，处处两知音。
实实师师问，贤贤愚愚深。
天长知马力，日久见人心。
日月从天宇，江山历古今。

之三：
柳子厚仁君，连州一易闻。
三年流一路，百岁落仁曛。

之四：
一药三生养，千章半豫文。
知人知万里，见智见仁君。

之五：
一力助飞鸣，三光两夜情。
千山千玄志，万里万家声。

之六：
月下一潮平，云中半不声。
高扬三丈浪，俯就九天倾。

149. 初南食贻元十八协律

鲎（音后）实惠文如，珍珠以卷舒。
蛟龙鲸海浅，骨眼碌天书。马甲（河瑶）
珍珠粒，蚝胁牡砺城。
祈灵祈所报，向背是京城。

150. 宿曾江口示侄孙湘二首

之一：
曾江口岸一韩湘，暮宿云中半水乡。
此去潮州三不见，舟停雨住雨茫茫。
之二：
一水四方流，三江半口收。
林前林直木，不见不知忧。

151. 答柳柳州食虾蟆

白马连连易，京师柳柳州。
虾蟆秋汉武，虎豹猎无休。
人战元年鼎，以良土地收。
思深思理智，比市比神州。

152. 别赵子

愚愚贤贤路，文文字字书。
儒儒天子教，道道半清居。
海水如来佛，天光自在舒。
文臣文武客，守卫守江余。

153. 除官赴阙至江州寄鄂岳李大夫

一别三年尽，还言半岁初。
江州司马客，鄂渚二王舒。
咫尺平生市，高低日月余。
知之知不得，契可契诗书。

154. 南山有高树行赠李宗闵

江山日月半天书，草木阴晴一界初。
伐蔡观摩宗闵故，终南问树直孤余。
蓬蒿存茂澄清水，石径溪流跬如如。
凤凤凰凰曾比目，龙龙虎虎可浮屠。

155. 猛虎行（赠李宗闵）

猛虎苍山石，居高俯仰鸣。
千山应所动，万势已风声。
楚汉鸿门界，刘邦项羽名。

秦川秦二世，汉武汉三清。

自古英雄迹，成成败后成。

行行行不止，事事事英明。

直木乔林帜，山峰独峙惊。

渚吟潜四海，远啸远人情。

156. 雪后寄崔二十六丞公斯立

蓝田十月雪拥关，杜曲三汤素玉颜。

佩玦临潼明蜪谷，诗翁灞水问南山。

157. 送僧澄观

登观一路半浮屠，珪璧千屏两界书。

籍籍天光淮泗水，遥遥月色卷云舒。

158. 山南郑相公樊员外酬答为诗

惠气盛风挟，梁维厉水明。

南屏山木直，北陆岭秦城。

遘道州民问，云羊传宝经。

龟言龟所致，世事世规情。

159. 奉和武相公镇蜀时咏使宅韦太尉所养孔雀

竿态丛林色，开屏独自鸣。

韦皋韦太尉，镇蜀镇元衡。

旧咏相公见，新诗孔雀行。

重回天地阔，独占彩形城。

160. 感春三首

之一：

独坐三春暮，孤闻一鹊鸣。

多心应不止，何必只半声。

之二：

桃园一两花，结子半人家。

夏雨多滋润，秋收有豆瓜。

之三：

白白红红色，花花草草纷。

春情连夏雨，老大布衣群。

161. 早赴街西行，香赠卢李二中舍人（卢汀李逢吉）

天街一路自东西，晓色三星各不齐。

早静行香行祇事，幽幽御柳御人低。

162. 晚寄张十八助教郎博士张籍周况，况愈之从婿

野翅卸衣冠，晴云落岭盘。

虫鸣兴又止，宿鸟望巢端。

163. 题张十八所居籍

一半泥沟水，三千小草虫。

青蛙鸣不止，不怯有人风。

164. 助教

序：

奉酬卢给事云夫四兄曲江荷花行见寄并呈上钱七兄阁老张十八助教

诗：

红云一片曲江明，助教千章阁老声。

太白吟人虽未静，芙蓉出水带珠瑛。

165. 奉和钱七兄征曹长盆池所植

荷荷一叶珠，处处半江苏。

植植同形式，圆圆共玉壶。

166. 记梦

少梦黄粱老梦天，江桥不断陆桥弦。

冠官白玉丹行去，不醒风云日月船。

167. 朝归

碌碌庸庸事，朝朝暮暮为。

谋谋终策是，谏谏故人非。

莫以先生见，何闻帝子归。

168. 南内朝贺归呈同官

序：

三内，皇城西北隅谓西内，大明宫在西内之东南谓东内，兴庆宫在东内之曰南内

诗：

紫气青云近，风流附玉堤。

同官三内步，角圭半心齐。

松松柏柏树，低低高高霓。

应闻莺不止，不得植蒿藜。

169. 杂诗四首

之一：

蚊蝇一夏不须驱，未入三冬已尽无。

只见梅花疏影立，姑苏始未向书儒。

之二：

雀雀鸿鸿以羽飞，官官吏吏自无归。

书生跬步书生路，接我诗文接武微。

之三：

雨雨风风过，年年岁岁催。

芙蓉开不败，隔代似重来。

之四：

饿饿饥饥鸟，寻寻觅觅虫。

生生生不止，岁岁岁西东。

170. 读东方朔杂事

一粒三千载，盘桃世代名。

王母求七子，汉武四枚生。

暗窃东方朔，阴阳各市行。

蛟鲸巡海陆，连逆以寿盟。

171. 遣疟鬼

疟疟难消水，余余可灭乡。

翁妪何百毒，少小几炎凉。

所咒封人口，施艾对蛅良。

巫人巫语窃，世俗世医扬。

172. 示儿（自告吕赢儿）

平生一读书，历世半樵渔。

译作俄英德，诗词百岁余。

终寻三万日，著作十相如。

格律逾千卷，年年似旧初。

春秋相继续，水月各天舒。

旦夕农家祝，乾坤枣下居。

京城应许诺，海口可云虚。

自得如来坐，青莲太白予。

耕夫耕日月，学子学儒誉。

173. 庭楸

一树庭荫叶，三星晓色天。

枝深枝远近，隙小隙云天。

旦见池中水，风临月下船。

相依相蜜结，互立互方圆。

174. 玩月喜张十八员外以王六秘书至（王六王建也）

十五月当月，嫦娥缺一弦。
君今同见处，白玉共三贤。

175. 兴怀

序：

和李相公摄事南郊揽物兴怀呈一二知旧（李相公逢吉也）

诗：

圆丘祈一朝，曙角任千雕。
自沼兵丁静，中田稻米饶。

176. 与张十八同效阮步兵一日复一夕

日日复天天，朝朝逐百年。
如今如古问，彼此彼观田。
苦苦辛辛事，成成败败悬。
贫贫还富富，缺缺又圆圆。

177. 南溪始泛三首

之一：

南溪始泛见，北岸向深流。
曲曲弯弯处，停停见见舟。
如人方向问，似水进前头。

之二：

晚夕莫登舟，何知水倒流。
南溪由直北，两岸逐前头。

之三：

慢慢一溪流，悠悠半古舟。
人心朝日月，草木满沧洲。

178. 读学

序：

送诸葛觉往随州读书（李繁时为随州刺史宰相泌之子）

诗：

行年七十余，过目五千书。
阁下三生读，朝中半宰锄。
诗词天下赋，日月世中舒。
夕夕朝朝笔，寻寻觅觅居。

179. 题楚昭王庙

襄州庙里问昭王，半简衣冠向楚乡。

杜若方红留旧色，东吴已去作文章。

180. 宿龙宫滩

龙宫滩上月，水草色中乡。
岸芷舟平望，清波泛梦长。

181. 叉鱼招张功曹（署）

叉鱼待半春，火焰对千鳞。
一举孤穿刃，三更见血津。
中宵如昼取，锦鲤似游珍。
只有东风力，沙平上岸频。

182. 李员外寄纸笔

一蘸临池笔，千年石岘春。
三光由此见，六郡已生津。
小大由天地，乾坤可曲申。

183. 次巫峡（赴阳山作）

一峡作天潮，三巴向蜀消。
瞿塘官渡去，楚鄂在云霄。
物色精英落，高唐百丈摇。

184. 答张十一功曹

天空水净浪淘沙，鸟落江流两岸花。
杜宇声中春已过，蚕丛蜀下问人家。

185. 郴州祈雨

乞雨近潇湘，东江有绣娘。
衡阳米水岸，解旱女儿郎。
莫以巫人舞，袖龙客故乡。
天公知土地，厚德载仓粮。

186. 湘中酬张十一功曹

潇湘一叶舟，绝缴半江楼。
岭上猿啼尽，云中有莫愁。

187. 郴口又赠二首

之一：

思归不可归，去路亦非微。
一剑江中斩，千波八面飞。

之二：

青天一片云，落水半分分。
影影形形见，流流止止闻。

188. 题木居士二首

之一：

来阳居士见，乞福寺中闻。
有望如天地，求心似白云。

之二：

如来如自在，似己似观音。
日月千朝暮，春秋一古今。

189. 晚泊江口

晚泊沧江口，孤舟半入云。
船公方醉过，独解睡衣裙。

190. 湘中

汨罗一九歌，二女半孤娥。
竹泪苍梧满，人情已不多。

191. 别盈上人

一望祝融峰，三山百岭封。
回头应是岸，尽在有无中。

192. 喜雪献裴尚书

一雪平天下，千山夺日明。
长安风扫路，上披挂精英。
紫气东来淑，冠巾玉角生。
玲珑张四野，布覆厚京城。
瑞素春梅早，梨花木叶萌。
群芳因此润，百卉谢冰倾。
积霭天街巷，堆云曙角平。
田家田所望，井税井泉荣。

193. 春雪

地暖初销雪不寒，云飞甲落腊梅残。
风扬雨细含毛羽，润泽农庄素玉冠。

194. 闻梨花发赠刘师命

雪后一梨花，枝头半玉霞。
东风应未止，洒洒向人家。

195. 早春雪中闻莺

江南雪后时闻莺，玉树琼华淑气迎。
但见秦川春早色，无尘上掀净天京。

196. 梨花下赠刘师命

梨花未断半梅花，杏李先红一玉纱。
远近阴晴皆艳艳，京都上下色家家。

197. 春雪间早梅

岭上早梅红，云中半雪风。
纷纷疏密密，落落已融融。

198. 和归工部送僧约（工部归登也）

已约归工部，何言旧寺僧。
出家言已尽，举步向应登。

199. 入关咏马

秦川一穆公，养马半英雄。
战伐争先进，骐骥立首功。

200. 木芙蓉

朝开暮谢木芙蓉，岁月年华水月踪。
叶叶枝枝成玉树，红红绿绿作天封。

201. 题张十一旅舍三咏

榴花
五月一榴花，千枝半堕斜。
秋时园果家，结子入人家。

202. 井（茶之水）

井上水则清，江中色半明。
泉流泉尾煮，好得好茶茗。

203. 蒲萄

汉地一葡萄，胡姬半舞袍。
龙须长又细，玉子有羊羔。

204. 峡石西泉

峡石溪泉水，淙淙不尽丰。
行云科丰雨，旱涸作蛟龙。

205. 梁国惠康公主挽歌二首

序：
宪宗长女下嫁于峋庶毙，百官呈诗
诗：
之一：
定谥芳名远，移封长女城。

山河应记取，玉石此为盟。
之二：
秦楼弄玉情，鼓瑟二妃鸣。
奔月寒宫里，元和作旧城。

206. 和崔舍人咏月（舍人崔群十韵）

缺缺圆圆见，弦弦客客明。
来来还去去，隐隐复行行。
十五分蒉半，乾坤贝叶成。
嫦娥飞满袖，后羿逐天英。
广宇经冬雪，长空奈寞声。
寒光寒世界，玉树玉生情。
世上余空叹，人间寄所荣。
星河星自布，喜鹊喜常鸣。
有步徘徊影，无思望所倾。
风台观彼此，拾取落荚生。

207. 咏雪赠张籍

自在纵横落，如来远近堆。
层层还叠叠，厚厚亦裁裁。
已铺亭台路，空余井水开。
徘徊由此去，不可妄添隈。
玉羽纷纷下，龙鳞处处洄。
连天连地角，逐背逐阳台。
逶迤随形迹，乾坤静月催。
行云行淑气，作雨作春媒。

208. 酬王二十舍人涯雪中见寄

一天闭户难开，白雪阳春玉影来。
厚厚雍雍堆皑皑，朝诗步迹风沼裁。

209. 送侯喜

已事龙钟步，风尘别道来。
新年回旧处，国子故情来。

210. 学诸进士作精卫衔石填海

区区一命轻，历历半精明。
石石衔衔已，时时海海平。
前程前不止，后退后无成。
始始终终继，朝朝暮暮行。

211. 奉酬振武胡十二丈大夫

河东振武胡，节度帝光殊。

绶带广才略，金珂塞草平。

212. 奉和库部卢四兄曹长元日朝回

大街一玉宵，上掖半云桥。
举笏儒官列，安边武通遥。

213. 寒食直归遇雨

王侯新赐火，博士旧情来。
读卷春寒笔，开门暖楚才。

214. 送李六协律归荆南

荆南春已晚，蜀北杜鹃开。
白帝瞿塘峡，南山白雪来。

215. 题百叶桃花（知制书时作）

百叶桃花竞，千门玉树荣。
人间应不见，御律寄殊英。

216. 春雪

大雪洋洋下，梅香楚楚花。
东风融细雨，润泽早农家。

217. 戏题牡丹

红红绿绿作天仙，叶叶枝枝向色鲜。
日照长安花蕊殿，东都已展洛阳边。

218. 盆池五首

之一：
鱼儿一老翁，向背半严峇。
直立人间事，溢池汉武宫。
之二：
盆池已砌成，植藕作根萌。
百日潇潇雨，千声玉叶平。

之三：
有底自然清，无风任草荣。
盆池朝暮见，不尽百鱼情。
之四：
盆池三尺水，夜月半庭风。
已是波澜动，青蛙目望空。
之五：
盆池光影静，玉树照天宫。
风云多不近，日月暮朝同。

219. 芍药

芍药红颜问牡丹，芳香四溢向冠官。
中书两省平章事，直漏无平不见澜。

220. 奉和虢州刘给事使君三堂新题二十一咏并序

目渚一三堂，芳亭半日光。
修州修治政，给事给诗章。

221. 新亭

水上新亭色，云中日半兔。
三堂三自足，九陌九江苏。

222. 流水

洞洞泉无尽，清清向北流。
悠悠从此去，澹澹不回头。

223. 竹洞

竹洞半藏幽，清泉一界流。
年年何不息，处处满无休。

224. 月台

寒宫作月台，十六可重来。
只此无弦筱，嫦娥已不回。

225. 渚亭

四面看芙蓉，千波向玉封。
知人知镜鉴，望远望行踪。

226. 竹溪

竹下一溪流，亭中半不休。
徘徊人所欲，远近十三州。

227. 北湖

王母一北湖，汉武半江都。
为得盘桃会，千年始一株。

228. 花岛

一岛满鲜花，千姿百态斜。
红黄橙白紫，鸟雀蜜蜂家。

229. 柳溪

柳叶探流溪，轻扬复俯低。
摇摇摇不定，摆摆摆无齐。

230. 西山

晓日上西山，亭波半彩颜。
云天相济处，碧色竹溪湾。

231. 竹径

溪流竹径斜，半入白云家。
翠鸟穿飞去，风惊未落花。

232. 荷池

声声玉叶惊，滴滴小圆成。
但以珍珠闪，摇摇欲相倾。

233. 稻畦

一畦半金黄，三光一故乡。
农夫农土地，社日社家梁。

234. 柳巷

柳巷有诗吟，春风四面寻。
弹琴弹不得，一絮一知音。

235. 花源

花源花百放，色素色先开。
态态姿姿见，年年岁岁栽。

236. 北楼

晨风上北楼，晓日过三秋。
水月含云久，天光向九州。

237. 镜潭

贞观一镜潭，柳巷半春蚕。
雀鸟蛟龙纳，深深以水涵。

238. 孤屿

一屿半沉浮，千波两岸游。
山川山屹立，水泛水争流。

239. 黄河源头水清流

东流万里一千山，九曲黄河十八湾。
浊浊清清谁不见，春风已过玉门关。

240. 方桥

止止行行步，风风雨雨桥。
方方还正正，夕夕可朝朝。

241. 梯桥

一步半登高，三春两地涛。
青云青草色，八望八仙翔。

242. 月池

一月下寒池，三得半不知。
幽幽何所见，淡淡几成诗。

243. 赛神

长衫紫领巾，白布染红尘。
冠官知井税，农夫问社神。

244. 题于宾客庄

榆春十万钱，酒市两三仙。
醒醉千年里，寻归一自然。

245. 晚春

漫漫一雪飞，淑淑半春归。
杏李桃梨色，花花世界微。

246. 落花

落落半成泥，香香一玉堤。
千门千色取，万寿万人齐。

247. 桃树二首

之一：
一树藤萝绕，三生直立明。
枝枝展叶叶，寄寄复萌萌。
之二：
共结不同根，相依未互魂。
楸萝因果子，雨雪各承恩。

248. 风折花枝

春风已折枝，别道正花时。
拣取呈君记，离心两自知。

249. 赠同游

千花一日繁，百草半无言。
万木乔林直，三春鸟自喧。

250. 赠张十八助教

喜复一君眸，城南半步休。
东西寻日月，彼此问江楼。

251. 题韦氏庄

云飞山万木，竹断木千虫。
草落花卉市，天翻地覆同。

252. 晚雨

晚雨不思仃，临流水溢青。
回身关锁扣，一暮作云屏。

253. 出城

今朝一得闲，跬步半河湾。
浊浊清清见，泾泾渭渭颜。

254. 杷酒

一酒对千闲（贤），三诗问半山（仙）。
文章文化久，日月日边班（田）。

255. 朝少年

英雄出少年，日月半无边。
二万三千日，诗词一世天。

256. 楸树

直木一春秋，乔林半色优。
云烟云雨覆，易简易高求。

257. 遣兴

百计不如闲，千呼一列班。
冠官冠白首，列梦列乡颜。

258. 送李尚书廷赴襄阳八韵得长字

江水江流远，襄阳日月长。
王忧南国策，改命赴忠良。
控带三台宰，冠官一柳杨。
荆门黄鹤翼，鄂渚楚辞乡。
岘首羊公泪，隆中诸葛庄。
风流观不止，郡守郡邻疆。
富贵由身致，贫穷以自强。
天书天所意，地主地康梁。

259. 和席八十二韵与愈同掌制书

序：（自叙起草八六年首辅政府报告）
诗：
绛阙中南海，秋成右掖臣。
同操天下笔，共话书中秦。
首辅三台政，中央国务钧。
平章同品第，日月共秋春。
直夜星空望，银河两岸津。
衡门多少路，字句易径纶。
曙气连天地，云光浥净尘。
精英三五子，御第暮朝民。
接武丹青步，从名跬步循。
芳菲红叶色，藻井玉人邻。
自得知江海，如来见上人。
三清三世界，九陌九麒麟。

260. 和武相公早春闻莺

早步武相公，闻莺玉宇空。
京城春色好，锦绣己西东。

261. 游太平公主山庄

当年欲占春，日月属家人。
草木山庄色，阴晴各晋秦。

262. 晚春

一日鹅毛定，千塘玉叶平。
芙蓉初出水，带露作珠明。

263. 大行皇太后挽歌词三首（宪宗母庄宪皇后也）

之一：
一纪尊皇后，三时教育名。
高仁容象圣，厚德载群生。
之二：
威仪天子圣，总统故朝封。
玉树千门色，空闻报晓钟。
之三：
昼翣登秋殿，祥云附肃风。
全开天子路，半掩大明宫。

264. 广宣上人频见过

学道穷年尽，三清历古笞。
枫林霜古寺，落叶两三堆。

265. 闲游二首

之一：
雨后浮萍静，珠前有夕明。
园荷含点滴，欲流滞还平。
之二：
雨后乔林新，云前直木陈。
山中山水雾，暮下暮人邻。

266. 配马侍郎寄酒

四句情无尽，三杯欲复多。
千吟诗不住，一醉客汨罗。

267. 和侯协律咏笋

雨后新军士，林中子女攒。
根连根不见，笋立笋衣冠。
瘦瘦肥肥见，长长短短珊。
三更初出土，晓日已千篁。

268. 过鸿沟

楚汉鸿沟界，秦皇二世终。
龙城龙虎斗，霸主霸王风。

269. 送张侍郎

司徒东镇守，走马侍郎闻。
故逋丞相斥，元臣胜万军。

270. 赠刑部马侍郎

海压红旗照，南荒素晓平。
中台天阙报，晋署侍郎名。

271. 奉和裴相公东征途径女儿山下作

诸吏一峥嵘，群公半将倾。
东征东领土，女向女儿鸣。

272. 郾城晚饮奉赠付使马侍郎及冯李二员外

远望赤云迹，眉间胜气盘。
黄旗黄道定，逐日逐归銮。

273. 酬别留后侍郎

一举周公旦，三军虎豹光。
英雄留后缘，战士作锋前。

274. 同李二十八夜次襄城

襄樊一古城，水战七军平。
楚郢川原接，周秦土地情。
旌旗扬战将，印绶属阶荣。
已得先锋报，台谋已大成。

275. 同李二十八员外从裴相公野宿西界

四面星辰夜，三军阵列明。
兵丁灯火递，野帐贺年平。

276. 过襄城

一过襄城下蔡州，三军颍水自东流。
家人梦里常相见，不远嵩山战已休。

277. 宿神龟招李二十八冯十七

荒山落夕阳，野水逐苍茫。
但以征衣里，何时忆故乡。

278. 次硖石

隐约一潼关，方明半浊湾。
华山华木直，渭水渭人还。

279. 和李司勋过连昌宫

疏槐一老根，遗老半儿孙。
不见司勋去，谁闻是故恩。

280. 次潼关先寄张十二阁老使君

过楚到华山，相公胜蔡还。
潼关回首处，刺史望河湾。

281. 次潼关上都统相公

执勇辞堂印，征衣胜蔡还。
相公勋已建，冠盖格潼关。

282. 桃林夜贺晋公

夜火照山红，军营战将风。
桃林公自贺，命珪数元功。

283. 送李员外院长分司东都

羁旅一东征，春来半上京。
东都东洛水，不远望长空。

284. 晋公破贼回重拜台司以诗示幕中宾客愈奉和

伐贼班师胜，元功御册名。
三司相国府，五等仗崇英。

285. 独钓四首

之一：

一食成鱼饵，三竿见日悬。
孤闻非鹭鸟，独得是明天。

之二：

一线池塘坠，千波自成圆。
游鱼相侍久，野鹭独成仙。

之三：

游鱼试饵钩，半点水中求。
泛泛惊心去，荒荒近小舟。

之四：

悠悠一钓钩，静静半波流。
欲问求何物，影山不可求。

286. 枯树

老树有新根，枯枝见叶恩。
成林成独木，自立自乾坤。

287. 元日酬蔡州马十二尚书去年蔡州元日见寄之什

元诗已来年，两岁蔡州天。
九陌相公领，三峰不敢眠。

288. 咏灯花同侯十一

灯花半不明，灯裂两三声。
以此重辉色，红光去又生。

289. 祖席前字送王涯徒袁州刺史作

已到洛桥边，无心上别船。
袁州王刺史，八水绕王田。

290. 秋字

日照禾边火，烟平木叶舟。

阴阳分界定，卜易两仪求。

291. 送郑尚书权赴南海

天涯南海岸，一柱北人天。
自得沧桑去，如来一渡船。

292. 答道士寄树鸡（木耳之大者）

左耳龙珠目，茅山道士名。
华阳君子洞，柳柳易州情。

293. 左迁至兰关二小侄孙湘

一贬潮州路八千，三台归事朽残年。
云横秦岭兰关外，此去南洋镇海船。

294. 武关西逢配流吐蕃

西逢配武关，北客去无还。
左传春秋卷，儒官万岭山。

295. 次邓州界

长沙半路城，足见邓州名。
海岳王帅地，春泥已不清。

296. 题临泷寺

离家路五千，寄日可三年。
古寺如来势，潮阳水岸天。

297. 绝句二首

序：

晚次宣溪辱韵州张端公使君惠书叙别酬以绝句二章

诗：

之一：

宣溪问韵关，落日向河山。
莫以鹪鸪见，家乡万里闲。

之二：

足下濯宣溪，山中野草低。
当闻莺有止，不向韵关啼。

298. 题秀禅师房

清流十步桥，古寺半云霄。
一手支头卧，禅音助柳杨。

299. 将至韶州先寄张端公使君借图经

图经借使君，入地始先闻。
但记明光处，山山水水分。

300. 过始兴江口感怀

独作儿童忆，如今独自迁。
冠官冠束缚，百口百人田。

301. 韶州留别张端公使君

岭上一枝梅，云中半腊催。
人心曾一了，不可醉千杯。

302. 从潮州量移袁州张韶州端公以诗相贺之

远近事何如，云移自卷舒。
潮袁州外水，客主量中书。

303. 次石头驿寄江西王十中丞阁老

一望豫章城，三回白首英。
中丞中阁老，两省两嘉明。

304. 游西林寺题萧二兄郎中归堂

有女侍郎中，当儿唱大风。
西林匡木直，独立望天空。

305. 自袁州还京行次安陆先寄随州周员外

指日汉秦东，袁州远北空。
君巢明刺史，酣笑寄华风。

306. 题广昌馆

白水一龙飞，随州半去归。
耕人耕不止，驿路驿朝晖。

307. 寄随州周员外

陆孟丘阳久，丝纶制掌闻。
金丹谁幕府，文章彼此云。

308. 酒中留上襄阳李相公逢吉

中书一舍人，两省半愈邻。
但接相公步，襄阳已宰臣。

309. 恩还朝过其墓留题驿梁

序：
去岁自刑部侍郎以罪贬潮州刺史乘驿赴任其后家亦谴逐小女道死，殡之层峰驿旁山下蒙
诗：
谴逐难题一驿梁，还朝独去半京乡。
藤藤木木留初骨，父父母母自断肠。

310. 贺张十八秘书得裴司空马

司空一马成，十八半精英。
旦向飞天去，黄昏过蜀城。
良才情性好，逐鹿腊双旌。

311. 杏园送张彻侍郎归使

一路东风树，三春杏李园。
花上均成子，处处满红缨。
去日耕耘苦，今天怯离情。

312. 雨中寄张博士籍侯主簿喜

归朝一路雨泥泞，物象三春草木青。
但是东风云隔日，明晨上苑百花灵。

313. 奉和兵部张侍郎（贾）酬郓州马尚书（总）祗召途中见寄开缄之日马帅已再领郓州之作

再领郓州宰，重征旧属僚。
桑田家国柱，诏命册功朝。

314. 林亭

序：
早春与张十八博士籍游杨尚书林亭寄第三阁老呈白冯二阁老（白居易冯宿）
诗：
渠冰片片半沉浮，暖气幽幽一暗流。
岭上梅花初欲放，亭中蕙草已先羞。

315. 奉使常山早次太原呈副使吴丹郎中

一路嘉禾色，三春顺此归。
风流杨柳叶，复见落鸿飞。

316. 夕次寿阳驿题吴郎中诗后

步步远长安，心心客晋丹。
三春三令返，一世一冠官。

317. 镇州初归

柳柳杨杨色，桃桃李李情。
来时花满地，去见果方成。

318. 同水部张员外籍曲江春游寄白二十二舍人

十里曲江花，三春渭邑霞。
朝阳朝玉树，入舍入人家。

319. 和水部张员外宣政衙赐百官樱桃诗

汉主明光殿，秦皇六国城。
炎黄修百草，雨露赐千情。
马上葡萄酒，军中鼓角缨。

320. 早春呈水部张十八员外二首

之一：
柳色一皇都，云光半似无。
天街烟雨路，水草曲江苏。
之二：
柳色已分刀，天光赐半春。
东风三两日，渭邑牡丹频。

321. 送桂州严大夫同用南字严谟

苍苍八桂南，处处一清潭。
翠羽潇湘水，青萝碧玉甘。

322. 奉酬天平马十二仆射暇日言怀见寄之作

仆射天光宰，沧桑日月明。
儒风参政事，物象一繁荣。

323. 奉使镇州行次承天行营奉酬裴司空

已逐三年客，承行半去归。
司空司日月，著羽著征衣。

324. 镇州路上谨酬裴司空相公重见寄

受命山东路，征衣晋北尘。
风霜天子界，自请一诗陈。

325. 奉和仆射裴相公感恩言志穆宗朝

文工武略百辞师，鼓角朝衣蔡地辞。
只有英雄知马力，无须老骥枥前嘶。

326. 和仆射相公朝回见寄（时牛李争）

不必回头问，何须俯首行。
耕牛桃李树，晓日自朝明。

327. 奉和杜相公太清宫纪事陈诚上李相公

经纶一夏城，日月半晴缨。
礼乐乾坤继，青词紫极明。
龙蛇应物象，虎豹已吟鸣。
故德相公辅，陈奥付衍情。
香风中石玉，净土上清荣。
皎洁无涯界，应心有仰生。
威容承彼比，道济序精英。
暮鼓惊回首，晨钟启步行。

328. 郓州溪堂诗

帝业半溪堂，河山一豫章。
云侯来宪考，节度去秦疆。
浅岸莲葭苇，中流日月光。
琴声和瑟鼓，曲赋舞诗梁。

329. 送张道士

大西无材布，精英有独词。
嵩山高杞梓，道士有玄师。
属策皇城北，天径玉漏墀。
天街天子问，执仗执公私。

330. 送郑十校理得洛字十药韵

校理文伊洛，才华泊禄阁。
春衫方解束，咔鸟向天约。
柳絮杨花错，桃蹊李杏萼。

分芳分色见，以叶以枝络。

331. 送陆歙州参

衣华光陆去，雀鸟约飞翔。
十里长亭继，千川一短长。
诗歌当一曲，跬步自三扬。

332. 送汴州监军俱文珍

奉使京师别，临戎汴水安。
征人先举步，报国后行宽。

333. 赠崔立之

一友已何为，三生不自知。
雄言千百句，立志两三诗。
子舆重相忆，蛟龙复水师。
书香书不止，接武接丹墀。

334. 海水

海水三千丈，邓林百万枝。
波涛潮汐涌，草木树形姿。
广广鲸鲨猎，丛丛柏寺祠。
湘灵常鼓瑟，后羿向天迟。

335. 赠河阳李大夫

河阳李大夫，节度使皇都。
未尽玄机见，三清一玉奴。

336. 苦寒歌

夜半苦寒歌，晨明一路河。
行程行不止，举步举人多。

337. 芍药歌

庭中一好花，月下半倾斜。
草木年年色，根根岁岁芽。

338. 赠徐州族侄

少小同兄弟，中年已隔离。
春衣穿不别，举步各辛夷。
百岁成翁伯，平生已怯移。
家宗常忆取，两代是分枝。

339. 嘲鼾睡

黄河壶口落，万里一倾时。

百壑轰鸣响，千流奔湍迟。
渊深难见底，盗贼去弥欺。
两目朝天望，三军列阵师。

340. 昼月

一月当空见，三光避日行。
高天高不变，市色市时明。
玉兔婆娑闪，嫦娥隐约英。

341. 赠张徐州莫辞酒

一酒半天情，三生一日鸣。
英雄谁逐日，寒宫久不平。

342. 辞唱歌

何人一唱歌，百度半江河。
以醉三生外，由伶十地戈。

343. 知音者诚希

世上一知音，天中半古今。
行行行不止，路路路人心。

344. 同窦（牟）韦（执中）寻刘尊师不遇（以同寻师为韵得寻字）

尊师不可寻，远近古山深。
草木连天地，青云逐野禽。

345. 春雪

片片飞鸿羽，纷纷落白云。
茫茫成覆盖，处处做衣裙。
独有空空井，流流不可垠。
迷巢归鸟逐，远望忆遥君。

346. 酬蓝田崔丞立之咏雪见寄

一雪京城满，三冬四野明。
冰清重玉洁，厚泽待天惊。
数尺封门路，连天阔地情。
田家心自喜，岁月有耕荣。

347. 潭州泊船呈诸公

夜下读离骚，船中间二毛。
无钩鱼直钓，鼓案不操仪。

348. 道士

序：

饮城南道边古墓上逢中丞过赠礼部卫员
外少室张道士

诗：

不觉中丞一道来，旗亭酒市半三台。
城南古墓无吴子，少室山中有楚才。

349. 池上絮

柳絮重扬抑，杨花乱自飞。
有水浮难湿，无穷不得归。

350. 赠贾岛

寺寺僧僧问，推推敲敲闻。
寒寒贾岛，瘦瘦孟郊君。
莫问黄泉去，人间有白云。

351. 赠译经僧

休言道路斜，释译一僧家。
只以真经去，如来自在华。

352. 王涯

博学工文进士身，中书门下侍郎人。
平章制书同三品，检校司空字广津。

353. 享惠昭太子庙乐章送神

毕备威仪奉，萧香礼乐坛。
雍和迎送鉴，享惠太子甘。

354. 望禁门松雪

青松白雪半分刀，紫禁朱门一瑞珍。
隐映烟光晴四望，冬梅带霞作元春。

355. 六宣上人以诗贺发榜和谢

半选功夫半选奇，延英面检对慈悲。
真金只向龙门火，一首新诗一学思。

356. 九月九日勤政楼下观百僚献诗

九日黄花节，三秋百果新。
骄阳生寿禄，紫陌满祥津。
凤历千年序，仙楼一代臣。

文华勤政殿，曲舞颂经纶。

357. 春游曲二首

之一：

一树江边立，三舟两岸分。
帆扬含淑气，望尽李桃芬。

之二：

桃花半作尘，露水一天津。
上苑无穷色，芙蓉有净身。

358. 太平词

人间一太平，世上半荣声。
雨露天街下，丹墀御酒情。

359. 送春词

日日人应老，年年有去春。
香花归不尽，野草亦含秦。

360. 塞上曲二首

之一：

天骄行塞外，地厚载人生。
隔岁千年尽，今朝一命轻。

之二：

宝剑方挥斥，单于牧马声。
英雄英所在，寸土寸朝荣。

361. 陇上行

举步一边州，鸣笳半陇头。
红旗舒卷展，白草去来秋。

362. 思君恩

巫山三峡雨，洛水半流云。
不得知神女，人间已问君。

363. 春闺诗

雪尽萱抽叶，心思水变苔。
梅花香已去，不见雁归来。

364. 春江曲

渡口月随人，轻风草问津。
江流江不止，水白水浮蘋。

365. 闺人赠远五首

之一：

不向辽阳望，三边随月寻。
花明花不语，柳絮柳无音。

之二：

一戍三边去，千声五湖人。
功名随日月，壮士任秋春。

之三：

夜夜月临门，人人小子孙。
空床空不得，落照落黄昏。

之四：

晓色一霞云，三边半客君。
相思相不足，待日待纷纷。

之五：

春莺啼不尽，柳叶已先无，
但已渔阳梦，相思闭户私。

366. 从军词三首

之一：

负羽从军去，天光照日开。
萧何君子策，韩信拜金台。

之二：

一将过三关，千呼问百般。
军于知会汉，李广问阴山。

之三：

一战黄龙戍，三边塞上兵。
功勋由民建，士卒共光荣。

367. 塞下曲二首

之一：

角羽黄华戍，兵丁细柳营。
风霜封疾甲，晓月断弦声。

之二：

铁甲伤寒水，龙城起暮云。
边疆勋已树，少小可参军。

368. 平戎辞

解剑男儿去，长风塞外兵。
阴山飞将在，太白世人平。

369. 游春词二首

之一：

柳色曲江边，烟云月半弦。
夕照黄昏远，春风渭水田。

之二：

柳陌桃蹊色，云光雨露烟。
春江春水绿，鸟落鸟衔泉。

370. 秋思二首

之一：

月挂半山边，星移一晓天。
霜寒衣未暖，守将望狼烟。

之二：

太液沧波见，中书玉漏闻。
趋趋鸳鹭步，匆匆阁台君。

371. 汉苑行

春风上柳条，汉苑入云霄。
天仙天女问，雪色雪云桥。

372. 秋夜曲

桂影婆娑月色微，嫦娥后羿是还非。
孤身独枕何难就，怯守空房不愿归。

373. 献寿辞

参差宫殿列，上下寿云重。
北阙三朝首，南山一衮龙。

374. 秋思赠远二首

之一：

少妇守空帏，男儿戍不归。
关山关不住，月色月相依。

之二：

举剑扬眉去，勋功甲羽回。
相思相见日，一枕一枝梅。

375. 宫词三十首存二十七首

之一：

小女一宫深，男儿半成林。
龙城龙不语，雁客雁行寻。

之二：

白皙肌肤紫绣裳，宫中镜里画梅妆。

私心露透红颜色，涩涩羞羞半上堂。

之三：

君王王一路，步过过三阶。
玉辇藏香玉，含情落半钗。

之四：

不到五更天，居心半月弦。
惊风惊所欲，未语未方圆。

之五：

夜半锁宫门，三更不自尊。
和衣方未省，怯喜有余恩。

之六：

不是君王唤，疑听玉漏闻。
身姿香已旧，未著夜衣裙。

之七：

一曲君王点，三声作杜鹃。
长因阶下唱，短叹殿中弦。

之八：

万户三更短，千门一夜长。
私闻香味久，怯见内家妆。

之九：

细雨宜春院，长生殿外云。
芙蓉颜色好，出水向君勤。

之十：

永巷一门开，深宫半步裁。
谁知他人在，自将入身来。

之十一：

一水临窗镜，三云问雨来。
青青杨柳色，处处暮朝开。

之十二：

欲里春风早，情中见女娥。
天天朝暮望，日日闲时多。

之十三：

鸟雀何飞去，春风自在来。
梅花先落下，白雪覆枝堆。

之十四：

白雪红梅色，深宫暮色低。
千声杨柳折，一曲作香泥。

之十五：

百尺楼台上，千门上掖中。
春宫花草色，夏月水云空。

之十六：

一度秋千起，三天足臂横。
朝天扬不止，落地笑声明。

之十七：

千门分不定，万榭曲难行。
管管弦弦处，莺莺鹭鹭鸣。

之十八：

紫气东来近，皇城日色明。
宫门天地路，复道去来情。

之十九：

夏日炎炎度，秋风肃肃来。
灯前红烛尽，月下女儿回。

之二十：

日在大明宫，云回玉树风。
昭阳长路短，赵女碧还红。

之二十一：

七夕一天河，三生半女歌。
牛郎牛不在，织女夜情多。

之二十二：

听来鹦鹉语，不可向星河。
独自临窗下，私情对八哥。

之二十三：

瓦上有新霜，心中纳旧凉。
乡心乡不得，织女织牛郎。

之二十四：

一树万千枝，三春亿叶兹。
年年如此数，岁岁竟无迟。

之二十五：

步步金华殿，声声玉笛鸣。
由衷无自己，次第有人情。

之二十六：

春来花先色，雨去落云平。
莫向宫娥问，衣裙自取轻。

之二十七：

禁树半云霄，宫云一步遥。
香风香不尽，密意密心桥。

376. 御沟新柳

秀质方含翠，清荫已庇人。
依依摇不定，杳杳待初春。
近日阳合气，和云雨露新。

王孙留恋处，欲折灞桥茵。

377. 御沟新柳

近日御沟新，遥闻玉鸟频。
含云含雨露，柳色柳枝均。
绿绿黄黄见，柔柔弱弱申。
春光春紫禁，翠叶翠丝纶。

378. 洛阳清明日雨霁

晓日清明柳，嵩山细雨天。
千门千乞火，九陌九生烟。
酒市开新酿，河桥不泊船。
枝枝无湿透，叶叶有源泉。

379. 咏露

伴露一方圆，千珠雨地天。
云中云欲雨，阁下阁含烟。

380. 夏游招隐寺暴雨晚晴

一夕过斜廊，三秦半落光。
晴中含雨气，泉下纳流芳。

381. 禅门寺暮钟

禅门寺外暮钟声，夕照云中古刹明。
石磊嵩山苍独时，云浮远近带霞荣。

382. 贡院楼北新栽小松

龙形一小松，鹤影半鳞踪。
岁岁朝天望，青青作玉封。

383. 南至隔仗望含元殿香炉

隔仗含元殿，香炉复道空。
浮烟浮远近，逐日逐东风。

384. 曲池洁寒流

月下曲池澜，云浮渭邑寒。
星临星闪烁，石转石肋桓。

385. 赋得春风扇微和进士诗

春风脉脉扇微和，时令清清唱九歌。
细雨泛泛枝叶露，轻云霰霰脉泉多。

386. 南至隔仗望含元殿香炉

含元殿里一香炉，卉服官冠日色殊。
羽卫皇家天子路，浮烟月下入屠苏。

387. 赋得春风扇微和

淑气作春风，微和世界同。
秦川晴日早，渭水色云空。
暖暖常成雨，泛泛作始终。
熙熙天地阔，习习扇西东。

388. 赋得风动万年枝

擢秀万年枝，嘉名八句诗。
芳柯芳玉树，惠翠惠兰时。
碧色参差舞，绮靡上下姿。
含云含雨露，纳幸纳天师。

389. 樊阳源

春风拂荡万年枝，紫气东来一令时。
上液皇都新柳色，丹墀隔日百莺迟。

390. 许稷

迟迟缓缓万年枝，卷卷书书百岁知。
岁岁年年常积景，朝朝暮暮自诗词。

391. 范成君击洞阴磬

历历闻金磬，微微下玉京。
留心留古迹，洞府洞人声。

392. 闰月定四时

玉律穷三纪，推为计五时。
闰期余月日，积累可相知。
乍觉年华改，还闻算法迟。
天天葶苈落，象象两仪姿。

393. 谢真 人还归山

真人归旧山，直不立河湾。
曲曲流流见，笙笙瑟瑟还。
青鸾阶下舞，白鹿世中颜。
海鹤空鸣久，丹龟独列班。

394. 赋得春风扇微和

日月微和扇，阴晴草木多。
乾坤时令改，世界帝王歌。
暖昧氤氲满，群芳紫气波。
芳华芳町泽，可状可江河。

395. 赋得春风扇微和

之一：
东风一扇开，日照半春来。
习习惊天水，声声向楚才。
阳澄阳晓旭，草色草天台。
但见群芳色，无言独秀催。
之二：
日月微和见，乾坤草木闻，
生生常不息，处处已天曛。
柳絮层层落，杨杨积积云。
春风春雨下，万物万纷纭。
之三：
始见梅花里，初分柳色中。
春风春雨至，入律入西东。
水水生明媚，花花共日红。
三秋思结子，九陌始无终。
之四：
处处阳和至，春春碧玉来。
遥知吴越暖，近见晋秦才。
古道芳园问，桃园结义催。
微微云雨夜，淑淑帝王催。

396. 谢真人仙驾回田山

真一一驾闭玄关，白石瑶坛羽卫颜。
道去仙成童不老，辞人绰约旧山还。

397. 公子行

小子清明雨，春青豆蔻眉。
窗前闻一笑，日落不知回。

398. 古意

郎年五十欲封侯，妾岁三生已入秋。
白玉堂中夫妇对，高亭阁下月空楼。
当春记取临窗望，学绣罗衣独自羞。
佩玉婚姻知来日，诗词绝句绝江流。

399. 长相思

相思日日一相思，叶叶枝枝半叶枝。
结结连连分不得，暮暮朝朝共磨厮。

400. 送戴端公赴容州

端公路路赴容州，绣服雍雍过九流。
佩剑旌旗天日照，南方险阻作春秋。

401. 送殷华之洪州

都堂吟楚调，去路豫章闻。
月色洪州白，江行别后君。

402. 春日晴原野望

野望晴原碧，东风散暖烟。
池塘杨柳色，陌上好耕田。

403. 湘妃怨

湘妃竹泪流，鼓瑟问沧洲。
南巡南已止，二女二心留。

404. 冬晚送友人使西蕃

阳关晴日久，碛石满西沙。
塞上西行路，云中万里涯。

405. 春园即事

水隔春园路，桥连野草蘋。
兰花含蕙色，杜若碧天津。

406. 送友人及第归江东

及第江东客，行程塞北云。
平生飘泊去，接武暮朝勤。
雪去梅花色，春来草木芬。
长亭长驿社，自在自耕耘。

407. 梓州与温商夜别

一别凤凰城，三呼绿蚁情。
千杯先不醉，万里后行程。

408. 喜雪上窦相公

白雪半成冰，朱门一盏灯。
弹琴溜水柱，夜月以香凝。

409. 长安卧病秋夜言怀

月过南宫上北楼，云浮蕙草露泉流。
思乡楚客江东望，一病难消半世忧。

410. 宴杨驸马山亭

一品夫人两第客，三潭印月五湖钟。
中朝驸马何平叔，柱国词人陆士龙。

411. 西蜀送许中庸归秦赴举

华阳一路秦，水影半新春。
百草巴山碧，千花白帝蘋。
贫交贫世子，读释读京津。
一厄中庸客，三章独自钧。

412. 小苑春望宫池柳色

细柳含黄作醉人，东风纳雨半行春。
宫池倒影鱼鳞少，水暖禽游已问秦。

413. 中秋夜临镜湖望月

一镜中秋水，千波已许平。
婵娟谁自在，桂影奈何晴。

414. 江上愁思二首

之一：
但以江中问，观流月下平。
东方东不止，水逝水无声。
之二：
一月半潮头，三更九陌秋。
洋洋山海阔，处处有江流。

415. 梁城老人怨

父子一梁城，夫妻半战倾。
家乡多里废，老少待枯荣。

416. 送灵一上人

一笑青山去，三生白发人。
相逢相别处，不见不秋春。

417. 经夫差庙

石刻夫差庙，姑苏五霸休。
山形闻木渎，水色运河舟。

418. 九月十日即事

汉水未东流，重阳九日秋。
茱萸檐上草，隔岸月中楼。

419. 夏日宴九华池赠主人

草碧花香一夜光，池平榭曲纳炎凉。
身临月色婵娟影，醉倒芙蓉半玉床。

420. 长安早春言志

日上九衢城，云游一寺清。
知人知所事，达者达书明。
水月江村问，风流草木萌。
阴晴圆缺见，剑笏绶冠荣。

421. 读苏属国传

北去一居延，南来半晋边。
葡萄西域使，汉武问张骞。

422. 吴城揽古

草碧馆娃宫，西施不遗红。
夫差勾践水，淑女虎丘风。

423. 犍为城下夜泊闻夷歌

牂牁路尽犍为城，夜泊沧洲玉笛声。
自是人间人不断，听歌问俗客夷情。

424. 和王中丞中和日

令节中和日，繁弦鼓乐声。
高城千里望，汉宇诸侯行。

425. 同韦中丞花下夜饮赠歌人

郎官不负春，夜饮作花臣。
酒令谁无语，娇歌自醉人。

426. 若耶溪逢陆澧

云间陆士龙，竹下觅溪淙。
柳岸春花色，亭台草木恭。

427. 夜泊荆溪

小雪落荆溪，天光向水低。
流时流不去，石岸石冰堤。

428. 南山别僧

有路行身去，无家度日来。
梅花梅雪色，独影独香催。

429. 戏题山居二首

之一：

山居一水流，石磊半春秋。

竹下云烟净，门前日月求。

之二：

家门常不用，宿鸟落窗台。

共处同行止，孤寻孤去来。

430. 山中秋夜喜周士闲见过

山中月色一空寒，石隙微泉半水滩。

濯足闲情闲不住，和衣闭目闭峰峦。

431. 过栎阳山溪

草色方平一石溪，花明未满半川堤。

云沉沉足下人山顶，木立峰头独峙齐。

432. 姑苏台怀古

姑苏台上望，五霸越吴闻。

木渎西施客，夫差一半君。

433. 将归旧山留别

不见信陵君，夷门未读文。

归山归旧地，客舍客浮云。

434. 游洞灵观

西域问少君，北府洞天云。

木叶灵观隐，玄机处处闻。

435. 旅次沔阳闻克服而用师者穷兵黩武因书简之

克服王师命，穷军黩武名。

英雄由草莽，莫斩绿林兵。

436. 湘君祠

鼓瑟湘灵在，烟消治水成。

苍梧苍木立，竹泪竹难晴。

437. 送辛古甫常州觐省

不上兰陵路，何言问酒家。

西行西已去，客见客鸣沙。

438. 题舞花山大师遗居

舒舒卷卷自昌黎，暮暮朝朝有玉堤。

止止行行成败见，南南北北复东西。

439. 广陵秋夜对月即事

寒宫挂半楼，玉桂问三秋。

酒肆钱塘岸，隋炀好水头。

440. 早秋浐水送人归越

归人摇首去，浐水早流东。

但向长安绕，何须叹太空。

441. 小江驿送陆侍御归湖上山

一顶好头颅，三吴以水苏。

隋炀杨柳岸，运道运河图。

442. 送李德舆归穿石洞山居

行云花似雪，接武路如空。

水滴应穿石，乌巾一半功。

443. 酬幽居闲上人喜及第后见赠

去去一游僧，来来半石灯。

溪流清自许，玉石以香凝。

444. 洛下赠彻公

沙门第几重，洛下故云封。

但以嵩山目，支颐北魏钟。

445. 观朱舍人归葬吴中

木落一吴中，云飞半大风。

归时归不得，记忆记童翁。

446. 题清净寺留别

路入千山里，僧行万木中。

清流成净土，雪素作天宫。

447. 从军行

一路楼兰绥带红，三军扫荡未央宫。

红旗点点天山雪，战士匆匆唱大风。

448. 宿淮阴作

一日漂母半九州，三生水调运河流。

金台不在淮阴在，史上王侯史外楼。

449. 春日南山行

处处登山路，时时下谷途。

行行何止止，越越复吴吴。

450. 步虚词二首

之一：

星星斗斗一天书，步步虚虚半世余。

汉武王母相会晤，盘桃宴上好相如。

之二：

三清一步虚，九陌半皇初。

洞府朝天子，琪花对卷舒。

451. 襄阳过孟浩然旧居

汉水向东流，春风过九州。

波澜应不尽，曲折几回头。

452. 送友人游嵩山

俯首九龙潭，扬眉万丈岚。

天坛桑叶碧，以寺作春蚕。

453. 伏翼西洞送夏方庆

洞里春云落，山中野草开。

花花花不落，步步步天台。

世上人间逐，三清玉石梅。

殷勤知日月，接武不徘徊。

454. 赠人

世界一人行，乾坤半步生。

孤舟由水载，独杖靠天明。

落日黄昏见，远天近水明。

455. 句

稚子知书礼，家妻日月明。

456. 欧阳詹

进士行周第一人，闽州自此有才津。

四门助教文章校，国子监里始著秦。

457. 东风三章

之一：

东风一陇西，胜利半甿黎。

淮夷民为主，相公柱国堤。

之二：

东风一路百花开，暴戮三军一德来。

大雪凝川秦晋土，光荣结蒂飞天台。

之三：

东风以政万民生，伐暴从仁百代平。

草木阴晴仁德主，乾坤世界自枯荣。

458. 有所恨二章

之一：

待试京师友，襟怀共所同。

千秋离不恨，一世马绅风。

之二：

以病求巫术，无须见子邻。

平生从此去，遗恨不秋春。

459. 玩月

一月自当空，君仁小子同。

清明寒所至，夜影有无中。

460. 弦

十五方偏十六圆，上边半月下边弦。

荚荚荚荚分子叶，共望婵娟有岁年。

461. 咏德上韦检察

市市同同见，先先后后闻。

东西分两列，正正笏朝文。

太室无成成少室，太华有德少德华。

方圆地位应相似，左右天官智慧君。

462. 寓兴

桃桃李李自成蹊，杏杏梨梨色市齐。

月月年年由子继，因因果果各东西。

463. 答韩十八弩骥吟

弩骥一同途，身名半市殊。

韩公如所问，白马向屠苏。

苦历成君子，功劳作玉奴。

年年千里足，岁岁万家趋。

464. 益昌行二首

之一：

政赐益昌行，王城自此名。

民生民以子，牧宰牧人生。

之二：

耕夫陇上谣，负者路中条。

业士成功绩，冠官祝圣朝。

功功微所积，怒怨客情消。

治郡思天地，行明向度桥。

465. 自淮中却赴洛途中作

童翁自得一西东，远近高低半不同。

易易难难非好汉，成成败败是英雄。

466. 晨装行

万里一身轻，千年半故名。

春秋春夏继，日月日光荣。

467. 新都行

朝朝暮暮一无穷，止止行行半始终。

柳柳杨杨天地水，飘飘缈缈雨云风。

唐·吴道子

八十七神仙图

读写全唐诗五万首

第六函

第六函　第一册

1. 铜雀伎

曹公铜雀伎，汉帝屋藏娇。

未了千秋欲，难成百岁遥。

昭阳团扇舞，赵女掌中雕。

不远秦皇岛，王母待玉箫。

2. 太原旅怀呈薛十八侍御齐十二奉礼

先谋一主面，后得半君书。

赁庑青黄济，寒温子仕余。

呈诗当李杜，以赋问相如。

北阙三朝品，东林一野庐。

3. 李评事公进示文集因赠之

雅颂希征会，风流五七言。

河梁嘉理曼，旨蜚逮丘宣。

六义先师序，千章亦简繁。

三年闻业就，百岁问轩辕。

4. 徐十八晦落第

大器晚方成，嘉声以质精。

湘灵谁鼓瑟，竹泪二妃生。

汲汲微微积，驱驱步步行。

排云排所济，接武接身盟。

5. 春日途中寄园所亲自语

心中一故园，月下半桑田。

客路年华度，生途忆祖先。

行行行不止，事事事难全。

只有诗词律，留文作酒泉。

6. 汝州行

小女一春蚕，丝丝半苦甘。

心情由此注，不得意人贪。

7. 蜀中将归留辞韩相公贯之自言

一梦关山里，三边日月中。

婵娟天地色，玉兔夜寒宫。

白帝瞿塘峡，巴山骤雨风。

相公相互问，忆路忆孤鸿。

8. 江夏留别华二

司舟而下一襄阳，举第登封半忆乡。

一介书生书不止，三光共济共河梁。

9. 送潭州陆户曹之任

湘潭一水清，陆户半屈名。

四姓江南吏，三生寒北情。

精英衡岳士，秀泽润斯荣。

莫以驱驰客，何言跬步行。

10. 福州送郑楚材赴京时监察刘公亮有感激郑意

越水多云雨，苍梧有泪痕。

鸿鹄归不久，隔岁问寒温。

仁政如尧舜，琼友若蕙村。

南游南日暮，北国北黄昏。

11. 初发太原途中寄太原所思

途前东北晋，马后豫吴秦。

渐觉心思远，方明耳目新。

甘居情自谅，世态并州人。

一履书生迹，三生客吏频。

12. 智还上人水精念珠歌

一水清清见，三光日日明。

如来如自在，普渡普人生。

念念珠珠见，磨磨拭拭精。

心中心所向，意下意经盟。

13. 许州途中

八百里秦川，三千岁月年。

黄河流不尽，八水注桑田。

野鸟飞南北，冠官驿酒泉。

长江分水岭，楚蜀逐江船。

14. 赋得秋河曙耿耿送郭秀才应举

一目青云望，千章御览闻。

龙门先入主，进士曲江曛。

耿耿横虚碧，苍苍直木群。

排云南斗客，逐鹿北宸君。

15. 送袁秀才下第归昆陵

矢舍应中第，文成可入门。

昆陵归一步，璞玉可三尊。

造诣深千尺，修途净五蕴。

16. 闻邻舍唱凉州有所思

有善凉州曲，胡姬白雪花。

天涯虚所望，筚篥入邻家。

白日交河水，楼兰玉影斜。

谁言千佛洞，可去问鸣沙。

17. 陪太原郑行军中丞登汾上阁中丞诗曰：

汾楼秋水阔，宛似到闾门。

惆怅江湖思，惟相思客论。

18. 辄书即事上答

汾流半并州，水阔一春秋。

吕尚周公旦，文王武纣休。

飞梁南北架，望瞩越吴楼。

晋魏三台主，江湖一扁舟。

19. 送少微上人归德峰

不负上人归，浮云自在飞。
栖身栖所去，报世报春晖。

20. 荆南夏夜水楼怀昭丘直上人云梦李莘

昭丘云梦泽，夏夜月天河。
水阁江流望，星空万里波。

21. 酬裴十二秀才孩子咏

指日未成年，闻英已秀贤。
王家千里后，谢朓一云天。

22. 旅次舟中对月寄姜公

一月半轻舟，千波两岸流。
诗情诗不止，庚韵庚公楼。

23. 除夜长安客舍

算甲一长年，修官半客天。
书生书不尽，去路去耕田。

24. 早秋登慈恩寺塔

百丈一浮屠，千年半玉壶。
慈恩秋寺塔，绝句五言枢。

25. 中秋月

序：
太原和严长官八月十五日夜西山童子上方玩月寄中丞少尹
诗：
一半清光万里寒，三千弟子五湖端。
书生自以江山志，驿道难行日月天。

26. 九日广陵同陈十五先辈登高怀林十二先辈

重阳一广陵，九日半秋兴。
只以登高寄，吟诗结玉冰。

27. 题严光钓台

一滩水三钓，千流半浊清。
高低无界域，贵贱不分名。

28. 寄叶选宁

序：
闻叶选宁兄自在以吊八"吕长春格律诗词六万八千首"
诗：
闻君只向白云厅，记取苏联座右铭。
百字应知天下瞩，三生旧忆作丹青。
注：叶兄谒我百家书。

29. 送高士安下第归岷南宁觐

父父母母一子情，门门第第半人生。
遥遥近近谁儿女，别别离离久不平。

30. 述德上兴元严仆射

山高半雪峰，水远一无踪。
德上兴元宰，人中帝业封。

31. 及第后酬故园新故

落第无名及第名，儒生日月作生平。
母母父父同兄弟，草草堂堂共此情。

32. 题华十二判官汝州宅内亭

之一：
由才半不才，任路一难来。
草木华亭外，阴晴日月来。
之二：
高低远近一前途，日月阴晴半主奴。
草木山河朝暮易，乾坤社稷自江湖。

33. 雨晴

序：
薛舍人使君观察韩判官侍御许雨晴到所居即霁先呈即事
诗：
一夜江皋雨，千梅半盛开。
陶潜先自望，阮籍上琴台。

34. 元日陪早朝

斗柄拱元春，三元共北宸。
氤氲朝紫气，陪秀越冠中。

35. 和太原郑中丞登龙兴寺阁

晋国中丞步，龙兴寺阁开。
黄河流去远，极目太行来。

36. 咏德上太原李尚书

司丹一并州，问政半城楼。
朔北风云净，河南日月流。

37. 和严长官秋日登太原龙兴寺阁野望

野望龙兴寺，闻风一并州。
秋阳清肃穆，目尽大河流。

38. 小苑春望宫池柳色

柳色御沟头，青黄自不流。
风来三两日，絮落百千楼。

39. 闽

序：
蜀川与林蕴分路后屡有山川似闽中因寄林蕴亦闽人也
诗：
山山水水何相似，水水山山几市同。
木木林林随时令，南南北北各西东。

40. 读周太公传

一度半论兵，三朝十地明。
民心知主宰，社会可精英。

41. 乐津店北陂

一水见津荣，千波向草平。
江流江已去，渚岸渚洲横。

42. 出蜀门

今朝出蜀门，水色像黄昏。
早晚无相似，东西有影根。

43. 题第五司户侍御

九鼎一言中，三朝百户同。
群公曾野鹤，立意别生风。

44. 建溪行待陈诩

书生易得一身贫，品吏难承半世臻。

纳士应须象国柱，先贤不责后辛臣。

45. 述德上兴元严仆射

梁州草木新，德上帝王春。
仆射天子使，兴元玉帛臣。

46. 许州送张中丞出临颍镇

中丞临颍镇，讨伐过辕门。
但取孙吴训，留侯一子孙。

47. 睹友亡及题诗处

故友题诗处，新君继步来。
江山相似见，日月不徘徊。

48. 题秦岭

蜀客秦人见，中原太白山。
扬头分水岭，步下首阳关。

49. 自南山却赴京师石臼岭头即事寄严仆射

梁州落日边，石臼岭头烟。
即事何知务，京师几度田。

50. 骆谷

序：
与洪孺自梁州回途中经骆谷见果似闽悬壶子采而呈之
诗：
采得悬壶子，无从故土枝。
梁州梁役吏，是意是人知。

51. 韦晤宅听歌

服似霓裳髻似云，箫郎弄玉柳郎君。
方方正正今古域，曲曲歌歌世界分。

52. 越鸟

序：
与林蕴同之蜀途次嘉陵江认得越鸟声呈林林亦闽中人
诗：
一鸟声声近，千音处处同。
疑闻相蜀闽，不似故乡终。

53. 送闻上人游嵩山

少室风云太室空，少华日月太华同。
嵩山一步山河外，石路千章草木中。

54. 永安寺照上人房

永安寺照人上房，自力更生下菜香。
古刹须言言自语，钟声有殿殿无梁。

55. 山中老僧

笑向来人一古钟，眉开去子半行踪。
绳床系得千秋树，白首童颜万木松。

56. 赠鲁山李明府

皇唐李鲁山，万户各欣颜。
达旦开天开，通宵不闭关。

57. 泉州赴上都留别舍弟及故人

地阔长亭路，天高日月明。
家乡兄弟别，仕路友鹏卿。
不解人生意，冠巾绶带轻。
知书知远近，问道问阴晴。

58. 送张骠骑邠宁行宫

渔阳一丈夫，虎帐半皇都。
此去征胡虏，行宫御书符。

59. 题梨岭

远去客家乡，离情寄柳杨。
分身分不得，逐鹿逐牛羊。

60. 秋夜寄僧

一叶不归根，三秋肃寺门。
云飞舒卷曲，木落作黄昏。

61. 观送葬

人人来去见，处处暮朝闻。
只有耕耘子，唯书不易分。

62. 宿建溪中宵即事

月下飞萤去，云中玉兔来。
寒光寒彼此，落叶落天台。

63. 题王明府郊亭

郊亭通远道，木榭对丹青。
望望山河在，思思社稷铭。

64. 塞上行

一诺到营州，三边过朔丘。
阴山飞将去，敕勒塞军楼。

65. 题别业

向背一朝晖，樵渔半翠微。
风云多少路，别业柴心扉。

66. 九日广陵登高怀邵二先辈

三杯不尽一茫然，九日重阳半陌阡。
此地登高寻觅望，帆扬必是广陵船。

67. 题延平剑潭

延平一剑潭，自此半儿男。
漫漫沧洲水，滩滩水性甘。

68. 晚泊漳州营头亭

故土一心头，前程半九州。
离离重别别，夏夏亦秋秋。

69. 赠山南严兵马使

一叶雁门关，三军渭水湾。
南山兵马使，北阙帝王颜。

70. 除夜持酒呈诸兄示舍弟

一夜分双岁，三更话两年。
何人传将令，事得早橛船。

71. 柳宗元

宗元子原一河东，进士宏辞半授工。
兰田御史分司马，文辞柳柳柳州鸿。

72. 奉平淮夷雅表

战罢淮夷感，征戎雅表名。
诚荷莲结子，顿首世民情。

73. 皇命裴度丞相计吴元济集大功也

伐讨吴元济，丞相度命名。

平淮平慰使，四纪四方荣。
玉旅王师集，元龟福社盟。
戈弓谕载被，帝国柱公卿。

74. 右皇武十有一章章八句一

方城十一章，守成两三王。
伐蔡淮夷治，丞相武德皇。
天功仁政宰，大祖主高骧。
士绥威嘉社，臣酬乃国梁。

75. 唐铙歌鼓吹曲十三篇并表

之一：
宗元一永州，伏罪半文酬。
汉魏多歌曲，常功祖上猷。
之二：
仁兴一晋阳，武勇半商汤。
九土归田圻，于旗始立堂。
之三：
李密一文章，凌烟半阁乡。
三军征腐朽，几度问隋炀。
之四：
响马绿林名，秦琼李靖英。
中原威建德，雄挥武牢城。
之五：
天狼鸟鸷方，列缺职招扬。
立羽张钩决，泾薛陇水茫。
之六：
江淮东海岸，柱国北秦乡。
顾垫元臣宰，羲和显义堂。
之七：
荆南一米粮，塞北半高康。
已是龙蛇岸，唐风日月皇。
之八：
王师如震撼，李轨似河平。
克积蒙仁义，洪濡缚龙生。
之九：
铁柱定云南，楼船已始甘。
雄图天下界，万祀拜先潭。
之十：
败败成成逐，兴兴废废残。
英雄留事业，子女继贤宽。

之十一：
边疆吐谷浑，李靖立唐门。
退匿朝天子，征师一路尊。
之十二：
李靖胜高昌，熊罴侍上唐。
长缨长在手，守将守云疆。
之十三：
东蛮作伏臣，北柱已秦津。
百辟千山外，三台一守钧。

76. 贞符二首

之一：
负罪宗元序，贞符受命臣。
相如司马客，班彪仲舒巾。
柳柳州人付，杨杨德受秦。
千年知冠盗，万载问秋春。
治水东流导，贤民上下钧。
桑田蚕所缚，锦缎布衣沦。
十圣分天地，三台画始仁。
江山多见水，社稷有经纶。
之二：
贞符敬德一黎人，
曩炎瀚半厥津。
子子孙孙传百代，康康乐乐主三秦。
千君米粮神农教，十圣江流禹穴民。
晓以皇天天子路，崇文日月作经纶。

77. 视民诗

杜断房谋治，凌烟阁榭名。
贞观贞主治，太宰太宗情。
半亩桑田种，三牛土地耕，
民民如此是，世世自枯荣。

78. 述感

序：
同刘二十八（禹锡）院长（因御史衡）
述感寄张员外署二首
诗：
之一：
子翼兰田尉，刘郎御史衔。
先客思旧岁，弱辅甸侯家。
简执丹墀拜，分行瑞兽遮。

鸾凰雄武负，魏阙主崇牙。
贾谊长沙赋，屈原楚客葩。
朝宗谋孟历，伏骥自中骅。
介圭输苞匦，周官禹贡嘉。
中闱成八命，册府盛三珈。
禁贯秋收子，春风到海涯。
东虞蚕茧束，濡印锦溪砂。
隐谷平云问，明峰逐步斜。
阳春无白雪，下里有枇杷。
白帝瞿塘近，巫山峡水洼。
高唐神女问，官渡楚辞华。
莫以山河望，应知晓日霞。
中原谁逐鹿，六郡帝王花。
吏役官僚道，书生你我他。
三生朝暮客，一路浪淘沙。
之二：
三湘一水九江来，六郡千山半臆台。
水水山山分强弱，人人事事可徘徊。
隋炀水调头颅好，两地通州向背裁。
佛佛儒儒玄道教，天堂草木运河开。

79. 诬枉

序：
弘农公以硕德伟才屈于诬枉，左官三岁
复为大僚天监，昭明人名忘感悦宗元，
献韵已毕微志并序
诗：
是是非非一不平，虚虚实实半无行。
奸奸诈诈商贾客，正正邪邪政客时。
三界里，百年名。人人事事几输赢。
儒儒子弟书书继，子子君君日日明。

80. 酬韶州裴瑛长使君寄道州吕八大使因以见示二首

之一：
梅花一韶州，大使半珠流。
有水知天下，群芳谢白头。
之二：
一水作澄湾，千峰落石山。
潜龙疑不解，跃虎自凶顽。
鼠蜮榛荒斗，豺狼兽命营。
官房趋日月，政界列朝班。

81. 酬娄秀才将之淮南见赠之什

多心听世界，少得一家邻。
海上波涛逐，人间日月珍。
闲情方好处，困志始天津。
跬步风霜历，前途草木申。

82. 酬娄秀才寓居开元寺早秋月夜病中见寄

客寓开元寺，潇湘故梦舟，
飘飘依病腔，落落独自忧。

83. 初秋夜坐赠品武陵

朱弦不息自枯桐，古木临河作古风。
大朴知音听意会，天成地育有无中。

84. 晨诣超师院读禅径

汲井天台净，清心百草除。
莲花传贝叶，缮性序天书。

85. 赠江华长老江华道州县名

天机一老僧，道语半明灯。
竹叶云烟积，江华远杜陵。

86. 巽上人以竹闲自采新茶见赠酬之以诗

尖尖一早霞，叶叶半无遮。
出出方见玉，斤斤两万芽。

87. 零陵赠李卿元侍御简吴武陵

湘江到永州，蔡市入潇流。
冷水九嶷岭，零陵一竹楼。
君行君子路，小意小人谋。
理世承蒙久，低昂日月头。

88. 界围岩水帘

贯顶半天流，疏帘一泻休。
珍珠应堕地，虎啸带虫游。
释累悬泉落，重烟水府浮。
人生如起伏，世事似沧洲。

89. 古东门行

萧何一将不难求，项羽三军已不休。
不舍鸿门天下宴，张良楚曲阵中谋。

江吴子弟何成败，渭水书生六郡忧。
已去东门谁向背，英雄自得古今留。

90. 寄韦珩

漓江桂水楼，北客洛清流。
八子司司马，何闻柳柳州。
葡萄西域汉，铁柱暮朝猷。
以此山河见，如来日月舟。

91. 奉和杨尚书郴州追和故李中书夏日登北楼

征音已去序苍穹，故韵新和北望同。
但见湘江洪水色，郴州夏日岭南风。
洞庭一日三湘雨，岳麓千章半楚空。
丽藻词林今古在，宏规德宇暮朝红。

92. 功辄长句

楚玉吴金一笔成，房谋杜断半精英。
心径道德儒文化，制书中书门下名。
人小毫端天子首，阴晴界上世枯荣。
司司马上官衙客，柳柳州头日月明。

93. 南省转牒欲具江国图令尽通风俗故事

南宫一牒半殊途，世俗千风九陌无。
古寨云中苗子女，楼桥月下傣人儒。
漓江水净连潇岸，柳柳州衙济世苏。
市土骚人从此绪，华夷复录作书奴。

94. 与浩初上人同看山寄京华亲故

书生望故乡，一半是夷肠。
山峰山远近，有路有牛羊。

95. 再致界围岩水帘逐宿帘下

水府挂珍帘，垂泉落日炎。
银屏银雨雾，彩照彩光谦。
以泻三千界，飞流一陆淹。
潭深潭泽润，有浪有龙潜。

96. 诏追赴都回寄零陵亲故

纤鳞游尺泽，弱羽上云霄。
跬步零陵路，长亭渭水桥。

97. 过衡山见新花开却寄弟

新花开未谢，旧忆梦难期。
弟弟兄兄问，朝朝暮暮时。

98. 汨罗遇风

不作楚歌臣，何闻贾谊文。
风云风不止，雨水雨湘君。

99. 郎州窦常员外寄刘二十八诗见促行参走笔酬赠

一日庄周梦，三更半去情。
谁知苏武子，却是李陵名。

100. 离觞不醉至驿却寄相送诸公

不醉无言不醒闻，长亭有路见长云。
荆州未遇高阳客，一带江流万里分。

101. 北还登汉阳北原题临川驿

一去过临川，千流纳水田。
无谋终自取，有垒始源泉。

102. 善谑驿和刘梦得酹淳于先生

（驿在襄阳，淳于髡放鹤处）

以酒作同声，寻吟问市鸣。
闻天先放鹤，逐地可相倾。

103. 诏追赴都二月至灞亭上

已去南天十一年，今回灞岸两三天。
京都不似京都旧，八水长安八水田。

104. 李西川木琴石

西川木石琴，北陆曲歌天。
舜以知心致，文王复二弦。
徽音将致序，鼓瑟楚吴怜。
禹穴留图后，冯唐对酒泉。

105. 同刘二十八器衡州吕兼寄江陵李元二侍御

月下一元龙，云中半玉封。
功名留所在，独磬作衡钟。

106. 奉酬杨侍郎丈因送八叔拾遗戏诏追南来诸宾二首

之一：

一雁对惊弦，南来北去天。

三台应不问，一路见桑田。

之二：

一路几州头，三生自不休。

年年经历见，处处国家忧。

107. 孤松

序：

商山临路有孤松，往来斫以为明，好事者怜之、编竹成援，遂其生植感而赋诗

诗：

孤松重复盖，独叶亦根盟。

惠意逢仁许，生生处处荣。

108. 衡阳与梦得分路赠别

马马司司十一年，途途路路两三千。

来来去去刘郎老，柳柳州州桂水田。

109. 重别梦得

江南半濯缨，塞北一王城。

木直千山立，乔林万岭横。

秦川多养马，八水自生明。

但以文章鉴，何须进退名。

110. 三赠刘员外

长亭分南北，驿路可东西。

曲折徘徊见，长音短调啼。

乔林由润泽，直木自高低。

111. 再上湘江

湘江自桂来，蔡市永州回。

此去何年间，衡阳有雁催。

112. 长沙驿前南楼感旧

三十年前一旧游，风光水上半潇洲。

苍梧已过湘妃问，竹泪如今未了愁。

113. 清水文丛竹天水赵云，余手种一十二茎

疏篁清水驿，十二茎新荣。

手种知根底，经年寄节情。

114. 桂州北望秦驿，手开竹径，至钓矶留待徐客州

竹径已然开，佳人自月来。

婵娟曾落地，半上子陵台

115. 登柳州城楼寄漳汀封连四州

一曲天歌千远近，二王司马八低昂。

漳汀未了封连望，塞北江南晋魏乡。

116. 柳州寄丈人周韶州

孤峰一雪封，越绝半云松。

岘匣留尘迹，天机去独踪。

117. 登柳州峨山

鹿塞柳州东，流山洛埠风。

无疑闻洛水，只可望天空。

118. 得卢衡州书因以诗寄

秋来雁几行，一字入湘塘。

淅沥兼葭雨，蘋洲橘柚乡。

119. 答刘连州邦字

一箭过浔江，三符问小窗。

陶公分五柳，谢守不临窗。

120. 岭南江行

白首一流年，蛛丝半榭边。

长蛟河海岸，象迹易桑田。

121. 柳州峒氓

八步阳阳朔，长安柳柳州。

山中山顶下，各语各春秋。

僚壮苗瑶曲，黔云桂水流。

文身文所拜，占卜占人谋。

122. 酬徐二中丞普宁郡内池馆即事见寄

鸳鸿一旧行，玉漏半分明。

上苑阳雨雪，中丞匆曲荣。

123. 酬贾鹏山人郡内新栽松寓兴见赠二首

之一：

门边各一松，月下见双龙。

自别无年朽，常生有岁封。

之二：

六郡一松名，千山半直荣。

玄机天地阔，积雪渐高明。

124. 种柳戏题

江边柳柳州，月下洛清流。

水调隋炀岸，天堂玉帛留。

125. 柳州二月榕叶落尽偶题

独木已成林，千根自古今。

榕枝榕叶茂，二月二知音。

126. 浩初上人见贻绝句欲登仙人山因以酬之

一树玲珑隔，三星落月明。

仙人仙指路，见贻见知情。

127. 雨中赠仙人山贾山人（即贾鹏也）

雨问贾山人，云浮玉壶春。

寒江初暖水，二月见梅新。

128. 别舍弟宗一

投荒十二年，别道两三泉。

桂岭漳云湿，荆门去国船。

129. 夜泊

序：

奉和周二十二丈酬郴州侍郎衡江夜泊得韶州书并附当州生黄茶一封率然成篇代意之作

诗：

夜泊衡江月，船家客舍茶。

当州当日月，府掾府人家。

刺史三清寺，司徒两地花。

130. 殷贤戏批书后寄刘连州并示孟仑二童

半上庾公楼，三思寄柳州。
刘郎刘禹锡，竹水竹枝流。

131. 重赠二首

之一：
市市同同问，真真假假闻。
官官非吏吏，雨雨是云云。
之二：
柳柳杨杨树，春春夏夏塘。
朝朝成暮暮，抑抑作昂昂。

132. 叠前

弄玉秦楼上，箫声月色中。
相如弦外问，宋玉雨云风。

133. 叠后

白雪阳春唱，巴人下里风。
南宫谁不合，魏阙可西东。

134. 铜鱼使赴都寄亲友

闾井铜鱼使，关河已草芜。
随都随此路，附寄附庸殊。

135. 韩漳州书报澈上人亡因寄二首

之一：
高僧一法林，智觉半人心。
若以兰亭会，碑铭满越音。
之二：
遗句付秋风，诗文向甬东。
流明流桂越，立日立排空。

136. 柳州城西北隅种柑树

手种黄柑二百株，春来碧叶一城隅。
三生仕宦行天下，半亩田园大丈夫。

137. 闻彻上人亡寄侍郎杨文

诗吟三界外，祖姓一僧汤。
越客文章久，金英付侍郎。

138. 段九秀才处见亡友吕衡州手迹

隔岸千行字，心经万里书。
衡州衡手迹，格律格言余。

139. 柳州寄京中亲故

三千里外一长安，五百年中半路宽。
自得田园曾独种，何须五谷可同餐。

140. 种木槲花

上苑年年占物华，
龙城（柳州龙城郡）处处客人家。
无心有意随杨柳，色色香香木槲花。

141. 摘樱桃赠元居士时在望仙亭南楼与朱道士同处

一地樱桃子，三春羽客书。
蓬莱多少路，自在去来居。

142. 酬曹侍御过象县见寄

破额山前一玉流，骚人笔下半千秋。
湘江此去长沙北，桂水原来过永州。

143. 法华寺石门精舍

北渚云烟重，东峰草木长。
莓苔侵石栈，夤葛引天梁。
绝壁松溪水，群崖万象光。
潜躯知世界，旷志问无疆。
蓄积方成势，舒张可抑扬。
追踪寻去往，捕获待荒唐。
一雁飞人字，三生不故乡。
浮图心上印，佛祖法门祥。

144. 送朝阳岩遂登西亭

隐约西亭路，樵渔旷吏舟。
庄王优孟马，叔敖自无愁。
圭组应才取，冠巾束带侯。
经纶方自解，世界水东流。
窟洞幽深气，池塘蓄色猷。
夷巢高瞰目，禹穴逐疏修。
治者应田亩，闻情可士忧。
居心无远近，跬步逐春秋。

145. 湘口馆潇湘二水所会

潇湘入永州，蔡市二江流。
接里桥头望，兰家月下舟。
三呼千岳水，百里九嶷丘。
北去长沙岸，南来白石楼。

146. 登蒲州石矶望横江口潭岛深向斜对香零山（山在永州）

石矶潇湘水，洄漳日月舟。
孤山孤独立，北峙北群鸥。
静渚阳澄色，文鳞逐藻游。
横空横岛岸，汇口汇江流。

147. 南涧中题

绝壁成南涧，悬泉作北流。
东西原不定，向背各春秋。
远近高低见，升迁进退忧。
书生忧国事，士子向汤周。

148. 游石角过小岭至长乌村

石角乔林立，长乌直木村。
居崇思自贵，处远忆儿孙。
旷望天天地，虚荣待始尊。
潇湘相汇合，不必问乾坤。

149. 与崔策登西山

露白秋江晓，舟伫待客行。
衡阳知落雁，隔岁北人情。
汉寿长沙对，潇湘沅水荣。
黄河泾渭会，不及洞庭明。

150. 构法华寺西亭

曲折一弯湾，危流万岭山。
澄江由水色，翠羽列天班。
佛祖从今古，如来已玉颜。
人寰应自拜，世宇已循还。

151. 夏夜苦热登西楼

苦热上西楼，波平向北流。
潇湘分合水，逐月永州头。

152. 觉衰

雨雨云云一世来，桃桃李李半天开。
春春已去秋秋去，老老不及小小才。

153. 游南亭夜还叙志

积翠堆云处，山川谷壑荣。
英髦登庙殿，浦溆付舟横。
鼓瑟湘灵近，宏词上苑名。
诗词诗韵久，格律格言平。
笔吏中南海，鸿毛法国轻。
骐骥千里马，缺点万家耕。
柳柳州头望，司司马马盟。
离骚离楚去，溷浊溷秦英。
素履观星象，清溪问十明。
中书门下省，六部帝王城。
草木田园里，阴晴日月程。
圆圆还缺缺，败败又成成。
叙叙南亭夜，官官主宰衡。
中庸中自在，立志立民生。

154. 韦道安

儒生一道安，角勇半天端。
刺史华缨布，闻声盗贼寒。
从军由义气，顿首任心肝。
顾义非亡命，从容是首丹。
忠贞谁惜死，百岁半邯郸。
学步为天下，纵横不玉冠。

155. 哭连州凌员外司马

不独一君悲，何闻半世垂。
王王司马客，匆匆玉冠为。
未布穷精义，还呈济所斯。
躯灵躯所愿，落羽落人师。

156. 旦携谢山人至愚池

天高有雁鸣，一字半纵横。
去去来来见，朝朝暮暮行。

157. 独觉

独觉禅房里，孤思慧悟成。
如来如自在，大势大人生。

158. 首春逢耕者

半亩田园苦，千年日月行。
耕耘耕土地，素务素枯荣。
日日天天致，朝朝暮暮萌。
春蚕春茧束，夏帛夏丝萦。

159. 溪居

望远临流读，依山傍水居。
冠官簪组累，驿道谪人书。

160. 夏初雨后寻愚溪

雨后云烟一愚溪，花前石上半香泥。
高高岭石行行远，曲曲泉流只向低。

161. 入黄溪闻猿（溪在永州）

黄溪半永州，石水一虚流。
未了猿啼去，孤臣已断求。

162. 韦使君黄溪祈雨见召从行至祠下口号

骄阳炎似火，旱土燥枯禾。
谷口巫言语，黄溪水润多。

163. 郊居岁暮

市守官衙里，郊居岁暮书。
樵渔由自足，卷简可相如。
积纳凭多俭，辛勤已有余。
黄昏林木暗，夕照已荷锄。

164. 秋晓行南谷经荒村

晨霜薄薄一无踪，谷口幽幽半古松。
未入荒村听犬吠，秋泉带叶任淙淙。

165. 雨后晓行独至愚溪北池

溪溪一晨迟，曲曲半成池。
折折回头见，繁繁满玉枝。

166. 中夜起望西园值月上

月上西园水，风临直木林。
轻轻听细语，简简任诗吟。

167. 零陵春望

日上零陵渚，云平接里桥。

潇湘分合会，北去洞庭遥。
鼓瑟苍梧间，妃灵竹泪消。
衡阳朝暮雁，一字作人朝。

168. 从崔中丞过卢少尹郊居

两岸四无邻，三间半有津。
飞凫停水榭，白鹭不思秦。

169. 夏昼偶作

南洲一玉壶，夏昼半江湖。
热儿催眠曲，鸣虫已不苏。

170. 雨晴至江渡

初晴渡愚溪，慢步沿东堤。
雨雨云云水，花花草草泥。

171. 江雪

望尽千山雪，寻来万径霜。
江湖如一色，草木似三光。

172. 冉溪（宗元称愚溪）

宗元一愚溪，子厚半东西。
向背由低取，行程映彩霓。

173. 法华寺仿饮得酒字

无须一世酒，未了千年口。
独望三杯昧，相看半白首。

174. 戏题石门长老东轩

如今七十自天机，过去千年半不依。
独坐东轩朝北望，春秋六国古来稀。

175. 茅檐下始栽竹

种竹茅檐下，空心待节中。
驱炎邻客导，立志吾心隆。
一影婆娑女，千竿意态风。
幽墀根所固，玉色始无终。

176. 种仙灵毗

序：
本草淫羊霍即仙灵毗也，甘草，国老也
诗：
国老仙灵毗，灵之木草堂。

人生应自药，陋阙可安康。

177. 种术

婉婉采微歌，春春种术禾。
年年应自足，处处望天河。

178. 种白蘘荷

种下白蘘荷，收来玉影娥。
留心同入梦，处事唱天歌。

179. 新植海石榴

春来海石榴，一尺不盈头，
夏伏千枝叶，秋收百子侯。

180. 戏题阶前芍药

芍药牡丹红，天仙凡卉丛。
琼英芳色在，水月有情衷。
赵女胡姬色，风姿野态同。
人间分草木，世上鉴香红。

181. 始见白发题所植海石榴

朱颜海石榴，白首永州头。
古木如年月，人生似水流。

182. 植灵寿木

嘉名灵寿木，长老复根生。
劲节舒英立，柔条向日荣。

183. 自衡阳移桂十余本植零陵所住精舍

二水一潇湘，零陵半桂乡。
衡阳南北雁，渭水去来黄。

184. 湘岸移木芙蓉植龙兴精舍

夏夏春春色，朝朝暮暮封。
龙兴精舍植，影丽木芙蓉。

185. 早梅

寒英一早梅，杏李半先催。
但向桃源去，何须隔汉媒。

186. 南中荣柚橘

贞心橘柚子，受命天炎方。
只以淮南北，无分汉寿湘。

187. 红蕉

晚照一红蕉，晴云半古条。
霜重明月好，足见女儿娇。

188. 净土堂

如来净土堂，自在普贤光。
守一文殊势，循元地藏王。

189. 曲讲堂

高僧石点头，草木自春秋。
曲讲堂前坐，心经引渡舟。

190. 禅堂

寂寂幽幽处，空空色色流。
行知行不止，受想受难求。

191. 芙蓉亭

净净清清水，婷婷玉立明。
芙蓉三世界，造物一莲荣。

192. 苦竹桥

普渡人生苦竹桥，如来佛祖降云霄。
清泉曲曲莲花岸，净土香香日月昭。

193. 梅雨

夏雨半知春，幽香一月人。
天天云湿木，子子望梅频。

194. 零陵早春

零陵一早春，渭水半秦人。
只待南归雁，殷勤问灞津。

195. 田家三首

之一：
三更惊宿鸟，五子早耕田。
立户关东创，辛勤日月年。
荒园由自种，野水可春烟。
一代农家后，千诗已似泉。
之二：
门栏凭直木，户院四方圆。
谷雨鹧鸪叫，重阳万子全。
三间南北屋，四季马牛田。
早晚多辛苦，春秋自足然。
之三：
浑江曲折抱城流，北去南来自不休。
农家必是书香继，幽州学院马似牛。

196. 行路难三首

之一：
一路纵纵万里扬，千川谷谷百年长。
行行止止行不尽，始始终终始复昌。
之二：
双牛共力共连鞅，独马单行单路长。
一斧南山千载木，三生跬步久低昂。
之三：
冰川一雪扬，蜀郡半明珰。
玉女龙山立，婵娟玉兔慌。

197. 闻籍田有感

天田降籍书，土地尚皇锄。
四海无闲亩，三台赐米余。

198. 跂鸟词

清毛展翼向朝阳，俯就高飞各抑扬。
独踞群翔天地阔，东西自在北南乡。

199. 笼鹰词

天高俯首一笼鹰，古刹清钟半老僧。
四野千山谁不见，春蚕一束作丝绫。

200. 放鹧鸪词

二子捕鹧鸪，千丝系落凫。
声声田亩远，束束自难呼。
不是居心恶，何言取胜奴。
生生生不止，息息息屠苏。

201. 龟背戏

王侯龟背竹，世界一天书。
不可无知见，河图有卷舒。

202. 闻黄鹂

听鹂一两声，杜宇万千鸣。
只可农夫语，人间重所情。

203. 浑鸿胪宅闻歌效白纻

白纻半倾城，朱丝一纵横。
金边金色彩，玉领玉光明。
桂影寒宫里，婆娑织女情。

204. 杨白花

杨花柳絮一春乡，细雨东风半不扬。
隐隐天光时令至，村村落落见农忙。

205. 渔翁

渔翁一钓竿，暮色半湾滩。
远近游鳞问，轻舟一叶宽。

206. 饮酒

不尽平生一玉壶，谁言水调半江都。
隋炀自得颇好，引导钱塘有胜无。

207. 读书

读尽诗书一念余，耕耘日月半荷锄。
唐虞世事儒生改，不可樵声不可渔。

208. 感遇二首

之一：

一半岁寒心，三千弟子琴。
何知何向道，不问不知音。

之二：

旭日西东问，经天万物低。
黄昏归土地，夕照自东西。

209. 咏史

一史谁人笔，三生凭客繁。
黄金台上见，垓下霸中宣。
米历凭何记，先思任籍源。
千家千不见，万里万轩辕。

210. 咏三良

束带呈明鉴，冠官尽苦良。
忠心陈国柱，鼎力跨千章。
信义辉光耀，臣微祖帝昌。
行当天子路，死亦世情昂。

211. 咏荆轲

太史著荆轲，秦皇列冀歌。
燕丹居子客，七族一雄多。
白日东西去，夷城记几何。
纵横无客主，旧士作先河。

212. 掩役夫张进骸

生生死死一幽然，贱贱贫贫半酒泉。
就就从从非所以，荣荣辱辱对苍天。

213. 省试观庆云图诗

无中生有象，纸上产河图。
日近凭心许，天遥以洛都。
流流云雨岸，路路柳杨苏。
一经天涯去，三春海角趋。

214. 春怀故园

家乡不远一河东，立志应成半始终。
水色天光相照映，工精日积作英雄。

第六函　第二册

1. 刘禹锡

刘郎学士竹枝词，御史连州进士知。
道士桃花何不误，玄都观里两分司。
苏州刺史谁吴越，主客郎中博学诗。
素善书辞神物护，彭城梦得尚书迟。

2. 团扇歌

一扇问炎天，千风误陌阡。
农夫如汉土，布此自当然。

3. 宜城歌

野水抱孤城，荒山落照荣。
风尘连路近，暮日自生情。

4. 顺阳歌

晓别官军驿，朝阳顺路明。
秋虫丛草怯，鲁将布孤城。

5. 莫谣歌

火种仪耕见，诗书俗社闻。
山遥山草木，水近水衣裙。

6. 度桂岭歌

高低桂岭歌，远近晓阳和。
鸟兽相知问，山河独自多。

7. 抽田歌二首

之一：

连州半采风，梦得一文功。
步履村墟迹，冠官一始终。

之二：

遥听一竹枝，近见半塘池。
女妇相临镜，男夫唱郢词。
田娘围白纻，织锦作相思。
曲曲由心递，声声彼此知。

8. 葡萄歌（一作蒲桃）

不见凉州路，常闻塞外声。

蒲桃胡女酒,一斗半倾城。
两目纵横见,双肩左右行。
吴姬吴越问,玉树玉西英。

9. 蛮子歌

一目满荒山,千歌自野蛮。
家居分上下,社会可河湾。
但见冠官至,无声闭塞关。

10. 马嵬行

里巷一家书,芙蓉半帝居。
华清池下水,马嵬石坡墟。
虢国杨家女,倾城姐妹余。
开元天宝代,不必问相如。

11. 百花行

三春末了百花开,四季逢时万象来。
自古南洋分旱雨,乾坤草木各成才。

12. 壮士行

壮士一心高,乡亲半志豪。
明看蛟鳄斩,拭血祭人仪。
莫以无为子,队熊有断袍。

13. 苦雨行

蹉跎苦雨行,逶迤石径平。
古古今今路,行行止止成。
天南同地北,直木共林荣。
野野田田事,村村社社情。

14. 华山歌

华山一路深,直木半鸣琴。
百岁成林见,千年已至今。
群峰依旧是,诸壑自沧浔。
易里成何变,无中有独侵。

15. 抛球乐词

五彩绣团圆,分层八瓣田。
宫宫成洞府,格格作天仙。
后逐前拥起,胡风汉马宜。
驰骋先后去,不问是何年。

16. 华清池

华清十步四温汤,上下千年百浴塘。
皇宫掩映群仙至,道学玄清代帝王。

17. 送春曲三首

之一:
枝枝叶叶繁,水水独声喧。
鸟雀花虫静,温风不许言。
之二:
一叶已方圆,千枝未长全。
风风成雨雨,处处见泉泉。
之三:
芙蓉初叶园,细雨已成泉。
处处珍珠静,时时问秀莲。

18. 初夏曲三首

之一:
夜静小虫天,清鸣自在船。
浮萍先采雨,以叶作流泉。
之二:
一月半窗前,三星两水边。
游虫惊不定,宿鸟入池眠。
之三:
百子初成果,三春已落花。
经风经雨长,积日积方圆。

19. 捣衣曲

户户秋衣捣,家家石杵声。
寒惊边塞将,月照女儿情。
自以三边界,王朝一马荣。
男夫多少望,苦战少和平。

20. 畲田行

火种复仪耕,行云带雨萌。
年年应自足,处处始年成。

21. 鹧鸪吟

百鸟何朝凤,群鸣各自生。
如何应独立,世上本无平。

22. 观云篇

卷卷舒舒去,浮浮落落来。

浓浓成雨下,淡淡作仙台。
色色光光积,形形状状催。
游移应不定,织女可天才。

23. 养鸳词二首

之一:
状鸳何为养,求鱼几自鱼。
饥饥应有度,腹腹可思余。
之二:
一口径空腹,三生半自饥。
农夫田亩上,税赋可时衣。

24. 别友人后得书因以诗寄

去路君挥手,归思未见书。
青门桥不断,雁字作春秋。

25. 送华阴尉张苕赴邕府使幕

燕公一子孙,坐事半无根。
本像华阴尉,青袍著柴门。
湘江明汉寿,白帝日黄昏。
蜀水瞿塘峡,巫山一界仑。

26. 罢

序:
送湘阳熊判官儒登府罢归钟陵因寄呈江西裴中承二十三兄
诗:
人间不尽几沧桑,射策何时对历阳。
胜绝西江流水色,钟陵世事作炎凉。

27. 送韦秀才道冲赴制举

飞禽巢冷暖,休栖客未安。
风尘风不止,日暮日云端。
肃穆鸳鸾路,趋班玉佩寒。
荆台才杰士,玉府望时宽。

28. 幕

序:
送李第秀才还湖南因寄幕中亲故兼简衡州吕八郎中
诗:
吕八郎中寄,湖南秀才行。

衡州湘水岸，汉寿洞庭荣。
柱柱弦弦调，音音域域平。
云天乔木望，水浪逐相倾。
月露桃笙瑟，熏风夏日晴。
非情从弱羽，不志负华缨。
贡士闻鸣起，灵龟卜吏明。
逢瀛经历郡，绶帝虎形盟。
秉赋丘昆步，京都旧巷名。
岐山岐路远，莫以作归程。
艺伎群相与，瑶琼独目英。
侯门深似海，接武庚楼耕。

29. 送张舆赴举诗二首

之一：

借受学同门，升迁作共恩。
朝堂分左右，巷第故儿孙。
远近身边国，行程望黄昏。
应知应不解，付友付慈根。

之二：

今成一丈夫，弱羽读书儒。
浙水谁思越，苏州不问吴。
庐山真面目，引著受殊途。
所历琼璜识，临邛以赋殊。
风尘风所向，进取进京都。

30. 送僧方及南谒柳员外二首

之一：

柳柳州头问，连连郡下忧。
游僧游寺志，问世问春秋。

之二：

庐山精色外，九陌一心中。
远步天台近，东林月梦宫。
禅音禅所慧，觉悟觉天空。
万里行何晚，千年步始终。

31. 送惟良上人二首

之一：

以貌窥天者，无神不自然。
由形为术易，未得井蛙全。

之二：

语尽不知时，人间未细思。
应知应不解，以术以心迟。

造物天工巧，神交日月时。
如来如去向，一始一终司。

32. 酬礼部崔员外备独永宁里弊居见寄

故里藏书阁，闭门闭槿篱。
朝明天水岸，夕照小儿辞。
蜀国相知久，秦川已忘时。
群山无杂木，远客有灵墀。

33. 梁国惠康公主挽歌词二首

之一：

历历成陈迹，新新作远遥。
秦楼应自在，弄玉不吹箫。

之二：

短袖华肤净，长裙束带空。
三杯由自舞，一醉女儿红。

34. 连州腊日观莫猎猎西山

莫府西山猎，连州腊日观。
漓江清如许，桂树直如盘。
逐鹿将围捕，从鹰隼岭峦。
黄昏收锁口，市俗亦穷欢。

35. 寄陕州姚中丞

三秦一故楼，九陌半皇州。
洛邑分司守，东都近郡侯。
中丞中自主，客日客沧洲。
禹迹汉前牧，唐虞太史周。

36. 奉酬湖州崔郎中见寄五韵八句

八月半秋天，重阳一篦然。
茱萸悬户对，埙瑟调和弦。
日照湖州岸，桑榆肃岁年。
姑苏同里寺，子胥虎丘田。

37. 学阮公体三首

之一：

负志安知气，由心可达真。
凭空天下望，执己意中秦。

之二：

行心伏枥息，万里足方勤。

日日年年步，生生路路勖。

之三：

冯唐执节守云中，李牧行营问决功。
举国申平由帅将，城门内外各居雄。

38. 秋晚题湖城驿池上亭

暮次湖城驿，池亭晚照红。
明辰鸡未晓，夜梦有无中。

39. 贾客词并序

东西南北方，加一可经商。
是是非非论，物载一银行。

40. 贾

种种收收一物流，交交易易半春秋。
农农产产居奇货，府府衙衙客所求。
你你他他们外我，先先后后主神州。
奴奴主主谁何仆，是是非非作载舟。

41. 三

贾客物秋毫，农夫不见仪。
耕耘归自得，日月始辛劳。
小女须金饰，荆妻守嫁袍。
交交成易易，智智慧韬韬。
暗暗明明度，中中下下高。
沉浮三策选，周转一心淘。

自注：三，上中下，大中小，你我他，
之们，是非与其间。

42. 调瑟词二首

之一：

三年酷治翁，一日布农穷。
讨伐从由尽，逃亡不命终。

之二：

二十五朱弦，三千一士天。
音音须自在，柱柱必丝连。
柳柳杨杨选，舒舒缓缓研。
声声和域域，寂寂复宣宣。
竹泪苍梧水，湘灵鼓瑟怜。
齐侯知子旦，夹谷久如烟。

43. 读张曲江集作

之一：

张相一曲江，牧宰半安邦。
内历荆门职，骚人守第窗。
良臣何独叹，进退可无双。
渭水黄河去，江东几大江。

之二：

三生求洁僻，一道自观身。
故韶留文去，归魂不见人。

44. 偶作二首

之一：

嗜酒是非甘，心思似茧蚕。
丝丝丝不尽，注注注深潭。

之二：

万卷一床书，千年半不余。
樵渔终是客，跬步始当初。

45. 昏镜词二首

之一：

十镜之中九镜昏，千工致达一工论。
无径贾客当情易，逐利何从入五蕴。

之二：

一镜作心生，三生问美英。
何须真假鉴，只以是非明。

46. 咏古二首有所寄

之一：

但见平阳第，青春一世人。
藏娇金屋里，曲舞幸东邻。

之二：

六国三千女，三朝五百臣。
沧桑山海易，进退半朝频。

47. 磨镜篇

镜鉴一清明，风尘半衍生。
磨工平此亮，寄物奉精英。

48. 登司马错古城

秦师司马错，故垒古城中。
鲁谷平陈器，蛮溪诘曲红。
苍烟秋色满，废井堑山空。

直木乔林许，冰霜万叶枫。

49. 谒柱山会禅师自述

平生多感慨，沥治少工名。
识字糊涂始，前程跬步行。
贤人贤世界，弱羽弱围城。
日日耕耘笔，诗诗草木荣。
遥天遥一路，咫尺咫三明。
四面加人治，五方减事情。
儒书佛道觉，智慧悟精英。
路证如来坐，心经普渡平。

50. 游桃源一百韵

沅水桃源岸，渊明五柳乡。
兴隆常德市，丰姆武陵塘。
汉寿临沧港，西湖草尾杨。
长江涔澧资，万子洞庭光。
白马杨林寨，君山一岳阳。
汨罗屈子赋，贾谊问浏阳。
靖港铜官望，长沙注两湘。
株洲临渌口，八字路溪梁。
溆浦辰酉武，涟洄泸水长。
陶公循著迹，子骥客心张。
绝石回流曲，河波向八方。
高低知水势，远近见中决。
委积分峦色，含虚纳翠堂。
明媚思所志，郁结乃疯狂。
府洞藏仙旬，依微隐太行。
幽踪泉不语，孔隙透炎凉。
插羽飞鸿落，玄符淑女妆。
零陵潇蔡圩，接里永州章。
娄底分司马，龙潭落泊忙。
三光河洑口，七甲谢家墙。
秘字通天外，灵心向凤凰。
秦皇应不去，汉武可桃姜。
辖达非天地，居心自柴桑。
瑶池曾醉酒，洛邑自央疆。
已去轩辕教，重闻五帝王。
衣衫胡服旧，足履似刘郎。
半亩田园雨，千村日月祥。
和平和细雨，泰斗泰时康。

户第闻鸡犬，门珰有竹厢。
樵渔知自足，四皓却儒堂。
畦畦周汤籽，坪坪楚汉粮。
年年无战斗，处处有余芳。
峭壁乔林济，溪泉直木棠。
由钟归日暮，待道火炉香。
佛祖如来化，文坛弟子匡。
金函金宝历，玉阙玉青黄。
五百年中问，三千物上荒。
平湖从圣祚，坝圩侍牛羊。
四野鸣禽在，双峰对日量。
巢丝蚕茧纪，织女织天昂。
白皙童颜穆，红缨素手良。
歌声操鼓瑟，曲舞著霓裳。
社会丰收日，家庭醒醉觞。
年年辛苦歌，处处好心肠。
岸渚梅花落，阳春白雪昂。
邻人相互敬，隔杖暮朝篁。
同耕阡陌地，共处岁年翔。
淅沥窗前雨，阴晴草上霜。
仆奕诗书久，丹丘积翠庄。
青童明独籁，老子客猖狂。
咫尺天涯近，遥云海角洋。
功名功不布，利禄利无扬。
性静由儒念，情和已无妨。
文王知所以，鼓案直钩防。
世外谁知世，人中几界沧。
清居清净土，物象物薇蔷。
木雁衡山落，峰峦草木扬。
冠官朝御笏，束带省台傍。
只有非天地，当言是旷苴。
芜通谁彼此，断代背隋唐。
古古今今易，原原本本炀。
民民先自主，草木采三光。
六国春秋去，千川逐五方。
工功多产品，贸互竞余杭。
少少多多见，他他你你偿。
人人应食取，士士必居当。
路轨求同轨，卿侯共度量。
人中无尺寸，史里有兴亡。
仆仆奴奴役，冠官贾客商。

衡门收赋税，莫及有鞭长。
躲入深山去，耕耘织布浆。
何听山外战，不就世前彰。
丙吉长安牧，韩棱万岁伤。
田单曾复国，赤壁向周郎。
尽在人间演，须知有帝王。
朝廷知治政，始末贷谷场。
主牧高洋论，精明李惠强。
王康生已死，谢守净元康。
自傲居天想，姚察拒馈璜。
风声惊鹤唳，武帝用才良。
愚愚贤贤纪，家家国国详。
无为无不止，有道有驰张。
忆梦神仙路，瑶池玉宴璋。
天中天外去，四顾四苍茫。
静里观音教，莲花坐上祥。
文殊文道场，普渡普贤皇。
锡杖禅房夜，晨钏暮鼓匡。
寒山寒自取，拾和拾低昂。
道上玄虚学，三清礼士庠。
潼关牛不去，老子著天刚。
玉石丹砂炼，童颜白发苍。
谁知谁己去，不解不须尝。
只有儒书本，千年一代芳。
樵渔非是客，政治是非茫。
木雁飞人字，声呼一柳杨。
排空排带目，落足落前姜。
世外江山似，人中日月望。
宏词传弟子，布帧待青襄。
据市观新迹，荒山有归邱。
桃源桃是有，世外世非壤。

51. 卧病闻常山旋师策勋宥过王泽大洽因寄李六侍郎

两省近天街，三台远雾疆。
圆丘圆玉宇，策御策勋偕。
逐客秦人论，湘君竹泪淮。
常山常所得，故园故情怀。

52. 善卷坛下作在柱山上

一道半玄音，三山两水禽。

斯民斯所意，达者达人心。

53. 武陵观火诗

一火祝融峰，千山玉顶封。
烟平云雨象，列缺木溪客。
未立通天隅，长标向鼓钟。
成言闻古木，不语武陵松。

54. 崔元受少府自贬所还遗山姜花以诗答之

山姜花色艳，遗客落人心。
共是瀛洲度，同非不古今。

55. 途中早发

锐气朝行步，江头月照深。
霜明留足迹，跬步作知音。

56. 和董庶中古散调词赠尹果毅

孑孑形同影，浮萍共浅深。
游移行止见，独立短长寻。
石磊群山屹，根成独木林。
阴阳分正反，上下倒明荫。
是是非非蛰，先先后后妊。
文殊由觉慧，视物普贤心。

57. 望衡山

一望祝融峰，三湘汉寿逢。
衡阳飞雁落，尽在洞庭客。

58. 客月为余话登天坛遇雨之状因以赋之

云中有雨雨中云，日下成风日上分。
独在人间分你我，无须草木作衣裙。

59. 秋江早发

晓日满江船，秋霜半橹舷。
行程行不止，望尽望云边。
已是群英照，何须问远天。

60. 有僧言罗浮事因为诗以写之

高高绝顶自无邻，处处飞云独峙真。
但宿罗浮山上望，星明浩渺问秋春。

61. 松立

序：

裴祭酒尚书见示春归城南青松．别墅寄王左丞高侍郎之什命同作

诗：

学省郊园望，知微约度期。
樵声空谷尽，翠鸟正惊时。

62. 和河南裴尹侍郎宿齐天平寺诣九龙祠祈雨

肃穆一祠堂，齐天半泽乡。
群龙无首问，雨露有巫香。

63. 冬夜宴河中李相公中堂命笔筝歌送酒

雪夜华堂色，灯明玉树光。
无须知醒醉，曲舞入黄粱。

64. 重至衡阳伤柳仪曹

之一：

子厚临湘水，刘郎柳柳州。
连头连尾见，五载误春秋。

之二：

闻君知柳柳，我路向连州。
五载由离处，平生自钓舟。

65. 谪居悼往二首

之一：

悒悒长沙市，幽幽沅水流。
汨罗屈子赋，贾谊楚才忧。

之二：

郁郁长安道，匆匆渭水流。
黄河收入腹，不可到连州。

66. 有獭吟

獭獭渔渔见，山山水水分。
相承相辅助，独立独天云。
宰割人间久，和平世上君。
淹中同属命，食上共辛勤。

67. 白太守行

太守白苏州，阊门故客楼。

辞官辞所赋，举袂举清流。
木淩吴江岸，华池误虎丘。
居人居易在，乐事乐天游。

68. 乐天寄洛下新诗兼喜微之欲为因以抒怀也

万叶风中响，三人月下吟。
宫征商角羽，填窾瑟笙琴。
洛水微之至，闻君早入心。
知音知彼此，豁达豁鸣禽。

69. 月夜忆乐天兼寄微之

雪夜洛阳城，寒光八水清。
微微居易忆，独忆各诗英。

70. 早夏郡中书事

一镜作池平，三春伴雨明。
莲花方碧玉，夏水露珠惊。

71. 白乐天七月一日夜即事见寄

月晦半无明，灯光一事生。
含情离别忆，独坐意纵横。

72. 令狐相公见示赠竹

一片高人竹，三春雨笋疏。
空心虚自立，节结实天书。
叶底婆娑影，枝头势力居。
青青朝上举，处处暮朝初。

73. 汉江

序：
和令狐相公晚泛汉江书怀寄洋州崔侍郎阆州高舍人曹长
诗：
泛汉一离情，举杯半酒平。
洋州崔侍御，阆郡舍人盟。
谪侣知音近，精英宰牧城。
深知深水静，远去远心生。

74. 和乐天洛城春齐梁体

一生洛城人，三春向草茵。
楼前观曲舞，雨后草花新。
杏杏梨梨子，桃桃李李秦。

池塘明镜照，翠鸟数浮蘋。

75. 洛中早春赠乐天

草岸茵茵入早春，行船处处问天津。
生生引引须循托，绿柳条条不拂尘。

76. 和乐天宴李周美中丞宅池上堂樱桃花

隔岸一神仙，闻莺半乐天。
吴娟姑欲语，赵女误琴弦。
片片樱花落，幽幽各独妍。
吟诗先一句，见子已千泉。

77. 白乐天闻新蝉见赠（买莲来）

入伏已闻蝉，惊春问乐天。
荷塘莲结子，二十子当先。

78. 花和莲

红红白白一娇妍，子子蓬蓬半玉泉。
点点圆圆十影动，婷婷立立九云烟。

79. 和乐天秋凉闲卧

碧叶一珠轻，荷蓬半子成。
深宫三十子，历世苦心情。

80. 白乐天咏老见示

一坐半如松，千行万步封。
时时耕读卷，日日老龙踪。

81. 岁夜咏怀

岁岁一更新，年年半归尘。
时时同爆竹，处处共声邻。

82. 以牛相公独饮偶醉寓言见示

独醉相公半酒中，曾因寓见问飞鸿。
书生昀似刘郎处，不止清歌一大风。

83. 蘘兮吟

草木蘘蘘见，阴晴处处闻。
巫山多少雨，白帝去来云。

84. 韩十八侍御见示岳阳楼别窦司直诗

百丈岳阳楼，三湘沅水秋。
来寻灵鼓瑟，去作洞庭舟。
禹穴含天理，苍梧纳水流。
应知因势导，可达帝王忧。
自本混元始，从流炼石酬。
文鳏翔楚郢，贝阙骈骧州。
橘子洲头指，长沙贾谊留。
巴陵城百雉，内史五千侯。

85. 春日寄杨八唐州二首

之一：
弟子三千志，唐州一半乡。
郡情呼汉吏，独立问秦桑。
之二：
梨花初似雪，小杏已如英。
隔日东风雨，春红继续倾。

86. 和郴州杨侍郎玩郡斋紫微花

郡斋紫微花，丛丛不顾家。
轻云烟漫漫，细雨雾斜斜。
月下分无定，琴中陪你他。
香风浸草木，玉色挂窗纱。

87. 待十七舍人宿卫赠别五韵十句

白首相逢处，曾离少小年。
隋宫杨柳抑，共话运河边。
只道楼船色，谁知御水泉。
钱塘从此富，六合一方圆。
上下苏杭水，阴晴日月烟。

88. 向湖州崔郎中见寄

郎中灵府就，律吕正感英。
鼓瑟湘灵竹，陶潜五柳鸣。
吟诗吟所见，寄念寄平生。
一望湖州北，姑苏是古城。

89. 秋日书怀寄河南王尹

木叶一风轻，归根半不成。
飘飘何所以，落落复行行。

90. 洲留守牛相公宫城早秋寓言见寄

宿露不征尘，辰我洇寓津。
清风明月色，大势象秋春。

91. 海阳十咏

始作海阳湖，相公咏水都。
行流疏导去，积色寄诗芜。

92. 吏隐亭

碧水冠官逸，朱门隐吏亭。
波摇成曲榭，日暮写丹青。

93. 切云亭

水断均云亭，云浮作石屏。
苍梧闻鼓瑟，竹泪作湘灵。

94. 云英潭

云英潭下望，碧玉色中明。
触目深深远，高天处处惊。

95. 玄览亭

玄亭无四壁，月影有三清。
色色空空见，虚虚实实惊。

96. 裴溪

御史一裴溪，春莺半不啼。
微波清泽润，玉趾自东西。

97. 飞练瀑

悬泉飞练瀑，玉水挂垂帘。
不解珍珠落，何从一潭潜。

98. 蒙池

蒙蒙烟水色，荡荡有无声。
石壁临池镜，天云久不平。

99. 芬丝瀑

叠叠芬丝去，重重玉影来。
香花随水势，瀑布逐天台。

100. 双溪

双溪两自流，一色半春秋。

石岛分中立，高低各不休。

101. 月窟

婵娟一月明，洞府半精英。
不得蛟龙问，无疑世界城。

102. 武夫祠二首

之一：

从军一武夫，治政半浮屠。
乐事知何欲，民安是大儒。

之二：

一诺英雄半，千呼少小三。
狂人狂噪去，忍让忍当幽。

103. 虎丘寺路宴

埋剑虎丘山，青林一寺关。
山僧吴越问，干将莫邪还。

104. 缺题

露重月华深，更移玉树荫。
婵娟应入梦，共度是知音。

105. 晚步杨子游南塘望沙尾

三清一广陵，九陌半春凝。
入夏梅花在，芙蓉作玉冰。
千金无角羽，六合有宫征。

106. 北固山

序：

和浙西李大大晚下北固山喜经松成荫怅
然怀古偶题临江亭并浙东元相公所和依
本韶

诗：

一上北固山，三空海门湾。
风云天地去，石径去来还。
远远金陵见，幽幽古寺关。
金山临本立，暮色是天颜。

107. 始自云安寄兵部韩侍郎中书白舍人二公近曾远守故有属焉

始自云安，中书白舍人。
韩郎兵部守，远属近雷钧。
奉节瞿塘峡，巫山白帝春。

高唐官渡口，楚国秭归濑。

108. 更衣曲

情情一竹枝，意意半心期。
女嫁更衣早，儿婚待娶时。
纱笼藏爆竹，喜气对诗词。

109. 桃源行

秦衣汉服半桃花，两岸三村一故家。
系下渔舟情自问，长城累石避山涯。
山门不开源流水，洞口云烟锁木遮。
好坏耕耘凭土地，如今似古种桑麻。
无边自得非王治，立世男儿是女娃。
隐逸重重原本色，樵渔不必挂窗纱。
鸡鸣犬吠由然继，细作深翻种豆瓜。
不见公卿谁井赋，依前照旧你我他。

110. 洞庭秋月行

一月洞庭秋，三湘竹泪流。
苍梧留舜迹，鼓瑟二妃忧。

111. 九华山歌二首

之一：

池州不远九华山，竞秀清阳采市颜。
女儿荆峰今夏得，一见倾心去不还。

之二：

但见群峰势，洪炉独秀名。
攀天逢霹雳，峙顶望宣城。
仰得骄龙气，开怀水雾生。
青荄吟大禹，谢守敬亭情。

112. 泰娘歌二首

之一：

吴门小女尚书讴，海善琵琶洛邑楼。
已蘦东京相府尽，去落民间一度忧。
刺史张公重起色，无归坐事自春秋。
悲歌乐器荒焦土，客笔难平二世愁。

之二：

阊门一泰娘，玉洁半奇香。
太守骚人子，惊鸿曲舞肠。
东都风月好，已尽尚书郎。
刺史蕲州望，琵琶女妾乡。

挥金求素手，问臆舍炎黄。
坐事桃源外，朱弦半不张。
皋桥曾北去，洛水暗流芳。
抱器如今市，湘灵泪两行。

113. 龙阳县歌

白日出门上，平沙水岸中。
天潢朝脯影，百姓对由衷。
小子闻黄犬，鹧鸪催早翁。
官稀行直吏，有鼓各西东。

114. 墙阴歌

墙阴一小虫，俯仰半天空。
不辱平生望，何须问始终。

115. 踏潮歌二首

之一：

风波南海外，水月北平中。
泛滥潮头涌，涛峰起落风。

之二：

一日三更半日潮，千云万里两岸消。
惊涛不定蛟蛇舞，涌浪冲波上玉霄。
蠖缩沧洋鲸得性，鼋鼍欲驾八仙桥。
漩涡见底龙宫见，大海齐天已不遥。

116. 白鹭儿

白鹭一孤高，赤乌半羽毛。
昂观应自得，雪顶入波涛。

117. 平齐行二首

之一：

胡尘未定乱齐人，鲁地燕门治远秦。
蓟北渔阳弓箭手，黄河九曲暮朝濒。
东平四合河南问，九土玄和振怒身。
虏怅难容夫独勇，田园已舍不秋春。

之二：

鲁箭齐弓见，桓公孔子闻。
黄河流不止，血战起风云。
祭泰封禅岭，耕夫疾土分。
无和无四海，有乱有三君。

118. 送裴处士应制举诗

之一：

处士一儒游，千章半举献。
闻君天下选，弟子叙神州。

之二：

久在风尘里，何言制举酬。
宏词天子问，对策帝王州。
笔作弯弓力，司农复孔丘。
知人知己少，问世问卿侯。

119. 三乡驿楼伏观玄宗望女儿山诗小臣斐然有感

独自玄宗女儿山，开元万岁驿皇颜。
生情触景霓裳曲，八景三清御客间。

120. 城西行

城西刑叛族，市北问官奴。
守吏呈行酒，扬程一乃呼。

121. 武昌老人说笛歌

笛歌一曲老人愁，七十三军半白头。
竹笛声声云雨住，芦笙处处女儿羞。

122. 西山兰若试茶歌

西山兰若竹，色映半山芽。
古刹游僧早，芳丛秀绿茶。
云中烟雨雾，岭上探梅花。
叶小旗枪晓，泉清下水嘉。

123. 聚蚊谣

夏夜兰堂寂，蚊谣暗里来。
惊时惊不惧，捕拒捕难裁。
七尺男儿问，三微去又回。
闻声行动速，拍手自相推。

124. 百舌吟

百舌自闲啼，千川野草低。
春晖南北济，夏雨各东西。
躲避鹰隼逐，呈强子又泥。
妖姬和睡韵，羽族自相栖。

125. 飞鸢操

世上人中以类分，高低左右列臣君。
鲲鹏鸟雀鹰隼鸢，腐肉亡尸逐裂闻。
虎啸林中争上下，龙腾海里复天云。
廷官郡吏服衣色，紫绶黄封册敕群。

126. 秋萤引

暗暗光光闪，明明灭灭行。
流萤流腐叶，未定未知英。
上苑湖池岸，长门小草萌。
天明知不见，夜幕自无声。

127. 伤秦姝行二首

之一：

河南名士见，艺伎致郎中。
莫遣容州诲，留诗付贻风。

之二：

长安五月满城花，艺女千姿百态斜。
白马仙郎郎早去，容州诲教玉人家。
冯夷曲舞随天下，浅笑低环须素手。
绿篌黄泉流未止，朱弦已断挂窗纱。

128. 竞渡曲

汨罗五月一龙舟，刺史千章半永州。
鼓舞长沙贾谊赋，湘江不断沉江流。

129. 翰林白二十二学士见寄诗一百篇因以答贶

君诗一百篇，寄我二千年。
睢鸠关关唱，冯唐举举贤。
王王司马慰，楚楚汉家田。
尺寸方圆见，阴晴日月悬。

130. 忆春草（春草乐天舞伎名）

曲歌知春草，阿蛮问楚腰。
诗词章句叙，月水向波潮。
不必寻金谷，铜驼陌上桥。
姑苏娃馆望，洛邑半云霄。

131. 雨如何诗谢裴令公赠别二首

之一：

顾顾言言问，行行止止同。

江河明日月，草木水天丰。

之二：

北北南南见，风风火火明。

东流多曲折，大禹有纵横。

132. 岳麓

序：

唐侍御寄游道林岳麓二寺诗并沈中丞姚

员外和见征继作

诗：

橘子洲头十里云，汨罗水上半原君。

三湘竹泪流难尽，九派灵山水月分。

岳麓长沙书院老，江陵石首洞庭雯。

惟才是楚萧规在，曹参莫以论功勋。

133. 乐天寄忆旧游园因作报白君以答

报白群，江南已去别来分。

忆姑苏，太守阖门独自。

已向钱塘苏少少，杭州点暗石榴裙。

春城五百桥头月，水色千波吴越闻。

隔柳朱楼笙管响，周郎不顾各芳芬。

134. 将赴汝州途出滩下留辞李相公

一笑无言一始终，三生有欲半成空。

夷门五十山河近，屈指三千弟子躬。

草草花花云雨露，松松柏柏各雪枫。

东邻不远知乡里，北望相思自不穷。

135. 平蔡州三首

之一：

征平一蔡州，讨伐半城囚。

太白相公策，从容解国忧。

之二：

元和十二年，战士五千弦。

老汉闻皇帝，男儿哐勇全。

之三：

受贺高楼赐，相公册封冠。

南峰南汝战，有国有青丹。

136. 送僧仲剬东游兼寄呈灵澈上人

释子一春秋，钟声半鼓楼。

清凉山上礼，渭水日中流。

老次荆门道，南朝塔庙留。

东阳王谢去，许沃住持洲。

137. 观棋歌送儇师西游

黑白三军布，乾坤二阵生。

平沙惊落雁，扇羽布空城。

靠靠肩肩挤，央央角角衡。

三湘无敌手，一锡有长征。

138. 吐绶鸟词二首

之一：

见示尚书诗，回吟吐绶词。

应留回忆处，复纳归君思。

之二：

吐绶江南鸟，天台雪窦鸣。

应声三姥结，会向四明盟。

刷羽阿母净，盘桃奉化城。

琅琅黄鹄去，积翠九成生。

139. 八月十五日夜桃源玩月

桃源十五月方圆，渭水千波一两船。

望绝长安天下路，秦儿汉女玉中年。

140. 送鸿举游江南二首

之一：

草下虫吟细，平生致力微。

人间真假见，世上去来晖。

之二：

慧觉一禅音，如来半古今。

观音观自在，大势大人心。

十二峰中见，三千弟子寻。

巴山三峡锁，白帝西飞禽。

141. 采菱行

之一：

芰菱满武陵，采女以香凝。

俗俚传词曲，刘郎著以承。

之二：

含羞采女衣衫短，自顾双峰早下船。

碧叶荷珠连素指，芙蓉玉立粉红鲜。

连桥广陌刘郎见，醒醉长安一半缘。

142. 和牛相公南溪醉歌见寄

依伊向洛半春天，少室嵩山一雨烟。

北陌南溪杨柳岸，东风不语落梅宜。

桃蕾欲展梨花片，小杏先红欲夺鲜。

自在逍遥应自在，秦川日月可秦川。

143. 和浙西李大夫霜夜对月听小童吹觱篥歌依本

寒宫一片霜，别向半庭光。

觱篥胡姬舞，婵娟色绕梁。

思夫寻后羿，问妾久炎凉。

自以藏娇屋，何言桂影长。

无非人世误，不是小童乡。

下里巴人久，阳春白雪堂。

144. 叹水别白二十二（一至七韵）

水，一性柔，万里半春秋。

千家不断色无休。水，水水，水载舟。

一水千秋。水调一歌头。

水色头颜可好，隋炀水上运河流。

145. 同留守王仆射各赋春中一物（一至七韵）

水，春水，春风水，水岸春莺，日出水光生。

江山社稷方圆，万里春秋一水平。

146. 伤我马词

白马经天一首扬，乌骓自得半天光。

知途伏枥行千里，伯乐知音作万章。

147. 潇湘曲二首

之一：

冷水滩前半永州，潇湘合此北南流。

君山两岸归洞庭，不及刘郎一叶舟。

之二：

鼓瑟湘灵问，苍梧竹泪多。

相思应不止，尽在二妃河。

148. 和乐天春词依忆江南曲拍为句

之一：

春来也，草木先知梅。

弱弱柔柔茵满地，群芳处处作红催。

不妨两三杯。

之二：

春去也，夏日已相承。

一片荷花红满地，芙蓉自立以香凝。

皓洁白如冰。

149. 泽宫诗

维维一泽宫，秩秩半苍穹。

碌碌何因果，修修一始终。

150. 再赠乐天

世世居居易易，官官政政民民。

草草花花木木，秋秋夏夏春春。

151. 酬令孤相公六言见寄

不可光阴所逝，何言岁月如归。

格律如君已寄，诗词太守追飞。

梦得天街旧步，相公寸草春晖。

152. 答乐天临都驿见寄

北固金山远近，秦淮白下阴晴。

世事风尘不止，人人草木枯荣。

独乐居安跬步，临都驿站思情。

153. 酬杨侍郎凭见寄

十载三生旧路，三年一度归来。

百岁刘郎自在，千章日月徘徊。

154. 春有情篇

但以游春侣，寻花两岸行。

从从深世界，独独作精英。

155. 湖中采女

一笔丹青半素红，三千弟子五湖中。

婷婷玉立颜色好，采女佳人不禁风。

藏不住，露情衷。莲心未子作荷蓬。

遮遮掩掩含羞见，雾里婵娟月下逢。

156. 七夕二首

之一：

乞巧牛郎问，天河织女情。

婵娟藏不住，过十一旬情。

之二：

织锦天河岸，行棱结纵横。

心心相印见，处处总关情。

157. 边风行

边风一雪生，牧草半春荣。

白马天街北，赤骢对空行。

158. 使

序：

关工部萧郎中刑部李郎中并以本官兼中丞分命充京西京北覆粮使

诗：

简册一金章，郎中一绶扬。

京西京北使，国库国家粮。

虏灭归来日，天威虎将王。

159. 送太常萧博士布官归养赴东都

旦布鸳鸯步，重归旷野乡。

东都连社稷，渭水过河梁。

160. 送河南皇甫少尹赴绛州

祖帐行周道，前锋达晋城。

同行同乐问，共事共书生。

161. 发华州留别张侍御

同人分袂惜，共事结余梁。

切切行行见，萧萧处处昂。

162. 奉送家兄归王屋山隐居二首

之一：

半入洛阳山，三生道士关。

天坛兄弟坐，日月共分颜。

之二：

丹台一姓名，瑞景半归城。

问道同胞步，成仙共弟兄。

163. 送王师鲁协律赴湖南使幕

门生一绛纱，蜀路半山华。

白草西南驿，鱼凫北望家。

164. 送卢处士归嵩山别业

世业嵩山隐，风尘不入家。

无邻无犬吠，有道有琼花。

165. 洛中送崔司业使君扶侍赴唐州

日照老莱衣，风扬柳叶稀。

鱼书常寄取，上苑雁南飞。

166. 送李友路秀才赴举

一举秀才名，三元进士生。

宏词宏业迹，策对策精英。

167. 送从弟郎中赴浙西二首

之一：

复浙十余年，郎中半布弦。

经纶经市志，旧迹旧源泉。

之二：

客主两如初，冠官独仕余。

无非无所事，不是不知书。

168. 送元上人归稽亭

古寺一钟声，游僧半不行。

烟霞三戒坐，望断凤凰城。

169. 赠别君素上人诗二首

之一：

书生一世一书生，学道方明学佛明。

只以修行成正果，如来道德一途程。

之二：

不二方圆一法门，高僧独得道家尊。

心心自得如来势，世世应成德慧根。

170. 送深法师游南岳

已入白云乡，闻从善法堂。

三清泾渭水，一雁下衡阳。

171. 赠别约师二首

之一：

六祖一禅名，三清半世荣。

浮屠生物证，佛道以心生。

之二：

旧友吴兴寺，新途桂柳城。

人生行止处，佛道以心荣。

守一方圆定，三光草木紫。

千音千世界，一子一人鸣。

172. 秋日过鸿举法师寺院便送归江陵

之一：

去欲一沙门，行空半法根。

形形色色尽，去去来来恩。

之二：

寻师一径幽，问竹半空修。

鸟向禅房落，蝉鸣静水浮。

173. 赠孙宇行长清理 ADIB 银行

独木成林过五洲，龙骧伏枥数千秋。

成成败败成天下，是是非非志不休。

三千世界五湖舟，人生世世各沉浮。

如来自在知音客，有有无无不去留。

174. 春日退朝

玄都观里问，两省问桃源。

五柳陶公树，三千弟子繁。

无知应读简，有道可深言。

日日朝堂上，明清世界喧。

175. 蜀光主庙

结义桃园里，托孤白帝中。

南阳三国策，北魏一雄雄。

蜀郡行帝业，吴门唱大风。

176. 经东都安国观九仙公主旧院作

东都一九仙，归院半千泉。

草木枯荣见，阴晴日月天。

应召瑶祖后，未到武皇前。

177. 观八阵图

轩皇八阵图，九陌一江苏。

水落龙蛟斗，沙平虎豹殊。

千年应百战，万马必千驱。

诸葛凭书智，军师一介儒。

178. 八月十五日夜玩月

一月挂长空，三秋半肃风。

误天争桂影，弱女出寒宫。

179. 观秋

序：

大和戊申岁大有年诏赐百僚出城观秋稼谨书圣事以俟采诗者

诗：

万里一丰田，三生半玉泉。

千年官道见，六郡御家佃。

瑞泽风调岁，和平雨顺年。

丰收同日月，并赋共朝天。

180. 金陵怀古

潮风半到石头城，夜月三山二水明。

武帝兴梁齐小白，射钩斩祛建康荣。

181. 昼居池上亭独吟

昼影一池亭，轻风半水宁。

逍遥波上日，旦暮有丹青。

182. 分司东都蒙襄阳李司徒相公书问因以奉寄

分司一归翁，独树半文同。

渭渭泾泾色，商商洛洛风。

183. 门下相公荣加册命天下同欢忝沐眷私辄感申贺

册命一宸衷，官仪半古风。

扶阳堂管鲍，御街向周公。

184. 病中一二禅客见问因以谢之

共去禅房路，同来问病夫。

人身三界有，木柱一斯无。

185. 秋江晚泊

天鸿一字飞，不问故乡归。

北北高高是，年年岁岁非。

186. 步出武陵东亭临江寓望

步出武陵东，临江寓望空。

霜余天际树，野旷有边风。

187. 秋日送客至潜水驿

社日一田家，嫦娥半女娃。

流萤飞不远，醒醉向桑麻。

188. 湖州崔郎中曹长寄三癖诗自言癖在诗与琴酒

半在诗琴半在翁，一癖酒色一郎中。

姑苏只对湖南岸，水上丝弦水上风。

189. 为郎分司寄上都同舍

分司陌省半为郎，碧浅红深一巷荒。

洛邑东都曾御守，如今只作武周王。

190. 登陕州北楼却忆京师亲友

百尺楼前一目穷，三生日上半江东。

玄都观里桃花色，不可如今已不红。

191. 途中早发

路后启明星，途中向渭泾。

分流分土地，立步立丹青。

192. 陕州河亭陪韦五大夫雪后眺望

同行一布衣，共处帝王畿。

朔雪曾先至，经迁已洛伊。

193. 城东闲游

千金买苑新，万客泡风尘。

绝境城东近，财钱不养人。

194. 罢郡归洛阳闲居

十载江山守，三生有去心。

归乡昂不行，问驿向飞禽。

195. 晚泊牛渚

独步江流外，行心日日中。

无人知咏史，有月问江东。

196. 宿诚禅师山房题

之一：

独坐白云端，清流玉带寒。

山房禅虎啸，石涧灭水明宽。

之二：

一步孤峰上，三生独雾中。

离天应不远，近谷已山穷。

197. 赠澧州高大夫司马霞寓

前年牧锦城，鹤唳自惊鸣。

独马功难没，三军自倾荣。

198. 闻董评事疾因以书赠

祖学一青莲，三清半地天。

儒书儒不废，忆得忆周田。

199. 咏庭梅寄人

庭梅二月花，独影一人家。

只及群芳色，余寒带雪华。

200. 德宗神武孝文皇帝挽歌二首

之一：

三辰一路新，六郡半车尘。

共待黄泉送，天长久问津。

之二：

自是去蓬瀛，旗旌各市情。

王母重设宴，汉武待生平。

201. 敬宗睿武昭愍孝皇帝挽歌三首

之一：

宝历一仙车，扬程半不遮。

天遥征所事，海角落人家。

之二：

位极富春秋，皇家大器留。

王骄通六郡，业显十三州。

之三：

讲学余华殿，亲耕五土沙。

皇家天下牧，品务是桑麻。

202. 文宗元圣昭献皇帝挽歌三首

之一：

序致三才理，相承九族亲。

苍梧留禹穴，草木谢秋春。

之二：

一路应元止，三宫可故怜。

皇天皇土地，久忆久思秦。

之三：

十五年中治，三生臆下新。

经纶经日月，柱国柱臣臻。

203. 故相国燕国公于司空挽歌二首

之一：

旧国作雕弓，鼓角已独雄。

万马三军策，九命一司空。

之二：

独向五陵西，双雄五尺低。

居中居策立，遗受遗东西。

204. 伤丘中丞

同升进士科，遇害柳杨河。

野火西陵路，黄河渭水波。

205. 河南观察史故相国袁公挽歌三首

之一：

千驱龙虎节，一入凤凰池。

两省三台制，中书门下辞。

之二：

一雁何南北，三湘寒北飞。

风云千里去，日月万家归。

之三：

惊鸣白鹤飞，吐纳故人归。

竞业形身影，文章教是非。

206. 哭王仆射相公（名播时，兼盐铁，暴薨）

旧府一纱笼，书生半大风。

门庭依旧是，著作未央宫。

207. 伤韦宾客

韦公八十余，读尽一生书。

海内由工部，江山以士居。

208. 再经故元九相公宅池上作

池边一片竹，月下四时生，

隔岁同荣色，空心共节情。

西厢明月落，竹泪己无明。

209. 请告东归发灞桥却寄诸寮友

灞岸自东归，刘郎已不飞。

尤知因八水，长安久可依。

210. 初至长安，自外郡再授郎官

三湘不尽一刘郎，日月长安半故乡。

老大归朝天子近，南山北阙久书王。

211. 岁杪将发楚州呈乐天

风霜一楚才，日月半徘徊。

望尽东都客，分司两寸杯。

良朋朝又暮，旅雁去还来。

212. 鹤叹二首

之一：

辞吴白乐天，两鹤独雏迁。

隔岁东都去，相逢复忆怜。

之二：

吴巢到洛阳，北陆作家乡。

不改姑苏羽，琴音自柳杨。

213. 答白刑部闻新蝉

新蝉续断弦，落叶竟华天。

咏到秋风肃，逢时己来年。

214. 和裴相公寄白侍郎求双鹤

白羽华亭鹤，吴门古韵声。

郎官郎所欲，凤舞凤池英。

阔别应同立，相公可共鸣。

215. 终南秋雪

终南秋雪厚，阙北白兰干。

上苑千门素，中央玉带宽。

芙蓉园上素，不见曲江澜。

216. 和乐天早寒

一叶带寒来，千门久不开。

秋风霜雪夜，绿蚁两三杯。

217. 曲江春望

不待梅花落，芝兰已入春。

无登春蕊殿，得意少年人。

218. 同乐天和微之深春十首（同用家花车斜四韵）

之一：

共探深春日，难名五月花。

芙蓉初出水，子粒子宫家。

且以青莲比，三清自不斜。

儒书儒所事，两省帝王车。

之二：

汉武王母问，瑶池一日家。
盘桃三百岁，玉叶万年华。
处处深春见，轻轻细雨斜。
藏娇藏五色，过路过千车。

之三：

处处春深好，年年执政家。
恩光常两济，惠泽百千花。
暖水鸭水试，寒宫玉影斜。
朝堂应有笏，野旷本无车。

之四：

草木深春见，阴晴夏日花。
天天多雨色，处处少人家。
命妇青莲采，吴姬越女车。
应知琴韵色，日向五湖斜。

之五：

不可深春误，何言夏日家。
莲蓬与少子，玉立自无斜。
岸上红荷贾，云中玉影花。
宫中妆改短，秀色不登车。

之六：

一半深春路，三千帝子车。
芙蓉初结子，十粒作蓬花。
隔岸牛郎问，疑成织女家。
天河桥未立，七夕日当斜。

之七：

夏日深春近，红红白白花。
莲塘莲叶碧，日夕日光斜。
采女芙蓉色，含羞误作家。
芙蓉初出水，驻马小儿车。

之八：

刺史深春问，分司洛水家。
潼关河渭汇，五月牡丹花。
姹紫摇红处，南山魏阙车。
长安长久治，宰正宰无斜。

之九：

少妇深春夜，男儿四海家。
天涯天柱压，海角海涛花。
但以三边去，何言五马车。
英雄英自得，望日望西斜。

之十：

塞外深春晚，京中百里花。
三边新草色，九陌一人家。
牧野怀天地，驰骋六马车。
黄昏由远近，草木夕阳斜。

219. 赠眼医婆罗门僧

两目婆罗门，三生日月根。
凭明凭百度，治者治慈恩。

220. 海门潮别浩初师

一日海门潮，三僧古寺遥。
知音知鼓磬，度界度云霄。
布教禅房慧，行真苦意昭。

221. 始闻蝉有怀白宾客（去岁自有闻蝉见寄）

叶顶蝉声远，秋初落配行。
扬扬抑抑响，退退攀攀鸣。
自以天工物，当喧物象平。

222. 赠乐天

印绶少微星，行吟醉榭亭。
相逢相别去，独步独零丁。

223. 到郡末浃日登西楼见乐天题诗因寄（乐天自此郡谢病归）

江湖收宿雨，故巷浥红尘。
一水千珠落，三春万叶新。

224. 秋夕不寐寄乐天

不别洞庭春，重逢洛水秦。
东都秋夕枕，俱是乐天人。

225. 冬日晨兴寄乐天

远问白先生，冬晨一雪明。
新清明世界，镜鉴洛阳城。

226. 答乐天见忆

老少无期约，樵渔有隐情。
居安居易得，历世历平生。

227. 和乐天诮失婢榜者

镜里一方圆，人中半地天。
苍茫云水木，世界有桑田。

228. 元白

序：

八月十五日夜半云开后玩月因书一时之景寄呈乐天

诗：

云开一月明，十五半寒清。
不忍婵娟问，无眠睡不成。

229. 秋日书怀寄白宾客

少老兴衰见，兴亡进退闻。
春秋春举首，日月日先曛。
白乐天容客，分司故国君。

230. 白乐天初冬早寒见寄

霜凝南屋瓦，雪散北书亭。
且向梅花望，含冰着玉灵。

231. 和令狐相公郡斋对紫薇花

素悉尼园静，红尘紫绶花。
相公香满院，上苑占年华。
鄂渚临流色，潇湘二水洼。
情传春燕榭，艳入孝王家。

232. 令狐相公俯赠篇章斐然仰谢

瑞雪梁园厚，愁思上苑花。
君ры应不止，一雁不知家。

233. 酬令狐相公早秋见寄

公来第四秋，国立莫知愁。
但寄心思去，梁王不姓刘。

234. 和令狐相公入潼关

半近黄河水，千声曲折鸣。
潼关朝北望，永济鹊无声。

235. 和令狐相公寻白阁老见留小饮因赠

居心居易久，傲士几无迟。
但存诗然浩，烟霞以酒知。

236.酬令狐相公雪中游玄都见忆

玄都留五字，不入步虚城。
好雪高城覆，相公自在明。

237.和令狐相公以司空裴相见招南亭看雪四韵

雪厚中书锁，峰高不见山。
司空枢务问，瑞气诸贤颜。
笑入平阳会，吟回带酒还。
南亭寒未至，隔日玉门关。

238.和郓州令狐相公春晚对花

兴高一竹枝，酒色四行诗。
曲歌应先醉，春花不可迟。

239.酬令狐相公春日言怀见寄

三春半独芳，四邻一王昌。
小杏红颜女，梨花作雪乡。

240.令狐

序：
途次大梁奉令狐相公书问从此拜辞形千短篇以申仰谢
诗：
远远难成近近成，途途次次各分明。
长长短短由心主，简简繁繁字字萌。

241.酬令狐相公秋怀见寄（蝉退而声）

寂寞蝉声去，参差落叶来。
归根归不得，退路退徘徊。

242.酬太原令狐相公见寄

满厘琼瑶信，鱼书自晋来。
衣冠南渡客，节印北戎裁。
朔漠多风雪，冰霜玉帐台。
军中军令状，战士战声催。
月落三更马，胡风一鼓擂。
留诗留塞外，纳士纳天才。

243.酬令狐相公岁暮远怀见寄（依韵）

达志年来早，知音老去稀。

衡阳飞雁夜，刷羽作征衣。
岁岁南南北，年年是是非。
无须天下问，一度一年飞。

244.酬令狐相公亲仁郭家花下即事见寄

知无花下侣，远望眼中人。
老少应分别，童翁自在亲。

245.酬令狐相公首夏闲居书怀见寄

蕙草群芳色，芙蓉已碧天。
轻轻移夏雨，点点作方圆。
四十年中见，三生月下田。
诗词同日月，易守共桑田。

246.酬狐相公庭前白菊花谢偶书所怀见寄

丛丛白菊花，雪雪素光华。
但以经霜色，寒梅似女娃。

247.酬令狐相公季冬南郊斋见寄

梅花一季冬，岁末半冰封。
但以辽东路，思分此路逢。
诗词原是读，日月本非踪。
七十耕耘志，生平有鼓钟。

248.贞元中侍郎舅氏牧州时举试而今忆

半是关中阁，三才月下成。
沉思闻古刹，问道见精英。
予伏毒岩寺，还来醒石鸣。
如今生的发，故步已无横。

249.酬令狐相公杏园花下饮有怀见寄

一醉曲江边，三杯小杏园。
红花红色艳，雨细雨心田。

250.令狐相公见示题洋州崔侍郎宅双木瓜花复此树下

蜀路金牛远，洋州两木瓜。
双双成树玉，独独作人家。

251.和令狐相公春早朝回盐铁使院中作

莺啼声不远，日色已晴明。
几案行文卷，高人指点情。

252.和令狐仆射相公题龙回寺

仆射龙回寺，皇家圣驾銮。
胡人胡马去，汉将汉仪官。

253.令狐相公频示新什早春南望遐想汉中

军营临汉水，将令过孤雄。
进退天机策，旗旌展大风。

254.和令狐相公咏栀子花

素素幽幽郁，馨馨沁沁香。
清身姿洁好，独占一中堂。

255.酬令狐相公新蝉见寄

雨后一新蝉，人前半不宜。
登高登顶见，向远向苍天。

256.酬乐天闲卧见寄

仰卧自朝天，翻身对地眠。
青衣思归念，不足买山钱。

257.酬乐天小亭寒夜有怀

夜月寒霜起，疏林宿鸟惊。
应知千万易，莫问一书生。

258.将之官留辞裴令公留守

祖帐公留守，东都洛水扬。
伊川伊汉在，渭邑渭泾长。
独步凌烟阁，低头思故乡。
千年三国志，百载一秦王。

259.酬喜相遇同州与乐天替代

行年同甲子，历世共书儒。
旧托寻三典，新诗载五湖。
今朝停五马，不独问罗敷。

260.闲坐忆乐天以诗问酒熟未

诗书半玉壶，静坐一东都。

沸寂应多问，奇香有似无。

261. 秋中暑退赠乐天

秋中暑退热多余，厌厌昏昏不读书。
夜月方明琴已响，声声未了问当初。

262. 白莲方出水

序：

乐天池馆夏景方妍白莲初开彩舟空泊唯
邀缁侣因以戏之

诗：

采女布空舟，芙蓉入水游。
神仙应已醉，不见乐天羞。
白白红红现，潜潜仰仰浮。
分司三百日，自得十三州。

263. 酬乐天感怀秋凉见寄

木叶方知落，秋蝉夏至鸣。
芙蓉初出水，不及问秋声。

264. 秋晚新晴夜月如练有怀乐天

婵娟隐约一流萤，北斗开明半晓星。
已醉无眠惊月影，楼台闪烁照丹青。

265. 新秋对月寄乐天

桂叶满寒宫，嫦娥月色空。
明光秋益肃，白首问相公。

266. 酬乐天小台晚坐见忆

晚月小台边，清晖半不全。
粼粼波影动，处处隐深天。

267. 早秋雨后寄乐天

雨雨霜霜半，冰冰雪雪全。
秋风秋肃穆，布履布衣穿。

268. 秋晚病中乐天民诗见问力疾奉酬

人生一步虚，世路半官余。
问病知音问，相公独居易。

269. 和乐天烧药不成命酒独醉

不以少年时，何言白首知。

回心应独醉，复向楚才辞。

270. 元日乐天见过因举酒为贺

同君同甲子，共岁共余怀。
一夜分双载，三生合去回。
春梅春早问，瑞雪瑞人来。
灯竹由声祝，东都可楚才。

271. 兰宁

序：

酬马大夫以愚献通草芰藜酒感通被褉二
字因而寄别之作

诗：

江流半水沙，世界一人家。
疾病由心性，文章可正斜。
弯弓弯角力，直笔直乌纱。
吏苦三冬路，梅香二月花。

272. 奉和司空裴相公中书即事通简旧僚之作

中书门下省，六部御岩廊。
本立三千界，丹青五百囊。
分司公教步，简令领驾行。

273. 蓝桥

序：

微之镇武昌中路见寄蓝桥怀旧之作凄然
寄和兼寄安平

诗：

微之镇武昌，梦得落禽伤。
共以蓝桥赋，同分市柳杨。
云霄三楚客，草木一天章。

274. 洛

序：

将赴苏州途出洛阳留守李相公累申宴饯
宠行话旧形于篇章谨抒下情以申仰谢

诗：

洛水故人情，吴门胥子情。
春秋生五霸，不及运河明。

275. 牛相公林亭雨后偶成

山花春夏雨，水鸟暮朝云。
曲榭临风露，林亭待日曛。
相公时节早，渭邑策酬君。

276. 渭

序：

牛相公留守见示城外新墅有溪竹秋月亲
情多往宿游恨不得去因成四韵兼简洛中
亲故之什兼命同作

诗：

别墅东都外，秋溪竹月中。
重阳重日月，独步独寒宫。
偶见凌烟阁，时听唱大风。
长安由此望，洛下有鸣虫。

277. 酬华州李尚书秋日见寄

近近丹霄路，遥闻顶树蝉。
三台三阁老，九鼎九皇天。
燕赵阴晴问，征黄日夕贤。

278. 和西川李尚书汉州微月游房太尉西湖

西川李尚书，北洛乐天居。
梦得临湖水，微之莫钓鱼。
神交无彼此，远近有相如。
太尉寒宫寄，婵娟入太虚。

279. 和重题

水榭芝兰室，仙舟鹤鹭宫。
人人亲草木，处处可由衷。
鼓瑟湘灵至，操琴白雪空。
平生从此去，进退作飞鸿。

280. 酬李相公初归平泉过龙门南岭遥望山居即事

北北南南岭，山山水水居。
龙门龙自得，读客读天书。
一别明堂路，三回帝业疏。

281. 和李相公平泉潭上喜见初月

家山初月上，洛水共明中。
一片清光在，三台上苑风。

282. 酬李相公喜归乡国自巩县夜泛洛水见寄

巩树半云烟，轻舟半酒泉。
清光明月色，故国共乡田。
洛水东西见，相公彼此贤。

283. 发苏州后登虎丘寺望梅楼

苏州一半虎丘山，冶剑三年石点班。
第二泉流孙子教，宫娥演武望梅颜。

284. 松江送处州奚使君

越越吴吴问，今今古古闻。
春秋春五霸，两国两三君。
管管弦弦唱，丝丝竹竹曛。
人人和顺逆，处处雨烟云。

285. 题报恩寺

一寺报慈恩，三光入始尊。
天高鹏鸟赋，海阔客松门。
楚楚吴吴界，王王谢谢根，
书生书不止，虎啸虎丘坤。

286. 罢郡姑苏北归渡杨子津

故岁知南国，今朝作北臣。
归心归病勇，路远路风津。
进退三退路，文章半在秦。
钟声来海上，岁月自秋春。

287. 寻汪道士不遇

道士东南子，笙歌上下闻。
三清三世界，一岁一耕耘。
不可经常见，黄云白日曛。

288. 谢柳子厚寄叠石岘

叠叠层层岘，泉泉石石台。
丹青由此出，世界可文开。
直竖参差磊，氤氲越楚才。
陶然临紫气，子厚柳州来。

289. 元日感怀

三更问永州，一岁向东流。
二水潇湘合，千年日月留。
人遥人不得，路近路无休。

290. 谢宣州崔相公赐马

白马真君子，朱缨上下红。
飞天千里足，落地万家东。
共意相公赐，同心彼此雄。

291. 南中书来

问俗寻风记，骚人故客明。
生生当此界，处处各生平。
以市求同事，山山水水荣。

292. 题招隐寺

隐士三清致，高僧一守成。
吴吴分楚楚，法法自明明。

293. 思归寄山中友人

一叶秋风里，三生作客中。
云头云不雨，日外日飞鸿。

294. 有感

一日雀罗门，三生问子孙。
潇湘相合水，渭洛几黄昏。

295. 途次敷水驿伏睹华州舅氏昔日行县题诗潸然有感

旧日今何在，朱轮已不休。
题诗留梦得，旧路已无头。

296. 奉和郑相公以考功十弟山姜花俯赐篇咏

封题青颔客，采撷蕊黄姜。
御膳乾坤气，朝堂日月梁。
调和知草木，治本宜田桑。
苦苦辛辛见，天天地地尝。

297. 题淳于髡墓

生当人杰赘，死已楚才贤。
故葬临官道，遥知故国船。

第六函　第三册

1. 送春词

下阁还登阁，迎春又送春。
东风归已去，夏雨未成津。
记顾楼中客，佳丽坐上频。
轻轻叹不语，独独自无人。

2. 送李尚书镇滑州自浙西观察使征兵部侍郎有此拜

报政入文昌，须才别建章。
名高同阁老，赤壁共周郎。
一曲黄河颂，千程晋豫芳。

相门相子继，二族二岩廊。

3. 送浑大夫赴丰州

精忠报国一浑家，凤诏金銮半第华。
瑞雪迎春天下色，丰州处处牡丹花。

4. 送袁中丞充新罗册立使

相门才子使，持节向东行。
凤阙新罗命，扶桑四海平。
鲲鹏由此见，册立任精英。

5. 送王司马之陕州

卷赴甘棠府，诗从故太常。
朝中司马客，阁下豫才章。

6. 洛中送杨处厚入关便游蜀

秋风到洛阳，处厚问秦乡。
六翻王城客，三冬蜀道长。
巴山巴雨夜，白帝白瞿塘。
剑阁临天立，嘉陵两路扬。

　　注：两路，嘉陵江入长江口

7. 送周使君罢渝州归郢州别墅

渝南掷郡章，楚郢自归乡。
别墅荷香岸，衣衫挂山庄。
何言何拘谨，不必不扬长。

8. 奉送浙西李仆射相公赴镇

建节下吴州，东行上旧楼。
丞相承日月，弟子弟君侯。
诏令辞温室，平津望九州。
重寻秦汝水，复忆浙西楼。

9. 思刺史

序：

重送浙西李相公顷廉问江南已七载后历滑台剑南两镇遂入相今复领旧地新加旗旄

诗：

朱方一旧郊，渭邑半离巢。
七载相公济，三生十地茅。

10. 送唐舍人出镇闽中

朝辞鸳鹭步，暮出故蓬瀛。
但向貔貅问，山川正粤城。
文章成墨客，日月待公卿。

11. 送李中丞赴楚州

朱轮入楚城，皂盖祝公卿。
八面田禾秀，行家草木坪。
儿童知姓氏，老叟不呼名。
自以昆山玉，工功一吏行。

12. 送前进士蔡京赴学究科（崔相公杨尚书掌选）

两翼上空虚，三生达读余。
相公重学究，博士自知书。

13. 奉送李户部侍郎自河南尹再除本官归阙

内署振雄词，东都结律诗。
秦楼箫犹在，弄玉去时迟。

14. 送州李郎中赴任

夏早群芳色，郎中见百花。
黄昏千里目，白首一京华。

15. 送国子令狐博士赴兴元觐省

相门才子客，族学品清嘉。
谏院曾先策，中枢已沼衙。
芝兰芝渚水，雪素雪梅花。
博士朝堂笏，兴元觐省家。

16. 送李二十九兄员外赴汾宁使幕

一策东都幕，三军帝业成。
汾宁汾水岸，肃北肃边城。
旧主高低就，新霜著业明。

17. 送分司陈郎中秖召直史馆重修三圣实录二首

之一：

白首南徐史，黄冠子政书。
重修金匮者，复得帝王居。
近取南朝记，遥寻北魏初。
如来如日月，道德道家虚。

18. 之二：

一日东林客，三生净土亲。
如来如世至，大势大秋春。

19. 送慧则法师归上都因呈广宣上人

守一如来不二门，分支佛祖上人尊。
宗由法印宗承法，觉慧方成悟王蕴。

20. 送义舟师却还黔南并引以七言而对之二首

之一：

黔南一木已成林，粤北三秋作古今。
叶叶根根翻复易，夫榕不向渭泾浮。

之二：

无知不解黔南久，独木成林一万根。
岭北三江流十古，长安八水作慈恩。

21. 送景玄师东归二首

之一：

僧游一四方，古刹半无梁。
鹤唳风声问，深川久柳杨。

之二：

半宿东林寺，千寻一竹枝。
吟诗离刹去，路遇古碑辞。

22.

序：

汉寿城春望（古荆州刺史治事其下有子胥庙楚王故坟）

诗：

汉寿潇湘一洞庭，荒祠子胥楚王庭。
荒园野草千年覆，此地唯余竹叶青。

23. 荆门道怀古

宋馆梁台旧，齐人楚客新。
荆门漳水库，普济长江津。
并火江陵外，空城以水邻。

24. 郎州窦员外见示与澧州元郎中郡斋赠答长句

山桃一路接甘棠，白芷三兰一水乡。
上苑宫深天子诏，趋鸳玉漏建元郎。

25. 早春对雪奉寄礼州元郎中

已赐鱼书袋，知贤似雪光。

郎中郎阙望,瑞照郡亭扬。

26. 窦郎州见示与澧州元郎中早秋应答命同作

同朝共济两中郎,夏雨秋风一稻粱。
应寻白雪梅花落,不叹流年惜遗芳。

27. 松滋渡望峡中

寒梅带雪红,雨水向西东。
蜀客夷陵问,分司一度空。

28. 竹书

序:
衢州徐员外使君遗以缛纻兼竹书箱因成一篇作答佳贶
诗:
烂柯岭下玉仙郎,列宿荷中婺女光。
白纻传家成绝学,天台遗爱以兰香。

29. 唐秀才赠端州紫石岘以诗答之

石岘一文房,端州半故乡。
书生书笔直,水墨四时香。

30. 览董评事思归之什因以诗赠

几载佐征东,成年作塞翁。
弹琴吟故事,芡实已收丰。

31. 谢寺双桧

苍然古貌芬,吐雾亦含云。
宝盖金銮柱,参差白日曛。
高枝呈上展,碧叶作衣裙。
象界龙旗桧,双仪帝子君。

32. 寄杨八寿州

东风入寿春,曲舞向朱轮。
桂岭多晴雨,茗园有鹤津。
八公山下水,渭邑月中人。
次第龙鳞树,思归旧谏臣。

33. 洛中寺北楼见贺监草书题诗

知章一草书,紫气半楼余,
目瞩山僧记,珍藏不二居。

34. 擢第

序:
闻韩宾擢第觊以诗美之兼贺韩十五曹长时韩牧永州
诗:
草木一零陵,儒林半翠屏。
阴晴呈玉碎,日月作丹青。

35. 宣上人远寄和礼部王侍郎发榜后诗因而继和

桃桃李李自成蹊,子子儒儒度御堤。
策策论论诗上下,先先后后有高低。

36. 赠东岳张炼师

久事元君信,高情雅淡居。
真人真炼玉,锦字锦玄虚。

37. 秘书崔少监见示坠马长句因而和之

少谏麟台客,仙郎坠马伤,
红尘泥水溅,襞绶布空扬。
洛水桥边站,三公咏豫章。

38. 寄杨虢州与旧姻

避地江湖远,闻春日月遥。
朱轮杨仆旧,白首阮郎箫。
命驾多灵药,功名举世桥。

39. 秋日题窦员外崇德里新居

远纳云头数点山,朱门水色玉人颜。
当知日月成天地,已得诗人在此间。

40. 学士

序:
蒙恩转仪曹郎依前布集贤学士与韩潮州自代因寄七言
诗:
翔銮阙下两仪初,判迹天中二纪余。
内苑慈恩应进退,南山草木可樵渔。

41. 春望

序:
途次华州陪钱大夫登城北楼春望因觊李崔令狐三相公唱和之
诗:
四望远风尘,三春近五津。
华州华旧侣,上国上公臣。
但见仙台阁,瑶池作汉秦。

42. 始闻秋风

九陌观黄菊,千声木叶虚。
秋风今日始,渭上莫钩鱼。
但问周公旦,应知吕尚书。
文王周易演,武纣不玄虚。

43. 洛中初冬拜表有怀上京故人

凤辇南宫路,金銮内殿尧。
三台天下策,九陌玉云霄。
下里巴人近,阳春白雪遥。
中书门下省,六部共王朝。

44. 旧居

序:
尉迟郎中见示自南迁牵复却至洛城东旧居之作因以和之
诗:
十载郎中去,三春洛浦还。
嵩山应不远,白帝雁门关。
角羽宫商调,乾坤自等闲。
黄河流不尽,九曲九湾湾。

45. 洛中酬福建陈判官见赠

北阙声名近,南宫日月遥。
东都门不锁,洛水暮朝潮。
福建千榕树,延平一石桥。

46. 过往

序:
和苏十郎中谢病闲居时严常侍萧给事同过访叹有二毛
诗:
左掖云空望,郎中太液知。

闲居闲不得，一病一生迟。
水逝朝低逐，蝉鸣上顶枝。
青衣青淡泊，白首白翁诗。

47. 酬淮南廖参谋秋夕见过之作

守一新诗赋，行园待古今。
何闻天下志，已布俗人心。

48. 题王郎中宣义里新居

一宅郎中半亩田，三生月下一方圆。
春耕夏种秋收子，醒醉人间自酒泉。

49. 见怀

序：

酬潮州崔员外与任十四兄侍御同过鄙人
旧居见怀之什时守吴郡

诗：

昔日居邻问，刘郎易守名。
鸥鹚声不断，已见运河城。
治取姑苏巷，疏通泗水明。
白芷三吴秀，江湖一水情。

50. 刘驸马水亭避暑

水阁莲红落，虚凉雾云生。
潮平连宿夜，暑退逐波行。

51. 述旧贺迁寄陕虢孙常侍

幸喜芝兰后，曾交绶册前。
仙郎仙古寨，洛苑洛方圆。

52. 江陵严司空见示与成都武相公唱和

幕府大行台，司空见示来。
江陵相对出，石首北江开。
八阵风雪亭，三光日作裁。
成都经白帝，郢水洞庭回。

53. 庙庭偃松诗二首

之一：

龙蛇一小松，物德半天踪。
直木乔林立，雅颂客嘉逢。

之二：

直木龙鳞许，乔林日月风。

扶苏天地气，独立客苍穹。
九陌千山色，三台一乃翁。

54. 赠致仕滕庶子先辈时及第人中昀老

登科记上已无兄，及第朝衣自着情。
自古耕耘无早晚，如今历练有枯荣。
殷勤日月心经继，竹木三生始见成。
但向山阴留被褥，谁言老少一书名。

55. 哭吕衡州时予方谪居

霜风一玉枝，白雪半天时。
太史三公记，衡州十地诗。
千章千日月，一叹一相思。

56. 州窦员外使君见示悼伎诗顾余尝识之因命同作

一曲前年记，三鼙过日新。
龙媒传粉色，月照已无春。

57. 窦州见寄寒食日忆故姬小红吹笙因和之

独唱笙歌寄，孤鸿一字飞。
朝云无暮雨，有道小红归。

58. 哭庞京兆

俊骨英才器，功名擢首科。
群贤多颂道，毕至有清歌。
别道惊京兆，离人渭水波。

59. 送李庚先辈赴选

一第十朱轮，双飞丙大钧。
衣冠堂下久，不失读书人。

60. 阳山庙观赛神（梁松南征至此遂为其神）

一汉南征尉，三军北静蛮。
阳山当此庙，求十竹枝还。

61. 送僧元暠东游二首

之一：

子策功名路，微谋细卢官。
方圆无二法，守一有千岔。

佛教如来势，慈悲自在宽。
闻钟听鼓步，踏露践霜观。

之二：

译学一初成，禅音半世英。
灵山参预会，振锡解珠璎。
自得无量佛，东游八面城。

62. 赠日本僧智藏

名山适性灵，逝水著丹青。
入海波涛见，无形有远溟。

63. 送元简上人适越

孤云本不依，独鹤越人稀。
浙水惊涛色，吴门子胥衣。
天台天地界，石径石桥机。

64. 送宗密上人归南山草堂寺因谒河南尹白侍郎

修来一慧根，守一半乾坤。
大小三乘教，方圆是法门。
多闻多子弟，不二不辰昏。

65. 西塞山怀古

金陵一石头，铁锁半江流。
不见男儿在，秦王故垒休。

66. 和

序：

广宣上人寄在蜀与韦令会唱和诗卷因以
令会手札答诗示之

诗：

蜀句一诗章，成都半草堂。
留名振锡坐，道场自传芳。

67. 杭州苏小小

序：

白舍人自杭州寄新诗有柳色春藏苏小家
之句因而戏酬兼寄浙东元相公

诗：

钱塘一女半城空，浙水千波日月清。
柳色春藏苏小小，居中易得上元名。

68. 春日书怀寄东洛白二十二杨八二庶子

空门学坐禅，万事自高悬。

据理由心净，行踪可自然。

功名和利禄，岁月与地天。

九陌千山外，三清一座莲。

69. 白舍人见酬拙诗因以寄谢

四品散班中，三台唱大风。

何言君子路，不作钓鱼翁。

70. 白舍人曹长寄新诗有游宴之盛因以戏酬

刺史姑苏问，西施木渎颜。

吴王同里水，隔岸洞庭山。

二八城门锁，三千弟子还。

虹桥虹自在，虎啸虎丘闲。

71. 苏州白舍人寄新诗有叹早白无儿之句因以赠之

一半无几叹，三呼有子来。

人间人所愿，世事世难裁。

管舆何多易，天机不可催。

72. 酬乐天扬州初逢席上见赠

二十三年去，巴山楚水来。

捐身何布置，就治几徘徊。

不附群芳草，宁为腊月梅。

沉舟虹侧畔，病树有春才。

73. 罢郡归洛途山阳留辞郭使君中丞

山阳不可辞，洛水已相知。

咏叹成文气，诗歌作竹枝。

明朝离去后，带醉寄新词。

74. 继

序：

楚州开元寺北院枸杞临井繁茂可观群贤赋诗因以继和

诗：

老态仙根瑞犬形，僧房药树作清庭。

殷殷实实红红色，露露甘甘味九龄。

75. 和东天鹦鹉

鹦鹦鹉鹉一囚笼，语语言言半不通。

学舌无音声酷似，朱缨有羽嘴深红。

76. 洛中逢白监同话游梁之乐因寄宣武令狐相公

相逢一孝王，别后半游梁。

渭邑将相客，八水占文章。

77. 探字

序：

河南王少尹宅宴张常侍白舍人兼呈卢郎中李员外二副使

诗：

两省清臣在，三台阁老来。

郎中员外使，少君宴天才。

但记河南宅，殷勤曲舞杯。

78. 和宣武令狐相公郡斋对新竹

一竹空心节节升，三春碧色杖游僧。

初闻玉笋惊云雨，斫取青光以露凝。

79. 和乐天送鹤上裴相公别鹤之作

二鹤姑苏一乐天，三山振羽半方圆。

相门换日莫迷路，本色应承可问贤。

80. 阙下待僧专呈诸同舍

禁漏晨钟伴，皇宫暮鼓声。

玄都玄体道，物市物常名。

组绶儒书少，金门玉阙深。

唯文唯佛祖，载武载枯荣。

81. 和乐天以镜换酒

百炼菱花镜，千杯换酒泉。

求欢求不醉，待醒待千年。

82. 司乐天送河南冯尹学士

玉马风流地，金貂侍阁台。

掩书刘项读，刺史孔融来。

洛水长桥少，南山雪顶瑞。

河南冯学士，六国楚人才。

83. 同白二十二赠王山人

世受功名问，人从日月行。

三清玄道德，九陌著儒生。

祖箓飞章治，平交五岳诚。

声声鸣不住，处处作枯荣。

84. 题集贤阁

一阁集先贤，三朝共地天。

皇宫青竹水，紫殿风池田。

玉树玲珑立，图书万岁泉。

85. 和令狐相公初归京国赋诗言怀

羽翮凌云历，苍耀玉殿台。

中枢东阁去，拱日北宸来。

86. 和乐天南园试小乐

小乐各三杯，吟诗问九梅。

南园烟雨久，故影小蛮来。

87. 同乐天送令狐相公赴东都留守（自户部尚书拜）

剑履出明光，分司赴洛阳。

将相留守去，晓辟作诗章。

渭水黄河入，东都种柳杨。

88. 答乐天戏赠

声名白侍郎，刺史作书乡。

一世风流客，三生子弟肠。

丝丝竹竹曲，小小素蛮扬。

白马留无去，看春意难藏。

89. 刑部白侍郎谢病长告改宾客分司以诗赠别

一别华轩去，三春洛水田。

天高皇帝远，地阔故人泉。

谢履千山迹，陶公五柳弦。

分司留守客，四皓久云烟。

90. 和留守令狐相公答白宾客

不远商山路，常闻四皓情。

关中多紫禁，洛下有新荣。

麦陇和风雨，长安纸贵轻。

居人居易老，日照日倾城。

91. 酬郓州令狐相公官舍言怀见寄兼呈乐天

诗人各独居，足迹易天书。
十载黄河水，潼关一水余。

92. 吟白乐天哭崔儿二篇怆然寄赠

怆然古调半沾缨，能作常情两友情。
鹤影池平观玉树，一枝吹折一枝生。

93. 答乐天所寄咏怀且释其枯树之叹

官高无狎客，水浅有枯荣。
李四桃三岁，冬梅杜若明。
直木直难立，乔林乔不倾。

94. 赴苏州酬别乐天

但忆苏州旧主人，何闻刺史作秋春。
三吴有水江湖客，九陌无风木渎濑。
八咏声名梁氏座，夫妻陆道作州民。
鱼书未寄西施馆，夫差不记越功臣。

95. 福光寺雪中酬别乐天

大雪吴中去，中庸客上来。
龙门宾客会，别曲再难裁。
寺里吟诗处，云前作镜台。
笙歌寻旧忆，静土故人回。

96. 和乐天耳顺吟兼寄敦诗

同登耳顺科，共度渭泾河。
禹穴功成纪，周公鲁力多。

97. 和白侍郎送令狐相公镇太原

十万天兵镇，三军晋魏平。
深恩由射射，据节任相名。
自此停烽火，民生继本荣。

98. 酬乐天见寄

后辈元君去，崔相已独行。
凋零留不得，早晚向空城。

99. 乐天寄重和晚达冬青一篇因成再达

寄读半书儒，蹉跎一老天。
冬青冬益碧，北叟北飞凫。

100. 河南白尹有喜崔宾客归洛见怀长句因而继和

一世作名臣，三生独可秦。
双鸾游子牧，五马作秋春。

101. 和杨师皋给事伤小姬英英

半学胡琴一艺成，千年旧曲二人情。
英英小小梅花落，雨雨云云不独行。

102. 和乐天洛下醉吟寄太原令狐相公兼见怀长句

自以边尘静，临戎洛下吟。
词人词所寄，北陆北人心。

103. 郡斋书怀江南白尹兼简分司崔宾客

苦读诗文五百车，无言日月一初书。
三年二万余天数，十载三千弟子余。

104. 题于家公主旧宅

落叶荒台满，池箫故客空。
于家公主宅，郡昔覆幽红。

105. 酬乐天见贻贺金紫之什

久作文章客，常闻日月行。
身名何所得，自在竹枝鸣。

106. 寄

序：
乐天见示伤微之敦诗诲叔三君子皆有深分因成是诗以寄
诗：
同年渐逝付东河，共事常稀已不多。
问古三声无所以，闻君一叹欲如何。

107. 和乐天柘枝

王家楚柘枝，曲舞态方迟。
汉透红衫湿，余香付百姿。

瑶池应不见，郢客已吟诗。
俗俗风风见，吴吴蜀蜀知。

108. 和乐天真娘墓

绣黛维襦解带回，真娘曲终舞停开。
三春茂草人何在，一片行云不往来。

109. 客有话汴州新政书事寄令狐相公

河南一汴州，有水半东流。
政事和平瞩，新诗上白头。
相公相静土，运命运河楼。

110. 令狐相公见示河中杨少尹赠答兼命寄之

大将归来一字书，相公瞩目半心余。
山河草木樵渔客，玉磬朱弦曲歌舒。

111. 道

序：
和令狐相公送赵常盈炼师与贵人同拜岳及天台投龙毕却赴京
诗：
仙官仕赤城，白鹤作皇缨。
拜岳天台去，投龙百草生。
元君归伏奏，武帝见声名。
莫以王母问，夷门已可鸣。

112. 酬令狐相公赠别

湘流有楚云，渭洛信陵君。
但向夷门问，诗词瞩目闻。

113. 酬令狐相公寄贺迁拜之作

一字清波数，三花秀色扬。
重都重洛下，列宿列天光。
白首青衫寄，朱轮六马乡。
何闻知晋守，只以见梁王。

114. 令狐相公自天平移镇太原以诗申贺

东都留守将，镇朔太原城。
禁鼓天兵阵，参星细柳营。
新词家处处，旧橄雁明明。

未忘阴山箭，声名大漠惊。

115. 夏日寄宣武令狐相公

但忆梁王夏，闻兴暑气凉。
荷莲浮水上，曲榭纳余香。
阵阵轻风近，徐徐月色光。
婵娟明自己，静静落中央。

116. 酬令狐留守巡内至集贤院见寄

文房自集贤，武库已耕田。
将帅书香院，三台阁老泉。
和平和自足，墨水墨池天。

117. 和令狐相公言怀寄河中杨少尹

芙蓉留玉影，古月照残荷。
苦向塘中问，无流不是河。

118. 重酬前寄

寂寂边烽火，明明夜读灯。
轻轻闻远近，静静欲思凝。
寞寞群栖雁，苍苍一振鹰。

119. 令狐相公自太原景示新诗因以酬寄

已锁雁门关，排空战将还。
吟诗从铁马，射箭定阴山。
雪后江河静，风中狩猎颜。

120. 酬令狐相公使宅别斋初栽桂树见怀之作

桂影一寒宫，婆娑半宇空。
婵娟常隐约，夜半作梧桐。
酒入金杯问，云行玉斋崇。
从流应日月，以立是英雄。

121. 酬令狐相公见寄

文文武武一雄名，剑剑书书半洛城。
格律诗词成宇宙，行营仆射总关情。

122. 郡内书情献裴侍中留守

镇定襄阳守洛阳，东都自有集贤堂。
兵符阵列黄公略，白鹤朱轮翠凤翔。

123. 酬乐天衫酒见寄

三杯已尽酒当茶，一世难成客蜀华。
记取刘郎桃李下，轻鸿已近著湘家。

124. 自左冯归洛下酬乐天呈裴令公

京楼吴米重，舞女越罗轻。
少傅分司逐，园公洛水明。
龙门宾客会，白鹤故都城，
可以诗书继，传家格律衡。

125. 鸟

序：
秋禽独坐寄乐天兼呈吴方之大夫（自述家树有奇鸟）
诗：
幽禽一日作佳宾，枣树丛枝蜜叶申。
但向枝干寻隐迹，朱缨翠尾有玉身。

126. 和乐天斋戒月满夜对道场偶怀咏

道场一如来，心从半戒台。
莲花莲似坐，贝叶贝经开。

127. 益美来章

醉里风流一尽游，云中雨里半春秋。
闲庭静室蛮樊素，白雪阳明小小羞。

128. 酬乐天斋满日裴令公置宴席上戏赠

一月休明道场空，三琴七瑟曲舞风。
如来自在如来问，小小笙歌已作红。

129. 酬乐天偶题酒瓮见寄

清君入瓮来，醒醉自光裁。
武武周周见，唐唐李李开。

130. 酬乐天请裴令公开春家宴

晚度河桥岸，春思玉酒杯。
三川风物好，九陌洛阳才。
管管弦弦奏，丝丝竹竹里。
樽前蕾已动，酒后牡丹醉。

131. 旧宅

序：
乐天示过敦诗旧宅有感一篇吟之泫然追想昔事因成
诗：
叮咛止步亦停车，古木稀疏石水余。
已见萧何韩信去，江山只向帝王居。

132. 兄弟

序：
寄和东川杨尚书慕巢兼寄西川继之二：
公近从弟兄情分偏睦早忝游旧因成是诗
诗：
莲峰降太华，坝篿二川花。
笔岘仪枪客，文星对将家。

133. 和乐天洛下雪中宴集寄汴州李尚书

琼林一汴州，洛雪半都头。
阁老三清问，分司五蕴酬。
图书从旧部，太傅集贤楼。
子曰教宾客，琴棋字画尤。

134. 和牛相公游南庄醉后寓言戏赠乐天兼见示

园林大夏天，野趣小荒泉。
步踏双桥石，轻攀白鹭船。
南庄何不醉，不度老人年。

135. 乐天以愚相访沽酒致欢因成七言聊以自欢（自述）

自少无狂远酒泉，诗词万首近方圆。
无须醒醉元白梦，李杜何言饮八仙。
三国晋，一秦川，儒儒道道佛家田。
中书门下平章事，一半书香一半禅。

136. 和思黯忆南庄见示

南庄一水流，月夜半春秋。
世上推尤物，人间第一流。

137. 酬思黯示小饮四韵

人间布一官，渭水万波澜。

莫怪兵符印，无心道路残。

嵩云行洛雨，酒色见深潭。

曲水千回折，平生再百竿。

138. 和仆射牛相公春日闲坐见怀

未计崇官位，方知第宅清。

相逢如偶遇，别会似阴晴。

抛掷池台岸，移迁左掖名。

南山南顶雪，北魏北泾明。

139. 酬元九侍御赠壁竹鞭长句

细细长长壁竹鞭，端端正正直臣前。

冰霜雨雪天山路，岁月寒天见玉弦。

140. 酬窦员外使君寒食日途次松滋渡先寄示四韵

黄花满楚乡，野渡过南阳。

不忘新诗赋，清明旧柳杨。

松滋寒食节，晋耳已情伤。

141. 拾遗

序：

寄杨八拾遗（时国子主簿分司东都，韩十八亦国子博士分司东都）

诗：

闻君昨日独庭鸣，汉帝无知白马生。

自在飞天成国子，同僚博士直公卿。

142. 柘竹

序：

酬窦员外郡斋宴客偶命柘竹因见寄呈张十一院长元九侍御

诗：

学子自分忧，黄河九曲流。

源头清自许，万里共春秋。

白羽胡尘静，华堂策略谋。

三生元九客，一醉柘竹楼。

143. 谢窦员外旬休早凉见示

人知太守谢玄晖，夏日临池鸟不飞。

一醉无知炎暑气，三诗已寄带情归。

144. 酬杨司业巨源见寄

灵台一巨源，绝世半杨轩。

莫道专城管，梨园帝子喧。

145. 南海马大夫远示著述兼拙诗辄著微诚再有长句

旌旌一节半雄才，九鼎三台两省催。

百越东吴儒子教，长鲸海日粤天开。

146. 和南海马大夫闻杨侍郎出守郴州因有寄上

勋高一海门，镇谪半儿孙。

北要乔林直，南洋入石根。

147. 马大夫见示浙西王侍御因命同作二首

之一：

旧府经交趾，新程过桂林。

南人风俗久，北陆客音深。

之二：

忆夕羊车去，从寻故道来。

琼章如素吏，百越似吴梅。

一见千情欲，三春半楚才。

148. 寄唐州杨八归厚

画角千金色，拥州一北枝。

闻声知上苑，早入凤凰池。

149. 寄郎州温右史曹长

一别瑶墀地，三湘半故乡。

桃花源里见，杜若水边香。

得意春风步，云章建豫章。

150. 酬国子崔博士立之见寄

健笔高科早，经纶草木迟。

芳尘芳土地，逐曲逐臣知。

151. 仰酬

序：

张郎中籍远寄句开缄之日已及新秋因举目前仰酬高韵

诗：

两省寄诗篇，三湘鼓瑟天。

云衔千泪雨，竹滴二妃泉。

日脚衡阳雁，潮头汉寿悬。

应知天地远，莫上洞庭船。

152. 浙东元相公书叹梅雨郁蒸之侯因寄七言

六月新梅作雨泉，三吴归湿问青莲。

稽山自与岐山别，百越相承一越年。

153. 酬严给事贺加五品兼简同制水部李李郎中

徘紫一朝衣，东风半翠微。

水部郎中客，银鱼自赐归。

154. 裴相公大学士见示答张秘书谢马诗

一马飞天见，三生问楚才。

相公知赐足，学士步天台。

155. 奉和裴侍中将赴汉南留别座上诸公

大笔注春秋，洪炉铸剑猷。

金貂承诏路，玉节凤池头。

岘首羊公泪，雍南汉帝州。

无争名利主，只作富民侯。

156. 和苏郎中寻丰安里旧居寄主客张郎中

百越十三州，千山一万流。

同年同学问，共渡共行舟。

卧起漳滨岸，微还对白头。

157. 酬浙东李侍郎越州春晚即事长句

山花半谢杜鹃啼，禹穴江流草碧齐。

百越繁华风景路，西施已别若耶溪。

158. 酬怀南牛相公旧见贻

自古人生不拂尘，淮南晚月著贤臣。

相如一赋知何意，但作相公扫叶人。

159. 甲子

序：

和仆射牛相公追感韦裴六相登庸皆四十余末五十薨殁岂早荣早枯之义，今年将六十犹粗强健因亲故劝酒率然成篇

诗：

登庸四十余，苦读五千书。
早早枯荣去，相如不可居。

160. 集贤

序：

和仆射牛相公以离阙廷七年班行亲故亡殁十无一人再觐龙颜感叹风烛因成四韵并示集贤中书二相公所和

诗：

久别龙庭去，天墀二省来。
英僚非仆侣，玉树是梅催。
幕客追风入，仙居自徘徊。
新交朋友远，故道满尘埃。

161. 和仆射牛相公见示长句

静得天和仆射性，灵成地厚一相公。
千年白鹤无何欲，万里长亭跬步中。

162. 和牛相公雨后见寄

门前细雨入衷肠，一阵秋风一阵凉。
院外泥泞沙石路，庭中百草已无光。

163. 望天山

同行商贾水，独上望夫山。
远远应相梦，何时入故关。

164. 洛渭

序：

和陈许王尚书酬白少傅侍郎长句因通简汝洛旧游之什

诗：

玉帐金铺大将诗，高翔请号阮籍词。
方闻洛下书生咏，未及云中日月迟。

165. 和仆射牛相公寓言二首

之一：

两度竿头立，三生日夕斜。
回眸回四顾，正字正相家。
雪素三边树，梅新二月花。

之二：

性似行天下，心如止水洼。
人间应万象，百度向千家。

166. 酬太原狄尚书见寄

家声显赫一先贤，镇北官衔半晋天。
燕赵佳人弦歌继，题诗笑取误同年。

167. 酬宣州崔大夫见寄

宣州汉尚书，内史帝王余。
日镇龙楼酒，天行草木疏。

168. 酬皇甫十少尹暮秋久雨喜晴有怀见示

独坐观云雨，分司望卷疏。
长年知进退，隐逸自樵渔。

169. 再授连州至衡阳酬柳柳州赠别

一雁到衡阳，千声问故乡。
南南飞北北，暖暖自凉凉。
柳柳州头问，连连十载长。
相思相忆处，桂水桂江决。

170. 怀伎四首

之一：

红尘一酒泉，曲舞半荒田。
不覆难收水，常抚不断弦。

之二：

凤落半巢边，禽鸣一水船。
幽幽千载问，楚楚一孤眠。

之三：

一曲从心易，千金买笑难。
何人何不解，几度几青丹。

之四：

月挂纱窗淡，云归竹影深。
何言三曲度，不可两人心。

171. 答东阳于令寒碧图诗

之一：

燕子东阳令，兴宗著野泉。
溪清文不止，拓榭曲亭悬。

之二：

令简一风流，民情半九流。
桃花源里水，汉巷满秦州。

172. 麻姑山

麻姑山已近，织女锦衣还。
洞鹤灵芝色，丰碑上河湾。

173. 自江陵沿流道中

南朝战地已和平，古刹钟声陆逊名。
月夜歌谣光父唱，江明月落竹枝情。

174. 别州官吏

楚国三年守，巴州十载荣。
青纱连驿路，碧野逐官城。
俯首江流岸，扬头栈道横。
巫山云雨峡，郢曲竹枝行。

175. 鱼复江中

轻舟一去半云平，两岸江流九陌荣。
远水清澄终自缘，春耕夏种始秋成。

176. 巫山神女庙

山花不谢嫁时妆，十二峰中楚客肠。
不在高唐神女问，何言白帝楚襄王。

177. 柳絮

谢女题诗问，陶公布五弦。
飏飏飞远近，寂寂有方圆。
不必寻根去，何须问岁年。

178. 赠同年陈长史员外

有愧韩安国，无私盛孝章。
明州长史外，翰墨夕年郎。
岁月分襟去，相逢老旧堂。
同年同彼此，各守各低昂。

179. 送周鲁儒赴举诗二首

之一：

山形山屹立，水状水流长。

自得方圆在，何言智慧乡。

之二：

宋日营阳内史孙，因家占得胼胝痕。

山石磊，日乾坤。乡心已却问金门。

尧女有竹苍梧泪，鼓瑟湘灵一世魂。

180. 送曹璩归越中旧隐诗

之一：

进士连州客，山夫百越城。

名山曾挂帻，道士隐时英。

日日同朝暮，诗词共纵横。

之二：

不尽潇湘万里余，何言岳麓百年书。

汨罗一水长沙赋，跬步三清步太虚。

181. 白鹰

白绦一飞鹰，翱翔半杜陵。

神奇应自猎，俯仰可群微。

182. 送工部张侍郎入蕃吊祭（时张兼修史）

饰史修三阁，郎官降九天。

沙鸣荒大漠，月挂古丘船。

民志何须撰，编年已自全。

183. 早秋送台院杨侍御归

共省同科四弟兄，仙华棣四一精英。

经纶有序乾坤继，五府千门步舆情。

184. 送陆侍御归淮南使府五韵（用年字）

使府一诗篇，淮南半渡船。

归情归侍御，腊雪腊瑞天。

别路朱轮去，离情玳瑁筵。

扬州扬自得，运济运河年。

185. 送令狐相公仆射出镇南梁

仆射镇南梁，相公济北堂。

鸳行重待领，玉漏又新鸣。

夏木荫成就，秋收治豫章。

186. 奉送裴司徒令公自东都守再命太原

再命过关东，兵符赐上公。

分司留守令，复镇太原弓。

鼓角连天逐，旌旗向路红。

乾坤呈万象，旦夕咏清风。

187. 海阳湖别浩初师二首

之一：

寻寻一沃洲，处处半江流。

浩浩初初觉，清清净净修。

如来如子见，自在自春秋。

之二：

近入文殊院，如来自在由。

观音观世界，静坐普贤楼。

188. 许给事见示哭工部刘尚书诗因命同作

坚贞竹有筠，直木苦荞臣。

汉室贤王后，儒门及第人。

孤行循白鹤，此去不回轮。

素简天津静，繁章玉漏秦。

189. 武陵书怀（义帝陵十四韵）

秦王楚轻黔中郡，所治临朝汉武陵。

项籍轻殊轻义帝，天书未载未名微。

190. 早秋集贤院即事二首

之一：

铜壶注夜筹，晓阁入新愁。

学士书香殿，贤才苦著修。

千章千日月，万卷万春秋。

白首终无改，朱纶始有游。

之二：

东皇谣楚地，设郡惠王秦。

项羽何称霸，轻殊义帝身。

更名归汉室，祖制武陵人。

缟素谁家宰，民心胜吏臣。

李衡墟落存，沈约榭台陈。

俚曲喧歌唱，诗书继竹筠。

湘灵常鼓瑟，橘颂楚辞频。

太一云中问，天章旧废申。

江离重白芷，纫佩木兰亲。

五岳昆仑屹，千峰自主春。

雄图当禹夏，震统著冠巾。

橘柚江南子，昌鱼日月濒。

蒹葭湖色碧，沅水洞庭滨。

宝祚轩辕望，行藏土地新。

乾坤云雨中，世界有经纶。

但得汨罗志，长沙作故钧。

191. 奉和吏部杨尚书太常李卿二相公策免后即事述怀

雅颂关西族，衣冠赵北图。

萧何真汉国，项籍武陵都。

试满澄歌器，临行问丈夫。

应须山水有，不可运河无。

192. 晚岁登武陵城顾望水陆怅然有作

曾寻义帝陵，项籍一亡兴。

不以鸿沟界，何言谓犬鹰。

乔木多直立，海水自无冰。

故垒廖王墓，桃花竹节承。

193. 罢郡归洛阳寄友人

罢郡洛阳人，归心一半新。

曾经年少去，远谪永州滨。

旦合潇湘水，天光白首秦。

商歌商月下，夜静夜郎臣。

194. 经伏波神祠

怀人尊遗像，阅世指江楼。

曲曲弯弯去，深深浅浅流。

195. 和汴州令狐相公到镇改月偶书所怀

百姓山川赋，三军日月悬。

推诚人自服，肃令吏当然。

庾翼萧咸问，桓伊谢传传。

相公相断定，汴水汴泉。

196. 遥贺白宾客分司初到洛中戏呈冯尹

一竹空心势，三春节段升。
年年如此是，处处辅相承。

197. 白侍郎大尹自河南寄示池北新昔水斋寄事

一去洛阳才，千波水斋开。
云涵天地气，槲纳暮朝苔。
蕙草芝兰盛，松烟直木催。
瑶庭瑶酒色，绿蚁绿珠来。
上岛临湖望，浮舟去又回。
风光应夺目，胜似问天台。

198. 和令狐相公谢太原李侍中寄蒲桃

蒲桃由汉使，曲意谢梁王。
粉腻藏珠玉，方圆寄玉霜。
甜甘西域日，水润令狐肠。
子粒比天地，春秋自在香。

199. 和令狐相公玩白菊

素女当庭静，分明对玉堂。
梁王梁国色，晋守晋天香。
九日重阳见，尤眼尤物藏。
纯英纯淑气，不染不红妆。

200. 令狐相公见示新栽惠兰二草之什兼命同作

惠草芝兰渚，潇湘楚水滨。
知音台上坐，市赏有余浔。

201. 和令狐相公南斋小谯听阮咸

小阮四弦音，弹弹投投心。
相公南斋谯，不怨古如今。
角羽宫商易，朱弦上柱寻。
丝毫余响差，尺寸故鸣禽。

202. 和令狐相公九日对黄白二菊花见怀

素萼一层霜，长丝半抑扬。
相邻分左右，簇簇展金黄。

九日重阳见，三秋日月光。
知根知本色，问土问梁王。

203. 令狐

序：
令狐仆射与予投分素深，纵山川阻修然音问相继今年十一月云疾不起，闻予已承讣书寝门长恸日有使者两辈持诗并书手笔盈幅，翰墨尚新，律诗一篇音韵弥切，收泪握管以成报章，虽广陵之弦于今绝矣，而盖泉之感犹庶闻焉，焚之穗帐之前，附于旧编之末

诗：
之一：
三生一朴初，十载半多誉。
组列文章客，相公一念锄。

之二：
仆射一中居，诗词半著余。
编年唐赋序，万化百家初。
独剑分司去，奴鱼入太虚。
无须三千子，足见八行书。

204. 荣辱

序：
和乐田闲园独赏八韵前以蜂鹤拙句寄公斤今以辱蝎蚁研词见答因成小巧以取大哈

诗：
永日一芳园，长兴半醉泉。
陶公吟五柳，索性布丝弦。
树叶知舒展，荷塘已碧莲。
池边蜂鹤静，蟋蚁雀鸳眠。

205. 奉和裴令公新成绿野堂即书

相公绿野堂，位极闲人乡。
片片莲花水，洋洋泛日光。
阴晴千碧玉，远近一书香。
小径谁来往，中庸作柳杨。

206. 和

序：
三月三日与乐天与河南李尹奉陪裴令公泛洛褉饮各十二韵

诗：
洛下今修褉，云中毕会稽。
群贤通籍典，曲岸李桃蹊。
鹭羽莺啼息，流波哀郢堤。
难呈曹植客，不及宓妃笄。
历览金龟岸，经纶太乙齐。
东皇从十辨，代序任千黄。
盛宴泷洄好，香风倦鸟栖。
诗人观章木，墨客兢分题。
素女惊歌舞，深闺落范蠡。
西施纱水浣，百越满虹霓。
苑树推舟去，池塘逐悉尼。
三光三日夜，九陌九歌犀。

207. 相目

序：
乐天少傅五月长斋广延缘徒谢文友坐成瞬间因以戏之

诗：
五月长封齐，三春断送迎。
无离通德理，有路法王城。
结念来生会，精修去日情。
今无当不问，此处彼人生。

208. 酬乐天晚夏闲居欲相访先以诗见贻

雨后竹多高，窗前几玉毛。
云中术佛法，月下觅葡萄。
小小婵娟曲，蛮蛮七寸毫。
知君知所以，造序造战友。

209. 酬乐天醉后狂吟十韵

一醉人间梦，三生世上狂。
逍遥云里酒，接武雨中妆。
散诞真诠制，丝弦逐未央。
诗家仙弄玉，只入取黄粱。
洛下婵娟月，东都太傅堂。
分司留守忆，不见故梁王。
竹节空心立，齐林直木昌。
玄都观里见，十载又刘郎。
北北南南路，杨杨柳柳章。
儒书参佛道，正道是沧桑。

210. 步韵

序：

牛相公见示新什谨依本韵用以抒下情（时充行病抑少年）

诗：

病向少年生，翁由白首明。

长安流疾去，渭水逐昌平。

老子先成道，临潼已纵横。

虚舟玄太息，剧韵自关情。

211. 奉和中书崔舍人八月十五日夜玩月

水作方圆客，山成石玉田。

婵娟应有问，后羿已径天。

九日人间过，三光世上泉。

孤轮寒影绪，独桂凤池边。

皎澈同天下，玉兔共人前。

分庭分照旧，列序列灵烟。

远近相如是，方圆济润田。

浮精浮四海，胜景胜时宜。

212. 奉和淮南李相公早秋即事寄成都武相公

八柱共承天，三光一岁年。

同心舟已济，造物帝王田。

玉帐观渝舞，旌旗猎楚弦。

双旌分千略，独步合光贤。

井络轩辕继，江山日月边。

213. 释兵

序：

元和癸己岁仲秋诏发江陵偏师问罪蛮徼后命宜慰释兵归降凯旋之辰率尔成咏寄荆南严司空

诗：

前酬明上策，不战已成功。

汉使荆南宰，兵符下诸宫。

惊师飞鸟尽，稳妥士人丰。

玉帛元戎献，依然唱大风。

214. 和李元侍御文宣王庙释祭奠作

一庙鲁先师，儒风教四夷。

春秋周已尽，六国上丁时。

215. 谢受

序：

南海马大夫见惠著述三通勒成四帙上自邃古达于国朝采其菁华至简如富钦受嘉贻诗以谢之

诗：

著述三通勒，功成四帙名。

耕耘耕日月，学士学阴晴。

五色乾坤土，千年历史城。

清董如致简，士达自枯荣。

216. 主窦中丞晚入客江作

汉郡西南桂，黔人东北遥。

川平舟益驶，浦渡客家桥。

海口惊涛近，金沙落日潮。

霓虹连两际，暮夕入云霄。

217. 和杨侍郎初至郴州纪事书情题郡斋八韵

节制朝台下，书题郡斋中。

芳尘成旧路，桂国似新丰。

里闾风流object，金闺玉影红。

文吟梁甫曲，辟纪卧龙躬。

鼓舞山禽静，文扉吊屈崇。

征黄由散吏，达望未央宫。

绶带天津近，旌旗摆大风。

何言荆子诸，已是楚才雄。

218. 和东川王相公新涨驿池

日上池塘岸，云中造物权。

苞藏成别岛，浊石作离泉。

翠羽拥湖影，红莲隐采船。

芙蓉初出水，玉色又方圆。

219. 酬杨八庶子喜韩吴兴与余同迁见赠雁无乡雁有乡

道黜浮名问，儒行驿站遥。

三湘栖故雁，百越望新潮。

一字飞南北，人形故土消。

衡阳青海岸，岁月日云霄。

220. 和兵部郑侍郎省中四松松是中书相公任侍郎时栽

自栽中书木，移松武库来。

乔林天柱直，仰望自轮回。

顶盖经霜雪，苍鳞寄天台。

经天经地久，对雨对云开。

221. 酬郑州权舍人见寄

壁隔三音巷，人行百步长，

朱门同启闭，白马共朝堂。

彩服应思忖，罗囊紫袋香。

麒麟成就问，蕙芷泛兰香。

甸邑天台列，神池与凤凰。

情深常断句，抃会有中肠。

老醉无狂语，秋翁有栋梁。

庭宣王命付，诏促紫微郎。

222. 和牛相公题姑苏所寄太湖石兼寄李苏州

一石作空城，三光自漏明。

天灵沉水府，地杰著精英。

震泽生奇状，烟波瘦透萌。

玲珑千尺树，宿润五湖情。

体体圆圆孔，空空实实衡。

原原因本本，怪怪时时瀛。

隙隙惊鱼问，间间藻芷荣。

苔藓常是客，水国已相倾。

但见姑苏女，盘门白纻缨。

呢喃明月色，碧玉小桥平。

223. 浙西李大夫述梦并浙东元相公酬和斐然继声

一梦黄粱一梦遥，浙东复上浙西潮。

蓬莱阁阆王母问，世上人间汉武妍。

内署中书门下谔，南台策令日中诏。

葡萄未尽凉州近，弄玉秦楼几玉箫。

224. 和浙西李大夫伊川卜居

伊川半卜居，洛水一多余。

事历千年故，人生万卷书。

225. 省试风光草际浮

一水半浮香，三杯两曲肠。
行人行不止，路短路修长。
未必书生问，当然鲁府乡。
天津天道近，省试省风光。

226. 历阳书事二首

之一：

蘷州转历阳，夏口洞庭乡。
有友崔敦罢，宛陵共柳杨。

之二：

亚父一封城，东吴半列兵。
南梁分肘腋，柱史隐形名。
霸主鸿沟外，乌江自纵横。
曹操祠有祭，海浪月同生。
十昼三更便，回裾雾雨清。
闻声湘水曲，指夜贵池平。
急节簪缨绶，琼瑶例举声。
娇怜优孟蔽，日落见枯荣。
野水离亭赋，沧洲谢眺城。
千夫拥化石，望妇问余程。
远岫泉源在，媒催石梦惊。
行当千界问，次第两蓬瀛。

227. 和武中丞秋日寄怀简诸僚故

中丞秋日寄，白简玉簪明。
一叶归根去，三秋肃穆清。
阴阳分两界，进退逐朝英。
附鹭心心向，趋鸳步步城。

228. 和令狐相公春日寻花有怀白侍郎阁老

芳菲处处满雍州，野色幽幽碧玉羞。
莫以花开花落去，应知草弱草千洲。
红红绿绿层层白，竖竖横横朵朵修。
夏日春光相继续，秋忟子粒入冬谋。

229. 荆州歌二首

之一：

英雄步麦城，举首五关平。

六将三仪下，桃园一义名。

之二：

江陵石首洞庭湖，汉寿君山赤壁孤。
夏口高山流水曲，鄱阳大小两夫姑。

230. 纪南歌

目向樊姬问，无闻项籍封。
风烟尘土路，皮得纪南踪。

231. 视仪环歌

不恨言情少，何如意切深。
今朝相见晚，隔鞘自重心。

232. 三阁辞四首吴声

之一：

碧玉半知羞，姑苏一问愁。
眉间三聚散，月下望江流。

之二：

独立小桥头，孤寻欲到舟，应知停旧处，
切莫过墙头。

之三：

不要到扬州，西湖瘦石头。
桥中明月夜，水上不知羞。

之四：

西施过虎丘，木渎水无流。
只向天平去，夫差娃馆楼。

233. 纥那曲二首

之一：

纥那竹枝声，刘郎月下情。
蛮蛮胡得意，雀雀自私鸣。

之二：

曲曲踏春青，幽幽问意灵。
芦笙歌不止，处处竹枝伶。

234. 淮阴行五首

之一：

雨雨淮阴市，云云竹翠楼。
风烟风不止，日照日难留。

之二：

路向船头见，人从次第闻。
淮阴淮水色，运命运河勋。

之三：

日月从朝暮，风波自不平。
江都应不远，十里泰州城。

之四：

情郎船尾见，一舵两边纹。
妹似含羞女，男儿不似君。

之五：

隔岸一歌声，风停半水平。
船娘船自去，且顺且纵横。

235. 浑侍中宅牡丹

春光一牡丹，烂熳半心宽。
富贵凭姿色，红颜挂玉冠。

236. 咏红柿子

落尽光光叶，垂枝柿柿红。
风霜封表面，玉液聚心中。

237. 吕八见寄郡内书怀因而戏和

上苑一金声，中堂半玉鸣。
良臣良自许，几处几君名。

238. 秋风引

处处秋风至，萧萧对雁鸣。
衡阳青海寄，几处故乡情。

239. 柳花词三首

之一：

开丛一绿条，落自半乡遥。
换色青黄绿，新枝碧玉霄。

之二：

飘飘自不明，落落已从轻。
委地从天降，扬扬结子成。

之三：

似雪却无寒，如云下柳端。
春天由一子，落地小苗观。

240. 路傍曲

云归泾渭水，雨入凤凰城。
一路通南北，三生去来明。

241. 君山怀古

君山一望遥，不尽洞庭潮。

汉口知音近，江陵作玉霄。

242. 庭竹

竹泪斑斑觅，湘灵鼓瑟魂。

窗前青一片，雨后冒千根。

243. 唐郎中宅与诸公同饮酒看牡丹

一饮十三杯，千芳五百台。

红城倾月下，独向老人来。

244. 题寿安甘棠馆二首

之一：

竹径甘棠馆，山禽二月家。

梅生寒雪色，一片白梨花。

之二：

桃花一洛阳，道士半圆方。

莫以三清问，何工六郡扬。

245. 古诗二首

之一：

学士初冠冕，相公已策酬。

中书门下客，两省玉蕴谋。

之二：

一介三清士，千山半旧游。

仙人谁洞府，阮肇去人留。

246. 寓兴二首

之一：

无为一老生，有道半阴晴。

醒醉何须问，来来去去明。

之二：

陶公布五弦，鼓噪向千年。

乐以音三笕，抛官向九天。

247. 咏史二首

之一：

绝顶冰雪去，江心砥柱留。

无势低处水，有望上高楼。

之二：

长沙一贾生，洛水半无情。

但向汨罗赋，何须汉口平。

248. 经檀道济故垒

万里长城石，千年汉帝名。

隋炀隋不忘，运水运河行。

249. 伤段右丞

江湖一日潮，直木半天霄。

一帜呈千树，三生对路遥。

250. 伤独孤舍人二首

之一：

共事半河南，中书一世甘。

相公宗庙畤，以月映三潭。

之二：

一别公年少，三生自国华。

群芳应自道，二月待梅花。

251. 再伤庞尹

一见章台暮，三生上掖春。

皇城同庞尹，别去共风尘。

252. 敬酬微公寄二首

之一：

一度僧房问，三生旦夕寻。

君心知日月，愚弟问贤荫。

之二：

知章一镜湖，浙水半江都。

越吟微公见，梅花落也无。

253. 鄂渚留别李二十一表臣大夫

暮暮朝朝去，深深浅浅行。

江流应已去，不似别离情。

254. 答表臣赠别二首

之一：

舞及蓬莱客，言从上掖宫。

江湖多少路，日月暮朝难。

之二：

祖帐三边外，行营六郡中。

行行行不止，路路路无穷。

255. 出鄂州界表臣二首

之一：

一半江帆见，千川日月明。

从流从自己，作业作精英。

之二：

有酒方知醉，无灯始见明。

江流江不止，去路去皇城。

256. 和游房公旧竹亭闻琴绝句

竹里闻琴醉，亭中待水春。

高山流水客，下里一巴人。

257. 西州李尚书知愚与元武昌有旧远示二篇

之一：

曾知远示一琴术，但以知音半九州。

独去无闻仙鹤在，空余日月著新愁。

之二：

欲赏一朱弦，难知半白莲。

先生先自足，后世后桑田。

北陆遥黄鹤，西天近酒泉。

258. 别苏州二首

之一：

三年吴郡守，一载一徘徊。

祖帐临歧路，江湖向日归。

之二：

水色阊门驿，秋风子胥城。

姑苏由马革，楚客著吴名。

259. 罢和州游建康

不上南朝寺，无知北客来。

齐梁皆旧事，建邺石头开。

260. 九日登高

九日登高问，三秋俯仰闻。

金陵金水望，建邺建康文。

261. 答柳子厚

伯玉年方致，山河柳柳州。

君门君子望，桂水桂山楼。

262. 岘山

序：

馆娃宫在旧郡西南岘石山前瞰姑苏台门

有采香径梁天监中置佛寺曰灵岩即故宫

也，信为绝境，因赋二章
诗
之一：

一馆贮娇娃，三吴二月花。
群芳皆已醉，俯首越溪纱。
之二：

北越耶溪见，西施女色佳。
唯余香径石，不止绕山崖。

263. 听僧弹琴

禅思不止付琴声，寂境难闻九戒平。
莫以湘灵听鼓瑟，阳春白雪任君鸣。

264. 魏宫词二首

之一：

日上西陵路，云来魏帝城。
长秋长望断，忆取忆分明。
之二：

乐府相思曲，君王自作诗。
西陵松柏路，北客去来迟。

265. 杨枝词二首

之一：

半得春光一色来，东风不语九江开。
鄱阳不尽杨枝叶，模水清流日月回。
之二：

巫山不尽一杨枝，白帝相承半峡迟。
但见瞿塘神女问，无言栈道楚王时。

266. 竹枝词二首

之一：

竹竹枝枝曲舞声，杨杨柳柳水江平。
东边日出西边雨，小女难明小妇情。
之二：

山山水水雨云多，竹竹枝枝夜月歌。
唱到天明流不尽，长长处处万千波。

267. 堤上行二首

之一：

堤前一渡头，路尽半行舟。
下里巴人唱，声中四十州。

之二：

雨下江南岸，云行蜀北舟。
桃花桃叶渡，竹叶竹枝求。

268. 踏歌词四首

之一：

舟中小女歌，月下有风波。
岸上男儿唱，寻时又不多。
之二：

襄王由所欲，自此细腰多。
唱罢朝云路，行成暮雨歌。
之三：

一夜新词遍，三更月色多。
男儿应下水，小女可流波。
之四：

江头一竹枝，渚尾半新词。
一曲东风雨，三春少小时。

269. 步虚词两首

之一：

五百年中子，三千岁月生。
阿母桃已种，汉帝太虚城。
之二：

千年一鹤归，百岁半云飞。
五色成天地，三清作紫微。

270. 阿娇怨

藏娇金屋里，问政玉堂中。
步入平阳殿，心从紫蕊宫。

271. 秋词二首

之一：

三春知柳色，八月望秋潮。
叶满排云殿，云飞碧玉霄。
之二：

日色半分明，天光一肃清。
阴阳南北界，草木自枯荣。

272. 秋扇词

一扇入秋风，三更各不同。
凉州凉日月，雪苑雪霜宫。

273. 竹枝词九首

之一：

潇湘一九歌，屈子半山河。
俗俚民情见，荆南鼓乐多。
之二：

白帝临流一水城，瞿塘峡阻半山鸣。
朝云暮雨高唐会，竹竹枝枝处处情。
之三：

杜若花开杜若红，情歌小女唱歌声。
桃花自有桃花色，蜀水东流蜀水清。
之四：

杨杨柳柳一春明，竹竹枝枝半女情。
水水山山相绕曲，来来去去踏歌声。
之五：

日出江花水雾生，春风雨露草花荣。
莺啼不尽男儿唱，一曲连流久不平。
之六：

两岸风花雪月来，三春水色雨云开。
哥哥妹妹巫山峡，楚楚色色去又回。
之七：

半见瞿塘滟滪堆，三春夜火不须催。
人情未了人情在，世上私情世上媒。
之八：

杂杂嘈嘈十二滩，朝朝暮暮两三竿。
阿哥表妹情长久，水静山平久不澜。
之九：

高唐白帝白盐山，滟滪倾舟倾女颜。
十二峰中峰不见，三生月下月中还。

274. 杨柳枝词九首

之一：

杨杨柳柳一隋堤，北北南南半不齐。
只有东风常换色，唯闻世上运河堇。
之二：

南南北北一东西，陌陌阡阡半草萋。
杏杏梨梨三二月，儿儿女女自高低。
之三：

风风俗俗一神封，古古今今半祭容。
世世人人求所助，春春夏夏入秋冬。
之四：

金金谷谷一园中，绿绿珠珠半大同。

贾贾商商无日月，桃桃李李有东风。

之五：

花花萼萼一楼前，芷芷兰兰半水边。
美美佳佳人腰细，吴吴楚楚大江烟。

之六：

隋炀汴水一行宫，十里楼船半水红。
已去头颅谁好坏，如今不及运河功。

之七：

门门户户一春新，雨雨云云半世人。
暮暮朝朝寻所致，花花草草向天津。

之八：

酒旗亭一玉泉，行人过路半高天。
神神道道迎还送，祭祭祈祈度岁年。

之九：

儿儿女女好年好，织女牛郎向自家。
榭榭亭亭歌舞地，流流止止浪淘沙。

之十：

桃桃李李一山花，竹竹枝枝半不斜。
水水山山儿女度，风风雨雨作人家。

275. 浪淘沙九首

之一：

黄河万里浪淘沙，自古千年二月花。
但以梅香天下见，群芳碧玉满天涯。

之二：

洛水桥头织女家，牛郎七夕鹊桥斜。
鸳鸯不渡银河水，两岸循回两岸家。

之三：

汴水清流泪北尘，秦淮古渡运河人。
钱塘自此天堂誉，不忘隋炀处处春。

之四：

鹦鹦鹉鹉一洲头，落落飞飞半鹤楼。
直直乔乔名不尽，今今古古志难酬。

之五：

濯锦江边两岸花，春风漾水一船家。
鸳鸯戏水寻常见，白芷飞鸥作浪花。

之六：

江流不止浪淘沙，日照晴光两岸花。
白石波涛沉水底，黄金只向小船家。

之七：

瑶台一水临秋降，海水朝天似雪堆。

之八：

一带江山半水流，千川日月一沧州。
磨磨砺砺成今古，止止行行向石头。

之九：

前波未了后波来，一水难平万水催。
但以轻舟流上度，人间注得作天台。

276. 洛中送韩七中丞之吴兴口号五首

之一：

意气结群英，春秋一字行。
衡阳青海客，几处故乡城。

之二：

一别各东西，三逢志不齐。
相思相见去，复述复高低。

之三：

又别相逢路，清弦急管催。
前程须举步，续日不徘徊。

之四：

一笑向何人，千杯几度春。
从来向大郡，此去忆三秦。

之五：

士女出芭篱，鸳鸯入旷池。
人间多少水，世上几旌旗。

277. 送廖参谋东游二首

之一：

行云又别离，问鹤已无期。
九陌相逢早，三光独自迟。

之二：

白雪阳春曲，梅花落里听。
辞君辞所路，望水望浮萍。

278. 对酒连句，烛击铜钵

寂寂香炉已入春，幽幽酒色满三秦。
扬州不落长安月，一夜星空九陌臣。

279. 逢玉十二学士入翰林因以诗赠，渊明布七弦而击五柳琴

学士知音入翰林，星槎紫禁曲江浔。
南诏白马飞天翼，北阙文章五柳琴。

280. 阙下口号呈柳仪曹

驿舍阴晴易，铜壶玉漏倾。
相催如此客，互勉作翁名。

281. 监祠夕月坛书事

夕月坛书事，司分昼夜平。
东西南北面，雪雨露云明。

282. 元和甲午岁诏书尽征江湘逐客余自武陵赴京途次

江山一卧龙，峡水半青松。
逐客三湘岸，武陵六郡封。

283. 元和十一年自郎州君至京戏赠看花诸君子

红尘拂面来，紫陌碧桃开。
不以瑶台会，王母汉帝台。
玄都观里去，道士太虚回。

284. 再游玄都观二首

之一：

屯田员外客，出牧到连州。
十载桃花种，京都道士楼。
郎中重不见，荡树已无留。
百岁先秋谢，三清玉帝侯。

之二：

庭中半是苔，草下一虫来。
道士三清去，刘郎六郡回。

285. 与歌声米嘉荣

一曲凉州外，三生上掖中。
知音知进退，俚俗俚民风。

286. 望夫石

一石江中作丈夫，千流月下半东吴。
朝来暮往妻儿瞩，浪里风中妾独孤。

287. 听旧宫中乐人穆氏唱歌

梅花落里过天河，白雪声中御曲歌。
下呈巴人供奉去，阳关三叠已不多。

288. 金陵五题

浪打空城八月潮，江涛独满一云霄。

金陵自在秦皇去，织女河边待鹊桥。

289. 石头城

梁齐三百寺，故国石头城。
独月金陵照，三山二水明。

290. 乌衣巷

桥边朱雀草，水上素秦淮。
巷口乌衣客，堂前百姓街。

291. 台城

六代一台城，三吴半世英。
金陵金不尽，玉女玉人明。

292. 生公讲堂

讲坐生公问，禅音石点头。
夫差勾践霸，独向虎丘留。

293. 江令宅

南朝已尽北朝来，宝卷东昏武帝裁。
不赎王城三百寺，秦淮水月令家开。

294. 韩信庙

将略军机令，韩信百万兵。
黄钟应叹息，莫以一人成。

295. 李贾二大谏拜命后寄杨八寿州

新登二直臣，万象一径纶。
肯令淮南客，天街一北秦。

296. 美温尚书镇定典元以诗寄贺

书生一将名，战阵半儒行。
勠尽鲸鲵静，和宁一太平。

297. 酬端州吴大夫夜泊湘川见寄一绝

夜客潇川月，湘灵竹叶音。
苍梧流泪处，已尽二妃心。

298. 征还京师见旧番官冯叔达

叔达蕃官见，京师太掖城。
南宫未旧吏，足见白髭生。

299. 与歌者何戡

二十余年别，三千弟子名。
重闻天乐道，独唱洛阳城。

300. 与歌童田顺郎

然歌御使娘，玉叶奉君王。
水月三田余，歌童一顺郎。

301. 谶尔馆破屏风所画至精人多叹赏题之

谶尔破屏风，精人偶不同。
重分重合著，点滴点雕虫。

302. 赏牡丹

芍药牡丹红，桃花小杏宫。
蜂来多结子，岁去自排空。

303. 题歌器图

丹徒一布衣，上蔡半无依。
管舆衡歌器，方圆水滴机。

304. 伤桃源薛道士

白鹿坛边鹤，桃花道士红。
春风春雨至，落日落山空。

305. 王思道碑堂下作

宰树一云烟，盛名半酒泉。
三台留日月，四府作官田。

306. 伤愚溪五首

之一：
零陵一永州，子厚愚溪修，
已没三年去，潇湘半不流。
之二：
潇湘冷水滩，蔡市永州澜。
愚水明公治，清溪客意观。
之三：
五年一愚溪，十载半昌藜。
柳柳州头问，郎郎以玉题。
之四：
草圣半邻家，书堂一家华。
无须多直木，有立向天涯。

之五：
依上一柳门，草草半黄昏。
不向长安去，吟溪作愚村。

307. 伤循州浑尚书

虎落平原路，贤人六国才。
长安非彼此，旷野是天台。

308. 代靖安佳人怨二首并引

丞相一靖公，渭水半波澜。
盗甍千墙下，佳人百念冠。
之一：
鸣珂踏晓宸，玉漏问朝臣。
七首丞相梦，佳人哭失身。
之二：
秉烛知音曲，身姿玉舞亲。
流萤飞已断，旧枕已无春。

309. 碧涧寺见元九侍遇和展山人诗有三生之句，因以和

题诗满壁尘，苍松已节鳞。
三生三界问，九陌九元钧。

310. 思黯南墅赏牡丹

但入人间世，千红万紫春。
倾城倾国色，满苑满香尘。

311. 和浙西尚书闻常州杨给事制新楼因寄之作

秀字文昌院，新楼次第台。
门当重户对，水月风云开。

312. 后梁宣明二帝碑堂下作

宣明二帝察肖朝，宰树箫梁十代遥。
寂寞丰碑千百寺，参差野草向云霄。

313. 赠李司空伎（一作扬州大司马杜鸿渐宴禹锡命伎侍酒）

一曲杜韦娘，三生断苦肠。
司空曾见惯，刺史是刘郎。

314. 和西川李尚书伤孔雀及薛涛之什

南阳一玉儿，翠羽半秋枝。
数点芙蓉泪，金环是爱姬。

315. 同乐天登栖灵寺塔

步步栖灵寺，幽幽白塔田。
层层藏世界，处处隐方圆。

316. 有所嗟二首

之一：
楼中庚令问，柳下武昌吟。
楚木腰肢细，一笑到如今。

之二：
鄂渚雨如云，潇湘水似君。
苍梧千竹泪，冷水一滩分。

317. 和裴相公傍水闲行

逍遥一水田，信步半湖天。
道路三千里，功名二十年。

318. 杏园花下酬乐天见赠

二十余年逐，三千弟子寻。
春秋游六国，日月白头吟。

319. 和乐田春词

缓缓下朱楼，羞羞怯素油。
蜂蜂寻脑后，院院各春秋。

320. 和严给事闻唐昌观玉蕊花下有游仙二绝

之一：
婷婷玉蕊花，楚楚客人家。
欲问何须问，从君从日斜。

之二：
遥遥一玉箫，步步半亭桥。
落落红尘雨，幽幽鸟雀消。

321. 忆乐天

云中千女笑，水上一香船。
景景多花雨，情情少乐天。

322. 醉答乐天

时时问洛城，处处各阴晴。
雨雨云云散，来来去去行。

323. 虎丘寺见元相公二年前题名怆然有咏

一步虎丘山，春秋五霸蛮。
君题君已去，武汉武昌还。

324. 寄赠小樊（小樊素小蛮腰）

小樊素向小蛮腰，音声舞态久藏娇。
秦楼居易婵娟月，穆公指望弄玉箫。

325. 吟乐天自问怆然有作

长安何不见，景物洛阳人。
自问怆然去，零丁一独身。

326. 和令狐相公别牡丹

相公别牡丹，渭水有波澜。
月色平章见，花开一贵冠。

327. 和令狐相公闻思帝乡有感

冠官一世不思乡，令雁三湘一客塘。
北北南南分两度，春秋各有一飞扬。

328. 酬令狐相公见寄

群山一玉头，四载半千秋。
白鹤仙灵近，浮丘白日游。

329. 令狐相公春思见寄

一纸书香四句诗，三生日月五湖时。
长吟短叹听吴越，陕晋平水任韵知。

330. 城内花园颇曾游玩，公公居守以答令狐相公见谑

芳园必占春，翠羽已示邻。
结侣何行止，佳人似老亲。

331. 奉和裴晋公凉风亭（睡觉）

白鹤行轻步，朱轩雨露沉。
凉风亭上觉，水色榭前深。

332. 答裴令公

玉树一秋春，阴晴半故人。
梁园君子赋，坐右石天津。

333. 吴方之见示听江西故吏朱幼恭歌三篇而和之

吴方故吏一江西，半曲恭歌九派齐。
不在鄱阳湖里唱，郡声不语任高低。

334. 裴公公见示消乐田卖奴买马绝句

人间一念奴，世上半图殊。
买马飞天晚，听歌此曲无。

335. 酬思黯代书见戏

如官病满身，似吏客衙邻。
不易凌寒路，无成问故人。

336. 答张侍御贾喜再登科后自洛赴上都见寄

及第时人个姓名，登科不向曲江行。
春风引路秋天果，腊月寒梅唤诸英。

337. 赴连州途经洛阳诸公置酒相送

一送一情衷，三杯两始终。
千山千万里，半路半天空。

338. 赠元九侍御文石枕以诗奖之

石枕以无成，诗词作赋名。
机枢元九御，雨后自云英。

339. 酬元九院长自江陵见寄

江陵望洞庭，一日自丹青。
北向长安寄，南从石首铭。

340. 酬杨侍郎凭见寄

阙底谢皇恩，沧洲向水村。
桃源秦汉界，八句一黄昏。

341. 酬马大夫登浬口戍见寄

将印一朝缕，诗词半柳营。
戎衣铁马戍，剑戟一书生。

342. 答杨叙说敬之绝句（时杨谪居）

风霜孤竹色，直木独乔林。
自得焦桐尾，知音作古琴。

343. 重寄表臣二首

之一：
举酒付临流，闻君自醉休。
千杯重醒路，万里远归舟。
之二：
事后一思量，人前半短长。
平生平自己，历路历咸阳。

344. 重寄绝句（一作寄唐州杨八）

泗水东南去，淮流已向西。
唐州无羽檄，战场野花低。

345. 酬杨八副使将付湖南途中见寄一绝

征南一楚材，绝句半湘来。
汉寿君山水，桃源已自开。

346. 遥知韩睦州元相公二君子

紫绶相辉映，皇墀玉步裁。
潇湘多竹木，玉漏有天才。

347. 吴兴敬郎中见惠溪竹杖兼示一绝以谢之

三湘斑竹杖，九节二妃心。
但以苍梧志，郎中禹穴音。

348. 奉和裴令公夜宴

苍生夜不休，月色满朱楼。
汉帝王母宴，盘桃自九州。

349. 秋夜安国观闻笙

笙笙弦弦见，笙笙道道闻。
三清三世界，九陌九观君。

350. 酬仆射牛相公晋国池

晋国池前七步文，甘棠馆里半逢君。
三更枕上同游梦，六国行中共日分。

351. 裴侍郎大尹雪中遣酒一壶兼寄眼疾平一绝仰酬

大雪随君酒，相公赐玉壶。
长安多瑞气，仰酬一东都。

352. 和滑州李尚书上已忆江南禊事

白马一津头，东风半九州。
江南先早绿，禊日曲流觞。

353. 酬柳柳州家鸡之赠

三更一早鸣，六郡半无声。
柳柳州头赋，刘郎晓日情。

354. 答前篇

一问半秋春，三更五夜秦。
飘零君子战，不是卫夫人。

355. 答后篇

昔日三更唱，明天子夜鸣。
唯当今所欲，彼此共平生。

356. 重答柳柳州

万事自无休，千年已自流。
沉舟应过去，病树在前头。

357. 登清辉（一作禅楼）

清辉楼上望，独雁寺中求。
草木彭蠡岸，庐山九江流。

358. 赴和州于武昌县再遇毛仙翁十八兄因成一绝

汉水蜀江东，仙翁楚葛洪。
再遇知天地，无须举世穷。

359. 寄昆陵杨给事三首

之一：
挥豪一楚材，跬步半寒梅。
唤得群芳色，昆陵自早来。
之二：
刺史鱼书问，青云直上观。
中书门下省，左掖尚公安。

之三：
自述
枣树东城色，秋成万子红。
诗词谁屈指，日月共春风。

360. 陪崔大尚书及诸阁老宴杏园

百步近春台，三生受楚材。
花开花自在，酒去酒归来。

361. 曹刚

嘈嘈大小弦，杂杂柱丝宜。
曲曲惊心动，琴琴落岁年。

362. 寄湖州韩中丞

刘郎日日忧，远近五湖楼。
主宰姑苏治，隋炀以水流。

363. 杨柳枝

杨杨柳柳一枝头，运运河河半九州。
越女吴儿天下水，钱塘六合月中楼。

364. 田顺郎歌

歌声一顺郎，玉殿半天光。
世上清音去，人间曲帝王。

365. 夜闻商人船中筝

浦口高帆百尺樯，曲舞琴歌半酒行。
扬州市里三箫女，独占江西一月明。

366. 闻道士弹思归引

道士思归隐，三清向志明。
殷勤悲自主，日月苦辛鸣。

367. 喜康将军见访

但访将军辞，鹧鸪绕竹篱。
三更天色早，紫气挂东枝。

368. 赠刘景擢第

楚子是刘郎，长沙近桂阳。
鸿都天日近，及第两京乡。

369. 赴连山途次德宗山陵寄张员外

十里望桥山，三湘问玉湾。
王家王土地，德济德宗颜。

370. 尝茶

一见沉浮两见花，三春碧玉半春芽。

香香色色江中水，品品茗茗器皿佳。

371. 梁国祠

三郎梁国问，一祠女巫闻。

万户求天意，千家敬庙文。

372. 望洞庭

长江一洞庭，石首半丹青。

汉寿君山玉，银盘水月灵。

373. 杨柳枝

隋炀一世好头颅，柳柳杨杨两岸苏。

越越吴吴流水见，大堂不可运河无。

374. 楼上

楼楼阁阁与云齐，水水云云有鸟啼。

南南北北东西望，天天地地有高低。

375. 洛滨病卧户部李侍郎见惠药物谑以文星云句斐然仰谢

星天一少微，惠药半春晖。

借得东风力，鱼书自得归。

376. 故洛城古墙

墙头自古寻，洛水有知音。

岁月多风雨，年华作古今。

377. 句

江湖收夏雨，日月纳人心。

第六函　第四册

1. 张宏靖

嘉贞赏子荫，御史太原音。

节度中书令，平章一古今。

2. 山亭怀古黄河运河

山西一水山东去，晋魏三关晋豫来。

养马秦川秦汉路，行舟越水越吴开。

3. 和张相公太原山亭怀古

之一：

一迹临汾水，千年晋魏台。

周公周古迹，不老不泉来。

之二：

水水山山问，亭亭榭榭寻。

形形何状状，浅浅亦深深。

之三：

山亭望太原，激水淑轩辕。

道境桃蹊步，东山几简繁。

之四：

瀑布天台下，流溪石玉中。

奇幽奇咫尺，得道得西东。

4. 句

诗书京国路，魏晋鲁文章

5. 和张相公太原山亭怀古

谷谷崖崖望，山山水水闻。

溪流溪自洁，木诸木成林。

6. 和裴司空答张秘书赠马诗

赠马天门路，司空八面城。

文章由此去，万里十天程。

7. 句

独纳三台上，相期妙理中。

8. 吴兴三绝

水水一吴兴，云云半香凝。

桥梅知碧玉，处处小桥绫。

9. 湖州贡焙新茶

东西一半洞庭山，独望姑苏子胥关。

湖州贡焙新茶色，碧螺玉女五湖颜。

10. 句

湖州应北望，只见洞庭山。

11. 缑山鹤

朋客缑山鹤，笙歌玉水清。

迢迢溪石远，木木以松英。

雪厚方知碧，无踪作围城。

12. 夜闻洛滨吹笙

洛水半黄昏，笙音九陌村。

鸾平三世界，羽盖一乾坤。

13. 上元日听太清宫步虚

紫府太清宫，明堂雅韵风。

元宸笙已奏，舞鹤步虚城。

半开全金篆，千音会玉京。

仙灵仙气紫，仰止仰天盈。

14. 玉绳低建章

玉绳高低一建章，遥遥远近半微茫。

云寒七夕临鸠鹊，足见三清有女郎。

15. 寒云轻重色

寒云轻重色，白露暮朝残。
朴素天机在，霏微罢欲难。

16. 圣明乐

九陌一祥烟，三春半古田。
耕耕多少力，果实暮朝悬。

17. 献寿诗

玉帛殊天寿，歌睡比地端。
南山南若木，北海北金丹。

18. 宫中乐五首

之一：
步步灵墀近，高高直木田。
臣臣忠自取，匆匆策论诠。
之二：
玉漏三更液，钟笙半启缘。
春宵春晓色，玉树玉人妍。
之三：
玉盏瑶池酒，金杯井露泉。
凝珍凝紫气，结果结方圆。
之四：
寒宫隔砧声，落叶已知情。
不必归根去，天高自在鸣。
之五：
玉树留寒翠，清池结夕波。
黄山应雪夜，渭水可长歌。

19. 春游曲三首

之一：
柳絮作飞烟，榆枝结万钱。
梅花声里落，唤取百花天。
之二：
处处茵茵路，男男女女声。
春春杨柳色，默默觅寻情。
之三：
陌陌阡阡色，花花草草荣。
山山形水水，隐隐亦明明。

20. 春闺诗

一梦到渔阳，三春画彩妆。
长城长不断，月下月思乡。

21. 春江曲二首

之一：
春江春水色，两岸两边流。
曲曲弯弯渚，云云雨雨洲。
之二：
梦到雁门关，衡阳沅水湾。
南南飞北北，去去亦还还。

22. 太平词

人间一太平，世上半枯荣。
六合苍生愿，千家积纳情。

23. 陇上行

黄云陇上行，白虎将中声。
三边三界外，六郡六文明。

24. 思君恩

暮暮朝朝见，寻寻觅觅闻。
知音知不足，慰问慰平生。

25. 王昭君

敕勒川中问，阴山脚下闻。
琵琶留塞曲，汉女作文君。

26. 秋夜曲

人间凉暖一炎凉，世上夫妻半柳杨。
捣杵无停何不止，征衣未到已飞霜。

27. 秋思赠远

径霜径雨色，问凉问炎光。
草草花花岁，天天地地长。

28. 塞上曲

令节图麟阁，凉州可静尘。
胡风胡汉界，塞上塞秋春。

29. 塞下曲五首

之一：
戍客渔阳镇，弓行敕勒川。
单于停牧场，蜀女作婵娟。

之二：
燕延山下草，敕勒川中花。
受降城前有，桑干日上家。
之三：
胡杨一片雁门关，朔北三边战士还。
但以琵琶胡汉继，荒原长木共同颜。
之四：
一水向低流，三边入九州。
封神封姓榜，列战列王侯。
之五：
山山烽火寨，水水逐边愁。
江河原照旧，日月复春秋。

30. 秋思二首

之一：
霜催百草虫，叶落半原穷。
塞北无冰雪，江东有大风。
之二：
居延一日明，一北半阴晴。
草木枯荣色，男儿就熟轻。

31. 汉苑行二首

之一：
花荣太液池，雁落上林枝。
草色应先见，春风不可知。
之二：
春风淡淡含云雨，草木轻轻碧色楼。
竹影重重无玉柱，珠帘处处有金钩。

32. 天马辞二首

之一：
汗血昆仑宝马来，秦川领地穆公回。
龙媒渥水飞天去，首蓿香花共梦才。
之二：
扬扬千里足，顿顿万山情。
汗马功劳在，山河日月明。

33. 燕子楼诗三首

之一：
残灯落晓霜，独卧向孤床。
不见婵娟色，唯闻叹息长。

之二：

愁云燕子楼，盼盼独难休。

曲舞环州岛，声鸣步步留。

之三：

北北南南去，年年岁岁飞。

黄泉黄印绶，落土落难归。

34. 赋得冬日可爱

冬梅冬雪色，日暖日寒来。

节令知天地，经纶可去回。

35. 赠毛仙翁

至道无名一太虚，仙翁有术半真居。

安期隐约华精色，玉石丹炉不可余。

36. 和李德裕游汉州房公湖二首

之一：

太尉留琴处，微弦遗古风。

音高和自寡，曲调已无穷。

之二：

静对烟波水，横观日月明。

晴川径历历，爽气自盈盈。

37. 中书相公任兵部侍郎阁后置松

直直一青松，鳞鳞半束龙。

良媒雕上下，暮鼓序晨钟。

38. 和李德裕房公旧竹亭闻琴

石室一丹青，闻琴半竹亭。

操弦操域界，雅器雅中庭。

39. 句

有虑长空色，无虞六合君。

40. 游栖霞寺

竹殿栖霞寺，金陵玉石头。

尘心应此变，建邺六朝流。

41. 春风扇微和

水月生和气，春风扇渭波。

烟光云雨济，草木石山河。

地角初知暖，天涯已入科。

牛郎勤苦力，织女夜穿梭。

42. 观藏冰

阴精一结冰，水气半珍绫。

暑暑藏深窟，炎炎解玉凝。

43. 赋得春风扇微和

春风处处扇微和，渭水流流逐逝波。

上下西东南北去，三吴六郡九州歌。

44. 金谷园怀古

移心金谷堕，缓步洛城中。

绿绿珠珠去，崇崇石石空。

荒园多杂草，遍野一枝红。

45. 句

弯流千水草，直木一乔林。

46. 立春日晓望三素云

自得元君日，何言不立春。

东风云作雨，北雁过湘濒。

47. 立春日晓望三素云

高空望素云，玉辇问初春。

紫气径天满，红霓可地均。

48. 立春日晓望三素云

霭霭青春曙，浮浮白素云。

天光三律令，晓暮五蕴芬。

49. 李程

日过八博程，平章一士名。

河东闻节度，塞北表臣清。

50. 春台望晴

天开远水明，目送近花荣。

但以春台望，阴晴日月城。

枝头听未了，不可误春莺。

51. 王壶冰

方圆自立玉壶冰，上下虚嚓右石凌。

物受清贞天资洁，精华厚薄性初凝。

52. 赋得竹箭有筠

自受凌寒竹，坚贞比作人。

空心常自立，实节可秋春。

历日群林碧，径霜独自茵。

53. 观庆云图

藻绘庆云图，丹青画落凫。

枯荣花草木，翠幄盖苍梧。

54. 赠毛仙翁

累世一仙翁，经天半草虫。

蜉蝣何不解，盘桃万岁中。

55. 省试春台望晴

春台一望晴，草木半枯荣。

东风云雨济，日月地天明。

紫陌欣欣色，层峦处处英。

皇城皇帝诣，学士学京名。

56. 霜菊

令节径霜菊，重阳历复昌。

群芳皆尽去，独色近天光。

绥绥丝丝带，文文武武章。

秋风秋肃劲，对雪对冰霜。

57. 赋得竹箭有筠

贞姿一竹筠，有雨半秋春。

独立群林直，虚心直节彬。

风霜同雨雪，日月共天津。

58. 省试观庆云图

庆庆云云见，浮浮落落秦。

从龙游上下，捧日作秋春。

瑞气径天散，祥光向地均。

年年成雨水，处处可经纶。

59. 赋得冬日可爱

梁臣曾问寺，谢客雪冰鳞。

但得梅花落，何言捧日春。

无私循律令，有序作往绔。

60. 郡斋三月下旬作

已到三春尾，群芳一日红。

新荫枝不满，夏雨已荷风。

61. 五月水边柳

垂垂一懒腰，细细半丝条。
拂拂常含水，烟烟带玉霄。

62. 三月五日陪裴大夫泛长沙东湖

上巳余风景，清明少旧盟。
青青池岸色，日日两湘荣。
杳杳东湖泛，茫茫岳麓城。
长沙闻贾谊，复述九歌情。

63. 山鸡舞石镜

庐峰开石镜，物象作山鸡。
隐约禽情在，云烟雨雾霓。
婆娑朝凤鸟，羽旄向高低。

64. 题都城南庄

清明不第酒桃花，半掩红颜半自斜。
只有东风应化雨，生情有意作人家。

65. 晚鸡

严城罢鼓鼙，五月水云低。
桃花开已尽，只可五更啼。

66. 李翔

进士校书郎，山南节度昌。
中书知制书，继续谏文章。

67. 赠嵩山高僧惟俨二首

之一：
一半身形见，三生鹤鹿闻。
松林修直木，闭日客天君。
之二：
野性幽居去，儒生杏社来。
高僧高不语，独立独徘徊。

68. 赠毛仙翁

七色仙翁去，三山玉客来。
灵龟寻鹤记，甲子戊辰回。

69. 拜禹歌二首

之一：
拜禹千流导，从言万户英。
田家田自足，水月水天明。

之二：
导导疏疏见，辛辛苦苦行。
三年家不入，万里引枯荣。

70. 广庆寺

一水连山海，千川逐谷穷。
禅房修日月，古寺庆精英。

71. 奉酬刘言史宴光风亭

禊饮一山阴，兰亭半古今。
流觞随曲水，竹下有鸣禽。

72. 戏赠诗（秦砖汉瓦）

县君独好一砖渠，鄙性留年帝子居。
记取文王天地志，轩轩教稻自荷锄。

73. 题浯溪石

有石溪中立，无山日上从。
郎中郎进士，可惋可鸣踪。

74. 石佛谷

世上半尘埃，云中一楚材。
南泉流晋去，石佛太行来。
鸟迹飞天见，禅师闭谷回。

75. 出世篇

生当大丈夫，立诺向江湖。
海里鱼龙舞，云中日月呼。
阶墀平玉漏，左挑鹭鸳趋。
洛水陈王赋，长沙九辨殊。
推移知物象，醒醉似屠苏。
六郡一渔父，三湘半玉壶。

76. 蜀绵州越王楼诗

之一：
浦濑一绵州，山云六郡头。
陈仓通栈道，蜀雨越王楼。
险地生环象，苍江曲折流。
黄河观万里，载物浊清浮。
劈洞惊天力，疏洪引导酬。
三光依旧制，一立共千秋。

之二：
步上一危楼，云中半九州。
天门何水月，目断几春秋。
楚国应南望，长江直北流。
君山惊赤壁，借箭草船舟。

77. 催妆

序：
李翱礼部选储诗试必状头，果言中
诗：
自将玉京游，仙人许状头。
文章朝日月，百鸟凤凰洲。

78. 官舍迎内子有庭花开

只待细君来，中庭问楚才。
应声天地界，一气百花开。

79. 古松感兴

自古龙鳞著，皇天厚土封。
乔林青目直，独立远根宗。
但以波涛历，文明以海容。
株株成似羽，树树自如钟。

80. 怨回纥歌

白纥南朝女，黄河北岸鸣。
长安回纥队，渭水已兴兵。
颉利穿庐月，雕巢玉笛声。
非非和是是，败败愿成成。

81. 江上送别

一别江流水，千波久不平。
潮头潮尾见，逝去逝来生。
建邺无骄子，金陵有玉缨。
秦淮桃叶渡，隔岸石头城。

82. 采莲子二首

之一：
荷莲叶下小姑娘，出水芙蓉带夕阳。
目逐鸳鸯非所以，衣衫在岸有牛郎。
之二：
半采莲蓬一小舟，衣衫湿却水珠流。
鸳鸯一石分南北，不被人知独自羞。

83. 抛球乐二首

之一：

抛球十迟遥，独带一红绡。

此物含情去，由心已半潮。

之二：

暗里小珍珠，鸣中作念奴。

群呼多似少，约会有还无。

84. 劝僧酒

劝僧酒一杯，问道曲千回。

智者应无视，仁人已有媒。

85. 登郭隗台

燕志郭隗台，千金去复来。

精英精所事，误我误徘徊。

86. 杨柳枝词二首

之一：

一半江波一半流，千舟不断二千舟。

船家女子船家问，望尽情夫作石头。

之二：

一曲方兴一曲忧，千波不尽万波流。

年年岁岁西东水，地地天天日月愁。

87. 浪淘沙二首

之一：

江洲处处积沙濑，碧叶幽幽自着春。

隐隐循循年华尽，沧沧海海以田钧。

之二：

万里浪淘沙，千古人家。

江流处处到天涯。

已过高唐云雨岸，蜀女琵琶。一箭静桑麻，

半夜听箾。

阴山敕勒满川花。

汉汉胡胡多少事，日月西斜。

88. 句（唐诗纪事载松为牛僧儒表甥，不举，真珠牛爱姬）

李李桃桃色，牛牛马马城。

真珠真夜静，玡瑠玡枯荣。

89. 送皇甫湜赴举

一路蝉声唱，立秋肃穆多。

耕耘收获日，儒子早登科。

90. 贞元早岁

三篇一尚书，六郡半儒居。

早岁贞元问，焦烂水煮鱼。

91. 暮春醉中寄李干秀才

折草为筹著，槎花作色情。

三杯方静定，一醉已纵横。

92. 答卢仝结交诗

交交结结一人生，友友朋朋半世平。

日月阴晴繁草木，乾坤物象久书明。

南翔北宿栖息鸟，俯就昂寻自围城。

把袂连襟千万举，清风朗月去来行。

93. 吕温

一使吐蕃游，三生半道州。

衡阳先进士，不厌以诗留。

94. 白云起封中诗

布叶蒙笼影，生枝向宇空。

天门生瑞气，地厚载罴熊。

有势山川逐，无形逝水丰。

秦皇修石府，汉帝起封中。

95. 终南精舍月中闻磬声诗（题中用韵六十字成）

月昭终南舍，禅临阙北门。

空山空自在，上液上慈恩。

法界初游意，真经已入根。

霜钟霜雪色，净土净人魂。

暮鼓晨钟继，香炉石磬尊。

心神心佛教，物象物乾坤。

96. 青出蓝诗（题中有韵四十二字成）

红红黑黑白三元，合合分分独一番。

绿绿青兰兰已出，黄典紫紫著方圆。

研方五色成天地，造就人间作简繁。

97. 中书郑相公

中书门下省，玉漏桥更宜。

两掖观霞色，三台问九天。

交君应反朴，结友可兰贤。

领袖千官正，雅俗百花娇。

98. 和舍弟惜花绝句

去岁无花问，今年七色来。

芳留留不住，影象作心裁。

99. 奉和武中丞秋日台中寄怀简诸同僚

宪府中贤院，官衙上下田。

经霜红叶早，过雨碧苔藓。

历历前朝事，玄玄道德诠。

儒家成佛去，以学作源泉。

100. 吐蕃别馆和周十一郎中杨七录事望白水山作

半道隔流沙，千年误夕霞。

波涛由石碛，浪涌到天涯。

目视阳关照，听鸣洞府哗。

何闻三界域，不见一人家。

101. 奉和张舍人阁中值夜思闻雅琴因书事通简僚友

直夜误闻琴，同僚议古今。

幽幽天上月，寂寂帝王心。

紫气东来近，微宸玉漏音。

凝情应正始，智慧已思浔。

102. 和恭听晓笼中山鹊

七夕连桥去，三秋落叶来。

应时天地界，可许自曲催。

103. 和舍弟让笼中鹰

不制一牢笼，须明半宇空。

仁者仁世界，志者志贫穷。

104. 同恭夏日题寻真观李宽中秀才书院

儒书鲁壁半杏坛，楚汉鸿沟一心宽。

无从四皓千朝膳，自炼仙家九转丹。

105. 同舍弟恭岁暮寄晋州李六协律、桓仁

北岭阳鸟下，南江七色中。
纵横成八卦，日月问三公。
五女山前水，千川万里风。
朝鲜朝故土，一国一安（丹）东。

106. 青海西寄窦三端公

衡阳青海岸，雁翼北南回。
但误家乡故，春秋一度来。
天台曾寄取，上掖问三台。
只有飞人字，何须所向猜。

107. 蕃中拘留岁余回至陇石先寄城中亲故

白水冰霜岸，昆仑草木恢。
星光明一载，陕色奉三台。
绝域知苏武，临风志节裁。
天尊元始处，拄杖早归回。

108. 吐蕃别馆卧病寄朝中诸友

诸友朝中事，同僚别馆猜。
方知臣直切，日满谢天台。

109. 吐蕃别馆中和日寄朝中僚旧

成时令节千官会，误解唐虞一代裁。
使命应承天子教，中和可教直臣来。

110. 及第后答潼关主人

潼关一主人，老子半玄秦。
一路青牛问，三光弟子臣。

111. 河中城南姚家浴后题赠主人

浴后轻衣振，餐前正坐伦。
河中题浴后，月下酒壶频。

112. 道州将赴衡州酬别江华毛令

百姓荷田主，三堂布帛诗。
文章书法致，土地入耕时。

113. 看浑中丞山桃花初有他客不通晚方得入内有戏赠

晚旭上门关，阳和半后山。
桃花园里色，夜暮落红颜。

114. 赠友人

直木作松林，曲水可天津。
渭渭泾泾魏，朝上暮暮秦。

115. 道州夏日郡内北桥新亭书怀赠何元二处士

结构池梁架，修工水榭台。
新亭临四面，玉石谢千恢。
瑞气沉浮久，天机日月催。
三清三处士，九陌九阡来。

116. 题主簿厅事

已见新田色，无成古木荫。
三年千九五，一事半人心。

117. 道州夏日早访荀参军林园敬酬见赠

三竿日上始开门，九脉风流壹子孙。
只待园林千万木，松松柏柏半乾坤。

118. 道州敬酬何处士怀郡楼月夜之作

夏夜一山城，长川半明明。
群峰方入定，处士已琴笙。

119. 道州敬酬何处士书情见赠

札梓荒原故，严陵钓水滩。
劳尘劳所碌，寺息寺去澜。

120. 戏赠灵澈上人

群芳一入春，独坐半苏秦。
日月无中止，春光有上人。

121. 二月一日是贞元旧节有感绝句
（窦三黔南卢七洛阳）

二月贞元日，中和归节来。
黔南花七彩，五色洛阳开。

122. 初发道州答崔三连州题海阳亭见寄

衙官大隐宽，皇吏小庸难。
不搅街邻静，和绅日月丹。

123. 答段秀才

夜半一花开，芳香半去回。
婵娟应有惜，独自照天台。

124. 宗礼欲往桂州苦雨因以戏赠

苦雨入江流，殷生上桂州。
人生何土地，往复几春秋。

125. 道州奉寄襄阳裴相公

襄阳岘尾一相公，世路江头半色空。
但以心径知世界，沉浮俗子误春秋。

126. 吐蕃别馆月夜

月在北堂明，人寻别馆星。
回身曾入梦，令简作心灵。

127. 望思台作

始变望思台，霜冰向馆开。
天兵征腐懦，姓氏问名来。

128. 孟冬蒲津关河亭作

息驾不穷途，津关作丈夫。
回头闻别馆，汉地已文殊。

129. 巩路感怀

白日经天见，秋风已自来。
黄河南下去，雁尽向湘回。

130. 题梁宣帝陵二首

之一：
何人可谓一男儿，易水春秋五霸知。
武帝梁朝应佛语，平生信仰暮朝时。
之二：
祀夏何功在，崇周义德寻。
千年庾信赋，百岁汉家荫。

131. 岳阳怀古

已作洞庭舟，巴山一峡丘。

江陵千里水，日上岳阳楼。

132. 道州途中即事

同经桂水穷，共处道州风。
石壑连涧底，松萝缠绕丛。
幽花怜自己，枯柚待色红。
信美非家土，渔烟玉宇空。

133.

序：
登少陵原望秦中诸川太原王至德妙用有水术因用感叹

诗：
秦川一少陵，八水半王兴。
大禹因疏导，功勋可引征。
神工神斧继，势导可传承。
彼此成南北，丹砂石玉冰。

134. 题河州赤岸桥

河州赤岸桥，暮日落云霄。
遗老相依问，歌绕几可遥。

135. 奏敕祭南岳

自有精灵在，应知日月乡。
群山成紫盖，诸岭岳枫扬。
寞寞峰川色，幽幽立润光。
神仙神所敬，信念信心堂。

136. 经河源军汉村作

已见河源水，清明映远天。
金汤天险设，伏腊地多烟。
旷旷空空野，源源涌涌泉。
无尽无力复，有欲有先贤。

137. 题阳人城

阳人城下问，义勇道中成。
风雷催日月，兼卓不须兵。

138. 晋王龙骧墓

举掌知孙浩，行营不问兵。
龙骧惊虎斗，百岁一功名。

139. 题石勒城二首

之一：
石勒长驱去，鸟栖月下来。
中州中建业，磊石磊天台。

之二：
易变天生固，生生石勒城。
神夷催自甫，诞误积吴荣。

140. 刘郎浦口号

一女轻天下，三吴不变中。
刘郎刘项见，浦口浦江东。

141. 自江华之衡阳途中作

落雁峰南一北飞，衡阳自古半乡归。
潇湘已合苍梧水，去去来来且夕晖。

142. 吐蕃别馆送杨七录事先归

后步应无计，前山不远程。
别馆飞扬雪，归人独自明。

143. 奉送范司空赴朔方得游字

司空朔方游，上将北边忧。
白草秋山雪，黄云暮色留。
孤雄上下塞，广漠古灵州。
房降秦川外，应知委席谋。

144. 送文畅上人东游

振锡天台路，行程跬步东。
云浮无计日，到岸有司空。

145. 喜俭北至送宗礼南行

已泊洞庭舟，江帆落日留。
殷勤南北羽，岁月各春秋。

146. 送段九秀才归澧州

白芷湘江岸，蓝兰汉寿滨。
清浔清静月，洞羽洞庭春。
澧水停弦渡，君山玉带归。
贞分千里目，载物万人濒。

147. 衡州送李十一兵曹赴浙东

抚剑一沉吟，闻东半古今。
兵曹刘项问，日月洞庭临。

彼此知慷慨，阴晴楚越心。
衡州留步处，自是作英钦。

148. 临洮送袁七书记归朝

殷勤临洮水，旧忆共王臣。
岂得平凉夜，寻来上掖人。

149. 江陵酒中留别坐客

一望九嶷云，三生十地闻。
潇湘斑竹泪，鼓瑟寄湘君。

150. 道州酬送何山人之客州

匣有青萍书，天当弟子虚。
应承明遣道，莫以曳长裾。

151. 春日游郭驸马大安亭子

草色先茵碧，春风水月轻。
何言天下士，自可立功名。

152. 楚州追制后舍弟直长安县失囚花下共饮

一酒狂兄弟，三杯醒醉囚。
何言花月色，共饮作春秋。

153. 惊春

草木惊春先入心，寒梅腊雪已知音。
山樱继续红颜放，亦是从中著蕊侵。

154. 衡州登楼望南馆临水花呈诸公

秦园先有水，汉巷后鸣禽。
浸润方塘雨，阴晴草木深。

155. 合江亭

不可林遮目，江亭以远闻。
应知天地尽，共事去来君。

156. 道州春游欧阳家林亭

十里占烟霞，三春满雨花。
梨桃瓜落蒂，结果已生芽。

157. 衡州早春偶游黄溪口号

步到黄溪口，青梅已动津。
江城分水岸，坐待百花新。

158. 衡州夜后把火看花留客

把火池头照，群芳向水游。
风波多不定，影色上青楼。

159. 夜后把火看花南园招李十一兵曹不至呈坐上诸公

天天闪闪一花明，没没移移半影倾。
吏吏官官应不顾，聚聚分分已寻英。

160. 顺宗至德大圣大安孝皇帝挽歌词

十里西陵树，三生北国朝。
咽茄千法度，露玉万方消。
抚洽扶桑岱，龙骧六郡遥。
何闻三纪业，只望奈何桥。

161. 咏蜀客石琴枕

可念他山石，应知玉璞田。
推迁为所用，玉枕自当然。

162. 河南府试赎帖赋乡饮酒诗

旧典修言致，新诗赎帖堂。
排空飞雁去，一字落衡阳。

163. 赋得失群鹤

飞扬一失群，自负半天云。
有羽高低见，无心日月勤。

164. 道州南楼换柱

换柱偷梁筑，钩心斗角城。
英雄应自治，主辅可平衡。
但以南楼见，何当直立生。

165. 道州北池放鹅

一曲朝天歌，三生对玉科。
天人天性致，自在自由多。

166. 回风有怀

可望神仙路，谁人市域猜。
前程由跬步，止息可重来。
汉帝王母殿，回风五百台。
瑶池应记取，翠鸟去难回。

167. 蕃中答退浑词二首

之一：
退浑儿，退浑儿，一世半无规。
万里远边望，千年有两仪。
之二：
退浑儿，退浑儿，旷野一荒碑。
旦以丝绒草，扬头向日葵。

168. 上官昭容书楼歌（研神记有昭容列名）

诗词一丈夫，鉴判半书奴。
倏忽皇袍时，佺期一味儒。
香囊藏绣结，公主大明孤。
已是多情女，昭容罢时珠。

169. 闻砧有感

寒明三五夜，砧捣万千声。
不是同音色，无疑共妇情。

170. 早觉有感

东方已欲明，玉枕尚温情。
懒懒应知懒，明明是未明。

171. 冬日病中即事

役得病中闲，长安月下还。
瑶池云外见，一药解新颜。

172. 病中自户部员外郎转司封

一病承新命，三书著草堂。
司封司所报，立主立天光。

173. 久病初朝衢中即事

直木半年长，衢中一役梁。
冠官多自勉，百岁国家方。

174. 道州城北楼观李花

来时西域界，杏李百花开。
结果秦川麦，香风小女催。

175. 道州秋夜南楼即事

夜月上南楼，清风满道州。
猿声啼已住，即事著春秋。

176. 十万九五百首格律诗词纪念日

（我家枣五亿叶：枣树50干，每干100枝干，每枝干1000细枝，每细枝100叶。）
一树沧桑叶，三秋五亿归。
千山应覆盖，万径厚无稀。
陋巷潇潇落，皇城处处旗。
行程难自己，跬步可相依。
人生百岁三万六千五百日，时诗三首十万九千五百首。

177. 道州观野火

野火一年生，秋收二岁荣。
燃然连楚泽，荡沸道州城。
赤兔求荒择，狼虫避时惊。
人人何不怯，乞乞待春萌。

178. 衡州早春二首

之一：
衡州一早春，碧叶半荒茵。
柳叶方垂色，江流已见新。
之二：
野草连年碧，春花不是家。
三湘乡万里，两目隔长沙。

179. 郡内书怀寄刘连州窦夔州

二郡老人知，三州故宫迟。
居心常所寄，月色几明时。

180. 偶然作二首

之一：
栖栖居七十，著著古今诗。
格律和音韵，耕耘日月时。
之二：
三元一日田，六郡半当天。
万里同辛苦，千年共豫泉。

181. 古兴

千年一古兴，百岁半游僧。
暮鼓晨钟继，王家国事丞。

182. 风咏

江东一大风，项羽半英雄。
不以鸿沟界，咸阳一火空。
成时成彼比，败可败童翁。
事事无知己，人人有始终。

183. 镜中叹白发

一叹半无成，三生十地行。
成思成白发，不作不书明。

184. 友人邀听歌有感

老少不功名，童翁有止行。
诗经歌曲永，不废地无声。

185. 贞元十四年旱甚见权门移芍药花

朱门芍药花，旱地水搬家。
律己权门问，忧民先自家。

186. 冬夜即事

纷纷落雪花，絮絮厚人家。
厚厚连天地，重重见豆瓜。
欣欣应无路，楚楚正乌纱。

187. 道州郡斋卧疾寄东馆诸贤

细雨湿梨花，轻风问豆瓜。
田园田碧畦，诸子诸贤家。

188. 读小弟诗有感因口号示之

三年一丈夫，十载半书儒。
六郡千家子，三秋万里图。

189. 读勾践传

一越半西施，三吴两剑池。
谁言修木渎，只有范蠡知。

190. 道州月叹

独年十三州，三光一半游。
金川霜雪见，越道子规休。

191. 风叹

别馆一风流，冰河半日头。
沙鸣沙有语，一决一千丘。

192. 道州感兴

祖继知文字，先皇记姓名。
江山分郡属，社稷自枯荣。

193. 和李使君

三郎上北亭，六郡已丹青。
但以黄河拐，潼关守北庭。

194. 题从叔园林

阮宅闲园暮，田林草木荫。
弯竹弯节立，老木老知心。

195. 送僧归漳州

诗僧四海舟，跬步八方游。
粟子阳澄蟹，沙田柚子洲。

196. 孟效

五十文交进士名，三千弟子溧阳情。
行官半奉求诗赋，性介昌黎一顾荣。

197. 列女操（离别也，骚悲也）

比翼鸳鸯戏，梧桐列女操。
贞情贞德在，几见风离骚。

198. 灞上轻薄行

京都无缓步，上掖有皇情。
八水长安绕，千官帝国名。
中书门下见，六部尚书城。
渭灞黄河逐，方圆日月行。

199. 长安羁旅行

书生不觉贫，羁旅有东邻。
夜半琴声序，三更已去人。
情心观日月，静气见明鳞。
恬翼乔林许，行身直木春。

200. 长安道

胡风秦树岸，渭水汉家门。
一道长安去，三川魏晋村。
行行行不止，息息息乾坤。

201. 送远吟

江河自远行，日月必无声。

四季春秋易，千官守易城。

202. 古薄命妾

不尽七琴弦，为君五夜眠。
新声新女色，旧意旧情绵。
昨昨今今日，明明后后天。
人情人久致，顾短顾长缘。

203. 古别离

去去来来柳，千千万万条。
飘飘南北曳，拂拂暮朝摇。
此物无情曲，春风有碧潮。
三生从得水，一路上云霄。

204. 杂怨

月色轻轻下，清霜慢慢成。
层层含素玉，夜夜覆思情。
旦望鸳鸯枕，更深独步行。
何时君子见，共忆结红缨。

205. 静女吟

静女由心妒，身姿可自轻。
群芳皆艳色，独望嫁时荣。
小小人人见，君君子子明。

206. 归信吟

雨去归吟去，云来息不来。
无依无靠望，有月有徘徊。

207. 山老吟

谁知文字苦，莫记故乡田。
日月耕耘尽，沧桑老少年。

208. 游子吟

慈母游子问，不必去来寻。
远近何求索，乡家草木深。
童翁方反朴，幼鸟未知林。
已有归真路，应留日月心。

209. 小隐吟

小隐樵渔外，中情日月前。
三清三自在，六欲六何全。
弄玉三千曲，弹琴五七弦。

210. 苦寒吟

苦苦寒寒比，霜霜雪雪连。
荒荒重野野，断断复泉泉。
莫以人生比，时时可胜天。

211. 猛将吟

猛将一当阳，长矛半四方。
桃园三结义，四海五湖梁。

212. 伤哉行

一曲阳春断，三光日月星。
何时同共济，白雪覆苍莛。

213. 怨诗

以妾思君泪，湘妃鼓瑟情。
苍梧天下路，竹叶自难平。

214. 湘弦怨

一入望兰室，婷婷立立萌。
文文应弱弱，独独己荣荣。
直木从深䕫，流水逐清瀯。
湘弦湘竹泪，自以自分明。

215. 楚竹吟酬卢文端公见和湘弦怨

苍梧听舜治，楚竹二妃云。
九派千流色，三湘一水纹。

216. 远愁曲

有色蓝田水，无客太白云。
青松青木直，远道远行君。

217. 边城吟（自述）

七十生平半酒边，三千弟子一诗田。
河东不见河西见，少小风云老大天。

218. 贫女词

小女早知贫，身丰已入春。
提襟羞露腹，弄玉怯红尘。
但以丝蚕束，男冠作汗巾。

219. 新年歌送许问

一曲新年至，千家节令开。
三元三百日，九鼎九秦台。

220. 杀气不在边

人间一太平，世上半苍生。
刹气分邪正，功名列止行。
经纶由自主，日月可阴晴。
对立同一论，乾坤共百成。

221. 结爱

一结一君心，三生半古今。
千年千自主，一木一成林。

222. 弦歌行

一日弦歌百里行，三边草木半枯荣。
年年自此成天下，处处阴晴作久鸣。

223. 覆巢行

山林不覆巢，寄宿已多茅。
独得梧桐木，何知一旧交。

224. 出门行

一路出门行，三生作客鸣。
长河流远水，白露共霜城。
陌上离骚路，云中九辩情。

225. 巫山曲

十二峰中间，三巴月下寻。
瞿塘由白帝，滟滪水云汸。

226. 湘妃怨

南巡何不返，斑竹二妃情。
鼓瑟湘灵问，蛾眉以泪倾。
乔林围古庙，直木对天盟。
脉脉望儿女，思思可玉行。

227. 巫山高

巫山一段云，白帝四川勤。
半夜高唐雨，三更两岸裙。

228. 楚怨

独得楚才人，离骚九辩申。
邑邑群鸟赋，蹙蹙独书贫。

229. 塘下行

塘边日欲斜，老小早还家。

只待夫妻守，春秋日月花。

230. 临池曲

只见伯劳飞，鸳鸯不自归。
莲蓬三十子，芡实一层微。

231. 车遥遥

一路连南北，东西接玉霄。
遥遥车马去，道道见禾苗。

232. 征妇怨

不近渔阳道，常闻塞上行。
征衣征妇怨，解甲解红缨。
莫以年年守，三边处处兵。
无分谁老小，有路逐和平。

233. 空城雀

一只空城雀，三鸣谷木荣。
无须罗网避，有隐宿官衡。

234. 闲怨

雨后笋筎新，云前白露均。
无痕珍玉滴，有色作今春。

235. 羽林行

朔雪羽林郎，苍鹰纵四方。
弯弓成锦臂，执戟帝王乡。

236. 古意

七夕河边望，牛郎织女星。
天天相对望，鹊鹊一桥灵。
记得人间女，何须隐月形。

237. 游侠行

侠客自轻生，回头一诺成。
生当人杰见，别亦死生盟。

238. 古别离

牛郎一寸衣，弄玉半相依。
不待箫声起，河星织女稀。

239. 黄雀吟

一米知黄雀，求生忘己身。

喳喳何不顾，隐隐罩饥贫。

240. 有所思

浪打千堆雪，云推万里波。
江楼江水问，岁月岁如何。

241. 求仙曲

自古已求仙，如今各望天。
秦皇秦岛屿，日立日方圆。

242. 婵娟篇

一月作婵娟，三宫束女怜。
藏娇金屋里，宋玉赋中旦。

243. 南浦篇

桃花一半红，碧叶两三丰。
结果须秋立，人生可老翁。

244. 清东曲

樱桃一树红，夏果半天工。
粒粒科科玉，形形色色空。

245. 望远曲

望远候归信，登高问月台。
寒宫应九久，后羿去无回。

246. 织妇辞

妾是田中女，同为织妇辞。
机杼穿引线，力尽五更迟。
布缕纵横组，绮缩素锦奇。
官家催植木，再入丈夫师。

247. 古意

佳人守女怜，月色已无边。
壹载长还短，三春问杜鹃。
鹧鸪鹧不住，见肘见襟悬。
是女当男子，耕耘不获田。

248. 折杨柳

一戍上交河，三军战士多。
离人离不定，别道别干戈。
短短长长见，杨杨柳柳歌。
幽幽先后折，路路剩娇娥。

249. 和丁助教塞上吟

一雪漫天飞，三边雁不归。
先生先整顿，助教助春晖。

250. 古怨别

一叶飘飘落，三秋净净枝。
空空何所问，远远背根离。

251. 古别曲

山川今古路，日月别离多。
夜夜明明见，来来去去何。

252. 戏赠陆大夫十二丈

一水半荷莲，三春两岸天。
浮萍连蕙芷，碧色逐方圆。

253. 劝善吟

龙钟多醒醉，早晚少诗词。
俗气生天地，儒书不必知。
阴晴由自在，草木已身姿。
善恶常回首，正邪已作师。

254. 望夫石

久望成夫石，江流已不知。
船行谁恐怖，且见妇夫辞

255. 寒江吟

独立寒江外，孤身两岸冰。
天光冬日淡，玉气水云凝。
但向中流望，波涛日月兴。

256. 审交

植木山川择，耕田水土营。
交朋交友善，问世问苍生。

257. 怨别

秋风游子问，落叶自飞遥。
少小无明理，归根有水消。

258. 百忧

英雄射斗牛，子子著春秋。
达士山川纪，侯王日月忧。
商山行止见，四皓暮朝流。

草木应繁简，江河自不休。

259. 路病

病客无人主，愁心有远盟。
行难行不得，望易望非成。

260. 衰松

四壁满青松，三秋半伏龙。
波涛连日色，直性逐天踪。

261. 遣兴

三光三世界，五柳五弦音。
击木陶公教，吟诗庾信琴。

262. 退居

进退一居闲，阴晴半世颜。
青山繁简易，逝水暮朝湾。

263. 卧病

富富贫贫问，空空落落求。
吟诗吟绝句，一笔一江流。

264. 隐士

隐士龙蛟问，真人麋鹿寻。
藏身依旧窟，璞玉可鸣禽。
石壁垒泉叠，山中草木深。

265. 独愁

楚客一离骚，湘君半旧袍。
长安多落日，渭水满波涛。

266. 春日有感

一日半新芽，三春十地花。
天天云雨露，处处色人家。

267. 将见故人

佳人季夏中，溪水望西东。
但以芙蓉色，莲波点点红。

268. 伤时

常闻贫贱士，替国有怀忧。
一举男儿立，三生淡去留。

269. 寓言

不废青松直，谁言逝水弯。
居心居所世，待事待人环。

270. 偶作

利剑寒光闪，佳人玉气和。
朝堂堆紫气，旷野逐江河。

271. 劝学

一学知千年，三生问大千。
诗书成礼智，世俗可天然。

272. 赠农人

农人一寸田，粟米半家天。
日日耕耘力，年年自在圆。

273. 长安早春

旭日朱楼上，东风碧水中。
佳人窥隔壁，不是杏花红。

274. 罪松

浊浊清清见，泾泾渭渭流。
伊伊何吕吕，水水亦楼楼。
一片松林色，三光草木洲。

275. 感兴

叶叶枝枝接，根根顶顶连。
心心成整体，脉脉保身全。
命命理理序，离离合合宜。
同生同土地，共朽共荣年。

276. 感怀

难平三峡水，细雨一江云。
赤甲瞿塘岸，高唐白帝裙。
河梁分向背，野泽逐芳芬。
楚客由官渡，巴山任蜀君。
声声听杜宇，日日自耕耘。
宋玉惊神女，襄王以锦文。
轻舟由此去，故国已昌勤。
郢郢湘湘去，吴吴越越闻。

277. 达士

达士以心成，倾人立志生。

唯求皆一念，易水自千声。

278. 古兴

相如和氏璧，楚璞几人知。
玉石难分辨，珠玑未雕时。

279. 暮秋感思

柳上西风布满霜，云中落叶远飞扬。
归根自古难归得，别处飘游作别乡。

280. 劝友

金兰一日交，尾顶三重茅。
大雪疑寒暖，芳芬共学巢。

281. 夷门雪赠主人

半见夷门大雪飞，三杯浊酒雁湘归。
清歌醉舞疑何色，落落扬扬是亦非。

282. 尧歌

娥皇与女英，舜帝二妃名。
竹泪常无尽，相思寄念倾。
湘君湘水岸，姐妹姐同情。
不作姑妻问，苍梧以树荣。

283. 乱离

子路未成章，嵇康问柳杨。
离骚离乱久，别道别鱼梁。
细雨纷纷下，和风处处塘。
推波推逝水，岸草岸泱泱。

284. 劝酒

凉州一酒泉，汉武半天边。
太白诗词醉，知章上饮船。
佳人何所劝，醒后方知钱。

285. 去妇

去妇藕中丝，连君不自离。
回头回路望，去步去还思。

286. 君子勿郁郁士有谤毁者作诗以赠之

一世惊原毁，三春遍草芽。
东风何不止，细雨到天涯。

百里无平地，千年有女娲。
云云非落木，处处是人家。

287. 闻砧

月白闻游子，枫红下雪时。
阴山秋叶早，砧杵运河迟。
隔壁声声叹，寒衣处处诗。

288. 游子

世上谁游子，人间自学生。
从官从四海，九役九州行。

289. 自叹

自叹黄河水，清清浊浊流。
川川泥土过，曲曲不回头。

290. 求友

黄河万里流，九曲不回头。
十八湾滩水，依样过九州。
沧沧由汇聚，处处有湖洲。
共济东营去，同形可载舟。

291. 投所知

人人有所明，事事可平衡。
果果因因致，来来去去平。
知时知不解，误意误倾城。
苦节难客一，方圆见水明。

292. 病客吟

夫妻病客吟，月色也关心。
隔壁听新药，难谙苦味临。

293. 感怀

烟尘烽火日，险阻太行萌。
汉北三边问，江南九派生。
干戈多努力，握剑独沾缨。

294. 离思

离骚离不瘳，九辩九难平。
屈子何言怒，悲音宋玉鸣。

295. 结交

铸得青铜镜，交来好友情。

人间多小子，世上大人行。

大小中庸鉴，春秋日月衡。

296. 伤春

连年有战争，土地已无耕。

二月东风雨，三春野草萌。

秋来何所有，处处饿饥行。

297. 择友

知人知面不知心，小子无诚小子阴。

陷井藏形有伏草，小人不尽小人淫。

298. 夜忧

忧天一杞民，夜月半天津。

岁岁经纶续，年年草木新。

299. 惜苦

苦苦辛辛历，成成就就行。

人生人自主，步履步前程。

易易难难事，轻轻重重情。

东流东不止，久见久无平。

300. 寒地百姓吟

四壁高堂破，千家百姓暗。

寒风无避所，夜号雪霜侵。

炙地残耕没，华膏不可寻。

仙萝垂石死，处处有呻吟。

301. 出东门

东门一路长，老子半无扬。

步步山河道，程程日月量。

青年驱马去，向北不知乡。

302. 教坊儿歌

隔岁西京寺，儿歌大雅篇。

诗词常不与，世俗已方圆。

303. 访疾

一疾三年痛，千声百叹全。

临床临正气，举世举新然。

304. 酒德

一醉小人心，三杯半古今。

书生书乱语，有酒有狂音。

305. 冬日

虚生一自囚，历事半优柔。

日日寻常尽，年年妄白头。

冬梅冬雪色，腊月腊香酬。

待得群芳至，春华始九州。

306. 饥雪吟

应知苏武雪，不问李陵名。

一日男儿气，三生久不平。

幽州曾射虎，霍卫玉门倾。

老子声荣去，阴山已自横。

307. 偷诗（自作古今诗）

古古今今问，诗诗赋赋寻。

音从平水韵，律以佩文音。

越语吴声见，长安晋魏吟。

官言官客浅，国语国人深。

308. 晚雪吟

晨明一雪城，叶厚半相倾。

暗暗明明破，枝枝叶叶平。

江流分两岸，晓日合时惊。

近近遥遥净，尘尘俗俗轻。

309. 自惜

一曲竹枝词，三生格律诗。

径书风雅颂，淑女望夫时。

孔壁知秦汉，江南向舞姬。

吴音吴懦楚，国语国人知。

310. 老恨（自得十万格律诗词）

老子诗词七十余，千章万卷古今书。

更生自力由儿女，日日耕耘日日锄。

311. 湖州曲解述情

一望太湖州，姑苏半锡楼。

洞庭山下水，木渎越吴流。

六合潮头见，天堂一曲休。

钱塘排一线，不尽运河舟。

312. 落第

文章有短长，户对向门对。

世上书生少，人间弟子堂。

龙门龙自得，日月日科光。

独木桥中过，孤身百子强。

313. 咏怀

一水自无倾，三春百草荣。

千流波不止，万事不求平。

314. 病起言怀

耕耘是一生，子粒向阴晴。

绝句凝思病，长排逐旷行。

交情流水色，结侣石峰盟。

但得经霜木，何求隔岁荣。

315. 秋夕贫居述怀

贫居贫自得，有道有书心。

缺米笼中暮，开堂是白金。

春荠当韭菜，叶上是甘霜。

住手详观色，柔花可挂襟。

316. 但感自遣

苦学无休止，成名有息舟。

闲心由自己，所悟不言求。

317. 再下弟（喻）

下第不回家，三湘竹泪花。

苍梧君子路，苦学浪淘沙。

318. 下第东归留别长安知己（喻）

孟孟郊郊闻，青衣布著裙。

同天同日月，共学共氛氲。

意境由心领，情思悟慧兮。

寻常当自语，未及作文君。

319. 失意归吴因寄东台刘复侍御（喻）

眼耳同声色，文章共市明。

无疑分上下，有是作阴晴。

不以庸庸碌，当言处处英。

经年高一等，十载已三鸣。

320. 下第东南行

下第东南去，应知进士生。
何须先气馁，再向曲江鸣。

321. 叹命

自得一人生，三光半玉成。
同天同日月，共学共枯荣。
叹命何须叹，精英自独精。

322. 远游

孝子男儿不远游，天长地广有春秋。
行行止止何回顾，父父母母有尽头。

323. 商州客舍

游游子子一商州，雪雪风风半白头。
易易经经何肤浅，无名进士几寒流。

324. 长安旅情

梦里青云路，黄粱小米粥。
吴乡思羁旅，渭邑伤残舟。

325. 渭上思归

竹泪三湘色，长安一子情。
思归思羁子，及第的身名。

326. 登科后

一日登科半日花，三生及第一鸣华。
无颜旧忆千音曲，已醉长安十酒家。

327. 初于落中选

白首官途事，青云志已休。
京门高户对，洛水宓妃留。

328. 乙酉岁舍弟扶侍归兴义庄居后独止舍待替人

五十东湖进士名，登科及第老人城。
何言主仆无官吏，百姓相知一姓行。

329. 西斋养病夜怀多感因呈上从叔子云

远客夜衣单，婵娟半赐寒。

床边留独影，柳叶已生残。
养病多怀旧，清心少自观。
黄河流不尽，曲曲有河滩。

330. 秋怀

之一：

草下有虫吟，宫中见古今。
江东游子女，朔北戍人心。
织女河边望，牛郎七夕音。

之二：

树顶一蝉鸣，幽幽半远声。
秋风秋叶落，不是不归情。
脱节临天下，飘飘已任行。

之三：

浮华年已去，果实岁秋来。
子粒应春种，收成上玉堆。
龙门及第客，始歌曲江台。

第六函　第五册

1. 秋怀十二首

之二：

月落一郊寒，人贫半独丹。
阴当无直木，户对已生残。
事事微微思，谋谋病病难。

之二：

秋风秋雨做，冷落冷人心。
及第何荣辱，婆娑竹影寻。
知音知土地，忘已忘音琴。

之三：

人生筑一巢，进士有三交。
庾信曾文韵，文王挂易爻。

之四：

自觉诗兴少，还言苦力平。
老病长短见，但以去来行。

之五：

促织一声声，流萤半闪明。
天边飞不定，草上落余英。
少见无多怪，秋风有自惊。

之六：

冷冷一枯风，悠悠半庆空。
清清明明色，矗矗束丝终。
蔓蔓舒舒落，经霜始见红。

之七：

暮暮朝朝市，来来去去同。
童翁相似处，老少互厮衷。

之八：

五十年中进士名，三千岁月已无声。
初童不教老门上，一日青云步步城。

之九：

重阳一菊黄，进士一书香。
五十东街过，三千弟子章。
诗文诗可寄，九月九余凉。

之十：

进士一身名，平陵半吏轻。

廉官应白府，积水入诗城。

所见参谋卒，苦尽是一生。

之十一：

人心不及流，一去自无回。

步步红尘旧，行行苦石危。

云中观凡界，梦里上蓬莱。

之十二：

善恶不难分，正邪有玉文。

尘埃尘不止，净土净衣裙。

所事诗方继，为人自作君。

2. 靖安寄居

补履诗词拟，和饥旷野疏。

知书知旧路，寄静寄安居。

渴饮清泉水，观去一部书。

贤人贤不足，戆叟戆多余。

3. 雪

雪到太行山，云飞娘子关。

寒光惊刺目，凛冽冻奴颜。

唇齿应无便，徘徊足步艰。

贫官贫自白，忍辱赋诗还。

4. 春愁

春风春雨至，客寄客难归。

物象由南易，鸿孤向北飞。

5. 懊恼

好恶一诗讨，身名半旧贤。

佳吟佳句赏，水月水云天。

6. 游城南韩氏庄

园中路未穷，月下绕庄空。

水底云遮木，庄前唱大风。

池平池不浅，气润气由衷。

独步三杯酒，孤灯一点红。

7. 与二三友秋宵会话清上人院二首

之一：

处处山幽静，泉泉石水交。

三明三友会，一磬一僧敲。

之二：

好鸟无栖杂，华堂有独音。

高朋常满坐，水月映鸣禽。

8. 招文士饮

有酒招文士，无书第落差。

韩愈如逐遣，李白夜郎衔。

一醉何知醒，三生浪里沙。

9. 陪侍御叔游城南山墅

日望千峰首，登临万水心。

清流清耳目，独峙独衣襟。

10. 登华岩寺楼望终南山赠林校书兄弟

大势回云殿，如来五岳峰。

青莲三界府，秀夺一岩封。

万象应回首，千钟十里松。

11. 游终南山

日月南山上，峰蛮草木中。

风扬松柏树，水落石泉东。

12. 游终南龙池寺

日上龙池寺，终南万仞山。

僧房飞鸟落，洞水去无还。

13. 南阳公请东樱桃亭子春宴

七十二鸳鸯，三千五百章。

樱桃亭子宴，万水纳余香。

赏市含春色，寻新草木光。

红尘方落定，翠羽正扬长。

14. 游华山云台观

道士华山路，云台日月观。

三清三世界，五岳五仙丹。

石涧流泉色，孤峰独峙冠。

灵芝灵所辙，入主入云端。

15. 喜与长文上人宿李秀才小山池亭

一息燃灯尽，三更续语流。

华浮群岫色，静水独浮舟。

16. 邀花伴

三边春已足，五夏半荷花。

采女无须伴，芙蓉有洛纱。

17. 石淙十首

之一：

水木幽奇见，峰峦俯仰眠。

岩梁孤石峙，朔谷独清泉。

上下三重叠，遥迢半雨天。

之二：

泠泠仙语水，处处市多容。

直木同松柏，流溪曲似龙。

之三：

远远一鸣禽，栖栖半古音。

窥窥还探探，保护幼鸱心。

之四：

朔水一青龙，边云半白松。

清流清见底，直木直从容。

之五：

水上满虚形，云中直木青。

峰光山色落，细叶作浮萍。

之六：

石缝纤纤草，泉流处处明。

霏霏当细雨，漠漠有阴晴。

之七：

不入深山里，何知白石生。

淙淙泉自语，色色与天惊。

之八：

滴滴珍珠泻，潺潺白石泉。

琴弦应自响，碧玉有高悬。

之九：

月色峻嶒雪，霜层玉影天。

鳞光晴刺目，岭木破水船。

之十：

圣代多幽谷，当天有奇泉。

溪流溪水净，直木直苍天。

18. 游韦七洞庭别业

潇湘入洞庭，沅水向丹青。

汉寿荆门渡，长江石首汀。

逍遥幽韵远，道胜独零丁。

但借朱仙吏，淹留白帝萍。

19. 越中山水

水影山形故，蓬瀛耳目新。
天台回首望，蕙茝五湖邻。
建德淳安令，慈溪大隐秦。
宁波宁镇海，诸暨诸才春。

20. 春集越州皇甫秀才山亭

志得一秋天，春申半雨田。
耕耘时令继，物象序云烟。
日净山川气，云平草木泉。
风光依旧是，水色月光悬。

21. 和皇甫判官游琅琊溪

日月三清水，琅琊一远溪。
烟波含雨露，碧濑纳莺啼。
白石经流潋，天光映玉堤。

22. 汝州南坛陪陆中丞公宴

一雨千泉水，三春百丈云，中丞中泽润，
下吏下忠君。
北岸旌旗立，南坛白日曛。
水光形水态，故赋一诗文。

23. 汝州陆中丞席喜张从事至同赋十一韵

汝水一清流，群山半陆州。
如佳来两岸，似雨共千秋。
以郡中洱宴，赁衙上下酬。
金杯金盏映，玉液玉人羞。
若不轩辕忆，灵光彼此留。
良知良所事，主宰主沧洲。
贵贱廉贫吏，诗词呈五侯。
风波应不见，日月自无休。

24. 夜集汝州郡斋听陆僧辩弹琴

借月南楼外，闻风草木中。
弹琴僧自赋，九辩色无穷。

25. 同年春宴

六十同年宴，三千弟子迟。
新知含旧象，故国纳才枝。

寒上飞鸿远，云中鸟雀辞。
文昌明渭水，马迹曲江时。

26. 罗氏花下奉招陈侍御

眼见春枝暗，心怀草木新。
长沙闻贾赋，复得屈平申。

27. 游石龙涡 四壁千仞，数泉如雨

两壁重峰百丈天，千泉散雨一潭渊。
飞四珠溅成云雾，湿气风流似水烟。

28. 浮石亭

灭灭明明石，浮浮落落星。
流流中阻水，溅溅上云亭。

29. 看花五首

之一：
芍药家家色，盘桃户户丰。
温柔如少女，结子似羞红。
之二：
芍药殷勤问，桃花早夕开。
春风媒作婿，对色饮三杯。
之三：
芍药空留柱，桃花著子台。
红尘红已去，碧玉碧徘徊。
之四：
芍药红芳尽，桃花已作泥。
经夏经百日，杏李自成蹊。
之五：
芍药年年早，桃花处处来。
年年相似去，岁岁俱时归。

30. 济源春

一水净尘埃，三光照石台。
千年曾炼补，百岁女娲催。
九日重阳酒，双峰后羿裁。
寒宫应向背，月影玉人来。

31. 济源寒食七首

之一：
袅袅风巢雨，垂垂细叶云。
童翁谁不得，晋耳子推闻。

之二：
短短黄芽见，茵茵草木闻。
寒风寒食雨，读学读诗文。
之三：
一日半初春，三光十地新。
朝朝观草色，暮暮见黄均。
之四：
索断辘轳空，人行大路风。
尘埃尘不定，井水井苔红。
之五：
梅花落是行，下里蜀巴声。
唱遍隋杨柳，阳春白雪城。
之六：
柱地柱天来，山涯海角开。
南洋南不止，北陆北徘徊。
之七：
长安百万家，渭水暮朝沙。
不以黄河比，九曲一枝花。

32. 游枋口二首

之一：
一步前行半步寻，三生旧路二生临。
明明有雨常常下，泛泛扬帆处处吟。
之二：
耳目一行新，身姿半积尘。
枋前开口问，柳下寄春秋。

33. 与王二十一员外涯游枋口柳溪

春桃一片散红烟，绿柳千株碧浪天。
白石溪中清净沐，仙浔屈曲入桑田。

34. 与王二十一员外涯游昭成寺

渐入昭成寺，心经半世明。
声声空色诵，步步利名轻。
晚磬黄昏近，游僧濯足平。
千年千里去，一路一平生。

35. 嵩少

寺上一裂袈，云中半客家。
花开花落见，浪里浪淘沙。

36. 旅次洛城东水亭

霜寒人不语，旅次洛城行。
竹影千波静，衣尘一水清。

37. 洛桥晚望

天津桥下水，洛邑岸边霜。
陌上嵩山雪，云中落叶黄。

38. 北郭贫居

三年失意舍，北郭自贫居。
地僻荒原草，灯明一页书。

39. 题陆鸿渐上饶新开山舍

一岭武陵云，三泉石首分。
新芽知谷雨，碧玉洞庭曛。

40. 题韦承总吴王故城下幽成 自注韦生相门子孙

相家一子孙，贵巷半黄昏。
不以樵渔客，幽居孟子门。
贫生贫自得，夜语夜乾坤。
片片吴花落，琴琴郢楚根。

41. 苏州昆山惠聚寺僧房

锡杖挂僧房，裂裟叠石床。
青松连翠柏，古韵对新唐。

42. 题从叔述灵岩山壁

灵岩山下净，夏日水中清。
俗别求名去，相召目一鸣。

43. 题林校书花业寺书窗

花严寺里一窗书，隐咏诗中半自余。
朝从五柳七弦布，暮以琴音问相如。

44. 兰溪元居士草堂

兰溪一草堂，木直半天光。
市井难容义，天津可柳杨。
元居元士子，蕙芷蕙兰芳。

45. 新卜清罗幽居秦献陆大夫

旧旅清罗水，新闲半亩田。
锄荒兰蕙色，静觉浇悬泉。

暮暮朝朝渡，云云雨雨烟。

46. 题韦少保保恭宅藏书洞

少保藏书洞，仙华寄独身。
文章文字库，贝叶贝屠龙。
气淑天光照，香凝素玉踪。
青莲三界宿，净水半芙蓉。

47. 生生亭

生生一榭亭，面面半含青。
拔意知余丈，开扉十亩萍。
红莲红世界，北陆北峰屏。

48. 寒溪八首

之一：
水色一源泉，天光半亩田。
人心同世界，草木共前川。
四顾寒溪镜，三秋肃气宜。
重阳明见底，玉滴见方圆。

之二：
孟氏寒溪水，东都岸草头。
明流明镜照，物象物春秋。
玉宇清空底，游鳞石影羞。
霜沉霜叶重，露结露生愁。

之三：
不见有泥沙，唯闻白石哗。
声声流不止，处处有山洼。
宿羽寻栖止，幽林著玉花。

之四：
寒溪一路明，冻草半精英。
碧激成浔滞，轻烟作雾生。
年年依旧见，细细自纵横。

之五：
一日昭昭水，三光浩浩明。
千波从不息，万里逐低行。

之六：
滴水成冰见，游鱼闭目停。
千鳞呈活现，百日又苏灵。
只等寒溪暖，山光也复青。

之七：
寒溪著雪冰，细水冻层层，
石下源泉少，春来始复兴。

枯荣原有致，小大自然凝。

之八：
雪化鳞鳞闪，冰消滴滴明。
方圆由此见，岁月可枯荣。

49. 立德新居十首

之一：
立德一亭亭，新居半壁青。
荒芜随可见，石玉久书铭。

之二：
立德云霄外，新居草木中。
山南岩石色，陆北老年翁。
仄韵平声句，吴音国语东。
平阳平水去，草履草思衷。

之三：
俭教清贫好，修襟贵富多。
良栖良直木，择地择天波。
素质如何见，灵巢唱九歌。

之四：
洛水陈王问，霜禽独自鸣。
清流清自许，宓子宓妃情。
一赋成千古，三曹建魏城。

之五：
七步成诗赋，三宫废弟兄。
成王成霸主，豆叶豆根鸣。

之六：
崎岖山上路，逶曲水中舟。
仄足修田畔，平音著左丘。
芳兰虚日月，子濑钓滩留。

之七：
翠鸟穿天地，游鳞入水深。
惊时惊自己，度势度人心。
巷巷街街见，君君子子闻。

之八：
劳劳动动是消遥，八月钱塘八月潮。
碧玉门中音韵色，姑苏月下小人桥。

之九：
湖州东野问，五十第中行。
白府从官半，推敲作寺名。
侯门应不见，旷野有花荣。

之十：

水水山山间，温温列列情。
江南江北市，弱女弱男横。
石石波波见，弯弯直直生。
和人和自己，是似是柔荣。

50. 西上经灵宝观

道士三清路，屠龙一剑平。
瑶池应不远，洞府可诗情。

51. 泛黄河

惊龙壶口下，跳虎汉关中。
九曲东流去，三光一大风。
昆仑天水岸，万里入东营。

52. 往河阳宿同陵寄李侍御

自往河阳宿，湖州白府官。
吟诗贫士曲，达士叶枝寒。

53. 鸦路溪行呈陆中丞

危峰鸦路溪，绝壁桂青蚬。
渡口难行渡，齐流岸水齐。
陈仓陈蜀见，栈道栈高低。
至此应回顾，惊涛鸟为栖。

54. 独宿岘首忆长安故人

寒宫无隐物，岘首有羊公。
不付襄阳梦，长安故友同。

55. 自商行谒复州卢使君虔

客酒半秋春，行当一路人。
湖州归不得，进士望朝辰。
远作荆州访，寻吴向楚秦。

56. 梦泽行

日月有阴晴，山河自不平。
川流长远去，曲岸一湖明。
莫以风尘论，驱驰梦泽行。

57. 京山行

一马秦川路，三清道士城。
龙门谁及第，白府半官名。

58. 旅次湘沅有怀灵均

性孝忠躯体，灵均见楚瑜。
循天无骥路，戒皮有良图。
沅水潇湘聚，君山汉寿殊。
何言齐鲁府，自作洞庭儒。

59. 过彭泽

不必闻彭泽，舟人自在多。
吴音应变化，月色寄天河。

60. 过分水岭

秦川分水岭，半见两江河。
曲曲东西去，南南北北歌。
中原常逐鹿，四海不停波。
四十州头问，三千弟子多。

61. 分水岭别夜示从弟寂 四川和秦川，长江与黄河

南中坝水田，栈道半连天。
杜宇蚕丛似，瀛皇汉帝宜。
黄河不断长江岸，秦岭相分各成川。
自古巴山多夜雨，瞿塘峡谷渡官船。
高唐神女见，宋玉楚辞篇。
白帝三吴望，巫山半楚烟。

62. 连州吟三首

之一：

春风朝夕至，绿叶已成茵。
蕙芷芝兰出，形同态共秦。
连山连水野，汉寿汉沅岑。
但以潇湘问，君山直木林。

之二：

俗子多虚叹，贤人少步闲。
耕耘锄日月，积累有源湾。

之三：

连州曾有信，一纸万人吟，
舜管南风雨，鼓瑟二妃心。

63. 旅行 榕树

一夜消遥梦，三更复古心。
千年重复路，百岁木成林。

64. 上河阳李大夫

上将文思略，中军策令营。
桥船江岸积，草米士兵行。
地载天枢见，河阳守卫盟。
苍鹰曾俯仰，鸟兽已时惊。

65. 投赠张端公

君心四十州，吐纳百川流。
驱邪霜气重，正路著春秋。
月夜清明叙，辰明晓色留。
钟声依旧序，玉漏对天臧。

66. 赠办公设备韦郎中使君

谢朓吟诗去，郎中任性来。
姑苏姑碧玉，小女小桥台。
步上盘门问，心从木渎催。
三春同里水，八月运河开。

67. 上张徐州

江流终入海，自得始天波。
大义唯精进，天枢九辩歌。
宫征征至遣，鼓乐器微和。
市道同行路，朝堂彼此何。

68. 上包祭酒

七子冠英一大风，三公桂侣半西东。
春云夏雨秋风肃，腊雪冬梅岁月空。

69. 赠别崔纯亮

镜破不藏光，兰裁已存香。
君心如日月，草木似天堂。
项籍零陵鉴，渊明五柳扬。
琴弦何附属，不必以弦长。

70. 赠文英上人

青山不可栖，绿水自由低。
点滴方圆见，峰峦草木齐。
空空城色色，性性各东西。
寂学京城近，知音帝业蹊。

71. 严河南

清霜寒落叶，白雪素封山。

赤令观东洛，郎中问雁关。

河南河北见，逐鹿逐鹤还。

隐士樵声断，江流十八湾。

72. 赠李观初登第

五十声鸣几第难，书生竞气一李观。

龙门水色天街路，布蠹新扉户对宽。

73. 吴安西馆赠从弟楚客

吴安西馆渡，羽箭久兵营。

武勇多残陈，功夫日月精。

74. 赠张仇将军

五岳一将军，千川半世文。

穷时穷见历，立马立功勋。

敢拔英雄剑，匡扶正义君。

75. 赠道月上人

道月上人心，清明下士襟。

蝉鸣初始伏，独语复蝉吟。

76. 抒情因上郎中二十二叔监察十五叔兼呈李益端公卿须评事

方鸣指下弦，翠羽碧中天。

寸草春晖早，明花近酒泉。

游边风未静，别袂楚还贤。

子命高山水，音传一逝川。

77. 赠城郭道士

山中一酒泉，木下半天边。

道士三清寄，阳春白雪弦。

78. 桐庐山中赠李明府

静水一泓明，青山半木英。

桐庐吴越见，志士女儿情。

蕙芷钱塘岸，芝兰六合荣。

云平天目岭，雨满虎丘城。

79. 献汉南樊尚书

众木皆摇落，潜英独自鸣。

贤臣天地柱，大乱治方成。

镇海蛟龙净，平川草木荣。

青云皆紫气，白帝故臣生。

80. 赠转运陆中丞

转运陆中丞，摧邪正道兴。

相如穷已免，宋玉楚辞凌。

凤叶梧桐木，通州水月弘。

除荆谁剪剪，辅弼匠这凝。

81. 赠万年陆郎中

两省一郎中，三台半大风。

千年文史റ，万载去来空。

地柱知朝暮，天梁向宇穿。

文章修日月，六部待殊雄。

82. 擢第后东归书怀献座主吕侍郎

宝镜无私影，贫生有志名。

时文新习字，运挚故思荣。

贱子长亭数，先贤雅颂清。

松萝重树立，拾遗再修行。

83. 古意赠梁肃补阙

曲木因斜影，乔林自向天。

谗人逸近远，独块独方圆。

百炼纯金见，千锤锻铁研。

炉光炉火试，玉器玉轻烟。

84. 赠黔府王中丞楚

旧说一黔山，新闻半玉湾。

泉流天下界，木直穆南关。

市土中原路，同明日月还。

中丞中主宰，楚府楚才班。

85. 赠主人

贫交自古易为施，斗水微鳞作浅池。

大海波涛承落日，人生进退去来时。

86. 上达奚舍人

山阳多日月，草木有风霜。

富贵贫寒易，诗词字句量。

平生磨励志，跬步渡天梁。

87. 赠建业契公

旦往青山寺，清华自绕身。

师公师有训，建业建无尘。

88. 献襄阳于大夫

毕业青山阙，襄阳岘首蔾。

羊公垂泪处，谢郡白铜堤。

老少皆知趣，童翁尽足低。

江平无远近，日夕有霞霓。

89. 赠郑夫子魴

文章微物暗，日月显天明。

李白徒知酒，知章以世成。

金龟何足惜，醒醉作殊荣。

苦志方圆历，贤心造化行。

90. 崔从事郧以直躔职

自古一清风，如今半世穷。

松残心直见，竹破节中空。

草木阴晴见，泉源有始终。

91. 大隐坊章仇将军良布功守贫

大海沧桑易，波涛几浅深。

君心君子贵，布故布功荫。

日月知朝暮，天机贵古今。

92. 大隐坊赵记室俶在职无事

劲木可成灰，泉流自向催。

方圆由器物，小大作传媒。

日月光明见，清姿独不堆。

93. 合情

序：

二〇一六年九月十八日马来西亚·基隆·中国中央电视 4 台长城与马来西亚智慧台合

诗：

长城智慧自精英，世界东盟共久鸣。

汉武文成天下志，秦皇勇断运河明。

杨杨柳柳钱塘水，古古今今郑合情。

一带丝绸行一路，环球泛亚马来荣。

94. 赠韩郎中愈四首

之一：

赠以高山石，坚贞大海滨。

迎风当壁磊，立世自秋春。

故国忧心重，他山作玉珍。

之二：

奉以青松树，年年直立身。
龙鳞班驳力，定自万千钧。

之三：

一日三思故，千年半古今。
推敲留古刹，白府作知音。

之四：

袈裟可旧翻，本末自微言。
造化生禅意，行僧守一元。
春风春不止，草木草花萱。

95. 寄张籍

夜镜无明照，萤光有闪形。
怀忧知国士，忌党对丹青。
浊晦从君子，英精认渭泾。
千年编内史，百岁著心灵。

96. 戏赠无本

不瘦诗东野，何闻贾岛寒。
无源无本木，杜宇杜鹃冠。

97. 忆周秀才素上人时闻各在一方

东西分秀素，水月各高低。
野客风云问，游人草木栖。
僧居无俗病，静坐有泉溪。

98. 江南郊不从行

三心二意云，万里牛山分。
郑郑舒舒缓，升升落落勤。
江南江北问，日后日前闻，

99. 怀南岳隐士二首

之一：

一望祝融峰，千林见柏松。
高僧知古道，隐士觅仙踪。
落日遥山见，朝霞近府龙。
无本应缘木，有水满芙蓉。

之二：

煮石一丹青，栽桃半古今。
瑶台应是客，五百岁中寻。
隐士仙踪见，樵渔不可寻。

100. 春夜忆萧子真

月近一蛙鸣，萤流半影惊。
原来虚不定，已是入三更。
但得思君梦，窥心旧忆声。

101. 寄院中诸公

凤鸟不卑栖，台翁两省齐。
浮云无远近，落叶有高低。
竹木婆娑影，窗玉漏虹霓。
从君从日月，事业来东西。

102. 寄洺州李大夫

洺州李大夫，国士自殊儒。
鹊鹊江湖守，鱼符草木图。
弯弓知射虎，逐鹤谢屠苏。
独酌诗词客，殷勤水月吴。

103. 寄卢虔使君

露露霜霜换，来来去去闻。
归乡归市客，主事主官君。
苦苦辛辛力，清清白白勤。

104. 寄崔纯亮

千川一水书，四海半天墟。
器皿应无量，胸怀可有余。

105. 汴州离乱后忆韩愈李翔

孤门清馆夜，落叶亦层霜。
月色寒光照，婵娟问独床。

106. 寄张籍

浊水三明照，清居一世贫。
君心君子见，太祝太人频。
不隔尘埃见，春秋日月秦。

107. 寄义兴小女子

小女子天真，三吴远望秦。
江南庄宅浅，竹杖不藏春。
月色常窥视，婵娟不避邻。
低头知首见，不隔自偷觑。

108. 忆江南弟　自述

白首如今老，身心自柱弓。

生离生别去，驻步驻情融。
再以爹娘忆，方知是始终。

109. 寄陕府邓给事　自言

诗人年七十，月俸万三千。
续创巴新国，由从大马园。
南洋连四海，跬步五洲田。
木槿迎朝暮，婵娟上下弦。
耕耘天地上，格律古今贤。
诸史春秋继，群文宋玉研。
经书承子集，御制佩文诠。
字韵何从语，南南北北偏。
东冬分变别，踵豖两音传。
庾信行平水，知章作此篇。
离家谁老大，白羽饮乡泉。
不得书生纪，陈词寄自怜。

110. 宿空侄院寄澹公

人生五十余，策杖万千书。
竹冷方知翠，经霜可再舒。
诗词应日月，字句不樵渔。

111. 送谏议十六叔至孝义渡后奉寄

晓渡明清镜，波纹两翼生。
红霞浮碧羽，紫气复云平。
所去前行路，何来逆浪倾。
相思伊洛水，日月满京城。

112. 至孝义渡寄郑军事唐二十五

咫尺天涯水，行程日月斜。
心中空自得，路上独思家。
岘尾梅先浇，墙头小杏花。
春光依旧是，义渡胜官衙。

113. 答友人

一水何深浅，三光自照明。
方圆由所静，欲止欲流行。
不隐风尘故，儒纹草木情。
当思杨柳岸，始得运河生。

114. 答郭郎中

志士贫坚守，书生不市营。
郎中松柏色，楚玉自然明。

115. 酬友人见寄友人

耕牛归里巷，野鸟上房栊。

落云清风伴，浮云草木红。

莲花宫外赋，锡杖寺中桐。

息止方圆守，吟讴顿悟空。

116. 答韩愈李观别因献张徐州

一路子规啼，三春蕙草低。

滩头守水冷，独秀各难齐。

独棹离弦箭，孤舟举手嘶。

前程和足下，不必问东西。

117. 答昼上人止谗作

泾河万里流，渭水各年楼。

去去来来见，清清浊浊舟。

谁闻桃叶渡，自以桂琴忧。

118. 答姚怤见寄

哲士是飞鸿，贤人不苟同。

儒书君子路，堕世小人风。

日月分明见，阴阳一色空。

119. 答卢虔故园见寄　自语

重归寻故里，访旧问无人。

阮肇山中去，书生月下秦。

恢恢年代去，处处各秋春。

120. 汝读蒙从弟楚材岁见赠时郊将入秦，郴材造楚

汝水汝风遥，秦关渭水潮。

吴人吴子弟，楚客楚材昭。

白鹤青莲寄，青岑玉带桥。

121. 同从叔简酬卢殷少府　自述一生元定式，创业由零始

深虚非水性，浩渺是云情。

洁洁高高尚，空空色色行。

循规何自主，创世作精英。

122. 酬李侍御书记秋夕雨口病假见寄

一雨净山川，千声问水田。

春秋相似处，日月照方圆。

独坐何希望，行身向酒泉。

123. 答卢全

汨罗一水平，贾谊半湘情。

不以长沙赋，鲲鹏鸟雀城。

无须文帝问，屈子九歌行。

124. 奉季翰林张舍人见遗之诗

君心知大雅，苟且小人心。

所布非何布，知音是觅音。

秋风虫百肃，落叶远遥深。

莫以归根许，当规隐籍禽。

125. 送从弟郢东归

东归不尽一贫心，北上何言半古今。

别别离离情见老，兄兄弟弟始知音。

126. 山中送简叔赴举

山峰一石根，水谷半慈恩。

但向龙门跃，中华好子孙。

朱门含紫气，白首不黄昏。

127. 送别崔寅亮下第

天天地地一书生，去去来来半日明。

暮暮朝朝今昔见，名名誉誉是人行。

128. 大梁送柳淳行入关

青牛一路过潼关，直下风陵渡口还。

道亦玄虚非是道，黄河九曲故县湾。

129. 送无怀道士游富春山水

万水富春山，千川建德湾。

洋溪芝夏旧，马涧古方关。

造化分天地，新安化岭蛮。

知金华色色，识玉女儿颜。

130. 送温初下第

日落日升闻，宏词容主君。

由人由自己，可第可衣袍。

惊心分相虽，千年以瞩文。

131. 送卢虔端公守复州

自得闻师旷，知音对古今。

孤桐临洞水，独木已成林。

大朴飞鸿志，华风韵味沉。

明明从太守，肃肃有余荫。

132. 送任载齐古二秀才自洞庭游宣城二首

之一：

贤人自是一文章，达士由来半帝王。

伪作从邪难见正，富州直木已成梁。

之二：

未到宣城一洞庭，风光四顾半丹青。

何从阮籍王谢问，鼓瑟潇湘向舜灵。

133. 送晓化归庭山

庭山何步步，寺路翠微微。

日落僧人语，余光满岭晖。

泉泉流不住，玉带纳明归。

134. 送豆卢策归别墅

长林一鹤巢，古寺半推敲。

贾岛寒山去，贫穷问孟郊。

诗人应自古，病瘦作战友。

135. 送清远上人归楚山旧寺

湖州吴越去，郢地楚才求。

一副云萝径，三从蜀水舟。

青莲萍色近，剑阁望沧洲。

136. 山中送叔简

不邀世中名，琼英月下清。

人间多少客，昼是去来情。

足下枯荣步，途中日色城。

137. 送萧炼师入四明山

不入四明山，何言彼此还。

仙丹仙客色，炼玉炼天关。

百丈悬泉落，千明挂玉颜。

无心无世界，有道有源湾。

138. 感别送从叔校书简再登科东归

感别再登科，江流日月河。
东归东客里，远势远人多。

139. 送玄亮师

鸟别鱼分去，林深水浅来。
重寻清净地，再造古天台。
淡淡风尘外，悠悠楚郢才。

140. 送李尊师玄

宗师日月玄，箧片两三天。
碧简文身咏，青莲足迹田。

141. 同昼上人送郭秀才江南寻兄弟

世上一高僧，人间半独灯。
心前无垢土，月下有香凝。

142. 春日同韦郎中使君送邹儒立少府扶持赴云阳

离思成百草，别念著千章。
太守诗词客，郎中日月堂。
前程由自取，部落可炎黄。
少府匡扶去，云阳半故乡。

143. 送从叔校书简南归

长安一灞桥，一雁半云霄。
别路分南北，离情作柳条。
江湖原不远，碧玉两潇潇。

144. 送韩愈从军

自古书生一丈夫，男儿达士半匡扶。
元无所命王粲略，夜帐灯明八阵图。

145. 同茅郎中使君送河南裴文学

送别裴文学，郎中独使君。
河南多达士，陕北少斯云。
九日重阳见，黄花白日嘱。

146. 送李拷翱习之

东吴无路路，北巷有桥桥。
履足呈君子，襄衣奉奴娇。
窒簇声细语，弄玉合轻箫。
十八胡姬曲，盘门小雨潮。

147. 送丹霞子阮芳颜上人归山

归山几上人，问道误苏秦。
玉性三清殿，丹霞一日珍。

148. 送从舅端适楚地

归情一泛空，望断半飞鸿。
楚地多菰苔，青莲一半红。
衡阳元舅唱，不得向江东。

149. 送卢汀侍御归天德幕

侍御黄河岸，行程朔北水。
清霜清雪色，白璧白精凌。
细柳营中策，东营问五陵。

150. 送草书献上人归庐山

东林不尽一庐山，独谢诗僧半墨还。
且将丹霞留纸上，何须醉酒误天颜。

151. 和薛先辈送独孤秀才赴嘉惠得青字

秦云一丈青，楚桂半芳馨。
万水明天下，千枝尽有灵。
文星文曲在，独送独孤星。

152. 晚

乐光天天攀素口，居居易易小蛮腰。
三生白马三生绪，一曲低昂一曲潮。

153. 送崔爽之湖南

江湖一水明，日月半天城。
草木三千界，王侯十地英。
唯闻竹泪落，尽见二妃情。

154. 送超上人归天台

道士天台一上人，阶墀御笔半天津。
三清自以仙灵愿，九派丹霞流玉尘。

155. 同李益崔放王炼师还楼凤兼为群公先营山居

千年玉叶墟，一卷紫芝书。
炼石成丹客，还楼却故居。
裂裘从日月，翠羽可樵渔。

156. 张徐州席送岑秀才

步步芝兰问，循循独秀才。
泛泛泉日溢，路路近天台。
雨净文章笔，云轻格律裁。
吴音平水韵，国语谢公来。

157. 送黄构擢第后归江南

江南江北客，及第及书生，
九品行高路，三台问道行。
花开宗祖宴，洒醉弟兄情。
直木应由此，乔林可育英。

158. 送道士

山中山下路，道士道前峰。
六合人间步，三千弟子逢。
文殊勤佛鼓，又见普贤钟。
世界禅音继，平生以善宗。

159. 送孟寂赴举

为君一苦辛，读子半天津。
学海无涯去，冠官有直臣。
清流唯圣主，浊路净红尘。
十万文章在，诗词草木人。

160. 同溧阳宰送孙秀才

白府一诗人，湖州半净臣。
文章天日下，别去秀才巾。
及第归来后，江南做锦鳞。

161. 溧阳唐兴寺观蔷薇花同诸公饯唐明府

蔷薇一片红，艳色半深宫。
苦以琉璃问，天心玉宇空。
闻香应已醉，遇刺可惊风。
驻步思无序，群公各有衷。

162. 送柳淳

黄河一拐弯，故道半潼关。
记得青牛路，风陵渡口还。

163. 送殷秀才南游

四句临离袂，千言把酒天。

南游南柳岸，北问北江船。

六郡梁齐宋，金陵细雨眠。

秦淮秦水落，汉使汉家田。

164. 送青阳上人游越

青阳一上人，越国半秋津。

镜里观明月，三潭独印濒。

江僧何不叹，自古会稽春。

上巳兰亭序，钱塘八月钧。

165. 奉同朝贤送新罗使

远国新罗使，扶桑故海东。

秋萍吴岛上，圣德渡云中。

陆羽寻难见，君帆望不穷。

常言家国事，有始自无终。

166. 留弟郢不和下江南

江南一叶舟，白日半江流。

不得归人老，何言又入秋。

167. 送陆畅归湖州因凭题故人皎然塔陆羽坟

湖州水不穷，陆羽皎然东。

运命三千界，归时一大同。

茶茗茶士在，上道上人空。

168. 送淡公十五首

之一：

淡淡半轻风，明明一月空。

荷花三界色，玉水九成宫。

约定重阳日，莲蓬带子丰。

相如如不见，告乃乃黄翁。

之二：

坐学一虚空，行身半大同。

黄泉黄世界，少小作翁公。

之三：

江南知水色，不与大山同。

曲曲弯弯去，朝朝暮暮丰。

三千成弟子，十八女儿红。

之四：

南朝三百寺，一水九江流。

北国峥嵘峤，叶落一春秋。

之五：

蓑衣云雨细，湿竹雾烟重。

采女无声许，船竿故步封。

临波舟波泊，出水玉芙蓉。

之六：

一水半风流，三竿四十州。

东吴东月色，北越北江楼。

伯伯依依问，青青白白头。

之七：

一见江湖岸，三吴日月开。

西施娃馆在，木渎虎丘来。

越语吴音界，姑苏五霸台。

之八：

三吴一太湖，九派半江苏。

会聚天涯水，洞庭两舅姑。

东西山上望，阴晴月下孤。

之九：

一见运河流，三吴八月秋。

天堂杨柳岸，胜似帝王侯。

以水当天下，隋炀去复留。

之十：

水水舟舟见，乡乡土土明。

斜塘斜影色，镜外镜中生。

之十一：

阿姑阿妹色，亚子亚人情。

但约吴门下，何言一水平。

奴家侬意满，七步一桥横。

之十二：

目目湿湿色，柔柔弱弱情。

男男和女女，约约亦盟盟。

同行同里水，共渡共纵横。

临窗呼一句，解缆自在行。

之十三：

水气雨霏霏，云烟雾翠微。

湖州东野去，客坐溧阳归。

白府非非是，诗人处处飞。

湘灵听鼓瑟，竹泪二君妃。

之十四：

湖州无锡半苏州，一岸三分六水浮。

马迹山前吴越水，秋春不尽已春秋。

之十五：

诗人一句诗，历世半文词。

瘦瘦贫贫客，艰艰苦苦时。

169. 送魏端公入朝

东方紫气来，玉漏自天台。

步步趋宫掖，行行举笏催。

青云无价计，策略有奇才。

170. 送卢郎中汀

洛水春波渡，离情一霸桥。

郎中汀举步，白首望云霄。

171. 送郑仆射出节山南

山南知国老，朔北问青山。

将令三军肃，门生一去还。

朝班应所济，报国对天颜。

172. 别妻家

已别年年老，还离岁岁穷。

维持南北望，不得夫妻蓬。

夜夜孤灯照，床床独自空。

173. 赠姚怤别

闻君去郢中，鼓瑟向梧桐。

但得佳人唱，弹琴几始终。

高山流水去，一曲夕阳红。

莫以知音问，江东一大风。

174. 赠竟陵卢使君虔别

赤日如天火，炎炎似灼心。

贫侵枯木直，别路竟陵荫。

土土焦焦见，禾禾萋萋寻。

江南多雨水，赖取建安浮。

175. 与韩愈李翱张籍话别

不奏离弦曲，何闻唱九歌。

三湘灵鼓瑟，一路到汨罗。

贾谊长沙赋，鹏鹏鸟鸟何。

176. 监察十五叔东庙招李益端公会别

一别三逢会，千川万里风。

人生何自得，踮步几由衷。
水入清池色，禅音四壁空。
知书知彼此，玉液玉壶翁。

177. 汴州留别韩愈

汴水东流水，长江作海波。
田桑何直木，野岭几高柯。
但以君心见，春莺唱九歌。

178. 赠别殷山人说易后归幽墅

易与灵龟问，谋从感念源。
倾怀玄寂寂，悟怯慧喧喧。
旦夕殷勤客，风云自简繁。

179. 寿安西渡奉别郑相公二首

之一：
西陆一风尘，东流半水津。
冰霜留旧迹，草木已逢春。
别意应无忘，相逢乞火辰。
之二：
朴略消遥客，琼华日月霄。
朱门开越水，碧玉上吴桥。
折桂知杨柳，钱塘八月潮。

180. 宇文秀才斋中海柳咏

独步文才秀，孤心海柳吟。
葳蕤三二月，蕙芷暮朝岑。
旦夕相思处，阴晴彼此寻。

181. 摇柳

本是摇摇性，无疑处处根。
隋炀杨柳岸，运势运河门。

182. 晓鹤

婆罗门上影，古刹月中吟。
羽翼香炉近，晨鸣一世音。

183. 和蔷薇花歌

七十三年岁，千株万岁花。
芳香留玉影，带刺到天涯。
但取清华苑，人心作玉家。
诗词多少赋，月下自身华。

184. 邀人赏蔷薇

蜀女初红醉，吴姬盛艳余。
相倾相不力，一卷一天舒。
叶叶呈鲜碧，枝枝七色居。
中间生粉蕊，月下待相如。

185. 和宣州钱判官使院厅前石楠树

一树春秋度，三生日月书。
笼笼灵秀集，簇簇雅芳舒。
暮暮朝朝绪，天天地地初。
荣枯应造化，色彩可相如。
石石楠楠木，姿形可太虚。

186. 酬郑毗踯躅咏

留连留不住，物表物难全。
独直天涯木，孤芳咫尺田。

187. 品松

壁立一青松，根枝半真龙。
鳞鳞生节节，向向自天麓。
五岳滇池岸，黄山少室峰。
风涛狂席卷，世界所无容。

188. 答李员外小榼味

品味是人生，源泉以自流。
泠泠清石隙，溺溺曲潭洲。
远近高低去，西东日月酬。

189. 井上枸杞架

万叶丛中隐约红，深藏不露有无中。
秋风欲来成天色，低就高悬子粒丰。

190. 蜘蛛咏

地网天罗见，丝丝结结城。
何图营八阵，只在此三生。
借助深宫锁，盲盲目目倾。

191. 坟

血血膏膏获，身身命命倾。
求生求死去，顾已顾平生。

192. 烛娥

明前一烛蛾，暗舞半天歌。

但向投光去，平生问几何。

193. 和钱侍郎甘露

玄天甘露降，晓日紫云升。
玉漏阶墀笏，群芳意气凝。

194. 和令孤侍郎郭郎中题项羽庙

宰割独无双，秋风古庙窗。
三知儿女志，一诺半乌江。

195. 读张碧集

斯文自此生，信义已成城。
字里兴亡见，行间日月明。
知章太白酒，子厚刘郎鸣。
格律诗词曲，冠官草木萌。

196. 听琴

闻琴自肃鸣，起舞伴无声。
桂影婵娟色，寒光寄独情。
宫征商角羽，不尽七弦情。

197. 闻夜啼赠刘正元

一寄黄河九曲湾，三生读学一千山。
天涯踮步沧桑见，海角乡书去不还。

198. 喜雨

朝云一半晴，暮雨万千声。
羁旅阴晴外，行程进退城。

199. 终南山下作

终南山下望，漠北草中悬。
野秀长安水，京丰渭水田。
三川千里雨，万亩一云烟。

200. 观种树

春来一弱苗，别去半云霄。
隔水君行去，归心逐日潮。
明年相见处，再约已长条。

201. 春雨后

春云一夜雨，旷野半虫鸣。
万物生新处，三生忆旧情。

202. 答友人赠炭

寒寒暖暖幽幽火，曲曲弯弯直直身。
借得相知朋友暖，心中已谢向秋春。

203. 烂柯石

阮肇山中见，家乡户外闻。
千年如十日，百岁烂柯君。

204. 寻言上人

轩窗留日月，石径满莓苔。
白屋仁人近，青山草木开。

205. 喷玉布

咫尺红尘近，山川日月遥。
仙灵喷玉布，削迹刻纤潮。
濯濯清清沐，风风景景窅。

206. 姑苏城

姑苏城上问，不得剑池关。
浙水西湖岸，吴门子胥还。
夫差勾践去，五霸已千般。

207. 峥嵘岭

石石峥嵘岭，溪溪曲折清。
高峰高气势，远树远山明。
直木乔林组，软水四围城。
嘉情嘉仰止，立意立前行。

208. 寻裴处士

路路途途步，先先后后行。
山山重水水，隐隐复明明。
日月经伦客，乾坤草木城。

209. 子庆诗

献子还生子，羲之复有之。
文章文宰割，养育养恩慈。

210. 憩淮上观公法堂

淮上千年月，观公一法堂。
高僧高素积，世外世成章。
道路空闲久，隋河满柳杨。
苏杭苏子觉，净瑕净天堂。

211. 江邑春霖奉赠陈侍御

江中花木色，月下叶甘霖。
不及闻吴楚，方知魏晋音。
波鳞应得意，曲直几成林。
洛水陈王赋，西施木渼浔。

212. 溧阳秋霁

但望残辉远，何闻落叶乡。
泉流应似酒，不醉作牵强。
晚色三千暗，秋霁一溧阳。

213. 列仙文

暮雨列仙文，无形有洛君。
华名贤女会，记录建安勋。
滴滴天机瀚，丝丝玉帝云。

214. 右方诸青童君

宇驾西华馆，清虚太岳宫。
琼轮朝暮逝，若木岁年丰。
释此千年载，从瓒百色空。
青童君子寄，积世祖忧功。

215. 右清虚真人

左右清虚界，乾坤日月人。
真真真世界，物物物秋春。
废废兴兴事，先先后后尘。
无须千万载，只可去来循。

216. 右金母飞空歌

丹霞一上清，泰斗半精英。
金母霄殿永，令地辇华明。
九围飞鹏界，千章逐日行。
玄虚玄所寄，道德道人盟。

217. 夏日谒智远禅师

智远禅师静，无空慧觉明。
真知真世界，悟道悟精英。
万万千千劫，去去来来衡。
三清三界勉，六郡六殊荣。

218. 右安度明　访崇阳道士不遇

去问仙人路，还来故客踪。

逢人逢自在，步履步难封。
道士崇阳鹤，由心作鼓钟。

219. 听兰溪僧为元居士说维摩经

手奉维摩偈，心从曲直经。
乾坤由此见，日月可天灵。
一半兰溪水，三千弟子庭。
因知王国护，不记故人形。

220. 借车

移家移不得，有物有贫居。
不足巾纶重，何言一借车。

221. 喜符郎诗有天纵

日日几文章，年年风貌长。
辛辛从苦苦，累累复藏藏。
笔墨殷勤致，文记四宝香。
平生三万记，独树一诗王。

222. 凭周况先红笔辈于朝贤乞茶

东西一半洞庭山，上下三千跬步还。
品味江湖茶水色，茗香玉女碧鬟。

223. 上昭成阁不得与从倒僧悟空院叹嗟

步上昭成阁，行阶石磊门。
闻天三两语，问地去来根。
夕照三千里，黄昏一子孙。

224. 魏博田兴尚书听命不立夫人诗

诗词一丈夫，绝句十惊儒。
格律排音韵，弹歌对仗图。
风骚沈约继，八病永明趋。
庾信炀帝调，司空辨味殊。

225. 读经

空空色色一心经，受受行行半世宁。
有有无无无方有，非非是是非萍。

226. 谢李翱再到

一字送千肠，三贫十万章。
诗词应记录，日月有无光。

227.忽不贫喜卢全书船归洛

富贵何言富,贫家已不贫。
卢全间讯至,洛水色淮津。
乌鹊庭前跃,琚琪淑布巾。
鱼书鱼几案,佛脚佛心春。

228.吊国觞

言人吊国觞,世子半倾肠。
夏夏神农器,周周谷物粱。
秦秦修战役,汉汉筑城墙。
百姓耕田亩,千年几帝王。

229.吊比千墓

贤人直木根,愚客曲旁门。
逆耳忠言少,残阳自夕昏。

230.吊元鲁山

璞本一初明,鲁山半舜耕。
贫穷贫志在,搏鸶博身名。

231.世八首

之一:
鲁山一道依,万类半京畿。
是是非非易,成成败败稀。
之二:
鲁山道未申,地气来平贫。
食乞三元化,神农万物均。
之三:
贤人多自助,道理有深疆。
万物皆终始,千章可玉怀。
之四:
造次不成文,贤人可问君。
空澄知日月,足迹莫纷纭。
之五:
豺狼一瞬知,齿牙半磨时,
俗饶精微致,鲁山绩业诗。
之六:
箫韶一太平,教化半苍生。
囊力艰难运,鲁山能度名。
之七:
俍迹鲁山名,冰心教化行。
非贤妻不聚,有志自耕耘。

之八:
贤人母万物,养颐辅三明。
古表谁言志,奇今作精英。

232.哭李观

志士何须老,多为直气伤。
颜回知姐谢,子路可扬长。
俗韵从松柏,劳君疾恶肠。
由然三千士,所望一穹苍。

233.李少府厅李元宾遗字

一字隔长天,三生作古年。
零零三五笔,落落万千泉。
楚楚留言种,幽幽自潜然。
群鹤何举翼,百虑不成眠。

234.悼吴兴汤衡评事

青松翠翠已关门。
白日昏昏未子孙。
雪水幽幽流不尽,苍山磊磊著天根。

235.哀孟云卿崇阳荒居

云卿自去一荒居,落草崇阳半旧书。
艺蘖山中成苦水,文章遗秀作耕锄。

236.哭卢贞国

下马入君门,闻声小子孙。
功成天地界,遗恨作慈恩。

237.伤旧游

今春一旧游,去岁半新秋。
落叶离根远,西风过九州。

238.吊房十五次卿少府

视视听听十五尘,交交结结曲江滨。
声声色色曾记忆,退退之之进士人。

239.逢江南故画上人会中郑方回

东林万感郑方回,掩抑千章北邙恢。
碧涧松风留日月,知音不在是非嵬。

240.哭秘书包大监

晨惊宝镜破,素改再方圆。

莫以声容见,知音可复弦。

241.悼幼子

一闭黄门土,三生问子泉。
风枯年岁见,复得故天弦。

242.悼亡

山头明月夜,柏羽接松墙。
莫以分三界,相随是故梁。

243.吊李元宾坟

晚色满荒凉,孤坟落野苍。
松根应不露,向下地藏王。
只寄当年赋,留成两世芳。

244.览崔爽遗文因纾幽怀

幽怀一遗文,夹道半纷纭。
白日谁留我,仙巢独属君。

245.峡哀十一首

之一:
惊涛百丈雷,箭水一舟摧。
滟滪沉船没,幽灵满峡哀。
猿鸣多远逸,谷号已难灰。
涧齿纵横咬,倾流自顶来。
之二:
上下满中天,阴晴水谷悬。
虬蛟由此断,怪窟作龙泉。
之三:
两壁瞿塘一线天,千涛峡谷摆龙泉。
凝幽劈斫层波怒,性命以此锁关船。
之四:
喷云吐雾龙,直立壁悬松。
峡谷争流急,巴山断楚峰。
之五:
立石高唐岸,涛扬峡谷风。
巴山官渡水,性命有无中。
之六:
不是皋陶吏,何言白日曛。
排空三峡雨,直上一天云。
之七:
石齿作千泉,孤峰断半天。

沉舟残木远，落雨共云泉。

之八：

日月不多晖，波涛作翠微。

云龙倾断雨，铁甲蜀人归。

之九：

满山一杜鹃，峡雨半经年。

襄王神女梦，两处各长天。

之十：

瞿塘峡口一巴乡，已过巫山半楚肠。

远近猿声啼不住，西陵水色满宜昌。

之十一：

十二峰前一峡长，三千里外半倾肠。

巫山蜀楚西东断，滟滪中流望春乡。

246.杏殇十首

之一：

经霜花乳集，冷落自凝香。

但以婴姑惜，留名作杏殇。

之二：

冷气半扶苏，经霜两目儒。

悲心容自恋，小女有良图。

之三：

枝头一两红，地上百千蓬。

共是凝香客，高低自不同。

之四：

不可未经霜，凝香作苦肠。

芳婴芳自许，百草百群芳。

之五：

一岁增凝香，三春百曲张。

甘露曾伴侣，细乳供香娘。

之六：

何为末世芳，子女共炎凉。

月始英英色，天成处处良。

之七：

一色入春门，三光向土根。

凝香凝乳露，养女养儿孙。

之八：

结伴一黄花，同行半日华。

经霜方作乳，造物作人家。

之九：

幼子嵩门不见霜，苍龙水下可炎凉。

孤香冷落黄花后，碎瓣无曾问杏殇。

之十：

霜明一路见残红，独得三光唱大风。

细雨和风天下问，凝云作露向苍空。

247.吊江南老家人春梅

春梅陪我老家人，厨食衣衫净冕巾。

一半男儿应不济，天堂歇息自秋春。

248.哭李丹员外并寄杜中丞

不是平原客，何求易水人。

生生天地上，去去作经纶。

249.哭刘言史

六国春秋继，三朝汉吏猷。

相悲相笑累，史国史言留。

洛河流乡土，长安望九州。

250.吊卢殷二首

之一：

一去抱空山，三回问旧颜。

荒原开旧土，大漠玉门关。

之二：

且住唤卢殷，何须贾岛闻。

诗人多少臆，记得孟郊君。

251.历治八首

之一：

棘棘西风下，丛丛北陆中。

孤坟应独立，直木可西东。

之二：

道路阴晴远，登封草木深。

蚍蜉游近土，日月北邙荫。

之三：

苦苦辛辛死，贫贫富富生。

泥沙留古士，日月化诗名。

之四：

陋室文章立，税种跬步行。

长亭终止站，顿首是人生。

之五：

夜踏月明桥，星空水色消。

闻君曾记取，不折柳杨条。

之六：

一酒半当潮，三生十地遥。

人终人复会，再叙再诗谣。

之七：

同人同步履，市类市行名。

老去同怜病，今来共寄情。

之八：

圣圣贤贤士，才才子子人。

星文天地客，列宿各经纶。

旦以诗诗在，咸阳魏晋秦。

第六函　第六册

1. 张籍

进士一文昌，苏州员外郎。
吴人多乐府，水部试诗章。

2. 寄远曲

远远美人来，幽幽玉色开。
盘门桥上女，浒墅五湖梅。

3. 行路难

望春石上望春归，十月飞鸿十月飞。
一路长亭长不尽，三春草木自微微。

4. 征妇怨

自古一长城，如今两岸兵。
三军辽战死，独子序东征。
老妇何依托，曾寻细柳营。

5. 白苎歌

婷婷白苎歌，悄悄望天河。
织女牛郎约，秋衣可寄多。

6. 野老歌

农家一世不知贫，半亩田园自苦辛。
饱叹风霜云雨故，呼儿唤女共秋春。

7. 寄衣曲

织布缝衣自苦辛，征人远战少冠巾。
高堂遗老边城望，只托新妆忆妇人。

8. 送远曲

石上留名别去情，他年旧步再寻行。
山川草木何须记，濯足溪边有木生。

9. 筑城池

农家养子种田梁，不免征兵已死伤。
海陆沧桑人事易，阴晴日月误炎凉。

10. 猛虎行

白日青天猛虎行，朱缨猎户赋难成。
应征草莽谁官府，不在小中有啸鸣。

11. 别离曲

妾梦到辽阳，闺中是故乡。
吴门同里月，一半入衷肠。
大雪封天地，胡风持叶狂。
衣衫应记取，但作好儿郎。

12. 牧童词

一片青草地，三秋牧笛声。
东吴东水色，白犊白荷明。
斗笠长鞭外，蓑衣赤足行。
莲蓬初结子，玉粒好心盟。

13. 沙堤行呈裴相公

渭水一沙堤，长安半路西。
无尘风雨驿，玉漏五更低。
窃避丞相帜，弓迎御诏题。
乌纱光彩照，紫陌碧云稀。

14. 求仙行

太乙丹田气，瑶台玉露泉。
求仙多次代，拜佛暮朝年。

15. 古钗叹

井下尘中一古钗，罗衫拂拭半相揩。
谁知主仆何人物，引凤求凰已入怀。

16. 各东西

门前一路各东西，屋后三春有玉泥。
阁雨浮云连上下，梅花色里有高低。

17. 节妇吟寄东平李司空师道

十八女儿红，三千弟子风。

儒生知日月，世路见童翁。
佛祖青牛见，如来道德中。
观音观自在，选婿选江东。

18. 宴客词

临流沧浪水，望月玉寒宫。
桂树同天下，婵娟共宇空。
家家应此问，十八女儿红。

19. 永嘉行

鲜卑入洛阳，执戟上朝堂。
女妇惊胡大，男儿尽死伤。
公卿牛马走，降虏作侯王。
晋语江南满，吴姬娥北妆。

20. 采莲曲

采女莲中一脱衣，深情未觉半荷稀。
芙蓉出水红波色，有刺方知不可依。

21. 作歌行

只著青衫一路行，黄门诏令半朝倾。
亲亲戚戚无时见，受命何须大宅情。

22. 吴宫怨

吴王醉后欲更衣，美女娇中独不依。
白日姑苏如上色，红颜怯尽女儿稀。

23. 北邙行

公卿在北邙，隐士在南乡。
两两何相望，重重几柳杨。
留名留不住，刻石刻鱼梁。
百岁千年尽，三生半四方。

24. 关山月

夜度关山月，寒宫一故乡。
婵娟今已在，独枕共炎凉。

雨雪昆仑抑，风云渭水扬。
长城南北见，只以运河长。

25. 陇头行

一路陇头行，三军朔雪倾。
南郡王已去，北国作思城。
渭水胡姬舞，凉州汉女盟。
秦川秦已远，洛邑洛王名。

26. 楚妃叹

章华殿下半王朝，万国君中一令遥。
楚叹云天云梦水，吴兴草木洞庭潮。

27. 春日行

三春一日行，百草半殊荣。
碧色群芳唤，梅花落里情。
园中凝玉露，竹下玉芽生。
节节朝天去，殷殷祝君明。

28. 秋夜长

十声未住一虫鸣，万草无荣半叶倾。
不得归根何处去，秋风扫荡可纵横。

29. 白鼍鸣

欲雨白鼍鸣，闻天一两声。
惊人惊已己，窟府窟深情。

30. 洛阳行

长安道接上阳宫，洛水东流饮誉空。
五百年来阡陌路，三朝故吏锁飞鸿。
中州十二楼前望，御柳千丝月下风。
驿使华清池下水，玄宗复幸夕阳红。

31. 春江曲

无云江水平，有曲对船公。
此去金陵远，留心妾语盟。
男儿应有志，细女竹枝声。
悄悄关怀见，时时不必明。

32. 送远曲

吴门带雪翠微枝，木渎西施柳岸迟。
醉里夫差娃馆外，烟波万里五湖知。

33. 塞下曲

胡杨一木雕，碛石半天骄。
大漠胡风燥，沙鸣作玉箫。

34. 董逃行

乌孙不战一兵丁，老少山中半不宁。
白日长生求自保，胡风扫荡似浮萍。

35. 少年行

男儿昨日羽林郎，御驾亲征射虎狼。
箭若流星穿百步，单于退却过长扬。
日斗雄鸡京都胜，夜狙淑女待帝王。
马上三边三狩战，功成六郡六家乡。

36. 白头吟

不在弹中奏，还闻月下琴。
君前娇百态，已是白头吟。
解带宽心问，忧思玉影深。
弦弦天地界，处处暮朝寻。

37. 将军行

八面埋符半楚音，三军汉将一边岑。
胡尘已静单于界，部曲当朝渭邑心。

38. 贾客乐

金陵贾客和，夜梦一银河。
月里风波静，云中利润多。
孤帆来往去，独枕暮朝歌。
姓姓名名望，钱钱欲欲磨。

39. 羁旅行

行行一路难，栈栈半心宽。
剑阁惊云落，瞿塘峡口残。
巫山官渡岸，澧水满波澜。
莫以陈仓问，长城作杏坛。

40. 车遥遥

遥遥万里行，处处一人生。
独儿家乡树，幽幽故客情。
相逢相别望，互泣互宣鸣。
莫以浮云问，山川自不平。

41. 妾薄命

男儿一战行，妾女半无声。
降房疆边吼，知音月下鸣。
生离多死别，柱断瑟琴倾。
但以惊心处，何须怨北征。

42. 秋雨

叶叶枝枝一雨声，淅淅沥沥半阴晴。
三秋玉枣红黄色，十万诗词作后生。

43. 朱鹭曲

朱丝白鹭半低鸣，悉翅强潜一不声。
但见游鳞无面对，飞扬跋扈有纵横。

44. 远别离

行行远别离，止止近相期。
友友寻寻聚，朋朋酒酒时。
人生休所见，世事不须辞。

45. 楚宫行

半落黄花一橘红，三吴楚水九州宫。
蚕丛杜若鱼凫女，玉殿章华曲舞风。
九月香凝云梦色，重阳桂影自无穷。
云云雨雨高唐岸，暮暮朝朝日西东。

46. 江南行曲

橘树人家一半红，吴姬曲舞两三凤。
斜塘日暮多人影，酒市旗亭座不空。

47. 乌夜啼引

巢乌一夜啼，少妇赎栖栖。
好运应前兆，良家已玉霓。
官家如鸟翼，吏役似东西。
自以新雏守，高枝独不低。

48. 促促词

贫家一妇夫，织种半刍扶。
促促机杼夜，耕耕引水衢。
姑姑还小小，妾妾亦奴奴。
白苎当裙束，君心对玉壶。

49. 宛转行

宛转一心行，徘徊半念生。

从容同彼此，曲意共衷情。
越女吴儿梦，钱塘两古城。
隋炀知故水，但以运河荣。

50. 短歌行

白日自无根，世人有子孙。
东西应亿岁，上下万年恩。

51. 山头鹿

岭顶鹿回头，天涯一五洲。
撑空成石柱，海角四方流。

52. 湘江曲

湘江曲曲流，处处洞庭舟。
月落行人间，帆扬带妾愁。

53. 楚妃怨

月色楚妃楼，星光半冷秋。
三更难入梦，六郡有乡愁。

54. 离宫怨

高堂别馆一湘流，楚女荆王半郢侯。
纤腰细女宫中舞，江山万里月前楼。

55. 成都曲

玄宗老小一成都，日月江山半有无。
华清水上汤泉浴，蜀女山前荔枝奴。

56. 寒塘曲

十里寒塘水，三秋落叶凫。
舟中谁醉曲，月下照船姑。

57. 春别曲

青莲出水大如钱，岸渚波摇静似船。
碧色连天连水宇，珍珠点滴点方圆。

58. 春堤曲

野水鸂鶒一树头，菱荇碧叶半萍洲。
谁家小女知云雨，半作江南一木舟。

59. 乌栖曲

君王昨夜舟舱宿，醉里衷情月色姑。
雨里云中同里岸，吴姬十六五湖姝。

60. 雀飞多

自在雀飞多，天罗地网过。
人间谁觉悟，世上万千波。

61. 泗水行

春冰泗水行，白鹭独低鸣。
但向游鳞逐，浮波俯仰成。

62. 疲居行

战战争争一不平，居居废废半虚生。
城空宅旧栖巢满，幼鸟雏虫茧不鸣。

63. 寄菖蒲

石上满菖蒲，云中望小孤。
鄱阳彭泽宰，十二节黄湖。

64. 江村行

江村日日半云烟，筑茧丝丝一束蚕。
锦乡绸纱绫帛色，塘平畦坝水禾田。
姑姑妇妇夫妇种，子子孙孙日月年。
社稷由来秋粒硕，农家自古一源泉。

65. 樵客吟

山深远远一樵声，虎啸猿啼半斧鸣。
直木留全松柏树，归家莫晚野狼行。

66. 湖南曲

湖南竹泪流，鼓瑟二妃忧。
但以湘灵寄，苍梧立九州。
君山观禹水，四望岳阳楼。

67. 春水曲

喽喽鸭鸭嘴，春春水水心。
柔柔温弱弱，暖暖入深深。
雨雨云云济，烟烟雾雾溜。
尖尖荷角角，色色付吟吟。

68. 云童行

云童作雨一青龙，首尾行空半故封。
但以沉浮成败去，鳞鳞甲甲作苍松。

69. 新桃行

三年结果一新桃，二月春风半剪仪。

处处红红花自许，秋成磊磊胜旌旄。

70. 忆远曲

足迹已无寻，行程作古今。
唯闻天地上，日月有人心。

71. 长塘湖

长塘湖里水，野芒草边鱼。
日色微山路，天光一斛书。

72. 废瑟词

古瑟云门曲，湘灵竹泪流。
苍梧苍禹穴，九脉九嶷楼。

73. 野居

贱贱贫贫易，官官吏吏疏。
云云浮不定，雨雨注相如。
野水游鱼竞，桑田草木渠。
何闻何彼此，自得自天书。

74. 南归

一路东西望，三生彼此行。
冠官明故里，苦迹历苍生。
未记乡音改，还闻市国情。
南洋南不止，北国北童鸣。

75. 西州

大漠一西洲，沙鸣半九流。
边城无草木，白骨有春秋。
李广何飞将，阴山未赐侯。
琵琶声切切，汉马自啾啾。

76. 惜花

花开花落去，叶尽叶重来。
岁岁年年见，春春夏夏回。

77. 奉和舍人叔直省时思琴

朝朝直紫微，暮暮反霞晖。
远远东山上，形形久不归。
天枢天子路，五色五云飞。
举笏思琴雅，灵犀论是非。

78. 离妇

十载夫妻路，三生半道离。
无须无子责，富贵有长期。
织结生财聚，东都贝玉姬。
娘姑何不语，妾女自垂悲。

79. 怀别

低郚出故门，不语小儿孙。
默默相无视，幽幽昨日恩。
何闻孤独鸟，取忌问黄昏。

80. 学仙

朱门半闭一仙房，举目三清两学堂。
玉石难分同度火，丹霞可望共炎凉。
虚诠百岁孤仙子，结誓修行独断肠。
已见秦皇传二世，何如彼此作寻常。

81. 夜怀

贫居生远念，学子近忧尝。
日月耕耘纪，诗书积积长。

82. 城南

涧水曲江池，芙蓉碧玉枝。
幽幽萍藻色，涩涩芷兰姿。
掇手柔芳露，寻微拂柳丝。
无从重索句，始得状元词。

83. 怀友

草木不离根，书生好子孙。
江山多少路，父母泽慈恩。
不及知儿女，何时附五蕴。

84. 寄别者

同君汾水别，共路北南行。
万里扬程远，千年纪事明。
寒天飞雪厚，汉水草花荣。
向背阴阳见，乾坤日月城。

85. 献从兄

一路半红法，三生十地民。
灵墀明组绶，幼贱共朝臣。
玉润虚怀日，迢遥逐旧邻。

同行同上下，共度共秋春。

86. 寄韩愈

新居成野馆，独步灈清泉。
读卷无尘俗，吟诗有自然。
桑榆因果见，草木水云天。
浅岸游鳞远，中流砥柱宣。

87. 赠姚怘

曲折石中泉，冰霜互上迁。
升隆进退事，上下有先贤。
友朴从真处，回归是自然。

88. 病中寄白学士拾遗

病客秋亭独步游，平生学士奉王侯。
鸣蝉渐远登高树，感叹人间一去留。

89. 雨中寄元宗简

潇潇夜雨声，寂寂小虫鸣。
肃肃闲思静，清清寄月明。

90. 野寺后池寄友

莲蓬莲莲结子，野寺野池平。
佛祖如来势，儒书进退明。
沧桑由所以，未了自然情。

91. 上海东锦江宾馆　金家聿

唯唯诺诺未知音，玉玉婷婷沪浦浔。
但以婵娟月上望，重闻上海水中禽。
ADIB与中国海外投资集团张董
复复重重坐上宾，儒儒雅雅客中人。
思思悠悠知商法，交交结结是故邻。

92. 与刘力江、金家聿宴浦东

闪闪星星一沪城，知知遇遇半玉英。
清清楚楚黄浦岸，美美琳琳小女情。

93. 董公诗

一主陇西公，三朝制北戎。
贞观知学政，德礼自然翁。
百辟皇恩贺，千军卫国躬。
无虞君子肃，大事佐堂风。
惠质知僚属，端居易使隆。

夫妻相勉历，子女互书崇。
减赋兴田訕，增薪慰臣恭。
行身台阁老，受禄尽当穷。

94. 祭退之

呜呼吏部光，诤退谏朝堂。
直乞应千载，陈文古万章。
江湖间独到，日月可重扬。
朴素登科士，平生酌细量。
麟台曾共事，博士已中梁。
北漠三元老，南宫六郡郎。
流溪清自许，灏渚浅天扬。
结社鸥鸽集，联因草木乡。
弹琴惊二女，娲筑已慨慷。
旷达天涯角，笥盈诸事尝。
垂垂天地外，籍籍去来皇。
手迹诗词在，相摧继世长。

95. 蓟北旅思

日日乡家国，年年草木黄。
长安知水部，蓟北问吴杨。
白苎繁丝细，姑苏简布妆。
芝兰兰束带，碧玉玉桥旁。

96. 江南春

江南春雨柳，水月运河杨。
日暖无尘渡，云重有草香。
三吴三世界，八面八方泱。

97. 西楼望月

城西楼上月，角榭复层霜。
共望分何处，谁人不问乡。
婵婵低语色，后羿欲思娘。

98. 别鹤

别鹤过去溪，分飞浇故堤。
巢空知旧主，不饮舞高低。
羽翼何相似，三吴一范蠡。

99. 江陵孝女

但见曹娥水，江陵孝女津。
春花应寂寂，落日已沦沦。

自古谁相继，年年岁岁新。

100. 山中古寺

古寺远山中，曾留半世雄。
留何当祠主，不得一名空。

101. 渔阳将

大雪渔阳将，严霜塞外兵。
桑干冰冻水，朔漠细柳营。
汉以长城守，隋成水月名。

102. 听夜泉

独近夜泉声，还闻阻石鸣。
先人寻此细，有色到天明。

103. 送南迁客

去去南迁客，来来北国春。
表山闻秀水，白首不归人。

104. 蓟弱春怀

逢人不说归，遇鸟作鸿飞。
一字由天上，衡阳自翠微。
春风南向北，蓟草已生辉。

105. 思远人

去去人应老，年年草自生。
门前无近道，野径有阴晴。
白首空行色，朱门闭守情。
边城杨柳树，仰叹两三声。

106. 赠同溪客

近得同溪客，清流激石行。
临川临鹤影，白羽白身明。
莫以书香记，苍天一字盟。

107. 望行人

一字雁南飞，三湘半翠微。
年年应一度，处处是非归。

108. 送宫人入道

旧宠昭阳殿，新冠道士宫。
三清三自许，百岁百云空。

109. 送越客

月上镜湖西，云平水雾低。
寒宫帆挂树，玉兔自离迷。

110. 赠辟谷者

身轻曾比鹤，力弱可重冠。
不食人间米，谁更世上潘。

111. 思江南旧游

江皋三月草，小杏半边红。
切莫逾墙外，私情在色中。

112. 夜到渔家

渔家临渡口，水月近船娘。
柳岸藏衣处，牛郎切莫慌。

113. 送远使

谁封定远侯，绥令过凉州。
已是沙鸣久，还闻碛洞丘。
征行秦陇外，八月一风流。

114. 不食姑

仙中第几人，世上数红尘。
水月风云雨，乾坤日月春。

115. 古苑杏花

废苑杏花村，行人半入门。
红红桃李下，色色女儿温。

116. 送流人

白日长城北，黄云渭水南。
流人行不守，未闭作春蚕。

117. 宿临江驿

夜宿临江驿，朝寻雨后船。
舟平潮已落，白鹭望长天。
已是离家久，须知月下弦。

118. 送蛮客

借问炎州客，天南几日程。
江连溪水路，草满夜郎城。
八月余香桂，三秋野鸟鸣。
无闻回夕照，只记海花名。

119. 襄国别友

一路荒城去，千鸟聚散惊。
飞翔飞逐落，独云独来行。
日暮浮云定，山川渐暗平。

120. 送远客

隔日重阳节，茱萸已有情。
如今分路见，远客怯声情。

121. 山中赠日南僧

独守松门老，藤花绕竹青。
南僧南锡杖，挂衲挂昌龄。

122. 征西将

十里满沙鸣，三军碎叶城。
征西征碛鼓，细柳细兵营。

123. 寄友人

忆在江南友，行同二月游。
桃林方见色，水国小荷羞。
竹影池边照，梅花落里收。
群芳知信使，百草染芳洲。

124. 送防秋将

白首征兵将，黄云碛石秋。
元戎曾射戟，部曲已封侯。
旧垒长城破，新军大漠舟。
应从家国守，不忘运河流。

125. 律僧

清赢一少年，素斋半经天。
讲律高僧客，修行大自然。

126. 山中秋夜

寂寂山中夜，幽幽月上弦。
归人归不去，客主客先眠。
采药西山路，溪流细水泉。

127. 送南客

路上雨悠悠，山中细水流。
乔林多直木，不远是南州。

357

128. 宿江店

买酒问渔家，闻香向橘花。
留心留不住，汐落汐平沙。

129. 岭表逢故人

相逢家各远，共话客人稀。
岭表梅花发，炎州温布衣。

130. 出塞

出塞雪封山，回军降虏还。
扬长闻老将，已过雁门关。

131. 寄紫阁隐者

沉沉紫阁名，隐隐一河清。
约约经纶策，别别以心营。

132. 夜宿黑灶溪

月付玉溪流，星随白石洲。
源泉房屋北，细细信天游。

133. 古树

古树黄河岸，焦桐日月音。
临流听急水，霹雳入弦琴。
主客沧桑寄，乾坤证古今。

134. 送徐先生归蜀

独立碧鸡峰，孤行白马松。
观山千百里，采药去来逢。
蜀国蚕丛路，巴山夜雨从。

135. 隐者

得道先生隐，行明市井人。
钱多何采药，德济法传真。
不以樵渔苦，长年事布巾。

136. 送友人归山

再去结茅庐，重寻废井枢。
应扶桃李树，石洞共僧趋。
北岭群芳艳，南溪向玉壶。

137. 雪溪西亭晚望

晚望悠悠水，溪浔柳柳洲。
黄昏停远岫，落照到泾头。

汝是吴兴老，船娘不下舟。

138. 哭山中友人

山中一隔声，墓上半思情。
不再同行路，何须写姓名。

139. 答僧拄杖

灵藤为拄杖，助手作天根。
得自高僧赠，平生佛祖恩。

140. 灵都观李道士

灵都观宇静，道士李琼花。
素色扬州晚，明光作晚霞。

141. 送韦评事归华阴

莲花峰上雨，评事岫中云。
但向华阴路，秋光散翠芬。

142. 送闽僧

隔夏京城客，今朝闽路人。
修行修七律，护法护三秦。
渭邑波澜静，沙田橘柚新。
龙潭龙独往，锡杖锡禅钩。

143. 登咸阳北寺楼

喟邑西原水，咸阳北寺楼。
秋高秦已肃，楚汉有余侯。

144. 送海南客归旧岛

一柱撑天立，千潮海浪钧。
天涯天外路，地角地中人。
但向椰林望，年年只夏春。

145. 送新罗使

万里新罗使，千钧故道行。
东洋东海外，大陆大家盟。

146. 宿广德寺寄从舅

广德寺钟声，吴州水色明。
深思深不解，故土故人情。
不以归情问，何言过客行。

147. 宿邯郸馆寄马磁州

行行行不止，远远远无头。

此路何时尽，邯郸过北州。

148. 舟行寄李湖州

舟行无次第，月落有湖州。
百里姑苏寺，三分作锡愁。
成诗娃馆月，索句住汀洲。

149. 送闲师归江南

四百南朝寺，三清北晋秦。
江湖多少水，五代帝王臣。

150. 游襄阳山寺

老衲慈悲足，贫僧乞舍均。
人间人主意，世上世经纶。

151. 登城寄王秘书建

年年为道侣，处处作浮云。
独独寻无止，依依问鹤君。

152. 送从弟戴玄往苏州

一步闾门路，千年伍子臣。
春差勾践问，二世不知秦。

153. 送朱庆余及第归越

东南才子见，及第曲江人。
但约莲花客，州县半入秦。

154. 过贾岛野居

贾岛南山下，青门巷坊中。
蛙声成片响，暮色满苍空。

155. 酬韩庶子

家贫无易事，读学有儒书。
独向韩庶子，西街静寂居。

156. 赠姚合少府

案上一心经，禅中半觉灵。
荒庭书壁字，少府嘱汀铭。

157. 送游僧五台兼谒李司空

游僧上五台，止步学三开。
雪色迎山素，司空对日来。

158. 送郑秀才归宁

桂楫秀才归，行当令雁飞。
平分南北路，不得去来回。

159. 送李评事游越

未解红尘路，兰亭一日游。
西陵潮正起，北越近吴楼。
水色山川秀，天光草木秋。
风声催鹤老，落叶寄君愁。

160. 夏日闲居

无事半闭门，有夏一黄昏。
日暮蝉声响，荷风水岸村。

161. 闲居

柳岸半闲居，窗前一读书。
千年云下起，百岁月中余。

162. 寄昭应王中丞

门前渭水流，月下案书修。
一笔江山秀，千章玉石留。

163. 酬孙洛阳

家贫独远居，日暮可读书。
是是非非见，来来去去余。

164. 送人任济阴

绶带系腰中，黄门解甲虫。
东风春水色，日照济南红。

165. 晚春过崔驸马东园

闲园风不少，暮色满街东。
处处诗名在，长长酒市中。
年光依旧地，醉竹渐觉空。

166. 夏日闲居

人生多懒性，百岁少留名。
莫以千年问，何须万岁行。

167. 晚秋闲居

闲居一半心，寄望五千音。
一叶三秋见，江湖半古今。

168. 和陆司业习静寄所知

收拾新琴谱，封题旧药方。
诗书无别事，竹影有空床。

169. 酬韩祭酒雨中见寄

雨问韩夫子，云行醉酒堂。
盘门烟色重，水月运河旁。

170. 和裴仆射移官言志

移官言志气，放旷纵身情。
社稷由冠尽，江山可石成。
群司群奉职，独立独皇城。
守节留天下，忠臣不要名。

171. 酬白二十二舍人早春曲江见招

柳色半初黄，春冰两岸妆。
寒鸦寒水暖，曲水曲江长。
太液中枢去，东都太子梁。
乐天书博士，居易状元郎。

172. 和裴仆射朝回寄韩吏部

独爱南关路，常闻北朔风。
从冠朝进退，举步富贫穷。
只有由诗酒，颜客四品红。

173. 春日李舍人宅见两省诸公唱和因书情寄事

紫披吟章句，青闱咏律诗。
东风先自早，暮日远方迟。

174. 和李仆射秋日病中作

由来一病根，草药半慈恩。
但在人生路，春秋向五蕴。

175. 早春病中

日色暖贫居，天光普照余。
春初花草病，世界去来书。

176. 送严大夫之桂州

一路九巅南，三湘半水潭。
千章文及第，十地养丝蚕。

177. 咏怀

老眼昏花耳重聋，中书大字步常空。
心思自在行程少，北往南来望过鸿。

178. 使至兰溪驿寄太常王丞

独上七盘山，云中半客关。
荒桥连石路，象鼻下河湾。

179. 留别江陵王少府

迢迢山上路，病病晓中迟。
少府江陵酒，逢君复约期。

180. 赠海东僧

扶桑大海东，百越向僧逢。
独学中州语，天台有诸翁。
鱼龙成伴侣，信使问无同。
持咒禅机在，行程始不终。

181. 寄汉阳故人

知音住汉阳，问水自流长。
蜀道吴门色，琴台近故乡。

182. 送安西将

大将到安西，沙鸣作鼓鼙。
楼兰应斩尽，海市日云低。

183. 题李山人幽居

山人自得一幽居，读尽千年百岁书。
欲解平生天地事，谁闻世上去来余。

184. 早春闲游

由来闲坐惯，已觉上途难。
跬步行程短，丛林直木观。

185. 赠太常王建藤杖笋鞋

寻花一径幽，问水半诗流。
楚杖湘藤柱，潭光笋鞋舟。
清浔从手足，住步学春秋。

186. 和周赞善闻子规

杜琼子规声，蚕丛栈道鸣。

春秋由善序，草木自枯荣。
日月耕耘客，辛勤跬步成。

187. 送李骑曹灵州归觐

边城关外远，觐省臆中求。
急得风尘路，驱驰守将留。
灵州灵野马，一箭一生由。

188. 寒食夜寄姚侍郎

贫居无寂寞，野望有清明。
叶草初茵色，文昌乞火行。
寒天寒食节，祓禊祓书生。
孔府三千子，龙门一半鸣。

189. 题清彻上人院

松间十尺堂，寺上半天光。
坐卧绳床闭，心经一炷香。

190. 寄灵一上人初归云门寺

常寻少室栖，不入武陵溪。
竹径云门寺，心归隔会稽。
行身松太乙，跬步沃洲西。

191. 和裴司空即事通简旧僚

一日立元功，三朝戍界戎。
青墀黄阁老，韵旧故僚同。

192. 使回留别襄阳李司空

襄阳一楚城，汉水半离声。
独别司空去，孤身向远鸣。

193. 和户部令狐尚书喜裴司空见招看雪

南园覆雪明，上宰厚栏杆。
滴水成深洞，风扬作素残。
梅花香未没，胖体带枝寒。
似得芙蓉影，群芳以玉观。

194. 和裴司空以诗请刑部白侍郎双鹤

素羽仙家鹤，留连水月船。
西园池榭远，野渡问青莲。

195. 同锦州胡郎中清明日对雨西亭宴

郡内开新火，田中问酒泉。
清歌清日上，政迹暮干园。

196. 庄陵挽歌三首

之一：
白日落西山，长空是彩颜。
黄昏留不住，隔夜复东还。
之二：
西征过酒泉，北戍问苍天。
斩断交河水，何须问岁年。
之三：
陌上一灵台，云中半日开。
阊阖吴越曲，吴音格律转。

197. 和左司元郎中秋居十首

之一：
夏末芙蓉瘦，秋中淑女肥。
荷衣脱已尽，结子宿蓬归。
之二：
夏水一池荷，青莲半子多。
蓬湖蓬独立，夜夜过天河。
之三：
夏雨作珍珠，荷风向玉壶。
圆圆形欲动，滴滴已流苏。
之四：
夏雨一五湖，芙蓉半东吴。
斜塘斜岸色，八水半京都。
之五：
采女半离船，玉色一日鲜。
夕照珠园落，方圆一滴天。
之六：
藕断一丝连，银鱼半觉鲜。
莼芦嘉久脍，芡实十珍园。
之七：
玉女一波平，婵娟半素明。
寒宫寒结子，八月八面荣。
之八：
中秋一五湖，问月半东都。
只有司空宅，姑苏水色吴。
之九：
林山一直灵，水月半丹青。
夏满夏芒继，暑雨暑丁宁。
之十：
东园一木霜，夏末半天凉。
叶落秋风起，僧游忆故乡。

198. 经王处士原居

旧宅谁相近，游僧共话居。
闲云应不定，莫便一生书。

199. 不食仙姑山房

寂寂花枝静，幽幽水月香。
山房仙女问，客语共鱼粱。

200. 江头

晚照随江远，来帆落日乡。
三湘量雁翼，六郡尽秋凉。

201. 寄孙冲主簿

曲折沧州岸，风波日月楼。
官贫官自守，道济道春秋。

202. 赠任懒

未可不登科，何人唱九歌。
长沙长贾赋，渭水渭泾波。

203. 旧宫人

百岁旧宫人，千年客布巾。
皇宫皇玉漏，隔日隔秋春。
舞女知腰细，歌姬素粉均。
胡扬胡大漠，弄玉弄箫秦。

204. 春日留别

春风送别离，欲云占花枝。
百草应留久，千波意不迟。

205. 没蕃故人

前年伐月支，战后没全师。
没血长城北，单于共此时。

206. 赠箕山僧

久与空林近，常闻日月钟。

箕山僧锡杖，坐静锁毒龙。

207. 冬夕

城头北斗星，夜尾望天灵。
素雪晴中亮，梅花落里馨。

208. 春和陕州十四翁中丞寄雷州二十二翁司户之作

路尽水无边，山穷月有弦。
天涯海角望，一柱自拯天。

209. 老将

稀稀落落头如雪，止止行行案似霜。
大漠荒沙鸣未了，兵书战策成边疆。

210. 送友生报复陷害峡中

峡里闻猿去，云中见雨来。
高唐神女在，白帝楚王回。

211. 送安法师

山阴竹节蕙兰春。落日君临渡古津。
野寺难留游老衲，兰亭旧帖在东邻。

212. 水

点点方圆滴滴情，形形色色自光明。
虚虚实实何深浅，止止流流是一泓。

213. 岳州晚景

旅雁已归来，潇湘碧水开。
衡阳青海岸，岁岁作乡台。

214. 寒食后

乞火书生早，清明草木迟。
寒窗寒食后，读写读吟诗。

215. 寒食书事二首

之一：
江青留草岸，岭木野还荣。
直立乔称许，殷勤吏治平。
之二：
湖中一柳黄，岸上半沧桑。
水暖官衙冷，清明入酒乡。

216. 和李仆射晚春见寄

莺声雨后频，草色日前新。
滴水花光照，初晨泡不尘。

217. 和李仆射雨中寄卢严二给事

仆射郊原雨，卢严给事云。
群芳多露水，百草有芳芬。
水榭风声小，浮牖鼓瑟闻。

218. 和卢常侍寄华山郑隐者

独住三峰下，行身雨露中。
幽兰香自若，洞口石琴空。
隐隐华山客，清清炼玉东。

219. 和令孤尚书平泉东庄近居李仆射有寄

伊南古寺边，石北溢清泉。
仆射弘文馆，东庄寄策邻。
有为分采药，不付钓鱼船。
选圣临波色，探幽半国田。

220. 送郑尚书出镇南海　各用来字

天涯一雨来，石柱半云开。
海角南洋远，回头小鹿台。

221. 徐州试反舌无声

反舌无声势，丛林有鸟鸣。
高天云自远，草密草烟生。
共宿婵娟夜，同盟后羿行。

222. 省试行不由经

一路半心盟，三生十地行。
长亭长短望，跬步跬前程。
巷浅纵横见，贤深日月情。
儒门儒自经，市道市蝉鸣。

223. 新城甲仗楼

图功百尺楼，字器五兵修。
户用鱼龙舞，旗舒将帅侯。
窗含千万亩，案树暮朝秋。
隐士幽居晚，丞相未白头。

224. 赠殷山人

月月山中客，林林木下秋。
山人山自得，隐士隐清幽。
一草枯荣见，三花日月酬。
溪边溪石静，芷岸芷洲头。
白鹤消遥步，朱门道士修。
新官知近举，老恋远烟洲。
省阁贤同递，中枢子帛求。
清虚蝉饮露，曲折水低流。

225. 夏日可畏

艳艳芙蓉半水塘，婷婷玉立落衣裳。
蓬蓬结子荷荷碧，铺铺平池露珠扬。

226. 罔象得玄珠

罔象得玄珠，微云向背苏。
园明成性比，夜色望飞凫。

227. 和李仆射西园

过午归闲星，三更复读书。
翁童相似处，早晚互当初。
但见西园水，清明北朔余。

228. 送裴相公赴镇太原

相公一晋阳，盛德半文昌。
戍守功高望，吟诗将士肠。
维蕃维国土，遣节遣龙堂。
塞北寒风雨，江南颂帝梁。

229. 寄元员外

直罢无余事，诗篇有客乡。
天台僧已到，旧臆复炎凉。

230. 独娜回马来西亚读大学二首

之一：
南洋独娜自当初，淑女盐官向背如。
万里黄河天水岸，轩辕故里早知书。
之二：
再下南洋去，重修社稷书。
爷娘离苦尽，八月别思余。

231. 赠梅处士

讲易牛头寺，傅经马迹山。
如今天子问，束帛玉皇颜。

232. 赠王秘书

浪里谒公侯，花间作水流。
新衣应采药，古器可书楼。
陌畔桑蚕养，阡禾蕙芷留。
风尘三界世，读写一春秋。

233. 谢裴司空寄马 一作蒙裴司空赐马谨以致谢

司空一马寄书生，水部三曹有骏鸣。
古寺听钟朝暮去，新堤注石玉珂城。

234. 酬秘书王丞见寄 一作王秘书闲居见寄

出入一城关，阴晴半玉颜。
同行天子路，共语不居闲。
古古今今体，诗诗律律般。
应知其所悟，世事可登攀。

235. 送李余及第后归蜀

太白瑶池赋，真卿正字扬。
文昌余及第，携酒贺知章。
友谊从天下，亲情满草堂。

236. 早朝寄白舍人严郎中

转觉人间一小船，冠官玉漏半源泉。
中流有欲非禽兽，计较无求买药钱。

237. 书怀寄元郎中

玉漏一郎中，钟声半晓红。
天墀灵运步，石柱砥流风。

238. 赠道士宜师

五字声名远，三朝侍御香。
宜师宜卜易，道士道家扬。

239. 书怀寄王秘书

雪顶一山留，风云半九州。
高楼高远望，独步独春秋。

240. 题韦郎中新亭

幽亭起处净无尘，竹影婆娑世界新。
几处相如贫酒熟，青流碧畦独东林。

241. 送扬州判官 一作赠茅山扬判官

茅山一判官，道士半云端。
鹤夛烟霞洞，松声日月澜。
无从何俗界，只以此心宽。

242. 喜王起侍郎放牒 一作榜

清明寒食客，草色两三天。
放牒东风早，司春向酒泉。
京城千万士，孔府一名传。

243. 赠王司马

白笋朱衫客，登殷列会官。
朝仪天子省，被众万家安。
即便休闲去，知藏玉器寒。

244. 书怀

半见僧家法，三寻道骨风。
儒书儒子弟，世事事成功。
不必休官去，排云客太空。

245. 赠令狐博士

年成六十余，博士九千书。
自撰诗词集，高才日月舒。

246. 送从弟删东归

东南云雨水，北陆暮朝天。
月色斜塘落，沙鸣近酒泉。
书生由此见，独步作诗田。

247. 赠王秘书

千年秦二世，万里运河桥。
水上观杨叶，渠边见柳条。
官班官本位，雁落雁乡遥。

248. 哭丘长史

丹砂久服不成真，此去秦皇可作邻。
尽是求生求误道，冬冬夏夏易秋春。

249. 送枝江刘明府

老着青衫去，家成志业时。
云飞云落下，雨滴雨深池。
不必回乡路，唯闻唱竹枝。

250. 送从弟彻东归

领印知公奏，行吟奉使书。
寻途求所欲，买宅作邻居。
不以江东客，辞归北陆锄。
三生闻楚路，一赋对相如。

251. 哭胡十八

早得声名久，迟书日月田。
深耕深土木，子粒子经年。
此去无归来，前得共酒前。

252. 赠贾岛

不可推敲水月情，何言岛瘦有无声。
登科及第行官府，未了人间日月城。

253. 逢王建有赠

借问诗词客，宫中日月年。
何以天下路，道法自无全。

254. 移居静安坊答元八郎中

冠官苦不贫，宰治历朝辛。
井浅迁居去，诗书对故人。

255. 送杨少尹赴凤翔

诗名秦博士，少尹魏朗官。
首首惊先后，章章句句澜。
南宫应拜汉，北阙已皇冠。
但作歧州主，无言自在安。

256. 送薛侍御归山

久卧半云间，长驱一箭还。
功名城受降，将老玉门关。

257. 新除水曹郎答白舍人见贺

洞口千灵集，云中五粒松。
南宫南日色，北阙北门封。
紫气东来见，珂声玉苑重。
朱衣呈紫袖，吏役向翁从。

258. 送杨少尹赴满城

还乡三野性，本府半恋情。
田园今得主，草木不枯荣。
独逐风云去，还来赴满城。
闲积成格律，背手向山行。

259. 哭元友少府

志业平生独，云山老少翁。
当官常共直，跬步已同庸。
莫结诗词道，徒言掉首东。

260. 送侯判官赴广州从军

少小才高一子孙，酬谋智觉半军门。
开呈镇海楼上望，去处无家月下村。

261. 答白杭州郡楼登望画图见寄

隋炀一水白杭州，六郡三光半九流。
物象钱塘分两岸，天堂只以运河舟。

262. 赠赵将军

一将幽州射虎行，三军猎羽柳营兵。
单于北去阴山在，受降城头着赵名。

263. 送和蕃公主

塞上如今静战尘，云中受降自周秦。
琵琶蜀女阴由夜，汉将和蕃久是春。

264. 寒食内宴二首

之一：
鱼龙八水一东流，彩瑞千旗半九州。
坐教香风寒食晚，金吾不醉望行由。

之二：
守窗寒食酒，晋耳晋王侯。
不向绵山问，书生自不求。

265. 朝日敕赐百官樱桃

樱桃赐百官，万生自千安。
自是胡姬口，天门玉气鋬。

266. 太白老人

太白老人心，东峰草木林。
枯荣年岁易，洞庭暮朝荫。
不问仙家在，何皇岛上寻。

267. 和裴司空酬满城杨少尹

司空半满城，少很一天行。
挂节拥功忆，临池落照琼。
登科同日醉，独忆共殊荣。

268. 寄和州刘使君

醉里高吟半自声，灵中鼓瑟二妃情。
和州久别春风客，水月心亭白露行。

269. 赠商州王使君

不出商州路已长，衔昭会郡客三堂。
衡阳落雁行南北，水部郎中不问乡。

270. 寄令孤宾客

勋名一国家，治郡半天华。
进退符经日，琴僧寺鼓花。
秋城伊水好，籍载古今嗟。

271. 寄梅处士

搅搅人间是，官官世上非。
梅花梅处士，二月二春归。

272. 送施肩吾东归

本是烟霞客，因来世业关。
科名科举步，灞水灞桥湾。
送别东归路，知君自等闲。
七里濑滩用，四面四明山。

273. 昆仑儿

昆仑一子到中州，耳带三金汉市游。
西臂银环穿鼻孔，千丝玉线恋心头。

274. 赠李杭州

仙郎白首未归朝，惠化州人已六条。
野鹤闲去多自在，桑田橘柚雨芭蕉。

275. 送郑尚书赴广州

木槿红颜一色明，芙蓉素云半花倾。
图经岭外迎官舫，百辟宣昭侍夷平。

276. 贺秘书王丞南郊摄将军

一将领金兵，三军带令行。
南郊新礼毕，再拜故精英。

玉辂青衣帐，龙泉宝剑明。
千官随左右，六郡任阴晴。

277. 送令狐尚书赴东都留守

群臣章庆拜，百辟大梁中。
紫禁天桥上，行香洛水东。
东都留守殿，仗日未央宫。

278. 拜丰陵

处处有天明，云云见雨生。
丰陵丰野草，直木直精英。
学省行身客，公卿摄位名。
龙门应不远，木铎可惊声。

279. 赠孔尚书

直道一荣班，元和半篆间。
南山新住苑，北阙故城关。
赐赠朝衣见，还闻纳士颁。

280. 酬杭州白使君兼寄浙东元大夫

两地空传七字诗，三生不断一相知。
春秋不尽杭州路，日月难平浙水池。

281. 寄苏州白二十二使州自述

三年白首一苏州，用直阳澄望虎丘。
柳色烟中分远近，巴人螃蟹五湖楼。

282. 送白宾客分司东都

离离原上草，历历曲江春。
太子今宾客，分司洛水钩。
东都人未老，省因客埃尘。
以酒听樊素，阿蛮舞玉身。

283. 赠阎少保

少小不还乡，童翁作柳杨。
天街天子路，学音学晖章。
石磬公卿语，龙泉一剑长。

284. 赠别王侍御赴任陕州司马

一别三年下陕州，千军万马共潮流。
同趋北阙听钟鼓，共度诗词作国忧。

285. 田司空入朝

新收济上一殊功，故命云中半蔹戎。
读遍读书儒子教，兼雄受册大明宫。

286. 送浙西周判官

闻名诗酒客，举策主公田。
贺表家乡寄，勋功日月悬。
烟霞云雨断，乙扇暮朝研。
自日归吴越，隋炀一渡船。

287. 送吴炼师归王屋

上学玉阳峰，长生不易容。
仙丹仙法术，二世二秦封。

288. 送邵州林使君

南行一命人，北主半苏秦。
进士龙门渡，潇湘鼓瑟频。
新吟斑竹泪，旧忆曲江滨。

289. 寄王六侍御

老日误风尘，新云入五津。
功名曾记问，俗朴自秋春。
蜀道曾相道，安期已儿邻。

290. 送嵇亭山寺僧

一路嵇亭寺，三僧共鼓钟。
山门山水阔，五岳五湖龙。
礼谒师房静，云关故步封。

291. 送汀州原使君

归朝不记向王门，日落汀州问子孙。
但以人间双凤阙，常言应付一乾坤。

292. 寄孙洛阳格　自言零的突破

久以持声远，今闻逐鹿情。
中朝臣正直，足事重民生。
乍觉同门少，平生共世赢。
从零开世界，以此作精英。
救世留天地，新风作独行。
前程前跬步，后继后诗名。

293. 故山人归王屋因有赠自述

声名已白头，学究度春秋。

独步烟霞见，同行佛祖舟。
书生书不止，步道步难休。
日月三更序，诗词十万州。

294. 寄虔州韩使君

太守才豪付，南康渡口舟。
蓬蒿连蒲苇，净水逐波流。
姓氏声名远，公卿世业侯。
常闻三事断，自得五湖秋。
七十文章老，千章玉白头。

295. 八月二十四日夜梦巴新国 Sirula banr

天天海海一矢阳，暮暮朝朝半客乡。
木木林林成业立，原原始始作银行。

296. 送从弟蒙赴饶州

京城此去鄱阳远，弟意兄情灞水深。
又领符科登第令，春田处处待鸣禽。

　　（注：文官禽绪，武官兽序）

297. 罗道士

山中道士半京城，月下谁知一路情。
有语无声知贵贱，争棋不睹作天鸣。

298. 寄陆浑赵明府

学省同官直，相随共道情。
仙人来往见，采药济贫生。
陆得山县长，三科甲礼名。
公私稀事少，著履独闲行。

299. 同将作韦二少监赠水部李郎中

共是水曹郎，同行上㧑乡。
青衫重著作，紫殿市班行。
各罢鱼符念，群僚忆楚乡。
连步途老少，独在读书堂。
旧事曾相忆，今生寄养方。

300. 赠王侍御

野鹤红尘远，冰壶见底清。
何同寻旧步，只忆故人情。

301. 送金少卿副使归新罗

佐使衔臣命，新罗故土归。
如君从汉室，国信落鸿飞。

302. 送李司空赴镇襄阳

兼权社稷臣，再受合千钧。
汉水风波静，襄阳作主人。

303. 送李仆射愬赴镇凤翔

由来勋业瞩，列位静纤尘。
竹帛东都史，扶风北朔秦。

304. 寄白二十二舍人

知君不可乐樵渔，上佐炉峰客读书。
两省东都扶太子，诗词曲曲已多余。

305. 送友人卢处士游吴越

二月访残梅，三吴问堞台。
云云烟雨重，处处百花开。
独得王孙路，孤芳自取催。
香茶龙井碧，柳叶始徘徊。

306. 苏州江岸久别乐天

姑苏上虎丘，别道运河舟。
以此天堂水，钱塘百里楼。
留君留不住，一路一杭州。

307. 寒食看花

公门入夜归，乞火帝王扉。
但见书生早，看花两省微。

308. 酬浙东袁尚书见寄绫素

绞绫锦素一丝绸，惠意君心十水洲。
但以芝兰长久色，殷勤独敬帝王侯。

309. 赠项斯

频频望尽曲江亭，雨雨行行消渭水泾。
落叶飞扬归不去，秋衣己暖项期灵。

310. 和韦开州盛山十二首 宿云亭

净土宿云亭，虚明竹叶青。
婆娑留影动，孔隙水无形。

311. 梅溪

梅花玉石溪，二月盛山低。

红芳初落不，倩影付香泥。

312. 茶岭

白蕊紫芽生，丝毛带露明。

旗枪分不定，细嫩入怀情。

313. 流杯渠

细叶碧螺春，流杯玉水津。

渠清茶早绿，入手女儿新。

314. 盘石磴

石磴盘层上，浮云两袖中。

危机危四伏，步数步连空。

315. 桃坞

野色满桃坞，天公醉玉壶。

红颜红不醒，结子结心苏。

316. 竹岩

水色千竿竹，烟光百雨湖。

云沉连笋势，一早到皇都。

317. 琵琶台

琵琶台上露，竹榭水中云。

挂住纱巾帻，低头月色分。

318. 胡芦沼

胡芦沼里水，曲口岸前舟。

浅浅深深载，浮浮落落流。

319. 隐月岫

隐月岫中流，寻幽水上求。

清溪清所付，石岸石回头。

320. 绣衣石榻

石榻纵横卧，山光日月长。

平生平步去，共度共炎凉。

321. 上士泉饼

阶中一眼泉，饼上半僧天。

护法禅房近，行游大觉禅。

322. 送远客

远客重来问，今人少入秦。

三湘知贾谊，九派问经纶。

323. 寄西峰僧

西峰一寺僧，古月半明灯。

旧忆龙泉剑，曛香自此凝。

324. 禅师

禅师已上西峰顶，石劈屏风北洞中。

子弟醮香谁扫地，皇家欲问大司空。

325. 惜花

花开花落去，色去色难回。

结子年年在，功丰佛迹来。

326. 题晖师影堂

一石影堂前，三光客玉边。

春晖春草木，寺语寺源泉。

327. 泾州塞

水过泾州塞，云沉受降城。

安西应已定，渭邑可行明。

328. 野田

漠漠牛羊路，荒荒日月边。

山前村社散，醒醉望秋田。

329. 岸花

雪浪涌江潮，波涛上玉霄。

春花分岸色，碧玉上新桥。

330. 别于鹊

晨明未断灯，濑玉已登程。

一载应无见，三生继续行。

331. 送蜀客

山桥行人少，蜀客去时惊。

白首应怜路，朱旗可寄情。

332. 送元结

同寻漳水色，共间拜金台。

别去天涯路，重回故国催。

333. 宿山祠

深山古木一灵台，野草宫人半去回。

不是边城非旧路，新官忘却旧时恢。

334. 美人宫棋

台前停翠舞，月下断红灯。

近近闻相惜，遥遥履玉冰。

335. 蛮州

山泉入洞流，古寨以棚楼。

脚下牛羊宿，云中玉影羞。

336. 送元宗简

大雪一貂裘，呼霜半气休。

楼兰君去斩，不怯过西州。

337. 寄徐晦

素食酒偏浓，弦轻远雪峰。

知音知所欲，就学就书宗。

338. 寄白学士

自掌天书见，知因玉笏回。

心催扶病访，只恐复朝催。

339. 喜王六同宿

十八年来别，三生半月倾。

新诗相借语，古道隔声名。

340. 题玉象堂

无尘玉象堂，有道著天光。

不染三千世，分明十八量。

341. 与贾岛闲游

水北高阳旭，山南玉叶新。

东流东不问，客步客言春。

342. 哭丘长史

丘公已故秦，隔岁度秋春。

紫禁曾相待，如今是个人。

343. 哭孟寂

题名十九人，共度曲江春。

不得君先去，花凋作色尘。

344. 患眼

患眼不分明，红尘已见轻。

平生多少路，跬步自然行。

345. 答刘竞

刘君久客邻，老向故人亲。

每问分离后，关心别事辛。

346. 赠华严院僧

华严经里意，学止寺中天。

暮鼓辰钟继，禅房有石泉。

347. 逢故人自述

辽东二十年，塞北七千天。

日日诗词作，耕耘笔墨田。

348. 送萧远弟

雪浪东流水，江花北岸催。

风波无可渡，隔日再言回。

349. 送辛少府任乐安

不肯半容身，诗章一日新。

天台山上望，尽是学仙人。

350. 赠任道人

有病难行记，无诗不食贫。

冠官冠品位，饮酒饮周秦。

351. 招周居士

山人一路雨，博士半家云。

别道山阴论，兰亭岁月文。

352. 送许处士

窗前不能读闲书，雨后春深竹笋余。

道士兰溪长可醉，三清选僻隐时居。

353. 送律师归婺州

京中讲坐已多时，白帝瞿塘唱竹枝。

蜀女风流船水止，坛声戒语律师词。

354. 题杨秘书新居

爱屋不争名，临居有太清。

吟诗逾十万，静坐过千城。

355. 送晊师

五老峰前觅，三泉五叠寻。

新诗留石洞，探古有深浔。

356. 送僧往金州

溪头采药多，岭尾泽青荷。

觅取成仙路，金州有玉珂。

357. 寻徐道士

七日上高香，三清净草堂。

观天观草木，道士道家量。

358. 答开州韦使君寄车前子

竿日车前子，心成一药名。

开州多少路，步下去来平。

359. 忆故州

山前一野夫，雨后半书儒。

采药知乡土，如今忆东吴。

360. 送客游蜀

山青一益州，水碧二江头。

栈道陈仓渡，蚕丛杜宇留。

361. 送陆畅

斜塘不问人，马迹太湖春。

共忆三吴水，同船渭渡臣。

362. 感春

悠悠一病身，患患半红尘。

两目分明暗，三春自色新。

363. 赠李司议

投荒问汉庭，向背作丹青。

岭路盘旋过，长亭复短亭。

364. 别客 自述

为君沽酒暂淹留，折柳行吟过九州。

十万诗词应不止，冠名格律著春秋。

365. 登楼寄胡家兄弟

同看雨后山，共作醉红颜。

远近云烟色，明晨已不闲。

366. 答刘明府

不可长年病，何言故老疏。

君今书信至，况解有心余。

367. 酬藤杖

一杖不离身，三秋可问津。

千山应立定，万水已天钧。

368. 法雄寺东楼

旧宅近汾阳，东楼以寺昌。

香炉香不尽，法道法雄扬。

369. 寄故人

静曲闲房客，蝉声木槿红。

蓝田应不远，一载有归鸿。

370. 邻妇哭征夫

一妇征夫泪，三军尽殁声。

何人言玉帛，战胜有和平。

371. 和崔驸马闻蝉

蝉声已到耳傍边，落叶无声自不喧。

一阵秋风归未得，重阳过后隔时年。

372. 和裴仆射看樱桃花

绕树重重足迹多，樱花色色艳先科。

南园泽后晴方好，小女云前唱雨歌。

373. 和长安郭明府与友人县中会饮

三杯清酒饮，一步入寒宫。

旧病今消逝，新欣望太空。

374. 唐昌观看花

旧紫新红少，苍枝碧叶多。

观看花未了，隔岁早时何。

375. 九华观看花

七色九华观，三光半入鸾。

街西街苑静，北巷北金冠。

376. 赠姚和

姚和向晓来，八水逐朝开。

独见君西去，三年可不回。

377. 同韦员外开元观寻时道士

（开元道　武周佛）

观寻时道士，竹问上人诗。

记得开元去，无言武周迟。

378. 同韩侍御南溪夜赏

喜作闲人去，临流月色来，

千波千桂影，一水一溪开。

379. 使行望悟真寺

行行采玉峰，处处悟真容。

驻步难知足，闻声是鼓钟。

380. 重阳日至峡道

重阳峡道中，两壁夕天红。

百丈屏风立，三峰顶宇空。

381. 赠主客刘郎中

君登南省日，主客北郎中。

已见朱衣改，曹相替易功。

382. 同严给事闻唐昌观玉蕊近有仙过因成绝句二首

之一：

千枝花玉蕊，万叶作仙丛。

汉帝王母问，成仙入此宫。

之二：

世俗望仙家，王母有玉花。

千年应一日，万古可三嗟。

383. 秋思

日日行人少，时时落叶多。

虫虫归洞底，客客省天河。

384. 忆远

杨杨柳柳自相垂，暮暮朝朝共与期。

水水山山应别逐，枝枝叶叶不分离。

385. 玉仙馆

雨后一长溪，云中半鸟啼。

鸥鹧呼不尽，立夏日偏低。

386. 寄府吏

野外寻花路，行中不忍栖。

随君随所欲，作事作灵犀。

387. 弟雪夜同宿

雪夜寒琴静，云沉宿驿蒙。

兄兄和弟弟，始始亦终终。

388. 凉州词三首

之一：

暮雨雁飞低，衡阳一路栖。

凉州沙碛冷，月色满安西。

之二：

古镇暮云平，新军帐令行。

元戎曾制北，老将已征荣。

之三：

白草三春载，黄沙万里流。

西行西守将，取道取凉州。

389. 宫词

羊车已不行，暮色作皇城。

日日藏娇屋，时时有玉声。

390. 宫怨

素手解君袍，轻歌呈玉膏。

千姿呈百态，一曲两樱桃。

391. 华清宫

温泉入汉宫，武帝雨云空。

太乙宽裳却，王母挂彩虹。

392. 崔驸马养鹤

养鹤作高情，吟诗问句名。

飞翔何远近，羽翼有阴晴。

393. 闲游

田家不是闲，守将玉门关。

野寺听钟鼓，官衙直曲弯。

394. 刘兵曹赠酒

三杯到酒泉，一饼已鸣眠。

竹影连天意，江流载渡船。

395. 送梧州王使君

楚客江楼别，苍梧太守船。

同行千里路，共渡一方圆。

396. 春日早朝

晓陌春寒雪，祥云上披天。

中书门下客，举笏谏中贤。

397. 寄朱阙二山人

转路东吴问，朝章束此身。

无因闲不得，有道二山人。

398. 寄李渤

溪流蹒跚红，寺院讲时空。

处处行应好，月月有清风。

399. 寻仙

处处寻仙见，山山有道闻。

群芳群自去，百草百纷纭。

但见秦皇岛，王母汉武文。

400. 同白侍郎杏园赠刘郎中

一去潇湘路，三生不可回。

长沙常德水，屈子贾生来。

401. 答鄱阳客药名诗

苦菊人参味，冬虫夏草芽。

芙蓉莲子粒，枸杞藏红花。

402. 儒一

序：

费世城自加拿大奇文：公甚爱紫砂壶。产于宜兴，把玩，不慎，盖掉于床下，遂布于庭。次日，盖无损，遂碎之，而观壶悬于庭木，复碎之。何思也。怒是魔鬼。吾及其意。盖掉于床下，遂置壶于丛而铭曰吾壶，次日，盖无损遂完璧，呜呼，何思也，儒是万夫。

诗之一：

一把紫砂壶，三光近五湖。

宜兴优色质，市井作皇都。

顶盖无心落，成身有完躯。

回头观顶盖，和气似重儒。

之二：

寒梅二月花，换得百妍华。

探访寻香色，群芳你我他。

诗词惊日月，海角到天涯。

励事三千界，书生没有家。

403. 寄宋景

官兵取乱臣，诏令守王秦。

箭马征东客，弓仪不却身。

功名书宋景，守护去来民。

404. 寄王侍御

紫产峰前药，书堂舍后松。

移根相近处，苦菊对芙蓉。

405. 题渭北寺上方

郊坛一谒陵，老少半难登。

十载君臣易，三惊见故僧。

406. 闲游

日日红尘里，时时不得闲。

人言杨柳树，直少曲垂弯。

407. 倡女词

颜丰复扫眉，曲舞以身垂。

百态由君取，千姿任子窥。

红尘红不住，不顾不伤悲。

408. 答元八遗纱帽

一帽方圆见，三生进退常。

诗情元八遗，日上读书堂。

409. 题僧院

讲院青龙寺，僧房白虎堂。

禅音菩萨坐，独坐扫心盲。

410. 送元八

一步相逢远，三题去背常。

应寻留迹处，自得故心肠。

411. 吴楚歌词

楚妹吴哥向虎丘，江流不断问江流。

今朝社日停针线，约得牛郎岸北头。

412. 题方睦上人月台观

一路清明半独船，千山万水九州天。

台观古月无童子，可叹寒宫有缺圆。

413. 华山庙

声名只以声名误，富贵何须富贵心。

庙宇慈恩留庙宇，文禽武兽始文禽。

414. 病中酬元宗简

病谢元宗简，闻春草木繁。

千妍争独艳，百鸟竞群喧。

415. 寺宿斋

直是菩提树，湾成佛祖泉。

如来如去定，玉守玉门关。

416. 赠施肩吾

世上无多事，人间有国忧。

空名何易得，实迹苟难求。

417. 赠王建

日会多东野，交游少白君。

宫文王建立，宇覆退之云。

418. 逢贾岛

独访僧房月，相逢贾岛人。

行吟行不止，一路一秋春。

419. 山中酬人

日暖山中水，天随月下人。

风轻风不止，磬语磬音邻。

420. 弱柏院僧影堂

弱柏倒垂弓，纤枝向宇空。

三年成直木，百岁曳林风。

421. 题故僧影堂

香消殿旧一僧家，古刹钟声半壁斜。

佛祖神音今犹在，秦皇欲望去天涯。

422. 无题

桃桃李李自成蹊，草草花花作玉泥。

柳柳杨杨山水路，南南北北有高低。

423. 山禽

白羽山河净，朱毛日月坛。

衣冠禽兽见，九品正从官。

独木成林岁，群芳作凤鸾。

424. 秋山

秋风一阵半林轻，白露三更带月明。

落叶归根归不得，飘飘落落难成。

425. 玉真观

春风已度玉真观，百草千花客杏坛。

故殿新门开不闭，闲人采采久书安。

426. 蛮中

铁柱南边界，唐标北朔疆。

楼兰应斩断，一马可辽唐。

427. 赠道士

茅山远剡溪，汴水运河堤。

玉节三千比，青旄十二齐。

428. 重平驿作

逢人不问程，驻步待心平。

暮色黄昏远，舟停向驿行。

429. 宿天竺寺寄灵隐寺僧

西天灵隐寺，古刹净风尘。

竹露云泉远，东林北陆臣。

430. 酬朱庆余

越女一新妆，明媚半拜堂。

菱歌应自好，此曲入天堂。

431. 寒食忆归

初春寒食冷，乞火帝王家。

自以书生见，绵山晋耳遮。

432. 寒食

年年寒食日，女女踏青茵。

左觅右寻去，春花纤草新。

433. 赋花二首

之一：

阿蛮白乐人，一字七声田。
自得鸣樊素，东都御酒泉。

之二：

花，花争荣，
花花草草色，暮暮朝朝向纵横。
月，月光明。
空空旷旷见，殿殿宫宫各阴晴。

434. 句

博士心中三世界，崎岖路上半归轮。

第六函　第七册

---

1. 卢仝

卢仝一范阳，少室半书光。
以宿王涯第，退之谏议堂。

2. 月蚀诗

飗厔黄钟子律城，冰光斗柄月难明。
轮光吐纳蟆精蚀，舜帝朣胧二目惊。
有无无无不见，圆圆缺缺斧如更。
阴阳晦暗嫦娥氏，龃龉蛟螭莫不声。
玑瑁长如形白兔，苍龙敝日九云惊。
东方已尽鳞宫断，捣药无须太白横。
火鸟南方曾裂羽，寒龟北土各相倾。
其形著作方圆位，象象天狼四顾惊。
剑戟须臾天鼓响，人间上下已倾行。
三台不解文昌阁，六郡图浮世不平。
顺道风云成教化，奸殊正顿暮朝缨。
春秋孔子三清道，佛祖如来已正名。
扁鹊扶生救死术，婵娟桂影女儿英。
农桑社日春秋酒，皂役官衙旦夕行。
正道三光由本照，江流九派向低中。
天机信仰心径尚，积部三清磊落萌。

3. 哭玉碑子

其长一尺周，所色半深秋。
四面成棱角，千姿有吐流。
无形常自态，独在欲难休。
百见成儒子，三清作子浮。
如冰天地去，倾泻十三洲。

4. 观放鱼歌

常州刺史一贤余，讼断明堂半读书。
解束网罗由自在，鲮蛟已去小虾鱼。
鲈鲗锦鲤应游远，政府官衙释水疏。
皂役须均分税赋，农桑不劝勉荷锄。
曾记否，世安居。

5. 示添丁

无均若小见添丁，举案齐眉乳不宁。
困困呀呀多气力，涂书画几亦丹青。

6. 寄男抱孙

十七男儿一尺孙，三千弟子半无根。
书生事业天涯路，父母慈恩忘五蕴。

7. 自咏三首

之一：

低头知有地，举首向何天。
足迹留明处，空思问岁年。

之二：

愚愚贤贤问，辛辛苦苦寻。
何人何事业，几度几春荫。

之三：

物外无知己，心中有柳杨。
山前疑虎豹，雨后可禾粱。

8. 送王储詹事西游献兵书

美酒杨花落，长安暮日归。
三军兵术见，八阵列鸿飞。
只叹囊中括，何人是又非。

9. 送邵兵曹归江南

一路归时短，三生去道长。
江南春日久，不是故家乡。

10. 寄外兄魏澈

弟弟兄兄饮，行行止止春。
贪杯亭下月，不负酒中人。

11. 喜逢郑三游山

相逢问郑山，别去几峰岚。
石石重重磊，泉泉落落潭。

12. 卓女怨

妾本怀春女，余弦有外音。
当垆温旧酒，风客抚心琴。
作赋交情重，相如一寸金。

13. 守岁二首

之一：

年年留大雪，岁岁已新春。
但以梅香色，群芳碧草茵。

之二：

岁岁闻风雪，年年自立春。
三光分昼夜，万物合家亲。

14. 新月

嫦娥云箔卷，桂影玉帘钩。
仍有清光泻，偏弦白首羞。

15. 解闷

人生行几路，世事国家忧。
但以尊中物，从他万事休。

16. 杨子津

春来春去见，暮去暮朝频。
只有东流水，高低自作津。

17. 送尉迟羽之归宣州

谢朓宣州问，君归赋白云。
澄江明水月，雪夜亮波纹。

18. 人日立春

二月兰亭序，千章不及文。
流觞流曲水，一酒一才群。
古院僧藏久，秦王已问君。

19. 悲新年

遥听百舌儿，近折柳枝垂。
举首方知雨，寻春可展姿。

20. 忆酒寄刘侍郎

沽酒任偷情，寻欢醒醉狂。
人生须自在，共饮忆刘郎。

21. 趸鸳

去田中趸鸳，水下玉鳞迟。
但待时候到，相生互克知。

22. 风中琴

五音六律十三徽，四股七弦六尺扉。
虎啸龙吟天地间，风云水月去来微。

23. 感秋别怨

秋音已断魂，楚调入乾坤。
但以湘妃泪，斑斑着竹痕。

24. 新蝉

树顶一枝弯，鸣蝉半等闲。

临秋风乍起，远唱一人间。

25. 题褚遂良孙庭竹

负雪经霜竹，龙笙凤管良。
琴声依旧曲，月碎落池塘。

26. 访含曦上人

含曦一上人，吐纳半秋春，
辘辘轳轳井，风风雨雨尘。

27. 客淮南病

淮扬一热汤，病客半炎凉。
闭户无私俗，开肢一竹床。

28. 村醉

社日全村醉，春秋各不归。
乾坤同宇宙，日月共时扉。

29. 萧宅二三子赠答诗

赠答箫才子，修文上洛城。
扬州家宅卖，子弟各孤鸣。
共计天知地，同承日月精。
真心真泽济，意属意相倾。

30. 客赠石

竹下青莎石，云中主客行。
分求分水岭，合事合谋明。

31. 石让竹

石让竹朝天，泉流曲折迁。
君心君子岸，客意客行船。

32. 竹答客

答客竹回头，闻声向主流。
清风兄弟问，不却帝王州。

33. 石请客

主付清泉客，兄珍二弟忧。
苍苔多满石，售宅客先酬。

34. 客答石

十怯私心故，三生一顾朋。
方圆由彼此，意愿各明灯。

35. 石答竹

石竹相依生，风云各互行。
根心空不已，主客共殊盟。

36. 竹请客

主去扬州市，迁家以客吏。
同心同日月，共忘共成域。

37. 客谢竹

谢竹自临风，招摇任宇穹。
空心空自己，待友待诚衷。

38. 石请客

金兰一世交，故友半移巢。
共想同思市，华为以念融。

39. 客谢石

疑心布钓竿，磊石到云端。
道路从妹子，樵渔七里滩。

40. 再石请客

主客一同心，亲邻半古今。
仁君由彼此，是否取知音。

41. 客许

客便须知石，无言作道途。
迎君归早晚，达意以心虞。

42. 井请客

一井水连泉，三生意气天。
从君从自己，共济共兄年。

43. 客谢井

一井源泉满，千程道路单。
殊途归所见，改邑路则宽。

44. 马兰请客

小草马兰花，村边近我家。
郎君应爱惜，一路共天涯。

45. 客请马兰

朝辞问马兰，细雨似云端。
露水如烟继，归心似杏坛。

46. 蛱蝶请客

采粉春风助，传媒日月扶。
飞来飞去奋，结子结花孤。

47. 客答蛱蝶

飞虫轻江子，不以厚君王。
雀鸟同天宇，衔花各自尝。

48. 虾蟆请客

水竹共生荣，闻声自可鸣。
由君知所在，以此作歌声。

49. 客请虾蟆

客致扬州路，傍闻洛邑城。
同行同市路，各自各枯荣。

50. 龟铭

以慢作龟铭，由图向石灵。
乾坤成八卦，日月作天庭。

51. 梳铭

有发朝朝理，无私处处通。
应知天地事，以此导梳成。

52. 小妇吟

早见娥皇晚女英，潇湘夜雨晓云晴。
苍梧有泪谁无止，小妇羞时大妇情。
孤独往，两相倾，湘灵鼓瑟竹斑成。
高堂玉匣陈琴舆，自古原来守一鸣。

53. 月下寄徐希仁

一月半阴明，三更两地情。
空床书已满，寄语作儒生。

54. 赠徐希仁石岘别

一片灵山石，双龙九眼池。
雕磨成玉器，珪璧作书诗。
凤鸟临飞落，珍珠待戏迟。
文章由此墨，日月可天知。

55. 有所思

一醉美人家，三春碧玉华。
光明莹剔透，不可误窗纱。

十五当天下，娇妍作有遮。
婵娟相比色，二八半弦斜。

56. 楼上女儿曲

十八女儿红，三千弟子风。
箜篌弹不得，去雁自排空。
粉靥娥眉扫，娇姿艳态隆。
相思催锦帐，一发始无终。

57. 秋梦行

一梦娥皇复女英，三湘夜雨有云行。
明肌白臂晶莹玉，竹泪斑斑寄所情。
素手纤纤轻鼓瑟，窥么处处欲纵横。
绵绵结意成天地，密密行房待月明。

58. 自君之书兮

君之一书兮，失色两灵犀。
此去三千里，回归半草齐。
双环垂玉堕，壁器空心题。
守得成孤佩，灯前有哑谜。

59. 走笔谢孟谏议寄新茶

七碗一茶终，杜肠喉吻空。
仙灵孤闷破，四五汗轻同。
百草花开晚，云烟雾里丛。
清肌阳羡色，谏议赐书工。

60. 冬行三首

之一：
冬行腊月雪霜明，小大无由万里轻。
守道方宁辞旧道，寻因待果未枯荣。
飘零达志妻母别，善恶难分愚世盟。
只以前程前不止，梅花落里落人生。
之二：
长年伊洛水，八达绕京城。
彼此分冬夏，梅荷各诸盟。
春秋听以后，草木任枯荣。
四季中原律，三光自主倾。
之三：
贫交多变态，慎独少炎凉。
七十颜回子，三千弟子王。
龙城无止路，孔府有行藏。

河图三界示，先生一自强。

61. 闻韩员外职方贬国子博士有感四首

之一：
韩君一职方，学吏学官郎。
上下何扬柳，朝堂旷木梁。
之二：
碌碌无为便，辛辛有草忙。
忠忠成命命，柳柳作杨杨。
之三：
一步可登天，三生可旧年。
时闻常变态，莫以有源泉。
之四：
乞火问公侯，清明望九州。
绵山依旧是，晋耳着春秋。

62. 夏夜闻蚯蚓吟

夏雨有虫鸣，秋风一叶轻。
孤音孤律令，四象四时明。

63. 扬州送伯龄过江

石上有禾生，田中有蚩鸣。
扬州舟水望，一片伯龄情。
七尺身躯直，三生志立城。
夷齐通姓氏，不市久精英。

64. 忆金鹅山沈山人二首

之一：
蛇头蝎尾著何安，白日山人问药寒。
竹叶青林茶破露，君家九转大还丹。
求仙不得云霄客，欲取长生几度难。
自古贤人才子老，秦皇岛外望波澜。
之二：
炼药仙炉外，成仙玉宇中。
山人山石玉，道法道家风。
足迹排云殿，天门紫气东。
长生长所愿，一世一清空。

65. 寄萧二十三庆中

北北南南市地翁，知知不不少人通。
风风俗俗常无见，气气候候各怪虫。

371

千水月，一飞骢。阴阴雨雨半天蓬。
高山湿地江源地，陆尽冰川落白熊。

66. 赠金鹅山人沈师鲁

金鹅客来一山人，五味平生半世尘。
妄以求仙长不老，江河草木自秋春。

67. 叹昨日三首

之一：

昨日行头部，居心可正人。
端为传教子，德礼共君仁。

之二：

今晨一始终，正态不贫穷。
有道途前欲，无须半北东。

之三：

明朝何顾惜，所遇几知行，
两目低头见，心田不必耕。

68. 月蚀诗

二八中旬月缺圆，阴阳隔断影苍天。
虾蟆吃掉婵娟肉，素魄微形似旧全。

69. 直钩吟

文王驭直钩，鼓案制王侯。
吕尚周公去，如今我欲求。

70. 与马市结交诗

天天地地等无闲，四十卢全有往还。
崒律巉岩成立壁，昆仑日月各峰山。
神农八卦天柱补，炼石天工马市颜。
伏羲妇妾女娲婆，合药综成百草蛮。
白玉空中云端气，龙蛇五市渭泾湾。
盘根错节惊今古，一字殊同九鼎攀。

71. 感古四首

之一：

自古颂明君，如今念政文。
贤臣天地敬，德义礼仪群。
莫荚生天上，南风草木曛。
桑麻求雨水，土地重耕耘。

之二：

舜禹作尧臣，比干箕子心。
屈原湘楚客，鲁府仲尼音。

杜宇常啼血，轩辕已晋秦。
吕梁分陕月，汾流太行禽。

之三：

苏秦六国游，燕赵一王侯。
合纵连横问，张仪一独修。
雄鹰曾俯就，鸟雀有高求。
曲曲东流水，行行一所谋。

之四：

富贵贫穷路，身名利禄情。
来来重去去，败败亦成成。
虽败知成迹，由来复去行。
功勋留所纪，苦历作生平。

72. 杂兴

儒先儒后立，道外道中生。
佛祖神仙客，冠官万日明。

73. 酬徐公以新文见召

昨夜霜明月，今辰断水流。
冰封先入草，逐芷出沧头。

74. 门笺

向背两天庭，东西一路形。
山河成引导，竹木作丹青。

75. 孟夫子生生亭赋

生生亭上赋，处处座中铭。
达意从先后，心思各渭泾。
人明川子玉，世纪独丁宁。

76. 走笔追王内丘

一笔千年尽，三光万里明。
君心同日月，道义孟尝情。
寂寂闲花落，生生醒醉行。
琴弦夫子意，骨气待枯荣。

77. 思君吟

思君似水共东流，浪打波摇独不休。
不以山形峰影阻，枯荣四象一春秋。

78. 将归山招冰僧

尘中尘外见，意后意前人。
佛祖如来势，皈依老衲邻。

冰公凝界处，象物化心身。

79. 酬愿公雪中见寄

积雪三千里，冰山万丈峰。
江流由此去，草木作苍龙。
道路从南北，东西上下踪。
严文从帝子，束带正冠容。

80. 苦雪寄退之

二月梅香一退之，千年古木半春迟。
刘伶见醉无须酒，贾谊闻辞楚客诗。
但以河南县令律，草木山深有翠枝。

81. 寄赠含曦上人

怜僧无远近，达路有阴晴。
信佛知儒道，含曦向晓明。
灵犀由所臆，老易可随英。
毁誉无尘染，身名有世城。

82. 听萧君姬人弹琴

昭君可得单于嫁，蔡女无须薄命胡。
孔子音琴姬曲弄，颜回助教玉飞凫。
阳春白雪巫，下里巴人图。
奏曲千声变，听音万里夫。
江潮推一线，六合逐三吴，
缠缠绵绵处，颜颜玉玉奴。

83. 蜻蜓歌

黄河日影明，两岸浪涛惊。
素雪排空色，飞流逐不平。
蜻蜓轻点水，继而作天英。
有羽当仙界，无须逝者盟。

84. 出山作

关门且出山，钓水照红颜。
鸟雀窥渔食，蜻蜓落顶闲。
浮云多得意，逝去不须攀。

85. 寄崔柳州

情怀一柳州，信使半猿猴。
过岭翻山去，知君已白头。
漓江离水色，桂子贵宾留。

八月香风起，三秋不是秋。

86. 赠稚禅师

叶满禅房满，风流过寺门。
南轩师坐定，北客向天尊。
静觉方圆处，灵犀守一村。

87. 送好约法师归江南

江南渡一身，佛法教千民。
好约师先去，风留处处春。

88. 萧二十三赴歙州婚期二首

之一：

情殊淮上客，意合道中人。
莫语相思少，江南处处春。

之二：

水水山山合，云云雨雨分。
相思相合作，结发结难分。

89. 掩关铭

滴水有其形，飞云自不停。
毒蛇成药物，竹简著声名。
不可关门见，江山四季青。

90. 逢病军人

不必闻沙场，常言百战兵。
身临生死斗，有病望乡城。
独步无粮往，蓬鬓对此生。

91. 山中

拾得松花露，寒山厚草层。
晨钟由此响，暮鼓夕阳晴。

92. 除夜

之一：

旧岁离千里，新年隔五更。
钟声由子夜，客子作精英。
此度书生问，如何是一生。
天涯和海角，小小到翁行。

之二：

缺缺圆圆望，长长短短行。
应知儿女好，父母不离行。

93. 李贺有感

七岁能辞章，高轩二过堂。
云韶协律客，古锦晋诗囊。

94. 李凭箜篌引

二十三丝问七弦，吴蚕蜀木作音尔。
箜篌一曲成天地，素女千姿百态妍。
石破云惊飞静定，昆山玉碎作仙田。
千年炼石丹砂质，十二峰中有杜鹃。

95. 残丝曲

脱茧一丝残，春蚕半不眠。
层层多束缚，尺尺可琴弦。

96. 还自会稽歌二首

之一：

国世论肩吾，梁音著陕吴。
宫词何体例，不可到江苏。

之二：

今无一遗文，古往会稽云。
但向梁城问，吴霜未入群。

97. 出城寄权璩杨敬之

日上云飞一晓宸，山高水阔半秦津。
园花野草平分色，别曲离骚作故人。

98. 示弟

弟弟兄兄别，家家国国分。
三年成一醉，百岁作千云。

99. 竹

一竹三生势，千年半古今。
空心天宇竞，节实地根深。

100. 同沈驸马赋得御沟水

皇城一御沟，泛水半东流。
柳岸杨花色，冬春夏末秋。

101. 始为奉礼忆昌谷山居　自语

东城老树枣花新，闭户修行涴旧尘。
五百年中王不见，三千弟子著书邻。
耕耘日月成田亩，种植诗词十万珍。

楚汉周秦隋二帝，长城磊石运河津。

102. 七夕

别浦三江渡，离帷七夕愁。
思君思旧约，问忆向心羞。
给手回身去，闻惊靠不休。

103. 过华清宫

华清宫里水，月色石中泉。
弄玉芙蓉浴，浮云细雨渊。
霓裳虹已起，桂影净婵娟。

104. 送沈亚之歌

之一：

文人一亚之，下第半诗词。
但向吴江去，无钱换酒迟。

之二：

桃花一脉向阳红，艳色千衷误大风。
小小钱塘吴子弟，烟烟雾雨楚才鸿。
衡阳不是家乡水，太乙难攀少室翁。
不尽龙门天下路，山河万里总相逢。

105. 咏怀二首

之一：

长卿半茂陵，汉赋一香凝。
不见知音曲，当垆待酒丞。
文君鬟影乱，武帝几宫征。

之二：

百步昭阳路，三年舞扇红。
相如应一赋，不得燕飞空。

106. 追和柳恽

汀洲满白萍，柳恽过江青。
马踏波纹远，云沉寓水灵。

107. 春坊正字剑子歌

吴山干将剑，鹏鹈莫邪光。
练带龙胎刃，荆轲易水光。
蓝田争玉色，淬火虎丘梁。
先明三尺寸，白帝一寒扬。

108. 贵公子夜阑曲

一曲到江南，三春见浅潭。

东风云雨注，万缕束桑蚕。
梦梦无思绪，悠悠有力淦。
应寻千里志，十岁小儿男。

109. 雁门太守行

太守雁门关，黑云太白山。
城摧成铁甲，角羽入河湾。
夜半红旗卷，英雄不等闲。
分兵分胜负，独战独功还。

110. 大堤曲

妾女在斜塘，轻纱作薄妆。
男儿窥底细，故作挺胸膛。

111. 蜀国弦

巫山一峡长，锦水半瞿塘。
蜀客由官渡，云云雨雨乡。
高唐神女问，白帝楚襄王。
栈道陈仓断，秦弦古月量。

112. 苏小小墓

小小幽兰水，泠泠玉石乡。
西施西子岸，五色五陵香。
结带同心物，舒袖共意扬。
茵茵芳草地，忆忆谢红娘。

113. 梦天

一月作寒宫，三清过太空。
长空舒袖舞，后羿念方穷。

114. 唐儿歌

处处小儿歌，声声过渭河。
刘郎刘梦得，柳水柳州波。
一寺桃花色，三朝下野磨。
文章留桂象，日月此时多。

115. 绿章封事

道士青霓唤，天门翠羽成。
元封元父主，女洗女花荣。
六郡天章律，千船玉宇更。
何人何巨力，有俗有尘平。

116. 河南府试十二月歌词

正月

三元启岁年，一月露华天。
复得东风雪，皇城作酒泉。
新春新世界，古木古榆钱。
柳色杨中染，梅花探访怜。

二月

清明一曲筋，祓禊半文章。
绿蚁山阴醉，诗人二月肠。
和风和煦日，会水会稽乡。
百越天台近，隋炀种柳杨。

三月

谷雨已如烟，东风细备田。
黄花黄百里，杜宇杜鹃研。
土地归春水，耕耘向酒泉。
书生书不尽，志国志先贤。

四月

立夏鹅毛定，芙蓉小满妍。
莲花初出水，碧叶已丞圆。
点滴珍珠闪，沉浮玉色悬。
龙门千百里，十载暮朝弦。

五月

再晚争芒种，农家十亩田。
时候夏至短，草木已朝天。
楚客离骚赋，长沙贾谊宜。
汨罗前几节，竞渡赛龙船。

六月

小大云中暑，阴晴雨里天。
炎炎炎水火，卧卧卧龙眠。
一叶垂天下，三光落近悬。
文昌明太掖，北斗口开宜。

七月

七夕银河岸，中元节日侯。
西风西处暑，立论立秋头。
别缺方圆见，轮回玉液流。
青钱中世界，蕙芷帝王洲。

八月

白露中秋节，秋分有露霜。
春秋春果硕，百物百藏香。
收获辛劳苦，耕耘喜米粱。

先生先付与，后继后方长。

九月

九月寒霜降，重阳忆故乡。
书生书海角，客驿客家肠。
几度江山路，何言有短长。
忧家忧国事，尽瘁尽臣良。

十月

一立冬梅帜，千枝独傲霜。
无分小雪色，暗影有疏香。
唤起群芳色，同园共柳杨。
红花红艳艳，百草百茫茫。

十一月

大雪临冬至，香炉待漏忙。
天光天亦短，岁近岁方长。
圣诞平安夜，时闻灯竹藏。
三朝千百计，一业十三梁。

十二月

雪厚沉浮叶，梅香小大寒。
霜沉霜色重，影静影枝寒。
晓日晓光里，红蕾待泪安。
人心人不止，玉倩玉云端。

117. 闰月

精雕匠砌一书生，累日藏年半读鸣。
十载三千六百夜，盘桃自古万年成。
王母资实瑶池水，汉帝纵横白帝盟。
海角天涯南北路，东西玉宇暮朝行。

118. 天上瑶

王母一玉宫，汉武半排空。
举以盘桃宴，仙瑶有始终。
人间应百世，不可比殊同。
有曲皆天下，江东唱大风。

119. 浩歌

二十男儿一丈夫，三千弟子半东吴。
平原逐鹿连君主，燕赵荆轲易水芜。

120. 秋来

不唱鲍家诗，知秋落叶迟，
西风西北去，大雪大山时。

121. 帝子歌

寒明半洞庭，帝子一丹青。
鼓瑟湘灵近，苍梧满白萍。

122. 秦王饮酒

秦王饮酒四方鸣，大吓婵娟倒逆行。
弄玉箫声今已尽，羲和醉后可倾城。

123. 洛姝真珠

真珠一楚腰，洛姝半姝苗。
风带袑裾彩，蛾眉艳欲摇。
高楼琴不响，武嬉弄江潮。
旦以浔阳酒，鄱阳在水宵。

124. 李夫人歌

深宫绣帐李夫人，小伎歌台半曲身。
一入琼瑶多彩练，三光失色少秋春。

125. 走马引

古有辞乡剑，今无故土闻。
书生天海去，道路去来分。

126. 湘妃

竹泪二湘妇，苍梧一帝归。
秦娥秦水远，舜治舜流晖。

127. 南国十三首

之一：
细白长红手，千姿百态身。
吴儿寻越女，日色侍江春。
之二：
微桑小叶蚕，碧水注深潭。
滴滴曾无断，丝丝已自函。
之三：
十亩好桑麻，千村处处花。
船边杨柳岸，富土运河家。
（富土同里）
之四：
天机一卷书，厚土半荷锄。
六十知天地，三千日月舒。
之五：
书生万户侯，佩玉一吴钩。

读遍三千子，勋功五十州。
之六：
摘句老雕虫，寻章碧玉弓。
辽东辽弟子，大雪大英雄。
之七：
一女縦纱溪，三吴取越堤。
西施西子水，范子范商蠡。
之八：
春风春水岸，小女小云齐。
四顾茵茵草，千莺处处啼。
之九：
水浅鸳鸯暖，林深白鹤栖。
寒溪寒已淡，向北向东低。
之十：
一钓白头翁，三春觅小虫。
鱼多鱼饵少，斗笠斗蓑弓。
之十一：
千峰已翠华，百草入乡家。
作履收蜂蜜，编筐似竹纱。
之十二：
一路染朝霞，三秋落叶花。
飘飘离不远，郁郁别根枒。
之十三：
古刹钟声远，清溪顺陌阡。
沙头磨石火，浦口照渔船。

128. 金铜仙人辞汉歌二首

之一：
仙人捧露盘，欲置殿宫坛。
孝武诏牵汉，潜然以泪观。
之二：
刘郎一茂陵，汉客半沉兴。
孝武移盘露，仙人不似僧。
无情天亦老，有道玉香凝。

129. 古悠悠行

别去过秦桥，离心渭水消。
迢迢休望尽，处处几云雕。

130. 黄头郎

黄头小子郎，一去不思乡。
浦口芙蓉见，轻舟赤足量。

湘灵常鼓瑟，竹泪已成行。
月露衣衫湿，家门有暖娘。

131. 马诗

不忆周天子，秦川养马田。
燕山钩晓月，朔北雪云烟。
汉血王母兽，的卢伯乐贤。
将军听羽角，赤兔任飞弦。
夺阵凭先后，江南只战船。
秦王徐福遗，武帝受神仙。
白马天竺寺，心经自此传。
功劳知万里，足步自当前。

132. 申胡子感筚篥歌二首

之一：
朔客一苍头，长安半九流，
今知胡筚篥，李氏逐江流。
气热杯阑记，兴高采烈求。
姬声随案起，五字作春秋。
之二：
筚篥花娘舞，芦中一叶声。
芙蓉藏不住，李氏谢陶情。
雨后山河点，云行日月城。
平生如此见，步履作前程。

133. 老夫采玉歌

采玉回沙久，淘金水曲藏。
平和随不得，好色储三光。
不必观天地，当知老少堂。
年年经日月，处处待阴阳。

134. 伤心行

木叶一何行，寻根半不成。
秋风随不得，苦雨夜无明。

135. 湖中曲

渡口湖中曲，波光激滟生。
舟横行不得，唱女满身明。
日照红霞满，天云恋此情。

136. 黄家洞

石磊黄家洞，仙踪玉府城。
斜溪云水下，彩服角清明。

竹马金沙界，容州久不平。

137. 屏风曲

春梅夏日莲，水月满江船。
竹泪苍梧女，秋冬菊雪天。

138. 南山国中行

一月落松花，三僧问寺家。
田中阡陌路，曲曲到天涯。

139. 贵主征行药

一女黄铜铁甲身，三军列阵乱红尘。
藏娇不得临胡战，共济征戗作近邻。
千百度，一秋春，人生自古半婚姻。
英雄未了男儿少，出水华清上太真。

140. 酒罢张大彻索征诗

张郎三十八，豸角两三斜。
白衫青衣客，吟诗二月花。

141. 罗浮山父与葛篇

罗浮山父近，织葛雨江遥。
望尽江河逝，寻来日月消。
依依何不得，独独步天桥。
越女吴儿问，钱塘八百潮。

142. 仁和里杂叙皇甫湜

韩公一甫湜，少小半诗齐。
李贺辞章老，高轩七岁笋。
仁和宗族子，洛濯自由西。
白笔呈天子，青衣作矿溪。

143. 宫娃歌

腊尽一宫娃，红尘二月花。
芳心多少欲，江暮挂窗纱。
曲断千姿舞，音从百态华。
羊车留不住，出道守君霞。

144. 堂堂

粉蠹画梁生，梅尘落土明。
堂堂堂耳目，曲曲曲枯荣。
蕙老花无色，桃新实已盟。
华清满旧暖，渭水与泾清。

145. 勉爱行二首送小季之卢山

之一：

雁字下卢峰，飞云作木容。
依依山水客，楚楚去来踪。

之二：

前程一马头，后顾半无忧。
就事工其业，知人尽去留。

146. 致酒行

主父西游困不归，雄鸡破晓晓紫阳微。
家人折断垂杨柳，彼此人生几是非。
行莫止，问难违。新丰路外有鸿飞。
天涯海角书生见，不到南洋未近晖。

147. 长歌续短歌

去去来来唱，长长短短歌，
朝朝寻暮暮，浪浪问波波。
水水高低逐，山山上下何。

148. 公莫舞歌二首

之一：

公歌清莫舞，壮士灼人成。
乐府成音序，江山作帝名。

之二：

项伯项庄鸣，鸿沟两岸平。
刘邦刘沛羽，未了未央名。

149. 昌谷北国新笋四首

之一：

天机茂土土，细细复纤纤。
一雨抽千尺，三生笑笋尖。

之二：

青光写楚辞，十节待人知。
但以空心致，朝天立地诗。

之三：

石眼家泉水，繁根紫脉生。
春风云雨重，一夜过天盟。

之四：

古节空心老，苍梧小不行。
湘灵湘水色，女唱竹枝情。

150. 恼公

素口樱桃小，弯眉晓月空。
金日邻杜若，豆蔻岸河风。
玳瑁丁咛薄，琉璃壘扇工。
黄庭留卫瓘，绿树养韩冯。
宋玉高唐赋，心摇鹤舞同。
飞图江鹊带，姹女抹颜红。
曲断临邛客，流苏细炷通。
铜待驱五马，百越一千翁。
玉漏三星曙，荣莫增翠宫。
胡姬含笑语，汉燕纳新丰。
谢雪姑娘绪，河桥紫禁穹。
中堂中雅正，故士故情衷。

151. 感讽五首

之一：

合浦无珠集，孤江有独龙。
吴蚕吴女缚，桂水桂流踪。

之二：

长沙一贾生，楚国半精英。
九辨离骚客，千衷别梦情。

之三：

星空半四方，玉宇一千梁。
此去昆仑路，天山有柳杨。

之四：

山高一石根，汉社半儿孙。
水以川流去，成林一木村。

之五：

寒光一地霜，桂影半天凉。
莫以婵娟问，后羿逐天忙。

152. 三月过行宫

一水过行宫，三春向日红。
桃花桃本色，小杏小墙东。

153. 追和何谢铜雀伎

和何铜雀伎，曲舞玉荧风。
石马应同在，娇娥已去空。
长裾掩月影，独见夕阳红。

154. 送秦光禄北征

北房一秋风，南尘半冀东。

营门裁细柳，隔岁玉门空。

155. 酬答二首

之一：

金鱼公子去，夹带割花香。

马尾长衫色，腰妆短柳杨。

之二：

雍州二月梅，御水酒旗催。

试问鸩鹊翼，春风去不回。

156. 画角东城

春生一夜潮，白浪半云霄。

画角东城雨，行云甸水谣。

吟诗成日月，逐句化乡辽。

不忆山乡路，书生闻冰雕。

157. 谢秀才有妾缟练改从于人，秀才引留之，不得从，生感忆座人，制诗嘲谢，贺复四首

之一：

应知云雨尽，妾练著他身。

不断东风问，花裙不是春。

之二：

已见七弦琴，拨弹一古今。

声声声别响，别别别时音。

之三：

玉破不成瑶，云浮雨亦消。

鸳鸯分两地，比目断情遥。

之四：

宋玉高唐赋，襄王峡水流。

巫山神女在，白帝独春秋。

158. 昌谷读书示巴童

下里巴人唱，阳春白雪深。

瞿塘官渡水，一峡楚人心。

159. 代崔家送客

送客崔家路，前行客驿声。

扬扬须自得，处处有人情。

160. 出城

人生进出城，世界有枯荣。

第第门门见，家家户户情。

161. 莫种树

种树一根深，闻风半古音。

天空天所语，地主地乾坤。

162. 将发

一夜三更断，千辛万苦行。

前程前不止，后继后无情。

163. 黄河

曲曲弯弯去，波波折折流。

东归东海岸，北陆北沧洲。

164. 二次大战

利润金钱战，和平世界仪。

苏联公社会，美国剪羊毛。

165. 追赋画江潭苑四首

之一：

昨日一襄王，今朝半雨香。

高唐神女梦，十二玉峰光。

之二：

蕉花密露珠，寝帐玉姬奴。

色浅丝丝挂，颜红处处吴。

之三：

江潭日落深，碧色玉云荫。

大海如天宇，苍茫似被擒。

之四：

宋鹤卢龙族，芙蓉羽翼家。

江潭江水积，日落日光斜。

166. 潞州张大宅病酒商江使寄上十四兄

露折一枝兰，霜明半叶残。

江流江岸在，水去水流寒。

短羽昭关远，苍梧赵国难。

芦烟芦雁落，石磴石心宽。

167. 难忘曲

满苑花明色，流泉竹影低。

箫声知弄玉，茂叶凤凰栖。

168. 贾公闾贵婿曲

朝衣自在长，木履坂桥霜。

日暖河阳役，书生燕语乡。

169. 夜饮胡眠曲

不折垂垂柳，还闻路路长。

东方东不止，北陆北家乡。

子夜应相继，辰光可远扬。

170. 王浚墓下作

江南一夜风，墓北半长空。

铁索江流柱，龙泉石剑雄。

云中应望尽，草下一书翁。

171. 客游

早暖南山石，我寒北阙关。

平原先做客，裂帛后河湾。

172. 崇义里滞雨

云沉崇义里，雨滞曲江湾，

渭水东流向，黄河北下关。

长安长道路，枕剑枕书还。

173. 冯小怜

破得春风雨，今弹值几钱。

湾头多酒市，水路少开船。

但以弦弦误，何闻女女妍。

琵琶声不止，曲舞醉时天。

174. 赠陈商

男儿二十一长安，白首书翁半墨丹。

俎豆黄昏箕火暖，陈商苦节太华寒。

秋霜落叶曾相寄，大雪纷飞短帽宽。

列祖公卿封旧步，舜治苍梧禹穴澜。

175. 钓鱼诗

长纶落碧虚，短叹直钩鱼。

鼓案由君子，周公一卷书。

176. 奉和二兄罢使遣马归延州自述

空留三尺剑，独叹一生名。

故土新城建，回乡自见声。

兄兄和弟弟，止止复行行。

海角天涯别，母母父父情。

177. 答赠

本是张公子，曾名萼绿华。

书生何远近，海角或天涯。

石玉攻城破，金兰作友家。

轻松常沾家，醒醉后园花。

178. 题赵生壁

大小中三妇，弦弦十六圆。

婵娟行月色，素女弄春妍。

煮豆燃箕秸，温汤试以鲜。

弹琴书案曲，不误帝王前。

179. 感春

日日暖萧条，云云带雨潮。

榆钱初染色，柳叶以黄遥。

180. 仙人

自作一仙人，何须半净尘。

弹琴弹石木，读卷读秋春。

武帝王母问，桃花处处新。

181. 河阳歌

日月河阳度，阴晴岁月关。

无心无所事，有欲有天颜。

水色罗衣照，牛郎草木间。

秦楼秦不在，弄玉弄як娴。

182. 花游曲二首

之一：

花香寒食日，伎舞诸王前。

李贺同弹唱，诗词共令传。

之二：

白雪阳春唱，梅花落里吟。

春春春不止，岁岁岁人心。

183. 春昼

朱城春昼暖，玉学夜深寒。

花蕊宫中草，长生殿外栏。

吴蚕丝已起，越女采云端。

塞北黄云色，河阳渐不宽。

184. 安乐宫

舞舞歌歌树，安安乐乐宫。

西施娃馆色，力士念奴红。

若以长生殿，明皇向太空。

桐鸟栖水北，展翅凤凰东。

185. 蝴蝶飞

一蝶自然飞，三春百草菲。

群芳花已到，采蕊向心归。

186. 梁公子

题诗赐馆娃，采女却衣华。

沐后芙蓉顾，池前弄玉斜。

南塘莲子熟，十粒作人家。

偶尔藏红处，原来是晚花。

187. 牡丹种田

莲荷叶小秦蘅早，杜若初成芍药萌。

谢女长安梁雪赋，东风细雨牡丹城。

188. 后园凿井歌

泉根问辘轳，日短待书儒。

凿井浔源水，江流问小姑。

千年应不断，百岁望殊途。

189. 开愁歌

书生读字始开愁，富富贫贫有国忧。

利利名名从不尽，官官吏吏逐东流。

190. 秦宫诗二首

之一：

秦宫一婪奴，内舍半骄胡。

墟旧长相问，冯家自子都。

之二：

罗衫越袂玉麒麟，绣帐仙笙半醉人。

夜露铜盘承太液，青苏白鹿自秋春。

黄衿紫髻公侯饮，越女吴姬弄玉秦。

调得金声鹦鹉秀，骄名恶噪冀之尘。

191. 古邺城童子谣效王粲刺曹操

曹操王粲刺，建业古城寻。

不可英雄见，金陵水月深。

192. 杨生青花紫石砚歌

青花紫石岘台歌，巧匠端州笔墨河。

抱水含冰文藻许，松香麝气已登科。

193. 石城晓

月落江堤外，乌啼素女垣。

春心春不止，断续断鹦繁。

晓色齐梁早，秦淮两水源。

金陵金紫禁，石岸石头鼋。

194. 苦昼短

苦昼人生短，阴晴日月长。

嫦娥疑后羿，射日误雕梁。

若木天东置，神龙太乙乡。

山东嬴政路，梓荚鲍鱼香。

195. 章和二年中　自述

关（潼关）关（山海关）不似一关东，

水（渭水）水（浑江水）何从半水空。

曲曲弯弯流不尽，沧沧海海易难穷。

196. 房中思

房中思不断，路上问难休。

斫桂闻香木，樵声以斧忧。

197. 春归昌谷

春归昌谷地，雨水少多焦。

二月新苗出，三光满玉条。

初黄如渴变，细绿及峰峤。

错落繁岑调，农家以苦调。

198. 昌谷诗

谷首福昌宫，浮媚竹木红。

春风多粉节，楚练色当空。

邃日晨错静，鸿泷锦绣风。

仁安平卯角，栖鸾望西东。

199. 铜驼悲

铜驼悲落魄，二月客梅尘。

洛水含泥晚，长安净汉春。

200. 自昌谷到洛后门

始欲南行楚，西秦复五津。

襄王和武帝，各自有青春。
宋玉高唐赋，王母日月新。

201. 七月一日晓入太行山

晓入太行山，香风落簇颜。
山西南北断，不望雁门关。

202. 秋凉诗寄正字十二兄

秋凉半闭门，契洞一黄昏，
弟弟兄兄问，来来去去根。
幽姿幽姿驿，老客老儿孙。
觉见寒宫月，思成桂树婚。

203. 艾如张

结网艾如张，罗丝列栋梁。
相邻相不解，已见已苍茫。

204. 东城九号

因因果果半平生，绿绿红红一世成。
小小已中大大志，枯枯以后是荣荣。

205. 上云乐

三千素女半藏娇，五百男儿一降桥。
不是闻天交响乐，天机向地问云霄。

206. 摩多楼子　自曰

玉塞问金人，辽东老少春。
风霜冰雪夜，暖气女儿亲。
白水浑江岸，黑山故土茵。
榆关山海外，八卦一桓仁。

207. 猛虎行

平原猛虎行，箭弩列弓城。
妇女藏儿小，英雄束带英。
黄公惊定后，战士向天鸣。
契阔群人斗，临危自结盟。

208. 日公行

昆仑日出行，后羿收弓鸣。
若木惊藏定，黄河逐水平。
长亭明路远，折柳已倾情。
灞水桥中望，泾流入渭荣。

209. 苦篁调啸引

轩辕教化一伶伦，二十四弦半汉秦。
一管留成天地界，余音正始作秋春。
昆丘采竹三千木，世界闻声五百钧。
自古元声黄帝正，尧辞舜语禹天真。

210. 佛舞歌辞

一饮乌程酒，千歌越女身。
吴姬姿色近，汉武帝王邻。
但以王母劝，盘桃五百春。
神仙多少路，客主暮朝秦。

211. 夜坐吟

北斗望天河，汨罗唱九歌。
西风摧落叶，古月照先科。
但得青娥冷，星明误曲多。

212. 箜篌引

公无不渡河，屈子过汨罗。
贾谊长沙赋，骚人唱九歌。
箜篌千曲尽，楚国一水多。
六国秦王政，三光日色和。

213. 巫山高

巫山高不得，宋玉赋瞿塘。
白帝江流峡，朱峰赤甲光。
瑶姬千载去，碧水半倾肠。
自古知神女，襄王是楚皇。

214. 平城下

月向平城下，云回朽草中。
饥人争草木，短布不遮穷。
岁岁征西路，年年唱大风。

215. 江南弄

一笛江南弄，三箫绿蚁情。
千声呼远弟，万里共天明。
下是巴人唱，阳春白雪行。

216. 相劝酒

羲和天地逐，六辔不曾闲。
苦苦东西路，辛辛日月间。

南山奇所木，北海阔天关。
白璧梁鸿案，青莲玉水颜。

217. 荣华乐

荣华隔世作秋春，汉武秦皇有后人。
百斛珍珠情所赐，千姿百态上真新。
年年草木枯荣色，岁岁藏娇弄玉身。
十二门前张大宅，瑶姬曲里子孙邻。

218. 瑶华乐

王母八骖一龙媒，汉武求仙半世催。
点翠施红颜色好，虞泉禹穴舜耕田。
钟瑶绛雪盘桃树，带雨行云二月梅。

219. 北中寒

黄河两岸雪霜寒，朔漠三边草木残。
敕勒川中冰水阔，桑干月下久波澜。

220. 梁台古愁

梁王台外空，野草旷中红，
雁落芦洲岸，河流北下洪。
潼关经转折，陕晋可西东。
远近群芳色，迢遥有始终。

221. 公无出门

公无门外去，子有户中还。
万里黄河水，千年大别山。
盘龙经地锁，猛虎啸天颜。
惊心成生死，迢遥沼泽湾。

222. 神弦别曲

小女巫山隔，春云白帝边。
瞿塘三峡水，楚鄂一江船。
杜若芝兰色，蚕丛蕙芷田。
高唐经宫渡，宋玉襄王天。

223. 绿水词

今宵岁月好，别梦入秦川。
大小姑娘见，婵娟上下弦。

224. 沙路曲

两岸隋炀树，十波一路船。
三边多磊石，万里运河天。

225. 上之回

自古上之回,如今下复催。
梅花开二月,大雪着千恢。

226. 高轩过韩员外愈

当门下马气如虹,七岁吟诗唱大风。
织锦藏华空笔墨,龙飞凤舞展长空。

227. 贝宫夫人

丁丁玉女一金环,楚楚芙蓉半水颜。
大漠沙鸣留美女,胡姬曲尽月芽湾。

228. 兰香神女庙

古庙年年肃,兰香处处春。
菩提神女颂,结绶玉人新。
若以瑶姬见,曾闻白鹿邻。
丹青留此处,可寄作麒麟。

229. 送韦仁宝兄弟入关

送客千觞酒,秋明百树红。
黄河分两界,渭水祝三空。
叠玉文章好,重金日月工。
耕耘从字句,取获自天翁。

230. 洛阳城外别皇甫湜

别去洛阳西,东都渭水低。
高风从此去,亮节作香泥。

231. 溪晚凉

江流不断一溪风,水气浮沉半太空。
远近方圆知进退,高低始见有西东。

232. 官不来题皇甫湜先生厅

叶满一庭收,官来半不留。
闻声听不语,踏碎问枝头。
绿绿黄黄色,先先后后条。
春秋相似处,历史帝王侯。

233. 长平箭头歌

长平箭羽虎狼牙,易水低流流里沙。
断簇残弓应不射,阴山李广共中华。

234. 江楼曲

江楼不住问江流,两岸风云两岸收。
日月当空当日月,春秋继序继春秋。

235. 塞下曲

沙鸣百里一瓜州,大漠千年半帝侯。
塞外天含青海岸,云中草莽逐沙舟。

236. 染丝上春机

汲水桐花井,沈丝静美人。
凝情抛石子,影乱作思春。
夜月知桃叶,王郎自问津。
金陵金已尽,独望独效颦。

237. 五粒小松歌二首

之一:

一友杜云卿,求吟并序名。
松风松柏色,立志立倾城。

之二:

五粒小松歌,千鳞少又多。
新香新粒下,绿叶绿扬波。
密结风云落,稀疏日月河。
春秋冬夏见,一色自登科。

238. 塘上行

荷塘残叶色,岸草已无多。
偶见鸳鸯过,清纹不是波。

239. 吕将军歌

赤兔惊风吕将军,英雄绶德米脂绍。
辕门射戟曾正气,可叹曹刘语识君。

240. 休洗红

十八如春净洗红,三千好汉一英雄。
归来自是封侯绶,一箭连心答玉弓。

241. 神弦曲

一月经天上下弦,千年岁竹去来年。
儿儿女女春秋度,暮暮朝朝草木田。

242. 野歌

雕翎羽箭一弯弓,野兽雄鹰半直攻。
日暮男儿当射虎,幽州自古有飞鸿。

243. 神弦

妇好一神弦,神农半稻天。
巫风巫信仰,一木一桑田。

244. 将进酒

一酒酩酊客,三生醒醉人。
封侯封自己,故事故红尘。
白首红颜见,青衣布履邻。
留名留历史,立世立经纶。

245. 美人梳头歌

好女头崇五亿丝,盘龙妾凤半时迟。
娇情欲立春心起,此夜婵娟入梦诗。

246. 月漉漉篇

未剥香莲子,初秋已日西。
炎风知不起,采女沐羞低。
漉漉黄昏暗,幽幽水月齐。

247. 京城

出入京城路,枯荣草木心。
何当知进退,旷野有鸣禽。

248. 官街鼓

步以官街鼓,心随玉漏池。
朝朝重暮暮,日日著诗诗。

249. 许公子郑姬歌

许史书香第,名花郑袖怜。
千姿呈百态,曲舞瑟琴淳。
洛水陈王酒,铜驼绿蚁春。
兰情如合竹,暖意莫愁身。

250. 新夏歌

田家麦畔尺青苗,竹木新生碧叶潮。
日暖风轻池水定,菖蒲起伏唱荷谣。

251. 题归梦

书生以梦归,一字作鸿飞。
守此成人易,谁知入旧闱。

252. 经沙苑

有水方圆定,无人柳自春。

380

山山重木叶，日日易经纶。

253. 出城别张又新酬李汉

上国骚人别，南山曲意深。
长安长路远，短叹短人心。
紫蕨生苔石，乡书寄客音。
皇图皇土地，百姓百家箴。
六郡知儒子，三秦向野禽。
围城围自己，祭酒祭甘霖。
二子临流见，千波曲积浔。
无私应浩净，有木自成林。

254. 南园

方圆领袖一衣巾，蕙带田林半雨新。
杜若兰苔相序列，香梨熟否入红尘。

255. 假龙吟歌

白凤苍鹰目，阿母素女心。
仙人仙普渡，去国去知音。
但以龙吟亚，何闻虎啸岑。
当惊当世事，不可不闻琴。

256. 感讽六首

之一：
藏娇一洞房，欲语半临床。
莫以东窗语，三窥已九方。
之二：
老木风中立，春苗雨后明。
东风应自语，万物共枯荣。
之三：
巾帼女儿身，征西一战神。
楼兰应不斩，士卒有秋春。
之四：
少小胡杨木，青春朔北豪。
年年观牧马，日日试弓仪。
之五：
胡风过汉家，牧草换桑麻，
米粮牛羊食，原来属性差。
之六：
三边风雪夜，六郡去来人。
皇城皇帝诏，百姓百周秦。

257. 莫愁曲

谁名作莫愁，十八女儿羞。
月色婵娟冷，寒光照石头。
三山连紫气，二水逐红楼。
五马黄金络，千声展玉喉。
香风瑶瑟曲，暖手素箜篌。
烛尽红颜色，灯明影半楼。

258. 夜来乐

田家夜梦床，曲伎半开张。
酒醉方成舞，流苏上下堂。
唐皇衣带解，伪善作迷藏。
不见红尘水，依依日月光。

259. 嘲雪

一半含春雨，三千帝子云。
纷纷寻左右，落落满衣裙。

260. 春怀引

有雨柳烟深，成云百木荫。
东风东北路，送客送人心。

261. 折虎行

杭儒自得一书灰，鲍匣鱼香二世摧。
指鹿何言兴小篆，神仙铸鼎过秦媒。

262. 有所思

陌上一离歌，云中半暮多。
君书成布织，素手剪星河。
七夕鸟桥晚，三更月影娥。
身心应寄去，白玉向阿哥。

263. 啁少年

昀是少年情，青春一半生。
留心留所欲，以子以天盟。
不读千行句，孤行半句名。
罗衫回首问，积玉是方明。

264. 高平县东私路

木槿朝朝色，梅梅处处香。
呼君私路止，两岸柳还杨。
石径通天狭，无人竞步量。

应知应自度，达此达方长。

265. 神仙曲

海远有灵书，神仙上帝居。
王母相许处，汉武问鲸鱼。
九鼎秦皇岛，三清步太虚。
天光波涛逐，世约继人余。

266. 龙夜吟

胡人不作陇头吟，皓月当空觅木荫。
蜀女琵琶传汉语，单于独嫁马头琴。

267. 昆仑使者

昆仑使者茂陵来，玉露金盘半不开。
鹿角麒麟何问政，琳琅满目是天台。

268. 汉唐姬饮酒歌

草叶沾霜露，金枝带玉尘。
无人为绶饰，有册对击秦。
树隔云阳路，云连朔北春。
昭阳昭楚楚，折扇折新新。

269. 听颖师琴歌

楚客游天姥，吴人问鄂流。
长桥长路济，短渡短江楼。
白鹿中原望，兰梅岭上求。
春秋春又至，白雪自师留。

270. 谣俗

小蝶上林苏，南城下念奴。
何言声色近，不忍口天吴。
脉脉群芳路，幽幽独水芜。
斜塘斜日月，富土富江湖。

271. 静女春曙曲

嫩叶怜芳草，新花玉蕊苗。
枝枝摇未定，碧碧色藏娇。
孔雀争春翅，鸳鸯过小桥。
啼莺啼不住，雨路雨丝遥。

272. 少年乐

青春自在留，十八女儿羞。
渡口三桥外，船娘一叶舟。

273. 句

举步三生路，行身两袖清。

274. 刘叉

任侠一少年，杀生半无天。
归之韩愈下，所布鲁齐钱。

275. 冰柱

滴水成冰柱，江流不可求。
千年河岸改，百积一冬囚。
垒垒由来见，生生未足头。
承天承误解，以物以沉浮。

276. 雪车

一雪成车后，三冰作九州。
层层真假负，物物去来头。
陌里农夫力，衙中吏役求。
家家何国国，税税赋谁收。
舜帝耕亏鲁，王田养帝侯。
桑田由所食，故日十三州。

277. 修养

一月圆圆半月弦，三生守舍十生田。
耕耕读读耘耘路，竞竞工工岁岁年。
尺尺量量方寸寸，姿姿态态不求全。
声声色色身形正，暮暮朝朝水自泉。

278. 勿执古寄韩潮州

冰柱雪车半不圆，今来古往一泉源。
仲尼六国春秋著，弟子三千半不宣。
鲁壁坑儒灰已冷，秦皇铸鼎问轩辕。
来来去去前行路，执著简时必莫繁。

279. 答孟东野

执古何人间，寒酸不可闻。
千锤经百炼，十载有仁君。
吕尚曾击案，直钩已莫分。
从辞孟野，已得退之助。

280. 自古无长生劝姚合酒

长生殿上问长生，白虎堂中白虎行。
酒水无心心已醉，秦皇有欲欲难成。

281. 独饮

独饮千杯酒，孤岛四十楼。
山中人不语，月下水河洲。

282. 作诗

如无似有一知音，感遇经纶半古琴。
绝壁枯桐惊水浪，留成李耳作英钦。

283. 天津桥

天津百步桥，洛雨半云霄。
汉祖秦关著，长城万里遥。

284. 嘲荆卿

一诺荆卿去，三秦养马川。
何须燕太子，易水士无缘。

285. 代牛言

田中一老牛，月下半耕休。
渴饮黄河水，低头土地由。

286. 莫问卜

问卜无知见，寻心有独求。
今今复古古，去去几留留。

287. 观八骏图

八骏穆王舟，三秦半九州。
争先争胜战，落后落王侯。

288. 经战地

阴风经战地，肃气帝王侯。
血染长城石，苏杭水运舟。

289. 野史

野哭一农家，窗寒半寸沙。
征夫南北战，苦雨日西斜。

290. 古怨

一石望夫名，三光共此生。
行当君子志，妇守自贞情。

291. 烈士咏

烈士一身行，何全半废荣。
生当生其志，死亦死求名。

292. 狂夫

湘妃一舜歌，妇唱半夫和。
不懂关雎顾，当知事务多。

293. 饿咏

一饿半天机，三生一世旗。
江东风已起，项羽未央饥。

294. 自问

自问彭城子，何言六郡词。
华人华十万，着日着天辞。
步步耕耘历，心心草木知。
琴弦琴已响，自勉自成诗。

295. 入蜀

栈道蚕丛路，陈仓汉将台。
江声含项羽，峡色沛公来。

296. 塞上逢卢全

直到桑干北，相逢大漠南。
山河垂地色，举酒士长谙。

297. 偶书

日出扶桑一寸高，晴空万里半葡萄。
霞光普照人间满，四面飞云似海涛。

298. 爱碣山石

碣石一立名，山川半无声。
江河何不问，独见久迁行。

299. 华人有过度表现之风

过度胡言表现狂，商鞅变法已流荒。
谁言戏子成讽誉，独慎良家济世堂。
复古重今重复古，兴亡有度有兴亡。
中庸自此多言教，守一言行守一杨。

300. 正与邪

序：

百色市中小提保公司经市招商局骗取亚洲发展银行 40% 股权，抢占银行，对抗马来西亚法庭令犯三项刑事罪。书至中国商业部长令部办延主任致话董事长吕长春而记之。部长指示文本省府。

诗：

担保公司一是非，招商局办半胡为。

欺民霸事成天罪，抢占银行视不归。

对抗公庭无国法，中央政府令行晖。

百色湘西湘自古，如今世上世言飞。

301. 与孟东野

富富贫贫一世名，寒寒暖暖半书生。

诗诗赋赋留天地，藿藿葵葵草木情。

302. 姚秀才爱予小剑因赠

小剑明光刃，因风一把仪。

从朋当赠与，意气以天高。

303. 老恨

雪覆松枝厚，残书读不全。

天光天不尽，世续世先贤。

第六函　第八册
元稹　卷一至卷九

1. 元稹

制策微之第一名，河南郑训数三声。

郎中校书中书令。学士平章刺史行。

左位丞相兼节度，尚书仆射谥身荣。

元元白白从天下，古古今今任久鸣。

2. 思归乐

进退思归乐，身名上下倾。

家乡家记忆，故土故人情。

赵老成工部，支心八十荣。

交州官半百，复易两三京。

再去江陵吏，新皇始上卿。

人康荆广治，宠辱不为惊。

折剑尤余刃，闲穷读四声。

神灵金委顺，本性自知明。

阅阅应山海，书安自弟兄。

通州迁御史，二十二年城。

巧诈终非是，忠诚尺寸耕。

微微求所积，处处志前程。

3. 春鸠

百舌知春鸠，千音万共鸣。

原来风雨至，所遇作平生。

4. 春蝉

春蝉上顶枝，望远半鸣迟。

我自东归日，商　山四皓知。

朝阳深紫气，振翼浅吟诗。

5. 菟丝

菟菟丝丝蔓，幽幽系系藤。

依依相缠附，束束互明绫。

6. 古社

古社已千秋，堂狐著万流。

新丘新不止，故业故盟休。

地老多迁易，天荒过九州。

7. 松树

株株朝上竞，各各独龙鳞。

节节斑斑色，苍苍叶叶春。

秋秋风自得，雪雪漠沙尘。

万万千千木，涛涛浪浪钧。

8. 芳树

老树散芬芳，小女误炎凉。

处处寻知觉，时时有躲藏。

平生何所似，岁月柳如杨。

9. 桐花

苍梧舜帝二妃心，鼓瑟湘灵一古今。

禹穴桐花沾竹泪，东流领导是英钦。

宫商角羽安平调，百事征君定五音。

雅倾风骚离政治，疏箴隽鹿付鸣琴。

10. 雉媒

网网罗罗束，笼笼羁羁飞。

君心知你我，彼此欲乡归。

往往山麓阔，朝朝日月犀。

灵灵还性性，显显亦微微。

11. 箭镞

镞镞利利尖，弓弓箭箭歼。

生生成死死，弱弱亦纤纤。

不富贫为盗，无钱自扣箝。

官人扬手射，血泪共垂潜。

12. 赛神

有意问西门，巫神向子孙。

缚妖知久欲，拜祭望天根。

曲直何分界，枯荣势力夺。
蜉蝣生湿处，鸥鹭集黄昏。

13. 大觜鸟

白者名慈反哺情，红鹦曰鹉可同生。
雕笼旷野飞云怯，卵啄栖巢不自鸣。
左右鹰孤怯来客，高低鸦鸥市寻成。
恢恢网络阳鸟见，上宛无离作远盟。

14. 分水岭

秦川分水岭，蜀豫各不成。
暮去分南北，朝来一合情。
同源流不迟，共逐市东行。
井水君盟作，东西互独明。
深泉深汲汲，自足自平平。

15. 四皓庙

避世巢由客，无为舜禹臣。
寻贤伊吕氏，四皓著文人。
汉业刘家继，实安惠帝钧。
谋盘成故事，道术不称秦。

16. 青云驿

岭下青云驿，溪前玉石堤。
清流桃李岸，紫气蘼菖梨。
东倦风光日，开通凤尾萋。
瑚琏犀象卫，杜宇尽声啼。
诸册阍阎例，元昌翠羽垂。
梧桐千鸟望，寄与凤凰栖。
道胜冠宁处，灵藏始不迷。
回头何不问，此路不东西。

17. 阳城驿

阳城商一驿，御史核书楼。
江陵曹士客，参军下运州。
知公兄弟善，孝子父母酬。
一日无相见，三生不娶谋。
终身优劳论，济世短长谋。
束帛希夷处，冠官缚冕旒。
无词无遗布，谏容谏难周。
显得昭阳殿，延英豸笏修。
汨罗清未尽，贾谊忘回头。

鼓舞为贤者，胡须对已忧。
唯名羊祜训，夏邑有春秋。
邓攸余门树，玄元教九幽。
书儒从进退，学士对神州。
目待阳城驿，心闲一水流。

18. 苦雨

苦雨无冬夏，蚊虫莫去留。
何须皮肉痛，已足不眠愁。
一刻阴晴易，三更日月浮。
天长天讼尽，望路望乡忧。

19. 种竹二首

之一：
诗从一乐天，井落不行船。
只有千竿竹，观心节节贤。
之二：
井水自无波，汨罗唱九歌。
闻风观自己，种竹问婆娑。
止止行行少，居居易易多。
官由官场使，节结节心柯。

20. 和乐天赠樊著作

识字闲官录，行身智不全。
巢由尧舜志，著作女娲天。
著作诗词晚，人间事事传。
千千年万万，史史氏连连。
直钓文王国，何言鼓案篇。
由心书曲直，以意作方圆。
日月寻常记，阴晴载未虔。
乾坤应布木，卜易必序延。
八卦因词殳，三光主客悬。
知居知易近，历世历源泉。

21. 和乐天感鹤

闻君感鹤操，雪羽作文豪。
不觉知音杪，微之以念高。
排空回首见，以翼向云涛。

22. 谕宝二首

之一：
一宝半沈泥，三光一水溪。

流波流草木，玉石玉高低。
识识知知论，时时代代提。
何人何物件，不解不当迷。
之二：
冰心白玉壶，水色似江都。
石复商周器，沉泥石代殊。
和丞殷纣酒，隐落到东吴。
舜禹多功德，当然此物枢。

23. 说剑

宝剑霜锋刃，寒光闪电休。
干将当此鞘，励石莫邪猷。
密友三杯酒，闻声一诺勾。
相如相缶击，易水易难留。
可以雄心度，无言向肃秋。
荆轲荆匕首，白帝白英侯。
曲贡经天翼，尖尖断水流。
波平曾可见，已斩十三州。

24. 书市

井水自无波，源泉有远河。
鲸鳇从不至，近处井蛙多。
莫以观天问，儒书卷几何。

25. 和乐天折剑头

闻君折剑头，欲斩十三州。
一立雄心起，三声已断流。

26. 松鹤

松松鹤鹤闻，节节讨鸣分。
羽羽鳞鳞竞，朝朝暮暮云。
霜沉风不止，雪素玉衣裙。
所感非灵性，其心是日曛。

27. 竞渡

黄河壶口落，万泻九龙惊。
远近雷声动，乾坤草木鸣。
烟波难以渡，匹筏不思行。
竞竞争先跃，扬扬误太平。

28. 寺院新竹

槎丫丛碧色，独秀半露烟。

玉簇常分段，尖头际宇悬。
琉璃枝叶翠，雨后笋根穿。
节实成高志，虚心自奉天。

29. 酬别致用

委顺风行路，耕耘日月惊，
诗词多草木，记历有枯荣。
七十无人问，三千有迹明。
修身修自命，创道创人生。
亿非应思达，江山玉石衡。
幽燕量跬步，尺寸必致盟。
大小其间易，中庸出入城。
皇城皇帝界，四野四方情。

30. 竹部　石首县界

竹部分县界，官民独自居。
由田由米黍，比读比司书。
七十无为纪，三生有志余。
空心成实结，比势向天舒。

31. 赛神

楚俗巫风事，妖神十月吴。
田家初结社，沽酒共殊荼。
刺史衡阳史，天公稻米葫。
农夫因果见，获取自扶苏。

32. 竞舟

楚俗无兴力，汨罗有竞舟。
千呼呈百应，一诺十挥头。
虎啸江天外，龙吟日月休。
先生先达的，后学后归流。

33. 茅舍

楚俗居芭舍，临池作镜明。
荆梁荆杜若，隔壁隔我？
比水同流去，渔船共止行。
归来归日计，所暖所新晴。

34. 后湖

楚俗多临水，波平有后湖，
家中娘舅问，月下丈夫姑。
岁稔愉民策，衙公子弟图。

生平三十五，历世一书儒。

35. 八骏图诗二首

之一：
古战争先进，秦川汉血书。
良车良马辩，八骏八方舒。
画以知鬃足，行当万里余。
经天当自在，载地可相如。

之二：
八骏一天轮，三军半晋秦。
扶桑知汉血，万里纪风尘。
马马车车战，成居胜胜新。
当先呼一诺，立地已千钧。

36. 画松

张璪画古松，骨节挺龙宗。
大雪层云顶，枝丫富贵容。
听风天地问，得雨暮朝龙。
独立朝天亮，成林对地封。

37. 遣兴十首

之一：
二月梨花白，三春结子忙。
千秋收获果，九夏实生扬。

之二：
不误春风短，何言夏日长。
开花应结果，大小必由昌。

之三：
一竹高高望，千竿处处扬。
虚心朝上劲，结节势方长。

之四：
万木本根生，千流逐岸行。
夫规天自许，主宰主思明。

之五：
日暮一荷莲，蓬壶十子船。
心中心自苦，水上水波田。

之六：
日有春花许，天无雨水明。
云浮云不定，月色月阴晴。

之七：
直直弯弯木，长长短短亭。
人人何事业，历历作丹青。

之八：
春风一剪仪，草木半低高，
万里成量度，千年作厘毫。

之九：
三光日月星，五味色香铭。
万里山川望，千川草木青。

之十：
社稷轩辕禹，三皇五帝终。
商周秦汉继，富土运河东。

38. 野节鞭

宇宙一神鞭，经纶半海天。
其惊长短路，逐业去来年。
读学由此策，司衙作月弦。
中书中制书，刺史刺方圆。
苦苦辛辛致，行行止止田。
乾坤非不已，彼此是长鞭。

39. 元稹

责己一官身，行仁半晋秦。
寒严成主宰，俯仰作秋春。
上帝宏心许，千民旱灾臣。
东风东雨少，降命降时钧。
治本由成命，无云误谷人。
妖神巫莫取，挖井灌田频。
自力辛劳度，声音换果因。
民心民苦主，以麦以流邻。
日月躬田亩，冠巾挂冕陈。
应明应士卒，古往古来臻。
只以同甘苦，当然济世贫。
胡须胡课赋，制策制经纶。

40. 虫豸诗

天之居物地，鸟兽豸虫鱼。
水木山河草，洲梁日月书。
平原平土沃，谷壑谷川余。
俯仰飞禽远，高低顷细舒。

41. 巴蛇四首

之一：
雄黄由古引，禁术以烟熏。
是物由攻克，如麻叔散分。

385

之二：

巴蛇鹦鸟食，天敌自成因。

脑破三寸许，红焰吐地均。

之三：

治帝临王位，王母对地天，

生生克克见，蟒蟒蛇蛇迁。

之四：

百类巴蛇大，三江岭木长。

毒人毛发竖，巨蟒避锋芒。

42. 蛤蜂四首

之一：

蛇巢一路蜂，手足半丝封。

塞鼻盘桓久，巴人亦险容。

之二：

蜂游百里乡，采蜜一花房。

飞来飞去见，毒少毒多藏。

之三：

蜂蛇共寄居，蚕毒以巢墟。

灾国曾相起，天公以律书。

之四：

巴人制蛤蜂，足迹已无踪。

触及心胸滞，惊心必慎蛩。

43. 蜘蛛四首

之一：

天公鼠妇虫，苦酒雄黄工。

结网结罗端，佳人不始终。

之二：

网网罗罗织，丝丝细细成。

横恢横纵布，鸟来鸟难行。

之三：

柱南堂问布，天罗地网城。

林间多鸟羽，木上有余鸣。

之四：

数寸蜘蛛大，雄黄苦酒多。

巴人巴解治，土法土人戈。

44. 蚊子四首

之一：

入木有居巢，出林著野郊。

孤行常不举，野兽蚊群包。

之二：

成群沿地飞，结伙对门扉。

攻入何不备，视死自如归。

之三：

结卵寄生虫，行飞沿地穷。

群交成势力，子子作时空。

之四：

蚊子善功心，乔林致朽荫。

中空中柱取，遍地遍成音。

45. 蟆子四首

之一：

蟆子微微小，虫虫处处生。

巴蛇鳞甲里，隐隐作群惊。

之二：

晦晦毒藏生，人人见不明。

巴蛇巴角寄，有口有余盟。

之三：

吸吸尖尖嘴，针针呪呪行。

乘时乘隙作，不备不余生。

之四：

浮尘一蟆纹，寄住半蛇群。

昼书飞归夜，烟香自可熏。

46. 浮尘子四首

之一：

可叹浮尘子，纤埃落羽微。

衣衫常寄住，有此却无归。

之二：

乍可巢衣袖，胡为附蟒鳞。

无穷多少夜，不可过秋春。

之三：

但觉肌肤痒，安知项细因。

微虫微结集，巨蟒巨散尘。

之四：

浮尘蟆子同，共类以微虫。

寄住巴蛇甲，巢人物袂中。

47. 虻四首

之一：

牛虻以血尝，草湿雨云长。

蔽日飞遮取，惊鸣忘柳扬。

之二：

六月肌肤露，三生守一闻。

如今虻嘻血，却惧已成群。

之三：

四季分明易，千虫自取亡。

中原中自主，巨子巨方长。

之四：

夏日巨蟊虫，牛羊却不穷。

经人身身肉，不可掉心空。

48. 楚歌十首　江陵时作

之一：

御史江陵去，微之拾遗闻。

干戈平定后，楚玉璧如勋。

浩浩千年史，纷纷万里云。

王公马客，圣道致仁君。

之二：

陶虞当己近，仲父鲁人书。

二世坑灰冷，三秦九鼎余。

南从林木盛，北向帝王居。

御史无司马，江陵有卷舒。

之三：

平王昏感久，伍子过昭关。

楚客吴门里，夫差木渎颜。

之四：

巫山云雨纪，白帝水山还。

宋玉高唐赋，襄王玉女关。

之五：

汨罗一楚歌，贾谊两湘河。

九辨离骚客，宜僚对地多。

之六：

莫以方城寄，应知楚上卿。

张仪张土地，芈月芈秦荣。

之七：

霸业雄图尽，梁孙世运消。

唯余开盛寺，日日望江潮。

之八：

江陵南北路，楚郢去来遥。

但向荆门去，朝云暮雨消。

之九：

一水连三峡，千波逐百层。

瞿塘官渡岸，楚客到西陵。

之十：

楚在神农顶，长江奉节邑。
巫山巫峡水，白帝白盐峰。
一日江陵路，千舟两岸冲。
年年径澶澴，处处历龙踪。

49. 襄阳道

羊公一岘山，汉水半天颜。
莫以知音问，琴台白鹤闲。
萋萋鹦鹉草，寂寂武昌关。
但但曹操鼓，重重去又还。

50. 赋得鱼登龙门

一跃龙门过，千姿百态生。
凭身空奋力，泽世曲江荣。

51. 贞元历

岁月贞元历，天皇御位传。
三朝臣已老，一代咏诗篇。

52. 塞马　自述

五女山前学，胶东创业生。
幽州幽井客，塞马塞边鸣。

53. 鹿角镇在洞庭湖

鹿角洞庭湖，汨罗问楚儒。
君山应此去，沅水始江苏。
一字天中雁，衡阳大丈夫。

54. 感事三首

之一：

一国传羊祜，三军问蜀侯。
荆州何不问，诸葛两三忧。

之二：

自笑身心重，从容彼此情。
区区知伯乐，路路自难平。

之三：

岁月年年继，风尘处处生。
幽幽同老少，日日才诗城。

55. 题翰林东阁前小松

侵霜色已成，覆雪素冠明。
直直朝天立，鳞鳞对地情。

56. 清都夜境

枯松多怪影，夜月少真形。
隐隐无常见，堂堂有广庭。
灯灯明近照，约约暗丁宁。
净土三千界，心灵一字经。

57. 春晚寄杨十二兼呈赵六

啼莺嘉木恋，结友觅知音。
只望莲花坐，常闻净土心。
玄虚玄德法，佛祖佛禅荫。
本姓儒书读，修身守一箴。

58. 与杨十二李三早入永寿寺看牡丹

晓见红莲色，明媚玉牡丹。
花浮多少叶，蕊粉蝶虫攒。
积翠堆芳近，飘风结彩澜。
繁华繁简木，本性本云端。

59. 春余遣兴

庭空草忆长，日暮散余香。
雪絮桃花落，舒云夕照墙。
苏秦千子弟，变法一商鞅。

60. 忆云之

一忆云之少，才知读学心。
青春偏草木，岁月客知音。
彼此人生路，诗书跬步寻。
长亭长短道，古执古衣襟。
治政官衙老，从司吏禄深。
南洋南不止，北陆北乡岑。
渭水旷泾近，长安独木林。
幽芳幽所树，独慎独其荫。

61. 别李三

鲍叔知贫北，离骚别李三。
余英余蕙薏，苦乐苦芝岚。
孔子书香久，颜回六国谙。
扬挥扬手去，不断不江南。

62. 秋夕远怀

夕照半阴阳，牛羊一归乡。

书生三界路，孝子九私堂。

63. 东西道

东西南北道，四极五湖乡。
少壮经尘历，稀翁散古香。
长安长久治，渭水渭城扬。

64. 分流水

自古愁离别，垂流泪水凉。
分行何不见，独步市家乡。
一日风波起，三更忆梦长。

65. 西还

幽幽一洛阳，处处半家乡。
日落知归处，三更复步量。
耕耘由日日，著作自堂堂。

66. 含风夕

蕙蕙兰兰质，松松柏柏心。
萤光留一线，夏水戏千禽。

67. 秋堂夕

日日秋堂夕，冷冷静井泉。
无波连远水，有色辘轳园。

68. 酬乐天

拾遗校书郎，江陵御道梁。
平章书令客，谏策左丞相。
太子东都傅，苏杭刺史章。
居书居易始，纸贵纸君王。
白玉墀阶步，长生殿阁堂。
风尘风不止，驿路驿书香。
主宰民间治，行明日月光。
三生三主意，九派九流长。

69. 杨子华画三首

之一：

一笔三思久，千因半果尝。
篇篇形幅幅，抑抑复扬扬。
角角边边计，明明暗暗荡。
清清还秀秀，隐隐又藏藏。

之二：

简简繁繁色，浓浓淡淡妆。

遥遥应近近，短短注长长。
大小绞绡织，阴晴井巷光。
深深由浅浅，糙糙必良良。
之三：
致致工工画，精精籍籍形。
山河三世界，历史一丹青。
鸟鸟虫虫跃，林林木木灵。
南南分北北，本本市形形。

70. 西州院东川官舍

自入西州院，重温北月幽。
东川官舍暗，杜宇尚无休。
物象曾依旧，江流不见头。

71. 台中鞠狱忆开元观旧事呈损之兼赠周兄

忆在开元馆，眠成太上仙。
三清三世界，六郡六玄天。
道士临钟鼓，儒生御史迁。
巴人巴峡蜀，楚客楚才贤。
畦水泠泠白，阳坡处处田。
人间人自主，吏禄吏难全。
富贵怜心少，贫穷共济船。
营营营所老，度度度思然。

72. 寄隐客

今人求富贵，酒肉食妖姬。
进取非俦次，功名是孑司。
樵渔应自在，隐士不须期。

73. 韦氏馆与周隐客杜归和泛舟

隐客归和一泛舟，天空月色半江楼。
粼粼曲曲纹纹远，水水波波处处流。

74. 思怆襄游

暮宿慈恩寺，朝行制策郎。
明经何御史，少小寄文章。
可以经沦次，何成酒肉伤。
由然巴蜀侧，胜道曲江旁。
驿站平川步，蹇驴可四方。
江陵谁拾遗，陕府已思乡。
十一端公酒，襄游院长光。

平生多进步，旧忆少寻怆。

75. 寄吴士矩端公 江陵士曹时作

十岁曾相识，三生总自闻。
江陵四首忆，第一是吴君。
少小予先醉，筝弦有彩裙。
罗衫飘袂带，玉指拭杯醺。
粉汗红绡湿，参差扣节云。
甘心戎战场，解甲成功勋。
曲惑何彼此，前程不可分。
同吟同易水，雨雪雨纷纷。

76. 三月二十四日宿曾峰馆夜对桐花寄乐天

放对桐花寄乐天，婵娟影色作浮船。
知君已问微之馆，半忆曾峰半月弦。

77. 酬乐天书怀见寄

彼此新昌别，阴晴古道谙。
枢星君直北，断岭水分南。
步过商山木，心回一二三。
书生同度路，草木共荒岚。
但得诗词句，精英日月男。
如今多驿站，自古见春蚕。

78. 酬乐天登乐游园见忆

离离原野草，岁岁叶枯荣。
渭水泾泾去，江陵洛邑行。
前程前不止，后继后声鸣。
落叶因天过，春风吹又生。

79. 酬乐天早夏见怀

初荷日日一足足，小叶圆圆半月嫌。
已与临风春夏入，心花怒放不须潜。

80. 酬乐天劝醉

劝醉意如何，书生唱九歌。
三杯情绪好，万盏抱绮罗。
返少全凭酒，丹砂不见科。
王孙床上卧，你我问嫦娥。

81. 和乐天初绶户曹喜而言志

御史江陵一士曹，乾坤扭转半心高。

无须执志知天水，直视春风作剪仪。

82. 和乐天赠吴丹

守一吴丹近，思三意气遥。
黄庭经水稻，币冕玉尘消。
昼夜安期梦，尘缨太乙桥。

83. 和乐天秋题曲江

杏李春尚小，芰荷叶已圆。
红蓼红水色，曲水曲江船。
白鹭池中等，青莲影下悬。
知君诗一首，谓邑涌千泉。

84. 和乐天别弟后月夜作

排空知一雁，落地有三乡。
北北南南路，人人字字行。
衡阳青海岸，日月地天扬。
岩书以书生见，官官有短长。

85. 和乐天秋题牡丹丛

茱萸自出牡丹丛，九月重阳对雁空。
暖去三湘成一字，寒来半北有人风。

86. 春月

洛客泛泛水，杭生冷冷堂。
乌乌谁小小，鸟鸟几皇皇。
一点成千市，三章作万梁。
婵婵留桂影，短短复长长。

87. 月临花

雨雨云云客，朝朝暮暮花。
临流临月色，楚峡楚人家。
蜀水神农架，西陵净岸沙。

88. 红芍药

芍药红绡绽，芭篱十寸开。
丝丝宽叶叶，色色似梅梅。
艳艳琉璃净，丛丛秀女来。
夭夭桃李见，处处有香回。

89. 送王十一南行

南行一比丘，北寺半河流。
汉柏朝天树，梅香岭上楼。

388

江龙鱼浪水，驿吏泊烟洲。
水色经风月，愁人已不愁。

90. 三叹

之一：

青蛇先自惊，玉匣已深鸣。
淬砺寒锋刃，丹炉铸薄缨。
泓澄龙已惧，霓火闪成精。
得力应知尽，闻声已作名。

之二：

梧桐半凤凰，玉水一鸳鸯。
但以人间寄，冠官几柳杨。

之三：

白马一经天，排空半月弦。
唯闻伯乐见，伏枥日三千。

91. 遣昼

昼夜有余荫，阴晴作古今。
书生书不尽，博士博天寻。
摘掇园疏草，耕耘日月金。
无为无几案，有志有知音。

92. 冬夜怀李侍御王太祝段丞

凤愿半华堂，裾簪百度光。
纤云千万里，殿阁二三梁。
继继承承本，云云雨雨堂。
仁君朋友客，侍御段承祥。

93. 西斋小松二首

之一：

西楼一小松，北雪半雕龙。
以本求根见，秦秦汉汉终。
层层分节比，处处逐云风。

之二：

族族成枝叶，青青向玉缨。
风风加雨雨，雪雪复明明。
只有朝天势，苍苍郁郁生。

94. 周先生

悬泉一夜音，挂月半弦琴。
步下粼光乱，云中玉色寻。

95. 个遣春十首

之一：

晓月沉云影，三更夜半明。
春莺何不响，已是柳杨晴。

之二：

芝兰尚未香，蕙草自扬长。
黄中黄柳叶，绿里绿时妆。

之三：

水暗有鸭游，花明见雁洲。
高低分不定，远近忆清楼。

之四：

日日有云烟，幽幽见泛船。
为何寻不见，隔岸酒入钱。

之五：

白白红红色，朝朝暮暮烟。
农夫春社早，醒后自耕田。

之六：

归来一旧巢，此去半新交。
但向中梁问，应知半入茅。

之七：

尖尖一小荷，缠缠半轻罗。
水水无深浅，圆圆叶叶多。

之八：

半是荆主墓，三湘楚客楼。
高唐谁记得，宋玉已千秋。

之九：

一日到江陵，千帆似玉冰。
三春三峡水，百草百花弘。

之十：

小叶已成荫，花蒂结子箴。
三秋因此粒，硕大果黄金。

96. 表夏十首

之一：

立夏鹅毛定，荷塘满绿茵。
烟花云雨色，竹笋雨中申。

之二：

夏木已成荫，清波落日深。
荷边荷水望，俯见一天沉。

之三：

流星一夜空，闪亮半萤逢。

水水明明色，千年一瞬终。

之四：

孟月一奇云，成峰半玉君。
红城红不尽，雨致雨纷纷。

之五：

处处繁英现，幽幽玉草寻。
香庭香不止，色满色成荫。

之六：

碧玉含春色，娇花纳故明。
连天连地理，继续继天行。

之七：

果果因因象，春春夏夏承。
秋秋成所所，物物向时兴。

之八：

鸟鸟乌乌行，朝朝暮暮生。
春来风雨故，夏得草花明。

之九：

西山夏雪消，伏雨过仙桥。
白帝瞿塘峡，巴山夜月宵。

之十：

逝者如斯去，循天似道行。
秋风秋叶扫，硕果硕人生。

97. 解秋十首

之一：

一叶知秋静，千波已自清。
阴晴分两半，早晚不同情。

之二：

叶薄见微霜，长林缘变黄。
春初由此色，或恐柳同杨。

之三：

少学神仙侣，青年次第名。
趋犀鸳路步，老去入秋城。

之四：

秋初一叶声，树顶半蝉鸣。
肃肃吟吟远，迟迟郁郁行。

之五：

月影寒宫近，嫦娥祛旧情。
因私窥后羿，射日已昌平。

之六：

月下竹簟冷，流中水色明。

家家衣已换，处处有霜城。

之七：

湘灵鼓瑟声，竹泪二妃情。

岁岁江陵水，年年拾遗行。

之八：

年年误白头，处处对无休。

落叶常常扫，吟诗国国忧。

之九：

来时承玉体，去者布芳尘。

肃肃秋风至，扬扬落叶身。

之十：

漠漠秋原草，飘飘木叶轻。

经冬根亦在，待雨复春生。

98. 遗病十首

之一：

大病方知死，中年已见生。

知行知止问，自物自人明。

之二：

一病邻人近，三声客药情。

人生相互助，事业礼仁成。

之三：

楚客离骚顾，吴人木渎闻。

西施娃馆舞，越客范蠡勋。

之四：

退步思行止，量身著短衫。

肥肥还瘦瘦，病病亦严严。

之五：

少壮等闲过，中年进退明。

官僚官本位，老病老人情。

之六：

有病居家易，过桥水色难。

兄兄姑嫂助，简简亦宽宽。

之七：

一病忆爹娘，三生问故乡。

离巢官舍驿，客岁夜栏霜。

之八：

病觉轻支体，行当道路遥。

天明初举步，暮色满云霄。

之九：

病药天天味，公门日日行。

长程前望处，短意始方明。

之十：

暮宿空堂锦，朝行驿路空。

何愁天下水，不忍唱江东。

99. 寒

物象江陵暖，梅香腊已残。

塘鸭先下水，柳叶后春寒。

100. 玉泉道中作

源泉始处一僧房，月挂峰峦半岭霜。

路过松林前路望，钟声远近回头乡。

101. 遗病

遗过一通州，郎中半九流。

司官司马去，御史御王修。

大将三居群，公台十鼎侯。

人生人所悟，客路客难求。

以病应知病，留心可慧留。

回头回不得，以历以沧洲。

草木枯荣处，阴晴日月舟。

半章平所事，读事读春秋。

102. 感梦 梦故兵部裴尚书相公

有梦到黄梁，裴公绿野堂。

三朝相主宰，一度正王襄。

国运元衡致，削藩忘故乡。

中书门下令，判镇济淮扬。

十月蓬州夜，同行漫步长。

因君思所遇，乞奉赐衷肠。

历事昂然度，平生款曲量。

勤勤天子策，正正部圆方。

面面铜明镜，心心致豫章。

何言携手去，此路已文昌。

进士灵山寺，三军白虎堂。

前径新政处，后顾有余芳。

醒得唏嘘泪，纵横问柳杨。

禅僧因果送，尺寸几难当。

日月男儿志，诗词志趣尝。

耕耘多苦力，十万始终光。

103. 和东川李相公慈竹十二韵

东川慈竹碧，玉结直瑶情。

霭霭承云雨，亭亭向宇明。

空心连节节，尺尺逐萌萌。

独独寻天志，丛丛待地生。

琼珂交润露，燕雀误翠城。

景气幽姿正，贞筠笋逐荣。

轻风临蒯蒯，月照色荆荆。

自得婆娑影，文成彼此鸣。

鳞鳞多细质，叶叶少宽惊。

润土千竿竞，沙岩万茎盈。

门含门纳秀，水积水高清。

不可阳春误，仙坛已列名。

104. 酬东川李相公 十六韵二首

之一：

所献和慈水，相公复赐书。

东川惊陋巷，鉴览正愚居。

末学江花水，乘车戴笠虚。

相公何富贵，慎独志心余。

之二：

节节心心直，丛丛独独天。

枝枝成上下，叶叶有方圆。

笋笋春风雨，根根润水田。

泷泷含紫气，湿湿近源泉。

昔附科仪忌，今从傲岸迁。

从真从所举，布置布闲眠。

燕雀争田米，鸿鹄一字悬。

衡阳衡水草，北海北秦川。

蕙芷芝兰合，灵芝虎骨全。

平生平自己，举首举先贤。

存念非虚设，留琼是宝宣。

无心观碾玉，竟得未尘研。

子子珍珍继，花花蕊蕊传。

巴山巴峡水，楚地楚才渊。

谨启中枢纽，弹琴颂白莲。

微之微已见，一渚一云烟。

105. 酬独孤二十六送归通州

再拜仁兄赋，重吟小弟诗。

名冠谁扫翼，达志几人知。

第一何闻策，通州御史迟。

长歌长莫叹，醒醒醒时师。

106. 酬刘猛见送

鲁钝如云定，愚狂似直鸣。

容身朋友寡，任气独孤行。

不可骄为杵，无言进出城。

劳劳应业绩，弄弄已重明。

107. 酬乐天赴江州路上见寄三首

之一：

进道成三道，丹青始一青。

相逢相别去，互致互长亭。

之二：

思君思我忆，问故问予情。

一路长亭雨，三生日月明。

之三：

日日知君且，书书向彼明。

如何如自己，不忘不知行。

108. 邮竹

一片萧萧竹，三朝露露明。

千竿千积翠，万节万空生。

109. 落月

落月挂枝头，低弦似不羞。

婵娟知夜色，后羿不回头。

110. 高荷

婷婷玉立一高荷，碧叶衣裙半傲波。

鼎鼎无藏蓬结子，沾沾雨露唱天歌。

111. 和裴校书鹭鸶飞

鹭鹭鸶鸶落，云云雨雨飞。

鱼游鱼嬉嬉，等待等归归。

112. 夜池

红衣已满池，夜色未明时。

照水灯先亮，芙蓉怯已迟。

113. 酬杨司业十二兄早秋述情见寄

往事共沈锁，前程一小桥。

应知孤独往，远近自萧条。

114. 代杭人作使君一朝去二首

之一：

一度运河人，三生事晋秦。

天堂天子路，一去一诗春。

之二：

杭州白使君，蓙水琵琶闻。

保叔同同塔，西湖处处云。

115. 长庆历

历历年年纪，天天地地文。

身身曾主宰，事事可纷纭。

116. 顺宗至德大圣大安孝皇帝挽歌词二首

之一：

未了延洪祚，因成揖让朝。

讴歌留后世，独切故云霄。

之二：

祖庙春秋继，山河日月哀。

皇城三路闭，凤辇一龛开。

117. 宪宗章武孝皇帝挽歌词三首

之一：

国故谁离别，皇忧拜宪宗。

虞泉留禹迹，帝坐寄天龙。

之二：

元和天宝继，圣帐御西东。

始服沙尘虞，逻逤射虎弓。

之三：

路隘车千辆，天忧士百低。

齐风宫漏尽，故址五陵西。

118. 恭王故太妃挽歌词二首

之一：

乍作校书郎，梁朝共孝王。

恩慈从旧宰，度曲已文昌。

之二：

武卫文攻致，天高地后乡。

乾坤同日月，草木共炎凉。

119. 哭吕衡州六首

之一：

力敌三人杰，交深一纸书。

刘公刘自得，诸蕙诸臣舒。

之二：

自有经纶钓，虔收日月鱼。

家谋藏虎豹，此去五原居。

之三：

山河八阵图，日月一书儒。

自得三千士，缨红五百吴。

之四：

三生何执志，一去胜当阳。

积石成途路，沉檀久更香。

之五：

衡阳间雁归，北陆独无飞。

夏日应青海，春秋已不违。

之六：

杜预三军治，杨雄一着精。

知音常所望，竹叶一青名。

不语听予语，闻言任不行。

衡州南北客，岁岁有声鸣。

120. 僧如展及韦载同游碧涧寺，予落句二首

之一：

他生莫忘一灵山，满壁人名半闭关。

释子黄公诗赋续，同吟共咏寺僧班。

之二：

隔世三生误，他时一瞬遥。

心思心不止，念臆念难消。

121. 见展公题壁漂然泪流因书四韵

碧涧年前寺，公诗岁彩云。

题僧题水月，贝叶贝书文。

本日闻流泪，黄泉两地分。

相寻相忆处，隔世隔尘君。

122. 寒食日毛空路示侄晦及从简

儿提半客兄，老少一书明。

读学无乡土，前途有远行。

已觉老人稀，孙村学子畿。

书生收割麦，晓女已相依。

123. 夏麦孙村公社有晓女助食

已觉老人稀，孙村学子畿。

书生收割麦，晓女已相依。

124. 和乐天刘家花

新交零落去，故客已无闻。

早问门前水，波流是旧纹。

125. 襄城驿二首

之一：

容州四句在襄城，岘尾三章向泪生。

自以羊公凭吊处，碑中一字不分明。

之二：

一竹朝天百尺盟，三生谢地五湖行。

书生士子行无尽，只忆家乡不断鸣。

126. 和乐天梦亡友刘太白同游二首

之一：

昨日一通州，今天半忆游。

人生常不与，御史国家忧。

之二：

六郡一西州，三光半九流。

司官司马客，谏事谏春秋。

太白文昌记，刘君故咏留。

127. 酬乐天见忆兼伤仲远

死别黄泉路，生途未子行。

庾公楼上望，渭邑曲江名。

仄仄平平易，音音韵韵成。

阳春阳白雪，下里下人鸣。

128. 与乐天同葬杓直

自得黄泉路，无私地藏城。

相逢相背问，不语不诗鸣。

129. 夜闲

月落满床头，风惊一叶秋。

孤琴沉亦响，独叹水声幽。

130. 感小株夜合

株株夜合花，小小自无斜。

月下婷婷立，晨中露水华。

131. 醒醉

楼中三度酒，醉后半扶红。

不醒临铜境，江东唱大风。

132. 追昔游

谢傅堂前乐，萧郎酒后歌，

秦无求弄玉，赵有将相和。

133. 空屋题

童翁求乐合，月夜独难多。

七十三年后，无须唱九歌。

134. 初寒夜寄卢子蒙

叶落初寒夜，风惊扫地迟。

怜君同一病，叹月共三诗。

135. 城外回谢子蒙见谕

独宿荒城外，孤吟土木中。

年年同此赋，岁岁祝长空。

136. 谕子蒙

稚女凭人问，男儿十岁强。

诗词留几案，纸烬带情扬。

137. 遣悲怀三首

之一：

谢子偏怜女，娇声独溢香。

如花明似玉，寸尺细思量。

咕后温寒暖，书前笔墨藏。

千姿随日月，百态慰高堂。

之二：

不可言身后，王母有醉浆。

寒天知暖被，散步有扶将。

老少皆相度，童翁以客尝。

平生平子女，度也度安康。

之三：

贫贫贱贱一夫妻，去去来来半鸟啼。

市市同同分彼此，生生死死各东西。

138. 旅眠

内外何分割，屏风独不张。

男儿应已去，秀女独占床。

139. 除夜

一夜连双岁，三更不独眠。

星河承地落，灯竹响天边。

140. 感梦

此夜商山馆，如何入梦乡。

无须兴汉室，有道问炎凉。

141. 合衣寝

合合衣衣寝，颠颠倒倒眠。

三杯三不止，一酒一壶泉。

142. 竹簟

七尺阴凉铺，千丝细竹编。

无心无隔热，有觉有心田。

143. 听庾及之弹乌夜啼引　乌鸟一点差

鸟鸟夜夜啼，鸟鸟独无栖。

拾遗丞相谏，江陵水月低。

悲声妻远问，乐府苦弦齐。

调引吴歌曲，驱潜楚野藜。

144. 梦井

浅浅深深井，泉泉远远源。

观天观水下，取水取天言。

六郡非千郡，三元是一元。

如今从社稷，自古以轩辕。

145. 江陵三梦

之一：

一梦江陵水，千流自向低。

巴人巴蜀夜，御史御东西。

不食黄粱米，容仪进士笄。

冠官冠楚路，拾遗著辛夷。

之二：

再梦江陵夜，巴山月半明。

三惊三峡水，九派九枯荣。

记得通州路，参军制策平。

回头回第一，不是古人情。

之三：

三生一半梦，五味醋糖精。
水月江陵夜，微微坐久鸣。
江流南北少，草木可纵横。
达士人间路，修身直木成。

146. 张旧蚊帱

旧物由心识，新情待臆知。
经床同展翼，眝目共相思。
别别离离问，欢欢合合期。
无端无自己，一隙一蚊时。

147. 独夜商怀赠呈张侍御

烬火残星灭，孤窗独烛明。
焰焰多闪跳，处处少思荣。
寡鹤声声序，寒雏夜夜惊。
唯唯张侍御，会会我心情。

148. 六年春遣怀八首

之一：

不是笼中鹤，伤禽月下鸣。
春衫缝已归，足履向南行。

之二：

公无渡口河，第一自登科。
制策长沙北，汨罗有九歌。

之三：

妇妇天天问，儿儿女女闻。
巴山多夜雨，白帝少青云。

之四：

乘兴一酒醺，伴客半难分。
醒醉听随便，日月作新君。

之五：

楚泽波中石，咸阳月下风。
嫦娥寻后羿，射日己针弓。

之六：

临街背日天，待读向源泉。
一页三行笺，千章万纸钱。

之七：

一字不成行，千思误豫章。

书生书事简，草木草荒塘。

之八：

庄周无止境，白学有风波。
自省三回首，修行五味多。

149. 答友封见赠

小女旧屏风，题诗半不空。
遥遥应近近，隔隔可同同。
姥姥三吴韵，些些一外翁。

150. 梦成之

烛暗风波静，南行竹雨情。
三更方入梦，一夜洞庭声。

151. 哭小女降真

雨点一声惊，风扬半女情。
从来从不去，又见又重生。

152. 哭女樊

难容天下路，不可哭三声。
落叶归根近，秋风扫不平。

153. 哭女樊

通州司马去，养育四年生。
霍乱瘴烟气，寻方次第行。
神农应百草，旦夕赣州情。
俯望青莲布，扬天不作声。
扶床听豫语，问道记分明。
学后当鹦鹉，书文岷墨城。
唐诗知格律，对仗韵音精。
曲舞腰肢细，琴弦五指轻。
娇容娇记忆，秀客秀儿紫。
十八曾母约，三清半国倾。
官衙知远近，子女儿心盟。
此去分生死，乌呼不了鸣。

154. 哭子十首

之一：

翰林学士情，稚子隔人生。

楚道江陵气，留身疾不平。

之二：

郎中小子蔑，不辨互相承。
已及东西问，黄泉一早征。

之三：

寻常上学时，古律已先知。
溺子方知子，何时见尔时。

之四：

青莲初出水，碧叶水珠鲜。
点点方圆见，去去见难全。

之五：

有疾教诗书，怜心已不舒。
中书门下令，四顾自多余。

之六：

子尔无兄弟，予官有驿行。
同心同道路，少小少怜情。

之七：

老子同潘岳，垂年邓攸愁。
无慈家国事，已了子孙忧。

之八：

苦境常年去，和心十地留。
唯唯应子女，泪泪已难收。

之九：

鸟生八子今无七，仰叹三声已去三。
只有啼猿啼不住，江陵十载十几男。

之十：

夜夜江陵水，频频自去留。
唯予应不解，子女各春秋。

155. 感逝

白首夫妻无子女，前程道路各东西。
冠官进退高低见，父父母母夜独栖。

156. 妻满月日相唁

十月辛勤半日归，三声未尽一鸿飞。
平生子女平生误，独坐书房问是非。

第六函　第九册
元稹　十至十九卷

1. 代曲江老人百韵年十六作

佩文音韵词典十一共一百七十一韵。古今诗一百七十一韵，字一千八百二十，须织一万八千二百字成诗。一韵吟成。"全唐诗"韦庄"秦妇吟"，字一千六百六十字，为昀长。

2. 代曲江老人一百七十一韵

之一：

自古曲江人，由来一水春。
隋炀杨柳岸，富土运河滨。
厌曲隋文帝，芙蓉御苑翻。
长安长久治，八水八天珍。
汉以楼船继，阿房八骏尘。
深花共净路，历代状元忞。
莫道长城固，天堂八月洶。
苏杭成此愿，水调颂渔淳。
不以花前月，何言帝故巡。
玄宗修夹道，谏官未知贫。
礼乐干戈起，霓裳日月邻。
杨丞胡子劝，力士马嵬新。
象魏撒章士，成都立蜀臣。
零铛铃雨泣，虎豹作麒麟。
柱础常倾复，琳琅苦太真。
王侯何役吏，有果胜无因。
历历唐尧治，舒舒帝国民。
明皇姚宋假，酷吏不须循。
饮马长城窟，房谋杜断钧。
开元天宝事，但醉运河醇。

之二：

逸骥金汤固，苍生耆老亲。
裴王唯讲德，鼓瑟荐名实。
羽翼诗词众，名家接武申。
圭璋无杂质，秀女几效颦。

四序阴晴易，三光日月轮。
文昌千鲍照，六国半苏秦。
虎贾吞商客，龙吟纳海濒。
成林根万许，独木始艰辛。
厚俗风云重，轻行玉磐器。
前途无上下，向背有峰峋。
甲第云门色，封禅泰岳晨。
金銮由凤辇，鹭羽自趋旻。
主氏王姬问，朱公进退瞋。
千章三世界，六郡一天津。
泽困张公子，衡因石季伦。
潜潜还介介，耿耿亦茵茵。
岭岭坟梅色，山山伐木薪。
来来辞去去，鬼鬼复神神。
五色生南土，梨园倾北辰。
三千书子弟，一半女儿身。

之三：

万岁韩棱阻，千年内史伸。
孤城恭固守，董卓误乡绅。
案法才虞卅，升卿纵锦鳞。
公孙公子客，不究敌通缁。
箭箭弓弓助，优优劣劣频。
成都吴汉讨，诲教重重陈。
吕弼惊古笔，奚康高允臻。
和平终玉帛，战乱始联姻。
李惠精明狱，成裴舌辩笃。
河湾应积渚，直立正冠巾。
北阙昆明液，南山客不均。
樵渔闲所望，忠诚待经纶。
浐东都抱负，桥桃渭邑颏。
贫寒知苦力，富贵误金银。
凤凤凰凰静，乌乌鸟鸟顅。
祥去曾起落，端雪自无垠。
百度宗周济，同车共轨刀。

纵横嬴政氏，楚客九城沦。
鹭等寻形影，鹓行著谏纯。
？书三百寺，泽世比星宸。

之四：

赤绂混阊迹，黄巾罢市嚫。
京畿相互致，道路可山岷。
木梗源泉本，河流万里閩。
湾湾稼穑土，处处作膏唇。
岁岁经三问，年年过十旬。
幽兰幽远溢，品味吕鲈莼。
朽病曾相故，劳生角直驯。
鲸鲵擒杂虏，子丑对时寅。
宠爱藏娇屋，朝朝暮暮甄。
应明当领袖，诲教亦谆谆。
白石成攻玉，隋炀水调彬。
天堂天此见，一始一终遵。
已是头颅好，何须问女娠。
三飞三落地，百步一鹌鹑。
不是江都妒，应知历史信。
孤身承此树，一纸画家皴。
旦识江南角，朝闻塞北屯。
扬州音色起，草木已萋萋。
水调歌头赋，隋音取士询。
人中群众选，道上辙辚辚。

之五：

渚渚千舟沚，泱泱百里渊。
家家成国国，气气亦氤氲。
错错三思久，齐齐二目瞤。
殷殷明主主，敏敏复莘莘。
纳纳精英界，含含隐约谨。
江河常改道，日月可知频。
太祖求才絷，王权不使均。
兵权杯酒释，不辨受诬欤。
木木冲天立，波波以色潾。

右臣军国务，士达试文袆。
孔子齐侯会，冯唐举士僎。
田单情复国，丙吉问牛鷵。
百里累王语，毛遂自献珣。
旌旎苏武纪，北海李陵璘。
铜雀曹操槊，张骞过族嶙。
班超西域去，汉使有文斌。
若以连营舰，知风羽箭筅。
平川平鲁肃，火烧火难橾。
诸葛空城唱，高橹有晋晌。
司天司马退，不可不知堇。
之六：
二十功名少，留侯陛下畛。
萧曹封所怨，反耳拭虫蜦。
启定非谋取，归归复沛鹕。
平平雍齿苟，置酒语忧膑。
芈姓庄王旅，春秋五霸窀。
应凭优孟嘱，不必射麋麜。
鬲古君王马，孙公叔放缊。
衣冠相位取，润土士兹窗。
已劝邯郸客，谁田布种槿。
平原君坐侧，自举从姓姺。
楚客由心却，王威十尺抡。
先生先匕首，赵胜赵家人。
画一萧规始，垂衣拱手鄑。
曹随曾有却，隔阂散斯榛。
兔鸩求巢穴，游鱼莫布鳞。
相相和将将，约束始良驷。
洛邑轩辕北，黄河九曲裡。
昆仑天地木，雪顶望山岷。
一战蓝田逐，三军助桀溷。
公听还霸上，缟素沛公恂。
之七：
赤壁东风雨，周郎以火振。
东吴荆蜀牧，魏汉几荒烟。
蔡瑁凝张充，华容义羽罡。
三英知吕布，米脂待姨莘。
太守母丘任，公言竖子魏。
仁人难得识，历练懂吟呻。
校尉乘先往，胡羌待后椿。
宾宾从主主，退退试辚辚。

叔治王修氏，营陵北海濒。
为人同执法，主簿致田昀。
普渡桑榆客，功曹复署遂。
青州刘献短，冒死以魂幽。
社日胶东祭，宗强武帝闽。
无欺孙氏盛，隐恫向诚篦。
耻事非人耻，知私有改闾。
常言秦穆子，以酒劝狂猾。
有感如斯至，仁人世子洗。
清真清己许，智理智无湮。
任好贤年执，端端匹匹泯。
当行王烈祝，见道以仁侁。
之八：
太子扶贫济，京师谷贵填。
菲衣兴减膳，雨雪问辛旼。
武帝昭光子，倾听许欠歅。
流离亡户口，襦袴泽荆溱。
敏识高洋帝，初登大位臻。
留心留政术，旧宪留章苟。
学馆寻修立，謇謇谔谔纫。
三生书子女，十月一怀娠。
辅佐成良弼，勤言礼教候。
城皇何处处，仕略已歍歍。
鼓鼓钟钟牧，僧僧寺寺栻。
梁朝梁武帝，一代一慈辒。
志德黎民颂，射钩斩祛贪。
司州司陷落，惩恶惩元歃。
不乱临危处，桥玄作战骉。
徒言生死顾，不可以兵迍。
受训衡阳主，移风易俗缙。
知人如日月，治事织丝纫。
季雅邻居买，南康布子枃。
何颜何吏辩，士俗士声籤。
之九：
上怒清郎苕，严明一火磷。
沛市刘行本，置笏以言竣。
静帝周不治，关中励刺伝。
行人风俗致，采录世人帐。
遣送唐规取，杨坚伏骥幽。
隋阳隋制律，二世以虫蠓。
百世头颅好，苏杭草木蠢。

天堂由此建，自古两通踪。
好汉长城上，山河日月潭。
钱塘今古颂，已得运河郇。

3.开元观闲居酬吴士矩待御

十八少年人，三千弟子春。
清门寻道气，秘录坐行真。
岁序烟霞客，丹炉烂漫尘。
玄关由引许，始悟誉名辛。
茂竹连根笋，沉云雨节新。
读书方未静，志气已经纶。
莫以行藏拒，何言共近邻。
中庸成大小，拙朴化氤氲。

4.病减逢春期白二十二辛大不至

病减穷荫退，春赠日日新。
阳舒阳普济，水色水天邻。
鸟愿轻飞去，鸣呼惊心秦。
微和微子畔，比莫比千臣。

5.黄明府诗并序

少小黄丞酒，隋规不可扬。
中年重见后，旧忆十三觞。
水榭知明府，当年令序狂。
无迟先自去，十载复回梁。

6.

旧事黄丞酒，曾鸣羿律行。
盟当明府纪，栈约五侯征。

7.酬翰林白学士代书

序：
岁岁家居易，年年学士书。
江陵孤独彼，独以乐天予。
诗：
八子同年会，千章共九歌。
孤高三比目，拔萃一登科。
燕入红兰署，心轻剧孟柯。
留侯张子计，汉室月萧何。
醉典黄金佩，轩扬绿蚁波。
衡门逊不过，绝句对倡娥。
谏死男儿志，江陵峡来多。

功成天地阔，曲尽将相和。
啸傲权臣近，囊锥自己磨。
乌纱由咫尺，直木任汨罗。
谬辱登楼望，飘沉百碧荷。
方圆知楚泽，草芷脸鲈螺。
不问章台石，何须岘尾蓑。
天涯双鲤至，竹影几婆娑。

8. 纪怀赠李六户曹崔二十功曹

锦绣班联谏，初因一道征。
青骢途自远，谬辱半壶冰。
诸子乌纱会，公卿不可称。
酣歌离岘顶，负气入江陵。
角羽三台误，宫商六郡丞。
参名辞谓水，抵掌别亲朋。
志子黄梅雨，冠官却已升。
先科同鸷甲，柱史李齐升。
共展排空翼，俱遭激远嶒。
行程穷际路，旅寓尽油灯。
养意无朝暮，修身有爱憎。
夔龙劳算画，貔虎带威棱。
彻札思贤礼，悬旌以玉凝。
麒麟高阁上，待及会时登。
水稻多浮蟹，鱼船慢采菱。
孤鸣重日月，啸傲复雄鹰。

9. 答姨兄胡灵芝见寄并序

序：

九岁解词诗，三生误醉迟。
方依无隔代，不检作相知。

诗：

旧忆凤翔城，年龄少小荣。
吟诗兄弟句，伯舅共相惊。
米碗承贤让，蠡杯序户倾。
纵横横失主，六国国王名。
戴笠江南雨，乌纱渭北情。
天高云际鹤，水阔柳中莺。
智觉华英易，胡涂风貌更。
巴人三峡唱，下里竹枝声。

10. 酬许五康佐

章台塞路荆，白帝智囊城。

展转江陵岸，荒无渭水英。
猿啼三峡木，汉赋一舟惊。
两顾芝兰色，三心一志明。

11. 送崔侍御之岭南二首

之一：

物象南方市，夷民有秘方。
含银黑白验，变色是毒肠。
海泄雄黄酒，蠢虫饮食营。
罗浮生市果，鸟啄自嘉良。
洁洁廉廉处，无贪莫属香。

之二：

萧何归旧印，鲍永授新衔。
侍御登岭去，神羊待落帆。
茅蒸连蟒气，汗渍度梅黢。
蜀俗欺王桀，荆生问季咸。
蛛丝悬绕雀，鹊噪落岩岩。
独木成林直，丛林望雨杉。
含银黑白鉴，鸟啄试嘉监。
北陆由霜雪，南洋以海函。

12. 酬段丞与诸棋流会宿弊居见赠

争筹唯旧忆，苦斗可新师。
善败谁称怯，骄盈自易歧。
鸿联应度岭，直木已贤姿。
运石疑填海，风声鹤泪知。
堂堂杨柳岸，日日暮朝时。
戴笠三江雨，排云八句诗。

13. 酬窦校书

一笑风流客，三生彼此田。
寻花珠并瑕，探雪壁孤联。
竹寺禅声早，啼莺柳叶眠。
群芳殊烂熳，独得月团圆。
静守荒云落，难成草木迁。
应寻邛酒醉，不乞莫愁钱。

14. 泛江玩月二首

之一：

御史江陵去，同官泛月船。
南桥南路去，北路北时迁。

之二：

楚塞分形势，羊公岘顶碑。
参军参所历，士子士曹垂。
水色连天照，云光逐月窥。
闻兴闻晋举，以郡以隋规。

15. 店卧闻幕中诸公征乐会饮因有戏呈

耳背无听眼暗行，嬴形比步目微横。
红娘已醉西厢竹，小火深炉隐隐明。
未了忧情心未了，莺莺隔月隔莺莺。
夫差木渎修娃馆，几水西湖几水平。

16. 酬友封话旧叙怀

魏阙何由至，江陵且共依。
鲈鱼肥雪片，蕙叶碧枝晖。
草馆诗词梦，沙洲直木稀。
童翁曾未十，老少宦情微。

17. 送王协律游杭越

余杭接会稽，诸暨宁波西。
建德天台木，金华大小溪。
温州瓯海港，天目富春藜。
丽水仙霞岭，杭州刺史堤。

18. 送东川马逢侍御使回

水月荆门阔，文章楚客高。
诗禾依剑阁，学海驾云涛。
侍御东川去，长安志气豪。
三川千蜀士，六国一离骚。

19. 酬卢秘书二首

之一：

善学秘书郎，酬卢二十觞。
觞觞成八句，字字已扬长。

之二：

自有冲天气，都藏厚地才。
吴牛吴越水，朔雁朔天开。
一字飞南北，人行去复来。
媒磨媒始玉，器约器终回。

20. 见人咏韩舍人亲律请因有戏赠

古古今今调，新新旧旧文。

高疏明月色，细腻暮衣裙。

欲得人人服，还思面面君。

通州（微之）通汴水，太祝（张籍）太功勋。

21. 奉和权相公行次临阙驿逢郑仆射相公归朝俄顷分途因以奉赠

帝下陛墀步，鹓趋玉漏壶。

中台多造化，上掖有书儒。

关门鱼贯去，行程大丈夫。

熊罴先北兆，虎豹已南无。

22. 酬乐天东南行二首

之一：

通州司马客，不忍乐天行。

别各知南北，离声已十鸣。

吟诗成绝句，景信校书城。

见状叭妻淑，留名不作名。

之二：

通州是我汝江州，直道难成曲道忧。

别别离防分故土，司司马马忘书楼。

声声布谷声声唤，处处猿啼处处愁。

九派江南江九派，三巴蜀水蜀巴舟。

蒸菰调鼎潜图膳，芡实纯鲈梓子油。

不理钩竿鱼尾近，芋羹竹笋片春头。

桑榆湿雨云烟露，淡雅符缳印信留。

切莫巾眉巾帼比，英雄不作帝王侯。

齐竿海岱逢鸿泽，磬耳参曹典尉酬。

六国纵横纵一属，三皇五帝五湖浮。

宁规谏猎黄门守，邓厘栖遑付逝流。

左伍天书天子路，还以汉血汉家猷。

夫夫妇妇同男女，姑姑舅舅共沧洲。

湘湘楚楚吴吴水，四四川川蜀峡幽。

屈子三闾三不见，张仪六国六分谋。

长沙贾谊曾思冠，封赏张良雍齿仇。

位位名名千古事，人人事事万冕旒。

鸣呼鸟雀差来去，一点丝毫不可求。

23. 和乐天送客游岭南

客坐离乡久，书生度岭频。

为官南北去，守舍暮朝民。

铁柱标唐界，南洋海角邻。

猩猩攀驿路，狒狒净音尘。

鸟语椰林问，冠拥斗笠巾。

电雷声俱落，雨骤女儿身。

夜火连天际，春潮上万津。

波涛惊上下，日月试经纶。

24. 献荥阳公

启会公棠树，重闻进士人。

诗联天地颂，造化小儒邻。

取舍编文萃，谣章合律秦。

昂然吟府句，俯伏作微臣。

25. 酬乐天江楼夜吟積诗 二首

之一：

已见君新名，还听我旧篇。

江楼江水去，楚客楚才田。

曲直同司马，微之共乐天。

三都三觉重，一顾一称妍。

阮籍惊长句，商陵怨短弦。

潜兴僧不语，让誉志生年。

魏拙虚玄教，曹风敢望全。

孤从音韵律，复得竹枝泉。

学子裁诗笺，书童序纸边。

飞鸿飞几案，万里几帆船。

四十中年富，三千弟子宜。

深藏深造诣，夏水夏荷莲。

之二：

郑驿丘门第，贤文学子翁，

途年求骏骨，伯乐达龙骢。

蹀足参差著，英华帐大风。

珠联珠瑕璧，匠笔匠工工。

尺牍修尊致，灵犀一笔通。

行吟行七步，取道取飞鸿。

晚路晴天宇，晨晖满晓空。

云舒云卷雨，宿鸟宿鸣虫。

夏雨千荷碧，秋风万木红。

秦皇清殿署，玉兔广寒宫。

九派流中国，三清待小童。

儒家颜巷陌，祖仕阮途穷。

野叟移王屋，鬓眉向唇衷。

风霜行客远，日月始耕雄。

佩剑清光刃，人间独月弓。

梁经同泰寺，故土共辽东。

社稷天常久，江山始不终。

文昌文化教，武勇武珠融。

恩恩轮辕本，娟娟拙劣充。

方圆方圭短，曲直曲玲珑。

26. 乐天时中书舍人翰林大学士

中书一舍人，待漏半天春。

学士常班首，翰林已诣钧。

枢机枢里喻，惊心怨皇臣。

独鳌金銮殿，瀛洲御液津。

27. 酬乐天游西湖

浅渚小游鳞，深荷大叶茵。

青莲青自许，白芷白兰纯。

水面千波谷，山腰一彩巾。

虹桥虹七色，竹篱竹湖津。

一寸高低问，三光远近濒。

西湖西子见，柳浪柳莺春。

水接钱塘岸，云浮六合滨。

知章辞玉漏，作忆镜湖人。

28. 浑江边

两岸江边路，三生一水遥。

分第分盖屋，苦草苦薪条。

五女山前木，千年古代朝。

鲜卑狄渤海，汉将汉东辽。

八卦纵横市，桓仁水月消。

青鸡青鸟鹏，白鹭白云宵。

牧井观天地，鸣蛙夜半潮。

勤勤劳苦教，俭俭事渔樵。

29. 春

节气寒冰后，天光返照红。

龙骧宸紫色，积雪色由风。

约略舒云雨，梨园自曲工。

农田农土地，布谷布蒙笼。

敕勒单于箭，阴山蜀女冢。

离离原上草，羽羽复镐丰。

日日东风暖，时时细雨中。

芒耕芒种植，一子一心同。

30. 月

十五园荬叶，七下分弦明。
桂树婆娑影，嫦娥白兔城。
虚弓弯不射，玉贝净相倾。
翡翠从间隙，琉璃附竹英。
谁窥宫内外，夜宿客私情。
楚楚人间去，情情有约盟。
何须曾射日，本是九天琼。
盗药无心独，长空自难行。

31. 饮致用神曲酒

七月调神曲，三春酿绿青。
琉璃惊太白，籍忆向刘伶。
俗累希黄尽，禅音寺刹铭。
尧阶夔叶落，楚泽一弦龄。
八水长安绕，无须渭复泾。
同行同逝去，共渡共舟形。
自得方圆态，从然日月星。
千年谁醒醉，十里一长亭。

32. 感石榴

叶碧石榴红，无须唱大风。
三生从叶下，百日结心中。
自是胡姬色，何颖玉叶崇。
琉璃成束缚，锦绣作城宫。
满目思乡子，红巢著始终。

33. 度门寺

北祖三禅寺，南宗一度门。
松林松柏志，虎跃虎溪屯。
道场迦陵法，香炉有始尊。
僧行僧佛语，守一守乾坤。

34. 大云寺

修身千佛国，护世四王军。
去道三清界，归云六郡分。
三朝梁武帝，一叶达摩文。
戒语黄坛道，钟声白日曛。

35. 和友封题开善寺

开朝梁琥帝，赎罪继昭明。
老衲江山易，禅房太子城。

秦淮秦已去，百寺百人生。
普渡如来续，王侯已去名。

36. 牡丹二首

之一：
长安一牡丹，碧叶半遮观。
直蕊朝天色，千株百色澜。
之二：
不可一时观，初春半雪寒。
生生生物象，钿钿钿云端。

37. 象人

色色空空见，真真假假人。
同同还市市，夏夏亦春春。
晋晋秦秦近，吴吴楚楚邻。
朝朝成暮暮，水水自津津。

38. 探得松石

雾里老人松，云中玉石龙。
秦官孤独闷，珊珀节鳞封。
远望芙蓉态，高低似鼓钟。
根根由磊磊，迹迹亦踪踪。

39. 赋得春雪映早梅

白雪先春赋，红梅素影来。
香飘多六瓣，玉色共芬催。

40. 赋得玉卮无当

共惜无当卮，同珍有色香。
连城连宝价，巧匠巧工良。

41. 赋得数莫

一荚一残弦，莫园十五天。
寒宫寒易象，桂影桂难全。

42. 赋昨九月尽

重阳重九云，一雪一冰来。
落叶离根远，秋霜近木才。

43. 赋得雨后花

浮云雨后花，竹影月中斜。
露水珍珠色，芳香淑女娃。

44. 早归

娇莺问早归，只向暮巢飞。
禹穴留三子，苍梧有二妃。

45. 晚秋

竹露一寒声，离人半独情。
经风增细雨，但觉夏衣轻。

46. 送林复梦赴韦令辟

问路陈仓去，知君蜀道来。
相门多礼让，幕府少疑猜。

47. 忆杨十二

言诗杨十二，学子柳三千。
日映江湖水，风停草木天。
排联轻换韵，绝句隔云烟。
旧忆兴情处，叶尖水滴悬。

48. 夜合

露水由枝落，珍珠叶脉成。
丝丝垂玉柱，点点接波平。

49. 新竹

新篁孤傲出，细粉自心空。
只见田园节，坚贞彼此同。

50. 秋相望

萤萤一火虫，闪闪半无穷。
只只分光实，飞飞落落空。

51. 春病

东风雨不生，病体药难名。
只要心安定，山花草木荣。

52. 山竹枝

百里竹枝声，三光客独鸣。
高山流水尽，下里蜀人情。

53. 悟禅三首寄胡果

之一：
当闻胡隐士，未识悟禅心。
万劫三清志，千川一古今。

之二:

一觉半人心,三思十木荫。
黄金应不贵,玉贝世人琛。

之三:

汾河不老泉,古寺晋祠园。
太谷昌源岸,交城已悟禅。

54. 东台去

陶君曾不遇,学士二应邻。
此向东台去,春秋共五津。

55. 戴光弓

因君怀胆气,对我定交情。
英雄成一世,自在对三生。

56. 刘颜诗二首

之一:

义烈半昌平,文科进士名。
无须门第误,吏火逼风行。

之二:

一士难平志,三生半世名。
官官常夺气,举火焚声鸣。

57. 夜饮

三杯一玉壶,百里半东都。渭水黄河近,
隋炀水调苏。

58. 褒城驿

严秦修此驿,水涨舍前池。
碧竹千竿劲,桑榆七步诗。
年年新笋出,处处故人辞。
晚照东川色,黄昏万里姿。

59. 闲二首

之一:

夕照沧洲暗,黄昏远树明。
阴阳分界定,草木似枯荣。

之二:

青衫经夏口,白发望乡台。
独立何无语,孤闻水月来。

60. 欲曙

月落星沉晚,天边晓暗生。

明光初一现,四字一方平。

61. 寄胡灵之

少小颇狂伴,灵之共几年。
寒窗同苦读,月色不偷眠。

62. 夜雨

夜雨深幽草,江云浅古居。
雷鸣惊独梦,闪电满床书。

63. 酬李六醉后见寄口号

口号打油诗,文章比楚辞。
平生颇自负,独步以先知。

64. 归田

农家一亩田,百日米粮全。
九夏六千棵,三秋子粒园。
高粱苞谷叶,十七顶连天。
穗穗公斤半,年年社日前。

65. 缘路

桑麻一陌阡,水月半溪泉。
古寺禅房近,钟声度大千。

66. 诮卢戡与予数约三寺戡独沉醉而不行

如何卢进士,竹影与天齐。
有意惊人举,当心醉似泥。

67. 遣春三首

之一:

春公三不惑,我步两难全。
醒醉分无定,风狂缺酒钱。

之二:

三月江陵岸,三春满地钱。
桑榆天地外,日月作神仙。

之三:

一路探梅香,千枝六瓣扬。
株株相似近,棵棵共春长。

68. 岁日

未了今年始,须知去岁终。
三更闻灯竹,两壁对联红。

69. 湘南登临湘楼

湘楼不断问湘流,万雁衡阳万雁洲。
北北南南分不定,洞庭四望洞庭舟。
书生自古文章客,进士如今日月头。
故土难回官本位,天涯海角各春秋。

70. 晚宴湘亭

一醉上高亭,三湘半翠青。
君当君子问,水渚水浮萍。

71. 酒醒

不尽醉时欢,何言醒里寒。
头颅知好坏,水调运河澜。

72. 独游

无地乡音少,闲人故步多。
西施西子舞,老鹤老人歌。

73. 洞庭湖

海色洞庭湖,天光楚水都。
日纳风云浪,烟随草木苏。

74. 雪天

茫茫一雪天,楚楚半云田。
一字飞低雁,三湘水渚船。

75. 赠熊士登

自楚多思故,逢春少故亲。
梅花开八瓣,欲采寄何人。

76. 别岭南熊判官

年年常远道,岁岁客新邻。
下里巴人蜀,阳春白雪秦。

77. 水上寄乐天

江陵问乐天,水月向源泉。
一纸同司马,三生共渡船。
思情应寄构,本日是低弦。

78. 夏阳亭临望寄河阳侍御尧

望远音书绝,临川意绪长。
容心尧侍御,此水到河阳。

79. 日高睡

日上三竿醒，同君一夜眠，
何须官场梦，只见去来船。

80. 辋川

曾寻泾水尾，不在辋川头。
已以知田亩，何须向远流。

81. 天坛归

苍苍天上望，俯俯地中闻。
四顾人间迹，三生白日曛。

82. 雨后

竹叶余新雨，珍珠自有明。
圆圆垂不随，点点恋人情。

83. 晴日

一病苦虚盈，三生日月晴。
知书应达理，读学已方明。

84. 直台

麂入神羊队，鸟惊白鹭田。
趋鹓趋所鹜，直客直台前。

85. 行宫

落落古行宫，寥寥草木空。
芙蓉池水浅，自有女儿红。

86. 醉行

秋风一醉行，扫叶半无成。
不以归根去，何须对地鸣。

87. 指巡胡钱学森语我，中央政府只设一草部

草场单于帐，公心只抑胡。
琵琶留塞北，大漠望江都。

88. 饮新酒

闻君新酒熟，况直菊花黄。
九月茱萸草，重阳问故乡。

89. 香球

顺意团团转，居心莫莫摇。
容君容不侧，举手举难消。

90. 景申秋八首

之一：
年年秋雨序，处处冷衣行。
再下三巡后，阴阳一半明。
之二：
落叶飞飞远，秋风处处行。
书生南北去，孝子父母情。
之三：
一叶半经天，三秋十地宜。
归根归不得，去路去难全。

91. 之四：

夜梦蔡城空，凌晨落叶红。
何须停此处，远近树根空。
之五：
雨后冷加深，山前不积浔。
竿竿皆净见，树树有呻吟。
之六：
处处清明色，林林柚子黄。
因因成果果，子子市乡乡。
之七：
蟹脚秋风痒，鲈鱼脍肫莼。
慈菇含芡实，蜀楚纳西秦。
之八：
江南江北见，故国故人家。
但以微之客，应寻十月花。

92. 遣行十首（巴布亚新几内亚）

之一：
遣遣行行去，荣荣辱辱来。
人生曾不止，事业有徘徊。
之二：
七十五年行，五千弟子惊。
诗词三万日，不已自声名。
之三：
日月作平生，南洋问所行。
巴新和大马（巴布亚新几内亚），四季不分明。
之四：
一世亲朋远，三生子女遥。

南洋南未止，此去此难消。
之五：
塞上重回首，辽东复再鸣。
乡家何所在，独自不知行。
之六：
赤道太阳城，巴新万里行。
黑人黑世界，四季共同荣。
之七：
往返环球路，枯荣四季同。
风云惊倏瞬，大雨海涛倾。
之八：
朝山一雾城，晓色半升行。
十时方回落，咖啡世界名。
之九：
女女男男始，风风俗俗明。
纹纹身是假，裸裸是真情。
之十：
裸舞女儿声，群婚食人行。
酋王原始社，尚存恐龙城。

93. 生春二十首

之一：
谁分四季明，雨旱两时情。
赤道中天日，凉风树下生。
之二：
木木丛丛见，原原始始城。
花花得草草，小小大虫行。
之三：
老树繁花寄，深池巨尾鲸。
何须问冷暖，赤裸自孤行。
之四：
鼻止穿双孔，纹中一体明。
无衣方解甲，东缚自难行。
之五：
七色花鲁紫，三光日独荣。
洋洋何远近，处处海难平。
之六：
省省酋酋长，王王部部名。
同林同市鸟，共处共人生。
之七：
四妇同夫婿，三邻共子生。
家家亲近属，以娶作同盟。

之八：
古古今今见，原原始始同。
丛林丛日下，野果野人穷。
之九：
小小黑黑土，高高大大林。
虫虫多鸟鸟，野野有禽禽。
之十：
毒花可食人，巨蕊已成津。
层层分合处，怖怖已无尘。
之十一：
短短长长羽，红红紫紫飞。
丛林丛世界，自灭自生归。
之十二：
水水山山路，云云雨雨生。
闻闻知海海，见见始终荣。
之十三：
绿绿茵茵见，荒荒旷旷闻。
狂风多骤雨，电闪复雷群。
之十四：
不着女儿妆，藏羞一点堂。
纹身纹纹饰，布服布私囊。
之十五：
以睡半中堂，全家共享凉。
荫荫成所宿，背背作居乡。
之十六：
古古今今始，原原现现量。
城中城外见，土里土还洋。
之十七：
大大高高树，林林木木乡。
乔丛乔直立，秀色秀珍藏。
之十八：
片片金丝木，层层泛古香。
幽幽成玉宇，品品以檀扬。
之十九：
谷谷川川水，垂垂落落生。
高高高不就，涧涧涧溪鸣。
之二十：
首辅欧尼尔，基科自贸区。
同荣同道路，共度共枯荣。

94. 嘉陵水

月落嘉陵水，云平栈道山。

流流流不住，峡峡峡难攀。

95. 百牢关

世上无穷路，人间有限山。
应闻三结合，不度百劳关。

96. 二月十九日酬王十八全素自述古今诗

已是白头年，谁疑两万天。
诗词逾十万，弟子逊三千。

97. 酬乐天寄蕲州簟

蕲簟未及春，早试翠知筠。
瘴气乌烟久，但卧老龙身。

98. 荥阳郑公以积居严茅有池塘之胜寄诗四首因有臆献

急水分流阔，成湾诸岸多。
吟诗塘草碧，待客守残荷。

99. 酬李浙西先因从事见寄之作

近直金銮殿，遥闻浙水潮。
钱塘知八月，富土（同里）运河桥。

100. 酬周从事望海亭见寄

时时临水近，处处望山多。
海海风流涌，天天日月梭。

101. 代杭民答乐天

竹篦西湖水，农开废旧田。
升升量降降，寸寸度源连。
尽理钱塘岸，深知柳浪悬。
三年多宰治，六合已成贤。

102. 杏园

长安一杏园，渭水半苍天。
草草虚影间，花花旧日眠。

103. 菊花

霜明一菊花，雪瑞半农家。
但见桑田社，重阳日夕斜。

104. 酬哥舒大夫少府寄同年科第

哥舒少府科，甲第省人何。

吕灵同王起，崔玄亮逮戈。
居官居易判，拔剑拔良柯。
诸着书生彩，宏词过御河。

105. 幽栖

自爱幽栖所，乔林直木多。
云浮云落下，鹊搭鹊桥河。

106. 清都春霁寄胡三吴十一

胡三吴十一，两半付零空。
细雨茵茵碧，春霁处处红。
凝思长乐殿，久望蕊珠宫。

107. 华岳寺

二月初三日，千章十万诗。
音声同格律，地地共天知。
社稷江山策，今来古往辞。
乾坤多草木，世界有新词。

108. 天坛上境

玉帝一天坛，南昌半日丹。
官闲云署役，上境始云寒。

109. 寻西明寺僧不在

客在西明寺，僧行挂锡缘。
荷花留待月，水色溢长天。

110. 与吴侍御春游

苍龙行阙下，紫阁著峰中。
白日明天地，黄云上境同。

111. 晚春

水净云平燕语唡，闲花落尽作香云。
三三难量千千数，两五逢双一十均。

112. 先醉

花中先醉去，月下后醒来。
翠叶含香近，冰壶已玉开。

113. 宿醉

春心半自由，细雨一枝头。
宿醉三更晚，山花十四州。

114. 惧醉

一醉已无休，三生半白头。

眠上成昼夜，复再误江流。

115. 羡醉

一醉半春秋，三秋九派楼。

书房诗画笔，几案草行修。

116. 忆醉

忆醉不知愁，行程自未休。

前亭前没了，后路后时忧。

117. 病醉

一病半消愁，三生肉地忧。

书生名不就，主宰利何求。

118. 劝醉

知君一醉留，劝饮半沧洲。

易水荆轲见，黄河九曲流。

119. 任醉

任醉作王侯，醒来日月休。

天天何不见，处处去难留。

120. 同醉

一酒应同醉，三生可共酬。

宏词宏对策，及第及春秋。

121. 狂醉

一醉半疯狂，三生十地郎。

中书门下省，六部五湖乡。

122. 伴僧行

老可伴僧行，平生独布名。

天涯和海角，惊心以遥程。

已去何来去，疑年疑岁营。

123. 古寺

古寺一钟声，禅房半烛明。

幽幽遥自得，近近已无声。

124. 定僧

一树云烟半树花，三春雨露五湖家。

阡阡陌陌行行色，去去来来止止差。

125. 观心处

自得观心处，须然佛祖前。

如来如我愿，大势大源泉。

126. 知度师二首

之一：

四十年前见，三千弟子师。

石榴园上坐，古寺月中诗。

之二：

老衲凤天罢，禅衣一度霜。

天津桥上望，渭水去中扬。

127. 西明寺牡丹

拔萃西明寺，红霞左右花。

何分僧俗异，俱是牡丹家。

128. 忆杨十二

芍药离时开，丰姿别正催。

留心留足步，取色取香台。

129. 送复梦赴韦令幕

世上狂人见，行中日月辛。

西曹西持法，北路北风尘。

130. 送刘太白

太白洛阳人，成从善坊茵。

诗书诗满地，隔路隔风尘。

131. 奉诚园马司徒旧宅

奉巷空门闭，诚园户半开。

萧相何不语，故宅又今来。

132. 雪后望山

序：

与太白同之东洛至栎阳太白柒疾驻行予九月二十五日至华岳寺雪后望山

诗：

雪满三山素，云封一路烟。

刘公留自己，独望净僧田。

133. 野狐泉柳林

柳绿野狐泉，云沉共紫烟。

黄芽初绽放，小叶嫩时鲜。

134. 酬胡三凭人问牡丹

胡三问牡丹，五百一方栏。

紫里红颜色，云英玉体寒。

135. 酬乐天

序：

酬乐天秋兴见赠本句云莫怪独吟秋兴苦比君校近二毛年

诗：

世上春秋继，人间老少行。

平生平自得，一步一枯荣。

136. 雪后宿同轨店上法护寺钟楼望月

残寒同轨店，雪厚共天明。

六国秦皇统，钟楼一两声。

137. 陪韦尚书丈归履信宅因赠韦氏兄弟

履信一华居，文衣半紫余。

管舆谁护锦，以阁籍天书。

138. 题李十一修行李居壁

步步曲江边，思思杏李园。

梅花初落定，百草已明天。

139. 盛观

序：

永贞二年正月二日上御丹凤楼赦天下，予与李公垂庚顺之闲行曲江不及盛观

诗：

及第曲江头，迁官半九州。

中书门下省，大赦小人周。

140. 退休之志

序：

书居守晚岁常言退休之志因署其居曰大隐洞命赋诗因赠绝句

诗：

老少一同心，童翁半故音。

耕耘应继续，日月似如今。

141. 赠李十二牡丹丰功伟绩片因以饯行

朱栏一片红，碧叶半深丛。

收取因颜色，行装自不空。

142. 靖安穷居

权门一市喧，贵府半花繁。

野旷无名利，穷居有本源。

143. 赠乐天

事事自经心，人人可古今。

官时官主务，辅顾辅诗琴。

144. 使东川　二首

之一：

御使东川去，吟诗二十章。

文成行简卷，及第校书郎。

之二：

主路冠官仕，时时驻步量。

行行生辅道，处处顾诗章。

二万三千日，天天六首囊。

乾隆留赋少，第一作吕郎。

145. 骆口驿二首

之一：

数语邮亭壁，题诗诸侍郎。

文章惊骆驿，笔迹自留香。

之二：

骆口驿墙诗，题名诸子知。

东川相半纪，五夜起云迟。

146. 清明日

汉水清明日，书生不易居。

京城应纸贵，共步乐天余。

147. 亚枝红与乐天郭家亭子见亚枝红桃至今相记

竹里亚枝红，云中不禁风。

深丛深色记，一巾一流中。

148. 梁州梦

梦里慈恩寺，微之居易游。

同行泾浊水，共步曲江头。

149. 南秦雪

御史上南秦，梅花满北春。

纷纷呈瑞照，雪雪满天津。

150. 江楼月

嘉陵江上月，剑阁阆中楼。

复鼓风前峡，东流夜后舟。

151. 惭问囚

微坛司马子，巨陆炼丹囚。

王屋师门近，因缘以事由。

152. 江上行

汉水一江行，东流半不清。

应知南北折，始落向低成。

153. 汉江上笛

白马驿南楼，西县月笛舟。

声声闻不止，处处待难休。

154. 邮亭月

骆口驿边月，青山路上诗。

题名题不尽，笛曲笛人知。

155. 嘉陵驿二首

之一：

月满嘉陵驿，床空玉枕寒。

江声惊子夜，剑阁阆中澜。

之二：

江流明月峡，栈道不回家。

半枕空留客，三生二月花。

156. 百牢头

剑阁千夫跳，嘉陵两岸山，

何闻三峡水，不度百牢头。

157. 江花落

一曲梅花落，三江半色潮。

群芳先后竞，百草作云消。

158. 嘉陵江二首

之一：

一练绕船舱，三江逐岸扬。

波涛先后去，日月暮朝荒。

之二：

江花明月峡，岸芷阆中娃。

波光天水色，竹影杜鹃家。

159. 西县驿

来时花满地，去后子方成。

复见知因果，秋风扫叶清。

160. 望喜驿

文书满案边，竹影半桑田。

已是春归远，何时见杜鹃。

161. 好时节

东川时节好，蜀女爱琵琶。

汉画谁知汉，花明二月花。

162. 夜深行

夜到百牢关，江明一月湾。

声声惊鼓浪，驿驿不临山。

163. 望驿后

三春三月尽，百草百花开。

自得东风雨，香泥处处梅。

164. 赠咸阳少府萧郎

咸阳少府一萧郎，别处桥头半断肠。

陆女良媒相托附，姑家外婿顾情伤。

情深回首少，怯意路子长。

渭水流无尽，前行忆故乡。

165. 赠吕三校书

同年科第别，共拜校书郎。

七载陶花坊，千杯叙旧肠。

浮生浮不定，各娶各秋娘。

一笑江湖水，三生日月量。

166. 封书

书麓十万吟，一韵半知音。

格律方圆域，诗词日月琛。

孤行三界外，独木已成林。

167. 仁风李著作园醉后寄李十

晓月半花枝，三更一醉时。
惊迟惊自己，上马怯朝知。

168. 灯影

元灯欲闪一天开，满树红纱半影催。
已是千光呈万众，去宗夜伴太真来。

169. 贬江陵途中寄乐天杓直 杓直盐铁乐天拾遗

江陵何所见，杓直乐天寻。
拾遗同盐铁，前途共古今。
三杯无世界，四顾有鸣禽。
逐鹿晨钟响，思君百草深。

170. 渡汉江

嶓冢去岁寻，漾水已成浔。
伍子波涛去，东吴日月深。
鲲鲸终是客，不辨古今音。

171. 哀病骢呈致用

枥上径天问，云中对地鸣。
康衢阡陌路，禁漏去来声。
翘首行千里，龙媒自一生。

172. 送岭南崔侍御

南南北北木绵微，岭岭山山草木依。
洞主参差惊豸角，毒龙怯骨作天机。
天涯云落落，海角雨霏霏。
蟹老成妖妇，鲛人卖玉玑。
举首长空远，回观石柱依。

173. 酬乐天八月十五夜禁中独直玩月见寄

玉液月初明，中空万里晴。
宫清圆已正，不作女儿盟。

174. 序病瘴光天寄通中散碧垂云膏题四韵

此寄通中散，垂云碧腴膏。
真人天上意，万里胜战友。

变炼红霞象，煎研玉石毫。
思君思别水，怯忆怯离骚。

175. 送友封二首 黔府窦巩字友封

六月黄梅雨，三杯送友封。
莲蓬初结子，采女小芙蓉。
岸隐青莲密，含羞沐浴踪。

176. 通德湖旧居有感题二首

之一：
巨壑一通湖，深丹半玉殊。
云平成锦幕，水溅作残珠。
诸子明桃李，群生客楚吴。
谁知闻剧孟，但拜阮元瑜。
之二：
江陵半折腰，柱史一萧条。
欲以中洱问，长江有日潮。

177. 放言五首

之一：
一酒半高歌，三生两玉柯。
功名何必问，道路始终多。
之二：
柳叶一垂斜，天光二月花。
屈子汩罗岸，贾谊在长沙。
之三：
一寸心思半寸灰，三光草木五湖梅。
书生自古书生进，十里长亭五里催。
之四：
各自长程各自前，天云万里一云天。
蓬蓬水上蓬莲子，芡藕泥中守玉田。
之五：
七十年来世上行，三千日去半诗成。
狂走慢步书生路，日月文章十万名。

178. 石枕

序：
刘二十八以文石枕见赠仍题绝句以将厚意因持壁州鞭酬谢兼广为四韵
诗：
石枕琼珠瑕，文人绝句篇。
风云句子策，草木壁州鞭。

苏武留旄节，张骞对此年。
归期保不得，广韵谢天泉。

179. 龙山佳宴

序：
奉和来万事空重阳日同崔常侍崔郎中及诸公登龙山落帽台佳宴
诗：
重阳落帽台，九月菊花开。
此布乌纱见，司空日色裁。
龙山龙水客，白露白仙来。
谢履高高步，茱萸处处恢。

180. 送王十一郎游剡中

曹娥江上父，禹庙上虞天。
浙宇江湾老，慈溪大隐田。
天台华顶谷，奉化会稽泉。
丽水瓯江好，梧涎海港边。

181. 送友封

轻风送友封，柳叶记行踪。
宋玉窈娘问，天津待玉容。

182. 送致用

不作悲身作别君，无成日月有成文。
行程跬步千行路，望眼由穿自是云。

183. 登龙山静胜寺

序：
早春登龙山静胜寺时非休瀚司空特许是行因赠幕中诸公
诗：
谢傅方吟二月春，梅花落里一香尘。
非休特许龙山寺，独竿闲行有几人。

184. 书乐天纸

纸贵长安寺，文成渭水天。
离离原上草，第第曲江边。
一笺金銮殿，千章两省诠。
题诗题半页，以赠以心田。

185. 酬孝甫见赠十首

之一:

宋玉一秋词,巫云半雨诗。
高唐高楚汉,峡口峡流迟。

之二:

杜甫一才沦,知章半御亲。
王维王未去,李白李桃春。

之三:

一酒寻常客,千杯蒲独文。
良诗成碧玉,众将作衣诏。

之四:

丹墀作蕊宫,雉尾扇帏红。
绰立曾经色,今霄玉宇空。

之五:

低心翰墨场,箭羽读书囊。
武勇应承续,文成可序皇。

之六:

莫笑风尘路,应知日月光。
当源当本纪,去可去书香。

之七:

四顾一天堂,三光半水乡。
隋炀杨柳岸,所以所天堂。

之八:

文殊以世来,许愿普贤台。
每寺甘贫济,为人善人回。

之九:

不省空床夜夜眼,童翁独得女儿天。
月月寒宫寒自尽,年年自主自诗田。

之十:

酬君九首五更天,合润千流一本泉。
十万三生成格律,诗名此世作荒田。

186. 和乐天招钱蔚章看山绝句

万木随山势,千云逐日还。
成层成所望,独在独天颜。

187. 折枝花赠行

一别折枝花,三春远路斜。
相思无日夜,昀是有无家。

188. 寄刘颇二首

之一:

以酒问平生,从官向草盟。
刘君颇得意,醒醉亦枯荣。

之二:

碣石烟尘起,官军渡口船。
公卿因战术,不似一君田。

189. 晨起送使病不行,因过二十一馆居二首

之一:

自笑今朝病不行,偏因送使客心生。
房门不闭由君见,一路风云日月明。

之二:

深房小火炉,米芡满江湖。
黄昏应止步,晓色到天都。

190. 送孙胜

草碧宋亭水,江青柳叶明。
波轻舟不去,只待举帆情。

191. 司空

序:

庭院三寺回呈上府主严司空时因寻寺道出当阳县奉命复视县因牵于游行不暇,详究,故以诗自销尔

诗:

谢傅自颠狂,乌纱落寺堂。
支颐山色重,醉酒忘炎凉。
不以悬囚责,无暇吏板扬。
君使君子道,墨迹墨香囊。

192. 远望

满目冰封雪,经霜十里枫。
山前寻古刹,去水映山红。

193. 早春寻李校书

淡淡春风柳,轻轻细雨濒。
啼莺藏不住,向觅对君新。

194. 过襄阳楼呈上府主严司空在江陵节度使宅北隅

襄阳楼下树,上府主前英。
玉面溪浅影,荷莲付水平。
王因王桀度,月得月清明。

195. 探得扉字

序:

八月六日与僧如展前松滋主簿韦戴同游碧洞寺赋得扉字韵,寺临蜀江,内有碧洞穿注两廊,又有龙女洞能兴云雨,诗中喷字作平声韵

诗:

碧洞寺开扉,喷云纳雾晖。
龙兴龙女洞,主簿主人归。
草木三灵隐,金轮半翠微。
江流江不尽,是必是言非。

196. 奉和窦容州

一路到容州,三湘沅水流。
千波千水色,九派九嶷秘。

197. 卢头陀诗二首

之一:

四韵七言赠,三生半寺僧。
卢官强百吏,掌据性千丞。
所构无何去,奇人以市凝。
心机重密授,本纪以孤灯。
积岁湘潭路,衡山造诣兴。
头陀源一命,泣血字名凌。
索得衡山寺,无求有所应。
贤豪蒙念旧,大小可恢弘。

之二:

先生一语深,后世半知音。
旧日曾相识,今闻隔世箴。
衡山南北雁,北海去来禽。
莫以山河误,当赢日月心。

198. 醉别卢头陀

色色空空见,醒醒醉醉闻。
平生平所欲,治世治耕耘。

199. 陪张湖南宴望岳楼为监察御史张中丞知杂事

湖南望岳楼，四顾十三州。
伍胥东吴客，长沙屈子舟。

200. 岳阳楼

日上岳阳楼，云平汉寿秋。
风驱帆满舵，水载洞庭舟。

201. 寄庾敬休

及第曲江头，孤身志不休。
春风多得意，省世小言愁。

202. 花栽二首

之一：

买得山花木，观颜察色根。
三年桃结子，渭水过天门。

之二：

河南故士一微之，泛水江陵半日迟。
问柳寻花寻自己，行当乐取乐天诗。

203. 宿石矶

空船宿石矶，独月照鸥稀。
水水波波见，声声苦苦依。

204. 遭风

叶满君山岸，云平暮岳晖。
湖南湖北翠，夏口夏楼微。
怪石惊流激，千峰雪浪飞。
龙蛇生隐现，日隐旅商违。
轮辗生涯去，汀洲雨霏霏。
幽妖成美女，水族化湖妃。
旧事红袖拂，齐川绿草闻。
崔嵬崔竹树，否极否从归。

205. 赠崔元儒

二十年前一丈夫，三千日月半开图。
殷勤夏口轻欺妇，酒醉颠狂有似无。
昀是赊钱强饮罢，如今辜负老糊涂。
阳春白雪谁名曲，下里巴人念奴。

206. 鄂州寓馆严涧宅

凤在梧桐树，僧栖寺月松。

花枝多满院，鸟鹤少行踪。
夜雨曾流去，闲人已卧龙。
应知真谛在，不可误晨钟。

207. 送杜元积

五载江舟客，三生羡渭人。
今朝君且去，但净洛阳尘。

208. 贻蜀

韦君文告别，蜀友送舟行。
且以微之笔，寒温寄去情。

209. 病马诗寄上李尚书

长鸣一蜀门，带病半乾坤。
久负盐车力，高悬夜识恩。

210. 李中丞表臣

韦门一旧亲，十里半花尘。
独恨潘床短，天光客早沦。

211. 卢评事子蒙

已是殷勤客，常交醒醉同。
微之微懒病，两弟两承公。

212. 张校书元春

如今北陆半云舒，未面西川一校书。
远处从人须谨慎，相交以醉胜鲤鱼。

213. 韦兵曹臧文

处处侯门近，人人野路遥。
冯谖曾不学，卫玠尚书桥。

214. 赠严童子严司空孙，十岁吟诗有奇句而成人风

十岁已秋春，三章扫旧尘。
千年今古唱，八句老成人。

215. 桐孙诗二首

之一：

初闻一贬落桐花，月下三书寄白家。
六载江陵归去晚，孙枝已发望天涯。

之二：

桐花白乐天，六载去来船。

记得江陵渡，孙枝逸故园。

216. 西归绝句十一首

之一：

遥知减去程，已见近京城。
御史江陵渡，何须梦里行。

之二：

京书临水读，河南亚子尝。
同归同市想，五载五湖凉。

之三：

春风过武关，小杏满商山。
步步寻新径，频频问旧颜。

之四：

度坫裴相公，丞相韦谏国。
无穷闻贺迎，有吊亦思风。

之五：

当年从此去，一步一回头。
御史郎中路，如今复旧留。

之六：

旧是裴公府，如今鹤不字。
从容观次第，客自早知君。

之七：

营营自不休，事事可无由。
逝水东流去，从林直木留。

之八：

今朝渡口舟，去日酒江楼。
共饮丹河水，同行不到头。

之九：

去去来来见，风风雪雪闻。
寒窗寒食客，学子学仁君。

之十：

雪覆蓝桥断，江流一线沉。
观形观不得，问道问知音。

之十一：

几人健在几人无，六载侯门六载途。
彼此重温何彼此，京都照旧是京都。

217. 留呈梦得子厚致用，题蓝桥驿

梦得春桃子厚题，刘郎柳叶柳州西。
三千弟子文章主，十二琼楼各不低。

218. 小碎

一首层间柱，三行代鲤书。
群郎君主观，小碎小音余。

219. 和乐天高相宅

无闻一莫愁，漫道半江流。
二百年中度，谁知月下舟。

220. 和乐天仇家酒

酒量年年减，尘机岁岁赠。
经心经自己，普渡普天僧。

221. 和乐天赠云寂僧

苦恼三千界，行成五百年。
禅门禅所得，立地立师缘。

222. 沣西别乐天博载樊宗宪 李景信两秀才相饯送

一路过通州，三生有旧游。
沣西沣别寺，互送互离忧。

223. 寄昙嵩寂三上人

自古谁生死，如今有死生。
趋趋非往往，坎坎是平平。
且向如来坐，观音度苦行。

224. 题漫心岭智藏大量兰若僧云住此二十八年

浮生来往去，大道苦僧还。
利利名史尽，心心意意关。

225. 苍溪县寄扬州兄弟

苍溪一半过江陵，水峡三光作玉冰。
此去扬州兄弟寄，文章自古以香凝。

226. 赠吴渠州从姨兄士则

分襟稚子郎，合读共书香。
已见巴南恨，何须作柳杨。
隋断因此树，只为运河长。
宁笋兼怀旧，山河已两行。

227. 长滩梦李绅

独寝卧长滩，孤身望路宽。
琴声来隔壁，一曲渭波澜。

第六函　第十册
元稹　二十一至二十八卷

1. 新政县

月下三更楼，心中一个人。
新政县吏治，盖事只王民。

2. 南昌滩

南昌滩读水草，北陆渭泾源。
日月重升降，江山有简繁。

3. 见乐天诗

日日平西馆，天天玉柱题。
君诗三两句，字字有高低。

4. 夜作

萤飞一夜光，竹影半修长。
万里何时见，千书已满床。

5. 闻乐天授江州司马

江陵只似半江州，谪客常闻一谪愁。
九派浔阳浔九派，巴童已问赣意忧。

6. 岁日赠拒非

是是非非水，弯弯曲曲流。
清清还浊浊，水水亦楼楼。

7. 送卢戡

今年昼夜长，道路远家乡。
白首重临镜，青丝落苦肠。

8. 雨声

白帝一云平，高唐半雨声。
朝朝连暮暮，峡峡逐晴晴。

9. 奉和荥阳公离筵作

人间有别情，世上问离鸣。
北隅东山伎，南楼却服声。

10. 嘉陵水

嘉陵明月峡，自古蜀人家。
问我何回顾，陈仓栈道斜。

11. 阆州开元寺题乐天诗

剑阁嘉陵一阆中，开元寺壁半题空。
留君铁柱诗行在，胜似张飞镇水东。

12. 凭李忠州寄书乐天

江陵一寄到江州，十二峰前见水流。
镜镜平平元稹信，乐天出峡乐天舟。

13. 得乐天书

远信乐天书，妻闻女喜余。
江州司马易，不省洛阳居。

14. 寄乐天

此寄鲤鱼书，闻言纸贵舒。
江州司马客，但得友诗余。

15. 酬知退

有有无无智，修修正正人。
知之知进退，历世历秋春。

16. 通州

欲得山中住，今闲数木全。
通州通道路，六郡六诗篇。

17. 酬乐天书后三韵

一泪染双鱼，三生客独居。
庐峰相去见，六载不多余。

18. 相忆泪

西江流水去，六郡已三秋。
入海分天地，潮扬伍子头。

19. 喜李十一景信到

不可相逢问，无声有语留。
通州通彼此，自主自由愁。

20. 与李十一夜饮

一饮到忠州，三更误白头。
霜云霜露重，江流江岸留。

21. 赠李十一

功名与别人，利禄寄秋春。
岁岁经辛苦，年年作顺民。

22. 寒食日

乞火到侯门，书生问子孙。
黄昏黄道远，一路一慈恩。

23. 三兄以白鹿巾寄遗发不用冠因有感叹　自叹

三兄白鹿中，五弟布衫人。

共渡苍生路，同生日月邻。
桓仁浑水岸，八卦正家新。
两代分杨柳，三秋子女亲。

24. 别李十一五绝

之一：
巴南一路分，水北半仁君。
十二峰中一，三千五代文。
之二：
通州一路尘，御使半家珍。
正正公公谏，声声色色新。
之三：
江陵一日舟，白帝半沧流。
峡峡塘塘水，朝辞暮边收。
之四：
来时君未见，去别送江陵。
岸草常相问，江流总不应。
之五：
白帝一瞿塘，江陵半楚肠。
舟帆朝暮水，暮色已扬长。

25. 酬乐天醉别

一去五年前，回头半大千。
何时相聚首，独好乐天泉。

26. 酬乐天雨后见忆

一步差池路，千波日色游。
晨光和夜雨，湿气佩清幽。

27. 和乐天过秘阁书省旧厅

两省徘徊地，三台日月城。
诗心辛苦致，玉漏有相倾。

28. 和乐天赠杨秘书

共与杨郎曲，同吟乐府行。
今唐成格律，以道弟称兄。

29. 和乐天题王家亭子

王家亭子色，细雨百粼光。
点点惊平面，烟烟四野荒。

30. 酬乐天频梦微之

微微共乐天，梦觉已成缘。

江州江口岸，九脉九嶷泉。

31. 琵琶

一曲甘州破，三声敕勒鸣。
胡杨胡大漠，蜀女蜀儿情。

32. 春词

春风一草头，细雨半沧洲。
弄玉箫声断，西施曲舞休。

33. 酬乐天春寄微之

微之微草色，乐土乐天光。
野蟒巴山路，苍鲸大海乡。
嚎莺嚎不住，久问久文章。
玉叠甘州破，梅花落里扬。

34. 酬乐天舟泊夜读微之诗

月泊西江岸，微之四句诗。
通州通夜读，杜宇杜鹃词。

35. 酬乐天武关南见微之题山石榴花诗

君行见复知，石立似微之。
旧步从归路，新吟太白诗。

36. 酬乐天见寄

一语到长安，千章向乐天。
诗词由日月，草莽著冠官。
四十年来路，三生贬水澜。

37. 酬乐天得稹所寄纻丝布白轻庸制成衣服以诗报之

远远一巴庸，遥遥半玉封。
纻丝轻薄绵，忆作老裁疑。
万里相思纪，三生自作踪。
心中知得意，马上见君容。

38. 和乐天寻郭道士不遇

已见杯中渡，今闻鹤上逢。
寻君寻不得，问日问青松。

39. 酬乐天寄生衣

鸟鸟换生衣，鸟鸟着己稀。

纤纤纹细物,织织近京畿。

40. 酬乐天得微之诗知通州事因成四首

之一:

吐雾喷云见,含沙射影闻。
蛇虫多恐怖,虎豹恶成群。
屋舍茅檐归,通州酒市分。
知娇知所以,向积向天云。

之二:

岭坝一倾余,巴巢半女居。
官声疑鸟语,舴艋腹如鱼。
火种仪耕旧,勾心斗角疏。
平生文所惜,已著百年书。

之三:

沧洲半曲河,蜀野一虫多。
六郡川千断,三闾唱九歌。

之四:

荒芜不可锄,岭坝未知蔬。
一粒仓粮子,三朝满市鱼。

41. 酬乐天闻李尚书拜相以诗见贺

谏刻敕东川,衣冠没砺权。
分司分贬奏,节度节相悬。
百口经三峡,千流纳百川。
江陵江水远,十载十方圆。

42. 酬乐天叹穷愁见寄

日月如今半叹贫,乾坤自古一经纶。
千年独得春秋易,四季平分三月均。

43. 酬乐天三月三日见寄

岁岁花前问,年年月下寻。
欣欣相印寄,处处向君吟。

44. 酬乐天叹损伤见寄

何言叹损伤,有道自炎凉。
莫以人生誉,江流草木乡。

45. 瘴塞

巴山路不通,瘴塞故人穷。
少妇红妆布,前年此病同。

46. 红荆

红荆十月花,北客一人家。
不待春风到,庭明暮晓霞。

47. 黄草峡听柔之琴二首

之一:

夜奏塞声寒,霜明古木丹。
乡音离曲近,渭水已生澜。

之二:

清君沏夜弹,露重月衣单。
但以声声忆,何愁处处观。

48. 书剑

拔剑一丝云,观书半老君。
巴山巴水野,蜀峡蜀天闻。

49. 内状诗寄杨白二员外

天门内状诗,玉玲白杨辞。
二位当员外,三台作省知。
郎官从日月,待诏与君时。

50. 别毅郎

七岁男儿别毅郎,巴山夜雨苦心肠。
夫妻老小嘉陵望,几度江河几度乡。

51. 自责

金鱼束紫袍,命报误分毫。
得见牛常侍,君前试佩仪。

52. 送公度之福建

曾江一水滨,福建半儿臣。
是是非非见,来来去去人。

53. 喜五兄自泗州至

四十年来泪,三千草木分。
如今逢酒日,只醉不观云。

54. 杏花

出入右银台,桃蕾杏早开。
常年应不觉,有色过墙来。

55. 第三岁日咏春风凭杨员外寄长安柳

柳色杨员外,春风次序来。
长安长指面,上掖上天台。

56. 赠别杨员外巨源

旧忆西河饮,江山宦揄非。
陶令陶五柳,问酒问之微。
结托箫娘在,求诗岁序晖。
何年何月日,一度一心扉。

57. 寄天二首

之一:

水入深潭色,潮生大海流。
荣荣随辱辱,夏夏亦秋秋。
是是非非去,成成败败留。
曾参何不济,鲍叔以怜筹。

之二:

命命才才问,行行止止难。
前程前不尽,后顾后无宽。

58. 听妻弹别鹤操

别鹤声声夜夜弹,知君叠叠半心寒。
商罌五十知无子,只见孤枝一叶残。

59. 和王侍郎酬广宣上人观放榜后相贺

纸贵留传后,金涂作姓名。
宜扬宜所欲,上帝上人城。

60. 酬乐天喜邻郡

紫授朱衣梦,身符竹偶因。
文章虚被配,白浪以邻郯。
火照红妆艳,湖平绿水春。
千姿翻百态,醉似女儿亲。

61. 再配复言和前篇

二郡逢贤牧,三生遇近臣。
文章知是客,醒醉见其因。
白首应先智,青丝历后春。
何言花早启,只以杜鹃邻。

62. 赠乐天

彼此分符去，阴晴各自多。
相逢相别老，独步独江河。

63. 重赠

但遣玲珑唱，潮平你我诗。
明晨应不尽，逝水去时迟。

64. 别后西陵晚眺

晚眺天门北，西陵渭邑南。
三千应减少，一二复加三。

65. 以州宅夸于乐天

万水州城绕，千山镜上来。
云屏堆白锦，草璧玉楼台。
鼓角钟声继，香风雨露浓。
星河三界色，谪得一蓬莱。

66. 重夸州宅旦暮景色兼酬前篇末句

一步天光半步书，三生日月两生余。
蓬莱已在祥云里，只合登临不合居。

67. 敬兄升平里咏张新诗

启韵张员外，乐天四友逢。
升平居敬虹，彼此意重封。
不隔阴晴路，无疑草木从。
钱塘潮上问，八月水中龙。

68. 寄乐天

思君坐未明，及第共科情。
二十年前事，三千老子生。
同何言水路，莫以过江城。
（江州江陵）步步前行去，道道逐工英。

69. 戏赠乐天复言

遥遥羡镜湖，近近过东都。
案牍书情切，涛船弄逐殊。

70. 重酬乐天

搅搅红尘日，悠悠故国云。
交求人一见，笔墨岘千文。

百度惊回首，三生致我君。

71. 再酬复言

曲尽笙歌月，婵娟璧玉台。
寒宫寒色照，倩影倩人才。

72. 得句偶成

序：
郡务稍减，因得正笔旧诗并连瑕焚削封章繁委筐笥谨逾百轴，偶成自叹因寄乐天
诗：
两姓无嗣子，千诗有遗留。
催身应易老，主仆可知迟。

73. 酬乐天余思不尽

律吕同声韵，音词格调城。
长沙鸣贾谊，屈子楚辞情。
日月东西赋，经纶自在生。
秦中吟不断，白朴诏书明。

74. 寄乐天

两曲醉如泥，三春柳叶低。
灵山飞一寺，不过五云溪。

75. 酬乐天雪中见寄

大雪附梅株，轻冰带水弧。
钱塘钱始见，已得运河苏。
镜面阳光好，船娘展玉壶。
箫声应已动，淑女在江都。

76. 代郡斋神答乐天

一柱使君诗，三光照独迟。
帷帷题不止，洒洒自逢时。

77. 和乐天早春见寄

细雨润微和，骚人唱楚歌。
江陵江不止，白帝白人多。
浙水天台近，曹娥父女河。
余姚余禹庙，奉化奉天波。

78. 酬复言长庆四年元日郡斋感怀见寄

雨细香消淡，冰肌玉水浓。

珍珠凝不住，霞露自难倾。
白雪曾先绽，红缨已不封。

79. 酬乐天重寄别

寄别君侯路，重闻老子名。
诗言题石壁，已作武牢声。

80. 和乐天重题别东楼

为郎抄上一郎诗，别客行中半自知。
独解长亭长路赋，何须叹别叹辞离。

81. 和周从事

序：
余杭周从事以十章见寄，词调清婉难以遍酬，略和首答来贶
诗：
多文少采万诗篇，老少功夫半酒泉。
日月耕耘耕笔止，江河草木草云天。

82. 寄浙西李大夫四首

之一：
腊月梅心暖，初春百水寒。
疏香疏影淡，独傲独云端。
之二：
北望昆明岸，西临太液池。
群芳群己到，独作独香枝。
之三：
一树玉晨观，千枝紫殿坛。
三倾三傲举，一帆一蕾冠。
之四：
早度西江好，归来北陆坛。
深深天色远，处处百花观。

83. 初除浙东妻有阻色因以四韵晓之

历练从天下，平生以事由。
君臣同进退，彼此有何求。
五月江陵贬，三旌下越州。
千行千命妇，百步百心忧。

84. 平生

序：

为乐天自勘诗集，因思顷年，城南醉归马上递唱艳曲十余里不绝，长庆初俱以制书侍宿南郊斋宫，夜后偶吟数十篇，两掖诸公泊翰林学士三十余人惊起就听，逮至卒吏莫不众观，群公直至侍从行礼之时，不复聚寝。予与乐天吟哦竟亦不绝，因书于乐天卷后。越中冬夜，风雨不觉将晓，诸门互启关锁，即事成篇。起理政府报告

诗：

一唱春吟十里空，三生举止半缨红。
行文学子精英殿，制书南郊记斋宫。

85. 题长庆四年历日尾

今题长庆日，隔日属新年。
五夜分年岁，三更入酒泉。

86. 乐府古题序　丁酉

离骚诗旋始，乐府体无终。
楚客文箴叹，讴歌曲调空。
诗章成六义，颂赞作三公。
引叹讴歌去，琴弦瑟柱红。
音音从韵律，格格付词丰。
卫女思幻曲，秦楼弄玉聪。
谣讴为曲度，历主作情衷。
进士陈陶代，曹刘刺美穷。
斯文斯共赏，雅颂雅同风。

87. 梦上天

高高梦上天，累累月中弦。
暗暗明明见，茫茫杳杳迁。
苍苍云欲起，塞塞雾开悬。
未熟盘桃会，王母五百年。

88. 冬白纻

吴宫冬白纻，越女馆娃情。
凤锦耶溪浣，西施曲舞明。
柔肤肌玉臂，竹枕共厮荣。
子胥方知楚，夫差已旧盟。

89. 将进酒

将进酒中诗，行身月下迟。
何须由醒醉，进退以先知。
浊浊清清饮，来来去去移。
痴痴多懵懵，事事久无思。

90. 采珠行

大海采珠行，中庸太子城。
无当无必止，有道有天生。
夜夜珍奇色，天天碧玉情。
波涛波未了，是得是潜明。

91. 董逃行

貂蝉一月明，吕布半情生。
米脂婆姨好，绥男有勇名。
东吴联蜀约，魏汉待王城。
以晋归三国，东风自古行。

92. 忆远曲

郎心郎身近，妄想妄思遥。
利利名名欲，朝朝暮暮潮。
封侯辽海路，夜梦有云霄。

93. 夫远征

远远一夫征，声声半点兵。
军书常有令，以子代乡我。
只向长城去，无休塞北缨。
天堂应水路，地上运河荣。

94. 织妇词

一亩耕夫陌，千纬织妇棉。
桑蚕桑叶老，社日社虫眠。
岁岁田家子，年年子女员。
男儿男力气，女活女儿娟。

95. 田家词

役役官官税，夫夫妇妇田。
耕耘朝暮继，获取夏秋连。
岁岁求温饱，年年上下弦。

96. 侠客行

侠客三生剑，荆轲一诺生。

英雄英所断，立世立英名。
易水秦王约，图穷匕首盟。

97. 君莫非

鸟鸟乌乌树，禽禽兽兽身，
官官驱吏吏，役役逐民民。
是是非非过，真真假假纯。
量量重度度，水水亦粼粼。

98. 田野狐兔行

兔兔狐狐宿，田田野野营。
耕大耕土地，种豆种春萌。
犬犬鹰鹰逐，粮粮米米成。
无情官吏税，后死也先生。

99. 当来日大难行

末日天来落，当空漏水瀛。
洪荒回归火，火鸟向云行。
万载曾无度，千年有柱倾。
官家官不在，自主自由耕。

100. 人道短天道长

天称人道长，地载物仪荒。
但以中间见，天天地地梁。
仲尼文国化，老子百千章。
命命由终始，何须论短长。

101. 苦乐相倚曲

十指连心觉，三生苦乐多。
阴晴烟雨重，草木色天柯。
冷冷暖暖触，清清净净娥。
藏娇金屋见，织女望银河。

102. 出门行

弟弟兄兄去，山山海海行。
山高藏碧玉，海阔有珠缨。
持璞三生晚，呈珍一日明。
龙吟催汝弟，虎啸歼其兄。
各行难相继，殊途易独横。
同行何不至，共济是人生。

103. 捉捕歌

捉捕兔和狐，明行以暗殊。

空虚梁栋蠹，不见害中枢。
一日相倾毁，千年小丈夫。
何言何自解，几物几同途。

104. 古筑城曲五解

之一：
年年塞外丁，处处水山青。
冒顿行营去，家乡以石铭。
之二：
长城万里兵，进退一输赢。
但见苏杭水，天堂已自成。
之三：
万里运河兴，千年以水丞。
隋炀隋水调，两岸满丝绫。
之四：
石石墙墙磊，兵兵帅帅营。
生生谁死死，败败复成成。
之五：
水水舟舟见，行行止止荣。
杨杨和柳柳，市市又城城。

105. 丙申仲秋

枣结一仲秋，朝阳半绣楼。
红红天不语，叶叶见风流。

106. 估客乐

取利莫求名，孤行自独营。
无心无水作，有昧有商情。
十载行私骗，三生获未成。
长安长所欲，帝府帝公卿。
以赂成交往，因图得死生。
钱仪钱两了，卖假卖真诚。
酒饮楼兰市，丝绸玉女轻。
荆衡谁次第，蜀地白颜琼。
断海吞山欲，方圆日月倾。
乾坤何大小，世界独枯荣。

107. 连昌宫词

贺老琵琶半念奴，潜郎宿伴一江湖。
高弦碧索人间在，力士无言有舅姑。
一曲春娇千ןj静，三呼李谟笛声苏。
天津桥上龟兹谱，二十五郎小管孤。

诸子杨家三姐妹，秦韩虢国女儿胡。
荆榛枸杞连昌殿，出水芙蓉问丈夫。
宋璟姚崇天宝断，房谋杜断不东吴。
玄宗建蜀霖铃雨，渭水东流旧帝都。

108. 望云骓马歌

一匹望云骓，贞元见道馗。
曾因和七马，独存以诗垂。

109. 幸蜀德宗八马随蒙尘独剩望云骓

良驹不名无空迹，恻隐贤臣有所期。
伯乐先知千里足，青山驿舍女私窥。
玄宗幸蜀当无马，一雨成都过下邳。

110. 和李校书新题乐府十二首

直曲非无志，兴风是有诗，
书生曾贬病，不忌以言词。

111. 上阳白发人

玄宗花鸟使，艳市密天闻。
选尽人间女，隋炀未采群。
白发垂肤老，赤丝作美云，
上上阳阳欲，香香日日曛。

112. 华原磬

古乐疏音磬，华原以石音。
土师土以玉，匠艺匠精箴。
水调云门唱，阳春白雪禽。
玄宗新曲至，放纵太真琴。

113. 五弦弹

赵璧五弦弹，征声一域宽。
松林风入啸，晓舌凤莺盘。
斗绝珠钟部，屠钩钓直湾。
周召三事鉴，镇岳九劳冠。

114. 西凉伎

白雪西凉伎，葡萄酒后晴。
衣衫超薄短，艳舞欲倾城。
子粒双丰满，心胸独透明。
千姿呈百态，转目纵肩横。
夏夏天山牧，冬冬帐里英。

男儿男汉血，女色女姬鸣。

115. 法曲

自下闻黄帝，尧传舜禹英。
私家承夏武，鼓角下商城。
旦以周公序，秦皇六国惊。
鸿沟分楚汉，破阵舞秦琼。

116. 驯犀

贡品长安市，面洋四季同。
冰封冰雪色，驯象驯犀穷。
赤道炎光日，丛林海角风。
光天成碧水，玉宇满龙宫。
共度年如日，同弦月似弓。

117. 立部伎

选作性无常，悬宫立部堂。
园丘郊祀见，雅乐退时光。
法曲胡音合，侏儒充数量，
腰身终汉化，杂奏禄山皇。

118. 骠国乐

破阵一军声，骠骑半牧鸣。
胡姬胡马逐，曲舞曲无名。
独立金鸡傲，双肩左右平。
环眉环耳目，自付自传情。

119. 胡旋女

贡献胡旋女，妖身目两肩。
阳春云雨溢，白雪落心泉。
四坐回风舞，三香散近莲。
从情行自在，以性作婵娟。

120. 蛮子朝

明皇幸蜀立成都，此去夷蛮草木芜。
贡赋朝堂行鸟道，蚕丛教化坐鱼凫。
川烟瘴气湘西匪，两广天低鸟语瑜。
北海由来天柱落，益州自此不江湖。

121. 缚戎人

大将边头立，中军帐令书。
生擒生纵去，箭约箭天舒。
守镇冠官老，封疆大吏余。

云南云有尽，北国北君初。
少壮从戎去，瓜州任漠渠。
葡萄姬女酒，醒醉问相如。

122. 阴山道

买马阴山道，迁金敕勒川。
黄河南北肆，草木暮朝田。
万里龙媒首，三秦汉血研。
丝绸西北路，绝域致张骞。
雨露恩波见，中原共一天。
东西应早晚，彼此可方圆。
草场无田米，桑干有陌阡。

123. 有鸟十九章

之一：
喜鹊一河桥，牛郎半水消，
迎来迎织女，七夕七情遥。
之二：
树上一乌鸦，云中半日斜。
声声呼不止，处处不知家。
之三：
一鹤中庭立，三鸣玉树高。
清清清世界，境境境旌旄。
之四：
已见一斑鸠，徒闻半野洲。
阴晴天上去，草木月下留。
之五：
布谷一鸣春，田耕半苦人，
年初千粒子，夏末万梁新。
之六：
白鹭云中落，红鳞水下藏。
生生相克见，物物象阴阳。
之七：
鸢羽似旌旗，遥遥望帝畿。
京都原少见，野旷客相依。
之八：
啄木声声响，驱虫处处名。
形形多彩羽，制制有医名。
之九：
玉漏催鹅步，春潭落不鸣。
相依相互恋，举首举双行。

之十：
一鸮深巢鸣，三光屡不明。
惊飞尺百鸟，入穴入时横。
之十一：
燕子梁中巢，衔枝月外郊。
年年知听在，处处筑微茅。
之十二：
隼鹰一路飞，大雪半回归。
足迹人间远，苍生入翠微。
之十三：
白雪白鹇雀，家家米稻麻。
同生同不济，共处共难夸。
之十四：
百舌三秋尽，春莺二月啼。
人前人口是，曲细曲高低。
之十五：
鸳鸯入洞房，水水戏中央。
比翼人间喻，无求是故乡。
之十六：
笼中一烈鹛，树上半天潮。
鼓翼遥遥去，雄风逐日霄。
之十七：
有鸟知鹦鹉，同人学语声。
洲前曾击鼓，不后可身名。
之十八：
俊鹘鹞飞鸣，雏鸭水上声。
平明狡兔雏，木穴本难生。
之十九：
有翼惊青鸟，冲天百里程。
回头知故木，独俱速时盟。

124. 共渡千山

序：
二〇一六年丙申中秋，超超，甜甜，雪儿，
新宇，托儿，小小，共渡千山
诗：
一寺无梁殿，千山南果梨。
常居幽燕客，八日忆辽西。

125. 汪魏巷，东城，北京

旧约半黄昏，南房一北门。
中秋日月色，共渡丙申村。

枣树婵娟隐，清光桂影坤。
明天弦荚始，早暮序寒温。

126. 有酒十章

之一：
呜呼一醉半呜呼，有酒千年有酒壶。
柳柳杨杨成水调，隋炀至此好头颅。
之二：
有酒千年一丈夫，长城万里两河图。
胡人一女三姿态，月里嫦娥守一孤。
之三：
仁义羲农别，蚩尤谬字明。
轩辕尧舜禹，万物已精英。
自夏殷商继，周秦统一衡。
王家王自得，酒烈酒人生。
之四：
文章有酒有烟成，自古英雄一诺情。
不饮书儒趋众志，黄泉路上醉余生。
之五：
有酒人间有不平，无心世上自无荣。
醒醒醉醉何成就，去去来来是一鸣。
之六：
有酒消烦更有烦，无思就事已无源。
抽仪断水曾非断，世上人间草木萱。
之七：
有酒千杯一醉还，神仙半路五湖湾。
无知有欲天堂远，自古经纶不等闲。
之八：
有酒龙门不可言，文章日月以轩辕。
严严肃肃谁思饮，守备清醒可简繁。
之九：
有酒闲吟一两篇，思中旧忆两三全。
当知万古千皇帝，不以清平调里贤。
之十：
何时醉去几时醒，天子呼来直耳听。
侍奉翰林非御史，清平调里未成名。

127. 华之巫

一路分途半路巫，神仙未到一仙姑。
人生卜易由先后，予睹从来四象图。

128. 庙之神

五百年中半是神，三千界里一秋春。
英雄自以英雄纪，释子如来释子身。
榜里排名分次第，天中论事迹非人。
今今古古何时了，但以清名作庙钧。

129. 村花晚

三春桃李树，百子尚含香。
小女残花采，双鬓对镜黄。
田翁蚕已老，自可见榆桑。
碧叶园荷露，珍珠一日光。

130. 紫踯躅

文君守寡半琴弦，踯躅相如一隔泉。
不以当炉同醒醉，藏娇玉屋共婵娟。

131. 山枇杷

枇杷已满山，厚叶近橙颜。
子子圆圆客，甜甜玉玉还。
年前曾见此，岁后已难攀。
但向通州问，黄河十八湾。

132. 树上鸟

洲中树上鸟，竹后柳前姑。
唱尽梅花落，阳春白雪奴。
林林由木木，石石磊衢衢。
但以长城见，隋炀好首胪。
山山秦汉武，水水运河苏。
近得天堂岸，遥闻世界殊。

133. 琵琶歌

一曲琵琶救勒川，千军汉楚霸王鞭。
三声坡下鸿沟北，四面埋夫郢鄂弦。
八一旋宫怀智调，玄宗许对段师泉。
昆仑未语天山净，御史东台去来年。
夜宿春溪听杂散，善才破竹六公眠。
通州月影婆娑变，竹节空心对左天。
管管儿几由此鉴，声声色色自应悬。
青山驿上题名处，十载先人已自贤。

134. 小胡笳引

序：

小胡笳引　桂府王推官出蜀匠雷氏金微琴请姜宜弹

诗：

金徽一蜀琴，桂府半雷音。
落叶惊还散，经霜叹独禽。
姜宜弹故国，房奏待天荫。
莫以推官许，幽咽别鹤吟。
胡笳和角羽，蜀笛对宫深。
旦对悬商取，江流积水浔。
山河多变易，忆是运河浔。
不以长城墓，乾坤对此心。

135. 上杭州送王师范

杭州一子孙，世代半文门。
故国东吴近，新诗袂瑕尊。
关雎仪自此，取友士慈恩。
八月钱塘岸，潮头六合根。
宋因成醉舞，鹤影问江鲀。
纱浣西施水，夫差木渎坤。
樯竿帆正启，遗范祖宗魂。
暮鼓梁朝寺，晨钟越五蕴。

136. 南家桃

南家桃树小，色浅叶无牟。
一夜狂风雨，三根断两仪。
离人惊所见，别离勉衣袍。
隔岁应强大，何畏大浪涛。
明年花满地，已似玉人高。

137. 毛泽东

毛家有子孙，两代自清门。
一世农民主，三生土地根。
贫人贫自力，富者富从恩。
共以中华故，同心故国尊。

138. 志坚师

破衲志坚师，嵩山七十知。
朝天辽海问，面壁印墙诗。
十万应无止，三千弟子辞。
先生灵武殿，后续李隆基。

139. 答子蒙

答子蒙君问，寻卢报史闻。
当然无酒语，自作老生勋。

140. 辛夷花问韩员外

辛夷花正色，自在已深红。
乞取韩员外，三枝寄予王。
斑斑应驳驳，落落亦空空。
塞北长安望，江东已大风。

141. 厅前柏

癫狂作酒徒，静品陆文夫。
三思三质绪，五味五江湖。

142. 夜别筵

酒醉灯花落，离情夜雨长。
衣衫单薄冷，老泪念家乡。

143. 三泉驿

上巳三泉驿，清明一路长。
花香花满地，自贵自贫昂。

144. 何满子歌

梨园何满子，水调运河昌。
子弟玄宗谱，承恩日月光。
红妆花色暖，玉态曲枝昂。
郑袖吞声唱，西施浣影香。
殷勤陈圭瓒，敛黛二妃厢。
广管江宁晏，歌垂转盼量。
芳词夷貌美，碧叶待圆方。
有泰平阳序，无巫鹿影长。

145. 通州丁溪馆夜别李景信二首

之一：

水月蒙蒙水月平，岸波曲曲岸波明。
遮遮掩掩情难断，束束魂魂意独倾。

之二：

族族山麓隐隐明，丛丛灌木亦枯荣。
朝天直直扬扬立，对地高高处处生。

146. 酬郑从事四年九月宴望海亭次旧韵

滔天海浪一葱笼，两壁江山半水泮。
怪石临风惊玉宇，寒光气争退英雄。
秋深酒剧潺洪水，有始无终是始终。
秦望望秦峰两立，唯贤紫绶白头翁。

147. 梦游春

岁岁一春天，年年半渡船。
花花依惜问，草草向空妍。
碧碧茵茵色，云云雨雨田。
桃红随柳绿，杏艳过墙边。
采女珊瑚树，娇娃夜月圆。
乌龙乌水沸，碧玉碧螺鲜。
夜夜天河岸，郎郎日正悬。
怀仙怀所欲，道性道常偏。
历历闻闻路，行行止止怜。
江陵江水岸，竹石竹枝宜。
白帝瞿塘始，巫山一峡川。
官员官渡去，楚郢九歌员。
甲第清名许，身名清苦旋。
归根归不得，读学读难全。
谢傅宣城雪，明妃蜀女莲。
阿娇金屋里，绿影绿珠翩。
以上知金谷，潘郎不可牵。
红楼红已去，石璧石云烟。
守寡相如赋，当垆酒市迁。
昭阳团扇舞，赵女共婵娟。
诏册营营著，良臣处处虔。
巴山巴水远，楚道楚才贤。
肺腑盘盘结，肢身节节连。
京都京进退，旷野旷芜焉。
努力经纶论，成心著旧缘。
非常非可以，自力自桑泉。
暮暮朝朝继，因因果果干。
东流东所注，积水积源渊。
我望天山去，重回少小单。
三千三世界，二十八神仙。

148. 过三峡

瞿塘滟滟过巫山，白帝明明作玉颜。

只见江流流不止，何言逝水逝无还。

149. 桐花落

五月桐花落，三秋果子香。
年年如此是，岁岁九重阳。
御史江陵去，巴山夜雨荒。
长安环八水，笔墨向千章。

150. 梦昔时

昔昔今今梦，离离别别时。
人生何不济，市域直相期。
但以农家计，母母子子知。
朝来朝可见，暮去暮情谊。

151. 恨妆成

十八女儿红，三千酒瓶同。
梳头梳不动，镜影镜时空。
四顾扶床步，重温足冷弓。
轻声轻自问，夜梦夜由衷。

152. 古决绝词二首

之一：
织女牛郎见，银河有鹊桥。
人间知七夕，以此作消遥。
乞巧相思女，男儿独欲招。
参差红木槿，月夜可藏娇。
之二：
十日相依半伯劳，三生互比五湖淘。
桃桃李李成蹊路，草草花花逐色高。
野鹤迟飞何意念，虹桥彩断似波涛。
情情苦是长长久，别别难难一独豪。

153. 樱桃花

樱桃花下客，万朵月前红。
小小知情重，飘飘子不空。

154. 曹十九舞绿钿

十九舞方明，千姿曲已轻。
含情藏白雪，寄意隐娇生。

155. 闺晚

素臆藏心外，红颜隐玉中。
行行回顾望，步步几由衷。

几案书香色，徘徊曲艺宫。

156. 晓将别

晓别长亭外，重回旧梦中。
夫妻夫不在，伯叔伯劳穷。

157. 蔷薇架清水驿

蔷薇清水驿，七色架中香。
有刺多珍惜，丛篱可隔墙。

158. 月暗

月暗有寒宫，灯明独被红。
婵娟藏不住，白雪入心中。

159. 新秋

日暮入新秋，笙琴误九流。
重阳重落叶，织女织牵牛。

160. 赠双文

旧忆久回腰，田间有小苗。
双文双子女，独待独河桥。

161. 春别

织断回文锦，思成碧玉桥。
春心春水月，互臆互情潮。

162. 和乐天示杨琼

腰身细小一杨琼，曲舞歌琴半寄情。
玉貌青山留白雪，苏州碧水小桥横。
江陵亦有良儿女，送酒无须唤处轻。
不可惊怜君子梦，芙蓉已有意萌萌。

163. 鱼中素

垒垒鱼中素，幽幽月下来。
重重知自己，独独问徘徊。

164. 代九九

水水山山色，桃桃李李枝。
莲塘莲玉立，碧叶碧云迟。
素女时时望，男儿处处廝。
王母王不语，武帝武人仪。
少小从天地，青春作蕙芝。
如今如自己，不可不相思。

165. 卢十九子蒙吟卢七员外洛川怀古六韵

卢元卢十九，洛水洛神寻。
已得陈王赋，常知帝业心。
应闻司马客，不见宓妃琴。
水静波光浅，云停几处荫。
香波香柳岩，缓步缓人心。
处处应回首，幽幽一意深。

166. 刘阮妻二首

之一：
神仙一度来，世上百花开。
旦夕人间去，刘郎去不回。
之二：
不得顾人间，从容似等闲。
山中曾一度，世上百千班。

167. 桃花

桃花深浅色，结果暮朝成。
不学过墙杏，红芳作玉英。

168. 莫秋

东西日双沈，暮竹影人深。
鸟树相栖恋，无时不入心。

169. 压墙花

墙头拂面花，暮落入人家。
月色婆娑影，窗含薄玉纱。

170. 舞腰

周郎知曲误，弄玉上秦楼。
自以羞羞问，声声舞不休。

171. 白衣裳二首

之一：
白雪白衣裳，红尘碧玉娘。
萧郎萧自语，弄玉弄檀香。
之二：
红颜红所欲，白雪白衣裳。
解佩良情久，弹琴不误郎。

172. 忆事

月到小门边，人寻蕙草前。
榆花常自落，一朵大如钱。

173. 寄旧诗与薛涛因成长句

江流不问一江楼，晓月如钩半笺羞。
腊雪纷飞知已知，梅花树下望人愁。

174. 友封体

暗下香囊解，情中佩玉求。
相赠相记忆，一物一神幽。

175. 看花

老大逢花树，年轻遇事情。
回头回所见，直手直精英。

176. 斑竹

娥皇应不问，竹影女英成。
鼓瑟湘灵在，人间久不平。

177. 筝

王昌一莫愁，夜夜半筝楼。
索妇相如曲，当垆好酒流。

178. 春晓

一见花明半未明，三春柳浪两闻莺。
含羞欲解胸中露，白雪惊人小子情。

179. 所思二首

之一：
腰肢似柳条，汉水有江潮。
楚女巫山会，江陵白帝遥。
之二：
鄂渚蒙蒙雨，巫山处处云。
瞿塘三峡水，楚女一衣裙。

180. 莺莺

莺莺不得过西厢，躲去阿母约小郎。
月影婆娑墙上见，心心一印好红娘。
横波暗动传情久，细雨轻声各短长。
小姐胸中藏玉兔，男儿不可太猖狂。

181. 离思五首

之一：
残妆晓镜红，碧玉竹丛丛。
须臾轻风过，似有喜鹊逢。
之二：
远远看梳头，遥遥向半羞。
儿儿知女女，不索帝王侯。
之三：
一树半藏幽，三更两意求。
鸳鸯应入睡，共上木兰舟。
之四：
曾经沧海水，不著旧衣裙。
已是巫山雨，还寻白帝云。
之五：
寻常百种花，不是一人家。
独独从朝暮，心心对日华。

182. 杂忆五首

之一：
月色半侵床，云光已落荒。
双文通府内，独枕对红娘。
之二：
花笼水月竹笼烟，石阻溪流木阻泉。
曲曲湾湾浔草岸，升升落落望秋千。
之三：
不辨花丛已辨香，婵娟许配魏娟郎。
嫦娥已去无明月，夜色云中有越娘。
之四：
石榴裙下见，易简月中床。
武后男儿少，高宗有媚娘。
之五：
白雪红酥手，阳春玉影珠。
双文双日寄，独待独心殊。

183. 有所教

浅浅深深水，流流止止明。
天天明暗见，处处自寻行。

184. 襄阳为卢窦纪事五首

之一：
帝下真符召，襄阳纪事云。

人间人不止，世事事纷纷。
之二：
一水竹枝声，三川月不明。
船娘船夜静，默默自清鸣。
之三：
水暗灯明近，船平芷草迎。
红衣红脸面，似火似儿情。
之四：
子夜月明船，江娘对水天。
明明难照见，只寄女儿园。
之五：
花枝招展色，素玉引娇解。
不得桑榆早，嫦娥上下弦。

185. 会真诗十二韵

月色一江城，天光半水明。
萤光流未尽，夜露渐凉生。
绛节金母会，罗绡透色情。
双双丰两树，玉玉自倾城。
润润肌肤秀，红红白雪荣。
归鸿归所宿，佩羽佩丝缨。
缱绻难终意，流连始厚盟。
无心移步去，弄玉带箫鸣。
洛水千波起，陈王百里迎。
鸳鸯交颈睡，旭日寄辰萌。
帘栊通湿雾，竹树合低平。
结表同心与，赠环话去程。

186. 古艳诗两首

之一：
春风已到玉家英，白雪怀中玉兔惊。
半露双双观不定，潘郎独独望私情。
之二：
小院无人月色荒，空床独枕作萧娘。
衣衣带带婵娟去，白白清清懒玉光。

187. 梦中诗

（奉和浙西大夫李德裕述梦二十四韵大夫本题言赠于梦中诗，赋以寄一二僚友故今所和者亦止述翰苑旧游而已次本韵）
一梦黄梁近，三生苦日劳。
黄河弯曲逝，渭水逐波涛。

李文飞枪将，王祥斩佩仪。
神枢神骥枥，彩缋彩文韬。
只以三闾迹，汨罗一玉刀。
桃源应赐锦，紫架已垂萄。
自觉楼兰斩，交河落日漕。
沙鸣沙万里，北海北旌旐。
牧雪乡山远，低头一念牢。
成功成失败，量尺量厘毫。
莫以英雄重，童翁弱两毛。
千军何战死，万古一家袍。
市域知音问，汉武长城高。
单于兄弟谓，独守小羊羔。
顾首成苏武，冰湖子女膏。
胡人胡马鉴，战场战人鼟。
日月分南北，阴晴属旧洮。
春秋相互绿，敕勒亦虫蒿。
鹤鹩由乡土，鸿鹄呆翔翔。
孤音孤守正，独帜独丝缲。
汉血驰驱力，良弓狂在弢。
重阳重聚首，自得自英豪。

188. 自述　山东胶县闯关东

延英引对束衣郎，五女浑江望故乡。
此去三生计十万，中南北海过南洋。
桓仁八卦城中市，弟弟兄兄月下梁。
记忆母父父父教，爷爷奶奶自鲁庄。
离乡进士榆关过，半世郎中学问昂。
独上鳌头天下路，孤身作客久书房。
思媛助考幽燕学，武汉鞍钢十载长。
忆取千山无梁殿，回头不记忆文张。

189. 春分投简阳明洞天作

一简阳明洞，半春一画图。
鹧鸪啼不止，土地已扶苏。
郡邑兴三界，风流过五湖。
琼花开满树，白雪覆江都。
酒喝榆钱少，歌堂静念奴。
人间多唱曲，不必谢皇符。
谢豹山空色，眠鸥净水鲈。
阳澄阳不止，运命运河枢。
从此天堂见，长城有比无。

舟船商贾客，白日茧麻姑。
寺壁题诗句，谐妻问携孥。
同行同侣步，不忘不虚途。

190. 春游

饮酒年年少，吟诗处处多。
身经千百历，遍读万人河。
白雪阳春色，巴人下里歌。

191. 酬乐天初冬早寒见寄

日上八行诗，云中一帜词。
初冬初白雪，覆叶覆千枝。
我记连年赋，君知隔岁时。

192. 除夜酬乐天

七十年中独守堂，三更月下写诗章。
平平仄仄平平仄，暮暮朝朝暮暮乡。
十万诗词规格律，平生日月刻时光。
耕耘不断头颅好，天堂已纪运河炀。

193. 酬白乐天杏花园

玄都寺里一刘郎，半壁桃花五里香。
隔院应闻风雨夜，三清道士九回肠。

194. 过东都别乐天二首

之一：
不怪留连久，无须醒醉长。
同君同日月，共度共书香。
之二：
同君三度别，共与一朝堂。
及第成兄弟，东都作故乡。

195. 逢白公

东都一白公，太子半书翁。
西湖量尺寸，竹木过田丰。

196. 酬白太傅

太傅一诗章，东都半日乡。
经纶经世界，领袖领重阳。
学品葡萄酒，酝酿绿蚁浆。
中书门下客，制书客中梁。

197. 和严给事闻唐昌观玉蕊花下有游仙

弄玉秦楼在，神仙自去留。
唐昌观上见，玉蕊凤凰游。

198. 赠毛仙翁二首

之一：
百载稽山一去还，千林直木半仙颜。
仙翁独傲心胞阔，德主风云礼乐闲。
世外桃源桃已熟，天中风貌岁人间。
凝神静气观草木，演易乾坤守一关。
之二：
浙水千清致，稽山万木荣。
平生平自己，度世051心明。
但以天台客，蓬莱不必行。

199. 公馆议

序：
与东方龙济正院公馆共议巴希亚新几内亚二首
诗：
之一：
中秋已过又中秋，九月重阳九月头。
正院金鱼金似主，朝阳亮马亮风流。
之二：
一日争先半斗金，千川水汇万川萌。
南财北北隋炀柳，暮暮朝朝作古今。

200. 八月十四日夜玩月

十四月初园，婵娟独自妍。
三堂同坐下，一莛作明天。

201. 寒食夜

乞火书房外，龙门及第前。
桃蕾初见色，有女上秋千。

202. 酬张秘书因寄马赠诗

丞相武勇是文功，战马赠予作陋名。
七尺男儿千尺志，儒生自此不儒生。

203. 三月三十日程氏馆饯杜十四归京

君归京北路，我去怯南冠。
楚水江陵夜，长安日月坛。
中书门下省，六部月中看。
十四方明豫，三千弟子翰。
龙媒天子客，御史谏言宽。
进退思谋远，鸩趋拙政难。
余光濡沫第，曲袖葛云端。
五味人间久，三台世上观。

204. 戏酬副使中丞窦巩见示四韵

五马虚盈枥，千川浪打船。
江陵曾记取，有酒可闲钱。
下凡嫦娥见，倾杯不见妍。
婵娟应共醉，莫惜是何年。

205. 赠柔之

穷冬乡国满，竹影月边寒。
白雪浮枝色，梅花欲绽残。
京华应早晚，万里共云端。

206. 修龟山鱼池示众僧

护持龟山一尾鱼，当僧万里两心舒。
浮生得道游天宇，命里生中世事余。

207. 寄赠薛涛

同修一校书，共度半诗余。
巧舌偷鹦鹉，文君借寡居。
公卿相妒忌，蜀士互相如。
白阳成都水，阳春腊尾初。

208. 赠刘采春

新妆欲过河，旧唱望夫歌。
巧样常州水，偷刀漾绿波。
天宫隐玉兔，竹影问嫦娥。
东带丝光少，丰姿秀色多。

209. 醉题东武

八月莼鲈脍，重阳九地黄。
纷纷呈白雪，路路可扬长。
北国三年谏，江南十载霜。
书生书不尽，以力以衷肠。

210. 崔徽歌

（崔徽，河中府娼也，裴敬中以光元幕。使蒲州。与徽相从累目。敬中便还，崔以下不得从，为恨。因而成疾，有丘夏善写人形，崔托写真寄敬中曰，崔徽一旦不及画中人且为郎死，发狂卒。）
崔徽本府娼，累月敬中郎。
按舞巡歌教，声姿醉羽觞。
从情从所欲，以意以红娘。
由君丘夏画，以此可断肠。

211. 送白居易

序：
一字至七字诗　以题为韵，同王起诸公送白居易分司东都作
诗：
茶，是花。品里客，茗中碧芽。香知成白玉，水润暮朝华。嫩叶尖尖吸彩霞。醒醉重重何以酒，文文雅雅入人家。

212. 句

水调隋炀帝，天堂日月风。
万里长城名，千年半柳杨。

唐·韩滉
五牛图

读写全唐诗五万首

第七函

第七函　第一册
白居易　一卷至五卷

1. 白居易

元元白白共刘郎，柳似同年著豫章。
主客郎中知制书，苏杭刺史作诗乡。
江州司马琵琶曲，学士翰林几柳杨。
酒醉先生吟色起，香山草木易居长。

2. 贺雨

元和冬旱始，次岁木林风。
罪己诏书下，七日似无终。
不战江东静，巴邛一载雄。
三农知水命，六郡问尧功。
百谷阴阳见，千官望雨冲。
人臣当直职，厚土俭为丰。
遍野欢呼雀，田桑逐世隆。
家源同彼此，世俗乐西东。

3. 读张籍古乐府

乐府君文藻，经纶六郡陈。
乾坤荣草木，日月易秋春。
下里巴人曲，阳关叠文邻。
沙鸣沙自在，陨石陨烟磷。
雅颂风兴比，吟琴咏赋新。
青衿舒造化，白石教仁民。
理理贫贫志，行行止止瞋。
官官和吏吏，富富取贫贫。
莫以成今古，当思作流津。

4. 哭孔明

没齿一闲官，黄泉半御栏，
山东军士跥，塞北朔霜寒。
莫道清玄界，城门宪府残。
平生平直气，去世去天观。

5. 凶宅

故宅人偏少，堂廊刹对凶。
秋风秋草盛，鼠雀鼠巢冬。
兔隐狐藏近，虫蛇居易蛰。
贫穷无所惧，进士有听封。

6. 梦仙

五百年中已半仙，三千岁下见双泉。
公卿博士清平乐，霸主英雄帝业虞。
白鹤红旗分野政，官衙旷鹿久盘旋。
蓬莱不远王母殿，莫醒留心已十年。

7. 羸骏

骅骝一九州，伯乐半相求。
自以径天去，何须有去留。
人间人所见，世上世风流。

8. 观刈麦　时为县尉

五月地风起，三阡小麦黄。
洋天连气暑，少妇拾残荒。
战役男夫死，长城族弟伤。
贫穷贫缺食，未了未官粮。

9. 题海图屏风

海水无风起，波涛有涌流。
鲲鲸初出面，飀厕不牵头。
万里呈平见，千潮静九州。
山河山水阔，社稷社秋收。

10. 废琴

五柳弃琴弦，三生觉若贤。
知音知世界，一曲一心田。
太古丝桐问，桃源水月悬。
秦人秦弄玉，汉武汉婵娟。

11. 李都尉古剑

古剑过千秋，寒锋断九流。
严光曾纳日，紫气寄沧州。
至宝精纲刃，龙蛇绕指柔。
天荒同地老，以此正方修。

12. 哭刘敦质

小树两株门，孤坟一独村。
长安长久望，一哭一黄昏。

13. 答友问

利刃无圆缺，锋光有短长。
文章文自古，日色日三光。

14. 云居寺孤桐

云居寺里半孤桐，百岁僧中一子雄。
九九年前丘自种，三三磬语度西东。
高高自拔亭亭立，直直枝干处处风。
世界繁成繁不止，生灵自始自无终。

15. "嗡嘛尼叭咪吽"译成中文"莲花"

如来自得一莲花，佛祖言传半世华。
有目观音难世界，行僧跬步跬天涯。

16. 月夜登阁避暑

日日禾苗萎，天天暑热高。
农夫农土地，及第及人寿。
阁上依楼月，田中望雨淘。
民心民主宰，志气志战友。

17. 初授拾遗

拾遗校书郎，登朝左掖堂。
皇庭无忌讳，谏低素成筐。

受命随班次，青云绶带长。
风尘多少计，日月柳杨疆。

18. 赠元稹

同年七载过长安，及第三台下问官。
所期元君知己论，登科共度曲江澜。
衡门束带迎逢客，水月临舟柳岸宽。
咫尺天津天子谏，心源不异有邯郸。

19. 杂兴四首

之一：

樊姬一箭楚庄王，美女三弓没齿香。
敛翅娥眉鸳鹭断，云云梦梦序华章。

之二：

越国池塘涸，江流草木荒。
田家惊颗粒，米稻不青黄。
一令官渠水，源泉不可量。
芙蓉初对日，子了已成王。
夜夜笙歌起，声声已绕梁。
难难浙北见，远远是天堂。

之三：

一馆吴王念，三宫木溇乡。
西施西子岸，拙政拙人塘。
虎虎丘丘厚，娃娃馆馆藏。
耶溪耶水色，剑断剑池梁。

之四：

姑苏台下草，子胥楚中谋。
越水春秋客，吴门日月楼。
天堂南北水，已见运河舟。
五霸谁为主，三光草木洲。

20. 宿紫阁山北村

紫阁归来一老亲，新浆已熟半秋春。
官家主客分明抢，振臂三呼是路人。

21. 读汉书

霍氏兴亡几柳杨。
徐生谏许茂陵乡。
焦头烂额知救火，柴细卤烟直近映。
回头已是经纶易，眼下常闻昼夜凉。
论将未可宣帝许，防患未然有短长。

22. 赠樊著作

樊启著作郎，李陵入书箱。
直命天枢便，文章政帝王。
微之微御史，拾遗拾纲常。
国纪非径国，雄成是独梁。
由心由自己，秉笔秉身当。
五百年前后，三千弟子尝。
留文留内外，十易十珍藏。

23. 蜀路石妇

石妇弓身作，神形已事营。
夫征三十载，独守一妻城。
上孝爹娘老，亲为侄女生。
无言无早晚，有德有仁声。
菜菜糠糠粃，辛辛苦苦行。
知君知己殁，代侄代殊英。
扫地熏香坐，如来净土荣。
徒间江上石，不可望夫石。

24. 折剑头

一握青蛇尾，三星碧玉兴。
沉泥沙土里，折节弃全钩。
斩将楼兰去，驱鲸断海侯。
挥兵疑阵解，不解故人休。

25. 登乐游园望

独上乐游园，回头数陌阡。
束都依旧绿，北陆略长天。
十二街中树，三千弟子焉。
荆门元九去，洛水孔生虔。
步步深思处，行行不可诠。

26. 采地黄者

甲中采地黄，四季苦无粮。
以换官马粟，春秋是苦肠。

27. 酬元九对新栽竹有怀见寄

始弃梧桐树，秋来变色先。
春风杨柳岸，拂荡靠浮船。
竹直昂昂立，心空节节传。
青青天上势，竟竟比成年。

28. 感鹤

鹤有离群者，孤飞上野田。
无求知弃鼠，有遇货私泉。
耿介贞姿在，清高共鸟旋。
同行心所异，共度作神仙。

29. 春雪

大雪似鹅毛，寒光四面刀。
风杨千百里，杳杳地天涛。
鸟兽茫茫困，牛羊处处逃。
求生求不得，没水没蓬蒿。

30. 高仆射

玄元应有训，佛祖可心留。
仆射千门职，丞相万户侯。
清风明月色，七十暮朝谋。
已有诗词寄，当知草木求。

31. 白牡丹　和钱学士作

清苑牡丹花，五光十色华。
丛丛争艳比，处处帝王家。
独见深山里，钱君绕豆瓜。
阳春凭自顾，白雪作朝霞。

32. 赠内

自古鸳鸯颂，行行止止亲。
交颈相互命，草木共林津。
比翼夫妻鸟，何言子子身。
梁鸿齐净问，尽是孟光臻。
翟氏爨薪苦，陶潜五柳宾。
门前门后碧，雨后雨云新。

33. 寄唐生

贾谊长沙赋，汨罗屈子滨。
长亭歧阮籍，太尉故秋春。
五十唐生小，胡儿去渭尘。
夷蛮多谏议，朔北史家臣。
事事关心哭，年年逐鹿轮。

34. 伤唐衢二首

之一：

去去来来问，生生死死闻。

唐衢先殁北，上国后纷纭。
五十新书著，三尺白雪分。
青衫先莫介，缅句物交人。
之二：
韵手惊天地，诗人历练尘。
楼兰长万里，大漠姬天晨。
谏纸承香荚，天官落地真。
秦楼吟所注，弄玉凤凰邻。

35. 问友

至得金兰友，轻为艾草明。
枝枝芳不尽，叶叶液香凝。
四季春秋长，三光日月丞。
年年重岁岁，落落复兴兴。

36. 悲哉行

处处儒生苦，年年读学辛。
临章临教化，秉笔秉文轮。
未达龙门路，贫寒博士巾。
牛羊牛马圈，草木草濒津。
直木丛林远，孤行日月尘。
悲书悲切切，曲折曲真真。

37. 紫藤

一树紫藤生，三春细细荣。
同枰同地界，共长共相倾。
独木成林意，虚无落土萌。
千千望万万，竟竟复营营。

38. 放鹰

鹰隼两翼风，准目一天空。
爪牙何锋利，高低取虎虫。
笼中常不展，向背一称雄。
奉养成千客，荒原作始终。

39. 慈乌夜啼

慈乌反哺心，夜夜自嚎吟。
取食知母去，寒光覆树荫。
曾参知鸟语，子路怯鸣禽。
物物皆相似，人人有古今。

40. 雁燕

序：
燕诗示刘叟　叟有爱子背叟去，叟小时
亦如此，以燕诗喻之
诗：
双双乳雁绕东梁，独独无母哺育忙。
昨日黄虫知不足，今天白蚁客饥忙。
昨日黄虫知不足，今天白蚁客饥肠。
生成羽翼求知己，老穴留居别叟娘。
向背无须无向背，儿儿女女各巢乡。

41. 初入太行路

初程入太行，步入芥苍苍。
咫尺峰峰险，临渊隙隙荒。
羊肠连曲谷，寸掌不惊梁。
两壁风中响，唯心恐路长。

42. 纳粟

纳粟吏高声，农家子女惊。
盘中唯缺米，月下惧官营。
税重何应足，劳工已断荣。
田田无丰土，粒粒种难成。

43. 邓鲂张彻落第

知音无俗韵，得意有人听。
念此无轻意，君心有杰灵。
听琴听郑卫，一句一丹青。

44. 送王处士

风尘行者路，酒肉客侯门。
渭邑长亭远，终南古寺村。
相离相别去，共渡共黄昏。
举目如云鹤，由心净五蕴。

45. 村居苦寒

大雪冻平民，寒风冽苦贫。
余温余自在，莫问是何人。

46. 薛中丞

裴相一去一忠臣，恰似中洱作直身。
竟是元衡元气在，王途已见已千钧。

47. 秋池二首

之一：
木槿先摧竹节霜，荷莲破损叶残塘。
秋风肃肃层波净，细草微微自勉强。
之二：
萎萎残荷自不生，晴晴晓日照更明。
阳阳得意三清界，处处寒来自一水平。

48. 谕友

节序春秋易，时辰日月来。
朱门闻霍卫，陌巷有颜回。
十二街中过，三千弟子催。
歌钟歌不止，一酒一徘徊。

49. 夏旱

百日田家稷，三春自响晴。
炎风炎日在，太岁太阴行。
旱土农夫泪，应予草木生。

50. 立中有一士二首

之一：
丘中知一士，日上误其名。
面色无忧苦，心知血气平。
邻中居易隙，月下苦耘耕。
窄路从边步，贫穷守自成。
之二：
丘中无一士，处处有纷争。
北巷闻鸡犬，南街斗鸟鸣。
书生何所学，义子几诺荣。
正道何人树，奸邪亦自横。

51. 新制布裘

鲁布新裘絮，吴丝戈纵横。
朝堂拥必晓，夜路妇夫情。
自以无寒士，何言进退行。
鸳鸯交颈戏，见后久难平。

52. 杏园中枣树

庭中无枣树，不可有居家。
岁岁秋红果，春春以以花。
年年从四序，粒粒到天涯。

53. 虾蟆 和张十六

蛟龙行雨水，润物入农家，
废物虾蟆盛，污泥臭草洼。
形身形秽垢，自得自扬爬。
不解清明水，何闻有跳跬。

54. 守隐者

卖药向都城，应身作隐名，
丞相公位显，日尽海崖行。
宠辱朝堂上，枯荣草木英。
清名清自许，客尼客生平。

55. 放鱼

早买一条鱼，平生半水居。
闻声争气叹，触地不当初。
放养难由出，池塘有族余。
连河连所哉，接物性其知。

56. 文柏床

陵前赑屃背文章，胜似天源有草岑。
汉槲秦松周玉佩，玄班状狸素如棠。

57. 浔阳三题

世贵一稀珍，高僧半择邻。
庐山多桂木，浦口众鱼鳞。
不得何其托，常寻有故频。
浔阳流九派，碧竹主千津。

58. 庐山桂

庐山多桂树，自是月中来。
子粒由根石，凝香远溢开。
嫦娥含脉脉，玉兔几回回。
但附芳人气，重阳胜似梅。

59. 浦口行

浦口西江竹，修修北陆栽。
枯枯常委委，独独亦枚枚。
不见逢渤力，难成世界才。
公庭呈一职，只取意千杯。

60. 东林寺白莲

高僧无择寺，自可有修魁。

东林知佛祖，世上白莲媒。
玉露呈天色，琼瑶向净台。
红荷应所以，侍守学如来。

61. 轻肥

人称诸内臣，绶带胜将巾。
暮宴黄昏起，衢州已食人。

62. 续古诗十首

之一：

夫君征役去，妾女守家闺。
孝敬慈母父，耕种补紫扉。
功勋应荡荡，护户事微微，
彼此同人世，分离共目晖。

之二：

自有长城战，何言十载兵。
王非王土地，子亦子身行。
汉武隋炀帝，秦皇二世名。
天堂天所就，运命运河城。

之三：

代代朝朝见，民民子子情。
功成名就者，劝教苦勤耕。
社稷曾依旧，山川已易更。
量应量咫尺，处可处阴晴。

之四：

风扬知劲草，日久见人心。
大雪封冰路，荒山有野禽。
临川望谷水，蜀栈苦猿吟。
节士千般苦，行程半木林。

之五：

二八黄花女，三春独自居。
公卿求不见，学士问相如，
若以弹琴引，文君玉带余。
当垆当不得，一酒一心虚。

之六：

自立一碑文，何须半石裙。
贤人谁至此，愚者似浮云。
但以留身记，耕耘日月闻。
诗词文化继，十万作予君。

之七：

朱门不得闲，审势列朝班。
富贵由从至，私情已忘还。

关门遥咫尺，入记隔心颜。
独独分离苦，孤孤别缺间。

之八：

贫家一卷书，隐者半樵渔。
只以山河钓，何言日月初。
农民农土地，士子士官余。

之九：

上有和鸣雁，中庸进退书。
衡阳衡水浦，落草落湖居。
羽羽鳞鳞客，南南北北舒。
应闻应掉尾，向北向当初。

之十：

显显微微见，春春夏夏闻。
风风云雨致，水水草花芬。
四季中厚序，三生早晚曛。
江南江北岸，楚汉楚吴分。

63. 议婚 一作贫家女

人间无正色，悦目即当姝。
富富贫贫异，男男女女殊。
金丝罗锦绣，二八父母襦。
特选荆钗木，其情雅致吴。
知书知正统，达理达程途。
孟子邻居顾，梁鸿自启儒。
齐眉方举案，读学可相殊。
乙火寒窗始，龙门万里图。

64. 重赋 一名无名税

重赋无名税，官衙有锦藏。
桑麻丝已尽，秸秆内成伤。
库帛如山积，农夫似煮汤。
明年淫雨湿，里胥作泥浆。

65. 秦中吟

长安一见闻，渭水半江津。
足足悲歌者，秦吟带此文。

66. 伤宅 伤大宅

甲第公卿著，回廊九十间。
轩溪临水竹，栋宇望天颜。
显遗三千日，迁流十载还。
孤居狐狸洞，鸠兔雉巢闲。

67. 伤友　又云伤苦节士

陋巷饥寒士，荒门沿水堤。
高低添一寸，上下济新泥。
乞火书窗冷，行身日月黄。
龙门应是路，不得是东西。

68. 不致仕　含致仕

致仕无成致仕非，诗书有达去来归。
三清七十多闻见，记忆千年进退微。

69. 纵横

纵纵横横织，经经纬纬穿，
由贫由不贱，处事处周全。
管管弦弦曲，歌歌舞舞传。
王朝今日醉，官衙不种田。

70. 大水

大水九江流，芒塘一水洲。
鱼虾新世界，草芷故人愁。
一片汪洋域，三秋涸土丘。
农家辛苦望，半夜白翁头。

71. 五弦琴

自仑五弦琴，文王辅二音。
天天和地地，古古自今今。
柳下陶潜弃，鸣中似野禽。
声声非是是，木木亦林林。

72. 歌舞

舞舞红尘起，歌歌日月休。
征兵勋太尉，守业敬公侯。
酒醉从何盛，文章误白头。
冠官杨柳使，贾客满青楼。

73. 买花　一作牡丹

三春花正妒，一半色方妍。
姹紫嫣红数，婷婷带露鲜。
幽幽窥戈戈，束束滞怜怜。
楚楚私情重，唯唯素白莲。

74. 赠友五首

才高王佐望，跬步自前行。

晓露明花草，微身已志成。

之一：
十二月成年，耕耘四百天。
吟诗逾万首，上路过千泉。
大禹家天下，商周赋税田。
民生民自在，友尚友方圆。

之二：
一半田麻水，三千弟子城。
江南多霸米，塞北少阴晴。
蜀蜀蚕丝早，吴吴茧自萌。
知君行万里，历世久书平。

之三：
年年分两税，处处合三钱。
吏吏皆因食，官官尽望天。
知君天下悟，足履步农田。
旦暮桑榆见，鹩趋日月泉。

之四：
农家一子孙，落日半黄昏。
牧政方圆制，经心日月魂。
知民知自己，待业待乾坤。
以智呈天子，施辛作圣恩。

之五：
王城只一人，六院满三春。
五百间宫殿，天皇独驾邻。
吴姬千佣女，赵妾万亲民。
养育何由资，长生殿外尘。

75. 寓意诗五首

之一：
深山一栋梁，百岁半苍苍。
旦以知人取，风扬火势强。
成灰成烬炭，与柴亦相方。
早采须防慎，三思可文章。

之二：
炎炎京内使，赫赫尚书郎。
十月春秋尽，三春草木荒。
皇戚凭紫绶，玉道任台疆。
一日相倾去，秋负扫叶光。

之三：
促织不成章，流莺几故乡。
分飞分远近，浅水浅炎凉。

不得鲸鲛至，鹏程万里长。
山中山直木，岭上岭阳光。

之四：
啄木鸟声惊，长林未得名。
形形应质质，点点致荣荣。
直直微虫害，扬扬自理成。

之五：
本是同巢燕，分飞各异同。
离时离莫久，不见不西东。
有翼天成就，无须冷暖穹。
枝枝连叶叶，米米亦虫虫。
去去来来尽，生生死死终。

76. 读史五首

之一：
贾谊长沙曲，汨罗屈子吟。
怀王三楚国，俱与九歌沉。

之二：
茧束稽康志，琴声巴古今。
无弹广陵散，但去作穷荫。

之三：
太一无声一太灵，丹青笔迹复丹青。
萧规已见曹随见，有却将相有谷宁。

之四：
射影含沙见，李斯三世闻。
朝中谁指鹿，殿下已生文。

之五：
季子无成就，家夷不守贫。
辛薪如弃子，隔视买臣人。
富贵依依尽，寒残处处尘。
同杯同是鸟，共度共分津。

77. 和答诗

足下诗文足下心，江陵怪仆五陵吟。
宗师读写僧孺戒，永寿新昌巷口寻。
共第微微司马客，同朝御史谏臣箴。
三千律体成文章，五百年中直木林。

78. 和阳城驿

宠辱阳城驿，羊公岘首诗。
荆人荆水一，楚道林才辞。
国史谁人记，微微已颂知。

憩栖憩鸟见，夜月夜分枝。
直谏王城近，皇情帝业迟。
城当成败论，是以是非师。
路路常常曲，人人各各宜。
今题今所录，一水一流思。

79. 和思归乐

一路思归鸟，三生去路声。
微云微所积，直木直其营。
志气心中寄，回天力不倾。
黄河千曲折，扑噜百莺鸣。
莫尚巢由许，鸳趋汉武城。
常开天地宗，已结孟尝盟。
夏口荆州驿，江陵橘柚生。
人人知百岁，处处忘枯荣。
只问前程路，谁言有纵横。
文章领悟句，日月暮朝行。
持宪分时谊，雍门带客平。
胸怀由彼此，耳目已聪明。

80. 答桐花

一雨桐花落，三春碧叶荣。
神灵应所附，郑卫已声明。
独立成天下，繁荫宿太平。
苍干琴使者，俱作凤凰城。
草木应无简，鸿鹄可滞缕。
高杨高不止，俯望俯根萌。
记取微微句，江陵立蜀名。
巴山三峡近，白帝状元情。

81. 和大嘴鸟

鸟鸟乌乌异，形形貌貌同。
唯闻长短嘴，大小所如工。
巨嘴成神兽，巴巫祭奠空，
穿肠凭酒肉，问道不知穷。
弱齿无灵祝，含情怯石弓。
人间分善恶，世上有行宫。
物物寺寺见，年年岁岁风。
微之微不得，显见显文翁。

82. 简繁

青青一水桎，漫漫半浮塘。

简叶繁枝短，须根半不长。
蒙眬随乱芷，洁净不低昂。

83. 答四皓庙

是道非言道，无名胜有名。
儒家儒子弟，四皓四书生。
日月樵渔外，枢机社稷盟。
朝中朝所辩，世界世何平。
事以经纶序，人当彼此明。
常君常不见，谏议谏多行。
界外谁知内，旁中石玉攻。
疑时疑所取，用以用斯琼。

84. 和雉媒

雉鸟一牢笼，粮虫半不空。
山中云雨夜，月下酒灯红。
旷野枢机阔，中庭水米丰。
何求何所务，始得始其终。
记录微之句，龙媒已大风。

85. 和松树

朝阳一片松，节比半苍龙。
直直冲天立，枝枝入晓踪。
经霜经雪雨，耐旱耐蛩凶。
独木山前色，成林已故封。

86. 答箭簇

箭簇欲离弓，精锋利以风。
披靡凭所向，胜负望其功。
岩以天狼射，始何夜盗穷。
惊心惊没羽，尽在有无中。

87. 和古社

古社千年树，荒树百狐来。
居巢居不易，月夜月徘徊。
美女婵娟色，男儿吕布催。
晨光初现见，各自宿营台。

88. 和分水岭

秦山分水岭，蜀栈独猿鸣。
若以陈仓道，鸿沟楚汉争。
南南重北北，此此亦东东。

万里江流去，千年大海中。

89. 有木诗 十首

之一：
以木知人鉴，生生对霸雄。
鸿沟分楚汉，一火未央宫。
万岁韩棱阻，穷寇莫追空。
虞延权贵斥，相位霍光光。
之二：
弱柳在隋杨，扬州半帝乡。
应须丝帛奖，始见运河乡。
此去天堂水，长城几死伤。
江湖成富土，一路是苏杭。
之三：
樱桃一树明，粒粒半春生。
月下花繁久，心中有子情。
红红颜白折，小小复萌萌。
一句先生长，三春已自成。
之四：
橘色慢分明，青黄巳自荣。
秋来成果哺，尽见洞庭名。
美女凌霜摘，冬青见扬澄。
江南江北异，各得不同情。
之五：
荫荫一杜梨，墼墼半川齐。
处处凭根固，时时任鸟栖。
苍苍无本意，落落有东西。
错错交交织，生生力力黉。
之六：
野葛一芳香，居人半断肠。
苒苒凭羞色，楚楚任离梁。
以药何须食，成医伴所尝。
莫误应知辩，闻行始自长。
之七：
一木是凌霄，参天半宇桥。
登天由此去，只恐路遥遥。
最怕中承树，风摧委地消。
虚空凭缠绕，自立有心潮。

90. 叹鲁二首

之一：
不解季桓心，周公货道荫。

贤领何受富，虫鸟自相寻。
之二：
一鲁半文津，千章两地人。
秦皇坑已冷，孔壁有秋春。

91. 友鲍明远白头吟

十子一生平，千人半利名。
区区赢所以，苟敬待营营。
物性分仪属，君心合可明。
鹏飞南北极，友待守离情。

92. 青冢

敕勒川中草，长安月下楼。
琵琶曾记语，不以画师休。
嫫嫫西施舞，荆荆蜀女流。
单于同自语，汉国一春秋。

93. 杂感

行当瓜李下，慎举杏花中。
切记君忠悔，应闻戒语同。
头头是尾尾，始始亦终终。
不可嵇康问，弹琴意已穷。

94. 新乐府

一志相传五十篇，千章一万百三诠。
君臣觉悟民心慧，直木群林日月田。

95. 七德舞，美拨乱陈王业也

贞观七德舞初成，破阵秦王十八盟。
二十余加多四岁，功名帝业已精英。
龙须李勣鸣咽致，四海清闻善战征。
六骏云中天下治，凌烟阁上久闻名。

96. 法曲　美列圣正华声也

法曲一华声，贞观半世明。
开元天宝继，列圣正天荣。
肃代唐宗记，胡尘渭泡清。
南山南极寿，北阙北宫城。

97. 二王后　明祖宗之意也

何人后二王，草木已三光。
六国秦隋去，千年举晋唐。
明堂呈太庙，祭祖奉忠良。

嗣位应司马，家田有柳杨。

98. 海漫漫，戒求仙也

漫海不无边，云涛莫问田。
蓬莱原一岛，山远异千年。
彼此空相望，空空欲仙仙。
扶桑东石岸，闽粤去来船。

99. 部伎

序：
立部伎　刺雅乐之替也，太常选坐部无性者入立部伎，又选其绝无廿者通入雅乐。
诗：
坐立太常卿，琴琴鼓鼓鸣。
其之后雅乐，朵要致人情。
等等阶阶制，分之合合成。

100. 华原磬　刺乐工非其人也

浮名取乐工，不是泗滨生。
磬取华原石，宫商泛久鸣。
圆丘郊祀舞，左拨合琴鸣。
曲器由人定，封疆任帝城。

101. 故

序：
上阳白发人　世怨旷也　天宝五载上幸杨贵妃，余皆辄四友别所上阳其一也，贞元中尚存也
诗：
秀女上阳宫，杨妃妒太空。
无非因有色，有是不西东。
十六初丰满，同来二百红。
如今回旧问，六十已枯穷。
不必玄宗问，霖铃幸窜宫。

102. 胡旋女　戒近习也

一代胡施女，三春百碧居。
群芳眉眠递，独立双肩舒。
白雪开胸露，阳花逐太虚。
玄宗皇帝近，力士念奴如。

103. 新丰折臂翁　戒边功也

新丰折臂翁，免役怯重征。

漠北曾无死，云南已落空。
寒妻从养茧，小子忆成童。
尽见胡旋子，芙蓉对禄红。

104. 太行路

妇顺夫慈少，家家国国成。
听忠听逆谏，纳史纳言轻。
一旦风云至，千音各自鸣。
同朝同暮去，共度共平生。

105. 司天台　引古以儆今也

羲和自古一天台，渭水如今半不回。
太史无文成庆寿，明光殿里问天开。

106. 捕蝗　刺长吏也

全民尽捕蝗，自力保家梁。
完税桑榆晚，驱虫是近防。
知官知所道，治宰治偏伤。
只有先谋予，方方后主张。

107. 昆明春　思王泽之文被也

铁柱过昆明，春光泽广生。
鄱阳天子水，御诏洞庭荣。
八水长安润，三江九派荆。
天涯连地角，日月逐耘耕。

108. 城盐州　美圣谟而诮边将也

剑着韩公受降城，高宗北虏大将行。
依图定计新皇帝，十里盐州镇战兵。
节度边城边草牧，牛羊一半野原横。
天天地地相连处，雾雾云云已不清。

109. 驯犀　盛为政之难终也

万里南洋万物丛，牛蛙闷响百塘空。
池鱼不结江湖客，只有灵犀一点通。
四季年年无分别，三光处处有炎风。
海海南南羞羿老，寒寒北北驯难功。

110. 道州民　贤臣遇明主曰

侏儒半道州，土贡一红楼。
六典三朝制，千川十水流。
高天书玉玺，不可矮奴羞。
共是唐家稷，同当著九州。

427

111. 五弦弹　恶郑之夺雅也

一二三四五，宫商角羽征。
焦桐和赵璧，昼夜复相应。
独以陶公弃，文王续两称。
弦边天地识，五柳似江陵。

112. 蛮子朝　刺将矫而相备位也

云南万里一边遥，遣将兴兵半故窭。
已没三军留遗箭，如今十地向当朝。
丞相绶带金黄紫，大理文心意气消。
敕阁延英和已贵，唐标铁柱作天桥。

113. 骠国乐

序：

欲主化之先近后远也，贞元十七年来献也

诗：

闻风吹玉螺，见浪上天波。
弄海蛇龙舞，观涛唱九歌。
南洋南海远，北陆北丝帛。
近以和平处，知音种稻禾。

114. 缚戎人　达穷民之情也

一落番中四十年，儿儿女女已成全。
戎人卫学穿双耳，汉话无音已独传。
受降城中胡甲落，中原赤子向唐连。
思归几度知何去，不是胡人不汉虏。

115. 醉

骊宫高　美天子重惜人之财力也
万岁来兮是一人，千乘去矣已三春。
官官互护华清路，女女趋行逐晋秦。
但惜民膏民食力，宫庭简俭简从真。
一代深居天真宰，三呼力士知章臣。

116. 百炼镜　辩皇上鉴也

人人一镜以分明，处处三光作主平。
百炼千磨知所力，精工艺始艺终情。

117. 青石　激忠烈也

兰田青石玉，选秀刻身成。
赑屃驼碑立，虚辞未必名。
书生书已了，太尉太师荣。

直立应真碎，无须独自倾。

118. 雨朱阁，刺佛寺浸多也

寺寺门门见，僧僧佛佛亲。
身为天子教，道德道家邻。
自以儒书读，官衙始有臣。
人生人所敬，信仰信其真。

119. 涧底松　念寒俊也

青青涧底松，郁郁似苍龙。
自以根深茂，无须唱独峰。
枝枝朝天举，叶叶竟云重。
造物苍口志，形身处处容。

120. 西凉伎　刺封疆之臣也

高宗梦夕一西凉，昨日边防半凤翔。
去以封疆三大吏，如今伎女不羞藏。
胡姬两甲流波去，羯鼓千声动地扬。
独舞单旋裙起落，双肩左右百姿娘。

121. 八骏图　戒奇物惩佚游也

八骏飞天一穆王，千图落帛半龙乡。
人私尽有藏珍欲，国富民强守岁疆。
以志知途知远瞩，闻鸡聞起舞嗅书香。
千章万卷成今古，五岳三山社稷肠。

122. 牡丹芳　美天子忧农也

长安片片牡丹碇，蕊绽黄金劝子房。
紫艳朝阳红白碧，王母向背久疏光。
芙蓉欲展桃花色，芍药身形作伴娘。
畦草初萌百亩绿，吾王瞩目是农桑。

123. 红线毯　忧蚕桑之费也

铺满披香殿，长条汉未央。
歌歌还舞舞，帝帝复王王。
贾客趋时学，官家照仿墙。
瓜州先后济，以色列西凉。
小叶桑蚕养，缫丝不断长。
天天清水煮，处处相扶将。
巧巧女儿秀，时时编织娘。
年年成此业，国国作余粮。

124. 杜陵叟　伤农夫之困也

杜陵叟，杜陵居，近在皇城十里余。
厚土址贫难产物，春干夏旱久无疏。
青黄不接禾苗死，税吏强征暴敛车。
十月君主免赋令，秋霜已覆谢天书。
农夫岁岁从天地，我吏年年不必锄。

125. 丙申中秋

十五寒光十六圆，寒宫桂影一婵娟。
年年玉兔年年伴，半在苍空半在弦。

126. 丙申秋分

昼夜一平分，寒宫两半云。
天天弦下降，直到蜀文君。

127. 阴山道　疾贪虞也

阴山道上有和平，大漠沙中作暗鸣。
贪心房力多交易，智能聪明总未荣。

128. 缭绫　念女工之劳也

缭绫不只一缭绫，半玉罗绡半玉冰。
白雪纨绮花族月，纵横编织锦纵横。
春衫一舞昭阳春，忘却千丝束茧乘。
取样人间成巧手，绞绞尺幅帝王征。

129. 卖炭翁　苦宫市也

卖炭翁，卖炭翁，选木成才抑火成。
烈烤烟熏分昼夜，车薪济苦换米生。
宫中御使强征去，早晚家期作旧惊。
少小身姿遮不住，无温缺饱自难行。

130. 母别子　刺新间旧也

子子母母别，新新旧旧期。
骚人骚所去，故得故相思。
一别成天地，三期作玉时。
朝堂随匈佩，驿社已司弥。
业就功成后，离家作吏痴。
声声皇万岁，处处尽帷持。
养得身边考，何求远去辞。
书生书不尽，怯道怯人师。

131. 时世妆　儆戎也

时时世世妆，制制过原方。

远近流行色，梅花已印章。
红颜红似玉，白雪白胸膛。
欲露珍藏处，何言有地光。

132. 李夫人　鉴嬖惑也

汉武李夫人，曾知日日春。
娇情柔似水，白雪净红尘。
一去分天地，三生合晋秦。
神仙方士济，玉釜泡消瞋。
缈缈烟中望，飘飘月下阵。
离灯香隔帐，背影向姿真。
隐隐心思致，茫茫旧忆频。
杨妃杨柳岸，惑意惑冠巾。

133. 陵园妾　怜幽闭也

但见陵园妾，红颜二月花。
常年幽里闭，整日学才华。
白雪藏胸臆，榴裙枕案斜。
高宗观玉叶，武曌帝王家。
七十余年后，同居小妾娃。
如今如故事，扫叶扫香遮。
六国三千女，秦皇二世衙。
鸿沟分楚汉，冻饿几嚓嗟。

134. 盐商妇　恶幸人也

不属州县只属天，盐商自主不耕田。
收交自足少交变，但以官肥幸女妍。
玉帛长安常买取，缭绡越绣已丝弦。
皇宫已有应知有，月上嫦娥月下娟。

135. 杏为梁　刺居处僭也

李府之堂旧将军，三朝未尽子无闻。
荒庭草莽莺鸣止，野兔居巢宿白云。
美丽胡姬旋舞地，笙歌赵女颂功勋。
身轻掌上千姿展，越色尘中不见裙。

136. 官牛　讽执政也

执政一官牛，行衙半道州。
连沙车载石，铺路役辛修。
洒水丞相去，和泥吏苦由。
何闻何感受，各自各春秋。

137. 井底引银瓶　止淫奔也

井底引银瓶，丝连壁草青。
行中惊断线，落下问泉灵。
小女红楼外，春芳玉石玲。
知君知己诺，误信误分庭。
嫁与东风婿，寻未霸渭泾。
归人归不得，独处独难娉。
委地三年久，明因随地星。
辛天辛妾薄，苦妾苦零丁。

138. 紫毫笔　讥失职也

宣城一紫毫，汉武半葡萄。
御史文章谏，诗人日月高。
官中由此断，画上作春桃。
惊心分天地，乾坤合己皋。

139. 隋堤柳　悯亡国也

天业年中一柳杨，天堂月下半隋炀。
琼花不尽江都岸，不见楼船到越杭。
但得头颅真正好，疏通六合是钱塘。
长城石磊连年战，常洱水调运命乡。

140. 草茫茫　惩厚葬也

三秋虫切切，九夏草茫茫。
旧是秦皇墓，今兴展览墙。
棺灵承二世，俑废水银荒。
陪葬千金暗，刀枪万勇藏。
如今思再说，六国问秦亡。
项羽东吴起，刘邦沛令乡。
三雄三国去，水调水隋炀。
八月天堂ุ，苏杭见柳杨。

141. 古冢狐　戒艳色也

狐妖褒妲女迷心，暮色蒙笼有欲滛。
一笑千态媚眼闭，三更万语唤孤衾。
空城十里芙蓉帐，百万庄园白雪深。
假假真真分不得，香香臭臭互相寻。

142. 黑潭龙　疾贪吏也

潭深无见底，远远有龙鸣。
旱季何时雨，云重不水荣。
求寻丰岁保，祀祭肉鱼牲。

不得回应洞，狐威狐假生。

143. 天可度　恶诈人也

天高难可度，地厚不须量。
善恶人知道，贤良世乃昌。
君心何叵测，小子几猖獗。
假语真如舌，伪言巧似簧。

144. 秦吉了　哀冤民也

飞飞秦吉了，鸟鸟向归巢。
处处相闻见，民民似树梢。
风中摇摆定，水下取鱼荄。
不税王田外，饥贫望月佼。

145. 鸦九剑　思决壅也

半九精灵一剑侯，千年冶子半张欧。
霜锋斩雨浮云乱，不试何言欲断流。

146. 采诗官　监前王亡之由也

一介采诗官，平生见道难。
颌情多怕死，敛物有汗漫。
目举三清外，朝行驿社寒。
民生民不济，苦事苦衷残。
采采人间赋，诗诗世界澜。
词精词格律，字里字工观。
十地明天意，千年逐政宽。
同样同谏御，一隙一金釜。

147. 常乐里闭居偶题十载韵

闲居常乐里，寄寓校书郎。
以韵刘公语，从言吕炅堂。
做之刘敦质，共待仲元香。
拙性同兴辱，文章共存藏。
王宫儒子教，进退济朝纲。
幸奉三千子，年光十万梁。
中书门下省，六部五湖杨。
谏吏思谋久，明臣对策良。
兰台分日月，左掖守明昌。
勿觉知音晚，应承岁载长。
年年相续续，处处互桃姜。
竹下婆娑影，云中上下扬。

148. 答元八宗简同游曲江后明日见赠

共见南山色，同寻左掖城。
行行沧浪水，驻驻自濯缨。
草树芙蓉苑，风荷玉露倾。
三生知渭邑，四顾曲江明。

149. 感时

年华三十四，进士半官名。
六旬知音老，千章著御城。
无须贫贱问，有道自村荣。
物外人心在，儒中世界情。

150. 首夏同诸校正游开元观因宿玩月

开元观上月，夜寺影中台。
暮色留温水，灯光远近开。
闲居官职小，独驾马车来。
共约三市子，同娥二地猜。

151. 招王质夫

行身人是镜，濯足水斯明。
向背红尘界，枯荣日月情。

152. 永棠里观居

观居观彼此，问事问因由。
至道樵渔误，浮名隐约休。
何当明所志，易学挂床头。
季夏临秋立，华阳草木幽。

153. 早送举人入试

凤驾东方去，晨曦半未明。
同朝官举路，振奋各扬情。
日上南山顶，人归各所营。
无非名与利，不必自相倾。

154. 祗骆口因与王质夫同游秋山偶题三韵

一半望山来，三千弟子才。
春秋相似处，约叶色黄裁。

155. 见萧侍御忆旧山草堂诗因以继合

琢玉蓝田问，雕珠北海闻。
闲云和野鹤，獬豸与功勋。
一柱擎天立，千波逐水纹。
台中萧侍御，月下豫章曛。
跬步行未止，心思久致勤。
寻春花色艳，举目草堂君。

156. 病假中南亭闲望

开门开一子，不病不知阁。
吏役时时事，书生处处攀。
相承相继续，步履步维艰。
日日年年磊，天天岁岁潜。

157. 初除户曹喜而言志

一醉逢君问，平生独对陈。
唯闻衣与食，此事最关身。
岁俸钱三万，千牛百石薪。
贫时贫富贵，欲望欲无邻。
只有清平乐，天堂水调亲。

158. 仙游寺独宿

一寺仙游静，三清独宿床。
平潭平月色，鹤影鹤黄粱。
两夜无归序，开钟有去香。

159. 前庭凉夜

竹影半如波，星云十渡河。
前庭凉夜少，月色玉光多。

160. 官舍小亭闲望

陶潜一卷诗，太白半书迟。
水榭吟风雪，官庭望不知。

161. 早秋独夜

一片梧桐叶，三更落下时。
无声无息静，月照月相知。

162. 听弹古绿水　琴曲名

闻君弹绿水，骤使我心平。
慢慢轻轻泛，音音远远行。

163. 冬夜与钱员外同直禁中

直禁钱员外，官眠一枕中。
残杯残醉去，不见不颜红。
百日余情在，三生制书同。

164. 和钱员外禁中夙兴见示

夙见钱员牙，三更月色中。
泥书封紫印，玉漏已趋穷。
远望红楼近，抬头左掖东。
文章惊日月，草木自由衷。

165. 夏日独直寄萧侍御

文章一宪台，骥德半天开。
独直临天地，唯君自不猜。
方圆寸寸内，制书制龙媒。
启示成规范，乾坤以楚才。

166. 松声　修行里张家宅南亭作

一月修行里，千松带暮来。
风声藏叶隙，树影自徊徊。
骤断波涛起，惊声似霹雷。
身心无定止，意念有生恢。

167. 禁中　自述家乡在东北

日在中南海，人行草木中。
浮云东北去，逝水亦流东。

168. 松斋自题　时翰林学士

翰林非老少，贵贱是相如。
未可诗书解，弹琴仅自舒。

169. 赠吴丹

劳心劳力事，客主客虚舟。
御史忧家国，丞相望隐丘。
南山临案影，北阙入床头。
纠谬何谋简，闻风共水游。

170. 秋居书怀

门前贫客少，月下富人多。
巷北书琴画，邻东曲舞歌。
桑榆应晚照，七夕度天河。
喜鹊成桥去，丰衣足食何。

171. 酬杨九弘贞长安病中见寄

贫坚伏枕鸣，我令折腰行。
彼此怜同病，径营不同声。
贫坚贫尚守，太白太山明。
十载风流水，千年草木荣。

172. 养拙

养拙一丘园，归心半故天。
书生书四海，治事治千年。
进退升迁见，宫庭旷野田。
修心修所欲，筑路筑方圆。

173. 寄李十一建

久别相知惠，门扉扣不惊。
男儿三五岁，代表去来行。
未醒惺松眠，园葵已有情。
山光花鸟落，石涧静泉声。
坐定观无定，明闻净水明。
留心盟约略，隔日再寻荣。

174. 旅次华州赠袁右丞

渭水华山色，关东黍稷丰。
丞相三五载，太古暮朝风。
日月三光照，枯荣四野红。
袁公风沙鉴，世界不贫穷。

175. 禁中晓卧因怀王起居

怀王怀客起，楚水楚才居。
晓色初临近，残灯已自余。

176. 禁中寓直梦游仙游寺

游仙游寺梦，玉漏玉人声。
月上黄粱久，宫中左掖明。
惊未惊不得，醒后醒时英。

177. 赠王山人

无生无灭去，有去有来生。
道长神仙见，山人寺月明。
人生求百岁，七十已拙情。
木槿知朝夕，琼花向背荣。

178. 秋山

白石攀山路，青罗绕树身。
何言何直木，互附互依申。
涧水清泠远，枫林落叶新。
春秋三月界，日月一半频。

179. 赠能七伦

临风清韵早，向日曲流荫。
但以知音得，何愁百岁心。

180. 题杨颖土西亭

净得西亭水，险成北岳山。
云浮云不定，鸟去鸟无还。
遗世蓬壶酒，丛林木列班。

181. 题赠郑秘书征君石沟溪隐居

复隐天台去，为官未达颜。
沟溪居不定，草木寄河湾。
六马云车断，三卿十筑还。
黄精花自落，蕙帐叶须攀。

182. 及第后归觐留别诸同年

十载寒窗易，三生处事难。
同年归觐省，共步话青丹。
及第江山路，离乡日月端。
何知花蕊殿，不胜曲酒宽。

183. 清夜琴兴

月入雀巢明，风轻叶有声。
弹琴弦不定，十指一心情。
不可幽幽断，余音处处行。
回挥回激烈，四顾四纵横。

184. 效陶潜体诗十五首

序：
醉里狂言醒，云中退意生。
徘徊何见拙，五柳自枯荣。
之一：
厚地高天见，求生必死闻。
秦皇秦二世，汉武汉三分。
进退无须劝，枯荣自在君。
之二：
沉沉连日雨，旷旷逐天荫。
五色分南北，三光合古今。
桃园桃李树，汉女汉衣襟。
之三：
以醉行知问，纵音五弦闻。
文王天地补，散尽广陵分。
读尽三千卷，方知一半君。
之四：
采妇东家女，春桑北屋新。
纤芽纤碧玉，结茧结丝纶。
共筑长城窟，同巢异性邻。
之五：
茧茧蚕蚕见，丝丝困困闻。
非非还是是，合合亦分分。
始始终终物，生生死死耘。
之六：
夏夏秋秋序，因因果果成。
无须寻落叶，有道各枯荣。
莫以归根论，应知自在明。
之七：
我我形形友，元元李李年。
青云青所祝，白雪白云天。
期期三五载，迢迢一生缘。
同心同日月，共步共桑田。
之八：
村中无酒沽，月下有人迁。
道是南邻叟，乘兴共醉泉。
之九：
人生何百岁，度世过千年。
历练经纶比，功成有序弦。
先贤先自得，后继后源泉。
孔府春秋在，周公世代传。
之十：
前驱千万卒，后继一将鞭。
射虎先平草，行营驻马田。
鸣金知进退，击鼓向云天。
士气应三振，将军守一边。
之十一：
长生无所得，举世有蜉蝣。
汉武王母酒，秦皇徐福舟。

千年曾过去，百岁老人忧。
但解民生苦，拥冠自可求。
之十二：
陶君彭泽令，爱酒爱无名。
挂印桃源树，行身五柳城。
浔阳曾一醉，独得弃弦情。
古木知天地，余音带意情。
之十三：
屈子泪罗去，刘伶晋士名。

忧思忧国志，弃己弃图荣。
作主为民意，当官待子生。
无须无醒醉，自是自多情。
之十四：
解带当原佩，脱衣典数杯。
朱门开又闭，不是孟尝台。
击筑荆轲去，图穷匕首来，
吟吟诗百韵，息息自千媒。

之十五：
呼天不爱民，问地有秋春。
远近豺狼晋，枯荣草木秦。
颜回知短命，孔子向师巡。
万物皆灵性，千差尽日臻。
田桑生稻米，旷野兽禽珍。
世界阴阳具，乾坤日月频。

第七函　第二册
白居易　六至十卷

1. 白居易有感

自题写真　时为翰林学士，我之一诗，
时地铁外交官。
人生七十半郎中，祖系农民一大风。
学院京都幽燕学，中央政府半诗公。
耕耘少小耕耘老，退而无休志不穷。
塞北冰封蛇口志，中南海里学飞鸿。
苏州创业园区领，遣使华人地铁功。
密特郎朝由白朗，无裁七国各西东。
鲲鹏不得飞天问，鸟雀经纶问汉雄。
直木乔林何独立，空空色色空空。

2. 遣遗怀

应知身个物，不必世中求。
假假真真有，奇奇怪怪谋。
僧游僧是寺，宦解宦官忧。
得失曾何尽，升迁作白头。

3. 渭上偶钓

渭水如平镜，天光万里深。
中游鳞鲤鲂，岸底始观浔。
七十文王得，人传直钓心。

难从无所以，不易是知音。

4. 隐几

隐几无尘镜，明章有字深，
知音知国韵，格律格人心。

5. 春眠

日得春眠老，人寻故国新。
相看相去久，独得独家邻。

6. 闲居

但见裴相国，中年敬老臣。
应由元白仲，德济自秋春。
正蜀巴山雨，书章魏晋秦。
如今经四十，学士有贤人。

7. 夏日

夏日一轻风，炎池半月明。
门当门后敞，户对户空城。

8. 适意二首

之一：
十载官生旅，三睥谏册修。

常闻多绿蛾，不可醉时忧。
有水游无去，逢山客有舟。
居中回避事，适外复何求。
之二：
朝廷事白头，早晚尽君忧。
直道非成事，弯行是可谋。
平生清爽去，学会浩然修。

9. 首夏病间　自言古今诗

二万三千日，平生十万诗。
天天耕所记，处处去来词。

10. 晚春沽酒

忘去平生志，寻来故未游。
孤身从自在，所去是非求。

11. 九日登西原宴望　同诸兄弟作

九日重阳节，三生苦向高。
茱萸门上挂，艾草似旌旄。
五月龙舟舞，中秋月饼羔。
官身官自病，岁月岁葡萄。

12. 曲生访宿

已暮叩门声，开门问宿情。
居时居易得，乐以乐天鸣。
若以诗文寄，留当月色明。

13. 闻庚七左降因咏所怀

一老到巴东，三湘蜀水明。
鄱阳湖镜旧，九派洞庭生。

14. 答十者

十易何观察，爻辞几度明。
文思文化解，历史历宣衡。
莫以神仙觉，当心意不清。

15. 归田三首

之一：
富贵常人受，神仙武帝迷。
秦皇求不得，艺人过辛羲。
只有耕田亩，方成日月低。
民生多税赋，存治是东西。
之二：
策杖归田去，回思蕙芷齐。
耕耘文化地，播种各东西。
社稷农夫子，神农百草犁。
之三：
鱼龙水自深，鸟雀向高林。
主仆知根本，童翁靠田荫。
朝庭加税赋，子女问黄金。

16. 秋游原上

禾蔬夹道青，水藻杂浮萍。
物物多灵性，年年有独形。
原树来往早，小枣摆家庭。
尚有香瓜存，相闻十步馨。

17. 兰若寓居　退休退职退公酬

居心兰若寓，典人旧朝由。
弃职寻新志，公人自己酬。

18. 寄同病者

四十官僚七品名，天枢制书一精英。
清清浊浊成泾渭，谪谪升升共病情。

19. 游兰田山卜居

本性邻山寺，真心敬佛门。
蓝田溪水浅，照样养儿孙。
下组平和气，闻农似返奶。
青林还旧色，白首已慈恩。

20. 村雪夜坐

雪夜村中坐，天寒室里空。
千川同日月，万里共枫红。

21. 东园玩菊

昨暮应先去，今天日又来。
明晨明白问，岁月岁何回。
只顾当前事，何须腊雪梅。

22. 观稼

社酒天真醉，田翁问老婆。
应闻居易来，绿蚁已多多。
鸟雀寻常去，丰年共唱歌。
群飞群起落，不醒不嫦娥。

23. 闻哭者

昨日东邻哭，夫谣一命休。
今天南北巷，子女各生忧。
处处何如此，年年忘白头。
官为民作主，土可不封侯。

24. 新构亭台示诸弟侄

平台高十尺，结茨数三重。
白石清冷水，苍山翠竹松。
春先闻鸟语，夏日问荷踪。
最是秋来爽，冬枫映雪龙。

25. 自吟拙什因所怀

拙见有微之，江陵四载时。
吟诗吟自得，度世度诗词。
但忆文章祖，苏州梵香知。
何应彭泽令，彼此彼无时。

26. 东坡秋意寄元八

东坡秋意重，白露玉珍珠。
欲静明明动，如流处处乌。

长安留迹履，最忆曲江湖。
足踏轻霜步，超前比后儒。

27. 闲居

处处一闲居，幽幽半自余。
山光凭地起，木色以云疏。

28. 咏拙

书中读古人，步上易秋春。
性拙红尘入，安分守太真。
青云浮六翻，地命转如轮。
以木因成困，文王过渭滨。

29. 咏慵

碌碌慵慵去，慵慵碌碌来。
官民非所致，士子亦龙媒。
世世常如此，时时觉悟开。
居中居以慧，界外界无回。

30. 冬夜

书生恩受少，义士一心多。
举案齐眉见，荆轲易水河。
升迁官场上，冷落业先科。
辗转天涯路，参差渭逝波。

31. 村中留李三固言宿

今宵君且住，薄酒两三杯。
不道曾无醉，黄粱一夜回。
应心由自选，莫误时光催。
醒后应知趣，逾年再问梅。

32. 反人夜访

晴风明水少，夜访酒歌多。
世上红尘路，空中玉碎河。

33. 游悟真寺诗　一百三十二韵

元和秋八月，一寺悟真根。
王顺山中建，溪流泛水香。
常巡应处处，久积已泱泱。
白石滩头籁，人喧自不扬。
严巅层上下，怪鹤立偏章。
玉龛知神秀，如来正道昌。

西方天竺志，迦叶入华乡。
坐壁闻天地，当途日月光。
名非名可就，道亦道之长。
佛祖观音教，儒书学子桁。
迎头空色见，俯首溢泉荒。
耳目由惊恐，峰峦似凤凰。
云轩含独立，曲树绕回染。
步实行百里，玄虚纲木樟。
安民应养已，体悟见君王。
四象皆成欲，三生有暖凉。
联中今古比，塔下去来量，
易性无源瞩，韬谋隐晦趟。
根株滋石底，屈直亦圆方。
五岳经纶易，千年草木芳。
楼台连殿阁，暮鼓接僧房。
磬室丘尼静，种声问女嫱。
仙丹当手迹，铁钵盛榆桑。
夏日松林晚，秋风带玉霜。
心经心自立，立地立金刚。
六祖禅者在，灵明顿乃张。
时时无忘本，处处有牛羊。
不呆尘埃少，凌烟阁北邙。
风铃惊世界，木芋镇东皇。
太一珊瑚客，图为用成祥。
栴檀多厌耻，舍利可扶恇。
栓欲归根去，还淳选德彰。
谦恩非巧用，礼拜法人肠。
友朴无为赞，征明世纪玚。
规微居位浅，顺化有余庄。
立戒修观止，谦和寄存宲。
同思同异想，去用去洪疆。
守一从千论，立符致道昂。
归元归养性，俭欲贵生惶。
鉴远从为道，知难戒傲狂。
天枢天莫误，爱已爱忧常。
任信三门契，微行积景沧。
华人华夏老，道德道人强。
学问儒家早，威名治国纲。
飞骞寻羽翮，远足论身康。
渭尾多繁草，滩头满芷菖。
低头危手足，谷壑叶啸飚。

赤日炎炎照，燃香奉两厢。
唐家三五代，佛道各优良。
信仰无穷力，恩慈理念惶。
瓜州西不远，大漠朔敦煌。
武曌英姿在，周朝已不妨。
立应立壮问，释子译音璜。
但取真经见，何言字句疡。
泓澄泓宇宙，净土净僧囊。
渭水三千里，西安四十坊。
芙蓉初出水，夹道太真玚。
道士行清礼，长生殿里藏。
开元天宝序，曲舞谢红妆。
自此梨园剑，和平戏子将。
华清池水暖，羯鼓共温汤。
玉笛胡旋目，公孙剑大娘。
情中歌曲地，醉里舞霓裳。
水调曾词赋，钱塘种柳杨。
长城成汉武，六污运河汤。
以此江湖改，苏州到浙杭。
人间从所见，有誉一天堂。
拙直头颇好，龙船带贾商。
秦嬴兵六国，统治数千耷。
史莫淫乱瞩，文殊只未央。
千年知盛举，万里见旗樯。
不可闲心等，兴成以废汒。
升天谁羽化，入地莫潇湘。
是是非非问，成成败败猖。
三千年过去，五百载来吭。
但入莲花界，何言道法隍。
经心经自举，道德道情劻。
长志禅师定，相传机意航。
人心明左契，正执反时佯。
国垢司为主，弓弯以箭当。
犹龙耶老子，鸟兽木鱼塘。
教海风云上，行为不止骧。
根根生本本，气气继囊囊。
细雨禾苗润，甘霖向草棠。
双仪双对举，独对独分相。
俯察渊源始，言微逐适琅。
幽幽之不昧，显显已湟湟。
洮浚何形许，分阴有半阳。

虚无推驭辨，九井对灵鄣。
竹节成空力，周衰以此僵。
新丰停旧宅，一经忆苍茫。
养已秦川路，潼关十里镶。
前池消逝水，后殿逐豺狼。
向背鸣笳响，兵民四海戕。
中宗周武李，帝位与三郎。
自此玄宗道，丝绸盛大唐。
千锤修利刃，百炼已成钢。
号曰玄元法，天尊太上皇。
玄牝生万物，不断自桃姜。
地久天长运，希夷耳目丧。
微之微博挚，善恶欲由鲳。
宠辱从官位，骄横任宰盂。
冬川如涉水，夏雨似傍汪。
扫时秋风远，春云润泽忙。
南洋无四季，旱雨两池塘。
独木成林许，群花老树缰。
鹧鸪鸣不断，八哥有音障。
木槿红颜胜，朝开暮闭防。
金枪鱼世界，玉柱巨鲸滂。
状状形形色，仪仪象象妨。
夫夫盈乃止，旷旷野难颃。
浊浊浑浑水，清清静静雱。
芸芸生性寄，易易复勷勷。
厚厚淳淳合，情情意意将。
瓜蒂瓜子熟，自在自然瓤。
互结相连使，修身养性牂。
益谦益楚汉，曲直作全綡。
独独群群结，花花草草篔。
江川非是海，日月亦河殇。
死而无亡寿，不怠始言倡。
无为无不致，有道有东墙。
道一千分质，三生万物芗。
方圆因大小，草木育子秧。
日月分时照，阴晴各主伥。
多多归少少，浪浪汇苍苍。
大禹家天下，芒皋麾桀汤。
心诚归佛道，信仰向魁璋。
学子儒生继，隋朝一帝炀。
儒儒知佛道，世世信青黄。

帝帝王王业，民民子子尝。

（晨明而始，暮昏而止。日奉居易
百三十二韵以徹读）

34. 酬张十八访宿见寄

交韩一舍人，访宿半予频。
我拙文书顽，微之寄客身。
江陵非不远，十八是诗邻。
且醉三杯醒，还吟五十秦。

35. 昭国闲居

爱富嫌贫见，官低曲寡喧。
阳春何白雪，自古问轩辕。
日日难为志，天天不尽言。

36. 朝归书寄元八

早晚一郎官，阴晴半雨观。
终南山草色，左掖玉云端。
幸甚禅诗咏，微之谢桂冠。
同朝同不语，侍御侍金銮。

37. 酬吴七见寄

病客曲江边，芙蓉满御园。
琼瑶书信致，意尽有余篇。
隔道何难访，呼声有邻宣。
壶中知己问，月下醉惊年。

38. 喜陈兄至

歇歇啼黄鸟，声声怯又鸣。
陈兄应步至，携酒饮方倾。
对坐分南北，行拳互数情。
三杯壶再续，以此话平生。

39. 赠杓直惑

四十三年惑，今为五品官。
逍遥道不得，直木直云端。
拙政从君路，江湖任水宽。
南宗何补救，北陆暮朝寒。
隔岁青梅熟，今秋叶初残。

40. 寄张十八

久日无相见，秋风有早凉。
新诗新寄否，故读故同床。

懒病应知己，吟余可短长。
胡然胡不足，一语一花香。

41. 题玉泉寺

悠悠一玉泉，湛湛半兰田。
白白谁居易，清清可乐天。

42. 江州雪

百里江州雪，千寒渭水冰。
葡萄才入味，橘柚以香凝。
不可须臾断，纷纷到五陵。

43. 舟行

半暮一舟行，三生十地惊。
江州江水岸，易日易居平。

44. 溢浦早冬

浔阳一孟冬，九派半寒封。
橘色方红遍，溢城两棵松。

45. 朝回游城南

十里曲江边，三生及第天。
翰林官学士，制书近臣研。
日日知身忘，时时问未全。
朝回重去去，顾况已上船。

46. 题浔阳楼

浔阳十丈楼，海会九江舟。
牯岭匡庐望，寒光见底流。
陶公彭泽令，五柳忘封侯。
一代江州韦，吟诗在上头。

47. 访陶公旧宅

序：
世外桃源去，人间五柳城。
琴弦琴别物，鼓案鼓周名。
不以文王易，何言吕尚情。
行闻行栗里，柴木柴桑情。
诗：
栗里旧山川，陶公弃五弦。
连征琴独响，种菊柴桑园。
玉洁无尘垢，村荒有柳烟。
三千夫指子，一粒首阳田。

48. 答故人

江州司马客，渭邑向中华。
制书平章事，登科博士花。
人生常进退，读学似朝霞。
万卷何知了，沉浮弟子家。

49. 北亭

谏笏曾相掷，微之已过河。
知音应见少，不可折腰多。
百步亭中望，千年一九歌。

50. 泛溢州

隐隐一江州，悠悠半水流。
溢头源半润，顺水见轻舟。
逝者如斯也，波澜减可忧。

51. 官舍内新凿小池

池中满白沙，树下半枝芽。
宇宙藏天意，经纶隐约斜。
浮云先落下，浩渺恐心加。
浅浅深深色，来来去去衙。

52. 宿简寂观

简寂比丘尼，枫林叶自栖。
红尘红己静，隐意隐云低。
月下无声磬，观中有鸟啼。

53. 读谢灵运诗

达士穷通顺，朝廷有去来。
江湖山水客，逸韵入诗才。
我素随行见，余心等月回。
由安由遇境，所自然然开。

54. 北亭独宿

卢宫山下州，白石竹中楼。
独宿嫦娥问，无疑后羿愁。
纱笼床上月，玉影北前头。

55. 早春

雪逝冰消去，云沉雨落来。
禾苗初露土，草木带青开。

56. 晚望

江城寒叶落，夕鸟背日还。
四顾高亭上，三湘竹泪斑。

57. 约心

江州五尺毫，司马一青袍。
隐隐虚心处，心心以约高。
终身终不得，水色水波涛。

58. 春寝

日暖天天醉，春眠处处床。
花香花鸟语，草碧草云香。

59. 睡起晏坐

宦场江湖老，田园草木瓜。
同寻同所异，共度共何差。

60. 咏怀

坐坐行行去，闻闻问问来。
辛夷何不止，月目不常开。

61. 春游西林寺

夜读灵山客，朝闻酷吏名。
成人成败论，误已误王城。
请从先君瓮，何须后自横。
危言危所欲，断错断相倾。

62. 出山吟

一步渝仙路，三春采翠薇。
山中山外问，自去自我归。
偶尔樵渔见，朝堂有柴扉。

63. 闻早莺

春莺鸣有早，谏笏秦无迟。
直笔从天下，呼声近臣知。
江陵何远近，司马可吟诗。

64. 梦卢龙

李靖西凉受降城，卢龙北陆问和平。
文昌武勇成天下，女嫁男婚自在荣。

65. 岁暮

一道一玄虚，半岁半官余。

不可庐山上，东林一部书。

66. 栽杉

杉杉一劲苗，处处半云霄。
势势朝天举，寒寒亦不凋。
窗前三五步，岁后万千条。

67. 过李生

我作州司马，无为散拙行。
君当湖岸主，醒醉酒壶倾。
浦口浮萍老，茹兰艳水英。
高情纯白石，沽酌静波平。

68. 咏意

庾公楼上望，九派水中闻。
四序年周秩，三湘楚汉分。
浔阳彭泽令，五柳洞庭云。
远瞩鄱江岸，滕王阁上文。

69. 食笋

春山春笋满，雨后雨方晴。
竹下知根底，泥中带破声。
司州司马客，见竹见人生。
节节朝天立，青青立地萌。

70. 游石门涧

石上一根深，成株半不荫。
微之微所立，自此自英钦。

71. 香炉峰下新罢草堂即事咏怀题于石上

香炉峰北面，百步寺南垣。
白石无人净，山泉漱玉源。
行人多不至，独以乐天言。
倦鸟憩栖地，重飞对轩辕。

72. 招东邻

五斗东邻酒，三升隔岁酿。
同吟同醒醉，共月共方床。

73. 题元十八溪亭　亭在庐山东南五老峰下

庐山五老峰，洞口一仙踪。

怪石磷磷立，清溪曲折邕。
幽居谁喜仕，四皓几王容。
莫以樵渔客，公卿日月封。

74. 草堂前新开一池养鱼种荷日有幽趣

淙淙三峡水，浩浩白家池。
锦鲤摇摇尾，红莲处处窥。
新塘新石净，浅底浅深思。
玉宇垂天落，何惊落恐危。

75. 白云期　黄石岩下作　人生自作十万诗

二十无深浅，中年有预期。
青云平步见，老子暮朝时。
日日诗词写，年年草木枝。
知为知所力，积累积人知。

76. 登香炉峰顶

香炉峰顶望，九派细如冰。
闪闪明明去，红红紫紫凝。
遥遥天地远，近近似云蒸。
渺渺飘飘见，重重叠叠绫。

77. 答崔侍郎钱舍人书问因寄以诗古今诗

三餐多素食，一年少长眠。
七十余加五，耕耘日月田。
新诗逾十万，足迹五洲天。
东西南北见，穷通自及边。

78. 烹葵

烹葵度早饥，粒食自相依。
不减三餐饱，无增一旧衣。
江州江水阔，下邦下人稀。
踏足清波濯，攀萝望帝畿。

79. 小池二首

之一：

有水小池清，无云影自明。
呼惊天迭落，万丈一空城。

之二：

小大一方圆，乾坤半地天。
时时观水月，点点作心泉。

80. 闭关

三年自掩关，万里积河湾。
日日终书帙，生生列御班。
徘徊先后事，仿佛两三闲。
止止行行继，来来去去攀。

81. 弄龟萝

六岁阿龟小侄盟，罗儿三载绕予行。
咏诗抱足拥衣卧，老子慈恩自有情。

82. 截树　北京东城汪魏新巷九号

十载庭中枣，三生简里繁。
裁枝知五万，六亿叶当轩。
剪断青天阔，从明月色萱。
农夫朝暮数，斤粟八千元。

83. 望江楼上作

江流不尽望江楼，一片波涛一片舟。
下邽溢城司马客，鄱阳未了洞庭秋。

84. 题坐隅

肩难承所担，手免自耕锄。
坐隅谁居易，空余十载书。
无为无所致，有问有樵渔。

85. 元白

序：
昔与微之在朝日同蓄休退之心迨今十年
沦落老大追寻前约且结后期
诗：
微之知御史，拾遗一乐天。
宠辱闻朝野，升迁旦暮悬。
渔樵产以官，木木可根泉。
佩玉腰间系，皇衣挂水田。

86. 垂钓

渭不一桑田，江陵半钓船。
三科登甲已，一第曲江边。
一入承明殿，弓行佩笏怜。

天街墀白玉，楚客半心眠。

87. 晚燕

秋风渭水郊，晚燕筑新巢。
百鸟同知冷，三天一寸茅。
因寒赠厚翼，以羽论同胞。

88. 赎鸡二首

之一：

笼中十只鸡，市上半高低。
猎犬扬头叫，鸣禽待楚啼。
江州司马客，恻隐与心齐。
解索归天意，听凭自在栖。

之二：

笼中不自然，院里是当然。
后屋多粮米，前庭已而然。

89. 北屋咖啡　自然而然

自在当心一自然，相依以客半相邻。
咖啡取自兰山豆，李广无言问酒泉。

90. 秋日怀杓直　时杓直云牧沣州

共步曲江滨，同行渭水春。
三秦君约我，两晋代余陈。
已是溢城客，浐阳作汝邻。
胡僧胡不语，忆旧忆已新。

91. 食后

江州一乐天，食后半余年。
岁岁三千石，年年寸尺田。

92. 齐物二首

之一：

青松高百尺，绿蕙矮三分。
俱以荣枯见，同生日月曛。

之二：

木槿暮朝花，飞鸿日月斜。
同生同命似，共地共天华。

93. 山下宿

孤身山下宿，独步月中行。
木影婆娑舞，嫦娥彼此情。

94. 题旧写真图

拾遗一丹青，江城半水萍。
长安曾画止，司马已纯灵。
十幅留天地，千川有渭泾。

95. 时酒示行简

弟弟兄兄问，行行止止闻。
瞿塘三峡路，彼此半离分。
幼妹成婚去，良人作羁君。
无心杨柳树，有醉不朝文。

96. 咏怀

穷通由不得，短见可径天。
进退升迁路，江州九派泉。
颜渊知万卷，玉璧卞和全。
独有千年慧，孤耕十亩田。

97. 闲居

闲居闲不住，画字画难书。
直木乔林外，忧心日月余。

98. 夜琴

蜀木知天性，吴弦有地灵。
弹琴弹自得，悦己悦人听。

99. 山中独吟

山中一独吟，木下半知音。
水水山山见，虫虫鸟鸟寻。
听来无叶落，远得有鸣禽。

100. 达理二首

之一：

莫以一时穷，何言半不通。
玄虚玄未了，道法道清空。
律律音音在，诗诗韵韵同。

之二：

龃龉其中故，虚空以下居。
穷通何欲止，达识无限书。

101. 湖亭晚望残水

湖亭残水底，破碎有光明。
照旧方圆界，依然日月城。

形形何色色，状状亦倾倾。
世上无成见，人中有识行。

102. 郭虚舟相访

虚舟相访问，月夜玉壶倾。
百只流萤闪，三杯一醉情。

103. 守杭州路次蓝溪作

一子太原男，蓝溪次远韵。
杭州庸鄜守，伏阁作春蚕。
不改轩辕笔，何言日月坛。
鱼书除刺史，委顺泽深潭。

104. 初出城留别

朝从紫禁归，暮别向南飞。
本以无乡见，书生有寄微。

105. 过骆山人野居小池　骆生弃官于此二十余年

弃职作山人，寻溪向北秦。
红芳红艳水，白鹭白秋春。
小大门前树，阴晴月下津。
花开花不语，日落日升频。
利利名名去，辛辛苦苦身。

106. 宿清源寺

昨日浔最客，今辰浙越官。
钱塘天下水，六合运河澜。
夜宿清源寺，重寻月色残。
云僧云不见，老衲老心宽。

107. 宿蓝溪对月

昨夜凤池头，今宵水泛舟。
蓝溪蓝芷色，半月半钟楼。

108. 自秦望赴五松驿马上偶睡睡觉成吟

马上梦方成，人中驿道平。
垂鞭由自在，闭目凭驱行。
自入杭州境，钱塘八月明。
天堂如此见，不忘运河情。

109. 邓州路中作

又作江南客，三吴一叶船。
天台山上步，奉化月中田。
天目微之寄，杭州白乐天。

110. 马上作

勋为名柱国，爵乃列朝夫。
再驾朱轮史，重弹阮籍图。
承明庐外去，白鹿笕桥奴。
半饮天堂水，三呼一北吴。

111. 朱杖紫骢吟

上柱朱藤杖，骑骢下岭行。
江州依二物，自此共三生。

112. 桐树馆重题

桐乡桐树馆，又去又来题。
此去杭州史，还题溁院西。

113. 过紫霞兰若

及此三登历，归山半问情。
诗僧精舍会，未语到天明。

114. 感旧纱帽　故李侍郎所赠

一顶乌纱帽，三生顶载明。
如今君已云，见物故人情。
尽心黄泉问，天涯携手行。

115. 思竹窗

不忆南宫菊，还言两省松。
唯闻窗外竹，制书近天龙。

116. 秋蝶

观飞观落下，问蝶问花明。
但以心中蕊，丛深月色倾。
径霜无隔夜，再世有随荣。

117. 登商山最高顶

商同一驿路，达楚半通秦。
七载本往复，中年十地频。
遥遥无尽处，望望有天津。

118. 初下汉江舟中作寄两省给舍

两掖江舟客，三台给舍人。
杭州三浙水，汉口一斯民。
止止行行问，呛呛浪浪洵。
风潮应已净，恤隐可平身。

119. 枯桑

古道一枯桑，心空半表黄。
忧人多似此，不是外因伤。

120. 山路偶兴

旅力径心在，山川可自行。
闲云和野鹤，草木共枯荣。
进退升迁去，阴晴日月盟。
随天随地意，所遇所安情。

121. 山雉

飞杨十步与人齐，食草三山羽高低。
七彩云前由自主，谁闻日后作天鸡。

122. 自蜀江自洞庭湖口有感而作

蜀客洞庭湖，东临下越吴。
君山君子客，岳麓山阳都。
七泽连天水，三湘落雁凫。
千流千导辅，大禹大江苏。

123. 初领郡政衙退登东楼作

领郡司衙退，登楼问海涛。
钱塘江口外，六合牧盐曹。
简牍余杭令，西湖玉女劳。
修疏分狭阔，治理宰如皋。

124. 清调吟

水调钱塘口，隋炀六合邦。
杭州分彼此，自接富春江。
雨露兰衣布，烟云雾满窗。
何知吴语细，不可唱秦腔。

125. 狂歌词

百里江湖近，三吴草木低。
钱塘潮一线，六合与天齐。
五十知天地，平生问范蠡。

126. 郡亭

视事清晨旦未喧，中餐竿睡暮云繁。
琴书不断朝廷故，是故非非尽有源。

127. 咏怀

曾为凤阁郎，制书满书香。
现命杭州使，诗琴任自扬。
朝中音要小，月中事应长。
不似当所醉，谁呼再上堂。

128. 立春后五日

春风春雨后，草碧草茵前。
浦岸芦蒿短，残冰成玉田。
江村寒未尽，渡口备新船。

129. 郡中即事

漫漫潮初平，熙熙日色明。
远山空阔见，近水富春情。
诸吏分县制，朝服合制行。
观心观所迹，待客待身名。

130. 郡斋暇日

汉鱼十六诗，独奉百行辞。
俱是郎中客，常州近语知。
昆陵昆水色，太守太人师。
且煮茶龙井，江湖碧螺迟。

131. 官舍

残樱两树落红珠，玉叶三春有鹊雏。
太守闻天闻自己，杭州一半一西湖。

132. 题小桥前新竹招客

节露淹新粉，霜层度旧皮。
居心居易忍，不可损离离。
蜀水虹桥色，吴姬唱竹枝。

133. 吾雏

半念文姬半蔡邕，诗家小女客家封。
童翁继续书香继，子弟三千独见龙。

134. 病中逢秋扫客夜酌

不寄诗词赋，何言醒醉时。
逢秋偏得病，草药不相知。

135. 食饱

食饱贪杯意，长安一半心。
杭州知府治，六合是知音。

136. 郎中

序：

严十八郎中在郡日改制东南楼因名清辉，
未立标榜，征归郎署，予既到郡，性爱
楼居，宴游其间颇有幽致，戏寄严。

诗：

严郎改制作清辉，性爱楼居向翠微。
郡守三呼千水月，长安两省一门扉。

137. 南亭对酒送春

对酒西湖主，杭州太守臣。
官居三品第，位列半贤人。
一醉书琴谱，二千石米薪。
春荷初出水，不忘长安人。

138. 玩新庭树因咏所怀

四月叶全荫，三春落花音。
轻风和细雨，草碧有鸣禽。
玩物常思志，寻幽可寄吟。
心知真隐者，不必在山林。

139. 仲夏斋戒月

斋戒无心病，轻身有自然。
孤行三界路，独作一神仙。
五十人间老，千湖水上鲛。
杭州司守处，养性息天年。

140. 除官去来间

除官一去来，踱步半徘徊。
水调隋炀帝，杭州太守台。
寻情常作乐，处事自民裁。
学禹西湖治，留名一世开。

141. 三年为刺史二首

之一：

三年为刺史，二载作杭州。
治理西湖水，钱塘六合楼。
无吟无病事，有宰有春秋。

之二：

天台天目问，丽水丽人寻。
大小溪瓯去，青田误闽音。
无成无不成，有女有鸣琴。

142. 别萱桂

明萱桂子城，艳色自传情。
不到秋风肃，寒宫先自行。
江边船解缆，岸水久难平。

143. 自余杭归宿滩口作

余杭不远一兰亭，吏职无勤半勒铭。
只见安闲心力尽，应无进退也丹青。

144. 舟中李山人访宿

玄虚意味深，说道水成浔。
但以山人宿，何听客月琴。

145. 致远近联盟金邕

幽燕一北京，远近半连盟。
大小成天下，中华六百城。
由商经济客，致富帝正明。
不韦居奇货，书生几不成。

146. 洛下卜居

三年典郡归，一路是还非。
远近皆生计，禾粮米稻肥。
官仓官俸禄，洛下洛鸿飞。
北北南南去，山山水水微。
平生平有欲，处世处相依。
遂就无尘坊，还求水月扉。

147. 洛中偶作

五载翰林职，浔阳四岁长。
经年巴郡守，六月省宫郎。
直阁连八秀，三年刺史肠。
平生逾十五，放任过千章。
万四成伊卷，东都共补亡。
诗人长不老，七十过南洋。

148. 赠苏少府

经纶二十年，彼此两叁天。
释撼嵩山外，徘徊渭洛川。

同行同别道，共话共离篇。
白日随天地，红芳自在船。

149. 移家入新宅

移家新宅入，罢郡故余赀。
俸禄分司在，无为职役时。
佳人鸡犬至，过客已成诗。
所性牛封已，玄牝带已私。

150. 琴

案几谣琴在，含情坐石平。
何须弹不住，放大一风声。

151. 鹤

庭前一月明，树后半鸣声。
舞羽何应问，幽闲独立时。

152. 自咏

此向安生处，余皆自老闲。
嫦娥观白发，太白问红颜。
事事平年历，诗诗尽自然。
无须辛苦去，只道去来还。

153. 林下闲步寄皇甫庶子

懒病扶床起，闲情入半林。
君情应已至，处处有鸣禽。

154. 晏起　自序　古今诗

起坐文诗在，无眠月色滋。
朝天空自望，伏枕独猜疑。
父父母母教，爷爷奶奶慈。
妻妻相助理，子子互扬知。
最忆恩媛事，书生意气迟。
回头回不得，别路别相思。

155. 池畔二首　古今诗

之一：
剪理池东树，修巢待鸟归。
留粮由自取，食后任情飞。
之二：
垒石修池水，驱鱼照玉渊。
天空常自落，树叶已成船。

156. 春茸新居

江州司马客，刺史制忠州。
种竹修松柏，丹青对日留。
新居新洛下，故垒故河流。
谷土芳香至，吟诗到客楼。

157. 赠言

平生一路长，处事半炎凉。
热得人心暖，寒时立志梁。
应知应万变，可得可千强。
对立常相导，从容互邻芳。

158. 泛春池

余杭花不断，绿荫到溪流。
曲水流觞酒，曹娥问浦头。
轻舟应不系，任自逐漂浮。
醒醉原随意，何知入草洲。

159. 西明寺牡丹花

西明山寺叶，北寺作香娃。
隔岁题名处，今来取旧华。
三年寻艳色，一度带芸霞。

160. 伤杨弘真

颜回知短命，孔子向其贤。
好学何难止，龟求几鹤年。

161. 权摄昭应早秋书事寄元拾遗兼呈李司录

夏润早入秋，风清逐客游。
渭水云烟少，杭州水雾稠。
秦川先落叶，浙水后行舟。
镜面风波起，骊山日满楼。
成都成首府，汉将汉封侯。

162. 新栽竹

种竹百余株，青林一玉壶。
天天观气节，日日向殊途。
且以朝高力，其声似念奴。

163. 秋霖中过尹纵之仙游山居

八月阴阴暮，中秋日日霖。

仙游山志土，携酒共诗吟。
苦学时光少，灯明夜火深。
虫声虫不断，草湿草无音。

164. 寄江南兄弟

平地难见面，而此隔山川。
仅以双鱼寄，呈情独缅然。
尘埃尘已断，鸟减鸟还迁。
汝可西湖岸，予堤跨两边。

165. 曲江早秋

七十年中过半行，秋波百里曲江城。
红荷一路莲蓬子，不可虫鸣有暗鸣。

166. 寄题整厔厅前双松　西松自仙游山移植县庭

双松独立作嘉宾，不作仙游待吏臣。
且以龙鳞龙注目，苍苍莽莽作秋春。

167. 禁中月

苍空明月书，禁省夜方长。
北殿婵娟影，南宫直漏凉。
文成文一主，玉砌玉千章。

168. 赠卖松者

一对青青色，千枝节节苍。
龙鳞龙直展，瞩目瞩扬长。

169. 初见白发

白发三千丈，朱门一半凉。
丝丝成见证，束束带圆方。
逶迤官僚场，蹉跎去日长。

170. 别元九后咏所怀

木槿花依旧，梧桐叶雨声。
珍珠初已成，玉砌有形明。
坐觉长安静，相思不可平。

171. 禁中秋宿

直夜观霜下，风摇玉叶中。
萧条寒露水，月色入形空。

172. 早秋曲江感怀

袅袅莲蓬影，离离草色空。
荷花成半子，碧叶已残风。
及第曾因此，明程寄别宫。
无心杨柳岸，有志曲江中。

173. 寄元九

只有元夫子，常寻醒醉多。
同吟诗酒月，共话帝王歌。
御史应南北，郎中制书科。
行程行不尽，有路有蹉跎。

174. 暮春寄元九

梨花初结子，燕子有新雏。
记得江陵客，还思洛水湖。
浮生浮未定，立世立扶苏。

175. 早梳头

梳头白发修，对镜问江州。
已是无生计，何须有九流。
童翁相似处，老少意难酬。

176. 出关路

山川幽谷路，日月暮朝还。
去国潼关在，秋风渭水颜。

177. 别舍弟后月夜

杯中千水月，路上两盘桓。
舍弟孤灯店，胞兄独坐寒。
迟归先洗面，早去莫衣单。
自理风尘日，轻松昼夜观。
应行应全意，寸步寸心宽。

178. 新丰路适故人

新丰遇故人，旧路过天津。
但在桥头问，何言作远臣。
知君非得意，彼此是红尘。

179. 金銮子醉日

四十金銮女，三生玉子亲。
随音随附舍，独去独天尘。
至此应婚嫁，怜情已入身。

180. 青龙寺早夏

小雨青龙寺，轻风早夏多。
尘埃应落定，竹影已婆娑。
老衲黄昏立，游僧望夕河。
山江山水色，落日落余波。

181. 秋题牡丹丛

白露枫丹奉，红枫叶已空。
随秋同故去，隔岁共年丰。

182. 劝酒寄元九

旧叶经霜露，当天木槿花。
君今如此见，日月到天涯。
不逐禅僧坐，何言学楞伽。
曾知曾醒醉，莫道莫容嗟。
俗乡消魂药，三杯到自家。

183. 曲江感秋

一叶曲江边，三秋半水田。
清明清木色，肃气肃秦川。
但问兰田玉，南山太白泉。
常年常似此，感叹感时年。

184. 酬张太祝晚秋卧病见寄

我病常轻汝病深，相怜未访有怜心。
吟诗已寄前诗少，以此秋弦作叶琴。

185. 立秋日曲江忆元九

及第城南旧事留，浔阳九派曲江头。
江陵未断蝉声唱，渭水寒波已肃秋。

186. 白发

青丝青布履，白发白头绳。
绶带经年色，官冠可帝承。
无须怜自问，直此对应征。

187. 元稹

序:

初与元九别后忽梦见之及寤而书造至兼寄桐花诗 怅然感怀因以此寄 元九初谪江陵

诗:

永寿寺中云，新昌坊北分。
商山应已到，客泪久思君。
梦里江陵贬，情中握手勤。
忽惊门叩响，手扎带诗文。
句句炎凉路，声声炙日曛。
桐花吟八韵，落叶著衣裙。

188. 和元九悼往　感旧蚑畴作

微之有古今，旧物已知音。
耿耿笼明月，蒙蒙待步吟。
佳人君别去，隔绝泪沾襟。
一夜江陵月，三生草木心。

189. 重到渭上旧居　忆桓仁

旧宅今何处，新城一路修。
桓仁兴八卦，五女十三曲。
百岁关东剑，三生已白头。
知县清末遣，自古汉鲜流。
代代何生息，重回少小游。
书生南北去，莫以有乡愁。

190. 早朝贺雪寄陈山人

长安盈尺雪，渭水结新冰。
但忆山人梦，观天问日升。
朝臣候玉漏，冻耳破香凝。
独念衣裳薄，冠官紫禁绫。

191. 思归

已作校书郎，思归问晋乡。
龙门争及第，客舍柳低杨。
月夜常孤坐，行明已独量。
前程前望远，后继后方长。

192. 秋日　古今诗

年来多七十，弟子已三千。
日月耕耘久，诗词十万篇。
留成因果见，水调可行船。

193. 冀城北原作

旷野一茫茫，云天半冀荒。
黄尘封古道，落日照关疆。

谷谷川川碧，丘丘壑壑黄。
今日还努人，昔者已兴亡。

194. 客路感秋寄明准上人

借问空门子，修行独上人。
山河秋叶扫，草木落风尘。
净土宗家教，心经客路因。

195. 游襄阳怀孟浩然

汉水鹿门山，襄阳孟浩颜。
诗惊天子读，亦此向家还。
莫以王维客，英名撼岳关。
清风谁可继，旧隐近河湾。

196. 秋暮西归途中书情

耿耿孤灯下，悠悠独坐中。
思乡思不得，读学读江东。
不得私家索，唯闻唱大风。

197. 秋怀

安心一自然，落叶半空悬。
月上天街北，星回渭水船。
秋风归去晚，肃气满桑田。
九月重阳日，微之问乐天。

198. 别杨颖士卢克柔殷尧藩

倦鸟暮归林，浮云早入浔。
朝朝还暮暮，古古亦今今。
只有成游子，无声日月侵。
行行临旧路，处处作离音。

199. 将之饶州浦夜泊

夜泊独孤舟，冠鬓半白头。
鄱阳应得问，此去不常留。

200. 题赠定光上人

少小出家身，中年始净尘。
春花秋月色，只感有情人。
耳目清新得，心经日月因。

201. 骆口驿

序：
祗役骆口驿喜萧侍御书至兼觇新诗吟讽

通宵因寄八韵，时为厘厔尉
诗：
日暮人多事，衙司吏役营。
听来书信至，已得友月情。
是正云山馆，云遮夕下明。
知君吟韵喜，骆口驿边盟。
雅雅清清句，工工正正荣。
精精还凿凿，韵韵复莺莺。
步步寻深意，心心作境倾。
重重吟不得，念念旧时英。

202. 酬李少府曹长官舍见赠

书生不折腰，陌上半禾苗，但得阴晴日，
冠官拜御朝。
芸香无自主，玉漏有文桥。
不是同兄弟，诚心共消遥。

203. 留别

一别分南北，三杯合二人，前程前不止，
后顾后风尘。
隔岁曾相问，承年复事秦。
知君知自己，欲忍泪沾巾。

204. 晓别

晓别无回首，前行有别舟。
君留千万语，再见两三秋。

205. 北园

东风入北园，百草碧连天。
姹紫嫣红色，三杯独自眠。

206. 冬春

序：
惜郁李花　花细而繁，色艳而黯，花中
之有思者，速以易落，惜之
诗：
树小花解艳，香繁细软绵。
高低三二尺，叠垒万千妍。
晓萼纷纷展，朝阳处处悬。
黄昏珠粉粉，夕照落芊芊。
似以人生比，何比大自然。
思其明所欲，不必问县怜。

207. 照镜

自古人为镜，青铜面孔平。
年年同异照，岁岁共平生。

208. 夜雨

轻风无自行，细雨带阴晴。
蕙草曾先望，芭蕉已有声。

209. 秋江送客，雁以一字人字飞

秋鸿次第回，落叶北风催。
一字衡阳见，人声塞漠裁。
江舟江不止，客去客须来。

210. 感逝寄远

通县元侍御，果沣凤州君。
死死生生见，来来去去闻。
观音观自在，逝者逝斯文。
老大相思寄，如知日月分。

211. 新秋

秋风一日扬，落叶半余香。
净水浮萍岸，红莲白露房。
荷蓬应结子，隔岁可重张。

212. 秋月

十树寒光隙，三更挂月弦。
忽明忽暗叶，一度一方圆。
宿鸟轻啼冷，愁人不可眠。

213. 朱陈村

徐州百里姓朱陈，古镇一村满俗民。
女汲青泉男收雨，桑麻自足苦辛伦。
行婚嫁取皆居所，礼尚深情未隔邻。
死死生生同岭土，形形色色共家亲。
勤勤勉勉深山里，暮暮朝朝不问秦。
织织耕耕多日月，年年岁岁度秋春。
无闻世外桃源汉，有道天中世界均。
莫以长安天子守，家家户户自红尘。

214. 读邓鲂诗

几架多文集，郡芳不择枝。
疑为陶五柳，是子邓千诗。

子美知应叹，襄阳孟见迟。
何须想见晚，蛤存好文词。

215. 寄元九

一去三年久，千诗两岁知。
江陵山水阔，日月苦相思。
但保身躯好，行明问竹枝。
微之微下里，乐土乐天时。

216. 秋夕

落叶声声下，寒霜处处临。
婵娟明月夜，居易苦诗吟。

217. 夜雨

夜雨层层浸，人心处处乡。
归情归不得，去路去方长。
所感深深在，由衷久久藏。
何时何解放，一日一猖狂。

218. 秋寄

水火何相待，秋秋夏夏量。
云云加雨雨，冷冷复凉凉。
再过三秋晚，枫叶一岭霜。

219. 叹老三首

之一：
青丝成白发，秃顶作红颜。
七十平生老，诗词十万颂。
之二：
七十南洋下，三生日月行。
耕耘年岁月，格律韵音城。
之三：
学读童翁见，行程跬步明。
桃源桃李子，世外世人情。

220. 送兄弟回雪夜

弟弟兄兄别，霜霜雪雪无。
灯前灯不语，月色月寒封。
独坐寒衣冷，孤身火未彤。

221. 溪中早春

北阙溪流冷，南山白雪寒。
峰峦凝素乳，水色散云端。

蛰动知青乱，梅香柳叶冠。
阳春云雨始，草木暮朝欢。

222. 同友人寻涧花

贯得村中酒，难寻涧底花。
无风多艳色，有露自垂斜。
醉里闻香后，醒来满地华。
何须明岁约，木槿有朝霞。

223. 登村东古冢

村人未爱花，枣栗满农家，但以书生问，
官冠不可斜。
荒冢旁有道，直可到天涯。

224. 梦裴相公

死死生生已五年，思思想想梦三天。
金銮殿上同前后，玉掖池边共问船。
忆取相公曾进退，英雄书命作榆钱。
从军宰政文章客，立马垂鞭过酒泉。

225. 寄元九

一病四经年，三生半亩田。
知君荆楚谪，复寄羽粮棉。
我以贫中疾，微之客里迁。
同心同病劝，共忆共源泉。

226. 别行简　时行简辟卢坦剑南东川府

路路三午时，家家一万言。
知行庐坦府，剑客问轩辕。
勇勇无优劣，文文有简繁。枝枝非叶叶，
本本是泉源。

227. 观儿戏

坐定观儿戏，情郎白马来。
骑人和竹节，小女绕床开。
老大重思旧，年华付不回。

228. 叹常生

旧客一常生，西村半不明。
言知年早逝，叹此岁枯荣。

229. 昼寝

但作午时眠，何须有色连。
人生常醒醉，见异可思迁。

230. 以镜赠别

持镜君心见，观尘水色闻。
清明清净处，独得独天云。
日月三光继，阴阳两半分。

231. 城上对月期友人不至

昼短闲人劝，延为秉烛游。
偏逢明月继，不至友人舟。
再隔霄云路，人肌两玉楼。

232. 念金銮子二首

之一：
小女金銮子，三年已走人。
红尘留不得，只问客秋春。
此去无来顾，吟诗有再亲。
之二：
三年小女身，一世上真人。
望我扶床走，听诗半入神。
步步高低见，声声父子亲。

233. 对酒　古今诗

人生三万日，百岁一诗人。
十万三千首，耕耘结子频。
轩辕稼穑教，炼石女娲秦。
沽酒徒寻醉，何须太认真。

234. 谕怀

去去来来问，生生死死闲。
成成何败败，直直付弯弯。
自得乾坤上，无疑世界间。
前行前不止，举步举维艰。

235. 渭村雨归

渭雨湿村桥，泾云过未消。
清清分浊浊，浪浪合潮潮。
但见形相近，无须问近遥。

236. 喜友至留宿

一友人间在，三朋世界开。
微之微所致，乐意乐天来。
贵客村中少，嘉宾日上回。
同吟同沽酒，共醉共余杯。

237. 西原晚望

晚望西原暮，黄花北寒凉。
重阳重九月，落叶落飞扬。
日暮枯藤直，苍柳杨天示。
村邻村公请，社稷社辉煌。

238. 感镜

一镜成真像，千年作女藏。
求颜求自己，秀目秀身庄。
我入青铜里，青丝易白杨。
头头多是道，夜夜少思量。

239. 村居卧病三首

之一：

郁郁村居病，悠悠野草坪。
秋兰花已落，大雪带寒明。
夏日雏形老，冬巢筑羽城。
虫蝉应蜕变，隔岁再清鸣。

之二：

白露寒霜降，秋分草木枯。
西风由北走，落叶向何浮。
有病三清欲，无心一独孤。

之三：

以病荒村卧，山乡不易居。
田禾应自足，豆菜储冬余。
最累藏炭火，温饥也读书。

240. 沐浴

剩带衣宽却，经尘绿蚁余。
经年经沐浴，隔岁隔天书。
一净三清焕，千篇万卷舒。

241. 栽松二首

之一：

栽松一念读龙鳞，节节靶靶作晋秦。
尺寸应年应岁月，其形可色可青真。

之二：

立立苍苍色，鳞鳞节节分。
由生青未止，不死可凌云。

242. 病中友人相访

无吟无意境，有客有心情。
鸟雀争欢悦，荒禽待友鸣。
扶窗相望见，老友急心行。

243. 自觉二首

之一：

一病居心老，千寻百草名。
三生官场上，两代皇家情。
济地兼天志，其身独善明。
文公多政绩，宰治是民生。

之二：

平生倡乐府，历世治秋春。
少见兄知识，多迁误入秦。
尘头扑面蓬头路，四十相如七十人。

244. 夜雨有念

以道玄虚气，凭儒岁晏官。
心经成佛祖，待世已心宽。
老子青牛去，如来六祖盟。
禅房留夜话，守病保身残。

245. 寄杨六

青宫官场冷，白道驿边寒。
野旷天民近，公门役吏观。
宿州兄所寄，舍弟东川安。
我在中间望，三千五百峦。

246. 送春

三春三十日，一去一千天。
草盛花扬色，云浓雨骤田。
行人多少路，待老曲江边。
八十皇家晏，何须对酒泉。

247. 哭李三

今年常乐里，忆旧曲江边。
仰问君先去，留才子女前。
妻儿谁可保，遗失问苍天。

248. 别李十一后重寄

马上江洲道，云中谏笔臣。
青门同道术，俱是去来人。
蕙带华簪问，长亭远驿秦。
颜回成陋巷，孔子作秋春。

249. 初出蓝田路作

终南山顶望，渭水已无闻。
佩得蓝田玉，驱途进退分。
浔阳蒸百水，热浪九江城。
上下韩公坂，阴晴马步君。

250. 仙娥峰下作

仙娥峰上过，四皓隐中行。
白石商山老，青云足下明。
寒泉如玉带，紫草似芝荣。
不问风尘路，前程是彼盟。

251. 微雨夜行

微之行夜雨，暗隐问前程。
路路浔阳去，江陵是楚城。

252. 再到襄阳访问旧居

襄阳居易早，复访乐天迟。
独有秋江水，流波似旧时。

253. 寄微之三首

之一：

江州一望半通州，险派三千九派流。
鸟落云飞云不尽，微之寄鲤乐天头。

之二：

你在襄阳我在京，如今代汝寻君情。
江州更在三千里，九派南昌百百名。

之三：

去国兼葭渭水流，思君苦度各春秋。
青丝白发相辉映，不免人生有白头。

254. 舟中雨夜

风风浪浪打船头，雨雨波波漱木舟。
夜夜灯灯明不得，摇摇摆摆度春秋。

255. 夜闻歌者　宿鄂州

月月流流滞，鹦鹦鹉鹉洲。

曹公曾击鼓，鄂女半歌喉。
但问邻船泣，何情付逝舟。
真珠何作泪，白雪掩藏羞。

256. 江楼闻砧　江州作

江州逝水一江楼，九派东流半九秋。
砧杵声闻明月夜，征人此夜在心头。

257. 宿东林寺

经窗灯火浅，过客匡庐深。
欲得东林气，闻禅夜话心。

258. 忆洛下故园　时淮汝寇未减

浔阳迁谪地，洛下乱离年。
烟尘应落定，极事种桑田。

259. 赠别崔五

朝辞南去客，暮接北来宾。
夜宿长亭驿，明天百里尘。
殷勤知醒醉，过往是伊人。
小大寒冰继，冬梅自立春。

260. 春晚寄微之

通州三百日，海会四千程。
北国兵戈市，江南游谪城。
何须多少问，尽是去来情。

261. 渐老

今朝明日继，秉笔隶书传。
纪录诗诗簿，童翁众口前。

262. 送幼史

敌寇秦淮水，江西日月天。
干戈行不便，幼史望难迁。
我送前程路，孤身顺水船。

263. 夜雪

窗明寒骤起，火烬酒方情。
雪厚枝头重，时闻折竹声。

264. 寄行简

去岁西征去，今年仍蜀悬。
予身行九派，不得向回年。

渴望多泉饮，长饥梦稷田。
回头行简问，复忆是东川。

265. 首夏

孟夏千塘水，南昌万亩田。
荷莲珠似玉，百物已繁川。
草盛群虫朴，花明众女宜。
浔阳多美酒，一醉半神仙。

266. 孟夏思渭村旧居寄舍弟

雀雀雏雏穴，年年岁岁居，
冠官常羁束，井鲋念泉余。
笋竹春春富，蚕丝夏夏舒。
笼莺佳食处，独自不知书。

267. 早蝉

夏禾秋蝉早，轻吟一两声。
惊风惊一叶，树顶村枝鸣。

268. 感情

少小无知感，重思是老情。
恩媛蓝布袄，大雪伐樵声。
俭学勤工足，朝行暮返城。
同年同读学，共话共人生。
及第京都去，幽州李广行。
知名知射虎，问道问枯荣。
三十男儿钝，三春小女萌。
回思回味处，所受所时盟。
送我娃娃女，离乡处处鸣。
如今归不得，老叟已相倾。

269. 南湖晚秋

吾兄淮水岸，舍弟在东川。
昨日南湖晚，残荷北倒悬。
枫林红已遍，苇草败如烟。
浩浩茫茫处，孤孤独独怜。

270. 郡厅有树晚荣早凋人不识名因题其上

春终始未莲，夏末已凋零。
短短春秋客，生生日月灵。
如吾天地上，似彼暮朝形。

以此题名犯，官厅寄芳馨。

271. 感秋怀微之

叶下秋波水，云中淑气城。
萧条萧桂影，白羽白鸥鸣。
目唤微之句，何言纳不晴。
风中风未定，月下月无平。

272. 因沐感发寄郎上人二首

之一：

以首经霜雪，凭衣度酷冬。
伤情伤沐发，上帝上人封。
羽弱难飞远，书长易有踪。
同心民志晚，共处共中庸。

之二：

我有长丝发，他无短意声。
英雄何所定，壮士意倾城。
济世齐民愿，修身养马行。
多思多不得，一诺一平生。

273. 早蝉

秋初一两声，夏尾万千鸣。
月照先山顶，风行早水明。
南冠南北问，去客去来平。

274. 苦热喜凉

苦热金风盼，沉云止水观。
行人行不得，月落月洲滩。
踏足由沧浪，寻源待沐澜。
因此因未了，起步起汗漫。

275. 早秋晚望兼呈韦侍郎

九派一流中，千山半大风。
浔阳浔百亩，牯岭牯牛终。
步步盘桓路，层层上下穷。
昂身从俯首，先弓后仰公。

276. 司马宅

萧条司马宅，雨径客难行。
野草蓬蒿满，荒庭议事情。

277. 司马厅独宿

月下荒凉草，浮云半落厅。

吟诗寻故步，独宿自零丁。

278. 梦与李七庚三十三同访元九

一夜长安梦，三更渭邑情。
庚君同我去，元九见时惊。
故侣群星照，精英普渡声。
微之微子远，醒来醒还鸣。

279. 秋槿

木槿秋光早，黄昏冷气曛。
红颜红色少，绿叶绿纷纭。
夕照应先断，晨风已断云。
朝阳朝有望，暮落暮君裙。

280. 答元郎中杨员外喜乌见寄

十亩鸳鸯水，三塘半落鸟。
南宫南草木，北里北扶苏。
上得芙蓉帐，人留一念奴。
郎中员外喜，乌报有殊途。

第七函　第三册
白居易　十一卷至十五卷

1. 初入峡有感

白帝瞿塘水，巫山滟滪船。
人惊官渡峡，虎啸石倾天。
万丈山峰倒，千流百里川。
平生知似此，不必论方圆。

2. 过昭君村　村在归州东北四十里

灵珠生有种，彩露本无根。
丽物难遮掩，娇容已至尊。
琵琶传塞上，蜀女对黄昏。
敕勒川中客，单于月下恩。
丹青何所忆，笔墨汉儿孙。

3. 三峡

序：
自江州至忠州　乐天溪在西陵尾，归州
在西陵首。
长约百里。
诗：
蜀豫楚巴山，江忠滟滪颜。
西陵从此始，八角野三关。
两岸猿啼尽，三春满杜鹃。
香溪沙镇水，绝壁乐天难。

4. 初到忠州登东楼寄万州杨八使君

巴山多雾雨，峡口少行船。
滟滪生奇险，中流砥柱天。
君心同彼此，蜀气共云泉。
月北神农架，关西本是贤。
封疆曾往返，设吏玉人前。

5. 郡中

乡家音信断，故友远天迟。
远近知州府，阴晴采荔枝。

6. 早祭风伯因怀李十一舍人

远近何无漏，高低祭祀鸣。
人心应所向，信仰可自平。

7. 东楼晓

东西楼上月，彼此水中流。
一线中间界，千波上下头。
分开分逝者，合柱合春秋。
抑抑扬扬去，颖颖落落舟。

8. 寄王质夫

忆始知君第，京畿共记名。
同游仙洞寺，共饮五杯琼。

但以簪缨束，无从佩带生。
征西由汝职，我作守巴城。

9. 南宾郡斋即事寄杨万州

自古巴山水，忠州刺史肠。
耕耘田亩禄，采摘充绢黄。
雾雨霾束带，莓苔侵湿粮。
夫妻夫自立，老小老知香。

10. 招萧处士

逢人逢所见，遇路遇非亲。
客对相知少，诗吟向故人。
摇摇萧处士，约约旧时珍。
且饮三杯半，长亭一月新。

11. 庭槐

竹树南昌郡，新苗渭北闻。
唯奇槐独立，杳杳对天氛。
隐隐苍苍翠，繁繁直直云。
从情朝暮色，遇物见知君。

12. 送客回晚兴

巴蝉声似磬，蜀女竹枝声。
送客回头晚，挥巾不断情。

13. 东楼竹

白粉封青竹，红枝带叶萌。
潇湘离不远，劲节向舜生。

14. 东城寻春 汪魏新巷九号

老去不消沈，东城枣树萌。
成诗逾十万，日笔至如今。
且起三更早，寒光五夜深。
精英文墨客，格律佩文音。

15. 九日登巴台

一半黄花路，三秋九日来。
重阳重日夕，刺史刺中来。
俸禄由耕织，桑榆自足回。
行歌行社酒，唱曲唱巴台。

16. 江上送客

江花久不平，岸影亦重生。
顺水潇湘去，回头送客情。

17. 桐花

天南地北一桐花，二月吴开秋蜀华。
物物候候非国定，差差异异是人家。

18. 西楼月

一峡星天线，三层日月楼。
惊涛呈足下，断壁沿江流。

19. 花下对酒

梅樱桃杏李，蕙芷荪芝兰。
但等梨花落，妹芳白雪冠。
三吴香海岸，一蜀素云端。
对酒观天色，吟诗向渭澜。

20. 不二门 自终在天根

人家不二门，客舍有三村。
路驿由长远，生平序子孙。
黄昏应自虑，落日在天根。

21. 我身（二首）

之一：
吾身何所似，玉陛已成春。

未以丹砂误，心经净俗尘。
鲲鹏南北翼，鹊雀去来秦。
远以天涯继，名当姓后邻。
之二：
一手折红缨，千花落地平。
纷纷追逐去，怯怯是风情。

22. 哭王质夫

天穷一质夫，地载半江湖。
共得诗词赋，同寻醒醉壶。
仙游知古寺，别道十年孤。
莫以如今梦，黄泉似旧都。

23. 东坡种花二首

之一：
东坡花百树，日照向千枝。
次第开香蕊，分层粉色姿。
红颜羞去口，白雪露蛮芝。
俯仰高低见，繁章缚节诗。
之二：
日日荷锄土，时时向蝶驱。
争芒争艳色，取蕊取心苏。
养树三年果，成人十载途。
农家农自足，吏禄吏官奴。

24. 登城东古台

城东寂寂一天台，古迹遥遥半壁回。
下里巴人巴帝子，阳春白雪白云开。

25. 哭诸故人因寄元八

巴人不爱花，晋客只从家。
只叹伟卿去，质夫却故衙。
无疑知少小，独别乐天涯。
已逝何难见，如来你我他。

26. 郡中春宴因赠诸客 自述

仆本儒家子，幽燕作子孙。
新华门下过，紫阁待黄昏。
制书中南海，行身五女村。
桓仁乡土气，已受北方根。
创业关东路，爷娘父子恩。
胶县辽冀望，读学自无垠。

诏令行天下，天涯奉五蕴。
经时经日月，播种播乾坤。

27. 开元寺东池早春

簇簇青泥草，茵茵一半春。
东风三两日，处处是浮萍。
小白梅房秀，红蕾欲绽新。
双双情已结，独独作红尘。

28. 东溪种柳

有意柳成行，无心求独芳。
头颅谁自好，水调是隋炀。

29. 卧小斋

日日官衙事，天天饱食中。
长廊长返复，步跬步临风。

30. 步东坡

步步东坡上，欣欣植树中。
桃园桃李色，杏李杏花红。
最是梅边柳，垂垂已拂风。
民生民自主，运命运河东。

31. 征秋税毕题郡南亭

直下高城市，巴人已奉天。
秋征应完税，社日可和弦。
政教通言语，儒书几案贤。
从歌知己醉，自曲竹枝传。

32. 登龙昌上寺望江南山怀钱舍人

共步青龙寺，兰田足下观。
如今如所望，九顾九江滩。
六载难相见，长安可狭宽。
枯荣枯未止，日月日青丹。

33. 蚊蟆

巴州蚊蟆毒，水域朵蝗虫。
北客应多防，源头浸必穷。

34. 郊下

日落临高树，云升远上天。
黄昏黄色晚，夕照夕难悬。

35. 遣怀

生来自乐天，遣吏去来船。
渭水巴山问，居居易易田。

36. 岁晚

胜之忆乐天，岁晚对前年。
一载何居易，三生日月迁。

37. 负冬日

暖暖冬阳照，微微热整身。
朝光应向背，避北可南邻。

38. 委顺

竹树巴山色，溪泉北客明。
荒芜荒土地，播种播枯荣。
外累由心起，私囊以罪成。
唯当唯自力，莫取莫身名。

39. 宿溪翁

月宿溪翁榻，声闻一二牛。
耕田三五亩，子粒奉天留。
此外无营欲，春秋有获求。
居官居易问，禄禄所何由。

40. 周韩侍郎游郑家池吟诗小饮

小艇容三客，中洲下一人。
池清千叶静，水阔一寒明。
但向婵娟问，清宫植树春。
莲蓬莲结子，玉兔玉人身。

41. 西掖早秋直夜书意　以后为中书舍人

中书一舍人，五品半秋春。
直夜书贤诏，翰林晋豫臣。

42. 重过寿泉忆与杨九别时因题店壁

商州南十里，有水寿泉名。
送别源流泪，寒波久不晴。
因题留店壁，忆此待重行。

43. 庭松

松松节节似龙鳞，势势青青色万钧。
叶叶枝枝朝玉宇，根根本本自秋春。

44. 竹窗

开窗纸不糊，见竹已平枢。
夏日荫凉至，羲皇不问吴。
江湖如此阔，水鸟似杨都。
六尺轻纱帐，三生已有无。

45. 晚归有感

平生六七朋，至此两三应。
暮问崔家疾，朝辞吊李僧。
花前元八去，雨后梦刘陵。
有感归来路，人心不永恒。

46. 曲江感秋二首

序：

元和三载度，不尽曲江肠。
岁岁逢秋去，诗诗拾遗香。
翰林知学士，一去司马乡。
制书中书舍，明年赋四方。

诗：

之一

元和岁岁曲江秋，谴黜年年已白头。
十四风华逾六载，巴州草木竹枝流。
匡庐不远湘潇近，贾谊泪罗屈子愁。
滟滪秋风惊险问，瞿塘峡口落飞舟。

之二：

及第曲江边，翰林学士田。
相兼相济世，独善独先贤。

47. 玩松竹二首

之一：

龙蛇藏大海，鹿鹤隐森林。
草藻潜鳞茝，庭松宿竹音。
庐中居易见，月下以诗吟。
借此应终老，如来自在心。

之二：

竹竹松松色，青青节节鳞。
朝天朝日月，自主自由申。

48. 衰病无趣因吟所怀

一问人间事，三知月下诗。

平生多少病，牧治去来时。

49. 逍遥咏

自得逍遥咏，何人绊羁身。
因心因所欲，以困以风尘。

50. 知歌行

童童不得一翁翁，事事难言半世风。
仆仆从重重主主，英英未住住雄雄。
月亮晶，太阳红，照南北，运西东。
无根昼夜常相继，暮暮朝朝各不同。
始始终终终又始，空空色色色空空。

51. 生离别

步步生离别，遥遥久了心。
常常常不见，独独独鸣禽。
百岁何亲近，千年几古今。
无为无所性，有欲有音琴。

52. 浩歌行

地久天长见，无终有始闻。
红颜应自老，白日可氛氲。
北海辽东岸，胶州创业君。
功名青史纪，十万律师文。

53. 王夫子

一尉王夫子，三生口读书。
皇粮千担少，九品俸无余。
紫绶朱簪旧，东衫布带舒。
君行逢酒邑，一饮醉天书。

54. 江南遇天宝乐叟

乱入梨园一禄山，依稀旧路半天颜。
琵琶乐叟华清秦，法曲立宗过两班。
羯鼓霓裳环佩响，胡旋巧舞向潼关。
新丰树老秦川近，九折黄河十八湾。

55. 送张山人归嵩阳

黄昏寂寂雪云飞，夜酒山人独自归。
执手无金京路狭，侯门有月帝王晖。
阡阡陌陌儒生老，中书学士待郎微。
嵩山石壁开关久，明晨一去醉心扉。

56. 醒醉

序：

醉后走笔酬刘五主簿长句之赠兼简张大贾二十四光四季

诗：

刘兄主簿贾兼张，一醉衷心半旧肠。
寂寂衡门争旦暮，萧萧古寺作诗乡。
乡人荐客龙门子，陋巷贫居作柳杨。
野鹿其鸣千年史，咸秦鼓瑟石桥光。
登科九品郎中吏，举袂三生各短长。
锐意森然荆叶贝，锋光隐著郁金香。
元和运取阊阖志，砺石磨光一世阳。
秘阁机枢棠棣诏，长生殿外久书梁。
新昌第职蓬莱路，旅羁云台日月堂。
旧院东林东隔壁，青袍北阙北人章。
泥涂谏纸江州使，遽列宫宣百辟央。
别后殷勤加饭食，应翁共济作牛羊。

57. 放旅雁　元和十年

十岁九江冬，千流一雪峰。
平川三尺厚，谷壑已冰封。
百鸟飞翔苦，三天饿俯冲。
尤闻湘旅雁，似我北来踪。
以食呈先后，淮西战火烽。
穷兵常不济，可向粤南逢。

58. 和钱员外答卢员外早春独游曲江见寄

翰林无日淡，学士有身闲。
十里花风起，三春小杏颜。
云停南市柳，酒醉曲江湾。
共步龙门士，同年及第还。

59. 东墟晚歇　时退居渭村

秋花颜色淡，渭邑酒醇浓。
一钓三春尽，千竿半意峰。
朝臣皇帝近，只得有无踪。
莫问何人退，居居易易封。

60. 客中月

客自江南至，心由渭北天。
来时弦上下，到此两重园。
半见长安市，三寻太液莲。
婵娟相惜照，不必探源泉。

61. 挽歌词

死死生生尽，来来去去行。
年年朝暮问，岁岁别离情。
不可黄泉隔，相呼九脉衡。
新坟三载平，故巷一倾平。

62. 长相思

二月东风起，重阳九日开。
茱萸兄弟采，挂屋久思催。
共共求书笔，同研柳岸梅。
疏香和白雪，但等玉人来。

63. 山鹧鸪

山鹧鸪，山鹧鸪。半在楚蜀半在吴。
啼时二月巴山雨，不住呼声不住姑。
唤得农夫农播种，乡音未改未江湖。

64. 送春归　元和十一年

杜鹃花落子规嚎，春去夏来草已齐。
白帝城中寻白帝，西江水上问江西。

65. 山石榴寄元九

序：

一名山石榴，一名山踯躅。一名杜鹃花，一名元九家。

诗：

花花扑扑九江开，简简繁繁半界来。
乐乐天天君所寄，元元稹稹我新栽。
枝枝手上西施色，叶叶红中姹女催。
拾遗江陵孤独见，题诗忆取石榴台。

66. 画竹歌

协律郎箫悦，竿竿竹竹名。
枝枝留势取，叶叶保其英。

67. 真娘墓　墓在虎丘寺

江南雪，塞北花。木渎西施半越家。
真娘墓外一天涯，姑苏十里东吴梦。
杏李梅香雪海华，五瓣平，六瓣嘉。
十瓣洞庭山上探，三春不忘虎丘娃。
春差记得天平路，江湖月掩故女妙。

68. 长恨歌　并序

之一：

进士陈鸿撰，开元长恨歌。
明皇明在位，大小右相柯。
色色声声致，妃妃伎伎多。
珍珠由武淑，内外俱颜娥。
力士温汤沐，芙蓉出水河。
娇姿羞不得，玉叶弃绮罗。
钿合金钗定，阳春白雪波。
男儿侯不立，小女一夫齐。
一曲霓裳舞，立宗虢国衰。
韩王杨寿砥，万态亦中和。
未了胡旋鼓，潼关灭旧戈。
清杨安禄反，尺组迤骊何。
执戟旄缨道，梨园弟子磨。
成都先帝位，灵武肃宗锣。
十载成天地，三宫一日么。
蓬壶神道士，碧女求蹉跎。
紫佩金莲步，长生殿上珂。
牵牛寻织女，乞巧结夫婆。
此记明皇独，玉女证丝萝。
鸣咽鸣所忆，一介一机科。
厘庢琅琊客，共取质夫何。
从书长恨事，以此乐天皤。
自认诗词手，谁同日月酡。
明皇明本纪，遗恨遗吟哦。

之二：

天生丽质弃时情，小女立妍弄女明。
白雪阳春丰弱态，双波欲动两边萌。
杨家自此生三女，虢国夫人过帝荣。
老子丞相韩陈玉，温汤溺爱忘华城。
三千宠爱珍妃去，五百开元天宝名。
粉黛胡旋听羯鼓，朝庭不问任人惊。
房谋杜断凌烟阁，阵舞升平塞外声。
百五八年唐室继，周唐李武似和平。
渔阳已乱谁安史，节度难平抑旧生。
错误难承天子脉，潼关失守肃宗衡。
尘埃不定都门乱，蜀道霖铃驿雨惊。
太液芙蓉曾记取，温汤力士助云英。

青娥玉秀梨园曲，帝子神思独步琼。
客散鸿都鸿自落，鸳栖绵被锦斯衢。
朝朝暮暮长生殿，太太皇皇再世萌。
翡翠裘寒天子冷，临邛道士太真行。
金钗钿合承相送，七夕夫妻约旧盟。
已以王心成许诺，孤云独雨相依萦。
千年一帝从今古，百岁三生可忘争。
织女牛郎桥已断，年年岁岁有辉泓。
银河只得人间鹊，暂住仙山待柴荆。
指示江山多少士，无王有主有纵横。
开天辟地自封疆，守一方圆半柳杨。
水调隋炀社稷去，江山纪取运河乡。
之三：
一竹之中半势难，千竿石上百竿奕。
丹青泼墨朝朝竟，节节空心直直盘。
云粉态，雨炎寒。池塘四顾久书安。
儒书款尽梅香尽，留下群英作玉珊。

69. 妇人苦

蝉鬓如意扫，白雪似云身。
四十分天地，平生作带巾。
妻求同穴死，妇得共心珍。
子子相孤立，阴晴互独亲。

70. 长安道

长安道上一来回，渭水流中半芷苔。
只有青楼堂女客，红颜未老久徘徊。
年前雪月风花客，红颜未老久徘徊。
年前雪月风花色，岁后冰封腊月梅。
进退升迁天下路，春耕夏获雨云催。

71. 潜别离

春枝连理见，夏水泛澜波。
落叶秋风扫，冬梅傲影多。
离离还别别，折折亦磨磨。

72. 隔浦莲

足下芙蓉色，村前隔浦莲。
红颜生白雪，素月作婵娟。
玉立婷婷望，深蓬子子圆。
双双含笑问，独独并蒂宜。

73. 寒食野望吟

古墓村村外，清明户户中。
青团青蒲绿，野望野山风。
自古人生此，何言一富穷。

74. 琵琶引

元和已十年，左遣九江边。
送客浔阳路，琵琶怨曲悬。
长安迁倡女，寄意去来船。
嫁与经商贾，桑榆作酒钱。

75. 琵琶行

浔阳一水九江边，送客知声半系船。
有酒南昌郡，无诗问管弦。
瞬息惊间丝竹响，琵琶唤曲意当然。
相思情所逐，别主自潜虔。
嘈嘈切切弹弹止，抹抹捻捻桃桃连。
邀月曾相照，呼童已自怜。
不见江洲司马泪，叭闻晋豫故乡年。
轻身何短叹，俯仰几回旋。
长安渭水分天地，穆穆曹曹韵味捐。
水调隋炀柳，江都谏史篇。
旦暮梨园听筝篥，霓裳舞后善才专。
天堂应此处，已是运命年。
公孙一剑天光落，羯鼓三声作御筵。
太白清平乐，知章上送焉。
出水芙蓉遮粉面，舟青画马霸王鞭。
襄阳谁撼岳，杜甫过秦川。
王维伪府留诗句，岭外昌龄赋陌阡。
旗亭知高适，酒市问婵娟。
鼓瑟湘灵谁及第，滕王阁上向先贤。
顾况王之涣，姑苏建德天。
三郎扫地焚香坐，直字真卿颍士宜。
庐纶元甫叙，吕牧姚伦田。
节岘韩翃钱起句，岑参贾至帝王前。
李益韩滉士，杨凝王建传。
秋娘妒忌红绡夜，曲调先成战事迁。
京畿由少小，八水绕城湴。
旁落江南商贾妇，男儿眼下只思钱。
抑郁三生路，从客五陵泉。
轻离重利浮梁买，守待风流望眼穿。

天涯同去往，故里共思愆。
彼此难同彼此愿，方圆不定是方圆。
已断琵琶曲，何情寄此焉。
相逢不必曾相识，世事难评世事诠。
巴山巴人曲，故国故难全。
百岁开元天宝代，霖铃驿外雨溅溅。
信手诗词句，随缘日月沿。
成ун帝屿王灵武，太上皇宫旧舞翩。
升迁观草木，喜乐可当干。
我问江州司马客，湿尽青衫独不单。
进退随天意，沉浮任自然。

76. 简简吟

简简苏家小女名，婷婷玉立已倾城。
胸前白雪芙蓉露，口里含香目递情。
镜后蝉鬓眉淡扫，趋趋步步难行。
东风一度红阡陌，雨润三春寄后生。

77. 致祖

我祖关东下，桓仕创业司。
山中多野木，水上有禽儿。
野果年年是，禾田岁岁仪。
开荒三百亩，种植六千枝。
黍粟丰衣食，蔬芹向背兹。
粮食粮自足，织布织蚕丝。
犬吠惊居室，饥人窃自垂。
扶将何不济，奉养食除移。
隔日呼邻里，征求和客词。
农家无好坏，世界共慈悲。
有米同生死，何求独石基。
修桥还铺路，与善复行医。
以女称姑舅，回康悔见迟。
方圆三百里，救治尽人知。
里弄刘秩子，居初以事为。
官衙相见后，百草梦中规。
隔日县台令，奇生漏所斯。
从人从自己，尽谊尽其宜。
四十男儿至，知恩上帝施。
辛辛成苦苦，草草亦芝芝。
我祖胶州别，三生到我时。
农家由两亩，场院自扶私。

父父母母继，兄兄弟弟期。
全家兴六妹，十八首吟诗。
学读儒书卷，心经道法祠。
如来如所至，自力自生维。
少小安东市，中年五女危。
青春抚顺地，老得本溪碑。
是历从无有，听闻子粒墀。
荷锄荷力力，跬步跬前薿。
八十洪尊老，爹娘共此曦。
传家传德继，五子五家资。
六妹燕滨小，书生顿足眉。
幽州幽院校，赵璧赵人赀。
举首京城去，榆关内外遗。
年前身后望，户外户口帷。
只要爷娘见，何须四品夷。
郎中郎侍物，奉地奉天夔。
我祖胶县故，山东创业茨。
三重茅屋阔，六子女梁饴。
邹忌齐王谏，韩非五蠹縻。
颛顼和帝喾，夏启世人窥。
大禹曾平水，岐山受命辞。
秦王无逐客，管仲以相葵。
大费舜赢赐，秦川养马驰。
谁知千百载，旧说已成尼。
鼓瑟弹琴见，钟笙磬管彝。
重华传孝顺，瞽叟象相亏。
万物从零始，千年已九巍。
玄师应佛教，短李赋闲颐。
玉蕊唐昌色，交贤纳旧脂。
芙蓉明上苑，不远曲江池。
翠落华清树，珠环闽越绥。
名姬重粉黛，紫陌碧螺睢。
狮豸鹓鸾序，冠官难已随。
陈齐归属道，寸毫御封泥。
制书中南海，郎中四品篱。
留诗逾十万，逝者过三麒。
禄禄名德就，功功业业耆。
先先何后后，老老亦犁犁。
暮暮朝朝去，成成败败丕。
官官谁吏吏，子子君君黪。
诺诺唯唯者，孤孤独独羆。

居居应傲傲，易易已漓漓。
减减兴兴继，荆荆楚楚郦。
川川流蜀蜀，鄂鄂复褫褫。
第第东台上，源源北阙圮。
南山南寿木，故国故人缁。
毗毗辛辛造，林林木木茈。
鹧鸪春早唤，鸧鸥水中眵。
布带殷勤事，青衫可自禧。
黄云黄菊色，落叶落飞畸。
莫以春秋论，还尝日月庳。
銮班分列至，五味五湖浙。
不可兰衣久，良驹伯乐猗。
辛黄常瞩目，木槿红颜徒。
旧里中芝忆，新程问赢赢。
南洋南海岸，北国北乡跬。
北至黑龙水，大连旅顺陂。
桓仁通化市，长白大山锱。
望对人参子，兴安岭木崎。
乌苏江水阔，抚远界边荠。
也是淘金客，还非世界禧。
一千万户口，二百载家居。
月落松花岸，云平完达巇。
绥芬河上水，老岭牡丹滩。
雾霭长春树，林丰哈尔滨。
俄罗斯圣望，碧女羽毛娞。
五省沈阳定，朝鲜八卦台。
应知同汉化，古往已今鹂。
冷水泉边住，辽阳铁岭淇。
滦河流热水，涿鹿自疏祺。
射虎幽州客，飞将李广貔。
阴山千里句，敕勒一川狮。
我祖关东创，爷娘教足胝。
行行无止长，步步有容其。
创业凭开展，成功任目逵。
耕耘由自立，播种始毫厘。

78. 花非花
花是花，雾是雾。三更草，五更树。
来来去去寻无得，暮暮朝朝作去处。

79. 醉后狂言酬赠萧殷二协律
余杭有羁贫，协律过秋春。

大雪西湖树，萧殷薄裤巾。
应知刺史见，世事是同人。
但以裘衣奉，平生普渡秦。

80. 醉歌
玲珑一醉歌，唱女半先科。
白日青楼少，红颜苦事多。
胡琴胡地响，汉瑟汉天河。
醒后还须饮，千杯算几何。
和平应百岁，不可动干戈。

81. 和郑元及第后秋归洛下闲居
及第书儒志，龙门草木荣。
精英精自力，格律格方城。
莫误闲居老，应闻日月明。
常修常所继，独得独莺鸣。
不在幽州问，南洋过海行。
巴新巴蜀越，此道此人生。

82. 春题华阳观
华阳公主宅，内侍尚书怀。
月色清寒在，徘徊上玉阶。

83. 秋雨中赠元九
步步青苔湿，幽幽故客来。
秋池藏夏雨，落叶带寒媒。
不免寻君迹，惊心有楚才。

84. 及第得群字
典礼新卿宠，征诗宴诸群。
莺鸣迁座主，侣燕尚书文。
白雪阳春客，琼花雨露芬。
青云同仰止，丽日共耕耘。

85. 东都冬日会诸同年晏郑家亭得先字
草木长安雨，龙门及第年。
何当书识后，自力可当先。
组佩桃花面，灵犀玉女前。
秦楼箫已断，且入凤凰田。

86. 宣州笃送及第后重送此诗
一望凌烟阁，三生不可迟。

维藩连序牧，镇袖自逢时。
楚客庄王赋，秦人养马知。
股肱分内外，耳目各斯宜。
射策丹墀志，端心淑气诗。
弦声应正羽，列阵序和辞。
擢第方名誉，奔驰伯乐期。
扶摇民所望，政治士人基。

87. 和渭北刘大夫借便秋遮虏寄朝中亲友

豹虎关西卒，金汤渭北城。
英雄英自得，受降受身名。
罢虏周师胜，行营汉武兵。
朝中亲友问，月下寄平生。

88. 酬哥舒大见赠

去岁登科第，今年各柳杨。
书生分八处，一卷合千章。

89. 题故曹王宅　宅在檀溪

马跃一檀溪，襄阳半水堤。
朱门留旧迹，甲第七军低。
绿砌红菡在，荒垣野草齐。
三年三不在，一岁一东西。

90. 自江陵之徐州路上寄兄弟桓仁家

弟弟兄兄别，来来去去行。
唯闻情手足，独见是心城。
后后先先继，家家户户生。
京都京不止，老小老家盟。

91. 和谈校书秋夜感怀呈朝中亲友

朝中亲友夜，月下问杨雄。
所荐何人现，闻诗已见穷。
凉风经砧漏，楚客不由衷。
曲断弦音继，幽幽是始终。

92. 感秋寄远

秋风叶落半成空，月色枝明隔岁隆。
别意离忧应自度，春来夏雨始无终。

93. 城东闲游

宠辱忧欢事，忙闲进寻情。
长安城陌巷，白鹿原头行。

94. 答韦八

今天如一醉，隔夜色千归。
细雨茫茫下，群芳各是非。

95. 华阳观桃花时招李六拾遗饮

华阳公主酒，李六校书郎。
一片桃花色，三春饮断肠。

96. 和友人洛中春感

莫以悲金谷，多情石不回。
天津桥下水，不似绿珠来。

97. 送张南简入蜀

送蜀张南简，求贤诏已明。
徇名先自语，剑阁后无情。

98. 寄陆补阙　去年同登科

忽忆前年第，登科问岁年。
分庭谁搞礼，合议自先贤。

99. 华阳观中八月十五日夜招友玩月

一夜秋光落，三杯玉色明。
中秋中月饼，以缺作圆城。

100. 曲江忆元九

微之相忆久，不见乐天愁。
及第同行止，江州逝水流。
今宵还我梦，但约曲江头。

101. 过刘三十二故宅

一过刘君宅，三生路上回。
宜平宜不止，柳巷柳杨栽。

102. 下邳庄南桃花

日暮桃花路，庄南一片开。
多情多不在，独自独谁来。

103. 三月三十日题慈恩寺

夕照慈恩寺，云平细雨催。
春归留不住，暮色去还来。

104. 戏题新栽蔷薇　时尉盩厔

刺刺蔷薇树，丛丛叠叠开。
层层花不尽，处处色烟媒。
少府应含趣，夫人且莫来。

105. 看浑家牡丹丰功伟绩戏赠李二十

已见香消去，还来问酒家。
明年先自许，岁岁有鲜花。

106. 春中与卢四周谅华阳观同居

月下萧何去，云中李广来。
同居同异想，共度共天才。

107. 自城东至以诗代书戏招李六拾遗崔二十六先辈

步里青门路，行中拾遗诗。
先生崔欲醉，不饮五杯迟。

108. 盩厔县北楼望山

一作驱行吏，三官落后尘。
何须赏负志，但事小中频。

109. 县西郊秋寄赠马造

不忍城西别，残花岸北开。
莲蓬无絮佩，带子有情来。

110. 别韦苏州

月下焚香坐，宫中闭目来。
三郎三自得，五色五蕴开。

111. 酬王十八李大见招游山

制书从天子，行宫已忘春。
风云经我住，竹雪属他人。

112. 县南花下醉中留刘五

一醉芳菲酒，三杯色月寻。
天台无凡女，曲尽有余心。

113. 宿杨家

以醉杨家宿，观星月已斜。
中庭兄弟立，不语向桃花。

114. 醉中留别杨六兄弟

别后何人醉，花前几度闻。
芳芬常在处，不醒可常醺。

115. 醉中归螯屋

金光门外去，螯屋月中回。
忘却桃花束，今宵有古梅。

116. 游云居寺赠穆三十六地主

地主云居寺，山归客旅人。
群芳花色好，碧野草茵茵。

117. 和王十八蔷薇涧花时有怀萧侍御兼见赠

一路蔷薇一路人，千红万紫半红深。
三春涧水三春色，两把红芳两处心。

118. 再因公事到骆口驿

去岁红枫叶，今年白夏松。
因公来去见，有愧故云封。

119. 期李二十文略王十八质夫不至，独宿内游寺

吏役期文略，诗章约质夫。
仙游全未至，古寺自扶苏。

120. 酬赵秀才赠新登科诸先生

雪满终南顶，云归北阙城。
天门街上步，四望有阴晴。

121. 惜玉蕊花有怀集贤王校书起

玉蕊花芳意，怀君久集贤，
瑶台香积月，雨露校书泉。

122. 春送卢秀才下第游太原谒严尚书

下第浮沉问，翰林旧并州。
龙潜蛟未动，独木直春秋。

123. 长安送柳大东归

白社东归伴，青门远别游。
浮名相引止，故步互倾留。

124. 送文畅上人东游

得道随缘去，知心忘意来。
山空禅草木，月色有无回。

125. 社日关路作

暮色函关路，秋光社日人。
年年当此醉，处处忆初春。

126. 重到毓村宅有感

且向中门望，何闻五色君。
风华皆照旧，独缺一衣裙。

127. 乱后过刘沟寺

战后徐州老，人前养始终。
刘沟来去寺，照旧白云中。

128. 叹发落

白发丝丝落，青衣处处工。
年年多少路，处处去来中。

129. 留别吴七正字

共记成名甲，同科及第中。
谁人芝阁北，道情始朝东。

130. 除夜宿洺州

夜望关西月，身居冀北楼。
寒风除夜早，独泊一洺州。

131. 邯郸冬至夜思家

邯郸冬至日，学步问孤僧。
但以思家寄，遥遥一盏灯。

132. 冬至夜怀湘灵

艳质何由见，湘灵鼓瑟闻。
孤衾应不暖，方得二妃氛。

133. 感怀张仆射诸伎

不惜黄金价，娥眉有自亲。
凭身寒已暖，待意许歌人。

134. 游仙游山

一半云泉水，三千草木田。
游仙游自在，闭目闭苍天。

135. 见尹公亮新诗偶题绝句

一字公卿寄，新诗十首余。
琼琚应所报，一卷似天书。

136. 长安闲居

城中一远山，月下半开关。
简静庸居久，三杯已等闲。

137. 春独游曲江　时为校书郎

九品校书郎，三春十里香。
桃红红胜火，小杏杏园墙。
散职无官束，冰销日月长。
清流清自许，逐水逐朝阳。

138. 秘书省中忆旧山

傲吏平章笔，言官制书名。
兰台兰蕙老，御使御倾城。

139. 凉夜有怀　应举时作

清风明月好，擢第状元郎。
处处书生路，时时日月量。

140. 长安正月十五日

霸道帝王州，人间十九流。
长安长不止，渭水渭千洲。
正月元宵节，朱门尽不忧。

141. 送武士曹归蜀

蜀道由秦岭，南归问佛坪。
龙亭分汉水，牧马镇巴城。

142. 江南送北客因凭寄徐州兄弟书　时十五岁

楚水吴山万里余，天高地厚半当初。
诗歌曲赋唐天下，社稷江山一卷书。

143. 赋得古原草送别

离离原上草，岁岁一枯荣。
别别君留意，逢逢已再生。

三先泾渭色，八水曲江城。

144. 夜哭李夷道

逝者如斯逝，来人似未来。
同人同世界，共忆共徘徊。

145. 病中作 年十八作

久久劳生事，青青病体消。
中年中不止，八十八年遥。

146. 秋江晚泊

晚泊秋江水，舟平草芷云。
船娘船曲唱，竹泪竹枝闻。

147. 旅次景空寺宿幽上人院

暮鼓南门近，晨钟北塔遥。
山人山自在，寺宿寺云霄。

148. 过高将军墓

一墓三伐去，千军半将来。
疑无天下士，草木已先衰。

149. 寒食卧病

卧病知寒食，清明隔日情。
绵绵多细雨，处处暮朝荣。

150. 宿桐庐馆同崔存度醉后作

杯前不记愁，以酒解人愁。
醉后愁还在，杯中不记愁。

151. 江楼望归 避难越中

十载避黄中，三生问上人。
江楼江水见，受降受时秦。

152. 除夜寄弟妹

四处除年夜，三更灯竹鸣。
兄兄寻弟弟，妹妹问家情。
小小应无介，唯唯各长成。

153. 寒食月夜

晋洱一绵山，清明二日还。
人生人已去，道性道潼关。

154. 感芍药

芍药牡丹花，欣欣对日斜。
时时分不定，处处共红霞。
草木应源本，风尘可一葩。
根根何草木，岁岁各人家。

155. 晚秋闲居

足踏深深叶，临地阔阔平。
闲居闲自得，养蓄养人情。

156. 秋暮郊居书怀

郊居人事少，野旷肃风行。
落叶飘扬去，山禽带病鸣。

157. 为薛台悼亡

百岁梧桐老，三秋一病身。
斑斑吟不住，冷冷月空人。

158. 途中寒食

行人寒食尽，少女踏春青。
百草神农色，千川早见灵。

159. 题刘沟寺古松

月落刘沟寺，千鳞一古松。
山门山不老，独立独成龙。

160. 感月悲逝者 赠张恩媛勤工俭学伐木凉水泉

昨夜如今日，明宵似去年。
曾经同望月，共饮凉水泉。
百岁人生去，黄昏旧忆前。
君心君子引，我素我盲怜。

161. 代邻叟言怀

人生心不定，历事未成全。
老态龙钟至，秋翁学少年。

162. 兄弟

序：
自河南经乱关内阻饥兄弟离散兄弟各在一处，因望月有感聊书所怀，寄禄青兄，义茂弟，燕琼妹。

诗：
一妹乡家五弟兄，桓仁沈阳闻归城。
如今建市修新路，故宅空我问归名。
骨肉流离求事业，辞根读学作精英。
田园土豆同劳动，旧忆回思共结缕。

163. 长安早春旅怀

平生二十岁，见历九千人。
百草神农教，三思一早春。
新芽初出蕊，旧木已经纶。
读学书儒子，群芳作客邻。

164. 寒闺夜

夜半衾裯冷，三更旧被陈。
成翁成狡立，步履步沾尘。
不忍孤灯灭，还思旧日亲。
应无儿女望，已有父母身。

165. 寄湘灵

竹泪湘灵寄，苍梧舜水君。
人间留业绩，别后是离分。

166. 冬至宿杨梅馆

独宿杨梅馆，孤行一病身。
三更难入梦，百日可知春。

167. 临江送夏瞻 瞻年七十余

七十无家万里身，诗词有望百年人。
行程不尽行心去，著作何成始入春。

168. 冬夜示敏巢

知为流碌苦，不及在家贫。
守岁分年夜，三更是远人。

169. 问淮水

不问知淮水，东流有百濑。
何须方向见，自古有河津。

170. 宿樟亭驿

夜半樟亭驿，三更梦故乡。
寒宫寒四溢，桂影桂生凉。

171. 及第后忆旧山　寄张恩媛

偶献虚登第，孤行读学门。
榆关南北客，结愿有无婚。

172. 题李次云窗竹

窗含千竹色，户对万林峰。
不远深潭见，何须不问龙。

173. 春村

春村桑不老，小叶育新蚕。
作茧成虫蛹，开关上翠峦。

174. 花下自劝酒

四十须知大半生，三千弟子五蕴明。
平章制书平章策，主牧江州司马名。

175. 题李十一东亭

蝉声入耳秋，落叶付东流。
逝者应有见，长鸣之自收。
水月浔阳好，独立问江州。

176. 题施山人野居

山人不是一山人，百岁何言百岁身。
自古生生还自古，红尘夜色复红尘。

177. 罢职出院

银台多一路，世界少三千。
碧宇留云住，苍空不是天。

178. 重寻杏园

重寻一杏园，问道半花天。
已是酩酊醉，何须待陌阡。

179. 晚秋有怀郑中旧隐

旧隐关河路，新吟日月歌。
跳跃身病逝，寄望已无多。
只可殷勤度，春耕种稻禾。

180. 同李十一醉忆元九

书生不止学冠官，九品难言五品寒。
醒醉无声无比阔，农夫有望有社坛。

181. 同钱员外题绝粮僧巨川

绝食粮僧一巨川，丹砂断欲半宿迁。
六十年来花甲处，化解云烟不比前。

182. 绝句代书赠钱员外

昨日方圆客，今朝度岁年。
明晨何所顾，且过待神仙。
自古春秋继，忧人自杞天。

183. 曲江独行

及第一翰林，登科半古今。
文章应不止，日月有鸣禽。

184. 禁中九日对菊花酒忆元九

微之爱菊是无花，九日重阳十地华。
赐酒何须醒醉问，秋风落叶满人家。

185. 送王十八归山寄题仙游寺

数到仙游寺，多临太白峰。
题诗留壁立，煮酒取枝茸。
一到重阳节，登高问行踪。

186. 答张籍因以代书

老马知新途，怜君访鄙夫。
天明天意久，古意古扶苏。
病去题诗寄，深情不可无。

187. 曲江早春

一步曲江春，三生及第人。
同年同子弟，共度共秋春。
四品郎中记，千官万吏钧。
芙蓉池里水，步步嘌园尘。

188. 见元九悼亡诗因以此寄

禅房四卷经，佛祖一心灵。
道术丹砂炼，三清以布丁。
千年生死见，每叹自零丁。

189. 寒食夜

清明寒食夜，谷雨种桑田。
乞火无灯去，书生有学年。
侯门传暮色，束发对梁悬。

刺骨由先见，囊维自古贤。

190. 杏园花落时招钱员外同醉

姹紫嫣红已过时，花肥叶厚女儿迟。
三春一夏君应醉，半在空中增在枝。

191. 重题西明寺牡丹　元九在江陵

又来西明寺，重寻故牡丹。
年年君不在，隔岁见予难。
且嘱花仙子，无开待不单。

192. 同钱员外禁中夜直

玉漏三更早，宫灯一夜残。
同钱员外影，共度影双寒。

193. 禁中夜作书与元九

窗灯欲灭时，玉漏已声迟。
两纸重开启，相思已可知。

194. 八月十五日夜禁中独直对夜忆元九

张台玉漏半翰林，湿夜江陵一古今。
五百年中同制书，三千里外故人心。

195. 寄陈氏五兄

陈家五弟兄，白发一春生。
五十同年度，三生已不鸣。

196. 庾顺之紫霞绮远赠以诗答之

紫气霞光绮，相思已远知。
吟诗吟所寄，慰汝慰予时。
问以当心现，赠之作未迟。

197. 送元八归凤翔

岐州三日路，渭水半天风。
已是经年别，何言不西东。
重逢兄弟见，以醉凤翔穷。

198. 雨雪放朝因怀微之

朝归过九衢，雨雪向千儒。
只有江陵客，洞庭一小姑。

199. 咏怀

及第凌云紫，风化正茂红。

苏杭州刺史，独善此身中。

一病三身纪，千年半始终。

200. 元白嘱

序：

闻微之江陵卧病以大通中散碧腴垂云膏寄之因题四韵

诗：

一帖红消散，三封碧玉膏。

同怜同病似，共度共官劳。

但寄江陵去，遥图以念豪。

由心收自己，以步以情高。

201. 酬钱员外雪中见寄

寄意纷纷雪，由云念念消。

飘飘何所近，落落已无遥。

202. 新磨镜

磨铜成镜面，忆旧是源泉。

一以青光对，三生可问天。

203. 重酬钱员外

大雪封天地，山明水暗形。

无空无万里，有谷有千川。

厚厚茫茫野，明明暗暗连。

204. 独酌忆微之　病老以人温之可解矣

独碧红花酒，孤身玉液纯。

相知相互助，是冷是温人。

205. 微之宅残牡丹

微之旧宅牡丹残，冷落成泥客不宽。

不见江陵司马客，留连旧步忆长安。

206. 感发落

格律诗词叟，青丝白发翁，

无先我后悔，返老返回童。

207. 中秋夜

序：

八月十五日夜闻崔大员外翰林独直对酒玩月因怀禁中清景偶题是诗

诗：

桂影到人间，嫦娥自等闲。

人人思所见，处处望天颜。

独直曾无酒，孤身已台还。

208. 酬王十八见寄

雪满仙游洞，云堆太白峰。

皇恩先报效，见寄后思逢。

已做天涯客，冰封见足踪。

209. 立春日酬钱员外曲江同行见寄

不待梅花落，疏香白雪悬。

芙蓉园里碧，艳景曲江边。

共步寻清煦，同行柳叶船。

先黄先绿半，立色立春全。

210. 和钱员外青龙寺上方望旧山

南山不见北山云，古寺午炉旧寺曛。

净土清规清净土，青龙上下上龙文。

211. 宴周浩大夫光福宅　座上作

处处风光碧，时时伎女红。

听歌听会意，点曲点无穷。

一醉沉眠去，三秋贝叶终。

应知南北向，不可各西东。

212. 晚秋夜　老子独经秋

千川千贝叶，一月一寒塘。

玉影婷婷落，孤身草草扬。

婵娟何不问，独客上空床。

213. 惜牡丹花二首

序：

一首翰林院北厅，一首新昌窦给事花下作

之一：

独碧翰林院，群红上掀东。

千门皆不闭，百色落归鸿。

之二：

叶叶枝枝树，年年岁岁红。

谁人疑翠羽，碧草已含丰。

214. 答元奉礼同宿见赠

相知闲自住，问事各心珍。

奉礼人生路，春秋日月秦。

215. 上巳日恩赐曲江宴会即事

上巳曲江边，春风送酒船。

元和元赐宴，主意主成全。

艳伎藏花底，轻吟向玉妍。

相知相会去，独胜独羞怜。

216. 答马侍御见赠

谬入金门路，欣闻制书书。

留文留所宰，帝业帝王居。

剧孟随明主，稽康任绝余。

217. 夜惜禁中桃花因怀钱员外

处处桃花色，天天各不同。

今宵君不在，艳色上天空。

218. 和钱员外早冬玩禁中新菊

宫中秋去晚，月下已清寒。

但惜留黄色，冬云已不残。

仙郎门内署，拾遗世天观。

旷野冰封久，金门菊隐欢。

219. 答刘戒之早秋别墅见寄

晚色初封入，黄昏木槿红。

含羞心已闭，作卷蕊经风。

直到秋风重，朝天暮谢终。

220. 凉夜有怀

夜静凉风小，秋闻一两声。

飘飘留玉影，不是问相倾。

221. 秋思

一斋青年少，三秋落叶多。

重阳重入梦，独步独先科。

222. 禁中闻蛩

官官相护佐，步步禁风深。
野草藏虫在，墙边地脚荫。
声声应可以，处处似知音。

223. 栈道

无明无暗月，不暖不寒天。
日日东流水，幽幽上下船。
陈仓谁不度，蜀道己闻川。

224. 赠别宣上人

水上白莲花，婷婷玉立斜。
污泥污不染，土址土根家。
互处相依附，同心共世华。
人间无一物，世上独自夸。

225. 春夜喜雪

夜雪幽人少，开窗淑气清。
无寒无一日，隔暖隔三更。

226. 洛口驿旧题诗

无人赏壁诗，有驿宿相思。
侍御微之客，苔侵玉露时。

227. 南秦雪

洛口到南秦，闻君是独身。
三时云变雪，一世易秋春。

228. 山枇杷花二首

之一：

一片山枇杷，三春半地花。
巴山巴曲盛，竹笋竹枝华。

之二：

御使芙蓉问，山坡小女寻。
花花花不语，树树树常荫。

229. 江楼月

半见江楼月，三闻逝水声。
南南还北北，抑抑复荣荣。

230. 亚枝花

半似平阳木，山邮土地家。
留心差异见，折取亚枝花。

231. 江上笛

一笛声声问，三更处处闻。
人生人未合，曲尽曲还分。

232. 嘉陵夜有怀

知君此夜心，月下独成吟。
不忍空床问，嘉陵逝水音。

233. 秋虫

切切门窗外，幽幽草木中。
思夫思妇见，不别不西东。

234. 夜深行

月照百牢关，人行一蜀山。
前程分彼此，白首逐天颜。

235. 望驿台

望驿思家远，当窗曲靖安。
何人保所问，待客待逢难。

236. 江岸梨花

两岸梨花作水裙，三生蜀道半知君。
嘉陵日日长江水，远远东流总不分。

237. 答谢家最小偏怜女

不嫁梁鸿一半年，东风欲雨两三天。
吟诗八句三更早，自得榆花不缺钱。

238. 答骑马入空台

一马入空台，三君问腊梅。
疏香疏影在，女色女人来。

239. 答山驿梦

步到竹丛前，寻思旧日迁。
重温重故事，以驿以乡田。

240. 忆元九

渺渺江陵道，幽幽日月诗。
时时非自主，处处是相思。

241. 和元九与吕二同宿话旧感赠

吕二同元九，行年共乐天。
秋娘今独在，直宿曲江边。

一度花开后，三生结子前。
情情关不住，处处意难全。

242. 萧员外寄新蜀茶

新茶新寄到，渭水渭人茗。
蜀道行三日，巴人客万情。
清香清碧玉，远近远佳英。

243. 寄上大兄

十月无书信，三生有古今。
东门临病望，独问一知音。

244. 病中哭金銮子　小女名

一问金銮子，三诗可记全。
扶床方走定，问话已翩翩。
有去何知路，无言自独咽。
黄泉应不远，老子可同天。

245. 寄内　交通部，郭雅卿

京都初绿别，蛇口不行船。
共马潘琪去，如同一线天。
中央书记处，国务院思迁。
供职中南海，诗词十万研。
无为非是事，有道暮朝悬。
只道随其性，何言守一圆。
回头回不得，一举一如烟。
若以平生见，农夫半亩田。

246. 叹元九

不入城门问，何寻月下明。
江陵江水阔，乐取乐天城。
忆久忆身名，元和元九客。
莫叹微之信，应闻远近鸣。

247. 病气

气自一因情，身因半病生。
修心修静定，固态固和平。

248. 眼暗

岁岁勤书写，年年字句珍。
天天诗十首，日日苦秋春。
泪眼常常涩，遥遥望望均。
成翁成近视，著作著逾频。

249. 得袁相书

农夫一事余，日月出荷锄。
面对天和地，寄我故相书。

250. 病中作

厚薄亲疏见，升迁进退闻。
蔚章逾旧故，胜过集贤君。

251. 感化寺见元九刘三十二题名处

微之谪去两千程，感化依然一大名。
太白吟诗吟上面，昌龄酒市酒余情。

252. 游悟真寺回山下别张殷衡

未了红尘世，随缘悟旧时。
青山孤负与，再赋帝侯诗。

253. 村居寄张殷衡

村中一病夫，市政十多衢。
老子五千字，江东去也无。

254. 寒食夜有怀

东风半暖半天寒，不尽三心两意安。
乞火侯门常自主，书生有志曲江澜。

255. 开元九诗书卷

白纸殷红笺，微之集卷余。
诗诗诗不尽，病病病中舒。

256. 昼卧

抱枕无书读，空房有自然。
闻天闻地语，亦病亦如眠。

257. 夜坐

日立中庭久，云沉夜坐寒。
嫦娥何不见，独自两三叹。

258. 暮立

暮立黄昏尽，高林日照迟。
遥遥无远近，树树万千枝。

259. 有感

绝断丝弦问，重装继续闻。
衷肠衷已尽，一语一言诗。

260. 答友问

半是身心老，三秋日月明。
阴阳分两面，水月合则清。

261. 村夜

草木苍苍色，虫昆切切声。
村村南北路，日日去来行。

262. 闻虫

秋虫临夜雨，湿叶待干前。
处处啼音近，声声不入眠。

263. 病中得樊大书

寂绝无人问，东都著作书。
千言千万绪，一字一心余。

264. 赠内　一九七九年北京拉三限四省电寄雅卿

都门须省电，子女读书天。
有话应常语，无灯各早眠。

265. 得钱舍人书问眼疾

君书三两笺，未读眼先明。
彼此心灵近，诗文百郡城。

266. 还李十一马

还君天子马，借与上朝人。
我病多扶杖，将来待自身。

267. 九日寄行简

之一：
重阳一菊花，行简半人家。
问道梓州远，相思你我他。
之二：
一日梦游春，三生返朴频。
神仙神可在，汉界汉时秦。
曲折桃源路，阴晴各不均。
归真归自己，所向所天津。
见得黄粱去，书生有苦辛。
人情人不主，道法道非真。
束袖绫裙色，冠轩玉带巾。
龙门龙早与，及第及经纶。

九品知天地，郎中制书臣。
孤行孤所力，不敬不知贫。
卫叔曾何劝，萧颜彦已陈。
山中刘阮问，月下数江鄰。
太一东皇问，云中掩涕暝。
高阳苗裔考，孟陬伯庸沦。
白芷怜香渚，江离楚郢珍。
嘉名肇锡号，草木无淹因。
国运兴亡念，江山茂盛垠。
天问天所得，九日九歌筠。
斗柄群星指，枢机世谏钧。
三台三已见，八柱八分臻。
地势东南陷，天梁北属缙。
参合生万物，本化济人身。
惠气应安在，昆仑解羽鹑。
无夫岐女致，九子已氛氲。
黜辱朝廷士，曹经旬旷民。
东周申宛蜀，北魏始文彬。
大梅山雨隔，长沙贾谊邻。
巴山鹏翼展，楚水向东瀬。
将领千军志，修途子女人。
风流风不止，桎梏桎其仁。
自弃琴弦客，陶公陶冶甌。
彭扬彭泽令，五柳五蕴循。
职守瑶墀侍，孤鸢伎乐滨。
鹧鸪鸣四季，雀鹊逐千尘。
郑鄭逢时续，荆州富忍鳞。
微官微不久，济世济多贫。
始始终终问，来来去去巡。
元知元九阔，乐意乐天谆。
一峡瞿塘水，三吴百里洵。
生男生慧质，有女有良姻。

268. 王昭君二首

之一：
一半胡沙面，三生玉脂蒙。
单于知手上，汉在画图中。
之二：
汉使回凭语，单于大丈夫。
阴晴应自在，草木自扶苏。

269. 钱舍人诗

礼部翰林字，村阗渭水阳。
龙门居易岁，寄意乐天肠。
四野分伦序，三光合小康。
知儒疏十术，少小尚冯唐。
拾遗天街近，郎中制书忙。
朝廷由是运，旷野近农桑。
及第龙门客，修身德义昌。
邯郸曾学步，病药梦黄粱。
白鹿原中望，青龙寺上香。
崔君因运济，按羽以钱郎。
役吏千知训，冠官百练刚。
闻贫辛努力，举案贻糟糠。
少睡年经久，多书风貌长。
鹅毛重作笔，岘墨豫文章。
祖父胶州客，关东创业疆。
山山由自选，草草任平秋。
五子丞门户，爹娘一女扬。
林林凭所取，物物任其昌。
马圈乡中舅，桓仁市里娘。
浑江西北岸，水电霸上扬。
褴褛衣无缺，丰年换旧裳。
夫贤和妇顺，子孝母慈堂。
读卷千篇尽，吟诗一始狂。
如今逾七十，十万百千纲。
但以乾隆比，同臣共咏皇。
吟诗同学步，步步有低昂。
直属中南海，分宵宜未央。
农村农土地，后劲后圆方。
配对人参长，开花秀水妆。
兴安兴岭下，五女五山旁。
但过榆关去，燕幽半故乡。
求知求欲望，虽土别爹娘。
白首回头问，书生一世伤。
人间何最贵，子女报恩姜。
少小知书远，童翁近暖凉。
平生无怨恨，遗憾有余棠。
梦里常寻问，亲中有故庄。
呀呀谁所教，路路几扶将。
拙劣青交颈，优垣紫界墙。
声名归自己，苦育瞩参商。

煦沫成芳舆，灰心罢激狂。
龙钏离旧土，老少别新霜。
慧剑慈航在，珠沉亦不藏。
隋炀杨柳岸，水调运河汤。
竹帛烟消失，长城作战亡。
阴晴云雨水，彼此是苏杭。
一颗头颅好，千年有抑扬。
江都谁不问，以水作天堂。

270. 夜坐

落叶归根去，秋风带所行。
梧桐开月隙，蟋蟀近床鸣。

271. 村居

野草田园共，禾苗土地生。
春秋冬夏事，只问白头翁。

272. 和梦游春诗

微之已到问江陵，百韵乐天待里兴。
寄得法华经寺舍，梦游春里问鲲鹏。

273. 题卢秘书夏日新栽竹

一竹青青百节生，千竿翠翠一势明。
天天向上根须茂，直直婷婷玉立菁。
等度疏稠团白露，分霜渐沥染红橙。
卢家小杏当梁柱，鼓瑟娥皇问女英。

274. 渭村酬李二十见寄

百里鱼书几太迟，三春已就九秋诗。
官贫士病知卿意，不似华阳是竹师。

275. 刘春霖小楷

最后人中第一人，先生世上笔秋春。
扶桑二世皆无在，郎郎乾坤小字钧。

注：刘春霖清末最后一名状元，小楷古今第一，扶桑制度吏。

276. 初春

大雪封山路，中庸育百官。
春来花月色，岁末地天宽。

277. 早春

二月水无寒，三春衣有单。

鸭先知冷暖，白鹭等闲观。

278. 初授赞善大夫早朝寄李二十助教

病谒青宫日，宸朝赞善身。
行忱惊侵鼓，慢步玲墀均。
鸬鹭随趋势，四十近早春。

279. 欲与元八卜邻先有是赠

足迹自相亲，临墙是近邻。
榆钱分宛满，老树共秋春。
隔壁音无隔，呼来共酒醇。

280. 游城南留元九李二十晚归。

不独花稀径，还闻鸟自啼。
城南春已暮，草暗日色低。

281. 重过秘书旧房因题长句　过冶金部交通部

一到中年百事来，交通部里冶金才。
潘琪约定兴蛇口，改革开关香港回。
教取袁庚知信息，农村体制久徘徊。
中南海里书知书，未了平生一腊梅。

注：一九七八全国科技大会以计算机和系统工程选入北京。中国冶金部计算中心转交通部香港招商局现代管理专家组组长。

282. 寺

序：
广宣上人以应制诗见示因以赠之诏许上人居安国寺红楼院以诗供奉
诗：
诏许居安国，红楼供奉人。
诗僧香积寺，应制玉墀春。

283. 重到城绝句

一日半平生，三春一不荣。
逢君逢对望，老少老难名。

284. 高相宅

故里高相宅，中庭满湿苔。
无心观旧迹，有泪再不来。

285. 张十八

难明十载旧官衔，但见三江一叶帆。
府宪频闻官运转，青云不落湿青衫。

286. 刘家花

刘家一路半花春，缛节繁章几处新。
始始终终来去始，多情不及少情人。

287. 裴五

相逢无笑语，互别有惊心。
莫道前程好，何如你我音。

288. 仇家酒

醒醉家家酒，阴晴处处云。
相同相异见，互得互氛氲。

289. 恒寂师

佛佛僧僧敬，生生灭灭回。
观音观所愿，自得自如来。

290. 靖安北街赠李二十

一路满榆钱，三春向柳边。
梅花香气傲，竹影覆停船。

291. 重伤小女子

学步扶床半自行，花房纳色一琼英。
三年未了黄泉去，只得归巢父不成。

292. 过颜处士墓

书生死后墓更贫，满是荒林满是尘。
直木难逢颜处士，三清未了上人春。

293. 题周书大夫新亭子

富贵一交亲，贫寒半上人。
新亭新宇宙，水调水秋春。
紫绶呈天地，朱门对晋秦。
陈王应对赋，金谷洛川神。
玉笛垂杨柳，鸣珂已晓宸。
殷勤门纳客，不似作红尘。

294. 赋得听边鸿

何如苏武见，恰似李陵闻。
一半平沙里，三生日月分。

295. 累土山

石石高台筑，层层累土山。
由君登顶望，卜和玉门关。

296. 病中早春

枕上有春秋，心中问九流。
楼前流水色，岸外见江流。

297. 送人贬信州判官

地僻山深古上饶，民风世俗自萧条。
居人日上梅花傲，刺史厅前不折腰。

298. 见杨弘真诗赋因题绝句以自喻

草木过三春，身心是一人。
常行常问道，独立独无尘。

299. 曲江醉后赠诸亲故

一醉三生作野禽，部中半病半知音。
中天或有长生药，不及秦皇自古寻。

300. 看花屋

七色看花屋，三春五味余。
曾邻应种此，供奉作君书。

301. 高亭

高亭君莫拆，月上玉人来。
每日黄昏见，西阳独此台。

302. 松树

但以轻风问，波涛已自生。
龙鳞龙所在，水调水常明。

303. 醉后却寄元九

沣水重重别，长安处处逢。
何言多醒醉，只见酒淙淙。

304. 松园

序：
李士舍人松园饮，小耐，酒对元八侍遇
诗序云，在台上推院有鞠狱之苦即事，
书怀因酬四韵
诗：
诗人开小酌，御使致心情。

早夏松园酒，孤囚九致鸣。
松声轻自好，夜杖独成明。
见入升平宅，新亭草木生。

305. 重寄元九

四散弓惊雁，三分九鼎闻。
衡阳青海岸，岁岁北南云。

306. 重到华阳观旧居

华阳一旧居，易得半新书。
渭水黄河口，长安岁月余。

307. 答劝酒

胡人胡劝酒，李广李陵名。
一醉千年里，三生半不平。

308. 题王侍御池亭

朱门深不锁，紫绶色无轻。
水浸芙蓉叶，云浮玉立明。

309. 听水部吴员外新什因赠绝句

水部阳春曲，仙郎白雪歌。
如今谁不晓，主宰姓非何。

310. 雨夜忆元九

一日天荫雨，三更夜冷寒。
通州君自得，独住莫衣单。

311. 雨中携元九诗访元八侍御

微之一信半诗来，侍御先吟我后裁。
弟弟兄兄何隐秘，明言哑语不可猜。

312. 赠杨秘书巨源

序：
杨"三刀梦益州，一箭取泛城"而名
诗：
一箭取泛城，三生四海名。
贫家贫自好，折节折枯荣。

313. 和武相公国韦令公旧池孔雀同用深官

三春草木深，独木已成林。
孔雀东南客，云南日月心。

314. 寄生衣与微之因题封上

似雾轻衫薄，如纱素色轻。
但寄予轻薄，通州热已名。

315. 白牡丹

东宫白牡丹，赞善玉云端。
冷艳芳名久，香风入道观。

316. 旧梦

老大修身苦，中年问道难。
黄粱居易梦，自得乐天宽。

317. 曲江夜归闻元八见访

且以班中见，章台月下稀。
应知元八访，不上曲江畿。

318. 苦热题恒寂师禅室

之一：
一静自然凉，三禅有寂香。
清心无热至，度日有炎凉。
之二：
通州司马客，渭邑省台多。
魏阙云中望，南山有九歌。

319. 病中答招饮州　平生不饮酒

尊前第一人，雨后已三春。
饮酒非文化，诗生自汉秦。

320. 燕子楼

徐州故尚书，爱伎以身舒。
盼盼情左右，风姿百态余。
相公因酒待，拾遗乐天居。
醉里娇容色，如今记忆虚。
司勋张仲素，一纪致当初。
访绩诗言志，由为盼盼裾。
三生应记取，十载尽情庐。
寄意张家宅，鼓城故历如。

321. 微之到通州日，授馆未安

序（见尘壁间有数行字，读之，即仆旧诗，其落句云：绿水红莲一朵开，千花百草无颜色。然不智下周得何人。微之吟叹不足，因缀一章兼录仆诗，本同寄省其诗乃十五年前初及第时赠长安伎人阿软，绝句。缅怀思往事，杳若梦中怀旧感今因酬长句）

诗：
十五年前一梦游，三生旧句半通州。
龙门及第情阿软，步履青衫九派流。
不掩佳人红袖误，红楼水月自藏羞。
男儿淑女应相得，朗朗乾坤误白头。

322. 得微之到官后书备知通州之事怅然有感（六首）

之一：
来书细备一通州，滟滪当流半破舟。
地阔蚊虫毒不尽，天高不可问来由。
之二：
李实一尚书，通州半买鱼。
皆因遭贬殁，湿雨甑中居。
之三：
饱笑东方朔，侏儒蕙茭多。
巴山成遣病，蜀水濯缨歌。
之四：
被冷灯残夜，三生十载凉。
相公应记取，盼盼是娇娘。
之五：
钿与罗衫色，人如一月霜。
知君如此见，一叶一秋亡。
之六：
有客彭城见，相公墓上霜。
三年三丈柳，十载十成杨。

323. 初贬官过望秦岭

草草离家去，迟迟后事忧。
无心分水岭，有意逐春秋。

324. 蓝桥驿见元九诗

兰桥扬大雪，渭邑待君归。
扫净空中路，人间不是非。

325. 韩公堆寄元九

韩公堆北洞，冷雨过西边。
若比江州水，九派不乐天。

326. 发商州

馆里停三日，云中过九州。
儿啼听妇哭，以此对王侯。

327. 武关南见元九题小石榴花见寄

予来君不见，一路异时行。
不待榴花落，应寻是汝名。

328. 红鹦鹉

一色红鹦鹉，三声语似人。
秦川秦土地，进贡进冠臣。

329. 题四皓庙

四皓樵渔客，三生莫问刘。
鸿沟分两岸，渭邑一江州。

330. 罢否

自学坐禅床，居心问四方。
知时知不是，不可不安康。

331. 白鹭

白鹭江边等，朱鸥水津闲。
迁官迁不止，已似已红颜。

332. 襄阳舟夜

望尽襄阳路，寻来一叶舟。
秋风连日起，贬客逐江流。

333. 江夜舟行

妇隐三舱梦，帆扬一夜风。
迟闻江水暖，早作白头翁。

334. 红藤杖

泸水红藤杖，随身北路来。
凭生凭此见，万里万心开。

335. 江上吟元八绝句

初吟三两句，已近万千鳞。
绝句鱼龙得，文辞入江津。

336. 途中感秋

病老平生近，程途日月临。
江州司马远，渭邑感秋深。

337. 登郢州白雪楼

郢鄂青山簇，神农白雪楼。
巴山南蜀近，楚豫北边州。

338. 舟夜赠内

猿啼多不尽，老病有贫身。
渡口停舟望，前程净水濒。
浮萍浮未止，两岸两分津。

339. 逢旧

白发加新恨，青娥少旧容。
年华年不住，岁月岁无逢。

340. 曰口阻风十日

白浪江涛猛，洪波水势横。
船扬船下落，十日十风情。

341. 浦中夜泊

芦深一盏灯，路远半游僧。
夜泊寒霜重，衣单水气凝。

342. 卢侍御与崔评事为予于黄鹤楼置宴宴罢同望

江楼黄鹤云，刺史御边来。
浪溅推舟月，风流有楚才。

343. 舟中读元九诗

一笺灯前读，三声起落闻。
风波摇不尽，眼病字无分。
淡定观天地，相思似见君。

344. 舟行阻风寄李十一舍人

舟行一阻风，夜泊半津中。
顺逆回原处，人心彼此同。
定居应淡定，所以可贫穷。
小酌知君待，平生有始终。

345. 雨中题衰柳

雨里青条落，风中一叶黄。
飘飘何不定，处处可思扬。

346. 题王处士郊居

郊居王处事，治政作樵渔。

四皓曾思汉，千章一卷书。

347. 岁晚旅望

鸟雀群飞有雪天，虫蛇蠢动陷前川。
江流欲止回旋去，不望风云不望年。

348. 晏坐闲吟

独立京者客，江湖醉倒翁。
锁磨千百里，镇定两三风。

349. 题李山人

无妻无火食，日落日升栖。
饥渴三清志，王朝一谏西。

350. 读庄子

去国辞家客，中心自主梁。
知归知不得，认可认无乡。

351. 江楼偶宴赠同座

山歌一竹枝，水调半隋时。
莫问长城战，天堂几不知。

352. 放言五首

序：
微之一路在江陵，五首长诗放言兴。
李顾知清成浊水，周公圣道谏垣征。
之一：
古往今来问，朝真暮伪寻。
方圆曾不定，尺寸亦音琴。
之二：
祸定车轮转，枯荣秩序行。
唯当人努力，改易作精英。
之三：
得失非其定，身家是有城。
贫穷谁富贵，胜败可功名。
之四：
第第门门客，兄兄弟弟家。
元元应八九，处处两三花。
（八九乐天）
之五：
不以丝毫论，丝毫毕所行。
相和相对立，互立互相荣。

353. 岁末道情二首

之一：
空门平等法，壮日苦行僧。
老少知生死，童翁可继承。
之二：
半着青衫半白头，三生归事两生忧。
千章万卷千章记，一代诗人百代忧。

354. 读李杜诗集因题卷后

李杜诗名在，隋唐水调名。
阳关三叠曲，乐府半平声。

355. 强酒

诗人非饮酒，饮酒是诗人。
醉醒谁知智，文华育汉秦。

356. 独树浦雨夜寄李六郎中

里巷共邻居，追随有日余。
分朝分又合，一读一天书。

357. 听崔七伎人筝

弹弹切切十三弦，楚汉鸿沟八百年。
素指红颜红影上，余音未了未修妍。

358. 望江州

江州司马望，九派一东流。
夕照千波水，浔阳一逝舟。

359. 初到江州

九派一浔阳，千家半故乡。
高低云雨岸，彼此共心肠。

360. 醉后题李马二伎

婵娟近已圆，足手互连弦。
十四中秋月，霓裳桂影悬。

361. 卢侍御小伎乞诗座上留赠

舞里郁金香，歌中韵绕梁。
榴花裙色艳，宋王赋荆王。
不必相如问，文君窃草堂。
巫山神女在，白帝向高唐。

第七函　第四册
白居易　十六石门子　至二十卷

1. 白居易　有感之一

序：（东南行一百一十三，韵寄通州元九
侍御，沣州李十一舍人，果州崔二十二
使君，开州韦大员外，庚三十二补阙，
杜十四拾遗，李二十助教员外，窦七校书）
诗：
四季有炎凉，在生历抑扬。
官无官本位，士得士书香。
楚鄂多才子，潇湘竹泪伤。
汨罗闻屈子，贾谊待君王。
牯岭匡庐顶，奇峰是汉阳。
千波三海会，九派一浔阳。
万亩鄱阳水，千年荡柳杨。
天堂应记取，水调始隋炀。
之二：
晓色江南郡，黄昏塞北塘。
忧民忧国路，主事主农桑。
事务萧朱济，沾濡雨露茫。
笙竽天籁寂，柏殿共齐梁。
上掖昆明岸，天街里巷长。
衣冠禽兽列，虎熊两分行。
玉漏三更晚，更声半梦尝。
宸宸钟鼓继，步步杏桃姜。
杜韦儒书鲁，崔元射策良。
张翰鲈脍客，日凤朝夜凰。
逝者如斯云，东吴作水乡。
年年流不止，岁岁作汪洋。
积累由时滞，丰田可富强。
英雄博望色，十八女儿妆。
不问长安客，何言八水觞。
三生常进退，一醉曲江旁。
主立金吾子，平衡作宰相。

中枢中预范，两省两中航。
遗遗驱驰卷，升迁故道荒。
君王君制书，直宿直高颃。
素谏王垣界，朱轮受绵囊。
平章平所事，拾遗拾书厢。
百里京都外，千年一未央。
黄昏何寂寂，旭晓已疆疆。
屡口音音继，孤山寺寺匡。
东西分大小，彼此共荛良。
菊色明鹦鹉，茱萸挂院墙。
三烽寻落叶，九月是重阳。
一线钱塘岸，千涛上下狂。
云天知富土，水色到苏杭。
大小孤山北，南令五柳苌。
东西林寺旧，至此烧余香。
圣蛰身谋拙，穷通泽世姜。
漂游随大海，独立柱天钢。
远有天涯角，遥同似水疆。
回头知是鹿，面对好中郎。
独巾京都巷，群陵问北邙。
南洋南不尽，北国北国方。
眼外曾先疾，心中已存常。
庚公楼上见，信封月中肠。
短叹衡门外，长吁夜女房。
荣枯荣所伏，胜付胜成璜。
独以诗词客，音琴韵律将。
盈空知所句，鉴向向文昌。
短短常常赋，先先后后量。
吟吟书已就，读读入新章。
壮士何猜想，行途已近岗。
无知知万里，跬步作牛羊。
幕阜湖南界，芳村浙紫阳。
安徽龙感水，武穴楚人樯。

蟹蛞康山阔，波阳有米粮。
沙河沙已积，茌在茌前坊。
赣抚鄱江信，西潦锦瑞昌。
湖中龙九派，岭下久书匡。
隘口温泉港，双钟下镇榔。
鹰潭雄石口，上饶武夷肠。
细坳寻鸟水，全南问上杭。
梅州平远地，八尺石中行。
汉雪楼船阿，唐标铁柱疆。
罗霄湖广闽，白塔井冈湘。
大历文坛寂，元和种柳杨。
无功王绩播，大业继隋炀。
孝悌朝官傲，扬州色色襄。
溪流无止水，树叶自然长。
阮籍生涯懒，嵇康意气伤。
人中人不觉，世外世去黄。
武德唐宗始，贞观四杰创。
南阳公集序，起自布衣彰。
志取凌烟阁，文成帝主倡。
太宗诗百首，自肃洁千霜。
伯玉余姚静，宫庭奉诏妨。
黄河冰壮绝，大雪满天光。
武后神龙治，陈风一子昂。
榴裙天下色，不失婉儿妆。
学士修文馆，文章四友坊。
纤微雕刻艳，百药未傅芳。
八对游韶句，凌云燕翼翔。
思君余万里，叶下洞庭泱。
一气滕王阁，房谋杜断尝。
王杨卢骆杰，渡海济诗穰。
綮鉴图名序，平台秘论场。
三秦连四海，九鼎立千疆。
梵志闻风俗，寒山石得徉。

463

伾期之问锦，味道压袍藏。
道济名张说，文贞谏阻枪。
韶州知博物，子寿九龄戕。
渭上三台第，吴中四士尝。
三千书弟子，八十贺知章。
李杜承今古，浩然岘尾偿。
王维床下隐，酒市旗亭煌。
贾至真卿笔，长卿元结庄。
岑参应物净，乐府已志张。
广德平安史，江山复汉唐。
微之徽的所致，乐意乐天堂。
古文韩愈导，耕耘纺绩娘。
贞元方外见，乐府再锋芒。
柳柳刘刘子，溪生杜牧厢。
张王元白体，贾岛孟郊亡。
李李牛牛党，薛薛李李望。
龟蒙罗隐问，主客诗人量。
祖祖音音调，宗宗派派隍。
唐诗隋已始，韵律以清皇。

2. 谪居

四十四年中，三身一半同。
江州流九派，渭邑一朝风。

3. 初到江州寄翰林张李杜三学士

翰林张李杜，学士大唐风。
委世天衢暮，慈恩进退同。
蓬蒿蓬首面，翼短翼西东。
客客居居外，姑姑舅舅中。

4. 庾楼晚望

庾公楼上望，晓色旭中流。
竹雾云含雨，红霞照泊舟。

5. 宿西林寺

一夜西林寺，三秋贝叶还。
闻风知酒味，待令柴桑闲。

6. 江楼宴别

东西林寺路，大小两孤山。
宴别江楼望，清流十八弯。

7. 题山石榴花

重重叠叠石榴花，紫紫红红半不斜。
不刺蔷薇菡萏土，门前户外任人家。

8. 代春赠

山光水色半波塘，蕙苣辛黄十步香。
柳叶尖尖黄色起，东东处处雨云忙。

9. 答春

鸭鸭先下水，鹭鹭后重扬。
游鳞何不见，此处是谁乡。

10. 樱桃花下叹白发

樱桃花下见，一片一经年。
白发千丝早，青衣一半悬。

11. 惜落花赠崔二十四

漠漠纷纷落，颜颜色色新。
蕾蕾先不语，蕊蕊已红尘。

12. 移山樱桃

官衙官舍种，我宅我庭栽。
岁岁观因果，年年自在开。

13. 官舍闲题

职散优闲步，龟儿举首来。
吟诗吟半句，所剩所谁猜。

14. 朱陈村　注：龟儿，小侄。

南楼日夕霞，一片白梨花。
古寺禅师院，余香上楞伽。

15. 北楼送客归上都

远望已登高，江楼未志豪。
波涛流不尽，逝水几风骚。

16. 蔷薇花一丛独死不知其故因有是篇

萎地孤芳独，柯条不断根。
东风知不得，向视小儿孙。

17. 宿西林寺早赴东林满上人之会因寄崔二十二员外

东林寺外一东林，大小孤山大小浮。
只见鄱阳湖水岸，庐山牯岭有庐荫。

18. 游宝称寺

竹麓山门小，游僧步履遥。
禅房钟磬响，暮鼓入云霄。
庙小神通大，书多志气潮。
炉香长久继，宿鸟近渔樵。

19. 早春闻提壶鸟因题邻家

一早提壶鸟，三猿不自啼。
邻家邻所食，各自各其栖。
彼此春先到，花花草草齐。
书生书不得，我俗我难题。

20. 见紫薇花忆微之

蔷薇紫色似冠巾，叠叠丛丛一半春。
少见人间居易处，微之独是惜花人。

21. 北亭招客

北客三杯酒，东园一树花。
黄昏留树顶，醒醉到天涯。

22. 湖亭望水

久雨南湖水，浮云独木林。
根根千万树，处处暮朝心。

23. 闲游

事事因慵废，时时以静知。
寻源应就远，觅笋欲晴时。
白石磨刀斧，丹青草木枝。
朱门曾不阔，墨岘有深池。

24. 忆微之伤仲远　李三仲远去年丧

独立辞群久，回头日夕斜。
闻风惊草木，饮酒误吾家。
仲远荒冢上，初开两小花。
微之连我送，以此共天涯。

25. 过郑处士

处士村坞只两间，疑心虎涧过三关。
何从独杖猿声远，盘借溪流淑北山。

26. 霖雨苦多江湖暴涨块然独望因题北亭

自作浔阳客，江州苦雨多。
阴昏晴已少，市井已流河。
巷口家园水，无须唱九歌。

27. 夏末秋初闲游江郭二首

之一：

嫩剥青菱角，婷婷一角花。
芙蓉藏不住，醒醉酒旗斜。
细女鲈纯脍，浓汤煮白芽。
莲蓬初结子，碧玉已无遮。

之二：

已满池塘水，先生碧叶华。
千姿百艳色，一女十三家。

28. 红藤杖

玉桩红藤杖，青衣白首人。
姑娘多少问，老子暮朝秦。
若以年前志，何其继后尘。
乾坤知日月，草木待秋春。

29. 风雨中寻李十一因题船上

去去来来问，风风雨雨寻。
何当先沽酒，不知故园今。
柳色成深绿，梅花叶已荫。
黄河泾渭水，雪后浅还深。

30. 题庐山山下汤泉

滑滑温温水，清清洁洁泉。
芙蓉呈玉色，竹影挂池边。
莫以明皇念，玄宗馘国伶。
骊山汤正好，一月作婵娟。

31. 寄蕲州簟与元九因题六韵时元九鳏居

蕲竹已三春，锋刀破九筠。
双簟何织锁，只与独眠人。

32. 秋热

秦川千里雪，楚璧万年珍。
苦热相思物，江州短一春。

33. 题元八溪居

漠漠溪居路，重重水色邻。
芙蓉红白问，鹤影去来频。
但向来人问，何迟误酒淳。

34. 晚出西郊

散吏闲如客，贫衙冷似村。
残阳应去远，落照暗西门。
病眼三千子，书生一半昏。

35. 阶下莲

阶池一寸莲，洁白半成仙。
野水芙蓉老，芳香四面天。

36. 端居咏怀

贾谊长沙老，张翰八月濑。
莼鲈多脍取，咏赋少秋春。
俱是端居见，谁人过五年。

37. 夜宿江浦闻元八改官因寄此什

一度游丹陛，三迁问阙门。
皇家皇土地，小女小儿孙。
谷谷山山水，原原处处村。
宸曦生晓日，暮色见黄昏。

38. 百花亭

山形如岘首，雨色似桐庐。
佛寺临川立，人家枕水居。
今花香不住，此夜家何如。

39. 江楼早秋

江楼临水岸，渡口待风流。
暑气先离去，秋凉早白头。

40. 送客之湖南

湿尽黄梅雨，帆开一叶舟。
潇湘同日月，汉寿共春秋。

41. 百花亭晚望夜归

十步百花亭，三生一渭泾。
朝堂朝谏止，四野四方灵。
色色空空奉，成成败败经。
菩提菩萨道，上帝上人宁。

42. 西楼

小郡大江边，先生后继贤。
山山依旧木，水水照样船。
一步西楼暮，千波万里烟。

43. 寻李道士小居兼呈元明府

暮暮朝朝荣，荣衔辱辱来。
山山流水水，去去亦回回。
莫问无知处，应闻有玉台。
林高林自润，石叠石泉开。

44. 四十五

中年四十余，老少已知书。
不惑谁知惑，寻居不得居。

45. 寄李相公崔侍郎钱舍人　古今诗

喜喜忧忧一半禅，朝朝暮暮三万天。
诗词十万留天下，格律方圆抱一泉。

46. 厅前桂

一桂重阳树，三秋十里香。
江州司马客，校胜以衷肠。

47. 寻王道士药堂因有此赠

觅觅寻寻路，花花药药堂。
黄芽黄姹女，白石白云光。
虎虎龙龙骨，虫虫草草乡。
人间人不止，世上世家郎。

48. 秋晚

稀疏一菊花，落叶半天涯。
不要寻根问，秋风自有家。

49. 南浦岁暮对酒送王十五归京

聚散穷通问，枯荣日月均。
庐山庐木直，九派九江濒。

465

50. 除夜

子夜三更早，拥身枕臂眠。
浔阳来二岁，隔日是三年。

51. 闻李十一出牧沣州崔二十二出牧果州因寄绝句

平生互见久徘徊，李沣重闻崔果裁。
各是江山为刺史，如何不到九江来。

52. 元和十三年淮寇未平诏停岁仗愤然有感率而成章

寇占淮西镇，皇停岁仗行。
邪邪应正正，一志清红缨。

53. 庾楼新岁

庾楼新岁始，旧貌故年终。
老酒装新瓶，青衣志不穷。

54. 上香炉峰

云归天牯岭，日上香炉峰。
近宇闻风雨，离空付足踪。

55. 忆微之

水入江湖阔，云行日月空。
笼中无鸟翼，吏下有贫穷。
但作山河客，何图社稷功。
无须骄直立，不可折腰弓。

56. 雨夜赠元十八

夜湿沙头宅，连阴雨雾天。
相思元十八，弟子过三千。
不酒吟诗客，成章十万篇。

57. 寒食江畔

草吉如根暖，寒流水有情。
清明三两日，乞火晓窗倾。
命笔朝天向，居心问帝京。

58. 三月三日登庾楼寄庾三十二

庾楼庾客寄，褉袚褉人家。
渭水流春色，浔阳映百花。
三春回九派，一意到长沙。

59. 闻李六景俭自河东令授唐邓行军以诗贺之

河东一令静风波，不独千章应此科。
已是囊锥司马客，男儿谈笔定兵戈。

60. 石榴村

一树石榴红，三春不怨风。
红颜红自露，百子百香丛。
夏蕊根中取，心田是穴宫。

61. 大林寺桃花

寺寺一桃花，菲菲半落华。
春春相似处，夏夏结新畬。

62. 咏怀

妾顺沉浮水，勋功日月城。
江篱丛畔苜，故态老人情。
力用知天久，心思向地明。
三年三进退，十地十枯荣。

63. 早发楚城驿

雨过尘埃定，江州水岸平。
三更三里外，十里十人声。
獭穴伸头望，栖鸟似未惊。
荷塘荷水露，碧叶碧宸明。

64. 箬岘东池

箬岘东池水，初荷与岸耕。
尖尖成玉足，独独向天生。
影影年前似，颜颜岁后萌。
春风应不止，展展叶先平。

65. 建昌江

立马建昌江，呼船蔡渡浲。
相思如隔岁，渭水近书窗。

66. 哭从弟

一尉便终身，三生仍事贫。
爹娘妻子在，托止是何人。

67. 香炉峰下新卜山居草堂初成偶题东辟 五首

之一：

三间一草堂，五架半书香。
纸阁飞泉溅，去梁作孟光。
香炉峰上望，牯岭雨中尝。
桂竹分庭立，冬温夏纳凉。

之二：

早有霞烟志，今生世俗情。
人间人练历，事业呈其行。
自有河津水，龙门始有名。
朝辞朝所向，自以自溪明。

之三：

野鹤林天下，孤云上下中。
沉浮沉不语，自在自然行。

之四：

白雪对两峰，浮云向半容。
晴观晴自好，雨问雨行踪。

之五：

水水山山见，峰峰谷谷行。
高山高有水，谷木谷无平。

68. 山中问月

水上寻波逐，山中问月来。
婵娟应独色，直木影先催。

69. 东林寺

序：

正月十五日夜东林寺学禅偶怀蓝田杨主簿，因呈智禅师
诗：

兰田杨主簿，十五月东林。
坐定禅房语，心经一古今。
松风惊直木，夜静拒鸣禽。
只以楚香地，钟钟鼓鼓音。

70. 临水坐

逝水临流问，东流直北来。
天门天不语，渭水渭人才。

71. 山居

山居香火暗，远谷只孤灯。
一却青衫客，三身已是僧。

72. 遗爱寺

弄日一溪流，寻花半独舟。
随波随所欲，遗爱遗春秋。

73. 山中与元九书因题书后

昨夜金銮殿，今辰九派封。
同行司马客，刺史谏无踪。

74. 黄石岩下作

久别鹡鸰步，无闻玉漏声。
青云随鸟兽，玉石作天鸣。

75. 戏赠李十三判官

秘坐移红女，垂青问一声。
衣衣依薄见，处处可由情。

76. 醉中戏赠郑使君

醉里宽衣带，云中郑使君。
嫦娥嫦不在，月色月无裙。

77. 江亭夕望

望远凭高处，临流任水潮。
江亭江似带，一线一云霄。

78. 酬元员外三月三十日慈恩寺见寄

江南霜雪少，尽在白头人。
复忆慈恩寺，明年再入春。

79. 偶然二首

之一：
屈子楚怀王，长沙贾谊章。
中书中谏书，独直独难昌。
之二：
四旬两仪生，乾坤八卦衡。
先知先觉问，后世后人行。
异异同同问，生生死死明。
相疑相似处，独得独身名。

80. 中秋月

万里清光近，千年玉兔生。
婵娟依玉树，桂子送人情。
世上人间好，心中月下盟。

81. 谢李六郎中寄新蜀茶

蜀西新茗煮，分张病目身。
君非医百药，武是懂茶人。

82. 匡庐

序：
携诸山客同上香炉峰遇雨而还沾濡狼籍
互相笑谑题此解嘲
诗：
也有骤雨也有云，无君不湿透无君。
乔林直木乔林外，一足稀泥一足分。

83. 彭蠡湖晚归

彭蠡湖已晚，九派水先知。
日没红轮尽，唯余岭上枝。

84. 酬赠李炼师

酬赠李炼师，直谏向明辞。
伯道无儿累，刘纲有女时。
神仙神自在，道法道先知。
独立谁司职，孤身问竹枝。

85. 西河雨夜送客

天边渔火点，月去去归舟。
一里何难见，三生有酒愁。

86. 登西楼忆行简

始觉人间路，临流不可行。
时时南北易，处处雨云生。
只有江山在，何言道法平。

87. 罗子

有女名罗子，生来二岁人。
温情衣被暖，白雪慰长春。
老态常惊冷，肩周已痛频。
方知和是贵，始觉有红尘。

88. 读僧灵澈诗

石片题名处，东林寺衲诗。
西廊留为见，怪句悟知迟。

89. 听李士良琵琶，人各赋二十八字　得闻字

一曲琵琶半世闻，三边月色二边云。
千川草木千川水，九派江州九派分。

90. 昭君怨

昭君不怨半单于，画尽宫中一丈夫。
但见君恩如薄纸，藏娇未了似情奴。

91. 闲吟

苦学空门法，勤劳佛祖心。
惟诗以不尽，自得自知音。

92. 戏问山石榴

榴花山上满，玉影磊天台。
只道夫人妒，庭前总不开。

93. 遍集拙诗成一十五卷，因题卷未戏赠元九李二十

长篇长恨在，十首著秦吟。
格律微之籍，十五卷诗荫。

94. 历史

格律诗词着，乾隆四万成。
予今古今见，十二万成城。

95. 湖上闲望

一路咏离骚，高阳问二毛。
平湖多少水，几处有波涛。

96. 江南谪居十韵

自是江洋客，何须束己身。
耕耘年月日，冬作夏秋春。
北海游鳞老，葵翁向天钩。
羊肠难易辙，虎尾足思频。
制书中南海，开放改革臣。
泱泱曾献纳，许许可家人。
沿路南洋云，回头八十宸。

诗词逾十万，格律作经纶。

许国平生论，文章误富贫。

孤心何泽济，老小自冠巾。

97. 江楼夜吟元九律诗成三十韵

定数已先明，平平仄仄平。

文王须对仗，韵部必同城。

格律如此见，民歌汉魏行。

诗经诗已始，玉敕佩文名。

98. 浔阳岁晚寄元八建设路庚三

99. 十二员外

江州司马客，老大在青城。

不见丹砂死，心经佛祖荣。

虚名虚自己，岁末岁年生。

步履浔阳路，文章九派行。

100. 元九以绿丝布白轻裕见寄制成衣服以诗报之

丝成绿布白轻裕，远友劳心手自封。

慰病由妻缝著作，诚然独立一直松。

101. 清明日送韦侍郎贬虔州

浔阳赐我汝虔州，乞火书窗过九流。

目煮新茶分日月，如今不问折腰楼。

102. 九江春望

一望九江春，千寻两友人。

长安江八九，渭水寄风尘。

103. 晚题东林寺双池

夕照双池水，云晴百叶新。

枝头翻翠羽，水浪跃红鳞。

玉立婷婷见，莲花似似人。

东林东胜地，小月小孤春。

104. 赠内子

白发谁兴叹，夫妻共结愁。

金銮知子女，故意问床头。

105. 送客春游岭南

岭上梅花色，羊城镇海回。

分邦交址国，合治睦南才。

紫绶文缘绵，红旗战舰来。

黄巾戎未息，白发成云台。

106. 自题

宠辱功名客，升迁进退情。

前行前不止，后退后无荣。

107. 自悲

无知一自悲，有识半相思。

以志经霜雨，当言向日葵。

108. 寻郭道士不遇

乞假来相访，朝元去不逢。

前庭双鹤守，殿后两青松。

不等参同契，丹砂已易容。

109. 浔阳春三首　元和十二年作

之一：（春生）

海角东风始，天涯日月流。梅花梅岭上，

白雪白心头。

水上寒光尽，云中有雨修。

茵茵遥可见，柳柳已无诚。

之二：（春来）

春来一半柳枝头，绿绿黄黄相互由。

一日东风云雨过，红花满地色无休。

之三：（春去）

紫紫绯绯色，青青绿绿衫。

红红还白白，木木亦岩岩。

草草花花盛，风风雨雨帆。

繁繁无简简，宽宽也严严。

110. 梦微之

此夜难平过枕声，通川有月下弦明。

谁知问我应何事，一入三更梦又生。

111. 赠韦炼师

浔阳迁客少，渭邑炼师多。

不语樵渔问，绵山四皓何。

112. 问刘十九

白雪成天地，红炉小酒壶。

楼船应此醉，水调运河苏。

113. 得行简书问欲下峡先以诗寄

拾得东川信，修书到江州。

巴山三峡里，滟滪一江愁。

不肯从流去，独以觅封侯。

114. 南湖早春

无端莺自噪，小杏彩云低。

白雁先飞去，黄鹂已东西。

轻云经日雨，细水尚桥堤。

115. 泉声

序：

元十八从事南海欲出庐山临别旧居有恋泉声之什因以投和兼伸别情

诗：

辟士贤侯礼，从容不恋泉。

河源成大小，尺寸作方圆。

别意由黄诏，行程过楚天。

庐山庐木直，九派九江船。

116. 闻龟儿咏诗

不易居家不易名，乐天子女乐天鸣。

金銮子赋龟儿咏，格律难明五七城。

117. 题韦家泉池

彼此一泉池，阴晴半不知。

天光和地脉，日月有恩慈。

118. 醉中对红叶

醉里一颜红，秋中十目枫。

长年三酒色，不是半东风。

119. 遣怀

驭趁羲和路，高阳九派云。

离骚离不定，太一太东君。

不教鬓丝尽，江州日月分。

120. 点额鱼

龙门点额头，摆尾曲江游。

水面金鳞闪，波中任自由。

121. 对酒

半酒有知音，三生问古今。

行程行不止，一醉抵千金。

122. 东墙夜合树去秋为风雨所摧今年花时怅然有感

东墙夜合花，月色入人家。
岁岁年年似，云云雨雨斜。
新芽萌老树，小女误窗纱。

123. 送友人上峡赴东川辟命

白帝瞿塘峡，衔云潋滟根。
舟行舟辟命，教子教儿孙。
栈道羊肠路，桃花蜀楚溢。
官人官渡口，水色水云门。

124. 梦亡友刘太白同游彰敬寺

三千里外一心期，五百年中半见迟。
太白同游彰敬寺，江州月夜共相思。

125. 与果上人殁时题此诀别兼简二林僧社

一棵菩提树，千枝佛祖心。
西方无主仆，草木有鸣禽。

126. 赠写真者

七寸丹青笔，千轮日月林。
区区分汉魏，骨骨逐人心。
完璧麒麟阁，将相共古今。

127. 刘十九同宿　淮寇初破

国破家亡后，人穷志短前。
平淮君子宿，刺史帝王田。

128. 十二年冬江西温暖喜元八寄金石棱到因题此诗

腊月冬梅早，温风暖气盈。
江凝云雨雾，水纳暮朝晴。
独立庐小树，孤身九派城。
知君知我意，寄石寄凌明。

129. 闲意

献纳天台谏，殷勤许国巾。
沉浮三十载，但作不忙人。

130. 病起

不上江楼醉，还闻落日旗。
船公呼几句，病起问谁依。

131. 夜送孟司功

浔阳司马白，夜送孟功曹。
水阔云平去，扬帆一帆高。
三川流逝旧，一月挂旌旄。

132. 衰病

病病辞辞旧，迎迎送送新。
朝朝思欲立，暮暮去风尘。
旦旦晨光许，花明故客亲。
方兴方拾得，自以自由身。

133. 题诗屏风绝句

序：
微之一滞在通州，我在浔阳望九流。
数百诗篇屏上记，惟心绝句自当头。
诗：
采集诗屏一味高，通州不让半分毫。
微之格律寻求切，以此浔阳纸价高。

134. 西寺

序：
答微之　微之于阆州西寺手题予诗，予复以微之百篇成屏各以相报以绝句答之
诗：
君题予旧句，我集汝屏风。
两叶浮萍水，三生大海中。

135. 偶宴有怀

步步寻文字，声声唱九江。
扬扬知不醉，郁郁雨打窗。

136. 山中酬江州崔使君见寄

三年为郡吏，百岁作诗侯。
一醉庾楼上，千川一逝舟。

137. 山枇杷　过太白乡

老去惜年华，江油李白家。
磨针由砺至，遍野色枇杷。

138. 闻李尚书拜相因以长句寄贺微之

怜君不久在通州，造化由来集事全。
自古知人知己见，如今铸剑铸龙泉。

139. 岁暮

岁暮两三杯，新风一半催。
梅花初似雪，逝者带春回。
九派浔阳句，四声八病裁。

140. 二林

序：
雨中赴刘十九二林之期，及到寺，刘已先去，因四韵寄之
诗：
十九二林期，千声一两迟。
云中台殿老，树上鸟应答。
已有登山约，吟闻四韵诗。
春风春不止，杜宇杜鹃知。

141. 饮

序：
蔷薇正开，春酒初熟，因招刘十九，张大夫，崔二十四同饮
诗：
叶下红方紫，杯中竹叶青。
蔷薇花正艳，绿蚁酒心灵。
隔夜沾珍露，光明守一形。

142. 李白墓

字字华清句，声声蜀道难。
江边江采石，谪客谪仙冠。
墓草应修好，来风太白翰。
谁言谁起落，不可上诗云。

143. 对酒

一酒生天涯，三生十地家。
谁人知醒醉，煮火见红霞。
漫把参同契，难烧伏炭砂。
倾杯倾所欲，梦噫梦桃花。

144. 戏答诸少年

长年头似雪，短岁酒如君。
泡影随时雪，春风十地云。

145. 风雨晚泊

一缕鸿毛起，三秋落叶空。
舟轻风雨晚，夜泊有无中。
领雁伸头望，芦塘各隔丛。
吟诗声已止，只作汝家翁。

146. 题崔使君新楼

庾公楼上见，白雪曲中闻。
远望成今古，梅花落里云。

147. 山中戏问韦侍御

我望凌云志，君怀济世才。
常闻招隐句，不见入山来。

148. 赠昙禅师　梦中作

一入慈恩寺，先寻守一台。
昙禅师上座，我自己先开。

149. 寄微之

巴猿一两啼，渭水半关西。
注入黄河去，江州草木齐。
无须知进退，不必问高低。
有语琵琶响，吴姬越女栖。

150. 醉吟二首

之一：
有酒无天地，藏真纳似良。
杯中含世界，醉里可归张。

之二：
千茎知白雪，一盏作衷肠。
问驿曾先醉，吟诗到故乡。

151. 晓寝　古今诗

不作早朝人，还为有志身。
诗词逾十万，度日笔秋春。
晓寝翻床枕，金鸡落地申。
吟吟还懒懒，咏咏复频频。

152. 答元八郎中杨十二博士

山中隐姓名，月下问京城。
不约樵渔客，谁言一两声。
观鱼观自己，见水是心清。

153. 湖亭与行简宿

少有风情客，多来落日红。
浔阳流九派，色艳宿心中。

154. 八月十五日夜湓亭望月

望月湓亭上，寻明九派中。
浔阳浔水色，十五十江空。

155. 赠江客

一半塞鸿到，阴晴草木城。
芦丛江客少，十日月相倾。
定此寒居易，栖巢已自平。

156. 残暑招客

浔阳一火炉，九派半炎都。
不解余温热，残风闷念奴。

157. 浔阳秋怀赠许明府

一热九江回，湓城半不开。
秋风秋老虎，醉里醉人催。
二月飞鸿尽，三秋有楚才。

158. 九日醉吟

江州司马白，九派水难回。
王绩因张醉，陶公五柳猜。
重阳三度去，白首一诗才。
有菊黄花色，无情再不来。

159. 问韦山人山甫

身名身世误，试就试先生。
问若何从此，山人已自清。

160. 送萧炼师步虚词二首

之一：
瀛洲临别赠，十首步虚词。
不必逢人讲，湓城司马诗。

之二：
可向王母送，无须对我言。
江州司马客，十首五清喧。

161. 赠李兵马使

余诗兵马使，汝将去来英。
燕颔虬须士，何须问姓名。

162. 题遗爱寺前松溪

松林影落问溪流，遗爱钟声自不休。
鹤立烟笼分不定，风波起处水难留。

163. 庐山草堂夜雨独宿寄牛二李七庾三十二员外

丹霄六足迹，两省一书翁。
独有观三昧，成然昭五空。
枯荣何不济，病态不由衷。
莫以纵横见，庐山有始终。

164. 闻杨十二新拜省郎遥以诗贺

文昌新入步，紫界已呈辉。
晓日鸡人祝，春风箭漏归。
朝衣由侍女，白雪映心扉。
闭目吟诗句，开怀望翠微。

165. 三月三日怀微之

共作校书郎，同行拾遗堂。
吟诗还作赋，不负暮朝光。

166. 赠韦人

曲水花亭醉，华阳竹院居。
天南想见夜，雨雾满匡庐。
十载难君子，衷肠可不余。

167. 春听琵琶兼简长孙司户

琵琶竖四弦，敕勒隐三边。
但见单于帐，昭君汉武泉。
商风思社稷，角羽忆京天。
不断珍珠落，心扉以谏悬。

168. 春江闲步赠张山人

远近山人路，樵渔士子多。
知音谁野老，日月奈何何。

草木如天下，阴晴唱九歌。

169. 吴宫辞

有路吴王殿，无人唱九歌。
盘门盘未锁，木渎木还多。
白雪回波见，西施曲舞何。
娃研娃馆色，不问不嫦娥。

170. 送韦侍御量移金州司马　时予官　独未出

雨露东风早，红尘夏日多。
金州司马去，侍御渡天河。
六月成莲子，回头唱九歌。

171. 自到浔阳生三女子因诠真理用遣妄怀

四载生三女，千诗过九江。
龙门龙子策，遣谪遣书窗。

172. 礼

序：
江西裴常侍以优礼见待又蒙赠诗，叙鄙诚，用申感谢
诗：
谏笏一金貂，温颜半折腰。
言轻人不重，顾况语琼瑶。
若以知音见，梧桐可贝焦。
如同天下士，直气未云霄。

173. 自江州司马授忠州刺史仰荷圣泽聊书鄙诚

久束笼中翅，游鳞网里残。
三生知刺史，一笑问长安。
盛泽书香近，泥涂自主宽。

174. 除忠州寄谢崔相公

活泥洁玉寻，缺剑锋无荫。
凤尾难雕琢，焦桐始好音。
深山藏秀鸟，远岭有鸣禽。
伯乐方知马，周公作古今。

175. 致

序：
初除官蒙裴裳常侍赠鹘衔瑞草绯袍鱼袋因谢惠与兼抒离情
诗：
徘袍鱼袋赠，瑞草鹘衔臣。
五品除官惠，三年四品人。
苏秦归佩印，范叔绨衣春。
圣水金鱼跃，铜符绶带秦。

176. 洪州逢熊孺登

不可辛夷问，洪州彼此闻。
同行同异路，各寄各新文。

177. 初著刺史绯答友人见赠

花袍红似火，五品四时人。
刺史应皇使，忠州可近邻。

178. 又答贺客

路路朝天去，年年对地来。
无非儿女啼，有道奉臣台。

179. 别草堂三绝句

之一：
除书已大千，晓寝自无全。
草屋应知足，炉峰不来年。
之二：
绯袍居不易，瑞草鹘衔难。
世上人难见，天堂路不宽。
之三：
三间茅舍闭，一步笏簪开。
草草行装去，泉泉可再来。

180. 钟陵饯送

一见忠州白使君，钟陵十里信江去。
滕王阁上滕王酒，一曲千杯路不闻。

181. 浔阳宴别

浔阳钱别问庐山，半见忠州半御颜。
只有丞相多念顾，芝兰两省列朝班。

182. 戏赠户部李巡官

好去民曹判，忠州五品官。
无贪贪所见，有道见云端。

183. 行次夏口先寄李大夫

夏口大江流，旌幢入鹤楼。
遥闻三界外，近得一忠州。
完璧将相志，春秋谢诸侯。

184. 重赠李大夫

早上清班路，迟回玉陛来。
金銮明紫闼，两省豫章才。
展翅笼中小，行船万里开。
忠州忠祖国，望日望银台。

185. 对镜吟

对镜坐清晨，行明带病身。
银龟朱雨佩，瑞草鹘衔秦。

186. 江州赴忠州至江陵已来舟中示舍弟

独戍长安巷，分忧上掖荣。
常思江海事，旧忆运河情。
水调天堂见，隋炀王绩英。
唐规隋继定，及第始炀成。
记得长城战，江南四海兵。
昭君胡汉女，乱斗娶和平。
已到江陵岸，何言石首城。
荆州吴蜀问，夏口九江明。
共载皆妻子，同行尽弟兄。
宁辞沧浪迹，赏耳竹枝声。
挂月连江泊，悬帆逐远行。
船娘家女问，沐浴带红缨。
白雁衡州苇，青衣已弃名。
浔阳浔已扩，九派九流清。
易失耕耘志，难寻日月盟。
书生书不止，望路望前程。
贾谊长沙客，刘桢鹦鹉鸣。
蟾蜍圆又缺，桂影有无倾。
百药均伤性，三光可济宏。
王侯天主宰，宇宙治公卿。

且昧随时义，鸿毛翼不轻。

飞扬飞未止，落地落难萦。

一叶由风雨，千诗万首城。

无流无止水，有欲有余生。

187. 题岳阳楼

君山梦泽岳阳楼，夕阳长安半渭流。

一半留湘留九派，三千弟子弟兄州。

188. 入峡次巴东

巴东官渡口，暮雨满巫山。

已过西陵峡，归州向下弯。

高唐应不远，宋玉未应还。

189. 张本

序：

十年三月三十日别微之于沣上，十四年三月十一日夜遇微之于峡中，停舟夷陵，三宿而别，言不尽者以诗终之。

因赋七言以赠，且欲记所遇之地与相见之时为他年会话张本也。

诗：

沣水春中一日边，君行马上半通川。

夷陵峡口微之见，共纪沧江一月悬。

白狗崖东波浪愁，黄牛渡北孤帆船。

忠州入瘴云烟暗，玉练江流宋玉怜。

未老龙钟常不觉，英雄气短药难全。

王程不尽关河外，日月还巡草木前。

只是成诗先付癖，何言雨夜已如烟。

家乡祖国身心记，去去来来作岁年。

190. 题峡中石上

昭君村柳碧，神女雨云红。

不问高唐峡，瞿塘一线风。

191. 放入瞿塘峡

夜入瞿塘峡，晨明白帝城。

巫山滟滪出，逆水一舟行。

192. 初到忠州赠李六

忠州李使君，千练短衣裙。

谷地黄昏早，兰船落夕云。

层层攀石磴，喘喘汗纷纷。

市井如村大，无平蜀语闻。

193. 郡斋暇日忆庐山草堂兼寄二林僧舍

谏诤如无补，行官似有尝。

鹓鸾留旧侣，玉漏故清昂。

北阙应难老，南山可柳杨。

庐山崇牯岭，九派逐川梁。

术道寻知止，禅音坐草堂。

莲茶依水立，葵落见葵阳。

隐隐香炉寺，双林一炷香。

心空呈道场，永远二师乡。

194. 赠康叟

百岁秦翁老，三生事已稀。

开元天宝去，遗少不相依。

195. 鹦鹉

人前一半言，语后两三喧。

只在笼中立，还寻月下原。

196. 京使回，累得南省诸公书，因以长句诗寄谢

白雪红梅一半春，浮云列宿两天秦。

云书两省南台斗，我幸参差日月人。

197. 东城春意

东城春意早，枣树叶新迟。

果果因因见，红红绿绿时。

198. 木莲树　三道

序：

身如青杨有白文，叶如桂厚，大无脊，花如莲香，色艳香腻皆同。

独房蕊，有异，四月初始开，自开迨谢仅二十日。

忠州西北十里，有鸣玉溪，生者浓茂尤异，元和十四年夏，命道士毋丘元志写惜其暇僻，因题三绝句云。

之一：

玉立芙蓉树，南宾太守花。

莲香莲不语，艳色艳光华。

之二：

一帜黄心树，青杨有白文，

莲香莲不在，赋脂腻香云。

之三：

十里玉溪鸣，三巴古道生，

川川繁不尽，谷谷绿无名。

199. 种桃杏

海角到天涯，心安便是家。

桃桃还李李，直直不斜斜。

柳柳杨杨木，垂垂拂拂遮。

历因成果果，色色似瓜瓜。

200. 新秋

空销闲岁月，小女过床来。

两语三言了，胡须不可催。

书籍应过足，镜里以心猜。

201. 龙昌寺荷池

碧绿龙昌寺，殷红锦鲤鱼。

荷池生命在，世上有玄虚。

202. 听竹枝赠李侍御

巴童巫女唱，早史竹枝歌。

自在由心曲，长闻不若何。

203. 寄胡饼与杨万州

胡麻胡饼学，面脆面油苏。

但以京都样，杨君大使炉。

204. 感樱桃花因招饮客

樱桃花下饮，绿蚁液中香。

不见颠狂醉，何须不上床。

应因红遍地，俯道拾余芳。

205. 东亭闲望

独坐东亭上，相思六合中。

江南江水客，塞北塞山翁。

206. 画木莲花图寄元郎中

只有诗人见，方成世界风。

丹青丹艳色，木直木莲红。

207. 和李沣州题韦开州经藏诗

即悟莲花教，应藏十万舟。
开州开所寺，彼岸彼无求。

208. 九日题涂溪

巴人唱竹枝，蜀女问新词。
九日重阳客，黄花不误时。

209. 即事寄微之

一事不定虚，三官自莫如。
微之微所见，主宰主荷锄。
自在民其屋，无饥易米疏。
平常平已得，亦道亦知书。

210. 题郡中荔枝诗兼寄万州杨八使君

绿绿红红色，殷殷郁郁香。
心心衣素素，软软断衷肠。
只有江南树，云云雨雨藏。
鲜鲜妍似玉，白白帝王浆。

211. 留间客

有志创关东，英华唱大风。
巴山巴水见，塞北寒枫红。

212. 荔枝

序：
重寄荔枝与杨使君时闻杨使君欲种植故
有落句之戏
诗：
已带凌辰露，专迁万郡船。
随流应半日，白雪玉三鲜。
碧叶香莲糯，心中沁水甜。
闻君思欲种，不得实何年。

213. 竞渡

竞渡始汨歌，飞舟唱九歌。
怀王听不得，屈子已投河。

214. 江边草

泽畔江边草，津浔蕙苜花。
天门天水近，半月半人家。

215. 嘉庆李

东都嘉庆李，自以万州来。
莫见春花许，因因果果裁。

216. 白槿花

君心如我意，望此久无回。
但得秋英色，罗敷带月来。

217. 和行简望郡南山

返照前山明，回光苦道清。
巴猿嚎未断，带有向骊鸣。

218. 种荔枝

珠红一荔枝，十载半无迟。
种树前人力，因因果果知。

219. 阴雨

白帝时时雨，巴山处处云。
襄王神女会，峡雾隐双君。

220. 送客归京

水陆四千程，三年半问京。
君今辞我去，久问曲江明。

221. 送萧处士游黔南

好饮老萧郎，浮云作故乡。
黔南黔北去，峡口峡边霜。

222. 东楼醉

东楼应一醉，忘却两三年。
不断巴山雨，阴阳洛水涟。

223. 醉后戏题

一日巴山醉，三生唱大风。
绯衣墙上挂，白首玉壶中。

224. 东楼招客夜饮

未似在忠州，还闻一水流。
壶中今不见，醉里问东楼。

225. 寄微之　时微之虢州司马

茫茫人不见，默默物思昂。
不可如鹦鹉，笼中帮步量。

炎蒸非短短，冷落是长长。
四季春秋在，三生日月乡。

226. 冬至夜

忠州城外水，渭邑色中山。
南宾冬至夜，虢国共天颜。

227. 竹枝词四首

之一：
瞿塘峡口水高低，白帝城头夜雨西。
只有襄王神女在，山猿已作竹枝啼。
之二：
夜雨声声有竹枝，烟云处处待相思。
南宾小女男儿唱，隔岸无明可约期。
之三：
女唱男应半不分，瞿塘峡口雨重云。
竹枝不断高唐梦，一夜无人问使君。
之四：
岸上谁人唱竹枝，通州曲调自微之。
声声不尽句句问，去去来来我不知。

228. 酬严中丞晚眺黔江见寄

曲曲黔江水，南财北北流。
终终东逝去，处处不回头。
若以人生见，云烟一叶舟。

229. 寄题杨万州四望楼

忠州北去万州城，一水西东大势生。
四望楼中分水场，沙河日上武陵名。

230. 答杨使君登楼见忆

一日川流半日分，忠州北雨万州云。
涪陵此去沙河路，各是衙中一使君。

231. 除夜

甲子三生半，功名十地留。
天涯何处尽，白首作春秋。

232. 闻雷

闻雷一世惊，百草半重生。
夏口春秋雨，虫蛇各不平。
冬天曾此度，万物异声鸣。

233. 春至

一片梅花落，千声作玉泥。

天长天不语，日色日高低。

百草茵茵陪，三光渐渐齐。

234. 感春

一月初春二月明，枯枯未了已荣荣。

江州再向忠州去，喜喜忧忧是此生。

235. 春江

二载苦推迁，三生望逝天。

江州司马止，坐望去来船。

236. 题东楼前李使君所种樱桃花

樱桃花上色，子在果中成。

积累天光处，东楼以树明。

237. 巴水

忠州一岸过长江，北去东流白帝邦。

万水靠山应汇合，三人作事一人窗。

238. 野行

野旷闻无鸟，溪清见不平。

山中行止止，梦里自营营。

239. 送高侍御使回因寄杨八

黄茅明月峡，栈道蜀人家。

侍御回天路，杨公一树花。

240. 奉酬李相公见示绝句 时初闻国丧

黄泉多一水，上掖上天闻。

已事边城远，相公是示君。

241. 喜山石榴花开

庐山一树石榴花，开到南宾刺史家。

不妒忠州桃李子，精英处处共天涯。

242. 戏赠萧处士清禅师

千杯应不醉，一世作禅师。

百衲头陀任，三清作袈裟。

243. 钱虢州以三堂绝句见寄因以

本韵和之

一见钱州寄，三堂绝句吟。

金刚经共读，不昧世人心。

244. 恻恻吟

恻恻前因去，忧忧后果来。

年年终老去，处处始新来。

六载三生短，千官一吏裁。

童翁应不似，老小亦难猜。

245. 三月三日

祓褉三三见，重阳九九闻。

忠州忠祖国，制书制人君。

246. 寒食夜

不忘曲江边，寒窗顾况怜。

离离原上草，处处治桑田。

247. 代州民问

种柳开山路，龙昌寺外山。

官家巴子问，税尽问皇颜。

248. 答州民

但向朝官问，京都对地篇。

从君从属领，代主代乡田。

249. 荔枝楼对酒

自熟鸡冠色，初开琥珀香。

杯杯应醉酒，棵棵荔枝王。

250. 房家夜宴喜雪戏赠主人

一夜官弦具，三更月挂袍。

花生多结子，雪色两葡萄。

251. 醉后赠人

一醉巫山去，千杯白帝来。

巴山巴峡水，楚客楚人才。

252. 初除上书郎脱刺史绯

紫紫绯绯色，官官吏吏除。

心情多易感，小女去来余。

我想从三品，她思小一鱼。

253. 发白狗峡次黄牛峡登高寺却望忠州

白狗云中水，黄牛雨里舟。

山花连碧玉，野草色忠州。

此望何不解，人生已白头。

摧林常送客，抛竹过西楼。

254. 留题开元寺上方

百步开元寺，三春半柳杨。

原来居易种，已见似人长。

愚意隋炀水，禅心向上方。

255. 别种东坡花树两绝

之一：

三年司马滞，两载使忠州。

虽种东坡树，桃花已可收。

之二：

明年新太守，可问旧枝头。

已是江州客，如今未自由。

256. 别桥上竹

修修桥上竹，处处步中游。

不可留伤害，题诗作旧留。

257. 棣华驿见杨八题梦兄弟诗

邮亭梦弟兄，旅宿棣华城。

驿八题名处，杨家刺史情。

258. 高山路有感

六载商山路，来来去去吟。

微之微字句，主客主人心。

所见题名处，三年一易音。

259. 商山路驿桐树昔与微之前后题名处

五度多迁谪，三生吏运高。

青衫徘服老，此树见分毫。

且以题名见，江流一半涛。

260. 德宗皇帝挽歌词

舜帝南巡后，殷宗北处前。

孙文还孝悌，已见柏梁贤。

铸鼎成宗祖，行吟作古贤。
贞元贞所治，七月七桑泉。

261. 昭德皇后挽歌词

此入逍遥境，重呈日月光。
春归金屋久，凤阙向昭阳。

262. 太平乐词二首

之一：
节俭丰丰岁，殷勤处处明。
销兵萌日月，铸鼎祝和平。
之二：
社日农夫酒，天机日月元。
三光垂玉字，五色对轩辕。

263. 小曲新词

岁岁心经语，年年佛祖天。
如来如所宿，自在自由田。
半望西方界，三寻故土缘。
观音观自己，处世处人心。

264. 闺怨词三首

之一：
不可观花色，何言妒碧枝。
春风云雨至，莫见燕双时。
之二：
月透沙窗照，人随促织啼。
秋风惊落叶，一梦过辽西。
之三：
梦里关山月，啼中草木诗。
秋风寒叶冷，落去不归期。

265. 残春曲

残莺一两声，细雨万千盟。
点点西湖上，潇潇水面平。

266. 后宫诗

泪尽罗巾湿，晨兴玉漏时。
宫中多少女，只以暮朝期。
六院三宫丽，嫔妃七十斯。
藏娇金屋里，却问赵家姬。

267. 长安春

及第长安市，微之渭水田。
春风应得意，只在曲江边。

268. 独眠吟二首

之一：
一夜独无眠，三更始叹天。
星河南北数，织女已经年。
之二：
孤身孤自语，独宿独无眠。
何以星河问，织女在天边。

269. 长乐坡送人赋得愁

已是南宾主，还非渭水流。
长春长是客，短叹短时愁。

270. 期不至

黄昏期不至，落日入江流。
逝水如斯见，婵娟桂子留。

271. 长洲苑

一路长洲草，三春水月萍。
鹧鸪啼庆父，独以恋风情。

272. 忆江柳

水调隋炀寄，阳春白雪舟。
行商经日上，守望运河流。

273. 南浦别

浦口凄凄别，西风袅袅行。
何须杨柳折，落叶已倾程。

274. 三年别

年年应半缺，三十六圆园。
后在忠州使，浔阳已共天。

275. 伤春词

黄鹂已不啼，白雪满梨枝。
莫是离难忘，年年结子时。

276. 茶艺

雪水郎中煮，人中一品茶。
心思知我处，月下一元家。

277. 吴七郎中山人待制班中偶赠绝句

日上秦庭树，玉移待诏才。
辽东多少鹤，尽是玉机来。

278. 和张十八秘书谢裴相公寄马

一马相公路，三生玉漏趋。
青衫青未止，独步独知儒。
紫紫绯绯向，暮暮朝朝符。
回应回自力，入社入浮屠。

279. 答山侣

一半光阴在，三千弟子诗。
山行山不止，步量步难知。
解挂簪缨去，樵渔不可期。

280. 早朝思退居

七十应居易，三生举步难。
朝行朝自主，暮住暮心宽。
暖被冬来短，儿孙夏日安。
孤身孤所欲，冷时冷汗漫。

281. 曲江亭晚望

忆曲江亭晚，微之望狭宽。
何言天子诏，不报是郎官。

282. 感怀制书

序：
初除主客郎中知制书与王十一李七元
九三舍人中书同宿话旧感怀
诗：
中书同话旧，两省共知时。
聚散应天下，穷通一窍迟。
云泥分彼此，谏第各相宜。
老矣郎官路，仁兄自相断。

283. 两省对花忆忠州东坡新花树因寄题东楼

阙下丹青树，去中锦绣林。
南宾楼上色，白槿月中吟。
岁岁含芳问，年年刺史心。
郎中郎北去，最忆一情深。

284. 寄题忠州小楼桃花

刺史栏干半是花，红颜扑面一人家。
忠州此寄南宾客，有意东风向我斜。

285. 中书连直寒食不归因怀元之

中书连直禁，不似在忠头。
刺史多由自，郎中折白头。
明年应可以，共步帝王州。

286. 春忆二林寺旧游因寄满晦三上人

东林一别已三春，每忆头陀诸上人。
净土经辞香火伴，僧题社柱少朝臣。

287. 和元少尹新授官

厚禄儿孙足，绯衣道路新。
三年非旧术，九派是秋春。
少尹行天地，元兄作君邻。

288. 朝回和元少尹绝句

一举风尘一目春，三光日上万家臣。
城中旧路朝回句，马上绯衣只两人。

289. 董和元少尹

凤阁舍人心，绯衣著古今。
南宫依旧客，少尹知音。

290. 中书夜直梦忠州

中书夜直梦忠州，阁下灯前问九流。
已别浔阳行逆水，南宾种树醉东楼。

291. 醉后

失意高兴一酒中，吟诗作画半穷通。
人生不可迷糊过，醒醉只可作梦空。

292. 待漏入阁书事奉元九学士阁老

排衙宣政仗，待启紫宸关。
碧缕香烟直，红垂配尾闲。
中华门里鉴，北海水南湾。
好云鸳鸯侣，平章阁老还。

293. 晚春重到集贤院

一院集成贤，三辞十四年。

回头应四顾，举步过千川。
紫毯荆花绪，朱门作洞天。
青衫绯服易，老路近云烟。

294. 紫薇花

紫薇花对紫微郎，阁老经纶阁老堂。
钟鼓楼中钟鼓月，平章事上有平章。

295. 后宫词

由来雨露恩，所向后宫魂。
禁苑三千女，年年一泪痕。

296. 十居　起草国家首辅报告

京都二十春，制书十三人。
系统千言序，平章半事贫。

297. 题居寄元八　东夺汪魏巷九号

百岁东城路，新居枣树余。
周围池水建，锦鲤作游鱼。
十万诗词著，开编出版书。
三千年过去，格律佩文锄。

298. 登龙尾道南望忆庐山旧隐

隐遁书生路，寻求士子心。
庐山维旧恋，尾道待知音。
组绶丝纶阁，阶墀百木荫。
升平元八望，临巷有三禽。

299. 冯阁老处见与严郎中酬和诗因戏赠绝句

乍夏天街步，还来禁苑文。
居红居易净，对地对氛氲。

300. 见于给事暇日上直寄南省诸郎官诗因以戏赠

天仙问地仙，一日已三天。
北苑西垣客，南宫已见贤。

301. 题新昌所居

院窄先栽竹，廊长可蔽荫。
天高凭所寄，地久待人心。
不易诚居易，乐天乐古今。

302. 中书

序：
西省北院新构小亭种竹开窗东通骑省与李长侍隔窗小饮各题四韵
诗：
窗窗相对饮，户户互心同。
竹影杯中静，无言唱大风。
题诗南壁上，不醉紫垣东。
鸟鹊寻栖处，黄昏夕照红。

303. 酬元郎中同制加朝散大夫书怀见寄

命服同黄纸，官班共紫垣。
青衫曾脱去，五品著绯言。
草木知天地，阴晴自缺园。
无须思进退，守一向轩辕。

304. 初著绯戏增元九

晚遇缘才拙，先衰自病牵。
绯年今得见，紫绶已君前。
进退无须顾，升迁有旧年。
同寻泾渭水，共渡曲江船。

305. 和韩侍郎苦雨

润气已凝烟，浮云似细泉。
朝班何早散，市巷不行船。

306. 连雨

潇湘风雨夜，滴滴问芭蕉。
处处成文理，时时待上朝。
明明三日过，隐隐曲江潮。

307. 初加朝散大夫又韩上柱国

烟消一紫微，柱国半鸿归。
赤岭麒麟社，青墀可共依。
诗文应寄取，职事帝王畿。

308. 行简初授拾遗同早朝入阁因示

三钟长乐出，一鼓过新昌。
待漏阊阖路，听音是鹓鸶。
随趋随日月，拾遗拾天光。
人品青衫著，绯衣绿紫扬。

309. 立秋日登乐游园

独步曲江头，行程上乐游。
迟迟谁不问，叶叶已知秋。

310. 新秋早起有怀元少尹

水冷齿先知，床寒老小迟。
秋新秋早易，问归问年时。

311. 夜筝

紫袖红衣女，千姿百态弹。
婵娟明月影，玉指不思寒。

312. 妻初授邑号千身

我以绯装品，妻с邑号封。
弘农弘所吏，钿轴钿龙踪。
莫以劳功苦，应知日月庸。

313. 送客南迁

赣水流云梦，潇湘入洞庭。
虫蛇常射影，草木可藏形。
露滴经冬落，鱼龙久隐灵。
巴山巴雨夜，竹泪竹江青。

314. 暮归

百岁经年半，天天数日诗。
晨钟惊日日，暮鼓问时时。
立世三边早，平生两万迟。
童翁无过出，七十已知知。

315. 寄远

寻思寻不见，夜望欲回头。
夜夜暝暝想，时时事事忧。
书生书未了，九派九神州。

316. 钱侍郎使君以题庐山草堂诗见寄因酬之

见寄垣郎一草堂，庐山进木半天章。
随君共忆纵横见，半是天涯半是乡。

317. 慈恩寺有感

渭邑慈恩寺，中原一脊梁。
飞来双雁塔，落下独慈航。

318. 寄山僧

白首知天下，青山日月扉。
山僧山石磊，问客问余晖。
古寺应常扫，书生不可归。

319. 酬严十八郎中见示

郎中半紫薇，见示一春晖。
已忆严滩钓，君家七里扉。

320. 寄王秘书

一咏秘书诗，三更睡已迟。
惊闻惊所梦，玉漏玉人知。

321. 中书寓直

五十绯衣著，三生紫授闻。
中书中寓直，制书制功勋。

322. 自问

七十无休百岁休，诗文十万古今留。
耕耘日月天天数，格律春秋自白头。

323. 曲江独行招张十八

一路曲江新，三春满客人。
东风花满地，步步惜红尘。

324. 新居早春二首

之一：
静巷无来客，深居不出阴。
诗文吟日日，故梦忆村村。
五女桓仁土，三儿五子孙。
如今如已老，过去过黄昏。
之二：
已到桓仁站，重寻八卦城。
浑江今古水，少小见几声。
读学京都院，绯衣制书英。
回乡回不得，故土故无情。

325. 新昌新居书事十一韵因寄元郎中张博士

序：籍曲桓仁 鞍山，至北京三迁未了
已精英，故土鞍山到北平。及第龙门
（一九七八年全国科技大选精英入北京）

才子坐，新家朝内冶金部。
诗：
联合国里经纶学，莫问白宫管理行。
半球东四英镑许，千邦一路自成行。
郎中四品沈阳市，市长相倾武迪生。
再去苏州工业苑，巴新部长马来名。
平生七十余年岁，历世诗文十万盟。
博士皇城行政院，陶琴五柳不弦鸣。
疏慵不懒耕耘至，拙薄辛勤柏杵成。
紫禁城中编委去，宗庄老叟正人声。

326. 喜敏中及第偶是所怀 行简次之，敏中三之

折桂一枝先，穿杨半御田。
三兄三弟子，及第及源泉。
弟得青衫去，兄经五十年。
绯衣绯自己，五品五苍天。

327. 和韩侍郎题杨舍人林池见寄

腊末梅香凝，林池已有应。
三光分四象，二月是何冰。

328. 久不见韩侍郎戏题四韵以寄之

阁老郎官种柳杨，吟诗对酒向天香。
舒舒卷卷云浮落，去去来来久短长。

329. 寄白头陀

若以头陀伴，云师与鹤行。
灵闲灵似性，太白太高明。

330. 勤政楼西老柳

开元勤政殿，一柳到如今。
去去来来见，繁繁简简荫。

331. 偶题阁下厅

阁下风云久，天台殿宇空。
平生诗不尽，只爱五言文。

332. 道友

序：
予与故刑部李侍郎早结道友以药术为事
与故京兆元尹晚为诗侣，有林泉之期。

周岁之间，三君长逝，李住曲江北，元
居升平西，追感旧游，因贻同志
诗：

自在自君邻，诗家共瞩文，
今如隔岸间，不似旧相闻。
百岁应何去，同思共想群。
升平西不远，北望曲江分。

333. 送冯舍人阁老往襄阳

襄阳百草已盛开，现尾羊公去未回。
小杏初红桃色艳，山花不尽归来。

334. 莫走柳条词送别

柳柳杨杨送，花花酒洒闻。
昂头应自去，不必苦离分。

335. 酬韩侍郎张博士雨后游曲江见寄

自咱红樱树，他闻一叶舟。
人行春草地，雨到曲江头。

336. 元家花

日宅樱桃树，春来展几枝。
同颜同色近，共赏共何时。

337. 代人赠王员外

代赠王员外，平生共莫愁。
诗文须不酒，洒脱自风流。

338. 惜小园花

雨后小园花，三枝入一家。
窗前红满地，镜里向人斜。

339. 萧相公宅遇自远禅师有感而赠

不见官途远，还闻进退惊。
成城成就久，苦道苦辛名。
世事应难定，双仪四象明。
分其分两半，合矣合平衡。

340. 芍药初开

序：

草词毕，遇芍药初开，因咏小谢红药当阶，
翻诗以为一句未尽，其状偶成 G－N－

A 里人，巴新
诗：

制书中书罢，行吟十地诗。
东西南北路，赤道黑人知。
木槿红朝暮，蔷薇日色辞。
巴新巴布亚，老去马来时。

341. 喜张十八博士除水部员外郎

博士吟声起，郎官寄未迟。
篇章传道路，水部已除时。
六省曾新语，司曹列旧枝。

342. 阁老 玩物感恩因成

御赐紫樱桃，红光作玉袍。
金黄三色艳，阁老雅风骚。
不系真珠线，王城杏味醪。
今臣同品第，记忆共襃猱。

343. 送严大赴桂州

清溪一桂州，宪府半九流。
瘴气入民野，隋臣亦自留。

344. 春夜宿直

玉漏天池水，西垣太掖光。
寻芳风沙月，作伴紫微郎。

345. 夏夜宿直

夏夜一池凉，婵娟半故乡。
天高何不见，宿直几时长。

346. 七言赠驾部吴郎中七兄

云中驾部一郎中，社下皇家半御成。
一片槐花香未了，十地山河几寸英。

347. 玉真张观主下小女冠阿容

姑山峰半路，小女一阿容。
绰约天仙至，王母傍边成。

348. 龙花寺主家小尼

寺主比丘尼，龙花一寸低。
春深云不雨，困起诵经齐。

349. 咖啡爷爷致咖啡孙女

八月婵娟望，中秋共古今。
咖啡孙女见，点点知知音。
一事成功路，三生日月心。
天天寻业绩，处处自然浔。

350. 访陈二

早着白纶巾，灯明午夜春。
吟诗先后子，诵赋二君陈。

351. 晚亭逐凉

暮落似当初，余光自读书。
心平心已定，气静气相如。
竹下闲床卧，花中已影舒。

352. 曲江忆李十一

你去我来游，君邻子弃州。
黄泉庆两岸，日月异春秋。

353. 江亭玩春

江亭阅晓芳，景致向朝阳。
但以葵花见，天天一颈扬。
人人须此见，不必各家乡。

354. 闻夜砧

声声夜砧闻，杵杵误思君。
莫以长城北，沙风大漠文。

355. 板桥路

城西十步桥，漠北半沙霄。
春心留一半，月夜望天遥。

356. 青门柳

一树伤心色，三春雨不调。
青门杨柳见，送别作长条。

357. 梨园弟子

五十年前一曲喧，霓裳羯鼓羽衣轩。
梨园弟子今何在，不比诗文五七言。

358. 暮江吟

残阳入水中，两岸逐江红。
只见江流去，黄昏已落空。

359. 思妇眉

春君伐战殁，十载已绯徊，
弃妇愁眉锁，春风吹不开。

360. 怨词

不得知何怨，谁言五寸心。
年年如此是，岁岁似知音。

361. 空闺怨

沉沉一洞房，月月半书香。
静静曾寻去，幽幽自影长。

362. 秋房夜

不入秋房夜，嫦娥一半光，
梧桐千叶密，独影一枝长。

363. 采莲曲

荷花远处小船通，夏日莲塘久不风。
沐浴芙蓉藏隐处，黄昏寄与女儿红。

364. 邻女

轻声夜里来，缺月下弦开。
七八天时后，方圆可自裁。

365. 闺妇　寄张恩媛

一梦桓仁北，三生学院东。
刘家沟里住，不解女儿衷。

366. 移牡丹栽

金钱买得牡丹栽，别见蔷薇处处开。
足得丛从分色彩，婷婷玉立女儿来。

367. 琵琶

琵琶一两声，世客去来鸣。
我去阴山问，单于蜀女情。

368. 听夜筝有感

江州去日不听筝，梦汉鸿沟主客明。
四面埋埋伏韩信将，如今有感任君鸣。

369. 代谢好伎答崔员外

青娥小谢娘，白发老崔郎。
漫爱胸前雪，轻鬼玉首霜。

人生辛苦短，好自对君肠。

370. 和殷协律琴思

文君不尽一琴心，有女难平半古今。
帐外弦中余意寄，相如持己作知音。

371. 寄李苏州兼示杨琼

草碧真娘墓，苏台玉使君。
杨琼杨柳岸，谢曲谢公云。

372. 听弹湘妃怨

竹泪应知故，湘灵鼓瑟离。
娥皇曾不语，细雨女英纷。
但以苍梧路，潇潇一人君。

373. 闲坐

闲人闲坐定，故事故君闻。
有室同摩诘，无书日月分。

374. 不睡

不睡未知情，难平已不鸣。
观星观自己，问去问来行。

375. 宿阳城驿对月

今今古古一婵娟，缺缺圆圆半似弦。
女女男男均寄望，年年岁岁作方圆。

376. 初墨中书舍人

疏疏泊泊一人心，性性情情半古今。
谏谏书书三世界，绯绯紫紫两知音。

377. 高山路有感

之一：
自以前年夏，忠州刺使回。
长安由此路，汉室自天裁。
切莫樵渔误，江山日楚才。
之二：
户部崔员外，刑郎李驿君。
三人同此路，一地共经文。
二载重回忆，千官此地闻。
商山留旧路，我独作耕耘。

378. 重感

三分行世界，一意见殊途。
处事成天界，交游作有无。

379. 逢张十八员外籍

舅舅姑姑问，先生水部郎。
相逢相别去，互问互家乡。

380. 赴杭州重宿棣华驿见杨八旧诗感题一绝

弟弟兄兄见，来来去去吴。
题诗梁下壁，所望事中枢。

381. 寓言题僧

苦海一条船，沉舟半水天。
菩提菩所城，佛祖佛心禅。

382. 内乡村路作

帝誉内乡村，商山外汉门。
何须四皓问，日暮是黄昏。

383. 路上寄银题与阿龟

小子须骄养，娇娃可细观。
官途官不定，子女子诗坛。

384. 小泉煎茶有怀

一水冷冷细，三杯淑淑泉。
遥遥知下段，煮煮向中悬。
寄此知茶者，茗茗可入仙。

385. 郢州赠别王八使君

昔是诗狂客，今为酒病人。
唯才唯莫酒，作事作诗臣。

386. 吉祥寺见钱侍郎题名

一寺三年过，三分半壁闻。
题名钱侍御，渭水友郎君。

387. 重到江州感旧游题郡楼

序：
全国地铁办主任吕长春考察南京，副市长宴于夕阳楼，今重过而题，旧忆与人所异于老也

诗：

两岸淮秦路，金陵一半秋。

交通修地铁，建邺夕阳楼。

白下多烟雨，长江还露流。

王家桃叶渡，谢巷旧时游。

孔子栖星客，题诗问石头。

388. 赠江州李十使君员外

江州照旧一江州，九派依然九派流。

自在江湖求自在，身名买得度春秋。

庾楼慢上吟诗句，凤阙朱轮忆钓钩。

暮向天台寻净土，今来叙旧使君侯。

389. 题别遣爱草堂兼呈李十使君

序：

李庐山人，常隐白鹿洞

诗：

白鹿洞中云，匡庐月下君。

重来寻旧药，已得雅诗文。

草碧三千岭，花香十里芬。

还知员外问，不记草堂勤。

390. 重题

匡庐一草堂，水阁半炎凉。

谩献长杨赋，浔阳始豫章。

391. 夜泊旅望

江头江尾问，夜泊夜方长。

月色连流在，船帆落满霜。

因之因近忆，故土故家乡。

392. 九江北岸遇风雨

黄梅境内黄梅雨，白首心中白首诗。

半向浔阳浔积水，千川江聚九江时。

393. 舟中晚起

船娘唱竹枝，泊梦醒来迟。

目向钱塘去，江州已寄诗。

394. 秋寒

一半秋寒色，三生病药身。

冠官何是富，读学不知贫。

暮暮朝朝致，方方寸寸人。

395. 初到郡斋寄钱湖州李苏州

湖州隔水一苏州，百里金陵半石头。

碧玉小桥同里富，钱塘柳岸运河流。

396. 对酒自勉

一曲吴娘问，三春已白头。

群芳群不妒，独酒独消愁。

397. 郡楼夜宴留客

一客丞相访，三楼玉女来。

潮头成卷起，酒过不停杯。

但向钱塘问，隋炀不调回。

398. 醉题候仙亭

仙亭仙不在，客去客来行。

醉后蓬莱岛，生前半世名。

华缨须白老，读学作精英。

399. 东院

一曲见吴娘，三生去故乡。

唯音唯妙语，越女越宫墙。

400. 虚白堂

虚无一白堂，吏退半书香。

近日移床去，弹琴日未长。

401. 闲夜咏怀因招周协律 刘薛二秀才

身名检点作朝儒，性介疏慵近野夫。

慢举寒灯如驿店，香浓伎艳是江湖。

402. 晚兴

夕照一黄昏，斜阳半古村。

吴门多酒市，木渎少儿孙。

403. 衰病

一病三生旧，千书半古今。

姑苏姑女问，拾得拾知音。

404. 病中对病鹤

同怜同里见，病鹤病中人。

发翼皆颜素，霜清不是春。

405. 夜归

半醉江湖岸，三杯玉液东。

钱塘潮水落，水调河风。

郡守桑蚕事，姑苏自不穷。

406. 腊后岁前遇景咏意

浅水早融冰，梅香已自凝。

游鸭尝草暖，役吏税丝绫。

407. 白发

白发并非秋，金陵有石头。

人生人自是，独步独风流。

408. 太湖

序：

钱湖州以箬下酒，李苏州以五酸酒相次寄到无因同饮聊咏所怀

诗：

桃花竹叶两州头，箬下江湖五酸酬。

苜里缥缈峰上望，东西已见洞庭舟。

409. 花楼望雪命宴赋诗

花楼望雪女儿红，玉影双峰独悟空。

覆覆倾倾多上下，分分合合野天风。

途途路路何不见，色色形形已容丰。

白白成城成自在，梅梅淑影淑通同。

410. 晚岁

壮岁成云落，浮荣已弃论。

金刚三卷立，郡政以民钧。

长老州尊治，蚕丝业积臣。

411. 宿竹阁

清虚当药服，独拙胜玄关。

竹阁宵眠静，官衙不等闲。

忙中忙即定，事里事常班。

412. 岁暮枉衢州张使君书并诗

西州彼此如，北客岁年疏。

已得双鱼寄，还言独职居。

张君曾万语，及第状元书。

413. 和薛秀才寻梅花同饮见赠

闻闻探探一梅花，古古今今二月斜。
影影疏疏桃李叶，杯杯盏盏入人家。

414. 与诸客空腹饮

一酒可千贫，三生未半臣。
空空空饮酒，独独独秋春。

415. 小岁日对酒吟钱湖州所寄诗

独酌无多酒，孤兴有少吟。
湖州钱郡寄，共享五湖荫。
水调隋炀曲，天堂一路琴。
如今由你我，彼此越吴音。

416. 钱塘湖春行

孤山寺北贾亭西，六合云中草叶低。
柳浪闻莺春色晚，三潭印月白沙堤。
钱塘二月梅花探，保俶黄龙西茹溪。
织里湖州天目北，东西鸟雀富春栖。

417. 题灵隐寺红莘荑花戏酬光上人

飞来灵隐寺，落下玉莲花。
尽心天涯见，莘荑不出家。

418. 重向火

近就红炉坐，遥闻玉叶新。
茗茶绯客品，二月碧螺春。

419. 候仙亭同诸客醉作

容醉一仙亭，山光半水青。
王母由所问，不醒作浮萍。

420. 城上

暮鼓两三声，晨钟一半明。
人生人所见，去路去无情。

421. 早行林下

宿露残花色，朝光玉叶新。
红蕾红自著，去路去来人。

422. 送李校书趁寒食归义兴山居

绵绵寒食节，乞火作书生。
读学应无止，身名可不平。

423. 题孤山寺山石榴花示诸僧众

古寺石榴花，红巾共坐遮。
香尘香不语，入境入袈裟。
不恐天嬷女，孤山老衲家。

424. 独行

黄庭经在口，竹节杖随身。
古道天涯路，新枝老柑春。

425. 二月五日花下作

日暮花如雪，行君顶似霜。
羲和沉日尽，醒醉且颠狂。

426. 戏题木兰花

脂脂胭胭色，姿姿艳艳开。
疑非颜似玉，却是女郎来。

427. 清明日观伎舞听客诗

近舞颜如玉，清歌白雪来。
胸中多起伏，月下腊梅开。

428. 西湖晚归回望孤山寺赠诸客

一望孤山寺，三光独晚归。
飞鸿飞不定，夕阳夕徘徊。

429. 湖中自照

自照湖中见，苍天共水深。
白首应居易，朱轮可古今。

430. 赠苏炼师

自以药炉前，何言命在天。
窗含千竹木，意纳万家园。

431. 杭州春望

城东望海档，白踏护涛流。
伍员谁留庙，苏家小小舟。

432. 饮散夜归赠诸客

饮散天街静，香风御柳新。
知君知不醉，只道只诗人。

433. 湖亭晚归　居苏州丝绸学院

姑苏三载路，千将半烟云。
十里余塘近，丝绸学院文。
何春何小小，细雨细纷纷。
百岁诗诗记，千天日日分。

434. 东楼南望八韵

举目钱塘望，东城镇海楼。
杭州湾里锁，白鹿富春流。
澉浦盐官镇，江潮一线游。
舟山群岛列，嵊泗主千秋。

435. 醉中酬殷协律

泗水亭边各自分，杭州酒市又逢闻。
三千里外知君路，二十年中又一文。

436. 孤山寺遇雨

一雨孤山寺，千舟嵊泗来。
风荷藏白鹭，碧叶伞张开。
此夜当云泊，乘兴以酒回。

437. 樟亭双樱树

西亭南馆树，两帜夏时荫。
只见双樱色，谁人独自吟。

438. 湖上夜饮

夜饮一舟中，时来半海风。
明湖明月色，一醉一西东。

439. 赠沙鸥

海口一沙鸥，钱塘半不流。
盐官潮急落，嵊泗一渔舟。

440. 小小钱塘伎

一半青山一半湖，三千伎女五千奴。
容儿梦谢西灵隐，小小钱塘小小姑。

441. 江楼夕望招客

夕望江楼上，黄昏海日中。
钱塘从此去，取纳富春东。

442. 新秋病起

病瘦形如鹤，梧桐叶似秋。
金丹金可炼，白鹿白翁头。
伐性因常酒，相从任自流。

443. 木芙蓉花下招饮

莲蓬初结子，水色木芙蓉。
婷婷孤自立，玉玉独池封。

444. 悲歌

年年不问春，岁岁见新坟。
偶尔成婚配，频闻尽故人。

445. 江楼晚眺景物鲜奇吟玩成篇寄水部张员外

海口江楼半柳杨，钱塘六合两潮光。
风翻白浪花千片，雨落明波水一张。

446. 夜招周协律答所赠

月夜与君期，秋风未入时。
初闻黄叶落，所赠四行诗。

447. 重酬周判官

诗家有意增春秋，判律无情一柱楼。
五十年来重日月，三千弟子白翁头。

448. 饮后夜醒

黄昏饮散半天空，枕上留明一照穷。
酒后风云皆浇定，楼前海月伴潮生。

449. 代卖薪女赠诸伎

小女薪林采，鬓眉乱不匀。
钱塘江畔售，不问酒歌人。

450. 早冬

十月江南好，三秋已安成。
因因生果果，重重亦轻轻。

451. 奉和李大夫题新诗二首各六韵

颖颖箕箕客，吴吴越越灵。
蓬壶穷独路，阻道固严亭。
吏隐天台目，云归六合汀。
江村江水色，落日落浮萍。
复得跻攀步，何疑曲折丁。
行人行日月，作事作丹青。

452. 忘筌亭

翠叶思门对，朱轩问渭泾。

苍山苍旷路，忘日忘筌亭。
野径连天远，荒垣逐水冷。
源泉应此出，朵草隐芝苓。
百药孤芳至，千花独自馨。
玄元玄所以，实地实春莲。

453. 同游恩德寺，年余重来

簪裾恩德寺，束缚紫君身。
不束归州去，疑呼是俗人。

454. 岁似内命酒赠周判官萧协律

劝醉何时尽，行文几度空。
萧翁周判律，假日不偷穷。
小少青中老，风云日月东。

455. 与诸客携酒寻去年梅花有感

湖边共觅去年梅，马上同寻旧日杯。
百事皆依成秩序，无心醉饮客相催。

456. 醉送李协律赴湖南辟命因寄沈八丞

一醉湖南去，三生幕府天。
元瑜元阮客，有志有青莲。

457. 善说维摩经

苦海如来引，钱唐太守诗。
君心成水净，道场登坛时。

458. 见李苏州示男阿武诗自感成咏

自感苏州示，成诗句句吴。
翔鸾翔正引，老蚌老珍珠。

459. 元宵夜

处处元宵节，灯灯走马行。
家家儿女见，户户乐天明。

460. 题州北路傍老柳树

水调隋炀柳，歌头六合舟。
天堂由此见，富土运河流。
盛泽千丝织，苏杭四十州。

461. 题清头陀

独宿寺西峰，禅堂半夜钟。

婵娟留桂影，不老作青松。

462. 自叹二首

之一：
自觉形身见，无言谏匆寻。
桑田桑陌问，太守太人心。

之二：
一病平生路，三生百药闻。
行程行难步，乐自乐天君。

463. 湖上醉中代诸伎寄严郎中

笙歌杯酒客，唱伎玉人吴。
诸问郎中去，孤身望帝都。
西湖应此醉，同怀此日苏。

464. 自咏

日日一吟诗，兴兴半不迟。
寻寻还觅觅，望望未知知。

465. 晚兴

西湖一白堤，保傲半山低。
柳浪闻莺北，三潭印月西。

466. 早兴

东流东海岸，六合六云风。
两岸隋炀柳，钱塘一水东。

467. 竹楼宿

竹影小书楼，钱塘一海舟。
禅房僧独坐，一语已春秋。

468. 湖上招客送春泛舟

残春招酒伴，细雨作云烟。
一曲霓裳舞，三生作酒钱。

469. 戏醉客

一醉不知眠，三呼向海天。
杭州无刺使，太守有高悬。

470. 紫阳花

仙坛一半紫阳花，蜀道三千弟子家。
不识庐山真面目，纵横远近假人华。

第七函 第五册
白居易 二十一卷至二十四卷

1. 郡斋旬假始命宴呈坐客示郡僚

日日公门里，时时士子勤。
僚僚同治世，吏吏共知分。
一假回亲省，千年敬祖君。
劳劳应逸逸，雨雨可云云。
浙水江南色，淞流溢草芬。
钱唐潮八月，六合雾衣裙。
但以吾民愿，皇恩白日曛。
农家农土地，我以我耕耘。

2. 题西亭

西亭一郡中，竹影半微风。
石径通幽隐，池萍伴岸穷。
烟霞由此起，草蔓可精工。
隔印重居易，三年一始终。

3. 郡中西园

郡府西园一市中，幽深北陆半清风。
江南一角高亭望，一水川流自向东。

4. 北亭卧

足下游鳞数，亭中竹叶重。
心随心不止，意境意难容。
卧此听墙外，不可故步封。
方圆应尺寸，历见有行踪。

5. 一叶落

一叶天中落，三光树顶明。
枯荣常易换，日月暮朝更。
夏早听残甲，冬霜见遗声。
秋风何已尽，有落有春生。

6. 崔湖州赠红石琴荐焕如锦文无以答之以诗酬谢

绿绮声声近，诗心湖湖遥。
君琴如锦颊，涧石作去桥。
水水山山境，金金玉玉消。
湖州崔使致，八月乐天潮。

7. 九日宴集醉题郡楼兼呈周殷二判官

前年九日郡余杭，八月湖头一线扬。
隔岁还游东洛水，今天九日守吴乡。
姑苏已入重阳节，锦绣江南翠柳杨。
娃馆当然留旧迹，盘门养马作书香（吴不养马）。
天平木渎西施客，七堰八门六十坊。
刺史茱萸房上挂，江村百里忆隋炀。
小桥流水男儿糯，碧玉当舟采绿桑。
自以楼船南北往，余杭一路入天堂。

8. 忆姑苏

序：
寄章新胜市长，陆上建阳澄湖渔民村，
为鱼民建房离舟。
诗：
姑苏对岸一湖州，半在盘门半虎丘。
送上西施尝胆卧，留当伍员帝王侯。
洞庭月下山中色，以以南洋下海游。
制书精英精白首，京城新启改革头。
人生苦短章新胜，伴职阳澄离睡舟。
已建渔村三百户，心田七寸自丰收。
三年一任回京老，结束声名已退休。
四品郎中郎已去，诗词十万入神州。

9. 同微之赠别郭虚舟炼师

我做江司马，君为判道州。

同时成谏患，共去十三流。
授以参从弃，泥坛不合酬。
居心应不定，炼木作虚舟。
佩印男儿见，封疆万里侯。
冠官非得意，次第是沧洲。
汞汞铅铅问，成成败败忧。
丹炉丹色照，取代取无谋。
海外瀛蓬岛，秦皇二世休。
王母知汉武，白首误春秋。
至此真人处，如何已白头。
千年应不短，百岁几仙留。
术术曾迷惑，知知寄所求。
人领人所欲，物竞物难浮。
彼此何知慧，梁唐晋汉周。
庐山真面目，牯岭酒人楼。

10. 霓裳羽衣歌

侍宪元和宴，霓裳羽舞尝。
梨园新子女，曲艺故音乡。
正谢筌篌直，芦筝久绕梁。
筝篥陈宠沈楗管，夫差小玉久回肠。
梦里烟花见，形同似故王。
三吴知白首，一越白堤扬。
杜宇江州司马宾，南宾久客各千章。
胡旋羯鼓芙蓉出，唱遍华清一帝王。
态态娟娟（苏州二伎）比，西施木渎凰。
开元天宝色，爽道向昭阳。

11. 小童薛阳陶吹筚篥歌

九孔五音声，三生半世情。
何言师李衮，已是润州情。
抑抑扬扬舞，丝丝竹竹鸣。
悠悠由顿错，落落绕梁城。

483

12. 啄木曲

锋刀不剪心，利斧未锥襟。
结线难穿泪，烟灰可变心。

13. 题灵严寺

序：

寺即吴馆娃宫，鸣屦廊，岘池采香径遗
迹在焉

诗：

十里灵严寺，西施屦岘红。
寻香吴越女，采径馆娃宫。
木渎荒浮色，夫差已悟空。
身名无世界，利禄有贫穷。

14. 双石

三石沉湖底，千年吸日荧。
桑田沧海易，夜半作珠明。
剑柄成龙首，蛟蟠系结缨。
人间山似玉，世上水澄清。

15. 宿东亭晓兴

耿耿纱笼烛，明明半步城。
东亭东老少，北巷北枯荣。
太守姑苏治，三吴一水情。
江村同里问，木渎有船行。

16. 日见长赠周殷二判官

一半徘衫解，三春日渐芳。
红花红已色，绿草绿方扬。
直直弯弯省，方方寸寸量，
人间夫道取，润土润衷肠。

17. 花前叹

半步花前叹，三思叶后香。
南行南不止，北路北垣梁。
晋晋秦秦问，官官吏吏央。
风来风雨落，有色有余芳。

18. 自咏五首

之一：

暮暮朝朝去，行行止止来。
相承相继绩，互助互天台。

之二：

户户家家见，官官吏吏闻。
桑田应制事，善理可仁君。

之三：

恳恳勤勤作，公公正正行。
康康多健健，治宰少修名。

之四：

始始终终事，为为处处人。
天官天子近，地主地秋春。

之五：

树树林林木，山山石石峰。
年年闻积散，处处得殊容。

19. 和微之听妻弹别鹤操，因为解释其意依韵加四句

妻弹别鹤操，一路半蓬蒿。
不得微之问，何言一志豪。
商陵成指教，妇子作战友。
解释辽阳戍，挥戈未寸刀。

20. 题故元少尹订后二首

之一：

集后题元名，诗前问故情。
形形少尹忆，句句有余声。

之二：

已故留新名，成诗作旧荣。
龙门原上土，隐骨不隐名。

21. 和微之四月一日作

春深草木丛，夏日雨云虫。
四象生繁物，两仪各静风。
诗文依旧咏，百药病时空。
只有思情在，微之别道中。

22. 吴中好风景两首

之一：

八月吴中路，钱唐一线潮。
云烟天地浪，水雾卷云霄。
六合寻无得，千波月色遥。

之二：

芙蓉上小桥，碧玉馆娃娇。
袅袅婷婷语，杨杨柳柳条。

垂垂还拂拂，隐隐复昭昭。
默默弹琴瑟，声声作玉箫。

23. 答刘禹锡白太守行

六百石青怜，绯踪刻桑田。
来则观刘麦，去问水青莲。
步步江南岸，诗诗咏露水。

24. 别苏州

大半五湖波，东山一合和。
吴娃凭所望，百载见运河。
璞玉翁无倒，方圆卜氏多。
纤维成织女，日月可穿梭。

25. 卯时酒

只以杯中物，无须宠辱忧。
人间今古见，世上暮朝求。
共有醍醐醉，同寻日月舟。
谁分官吏石，利禄自时休。

26. 自问行何迟

上月离京口，今晨别润州。
相闻三百里，互道共春秋。
止止劳身苦，行行代马舟。
江南江水岸，日下日东流。

27. 除日答梦得同发楚州

共得行千里，同程楚一州。
乡思杯里酒，望日水中舟。
隔岸淮冰解，惊呼欲破流。

28. 问杨琼

古曲唱人情，今人重美声。
先生先不得，后问后杨琼。

29. 有感三首

之一：

髪髪鬓鬓见，班班白白头。
红尘含世俗，青烟起娼楼。
音琴文化客，女色误消愁。

之二：

三生三世界，一日一红尘。
莫教音琴伎，经年曲折身。

寻新寻旧态，许定许他人。

之三：

朗朗乾坤见，花花世界闻。

冠官知自己，醒醉作仁君。

一步惊壶口，千流落日曛。

30. 宿荥阳

夜宿一荥阳，行身半故乡。

秦王成晋举，十岁乐天光。

已去三生半，还来一日量。

长安长所事，故地故人堂。

31. 经溱洧

荒芜芍药名，落日洧溱清。

郑国秦风老，中原晋豫情。

32. 就花枝

一酒就花枝，三杯已悔迟。

今生三五载，且醉不须知。

小令伎先语，长歌女误时。

留诗题醉曲，问子待重期。

33. 喜雨

喜雨霖天地，欣云落复开。

桑田经所旱，院木灌难栽。

只有纷纷细，唯唯润土来。

农夫成就米，史役苦青苔。

34. 题道宗上人

之一：

菩提菩济寺，上度上人心。

莫问何来去，谁寻此古今。

如来如自己，一悟一知音。

之二：

一世禅师界，三生自在人。

观音观彼此，处事处经纶。

智慧留心里，天机十易邻。

慈悲非解脱，领悟是真身。

35. 寄皇甫宾客

利利名名两忘形，生生死死一丹青。

清清白白三身净，浊浊清清半渭泾。

36. 醉题沈子明壁

一曲阳关路，千声别鹤操。

高山流水色，下里竹枝高。

不尽梅花落，阳春白雪骚。

琴台修饰久，铜雀入蓬蒿。

37. 寄庾侍郎

一对华亭鹤，千年透石云。

层层观露处，熊熊无衣裙。

雪印无踪迹，风光有合分。

38. 寄崔少监

旭日微微见，东方处处红。

琴声初欲寄，未与少监工。

指下忽惊晓，人中已大同。

39. 劝酒

劝酒不知君，三杯未达文。

千人皆九品，拾遗问纷纭。

以醉行天地，何如独木闻。

40. 落花

年年一落花，岁岁半离家。

四品郎中路，三生自在茶。

幽幽何不见，隐隐浪淘沙。

月下无踪影，天空有女娲。

41. 对镜吟

一镜中庸鉴，三生上下闻。

精英精自己，逐日逐诗文。

二万三千日，平生七十君。

留诗逾十万，足迹苦耕耘。

42. 耳顺吟寄郭敦诗梦得

嫌他耳顺前，自得累源泉。

但以中庸处，何如学少年。

嫦娥嫦有色，见地便无天。

处处听吴语，时时有管弦。

43. 碧毡帐火炉

腊月寒天雪，梅香热手炉。

儿孙知冷暖，共体待虚图。

只有人情在，童翁一世苏。

44. 六年春赠分司东都诸公　时为河南尹

我去同州牧，无才术旧恩。

乡行鸳鹭步，独谏蕙芝论。

岁谷东都郡，题诗北魏村。

高山阳久照，远岭序黄昏。

45. 九日待罗樊二伎招舒著作

罗敷敛素袂，樊姬展玉悫。

招舒员外客，已是玉人迟。

46. 忆归游　寄刘苏州

天堂一半在苏州，水色三千向九流。

伍子阊门连渔火，拾得寒山寺鼓楼。

张态李娟娃女伎，情长夜短月当头。

47. 答崔宾客晦叔十二月四日见寄

平生七十余，十万五千书。

不饮无知酒，何言一醉舒。

48. 劝我酒

仁君何劝酒，达士有行头。

余杭十八女儿红，洛邑三千弟子风。

以醉闻名太白去，诗人十万独称雄。

一路三生力，千川一水流。

49. 赠韦处士六年夏大热旱

骄阳连胜火，草木逐枯荣。

物物皆天性，心心共雨行。

50. 上都作

共韵同声一意殊，文成理胜半当儒。

辞深字简沉思切，史绪今程咏魏吴。

51. 和晨霞

如来如自己，老子老人身。

道法心经教，菩提守上真。

西天迦叶至，本土本经纶。

守一成仙佛，循园净世尘。

52. 和送刘道士游天台

观音观所欲，老道老天君。
觉悟应成慧，行游可著文。
王母王汉地，佛祖佛香曛。
色色空空见，清清净净闻。

53. 和栉沐寄道友

栉沐不开关，中门已闭颜。
修心修自在，积慧积天山。
净土沉金阙，婵娟落玉环。
由来朝上政，一入久难还。

54. 和祝昌华　昌华发神名

日月昌华发，玄云老少居。
青丝由父母，净白任时余。
岁岁由增减，年年有色虚。
朱轮朱道序，守一守天书。

55. 和我年三首

之一：
年终七十余，苦读地天书。
不以身名故，诗词十万居。
之二：
年终七十余，但以乐天居。
且以苏杭治，郎中一卷书。
之三：
年终七十余，道佛不玄虚。
自得儒生本，耕耘日月锄。

56. 和三月三十日

一日山阴署，三春客酒余。
苏杭邻所治，百里乐天居。
伍子夫差客，兰亭曲水鱼。
天台天目望，玉树玉人裾。
四野晴云雨，千山草木储。
麻姑先至此，帝誉敢耕锄。
八月莼鲈脍，羲和帝业书。
吴门谁养马，越国可茅庐。
治政安民始，桑田半亩初。
胸怀天下阔，极目虎丘舒。
豫晋三千旷，儒人一半虚。

凭心由举案，以纸学相如。

57. 和寄乐天

白乙轮辕见，贤愚肘腑成。
风云风不止，势力势难平。
有实无名始，金身玉质盟。
三千三百日，一世一精英。

58. 和寄刘白　时梦得乐天与方舟西上

兴来刘梦得，醉笑见君诗。
再饮三杯卧，匡床一睡迟。
方舟西上路，石玉璧金辞。

59. 和除夜作

微和一岁之，子夜乐天时。
灯竹声声序，东风草草知。
君提应七郡，我问四曹司，
共著绯朝服，同修越国迟。

60. 北园偶集

序：
和新楼北园偶集垂孙公度周巡官韩秀才庐秀才范处士小饮郑侍御判官周刘二从事皆先归

诗：
才华如岁月，富贵似泥沙。
独木成林见，孤身问馆娃。
先归从事去，侍御秀才花。
只醉新楼客，未到若耶家。

61. 和知非

见是知非问，闻成逐败知。
悠悠今古事，默默去来时。
一语枯荣早，三杯醒醉迟。
人生谁自得，世上已成诗。

62. 和望晓

浙水会稽间，秦川渭洛湾。
黄河由北下，汇集过潼关。
魏阙知天地，张翰蟹脍蛮。
扬澄巴解将，奉化四明山。

63. 和李势女

减寸何知短，增分亦见长。
容颜由自在，玉损可飞扬。
势力由天定，红颜已作郎。
何言男女比，不令度阴阳。

64. 和酬郑侍御东阳春闷放怀追越游见寄

杭州东望海，诸暨近萧山。
八月钱塘岸，千呼一线关。
余杭留下口，白鹿浙江湾。
奉化天台步，盐官澉浦还。

65. 和自劝二首

之一：
狭狭疏疏度，宽宽窄窄余。
观音观自在，问道问玄虚。
但以三清志，还应五味居。
如来如所去，老子老当初。
之二：
吏吏营营客，官官禄禄余。
绯衣三四品，紫授帝王墟。
刺史郎中职，丞相两省书。
潇潇风雨夜，处处记当初。

66. 和雨中花

草草花花问，龟龟鹤鹤闻。
年年经岁岁，寂寂亦纷纷。
杏杏梨梨果，桃桃李李分。
成蹊成道路，历治历耕耘。

67. 和晨兴因报问龟儿

晨兴诗里问，岁暮感中闻。
隔我三千里，因三五百文。
龟儿龟鹤语，两目两不分。
独得天台望，同吟十韵君。

68. 和朝回与王炼师游南山下

蔼蔼春花雨，微微夏水云。
南山南北望，上掖上人君。
吏隐青溪外，官从帝业文。
天机曾一度，玉漏已三分。

69. 和尝新酒

诗文应不饮，太白醉翰林。
吉韵非常读，平平仄仄音。
唯唯听可以，去去对难寻。
醒醒非生死，程途是古今。

70. 和顺之琴音

阴阴花水月，耿耿蕙兰琴。
煜下风流影，窗前草木吟。
泠泠泉自语，窃窃有鸣禽。

71. 秋池

身闲不作为，苦练试心扉。
不得知思者，何言是与非。

72. 感旧写真

李放乐天真，平生三十春。
如何如所画，似像似其秦。
以晋谁知易，长安病倦臣。
成名浔九派，及第曲江人。

73. 授太子宾客归洛

之一：
东都南省别，太子洛宾辞。
不锁心扉客，常开日月诗。
红尘应已远，白首可深知。
制书知天理，成文向恩慈。
之二：
池池水水帝王州，锦锦鳞鳞色色游。
忙忙不住闲闲住，春春夏夏已秋秋。

74. 中隐

大隐居朝市，中庸选吏官。
忙闲忙亦少，小隐小峰峦。
不以功成问，何言授带宽。
名成名已就，业继业当安。

75. 问秋光

落叶问秋光，浮云向远扬。
霜明阡陌草，露重草花凉。

76. 引泉

荒园一引泉，水路半苍天。
独得源流细，重书白石圆。

77. 知足　和崔十八未贫作

富富贫贫过，名名利利生。
中庸中上下，左右左无衡。
欲欲心心戒，知知足足成。
应劳应不酒，有醉有难平。

78. 酬集贤刘郎中对月见寄兼怀元浙东

对月怀元九，郎中寄浙东。
天台天目近，乍浦乍云风。
缺缺圆圆问，来来去去空。
朱砂朱批鉴，集卷集贤红。

79. 太湖石

峰高三五丈，石势万千寻。
嵌质华阳洞，重层磊叠深。
天姿沉底久，地彩太湖音。
实践从思想，玄虚致我心。

80. 偶作二首

之一：
紫服从三品，冠官六十春。
行行南北路，处处暮朝秦。
九派浔阳君，江州落泊人。
东都司太子，不免误风尘。
之二：
人凭三界念，日对一炉香。
道场随精蠡，惟唯半米粱。
晴晴天子路，曲曲误霓裳。
老去谁何问，闲居梦故乡。

81. 葺池上旧亭

葺池一旧亭，独坐半零丁。
互木沉霜色，凌冰染月形。

82. 崔十八新池

一泊琉璃水，三光落底池。
深深天远近，静静岸鸥鹂。

83. 宿崔家依仁新亭

陆巷茅芦掩，新亭四面风。
依仁松百棵，弊宅竹三丛。
不得玲珑月，云迷一路空。

84. 玩止水

上水有余明，流波逝岸清。
江楼观动静，洞察向阴晴。

85. 日长

春来睡日长，夏近野花香。
莲塘莲叶碧，玉液玉人扬。
点点成天水，珠珠作眼光。
如丝如锦滴，似雾似霓裳。

86. 三月三十日作

半百九年多，三千一九歌。
进学天地近，谏语似江河。

87. 慵不能

慵慵则不能，耳目手难行。
尺寸方圆见，琴书日月平。

88. 晨兴

宿鸟欲离巢，晨兴可望郊。
昂葵知近日，旭晓早枝梢。

89. 朝课

静扫清池岸，寻巡枣树明。
进阳高叶见，茁壮底根城。
早晚东西望，经纶彼此行。

90. 天竺寺七叶堂避暑

林风七叶堂，伏热一池光。
避暑清宵夜，微云入梦乡。

91. 香山寺石楼潭夜浴

夜浴石楼潭，香山寺水甘。
温汤温已沐，泡浸泡肢涵。
懒懒慵慵睡，知心不足贪。

92. 嗟发落

落落成先后，青青白白参。

空空头顶净，慧慧觉心含。

93. 安稳眠

安安一稳眠，静静半家田。
日日香山寺，心心草木禅。

94. 池上夜境

一月入池中，三更半梦空。
尘埃沧浪水，手足濯缨红。

95. 书绅

畎晦分司叟，冠官独老翁。
安贫书已续，困谷储无空。
职役农劳守，知身社日丰。

96. 秋游平泉赠韦处士闲禅师

寻泉听出水，问经误浮云，石石桥桥断，
禅师处士分。
何因行远近，见石始知君。

97. 游坊口悬泉偶题石上　时为河南尹

坊口一悬泉，龙蛇半落天。
扬明风水色，以泻雨云烟。

98. 对火玩雪

小火红炉白雪前，春梅素影暖香边。
霓裳欲解红酥手，不是笙歌是玉泉。

99. 六年寒食洛下宴游赠冯李二少尹

洛下经寒依，青黄已接成。
三杯先下肚，一酒作平生。

100. 苦热中寄舒员外

苦热舒员外，清凉竹叶风。
池塘池草动，水月水云空。

101. 闲夕

暮暮朝朝向日葵，声声曲曲自相随。
先先后后谁先后，败败成成居不定规。

102. 寄情

东南枝色早，近日自先晖。
但向春梅见，红蕾作此微。

103. 舒

序：
员外游香山寺，数日不归，兼辱尺书，
大夸胜事对正置坐和卢囚之际走笔题长
句从赠之
诗：
香山数日去无归，翠壁佳人伎步微。
调遣笙平英倩曲，谁听尹府老人扉。
衙中坐早深其虑，寺下风云客鸣飞。

104. 三元

序：
早冬游王屋自灵都抵阳台上访天坛偶吟
成章寄温谷周尊师中书李相公
诗：
早上灵都望，阳台漫步游。
经霜王屋路，问客隐春秋。
彼此男儿望，樵渔女子流。
天坛天色在，下凡下神州。

105. 吴宫辞

琵琶鹦鹉语，蜀国杜鹃花。
十里知娃馆，三吴碧玉家。

106. 答微之上船后留别

舟中岸上两回头，百里流中一二舟。
独独孤孤分不见，形形影影几春秋。

107. 浙杭

（元微之除浙东观察使喜得杭越邻州，
先赠先句）
封疆一史作吴邻，镜水稽山向越臣。
职比七章荣辱记，苏杭尽以运河春。
知章八十辞天子，太白三生问晋秦。
喜见微之江界水，曾言渭水是天津。

108. 席上答微之

我在浙江西，君居近白堤。

苏杭湖两面，水月共高低。

109. 答微之泊西陵驿见寄

一泊西陵驿，千波逝水台。
江潮江不平，不见不头回。

110. 答微之夸越州州宅

白白灰灰色，邻邻栉栉楼。
虚空虚复实，旷日旷春秋。
屋里流溪水，堂中泊水舟。
余杭余所宅，帝国帝王侯。

111. 寄怀

序：
微之重夸州居其落句有西州罗刹之谑因
嘲兹石聊以寄怀
诗：
十里兰亭序，千章八月潮。
钱塘江水阔，入海不知遥。
子胥惊荆楚，夫差弄玉箫。
西州罗刹寺，碧玉太湖桥。

112. 雪中即事答微之

彼此一泉池，阴晴半不知。
天光和地脉，日月有恩慈。

113. 张十八员外以新诗二十五首见寄题封寄微之

题和已俱寄微之，郡府东楼日月辞。
我去三千三百里，君来二十五篇诗。

114. 酬微之

郡务繁忙俱是诗，微之互酬岁年时。
青中少小成相忆，老人无言共行知。

115. 余思未尽加六韵寄微之

去去来来半谏臣，元元白白一丝纶。
封章卷卷辞高古，独对篇篇问百钧。
海内声华献纳人，辛辛苦苦著秋春。
文姬十八胡音拍，八句庾楼领领臻。

116. 答微之咏怀见寄

阁下平章直，迁中割袂分。

相逢三两日，别路去来文。
共宿人生路，同鸣太上君。
天涯应不远，海角可耕耘。

117. 酬微之夸镜湖

镜水贺知章，文姬玉笛长。
余杭余禹穴，虎寺虎钱唐。
八月潮头望，三生海浪扬。

118. 醉封诗简寄微之

一简初封半心空，五味华章九派红。
时时互递天天寄，处处相随事事通。

119. 除夜寄微之

早觉鬓毛白，迟闻自叹翁。
同嗟今夜隔，共问旧年丰。

120. 寄微之

序：
苏州李中丞以元日郡斋感怀诗寄微之及予辄以七言四韵走笔奉答，兼呈微之
诗：
白首长洲白太守，淞江水系五湖舟。
余杭李八同元九，望尽钱唐上虎丘。
邻郡西施西子岸，龙门曲第曲江游。
平生喜得平生友，拓泊江南数一流。

121. 早春西湖闲游寄微之

一望镜湖春，千波总不均。
烟云成一界，日月度三津。
紫授郎中印，扣轮四品臣。
逢花观伎舞，遇水问红尘。
所寄知元白，成诗作晋秦。
浙东观察使，共步五湖滨。
不过浔阳路，通州十里春。
青丝君谏客，白首曲江人。

122. 答微之见寄

禹庙钱唐镇，余杭沥海滨。
宁波宁日月，激浦激湾津。
野鹤银毛厚，沙鸥素锦鳞。
边霜边雪色，浙水浙江春。

123. 春题湖上

春题柳岸白堤湖，月点潭心一颗珠，
翠落山重千叠木，云浮水结万舟图。

124. 祭社宵兴灯前偶作

鼓角城头起，衣冠镜里观。
灯前宵社酒，岁后久天安。

125. 闲卧

一枕海门东，三闲白首公。
知途知自己，作著作诗翁。

126. 新春江次　寄元八元九

百里富春江，三年浙雨窗。
微之何不在，八九不成双。

127. 早春忆微之

重重沙头雨，轻轻水面风。
微之春早917，老病乐天空。

128. 失鹤

怯失庭前雪，飞因海外风。
云霄无侣伴，夜梦有虚空。
独去成何旅，谁知白首翁。

129. 自感

一病半春秋，三生十地游。
东都东世界，曲水曲江流。

130. 湖州崔十八使君书

贞元科第共，两郡是同年。
越国封疆纪，吴门子胥怜。
成闻天目水，以酒风江边。

131. 同诸客携酒早看樱桃花

满是红蕾一两花，三天吐艳万千芽。
枝繁叶简应结子，太守当司作客家。

132. 柳絮

柳絮飘飘去，扬花漫漫来。
沉浮沉不定，白羽白云开。

133. 早饮湖州酒寄崔使君

东山苜里峰，镇夏石公容。
夹浦苕溪望，灵岩马迹踪。
寒山钟鼓寺，柳毅洞庭龙。
置酒瑶台醉，长洲碧玉封。

134. 病中书事

百岁平生事，三年有病情。
莺莺鸣不止，鹤立舞衣荣。
物象知时节，蝉吟卫叶轻。

135. 唱和

序：
与微之唱和以竹简贮诗，陈协律美而成篇因以此答
诗：
拣得琅玕断作简，行诗贮卷大江东。
长洲太守余杭客，病目骊珠久不空。

136. 醉戏诸伎

太守争歌久，余杭对九流。
东山归去后，不陪白翁羞。

137. 北院

性拙身多病，文勤客少游。
惕心暇日懒，北院有诗楼。

138. 酬周协律

五十钱唐守，三生木渎游。
西施西子水，越郡越吴洲。
子胥由鞭楚，夫差任范求。
商人商贾客，五霸五春秋。

139. 题石山人

贵贱贤愚见，樵渔隐迹还。
山人山水去，政客政天颜。
太守余杭富，歌钟会处闲。
风云遥浦口，大海近杭湾。

140. 诗解

诗诗千万解，字字暮朝函。
百江如思别，三潭一月参。

141. 潮

朝朝暮暮一潮来，满月周循六十回。
数尽江流成大海，穿行早晚任涛催。

142. 闻歌伎唱严郎中诗

郎中前郡守，布政后瑶台，
伎曲由新制，苏家小小来。

143. 柘枝伎

罗衫扭动柘枝来，白雪开怀玉鼓催。
一醉千姿从百态，声客伎女酒意回。

144. 急乐世辞　乐府诗作急世乐

楚客何知醉，谁言唱九歌。
难从歌有尽，不得意时多。

145. 天竺寺送坚上人归庐山

锡杖东林寺，香庐望旧峰。
纵横千万岭，未了九江容。

146. 除官赴阙留赠微之

年前十月中，汝步一江东。
我此潼关近，闻君唱大风。
何言分两地，不忘寄诗简。

147. 重寄别微之

江流寄一词，日色已三知。
卷卷封简去，诗诗向友时。
升迁非别问，彼此是微之。

148. 留题郡斋

三年一在十杭州，百岁千波九派流。
两线波涛连天涌，钱塘八月半潮头。
西湖半岸连堤白，柳岸闻莺向莫愁。
小小苏君知太守，云云六合乐天留。

149. 别州民

杭州太守一州民，未忘桑田半水人。
且贮三仓贫富户，青黄互济作秋春。

150. 留题天竺灵隐二寺

在郡三年日，登山十二回。
禅房禅夜话，桂子桂花媒。

白石留天问，青苔足步催。
泠泠泉水细，远运本原恢。

151. 西湖留别

西湖西子别，柳浪柳闻莺。
小小苏家女，吴吴木渎情。
三潭三印月，白石白堤名。
竹篦钱塘水，桑田水月平。

152. 重题别东楼

三年太守百简诗，一夜东楼十韵知。
早晚官衙官本位，阴晴子弟父母慈。

153. 看常州柘枝赠贾使君

常州一柘枝，伎曲半身姿。
若以东瀛见，唐诗汉社词。
青衫应此时，白首醉知时。

154. 别周军事

白首怜君去，殷勤对事由。
何妨天下望，五霸一春秋。

155. 汴河路有感

柳柳杨杨半汴河，南南北北一嫦娥。
山山谷谷东西势，引引疏疏万里波。
五百年胶炀帝水，三千载后胜泪罗。
楼船不比秦皇过，六国宫妃唱十歌。

156. 埇桥旧业

别业埇桥边，新街旧水前。
商人商贾客，米道米粮川。
石径通南北，旗亭酒肆悬。
田园田自便，税赋税当然。

157. 茅城驿

隋炀一运河，楚客半九歌。
自古江河水，谁言盛世多。

158. 河阴夜泊忆微之

我正泊行舟，知君忆旧楼。
渭水朝东去，黄河自北头。
千江方向曲，万水向终流。

159. 杭州回舫

自别钱塘后，勤诗懒望时。
余杭余所念，一意一心思。

160. 洛下寓居

道士劝休官，禅僧对戒坛。
秦关延洛渭，渭汇孟源滩。
永济风陵渡，潼关谷水安。
黄河由此去，万里自波澜。

161. 途中题山泉

溅溅一源泉，淙淙半本渊。
长长流不止，汇汇作云烟。
可以人生比，无回故土怜。

162. 欲到东洛得杨使君书

自得使君书，东都洛水余。
休官休所务，子以子云居。

163. 味道　寄微之

尘卷檀经一佛心，三生旧愿两知音。
丝丝柱柱弦弦语，柳柳杨杨处处琴。

164. 好听琴

自舜五弦琴，文王附二音，
天天同地地，古古亦今今。
本性丝桐好，焦流入此心。

165. 爱咏诗

前生已是一诗僧，半是骄阳半是冰。
夏雨沧茫沉积水，梅花腊月以香凝。

166. 酬皇甫庶子见寄

典郡应知事，司州可寄闻。
民心民似水，载地载天君。

167. 卧疾

卧疾望天云，吟诗寄诸君。
平生三不足，病疾卧难分。

168. 远师

东宫寻庶子，北寺问禅师。
一步遥相隔，三生七尺知。

169. 问远师

三生三世界，一路一人心。
隔岸观天地，随缘自知音。

170. 小院酒醒

小院东西十步庭，三间正屋二楼馨。
书房四屋藏天地，凡有唐诗必存灵。
五万千年今十万，孤身领教佩文经。
丹青独俱耕耘日，自纳黄河半渭经。

171. 酬侯三郎中

老在东都太子人，行中洛水有秋春。
秦秦豫经同名字，本本源源各净尘。

172. 坟分司东都寄牛相公十韵

十里黄河水，千年一九州。
东都同旧寺，太子帝王修。
百丈龙门望，三生及第优。
京师回顾久，白马牡丹酬。
进退浔阳客，升迁自白头。
江州江水阔，洛水洛阳楼。
暮以吟呓句，朝行侍御谋。
苏杭苏各尽，世俗世情周。
八朋长安绕，三光日色由。
今心从旧望，自在作春秋。

173. 酬杨八

君心怀旷远，我已作闲官。
不必平衡事，观天问地宽。

174. 履道新居

履道官河近，新居曲北头。
青松青直郁，碧水碧鳞游。
锦鲤浮萍破，潭菱束小舟。
诗诗诗有继，事事事无休。
风阁辞章在，中书班籍留。
先寒先著暖，老者老春秋。
冷暖应知持，阴晴可待楼。
闻风听草木，待月水中求。

175. 九日思杭州旧游寄周判官及诸客

重阳重忆旧，九地九思伦。
对酒怀宾友，当筵换主人。
江山随日月，草木各欣新。

176. 秋晚

古木枝枝直，层霜叶叶红。
加高加厚素，白雪白云同。

177. 分司

散巷分司去，东都宜职来。
文章和病老，碧洛玉嵩台。
五马留三匹，杭州太守裁。

178. 河南王尹初到以诗代书先问之

河南王尹到，绿蚁满冰壶。
陌巷三千里，朱门一病夫。

179. 池西亭

千波相似见，一月满西湖。
不在钱塘夜，杭州作玉壶。

180. 池上竹下作

一叶临风十叶知，三秋世俗半秋诗。
池浮性淡为我友，竹解空虚作吾师。

181. 吾庐

履道幽居竹，新昌小院松。
林池岁月色，枣叶自留踪。

182. 题新居寄宣州崔相公　南邻崔家池

明池一半过墙来，弟子三千问楚才。
落叶徘徊朝我近，春风得意向君催。

183. 忆杭州梅花因叙旧游寄肃协律

三年太守一余杭，百里西湖半故乡。
六瓣佳人曾许诺，梅花折赠有余香。

184. 病中辱张常侍题集贤院诗因以继和

门开天禄阁，集汇玉贤才。

六部图书室，甘泉洛水来。

185. 早春晚归

十里天津路，三生洛水新，风光金谷旧，不见石家春。

186. 赠杨使君

放逐同巴峡，归还共洛阳。
功名应努力，以醉不思量。

187. 赠皇甫庶子

散地共徘徊，君才我不才。
先寒加厚絮，后暖减衣裁。
最是春秋易，阴晴对半来。

188. 临池闲卧

一月半临池，千波两句诗。
舟平谁就序，柳叶自垂枝。

189. 闲出觅春戏赠诸郎官

年年十月满花光，岁岁三春半酒乡。
去却先生无老小，其余未伏少年郎。

190. 别春炉

暖阁温炉火，冬春各序明。
童翁依所以，老少有枯荣。

191. 泛小轮二首

之一：
波波泛小轮，水水似秋春。
已到江南岸，应疑不是秦。
之二：
两目迷糊间，轻舟沿岸流。
姑苏同里水，凤凰向湖州。

192. 梦行简

独步小桥边，孤身梦未全。
池塘行简见，共坐以诗田。

193. 题新居呈王乡兼简府中三掾

远府一邻家，新居半树斜。
三冬同暖气，二月共梅花。
不等中秋月，吟诗你我他。

194. 云和

瑟瑟琴琴伴，歌歌曲曲衷。
音音笙管里，语语笛箫中。
白雪阳春客，巴人下里同。
高山流水去，弄玉凤凰终。

195. 崔侍御以孩子三日示其所生诗见示因以二绝句和之

侍御桑弧水，嫦娥桂子来。
初生三日满，百岁一天才。

196. 春老

草茂三春老，花开一半扬。
冬寒芳自贮，早色早沉香。

197. 春雪过皇甫家二首

之一：
白雪入怀中，红梅半影丰。
三杯同不醉，四野共天工。
之二：
洛水明三日，黄河折九曲。
应闻儿子治，白马玉衣来。

198. 与皇甫庶子同游城东

闲游何所问，望寺有其猜。
博望园中碧，寻声职役来。
不以东都路，还同洛水回。

199. 洛城东花下作

草草花花色，天天下下同。
江南江艳胜，塞北塞颜红。

200. 晚春寄微之并崔湖州

陌上洛阳春，微之作越臣。
湖州崔太守，不见牡丹人。

201. 城东闲行因题尉迟司业水阁

履道洛阳城，闲行莫姓名。
君溪明水阁，醉见两三声。

202. 寄皇甫七

孟夏问陶潜，初秋正日炎。
虚花邻女见，摘果寄偷甜。

203. 答刘和州禹锡

禹锡一刘郎，和州半历阳。
官班同约略，谏笏共家乡。
厌卧非常朵，思归是已肠。
桃花庵外路，一步一扬长。

204. 访皇甫七

步步寻花去，声声问客来。
逢香逢酒醉，遇色遇人才。

205. 别洛城

（除苏州刺史别洛城东花）
刺史苏州一洛城，木淡草叶半花轻。
东吴郡守江湖水，东西两岸洞庭明。

206. 奉和汴州令狐令公十韵 同用淹字

一客夷门坐，三年静水淹。
重茸重草木，落雨落云潜。
接武兵机鉴，诗文格律谦。
鸿鹄飞仄凖，赤豹瞩平严。
竹柏枝声起，莲荷二月尖。
回灯花族族，挑战夜歼歼。
卷爱人人近，风情事事兼。
千夫千诸岘，万语万家沾。
不醉江山久，何言一杜暹。
君行君子见，足迹足人瞻。

207. 船夜掾琴

益友七弦琴，佳为一古今。
婵娟倾象注，泊首有知音。
水影同流色，船娘共水禽。

208. 兼寄三相公

三丞相莫问，一郡据辛人。
秉国由天命，吟诗任屈申。
饥贫民不语，持节惠吴津。
养马修船路，何频净州尘。

209. 渡淮

东南淮水阔，乍直作孤烟。
夕照千光落，朝扬百渡船。

秦皇秦二世，紫禁紫金边。
但见隋炀水，苏杭六合泉。

210. 赴至常州答贾人

杭州隔岁上苏台，旧路重拥五马来。
欲立功名民锁事，承明领郡已三回。

211. 短草

序：
宣武令狐相公以诗寄赠传播吴中聊奉短草用酬谢
诗：
楚老纷纷咏，吴娃曲曲云。
人言才子好，是得上将军。
命薄多无位，功高少秉文。
韩信和谢朓，且拜不如君。

212. 自咏

瘦薄形容苦，诗情泽济身。
苏杭三度郡，洛水已相亲。
白屋饥贫少，朱轮步履尘。
平生平自己，客路客人臣。

213. 咏前篇因寄微之

进退平生路，阴晴彼此情。
山河山水远，日月日光明。
吏吏官官守，朝朝野野行。

214. 紫微花

独占芳菲夏，徘衣向紫翁。
同名同色彩，不问不春风。
郁郁殷殷叶，丛丛处处红。

215. 题笼鹤

一鹤霓裳舞，千姿百态同。
笼中知一日，不可易居中。

216. 偷闲

序：
自到郡斋仅经旬日，方专公务，未及宴游，偷闲走笔，寄常州舍人，湖州崔郎中，仍呈吴中诸客

诗：

此寄常州贾舍人，郎中已问太湖新。
东吴诸客盘门水，已却长安御道尘。
十万封疆天子郡，三千日月九秋春。
诗人不可龙城久，一载江都十地臣。

217. 答客问杭州

一酒三杯水调休，钱塘六合运河舟。
苏州百里杭州路，木渎南浔四五州。
柳岸阳澄湖上月，东山首里洞庭楼。
飞来尽心成灵隐，浦口吴淞入海流。

218. 登阊门闲望

四望阊门静，三官俗习强。
夫家征十万，子弟五千航。
虎寺藏勾践，钱唐水调商。
娃宫西子井，木渎范蠡乡。

219. 代诸伎送周判官

一舞半姑苏，三杯两玉奴。
何寻苏小小，不可觅罗敷。
首里峰缥缈，吴中色太湖。

220. 秋寄微之

木渎吴江北，稽山浙水东。
君为长吏屈，我伴作衰翁。
五霸春秋客，千杯玉影空。
云如三界色，月似一张弓。

221. 池上早秋

露重成珠一流滴，云沉叶接半无休。
园波远近渐欲断，未了枝弯不点头。

222. 郡西亭偶咏

步步西亭咏，思思渭北头。
秦川官已老，隐吏册苏州。
籍此常常路，逢人楚楚留。
琴声琴自语，此道此功修。

223. 故衫

一半青衫著，三生半酒痕。
绯衣曾四品，领袖寄慈恩。
郡守姑苏税，兵戎十万根。

桑田桑梓木，五味五湖村。

224. 郡中夜听李山人弹三乐

月落山人乐，姑苏太守闻。
衙中衙事断，寺上寺闲君。

225. 东城桂三首　并序　一作桂华曲

序：

三吴作古都，一桂已银株。
只以东城老，姑苏共有无。

之一：

杭州天竺寺，桂子每年生。
见此银须树，姑苏共帝城。

之二：

岁岁经霜雪，年年独自荣。
樵人谁束柴，客意可思城。

之三：

试问嫦娥见，如知帝眷名。
千年千易变，一岁一枯荣。

226. 闻行简恩肠章服喜成长句寄之

主客郎中五十年，绯衣赐服万千天。
官衔俱是同名誉，雁瑞莎云共集贤。

227. 唤笙歌

眼疾感伤多，吟诗问几何。
应知秋色近，且须唤笙歌。

228. 对酒吟

太白一诗仙，翰林半奉天。
姑苏姑伎唱，一醉一当年。

229. 偶吟

知章知一醉，会晤会三仙。
且以金龟寄，呼来作酒钱。

230. 早发赴洞庭舟中作

东西一对洞庭山，玉水三分各自颜。
有一湖州无锡二，姑苏尽是太湖湾。

231. 宿湖中

百里太湖心，千波柳毅寻。

湖州无锡界，两岸洞庭荫。

232. 拣贡橘书情

贡橘书情近，天光日月深。
慈恩回馈赐，笑刹老臣荫。
本是姑苏敬，如今胜力心。

233. 夜泛阳坞入明月湾即事寄崔湖州

处处湖心好，淹淹水调音。
同湖寻贡橘，共采洞庭心。
太守勤王道，成霜始见金。
东湾东月色，太上太湖襟。

234. 泛太湖书事寄微之

雨雾重重落，云帆处处通。
虚烟虚不尽，沽酒沽湖空。
拨剌游鳞跃，成诗寄浙东。
君心应取见，点点一波红。

235. 题新馆

十万苏州户，二千石吏粮。
无贫忧士子，有苦待民乡。
筑馆修衙内，居官缓印堂。
朱门多醉饱，税役少余藏。

236. 西楼喜雪命宴

玉柱浮冰着厚墙，琼瑶映日久飞扬。
层层叠叠西楼雪，互互缟缟处处霜。

237. 栽新梅

新栽水岸七株梅，腊月重开百草催。
不可长洲桃李妒，微之可探带香回。

238. 酬刘和州戏赠

山山水水接苏台，愧对桃花怯有才。
解佩双娥羞不得，刘郎有路上天台。

239. 戏和贾常州醉中二绝句

之一：

北去千舟断，南来一太湖。
姑苏城已老，太守有如吴。

之二：

越调西湖岸，吴音国语城。

秦川平水韵，渭子以诗明。

240. 岁暮寄微之三首

之一：

春秋已尽又春秋，五霸春差色践谋。

岁暮微之居易寄，苏州一曲到杭州。

之二：

进退枯荣几度频，南辕北辙两三尘。

东西不问阴晴问，白雪阳春总是秦。

之三：

枕上重思一岁除，灯前复照半天书。

诗简已满应封寄，复得无从有意余。

241. 赐示

序：

岁日家宴戏示弟侄等兼呈张侍御二十八
丈殷判官二十三兄

诗：

岁日孤身独自行，新年旧路老人情。

诗文十万加三万，不是平生近此生。

242. 正月三日闲行

刹寺三千子，红兰四百桥。

姑苏姑碧玉，五日五湖潮。

243. 夜归

皋桥多夜泊，沽酒谢吴娃。

莫醉方兴饮，言轻是故家。

244. 自叹

春来身自懒，老去嗽声深。

自得诗兴句，何言入俗音。

245. 郡中闲独寄微之及崔湖州

微之一郡留，对岸半湖州。

虎寺姑苏守，闲人也自愁。

246. 小舫

小舫两头弓，轻轻浅水穷。

无言深浅渡，所云最花红。

247. 马坠强出赠同座

马坠轻伤足，扶人半请来。

吴姬吴酒热，一误一梅开。

248. 夜闻贾常州崔湖州茶山境会想羡欢宴饮寄此诗

境会茶山夜，歌钟绕自身。

分州分伎色，合作合三春。

249. 酬微之开拆新楼初毕相报来联见戏之作

一月上新楼，三星照九州。

蓬莱由客酒，沃洲任去留。

君诗简已在，何言误白头。

250. 病中多雨逢寒食

雨病逢寒食，梅香刺史家。

清明三两日，浙水百千花。

251. 清明夜

清明一夜灯，刺史半孤僧。

姑苏瞻洲部，老叟有诗兴。

252. 苏州柳

晋路通金台，河南问曲江。

浔阳居易见，洛水乐天窗。

只有苏州柳，江湖作族邦。

253. 三月二十六日赠周判官

柳絮问周郎，莺啼向故乡。

官人官土地，处事处衷肠。

254. 偶作

小杏初生叶，青梅已缀枝。

珊珊花落后，寂寂独看迟。

懒态行慵醉，低眉久望时。

君从君莫怪，白首白翁知。

255. 重答刘和州

吴王落百草，莫似问西施。

岁岁桃花见，年年有旧枝。

姑苏姑伎酒，一曲一音知。

256. 奉送三兄

省管二千兵，行鸣一柳营。

三兄三弟马，两地两同情。

刺史杭州起，如今不自名。

姑苏姑以客，渭水渭难倾。

257. 城上夜宴

不住留春酒，吴娃劝未休。

人心常自醉，切莫枕西楼。

258. 重题小舫赠周从事兼戏微之

小舫藏形碧玉中，红莲碧浪静无风。

朝天仰望观云走，采女黄昏沐浴红。

259. 题东虎丘寺六韵

生公石点头，干将剑池留。

木读西施路，姑苏一虎丘。

吴姬吴酒劝，太守太君州。

260. 春尽劝客酒

樱桃含欲落，夜合隔帘花。

郁郁香无尽，云云是汝家。

青春何不解，老叟已年华。

伴唱吴娃酒，倾城月已倾。

261. 仲夏斋居偶题八韵

仲夏荷风落，红莲玉色余。

婷婷群独立，叶叶帝王居。

四周香尘远，三塘两岸虚。

池池生新子，路路误耕锄。

越吏西湖采，吴官木淡渔。

微之临浙水，深脍乐天初。

雁去飞人字，风来扫叶书。

简诗当你我，汉赋问相如。

262. 官宅

水色窗窗见，花香处处闻。

官衙官本位，治事治仁君。

263. 六月三日夜闻蝉

新蝉第一声，夏口向三鸣。

一片莲蓬子，秋风已近程。

264. 莲石

白石三秋水，红莲十子萌。
姑苏姑碧玉，小步小桥平。
目过银河岸，沉思织女情。

265. 眼病二首

之一：
眼病何知近，慵身举步迟。
何言天下路，所望所心知。
之二：
时时落雪花，处处是天涯。
仰仰朝天望，忧忧向地斜。

266. 夜游西虎丘寺

东西一虎丘，左右二泉流。
十伎同游逸，三光共一舟。
卧薪尝胆处，不与范蠡留。
自此千年里，商人万贾酬。

267. 吴樱桃

樱桃本自吴，小口玉姑苏。
鸟雀先偷吃，其余遗帝都。

268. 晚起

湖州无锡水，大半在姑苏。
八月钱唐望，三秋六合吴。
淹城淹国久，越女越莼鲈。
十步江南路，千舟似旧儒。

269. 咏怀

苏杭半在运河船，水水山山色陌阡。
织女桑蚕勾践困，牛郎怯望虎丘边。

270. 重咏

太守苏杭一好官，江湖百里运河阔。
钱塘八月潮头望，六合兴隆半界宽。

271. 百日假满

心中久有归田计，世上常寻百药源。
假满官衙官本位，民生耿介对轩辕。

272. 九日寄微之

余杭四度问重阳，北郡重回两度黄。

欲采茱萸元九寄，吟诗寄我好文章。

273. 题报恩寺

好是清凉寺，都无绊羁身。
人心平静处，世界隔风尘。
净土慈恩地，如来教晋秦。
观音观所欲，报国报家贞。

274. 二〇一六秋叶落于庭

踏叶沙沙响，闻声处处扬。
临秋临地面，故土故家乡。

275. 自思益寺次楞伽寺作

寺寺心思静，官官事件封。
年年重岁岁，鼓鼓亦钟钟。
世外桃源路，人中次苦踪。
修身修所欲，直木直青权。

276. 淞江亭携乐观渔宴宿

净净淞江水，清清震泽波。
莼鲈鱼片脍，秀女太湖歌。
汴水钱塘去，隋炀作运河。
千年留一迹，胜似动干戈。

277. 宿灵岩寺上院

月上灵岩寺，人归上院心。
东林僧客话，胥口太湖音。
夜半泉声近，歌钟似古琴。
两山峰对立，一水洞庭深。

278. 酬别周从事二首

之一：
童翁不折腰，雨水有苗条。
弹子三千客，江湖一半潮。

之二：
洛下田园客，吴中草木津。
伊川伊水岸，虎寺虎丘林。

279. 武丘寺路

姑苏一虎丘，再寺半街楼。
待客行香界，闻声石点头。

280. 齐云楼晚望偶题

齐云楼上望，极目一长安。
复叠江山壮，平重井邑宽。
朝朝官吏继，水水有波澜。
欲止还行路，樵渔作志端。

281. 河亭望晴

一字排云过，千声对客来。
浔阳应不远，岁月已徘徊。
职役三年续，苏杭两度裁。
春归青海岸，落叶再飞回。

282. 留别微之

劳形知郡印，苦力寄朝廷。
绶带苏杭守，天符浙察灵。
诗诗元九纪，事事筑丹青。

283. 自喜

自喜由天教，孤身老子名。
夫妻离儿女，七十五年生。

284. 武丘寺路宴留别诸伎

姑苏十里虎丘西，伎女歌声舞色齐。
夜夜无停城外云，官衙不可久高低。

285. 酒筵上答张居士

之一：
酒席张居士，前尘已不知。
群芳花色艳，雨后半离枝。
实实虚虚问，来来去去时，
何人何事尽，彼此彼其期。
之二：
久储沧浪水，初辞桎梏姿。
如来天下路，著作古今诗。
历目琼瑶问，平生日月知。
耕耘田不止，七十百年迟。

286. 望亭驿酬别周判官

一别出长洲，连宵对酒愁。
君行三十里，已过半城楼。
江村同里望，木渎太湖舟。
且醉行程短，姑苏问白头。

287. 见小侄龟儿咏灯诗并腊娘制衣，因寄行简

腊子裁衣服，龟儿咏作诗，
才人和巧妇，一世苦劳时。

288. 江上对酒

无慵防老岁，有智必劳生。
以醉求知计，何须问利名。

289. 鹦鹉

思归先剪翅，问话入囚笼。
有鸟高飞去，无声雪食穷。
扬扬观世界，自得语宫中。

290. 听琵琶肢弹略略

略略琵琶入天意，素手孤鸣任陌阡。

师边能得从天意，素手孤鸣任陌阡。

291. 寄新诗寄微之偶题卷后

格律新诗卷，音声旧日修。
微之简未寄，不可到杭州。

292. 宝历二年八月三十日夜梦后作

三吴娃馆梦，九派九江城。
洛下东都客，苏杭一半名。

293. 梦苏州水阁寄冯侍御

十里扬州驿，三歌养女喉。
千姿回首舞，水阁满风流。
最是姑苏曲，谁分帝子楼。

294. 喜罢郡

三年守郡杭，三载刺天堂。

记得隋炀水，无言种柳杨。
应闻杨二政，足见运河商。
宰冶民生路，秦皇一代王。

295. 与梦得同登栖楼塔

悠悠一广陵，月月半香凝。
九九重阳梦，心心贝叶僧。

296. 答次休上人（来篇"闻有余霞千万首，何妨一句乞闲人"）

不问苏杭白使君，名休座主乞禅文。
黄昏一半天光近，但爱余霞作雨云。